新中国 70 年 70 部
长篇小说典藏

浩　然

(1932—2008)

当代作家，河北宝坻人。

新中国 70 年 70 部
长篇小说典藏

艳阳天

一

浩 然——著

学习出版社

人民文学出版社

图书在版编目（CIP）数据

艳阳天：全 3 册 / 浩然著. —2 版. —北京：人民文学出版社：
学习出版社，2019
（新中国 70 年 70 部长篇小说典藏）
ISBN 978-7-02-015515-6

I. ①艳… II. ①浩… III. ①长篇小说—中国—当代 IV. ①I247.5

中国版本图书馆 CIP 数据核字（2019）第 157670 号

责任编辑　刘　稚
装帧设计　刘　静
责任印制　王重艺

出版发行　人民文学出版社　　学习出版社
社　　址　北京市朝内大街 166 号
邮政编码　100705
网　　址　http：// www. rw-cn. com

印　　刷　河北鹏润印刷有限公司
经　　销　全国新华书店等

字　　数　1215 千字
开　　本　680 毫米×960 毫米　1/16
印　　张　101.25　插页 6
印　　数　1—5000
版　　次　1964 年 10 月北京第 1 版
　　　　　1975 年 10 月北京第 2 版
印　　次　2019 年 9 月第 1 次印刷

书　　号　978-7-02-015515-6
定　　价　278.00 元（全三册）

出 版 说 明

为庆祝中华人民共和国成立70周年,全面展现中华民族的文化创造能力和文学发展水平,深入揭示新中国70年来的伟大历程、辉煌成就和宝贵经验,激励人们为实现"两个一百年"奋斗目标、中华民族伟大复兴的中国梦而不懈奋斗,我们策划出版了这套"新中国70年70部长篇小说典藏"丛书。为将该丛书打造成思想精深、艺术精湛、制作精良的精品丛书,我们成立了丛书评审专家委员会,成员均为密切关注和深刻了解我国长篇小说创作动态的资深评论家。委员会从历史评价、专家意见和读者喜好等方面对新中国成立70年来众多优秀长篇小说进行综合评定,从中选出70部描写我国人民生活图景、展现我国社会全方位变革、反映社会现实和人民主体地位、弘扬社会主义核心价值观和讴歌中华民族伟大复兴中国梦的精品力作。这些作品,大多为曾获中宣部"五个一工程"奖、"茅盾文学奖"等重大国家级奖项的长篇小说,政治性、思想性和艺术性高度统一,代表了中国文坛70年间长篇小说创作发展的最高成就。

我们致力于"把提高作品的精神高度、文化内涵、艺术价值作为追求"的使命任务,通过这套丛书的出版,在讲好中国故事、传播中国声音、阐释中国精神、展现中国风貌的同时,倡导精品阅读,引领和推动未来的中国文学原创出版。

"新中国70年70部长篇小说典藏"
评审专家委员会名单

评审专家委员会主任： 李敬泽

评审专家委员会委员（按姓氏笔画排序）：

丁　帆	白　烨	朱向前	吴义勤	何向阳
应　红	张　柠	张清华	陆文虎	陈思和
孟繁华	胡　平	南　帆	贺绍俊	梁鸿鹰
董保生	董俊山	谢有顺	臧永清	潘凯雄

项目统筹： 吴保平　宋　强

乌云遮不住太阳

——民　谚

真金不怕火炼

——格　言

第 一 章

萧长春死了媳妇,三年还没有续上。

都说"二茬子"光棍儿不好过,萧长春本身还沉得住气,最心急的人,倒是他爸爸萧老大。

儿子的婚事成了老头子的心病啦!这些日子,他只要见到对劲的人,就要唠叨一顿:"你们总说拥护长春,拥护,拥护,他有难处,你们都看着不管!"

有人故意逗他说:"老萧一天到晚都是乐呵呵的,还有什么难处呀?"

老头子拍着大腿、喷着唾沫星子说:"唉,我看你们是骑驴的不知道赶脚的苦哇!事情不是明摆着:一家子人筷子夹骨头——三条光棍,没个娘儿们,日子怎么过呀!不论办什么事儿,长春都是听你们的,你们应该撺掇他赶快说个人呀!"

人们说:"这是老萧的私事,外人可不能干涉。"

老头子把大眼泡子一眨巴说:"嗬,什么公事、私事?我就不信这一套!平常日子,这家生孩子,长春给请老娘婆,那家没有买盐打醋的钱,长春转着腰东摘西借;他敢干涉你们的私事,你们就不敢干涉干涉他呀!"

说实在的话,在东山坞农业社里,关心萧长春婚姻事儿的人并不少,真心实意帮忙使劲的人更多,光当过媒人的就有十几个。说过的人家,不是这一头不随心,就是那一头不如意;加上萧长春本人没白天黑夜地忙工作,实在顾不上在这种事情上多花脑筋,就拖拖拉拉地搁下了。

这几天,韩百仲的媳妇大脚焦二菊正在热心地跑腿说媒。

她给萧长春说的这个人,是她姨表嫂的娘家侄女,住在南庄;二十六岁的坐家女,心高眼高,一般男子,一般人家,全都瞧不上。萧家原籍在离庄,距南庄很近,根底全都知道;一打听萧长春这个人,更没有别的话说了;东山坞今年生产又搞得特别出色,附近村子没有不喝彩的——三事加一功,那个姑娘点头乐意了。问起女方的人才相貌,大脚焦二菊更是满打满包。她说:在东山坞最漂亮的闺女要数焦淑红,最手巧的人要数焦淑红,可是南庄那个人儿,只能在焦淑红以上,不会让她比下去;要说缺欠,就是思想差点劲儿,文化不高;话儿说回来,萧家娶媳妇是为了过日子,并不是选举干部,思想、文化怎么样,自然不能算大缺点了。大脚焦二菊还说,光凭媒人的嘴说好说坏不行,最要紧的还是当事人亲自瞧瞧;她说,只要萧长春跟那个姑娘一碰面,她这个大媒人就算当成了。

这一回可乐坏了萧老大。

他脸上的皱纹舒展开了,罗锅腰挺直了;走路脚步更有力了,说话的声音更洪亮了。他三十七岁就死了老婆,守着萧长春这根独苗过了几十年,儿子是他的无价宝。那时候,穷日子就像张开血盆大嘴的饿狼,追的他东跑西颠逃活命,受的那份罪就无法儿说了。闯来闯去,最后只好在东山坞落户安身。东山坞是萧长春的姥姥家,亲戚虽穷,总还可以帮衬一点儿;加上边区政府在这边一扎根,过了几年萧长春又当了民兵,沟北有些富裕户也不敢欺负外姓人了,父子俩才算站住了脚。萧老大省吃俭用过日子,顿顿紧,口口攒,存下三斗红高粱,给儿子买了个童养媳妇。他实指望办一件对得起儿子的事儿,哪知道反而给儿子找了个心病——两个人不对脾气,见了面就像冤家对头一般,吃饭不肯在一个桌上,儿子宁可光着脚丫子走路,也不穿媳妇做的鞋。那年秋后,萧老大硬强着给儿媳妇上了头①，小两口没在一条炕上睡两夜，儿子就参军走了，一去两年没回家。到了大军进关的第二年冬天，儿子从湖北来了信，说是在那儿休整练兵。萧老大打点了盘缠，带着儿媳妇去看望儿子。当时萧老大是抱定这样一个主意去的：眼下是新社会了，新社会要讲究婚姻自由，你们两个当着面说说痛快话，愿意在一块儿过下去呢，就从此和美，这更好；不愿意一块儿过下去呢，好说好散，各奔前程，谁也别耽误谁。爷儿俩经过好些日子的艰苦行程，总算找到了儿子。小两口一见面，媳妇就哭了，哭得老头子怪难受，又插不上话儿。闷了一会儿，儿子开口了，他说："别哭啦，咱们都是穷人，都是受过害的，我往后再不嫌弃你了。"一句话把个萧老大说得起心乐，两年兵没有白当，儿子变了！小两口恩恩爱爱地住了半个月，回来就给萧老大生了个胖孙子。又过三年，儿子复员回来了，眼看就要过起团圆美好的日子，不料想媳妇命薄，没半年就暴病死去。萧家门里开始过起没有娘们的日子。其实呢，儿子要是不当干部，把心思都扑在过日子上；就算当干部，也别像眼下这个样子，一头钻进去什么都不顾，把自己的事情看重一点儿，续上个媳妇还成问题吗？儿子偏偏不能使他随心如愿。萧老大是个爱脸面的红脸汉子，他不反对儿子当干部，儿子为公家搭心搭力搭东西，他从来都不心疼，更没说过半句拉后腿的话儿。他说："就凭咱们顶着一脑袋高粱花的泥腿子，如今在八九百口子人里边说啥算啥，走区上县蹿，先头那个社会，做梦你也梦不着，不好好干对得起共产党呀？就是自己的事情，能想想，也得想想；说个媳妇，也碍不着你办公事，真就这点工夫都拨不出来呀！"儿子不张罗，萧老大张罗，他时时刻刻不忘这件事儿，见到过心的人就说，见着可靠的人就求。为这类的事情，儿子没少说他。说就说，你自己不办，别人办你还管呀！萧老大又不想包办，媳妇给你找好了，让你们对面

---

① 童养媳正式结婚的时候，俗称上头。

相,让你们心甘情愿,这不就行了!

行了,萧老大没有白费一片心,事情总算张罗成了,他怎么会不高兴呢!

从打去年秋天起,东山坞就像一盆火炭,越烧越火暴了。一入夏季,满地的麦子随着风长,长得出奇了。萧老大活了六十五,还从来没有见过这样好的麦子。庄稼人过日子指望个什么呢?当然是好收成了,有了好收成,就有了好光景,这是一宗大喜事。儿子的亲事又有了眉目,等到订妥,收下麦子过了门,萧老大的一桩心事就了却啦!儿子有了伴儿,孙子有了妈,他自己有人伺候,也能够吃口现成的,喝口现成的,成了有福的老头子了。这可是喜上加喜呀!

老头子这几天正在不停脚地忙碌着。

头一宗事儿,应当是请媒人。萧老大既好面子,也是热心肠的人,这个"场"自然不能丢下,手头再紧,也不能让人家在这大忙的日子里白跑腿儿。

大脚焦二菊连忙推辞说:"大姐夫,您怎么把我当外人看了?我可不是那种跑媒拉纤的行家,长这么大,还是大闺女坐轿头一遭儿。我什么也不图,就想办一件好事儿。外甥终年累月地为我们大伙儿忙,顾不上自己的家,我给他办办这件事儿,表表我的一片心,也是理所应当。往后,有个人把家给他挑起来,叫他塌塌地把咱们农业社搞好,就什么都有了;不嘞嘞您的筷子,跑断了腿,我也心甘情愿!您要是为这个破费钱,我可要生气了!"

萧老大要办的第二宗事儿,就是赶快叫儿子去相亲。眼下儿子没在家,到渠道工地上带工去了,离东山坞抄近走还有四十里,见不到,喊不应,老头子挺着急。

大脚焦二菊给他出主意说:"工地上要干部有干部,要党员有党员,外甥离开几天也没事儿;捎个信去,说得急一点儿,不就回来啦！常言道趁热打铁，这种事情不能搁着，搁凉了再出个什么岔子，就难办了。"

萧老大立刻跑到农业社办公室，找到会计马立本，托他赶快给儿子萧长春带个口信。

这一天，会计马立本奉了副主任马之悦之命，正要给萧长春写信，当下便答应把萧老大的意思挂在信上；后来，不知是忘了，还是故意没写上，反正要萧长春回家相亲的这件事儿，在那封信上一字儿没有提。

三天以后，大湾供销社的一位业务员把这封信带到了工地上。

这个时候正是一九五七年春蚕结茧、小麦黄梢的季节，本县东北部二十几个乡联合挖渠引水的工程搞得很火热。

这条渠从城北牛儿山北边的潮白河引出来，沿着山根东下，直伸到这个县最边沿的东山坞、章庄一带。河水引过来以后，这边靠山区的土地干旱问题就解决了大半，还能排泄一部分低洼地的积水。这个工程是在广大农民普遍要求下开始的，足足表现了高级农业社成立以后的新气魄；虽说劈山越岭、工程艰巨，但是所有来到工地的干部和社员都是信心十足，都掏出全部力气劳动。

供销社的业务员打听到东山坞小队驻扎的村子，在办公室里扑了空；那儿的炊事员告诉他，老萧的"办公室"在工地上。业务员又折回工地，好不容易才找到东山坞的工段。

河床的形状已经在山沟、平地上出现了。高山被劈开，棱坎被削平，沟谷被填满，河床直冲过来，伸进山前边的平原上。在这绿色的世界里，它像一条黄色的巨龙，摇头摆尾地游动着，显得特别的精神。

刚起晌，民工们正干得起劲儿。刨土的，开石的，推车的，挑筐的，还有背石头的；你来我往，你呼我叫，加上呼啦啦飘动的红旗，唱着评戏的广播喇叭，热闹非常，真是一幅动人的图景！

业务员转着身子,在人群里寻找萧长春。人来人往,就是不见一个干部模样的人。他拦住一个挑土的民工问:"喂,同志,东山坞的萧支书不在这儿吗?"

那个挑土的民工把担子换了换肩,和善地看了他一眼,朝后边一指,说:"在这儿,那不是上来了!"

在一道被水冲开的土沟那边,有一队背石头的人正从河槽里边往上爬。他们都是很壮实的庄稼汉子,光着肩膀,背着木棍拼成的背架,背架上绑着大块石头,在那陡立的坎子上,弯腰哈背、吭哧吭哧地移动着脚步。这里边同样没有一个干部模样的人。

业务员朝他们喊一声:"萧支书在哪儿呀?"

背石头的人大口地喘着气,谁也顾不上回答他。直到爬上坎,打头的那个人,抬头朝他看看,紧走几步,又跨到一旁停住;等到身后的人都走过去之后,才跟他答话说:"同志,您找我吗?"

业务员转着身子仍在人群里寻找,随口说:"我找东山坞的萧支书。"

那个背石头的人把身子微微一蹲,把背架放在一个小土坎上;又从背襟里抽出两只粗壮的胳膊,活动活动肩膀;一纵身,像一只小鹿似的,轻轻巧巧地从沟那边跳了过来。他站稳之后,抽下腰带上的毛巾,一面擦着满脸的热汗,一面和气地说道:"我就是萧长春。您有什么事呀?"

业务员听他这么说,就像不相信似的上上下下打量着这位党支部书记。他刚刚调到大湾供销社,没跟萧长春见过面;可是老早就听到人们议论过萧长春。在他的想像里,萧支书应该是另一个样子,到底该是什么样子,他也说不出,反正眼前这个人不大像。

萧长春三十岁左右,中等个子,穿着一条蓝布便裤,腰间扎着一条很宽的牛皮带;上身光着,发达的肌肉,在肩膀和两臂棱棱地突起;肩头上被粗麻绳勒了几道红印子,更增加了他那强悍的气魄；没有留头发，发茬又粗又黑；圆脸盘上，宽宽的浓眉下边，闪动着一对精明、深沉的眼睛；特别在他说话的时候，露出满口洁白的牙齿，很引人注目——整个看去，他是个健壮、英俊的庄稼人。

业务员一面好奇地打量着萧长春，一面从背包里掏出一封用报纸糊成封皮的信，还掏出一张叠着的纸条，说："这是马主任让我捎给您的。里边可能说的是重要事儿，他要我亲手交给您。这个纸条，是在半路上碰见一位女同志，她托我带给您的。"

业务员走后，萧长春急忙打开马之悦的信。只见上边写着：

萧支书：

工地所需之粮，正在操办，一二日内即派人送到。还缺何物，请来信，一定尽力满足你们的需要。

我社今年小麦丰收在望，从成色看，压倒全乡；春苗茁壮，锄草等管理也都及时，前次乡里开社干部会议，李乡长又当众表扬了我们。会后，还组织了一次参观，参与者，无不喝彩！

家中一切事情，有我、百仲和连福负责办理。连福最近工作也很积极，再没有闹情绪。当前之事，都已安排妥当。社员劳动热情很高，工作井井有条。请勿挂念。

这次挖河引水，关系着我县半数人口的生产、生活之大计，更是为我们东山坞子孙谋求幸福。你们身负光荣重任，我们都十分羡慕。闻知你们几次得到红旗，更为高兴。望你们再接再厉。

工程正在紧张阶段，也正是领导工作最重要的时刻，完工之前，你就不必回来了。

　　　　…………

　　　　　　　　　　马之悦上　×月×日

背石头的人们把石头放下，又折回来了。他们老远就见萧长春在默声不语地看信，一边看着，眉头微微地皱着，嘴角却带着一

点笑模样,断定这信是家里来的,便都高兴地呼喊起来:

"老萧,信上都报告什么好消息?"

"要来人跟我们换班吗?"

社员们说着就把萧长春给围上了。

"嗨,不要抢,不要抢,问问老萧,别是情书呀!"

"谁像你那么小气,人家支书大公无私,情书也要公开!"

"就是嘛!我们还得给支书参谋参谋哪!"

远处推车的和挑土的社员,也都扔下工具,朝这边凑过来。那张短小的信纸,就在一只只流着汗水、沾着泥土的手上传来传去;这个还没看完,就被那个抢去了,抢到手还没看,又被别人抢走了。大伙儿嘻嘻哈哈,显得又亲密又热闹。

庄稼人是不轻易出远门的,出了门,也不像城里人那么爱写信,书信对他们说来总有点新奇的味道。况且,他们都离开家一个半月了,离家那会儿,麦子刚吐穗,眼下大概都黄梢了,成色怎么样,预分方案公布了没有,都是大家伙最关心的事儿;去年大灾荒,困难的关口他们都鼓着肚子挺过来了,好光景伸手就抓到了,谁不想听一听从家里传来的好消息呢!

等到识字的人看了信,不识字的人让别人念叨听了,一个个都像得了喜事似的咧开嘴巴笑,汗水横流的脸像是开了花。特别是那些年纪轻的人,跳着脚乐。

"听到没有,我们社的麦子把全乡都压下去了,去年我们的灾情压倒全乡,今年翻个了!"

"不见家里的信,我也猜它个八九成。开天辟地,哪年有今年这麦地耕得深,哪年有今年的麦子种得及时!不长出个样子来,那才见鬼!"

"不光耕得深、种得及时,粪底子也厚实呀!初级社那会儿,一亩地使一车粪就嚷邪了,今年咱们麦地里呢,每亩三车都冒了头!"

"我看哪,最节骨眼儿的,还是春天抗旱的功劳。正月十五压的那次雪,顶一场透雨;正吐穗的时候浇的那一茬水,分明是撒了一地白面呀!"

人们兴高采烈地说着。不爱讲话的人,嘴上没说,心里边也是热乎乎的。到工地上来的人,全是从东山坞的社员里选拔出来的,思想好,劳动也好;去年大灾以后,他们跟萧长春拧成一股劲儿,撑起东山坞的天,辛苦操劳,这八九个月真不容易过呀! 如今谈论起就要到手的丰收,就要到嘴的白面馒头,自然是高兴啊!

在人们嬉笑议论的时候,萧长春又打开另一个小纸条儿。他看了一眼,脸上那一点点笑意立刻就消散了,再看一眼,浓眉皱了一下。纸卷上写的是:

萧支书:

　　麦收时节到了,这是我们东山坞高级合作化以后的第一次大丰收,是个十分重要的时刻。社里的问题非常多,特别是沟北有些人,开始嘀嘀咕咕,不知道又打什么主意。家里的领导,有的不往心里去,有的往心里去,又管不了。怎么办呀,真愁死人了……我们都希望你快点回来,越快越好,千万千万!……

　　　　　　　　　　　焦淑红　×月×日

萧长春心里打个转,赶忙把这个小纸条一团,顺手塞在裤兜里,没有再给旁人看。

副队长马同峰捧着马之悦那封信反复地看着,好像在手上掂掂它有多少分量。他扭头瞧瞧萧长春的神态,眼睛一眨巴,走到那些乐得发狂的年轻人跟前说:"喂,消停消停,你们说,这信里边都有什么内容?"

"好消息呗!"

"告诉我们回去咬白面馒头了!"

马同峰说:"要我看哪,不是一张完完整整的喜帖子。"

这句话,把大伙都给说愣住了,停住嬉笑,转过脸来,听他往下讲。

有人附和马同峰说:"这话有理。看信上的口气,收割麦子,也没有人换我们班了。"

年轻人说:"人家都安排好了嘛!大伙的劲头又挺足,只要他们把麦子收上来,不换班也没关系。"

马同峰说:"安排好了?好个屁吧,葫芦里不定又装了什么药哪!收割、分配这么大的事情,为什么不叫支书回去看看呢?我犯疑就犯在'你就不必回来'这几个字儿上边。"

多数人都赞成这个看法:"这倒是,我们回去不回去倒没啥,老萧还是应当回去关照关照。"

"马主任这二年办事情越来越不稳了,总想邪门,别等他一糊涂,又像去年那样,捅个大乱子呀!"

萧长春站在人圈外边,安然地从裤兜里那封信上撕下一小条,又从跟前一个人手里拉过烟荷包,倒出一点烟末,两只粗大的手指头特别灵巧地一转动,就卷成了一支纸烟;然后点着,慢慢地吸起来。任凭人们议论纷纷,他不露声色,也不插言,只是一边仔细听,一边琢磨这两封信里的意思。这两封信跟社员们的议论在他心里边顶开牛了。他想,东山坞的工作真的会是一帆风顺吗?真的因为丰收了,乱七八糟的思想都烟消雾散了,都跟社一条心了,都用劲劳动了?会不会因为马之悦去年犯了错误,现在想要讨好、表功,故意跟自己报喜不报忧呢?他又反过来想,马之悦信上说的情况也许是真的。既然麦子丰收了,集体化的优越性表现出来了,往后的生活眼看着就要提高了,还有什么问题呢,还能嘀咕什么呢?会不会因为焦淑红年轻没经验,听到一些只言片语,就大惊小怪呢?……

马同峰见萧长春平平静静地不哼不哈,怪纳闷,就凑到跟前问他:"我说老萧,你瞧这封信的意思怎么样呀?"

萧长春一抬手甩掉烟头,用脚踩灭,笑笑说:"要我看,麦子丰收,这是真的;麦子一丰收,那些三心二意的人会寻思寻思,回回头,工作比过去好搞了,咱们的农业社要巩固了,这也是真的;说的一点问题没有,那倒不一定。"

马同峰说:"对了。依我看,马主任这个人不大可靠。不要说别的,他光是工作不用劲儿,马马虎虎地在那儿对付,麦秋忙月,出点事儿关系就不小。我看你光是蹲在工地上不行啊!"

围着他们的社员,听了这两句话,都觉得在理。大伙儿就七嘴八舌地说,小心不为过,萧长春回村走一趟,把工作检查检查、安排安排,才算稳当保险。

"老萧,你尽管塌塌地回去,这边的事儿有我们大伙儿,你就不用挂心了。"

"早去早回来,你去了,替我们看看,我们在这儿呆着也踏实了。"

萧长春抬头看了看太阳,说:"现在该休息了,党员和团员到北坎子下边开个小会;其余的同志,要往家里捎东西,就准备准备,我今天赶回去。"

大家一听支书决定回去,全都乐了。

第 二 章

去年秋天,东山坞遭受一场百年不遇的大灾荒。

那时候,高粱正晒米,棒子正灌浆,大豆秧上挂满了角子——虽说庄稼长的没有旁的村出色,收到囤里,全村人的日子总可以过得去了。有了这样的年景，庄稼人就算吃了定心丸啦。

万没想到，那天半夜里突然起了暴雨，下到早起，又下到黑天，前半夜停了一会儿，后半夜哗啦一下子，来场冰雹！那雹子可真厉害呀！一个个都像小拳头那么大，落地半尺厚，连房上的瓦片、院子里的酱缸都给砸坏不少。地里更不用说了，简直是来了个一扫光。高粱倒在水里，棒子成了光杆，谷子、大豆烂了一摊泥。清早起来，人们跑到村头朝地里一看，全都傻眼了。二队的队长韩百仲是个急性子人，一股火气顶上来，坐在地边上动不了窝，好几个人把他架回家去的。

唉，全东山坞的饭碗砸了！鸡不啼了，狗不叫了，孩子不哭了，女人不笑了，人人都像坍了架，丢了魂，一声长叹连着一声长叹。

当天上午乡里把各村的支部书记召集到一块儿，开了个紧急会议。乡党委给大家鼓劲，指示各村党支部立刻发动群众起来生产自救，发挥农业社集体优越性，抢种一茬晚庄稼，缩小灾情；并且指出，眼下新中国的新农村跟解放前的旧农村不同了，跟刚刚解放那个时候的个体经济的农村也不一样了，党组织有信心也有决心领导农民战胜暂时的困难，继续前进。

开完会，几个乡干部分头到重点村去指挥抗灾救灾的战斗，因为不够分配，东山坞没来人。马之悦不慌不忙地回到村，路上走的时候他还跟会计马立本商量怎么贯彻上级的指示，雄心好像也不算小。等他回到东山坞，村东村西，村南村北一转悠，眉头立刻就皱了起来。到处是烂稀泥，整个庄稼地像是一个出了天花的孩子，想抱抱都没地方下手。社员们见他刚从乡里开会回来，必是有了办法，全都眼巴巴地望着他的一举一动，全都伸着耳朵听他的一言一词，全都把希望搁在他身上了。他到村里没站住脚，立刻进城领贷款。从城里回来，人们看到他的神情又变了，不皱眉了，不叹气了，到处找人，亲手套车，大车不够又凑了十几辆小推车，长长地摆了半条街。人们不知道啥馅，光听马之悦的指挥。直到什么都搞齐全了，他往石头上一站，晃着大手，又用一贯自信的口气对社员们说："雹子把我们的庄稼砸了，把我们的饭碗砸了，可是它没有把马之悦砸死！乡亲们放心，只要你们还像过去那样不跟我散心，还像过去那样跟我往头里奔，我给大家打保票，决不让大家挨饿受委屈，一定把这个难关渡过去！"

当时有不少的人为他这几句话鼓掌掉泪。

东山坞从绝望的紊乱中平静下来了。当成队的车辆离开了村之后，留在家里的人们，就像旱天盼雨那样盼望出门的人回来。他们等啊盼啊，过了半个月，乡里的大个子武装部长送来一个出人意料的坏消息：马之悦放弃生产自救，走邪门歪道，用救济粮和生产贷款跑买卖赔了本，他把跟他一起去的社员打发回家，自己却跑到北京治病去了。他哪里是治病，分明是躲起来了！

这一下子东山坞可塌天了。

在这一刻千金的时候，白白耽误了半个月，抢种晚庄稼根本就来不及了；就算来得及，党支部书记都跑了，谁还有这份心情啊！

人们一群一伙儿地往队长的家里跑。二队的队长韩百仲病着，光能动嘴，下不了炕。一队的队长马连福吹胡子瞪眼、咒天骂地。

人们说："连福，你光骂街不行，得想想办法呀。"

马连福说："爹死娘嫁人，个人顾个人，我是泥菩萨过河，自身难保了！"

其实，马连福已经有了"自救"的办法，他的连襟在天津卫给他找了一份临时工，每月能拿三十块钱。来信说，如果好好干，干上个一年半载，还能转成正式工人，这可比当个穷队长强多啦。接到信，他就要动身。他一张罗走不要紧，给大伙起了个头，那些手脚灵活的人全都要离开东山坞各投门路。有一天吃过早饭，一群一伙背包夹伞的男人出村了,还跟着一群送行的家属。马连福觉着自己给大伙谋了福利,十分得意。他还让套一辆大车,专门给外逃的人拉行李。老婆哭,孩子叫,简直像送殡的!

大车咕隆隆地滚过石桥,忽然北坎子的树丛那边传过一声吼叫:

"站住,站住!"

大伙儿朝那边望去,只见树丛一摇一扑,蹿出个壮壮实实的年轻人。他背着个帆布挎包,大步流星地朝这边奔来。

人们看准了是萧长春,就停住了。当时的萧长春是个普通党员,在村子里担任着民兵排长。他到县里受训去半个月,看样子刚刚回来。

马连福朝他吆喝:"长春,怎么着,你要一块走哇?那就赶紧着回家打行李,过午可不候!"

萧长春来到人群前面,把肩上的挎包扑通地朝地下一扔,一面喘着粗气,看看这个,又瞧瞧那个,一面很奇怪地问:"喂,你们要干什么去?"

马连福说:"你还不知道哪?如今东山坞倒了烟囱砸了锅,我带着大伙儿到外边找饭吃去呗!"

萧长春又气又急地说:"连福,你怎么说这种话呀!这会儿不是旧社会了,也不是单干的日子了,闹了点灾荒,我们就垮啦?没那事儿!再说,瞎往外跑,也不是好道道,哪里有现成的饭等着你们呀?你这当队长的不领着大伙种地自救,反倒带头外逃,太不像话了!"

马连福说:"我说长春老兄,别跑这儿混充大人灯了,连支书都不管了……"

萧长春说:"支书不管,咱们社员自己管!你们看看人家别的村,全都拧成一股子劲儿跟灾害夺收成、抢饭碗子,生产自救搞的多火暴,这才是新社会人的气魄！人家能走新道,咱们偏踩旧道,也太丢人了！"

马连福从来没把萧长春放在眼里,对他这番话听着更扎耳朵,就不耐烦地一摆手:"快一边躲躲去吧,你说上五车废话,是顶吃还是顶喝呀！闪开,闪开,我们还要赶汽车哪！"他说着就要赶车。

萧长春一个箭步跳到车前边,扯住了辕马的缰绳,又一伸手,夺过马连福手里的鞭子,劈啪一甩,大车转回来了。

那会儿的萧长春只是个民兵排长,平常干的多,说的少,在村里还是个不太显眼的人物;谁也没有想到他还有这一手,冷不防的来这么一下子,不要说马连福,旁边好多的人都给他闹懵了。等到人们醒悟过来,追上去,大车已经跑到了村口。

马连福急了眼,上去一把揪住了萧长春的衣裳襟,可是还没容他抓牢,后边扑过来一个人,又把他的领子揪住了。回头一看,是他爸爸马老四。

马老四被气得满脸焦黄,他一用劲儿,就把儿子甩了个趔趄,接着就破口大骂。

这时候,韩百仲也拄着棍子赶来,后边还跟着一群积极分子。大家全都异口同声地说马连福这一群人的不是,怪他们不该扔下农业社盲目外逃。

等到人们静下来之后,萧长春掏出心窝子话对大伙说:"眼下我不让你们走,你们恨我,等你们醒过梦来,就知我这样做是好是坏了。咱们的农业社要搞,生产要搞,社会主义要搞到底儿！日本鬼子那么凶恶,我们把他们赶跑了,地主马小辫那么霸道,我们把他打倒了,旧社会留下那么多乱七八糟的东西,都让我们扫净了,眼下这点小小的困难,就把我们吓住啦？我们有党,有农业社,有八百多双手,咬紧牙关狠狠地干一场,这道难关就闯过去了,好日子就到门口了！"

年轻人的话,句句都是实实在在,落地有声,连马连福听了都愣愣地没话可说。那些垂头丧气的人打起精神,要外逃的青年人,有的不好意思地红了脸,有的悄悄地爬上车,拉下自己的行李回家去了。

萧长春搀扶着韩百仲,带领着积极分子,挨门挨户的说服动员,给大家讲前途,摆政策。他们像是火种,在许多人的心里点起了热情。常言说:路遥知马力,日久见人心;当东山坞的集体事业在前进的路途上碰上灾难的时刻,一心奔社会主义的人们相信了这个年轻的共产党员萧长春,跟他心见心,心碰心,拧成了一股子劲儿,撑起那个要塌下来的天!萧长春领着社员排涝水、种秋菜,又领着社员打柴、烧窑,结果得到一些收成,也得到一些收入,使这个摇摇晃晃的农业社稳固下来。他们又用尽了全部的力气播种秋麦,有个落脚的地方就下种,东山坞自古以来都没有种过这么多的麦子,也没有长过这么好。秋后整党建党,马之悦受到党内撤职的处分,萧长春当了东山坞的党支部书记兼社主任。

一个年轻的基层干部,就这样冒出来了;一个一百五十多户人的生命财产的重担子,也就挑在这个年轻党员的肩上了。

东山坞不是个平静的村庄。百人百姓,百种心思,把众多的人圈拢在一起,朝着一个方向前进,实在不是一件容易的事情。尽管萧长春少年气壮,对于前边的道路信心挺足,有时候仍不免有些把攥着心过日子。不过,他有一个主心骨,就是要用实在的事情教育大家。他觉着最实在的就是农业的大丰收;中农也罢,贫农也罢,只要生产搞好了,把他们的粮食囤装得满满的,把农业社的优越性活生生的表现出来,他们就会心里踏实地走社会主义道路了。这八个多月里,萧长春领着大伙儿拼死拼活,总算把个小麦大丰收夺到手里了。这几天,工地上的活虽说很累,他心里却非常的轻松愉快。他总想回村去看看,亲手把预分方案搞出来,要看看社员们知道自己家分粮数目之后的那种喜悦，要听听他们对农业社的感激和信服的话儿。

作为一个党支部书记，他想得更远，也更美。他心里有一幅东山坞发展图。他做梦都在叨念它。只要一丰收，只要农业社一巩固，这幅发展蓝图，就可以一步一步地实现，就可以来个突飞猛进。那时候，河水引过来，修渠、挖沟，低洼地开种稻田，山坡地种植果树；过上几年之后，再搞个小型发电站，满村电灯明亮，满地跑着拖拉机……那时候，全县、全北京郊区、全中国都是一个样儿，都是富强繁荣的，都是和美幸福的……那该是个多么美的日子呀！

今天萧长春同时接到马之悦和焦淑红的两封信。对于这两封信里包含的意思，不论别人怎么猜测、议论，萧长春有自己的主见，他不像几个年轻人那样，对信中报告的消息估计得那么简单，也不像马同峰几个年纪稍大的人那样，把它估计得那么严重；他的看法是，形势大好，大好的形势里还会出现一些问题；不过，最大的难关已经闯过来了，有了小麦丰收这个大胜利，任何问题都容易解决，都不能挡住农业社前进的步子！

他背完了最后一趟石头，把马同峰和另外三个党员叫到石崖底下碰碰头，把这儿的工作安排一番，又对村里的问题交换了看法。这时候，天色黑下来了，收工的哨子也响了。他跑到食堂里抓了一个玉米饼子，又捏了几条老腌咸菜；吃一口饼子，咬一口咸菜，吃着、咬着，动身回村了。

他迈着结实有力的步伐，走在山间崎岖不平的小路上，有棱有角的小石头子儿，在他那双钉着老牛皮的鞋底子下边咯吱咯吱地响着，那响声是欢乐的，跟这个年轻人这会儿的心情一样欢乐。

五月末的北方夜晚，是最清新、最美好的时刻。天空像是刷洗过一般，没有一丝云雾，蓝晶晶的，又高又远。一轮圆圆的月亮，从东边的山梁上爬出来，如同一盏大灯笼，把个奇石密布的山谷照得亮堂堂,把树枝、幼草的影子投射在小路上,花花点点,悠悠荡荡。宿鸟在枝头上叫着,小虫子在草棵子里蹦着,梯田里的春苗在拔节儿生长着;即使在夜间,山野中也有万千生命在欢腾着……

萧长春很熟悉这条小路,小时候跟爸爸到邻县打短工,跟舅舅到水棚学织布,经常从这儿走来走去。国民党反动派进攻解放区的时候,他扛起了枪杆子,跟着民兵队打埋伏、押送公粮,也常常从这儿经过。一九四七年,有一次,他接受了一件重要任务,跟区里的一个老交通班长送一包秘密文件到万里长城外边去,经历了一场艰难复杂的斗争。这件事儿,萧长春到死也忘不了!

他们半夜里从区公所出发,顺着山谷小路,钻山越岭。走了整整一天,干粮吃光了,水也喝光了,好不容易找到一个山村。他们摸到村北边一个人家,求老乡给他们做一点饭吃。米刚下锅,敌人来了,老班长用茶缸子在锅里舀了一缸子半生的米粒儿,拉着萧长春就跑。他们出了村,就给敌人钉住了,枪子儿就像冰雹一样朝他们泼洒。老班长把萧长春按在地下,两个人就往前边爬,爬过两块梯田,另一股子敌人又迎面兜上来。他们又转头往北爬,北边有一个大坎子,叽里咕噜一滚,下了沟。他们顺着沟跑一截儿,迎着头又是一阵乱枪。他们又转身往山崖上爬。刚刚爬上一座崖头,老班长的胸部中了一枪。萧长春拼死拼活地把老班长背进一个小山洞。除了那一包文件和每人一颗手榴弹,所有的东西都丢光了,连老班长那顶洗得发白的布帽和那只最心爱的搪瓷茶缸,也都不见了。

敌人驻扎在村子里,大小山头上都安了岗,把个山谷包围得水泄不通。这个小山洞倒是很保险,不光处在地势较高的乱石丛中,还有一扑笼野葡萄秧子从洞口上垂挂下来,正好把洞子挡住。萧长春想尽了办法,把褂子、背心全都撕了,才给老班长包住伤口。老班长昏过去醒来,醒来又昏迷过去。只有二十岁的萧长春,还是第一次经历这种艰苦的事儿,他蹲在洞子里,瞧看着老班长,愁的不得了。怎么办呢？连自己这个身强力壮的人都饿得够呛,受了伤的老同志一定是很难过呀！

萧长春说:"老班长,你在这儿等着我,我去找点吃的。"

老班长摇着头说:"不能冒险。"

萧长春说:"我不能让你带着伤挨饿！"

老班长说:"饿也得忍着。"

敌人在村子里杀猪、杀鸡,还给站岗的敌人送到山上。山头上架起火堆,又烧又煮,顺着风,香味儿一股子接着一股子地朝这边扑过来。

萧长春饿得两眼冒金星。他看看老班长,老班长安静地躺着,不哼,也不说。

敌人一边大吃大喝,一边朝这边乱喊乱叫:"嗨,八路,别藏着了,快出来一块儿吃肉吧！"

萧长春气得牙根发颤,他看看老班长,老班长依旧躺着,不动一下,连眼睛都不眨巴。

敌人们吃饱喝足,在山头上鬼哭狼嚎般地大唱大笑。

到了后半夜,萧长春再也忍不住了。一个年轻人不顾一切的火气烧得他跳了起来。他摸摸老班长,老班长已经睡着,便抽出插在腰带上的手榴弹,朝洞子外边爬,还没有爬到洞口,他的腿就被老班长扯住了。

老班长说:"不能出去！"

萧长春急了:"我宁可到外边让枪子儿打死,也不受这份气了！"

老班长也急了:"同志,你的任务是把党的文件送到,不是死！"

萧长春说:"在这儿躺着,不是一样死呀！"

老班长说:"不,坚持就是胜利……"

他们又渴又饿地躺到第二天黄昏,老班长已经不能动了。萧长春费了好大的劲儿才坐起来,扒开野葡萄秧朝山下一看,村庄冒起炊烟,村头有庄稼人来往,周围的山头上,再不见敌人的岗哨。一股子生命的力量支持着他,他的眼睛放光,噌地一下子站了起来,就要往洞外跑。

老班长喊住他:"别,别出去……"

萧长春说:"敌人撤走了。我先给你弄点吃的来,吃饱了,我再背你下山。"

老班长说:"别忙,别忙,小心上当。"

萧长春急得搓手跺脚。

这当儿,枪声突然从四周围的山上响起,哭喊声又从村子里传来。

萧长春想到自己刚才的莽撞,出了一身冷汗。……

他们又忍过难熬的一夜,敌人把所有的诡计使尽,也没有搜捕到人,就无可奈何地撤退了。

老班长对萧长春说:"同志,我不行了……"

萧长春挣扎着爬到他身边,说:"我能背你走。"

老班长用很大的力气说:"你,你自己走吧。"

萧长春扳着老班长的肩头,带着哭腔说:"不,就是死,我们也要死在一块儿。"

老班长那张没有血色的脸上,严肃起来了:"同志,你的任务是保护这包文件,不是保护我一个人。站起来,站起来吧!"

萧长春扶着石壁,挣扎着站了起来。他的两条腿像是抽去了筋骨,不住地颤动。

老班长依旧严肃地命令着萧长春:"卷一支烟抽,提提精神。"

萧长春顺从地掏出纸,捏出烟,可是他两手发抖,卷不上。

老班长从萧长春手里要过烟、纸,卷了一支递给萧长春,又卷了一支,叼住,让萧长春替他点着。

老班长说:"我们做的事儿,不是你一个人、我一个人的事儿,是几万万人的……不论大事情,小事情,都得想到几万万人……不能蛮干,要稳,要稳……"

萧长春默默地听着。

两个人,一个站着,一个躺着,抽开了大叶烟。

老班长把一支烟抽完,又一次命令萧长春:"把裤带勒勒。"

萧长春心里很奇怪,顺从地勒了勒裤带。

老班长说:"再使劲儿勒勒。对了。你现在可以出发了。不管过村不过村,都要绕开走,不要进去找东西吃;要忍着,多饿,也要忍着,能吗? 你说一句能不能办到?"

萧长春点了点头:"能!"

老班长那张没有血色的脸上露出一丝微笑:"对了。长春同志,遇到困难,就得勒着裤带干,要永远作硬骨头,……你听懂我这句话吗? 你说说。"

萧长春用力地点了点头:"懂。"

老班长抬起一只手,指着衣襟。

萧长春挪过来,撩起衣襟一摸,是老班长的布帽子团团着掖在裤带上。打开一看,呀,里边盛的是那一茶缸没有煮熟的米。当他又奇怪地朝老班长的脸上看去的时候,这位四十岁的老交通,已经跟他永别了。

只有早晨的霞光透过野葡萄秧流进来,在老班长的身上、脸上涂画着花环……

萧长春就着泪水吞了一口半生的小米子,又使劲儿勒了勒裤带,背着文件赶路了。两天两夜,他没有进村子,一茶缸子小米子,几番勒紧裤带,支持着他完成了送文件的任务。

他返回来的时候,奔到那个避难的山上寻找老交通的尸体。

21

可惜,万山丛丛,野草莽莽,早已找不到那条走过来的小路,再也见不到老同志的遗容。"不论大事情,小事情,都得想到几万万人""要永远作硬骨头!"这些话,却深深地印在萧长春的心上,伴随着他走过漫长的战斗行程!

一九五六年的秋天到一九五七年的春天,正是我们国家社会主义建设进入高潮时期的前夕,可惜,东山坞这个偏僻的山村,遭了一场严重灾害,年轻的萧长春,用他的身心实践了烈士的坚决革命的遗言,跟农业社的人们一起渡过了难关,打开了新的天下。

往后的道路还长得很,他要跟大伙一起,用"硬骨头"精神建设一个社会主义的东山坞!

…………

萧长春沉思遐想,不知不觉中,已经走出三十多里路,来到东山坞的北山坡上了。

第 三 章

这个地方属于燕山山脉,山势不很险峻,除了正北边远一点的新春山,差不多全是低矮、光秃的山头。一个小山连着一个小山,从西面伸延过来,又朝南拐了个小弯,然后再朝正东展去。东山坞就偎在这个小弯子里,村后是山,村前是望不到边的大平原。如果把东山坞坐落的这个山弯比成弓背,那条像一根小白线绳似的金泉水就是弓弦了。东山坞背山面水,像一颗待发的弹丸。如今,除了道路和土坎子,全让麦子占领了;夜间看不清麦子的黄绿颜色,整个看去是一片墨黑色,月光之下,倒显出一幅特别诱人的神奇景象。像东海的波涛吗?或者像北国的森林吗?这个解放军班长,曾经到过海边,也到过林区,他的脚步所到之处,都曾经引起他的热爱,可是,这会儿在他看来,哪儿也比不上家乡这块地方的气势动人……

他站在山头上,稍稍地停留片刻,撩着衣裳襟擦了擦脑门子上的汗水,便又甩开了他那欢快有力的脚步朝前走。他翻下山坡,越过小桥,来到了自己社的麦地里。

茂盛的麦子在坎上、沟里和平地上连接在一起,看不到边沿。在月亮的辉映下,波浪起伏,闪着光芒。他顺着麦垄沟朝前走。沉甸甸的麦穗儿撞击着他的肩膀,抽打着他的脸,像婴儿的小手摸他,从心里舒服。他掠下一个大穗子,两手合起来一揉,扔掉梗子,放在嘴边一吹,麦鱼子飞跑了,剩下肥壮壮的麦粒儿,像是珍珠。他用手指头拨着数了数,正好七十五个粒儿。放在嘴里咬一口,冒出香甜的浆汁,真成饱。他望着满地的麦子,好像看到了每个社员家里的麦子囤,好像看到成串的大车拉着公粮,开到粮库去了……

年轻人心满意足地跺了跺被露水浸湿的牛皮掌子鞋,迈上小路,要奔村里。

他要趁人们还没睡下的时候,串串门,谈谈心,摸摸情况。离开了一个多月,有关社里的一切事情,他都想详细知道。最后,他再回到家里,看看他的小石头。他喜欢自己这个儿子,他把对死去妻子的一切的怀念和歉疚,都化成了爱情,全部地倾注在儿子的身上……

猛然间,麦地里哗啦一声响,蹿出一个人,朝他吼地喊了一声:"谁?"

萧长春被这冷不防的喊叫吓了一跳,转身朝麦地里看去,只见月光中,麦浪里,站着一个秀丽的身影。因为背着光,看不清面孔,只见她那乌黑的头发和好看的肩上像是镀着一层金子,特别的动人;她的两手平举着一根木棒,朝这边逼视,又很威风。萧长春心里挺纳闷,这是谁家的妇女,在黑更半夜的时候来到野地里呢?

那边突然响起清脆、爽朗的笑声："哈、哈,是你呀!"

萧长春也认出来了,朝前迎了一步,叫一声:"淑红!"

焦淑红手提着木棒,迈着轻盈的脚步,朝这边走过来。她的身上散发着潮湿湿、热腾腾的汗气,顺着微风飘过来。她是个二十二岁的姑娘,长得十分俊俏,圆圆的脸蛋,弯细的眉毛,两只玻璃珠似的大眼睛里,闪动着青春、热情的光芒。

姑娘见到自己的支书,真是喜出望外,一时间光顾嘻嘻地笑,竟不知道说什么好了:"我正在那边坎子上站着,老远就瞧见来了个人,还往麦地里钻。我当是偷麦子的哪,差一点儿给你一棒子!"

萧长春也笑着说:"你一棒子,我就报销了;又不是近视眼,离这么一点远,就认不出来了?"

焦淑红说:"谁想到你回来得这么快呀! 刚才我们几个人还嘀咕,料定你最早也还得两天到家。唉,真把人急坏了! 这是啥日子口呀! 你瞧瞧,头几天这麦子还是青绿青绿的,一眨巴眼的工夫就黄梢了。我看哪,要是毒毒的日头晒几个晌午,过不了一个星期,就得动镰刀。这个麦收到底该怎么搞,怎么分配,怎么卖余粮,事情一大堆,我们心里一点儿准稿子都没有,也没人找我们说说,我们简直成了没娘的孩子。"

萧长春说:"我在外边也惦记着家里的工作,总想回来看看,那边的同志也催我,就是工程正在节骨眼的时刻,怎么也脱不开身,心里急得啥似的。一见到你的信,我就更待不住了。反正工作得有轻重缓急,一个人全顾不行,一咬牙也就来了。怎么样,家里的麦收工作还没安排好哇?"

焦淑红皱了皱眉头,说:"唉,不用提啦! 你不回来呀,甭想安排好,乱子也少不了。我给你写信的时候,光是影影绰绰地闻到一股风,今天下午才见实。"

萧长春静静地听着,心里不免有点紧张,预测着什么意外的事情在家里等着他。

焦淑红说："沟北边开了好几次秘密会了。都是弯弯绕、马大炮这色的人，沟南边的人没有一个人参加。马连福这个队长越来越不像样子了，跟沟北那些自私鬼一个鼻子眼儿出气……"

原来，东山坞村中间有一条东西方向的大沟，正好把一个村庄分成南北两半。村里马、焦、韩，三姓为大户，沟北边姓马的多，沟南边韩姓和焦姓多，比较富足的农户差不多都住在沟北边。

萧长春听到焦淑红这句话，不由得打个愣，联想起马之悦给他写的那封平安信，就很急迫地问道："他们开会都说什么事了，怎么个秘密法儿，你听说没有？"

焦淑红说："眼下东山坞的人，还能说旁的事情？左右都是分麦子。麦子一丰收，有些中农户都红眼了，嘀嘀咕咕，不想好主意。"

萧长春紧追着问："他们都怎么说啦？"

焦淑红学着一些老中农的口气说："唉，吃亏了，吃亏了，去年闹大灾，把人吓掉了魂儿，今年得少卖点，多分点了，对地多的户得照顾照顾，土地、劳力一起分麦子吧！"

萧长春说："这是什么话！丰收了，应该多支援国家啊！去年的灾荒，要不是国家支援，咱们过得来吗？我们是高级社，土地怎么能够分红呢？这些人可真会转着腰儿想主意！"

焦淑红说："他们还管对不对，退、退、退、退到单干，才称心如愿哪！真是奇怪的事情，放着好好的路不走，光想出洋相，这些人的脑袋瓜是怎么长的呀！"

萧长春听到这个意外的消息，真有点被震动了。

萧长春出神地望着朦胧的野地。焦淑红谈到的消息，使他感到十分意外。头一条，去年东山坞受了灾，给国家的税全免了，统购任务一点没交，还吃了国家好几万斤统销粮；今年丰收了，按着萧长春的意思,应当多支援国家。瞧瞧,这些人心里边光装着自己,早就把国家给忘到脖子后边去啦!第二条,中农社员都比贫农、下中农社员的土地多,而投到社里的劳动,中农社员远远比不上贫农、下中农。真没想到,他们竟会想出这样一个歪门邪道。土地分红,不等于退到初级社了吗?初级社哪能投这么多的工,花这么多的资金!土地分红,等于贫农、下中农让地多的人剥削了,这是不合理的事情呀!

萧长春想到这些,又叮问焦淑红:"你说的这些情形,是光听到谣传,还是见实了?这可不是一件小事情,不能提拉个尾巴就抡哪!"

焦淑红说:"唉,瞧你说的,这还假的了哇!今天下午全东山坞都嚷嚷动了,弯弯绕就亲口跟我说过。"

萧长春急得太阳窝直跳,哼了一声:"这才是故意闹事儿,亏他们有脸开口!"

焦淑红说:"你们一走,我就跟马主任提意见,实在不应该把党员、积极分子全调到工地上去,支书更不应该离开村子,闹得家里成了'空城计'。"

萧长春听她这样说,只是点点头,故意伸手抚了抚麦穗子,表现出一点冷静的样子。

焦淑红是个中学生,前年毕业以后,满腔热忱地回到村里参加农业生产,如今担任着团支部书记。尽管她比一般的学生和姑娘沉着、有心计,毕竟还是个缺少锻炼的青年;她的进步和成熟,还没有压下她的天真和单纯;作为党支部书记的萧长春,在言谈话语中不能不多方检点,免得让自己一时的慌乱影响到她的情绪。

露水飘下来了,夜风也随着吹起。萧长春急行快走的时候出了汗,浸湿了的衣裳,这会儿让风一吹,感到有些凉了。他低着头,沿着麦地边走了几步,心里那股子急躁和慌乱劲儿怎么也藏不住,又问："淑红，这件事马主任知道不知道哇？"

焦淑红跟在后边，用一只手捋着短发，带着几分不满意的口气回答说："当然知道啦！"

"他怎么说呀？"

"我找他好几趟，他总要我别着慌，说那些人成不了大气候……"

"这个估计也许有点道理。"

"啥道理不道理的？他一点都不往心里去，还是那股老八板儿的样子哪儿行呀！就算成不了气候吧，背后瞎喊喳，闹得大伙儿怪不安定，有些老老实实的人，出工都没过去积极了。"

"你百仲大叔呢？"

"他对那几个自私鬼有什么咒念呀！我让他找找马主任，他硬不去。我也没勉强。百仲大叔脾气不好，两个副主任平时不对劲儿，到一块儿还不是又吵！"

藏在麦地里的一只野兔子被他们惊动，从麦里蹿出来，蹲着朝这边两个人瞄瞄，就奔愣奔愣地跳着跑了。

萧长春从地下拾起一块石头子儿，朝兔子跑的方向投过去，又惊动一只小鸟，擦着麦穗儿飞去。

焦淑红叹了口气，接着说："马主任从去年犯了错误，就像拉了架的瓜秧一样蔫下来了，怎么也打不起精神，连个笑模样都看不到他的。其实，那几户老中农都信服他，马连福更拿他的话当经念，他要是说上一句干脆的话，那些捣乱的人立刻就会老实了。他偏偏说不要紧，不去管！"

萧长春对焦淑红前边一句话很有同感，也带着愁苦的样子说："他倒不是完全消极，就是有那么一股劲儿；怎么一股子劲呢，我也摸不透他，一块儿干工作总是别别扭扭的。我这个人你知道，我喜欢痛快，肚子里有什么，咱们就掏什么，别玩转肠子的事儿。谁对谁呢,同志跟同志,就得心碰心。"

焦淑红听他这么说,紧走几步,赶到前边,说:"萧支书,我要告诉你一个意见。"

萧长春停住脚步:"你说吧。"

焦淑红说:"我说了,你可不许生气呀!"

"瞧你这个人,我是那么容易生气的吗?"

"有人背后说,你当了支书,有点骄傲自满。"

"从哪看出来的呢?"

"对老同志不够尊重,就是说对马主任。"

"你的看法呢?"

"只是一两个人这么说,依我看,你一点儿骄傲也没有。"

"不对,骄傲自满的情绪是有的;不过,对马主任,我倒觉着没有这种毛病。说实在的,对待他,我批评的倒有点不够。"

"我对你也有一点小意见。我总觉着,你好像对团结马主任没有信心了。马主任是个有本事的人,你应当想办法管住他,让他跟你合起手来。要不然,你在那儿猛打猛冲地干了半天,说不定他在旁边给你撤劲儿。"

萧长春立刻意识到这类谈同志关系的问题不宜扯得太多了,就岔开问:"淑红,这么晚了,你怎么还在地里转呀?"

焦淑红举着木棒子,朝四周指了指说:"你不见麦子都熟了?要是坏人放一把火,全社人的饭碗全砸了。"

"噢,你是来看麦子的,那好哇!"萧长春满意地看看焦淑红,又关心地嘱咐,"黑夜里,你一个人在地里转悠,又没武器,可要小心呀!"

焦淑红说:"我们十几个人哪!"

"马主任派你们来的?"

"百仲大叔派我们来的。积极分子全都让你给带到工地上去了，那些自私鬼们根本不管，马主任更不愿意多揽事。我们只好动员团支部和妇女们来了。"

"一个男社员也没有？"

"韩道满、焦克礼、韩小乐，也有六七个人，百仲大叔也花插着来看看。"

萧长春左右瞧瞧，问："旁的人都在哪儿？"

焦淑红说："我们都散开游动，等我叫她们来，你再跟她们问问，她们比我知道的情况更详细。"她说着，从衣兜里掏出哨子，嘟嘟地一吹。

尖厉的哨音，在静静的田野里显得特别响。

一个身影，从南边坎子上的大树底下朝这边箭一般地飞奔过来。跑近了才看清，又是一个姑娘，十八九岁，比焦淑红胖些，也矮一点儿。她是一身秀巧的打扮：瘦袖口、瘦裤脚的短衣裤，腰里还扎着一条皮带，手里也提着一根木棒，威风凛凛，很有点像女游击队员的气魄。她叫马翠清，团支部的宣传委员，嘴尖口快，处处不让人，村里那些小伙子背后都叫她厉害精。

马翠清跑着，老远就认出这边的两个人了，几步跳到跟前，一边抱住萧长春的胳膊扭着，一边对焦淑红说："淑红姐，这回你可有功劳，抓住大个的了！"她不等别人插嘴，又挤着眼睛，神气活现地对萧长春说："表兄，我知道你忙着回来干什么！"

萧长春问："干什么？"

马翠清说："相媳妇！"

萧长春一把揪住马翠清的小辫子："你这个猴丫头，心里边没装着旁的事儿，光想搞对象，是不是？快坦白坦白你自己的秘密吧！"

马翠清"哎哟、哎哟"地叫着，说："相媳妇还怕人家说，怕说，你就别相去！嗨，表兄，那个小媳妇可棒啦，小脚大鼻子，一走一哼哼……"

站在一边的焦淑红笑着说:"翠清,别跟萧支书闹着玩了。她们呢?"

马翠清说:"到南边去了,干什么?"

焦淑红说:"叫她们回来,跟萧支书汇报汇报……"

马翠清说:"不用找她们了,我知道。"

萧长春说:"你知道我要打听什么呀?"

马翠清眨巴着眼说:"你不是打听今晚上麦地里出什么事没有吗?"

萧长春和焦淑红两个人全都扑哧一声笑了。

焦淑红捶着马翠清的后背说:"你呀,你呀,都坐上车了,还不知道往哪边去哪!萧支书要问问沟北边你公爹……"

马翠清一跺脚:"再听你胡说,小心我扯烂你的嘴巴!"

焦淑红说:"我跟你谈正经的。萧支书问沟北边那些中农户闹分麦子的事儿。"

马翠清一拍手说:"嗨,闹了半天问这个呀,早说了不就得了!我全知道。我刚才站着有点冷,回家拿衣服,半路上碰到马连福媳妇,她到小酒铺打灯油。瘸老五问她为啥前几天打的灯油今天又来打。她就站在那儿跟瘸老五唠叨开了,说她家开了好几晚上会,一开半夜,点灯熬油,闹的她也捞不着好觉睡。她说为什么不到马主任家开去,马主任是召集会的嘛!马主任说在他家开会不方便。瘸老五问她会开得怎么样,她说都挺一心的,专门商量按土地分麦子的事情。她说,开头连福不愿意,说他家土地少,没油揩。马主任说,去年不光东山坞一个村没收来,全国好多地方都减产了,报纸上登着;说今年收来了,国家要大收大购,只给社员留个尾巴;还说,只要马连福带个头,分了麦子,没他的亏吃;还说,眼下农业社要变章程了,要讲群众路线,讲自由民主了,群众说话算数,只要异口同声，就是县委下来也没办法……"

马翠清那两片薄嘴唇，劈劈啪啪，就像敲梆子似的说了一大堆，连一口气都没有喘。

焦淑红听到这儿，不由得大吃一惊，看看萧长春，见他没动声色，便说："死丫头，你又胡说八道了！"

马翠清急赤白脸地说："谁撒谎是小狗子。不信，咱们找瘸老五问问去。"

焦淑红越发着急了："萧支书，你看会有这种事儿吗？马主任能掺进去？他总不至于糊涂到这个地步吧？"

萧长春没有直接回答这个问题。从神色上看，他也有点慌乱，只是在极力地镇静着。停了片刻，他说："这件事情，你们俩知道就行了，不要再跟外人传。马连福媳妇是个张狂的人，从她嘴里吐出来的话没个准稿子，不能全信；真假虚实，要调查清楚再说。"

马翠清说："还用得着调查呀！这几天弯弯绕、马大炮一伙子人，总像绿豆蝇似的追在马主任屁股后边，可神气啦，见到沟南边的人，就撇咧着嘴。要没有马主任给他们撑腰，他们有五个脑袋也不敢呀！"

焦淑红已经有点站不住脚了："萧支书，翠清这话对，平时，马主任跟这几个人倒是挺亲近，要是真有这种事，可怎么办哪！马主任要是赞成那个馊主意，咱们的工作可就更难搞了。"

天上不知什么时候长了一片云彩，正好遮住了月亮，旷野上一阵黑暗。眨眼的工夫，云彩飘散了，又是一个光辉的天地。

萧长春两只手抱在胸前，仰面望着天空，沉思着。他想从慌乱中理出一点头绪。

两个姑娘，拄着棍子，沉默地站在一旁。

萧长春最后强笑了一下，说："你们俩这是怎么啦？发愁啦？用不着！就算真有这种事儿，问题复杂是要复杂一些了，可也别怕,一怕就慌,一慌就容易找错了办法,闹出乱子。我们做的事情,不是你一个人,我一个人的,我们得想到几万万人呀!"他的声音不高,像是说给别人听,也像在嘱咐自己,"咱们头脑要醒,眼睛要亮。依着我看,东山坞大多数人都懂得自己跟国家的关系,都愿意支援国家建设;至于土地分红,我看不会有多少人赞成,地多的人总是少数,他们也经不住驳,没道理嘛!"

马翠清说:"你这话一点儿不差。明天我挨门儿找他们讲讲道理,凭什么不愿意卖余粮,没良心了!"

焦淑红毕竟是成熟一点,也比马翠清想得更多一些,她问:"萧支书,你说说,翠清刚才说的这些要是真的,我们要用什么办法对付呢?"

萧长春没有立刻回答。他撕纸、卷烟,又点着。遇着难办的事儿,他习惯用这个办法来稳定自己。过了会儿,他说:"咱们经的事情太少了,让我立刻拿出具体办法我也拿不出。不过我有个最根本的办法——天不怕,地不怕,不论遇上什么问题,咱们要坚决作硬骨头!去年那个大灾荒,我们不就是靠这个办法过来的吗?咱们得先摸摸底儿,摸清楚了,再对症下药地解决问题,难不住咱们!"

两个姑娘听了支书的这番话,互相看了一眼,都不由得点了点头。

萧长春说:"你们先转着,我赶快回去看看。"说罢,他便急匆匆地朝村子走去。

月光下起伏的麦浪,淹没了他那健壮的身影……

第 四 章

东山坞沉睡在柔美的月色里。

从北山里伸来的小路，绕过麦地和田坎，由街中腰插进来，过了一棵古老的槐树，就见到那条大沟了。大沟是东西方向，约有丈把深，十几步宽。把着这条路口的东边有一座大庙，庙台又高又宽敞，逢年过节可以在上边搭戏台，比较大的群众会也在这儿开，容下个千八百人不显拥挤。如今大庙里是保管室和副业组的豆片坊。路西边，有一眼官井，井边垒着石板，架着拉水的滑车架子；从这边再往西靠一点儿，有一盘碾子，碾子旁有一棵伞形的槐树。大沟的南坎上有两条街，大部分是泥墙土顶的矮屋，院落和院落有些参差不齐；大沟的北坎上有三条街，差不多全是青砖瓦顶，有些矮小的土屋，都不是坐地户。这会儿，不论是沟南沟北，全都很安静，只有少数人家的窗子上闪着灯光，有人影摇动，但是没有声音。那是勤俭的女人正在给丈夫孩子缝连补绽，或者是用功的学生正温习功课吧？再不，就是什么人遇到了发愁的事儿，正对着灯火抽烟想心思……

农业社在沟北边尽东头，三间没有上瓦的土顶屋子，一间是临时仓房，另外两间通连，既是会计室，又是会议室。

屋子里的罩子灯亮堂堂。紧挨着办公桌旁边有一张木床，木床上躺着一个二十五六岁的人。他长方脸，淡眉细眼，留着分头；下身是一条蓝制服裤，上身是一件洗得很白净的尖领汗衫。他靠在卷起来的行李上躺着，两只手垫着后脑勺，头上戴着耳机子，闭着眼，颤着脚，听得正入神。

掩着的门轻轻地打开了，萧长春带着满身露水的潮湿气味一步跨了进来。他朝躺着的人看一眼，立刻把那种急躁的神情缓和了，冲到嘴边的话吞住了，一面朝里走，一面问道："马会计，这么晚还没有睡呀？"

会计马立本没有动，仍旧闭着眼睛，得意地说："嘿，快来听听，北京正开鸣放会，大鸣大放，真有意思！"

萧长春没有听明白，在罗圈椅上坐下之后，又问："什么鸣放会，这么有意思呀？"

马立本睁眼一看，不由得打个愣，噌下子坐了起来，连声不迭地说道："哟嗬，萧支书回来了，啥时到的？"

萧长春说："刚到。"

马立本把脚伸到床下，慌张地寻找鞋子，用脚尖儿摸着穿，继续热乎地说："萧支书，辛苦了，辛苦了，怎么不等送粮食的牲口骑着回来呢？饿不饿呀，渴不渴呀？"他说着，要下床到桌子上端茶壶，耳机子忘了摘掉，差点儿把匣子也带到地下。

萧长春接过茶杯没有喝，从右手倒到左手，望着马立本问："马会计，咱们的预分方案搞出来了没有哇？"

马立本一只脚蹬在长凳上，一面系着鞋带子，一面眨巴着眼，察看萧长春的气色，小心地回答说："分户的账目是统计得差不离了，就是还没有最后搞出来。"

萧长春微微地皱了皱眉头："说话麦子就要收割了，应该早做出来呀！不然，麦子都打下来了，还能等你慢慢拨拉完算盘珠子再分配吗？"

马立本听得出，这些话说得虽然很平和，却带着很严厉的批评成分。这位支部书记批评起人来，话说了，还不能让你抓到发火的由头，这一手马立本是没少领教的。他既不敢说硬的，也不便说软的，就连忙推卸责任："要不也早搞完了，马主任说，等几天，听听社员的意见再搞，免得返工。"

萧长春说："分配原则在社章上都规定了，按着上边的条文做就是了，这还用征求什么意见呢？"

一句话把马立本说得干眨巴眼，又搪塞说："这是党里边的事情，详细情况我也不大摸底儿。反正领导上怎么指示，我就怎么办。"

萧长春又问："打算听听什么样的意见呢，马主任跟你说过吗？"

马立本已经有些站不稳的样子了。他摸摸桌子沿，又动动算盘、墨水瓶，勉强地笑着说："什么也没跟我说。我捉摸着，他是想把分配搞得好一点。"

萧长春说："搞好一点这是应当的。你是会计，分配工作可是你分内的事，不能光等着听别人怎么说怎么做，你得坚持原则才行！为了搞分配的事儿，都开过什么会呀？"

马立本故意皱着眉毛想了想，摇摇头说："没开什么会吧？这几天我光顾拢账，也没出去。萧支书，你饿不饿呀，我去给您找点东西吃吧？"

萧长春为了赶路，只吃了一个饼子就跑了几十里地，这会儿确实有点饿了。不过，能不麻烦人，他总是尽可能不多事，就说："这么晚了，一忍就过去了，明天早晨再说吧。"

马立本笑着说："都到家了，还能饿着哇！豆片坊有现成的豆浆，我给您盛一碗来。"

萧长春不高兴地说："咦，这可不行！我临走不是要你告诉韩百旺吗？不论是谁，都不许到那儿喝豆浆，那是公共财产，一丝一毫也不能贪占。你别皱眉头，我说的是实情理。你想想，全社八百多口子人，要是每人都跑到那里去来一碗，咱们这个副业干脆关门得啦。你说这话对不对？"

马立本的脸红了，不好意思地笑笑。

这个人心眼很透灵，文化高，算盘好，工作也利索，在农业社会计里边，算是一把上手；只是脑瓜子灵活的过分了，平时又有些唯唯诺诺、虚虚假假的坏习气。所以，萧长春一向对他要求较高，或者说有点严厉。萧长春自己念的书少，把自己当成老粗，他却十分爱惜有才学的人，对这种人总有一种很自然的尊重和爱护，诸如中

35

学生焦淑红、焦克礼，都是他关心的人物。他觉着，像马立本这样一个有本事的会计，要是调理好了，就是自己的一只膀子呀！

萧长春再没提分配麦子的事，又跟马立本打听一些旁的情况，就站起身。他要马上找到马之悦，把在麦地里听到的反映跟他对证一下，马之悦是个老同志，对老同志更要爱护，特别是一个曾经犯过错误的同志；萧长春要跟他往明里说，往明里论，决不能看着他再跌一回跟头。他一面朝外走，一面问马立本："马主任在家里吧？"

马立本怕萧长春这会儿冷不防地去找马之悦，就说："在是在，大概早就睡下了。您不在家，他一个人支这摊子，也够累的，没会议的时候，总是睡的比较早。"

萧长春朝门外看看，月亮已经移到正中天，时辰实在是不早了；况且，自己这会儿正在火头上，找马之悦当面说这种事，很容易不冷静，有可能因为自己的态度关系，影响两个人交心——这位老同志是很爱面子的。最重要的，萧长春也考虑到，马之悦跟这件事情的关系，如果是传言、猜测就罢了，要是真的在背后插了手，就是个原则问题，一两句话不能解决。应当多听听，多想想，把事情摸透了再说也不为迟。于是，他打消了马上找马之悦的念头，重又坐了下来。

马立本见萧长春不走了，没话想找几句话说，一时又找不到，忽然想起前两天萧老大托他代笔写信的事情，就试试探探地问："萧支书，您回家来看看还去吗？"

萧长春说："那得看家里的事儿缠手不缠手啦。我估摸着还得去，那边的工程要等打完场才能完哪。"

马立本又说："老爷子捎信递信想让您回来，马主任怕影响您的工作，就没让我写信去打搅您。您还没有到家看看？"

萧长春撕纸卷烟，随口答道："这会儿有小半夜了吧？那爷俩早就睡下,不回去惊动他们了。"抽了两口烟之后,他感到浑身十分累乏,腿脚有些酸疼,就对马立本说:"马会计,今晚上我得把你挤走了。你家里方便不方便呀?"

马立本连忙说:"行,行,您就在这儿睡吧,什么都现成,我回家睡。"他说着,就动手扫床铺褥子。一切安顿好了,见萧长春不像再要出去的样子,这才放下心,说声"不早了,您歇着吧",便倒退着带上了屋门,朝外走了。

萧长春心事重重地坐在床边上,脱下一只鞋子,就又呆呆地想起心思。焦淑红和马翠清在麦田里跟他说的那些话,在他脑袋里翻翻滚滚;村里这件意外的事情,像是朝他迎头泼了一瓢子凉水,使他挺难过,也清醒了几分。他回想起来,自己这一段日子实在有点儿松劲,有点儿自满,把丰收后的事儿都想得美美的,顺顺当当的,这真是太轻率了。为什么你整个心里都装着丰收,想着胜利,你怎么就没有冷冷静静地想一想,前边还会遇到什么困难呢? 也难怪,就是让萧长春放开胆子想,也不可能想到会发生这种事情。麦子丰收了,农业社的优越性明明白白地显出来了,这是人人都该高兴的事情呀! 去年生产没有领导好,你们闹是非,那还情有可原;今年生产领导好了,又为什么无事生非呢? 丰收了,就把国家忘了,没有国家能有这个丰收吗? 咱们庄稼人不是先前那样的庄稼人了,咱们过日子不是光求三个饱一个倒就行了,咱们要往共产主义那个目标奔哪;不用最大的劲儿支援国家建设,不快点把咱们国家的工业搞得棒棒的,机器出产得多多的,咱农村的穷根子老也挖不掉哇! 丰收了,你们就把农业社忘了,没有农业社,东山坞的人还像过去那个老样子,你干你的,我干我的,这家缺牛,那家短马,国家就算照眼下这个样子给你救济粮,给你贷款,也甭想种这么多的麦子;就是种上了,也长不了这么好哇! 丰收了,是大伙儿的功劳哇! 你们怎么就不想想这一层呢? 让胜利把你们的头脑冲昏了,唉,萧长春自己的头脑也不清醒了。

他转动一下身子,又脱掉另一只鞋。马之悦给他捎去的那封信,又在他眼前晃荡起来。村子里实实在在的事儿这么一摆,证明那封信上的话全是虚假的,里边包含着另一番意思,是有意给萧长春定心丸吃,想把家里的实际情况隐瞒起来,把他稳在工地上。转到高级社,取消土地分红,实行按劳分配,全中国一致,人人都赞成,这是办农业社不能动摇的原则;马之悦你是个老干部、老党员,你为什么要支持这种歪风邪气呢?是糊涂了呢,还是有意这样做呢?是真有其事呢,还是谣传呢?无风不起浪,要是没一点影子,社员们绝对不会这样议论你;焦淑红跟你反映,你不加过问,也不往上边反映汇报,还故意隐瞒,这本身就是错误的。你是真没有看出问题来呢,还是故意装聋作哑放纵他们?马之悦为什么越来越往歪道上走?在革命工作最困难的时候,救护过革命干部,到炮楼里搜集情报的,是马之悦;合作化运动开始,在东山坞搞互助组、办农业社的也是马之悦;去年你虽然犯了严重的错误,可是组织上对你仍然是信任的,群众盼着你变过来;要不然,副主任这个职务能让你当吗!萧长春对你仍然是尊重的,盼你走正道儿,可是你为什么跟党总是貌合神离,跟萧长春总是不能拧成一股劲呢?这个病根子到底在什么地方呢?

萧长春坐在床边上,塌着腰,两手托着下巴颏,望着那跳动的灯火,苦苦地思索着。他的胸腔里像一锅开水那么沸腾,心火冲头,太阳窝突突地跳动。在这一眨眼的工夫里,他心里边又产生一股子说不出来的惭愧和内疚。论劳动生产,萧长春有力气,能吃苦;论作战打仗,萧长春冲锋陷阵,不畏生死;可是作为一个党支部书记兼社主任,领导起这样一个农业生产合作社,实在缺少经验,力不从心哪!往后的道儿还长着呢,离着那个奋斗目标还远着哪,说不定还要出多少问题哪!萧长春能不能领着大伙干到底呀?萧长春，你畏难吗，退缩吗？不能！这是全体社员的事业，这是党的事业，就是粉身碎骨，也要冲过去！

窗上的月光，越来越显得淡薄了。院子里的杨树，摇着大叶子，哗哗啦啦一阵响。街上，好像有人走动。从饲养场里，响起毛驴叫声。接着，在不远的地方，传来一个人的熟悉的声音：

"焦克礼，快起来，该你们接班了！"

应和着这呼唤的是吱吱呱呱的开门声。

过一阵儿，喊声又在另一个地方响起："韩道满，还睡哪？快起来接班去呀！"

萧长春听得出来，这是焦淑红正在挨门招呼看守麦子的人。麦地里的那些妇女们，一定都给露水打湿了。现在，另一群青年小伙子又要到地里去了。没有谁组织他们，也没有谁强迫他们，他们都是自觉地这样做，这样不辞辛苦地保卫着集体的劳动果实。萧长春从这些年轻人联想许多同志，工地上的，村子里的；多少人，多少颗火热的心，都在不声不响地为着集体事业操劳，都在为着一个目标咬牙奋斗！想到这里，他的心中油然地升起一股热流，一股力量。他跳下床，拖着鞋，拉开了房门，冲到门外边。

晴朗的天空，繁密的星斗，皎洁的月亮，挺拔、喧闹的大叶杨，都一齐收到萧长春的眼里，使他的胸怀豁然开朗。他又联想起牺牲在山洞里的老交通班长，想起好多跟自己一块儿参军，一块儿练兵，一块儿追击敌人，又在自己身边倒下去的战友。这个江山是千千万万个先烈用心血、用脑袋换来的。自己应当跟大伙儿一起，用心血，用生命把这个江山保住，把它建设好。自己要永远作硬骨头！

现在，这个年轻的庄稼人浑身增加了力量，提上鞋子，穿过砌着石子路的小院。他要找人谈谈心，找人多摸摸情况，找人一块儿拿拿主意。

他出了大门，走到沟里，刚要上南坎，忽听西边官井那里有人说话儿。仔细一看，是两个人，一男一女，站的比较近，男的声音很低，女的声音很高；从声音里听出，一个是马立本，一个是焦淑红。他立刻想到，最近有人传说这一对青年男女正在谈恋爱的事情，便赶忙加快了脚步上了坎子，绕开了。不一会儿，他来到了副主任兼第二生产队队长韩百仲的家门口，嘭嘭嘭地敲打起来。

…………

萧长春没有听错，站在官井旁边说话的两个人，正是马立本和焦淑红。

刚才，马立本从办公室出来，匆匆忙忙地往西走，刚要进胡同口，就听见焦淑红喊门叫人的声音。这声音在他听来，要比广播电台放的歌子还要中听。他停住，仄着耳朵听着，欣赏着那声音的韵味，如同喝多了酒，从心里边往外醉。就算是有关天的大事儿，马立本也要扔在脖子后边。他折回身，顺着声音响起的地方追过去。可惜他刚刚走到那儿，焦淑红的声音又转移到另一个地方了。他连忙转回来，又扑空了。东追西扑，跑了两条街，在井边上才碰见心爱的人儿。他轻轻地喊了声"淑红"，就急忙迎了上去，快到跟前了，又故意停住；明知黑夜看不出表情，却又本能地露出一副惊喜的笑脸："嘿嘿嘿，我一听声音就知道是你，没错！你们看麦子刚回来呀？他们怎么这样晚才换班呀？真不知道心疼人！"

焦淑红手里提着木棒，正要回家睡觉，见马立本凑上来，也就停住说："我们定好这时候换班。你还没有歇着呀？"

马立本朝焦淑红跟前凑了凑，说："唉，我哪能这么早就睡呀！一天的账目都得清理，一大堆的事情也要安排妥当，真是够忙的啦，你说……"

焦淑红打断他的话："我正要找你哪……"

马立本心里一乐："找我，嗨，我也想找找你，就是太忙了，一丁点工夫也挤不出来。"他说着,两只手贴在胸口使劲儿搓着,好像有一条绳子拴着他的手,想用力挣开似的。

焦淑红说:"我问你,你们沟北边都开了什么会?"

马立本一愣:"会? 没听说呀!"

焦淑红说:"就是嚷嚷要土地分红的事儿,开了好几个会了,你一点儿都不知道吗?"

马立本低头瞧瞧自己的脚尖儿,摸摸脖梗子,又偷偷地瞥了焦淑红一眼,无可奈何地说:"群众的反映我倒是听到一点儿。唉,难办呀!"

焦淑红问:"什么难办?"

马立本说:"就是分麦子的事儿呗!"

焦淑红说:"土地分红,不卖统购粮,全是胡说八道,有什么难办的? 你是沟北的,你家是富农,富农是恨农业社的,你对这件事儿怎么想? 说老实话!"

马立本着急地喊着:"嗨,淑红,我早跟他们分家了,我是学生出身,农业社干部,凭劳动、凭工作吃饭,跟他们没有一丁点儿关系。往后你可别再这么说我啦。行不行,淑红?"

焦淑红忍不住笑起来了:"哈哈,我是问问你对土地分红的看法,看把你吓的这个样子!"

马立本不好意思地说:"我实在是跟他们划清界限了,你再这么看我,我不高兴。"

焦淑红说:"界限划清没划清,光看表面不行,得看行动。你说说,你对土地分红这件事儿到底怎么想?"

马立本一眨巴眼珠说:"别光问我。你呢,你家是老中农,地也不少,你怎么想的呀?"

焦淑红说:"我想的很简单! 办事要按政策,社章上规定怎么分就怎么分,我们家里多一点儿也不要,该支援国家的,一点也不能少交。不这样做,我就坚决反对。马会计,我们都是干部,可得站在社会主义立场上办事呀!"

马立本连忙点头,又为难地说:"你讲的对。话说回来,就怕咱们当不了家呀!要是你爸爸一定要那么办,好多好多的人都要那么办,我们挡得了吗?"

焦淑红说:"怎么挡不了?我爸爸要是跟别人干这种事儿,我就跟他斗争!"

马立本苦笑了一下,压低声音说:"淑红,要我看哪,咱们庄可能要闹点事儿,我们可得沉住气……"

"怎么沉住气,装聋装瞎,由着他们胡闹?"

"你听我说呀,淑红,咱们对劲儿,换个人,我才不对他说哪!眼下国内的形势跟以前可不同了。你听说了没有,城市里正在大鸣大放,放得可厉害啦!"

"什么叫大鸣大放?"

"看,连这个你都不知道,还嚷嚷哪!党正整风,整顿坏作风,把办的坏事全改过来……"

"你说什么?共产党办了什么坏事啦!"

"我是说,群众不赞成的事儿。党整风,让大伙提意见,要发扬民主,大伙说怎么办就得怎么办。咱庄分麦子的事,土地股子分不分红,得看群众的,要是大伙都赞成土地分,那就成了民主运动了,随随便便反对,那还了得吗?"

焦淑红笑笑,抖着被露水浸湿的衣裳襟,说:"要是这样,就更没什么怕的了。不信开个会讨论讨论试试,赞成这种鬼主意的,顶多就是那几户要走资本主义道道的老中农,那算什么群众运动呀?老先生,别又把那股子小知识分子劲拿出来瞎咋唬!"

马立本不愿意把这个大好时光都花在争论上边。他早就打好了主意:将来要娶焦淑红。他从各方面观察,焦淑红对他也有意

思;可是不知道为什么,总是不能往深里发展。这一程子,焦淑红
对他总是有点冷冷淡淡的,正想找个机会讨讨底儿。这会儿,他两
手抱着肩头,抬头看看银盘子似的月亮,又低头看看姑娘那颀长的
身影,胸口扑通扑通地跳。这个美丽的姑娘有时像天上的月亮,离
着他遥远遥远,有时又像这条身影一样,一直投到他的胸怀里。他
忽然想起《西厢记》里的一句诗"月移花影动,疑是玉人来"。瞧瞧,
这个玉人不是已经站在身边了,只要放开点胆子,一伸手就抓住
了,再用不着媒人去周旋,也用不着躲避别人的猜测了;就像变戏
法似的,他立刻就能向别人公开宣布:会计马立本跟团支部书记,
漂亮的、有文化的姑娘焦淑红是未婚夫妻了!

马立本想到这儿,真有点神魂颠倒了,声音发颤地说:"淑红,
咱们别在这儿站着了。走,到我家去,再好好谈谈,我有好多的话
要对你说哪!"他说着,就要拉焦淑红。

焦淑红推开他的手,说:"谁黑更半夜的串门呀! 不啦,我要睡
觉去了。"

马立本忽然惊讶地叫了一声:"哎呀,你怎么穿的这么单薄呀!
小心着了凉,闹个伤寒病什么的,就是治好了,也得把一脑袋头发
脱掉,多难看哪! 快把我那个棉猴①拿来吧,那东西穿在身上,看个
麦子开个会的,多大的风也打不透。走,到我家拿去。"

焦淑红说:"你别让我出洋相了。五月天穿个棉猴,还不发白
毛呀!"她说罢,提着木棒,就要走。

马立本呆了一下,追一步,喊:"淑红,等等,我还有件事儿跟你
商量。"

"什么事儿? 你就说吧。"

"我明天也参加你们看麦子,行不行?"

焦淑红说:"当然行啦! 我早对你说过,农业社的会计,不能总

---

① 北方群众对一种连着帽子的棉大衣的俗称。

坐在办公室里,像官老爷似的,多不像样子。抽点工夫,到地里劳动劳动,又练身子,又练思想,要不然,你那脑袋也要发白毛了,对不对呀?"

马立本说:"淑红,不是我愿意整天坐在屋子里;这是领导上的意思,马主任让我看家呀!"

焦淑红说:"对啦,我还得给你提个意见,不管你爱听不爱听。"

马立本心惊肉跳地说:"你讲吧。你不讲,总这么憋着,难受死了。"

焦淑红说:"我是看你越来越有点浮了……"

"怎么浮了?"

"不踏实。你好多地方跟别的青年不一样,让人看着不顺眼。这是谁教你的?"

"什么,不顺眼?谁教我的?"

"对啦!"

"我不接受,没这事!"

"我把话说了,接受不接受在你。"

"别走,咱们得说清楚……"

"你自己先躺在炕上想想去吧!"

马立本还要说什么,姑娘已经走远了。

他踏着月光往前走,心里边品着刚才焦淑红的一举一动,一言一语。他有点懊丧。他感到自己刚才说了一些没有用的、有失威信的话。本来焦淑红就有一点瞧不起他马立本的味道,刚才的话语表情之间,明明表示出不满,或者说,有点恨铁不成钢的意思了,为什么还跟她说那些话呀?唉,物以稀为贵,整个东山坞就这么一个女中学生,就这么一个顶漂亮的姑娘,要想把她得到手,不费点心思,不受点委屈,那是办不到的——功夫到了自然成啊!马立本想,明天晚上跟她一块儿看麦子去,两个人在野地里,没有人惊,没有人搅,好好谈谈心,解除焦淑红的误会。他又一想,焦淑红的爸爸焦振茂这个人心眼比别人多,对闺女管教的也厉害,不把这条水沟眼儿打通,好事儿也难成。应当来个双管齐下,再让媒人加把火。

他走着,想着,忽然又记起一件很重要的事情。他停住了,心里边犹犹豫豫,是现在去呢,还是明天早起再去呢? 还是去一趟吧,要不然,误了事,保准要挨一顿撸。

他赶紧上了北坎,朝西走,又拐进一条小胡同,到了一个黑大门跟前停住,刚想敲门,赶紧把手缩回来,顺着石头砌的高墙走了几步,左右瞧瞧没有人,攀着小树,噌噌地爬上去,一悠脚,蹬上墙头,再一翻身,跳进去了。

院子里,一条狗汪汪地叫了几声,立刻又安静下来。

第 五 章

萧长春敲打着韩百仲家的大门板,嘭嘭嘭地敲了好久没人应声,使劲儿一推,大门吱咋一下开了。他进了门,绕过一座爬满金藤花的影壁,就见北房西屋里点着灯。他冲着窗轻轻地喊了一声:"大舅,睡下了?"他边喊着,边往前走,推开虚掩着的堂屋门,就进来了。

这个屋子很矮小,坯座泥顶,看样子盖上总有四五十年了,还没有吊顶角,柁檩椽架全被烟火蒸气熏得油黑油黑的。一盏小煤油灯放在隔山墙的灯窖里,一灯两用,又照里屋,又照外屋。油壶里的油大概是不多了,正烧着灯捻子,昏昏暗暗,还不住地爆跳。

他撩开门帘子朝里屋一看,韩百仲夫妻俩都没在家,只有两个十岁左右的小子,脱得精光光地躺在炕上睡觉。小子总不如闺女安稳,睡觉都不老实,这个头朝东,那个头朝北,这个压着那个的胳膊,那个压着这个的大腿。萧长春朝他们看一眼,忍不住笑了:"这两个淘气鬼,睡觉还折跟头打把式哪!"他说着,把他们拉开了,又给他们枕上枕头。

萧长春转到屋门口,朝院子里喊了几声,依旧没人应,这两口子到哪去了呢?他又折回屋子里,想坐在炕上等等。撩门帘子带进风来,小油灯上的火珠儿摇摇晃晃,眼看就要灭了。他用火柴棍拨了拨灯捻子,见里边的油真干了,就弯着身,从柜上摸了个瓶子,拔开塞子闻闻,是香油;又摸了个闻闻,是豆油,第三个瓶子刚拿到手,门帘子呼啦一下撩开了,跳进一个四十多岁的女人。她又粗又壮,站在那儿像一根柱子。她那一只大脚刚迈到门槛子里边,不管三七二十一,就吼吼地叫开了:

"你个挨刀的货,钻山了,进洞了,上天了,入地了?让我跑折了腿,踩烂了脚,绕世界找不到你!"

这女人喊着,一抬手,把一团又大又软的东西扔过来,扔到萧长春的怀里,差点儿打掉他手里的油瓶子;亏他眼疾手快,一抄手把那团东西接住,原来是一件老羊皮袄。没容他开口,那边又吵架似的喊起来:

"你也不是三岁两岁的孩子,怎么连个冷热都不知道?半夜里野地外边又是露水又是风,光穿个小单褂子,真行?哼,要光是为你,我缺不着,冻死你我也不心疼,我连个眼泪疙瘩都不掉。我不是光为给你送皮袄跑瞎道的,我是有重要的事儿找你。我看你这党员主任白当了,村子里出了这么大的事儿,你连个味儿都没有闻出来,你的耳朵塞上鸡毛了!快去找找马主任吧,快去吧!那件事原来是他搞的,这还得了哇!你整天扎在生产队里不行啊,长春不在家,你得多担点呀……"

萧长春被她闹得晕头转向,直到听了后边这句话,才听出是发生了误会,不由得暗笑起来。平时,这个老小辈断不了闹着玩;韩家是萧长春的姥姥家,韩百仲跟他亲舅是没出五服的弟兄,这个门他能够直出直入,比到自己家里还要随便。于是,他想逗逗这个急性子人,就一气不吭,把羊皮袄一团,低下头,一屁股坐在春凳上。

大脚焦二菊更急眼了:"嗨,我说的话你听着没有哇?你别光闹个人意气,两个党员见面不说话像个什么样子,别人要跟你们学习哪!长春怎么跟你讲的,没说让你肚量大一点儿吗?我看你呀,小心眼像个酒盅儿!不为他,你也得为咱们这个农业社想想啊。苦着熬着,好容易到这一步吗?嗨,你听我说没有哇!马之悦又往泥里领东山坞哪,那些人要按地分麦子的事儿,他当后台啦!告诉你说,我可不是为自己打算,按地分红,咱们地少,工分多,当然吃了亏,要是为咱们的农业社好,为社会主义奔,别说吃点亏,就是掉脖子杀头,我也心甘情愿;不是为这个,往邪路上走,拉东山坞的后腿呀,吃针尖那么点儿的亏,打破了脑袋我也不干。"她这样喊叫一通儿,又放低声音,"我跟你说了,是要你办事儿,不是让你去发脾气去吵架;也别像去年那个样,一见事儿就趴在炕上。你要把心缝宽着点儿,像人家长春那个样子,别看人家比你年纪轻,论心术,你仨捆一块儿也不顶个。"她说着声音又高了,"还愣着什么?快往灯里添点油哇,灯要灭了。油瓶子在柜底下,瞎摸什么呀!我给你做汤了,吃上一碗,肚子热乎乎的,快去找找马主任。"她说完这句话,一撩门帘子出了屋子。

萧长春本来想跟舅妈开个小玩笑,不料想,听了她这一番话,被震动了,从心里头发热。他激动地猫下腰,从柜底下摸出油瓶,就往灯里加油。

外间屋锅勺撞击声响起,一会儿又听着喊:"嗨,别出来,别碰着我呀!"

焦二菊这么喊着,用胳膊肘支开门帘子,端着一碗热气腾腾的汤进来了,朝萧长春递过去说:"来,赶热喝了,先找找马主任,要是说不好哇,我看你就连夜到工地上找长春去。"

萧长春接着话音说:"舅妈,我这不是来了!"

焦二菊吓了一跳:"啊,是你?"

"对啦。"

"哈,哈,哈……"

焦二菊大笑一阵儿,又羞又气,想上去给萧长春两巴掌,手上又端着汤碗,只好狠狠地跺了跺脚。

萧长春用一张废纸团蹭着手上的油,笑着说:"行了,行了,耳闻不如眼见,这回我可知道您的厉害啦!"

焦二菊说:"真可恶! 你怎么不言语一声呀?"

萧长春说:"我怎么言语,进门您就突突突,一阵子机关枪,打得我头也抬不起来了。"

"嘻嘻,我当是你大舅哪!"

"唉,我大舅要是让您这一骂,不是早跪地求饶了。"

"挨刀的,总是没大没小。什么时候从地里钻出来的呀?"

"刚到工夫不大,饿极啦。"

萧长春说着,接过焦二菊递过来的汤碗,一迈脚上了炕,往炕沿上一蹲,就吃起来了。他有个习惯,不论在炕上、地下,吃饭或开会,总得蹲着;他的蹲功夫很厉害,一蹲可以两三个小时不动窝,站起来的时候腿脚不酸麻。

焦二菊拿过一双筷子,用手捋捋递给他说:"人好不如命好,让你赶上了。喝吧,锅里还有哪。"

"真香,放这么多油。"

"还是大前年剩下点芝麻,前年马之悦不让种芝麻,去年又让雹子给平了,一个粒儿都没分着。"

"嗨,陈粮还不少哇!"

"船破有底，陈粮食总还有点，芝麻可就这么一升了，我总没舍得吃，昨天换了香油。不是到麦秋了吗，磨了面，好烙顿香油饼吃呀！唉，他妈的，光跟咱们穷人过不去，看见咱们要吃顿饼了，又红了眼，专走邪门儿！"

焦二菊这么说着，那股子气愤劲儿又冒上来了。不过，她是个快活的直心肠人，不论遇着什么样的事情，都搁得下也放得开。她看着萧长春吃得那么香甜，神情一转说："长春哪，我跟你爸爸整天叨念你，总算把你叨念来了。舅妈这回要给你办一件好事儿。三十大几的人了，对家里别总是吃凉不管酸。早起我还跟你大舅说那个人呢，他怕我没眼力，怕我给你拉个落后分子来。他可真会糟改人。我这两只眼可厉害了。那姑娘多进步，我不敢打包票，保险不给你添病。不信，就亲眼瞧瞧，一定让你心满意足。怎么样，咱们明天起早就去吧？"

一提这种事情，萧长春的舌头就笨了。尽管他结过婚，有了孩子，脸皮却特别薄，还不如当下的大姑娘开通。任凭焦二菊很认真地说，他一句也不吭。

焦二菊说："我是为你想，也是为咱们这个农业社想。你屋里要是有个人，往家奔着也就心盛了，哪会一个多月连趟家都不回呀！"

萧长春打岔问："舅妈，大舅到哪儿去了？"

焦二菊说："我这不是也找他吗！我说长春，你看咋好，头两天光听到个荒信儿，说是有人吵吵着要按土地分麦子，没见实际，也就没往心里边去；谁想到马主任也赞成这个，还说是上边的政策变了。到底儿是真变了还是没变呀？"

萧长春说："没那宗事儿！"

焦二菊半信半疑："没变，怎么这些人闹得愣冲啊？"

萧长春把最后一口汤倒进嘴里，一边用大手抹着嘴角，一边说:"别听这一套鬼话!"

"不听是不听,闹的人心里怪不落实的。才一天,村子里就嚷嚷动了。你志泉表嫂一听这个风传,都吃不下饭去啦,还跟我哭了一场。难怪呀,这一冬一春她可真不易,扯着一群孩子,起早挂晚地干活儿,不就为的多捞点工分,多分点粮食吗?她家土改就分了三亩地,头入社又卖了一亩挂零,按地分红,不把她给坑了!"

萧长春听了这句话,心里怪不好过,就说:"舅妈,您得空跟她说说,让她放心,咱们农业社总要往头走,别人想拉回来,那是妄想!"

焦二菊点着头,还有几分不放心:"马主任说话顶事儿,他要扭着劲儿,可就难办了;你跟你大舅可得设着法儿劝劝他呀。等着,我找你大舅去。"

萧长春从炕沿上跳下来,说:"您歇着,我去。"

焦二菊说:"我这两只脚还累得着哇!"

听了这句话,萧长春忍不住地笑了。

焦二菊是当庄焦家的闺女,排行老二。小时候死了爸爸,瞎妈拉扯着她们姐妹俩还有个小兄弟过日子。那年头妇女还兴裹脚,说婆家的时候,男人那头第一条先问这头闺女是"蛮装",还是"旗装"①;就是说,是小脚,还是大脚。要是小脚,闺女就算长得丑点儿,也算有了几分姿色,要是大脚,长的再好看,也减了人才。寡妇家的孩子不干活儿日子难过,没有工夫一天到晚地收拾两只脚,加上焦二菊从小任性,地里、场里、山坡、河边跑惯了,受不了裹脚条子的约束,裹上她就悄悄地松开,裹了一二年,脚不见小,白费了半天事。村里多嘴的妇女说闲话,瞎妈说:"算了,就当小子养她了!"没想到,到了十四五岁,该是找主的时候,这两只脚可就成了大问题,说过的人,一见模样全乐意,一见那两只气死男人的大脚就摇

---

① 旧社会称汉人为蛮,称满人为旗,汉人女子多缠足,满人反之。

50

头。大脚焦二菊这个名字，一下子传开了。瞎妈受不住人们的耻笑，硬要从头给闺女裹脚，五尺长的裹脚条子把脚缠住，再搬个大捶木石压上，把两只脚搞得像针扎、刀割一般疼。焦二菊受不了这份罪，一边哭着跟妈说："妈，我不裹脚了，不找主了，家过老，炕头埋，当一辈子姑奶奶。"瞎妈心一软，只好由她去了，两只脚又自由自在地长起来，从此，也就很少有媒人登她家的门槛子。

那会儿，韩百仲正给沟北地主马小辫扛小活。他每天起早贪黑到山上放羊，断不了在山前山后碰上挖野菜、拾柴火的焦二菊。头次见面点点头，二回见面问个早，一二连三地混熟了，你吃我一口干粮，我喝你一口水，你替我拾把柴火，我帮你缝缝窟窿，慢慢地就有了感情。有一回碰上了大雨，两个人跑到一棵大胡桃树下边躲避，天南地北地说开了知心话儿。说着说着，小伙子朝闺女身边靠靠，愣冲冲地说："二菊，咱俩成两口子吧。"焦二菊听了这句话，像挨了一针，噌下子跳起来了，连声喊："不，不！"小伙子吃惊地问："你看不上我？"二菊两只手捂着脸说："看得上。""那你为什么不呢？""我脚大。""我不嫌。""人家笑话你。""我不怕。"焦二菊挺奇怪："为什么呀？"韩百仲说："我们成两口子，是为过日子，又不是娶你当摆设，脚大有力气，咱们好一块儿干活。"焦二菊一头扎在小伙子怀里，哭了。

过了几天，马小辫的猪倌马老四到焦二菊家替韩百仲说媒。他对瞎妈说："百仲这个人直心眼，好心肠，力大能干，二菊跟他受不了罪，你也有了靠山。"三言两语，婚事订妥了。可惜，过了"小帖"①没半个月，出了场事：韩百仲往山上放羊的时候赶上大雨，丢了五只绵羊。马小辫哪里能饶他呀！拿鞭子抽他要他回去找，找不回来轻着罚五年工钱，重着得打个八分死。韩百仲冒着大雨回去找羊，刚进山川，山洪下来，一个大浪头把他给卷走了。好心肠

---

① 旧风俗订婚男女交换生辰八字的红纸帖。

的马老四在后边跟过来，一句话没喊出，人没影了。马老四跑回村跟马小辫一讲，马小辫把眼珠一眨巴，说："夫债妻还。"硬拉焦二菊给他当了使唤丫头。当丫头做活算了，脚碍你什么了？嗨，东家偏在她的脚上挑毛病。马小辫喊一声"端水来"，焦二菊就浑身打颤，慢了要挨骂，快了也要挨骂，脚步一重还要挨骂。开口就是："妨家的货，两只脚扇搭扇搭的，像个娘们走路吗？"或者："走道如擂鼓，一辈子白受苦！"东家来了客人，先要焦二菊藏起来，连厕所都不让去，为什么？怕客人看见马家奴才的两只大脚丢人！

不管旧社会、旧礼教怎么迫害这个女人，焦二菊倒占了她那两只脚的便宜。当她跟倒霉的命运较量起来的时候，她那双脚，帮她踩出一条她应当走的道路。

焦二菊当奴才的第二年，忽然接到韩百仲托人带来的口信，说他没有死，在北平拉洋车，让马老四帮忙解救焦二菊逃出地主家的虎口，到北平找他。那天傍黑他们商量好，三更天在大门外的石头碾子旁边集齐。到时候两个人遇上了，就往村外跑，刚过小桥，马小辫的护院子的狗腿子追上来了。焦二菊急了，一纵身，跳过河，撒腿就跑。马老四那会还是个壮年汉子都没跑过她，给狗腿子捉住，挨了一顿揍。焦二菊就靠她两只不屈服的大脚，跑进北平，跑到情人的怀抱里。

韩百仲一天到晚拉洋车，累死累活顾不上两个人的饭碗，第二年又添了孩子，日子更难过。"屋漏又遭连夜雨"，韩百仲一天出车，碰上"炸市"①，奔跑不迭，把一条腿摔折了，躺在炕上不能出去挣钱。两天揭不开锅，耿直的韩百仲对焦二菊说："你别跟我受罪了，把几件子衣服当了，凑几个盘缠，带着孩子回老家去混口饱饭吃吧。"焦二菊一句话没说，抱着丈夫的衣服、帽子、鞋袜就走了。

---

① 当时的北平十分混乱，各军阀的部下在闹市上相互殴斗，使得市民、行人四下逃跑，俗称炸市。

她早起走的，过午没回来，晚上没回来，把个孩子饿得哇哇哭，把个韩百仲急得团团转。快半夜，焦二菊回来了。韩百仲说："我当你自己跑了。"焦二菊说："上不了天，入不了地，穷人往哪跑哇？我给你挣钱去了。"她说着，一把票子摔在炕上了。原来，焦二菊穿上男人的衣服，女扮男装拉洋车去了。焦二菊就靠着她那两只坚实的大脚，养活了一家人，还给男人治好了伤。

一九四五年他们回到家乡，韩百仲一回来就当上了民兵，第二年入了党，又当了村公安员，他这三间小土屋成了民兵队部和交通站。焦二菊依仗着女人家少有的优越性，替丈夫站岗、放哨、找人、送信，周围十几个村，她全跑过。有一回，两个伤员转到东山坞。那会儿国民党反动派大举进攻解放区，村里的男人早就藏到山里去了，听说顽军①到了三里远的大湾，连小孩子毛都跑光了，到哪找人去呀！急得韩百仲满院子转。焦二菊不慌不忙地从屋子里走出来说："别急，咱俩送同志进山。"韩百仲说："抬走一个，把一个扔给顽军呀！"焦二菊说："嗨，咱们一人背一个呀！"在爬山越岭的时候，焦二菊不喘不歇，一直跑在丈夫的前边。焦二菊用她两只勇敢的大脚，保护了革命的同志。

韩百仲在东山坞沟南办起第一个农业社，是一个有名儿的"穷社"。地薄、人多、资金少，干部们要想着法儿给社员增加收入。春季里正是抗旱抢种的时候，县供销社给农业社找一个挣钱的路子：搞短途运输，把供销社的货物运到山村里去。沟北马之悦那个富社车多、马壮，鞭子一摇，票子到手了。这个穷社呢，几头毛驴走路打晃，还得靠它们架耧子种地，社干部干着急，没办法。焦二菊挺身而出："没牲口、没车，咱们有人，男的不够，有女的，用肩膀子挑，挑不动，抬！"于是，她招呼了一群妇女，背的背，抬的抬，追着沟北的大车跑，大车跑一趟，她们跑两趟；沟北三天打鱼两天晒网，她们

---

① 指国民党反动派军队。

一天不丢。到结尾一拢账,她们挣的工钱大大地超过了沟北。亏了焦二菊两只勤劳的大脚呀!

…………

焦二菊的大脚很出名,这是她的荣誉。萧长春从心眼里敬佩她,头几年就主张选她当妇女主任。马之悦说,一门两个干部不合适。焦二菊说:当干部不当干部一样办事儿,不如不挂牌子干得痛快,离点弦走点板,惹不出大事来。因此,她是东山坞妇联组织里不是主任的主任。

焦二菊一阵旋风似的刮出去以后,萧长春又蹲在炕沿上卷了一支烟,一边抽着,想着这一阵工夫听到的反映和呼声。从焦二菊这番话里更加证明,马之悦跟闹土地分红那件事情确实是有关联的。那么,现在摆到眼前的问题是如何对待这种局势;明天一早,是先找闹事的那几家富裕中农再证实一下呢,还是先找马之悦谈;是等他们提出这个问题再反驳呢,还是主动地揭盖子……到底怎么办有利,他一时拿不定主意。

大门口外边,有人吵嚷起来了。

首先传进来的是韩百仲的高嗓门:"翠清,去叫淑红、克礼他们去,马上开干部会。"

接着是焦二菊的声音:"人家克礼带着人看麦子去了,把他叫回来,麦子还看不看呀?"

"凭什么不看?麦子是咱们社员大伙的血汗浇出来的,我看谁敢动它一个粒儿试试!"

"有话家里说不行吗?大街上吵吵什么呀?"

"街上怎么着,我坐到他家炕上吵去!"

"算了,算了,先听听长春的再说吧。"

萧长春跳下炕,连忙迎出来。

焦二菊和马翠清已经把韩百仲推进院子里。

韩百仲是个矮墩墩的个子，四十五六岁，方脸，淡眉，两只眼睛总是又红又亮，像喝过酒似的；走起路来胸脯子挺得很直，说话的声音很高很重，就是说平常话，也带着几分下命令的口气。

这会儿，他被别人推着一边往里走，一边扭着脖子对马翠清大声嚷："你这丫头怎么着呀！快点告诉淑红去。"

马翠清是韩百仲的干闺女，她对外人舌尖嘴快，在干爸爸跟前特别的老实。她朝着迎出来的萧长春说："表兄，我爸爸说今夜里就开会。"

萧长春说："大舅，您忙什么，还愁没会开呀，咱们商量商量再说。翠清你去吧，告诉克礼他们，该怎么看还是怎么看。"

韩百仲说："长春你回来的正好。这一回，我得跟他马之悦见个高低上下；村里整不了他，我们俩手拉手上县委，反正是有他没我，有我没他！"

焦二菊急得不得了。她是个粗中有细的人，在自己家的屋子里她对自己的男人十分厉害，两句话不投就喊就叫，可是到了公开场合，到了大门口外边，她总是给男人留一点"传统性"的面子，常常不知不觉地变得很温顺。另一层，她也清楚丈夫的根底，这十年里边，丈夫跟马之悦两个人到一块儿就吵，吵来吵去没顶大用，反倒找了不少的麻烦；平常日子，只要丈夫办的事儿沾上马之悦的边儿，焦二菊就有点过分小心。这会儿她一面往屋里拉丈夫，一面连说带劝："有话慢慢说，别叫唤了，叫唤一溜遭也不管用啊！"

韩百仲跳着脚说："我算越来越把他看透了，他压根儿没有跟咱们穷人一条心过。长春，你是支部书记，不要说我讲怪话，我说呀，上级对他太宽大的没边儿了！他的罪过还小哇！去年是谁给东山坞砸的锅，是他马之悦，没开除他党籍就便宜了！别人把个要躺倒的农业社扶住了，把个麦收拼命拼出来了，他跑回来吃现成的就够不要脸了，还转着腰儿搞邪门歪道的事儿，这，这，这不是骑着人家脖子拉屎吗？我到县委告他去!"他说着,甩开了焦二菊和马翠清就朝外跑。

焦二菊、马翠清两个人就又喊又追。到了大门口把他追上了,怎么拉也拉不回来。

萧长春没有追他,站在院子中间,大声喊道:"支部还没讨论研究,您往哪走? 快回到屋子里去!"

这句话立刻生效,韩百仲虽说没有那么痛快地回到屋子里去,也不再挣着走了。

萧长春走过来,扯住韩百仲的手。他感到这只带着厚茧的手上在冒汗,浑身都在颤动。急性的人哪,你怎么不会冷静一下呢? 萧长春难道不比你急,不比你激动? 别看他还在说,还在道,有时候还开上几句玩笑,他是在用这些控制自己,不让自己暴跳起来,不让自己蛮干呀!

萧长春把韩百仲拉到屋子里,又把他推到炕上,这才坐在他的身边,慢声细语地说:"大舅,说实在的,我一听到这件事儿,比您还要恼火,恼火可顶什么用呢? 要是恼火、暴跳能够解决问题,咱们俩一块到大街上吵去,跳去!"

马翠清差点儿笑出声来,赶紧捂住嘴了。

萧长春继续说:"这件事儿,马主任到底参加没参加,我们先得把情况弄清楚,就是跟上级汇报,也不能大概怎么样怎么样,听见风就是雨不行啊! 咱们守着的这个摊子是八百口子人的,咱们还得想到几万万人呀! 我看哪,咱们先跟马主任碰碰头,听听他的口气,再开个干部会,大家摆摆思想,最后再看看社员的态度,三头都弄准了,怎么办,怎么解决,就能想办法了。你说我这个意见怎么样?"

几句话,把个火气冲天的韩百仲说软了。

这个韩百仲在东山坞算是老资格了。解放战争时期的民兵队长、治安员，土地改革时期的贫农团主席，农业合作化以来，也一直是走在前头的人。可是他有个特点，这一点跟马之悦是完全不同的。什么特点呢？他从来不摆资格；上边来的同志也好，本村的同志也好，只要你正确，不论你的资格嫩还是老，职位高还是低，他都能无条件地服从；你不正确的话，资格再老，职位再高，他也不听调。拿马之悦来说吧，资格比萧长春老得多了，韩百仲就从来没有完全服从过马之悦，遇到不合理的事儿，他就要跟马之悦斗一斗；虽然因为他性子直，办法少，这十几年里一块儿共事，斗来斗去斗不过马之悦，可是，在东山坞沟南有个他，沟北有个马同峰，马之悦办事就得提防一点儿，小心一些，不敢明目张胆按自己的心思大干。韩百仲对这个新任支部书记萧长春却不同。去年整风，马之悦被撤了职，马同峰和几个党员有意思让韩百仲当支书，韩百仲说自己工作能力不强，保举萧长春接手。他挨个儿到家里说服同志们，又去请求乡党委批准。他说："让长春挂帅吧，他年轻，有办法，走社会主义道路坚决，我跟大伙儿在一边使劲儿，服从他领导，保证农业社能办好。"这八九个月来，他真是这样做的。不论大事小事，萧长春怎么指，他就怎么做，一时想不通，也能服从；他们也有争论，越争论越贴心。

这会儿，两个人坐在炕上抽了袋烟，又争论开了。

韩百仲说："长春，我跟你说，这个马之悦不整整是不行啦！淑红跟我说，有人背后讲你不尊敬马之悦，我看你倒是尊重得过火了！"

萧长春说："您太急躁，马之悦是犯过错误……"

韩百仲打断他的话说："依着我，那会儿就不该让他当副主任了，可你跟王书记全支持。怎么样，又出事了吧？"

萧长春说："一个同志犯了错误，也批评了，也处分了，总得等个时候，给他留个转弯子的后路哇！他又犯毛病，那是他的事儿。

57

无论怎么样,咱们先别想到整他,眼下最要紧的,是把问题弄得明明白白。真有这么一回事儿,想不整也不行。"

韩百仲勉强地笑笑说:"好,听你的。还是那句话,反正,以后共事,你对他得留个心眼儿。"

萧长春点着头说:"我也听您的。这件事到底怎么样,是对他一次大考验。"

焦二菊见萧长春把丈夫稳住了,两个人说得入了垅,也就放心了,便说:"长春,这么晚了,你也不用回去了,就睡在这儿吧。我替你舅到麦子地里转转去。"

马翠清说:"我去吧。"

焦二菊说:"你也回家歇着吧,蹦了一天,还不累呀!"

马翠清说:"麦子丰收了,全都忘了累啦!我妈多会儿也等我回去才睡,躺炕上还跟我叨咕半天:麦子收来了,咱们的日子越过越红火啦!她还盘算着给我买这样、置那样,絮絮叨叨,我都睡了一觉,她还在那儿叨咕。我当她说梦话,一捅她,她醒着,说是人得喜事精神爽,心里高兴睡不着。嘻嘻……"

焦二菊笑着说:"快回去听她絮叨吧。"她披上了大羊皮袄,找一条棍子拿上,便出去了。

马翠清也跟着走出来。

这会儿,月亮都歪了。她们刚迈出大门口,就听沟北边传来狗叫声。

第 六 章

会计马立本爬墙头跳进院子里。一条大黄狗正在墙角里蹲着,听到响动,嗖下子蹿了过来,伸出尖牙利齿,刚要撕扯,一见是熟人，叫了两声就不叫了，摇头摆尾地围着马立本转圈子。

马立本没有心思理睬它，一面用脚踢它，一面朝北房走，到了窗前，伸着手指头在窗棂子上轻轻地敲了几下，低声叫道："马主任，醒醒。"

屋子里虽然灭了灯，被窝里的两口子都还没有睡着。听见有人敲窗户，马凤兰拉着长声音问："谁呀？"

马立本嘴贴着窗户纸说："三姑，是我。"

马之悦这才搭腔："立本，什么事呀？"

马立本说："您起来一下吧。"

马之悦想起来，马凤兰压着他的胳膊不让动，只好欠着头问："有急事儿吗？"

马立本见马之悦没有起来的意思，也不再勉强，就隔着窗户低声说："老萧回来了。"

马之悦问："相亲来啦？"

马立本说："不大像。"

马之悦问："他啥时到的呀？"

马立本说："刚回来。"

"他都说什么啦？"

"进门就问预分的事儿。"

"你怎么回他的？"

"我跟他一问三不知……"

屋子里的马之悦拍炕席了："胡闹，你是干什么的，怎么能三不知呢？"

马立本挨了迎头一棒，很不高兴，就说："您也没有交代我怎么回答他呀！"

"你应当灵活点儿嘛！"

"灵活出娄子来，您又该说我了！"

"你没说这是群众的意见吗?"

"说啦! 我说,咱们听听群众的反映再定……"

"这又是一句模棱两可的话。应当干脆点儿,不让他钻空子。"

马立本站在黑影里,手指头剜着窗台的砖缝儿,呆了好半晌,又嘟嘟哝哝地说:"我哪会想到他冷不防地蹦出来呀,事前要想到这一步就好了。"

马之悦听出会计的语气里有埋怨自己的意思,就缓了缓口气问:"他提我没有哇?"

"提了,要找您,让我给拦住了。"

"他那样子急不急呀?"

"倒看不出太急来。"

屋子里,马之悦不吭声了。他嗑着牙花子,闷了好大工夫才说:"不用慌。他没有马上找我来,大概还没听到什么。你回去睡吧,明天早上在他没跟我见面以前,你设法躲着他,要问什么,由我回答。"

马立本说:"他回来的太不是时候了,咱们还没有把人发动起来,事情还没搞出个眉目,他不用兴师动众,就是往村里一呆,也会镇住不少的人。您可得赶紧想想办法呀!"

马之悦在屋里又说:"不要紧的,回去睡觉吧。"

马立本又扫兴,又伤感地在窗外边站了一会儿,心里嘀嘀咕咕地退出去了。

马之悦像得了个报丧的帖子,翻过来,调过去,在炕上轧开了苇子。

马凤兰有一套本领,男人高兴的时候,她就变成一块冰;男人发愁或生气的时候,她又变成了一块热火炭。现在她又烧起来了,朝男人跟前凑了凑说:"老马,发哪家子愁呀! 就凭你浑身的本事,凭你在东山坞的威信,还斗不过小小的萧长春呀! 我看你稍微使点心眼就行了。"

马之悦又翻个身,轻轻地叹口气。

马凤兰说:"唉,不是我给你后悔药吃,也怪你一步棋走错了。去年你要听我大伯的话,蹲在家里顶顶,能有今天吗?不让你走,你偏走,躲了和尚还躲了寺呀,你不是厚着脸子回东山坞来了?你分明是给人家挪窝哪!你要不离东山坞,也咬着牙跟大伙闹腾一阵儿,不就是打打柴火、磨磨豆腐,有什么了不起的,你不比姓萧的干的强;要那样,顶多批评你几句,也不至于把支书给你撸到底呀!……"她这些话出口,不知道是给男人的火气上泼水,还是故意拱火浇油。

任凭女人数叨,马之悦不声不响,他的心里乱得厉害。照他原来的估计,麦收动镰之前萧长春一定要回来一趟,就先下手,写了那封稳兵之计的信。没想到那封信没把萧长春给稳在工地上,反而回来得这么快,把他马之悦搞了个措手不及。看样子原来想好的步调不能不变换一下了,怎么个变法,他得仔细地想想。

马凤兰生气地一翻身,给男人一个后脊梁,想赌气睡自己的觉,又像有满肚子的话说不完,不说出来心里憋得慌。她说:"你不用这么算计啦,我看哪,不管怎么算计,早晚你得让人家踩在脚底下。人家早把道儿给你划好了,你怎么绕也得走。哼,那时候呀,你小子连个狗屁都不如啦!"

马之悦憋着一口气,从牙缝里挤出一句话:"他呀,那是做梦!"

马凤兰又翻过身来:"怎么是做梦,你还是不认这个输呀?你想的天高地厚,人家把你掀下来了,人家当了支书还兼社主任,这是真打实砸吧?你哩,主任,主任还是副的,屁味儿,挂牌子的,跑龙套的,驴皮影人,由着人家耍。共产党是领导,人家姓萧的领导你。你也吧嗒吧嗒嘴,品品滋味儿,从打姓萧的上了台,人家拿眼映你没有？信不信由你，反正你这个空名目也顶不长了。你在人家手心攥着，想圆就圆，想扁就扁，人家不是傻子，容你这个眼中钉，肉中刺啊？迟早得把你压到五行山下，让你彻底完蛋！"

一句话，像尖针似的刺在马之悦的心上。他觉着胸口窝堵住了一口气，憋得难受。紧接着，又是一股子压不住的怒火冲了上来，一拱一拱地顶脑门子。

残月把院子里的柿影印在窗子上，支离破碎，乱乱糟糟；柜上的老式马蹄表，不高兴地嘀哒着；墙壁因为返潮，发散着一股霉气味。

马之悦落生在这间青砖到顶的瓦房里，可惜他没有赶上好时候。好日子是在怀里抱着过的，等他刚一懂事，他爸爸早用大烟枪①把几十亩好土地一斗一斗地量出去了；连东西两层厢房也溜了瓦片，换了大烟土，这个富农户变成了穷人。他妈倒挺能把家，苦着难着，好不容易给他成了家，他爸爸就一伸腿死了。十七岁刚出头的马之悦，不得不把这个穷家破业挑起来。

马之悦是个有"志气"的人，决心要恢复家业，要在东山坞创个首户。他能吃苦，肯出力气，只要是生财的事儿，不分大小，他全干。他赶过大车，在酒烧锅当过学徒，上京下卫，跑遍京东十二县。十几年的奔波，家业虽说没有创出来，他可享了福，开了眼界；吃过，嫖过，见过大世面，也练出一身本事。他脑瓜灵活，能说善讲，心多手辣。东山坞的庄稼人，十个八个捆在一块儿，也玩不过他的心眼儿。

日本鬼子侵略中国，小炮楼安在三里远的大湾；烧杀抢掠，穷人富人都不得安生。那时候，在这靠山坡子小村跑公事非常危险，不要说胆小的人干不了，就是那些专吃这行的、最爱揽事的一听都怕。一个村子，没个头行人又不行。马小辫和几个财主一商量，觉

---

① 吸鸦片烟的用具。

着马之悦有胆气，食亲财黑，善于应酬，就保举他当了村长。这种村长要包揽各方面，什么事都得做，哪头的事都得管，白天应付敌人，晚上要接待"八路"；一面是假的，一面是真的，真真假假，这个差事可很不容易干。马之悦上任以后，干得相当出色。不论"北山"的，炮楼的，村里的，村外的，他联络得都很好，四面玲珑，八面叫响。他不光会使手腕，又有一副贼大胆。手腕加胆子，使不少人服了他。

　　有一次，炮楼里的一个鬼子岗哨失踪了。鬼子的小队长很恼火，要到附近的村子里寻找"凶手"，进行报复。这一天，小队长带领一小队鬼子兵开到东山坞，当场宣布，先要烧掉所有的房屋，然后挨个打，挨个杀，非把害鬼子哨兵的人找出来不可。东山坞大难临头，娘儿们和孩子，哭的哭，嚎的嚎。好多人都给赶到韩百安家的院子里，铡刀也打开了，汽油桶也开盖儿了，火把也点着了。当时，马之悦的朋友范占山在炮楼里当伙夫，他从翻译那里知道一点底细，瞅空子告诉马之悦了。他说：鬼子并不知道"凶手"是哪个村的，这回出来完全属于"诈唬"，到哪个村都是这一手；要是一服软，鬼子就当"诈"出来了，就得真烧真杀；要是硬顶，鬼子就不会真干。马之悦本想找个人"硬顶"，可惜，鬼子一出发，男人们和动作灵活的人都跑到山里去了，只剩下一些妇女、小孩和老年人。他想，自己该怎么办呢？不顶顶吧，房子烧了得杀人，先杀谁呢？准得先杀村长啊！与其伸着脖子让人家杀了，不如豁出去闯闯，也许能闯出点希望来；这当儿，他又瞅见那个勤务兵样子的鬼子抓来两只鸡，在堂屋里跟范占山比比划划，好像要在这里做着吃，这更不像真烧真杀的样子了。于是他主意拿定，往日本小队长跟前一站，说："太君，杀人要赃，捉奸要双，没赃没双，怎见得那个太君是东山坞的人害的呢？"日本小队长瞪着眼说："一定是！"马之悦说："一定不是！"日本小队长逼近马之悦："你的敢保？"马之悦拿出一副不害怕的样子,干脆地回答:"你的调查,真是东山坞人杀了太君,我的脑袋不要了!"小队长抽出雪亮的洋刀,瞪起眼睛嗷嗷叫:"是东山坞人杀的!"马之悦看着明晃晃的刺刀,他心里嘀咕,反正到了这节上,我服了输,害了怕,你们也不会饶了我这条命,干脆硬到底。他把脖子一挺,高声说:"不是,杀了我的头也不是!"当时被圈在一块儿的老小群众全都吓变了脸色,全都替马之悦的性命捏着一把汗。只见那个日本小队长两只眼睛在马之悦的脸上盯了好几秒钟,忽然放下刀,拉住马之悦,哈哈大笑,连说:"你的大大的好人,大大的好人!"结果,小队长还请马之悦吃了一顿酒。

从此,这个浪荡公子成了东山坞的要人。财主们给他庆功,穷人给他送礼,连最吝啬的庄稼人韩百安都抱着自己的老母鸡,送到马之悦的家里。马之悦不肯收,韩百安起誓发愿地说:"你用脑袋保了东山坞,保住了我的家,你的大恩大德,我一辈子也忘不了;这点小意思,就是表表我的心。"马之悦在村里受到信任,老百姓全拿尊敬的眼光看他。管他有千层房子万顷地也比不上这种突然得势的人神气呀!他心里边确实有一种说不出来的高兴。他把"创业"、当财主的心思先搁在一边了,一心一意要往"官势"上靠。他认定这是一个金江山,只要靠上,省心省力,享不尽的荣华富贵。

马之悦跟抗日政府靠在一起,后来还混进了共产党,一步一步地走到今天,完全是因为一件偶然的事情造成的。

有一天下午,在西边十里远的森林镇附近发生一次小小的伏击战。傍晚的时候,两个受了轻伤的游击队员倒换背着一个重伤员摸进东山坞,从后门进了马之悦的家里。两个轻伤员对村长马之悦说:"我们把这个同志留在你这儿,你们要设法给他治伤,半个月以后我们派人来接。记着,这个同志在,你在;这个同志有个闪失,我们不会放过你!"马之悦忍着惊慌,满脸赔笑,嘴上说好话,心里打主意。他说:"要说这件事是我们应当做的,同志是为抗日受的伤嘛！只是这边离炮楼太近，出来进去都是鬼子，太危险了，就怕同志不安全。我找几个可靠的人，护送你们到远一点村子住不好吗？"两个轻伤员说："你是想把我们支走是不是？"马之悦连忙说："同志们这是哪的话，太见外了。咱们初次见面，彼此不熟，您可以打听一下，东山坞是不是真正的抗日爱国村；公粮、军鞋，东山坞哪会儿落后过？我马之悦当着村长，是老百姓推保的，不是申政委①在瓢儿峪开会，给我撑腰，兄弟就是有五个脑袋，也不敢干这个差事呀。你们三位就都安心住在这里好了，保证不会出闪失。我马之悦用脑袋作保，行吧？"几句话，把两个伤员说乐了。他们解释说："近来因为情况复杂，有的村长叛变了，不能不加些小心。你要是真心实意，就看实际了。"两个说完，就要走。马之悦嘴上还是一个劲儿强留硬留，其实他恨不能立刻把他们支走。送走了两个伤员，马之悦简直像坐在炸药包上了。他想，村长家里边藏个八路，这儿离炮楼又这么近，墙有耳朵门有眼睛，万一让日本人知道了，准没有自己的活命；出了危险，伤员有个三长两短，八路那边交不了账。这块病要当机立断，赶快想办法去掉。怎么办呢？把伤员转到别人家去吧，照样是自己的责任；送走吧，谁敢保险不走漏风声？要躲开危险，就得下个狠心，现在天要黑了，三个八路进村，谁也不知道，要是给炮楼上透个信，让他们派几个人，先顺着路到山根下边把那两个轻伤员截住，鬼子给他俩上点刑法，大概就会咬出藏在东山坞那个，马之悦自己不出面，一块病去掉了，对自己和村里都没风险，八路也不会知道。他打定了主意，就飞快地跑出村，正巧碰见在炮楼做饭的范占山，领着两个"伙会"②来东山坞要猪肉。马之悦就简单地把村里来了伤员的事情一说，三个人都觉得这是个立功得赏的机会，也不顾回炮楼调人马，就急忙奔山根追

---

① 抗战时，通称中共书记为政委，现指姓申的区委书记。
② 为日本鬼子服务的汉奸士兵。

赶。不料,那两个伤员很机警,出的村北口,却绕到村东进的山,范占山和两个"伙会"连他们的影子都没捞着。回来,"伙会"硬要把马之悦家里那个伤员捉走。马之悦听了这句话,出了一身冷汗。他心里想,放走了两个活口,把这个捉走了,回头山上边的人摸下来跟马之悦要人,那可怎么办?不让"伙会"把这个带走吧,事情暴露了,鬼子那头也对付不了哇!马之悦毕竟是马之悦,他的主意,一转眼珠就来了。他咬着"伙会"的耳朵说:"兄弟,捉走一个八路是挺容易的事情,咱们得给自己想想啊!把话说在头里,我马之悦倒不怕,你们都知道我,山里山外我都有人;我要是怕,还主动告诉你们呀!我是给兄弟你们打算。我觉着,这样做对你们太不便了。怎么说呢,明明是三个八路,日本小队长一听让你们放走了两个,还能不追究吗?要我看呐,不如把这个事咽下去算了。"范占山是县城里的人,跟马之悦是老交情,两人一向不错,也帮着说好话。两个"伙会"对捉人不捉人并不计较,目的不过是得点儿"外快"。况且,真的把人捉走,有朝一日八路下来拿下了炮楼,也就没好路了;说几句人情话,办件人情事,两头全方便。马之悦少不得在村公所办了一桌酒菜,最后又打点了三包储备票①,事情就算压下去了。马之悦回到家,赶忙把伤员藏在自己的地井里,又请医,又买药;他原来那个媳妇,也是个好心肠的人,对伤员殷勤服侍,不消一个星期,那个伤员就好了。马之悦谢天谢地,挑了个妥当日子,又悄悄地找来口角严实的焦振茂,让他牵上自己家的小毛驴,驮着伤员头里走,自己在后边跟着,就连夜进山了。他到了山里一打听才知道,这位伤员原来是本区的区长。这下子马之悦可神气了。他在山里住了五天,俨然像个立了大功的英雄,受到了各方面的接待,参观了根据地很多新事物;政委、区长跟他谈了许多革命道理,鼓励他继续为抗日事业贡献力量。马之悦看着,听着,琢磨着,心

① 日本占领时期的货币。

里边又打起了小算盘。从根据地各方面热火朝天的情形看，力量不弱，说不定将来真能成大气候；政委和区长的话，句句在理，为外国人卖命，屠杀中国人，的确是可耻的事情；满天的云彩，你知道哪一块有雨呢，不给自己留个退脚的地方，将来不是自找苦吃吗？马之悦不是傻子！他从山里回到东山坞之后，正赶上这边搞开辟地区工作，各种基层组织跟着建立起来了。他来了个顺水推舟，对抗日工作表现得很热心，送公粮，送军鞋，常常是积极操持的；他利用自己的方便条件，帮着区小队到炮楼里探听情报，也有一股子不怕风险的劲儿；加上村里的财主都拥护他，也开始怕他；穷人呢，都拥护抗日政府，恨透了日本鬼子，对马之悦的爱国行为就特别支持。因此，马之悦做这一切都很顺利，所有的消息，对炮楼那边封锁得很严密。马之悦脚踩两只船，在洪波激流里安安稳稳地走下来了。随着抗日战争的节节胜利，心明眼亮脑瓜子灵活的马之悦跟共产党越靠越紧了。那时候，冀东这一带的战争环境非常残酷，特别是靠北平边上这块地方更厉害；党组织不断被破坏，县、区干部不断地牺牲、调动，新来的工作人员，对马之悦只知道虚名，不知根底儿，村里人也觉着他是个热心抗日的村长，谁都没有把他当外人看。抗战胜利的那年，东山坞的党小组长、工会主任韩百倬牺牲了，在扩充党支部的时候，马之悦就混了进来，成了党员。

　　一九四八年冬天，第一批工作人员到东山坞搞土改。那会儿，村里有两家小地主跟马之悦父祖辈就有点勾心斗角的小冤仇，他很想利用这个机会斗斗他们；而马之悦自己，土地没多少，才划成下中农，土改对他没有什么坏处。他自然而然地成了积极分子和骨干。他能够撕破情面，又敢说话，封门、挖财宝，他都跟着干。开斗争会的头天晚上，他还跟地主马小辫一个桌上喝酒，喝完了，又跟马小辫的侄女马凤兰睡了一觉。清早开会，第一个上台提出清算马小辫的，也是马之悦。尽管工作人员一再宣传政策，不准打人,他下台就给马小辫两个大耳光,接着又是一个窝心脚,把马小辫踢的昏倒在地,顺着鼻子耳朵流血,倒下半个月没起炕。工作组刚离村,他又偷偷地往马凤兰的屋里钻。马凤兰关上门不让他进去,骂他是喂不熟的白眼狼。马之悦说:"你把我怪错了。我这一脚,保住了你大伯的一条命,不然,大伙跟他一算账,不杀了他才怪哩!"

土地改革之后,马之悦前前后后想过几天,他认为共产党把天下打出来了,这回是太平无事了,他们该稳稳地享受胜利果实了;马之悦自己既然混上了个"党员干部",又没有过去那种危险了,也可以理直气壮地跟着分享荣华富贵。他还认为,既然不打仗了,也土改了,共产党往后就该让老百姓往发家致富上奔了,这会儿占上一个高位子,倒也不错。于是马之悦一心往上爬,有空子就钻,有机会要露一手。村公所是他张罗修的,小学校是他从政府要钱盖的;开会啦,出差啦,跑腿误工、劳累一点儿,从不叫苦喊屈。那一年,他那个临时互助组里的老实庄稼把式韩百安种了二亩棉花,因为管理得法,秋天真是长"恒"了。有一次,区长李世丹下乡检查工作,发现了这块棉花地,立刻写了一份材料,反映到县里,很受领导赞赏。秋后县上召开劳模会,一张请帖来到东山坞,要韩百安去参加会议。韩百安一向是不问国事,新名词知道的有限,他以为当劳模就是请他当干部,他哪里舍得整天跑公事,瞎误工!吓得他跟马之悦求饶,马之悦硬要他去,他就跑到山里打柴火,三天没敢回家。到了开会的头天,马之悦一边骂韩百安,一边惋惜东山坞刚要到手又要飞了的荣誉。接着,他灵机一动,立刻剃头、刮脸,打扮得一身新,代替韩百安去了。他在会上来个典型发言,说那块棉花地是他们互助组种的,除了棉花丰收,又把如何办互助组,搞牲口繁殖,有枣一竿子,没枣一棍子,稀里哗啦,说个流油光。他的精彩发言,博得了全场人的赞佩。推选出席专区劳模代表的时候,马之悦闹了个全票。马之悦光人一个去开会，回来拉了一车奖品，带来一身荣誉。从那以后，他的工作劲头更足了。他把临时互助组改成常年的，第二年又照着韩百安的管理方法种了一大片棉花，又丰收了，他又一次理直气壮地参加劳模会去了。他成了风传一时的模范人物。

那时候，区长李世丹负责领导这一片村子的工作。这位区长特别赏识马之悦的才干。一九五三年夏天，东山坞的党支部书记焦田调去支援工业建设，临走的时候，他建议由韩百仲接替他的职务。李世丹没听他的，亲自来村掌握着开了个支部会，跟党员们说马之悦如何的有领导办法，往后搞建设，主要得靠才干，等等。结果马之悦当了党支部书记。从此，马之悦才真正成了东山坞的权威。他爱惜自己那个"老干部"的光荣招牌，他爱惜李区长和大伙给他的荣誉、地位，爱惜自己的东山坞；他也觉着共产党不错，对得起他，他想要永远稳坐东山坞这个小天下。

可惜好景不长。就在这一年冬天大张旗鼓宣传过渡时期总路线的时候，区长李世丹犯了错误，被撤了职，马之悦就好像站在退潮的河滩上，他越想站稳一点儿，腿脚露出来的越快。他哪里会想到，共产党打走了鬼子、打走了国民党，还要搞社会主义呀！昨天互助组，今天农业社，明天还会出什么新花样呢？这样搞下去，这个命革来革去，要革到自己头上了！马之悦凭他的"敏感"和经验，已经料到往后会节节紧，他的日子不会好过，尽管他硬着头皮办了个中农社，尽管他设法往开处想，仍然压不住内心的惶恐。上边开始有人对他怀疑了，有人批评他这样那样是错误的了；在东山坞也开始有人对他不满了，有人找到他炕头上哭天抹泪地诉苦了。马之悦同情这些人，挨他们的埋怨也觉着是合情合理的。马之悦自己的土地不多，也没有囤积多少粮食，倒是很自然地跟地多、粮多的人一个心思，跟这些人一样，看着眼下的一切事情都不顺眼。他觉着老百姓越来越不自由，一步一步往大堆归，这样下去，天下要变成个什么样子呢？他看透这个靠山不是那么靠得住了，像有个套子套在自己的脖子上；自己越使劲儿干，那个套子就勒得越紧。在这种情况下，只有傻子才跟着瞎干哪！

这么说，马之悦可以像那些"革命到头"的人一样"退坡"了？没那种事儿！马之悦根本没抱过什么革命理想，也就不存在到头不到头的问题了。他不能把自己的命运和东山坞的命运一块儿交出去，由着人家随意摆布。他对眼前的事再不满、再生气、再恐惧，也不能不硬着头皮干。他要顶着、等着，"留得青山在，不愁没柴烧"嘛！这是马之悦的定心丸。不料想，去年平地钻出个萧长春，把他彻底震动了。过去，马之悦跟沟北的那些人一样，并没有把这个小小的复员军人放在眼里，根本不相信他能成气候。即使在马之悦挨了处分，萧长春当了支部书记，他也没有动心。按着他的估计，过不上几个月，萧长春不是被大家挤掉，就得自动下台，这个支部书记还得请马之悦当，东山坞的印把子还会在马之悦的手里攥着。形势发展，跟他想的完全两样，不知萧长春都使用了什么办法，既没见他整天价在街上走来走去指手画脚，也没见他在群众大会上夸夸其谈，还是像先头那样，像一头牛似的跟着人们干活计，开个什么会，也不过是三言两语，参加会的人比他这个主持会的人说的话还要多，他的江山却越坐越牢。在马之悦看来，过去，好多人都是用观望的、不放心的，甚至是藐视的眼光看着这个新支书；麦子种上了，冬荒渡过了，春荒又要渡过，丰收的光景就要来到的时刻，这些眼光看不到了，围着萧长春转转的人多了，萧长春把这台戏唱起来了。就好像在马之悦的身上压石头，一块一块往上加，一会比一会的重，压得他都快喘不上气来了，说不定哪一天，马之悦有一点儿不对他萧长春的眼，就可以把马之悦一脚踢开，东山坞就成了萧、韩两家的天下。把马之悦踩在脚底下，那口气可真难出啊！萧长春是危险人物，这种危险性，只有马之悦看得最清楚。他知道，现在萧长春刚刚站稳脚，还没有迈步，等这场丰收的果实到了老百姓手里，说不定他会怎么折腾，说不定他要一个晚上就把人们赶到共产主义去，马之悦能受这个吗？能让别人这样糟蹋东山坞吗？最要命的是，马之悦还有个大脓包。这个脓包在马之悦得势的时候，在上级、群众都信服的时候，就没人留神，就能自消自化；要不然哪，那可就要命啦！

月光被西墙遮住了，屋子里一片黑暗。

马之悦翻腾着自己那一套历史，胸口堵得难受。躺在一旁的女人，身上散发着热气，响着不均匀的鼾声。

他想：坏事就坏在这个娘们身上了！他跟马凤兰明铺暗盖，气疯原配的女人，一次一次往区上告状，正巧赶上李世丹被调到县里去检查错误，没人护着他了。领导上开始对马之悦印象不好了；特别是女人气死之后，领导上一再警告，他还是执意娶过这个成分不好的马凤兰。为这事，区里来人教育他，韩百仲、马同峰这几个人整整说他一夜，从此开了个"挨批评"的头。其实，一步错，步步错，去年那场雹灾过后，不跟范占山搭手跑买卖，咬着牙在村里干几天，也不会造成那么大的灾情；灾情造成了，要是不躲开，硬着头皮顶几天，萧长春也就没空子钻出来了……一句话，马之悦的大势已去，不能再有名、有利、有权，更不能稳坐江山了……

萧长春顶了他的位子以后，在他面前摆下了两条道路：一条是忍，保持个站脚的地盘就行了；一条是再往前猛冲。忍耐，这份气不好受，谁敢保险萧长春能容下他？谁知道萧长春会把东山坞搞成什么样子？往前冲，实在难，这半年多，事情越变越复杂了。不过，要是两个办法一齐用，明忍暗冲，把群众拉过来，笼络住，把萧长春挤垮，一定还可以等待机会，重整基业！这段日子，马之悦就是照着这个计划做的。

今年麦子丰收了,沟北的几个中农户都红了眼,都打起各种各样的算盘,想多分一点麦子到手,怀念起过去那种单干单收的日子。马之悦摸准了这些人的脾气,庄稼人只看眼前利,不算拐弯的账,这个时候,谁要主张多分给他们麦子,谁就是天大的好人,就会朝这个好人身边靠拢;这个事情一办成,跟农业社散心的人多了,打击了农业社,也是打击了萧长春。马之悦想抓住这个好机会,收拢人心。偏巧,修河要开工,马之悦极力主张挑优秀分子去,把一些党员、不听马之悦话的人,差不多全挑上了,接着又怂恿萧长春去带工。道路扫清,一切都可以随心如愿。麦子一黄梢,事到临头了,他并没有一直筒子地干起来,他带着点盘缠钱,出去采买生产用具,顺便探听点情况。他在北京遇见马小辫的儿子马志新。从马志新那里他听到一个很意外的消息。马志新说,建国几年来,许多党派对共产党都不满,知识分子、农民、工人也都有意见,过去悄悄替农民叫苦的人都趁机会喊出来了,还直接提出农业社办糟了,粮食统购统销搞坏了;共产党害怕发生匈牙利那样的乱子,就开展整风,要彻底改正错误;据马志新估计,不管怎么整风,类似匈牙利那种事情,早晚得在中国发生,改朝换代的日子就要来到了。马之悦不大相信时势会发展到这么严重的地步,不过,他觉着,要是不多给群众一点自由,也难说不出事。特别是农村,紧了这么好几年,不自由自由也不行了;东山坞地多的户都要土地分红,人多势众,照着众人的要求办了也没有什么错处,民主嘛!马之悦反复掂量之后,终于下了决心,要抓住这个大好时机,决不能错过去。他从北京回到东山坞之后,就动手策划,顺着中农的心思,先制造一种空气,给他们引引头,等全动起来了,再开个群众大会,一吹风,通过决议;萧长春回来的时候,群众已经发动起来了,大鸣大放也开始了,木已成舟,想改他也改不了啦。去年闹灾,萧长春在沟南买了个好,今年丰收,马之悦要在沟北买个好,鸣放不到自己头上,还会有更多的人保举他。沟南沟北，两个天下，有人再搬搬马之悦试试！没想到，事情刚插手，八字还没一撇，鸣放来的这么迟，萧长春又回来的这么早。事情办不成，少不得要挨萧长春一顿整，沟北的人又得笑话马之悦无能，怨言一堆，成了猪八戒照镜子，里外不是人了……

马之悦想呵，想呵，最后，他终于想出一条绝好的妙计，心里一阵高兴。好像满天的黑暗被一阵风吹散了，眼前大放光明。他一挺身坐了起来，蹬上裤子，下地摸鞋。

马凤兰被惊动了，拉住他问："干什么去呀？"

马之悦笑嘻嘻地说："宝贝，我去找马会计呀！"

马凤兰睡了一觉，见男人高兴了，就说："啥事情明天办不了，人家马会计早睡六国去了！"

第 七 章

会计马立本一夜失眠，清早想睡个懒觉，又不得安静。先是寨子①那边的大公鸡喔喔地啼叫，接着是破风匣呱达呱达地怪响；随后，他的爸爸六指马斋一声接一声地咳嗽，他的小个子妈妈一句连一句地唠叨，他的小兄弟一阵高一阵低地哭喊，真气死一台戏。

他在被窝里翻了个身，心里边暗暗地咒骂了一句：妈的，都死绝了倒干净！他扯着被子，盖上了脑袋，又开始不出声地数着数儿，一、二、三、四……忽忽悠悠地像是睡着了，又像是没睡着。他心里边还在后悔，后悔昨天晚上自己说的话办的事儿。头一宗不该把心里想的话全都掏给焦淑红：城市正在大鸣大放不假，是不是像马之悦说的那样，因为上边犯了错误要纠偏呢？说这种话，会不

---

① 篱笆的俗称。

会影响自己入团的事儿呢？第二宗，后来不该又立即跑去给马之悦报信，像个小偷似的爬墙跳院子，多不像话！跟马之悦一起办的既然是好事情，为什么又一天到晚总是把攥着心呀？土地分红这件事儿，是不是给群众办好事呀？老是这样跟着马之悦跑，到底儿有没有前途哇？

马立本给自己起了个外号叫"常后悔"，他的日记本子上边就写着不少的后悔事儿。

土地改革第二年，他正念初中，那会儿，马之悦对他说：建国初期，到处都需要人，早参加工作比晚参加工作吃香，应当抓住时机进步。他觉得这话很对，又因为家里的日子垮了，他要报答父母养育之恩，就退了学，到一个山沟里当小学教师。教师的薪金低，不能满足需要；一天到晚哄一群孩子，熬到白头，顶多能当个校长，顶什么用！他后悔不该退学了，就要求退职。当时区里人好心劝他，给他讲人民教师的光荣，他不听，不让走，就偷着跑了。他跑到保定附近一个小县城里投考了银行，当上会计员。当会计员工作累，前途也不大，他又后悔不该离开教师的岗位。他要求调动工作。银行的领导帮助他认识金融工作对恢复国民经济、建设社会主义的重要，他听不进去，工作疲沓，追求享受。没干一年，因为贪污和乱搞男女关系，被开除了，自然又挺后悔。他回到家里，衣裳换了，头发剃了，七天没出院门。

有一天，马之悦亲自到家里找他，说："大侄子，你这是怎么的了？"

马立本哭了："大叔，没脸见人了。"

马之悦说："唉，这算什么！年轻人，没经过事，少锻炼呀。人非圣贤，谁能无过呢？跌倒了，再爬起来，过去错了，咱们从头来嘛！你要瞧得起你大叔，就出来跟我搞工作吧。"

马立本不敢相信地望着马之悦，苦笑着说："大叔，您别逗我了。"

马之悦说："怎么是逗你呢？大叔的肚量你是知道的，还容不了你呀？我这个人最爱惜人才，将来，咱们东山坞全靠你们年轻有为的人建设哪！再说，我跟你爸爸又是老交情，不提携着你，我提携着谁呀。你瞧瞧，办了农业社，我又是支书，又是主任，没个帮手不行啊！你有文化，又见过世面，将来一定有前途。先出来当几年会计，你看行不行啊？"

马立本见是真的，他又高兴，又胆怯，说："您想拉拔我，就怕群众不赞成。"

马之悦说："唉，你真是娃娃的见识。大叔在东山坞支这个摊子是一天的了？吐口唾沫一个钉，说什么不算数？"

马立本低着头说："您的威望我知道，就是，就是我这个人的名声……"

马之悦早就把这个年轻人的心看透了，不过是故意转个弯子。他哈哈大笑一通，说："你说的是那件事儿呀？快放宽心吧。那个县银行的信跟材料转到村里，到手我就烧了。离咱村这么远，我不说，你不讲，别人谁知道你的底细？只要你从今以后听我的话，好好地为人民服务，咱们把它压在舌头根子下边，算是没有这宗事儿。得，从今天起，你就提起精神，重打锣鼓另开张！"

第二天，马之悦把个不听话的会计韩小乐调到大庙里搞副业，马立本就走马上任了。

当时的马立本多么感激马之悦这个老革命干部呀！他把马之悦的每一句话都当圣旨来念。他下定决心要从头来，要给自己开一条新的生活道路。他小心谨慎，又加上他的确很聪明，把个账目搞得一清如水；天天结，月月总，一时一刻不拖延。马之悦到会计室来了，他就小心地把账本子捧给马之悦，让领导检查。

马之悦笑笑说："你是科班出身，一个农业社这点小账目还有搞不清楚的！不用查了。"

有人来支款，马立本也按着规定办事儿；领的款多了，他就对人家说："你让马支书开个条子签个字儿，我再付款。"

回头马之悦就对他说："咱们爷俩是君子之交，谁还信不住谁。这种事情，赶上我没空的时候，你就办了，过后跟我说一声就行了。"

马立本想买一把新算盘用，请示领导。

马之悦说："买吧，顺便再买块玻璃板，省得桌子上麻麻渣渣的不好写字儿。"

马立本想在办公室安个耳机子。

马之悦说："选个好点的。农业社嘛，不能缸里点灯外边黑。我就不待见小里小气的。"

一来二去，马立本的老毛病又犯了。他那剃去的分头又留起来，烟袋锅扔了，叼上了烟卷儿。钱从手上过，手指头缝就掉下一点儿，日久天长，捞着了甜头，越来越胆子大，后来，花插着就动起大家伙。马之悦对他不闻不问，反而越发地信任他，他也就越发地放手干了。

有一天，马之悦忽然变了脸，按着马立本，要他就地剜坑，马上把所有的账目都拉出清单来。

这一下子马立本可傻眼了，浑身打抖，手指头连笔都拿不住。他又只好假装镇静，低着脑袋算账，一笔账，一头汗，吭吭哧哧，那股子聪明麻利劲儿全都吓没了。

马之悦坐在一旁，绷着脸，皱着眉，一气不吭。过了好半天，他突然哼了一声，从腰里掏出一个小账本子，往桌子上一摔，说："你算这个吧！"

马立本两手发颤地拿过来一看，一五一十，一卯一星都不差，上边写着，马立本整整贪污了五百五十元。超过五百元就是大贪污犯,不杀头也得坐牢。马立本的魂儿都吓飞了,扑通一声跪在地,哭着说:"大叔大叔,您救救我吧,我这一辈子也不敢了……"

马之悦一伸手把他拉起来,哈哈大笑了一阵,说:"唉,真至于吓成这个样子,大叔故意教训教训你呀!"

马立本站不敢站,跪不敢跪,像个傻子似的看着马之悦,嘴唇干抖,说不上话来。

马之悦说:"立本,你怎么不接受教训呀?年轻轻的,放着光明正大的路不走,为吃点花点搞这种事,不是故意断送自己的前途吗?古语说,人为财死,鸟为食亡。这句话在旧社会行,新社会就吃不开。我像你这个岁数的时候,做过发家创业的梦,什么全不顾,一个心眼往钱里边钻。怎么样呢,到头来,碰得头破血流,两手攥着空拳头。我还是个我。经一事,长一智,后来我把这条道认清楚了;在革命阵营里锻炼了这么多年,我才慢慢地觉悟了。人生在世,不能光为金钱二字。这东西沾不得;只要你总是想它,沾不上是祸,沾上了也是祸。还是先离它远着点好。要我看哪,最要紧的,是趁着自己年轻力壮,多给东山坞的群众办点露脸的事情。人家一见你的面,敬着,人家一听你的话,从着;出了东山坞,一提名,人家全知道——这个荣誉,金银财宝是比不上的。为什么放着这条路不走呢!旧社会你想干一番事业,要担惊受怕,如今这是多坦然;只要你想干,你就干吧,共产党给你撑着腰,东山坞的老百姓给你当后盾,你还怕什么呀!……"

马立本像读了启蒙课本的第一篇,两只眼睛都给马之悦说直了;他觉着,那些话,是从一个老干部的心里涌出来的;一字一句,都像甘露落在土上,星点儿不漏,全都吃进肚子里去了。

马之悦最后又给他指出一个具体的方向:"立本,照你这一肚子文化,照你这份聪明劲儿,又年轻力壮,甭说别的,只要熬上个党员,什么事儿都好办了。到了那个时候,我光当支书,主任这个差事由你来,那该多好。立本哪,从今天起你就听我的,保险有你好路走。"

…………

从那以后,马立本处处都追求"进步"。可惜得很,他总是"进步"不到正地方,也"进步"不到节骨眼上,还是断不了吃后悔药。就拿去年东山坞遭受灾害以后的事儿来说吧,那是个多好的立功机会呀!马之悦跑了,韩百仲病了,他要是像萧长春那样,趁这个空子把大权揽过来,领着大伙儿干一场,脸露了,前途有了,马立本也不会是今天这个马立本了。今年麦秋丰收,顺着形势搞个土地分红,在群众里也建立一下威信,这是"进步"的机会,偏偏遇上萧长春这么一个"破坏党",看样子,又是一服后悔药。唉,后悔呀,后悔!

马立本怀着复杂而又混乱的心情,慢慢地睡着了,还做了个梦,梦见自己参加了入党仪式大会,焦淑红亲自给他戴上一朵光荣花;刚要跟她握手,窗棂的敲击声,把他惊醒了。同时,外边有个轻悄悄的声音传进来了:

"马会计,还没起来呀?"

马立本没有动,眼也没睁。

窗户外边站着一个二十一二岁的年轻小伙。细高的个,一脸的老实气。他叫韩道满,是沟北老庄稼把式韩百安的独生子。这会儿他受了他爸爸的差遣,来找会计支钱的。在会计室扑了空,就找到这里来了。他已经在窗根前站了两袋烟的工夫,过一阵敲敲窗户,过一阵敲敲窗户,轻手轻脚,本意是叫人,又好像怕把人家惊醒,脸上露出一副很为难的样子。

寨子那边烧火的马立本妈瞧见他了,觉着他怪可怜的,就探身子说:"道满大侄子,你是找立本呀?他在屋哪,大点声叫吧。"

韩道满说:"不慌的,等等吧。"他说着,转了个弯儿,就又敲窗子,"马会计,还没起来呀?"

马立本很烦躁,一撩被子,不高兴地问:"什么事呀?"

韩道满一见把人叫醒了,就赶忙靠近窗户说:"我爸爸让我支俩钱,托人到集上捎点零碎东西。"

马立本说:"你们自己没钱啦?"

韩道满说:"有是有,我爸爸说先从社里支着花。"

马立本冷笑一声:"瞧瞧,自己有钱掖着,朝社里借,社里有压票子机器呀!"

韩道满说:"我也不想借,他一个劲儿说。"

马立本说:"嘿嘿,你还是入团积极分子,这点集体主义思想都没有哇?"

韩道满连忙说:"不支就算了,我就是讨你这句话,回家我就能交代了。"

没借到钱,他好像比借到手还高兴,就擦着寨子根,走出院子,回家了。

马立本翻了个身,又一糊涂,嘟嘟嘟,屋门被谁敲得震山响,真叫气人!他就欠着头吆喝:"嗨,谁这么讨厌呀? 别搅乱人家睡觉行不行啊?"

外边人搭腔了:"我。太阳晒屁股还趴着,你才真讨厌哪! 你不赶快起来,我把门板子给你敲碎它!"

马立本听出是焦克礼,声音就柔和了:"得了,得了,老弟,修修好,让我再睡一会儿。你有什么事呀?"

焦克礼朝门板上踢了一脚:"嗨,官不大,僚不小,躺在被窝里办公啊!"

"昨天忙得一夜没睡。"

"去你的蛋吧,什么事情忙成这个样子呀?"

"唉,我的事交给你,一天你也干不了,不信就试试。"

"别叫苦啦,快开开门,我有急事儿。"

马立本心里明白,不起来,这个主儿是打发不走的,只好坐起来披上衣服,慢慢腾腾地找袜子。

外边的焦克礼等得不耐烦,就使劲摇晃门,里边的马立本越喊别摇晃,他越摇晃得厉害,顶着门的棍子到底被他摇倒了,屋门哗啦打开,一个二十多岁的壮实青年,跳到屋里,一把揭开了裹在马立本大腿上的被子。

这个团支部的组织委员,是原来党支部书记焦田的儿子,性子直爽,敢说敢干,总带着一股子威风凛凛的气势,马立本从外表到内心全怕他。他紧忙蹬上裤子,一边揉着发胀的眼泡子,心里一边想:唉,我要是个党支部书记,你决不敢这样子对待我。他嘴巴却带着笑模样问:"什么事儿,这回该说了吧?"

焦克礼说:"我们今儿个要浇苗圃,闸板放在哪了?"

马立本说:"就这么丁点小事儿,隔窗户就说不了? 你的官僚架子还小哇?"

焦克礼说:"其实,不用你我也能找着,为的是要整整你。到底放在哪啦?"

马立本告诉他在大庙的空大殿里,他便笑嘻嘻地走了。这个小伙子刚结婚不久,走路都踩鼓点儿,比他大几岁的马立本还打着光棍,总不免有点眼热。

马立本的觉头给混过去了,也无心再睡,穿上衣服,胡乱地把被子一卷。他抬眼看看这个空荡荡的小屋子,到处乱七八糟,柜上放着的那几本旧书,什么《啼笑因缘》《三剑侠》啦,也落满了灰尘。他拖拉着破鞋,弯腰从柜底下掏出一个圆不圆、扁不扁的红铜盆子,想打水洗脸。

他住的是东厢房,他爸爸住在西厢房,两层厢房一个院,门对着门，窗对着窗，当中间倒夹上了秫秸寨子，分成两半儿，非常难看。这是他当上会计那年夹的，为的是跟他那个富农的爸爸划清界限。他爸爸对别人说儿子跟他把界限划清了，他妈在背后说，界限不界限，倒添了麻烦，饭菜要从寨子上传递，连打盆洗脸水也得由天上走。

"妈，来盆水！"

小个子的妈妈赶紧拿过瓢子要在锅里舀。

屋里的爸爸在被窝里发话了："锅里的水不是等着熬粥吗？等等佘子①里的水热了再使不行吗？"

马立本本来有一肚子不快没处消，这回碰到茬上了，就挺不高兴地说："真是富农思想，连使点水都心疼啊！"

爸爸冲着窗子骂开了："你他妈拉个巴子的不是富农思想，自己的肩膀子连个扁担都不挨，一天到晚扑激水！纯粹是剥削人！"

马立本气愤地说："我早晚跟你们彻底决裂！"

爸爸说："早该了！你们当干部的全黑了心，专门剥削人，还喊消灭封建！消灭了半天，人家祖传八代的好土地你给穷人分西瓜，一个小子儿不给，还得笑着说乐意。留下那么屁股眼一点儿，还不死心，硬要人家归伙聚堆，长出麦子你们还要霸占！不是这个样子，我两所新宅子盖上了，三套车拴上了，五个长工使上了，仓房的粮食大囤满小囤流。老子一伸腿，谁的？你的！决裂，你早该决裂了！要我看哪，说不定谁应该跟谁决裂哪！小子，别他妈的血迷心窍了！"

小个子女人赶忙舀了瓢子水，隔着寨子倒进儿子手上的红铜洗脸盆里；就势朝儿子使了个眼色，让他别还嘴，免得又吵起来。她回来之后，又从缸里舀了瓢子凉水添到锅里，见男人还在不干不净地骂，就隔着门帘子小声说："他爸爸，别吵了，该说的，说两句就

---

① 一种插在灶里的烧水用具。

得了,别没轻没重的,立本不是小孩子了。"

六指马斋说:"就冲他不是孩子了,我才要骂他!不论什么人,一忘了本,就不值钱了!"

马立本一边往发热的脸上撩水,一边冲着发黄的窗户纸说:"我怎么忘了本啦? 真是岂有此理,你说这种话,纯粹是立场问题!"

六指马斋说:"屁,立场,你是谁生的,谁养的? 谁的骨头,谁的肉哇? 你觉着当上个酸会计就不知天高地厚了,别给我丢人了! 井里的蛤蟆,你见过多大的天呀! 要不是赶上这年月,你这个爸爸不供你上大学念洋书哇? 你不是北京城里一呆,坐的软凳子,吃的是洋饭! 顶不济,在咱这个庄稼院里,你也是个少东家,一呼百应,用得着你一天到晚坐在办公室里劳神熬眼,让人家圆就圆、扁就扁的呀! 要不是赶上这年月,我能看着你二十好几的人打光棍呀! 我在你这个岁数,出门都抱着你兄弟领着你的手了! 我给你说俩娶仨,挑着样的选,可门挤,还用得着你嬉皮笑脸地追一个臭庄稼丫头哇!"

马立本忘了拧手巾,水珠儿从他那苍白的脸上往下滴答,两只耳朵伸着听。

小个子女人又嘟嘟囔囔地说:"世道变了,万事不由人呀,也不能光按着老理儿办事情。什么立,什么场的,我不懂,反正行一步,走一步,得机灵着点儿,得左右前后全都照看点儿,得顺着大流奔腾。"

六指马斋说:"什么世道潮流? 我看哪,眼下全是逆天行事,没一宗是正当的,兔子尾巴,长不了。坏事干到顶,也就算到头了。不信我这话不行。你看看'二十四史',再看'三国'、'中华民国大事记',朝朝代代,变化无端;不要说别的,就说我吧,先是花制钱,后来花大铜子儿、银大头,这个票子,那个币,变了多少,这就是准儿。从今往后就不变啦？没那宗事儿。瞧着吧，说不定是谁的天下哪！"

马立本擦着脸，呆呆地听着，不知不觉地让这些话给粘住了。这些书他没读过，这些钱他也没花过，他倒想起了这几天在耳机子里听到的事儿。

小个子女人还在一边敲鼓边似的唠叨："变化是变化，也别钻进脑袋不顾屁股。瞧人家马主任，那心劲，真叫行啊！鬼子在这儿，人家吃香，改成共产党了，人家不照样是东山坞的大拿呀！我看哪，再换个三朝五代，人家也倒不了架。"

六指马斋倒挺赞赏老伴这句话："要不我就说了，你得好好跟马主任拜拜师。别看眼下好像不大得意，其实呢，人家那才叫大丈夫，大丈夫能屈能伸嘛！不要跟萧长春这帮子人瞎哄哄，成不了大气候。他有什么本事？先那会儿，他给我打小半活，我都不要他，不就是穿了几年'二尺半'①呀，他经过什么阵势，动真的，差远啦！唉，马主任就是老了，挑水的回头——过景（井）了！"

马立本对着镜子整理衣服。镜子里映出他那总会引起自豪的小白脸。听到爸爸这句话，他忽然一震，心想，萧长春不行，马之悦老了，自己呢？能文能武，年轻力壮；最缺少的是时机和心力了。

…………

寨子那边，风匣声停了，唠叨声止了，骂人的也住了；这边的马立本也梳洗打扮完了，一脑袋瓜的困倦之意，也消散了。整个破落的小院子里出现了暂时的安静。

这一清早，表面看是一番家庭内部的小口角，实际上对马立本这样一个青年，是一场深刻的"阶级"教育，一场前途教育。尽管这些话都是信口而出，杂乱无章，似乎是"毫无目的"，马立本一时片刻还理不出一个头绪，但是，他昨夜的懊丧的情绪完全没了。往

————————

① 指军装，此处泛指当过兵。

后,在他说来,再不会有这种懊丧了。用他的话说,他的"立场"坚定了——他不能再这样犹犹豫豫的了,他要好好地学习马主任的样子,一心一意地跟着马主任走!

也就在这个时候,马主任的老婆马凤兰,从她大伯马小辫的茅屋草舍里出来,带着"老参谋"批示后的通知,来找马立本。

这个四十岁刚出头的女人,早就开始发胖了。本来就不大好看的脸上,两个大胖腮帮子往下嘟噜着,细眉毛,三角眼,嘴唇儿薄得像张窗户纸儿;头发用一个铁丝卡子卡着,家雀子尾巴似的搭在脖子后边;浑身的肥肉,越肥越爱做瘦衣服,瘦裤腿绷得紧紧的,随时都有崩裂开的可能。这女人整个看去像一只柏木笞,要多难看,有多难看。情人眼里出西施,马之悦说,他爱的就是这身膘。

她移动着两只肉滚滚的脚,走进马立本家的院子。

六指马斋也从屋里出来了。他昨天晚上跟瘸子老五喝了点酒,醉成烂泥,睡一觉才醒过来。脸色蜡黄蜡黄的,两只眼泡肿得像一对铃铛。刚才骂儿子那些话,多少带着点酒意,要不然,他这个时候不会轻易招惹儿子。他估计,儿子要跟他发火吵闹的,没想到,马立本连个大气都没出,心里不免有几分高兴。是呀,不管怎么着,骨肉总是亲的。他一边扣着破白褂子的纽扣,一边用六根指头的手擦眼上的眵目糊,大声地咳嗽着,吆喝小儿子给猪圈上垫脚。他见马凤兰进来,带有几分哭相地笑笑:"他婶子,起得早哇!"

马凤兰说:"你起的也不晚。人家都说你这几年变懒了,我看你比我家那个勤快得多,我不把饭碗端到桌子上去,他都不起来。"

马斋说:"我是闲着没事儿,他是忙人。"

马凤兰瞧见他那肿起来的眼泡子,说:"你又喝酒啦?"

马斋说:"心里边高兴,喝了一点儿。"

马凤兰说:"别高兴了,高兴太早了不好。"

马斋眨巴着肉眼泡子问:"这是怎么个话?"

马凤兰说："萧长春回来了。"

一听萧长春这三个字儿，马斋也顾不上再打听别的了，赶紧回屋里吃饭，准备马上出去找点活做。在东山坞，除了韩百仲，马斋最怕萧长春，这个人整起地主富农心可狠哪！

这工夫，马立本也从寨子那边绕过来了。

马凤兰说："立本，你瞧瞧，亲父子，搞这么一道墙隔开干什么呀！"

马立本想说"划清界限"，不知怎么，现在他连这句空话也没有勇气出口了。

小个子女人在一旁说："这是什么线，什么场。唉，什么世道，六亲不认，连亲骨肉都想拆散！"

马凤兰说："总这样啦？什么也得有个头儿。"她对站在一边剜指甲的马立本说："快走吧，马主任在家里等着你哪！"

马立本乖乖地跟着胖女人，朝马之悦家走来。

小胡同里，数马之悦这个门口大。原来是走大车的门，两扇门并一起足有炕那么大，黑漆剥落了，四个红方块里的大字儿还挺清楚，刻的是"神荼郁垒"。

一进大门，就见两个垒着基石的厢房地基，如今一边空着，一边是冷灶棚子；没有二道墙，进了大门就直通到了北房。北房一连五间，全是明桩厢，小挑檐，宽窗格子，上边可以大扇支起来，又宽敞，又豁亮。

大黄狗也看出主人不高兴，它没有满屋子走，也没有满院子转，老老实实地卧在春凳下边，摇着尾巴，悠悠地转着蓝眼珠，盯着炕上。

炕上坐着一个五十二三岁的瘦个子人；身子虽瘦，骨架很大，显得很剽悍，那张有几颗俏麻子的脸，总是白净净的，黑眉亮眼鼓鼻梁。可以看出，他年轻的时候，是个满风流的男子。可是近两年,他那张脸上总像有一种要下雨的阴云,渐渐地变化着,越来越灰暗,两只很精明的眼睛布满了红丝,眼皮子也时常忧愁地眨巴不停,使人感到他有许多苦恼,说不出来。现在他坐在炕上,手端饭碗无心吃,不住往窗外边瞧,——他就是马之悦。

马凤兰跟马立本一起走进来。马立本问马之悦:"大叔,找我有事儿?"

马之悦用筷子敲着碗边说:"先盛粥吃。"

马凤兰拿过一只洗干净的碗给马立本盛上。

马立本接过粥碗,坐在地下的春凳上,一面吃,一面望着马之悦,心里边犯嘀咕:"马主任,马主任,你是个有本事的人,这一回怎么把萧长春对付住,全靠你了,马立本能不能立个功劳,也全靠你这一手了,你可有什么高招妙方呀!"他见马之悦只是眨巴眼睛不吭声,光顾心跳,饭也忘了吃。

过了会儿,马之悦忽然冷笑一声,问马立本:"我先问问你,你说萧长春这次回来,是好事还是坏事呢?"

马立本蹙着眉毛,想不出,就笑着摇摇头说:"我不明白您的意思。"

马之悦说:"要我看哪是好事,是天大的好事。这还不是很明白的事吗!"

马立本眨巴着眼,又摇头:"我还是没听明白。"

马凤兰插言说:"昨晚上你一走,他就高兴地拍手乐,硬说萧长春回来是好事。怎么会是好事呢! 他一来,保管不会赞成你的主意,你又放空炮,说空话,让那些中农户白白高兴一场,瞧你挨骂吧!"

马之悦说:"骂我,还是骂萧长春呀?"他朝炕沿挪了挪,"萧长春回来,要是赞成了咱们的做法,咱们的功劳就让他分了多一半去了,反而不好,当然他不会赞成;不赞成,正好,咱们就将计就计,顺水推舟,捧他,激他的火,让他跟群众去讲。谁家没有地,谁家怕粮食多? 你拿耳朵沾沾去,沟南的沟北的,赞成粮食统购统销的有几个,不愿意土地分红的有几个? 萧长春一讲,群众准不听,再找个人带头跟他顶,他是顽固分子死硬派,总认为自己对,准得压服跟他顶的人,这场官司就打起来了。咱们就装作无可奈何,两头不伤。最后当然会压下去。这更好了。咱们就可以说:'我们是想给你们谋点幸福,老萧不干哪!'等到整风运动传到乡下,闹起大民主,挨整的是谁呀,有功的是谁呀! 你们瞧瞧……"

两个人越听越有意思,眉开眼笑,不住地咂嘴叫好。

过了一会儿,马立本试试探探地说:"我有几件事儿想不明白,想问问您,也许是错误的……"

马之悦说:"咱们爷们还有什么不过的话儿,你就随便说嘛!"

马立本说:"土地分红这件事儿,到底儿好不好,到底儿该办不该办呀?"

马之悦笑笑说:"咱们干部搞工作,是为人民服务的,该办不该办,好事还是坏事,得有个尺子;这尺子就是对群众有没有利益,有利益,就该办,就是好事儿。还有一条,你得看清楚,谁是咱们的群众。你分析分析东山坞的实际情况,不就明白了!"

马立本明白了一点儿,又想起昨天晚上焦淑红那套话,便说:"土地分红,有人反对……"

马之悦说:"再好的事情,也有人反对。婚姻法好吧? 媳妇要打离婚的人家准反对;义务兵役好吧,不愿意让儿子走的人反对;土地改革好吧,你爸爸就不赞成。你光听这个,什么事情也甭干了。"

马立本点了点头:"那倒是。可是,咱们为什么又要这样偷偷摸摸地干呢? 我想不通……"

马之悦又笑了:"同志,这叫智谋、策略。搞工作既要有胆量,又得有智谋。萧长春是个野心家,想独揽大权,他正是你说的那个大鸣大放的靶子呀!不跟他斗争,将来民主运动就难开展,咱们爷们可就算不顾群众利益,算是犯罪了。"

马立本被马之悦这一套说得心里豁亮了,赞叹地说:"昨天把我愁坏了,这步棋再不知怎么走了。您这一说,我全明白了。您这条计真是太妙了,头头是道,条条走得通,不管怎么走,咱们都是对的,对咱们都有利。"

马凤兰用手指头拄着马之悦的秃脑门子说:"挨刀的,你的肠子就是比别人弯弯多。"

就在这个时候,大门外边忽然传来了萧长春的喊声:"老马在家吗?"

大黄狗这下可找到了为主人效劳的机会,噌地从春凳底下蹿起来,扑了出去。

马之悦赶快对马立本说:"你别在这儿陪着了,这儿很简单,我几句话就对付了;你快去找几个中农户,给他们通通信。记着,别直筒筒的,动点智谋。"

马立本点头会意,丢下饭碗,就先躲到西屋里去了。

第 八 章

来到马家大门口的人,除了萧长春,后边还跟着一个韩百仲。

昨天晚上,两个党员躺在一条炕上,脸对着脸,你一句我一句地谈到了大天亮。两个人这会儿来找马之悦,一为对证事实,二为帮助他。他们要尽自己的最大努力说服马之悦,让他回心转意,不要再往歪道上走;如果马之悦真能跟这两个人一条心,眼下东山坞的问题再大,解决起来也不会太费难。对于能不能把马之悦这个人说转了，他们两个的看法不一致，韩百仲肯定不能，萧长春却怀着希望。当然，他们把第二步、第三步全研究好了。这次跟马之悦的谈话要是谈崩了，韩百仲马上到乡党委汇报，萧长春立刻就把工地上的党员、积极分子叫回来，开个联合大会，批评马之悦的思想，他什么时候认了错，什么时候就停止。先党内，后党外，然后再群众，大伙儿一块摆事实、讲道理，一步一步地进行，最后来个云散天晴！

萧长春站在写着"神荼郁垒"的大黑门外边喊了两声"老马"没得到回声，便一面招架着扑过来的大黄狗，一面朝里走，走几步回头一瞧，嗨，成了光杆司令了。

韩百仲蹲在大门口外边的石头上，拧锅子要抽烟。

萧长春朝他招手，小声地叫他，他都像没听见，只好又转回来，说："您怎么啦？走哇！"

韩百仲擦着火柴说："你进去吧，我在这儿等你。"

萧长春说："我在头里走，狗还咬得着您呀！"

韩百仲说："我厌恶的不是狗。你进去说，说崩了，只要你朝外边一摆手，我抬腿就往乡里跑，你看这有多快当呀！"

萧长春说："您先别光想这一手，咱们今儿个得生着法儿把他说通啊！"

昨天夜晚，韩百仲让萧长春劝的开了窍，满口答应找马之悦，说一说，试试看，可是一走到这个大门口，他的信心一下子又跑光了。他说："说服他，比搬山还不易呀！我看咱们多余这一手，瞎子点灯，白费蜡，不如来个干脆的！"

萧长春皱了皱浓眉，望着黑门板愣了一下。老实说，别看萧长春表面上撑着，他的心里也有点儿紧张。来说服这样一个老资格的同志，解决这样一个原则问题，既复杂，又严重，年轻的庄稼人，从来没有对付过这类事情，他的心里没有底呀！可是，事情临头，他又不能不硬着头皮鼓着劲儿。他低声对韩百仲说:"这就是您的不对了。我问您,老马是什么人,是不是自己的同志?"

"是。"

"这不结了。您要是有了错处,我跟同志们都躲您远远的,您就能自己改过来了? 您的心里又该怎么想啊?"

"我? 我跟他根本不是一路,这辈子也甭想我干出他这种事儿!"

"可是他干出来了,这关系着全东山坞的事儿,不为他,咱们也不为大伙想想吗?"

韩百仲不吭声了。他把烟末倒进荷包里,慢慢腾腾地站了起来,无可奈何地叹了口气,就闷着头朝黑大门迈动步子。

正在门口里边窥视着的大黄狗又扑过来了,张开大嘴巴,要奔韩百仲的大腿下家伙。萧长春眼快腿灵,轻轻地一抬脚,就把那只黄狗踢了三个滚。

马凤兰迎出屋,热乎乎地叫起来:"哟,萧支书什么时候回来的? 呀,胖了,就是晒黑了点儿。还没吃饭吧?"

萧长春很讨厌这个地主闺女。他还记着,小时候,有一次,他讨饭回来,路过马小辫家门口,也是一只黄狗,恶狼似的扑倒了萧长春;也是这个胖子,不但不拦狗,还站在砖门楼里看热闹,喊叫:"小花子,咬得好,咬得好,再来个吧!"气得萧长春爬起来,拾块石子儿冲她砸过去,撒腿就跑。后来,马小辫听说了,堵着萧家门口骂半天,说萧家人是"外来秧"、野种子,萧老大赔情道歉,才算罢休。

这会儿,尽管这个胖女人满嘴冒香油,萧长春不理她,也不看她,一直往里走。

大黄狗还在不依不饶地叫唤。

马凤兰跺着肉滚滚的脚,怒眉立目地吆喝它:"该死的狗,怎么连个好赖人都不认识！"

韩百仲瞧着里边没动静，就又停住了，绷着脸问马凤兰："怎么着，马主任不在家呀？"

他的话音没落，北屋门口有人搭话了：

"快屋里坐。老萧，刚到吗？辛苦了，辛苦了！"

搭话的人是马之悦。就像变戏法似的，跟几分钟以前那个马之悦比起来，他已经变成另外一个人了：裤褂鞋袜，从头上到脚下，全都换了一堂新；一手提个帆布兜，一手抓着顶大草帽，那架势像是立刻要上京下卫出远门。

萧长春一面走，一面瞧着马之悦，回答马之悦自己昨天晚上到家，又问："怎么，你要出门吗？"

马之悦作出一副喜出望外的样子说："巧极啦，巧极啦，你回来的真好哇！我就是要找你去呀！借了半条街车子也没借着，急得我想走去了。快屋里说吧。"

萧长春和韩百仲两个人心里边莫名其妙地跟着他进了屋。萧长春一迈腿蹲在对着炕的春凳上了，韩百仲坐在靠山墙的一张老式的罗圈椅子上。

马家夫妻两个，又让茶，又递烟，殷勤得像是热火炭儿。

蹲在春凳上的萧长春，这会儿脑袋里不由得闪了一个理想的念头：这三个人要是拧成一股劲儿，一条心地领着社员往头奔，全乡哪个村也比不上东山坞的领导力量强。很可惜，他们现在还没有团结一致。

马之悦不容萧长春来得及开口，就先摊牌说："这两天真把我急坏了，昨天我就想奔工地去，又怕我离开了，百仲一个人压不住台，再闹出个什么事来，更糟心。老萧你还不知道吧，百仲大概听说了，村里的群众又给我们出了个难题呀！"

萧长春正撕纸掏烟，听到这句话，停住手问："什么难题？"

马之悦说:"你一听,一定觉着挺新鲜。群众提出来,要土地、劳动力一块儿分麦子。"

韩百仲拍着椅子撑说:"全是胡闹!"

马之悦根本没理韩百仲,两只要看穿一切的眼睛,紧紧盯着萧长春那张脸,想在这张脸上捕捉丝毫的变化,并立刻要从这个变化里判断出对方的心思,再按这种心思,迈自己的步子,说自己的话。步子和话,他都准备了两套,用什么,拿什么,全是现成的。

萧长春不慌不忙点了点头,把烟卷好了,抽着了,才又问:"老马,你对这个难题怎么看呢? 留在家里的三个党员都在这儿了,咱们交换交换心思吧。"

尽管萧长春的话出口随便,没加任何表情,机灵而又精通世故的马之悦,一下子便把他的心看透了,他知道萧长春已经听到这件事儿了,也知道萧长春和韩百仲两个人一起在背后商量好了,就立即回答说:"我的心思很简单,这个办法,我不同意!"

一句话,把个韩百仲说得白瞪眼。他看看萧长春,又看看马之悦,不知道说什么好了。

萧长春对马之悦的态度也很意外,可是他没有让自己露出一点惊讶的样子。

韩百仲说:"老马呀,你这回可是想对了! 邪门歪道的事情,咱们一定要坚决反对,要不,那还叫什么党员哪!"

马之悦脱下新褂子,换上旧褂子,趁机会让自己心里打打转。他又试探着对萧长春说:"唉,这件事,可是个大问题,不能马马虎虎地对待呀!"

韩百仲说:"再大的问题,只要咱们这个指挥部唱在一个调上,全好办!"

萧长春也老老实实地说:"我就是为这件事回来的。今年麦子搞到这份上不容易,工地上的同志们也都想多知道家里的情况。

老马你说得对,这是个大问题,关系着我们东山坞农业社能不能搞下去的事,也关系着我们全村男女老少全年的生活;还有一条顶重要,支援国家建设,这三个关系不处理妥善,咱们党员就没有尽到自己的责任。这一回,咱们得设着法儿把分配工作搞好,让大伙都尝到走社会主义道路的甜头。事实是顶有说服力的,比平时开会讲道理要有力量的多了呀。"

马之悦点着头说:"家里家外全是一样。就像押宝①,盖子不揭开,是黑是红,谁也不放心。"他说着,忽然想起另外一件事情,应当借机会掩盖掩盖,"你们家的老爷子正给你操持说人,让立本捎信叫你回来。我想你也不会专为这件事情跑一趟,就把信给压下了。这次回来,顺便商量商量吧。不是我说你,对待一些具体事情,你太过于死板了。搞工作就什么也不顾了? 谁不是搞工作的人呀! 我这十五六年,哪一头扔过!"

他的话里表现出对同志的关心,也表现出一个长者、一个老干部足以压服人的威势。在萧长春的面前,他常常自觉或不自觉地流露出这种优越情绪。

马凤兰心里边恨萧长春,见面就动刀子才解气,又总不肯放过跟萧长春买好的机会。这会儿,她靠在门框上插言说:"要说萧支书可早该说个人了。天底下是空的,挑啥样的没有哇? 只要你吐口要,大门关上了,姑娘们就得从水沟眼往里挤!"

萧长春厌烦地皱了皱眉头。

马之悦就像触电似的,立刻就觉察出萧长春没兴趣说这个,便对马凤兰说:"快去烧水吧,这儿也有你一份子?"

马凤兰一甩门帘子出去了。

这个小插话,把屋子里的空气变了。其实,当马之悦对村子里那件重要事情主动地表示态度以后,每个人的紧张心情便松下来

---

① 一种赌博形式。

了,只是一切都出乎意外,大家的思想上一时还转不过来。马之悦真会变戏法呀,这一变,不要说直心眼的韩百仲,就是头脑精明的萧长春也让他骗住了。

现在,他们一边抽着烟,喝着茶,很和谐地谈起农业社的家常话。

当年,马之悦一步青云,当了东山坞的村长,韩百仲正在北平拉洋车受苦累,村里的情况全靠从亲友那儿听说一些,只知其一,不知其二。他知道马之悦用脑袋保住东山坞房屋财产的事儿,也听焦振茂说,马之悦曾保护过一个受过重伤的区长。他觉着马之悦这个人不错。那时候,韩百仲的哥哥韩百倬已经是长工的头头——工会主任和秘密的党小组长了,哥哥对马之悦比一般群众了解的多。有一次,哥哥到北平替区政府购买药品,住在韩百仲那里。哥俩躺在床上,说起东山坞的情况,提到了马之悦。哥哥说:"马之悦是办了点好事儿,可是他为什么办好事儿,我看用心不正。他好巴结有钱有势的人,好耍手段,跟咱们穷哥们不大容易贴心。"当时,韩百仲没有怎么用心听,等到一九四五年他回村来当了干部,跟马之悦一块共起事来,才感到这个人跟同志真不容易贴心,光光滑滑,很难捉摸。从打搞初级社起,韩百仲就断不了跟马之悦闹意见,闹来闹去,闹不过马之悦的心眼儿。区里的李区长也到村里帮他们解决过"不团结"的问题,到了会上,往桌子面上一摆,由李区长逐条地一解释,又好像很简单,一说一道,也就完了。这类事情反复地经过几回,韩百仲也烦了,就采取个躲着走的办法,不论什么场面,只要有马之悦在,他就噘着嘴,一言不发。可是今天,在萧长春和马之悦说起家常话的时候,他却断不了插上几句,这是因为马之悦对分麦子的态度正道,让他解了疑团、去了怨恨,他心里痛快。

他们谈着谈着,萧长春又有意把话题引到麦子分红这件事情上。他希望马之悦详细地介绍一下关于要求土地分红这个问题的起因，然后，他们好在一起凑凑解决的办法。

马之悦点着头，很有分寸地说："人多嘴杂，这几天说什么的都有。东山坞的人你是清楚的，都多少有点觉悟，不让他们思想打通了，硬办事情可吃不开。我这十五六年，就像哄小孩似的，只怕他们不好好玩。这几天，不断有人登门找我，问分麦的事儿。出主意的，提要求的，什么样的都有。开头我也没往心里放；末后，人越来越多，我看出苗头不对，问题有点儿严重，不能等闲视之了……"

萧长春插言问："你怎么对他们说的呢？"

韩百仲也朝前凑凑。他觉得马之悦回答这句话挺要紧，关系着他们三个人的心思能不能对上口的事。

马之悦按照自己的对策回答道："他们嚷嚷得再厉害，我给个耳朵，光是听的；一定要问我怎么分，我说等支书回来再定……"

萧长春说："这就不对了。我不回来，也完全可以定，社章上明文规定着嘛！"

韩百仲也说："老马呀，你如今怎么变得含含糊糊了，这是个原则问题，你怎么想的，就该怎么对他们说呀！说原则话还能犯错误吗？"

马之悦说这句话的时候，明知道要让这两个人钻空子，又不能不这样说。一则可以让萧长春有个错觉，认为马之悦有点过于慎重，二则可以借机会拱他们的火气。取得预计的反应之后，他又故意长叹一声说："唉，真是不当家不知柴米贵，不养儿不知父母恩呀！当个干部不容易，伸手动脚都要小心。支书不在家，咱们又没开支部会研究，我想还是多听听好，听得差不多了，再找支书汇报。"

萧长春说："百仲大舅说得对，说原则话，按着原则办事儿就是了。"

马之悦装出一副很生气的样子说："这一群自私自利的家伙，都是一些牵着不走、打着倒退的玩意儿，还讲什么原则！他们一看见今年的麦子长的好，坏心眼就又借尸还魂了。我们是高级社，怎么能让土地分红呢？这件事情我们要是答应了他们，嗨，明天，他们就得喊叫把咱们这个农业社解散了。咱们决不能让他们得逞，他们得了逞，社会主义就吃亏了。"

韩百仲听了这几句话，挺入耳，不住地点头："对，对，老马，你这看法一点也不错，咱们党员是领着大伙往社会主义奔的，谁想在这条道上挡着我们，坚决不行！"

萧长春继续对马之悦叮问："我不在家，不大了解底情，闹土地分红这件事情到底是先从什么人身上发起来的呢？"

按着马之悦对萧长春的理解，萧长春这样问，本来是自然而然的，可是他做贼心虚，觉着这句话里边，多少有一点挤他口供的意思。当然，这点小事儿难不住马之悦，他的两只眼珠一转悠，就说："主要是一队，马连福跟我提过这件事儿……"

韩百仲说："一点不假，这家伙说风就是雨，别人给他一点小便宜，让他怎么转，他就怎么转！"

马之悦接着他的话头说："这个人实在该挨批评了，自私自利，光搞违反原则的事儿。平时骄傲自满，不服从领导，谁都瞧不起，哪像个干部呀！"他说到这儿，瞟了一眼萧长春，因为马连福常跟萧长春闹意见。

萧长春不动声色地进一步追问："除了马连福，还有什么人呢？只有他一个光杆儿，闹不了这么厉害吧？"

马之悦说："他是队长，队里的人还不是跟他一道呀！像弯弯绕、马大炮，对这件事儿劲头都不小。"

萧长春低头想着，把马之悦刚才谈的这些情况，跟他自己昨天晚上听到的反映，一字一句地对证了一下，除了有关马之悦本身对这件事的瓜葛那一条之外，全都符合。他想：马之悦对这件事这么焦灼，并且要亲自到工地上找我，没用怎么动员，就把全部真实情况说了，这应该怎么看待呢？一种可能是，马之悦开头参加过这件事，听说我要回来，有些悔悟，想来个脱身之计；另一种可能是，马之悦跟这件事确实没有直接的关系，是群众猜测错了。不论属于哪一种可能，马之悦对这件事儿能够明明白白地表示反对就很好。萧长春想到这里，心里有一种说不出来的高兴，同时也暗暗地嘱咐自己：要冷静，这个人是最会耍手腕的。

昨天晚上，萧长春和韩百仲两个人躺在炕上研究的几种对付马之悦的办法，一个也用不上了，应该按着现在的情况，再作一个新的安排。在商量具体办法的时候，马之悦又主动献计。

他说："要我看哪，事不宜迟，越早下手，越容易解决。咱们晌午就开个干部会，批判带头搞这事儿的马连福；晚上开群众会，把这种不正确的思想整一整。"

韩百仲说："我也是这个主意。不整整不行了，全是一些资本主义的黑思想！"

萧长春想，这件事既然在群众中传开了，也不应当瞒着盖着了；还是说穿了、讲透了，让大伙把对的和不对的事情认识清楚，也是对社员进行一次教育。至于批判马连福，他觉得，干部会可以开，大家交流交流思想，把认识统一了也就行了，不一定要搞成斗争会。因为马连福这个人，只是有些自私，有些糊涂，并没什么了不起的；好事办不成，但太大的坏事也不敢做；他又吃顺不吃呛，硬强着来，不一定有好处，应当想别的办法帮助他。

马之悦听萧长春把自己想法一说，就连忙表态："我赞成你的意见。先开个干部会看看风向，瞧瞧劲头，马连福要是能够接受我们的劝告呢，更好；要硬是一条路走到黑，我们也不能无原则地迁就，迁就了他，就像在路上摆个石头，对群众也不好说话了。"

萧长春说："平常日子,马连福作情,你的话他能够听进去,你也抓个空子劝劝他。批评也罢,说服也罢,不是谁跟谁闹别扭,为的是把脚步迈在一个点上,别七扭八歪的。唉,这半年多,我才真正认识到'团结'这两个字儿的重要。搞社会主义,跟天斗,跟地斗,跟坏人坏事斗,够我们对付的了,我们干部内部再起讧,那就太对不起党了。"

马之悦明知萧长春这几句话是冲着他说的,也不敢直顶,转着弯子,表白一点心思："就是嘛,咱们一块儿蹦跶,为什么呢? 为自己,各人端各人饭碗,枕自己的枕头,谁碍着谁了? 咱们为的是东山坞大伙呀! 为大伙,就得把心思花在工作上边;要不然,你挤我,我排斥你,闹得谁都不痛快,有什么好处呢? 我马之悦浑身是刀,没一把是快的,就是有一副热心肠,给大伙办事儿不怕跑腿受累挨骂。"停了一下,他又说:"我看哪,村里的问题,咱们就麻利点解决了得啦,季节不等人,大伙儿一心一意地把麦子收上来,好搞大田呀!"

韩百仲这会倒有些奇怪了,今天马之悦怎么一下子变得这么顺顺溜溜的了? 萧长春不在家的时候,你看他那股子别扭劲儿,谈点什么事儿都拿腔拿调,眼睛里没有人,什么事儿不由着他,你就甭想顺当。他真是怕萧长春呀! 只要有人能够把这个㤩蹶子驴骑住,工作就好办了。他想到这儿,暗自好笑,很佩服萧长春的本领。

萧长春看看马之悦,只见他的态度诚恳又平和,暗自想:他这些话是真是假呢? 是内心的表示,还是指桑说槐的发牢骚呢? 马之悦如果真像他自己说的那样,从此能跟同志们一条心,东山坞的工作还能搞不好吗? 党支部团结成一个铁疙瘩,干部的步子迈整齐,群众就能跟上来,东山坞的工作就好搞了,建设的计划就可以实现了。这个好动感情的庄稼人,想到这儿,不由得又激动起来。他真心诚意地说:"老马,我觉着今年麦子一丰收,咱们的农业社就能巩固了,这是个千金难买的时刻。过了麦收,社员们的日子也都富裕了,我想先把北大沟封起来,秋后咱们就植树。我跟县农业科打过招呼,他们可以支援我们梨树和苹果秧子。只要把树栽上,转眼几年就得利。还有,河水一引过来,山坡地能浇,靠金泉河边上还可以开些稻田,栽些芦苇……”

马之悦听着,心里长牙,恨不能上前去咬萧长春一口,暗想:你可真会打谱,你的风头还没出够,还想多捞一把呀,“几年得利”,美的,你想坐一辈子江山呀!可是他嘴上却说:“好嘛,靠山吃山,靠水吃水,咱们这个山坡地方,不养树就肥不了人。可也别急躁,得慢慢来,搞绿化不是一件容易事。”

萧长春说:“你讲得对,我们要把摊子摆小点。等社员见到收获,劲头高了,再扩大。搞这些事情,你得多出力。老马,刚才你说的那些话都很对,往后咱们得多交交心,心见面了,才能拧成一股劲儿。我没有经验,可是我愿意把全身力气拿出来,跟大家在一块儿,把咱们东山坞的工作搞好。”

仇恨、愤懑和嫉妒,一齐涌到马之悦的胸口。他就像咬了一口苦瓜尾巴似的摇了摇头:“唉,不行了,现在马之悦说话还顶什么用呢?你说马连福听我的,那是哪年哪月的事呀!这会儿,他早把过去忘了,过河拆桥,卸磨杀驴,端起热饭碗,连自己姓什么都忘了……”这些话说得十分自然,又是诉委屈,又是骂人。

萧长春打断他的话,说:“老马,你这样想就不对了。是自暴自弃呢,还是对过去组织上对你的处分不满呢?你过去做过一些好事,好事不能抹,你也做了错事,错事也不能抹。你去年犯的那个错误,给党、给东山坞的社员造成多大损失,一个党员,多会想起这个都得难受,还能对受处分心怀不满呀?我实心希望你记取教训,鼓起精神,我们合成一股劲儿。只要你总是把群众的事儿摆在前边,不出格,你就永远不会有什么不满了,也不会再犯错误了……”

尽管萧长春说的都是心里话,说得很激动,马之悦却觉得全不是由衷之言,十分反感。你姓萧的算老几,也给马之悦上政治课来了,真是岂有此理!

刚才,马凤兰一撩门帘子走出来,先打开西屋门,放走了马立本,就坐在锅台上梳头。她脑袋上那几根毛,一天不知道要梳几回,没事情干也是闲着,不鼓捣它干什么去!她一边梳着头,一边伸着耳朵听里屋三个人说话儿。她听着,一会儿撇嘴,一会儿咬牙,听到紧要地方,真想进去插上几句,又怕找麻烦,只好在那儿攥拳头、颠屁股,替她的马之悦暗使劲儿。她把头发梳完了,又照原来的样子别了个家雀子尾巴,忽然想到马立本,不知道他的任务完成没有;又想到晌午就要开干部会,"准备"还做得不太好。她是马之悦同甘共苦的妻子,在这样紧要关头,不能不多给丈夫使点劲儿。

屋里的三个人,话谈完了,出来了,每个人的脸上都红彤彤的,很兴奋的样子。

马之悦一边往外送客人,一边对马凤兰说着暗话:"马会计没来吗?"

马凤兰会意,连忙说:"没来,大概在办公室里忙工作哪!"

第 九 章

马立本溜出马之悦家的黑漆门,来到后街马连升家。

马连升是沟北的中农户之一,四十开外,长得又高又壮,黑不溜秋,两只总是溜溜转的铃铛眼,一脸毛扎扎的连腮胡子;走起路来,两条腿噔噔的,说起话来,大嗓门儿嗡嗡的,外表上就带着一副富裕户目空一切的神气。

吃罢早饭，他从小棚里找出一把锄头，扛起来就要走。

内当家的从后边追过来了，笑模笑样地说："等一下。我想起猪圈，你帮我铲几锨好不好？"

马连升说："就要上工了。"

内当家说："人家都没去，你等打了钟再走还晚呐？来帮帮我吧。你不搁手，光我一个人干，又得忙半天。晌午饭也没法儿做了。"

马连升受不了这种软磨，只好放下锄头，拿过铁锨，跟内当家一起跳进自己家的猪圈里了。

这个高壮的汉子，真本事并没多少，家业是继承他爸爸的。他爸爸当年给地主马小辫当过几年管事的，本来挣下的财产不少，马小辫讹他贪污了钱，打了半年官司，差一点儿破了产。土地改革以后马连升能够趁水和泥，重整家业，眼看着就要发达起来，一方面是共产党给老百姓打出太平天下，没有地主排斥他这样的小肉头户了，另一方面，全靠这位内当家。内当家外号"把门虎"，虽挂个"虎"字，并不凶恶，对丈夫倒是非常地温柔；从来是不吵不闹，连声调重一点的言语都没有，和和气气地就把事办了，也把丈夫给管住了。这女人能算计，会节省，妇女群里百里难挑一。她从打过门没开怀，偏方秘药吃了无其数，一点事儿没管。俗语说，"够不够，四十六"，如今已经四十三了，看样子也没有多大指望了。头几年，他们盘算着从本家弟兄那边过继个儿子，一来是老来的靠山，二来，也算找个不花钱的长工，好帮他一起发家。那会儿，好几家堂兄弟都上赶着找他们，由着他们挑，要哪个，给哪个。一成立农业社，人们的心思变了，土地入社了，没什么好继承了，这是一；要把孩子白送给人家的，都是一些贫农户，入了社，社里有的是地，只要伸出两只空手干活，秋后就往家扛粮食，干吗把个劳力送给人家呀，这是二。因为这两层关系，马连升两口子张罗好几年也没过上儿子，只好生闷气,越加恨农业社,越加盼着散了社单干,也就越发下狠心过日子。他们恨不能一下子变成像当年马小辫那样的财主。使奴唤婢,有儿子没儿子怕什么!

两口子来到猪圈里,把门虎用脚尖指点着说:"从这儿铲,一层一层地铲,小心石头子儿;往外扔的时候,稍微使一点劲儿,别都堆在墙根下……"

马连升翻着白眼说:"瞧你多啰嗦,这么点屁事,我还不知道哇!"

把门虎笑笑:"我是随便说说,你知道不更好嘛!快着点干吧。"丈夫脾气暴躁,就得会用软办法治他。

马连升在猪圈里蹬粪,蹬一锹,扔到猪圈墙外边去,再由内当家把他扔出去的粪挑到东跨院的小菜园里去。

这个砖石打成的猪圈又结实,又宽敞,除了地主马小辫家早先有过这样子的猪圈,如今在东山坞是独一无二的。原来买下这些砖石是准备盖厢房用的。宣传总路线那年,工作组还没下来,一股歪风就在沟北边传开了,说是总路线一来就要"共产",两口子怕这些砖石给"共"走了,就好好歹歹地堆在这儿了。除了这个猪圈,旁边还有个土坯的。砖石猪圈养肥猪,土坯猪圈养母猪。两个猪圈,两种猪,造的也是两样粪。砖石猪圈里每十天上一次垫脚,每次上得挺薄,起了粪给自己小菜园和自留地里用;土坯猪圈每五天上一次垫脚,每次上挺厚,起出来的粪就堆在大门口外边,专门应付农业社。

马连升刚蹬了几挑子粪,马立本就进来了。马连升老远就闻到一股子香皂味。

马立本和马连升是平辈。照着刚才马之悦对马立本的评语"智谋和胆略"一样不足,那么,在马立本看来,马连升就站了一个角,在胆子这一点上,他比自己要强。在富足的户里边,马连升是最敢讲话的一个。记不清哪年哪月，哪个工作人，在哪一个会上，谈起哪一件事情，说过这样一句话："中国的阶级是枣核形，两头小，中间大。"马连升把这句话记在心上了。而且，他只记了一个"中"字，认为这是指他们中农"大"。从农业合作化以后，上边来的工作人，又都是口口声声地喊团结中农，开会商量事都有中农代表坐在桌子边上，不论办什么事儿，都是大小不同地照顾着中农，马连升就觉着，共产党团结中农，准是怕中农；不把中农团结住，全都跑了，农业社呀，统购统销呀，全得完蛋！凭着这个，马连升在村子里敢想敢说；又因为农业合作化以后，他心里堵着一口气，所以一天到晚怪话连天。马立本就偏偏欣赏他这股子什么都不怕的精神，给他送了个外号叫"马大炮"。

马立本走进院子，先看见挑粪的把门虎，说了几句家常话儿，刚要往里走，把门虎把他拦住了，用下巴颏朝猪圈那边指指。马立本立刻转回来，冷不防从身边的猪圈里飞出来一锨臭粪，差一点儿扣在他的头上。别看马立本从小就在农村里，他最怕闻到臭粪味，一闻就头疼，几天吃饭都不开胃口。这会儿，他老远就捂着鼻子，绕着粪堆，来到猪圈的另一边墙根下边站定，才笑嘻嘻地打招呼说："大炮，好勤快呀！"

马大炮一边往上扔粪，说："不生着法儿勤快点儿，光等着你们农业社，就该把人活活地饿死了！"他的话里，总是带着点炮药味。

马立本说："东山坞能饿死别人，还能饿死你呀！"

马大炮跺着脚上的粪沫子，像是刚跟谁打过架，余怒未消的样子喊道："我怎么着？我也没长着两个家伙，你们农业社分给我双份红吗？"

马立本说："大炮，你不用急，我要是掌着大权，咱们哥们，分给你三份都行。"

马大炮也笑着说："等你掌了权，我早该让农业社挤死了，骨头都碎他妈的了。喂,我说会计,我家该着分多少麦子,到底算出来没有哇?你可得把地亩给我核算清楚,东地坎子下边那小条条也是我名下的,恐怕也有半分多,你给记下账没有哇?还有西岗子,就是挨着韩百安刀把地那块,当中的大车道,是你们农业社新开的,原来是好地,可不能给我抹去,也得算成地亩数。还有村北那块斜角子……"

马立本忍不住地笑了起来:"大炮,嘿,真有你的!都说你是个老粗,敢情是粗中有细,你算的可真周密呀!"

其实,马大炮是见"好事"就干,见便宜就拣,动心术根本不行。这些账都是昨晚上内当家的把门虎在枕头边跟马大炮算的,哪里是他的功劳?马大炮听马立本夸他,不光承认了,反而又借机会吹起来了:"会计,你真是把我看简单了!慢说这丁点儿小事,就是把马小辫当年的家业交给我,我合着一只眼,也能把它支配得条条是道,还用雇他妈管事的!"

把门虎挑着空担子过来,见男人停住手闲聊,就说:"一边说一边干不行吗?"

马大炮说:"嗨,在社里干活拿工分都没有人逼我,家里的事儿,你倒像使长工一样。"

把门虎带着笑模样说:"咱家比不了社,社是大伙的日子,随便糟不要紧,咱这小日子,不把攒着不行啊!"她说着,放下担子,跳进圈里,"别两个人一齐耽误了,我自己铲自己挑,你上去帮我扫扫院子,一边扫,一边聊大天吧!"

马大炮交了铁锨,一纵身跳出猪圈。他拿起笤帚,没有扫院子,一边跺着两只沾满粪尿的脚,一边又很郑重地问马立本:"说真格的,我的账算出来了没有?"

马立本左右瞧瞧没有人,就朝马大炮跟前凑了一步,小声说:"算出来也不管用了。"

马大炮眨巴着眼问："怎么啦？"

马立本说："你不知道萧长春回来啦？"

马大炮提高嗓门喊道："他回来怎么着，他不让老爷分麦子吃呀？"

马立本按着马之悦的布局，又来个随机应变，对这个敢说话的中农挑逗说："分是分，就怕是你们原来那个要求满足不了啦！"

马大炮把眼一立："为什么？"

马立本说："他这会儿正跟马主任吵哪，说马主任有偏向，专门袒护中农……"

马大炮说："袒护中农就对了嘛！团结中农嘛，不把中农对付合适了，我看你们这些官也当不成了。"

马立本说："光你说不行，光马主任说也不行，人家是党支部书记，是正主任，他坚决反对土地也分麦子。我们一心想给大伙办点好事，办不成，这有什么办法！"

马大炮把胸脯子一挺："他一个人不愿意，我们大家伙都愿意，少数得服从这个大多数嘛！只要马主任出来撑腰，分他妈的，看他小子尿多长！"

马立本嗫着牙花子说："唉，你真是喝凉水不塞牙，人家萧长春这会儿可比马主任红，在县里、乡里，一句话，说什么是什么。他在头边挡着道儿，东山坞就没法儿前进了。"

马大炮说："我不管他是黑人红人，今年不让老爷多分点麦子吃，我就牵牲口单干了。"

马立本立刻火上浇油："大炮，要我看哪，不用说真去牵牲口真单干，你就是吓唬吓唬他，保管得服软。这就看你有没有这份胆子了！"

马大炮把笤帚一扔："怎么，马大炮怕过天怕过地？我一不是地主马小辫，二不是奸商瘸老五，我是中农，劳动群众！我的地里长了麦子,我要多分一点儿,怎么着,犯法呀？萧长春在哪儿,我找他去!"

马立本一把拖住他,说:"瞧你,要不啥话不敢对你说,一对你说,你就搂不住火。这会儿人家还没有明明白白地把主意说出来,你可急什么! 过午大概要开干部会,会上准得讨论这件事儿,支书怎么个想法,在会上一定得说。你有火有气,同着大伙儿放去,还晚哪?"

几句话把个马大炮给说住了。他气得翻白着铃铛眼,咬牙又切齿,骂出许多难听的粗鲁话。

马立本又小声地说:"你别单枪匹马地独闯,小心人家给你两下子。最好再从你们'中间大'里边找上几个,人多势众,说话更顶事儿。将来农村不是要开展民主运动吗,先送个信儿试试吧。"

马大炮说:"还找什么,只要不给多分麦子,全得拼了命,有你瞧的!"

马立本看着火候已到,马之悦交给自己的任务完成了,心里很得意。又撩拨马大炮几句,就赶紧往外溜。

马连升"大炮式"的吵嚷,惊动了几家邻居。这几户跟马大炮差不多,投到社里的土地都不少,这些日子互相传染,都想拣点便宜,多分点麦子。可是,土地要分麦子,明明是违反社章的事,他们又自欺欺人地一块儿拼凑理由,就把这件事情无形中变得合情合理了。他们这会儿又都凑到一块儿,你一言,我一语,议论纷纷,全是理直气壮的:

"不是说上边的章程变了吗? 支书一个人不赞成就不变啦!"

"听群众的意见嘛! 咱们这几户全要土地也分红,不作数怎么的?"

"有别的村,有咱们村呀! 别的村怎么个分法呀?"

"管别的村干什么! 东山坞就是东山坞,东山坞情况特殊点儿，办事情要灵活！"

…………

这边叽叽咕咕的声音，传到马大炮的东邻前院的马子怀家。

马子怀两口子，在东山坞来说，是富裕中农里边劳动最好的一对儿，为人处世也比较老实厚道。不是一家人，不入一家门，这两口子又都比较胆子小，最怕惹是非。这几年的事情，件件新，件件不习惯，件件跟老人家传下来的治家之道是两码事儿，因此上，他们也越发小心谨慎，办什么事儿，用耳朵比用嘴要多。还有一条，这家人又比较好面子，稍微丢点人的事儿都不敢沾，让人家指后脖梗子骂，那就更受不了啦！所以，遇到什么事情，都是左瞧右看，跟他们差不多的户怎么着，他们也怎么着，不前不后。他们说，这样行动最保险。

马子怀的女人比马子怀大五岁，有四十六七岁的样子。人民币在柜里锁着，她穿的破衣拉花；粮食在囤里装着，她吃的粗粥稀饭，不光为节省，也是老习惯。她听到邻家的议论声，赶紧跑出来看，一看人们都往马大炮家院子跑，就没有过来。因为她家跟马大炮家有点仇。

那是土改以后，两家新调换的地搭着边儿。秋天耕的时候，马大炮在后边扶犁，把门虎在前边牵牲口。犁到地边上的时候，把门虎故意往外推牲口，推得牲口的两个蹄子踩着马子怀家的地边走，犁尖儿也跟着往马子怀家地里靠，侵占去有半垄地那么宽。

在农民看来，让人家侵占了土地，就像让人家霸占了老婆一样不能忍，碰上这种事，马上就得打起来。那几年都单干，这类的事情虽说比解放前少了，可也不断发生，真有动刀子的人。可是这两口子却先忍下了，黑夜里躺在炕上，商量来商量去，一直商量到大秋。那一天，马子怀的女人好言好语地跟把门虎说："他婶子，你看这样好不好，这季庄稼，也让我们收一点儿；等耕地，你们把茬儿留下,咱们一起耕。"

把门虎一听就急了:"哟,你这是哪头的话?是我家地里的庄稼,你们凭什么收?放抢啦?"

马子怀媳妇看把门虎来势很凶,就鼓鼓勇气说:"咱们别吵别闹,一块儿到地里看看,你们把庄稼种到我们这边来了!"

没等到地里看,把门虎和马大炮就连夜收了庄稼,还灭了茬。

大秋忙忙的日子里,两家人家跑开了区公所,一趟两趟,耽误了好多时间。最后惊动村干部,重新丈量土地,重新埋了界石,这场小官司才算结束。两家也就记下仇了。

马子怀女人说把门虎"奸",安心侵占人家的土地,还胡搅蛮缠。

把门虎说马子怀女人"毒",既然知道人家侵占了她家的地,种庄稼的时候不说,等到收割的时候说,想找便宜。

如今土地都入社了,这类的地边官司没有了,可是两家房连着房,仍然断不了为针尖芝麻粒大的事情怄点小气。两家的女人见面不说话儿,走碰头了,就扭着脖子走。所以,马子怀媳妇听到那边是在议论土地分红的事儿,心里急得不得了,还是停在门口,没有走过去。她听着那边吵吵得很热闹,怕自己家耳朵短,听不到什么,耽误了事,吃了亏,就连忙朝院子里边招手,小声招呼:"来,来!"

从她家院里的井台上,走过来马子怀。他正在水罐里泡牛筋,缠鞭杆子。

这汉子今年四十一二,看去倒像三十多岁的人。他长得白净,怎么晒也不显黑;中等个子,结结实实,行动坐卧都有一股子女人家的安稳劲儿。他的女人因为生了三个孩子,家里事情多,每次孩子一落生就下炕做饭洗涮,加上平时操劳过度,身子熬得挺瘦,头发脱得挺稀,显得很老气。两口子站在一块儿,像大姐姐和小弟弟,很不般配。他们的感情极好——因为大媳妇知道疼丈夫。

女人对走过来的男人说:"那边人们又叽咕分麦子的事儿哪,你去听听。"

马子怀一边缠着鞭杆子,一边说:"让他们叽咕去吧,怎么分,咱们怎么随着就是了。"

女人说:"先知道个底儿,心里好踏实呀。"

马子怀说:"这时候的事儿,底儿摸不透,一会儿一变化。"他放下鞭杆子,不声不响地走进马大炮家的院子里,站在人群外边,听了会儿,听不出个头脑,就小声地问马大炮:"那天你不是参加小会了吗? 怎么个分法,还没有一定之规呀?"

马大炮怒气冲冲地喊叫着:"什么一定之规! 他妈的,一个和尚一本经,一个将军一个令,简直是拿人开心。得了,我看庄稼人是没路走啦!"

马子怀说:"比较比较,到底是怎么个分法合算呢?"这句话,他像问别人,又像问自己。

马大炮说:"当然是土地、劳力一块儿分上算啦! 要不然,土地白填了馅,咱们地多的户,让他们地少的户剥削了!"

马子怀嘟嘟囔囔地说:"我们家大概是怎么着也行吧?"

马大炮说:"你行了,别人呢? 我们一家子人叠一块儿,也没你屋里人挣工分多。其实,你也别光瞪着眼珠子盯着你那几个工分,没你的好事。土地不分红,麦子打下来,给社员留一点儿,全得卖了余粮,分到你囤里的没有几个粒儿;土地一分红,工分毛了,你瞎干了!"

庄稼地里的男人们,特别是当家做主的人,一般不把跟别人的一些小仇小恨挂在嘴上;可是,他们不容易忘记别人对自己的好处,也最不容易忘记别人对自己的坏处这一点,跟女人没什么区别。马大炮的话语之间,多少流露出一点儿对马子怀家的处境幸灾乐祸的意思。

马子怀听出马大炮的话里有话。他不会以牙还牙,惹不起,躲得起,不吭声地站了一会儿,就又退回自己家的门口。

院子里人们说的话,这边站着的马子怀的女人也全听到了。等男人走到跟前,她又小声说:"听大伙的口气,萧支书不愿意土地分红。"

马子怀继续缠着鞭杆子说:"萧长春这个人,干是挺能干,清白也挺清白;就是个没经过大阵势,怕不稳哪!"

女人见男人愁苦的样子,怪心疼的,就说:"算了,别嘀咕这个了。反正天塌下来也不是砸咱们一家,旁人怎么着,咱们也怎么着,别前了,也别后了,准保险。"

马子怀想起那摇摇不定的前途,叹息一声,一语双关地说:"前了,对咱们没坏处;后了,对咱们也没坏处。我最怕一会儿锣,一会儿鼓,敲来敲去,闹的人心里乱糟糟。有了准稿子,干活也塌心哪!"

女人说:"丫头要是在家,咱们的耳目还灵通点儿;她这一走,什么事情更不好摸底儿了。"

马子怀头生大闺女,前天过门,今天本来是闺女、女婿回门的喜日子,也让分麦子这件事儿搞得挺扫兴。

马子怀继续听着那边院子里的议论,继续缠着鞭子。他想从队里借辆小车,接接闺女和女婿,缠鞭子为的是这个。不知是牛皮筋儿没泡透,还是他心不在焉的过,缠了散开,散开又缠上,平时半袋烟的工夫就完的事儿,这会儿半响还没有做好。

他家的这把鞭子,据说传了三代了。这三代都是能干活、能吃苦、心又灵手又巧的人。他爷爷年轻的时候是泥水匠,攒了多半辈子钱,够买个牲口拴个车了。没想到有一次给财主家盖房,上梁的时候脚手架上的木板没搭牢,摔坏一个小工,财主硬要领工的爷爷包赔损失，买车马的钱就全掏出去了。他爸爸年轻的时候是木匠，攒了半辈子钱，够买个牲口拴个车了，正是兵荒马乱的年月，票子改了，成了一把废纸。到了马子怀这辈子，赶上了太平年月。土改后两年，他就买下一匹小青骡子。那一年，他是想买车的，钱还没有准备齐全，农村就开始搞农业社了。入了社，他就跟女人嘀咕："人多瞎捣乱，鸡多不下蛋，生产搞不好，这回亏算吃上了。"结果呢，生产年年好，就是去年闹了大天灾，仔细一算，他家比单干收入的钱也不少。今年麦子一丰收，他干活更用劲儿了。他说："入了社倒省心了，该干活干活，该分钱分粮都有人张罗，比过那个小日子，一天到晚劳神伤力，把攥着心过可强多了。"今年麦子一丰收，又见萧长春和沟南边的贫农户们都一火心地过大日子，他也看着日子有奔头了，两口子也就更加劲儿干活了。可惜他省不了心。村里那些反对农业社的人，什么话全不背着他，什么话都往他耳朵里吹："农业社办不长，早晚得散！""我秋后是要单干了。""这回章程要变了！"诸如此类的话儿，他一天都要听几句，听得他六神不安。他说，办农业社也好，不办也好，他最怕"一会儿锣，一会儿鼓"。这一两个月，一边是小麦丰收，河渠要引过来，大日子要发达；一边是叨叨咕咕说农业社的坏话。他看出马之悦是撤了劲，也看出有些人散了心，就觉着农业社早晚要垮。他就想晚垮不如早垮，好安排自己的日子。庄稼地所要使用的一些大小家什，他都收拾好了，保存起来了，前几天还添置了一个种子斗。有一回，车把式焦振丛的鞭子折了，一时买不着，找他来借这把鞭子。他千嘱咐万嘱咐，使两天送回来。焦振丛说："你家里还留这玩意干什么呀？"他说："等社散了，我还得过日子呀！"

…………

马子怀缠着那把鞭子，心里头没着没落。这一阵，他甚至感到，自己这日子一点儿也不牢靠，并没有什么奔头。

女人忽然捅他一下,说:"你瞧,会计在那边,追上他问问,他总知道底儿。"

马子怀朝西边瞧瞧,见马立本正跟瘸老五说得挺热乎,怕这会儿过去,对人家不方便,就说:"算了,咱们是傻子过年,看隔壁子①吧。"

这会儿,马大炮家的院子里,嚷得更凶了:

"到时候,咱们大家可都得说话呀!"

"对啦,谁也不能光等着吃现成的!"

"怕什么呀,人家城里正在大鸣大放,咱们就不兴鸣鸣放放啊!"

…………

女人扯了扯马子怀的袖口,两口子退到门里,又轻轻地掩上了大门。

第 十 章

马立本从马大炮家出来,急着要奔另一家。这一家的主人名叫马同利,是东山坞的大人物之一。这一个人跟马大炮有天地之别,不是很容易对付的,马立本得花点心思。

在沟北边,按说顶数这一户的房子好,一水是土改后新翻盖的,墙壁是砖边石心,顶上全是大瓦,瓦脊一条龙,上边涂画着图案。就连烟囱都是与众不同的,像小庙,又像亭子。可是,在沟北边,又顶数这一户的院墙不好,全是土打墙,墙檐上压着草。里外不相称。人家主人专意要这个样子:不图驴粪球子外面光,图的缸里点灯里头亮;荞麦面的肉包子,别看皮黑,一兜肉!

---

① 隔壁子即邻居。

马立本来到门口，不见人，见到一把锄头。那锄杠磨得两头粗，中间细，你就是专意用油漆，也漆不成这么光滑。那锄板使秃了，薄薄的，小小的，像一把铲子，又像一把韭菜刀子。主人用它付了多少辛苦，流了多少汗水呀！这锄靠在门口的墙上，旁边还放着一个草帽子。草帽子是麦秸编的，日晒雨淋，变成了黑色，烂了沿儿，扔在大道上也没人拣！

把这两件东西放在门口，有一层意思，是在告诉过路的人：我马同利早起来了，早吃罢饭了，早等着集体行动了；就是农业社的优越性，全都阔气了，全都福气了，日出三竿，还不干活呀！

马立本走进门口。门口里边是小菜园。

这个小菜园是相当出色的。主人巧于调度，也善于利用。畦里种的是越冬的菠菜、韭菜、羊角葱；还有开春种下的水萝卜、莴苣菜。这期春菜下来，他就赶快种黄瓜、豆角、西红柿。这期夏菜过后，他又紧接着就种上一水的大白菜。这园子常常是一年收四季。这还不算，他见缝就插针，没有一个地方不被利用。比方，畦埂种的蚕豆角，墙根栽着老窝瓜，占天不占地，白得收成。不用细打听，看看这个小菜园，就知道马同利是个什么人家了。

这个菜园在宅子旁边，既不是房基，也不是场院，原来是一块耕地。搞初级社那年，他拆了院墙，扩展重垒，就把这块地圈进来了。东墙角压了小草棚子，西墙角垒了个鸡窝，于是，这里就成了宅院，不拿税，不出粮，也不算自留地。不用细打听，看看这个宅院，就知道马同利是个什么人性了。

黄瓜架那边突然一声："哪跑！"

马立本吓了一跳，转过去一看，是主人马同利蹲在菜畦里拔草。

那草可真小，有的刚出土，有的还没有出来，你要是站在畦埂上看，根本就看不见。他拔的很认真，手指头使劲儿捏着，两只小眼珠瞪得一般大。

他又捉着一棵小草："哪跑！"

这个人五十多岁，小个子，蔫呼呼的。东山坞有句俗话：最辣嘴的是红皮萝卜紫皮蒜，最难斗的是仰脸老婆低头汉。马同利不论走路做事，一天到晚总是耷拉着脑袋瓜子，所以人们都说他不好交。平时，他说的少，做的多，人前一套，人后一套，专会绕人。他这个家业，全凭他"绕"出来的。他老子下葬那会儿，给他留下的财产并不多，地里产的粮食，将糊弄够上顿。可是他能干、会绕，没白天没黑夜收拾土地，抽空还搞点小买卖。另外他还独有两手。第一手是搞小囤积。麦秋收来，他买下二斗麦子，等到大秋穷人正缺麦种的时候，二斗麦子就能换回八斗棒子；存到来年麦收，穷人觉着细粮不如粗粮经吃，又会用一斗麦子换他的一斗棒子。就这样滚来滚去，本不大，利不小。第二手是巴结富人。你看他那会儿穷吧，他给妹子找的婆家是富农；通过这个富农绕来绕去，又跟一个小土地主攀上亲，把大闺女嫁过去了；再一绕，二闺女成了北京一个小铺家二掌柜的儿媳妇。常言说，有三门穷亲戚不算富，有三门富亲戚不算穷。没用几年，他又买地又买牲口，大秋麦月活儿忙的时候，他还雇了秋活和月工①。要不是那会儿有的地主排挤他，给他为难，他早发达起来了。反过来说，要不是他会绕，也早让地主们挤垮台了。当年，马小辫看上他金泉河边的五亩好麦地，手腕使绝，马同利不软不硬，装疯卖傻跟马小辫绕圈子，结果"绕"到土改，那块地也没有"绕"到马小辫的手里。在村里，四邻不敢沾他，谁家的鸡要是进了他的院子里来，不下个蛋留下，他就扣在筐子底下不放。过路的小贩更怕他，谁也不敢在他家门口停挑子；他买你五分钱的东西，跟你左磨右蹭，不把你磨烦不罢休；结果，耽误了你的买卖，还得拿一毛钱的东西到手。村里人给他送个外号叫"弯弯绕"。

---

① 雇工一年为长工，一秋为秋活，一至两月为月工。

弯弯绕这几年可是倒了牌子，总是很不吉利，总是越绕越吃亏，越绕越上当。他放出①一千三百多斤小米，绕来绕去，利没得到一点儿，全部都卖了余粮；刚刚把五婶最上等的河湾地绕到手，还没有收一季庄稼，就又进了农业社里；给儿子绕到一个少要彩礼的媳妇，赶上婚姻法公布，过门没一个月，就打离婚走了；入社之后，他躺在家里装病不干活，想着耍耍赖，给农业社一点颜色看。第一年，凭着他家地多，分的东西还不少，第二年转了高级社，土地不分红了，结果没分到多少粮食。一口气加上一口气，全都窝在他的心里。他对农业社，对统购统销政策，一向势不两立，做梦都是自由自在地发家，都是自由自在地鼓捣粮食得利；如果看着风向有利，有便宜可占，他也是个敢做敢为的主儿。村里边的有些中农户又嫉妒他，又都愿意跟他靠近。地主、富农都喜欢拉他，马之悦也非常器重他。土地分红那件事儿，就是从弯弯绕这儿先起的头。

去年一闹灾荒，弯弯绕拍着大腿乐。他说："好日子来了，要自由了，农业社要垮了！"他在街上走路，也不耷拉脑袋了，专门看人家壮实的小伙子。

有一回，几个年轻的小伙子在沟里那个大碾盘上打扑克，弯弯绕就凑到跟前，蹲在旁边看。他不看牌，光看人。等人家玩完了，散开了，他又追在人家韩小乐的屁股后边看。

韩小乐让他看得很奇怪，就笑着问："你干吗这么看我，要给我说个媳妇呀？"

弯弯绕反问人家："你会不会使大牲口？"

韩小乐更奇怪了："你问我这个干什么？"

弯弯绕呷着嘴唇说："我看你五大三粗有力气，人也厚道，要是会使大牲口，真是一个顶好的长工。将来咱们搭伙吧！"

把韩小乐的鼻子都气歪了。

━━━━━━━━

① 以粮放债的简说。

没想到从地下钻出个萧长春，闹腾起生产自救，把弯弯绕的计划全盘打乱了。

今年麦子扬花的时候，弯弯绕到妹子家去了一趟。那个富农的妹夫跟他很对劲，不光惦着这个大舅子，还惦着东山坞所有的富足户，常给弯弯绕送情报、出主意。这一回，又赶上那个在北京一个区文化馆工作的外甥也回家探亲。他那个外甥跟他谈起城市里大鸣大放的事儿，像是给他打一针强心剂，压在心里好多梦想又都活跃起来了。他从外甥那些话里闻到一股子他喜欢闻的味道；按着他自己的心思，又推测出不少他喜欢的道理。回来的时候，他到村没进村，耷拉着脑袋，把他入社的那几块地一步一步地量了一遍，又悄悄地在地界上插下小柳树枝，埋下几块小石头。第二天偏巧马之悦找他搭伙儿到柳镇去赶集。在镇上，他们又碰见马大炮、马立本的爸爸富农马斋和瘸老五。五个人坐在南街那个回民食堂里就踏开小酒壶啦。一边喝着，一边聊着，说着他们知心的话儿。他们在东山坞是最对脾气的一伙人，村子里不方便，这儿可以敞开说。弯弯绕平时不大用酒，这一回比在位的人都喝得多；不知是喝醉了，还是心里难过，他两眼泪汪汪，跟马之悦诉开了苦楚。

他说："老马，咱们哥们在东山坞一块儿扯连连，可不是一年半载了，谁都清楚谁，没有不过的话。我说呀，这两年把庄稼人逼的可实在没法儿过下去了。再这样，谁还能忍哪！"

马之悦早就看透了他的心思，装出一副很愁苦的样子，又有分寸地说："这是时代的发展呀，都得往远看，往前看哪！"

弯弯绕说："咱们是近人不说远话，远也好，前也好，我们这些过庄稼日子的户可全抱着你的粗腿过，你得像过去那样，多给我们大伙儿想想。"

马之悦说："我也是靠大伙儿帮扶嘛，不论到哪一步，我都想着给各位效力。可是，我这会儿不是当年的那个我啦！"

弯弯绕说:"老马,你千万不要灰心呀!虽说去年上边整了你,给你加了罪,这罪状是在你们党里定的,要实行个民主性的,我保管东山坞的老百姓三沟有两沟半不承认这个账。不错,你领着社员跑买卖了,可是你为的大伙呀!没赚钱就错啦?什么样的买卖,也不能保险总是伸手得利。你等着,只要那个大鸣大放的民主运动一到咱们乡下,我们就替你说话,一定要让乡里的王书记把罪状给你抹去。"

马之悦笑笑,没说什么。

马大炮也在旁边帮腔:"你别松劲儿,该怎么还是怎么办,有我们给你当后台,你没什么可怕的!"

马斋和瘸老五不大插言,只是点头,或者哼哈地敲边鼓,到了关节的地方,说出几句很起作用的"点子"。

他们从虚到实,说来说去说到了麦子上。一说麦子,大伙的眼睛都放光了,话都多了,全都要求马之悦"先给老百姓谋点福利"。弯弯绕提出分麦子的时候先给地多的户一点照顾,马斋和瘸老五就提出土地要参加分红才好,马大炮进一步提出来个对开,就是劳五地五。弯弯绕双手赞成,并且说这样分公平合理,地多地少的户都没亏吃,都有利益,都得赞成……

一来二去,这件新鲜事儿,就在东山坞传开了。

这几天,弯弯绕正在心里"绕"着好主意。他入社的土地,在这一条街上比哪一家都多,工分却比哪一家都少;只要马之悦一施展本领,一使劲儿,他就可以白拣一千斤小麦,五口子人吃烙饼,哪就嚼完了!现在,屋里的囤坐好了,细铜丝的罗子修好了,光等着吃烙饼了。依照他的判断,只要分红的章程一改变,有了土地权,别的好事儿就得一个跟着一个来。

马立本一到跟前,弯弯绕就问:"会计,听说萧长春回来了,马主任打的那个保票,还顶数不顶数呀?"这句问话带着绕的味道。

马立本明知自己在"智谋"这一角上试不过弯弯绕，可是又不能不要一点小聪明，也绕着弯子说："依我的看法，大概是有一点危险。"

　　弯弯绕停住手，抬起脑袋，眨巴着小眼珠看看马立本，并不急着往下问。

　　马立本见他那股子不慌不忙的样子，又加上一句："晌午要开干部会，专门讨论这件事情。"

　　弯弯绕掂着分量问："不知马主任眼下是啥口气？"

　　马立本说："那还用问，他是走群众路线，顺着你们的心眼儿办事的。现在是看你们的时候了，你们得使劲儿呀。"

　　弯弯绕说："话不能这么讲，我们要怎么就怎么，行吗？你们说的那个大鸣大放的日子还没有到门口呀！如今，我们还是戴着笼头的人，缰绳头在你们手里攥着，往左拐，还是往右转，这得看你们干部的。"

　　马立本说："干部不是一个心眼嘛，有的想多给社员分点儿，有的想少分点多卖点，麻烦就麻烦在这儿。"

　　弯弯绕说："你们就不敢斗一斗呀？"

　　马立本说："您讲话，那个日子还没到门口，光斗不讲智谋行不通啊！"他说着，故意叹口气，"唉，说话可就要动镰刀，得抓紧时机了。"

　　弯弯绕想起每年一大车一大车拉走的粮食，又想到自己家那个一年比一年小起来的粮食囤，还有满地金黄的麦子，干眼馋，摸不到手，不由得一阵心酸。可是他偏偏不把这种情绪全部都让对面这个年轻人看出来。他可机灵着哪，他知道马立本是马之悦的心腹人，也能猜出来，萧长春这一回来，马之悦在想什么，在打着什么样的主意。他不会看错，马之悦去年让人家整怕了，办事儿胆子小了，给自己打的算盘多了，为他周围的人打的算盘少了。萧长春回来一反对那个土地分红，马之悦那边想退守，想要推别人打头阵。于是，弯弯绕顺着自己的猜测，开始进攻："会计，我问问你，按地亩分麦子这个事儿，起因的是我们社员，还是你们干部？是你们干部呀……"

马立本果然着急了，连忙说："我说大伯，您可别这么讲，要说起因，还是你们大伙儿。马主任是最能体贴你们的心意，麦子一黄，你们少找马主任磨叨了？他是按照你们的要求，才提出那个意思，归根到底，还是你们的要求。您千万可别全都扣到马主任的身上。"

弯弯绕抓住了把柄，冷笑着说："怎么着，我早知道，萧长春一回来，你们就尿了。我说会计，咱们爷们没外人，不用使心眼儿。说一句实话，要论使心眼儿，不要说你这个小雏，就算马主任这个老疙瘩，他也得拜拜下风。我一句话给你点透吧，马主任又想来一个光吃炒豆不炸锅，光夺城池不损兵，对不对？你不用眨巴眼，我说的一句没错。"

马立本连忙说："马主任站在那个位子上，他当然得讲究策略呀！"

弯弯绕拍着大手说："噢，跟我们这一色的人讲究策略来了，跟我们藏猫猫？"

马立本说："不是这个意思。要这样，他干吗先让我给您透个信来呀！"

弯弯绕说："要不是这样，咱们也别分家。什么从你这儿起因，从他那儿起因的，说这个顶什么用呀？告诉你说吧，这两年，咱们的马主任是想吃鱼又怕腥，想偷汉子又害羞，光给我们开空头支票，不办真事儿。要这样，我们还怎么拥护他呀！"

马立本听了这一套，真有点儿害怕了，就说："大伯，您越说越远了。马主任在东山坞也不是办一年公事了，远的不多说，就说从五三年当支书起,哪一点不是为咱沟北马姓人着想? 现在他站在矮檐下,您要体贴他,不要对他起疑心。别人挤他就够呛了,咱还给他撤柱子? 他要是倒了台,咱们大伙儿可有啥好处?"

弯弯绕心里好笑。他说这些话的用意,无非是想通过马立本给马之悦捎个话,给马之悦加把火,让他对眼前这件事儿别松劲儿,也不是真的对马之悦有了什么成见。说实在的,他比马立本更爱护马之悦。马之悦是他们这种人的靠山呀! 他也觉着刚才的话是稍微重了点儿,就缓了缓口气说:"我这个人是直肠子没弯儿,有什么讲什么。其实,我也愿意马主任再像过去那样,把东山坞的大事抓过来,给东山坞的人把道儿领得顺顺的。我怕的是他见硬就回。"

马立本被他"绕"到里边了,十分高兴地说:"这话对,这话对。马主任是有胆气的人,也是讲智谋的人,让他蛮干,他不行。他经过,见过,眼光远,办法多,表面看好像是软了,其实,他是软里有硬。依我看,这一次他是下狠心了,一定得争取最后胜利,一定要让麦子装满您的囤尖儿。"

弯弯绕心里也挺乐。他觉着,马立本这句话,也是马之悦的底儿。停了一会儿,他又说:"我给你们出个主意,马主任要是不好出头的话,要是能够让马连福出头,也顶事儿;反正得有个干部,得从你们干部里边先鼓动起来,我们也好在一边助威。要不然,我把话说在头里,你们枉费心机,什么事儿也办不了。"

马立本说:"干部当然要出头,不过,眼下群众说话最顶事儿,您也得用把子劲儿。"

弯弯绕忽然神情一转,又皱眉,又咧嘴地说:"我说会计,我有点困难,得求马主任帮我先解决解决。"

马立本知道他又要"绕",故意问:"说吧,只要他能办到的,保证行。"

弯弯绕说："我去年分那点粮食，你全知道，还不够喂老草鸡哪！冬三月加上这长悠悠的一个春天，实在不容易熬过来，说话我就断了顿，你说该怎么办吧？"

马立本明知他是绕弯子，又解不开，眨巴着眼说："大伯，这个事，等我跟马主任汇报汇报再说吧。"

弯弯绕说："不管你汇报不汇报，反正有杀头的罪，没有饿死的罪吧？"

马立本又要耍小聪明，给这个能绕的人作开思想说服工作了。他说："这个话，您还是不说为好。眼下农村里，搞了几年农业社，除开有特殊情况的户，没有缺吃食的。东山坞虽说去年灾荒重，可前几年没灾，全都有底子；再说，国家也没少卖给咱们粮食呀！东山坞这么多的人，怎么会就你一家断了顿呢？不要说人家不信，连我也得想想。"

弯弯绕提出这个问题，明明是给马之悦出谋献策，眼前这个笨蛋，偏偏领会不了。跟他说透了吧，又信不住这个啃过洋书本的会计，也不愿意多沾嫌疑，只好再用话点他："唉，你长着耳朵闻闻去，断了顿的多着哩，谁家囤里没露底儿！你们可要小心，你说群众说话顶事儿，要是群众饿急了，造了反，可不是好玩的呀！"

马立本说："麦收说话就到了，反正……"

弯弯绕烦躁地拍着大腿说："算了，算了，你把我这个意思跟马主任说说得了。他说怎么办，就怎么办，不办也行，千万得看重这件事儿，别当耳旁风。听懂了没有哇？有事去办事儿吧，我要下地了。"

沟南边住着一户人家，姓焦，男人叫焦庆，他家的后门口跟弯弯绕的宅子遥遥相对，站在院子里，哪家干什么都看得一清二楚。这会儿焦庆媳妇正在院子里喂鸡，瞧见马立本跟弯弯绕说得挺亲密，心想，准是说分麦子的事儿，就赶紧把土粮食全部撒在地下，小跑着过来了。

焦庆媳妇三十八九岁，大高个，长瘦脸，小纂儿挂在后脖梗子上，一走一颠。她机灵、能干，心路多。这会儿试试探探地朝院子里走，走进来以后，大声问："大婶在家吗？"

弯弯绕送走了马立本，正�拉着脑袋算账，听见焦庆媳妇的声音，就说："走娘家去了，傍晌才回来。你找她有什么事呀？"

焦庆媳妇找个借口说："您家的铜丝罗在不在，借我用用。"

弯弯绕说："唉，好几年不见个麦子模样，那罗子早就糟透底儿了。不简单，你家还有陈麦子！"

焦庆媳妇说："瞧您说的，哪儿偷陈麦子去！这不是要分麦子了，该咱们开开斋了。我想先跟您把罗订下来，到那时候好使；要是坏了，咱们几家搭伙把它修修。就是不知道这个麦子怎么个分法。您头几天跟我说的那事儿，变不了吧？"

弯弯绕说："怎么变不了哇？变啦！先卖国家的余粮，回头再说咱们。留多了，咱们就多吃点儿，留少了，咱们就少吃点儿，不留，咱们就勒紧裤带，这个账还不是很好算吗？"

焦庆媳妇拍着手掌说："哟，闹了半天，是这样啊！真让咱们勒裤带？"

弯弯绕说："那啥是准呀！"

焦庆媳妇说："上边不是早有规定，少打少购，多打也不多购吗？"

弯弯绕说："你光记住这两句了，后边还挂着个大尾巴，你忘了？"

焦庆媳妇歪着脑袋想了想，说："忘了，还有个什么大尾巴呀？"

弯弯绕说："少打少购，多打不多购，后边还有一句'在特殊情况下，适当地多购一点儿'呀！你把多购一点儿给忘了。"

焦庆媳妇想起来了："怎么叫特殊呢？"

弯弯绕说："麦子丰收了，老百姓眼看着要发起来了，就是这个'特殊'。就得少吃多卖。"

焦庆媳妇跺着脚说："闹了半天，一句话全有了，就是不让咱们多分麦子。真是的，这不把咱们害了吗！"

这焦庆媳妇是大脚焦二菊的娘家人，焦庆是焦二菊的一奶同胞兄弟。他家土改以前是贫农，土改以后，分的地全是靠河边上的好地，政府又贷款给他们买了一头毛驴，加上焦庆两口子一火心想发家，起早摸黑地苦干，小日子就上升了。他们住在沟南边，两只眼睛却望着沟北，处处跟弯弯绕这样的户比。有一点地方比不上人家，就急得跺脚，觉也睡不着。

有一回，那是搞农业社的头一年春天，焦庆两口子到河边上种高粱去。焦庆扛着耜子在头边走，焦庆媳妇背着种子口袋，牵着牲口在后边跟着。半路上，他们碰上了弯弯绕。

焦庆媳妇问人家："干什么去啦？"

弯弯绕说："种地。"

"种的什么呀？"

"谷子。"

焦庆媳妇两句话没说，把牲口往路边的树上一拴，背着种子口袋，扭头就回家了。等她回来，焦庆已经牵过牲口，套上，插上了耜子，等着撒种。

焦庆伸手朝种子口袋里一摸，愣住了："喂，种子弄错了。"

焦庆媳妇说："没错。弯弯绕家种谷子，咱也种谷子，今年准能长好，准能卖大价钱。"

焦庆家处处跟着富裕中农的样子学，就连人家养几只母鸡几只公鸡，他们都得照样。人家反对农业社，说不如自由发家好，他们也觉着农业社是不如单干；人家说粮食卖给国家不能放债吃利，不能囤积卖大价钱，他们也说这个政策不带劲儿。这会儿焦庆出河工没在家,焦庆媳妇正跟在弯弯绕这些人的后边转,特别赞成土地分红。

弯弯绕很清楚焦家两口子的心思,很瞧不起他们,处处拿着他们,不让他们摸底儿;不过,表面上跟他们也还亲密,有时候,也稍微拉上他们一把,为的是充数,给自己这边壮声势。

这会儿,焦庆媳妇瞧着弯弯绕那副软溜溜的样子,知道他心里边在打主意。打的什么主意?她急不可待地想要知道,就又话套话地说:"我说同利大哥,这样一折腾,咱们又竹篮打水一场空了,全都白盼白等啦!什么办法也没有?光是伸着脑袋让人家弹哪?"

弯弯绕说:"不知道你家怎么样,反正我家的粮食是干底了。这回我得找干部讨论点儿吃的,先解决眼皮底下的困难打紧,至于往后的生活,多给社员们分点,还是少分点,让他们凭着良心看着办吧。"

焦庆媳妇顺着杆子往上爬:"咱们不是一个队,可是一个社,一个锅里做不出两样的饭来,没远没近,一样的人,谁家也不比别人多分几粒,要没吃都没吃;您要是找干部讨论这事儿,也捎带着替大伙说说吧。"

弯弯绕说:"这是啥年月呀,马连福讲话,爹死娘嫁人,个人顾个人;我看哪,连个人也他妈的顾不上了。"他说着,一抬眼,瞧见马凤兰在大门口外边的坎子上站着,就对焦庆媳妇使眼色:"看看,主任家里的来了。我们缺吃断顿的事儿,不知道马主任知道不知道。"

焦庆媳妇朝那边看一眼,又转过脸来,装作没有看见。土改那会儿,她是贫农团的,为了挖浮财,打过这个地主胖闺女一个嘴巴,到如今两个人见面都不讲话。如今跟马凤兰讨吃的去,她总觉得有些别扭。

那边,刚刚离开家的马凤兰,迎住了马立本,问马立本活动得怎么样。马立本把他刚才串通几个人的情况简略地说了一遍，提到弯弯绕要求一个干部出面领头闹的事，马凤兰拍着手说："嗨，他跟马主任想到一条路上去了。我马上找找孙桂英。你瞧着点儿，吃响午饭的时候，你把马连福拉到我那儿去。别忘了啊！"

第 十 一 章

东山坞庄西头有一条小小的金泉河。它从北山根下一个小山洞里流出来，经过九曲十八弯，一直流到大湾，再往南下去。小河上搭着一座矮矮的石桥，桥面跟路一般平，也紧贴着水面。桥北连着个大坑，桥南连着片小菜园。

菜园跟麦地衔接在一起。小葱一片碧绿，菜花一片金黄，黄瓜正上架，蚕豆角正成熟。一群群小蜜蜂在这儿嗡嗡地飞舞，一双双燕子在这儿喃喃地掠过。这个小菜园给东山坞增加了一种清新、蓬勃的气象。

这会儿，从尽北边看菜园的小窝铺里边跑出一个老太太。雪白的头发稀稀疏疏地将将盖住顶，两只昏花的眼睛，一对高高的颧骨。她上身穿着一件打到腿根的毛蓝布褂子，下身黑裤子扎着腿；一只手拄着一根枣木棍子，一只手好像要抓什么东西似的朝前伸着；好像不相信别人的话那样，一边迈步一边摇头。

她跑出窝铺，手遮阳光，挤着眼睛，朝菜园地南边瞧瞧，就喊开了："喂，喂，那是谁呀？喂，地南边那个人，我说你哪，地南边蹲着那个人！"

地南边那人并没有蹲着，是猫着腰哪。因为他背冲着老太太，认不出是哪个。

老太太朝这边跑着，等到离着近了，她看清楚这个人正在摘蚕豆角子,摘一把,掖到裤子兜里,她更急了:"喂喂!谁偷豆角子哪!大白天作贼,你好大的胆子呀!你还摘呀!我这个枣木棍子没长眼睛,它可不认人呀!"

那个人好像根本没有听见什么动声。等老太太跑到跟前了,他才停住手,直起腰,转过脸——是个三十二三岁的壮年汉子,麻子脸,个头不高不壮,倒也很结实。他眨巴着眼皮子,望着老太太的脸,挺不高兴地说:"五婶,你喊叫什么呀!"

五婶一看是沟北的马连福,就咧开缺牙短齿的嘴巴笑了:"嘿嘿嘿,我当又是你们沟北边那些贪小便宜的人呢,是队长呀!"她这么说着,两只眼睛却一挤一挤地盯着马连福手里那把鼓鼓胖胖的蚕豆角子。

马连福说:"你这老太太,骂人不带脏字儿,沟北边的人爱小便宜,沟南的人光爱大便宜是不是?"

五婶说:"早先年,沟北人出来倒是都会假装文明,这二年一搞农业社,连假的也不装了,手头不干净的人不算少。不是我多话,你这当队长的,真得多教训教训他们;要不然,就算我帮着萧老大,整天价不离开这个菜园子,四只眼睛也看不住他们,何况,我这眼罩又不济呢。"她说着话儿,凑到马连福的跟前,撩起她那毛蓝布的衣襟,两手拉着角,拉成个兜形,又朝马连福眼前伸过去。这个意思很明白,是等着马连福把摘下来的蚕豆角放在里边,她好兜着。

马连福没往这儿想,也没朝这儿看,没事人似的用脚蹚了一下顶着花团的菜种子,说:"参观参观你们的菜园子,长得真不赖呀!"

五婶说:"这都是支书他爸爸的功劳。这一春天,他起早挂晚经管它们,那份心田,简直比对他那孙子小石头还要厉害。要不我就说了,他这当爸爸的,也算给那个当支书的儿子做脸啦。"她说着,感叹地摇着头,眼睛还是盯着那把鼓鼓胖胖的蚕豆角儿。她又跟着马连福走几步,差不多快把那个衣裳襟伸到马连福的鼻子尖下边了。

马连福又转过脸，用脚蹚蹚直竖竖的小葱，说："这小葱也不错，蘸着大酱卷烙饼，哪儿找去！"

五婶说："就是的，你瞧这麦子，冲着咱们农业社来的，吃烙饼还犯难呀！萧支书这一回来，别人想来个邪门歪道的事儿呀，再也办不到了。人家才是说公道话、办公道事的人，我那心里就像吃了仙丹妙药，再也不慌了。"她说着，神气活现地咂咂嘴，就抢了一步，跑到马连福前边去了，那意思是说：你不把蚕豆角放下，就甭想走。

马连福抬头看看太阳，说："嘿，快到晌午了。五婶你忙吧，我得回家吃饭，吃了饭还得开会哪！"

五婶急了："连福，你摘的豆角子……"

马连福一笑说："尝尝新鲜。"

五婶说："嗨，这是大伙儿的东西，怎么能随便尝啊？你拿走了，萧老大回来一查账，你可让我怎么个交代法呀！快给我！"

马连福瞥了五婶一眼，见她挺认真，就一甩手："给你！"把手里抓着的两把蚕豆角子扔进五婶的兜里了。

五婶还是盯着他不放，又追到前边："还有哪。"

马连福装出一副不高兴的样子说："瞧瞧，你这老太太咋这么爱管闲事呀！撑的？你要是吃饱了肚子没事儿，找个树阴凉蹲蹲去！"

五婶挤着眼，连怨带损地说："哟，哟，这是你当队长的人说的话呀！你也不怕西北风吹了舌头。别在我这个老太太跟前丢人了，我看你，连你爸爸一个棱角也跟不上。这菜园是我们生产队的，一个豆粒儿，一个蒜瓣儿，也有我一份儿，怎么叫管闲事呀！"

马连福说："什么你们队，我们队的！你们队种的地都是我们队社员的；这块菜园地，不是马子怀家入社的呀？你那会当个五保户，吃的用的，全从公益金里出，公益金两个队伙着，我们队也出过一半养活你吃饭哪,你知道不知道?"

五婶听了这句话十分不乐意。对于"五保"这件恩德深重的事情,她只能自己感恩,不愿意听别人当做短处来揭她。跟别人发火,又有点不好开口,就软里带硬地说:"五保是托共产党的福,是咱们农业社的恩,也不是你一个人的事呀!我当过五保户,是大伙养着我,我感大伙的恩,看着你这个当队长的随便拿蚕豆走不管不问,就更不应该呀!"

马连福哈哈地笑了:"猴老太太,我逗着你玩哪!给你个棒槌你就当针,我哪儿那么小气,缺你这把烂蚕豆吃!别说让我大热的晌午跑来摘,你就是给我送上门去,我还不定收哪!说实话吧,我是来选种的,选你们一点种子,留起来,来年我们队也好种一点儿试试。"

五婶也笑了:"当队长的,怎么总没个正经的呀!你闹着玩,我就当真了,差一点骂你一顿;要是骂了你,可也怪不上我呀!"又说,"你们也要开辟个菜园子呀?这就对了,这才像个过日子的嘛!当个队长,比过去大家主管事的要难当的多。不多花心思,不忠心保国不行啊!你看我们这个队,人家百仲一扑心地搞队里的事儿,一点儿私心都没有。人家多会算计,搞这么个小菜园子,占地盘不多,占人也不多,收项可不小,先说社员们吃菜不用掏钱买了,还能卖一点零花钱分分。喂,你选种子跟百仲说了没有哇?"

马连福说:"说了,不跟他说,我能随便来摘呀!"

五婶这才放下心:"够不够呀?"

马连福说:"你把兜里那两把给我就够了。嘿,这几个最成饱,我挑了好半天才挑出来的。"

五婶把兜里的蚕豆角全部归还了马连福,一面拍打着衣襟,一面说:"连福哇,你往后别跟五婶逗着玩了,五婶是土命人心实,遇着不顺眼的事儿,爱着急、上火,我要没轻没重地给你一顿,多让人家瞧不起你。"

马连福说："我就是瞅着你眼热，没事儿跟你逗逗乐子。唉，我要是个五保户多好呀！吃饱了睡，睡够了吃，抱着孩子邻居串串，领着媳妇集上走走，什么事也不用发愁了，也省得受这份子罪，生这份子气了。"

五婶说："快走你的吧，你这个人说话没深浅，少分量，说着说着，灶王爷上天，就离板了！"

马连福跟五婶说的这些话是笑话，是气话，也是心里话。他现在真希望有那么一种类似五保户那样不费力气，不花心思就过上舒坦日子的事儿干。恐怕他一辈子也找不到吧！其实，这个人并不是没有力气，也不是一点本领都没有。他算是庄稼地里的科班出身。他的活路全，什么都拿得起，放得下。沟北这个队中农最多，老庄稼把式最多，不服人管的也最多，除了马连福当这个队长，别人真有点玩不转。当然啦，马连福能够把这个队长的牌子一直挂下来，倒不完全因为他是个内行的庄稼人，还有另外两层意思：头一层，马连福这个人跑过世界，又长期住在这个中农、富户的窝子里，虽是个贫农，那占尖取巧、贪小便宜、算小账的毛病却沾染了不少，跟沟北的这些人气味相投；第二层，全都姓在一个"马"字上，说话深了浅了，谁也不计较，甚至于犟脾气上来，骂骂咧咧地就把事情办了。说起来，他可以算是东山坞的一个特殊"人才"！

早起他领着社员下地锄谷苗，卖豆片的韩百旺，从地头上路过，给他捎了个口信，要他提前吃饭，到办公室开个紧急会。一提开会，他就心烦。白天开，他嫌耽误活，晚上开，他嫌耽误觉，最好是不开为妙。这个会不参加准不行，因为萧长春回来了。他没把萧长春的回来看得太严重。他觉着东山坞顶事的还是马之悦，萧长春算个老几呀！这会儿，他想的是回家快吃饭，吃完饭就开会，开完了，好睡个午觉。

他跟五婶纠缠了一阵子,看看太阳都快晌午了,赶紧磕了磕鞋里的土末子,按着两个装得鼓囊囊的衣裳兜往家奔。刚要过河,后边有人喊他。

　　马大炮手里提着一把锄头,从一块打腰深的麦地插过来了。他那两只大长腿,一走路一扔一扔的,铃铛眼总是瞪着。他边追边喊:"麻子,等一等。"

　　马连福停住说:"就你啰嗦,有话说,有屁放,我急等着回家啦!"

　　马大炮跟马连福是同辈兄弟,两个人不打不闹不说话。他追过来说:"你是忙什么的呀,黑早哩,大白天孙桂英还敢拉个野汉子睡呀!"

　　马连福回击着:"那是你们内当家的买卖,白天我都不敢从你家门口过……"

　　弯弯绕也从后边赶上来了。他本来是小跑着追人,耷拉着脑袋,倒背着手,倒像走路丢了什么东西,回头来找。他赶到两个人的跟前说:"你们别闹着玩了,说正经的吧。我说队长,你讲过的话,到底能不能算数呀?"

　　马连福把麻子脸一绷,不耐烦地说:"马连福一口唾沫一个钉,什么时候说话不算数过?爷们,有话直说,咱们不要绕好不好?"

　　马大炮说:"你要糊弄我,可就跟糊弄你自己差不多少,到时候,我还不给你留面子,咱们什么都敢端。"

　　前年马连福盖房的时候,用的木料全是公众的,一个大子儿都没给。马大炮就抓住这个有把烧饼了,碰上茬,就要给他往外抢。

　　马连福笑着说:"塌塌地干你的吧,保险没你的亏吃。你小子别光揭短,你的尾巴也没全夹住,老爷一伸手就给你抓住。不信咱们就试试。"

　　去年马大炮杀猪没上屠宰税,给马连福送了一副肠子了事;今年春天马大炮又私自卖过棉花，让村里的韩德大捉住了，马连福喝了他一瓶白干酒，给他了结了。

弯弯绕眨巴眨巴眼，想想刚才马立本在自己菜园子里跟他说的那套话，又打开了算盘。他说："队长，你满打满包，你知道我们说的是哪一档子事儿呀？"

马连福翻着白眼说："瞧，你又绕开了，我真瞧不起你这一点儿。到底是什么事呀？"

弯弯绕说："真是大马虎，哭了半天，还不知道是谁死了！我们说的是分麦子的事儿！"

马连福说："分麦子的事儿不是早就说清楚了，你们怎么还一个劲儿地穷嘀咕！"

马大炮说："支书回来了，支书回来了！告诉你好几遍了，你耳朵塞鸡毛了！"

马连福说："支书回来了怎么着！"

马大炮说："刚才沟南边焦庆媳妇说萧长春和韩百仲找马主任吵架去了，他不让土地分麦子。"

弯弯绕加了一句："早起我就听说了，没敢全告诉你。萧长春想让社员少分点儿，多卖点余粮，换一个旗子挂在办公室，他再到劳模会上吃顿八碟八碗猪头肉，油油嘴，回来好跟我们说光溜话。"

马连福翻着眼皮子："放他的屁！他说什么就是什么呀？东山坞的人都死绝了！"

马大炮说："这可就看你跟马主任的骨头多硬了。"

弯弯绕说："队长，我们可是一个锅里抢勺子的人呀！咱们得相互照管着点儿。还是那句话，我们有甜的吃，你也吃不着苦的，虽说你的地土少点，我们多分了麦子，咬烙饼，能看着你啃棒子饼子呀！"

马连福说："爷们儿，甭说这个，我是该怎么办就怎么办，也不是为了贪图你们送给我一点白面吃。你们快锄地去，等着瞧好吧！"他说完，就朝前走了。

弯弯绕紧追几步，跑到马连福前边，又皱眉咧嘴地说："队长，我家可是早断顿了，不信你就瞧瞧去。我家工分少，地不分麦子，到不了大秋就得饿死啦。"

马连福说："你饿死，我们就撑死了？说不绕，就别绕。怎么说的，怎么办，土地不分红，拼了命也不行！"

马大炮说："别在这儿逞英雄，会上装死狗！"

弯弯绕说："大炮你别瞎说了。咱们队长是老革命，他敢作敢当；要不是看他能替咱们说话，咱们还不选他当队长哪。连福，我们等你信了。"

马连福快快不快地往回走。他是个头脑简单的人，容易发怒，也容易高兴，二两烧酒，几句好话，就可以把他支使的晕头转向。小时候他要过饭，扛过活，也曾是一个很能劳动又很厚道的小伙子。一九四六年国民党反动派进攻解放区，他被抓了丁，两年之后，当了解放战士。一九五二年他就要求转业了。回到家，马之悦给他开欢迎会，当着众人称他是"功臣""老革命"；没房子住，第二年马之悦就操持着给他盖了房。没媳妇，第三年马之悦就千方百计地给他娶上了。有了困难，不论缺粮缺钱，只要一开口，马之悦就派人给他送上门。有了房子有了地，有了老婆孩子，马连福想过舒服日子了。马之悦拉他当干部，他也觉着挺不错。在马连福的身上，常常有两个"魂儿"调换着值班。一个荣誉的魂儿值班了，他觉得自己真的就是"功臣""老革命"，高傲自大，在人前摆资格，跟谁都敢顶；天不怕，地不怕，就怕别人小瞧他。另一个过舒服日子的"魂儿"值班了，他就觉着自己入社不自由，当干部吃了亏，退退缩缩，总想离开农村，到外边找个挣钱多，出力少，又能把老婆孩子接出去一起住的工作。有时候，两个"魂儿"又是一齐出马。刚才他听了马大炮和弯弯绕几句煽风点火的话，第一个"魂儿"又值班了。

麦子一黄梢，沟北有人嘀咕吃了亏，要退社，马连福光是发火、着急，没咒念。马之悦趁机会扶一把，让他给社员谋一点"幸福"；又找了几个"积极分子"一商量，"土地分红"的办法就正式提出来了。马连福开头不赞成，因为他地亩少；后来，马之悦想出一个主意，说是等到土地分红实现了，沟北每一户给马连福添个斗儿八升的，加在一起，就是六七石，三口人两年坐着吃也吃不完哪。马连福觉着，搞好这件事儿，又露脸，又得利，正在积极筹办，想不到萧长春回来插一杠子来反对。真怪，为什么别人干点什么事儿，姓萧的都反对呢？这不明明是往马连福的脸上抹灰吗？往后还怎么跟社员讲话，这个队长当的简直不值个狗屁钱了！别看萧长春是支部书记，马连福从来不把他放在眼里映一映；每逢萧长春跑到沟北一队检查工作，问这个问那个，他心里边就有一股子说不出道理的不舒坦。去年马连福差一点当上工人，差一点儿找到能过舒服日子的工作，让萧长春一脚给踢开了；今年春天马连福要求入党，萧长春不光没答应，还要马连福交代在顽军里那一段历史，还要交代跟沟北富户的关系……从此马连福跟他记了仇疙瘩。他正要找个茬儿碰碰萧长春，总没得机会。这一回，马连福说什么也不能由着他的性子办事儿，得给他一点颜色瞧瞧，让他知道知道，他想欺负马连福还不够资格！

马连福一步迈进自己家的大门，眉头皱得更紧了。院子里边旮旮旯旯都是乱七八糟的。猪还没有喂，两只小克朗用嘴巴拱着猪圈门子，吱吱闹。鸡也没有撒，在窝里扑拉着翅膀，咕咕叫。他故意放重脚步，踩的地皮踏踏响，没有听到屋里边有回声；他又大声咳嗽一下，也没人搭茬。他走进堂屋，更没法儿看，柴火连着灶膛，灶膛连着柴火，没个地方插脚。揭开锅盖看看，筷子碗泡了半锅。这叫什么过日子人家,家里家外都没有马连福随心的时候!他满肚子的怒火顶了脑门子,通通通地朝里走,呼啦一把撩起门帘子,那股子气势,进门就得给媳妇两个大嘴巴子!

屋炕上坐着一个二十七八岁的妇女,怀里抱着一个吃奶的孩子,脸上像阴了的天。她叫孙桂英,跟马之悦沾点拐弯亲戚,是马凤兰表侄女的干妹子,森林镇的娘家,做闺女的时候曾经是个风流一时的人物。村里人说:好汉没好妻,癫汉娶花枝,麻子脸的马连福,屋里藏着一个美人儿。她细高个子,长瓜子脸,细皮嫩肉,弯弯的眉毛,两只单眼皮,稍微有一点儿斜睨的眼睛总是活泼地转动着;不笑不说话,一笑,腮帮子上立刻出现两个小小的酒窝;特别在她不高兴的时候,那弯眉一皱,小嘴一噘,越发惹人喜欢。

马连福进屋来,朝孙桂英扫了一眼,就像放了气的猪尿泡,一下子就软了。

孙桂英是马连福的绳子套。套着马连福,拴着马连福,孙桂英怎么拉,马连福就得怎么走。马连福爱她,更怕她。几句话不对劲儿,她哭哭闹闹还不算,动嘴就离婚;孙桂英把离婚当成出气那么容易,马连福可不敢捅这个马蜂窝。马连福在外边风风火火,回到家忍气吞声,连说句话都得看着孙桂英的眼色。孙桂英摸准了马连福的脉窝,越不喜欢哪出,她越要唱哪出;真真假假,假假真真,总让马连福拿她当宝贝。她说,这才是真正的夫妻恩爱。

马连福在地下站了会儿,把衣兜里蚕豆角一把一把地掏出来,扔在柜上;又在炕上地下看了看,大气没出,就转身到外边抱柴火。他把柴火放在堂屋地下,回到屋,这才开口:"喂,做饭吃吧。"

孙桂英噌地一扭身子,调过脸去了。

马连福强笑一下,又出去扒灰扫地,涮锅洗碗。他把锅头灶脑,里里外外全都收拾得干干净净了,再一次折回屋,低声下气地说:"天不早了,做饭去吧。"

孙桂英又一转身子,把脸调到那边去了。

马连福焦躁不安地在屋地下兜了个圈子,扒着门帘子朝外看看,日头影已经进屋了,就又凑到孙桂英跟前说:"我抱孩子,你做饭,一会儿还有事情哪!"

孙桂英气囔囔地说:"你没长着手!"

马连福笑了一声,骂道:"你他妈的真会拿性人!"赶紧在地下一盆子脏水里洗洗手,到外屋灶里点了火,随后探进脑袋问:"喂,米在哪儿哪?"

孙桂英猛地一甩头发一抬头,吼地喊了一声:"噢,你也知道做饭得用米呀!"

马连福嬉皮笑脸地说:"面也行。"

孙桂英喊道:"屌毛都没有!东家子摘,西家子借,求爷爷,告奶奶,把东山坞整个街都让我给拜遍了!你在外边浪够了,进门端碗就吃,敢情是舒坦!"

马连福手里端着一只空瓢子,心里边嘀咕:昨天还吃烙白面饼,怎么一下子断顿了呢?就问:"别闹着玩了,是真的,还是假的?"

孙桂英说:"我吃饱了撑的跟你闹着玩呀!噢,你不信?好!"她把怀里的孩子往炕上一蹾,大腿一扔跳下地,揭开缸,打开柜,小鞋子,破袜子,乱七八糟的东西往外掏,"你看,你查,我偷着藏着,明着吃,暗着做!"

马连福急忙扔下瓢子,过来拦住她,说:"算了,算了,我不吃了,还不行吗?"

孙桂英两手叉腰,往马连福跟前一站,说:"你不吃了,我们呢?我们找个麻绳扎上脖子呀?给你养大的,下小的,缝新的,补旧的,没事儿跟你挨饿来了?图你家的炕热是怎么着?"下边还有句挺难听的话,她没有说出来。

马连福说:"别闹了,我还要去开会哪!"

孙桂英说:"开会能当饭吃呀?你就当你那个熊队长吧,等明天连老婆也得赔出去!"

马连福说:"忍一忍吧,说话就到麦收了,等一分下麦子来,就……"

孙桂英说:"分个屁,都没有人给你放热的!刚才马凤兰说,你们又不按地分红了,全卖余粮,是真是假?不是你在这个炕头上对人家许的愿呀!按地分,按地分,让大伙把囤都装得满满的!舌头还没有从嘴唇外边收回来,就又擦了?怎么五尺高的大汉子,说话不如老娘们,你这个队长,简直是个王八蛋!你不嫌丢人,我还替你害臊哪!唉,我瞎了眼啦,早知道这样,何苦跟你受这份洋罪来!"

这女人东一榔头,西一棍子,数叨起来没个完。这场怒火,当然是马凤兰刚才在门口外说了几句话给点起来的。她发火的目的性是很不明确的。不信,过后来个人问问她,她准答不上来。她有点好吃懒做,爱打扮,每天吃饱了饭,孩子一夹,东门出来,西门进去,张家长,李家短,王家白,赵家黑,不值钱的话,又多又方便。——队长的媳妇就是这么一个女人。她又特别的爱面子,喜欢别人说她几句好话,把她说乐了,让她干什么,她就干什么;干一溜遭,不见得会有什么好处,图的是以后再听别人几句好话。她还怕听别人说她的丈夫不好,不管是轻的是重的,是真的是假的,听到一点,就得吵一顿。吵闹一回,不一定有什么结果,不过,吵一吵,总是比冷冷清清的热闹一点儿,马连福多忙多累,也得跟她格外地亲热几天。她用眼角勾了马连福几下子,又接着茬儿骂开了,骂着骂着,不知道哪句话使自己伤了心,两个眼圈儿就红了。

马连福被女人骂的抬不起头来。他满肚子的气不敢发,化成了水,结成了冰。他的周身像是抽了筋,剔了骨,有气无力地坐在炕沿上,苦苦地抽着烟,叹着气。这会儿,他的第二个"魂儿"又值班了。

这个队长可有什么当头!亏不少吃,罪不少受,骂不少挨,家里外边不成样子,猪八戒照镜子里外不是人,说句话连个屁地方都不占!唉,没事儿找事儿,搞他妈的农业社有什么用,你不搞,人家老百姓还不知道种地过日子;到时候收粮,到时候要款,国家建设照样搞。要是没有农业社,论技术,论力气,马连福跟谁都能比一比,日子早过得像个日子了,还至于为了吃饭两口子伤和气呀!吹台,这个受气包的队长不当了,麦子爱怎么分就怎么分吧,管它哩!反正马连福也没有多少土地,分不分该老几,没事找这个事干什么呀!

马连福决定立刻找马之悦和萧长春去,让他们开干部会的时候,把他这个队长给"抹"去,从此洗手,老老实实地过日子。他这样想着,起身就走。

孙桂英一把没有拉住他,手捂着脸,爹一声妈一声地哭了起来。她哭了一阵,没人理,从手指缝瞧瞧,那个人早走了,只好停住哭声收住眼泪。

孩子在炕上哭起来。她一边给孩子擦鼻涕,一边听着外边的动静。她想马连福听到她的哭声,准受不了,一定会马上转回来哄她。左等右等不见回头,又有几分心疼男人。她心里暗想,干了半天活儿,连口东西都没给他吃,别坏了身子。唉,不如让他先吃口东西再吵了。

她抱着孩子,走到门口,东张西望,没有掠到马连福的踪影。

第 十 二 章

马连福饿着肚子走出家。

快到晌午，火辣辣的太阳当头照。地里干活的人，都陆陆续续地收工了。韩德大牵着牛回来了，哑巴赶着羊回来了，焦振丛赶着车回来了，他跨在车辕子上，摇着鞭子，紧赶着长套上的牲口，车道上掀起一股股黄土烟。有的人家屋顶上冒着炊烟，有的人家在喊叫到外边去的人回家吃饭。一群小学生，背着书包，又跳又唱地排着队过来，又散开了，有的奔向沟南，有的来到沟北，走进每一个敞着的大门口；他们立刻就会坐在桌子旁边，端起香喷喷的饭碗了……

马连福使劲儿咽了一口唾沫，两只手插在两个衣兜里，兜里只有几颗沙子粒和碎烟末子，还有一张揉烂了的发货票。他看着来来往往的人，心里越发的烦躁。走了几步，又不知道奔什么地方。正是吃饭的时候，到哪儿呆呆呢？会场上等吧，太早了；串门去吧，看谁都不顺眼。最后，他决定到黑漆门里找找马之悦，除了退职的事儿求他抬抬手，吃饭的事儿也可以求他帮帮忙。主意打定，就往东走。

马连福的家在沟北边的最西头，到马之悦家去不太远，过了马立本和弯弯绕家几个门口，再往北进个小胡同口就到了。他往前走着，盘算着怎么跟马之悦开口。马之悦一向看得起马连福，退职的事儿，他准不答应，吃饭的事，一说准行，就是一次一次总求人家，有点不好意思。

他刚经过弯弯绕家门口，忽听得院子里边吵吵嚷嚷，弯弯绕家的小闺女，狼抓似的叫喊。

大概是同病相怜的关系吧，马连福忍不住地朝院子喊一声："弯弯绕，吵什么，你们都是吃饱了撑的吧！"

他这一喊不要紧，屋子里啪啪又是两巴掌，打的小闺女抱着脑袋，光着两只脚丫子往外跑。

弯弯绕横眉立目，手拿着鞋底子在后边追。

马连福放过小闺女，拦住弯弯绕，喊道："瞧你这只疯狗，没事儿你打哪家子孩子！"

弯弯绕呼哧呼哧喘粗气，死乞白赖地还要追打；让马连福抓住胳膊动不了，就说："我要打死她个王八日的，我要打扁她；反正早晚也是死，打死还比饿死好受哩！"

马连福娇妻爱子，也最不待见别人动不动就打老婆骂孩子。他一手夺过弯弯绕手里的鞋底子，扔得老远，说："逞他妈的什么英雄好汉，到底是为什么呀？"

弯弯绕这才跷着一只没穿鞋的脚站住，拍着胸脯子说："我的好队长哩，为了什么，你还不知道吗！"

马连福说："笑话，我怎么知道你家的事情！"

弯弯绕说："断顿了！她妈从她姥姥家弄了点糠，做了几个糠团子，想着对付着度命，反正快收麦子了。小该死的，她不吃，哭着叫着要吃粮食。粮食在森林的大仓库里，咱庄稼人到哪里摸去……"

马连福冷笑一声，说："得了，得了，我不求你的，不借你的，跟我哭哪家子穷呀！就凭你这个户，真的连一顿饭都做不起了？"

弯弯绕说："瞧你说的真轻快！好像是财壮气粗的样子，甭说，队长的日子准松快。好吧，我是人穷志短，马瘦毛长，不能不张嘴了。你家有多余的，队长，没别的，多少先匀一点给我，我们一家老小好度命。"

马连福的舌头短了。他肚子没食，咕咕响，压着的火苗子又撞了上来。

这时候，邻居的妇女们都凑过来看热闹。

弯弯绕的老婆从屋里端出几个像驴粪球子似的糠团子，举着转圈圈，让大家参观："你们瞧瞧，这是农业社的优越性，是咱们大支书领着东山坞的人享福了！瞧，瞧！"

这个瓦刀脸的女人是男人的应声虫，男人说风，她便来雨，男人说哭，她就掉泪，那才叫夫唱妇随哪。这会儿，她嘴里数叨着，把盛糠团子的柳条浅子朝地下一放，两只手扯着衣裳襟，晃着头，又说："邻里们都在这儿，咱们大伙谁都知道谁。我长这么大，也没有跟谁哭过穷，过富了光彩，过穷了不是啥露脸的事儿。你们瞧，这里边有粮食粒吗？别说是十来岁的小孩子，就是大人，也难往下咽哪！一春天了，我们都是偷着吃，不愿意跟别人提这事儿。提管什么用，这年月谁顾得了谁？邻居顾不了，干部就顾得了吗？这不队长在跟前哪，说出去，反倒惹人家笑话。"

弯弯绕搭腔说："笑话谁呀？是我们当父母的没能耐，管生不管养是怎么着？我马同利啥年啥月过过这样的日子！日本鬼子一天清一次乡，我跑反回来咬烙饼！"

刚卸了车的焦振丛从这儿路过，也凑过来瞧热闹。他是焦淑红的远房叔，五十刚出头，红光满面，倒像四十岁的壮年汉子。他为人平和，一向老实巴交的，不论遇到什么事儿，不是让他太过不去，他很能顾前顾后，不爱得罪人。如今他当着农业社的运输员，一年四季进城上京到处奔跑，鞭杆子从不离手。他听到弯弯绕这句话，觉着实在不入耳，就笑眯眯地说："唉，同利，我跟你想的不一样，我宁愿吃糠咽菜，可也不愿意跑反。那玩意可不是好受的。"

旁边的妇女们也有同感，都喷喷地附和他。

弯弯绕发觉自己走了嘴，就绕了一句："我不是盼着再转回去跑反，咱们是打比方，说明咱压根儿没见过这种东西，没受过这份罪。"

几个十来岁的小孩子凑到糠团子跟前看新鲜。他们闪动着天真的小眼睛，像看到什么稀奇的珍宝；他们一懂事就是中华人民共和国成立，他们才真的没见过这种东西。小家伙们拉着大人的手，又喊又叫，问大人这东西干什么用。

韩德大圈了牛，也经过这里回家。他跟马连福住邻居。二十多岁，是个野性的小伙子，最能调皮捣蛋。不论碰着什么事，不论大小，他总得插一手，不为别的，为了凑凑热闹。他凑过来，朝着几个黑不溜秋的糠菜团子瞥一眼，笑嘻嘻地说："嘿，我可见过这东西，我是吃它长大的。哎呀，土改后多少年没见这玩意了，还怪新鲜的哪！"他又对弯弯绕俏皮地说："大爷，你是用它打油腻呀？"

看热闹的人轰的一声都笑了。

弯弯绕让大伙笑得挺不带劲儿，就冲着韩德大说："别拿穷人开心，滚你妈的蛋！"

韩德大做了个鬼脸，说："大叔你别龇牙瞪眼，你从家里拿到街上来，就是给大伙看的嘛，还管人家说话呀！我这句话也没冲你说，我是开我自己的心哪！看看这个，往后我可得好好给咱们农业社出力气，把牛放的壮壮的，要不是合作化，去年那一场大灾，还不是又得吃这个呀！队长，我这句话不落后了吧？"他不等回答，做个鬼脸，扛着赶牛的棍子就走了。

焦庆媳妇也被惊动了。她从沟南坎走过来，挤进人群里瞧瞧糠团子，听听别人的议论，就拉着弯弯绕家的小闺女的手说："好孩子，别哭了，你爸爸也是没办法的事儿，他要是有净米净粮的放着，能让你塞这个！谁家生的、养的不是娇哥哥。你一哭闹，他们就更难受了。"她又劝弯弯绕说："孩子挨饿就够她受的了，好好哄着，怎么还让她皮肉受苦？"

瓦刀脸女人一看有了同情的，就接着话音说："他是吃了张家苦，挨了李家的辣，没处撒气去了。我们娘们是他消气的窟窿，储气的包！打吧，打死一个，少一个张嘴物，省下点口粮，还可以多卖几斤。好让支书给咱们领一张奖状回来，贴在脑瓜门子上，那该有多光彩！"

这些话本来应当由弯弯绕自己说，他觉着，让老娘们替他说，就算谁来了,惹不出大祸,却得了相等的效果。

焦庆媳妇说:"我才不干这种傻事哪,摘心肝疼,孩子是自己的。我家也是揭不开锅了,我到孩子姥姥家借了几升,先对付活着嘛!"

弯弯绕说:"你脸大路宽有投奔,我是摘借无门。"他又对马连福哀求,"没别的,我的好队长,不看金面看佛面,冲着不懂事的孩子,你得救救命啦。"

有几个看热闹的人看不下去,就捂着嘴,忍住笑走了。另外几个妇女,就像受了传染,也七嘴八舌地议论起没吃的,要队长帮她们想办法。这儿成了一片哭穷的声音。好像是开比赛会了,谁家越穷越光荣。

马连福木呆呆地站在人们中间,不知是晒的,还是热的,麻子脸一个劲儿往下淌汗水。他气闷得很,在这儿一分一秒也待不住了。于是,他怒气冲冲地说:"你们没吃的,我就撑着了?他妈的,这是什么年月呀!"他把脸转向弯弯绕,"别在这儿丢人了,快把这东西收回去吧。"

弯弯绕说:"收回去好办,我说队长,你总得想法给我们救救急呀!"

马连福说:"我想什么法?"

弯弯绕说:"我这一大堆话白讲了?"

马连福说:"给你抹道黑呀?"

弯弯绕跳着脚:"唉,唉,你们干部就是铁石心肠,也得动动了。一会儿开会,你不兴替我们求求情呀?"

马连福说:"当然要提。就算你们受得了,我还受不了哪!"

弯弯绕本意是要把孩子打到办公室去,正赶上那儿开干部会,让萧长春瞧瞧,怎么办不要紧,先给他们加点油火,添点别扭。他转过来一想,外甥说的那种大局势到底怎么着了,还不知道,闹早了容易出毛病，也怕萧长春这个人不好对付。正在他犹豫不定的时候，马连福来了，真是天遂人愿。先给马连福演一演，也很需要。再说，看热闹的人也不少了，这道黑是给农业社和支部书记抹上了，过不久，萧长春也会知道。目的达到，见好就收，闹大闹久了，说不定会出了岔子。于是，弯弯绕就顺坡下驴地对马连福说："好，好，我听你的。只要队长你说话，我就是再饿上两天，咱们也咬着牙，不能让队长你为难。咱们爷们的话，我多会儿不听你的？我饿的前腔贴后腔，都不愿意找到你家门上说去。我知道你是个热心肠的人，怕你上火。"

几句灌米汤的话，说得马连福心里热乎乎的。

在人们说话的时候，不知谁家的几只大公鸡跑来开斋了，已经把浅子上的糠团子吃了半个。

瓦刀脸女人抡着胳膊轰着，从地下拾起浅子，又从焦庆媳妇跟前拉过小闺女，回家去了。

等到人们议论纷纷地散去之后，弯弯绕才进院子，回手上了大门栓。

小闺女受了不白之冤，还在委屈地哭。

瓦刀脸女人把她拉到屋里，一跷脚，把挂在房顶上的一只小竹篮子摘下来，从里边抓出一个金黄色的米饽饽，往小闺女手里一塞，推她说："快里间屋吃去。"

这个时候，马连福已经坐在马之悦的炕头上，端着小酒盅，吱儿咂地喝开"二锅头"了。

马之悦家里边藏了两个"活电报"，他屋不用出，村里发生了什么新鲜事儿，都能立刻知道。弯弯绕闹粮食事儿，当然传到他的耳朵里。他像得了个喜帖子，高兴的脸上发光，从心里赏识弯弯绕这份才智。马之悦觉着，在这个节骨眼上闹粮，不仅诱导了马连福，同时也给东山坞眼下闹土地分红的事儿凑了一个有力的理由。过去有些人也喊过没吃的，那是单枪匹马，这回可以成群，什么事情一成了群，就不好对付了；在今天这样一个特殊的情况下，这是非常重要的。土地分红和闹粮全是对着农业社和统购统销来的，也都是冲着萧长春来的。小子，有本事，你就收拾吧！马之悦喜在心里，稳在脸上：他一只手捏着一把锡酒壶，另一只手撩着拿酒壶那只手的袖子，轻轻慢慢地斟着，清亮的酒，在小小的蓝花瓷盅里溅起微小的泡沫，散着热气和香味儿。

马连福坐在小炕桌旁边，跟马之悦对面，两只眼珠眨巴眨巴地望着蓝花瓷酒盅里的酒，咽了一口唾沫。

马之悦好像故意做戏，一直等到小泡沫全消失了，才不慌不忙地把酒盅递给马连福一个，又拿了一双筷子，还在桌子上戳了戳，比了比，递过去。他见马连福端起酒盅，一扬脖进到嘴里，也陪着喝了一口，用手背抹了抹嘴唇，问："连福，你们两口子怎么又闹气了？到底因为什么呀？"

马连福的麻子脸耷拉着，像要滴下水来，听见问，唉了一声说："别提啦。"

马之悦笑了笑，关心地说："有什么为难的事情，你就说吧，不跟我说，你还跟谁说呢？噢，是不是又没有钱花了？要不就是吃的不足啦？"

马连福咧着嘴说："还不是哪，断顿啦！"

马凤兰像个女招待，跨在炕沿上看着他们吃喝，专门管在地上端盘递碗。她搭茬说："没吃的人家不光连福一家，可多啦。过去都是日子紧巴的主没吃，这会儿好过的主也没吃，大家伙儿真成了阶级友爱，全一样。要说，群众困难了，兴许顾不过来；你们当干部的没日没夜地替公家忙，辛辛苦苦不容易，没薪又没禄，总得有点优待吧？等会儿开会了，马主任在萧支书面前多说上几句好话，请求他照顾照顾不行吗？"

马之悦冷冷地一笑："跟他说顶什么用,有好话还不如留着腊月二十三说给灶王爷听哪。别说,要是沟南边老韩家的人没吃了,他也许有点办法,开开恩,帮助自己的同志,他能出那份血!"

马凤兰故意惊讶地说："哎,萧支书说出话来可是挺中听的,开口就像卖瓦盆的,一套两套连三套。办起真事儿,敢情连一点儿人情都不通啊?"

马之悦说："那是天桥的把式,光说不练。一天到晚地空喊口号:作硬骨头呀,勒着裤带干革命呀! 勒呀,勒呀,这可好,不要说群众,连干部都把裤带勒在脖子上了!"

马凤兰扑哧一声笑了起来。

这两口子,就跟说相声似的,你一言,我一语,一来一往,把个马连福说的迷迷糊糊。他拿过酒壶,一边听他们的对口唱,一边自斟自饮。

马凤兰又咂咂薄嘴唇说："真是画龙画虎难画骨,知人知面不知心,一个当支书的人,怎么光会自己在上边领导跟前买好,就不会体贴体贴同志呢!"

马之悦也感叹地说："要不有的同志干工作就觉着没兴头啦!"

马连福把一盅酒倒进嘴里,说："什么兴头,这个队长我早就干腻歪了,这回我是要洗手了,坚决性的。马主任,一会儿开会,你就张罗着安排人,说得我死妈跳出墓子来,我也不再受这份王八气啦。"

马凤兰故意一愣："哟,你不想当队长了?"

马连福说："该煞台了。"

马之悦一戳筷子,立刻拿出一副长者的严厉面孔说："你说这种话,不嫌丢人呀!"

马连福嘟囔着："我早把人丢尽了。"

马之悦又满上两盅酒,缓了缓口气说："连福,不是我又批评

145

你,你有时候太任性了。总是把事情看得那么简单,那么容易,不会左思右想。你也得掂掂自己的身份嘛,你是老贫农,老革命军人,为今天这个天下出过力气卖过命,兴别人坐坡,不兴你坐坡。"

马连福说:"眼下我什么也顾不上了。我不图别的,图自在;就是挨冻受饿,当个普通社员心里也干净。"

马之悦冷笑一声,又朝马连福那边探着身子,郑重其事地质问他:"连福,你想把队长这个职务推卸下去,想来个轻松干净的是不是呀?"

马连福点头说:"对了。"

马之悦提高声音说:"好哇!你不干,正可人家的心愿,人家求还求不到哪,我马之悦要是立刻洗手不干了,人家才高兴哪,一定得杀猪宰羊庆贺一下子。咱们都不干了,把位子全腾出来,人家好把韩家他舅、他的表兄表弟都拉上去,在东山坞搞个萧、韩王朝!"

马连福喝酒上脸,这会儿每个麻子坑里都像汪着血似的。他说:"爱什么朝就什么朝吧,眼不见,一大片,反正我是要过它几天消停的日子了。"

马之悦一耸鼻子一咧嘴,说:"瞧你说的多美,简直像吃凉粉喝汽水似的,光光溜溜的,冰冰凉凉的。你不当干部,你的日子就过得消停了?人家让你过消停日子吗?要我看哪,你做梦也甭想。"

马连福一绷脸:"怎么?"

马之悦说:"怎么,这你得想想,人家为什么生着法儿排斥咱们爷们?入党不要你,要韩春。韩春算老几,就是因为他姓韩。要不是我挡着,大脚二菊早当上妇女主任,也挂上党员的牌子了。有咱们俩在干部里边掺和着,不管他拿咱们当不当神仙拜,咱们俩总是把守山门的哼哈二将,不镇庙,还吓人哪;他们办什么事的时候,不论打什么坏主意,总得小心咱们点儿;没了咱们俩,好,脚面水,平蹚了,他敢把东山坞搞个天昏地暗。那时候,你不是干部了,你手里没有印把子了，你听人家的不？换个沟南边的人到沟北边当队长来，管着你，挟着你，你服不服？不服，瞅冷子给你扣个反社会主义的帽子，再把你的历史加在一块儿一编造，那可就完了！不把你管制起来才怪哪！连福呀，你可不是三岁两岁的小孩子了，你得看长点，看远点呀，你得清楚，让人家骑在脖子上拉屎，那日子不会过得消停啊！我劝你千万千万别找这份消停呀！"

几句话，把个马连福说得张飞穿针——大眼瞪小眼，后脊梁背嗖嗖地冒凉气。

坐在一边的马凤兰也让这番话说动了心，肥胖的身子直发颤。

马之悦见他的和尚经发生了效力，就又加了一句："还有一宗顶重要，你马连福眼下不是光棍一根了，你在东山坞躺着房子卧着地，坐着你的老婆孩子，你总是跑不了吧？你跑了好，人家整治她们！"

后边这两句话特别因地制宜，正是顺着马连福的胃口来的。在他说来，什么也比不上老婆孩子重要，离开她们受不了，倘若因为马连福的过失让她们受委屈，他更受不了。他眨巴着眼说："不至于吧？"

"怎么？"

"我跟他萧长春有什么仇恨？他能这么跟我过不去？"

"我跟他有什么仇恨？他怎么整我？"

"他顶了支书，您比他有底子，您不服他……"

"噢，你服他呀？人家是傻子，人家不知道你马连福总跟人家闹别扭哇，你没记着，人家可记着哪！他是不杀穷人没饭吃，不打击别人，怎么抬高自己呢？"

马连福不吭气了。

事情明摆着，他真要是把队长退下来，连个牌子也没有了，萧长春那家伙准会给他小鞋穿，让人家踩在脚底下，那气可多难受啊！马连福跟沟南边的人断不了因为仨瓜俩枣的事儿吵嘴、抬杠，如果他倒了牌子，不用说萧长春，旁的人也准要来个墙倒众人推。到那会儿，气受不了，走又走不了，进退两难，日子更不得消停。落到这一步，哪有当着这个生产队长好呢？一人之下，百人之上，说句话，男男女女，老人孩子芽儿都得听，这是何等的威风！马连福思思想想，他那另一个魂儿，又开始值班了。

马之悦看着马连福的样儿，估计到他的念头有了转机，继续顺他的心思说："要我看哪，就是有千难万险，就是受多大的委屈，就是出多大的心血，咱们还得往头顶着干。上边的人这几年对我马之悦画问号，可是我船破有底，他们不敢搬我。什么是我的底呢？群众，有群众拥护，就有摇不动的地位。怎么让群众拥护呢？我跟你说过多少次了，就是得花点血本，给群众办点好事儿；得替群众做主，端公盆，说公道话！"

在东山坞的干部里边，马立本和马连福是马之悦依靠的力量。可是马之悦对这两个人掌握的分寸很讲究。对马立本可以讲八分实话，可以亮自己的底子，可以讲大鸣大放、民主运动之类的词儿；对马连福只能讲两分实话，不能亮底子，一切一切，都得加上一点"革命性"的作料。马连福还没到马立本的火候，这得慢慢来呀！

马连福端着酒盅，两只小眼珠不住眨巴，心里不住翻腾。他觉着马之悦这几句话给自己指出了方向，不光不应当退坡，还应当像个革命军人那样，替群众办点露脸的事儿。

马之悦又说："以后再不要打退堂鼓了，好好地跟我走吧；咱们鼓着肚子干，咱们是为大伙，为东山坞的人过好日子，不是为哪一个人。别人怎么挤咱们，也不要怕，能斗就斗斗，不能斗，就忍忍，咱们要擦亮了眼睛看看，到底谁输谁赢！"

马连福为难似的说："肚子还瘪着，就是想鼓劲儿，也鼓不起来呀。"

马之悦说："不要紧，过一会儿让立本先给你拆兑俩钱。粮食嘛，这年月是不大好办，我也尽着力给你想想主意。一块儿共事嘛，有一碗粥喝，咱们一人半碗。我也批评你，人家也批评你，你掂一掂，哪个批评是火炭，哪个批评是冰块；哪个是为了你好，哪个是安心要把你踩到脚底下去？"

一听有钱有粮，马连福的心里踏实了。他想起马之悦这个老同志对他的恩惠，要不是马之悦，这个家，这个房屋，老婆、孩子，从哪儿来？萧长春除了挑毛病，往脚底下踩人，他都帮了马连福什么忙呀？

马之悦一边斟酒，一边说："萧长春有句话倒是应当听听：咬着牙干、当硬骨头。对啦，咱们就咬咬牙干吧，他越想把咱们挤下去，咱们偏要坐稳点！"

马凤兰看到了节骨眼，就敲下子边鼓。她说："这回卖余粮、分麦子的事儿，可要看你们的了。你跟连福红口白牙把话说出去啦，要是办不到，那可就砸了锅。"

马之悦附和着："那当然。连福这回得给他们露一手了。来，喝！"

马连福双手接过酒盅，一扬脖，倒进肚子里了。

在两个人吱儿哑的喝酒声中，马凤兰到会计室跑了一趟。等到她折回家，马连福已经晃晃悠悠地出来了。

马之悦把马连福送到黑漆门外，一边用笤帚苗剔牙，一边得意地微笑。

马连福来到会计室，扑通往凳子上一坐，要开口又有点不好意思。他亏欠社里的钱不少了，会计常常追在他的屁股后边要，再张嘴，怕碰钉子。

马立本正在打扫房间，布置会场，抬头看见马连福，急忙放下笤帚，倒了一杯水，满面春风的递过来："队长，吃过饭了，开会还早呢。"

马连福捧着茶杯子喝了一口,说:"没事,等等。"

马立本说:"萧支书是召集会的,到如今还没影子。"

马连福怕萧长春突然在这个时候进来,话更不好说了,就鼓了鼓勇气:"会计呀,马主任说,先让你给我拆兑几个钱花。手边方便不方便哪?"

马立本脸上笑着,摸着脖梗子想想:"真是不凑巧,要昨天,没啥,眼下萧支书回来了,他连喝一碗豆浆都当性命关天的大事儿看,动钱动款,怕是不方便。"

马连福咬牙切齿:"这个混账!"站起来就要走。

太阳在窗子上托出一个女人的影子,立刻又没了。

马立本一把拉住马连福的袖子,低声说:"我知道你有急用,这样空手回去,事办不了,我心里也不好过呀!这样吧,咱爷俩走点小私,先从一笔款子暂借一下,你再快点想办法补上。行不行啊?"

"快点想办法补上"这句话等于白说,马连福不会屙金尿银,又不能投机倒把,到哪儿快点弄钱去呀!眼下实在急等用,先把钱对付到手再说吧。他点了点头,说:"行啊,给我拿上几个花着,先解决眼跟前的问题呗。"

马立本打开抽屉,从最里边翻出一个纸包,小心地打开,展在桌子上,里边是一沓子崭新的人民币,五元一张,连个褶子都没有。他拿在手上,咯巴咯巴,数了四张,问马连福:"队长,二十块怎么样?"

马连福一看那崭新的票子,心跳手痒,两只充血的眼珠子,恨不得变成一对钩子,哗下子就把票子钩过来。他咽了口唾沫,试探地说:"再给加上两张,反正已就已就了。"

马立本今天办事格外地痛快,咯巴咯巴,又数了两张,连先那四张一叠一折,塞进马连福的手里。

马连福赶快接过来，像是怕那票子一拔腿跑了，连忙捏紧，塞到衣裳兜里。崭新的人民币，跟空兜里的烟末子、沙土粒和那张揉碎了的发货票挤在一起了。他的腰板立刻硬了，天地都豁然开朗。

马立本又从纸包的底层拿出一张纸，展开，铺在马连福的面前的桌子上，把旁边的印油盒盖子打开，说："队长，你按个手印就行了。"

马连福在军队上学了几年文化，眼头前的字也能看个不大离。他朝那个表头上看一眼，吓了一跳："这，这，这是烈军属抚恤金？这，这，这可不行！"

马立本为难地咂着嘴唇说："别处一个小子儿都没有，你急用，就先从这里边拿点儿。"

马连福说："这可不行，这是犯法的事呀。快给你吧。"说着，他把手伸进衣兜里掏钱，那六张人民币像是一块捶布石、磨扇子，沉重得拿不起来。

马立本说："烈士军人是为革命出力的，干部也是一样为革命出力。您哪，也当过解放军呀，花一点，也不能算是离弦走板。当然啦，这要看您是不是急用了，不急用，就等等，等一会开会，跟萧支书商量商量再说。"

马连福还是那一句话："这可不行，这……"他用了很大力气，总算把那六张人民币拿出来了，手指头颤颤地朝马立本伸过去。

马立本刚接到手，门帘子呼啦一声掀开了，把两个人吓了一大跳。

进来的是马凤兰。她一迈门槛儿，就风风火火地嚷起来了："连福，连福，你这是怎么啦，你怎么又跟桂英怄气呀？看样子这回你真把她的心伤透了，我怎么劝也不行啊！"

马连福睁大两只醉眼，问："怎么啦？"

马凤兰说："你头脚出来，她后脚就到了。找马主任，说是一定要跟你打离婚,就要上乡呢……"

马连福没听完,拔腿要走。

马凤兰一把拉住他说:"别去啦,早让马主任把她劝回家了。我是来给你送个信儿。她说,只要你想办法顾顾家,别让她们娘俩受委屈,她就不闹了。"

马连福又扑通一声坐在凳子上了。

马凤兰朝马立本手里的票子看一眼,惊讶地叫道:"哎,这不是钱吗? 马会计,你行行好吧! 常言说,任拆十座庙,不破一个婚,人家两夫妻恩恩爱爱,又有个胖娃娃,日子多美呀! 光因为这年月赶的,吃不上穿不上,闹的不和美,再来个两分散,多可怜! 不就有俩钱,事全办了嘛,快借他几个花吧。"

马立本说:"我借给他,他不要哇。"

马凤兰说:"连福你可是个大傻瓜,管他谁的钱,谁花不是花,先过日子大紧哪。"

马立本说:"我也这样说,反正这一回,分了麦子,沟北的人一周全您,再不会有这种事了。"

马连福被他们说得晕头转向,不知如何是好。

这会儿,外边传来脚步声,接着有人喊:"马会计,萧支书在这儿吗?"

你瞧那个快当劲儿吧:顶多也没有半秒钟,屋子里就演了一场杨白劳卖闺女。马立本把那六张崭新的人民币朝马连福兜里一塞,同一时间里,马凤兰攥着马连福一个手指头,在印油盒里一滚,又在表上一按,稀里哗啦完事了。等外边喊叫马会计那个人掀门帘子进来的时候,这边已经收了锣鼓落了幕,连演员的影子都没瞧见。

进来的是大脚焦二菊。

焦二菊进门把三个人扫一眼,耸了耸鼻子,说:"嚯,就你们这三块料哇！会计，见着萧支书没有哇？"

马立本办这类事儿毕竟是个雏儿，这会儿已经心跳得说不出话来了。

马凤兰赶忙说："哟，二菊，凭你这两只大脚，还追不上萧支书呀？嘻嘻。"

焦二菊有急事儿，没顾理她，挺奇怪地望望马立本："会计，中暑啦？还是得哑巴疯啦？"

马凤兰说："告诉你吧，萧支书早起跟你们那位当家的从我们那儿一起走的，到大庙里去啦！"

焦二菊不敢多停，转身就朝外走，大脚片踩在地上，咚咚咚，真像擂鼓一般。

第十三章

萧长春和韩百仲两个人从马之悦家出来之后，对晌午会议的开法商量几句，就在大沟里分手了。韩百仲领着本队的社员锄谷子，萧长春到大庙、场院里转一遭，又到麦地里走一圈。离开村子一个多月，到处都起了变化，不要说人，就是地里的庄稼，他也摸不着底了。

萧长春从地里往回走，已经是半晌午。他开始考虑要召开的那个干部会，把村里的主要干部一个个地在心里边掂了掂。社主任、两个队长、妇女主任、团支部书记、会计、保管，这些人里边，在当前这件事情上会出岔子的，只有马之悦和马连福。萧长春跟马之悦见面之后，已经讨了底儿；尽管他对马之悦还有一些摸不透的东西，他觉得只要马之悦不出来支持那股子坏思想，事情就好办得多了。至于马连福，萧长春从来不把他看得很重。这个人就是让

153

自私的心搞糊涂了,有时候张牙舞爪,实际上心里边没有多少斤两,一遇到硬的,马上就得缩回去。萧长春估计,马连福在这件事上不一定是主谋,他家的土地不多,对自己没有好处的事儿,他是从来不干的,很可能是受了那些中农的调唆,一时糊涂上了当;等开会的时候,大伙全是一股劲反对,全都批评他,马之悦再说他几句,问题就算解决了。等明天,萧长春再到他那个队里去,跟他一块儿搞一些日子,交交心,把一些问题跟他谈透,他也就不会玩什么花样了……

想到这些,萧长春的心里一阵轻松,昨晚间突然而来的问题带给他的烦恼,已经减去了大半。

现在,这个年轻的支部书记,想得最多的,还是那几个富裕中农社员。眼下这件事情的根子全在他们几个人的身上。干部的底子是摸清楚了,这些中农的心思还没瞅准。土地分红这件事到底是怎么起因,地主富农跟这件事有什么瓜葛,这些中农户都有什么样的怪论,决心到底如何,是一般地闹闹,还是要试个高低上下,是几个人,还是成了片……这些不摸准,干部会上很难研究具体办法,也就很难对症下药来给他们治"病"了……

萧长春思索着,盘算着,在那被青草遮着的地埂子上走着,拉拉蔓被他蹚断了,野花把金黄色的花瓣儿贴在他的牛皮掌子鞋上和黑粗布的裤脚上。这一切,他都没觉得。天上火球般的太阳,用它像针一样锋利的光刺着他的后背,汗水把补着补丁的白布衫溻湿了,他也没有觉得。他在想着心思呀!

如果不是革命工作的需要,使他担负起这样重的职务,像他这个年龄的人,也许还保留着许多的孩子气,喜欢幻想,喜欢凑热闹,喜欢美;能吃能干能睡觉,做起事情来,横冲直撞,不顾前后;特别是这样一个刚刚三十岁的"二茬子"光棍儿,又具备着许多足以使女人们动心的优点,他会把很多的心思放在搞对象上边……可是,萧长春把这一些全挤跑了，占据他整个心的，是工作、生产、农业社！

现在，支部书记进了村，奔沟北了。他要找找吵土地分红的那些人的大主谋弯弯绕去。这个弯弯绕，在土改以后的几年，已经发展到富农的边上，他的心思早就跟富农差不离了，特别的难对付。不过年轻的萧长春是勇敢的，跟什么样的人他都敢碰一碰！怕什么，怕他绕吗？看咱们谁能绕过谁去；绕不过你去，我还可以见识见识，学点"本事"哪！

等到他迈上沟坎，又改变了主意。萧长春不是一年前那个民兵排长了，他懂得光凭鲁莽劲儿不能办好事情。他想，干部会还没开，还不是解决这具体问题的时刻，眼下，他急应当得到的是情况，做到心中有数。如果先找弯弯绕，保管绕到天黑，也不能绕出真情实话，不如先找找马大炮。马大炮跟弯弯绕好的穿一条裤子还嫌肥，沟北中农闹事，他也是主谋之一，什么都知道；这个人肚子里盛不下半斤油，什么都敢往外流，从他那儿，容易把话套出来。

萧长春主意打定，走进马大炮家的排子门。

这个勤俭人家，刚刚忙完自己的活计，正要动手做午饭。把门虎抱着柴火从粪堆旁边绕过来，瞧见进来的萧长春，一扭身，就把个二门口挡住了。

"连升大嫂，还没做饭呀？"

"刚完事，你多会儿回来的？"

"昨晚上。连升哪？"

"你等着，我去叫他。"

把门虎非常厉害，不管谁来，想到她屋子里坐一坐那是很不容易的。她倒不是讨厌人来，就是怕你到屋里一坐，她得陪着你，白耽误工夫；不陪你，又怕你把她屋里的什么东西看去。所以不论谁来到她家，她总要设法把你留在院子里，她，或是让男人找点什么顺手的活做,一边做一边说,两不耽误。

萧长春知道她的脾气,就故意要治治她:"大嫂,让让路,我得进去呀!"

把门虎赔着笑脸:"啊,啊,我把他喊出来——嗨,有人找你!"

萧长春趁她扭身喊叫的时候,一挤,进了二门。

把门虎抱着柴火,哗啦啦地紧跑几步,进了堂屋,哗一声扔在地上,把进屋的路挡住了。她又一脚蹬门槛儿,一手扶门框地站住,笑模笑样地说:"萧支书,那边的工程完了?等我叫他啊,来人找你了!"

萧长春笑着叹口气,说:"行,不进去啦,我没你有本事。叫他出来吧。"就蹲在屋檐下边,掏出纸卷烟。

马大炮正在后院里收拾什么东西,女人的第二句喊声他才听到,就一面答应,一面拍着手上的土走过来了。他一见萧长春,不由得一愣:"支书嘛,屋里坐,屋里坐。"

萧长春说:"行了,这儿呆着两方便。"

把门虎这才放心地放下胳膊收起腿,回屋里转了一圈,想找点什么活计,又没顺手的,回手抓了一把烂韭菜递给马大炮:"一边说话儿,一边给我择择。"她转回身去,填柴点火了,呱哒呱哒的风匣声,单调地响了起来。

马大炮把烂韭菜放在一边,也拧上一锅子烟,蹲在萧长春的对面,一边叼着烟袋抽,一边择韭菜,心里嘀嘀咕咕地对萧长春说:"前几天听说你不回来了。"

萧长春说:"该分麦子了,我为什么不回来呢?"

"还回去吗?"

"不一定。"

"咱们村的麦子到底是怎么个分法呀?"

"嚄,你倒问到地方了,我正是为这个找你来的。"

把门虎停住推拉，从屋门里探出头来说："你找同利二叔跟萧支书说吧。"

马大炮马上遵命，要动身。

萧长春拦住马大炮，对把门虎说："你不用把连升支走，我们先聊聊，过一会儿，我自己找他去。"又对马大炮说，"你是个心直口快痛快人，咱们说话别拐弯；一拐弯，话说不透，你们想让我拥护你们的主意，不也就困难了吗？"

"这么说，能商量？"

"当然，什么事都能商量。有一条，得讲出道理来。"

"道理现成，地亩、劳力一起分麦子，有利呀！"

"什么利呢？"

"本来地多的人就吃亏了，心里全不痛快。跟你说，这块病，我憋了几年啦！要是地亩也分麦子，我们吃亏少一点儿，这不是利吗？"

"这算一个理由，还有呢？"

"麦子是从地里长出来的，优越性应当归地，谁家的地多，就应当多吃点，这才合情合理。"

萧长春笑笑说："这两个是一条理由，还有呢？光是这一条，不能讲通。"

马大炮眨巴着眼睛想了想说："对啦，还有一条顶重要。地多的全是中农户，土地不分红，中农是吃亏了；让中农顺了心，对你们有好处哇！"

"这算一条，还有呢？"

"哎呀，这还不够吗？"

"不够。说了半天，都是从你们这几户的益处上边想的，这样办，对全村人有什么利呢？你们赞成了，别人不赞成呢？这不是照样行不通吗？"

屋里的把门虎也顾不上拉风匣了,伸着脖子,细听外边的谈话。她一天到晚总是替她这个大炮式的男人攥着半个心,怕他说话没分寸,惹是非。可是她听着听着,外边的两个人好像越说越入巷了,像是商量搭伙做一件事情,正在往一块凑办法。她这才放下心。这个女人别看是个把门虎,对于门口外边的事一向不爱过问,对于社会上的事情知道得更少,不光闹不清如今农村里人与人之间的复杂关系,她甚至于连党支部书记跟副主任这两个人到底有什么不同也不懂,她把萧长春、马之悦全都划等号。在这点上,她还不如弯弯绕那个应声虫的瓦刀脸女人哪!

这会儿,她听到萧长春说"有人不赞成"和"行不通",就又探出身子,小心地插了一句说:"萧支书说得对呀! 我也是担心,这样分麦子光对咱们几户有好处,人家沟南边的人不赞成,到头来闹个竹篮打水一场空,你就白放炮了。"

萧长春说:"大嫂子这句话倒是挺明白的。对啦,不用说别人,我就不通! 你们的理由太少了,这两条理由,让人家一驳,不就驳倒了吗?"

萧长春说的是实心话,也是听马大炮亮了底子以后得出的结论。他发现,没有掌握着真理的人,就是心虚的,不走正路的人就是理短词穷的,乍一看挺吓人,实际碰碰,什么都没有。"土地分红"这件事儿,他们背后闹得挺冲,一叫真的,一讲理由,就虚了,就露底了。现在看来,不光干部这一关好过,这些中农户的关也没有什么大困难。他的心情豁然地轻松起来,看一眼蹲在对面的马大炮,忍不住好笑。

马大炮用手指头搔着头皮,看见萧长春笑,也陪着傻笑了一下,说:"萧支书,你这个人挺聪明的,怎么一下子懵住了,你还想不通?"

萧长春冲着他点点头。

马大炮忽然一拍手："对了，还有一条，这可是顶重要的，是对咱们全村人都有好处的。"

"你说说，我听听。"

"你一听，保管想通了。为什么说呢，这件事对你在村里树立威信最有好处啦！按地亩分，粮食都分到户，不像装进农业社大囤里那么显眼，就可以少往上边报产量，少卖余粮；少卖了，大家吃的多，存的多了，粮食可以随意使用了，都说干部给大伙谋了幸福，大伙就拥护你啦！你听听对不对？"

萧长春眨眨眼睛，心里打了个转。马大炮这个直肠子人，对一切事儿看得直，也想得直，光顾自己，不管别人，怎么还会想到干部建立威信这件事呢？他哪里来的这么"高"的"思想水平"呢？他想问：这个主意是谁出的，话到舌尖，又改口了："连升，你想得倒挺美，就怕不行。"

马大炮说："萧支书，你就放心吧，保证行。说实话吧，我们最担心的是你这个支书拦着路子不让我们走；要是你想通了，沟南边的人，还不听你的呀？"

萧长春说："沟南边的人听我的，沟北呢？沟北的人可是很不容易圈拢，对这件事情能够一个心眼吗？"

马大炮扳着手指头算算，说："我看差不离。"

萧长春说："你估计一下会有多少户赞成呢？"

马大炮心里甭提多得意了。这回支书也支持土地分红，那真是一条大道没阻挡啦！他歪脖子眨眼地想了一下，站起来说："萧支书，你稍等一下，我找找马同利去，他可比我摸底。"

萧长春一把把他拉住了："别忙，等一会再找他，咱们还没谈完哪。比方说，沟北边那些被斗地主和富农能赞成土地分红吗？"

马大炮虽然不知道萧长春问这句话的目的是想进一步摸底儿，可是，他决不能把马斋这些人拉出来，就故意一翻白眼说："他们连个屁都不敢放,要是不赞成,不会整他们吗?"

萧长春又追一步:"你们没问问他们吗?"

马大炮连忙摇头:"没,没,马同利说,什么事光是中农闹,闹多大也没事儿;要是他们也出来干,闹小事儿也不行,那就成了地主反攻倒算了,我们也得背他们的黑锅。谁敢沾他们哪!"

萧长春笑笑,又问:"马主任要是不赞成呢?"

一问到这个,马大炮又转开脑筋了。他想,马之悦跟萧长春是死对头,两个人总是牛蹄子两半儿,一说马之悦赞成了,萧长春准反对,就来了个含糊其辞:"他怎么样,说不清,我估计你一口咬定干,他准没说的。"

马大炮粗中有细地转了个弯,可是非同小可!他要是兜着底把马之悦说出来,我们这位支部书记就会毫不费事地把全部的真实情况弄到手,那么,东山坞眼下正在酝酿的矛盾斗争,立刻就会起一个根本性的变化,以后一连串的问题,也要随着这个变化而变化了。可惜他偏偏就转了个弯子。看来,人是复杂的,心情是微妙的。年轻的支部书记没有想到这一点。

屋里拉风匣的把门虎,探出头来朝他们小声说:"嗨,有人来了,有人来了!"

两个人同时抬头看去,只见大脚焦二菊风风火火地从大门外边跑进来,到了二门口外边一站,往里瞧瞧,跟萧长春招手:"长春,出来我跟你说句话。"

萧长春冲她点点头,站起来对身旁的马大炮说:"咱们先说到这儿,有工夫再聊。"

马大炮也跟着站起来说:"行啊,你只要给我们谋幸福,聊上三天三夜不合眼全行。"

萧长春心满意足地朝外走,走了两步,又转回身来对马大炮说:"我还得给你撂下一句话儿,免得你把我的意思闹误会了。听清楚啊：我没有赞成你们的办法，因为你这些理由站不住，也少了点，没有说服我。"

马大炮摊开两只手说："那，要多少理由才能把你说通了呢？"

萧长春已经走出二门。

马大炮追出来了。

萧长春和焦二菊又出了大门口。

马大炮刚要跟出去，后边女人叫他，就又赶紧折回来。他的满脸放光，恨不能跳一跳。

把门虎提着烧火棍子追出来，小声问他："你们说了半天，到底说的怎么样啊？"

马大炮故意逗她："你不是能吗，你猜吧！"

把门虎说："我听了半天，也没听个眉目；看萧支书那个样子，倒像跟你说的挺投机。"

马大炮拍着大腿说："嘿，等着分麦子吧，这回得揭开瓦片从房顶往里倒麦子啦！"说罢，转身往外走。

把门虎说："就熟了，吃了饭再出去不行吗？"

马大炮说："吃饭啥大紧，我得赶快找找同利二叔。"

弯弯绕刚才在大门外边演了一场闹戏，上了大门，又稍停片刻，一家人就开始吃午饭。正吃到半截腰上，听得有人敲门，把他的脸都吓黄了。

瓦刀脸女人想端桌子，盆子碗筷摆了一满下子，端不了；收拾过吧，一件一件，哪就收拾完了？她一把夺过孩子手里的饭碗，先把一个盛饽饽的篮子塞给孩子说："快，快，提到后院羊棚里去，盖上点草。"

弯弯绕对女人说："别慌，越慌越要出事。你慢慢收拾，我去开门，我缠住他，你收拾完了，咳嗽一声就行了。"他说着，就趿拉着鞋，一面答应，一面走，一面想。他估计这会儿干部会开上了，他刚才那出戏,传到萧长春的耳朵里了,一定是派人来找他,当面对词儿。萧长春少年气盛,从打当上干部还没有碰到过什么钉子,一味地向上边讨好献殷勤,这回给他脸上抹了黑,当然要生气。这可好极了,弯弯绕就是让你生生气,看你怎么办!

弯弯绕叨叨念念地走到大门里,老远停住,定了定神,问:"谁呀?"

马大炮回答一声:"我,快开门呀!"

弯弯绕又问:"谁让你叫我来的?"

马大炮听着挺奇怪:"你这是哪头话,我是自己的胳膊自己的腿,怎么还谁让我来的?"

弯弯绕拉开门栓打开门,先探出脑袋左右看看,见门口外边就是马大炮自己,倒还有几分扫兴,就连个招呼都没打,扭头又往回走。

屋子里的瓦刀脸女人使劲儿咳嗽两声。

弯弯绕冲着窗户说:"快吃饭吧,是连升。"

马大炮一边追着弯弯绕,一边喜气洋洋地说:"大叔,嘿,我来给您报喜,这回您可闹好啦!"

弯弯绕半转过脸,问:"萧长春知道了?"

马大炮说:"全知道啦,看样子能赞成。"

"赞成? 赞成什么?"

"咱们那事儿呗!"

"怎么个赞成法? 你去听会了?"

"他到我家去找我了。"

于是,马大炮就把刚才萧长春在他家院子里说的那些话,一五一十地跟弯弯绕学说了一遍。他一边说,一边乐,除了评论,还带着一点儿表白,好像自己给沟北的人办了一件天大的好事,前来这里请功。

弯弯绕倒背着两只手,耷拉着脑袋听着,脸上像一块蜡,没有丁点表情,心里边可翻腾的非常厉害。

马大炮把整个过程讲完以后,又用一种分析的口吻说:"依我看,咱们先前全都估计错了,他能赞成。"

弯弯绕看他一眼,没吭声。

马大炮还说:"萧长春不是傻子,他还看不出世道来呀? 就是我这个人嘴笨,还没有把他开通好。"

弯弯绕又迈步朝里走。

马大炮追着他说:"要是你当时在跟前就好了,一下子就能把他说通。哪怕也像对马连福那样,等着分下麦子来,我们每家给他个斗儿八升的……"

弯弯绕已经要迈屋门槛儿了,回过头来说:"你说什么,斗儿八升的?"

马大炮说:"你要嫌多,咱们少给他点也行啊。"

弯弯绕转过身,伸长脖子,仰起脸,眯起小眼珠儿。只有他真正动了肝火发了怒的时候,才是这副架势:"什么,少给他点? 你他妈给他万两黄金也不行啊!"

马大炮连连说:"行! 行! 看那样子就行……"

弯弯绕龇牙瞪眼地说:"行个蛋吧! 他是个花岗石、死硬派,铁打的肠子铜铸的心,永远也变不了哇!"

"变了,这回像变了。"

"变什么了? 我的连升,你让他套了!"

"套了?"

"铁准是让他套了。"

"怎么套了?"

"唉,你真是肉锅里煮元宵,混蛋呀! 这不是顶明白吗! 他知道你是个缺少定准星的大炮弹,到你那儿套咱们的根底去了,回过头来,用你的话做口供,好整治咱们呀!"

马大炮这下子可傻眼了。

弯弯绕朝前跨了一步:"他跟你问马主任的事儿没有哇?"

马大炮连连点头:"问,问了。"

弯弯绕的脸更黄了:"你怎么说的?"

马大炮舌头卡了簧:"我,我,我没告诉他。"

"是真是假?"

"真,真的。"

弯弯绕不再追问了,也不吭气了。

马大炮愣了片刻,忽地一跺脚:"狗日的,好会使手腕呀,我找他去!"

弯弯绕一把拉住他,说:"算了吧,只要你没透出马主任,事情就好办;要是你没有跟我撒谎,就算没事儿。你说实话,到底撒谎没撒谎?"

马大炮使劲儿拍着胸口窝,起誓发愿地说:"真没撒谎,一句都没有! 谁要撒谎天打五雷轰!"

弯弯绕说:"这就不怕。你跟他说的这些话,这会儿早不是什么秘密了。还套什么呀,一会儿我还要当着他的面说说去哪! 我还有硬棒的给他留着哪!"

第 十 四 章

萧长春和焦二菊走出马大炮家,下了大沟,在官井旁边停住了。

焦二菊说:"出了一件新鲜事儿,你还不知道吧?"

萧长春一愣:"又出什么事啦?"

焦二菊说："弯弯绕这个坏事包又闹鬼了。他喊叫断了顿，刚才把孩子打的满街哭，不知从哪儿找来几个糠团子，摆在大街上展览。让他闹的满街筒子刮旋风。这又怎么办哪？"

萧长春朝街上瞥了一眼，气愤地说："用不着慌张，我倒要看看，他们还有什么戏法变！"

焦二菊说："就是呀！这个弯弯绕可真会绕哇，这一闹哄，乱人心，工作更难搞啦。"

萧长春说："邪不压正，我已经跟他们讨教过了，没什么新鲜样的。"

焦二菊看看萧长春那种沉着样子，也就不再慌了，笑着说："我正做饭，车把式焦振丛跑家里找你大舅，我问他，他才告诉我。我一听就慌神了，找你们谁也找不到。"

萧长春说："您快回去做那半截饭吧。大舅呢？"

焦二菊说："下地了吧？从早起你们一块儿出来，我还没有掠着他的影子呀！"走了几步，又转回来说："长春，刚才我到办公室找你，看见马连福跟马凤兰、会计在那儿。我一进去，他们都有点儿变毛变色的，马立本慌的说不出话儿，马连福还好像喝了酒，马凤兰假装没事儿，不知道又嘀咕什么坏主意！"

萧长春问："就他们仨，没旁人吗？"

焦二菊说："没有。这些日子，总见马凤兰往连福家跑，这里边没鬼呀？"

萧长春说："让他们先鬼着去，咱们干咱们的！"

焦二菊走后，萧长春看看太阳已经晌午了，这才想起，自己从打昨天晚上回来还没有回家，决定马上回去看看，吃了饭好开会。他走了几步，看到自己家的烟囱了，见上边没有冒烟，断定爸爸和儿子爷俩又都到菜园子里去了，便顺着沟朝西走，直奔小菜园。

五婶正站在菜畦埂上跟韩百仲大骂马连福摘蚕豆角的事儿：

"这个臭麻子,怎么这样不值钱、不要脸哪!"

她骂着,不住地挤眼、摇头,使劲儿扎着枣木棍子,畦埂上扎了好多小坑坑。

韩百仲扛着锄头,站在五婶对面的地边上听她骂,笑着说:"你当他从今天起才不值钱呀,早就贱的大落价啦!那个脸还要哇,也早没啦!"

五婶说:"我还一个劲儿叮问他,问过你没有,他那张嘴倒蛮好使唤,问过啦,问过啦。闹了半天,没有那八宗事儿。唉,亏他就是了,跟好人学好人,跟着师父跳假神,在那一群人里边呆久了,一天学一样,还学会九九八十一变了。都说儿子随爹,他,屁!他能比上马老四一个棱角呀!看人家马老四,对咱们这个社会主义真是忠心耿耿,把命搭给社都不心疼,占社点小便宜的勾当,你找不上他;不用说一把蚕豆角子,就是金豆子银豆子,人家也不白拿。"

韩百仲说:"当时我要在这儿的话,我不让他一个个给我长上才怪!"

五婶说:"他怕我呀?要是萧老大在这儿,他也不敢沾沾边。我听说萧支书回来,小石头又闹着要吃饭,我就跑来,替他在这儿照管一会儿,让他快回去看看。谁想,萧老大刚拔腿,这个臭麻子就进来了。"她一边说着,还一边四处瞭望,怕再来个像马连福那样的人。她忽然一乐,"嗨,那边来的是萧支书吧?"

萧长春从小石桥上过来,傍着小河,一边走,一边看菜苗、菜花。菜叶上有个小虫子,他捉住,丢在地下踩死了;黄瓜架上有一根秫秸歪了,他把它扶正,往深里插插;朝这边拐的时候,大声打招呼:"五婶在这儿哪?"

五婶满面春风地说:"听说你回来了,也没得工夫去看看你。"

萧长春说:"昨晚上我在麦地里碰着翠清,我还跟她打听您,她说您的眼睛好了点啦。"

五婶咂着嘴说："唉,什么事儿都装在你的肚子里,还惦着我哪! 好多啦,都是你托人家从京里捎来那小瓶瓶药水点的。我还没给钱哪,多少哇?"

萧长春说："没多少,我替您花了。"

五婶拍着毛蓝布衣裳襟说："瞧瞧,搭心搭力,还给人家搭钱,多让我心里过不去呀。"

韩百仲笑着插言说："你快别过不去,他搭得起,你就让他搭去。我们这号人,少往自己兜里装点,多给人家搭点,心里倒痛快。"

五婶说："白让你们操心,我给咱这社出不上力,心里边怪急火火的。我说萧支书呀,你神通广大,光给别人办好事儿,你也给五婶办点好事行不行啊?"

萧长春说："您就讲吧,只要我们能办到的事,一定替您办成。"

五婶说："给我找个差事干。"

韩百仲笑了："老嫂子的神通就不小,还想找个差事干干呀?"

五婶说："怎么的? 百仲大兄弟你可别瞧不起我。你记得我当女工的事吧,那会儿你正给马小辫扛活呀! 我是多能干哪,一天三十多口子的饭菜,一顿六七道子,粗的细的,干的稀的,灶上灶下,全是我一个人干,晚上还要织多半个布。唉,那会儿真是傻子,傻吃傻干。要像眼下我这思想,去他娘的吧,谁给你个臭地主卖命啊!"

萧长春说："您年轻的时候受了苦,上年纪了,赶上咱们这个好时代,好好地享享清福吧。"

五婶说："不行不行,光是吃饱了呆着,心里边不好受;社里对咱越好,越觉得应当替社出点力气。大事干不了,我干小事。听人家说,旁的村有了抱儿子组……"

韩百仲纠正说："那是托儿组。"

五婶马上笑笑改口说:"对啦,托儿组,就是那些有小孩的妇女想下地脱不开身的,找上年纪的人给抱着孩子,从地里回来再抱走。萧支书,这个差事我干得了。你别看我没有生过孩子,可就是喜欢别人家的孩子。我的性气可好了,孩子怎么磨我,我也不烦。马小辫那小儿子叫什么新的,月子里我抱过一个月。那孩子可歹斗啦,一生下来就带着地主的架势,脾气上来,又蹬又刨,整半夜让我抱着他在地下走蹓蹓,可我连一个手指头都没有戳过他。说来说去是傻,要知道他是剥削我,长大了又都不是个好东西,那会儿咋不拧他几下子先解解恨呀,嘻嘻嘻。"

萧长春和韩百仲也被她的话说笑了。

五婶郑重地说:"笑话管笑话,萧支书,你不给我找个差事干,我可要对你批准了……"

韩百仲扑哧一声又笑了:"嫂子,是批评,什么批准?你这肚子里新名词儿倒装的不少,一多了,用起来老是串秧子。好了,外边怪晒的,你到小窝铺里歇歇去吧。"

五婶说:"得说个一定准呀!"

萧长春说:"行,我跟妇女主任和焦淑红再商量商量。可有一样,不论给您什么工作,也得量着劲做,觉着累了,咱们就歇歇,别硬强着干。上年纪了,不服老不行啊。"

五婶说:"那当然,要不老,你们党团里不给我登记上个名字,我能依你们吗?不用笑,真事儿……"她说着,发现菜园子南边进来了几只鸡,就举起枣木棍子"喔吃——喔吃……"地喊着,奔过去了。她走老远,转过头来说:"早点商量一定,我可等你们的回话了。"

萧长春听了老人家的一些话,很受感动。他开始考虑,能不能满足老人家的要求。

韩百仲说:"五婶要是年轻力壮,一定是个好社员。"

萧长春说："现在她就是个好社员呀。"

菜园里没有父亲和儿子,萧长春准备回家。韩百仲也要回家吃午饭了。

他们顺着爬满喇叭花秧的河岸上走着。萧长春把上午在村里、地里见到的情景,听到的问题,跟韩百仲说了一遍。当他讲到自己用什么办法套出马大炮的心里话的时候,韩百仲忍不住地大笑起来。

他说："你一回来,我就塌心了。真的,光动火发脾气真不顶用。如今比过去的事情复杂多了。得学会动心术、斗智。你行,往后我看你的行动办事儿。"

萧长春说："这些人就跟咱们这个金泉河似的,冷眼一看挺吓人,下水蹚蹚看,并不深。只要咱们稳住心,坚决顶住,邪气就一定能够压下去,正气就能升起来。这不光有社章保证,还有大多数的社员保证呀!"

韩百仲附和说："对了,对了。这些家伙们全是假鬼,动真的,没多少本事。你一回来,全都得老老实实。"他一边走着,一边转过头来说："还是那句话,对马之悦帮要帮,用要用,可不能大撒巴掌。话说回来,马之悦一表态度,事情算好办了,等会儿开会,把以后的工作好好安排安排,动手搞预分方案吧。"

他们说着话儿朝前走。前边是一片野柳子林丛,繁繁密密,高的没人的头顶,矮的也打腰深。河对岸有一片白杨绿柳,连着村当中的大沟,遮蔽了坎子上的房屋院墙,显出一派幽美的风光。他们走着走着,只听路旁的树丛一阵嗦嗦响,接着叶摇枝动,钻出一个瘦骨嶙嶙的老头子。他背着一筐子青草,手里还提着一小篮子野菜。见了对面来了两个人,老远就站住,朝这边看着,张开缺了牙的嘴巴,嘻嘻地笑了。

老头子有六十多岁,身体瘦弱,骨架很大,脸色发黄,却精神焕发。他上身穿着一件对襟儿土布背心,敞着怀;下身是毛蓝裤子,卷着腿儿;两根细长的腿杆,光着挺大的脚丫子。他周身的皮肤又黑又粗,那条条道道的筋脉,很有劲地朝外鼓着;窄窄的脸上,镶着一双和善的小眼睛,眼光里闪着热情。他是一队队长马连福的爸爸马老四,三十多年的痨病腔。从打韩百仲办初级社,他就当饲养员,经手之后,没有一天离开过饲养场。解放前他的身体就垮了,这几年倒越来越显得壮实了,社员都说他是"老来红"。他跟韩百仲自然是老伙计,见了面不骂不说话。

韩百仲也站住了,眯缝着眼睛,上上下下打量马老四,说道:"老糟,你还没有死呀?"

马老四听出是韩百仲的声音,使劲儿眯着老近视眼说:"阎王爷早下了勾魂牌,就等你报到了。等你一死,我就当你这个队长。别看你是模范队,我要搞它个先进队;你得一面旗子,我让每个社员家门口都挂它两个!"

韩百仲说:"唉,给你多少旗子,你有什么用啊?要我看不如给你来个薄皮的棺材。"

马老四说:"你说错了,我根本用不着这个。有打棺材的材料,还不如给咱们来上个牲口槽顶事哪!"

萧长春被他们逗乐了,说:"四爷,这么热的天气,怎么还打草去?"

马老四眨巴着老近视眼,因为冲着强烈的太阳光,又站的远一点儿,认不出萧长春是谁,当是上边来的工作人,就问:"这是哪来的同志呀?"

韩百仲说:"北京的。听说你的牲口饲养的好,要接你开英雄会,见见毛主席。"

马老四爱开玩笑,可是得看对谁,对生人,他说话办事情都是极有分寸的。他朝前走了几步,认出是萧长春,那疏淡的眉毛神气地朝上一挑，蜡黄的脸上放出光彩，又咧开嘴巴，伸出两个手指头说："嘿，我说长春，又下了两个！"

萧长春看看老人的神态，立刻就明白了老人的心思，懂得了他的话，高兴地问："是毛驴吗？"

韩百仲插一杠子："生了两个孙子。"

马老四说："生六个孙子，也碍不着我。"又朝萧长春神气地伸出了大拇指，"一头小骒驹，一头小牛，一头黑，一头黄，油光亮堂，像缎子似的。你不是说，等秋后还要拴个胶皮车吗？到后年，它们正好一套！你要不回来，我就想让送粮食的给你带个信去，早让你高兴高兴。"

萧长春会心地笑着。他望着老头子那双青筋暴突的大手，他觉着，这双手真是宝贝，多少棒牛壮马，是从这双手里变出来的呀！农业社发家创业，就是靠着这些人哪！

韩百仲说："老糟，说正经的，过了麦秋，要好好奖励奖励你。"

马老四也郑重其事地说："队长，你怎么说这个呀！说实话，我是个将就材料；不是组织起来呀，我早就真成了老糟了。干这丁点儿事情，提不上，提不上。你们要是冲着我来，就给饲养场添几副牲口槽得啦。说话天热了，有了活动的木槽子，搭上个大凉棚，把牲口往外边一拴，省得让它们闷在棚子里，蚊子苍蝇的呆着不舒服。我就是这么一个想头，你们要有难处，晚些办，我也能对付。"

萧长春说："牲口槽一定打，四爷您就朝我说；奖励也得搞，您是应当受奖励。"

马老四摆摆大手，说："我说不用就不用，你们说了这句话，我就领了情，也就算是奖励了。要奖励就奖励别的社员，谁都比我出的力气多。像哑巴，那羊放的真是棒呀！千人万人也拔不出几个像他那样经心的来。我是这样说，别看那些个人嘴巴巧，舌头灵，比不上个不会说话的哑巴。要是社员都像哑巴那样，早就到了共产主义了。还有,那帮子年轻人也该奖励奖励。你们瞧,栽种的那些小树苗子长的多棒呵,齐簌簌,真像水葱似的。这就是咱们农业社的奔头!"

萧长春顺着马老四的手指看去,只见远远的河湾里,有六七个青年,正在一片绿汪汪的土地上忙碌着,就问:"那是干啥呢?"

韩百仲说:"嘿,新鲜事儿。你去年秋天不是说,咱们农业社把眼下这个灾荒度过去之后,要搞绿化吗?焦淑红、马翠清他们几个青年就悄悄地开了荒,种了树籽,还从地坡子、荒岗子移了好些桃啦杏的小树苗。我也是头半个月才知道底细,他们瞒得好严实!"

萧长春立刻就被那边的情景吸引住了。他想起自己心里边的那个封山育林、广植果园的计划,又兴奋起来。

马老四在一旁感叹地说:"这帮子年轻人可真是不得了哇! 说干什么,就是一火心;光往前看,往前走! 刚才我还对他们说哩,恨只恨,我早来到这个世上几十年,要晚点儿,也会跟他们一样火冲冲的,也能赶上更好的日月了。"

萧长春很懂得老人家这句话的分量。他感佩地点着头,又问:"四爷,听淑红说,连福又跟您闹气了?"

马老四不在乎地摇着头:"不用提他,别看马主任把他捧得挺高,我早把他看透了。要是遇上个好娘们,再加上你们爷们调理着,还许有一点儿盼望,这下子更完了。我不指望他,我就靠社了。我是社里活,社里死,哪天一伸腿,长春,我就有一个要求,你千万把我埋在社的大块地里。活着死了,我都要跟你们在一块儿!"

听了老人这句话,萧长春心里怪热的,就说:"四爷,过了麦秋,我要带您进京瞧瞧病,顺便带您逛逛故宫啦北海的;咱们农业社有这个力量,一定要给您把病治好,好让您结结实实地过日子!"

马老四说:"光说傻话,四爷多大了,都快这个岁数啦!"他把三个手指一捏,"治它管什么用,白耽误工夫,白花金钱。有那工夫,我还要多割几筐草;有那钱,打几副好木槽子,比什么不强。病它的,反正它也误不了我干活儿。"

韩百仲插言说:"老四,长春说得在理,还是治治好。大伙都愿意你多活几年,千年的王八万年的龟,好给我们多发展几头壮牲口。"

马老四说:"你不用安着坏心眼儿咒我! 我离死早哪! 上年纪的人都好想后事,其实呢,破锅熬坏铁梁筲,我活的可是有劲儿啦! 啥时候牲口都变成拖拉机、大机器,用不着我再当饲养员了,我再离开你们。"

萧长春兴奋地说:"四爷,您讲的这话太好了。您就高高的寿数吧,等咱们社使上拖拉机、大机器,您也别离开我们,咱们一块儿过过美气的日子。那个日子用不了多久就到啦,我看您赶得上。"

马老四又咧开缺牙的嘴巴笑着说:"那敢情好,就怕赶不上。其实呢,赶上赶不上一个样。一个人活着,不能光为自己,光为自己的就不是人了。那叫白活一世! 就拿长春你来说吧,你要光为自己,大瓦房早就盖上了,大姑娘早就娶上了。可是你一心为大伙儿,为大伙儿,自己的什么事也顾不上,好处全让给别人,难处全留给自己,跟着别人吃了多少苦呀! 唉,有志不在年高,无志空活百岁;我现在盘算的是出多少力,不是活多大年纪。"

韩百仲说:"你这老家伙可真是进步分子呀!"

马老四说:"我进步? 都得进步,你等着吧,人都是往高处走,水往低处流嘛! 你瞧焦振茂,肥溜溜的小庄稼户,土改一完,你看他往资本主义奔的那股劲儿多冲啊,谁也没想到他会跟农业社一条心! 可是人家就是跟上潮流了。咱们这个社会最能感化人,不管你怎么不开窍,都能把你感化过来。别看韩百安落后,老榆木头,我看哪,迟早也得赶上来。只要跟上来,跟社变成一条心的人,干活才有劲儿,活着也有劲儿嘛!"

萧长春见老人说话的兴头很高,愿意跟他多聊一会儿,又怕他累着,便要替他背草筐子。

马老四说:"不耽误你们的工夫了,你们都是忙人,我也得回去看看牲口。韩德大帮我照看着,这孩子不大可靠。"他又对萧长春说:"你哪会儿有了闲空,到我那儿坐坐,咱爷俩再好好聊聊,我就爱听你说话。"

韩百仲说:"你哪是爱听人家跟你说话儿,分明要显白显白你的小青骡子小黄牛!你这老糟真狡猾到家了。"

大概这句话有一部分是说到马老四的心里去了,他也不分辩,眼睛一眯,挺神气地一笑,背着筐子,顺着通向村子里的小路,一颠一颠地走了。

萧长春望着老人走远的背影,心里边升起一股子热力。直到老人的身影完全消失在河那边的树林中,他才转过头来,感慨地对韩百仲说:"有这样的一些社员,还愁农业社办不好,还有什么困难能挡住我们呢?!"

韩百仲说:"这是实理。东山坞这辆车,全凭他们推他们拉哩!"

萧长春活泼地说:"妙极啦,您这个比方妙极啦!要让东山坞的车轮子朝前转,就得往前推、往前拉,这光咱们几个人的力气不行,得靠大伙儿。领导上一再让咱们注意走群众路线,不正是这个道理吗?您这一说,又让我想到另一条理儿,车轮子朝前转,哪里会都是溜平的路?有坑也有洼,有坡也有坎,只要不松劲儿,不怕艰难,就可以转到平坦坦的大路上去呀!"

韩百仲也活泼起来:"对了,对了!"

他们快活地谈论着,早忘了烈日的曝晒,也不找树阴地方走,沿着小河边,直奔苗圃。老远,他们就听见了焦淑红的声音,又看到了她那件特别引人注目的花布衫。

第 十 五 章

这里是东山坞最美的地方,也是最欢乐的地方。这是因为最美的人把它打扮起来的,最欢乐的人把它充实起来的呀!

永不停息奔流的金泉河,从北边跑过来,跑到这里朝西拐去,又朝东弯回来,就在这儿圈成一块半个月亮似的小河滩。因为这儿跟村子偏角,不挨着路,地势又比较低洼,两边都是大坎子,坎子上又都是白杨绿柳,平时没人到这儿来。村里呆着的,路上走着的,也都看不见。就在人们不知不觉中,各种各样的树苗在小小的河滩上蓬蓬勃勃地生长起来了。

这块平滩本来并不是土地,除了石头蛋,就是马眼沙,不长树木,光长羊胡子草。去年秋后,焦淑红跟一群年轻人嘀咕了几天,订了个计划,每天晌午不睡午觉,扛着镐头,跑到这儿来开垦。他们把河滩上的石头蛋拣出去,又把沙子挖出来,抬到临河那一边,筑了一道圆形的小埝子;随后,从东坎子上刨黄土,一担一担地挑到河滩上,把它垫成土地,又撒下树种。这个工程是很不小的,为了开垦它,青年们吃了不少的苦。他们对谁都不说,更不叫苦,一直坚持到底。有时偶尔被什么人看到了,问他们开荒干什么,他们就说种庄稼,打下粮食,卖了钱,冬天开夜校打灯油用。开春以后,随着几次灌水,小苗苗拱土了,桃、杏、黑枣、栗子和胡桃,一棵跟着一棵地长起来了。他们又从山坡子、地阶子、荒岗子上移来许多野树秧子,一排一排地栽在这儿。如今树苗和树秧都苗壮地生长起来,一片深绿,一片浅绿,伸着幼嫩的叶子,自由自在地承受着雨露和阳光。

焦淑红、马翠清、韩道满、焦克礼、韩小乐,还有新媳妇陈玉珍,六七个人在这儿忙着。他们刚刚给树秧子浇完水,又开始给小树苗松土。他们每个人拿着一根小小的、削尖了的木棍,在小树苗中间轻轻地划着。他们蹲着身子,并排地朝前移动,比赛谁松的土最快最好。一边干着活儿,一边谈论着年轻人最感兴趣的事,谈得高兴了,就放开胸怀地大笑一通;或者由一个人随便哼两句歌子,全体都跟着唱起来。

今天,他们谈论最多的当然是村子里正在酝酿的那场乱子。这件事情都关系着他们,不仅关系他们的生活,也关系着他们的前途。可是,除了焦淑红之外,谁都没有把这件事看得那么严重,谈论起来,也带着很大的欢乐气氛。

马翠清甩着两只小辫子说:"沟北边那些老家伙真够洋相的,一看见麦子要收了,弯弯绕那个小脑袋耷拉得更厉害了,像一个老虾米,我真怕他走着走着,一头扎到地里去,要了他的老命一条!"

在场的人,被这句话逗得哄然大笑。

焦克礼耸了耸自己的翘鼻子说:"麻子也够意思的,这个二五眼的队长干正经的工作多会儿都没积极过,这两天闹腾的可积极了。那天我碰上他了,我说,连福,你别瞎闹哄了,闹一遭,你有什么甜头吃呀?他跟我翻眼,我说:你呀,你这叫屎壳郎跟着屁轰轰!"

众人又是一阵大笑。

在这一阵又一阵的哄笑里,笑得最响的,除了嘴巴不闲着的马翠清、焦克礼,就是韩小乐和新媳妇;焦淑红和韩道满也笑,笑得却比较文雅。粗犷也罢,文雅也罢,他们都在笑,都是从心里边发出来的笑。

年轻人为什么不欢乐呢?他们没有马之悦的那种阴谋,也没有马连福的那种烦躁,更没有弯弯绕、马大炮这般人的那种贪心。他们的心里充满着春天,春天就在他们的心里边。他们每个人都有自己的欢乐和追求。这片绿生生的树苗，是他们共同的、绿色的希望。在他们的眼前，常常展现出党支部书记萧长春给他们指出来的美景。这幅美景是动人的：桃行山被绿阴遮蔽了，春天开出白雪一般的鲜花，秋天结下金子一样的果实；大车、驮子把果子运到城市里去，又把机器运回来。那时候，河水引到地里，东山坞让稻浪包围了；村子里全是一律的新瓦房，有像城市那样的宽坦的街道，有俱乐部和卫生院；金泉河两岸立着电线杆子，奔跑着拖拉机……人呢，那会儿的人都是最幸福最欢乐的人了，那些爱闹事儿，一心想走资本主义道路的人，也都觉悟过来了，再不会有眼下村子里发生着的那些怪事儿了。……

他们说着，笑着，又唱起来了。他们最爱唱的是《唱着歌儿朝前走》，这支歌是由焦淑红起草，又经大家补充、修改过的。你听，这不是从他们心里唱出来的吗！

> 唱着歌儿朝前走，
> 歌声绕着群山游，
> 草也笑来石也笑，
> 红花绿树绣山头；
> 十年八年不算久，
> 那时候果子香呀梨子熟，
> 荒山谷变成花果沟，
> 哎嗨哟，哎嗨哟，
> 荒山谷变成花果沟。
>
> 唱着歌儿朝前走，
> 歌声顺着小河流，
> 地也舞来坡也舞，
> 金谷银棉织锦绸；

十年八年不算久，
那时候机器转呀铁牛吼，
沙碱滩变成了米粮洲，
哎嗨哟，哎嗨哟，
沙碱滩变成了米粮洲。

唱着歌儿朝前走，
世界上数我们最富有：
我们有一颗火热的心，
我们有两只结实的手，
齐心合力干到底儿呀，
幸福的光景就在前头。

…………

大伙儿一起唱着，歌声越唱越响亮，越唱越有劲儿。焦淑红偶尔抬头一看，忽然停住了。她眼神带笑地用胳膊肘捅捅身边的新媳妇，说："嗨，你瞧谁来了！"

马翠清第一个站起身，摇晃着胳膊，大声喊叫："喂，表兄，来哟，来参观参观我们的苗圃吧！"

几个年轻人一见来了萧长春和韩百仲，也都直起身来用喜悦而又得意的目光迎接他们。

萧长春和韩百仲从一块麦地横穿过来，一迈上小路，就见路边插着一个很大的木牌子。那牌子刷上了白粉子，写着鲜红的美术字；上边一溜小字是"东山坞农业生产合作社"，下边几个大字是"第一青年苗圃"。空白的地方，画着远山近水，树林羊群，几枝桃杏花和几个看不清是苹果还是杏子的图案。两个人全忍不住地笑了。

韩百仲说："早起我来的时候，还没见着这玩意，一准是刚才搞的。"

萧长春被这个牌子吸引住了，围着它转了两圈，像是怕它倒了似的伸手摇摇，又用脚把埋柱子的土踩结实，含笑点头，两只眼睛都舍不得离开这个牌子了。

韩百仲笑着说："这几个是苹果，画的一点也不像，我还当是窝头哪！"

萧长春说："也难怪，咱们这儿的人，要是没有出过远门，没到过北京，哪见过苹果是什么样呢？我是参军第二年在东北才看见的。"

韩百仲说："他们倒想种这东西了。"

萧长春说："老话说，靠山吃山，靠水吃水，我们是守着粮食囤挨饿。过了麦秋我们就动手植树，过个三年五载，就得利了。各种果树一批跟着一批地长起来，咱们东山坞就要从根子上变变样儿！画的不错，不识字的人一看也能看懂，这也是一种宣传工作哪！这是韩道满画的吧？"

韩百仲说："跑不了他。"

萧长春一面朝苗圃这边走着说："这家伙真有两下子。表面上蔫蔫呼呼的，倒挺心秀。吃亏就吃在他爸爸身上了。老头子对他管得太严，给他挡着道儿。"

韩百仲跟上来说："这孩子最近可不赖，开会、学习都比过去积极了。"

萧长春笑着说："全是马翠清的劲头吧？"

韩百仲也笑了："那还用说呀，翠清这孩子真厉害，比他爸爸对他管的还严哪！"

萧长春已经迈进苗圃里，跟这里的青年们说："怎么样，这回你们的秘密全露馅了吧！"

马翠清嘴快，抢着挤茬说："露什么馅儿啦？嗨，当支书的还兴说这种话呀?"

萧长春说:"好厉害,这话怎么啦?"

马翠清说:"怎么啦,带着瞧不起人的味儿!"

萧长春说:"是你们自己心虚呀! 要不,为什么不敢告诉别人呢!"

马翠清说:"我们想冷不防说出来,把你吓一跳。"

众人的笑声又轰地响起来了。

焦淑红说:"我们那会儿也没把握,八字没一撇,喧嚷出去不大好。"

马翠清说:"沟北边的落后分子又该笑掉大牙!"

萧长春逗她说:"翠清,你这句话说得太片面啦,我问你,沟北边的人全都落后吗?"

马翠清说:"没有一个好人。"

萧长春看一眼韩道满,说:"这话更伤众了,也挺糟糕;你好端端一个团支部委员,怎么偏偏要往坏人堆里钻呀!"

大伙儿明白这句话的意思,都哈哈大笑起来。

马翠清红着脸,举起手里的短木棍就要打萧长春;萧长春一躲闪,没打着,气的她跺脚:"谁钻啦? 谁钻啦?"

焦克礼朝她做鬼脸说:"你钻啦,钻不进去直跺脚!"

马翠清举棍子,啪一下子就打在焦克礼的头上了。

焦淑红说:"这个死丫头是疯了,一讲话就动手!"

马翠清说:"动手就算了,我要打出他的脑浆子来!"

韩小乐说:"别打啦,有人心疼……"

马翠清眼一横,说:"越心疼,我越要打!"

新媳妇红着脸骂道:"死小乐,你别往里边拉扯我行不行? 怕人家把你当哑巴卖了哇!"

韩小乐说:"谁拉扯你了? 你认这个账干什么? 显见是你心

疼啦？"

在人们的笑声里，焦克礼钻了空子，他一把扯住了马翠清的小辫子。马翠清灵敏地一转手，揪住了焦克礼的耳朵。两个人就在地里撕扯起来了。

萧长春连忙说："算了，算了，报了仇就行了。"

马翠清说："不行，我非把这只猪耳朵揪下来不可！"

焦克礼说："我要采一把玉米毛子！"

焦淑红急了，大声喊："嗨，嗨，你们两个要是没完没了，就到河滩上闹去，踩了树苗子怎么办！"

两个人还在转着圈子撕扯。

"你放手不？"

"你放我就放！"

"说句好听的，我就放。你打了人白打啦？"

"谁让你胡说？"

"我的舌头，我愿意说啥就说啥！"

"你烂舌头！"

"你烂手！"

最着急的人倒是韩道满了，他小声地对新媳妇说："快说说他们，别碰坏了。"

新媳妇说："我才不管他们的闲事，碰坏就碰坏，你心疼，你去拉呀，真是的！"

半天没说话的韩百仲开口了："别闹了，别闹了，把我闺女碰坏了，没人心疼，我还心疼哪！"

焦淑红知道他们不会逗急了，也不会碰坏，最怕他们摔倒在树苗子里，把苗子压坏，就奔过来，使劲儿掰他们的手，好不容易把他们拉开了。

萧长春笑着说："都怪我一句话，差点儿惹出人命来。翠清的短处让人家抓住了,就想武力解决。"

焦淑红说:"萧支书,说旁的吧,你别再拱火了!"

萧长春说:"不是拱火。我这个人办什么事情都讲究办明白,不能含含糊糊的。"

马翠清一面大口地喘着气,一面冲着萧长春很认真地说:"表兄,你不用转着弯儿骂人。告诉你实话,那个家要是不改变改变,要了命我也不去!"

萧长春又转脸笑着对韩道满说:"道满,听了没有,还得鼓劲儿进步;不光自己进步,还得帮帮你爸爸,要不然,这个家改变不了,人家翠清不去呀!"

韩道满的脸腾地红到耳根子,急忙蹲在地下,一面用小棍子剜着鞋上的泥土,抬头朝马翠清瞥一眼,想说句什么,又把话咽到肚子里去了。

焦淑红说:"道满可进步多了,也挺用心帮助他爸爸。昨天派百安叔跟我爸爸到大庙干木匠活,开头百安叔嫌工分少不愿意干,就是道满帮着说通的。人家干了好事,对谁都没说,倒是翠清告诉我的!"

焦克礼揉着被马翠清拧红了的耳朵说:"通过广播站发新闻,不是更棒啊!"说完就急忙躲闪。

马翠清一面用手指头理着散乱的头发,抿着嘴笑笑,焦克礼白提防了。

大伙儿又说笑一会儿,韩百仲看看天色晌午了,就张罗回家吃饭,好参加干部会。

萧长春卷棵纸烟点着,一边抽,一边在小树苗中间走了一遭,把各种秧苗都仔细地看一遍,心里格外满意。那未来的景致又在撞击着他的心,眼前这里虽是幼嫩的苗苗,他却看到了森林和果园。

焦淑红的心里又高兴，又有点说不出来的紧张。她跟在萧长春后边，像讲解员似的给萧长春介绍苗圃的情况；嘴上说着话儿，两只眼睛也不住地跟着萧长春转。她看到萧长春的脸上浮起的微笑，心里舒服得很；她从支书这默默无言中得到了最大的奖励，就说："萧支书，我们一点经验没有，全是瞎摸着干，你看看这样做行不行啊？"

萧长春说："蛮不错嘛！你们是白手起家呀！"走到靠河边的地方，用脚点着大埝说："就是这边搭上了埝子不大好，等到下雨天，上边来了水，全挡在地里了，小苗子不淹了哇？"

焦淑红点着头说："对了，这点我们倒没想到，回头挖个泄水沟就行了。"

萧长春说："你们真是说干就干，显得我真是太保守了。原来我还想等到秋后再忙这事哪，这会儿看到你们这个苗圃，我跟百仲大舅商量，得下决心提前干了。这些移植的树，夏天就可以往山上栽，小苗明年春天也行了。桃三杏四梨五年，说话就见利。过了麦收，我也参加你们的试验组，在河边上多开几个苗圃，拣好地开。要干，咱们就大干哪！"

青年们听支书这么说，都高兴得搓手顿脚，摇头晃脑。马翠清故意说："这可太好了。到那时候可不能变卦呀！"

萧长春说："说一句算一句，这才是咱们东山坞的大事业呀！要不支持你们，那就是不关心农业社建设了。"

大伙儿都神气地看韩百仲。韩百仲心里也明白，忍住笑，要走开回家。

焦淑红明白大家的意思，赶忙叫住他说："百仲叔，别跑，别跑，没人开斗争会，您怕的什么？"又对萧长春，"支书可得跟百仲叔说好了，这个队长可不支持我们哪！"

韩百仲说："你这孩子，又告我的冤枉状啊？我哪会儿不支持你们啦？你们使的镐不是我给你们从保管那儿要来的？你们用的化肥,不是我给你们争来的？"

焦淑红说:"功是功,过是过,不能两顶。从打上集我们就跟您讨钱买苹果秧子,人家县农场都应下给我们一百棵,晚了怕别的人要去;嘴皮子磨破了,您一个钱毛也没有拔呀!"

韩百仲说:"以前,你说的是以前哪? 对啦,以前的事不算数,行不行?"

大伙儿又忍不住笑起来。

焦淑红说:"算不算都行,反正我们没有冤枉您就是了。我知道您怎么想的,您当是我们这个地方没栽过苹果,一定栽不活,就对我们消极抵抗。对不对? 马翠清是您干闺女,碍着面子,不好直讲,她说支书别变卦,其实就是说给您听哪!"

韩百仲赶紧解说:"那会儿队上实在没有现成的钱,要有我还不愿意给你们? 这样子吧,我院子那棵杏树熟了,克礼你们几个哪天有空,把它打打,打多少,推到集上卖了,卖来钱全归你们'共产',行吧?"

人们在欢乐、和谐的谈笑声中,收拾了工具、衣物,从不同的小路朝村子里奔去了。

焦淑红心里边一直惦记着村里边还在放着的大问题,不知道支书、百仲叔跟马主任谈的结果怎么样;想问问,又碍着人多,里边还有两个人不是团员,关系到党员之间的事情,不宜乱讲。她想这会儿追上萧长春,一路走,问一问,又见萧长春跟前边走的焦克礼、新媳妇和韩小乐说得很热闹,便紧走几步,把他们赶过去,追上了最前边的韩百仲。

"百仲叔,你们上午跟马主任谈了?"

"谈了。"

"怎么样啊?"

"那还用问，长春一回来，歪巴趔趄的东西全部堵回去了。马主任挺干脆，他根本没参加那件事儿。看起来全是一群中农起的坏。"

于是，韩百仲把马之悦早上对萧长春表示的态度，还有萧长春在马大炮那里讨的底，以及他们的部署、安排，简略地跟焦淑红说了一遍。

焦淑红听罢，压在心头的阴云，一下子飘散了。她说："萧支书真行！其实，我刚才一见你们的气色也猜到一点儿，可是没猜到这节儿上。这就好了！"她说着，回头看看，萧长春几个人已经散了，在树林子里穿行着，走向自己的家。只有韩道满和马翠清两个人落在最后边。

韩道满替马翠清扛着小铁锨，马翠清空着手，随便从路边揪了一朵野花摆弄着。两个人一前一后，绕着道，躲着人，慢慢悠悠地朝前走。

像韩道满这个年纪的人，性气这样憨厚、老实的还不大见。正像萧长春说的，他是个猪八戒喝了磨刀水，心里秀（锈）的人。他念过高小，心灵手巧，能写一笔秀丽、工整的字，还能画画。谁家盖了新房，全都请他画炕围子或影壁，画个凤凰戏牡丹或五福捧寿，特别的拿手。他小时候就有个志愿，长大了到唐山瓷器厂学画工，后来一位老师想介绍他到北京美术学院附中学习，他爸爸不愿意他去，他就不声不响地留下了。他从小在他爸爸这个老庄稼把式的教导之下长大成人的。他很能干活，不光有力气，还有股子钻劲儿，庄稼地的事情，他都通门，学什么，会什么，干什么，像什么。也是因为他爸爸的教导，把他的性气磨炼得没有棱角，一天到晚闷着脑袋干活儿，除了家门口以里的事情，很少过问旁的事，心里有话不爱说。这一年多，在团支部的热心帮助下，进步很快，可是，比起在苗圃里干活的这几个人，他要算落后多了。

马翠清对他又爱，又不满意，总是恨铁不成钢，平时断不了犯些小口角。刚才在苗圃里听到萧长春几句玩笑话，这些话很可能是无心的，却又成了她借题发挥的由头了。她扭过身对韩道满说："喂，你听见没有，连萧支书都让你得加油鼓劲儿，不光是我一个人说你落后了吧？"

韩道满老老实实地说："谁没鼓劲呀，往后，你说怎么办，我就怎么办还不行吗？"

马翠清把辫子一甩说："唉，瞧你！我说怎么你就怎么还行，得你自己从心眼里想通才行呀！"

韩道满说："还是你指点吧。要不然，我哪知道朝什么地方使劲儿呀！"

马翠清说："这容易。往后，你就把你爸爸管住，不让他再跟弯弯绕这些人狗扯连环的；你别再替他开会，他再让你学落后的事儿，你就不学，他讲怪话，你就跟他顶，还有……先说这么多吧，看你办到办不到。"

韩道满点头说："这好办。"

马翠清说："我这可不是挑拨你们父子不和，我全是为你们好；我们新社会的青年，不能合着两只眼睛当傻孝子。再说，你们家总是个老封建的样子，谁敢进你们的门呀！"她说到这儿，两只大眼睛一闪，咬着嘴唇，甩着辫子，头前跑了。

姑娘那一闪的眼光，像一把钩子，把老实庄稼人的心给钩住了，他愣愣地呆了好大工夫才追上来。

过了金泉河的小石桥，马翠清腾一下子迈到坎子下边的一块洗衣石上，撩着清水洗手。

河水潺潺地流荡，又平又稳，水面像是一块大镜子。镜子立刻映起两个人的身影。一颗圆圆的像苹果似的脸蛋和一张朴实、憨厚的长方脸连接在一起。

马翠清想起早晨韩道满画的那个牌子，写的那几个美术字儿和人们对他那双巧手的夸奖，心里边热乎乎的。她赶忙站起来，抖着手上的水珠儿，一回头，正巧碰上韩道满那一对火辣辣的眼光，就故意噘着嘴说："你干吗总是这么看我呀？"

韩道满说："你不看我，怎么知道我看你呢？"

马翠清被老实人问住了，笑了说："告诉你，没人的时候看，有人的时候不许你看了。"

韩道满说："这好办。"

马翠清一边往坎子上蹦，一边说："你说什么都好办，我看你什么都办不成！"

他们过了河，走进白杨绿柳的树林子里。这儿特别凉爽，空气都显得很湿润。

马翠清最喜欢这些树，它们年纪最大的还不到十年，都是土改工作队和解放后学校的一位女老师领着人们栽的，里边有好几棵是马翠清亲手放的秧子。本来，马翠清可以过了小桥，顺路一直上坎回家，为这种感情，她却总是绕个小弯，从这儿过。别人都说她故意跟韩道满多走一截儿。也许有点这种意思吧。

韩道满从这儿走，意思倒是很单纯的，就是想单独地跟马翠清多呆一会儿。因为旁边有人的时候，他不爱说话，也不好意思跟马翠清说话儿。走进树林里，他就故意慢走，没话找话说。

小鸟在枝头上跳着、叫着。

两只雪白的小羊，穿绕着树干追逐着。

韩道满忽然说："翠清，萧支书是回来相亲的吧？"

马翠清一边走，一边摸着树干说："你心里边不惦着别的。"

韩道满说："真事嘛！昨天小石头他爷还跟我爸爸说哪。"

马翠清说："人家工作忙忙的，还顾得上这种事呀！"

韩道满说："淑红也要定亲了。"

马翠清说："别造谣,没那八宗事儿。"

韩道满说："真的,焦庆媳妇当媒人,马立本还找我爸爸,我爸爸没管。你看人家都是忙人,相亲、订婚都没耽误!"

马翠清嘻嘻地笑着,推着韩道满说："快去吧,你光想这种事儿!"

韩道满一躲闪,把马翠清闹个趔趄。韩道满连忙伸手拉马翠清;用的劲头猛了一点儿,这一拉,顺着劲儿把马翠清拉到自己的怀里了。从来没有接触过的、少女的温暖,电一般地传到他的身上,又像是怕她跑掉,身不由己地把姑娘搂住了。

马翠清的胸膛突突跳,她根本没有想到老老实实的韩道满突然间来这么一手。她一时不知道怎么办好,挣脱跑开不是,这样呆着也不是,变得像一只小猫。

韩道满也很吃惊,没想到自己还有这么大的胆子。

白杨树上的两只花喜鹊,抖动着翅膀飞跑了。

马翠清使劲儿掰韩道满的手,推他的胳膊,想挣脱,低声说:"我当你老实,敢情真叫坏!"

韩道满也不吭声,头一低,在她那胖乎乎的腮上使劲儿亲了一下。

第 十 六 章

焦淑红迈着跳舞似的步子回到家。

她拉开后院的小栅栏门,一边歪着脖子往北看,一边往里走,没留神,撞到后院那棵石榴树上,扑簌簌,花瓣儿像雨点似的落了她一头发。自己也觉着太慌张了,忍不住好笑。

妈妈正放桌子,一眼就瞧出闺女满脸的喜气:"猴丫头,又碰上什么喜帖子了,瞧把你美的!"

焦淑红往屋里走着说:"妈,真是喜事呀,萧支书一回来,连村子里的空气都变啦!"

妈妈说:"嗨,等等再进去,让我给你抽抽,看你浑身上下那土,好像从炕洞钻出来的!"

这个五十多岁的老太太非常讲究干净利索。她的头发脱落一半了,总是梳得光溜溜的;耳环都磨细了,总是擦得亮晶晶的;身上穿的全是旧布衣服,那褂子还是生淑红她哥那年做的,上满了补丁,却缝得整整齐齐,没有一星一点灰土和油腻,远看像一水新的青布。她的脸形很像焦淑红,可见她年轻的时候,也一定像焦淑红这样俊俏。她在村子里爱干净出了名。过歉年,揭不开锅,让她破破烂烂地出去也受不了;男人干一天活回来,多累,不把头上脚下洗干净也不准上炕;那个院子更是不见草节儿,屋子里不用说了,三辈传下来的破漆柜都让她擦的照进人去,什么东西放在什么地方,谁要挪一下,她心里老觉着不舒服,一定得收拾好才行。一迈这个院子的门槛子,立刻就给你一个清新、爽快的感觉。

这会儿,她连忙从屋里的门后边摘下掸甩子,把闺女拉到后院,就头上脚下地给闺女抽打开了:"瞧瞧,干活就干活得了,怎么还睁着两只眼睛往泥里踩呀?"

焦淑红惟恐妈妈手里那把掸甩子抽到她的脸上,一边眨巴着眼睛,歪着头躲闪,一边回答说:"我们放水浇树苗了。"

"知道浇树苗,早起就该换双旧鞋。"

"多麻烦呀!"

"人活着就不能怕麻烦,该怎么样,就得怎样。"

"没事干的人才穷讲究哪!"

"噢,事忙的人,就该邋邋遢遢的呀? 人家上边号召爱国卫生,卫生还是爱国哪!"

焦淑红笑着说:"妈可以出师了,也跟我爸爸学的满嘴政策条文!"

妈妈跟着闺女走进屋里,说:"找双鞋换。"

"下午还干活哪。"

"干活去再换。"

焦淑红知道拗不过,就换了鞋。

妈妈把那双沾了泥的鞋一合,放在后门口外边去了;回来又说:"盆子里有水,洗脸吧。"

焦淑红端过盆子倒水,听得前院里乒乒乓乓的凿木声,就问:"我爸爸在咱家里做活哪?"

妈妈说:"没有,也是刚回来。他让你给串通好了,也可以出师了,哪还顾家呀!"

"怎么在家砸哇?"

"谁知道他又鼓捣什么! 这不是,人家全都在核算过日子的事,他一点都不从心里过过,也不着急。这麦子到底怎么分才上算哪?"

"按章程办事呗。"

"不是说今年要改变吗?"

"萧支书一回来,就变不了啦。"

妈妈又往灶膛加了一把火,见闺女手里端着洗脸盆子,眼睛往后院张望,就说:"没你表叔那样的……"

闺女打断妈的话:"谁表叔呀!"

"哟,萧支书不是你表叔吗?"

"同志不分辈儿。再说,我们又不是真正的亲戚,我不跟你们排。"

"你们爱怎么排,就怎么排,我不管。没他那样的,出去一个多月了,回来连家门都不登;你大姑爷气得啥似的,拉着小石头到处找他。"

"他太忙了。"

"再忙,正经事也得办呀!你没听说,你百仲大婶子正给他说媒,都说个八九成了,光等他去相亲呀!该说个人了——嗨,死丫头,你怎么把洗脸盆子放在锅台上了!"

焦淑红调皮地笑笑,又把盆子端到地上。她一边往手上、腕子上撩着水,一边说:"真有这回事儿,我还当说着玩哪!要我看,成不了。"

妈妈说:"怎么成不了?女的那头都乐意了。"

焦淑红说:"那边是个顶落后顶落后的人。"

窗外边有人搭茬说:"落后怕什么呀!"随着声音,门帘子一撩,走进一个大个儿老头子。他六十来岁,大手大脚大脑袋,满脸的皱纹特别深,一双本来挺大的眼睛也被皱纹挤小了;在他一乐的时候,嘴一咧,两只眼睛眯成了两道缝儿。这会儿,他手里拿着一把木锉,嚓嚓地锉着一块说方不方、说圆不圆的木头,重复地说着:"落后不怕,落后不怕。"

焦淑红说:"嗨,落后怎么不怕呀?"

老头说:"政策条文上根本没有规定,进步人总得跟进步人结亲。再说,多落后的人,让她跟你表叔一块儿过两年,也就进步了。"

焦淑红说:"我不信。碰上个拉后腿的,不能打,不能骂,整天吵也不行,怎么办?"

老头说:"只要有人教导,谁都能进步。前两年东山坞的人谁不说我焦振茂是个落后的中农呀?怎么着,我没进步呀!这会儿谁还敢说我落后呢?"

焦淑红说:"妈,您瞧瞧,我爸爸最会骄傲自满了。见人就喊,我进步啦,我进步啦!"

妈妈抿着嘴笑笑。

焦振茂也嘿嘿地笑了。随后,他又走到院子里,乒乒乓乓地砸打了一阵子,返回来,手里拿着一把木制的小手枪,翻过来调过去地欣赏着,说:"淑红,你看我做的这个玩意怎么样啊?"

焦淑红接过来看看,小手枪做得很精致,有扳机,还有枪膛,就问:"给谁做的?"

焦振茂说:"给你们看麦子的人做的,再刷上一点黑颜色,挂上个穗子,真的一样。"

焦淑红说:"谁要您这个破玩意呀,过两天乡里发给我们真枪了。快拿去给北院小石头玩吧。"

妈妈嘲笑老头子:"我觉着你就劳而无功,积极也积极不到正地方——快吃饭吧!"

一家人端盆的,拿碗的,忙了一阵,全坐到炕上吃饭了。

这是四间坯座瓦顶的房子,西屋两间连着,堂屋一间,东屋一间;老两口子住西屋,焦淑红住东屋。宅子一通到底,前边是猪圈、牲口棚、磨棚,再靠南一点过去是打谷场。入了社,小场院没用了,改成菜畦,前门直通前街。后院比较小,只有两间厢房的空基,东边有个小屋,那里专给焦振茂存放木匠工具用的,西边除了那棵石榴树,还栽着一片花草,后门直通后街。现在他们在西屋炕上吃饭,三口人吃不到一块儿。焦振茂习惯蹲在炕上吃,妈妈习惯跨炕沿,焦淑红总是站着,好像随时都准备别人来找,放下筷碗就走。

焦淑红一边端着饭碗吃饭,一边出神。一年前,她像这时候的马翠清那个样子,天真活泼,无忧无虑。现在,她学会了思索问题,分析情况,她的情绪全被农业社整个形势左右着。支书这一回来,她那颗悬着的心落实了,村里的工作已经开始有了转变,干部会一开,立刻就要来个大变,一切麻烦事儿全要烟消雾散了。自己的工作,也有了靠山,团支部的事,苗圃、民校的事,得空都可以找支书谈谈,让他帮助自己拿主意;另外,还有点什么事……这个那个,她想了好多,一碗饭吃到肚子里,都没有尝到什么滋味儿。

妈妈一边吃饭,一边看看闺女,又看看老头子,像是有什么话说。忍了一会没忍住,先对老头子使眼色,老头子没留神,她只好说:"趁吃饭跟淑红说说吧,要不,丢下饭碗,你又掠不着她的影子了。"

焦振茂把老伴的意思领会错了,就说:"算了吧,我是一时打错了算盘。"

淑红妈一阵高兴:"噢,你愿意了?"

焦振茂说:"还有什么愿意不愿意的,大小事情都得看大局,随潮流,瞎走硬碰,不按着政策条文办事,那就是安心找跌跟头,找丢人!"

淑红妈说:"对啦,我也是这样想。你这头一通,这回就看咱淑红了。"

焦淑红不知道他们说的哪一宗事,就纳闷地问:"你们这是说什么哪?"

淑红妈说:"让你爸爸跟你说吧。"

焦振茂说:"不瞒着你,麦子一黄梢,我听了点散言碎语,也动了动心……"

焦淑红说:"我早知道您是假进步!"

"嗨,怎么叫假进步? 根本还没认识清,就嚷嚷好,干了半天,不知道对呢还是不对,这种人才是假进步;这种人,准是一天三变,我最讨厌这样的人。遇到没经过的事儿,多看看政策条文,多仔细想想,想通了,应该怎么办怎么办,就假啦? 我看这样才最实在的,才是真进步。"

"您到底儿想成什么样了?"

"想好了,不能按沟北那个主意干,那是违犯政策条文的,咱们就算真吃亏,也不能赞成他们的主意。"

"瞧,还嚷吃亏呐,麦子是咱家自己种的呀?"

"我不是这个意思。我是从落后这边说,要是土地也分红了,咱家土地多一点儿,不就多分了……"

"凭什么多分呢? 您不是最爱研究政策条文,又爱讲道德吗!"

"我就是琢磨这样不对,才不干哪! 凭良心说,没有农业社,长不出这么好的麦子。你们苗圃边上那块地是你妈过门那年到手的,靠着水,花了力量,又赶上好年景,长邪了,一亩地收了一口袋半;今年那块地里的麦子,依着我瞧哇,三口袋也往不了里。……"

淑红妈听得不耐烦。她要跟闺女商量的不是这件事情,就说:"唉,这件事儿,刚才咱们俩不是商量好了,还捣哪家子粪哪! 我让你跟丫头商量商量那件事儿。"

焦振茂笑了说:"别急,别急,慢慢察看察看再说吧。"

淑红妈说:"你当她还小吗? 我们不操持,要拖到哪年哪月呀?"

"操持,也得碰见对式的。"

"我看立本那个小伙不错。"

焦振茂摇摇脑袋:"你那两只眼睛里没有水! 他是个什么人家,我有闺女往那儿送呀!"

淑红妈争辩说:"唉,你管那么宽干什么呀! 这年头给闺女找婆家,就是希图个人。立本那孩子可懂事了,见了我,一口一个大婶子;我分柴火去晚了,人家不烦,还替我背到家里来。人家托焦庆媳妇跟我说好几回了。晌午头我去推碾子,碰上了,一定要我给她个准话儿。"

"真是妇道人家短见。根子不正,还能长出好苗来呀? 我就不待见这个小子那副酸相,豆芽子菜,水蓬蓬,竹竿子,节节空,出不了好材料!"

"光你一个说不行。"

"怎么不行？我说这门亲事不能做,就不能做,我看你们谁敢再理他!"

焦振茂说这句话,一方面是回答老伴,一方面也是给闺女听的。

焦淑红一听父母谈这种事儿,心里边怪烦气。这一年里边,马立本不断地跟焦淑红表示亲近,焦淑红根本没往心里去过,爸爸妈妈倒把它挂在心上了。这根本是不可能的事情嘛!她又盛了一碗饭,把瓢子一摔说:"瞧你们,吃饱了没事干,总得给人家添点别扭才舒心!"

妈妈对她说:"我们俩说不到一条道上去,你倒是怎么个心思,也跟我露露哇!"

焦淑红一扭身子说:"我现在不搞这种事儿。"

妈妈说:"早晚总得搞哇!妈就你这么一个闺女,怕你将来远走高飞,撇下我这老骨头。"

焦淑红说:"您快放心吧,我守着您。"

妈妈说:"这可不行,你可不小了。妈像你这个岁数,都抱上你哥哥了。"

焦淑红把碗一丢,一手捂住妈妈的嘴,跺着脚说:"这是什么话呀,一点儿当妈的味都没有了!"

妈妈推开闺女的手说:"这是正经事儿嘛,你想家过老,炕头埋呀!"

焦淑红故意一绷脸:"你们搁不了我啦?越撵我越不走,我吃我劳动来的,穿我劳动来的,用不着找个人养活我。"说罢,端起饭碗,跑出屋去了。

焦振茂埋怨老伴说:"都是你多嘴多舌,有话留着吃完饭再说就不行啊?干半天活了,你连饭都不让她吃饱!"

淑红妈很抱歉地笑笑说:"唉,谁想一个大团支部书记还这么脸皮子薄哇!一会儿我再给她煮两个鸡蛋吃吧。"

焦振茂把饭碗一撂,说:"我也不吃了。"

淑红妈说:"你不吃白搭,没那么多鸡蛋给你吃。剩下的,我还要腌上,等过了麦收,看孙子去哪。"提到孙子,她又叹了口气,"唉,看起来呀,闺女儿子都别叫他们长本事;有点本事,这个窝就圈不住了,想着法也得飞出去,一飞出去,见见他们的面都难。儿子要是在家,媳妇使上了,孙子抱上了,我也能享几天福哇!这可好,伺候你们一辈子,到这会儿,还得接着茬给你们缝洗,给你们围着锅台儿转。你那政策条文上不是说什么义务兵役一满了期,就回家吗,淑红她哥啥时候回来呀?"

焦振茂说:"人家是军官,军官没什么期限。"

淑红妈说:"哟,没头啦?不打仗了,还要那么多的八路军干什么呀?"

焦振茂说:"现在叫解放军,别总是八路军、八路军的。不打仗了,国界边子也得有人保护着哇。政策条文上说,要巩固国防,防止美帝国主义侵略。要不是咱毛主席有远见,就说美国在朝鲜给咱们来那一下子,说不定又得跑反了。要不就说,不信服政策条文不行。从打开国,政策条文千万种,没一种没实验,你就回过头去想想吧。"

老头子说着,一跷脚,从房桎上摘下一个小包包。小包包上包着三层报纸,缠着两道麻绳。他把纸包拿到炕沿边,拍了拍上边的尘土;又挪到炕梢,靠在被垛上,小心地、一层一层地把小包包抖落开。里边包着各种纸片,有从报纸上剪下来的,有从杂志上撕下来的,还有手抄的。内容也相当丰富,有党中央的决议、声明,周总理的讲话,报纸的社论、答读者问,还有通知、广告。

焦振茂过去是个黄历迷,从打宣统年间到解放后,每一年的黄历他都保存着，每一年的黄历他都看得烂熟。哪一个节气在哪一月、哪一天、哪一个时辰；哪一天宜婚娶，宜动土，宜栽种，宜出行，宜裁衣，他张嘴就说，不兴有错儿。他对黄历也十分的虔诚，一行一动全靠黄历指导。如今的焦振茂又养成个搜集政策文告的嗜好。这种嗜好，从土地改革以后就有了。土改以后，虽说全国还没有完全解放，共产党可是已经主宰了天下。旧社会把农民当牲口看，让农民办什么事儿，除了下命令，就是挥鞭子。新政府不同了，大事小事儿都讲政策，都把政策条文交到农民手里。开头，焦振茂不信这一套，《土地法大纲》他都不相信。这个政策一公布，他心里就嘀咕：这上面每条都对中农有好处，没坏处，就是不知道共产党说话算数不算数。他就站在一边，瞪着两只眼睛看着。结果呢，一宗一件，全是按那个政策条文办的。这一下，焦振茂可心服了。从此，他有了搜集政策条文的嗜好。到了贯彻过渡时期总路线的时候，他的这个新兴趣更加浓厚，越来越浓，已经浓到"怪"的地步。有一次，他跟他的堂兄弟焦振丛往北京出车，一去一回，走了一夜一天，两个人都累得不得了。回来路过柳镇，瞧见路边墙上有一张新布告，焦振茂跳下车去要看。焦振丛说："那是保护山林的，咱们那儿又没林，看它有什么用啊？"焦振茂说："这会儿没用，将来就兴有用。政策条文这东西是连环套，知道这个，也得知道那个；光知道这个，不知道那个，就等于哪个也不知道。"焦振丛想，这种布告，看一眼也用不了太多的时间，就没停下车，一边赶着慢慢走，一边等他。走一截儿回头看看，他还没有追来，走一截儿回头看看，还没有追上来。谁想，走了二十里，到了村，卸了车，吃了饭，又到村口等了一袋烟的工夫，焦振茂才气喘吁吁地赶回来。焦振丛问他为什么耽误这么晚，他说："布告太长，抄着抄着天黑了，找半天才找到个熟人，借盏灯照照亮……"提起这类的事儿，村里的每个人都能说一段很好笑的故事。他不光搜集政策文告入迷，阅读得也很认真,他能把一个布告、一个政策宣传提纲从头到尾背下来,一字不差。他好学,好问,而且问到嘴里,立刻就使用。有些下乡的工作人员常常被他追问得张口结舌。开头,人家误会这个中农有意给人为难,等到知道了他的嗜好,不光原谅他,还帮着他"完成任务"。搜集也罢,学习也罢,问也罢,他都不是为了点缀,也不是为了显示自己。他这样做的目的挺明确,就是要了解共产党,自己好按着政策条文办事儿。

这会儿焦振茂打开了他的文件包,跟眼前村子里正闹着的事情有关。他想找一找,政策、文告和党中央的决议、周总理的讲话里有没有土地分红这一说,以便决定他自己的行动。

淑红妈一见老头子鼓捣这个烂纸包子,心就烦了,赶忙下炕收拾桌子。

焦淑红端着碗,靠在堂屋的后门框上,一边吃饭,一边想心思。爸爸妈妈说的那些话,把她那颗刚刚安定下来的心又搅乱了。

石榴树梢在微风中摇摆着,成群的小蜜蜂在花间飞舞着,几只母鸡在树根下边偎着窝,梳洗着羽毛。据说,这棵石榴是生焦淑红那年,妈妈亲手栽的,一转眼二十二年了,它像这个庄稼地的闺女一样,长得生气勃勃。

她的爸爸焦振茂,配上沟北韩道满的爸爸韩百安,是东山坞村最全套的庄稼把式;妈妈更是有名的勤俭持家的能手;哥哥抗美援朝那年参军走了,老两口子把焦淑红当儿子使唤,当宝贝看待,焦淑红在他们手下练出一身劳动的本领。

土地改革的第二年,东山坞办起第一座小学校。因为马之悦的怂恿,焦振茂一咬牙,送焦淑红上了学。在学校,焦淑红又聪明,学习又用功,连着升级,第四年就考上了中学。上了中学,她开始懂事了。她热爱党,爱新社会,知道要不是新社会,她这样一个庄稼丫头,做梦也甭想进学校的门儿。她要好好学本领,将来献给社会主义建设事业。入团以后她的工作越发积极,连续当选班主席。在功课上,她的作文最出色,写的诗歌还在县广播站广播过。那会儿,邻居们都说,焦家要出个女秀才。尽管焦淑红能劳动,爸爸把全部担子担起来,不耽误她的工夫;尽管焦淑红好针线,妈妈把全部家务都包下来,不分她的心。老两口子下了决心,一定要供焦淑红念大书。一九五五年焦淑红初中毕业的时候,小行李一卷,回到东山坞参加劳动了。

爸爸跟她吵,妈妈跟她生气,邻居们为她惋惜。

爸爸骂她:"不识抬举的东西,干庄稼活没有什么出息!"

焦淑红顶爸爸说:"您干了一辈子庄稼活,算不算有出息?"

一句话,把焦振茂给问住了。他是个最爱荣誉的人。在村子里,不论种庄稼,过日子,或者有个大大小小的事情,不比别人高出一格,不露点脸,他是不甘心的。他总是向闺女夸耀,自己这一辈子算得最清白、最体面、最光彩,不论走到哪儿,不会有一个人在背后指他的脖梗子。

焦淑红把裤脚一挽,锄头一扛,下地了。在地里干活她唱歌,喂猪、扫院子她也唱歌,冷言冷语,一句不往耳朵里去。这样一个聪明人,还能不考虑自己的前程吗? 姑娘有姑娘的心事,有自己的打算。念书的时候,她的幻想非常多,她想当诗人,当科学家,当教师,当医生,在她看来这四种职业各有所长,又各有所短,选来选去,犹豫不定。有一年暑假,哥哥所在军队开到河北,她到蓟县盘山的一个村里看哥哥,住在一个老乡家。有一天晚上,哥哥到连部开会,她一个人坐在屋里没事干。忽然,一张糊在墙上当信兜的报纸把她吸引住了。那上边刊登着一篇通讯,介绍河北省著名劳动模范耿长锁的闺女当拖拉机手的故事。那张报纸倒贴着,她就倒着看了三遍。第二天,她买了一张牛皮纸,替房东糊了个新的信兜,把那张旧报纸揭下来,带回学校。她认识到农村需要有文化的人,从这天起,她决定了自己的前途。她写信告诉哥哥,哥哥鼓励她,还介绍她跟耿长锁的闺女通信。在毕业的时候,她就听党的话,回到农村来了。

慢慢的,村里的人都习惯了。爸爸不吵了,妈妈不闹了,邻居们又开始从另外一个角度夸奖她了,都说焦家将来要出个劳动模范。焦振茂是个勤快的人,闺女开会耽误点活儿,他不说;妈妈是个最节省的人,闺女晚上看书、写汇报,点灯熬油,她不心疼。去年冬天整风,焦淑红当了团支部书记,两口子都觉着有这么一个闺女挺光彩。

过了农历六月,焦淑红就是二十二岁了。按着农村老习惯,闺女二十出头没个主儿,父母就觉得丢人了。这几年焦振茂两口子不论对待什么事情,既不完全丢掉传统的风俗习惯,又不拒绝接受时兴的新办法,常常是半对半,两掺着办,哪头也不得罪。他们觉着闺女的婚事该办了,决定先帮着找,找着对式的,让闺女自己相,点头乐意就定下来。他们一吐口要给闺女找婆家,媒人就不断来登门。有了合适的人家,跟闺女一商量,摇头;又碰上对式的,跟闺女一商量,又摇头。

爸爸跟焦淑红吵,妈妈跟她闹,邻居们又用各种各样的心思猜疑她。

妈妈说:"挺大个闺女,不听老人家的话,不嫌丢人!"

焦淑红顶妈妈:"我姐姐听你们的话了,活活跳了井,这就不丢人了?"

一句话,又把妈妈问住了。她是个善良的老人。一生中,她为别人想的多,为自己想的少,办了一点对不起儿女的事情,时时记在心上,什么时候想起来,什么时候伤心。提起大闺女,她又撩着衣裳襟擦眼泪了。

焦淑红照旧跟闺女小伙子们一起工作、干活,说说笑笑;跟谁都是这样，没有分别，没有界限；在村子里这样，在地里也这样，歪风邪雨，全让她给挡住了。二十多岁的大姑娘，还能不想想自己的事儿吗？姑娘有姑娘的心事，有自己的打算。她不想嫁军官，也不想嫁工人，她要在农村扎根，就要在农村找个情投意合的人。这个人，似乎是找到了，又似乎根本没个影子。

过去，焦淑红觉着马立本跟自己只是表示过这样一种意思，只要她冷淡，也就算完了。没想到，马立本不死心，还搬了个媒人来；马立本这个人太不知趣了，这样做多不好哇！今天妈妈又忽然提起这件事儿，怎么不让焦淑红心烦哪！

她嚼着饭，什么滋味也不知道。她朝树梢上看看，又抬眼朝北边看看，只见对门萧家的屋门口涌出浓浓滚滚的白烟。接着，她又瞧见一个壮实的身影，在烟雾中里外忙碌。同时，一个老人大声地咳嗽，一个小孩子吵吵闹闹地里外跑。

姑娘的胸膛里，升起一种说不出来的怜悯的情绪。支部书记的日子过得真不舒心哪！走了半夜路，做了半天工作，说话就要开会了，回家还要忙饭，难为他呀！

第 十 七 章

萧老大今天上午特别的高兴。儿子回来了，麦子还是按工分分配，全是喜事呀！

儿子既然是接到他捎去的信就顺顺当当地回来了，不用问，对那桩子亲事是乐意了。抓麦前这个不太忙的空子订妥了，等分下麦子把房子拾掇拾掇，再缝两床被子，做几件衣裳，择个好日子就迎娶新娘子过门了；媳妇一娶过来，他就了却了一宗大心事！

上午，他在菜园子里就听人家说，儿子一回来，沟北边那些闹

201

坏事的人就会老实了,土地分红的事儿,就一笔勾销了,他心里也很乐。他们家土地少,劳动日多;儿子整个身子投进去了,他自己也是一年三季忙在菜园子里,按工分分麦子,不用算也少不了,三口人再加上新来一口,也能够吃够用。

这两宗使萧老大高兴的事儿,是马翠清传给她妈五婶,五婶又传给萧老大的。半晌午,萧老大就从菜园子里赶回家,打算给儿子做一顿现成可口的饭菜吃。偏偏遇上捣蛋的孙子小石头,不让他做,死乞白赖地让他领着找爸爸去。

萧老大抱柴火,小石头拦着门;萧老大要添水,小石头按着锅盖。萧老大只能用好言好语哄小石头:"好乖乖,今天听话。爷爷把饭做熟了,你爸爸就回来了。"

小石头把那个小脑袋摇得像一只货郎鼓:"不,不,你带我找爸爸,要不他又走啦!"

"不走啦,没回家,怎么能走呢!"

"能走,有一回没回家就走了。"

小石头六岁了。长得虎头虎脑,聪明伶俐,什么话都会说,那眉眼鼻子,端端正正,都像萧长春。萧家有这么个孩子,显得火暴多了,父子俩都拿小石头当宝贝,宁愿自己屈着点儿,也让小石头吃饱穿暖随心随意。就是因为娇养,小家伙有时候爱发脾气,最能拿性爷爷,一句话不由着他,就撒娇;再不由他,咧嘴就哭,这孩子哭的时候也不大喊大叫,眼泪却一对一对儿地往下掉,让人看着怪心疼。

这会儿,小石头抱住爷爷的大腿,跺着脚说:"走吧,走吧,找爸爸去呀!"

萧老大假装生气吓唬他:"再闹,我打你的屁股蛋子!"

"就闹!"

"我真打你!你当我舍不得呀!"

小石头一见爷爷扬起来的巴掌，小眼睛一眨巴，挤下一对珠子似的眼泪。

萧老大见不得这个，赶忙收了巴掌，一边给小石头擦泪，一边哄他："别哭了，咱们找去还不行吗！"

这一老一小，先到农业社办公室，撞见马连福、马立本和马凤兰在那儿鬼鬼祟祟地嘀咕什么，那儿没有萧长春。他们又到大庙里，碰到焦振茂和韩百安在这儿做木匠活，他们说萧长春在这儿打个卯，说两句话就走了。

跑遍街，走遍村，没找到萧长春，萧老大窝了一肚子火。一边拉着小石头往回走，一边骂："你心里没有这个家了，没有这个老的小的了，你是山上的和尚，庙里的老道，化缘的尼姑！你是……"

他越骂声音越大，把小石头吓得不住仰着脸，眨巴着小黑眼睛瞧他。

在街上，他碰见收工回来的韩百仲，就拦住问他："百仲，看见我们家那个大支书没有哇？"

韩百仲说："刚从地里回来，没去家里呀？"

萧老大说："他没家！"说着，扯着小石头往回走。老人家恼火了，"你跑饿了，不会有人管你顿饭吃吧？你总得迈迈那个门槛子吧？这回，我要跟你说真的，叫响的，再这样下去，你受得了，我可受不了啦！"

他们一迈进大门口，小石头就挣脱了爷爷的手，连蹿带蹦地朝里跑，喊着："爸爸！爸爸！爸爸真回来了！"

萧老大这才看到，儿子已经到家了，正从院子里往堂屋抱柴火。

萧长春从苗圃回来的路上，跟焦克礼谈起马立本要求入团的事儿，耽误了一些时间，等他朝家走的时候，只感到又累又饿，头有些晕，两只眼睛冒金星，肚子咕噜咕噜响。他到了家里一看，没人，掀开锅看看是凉的,打开橱子看看是空的。一个人忙了半天工作回到家的时候,洗洗手脚,就接过热腾腾的饭碗吃上一口,那该多美呀!可惜,他已经三年没有得过这种美事了。正像萧老大所说的,一家子三条光棍,没个娘们过日子真难呀!在外边忙乱的时候,萧长春像是根本没有这回事儿;一忙完,浑身劳累地回到家,他就感到自己的生活里缺少一点什么,屋子里缺少一个什么人,缺少恩爱和温暖,缺少一个替他分担家务的妻子。

这个年轻的光棍汉,在这紧张斗争的空隙里,想开媳妇啦!他真想立刻就娶一个,进门就是他的帮手,就是他精神的寄托,就能让他一身轻地到外边去工作……他想,自己年纪也越来越大了,不赶快说个人,找合适的就不容易了;父亲也越来越老了,再让他出门当爷们,进门当娘们,连一碗现成的饭都吃不上,太不应该了;儿子也要上学了,没个妈妈照顾和疼爱,没人出来进去地招呼着,也太对不起孩子了……唉,找个什么样的呢?这个人对自己要好,对老人要好,对孩子还要好。难哪!找个落后分子不行,找个积极的,进门就让人家搞这一摊子,把人家拴在屋里,还工作不工作呢?再说,这样的人也实在不好找,就算找到了,哪能那么巧,双方全乐意呀!……

萧长春想着心事,把屋里屋外打扫了一阵,接着又到外边抱柴火,准备做饭,听到小石头喊,一扭身,见他的小儿子像一只小蝴蝶似的扑过来了。他把怀里的柴草一扔,顺势把儿子抱了起来,举过头顶,又搂在怀里,在孩子那鲜嫩的小脸蛋上,热烈地亲着。他的心头一热,一个浪头打了上来,一直冲到嗓子眼儿。

铁柱子一般刚强的汉子,这会儿,沉浸在一种缠绵的感情里了。

"小石头,想爸爸没有哇?"

"想,想,想得厉害!"

"爸爸也想小石头。"

"那你为什么不回家?"

"爸爸忙呀!"

"人家的爸都不忙,光你忙!"

萧长春忍不住地乐了。

萧老大哼了一声,抱起地上的柴火,怒气冲冲地朝屋里走了。

萧长春抱着小石头跟进屋。

萧老大哗啦一声把柴火扔在灶膛跟前,一面拍打身上的草末子,一面绷着脸蛋子问儿子:"我问问你,这个家你还想要不想要吧?"

萧长春朝爸爸笑着说:"瞧您说的,我能不要这个家吗,我有谁呢?"

一句话,把老头子的心说软了,那股子假火,再也发不起来了。是呀,儿子有谁呢,除了自己这个当爸爸的,就是他的儿子,你看他多喜爱他的儿子,就像自己喜欢他是一样的。就是因为工作多,忙不过来,他肩头上的担子太重了。还是别跟他吵吧,让他在家里稍微舒心一会儿吧。老头子想到这儿,就缓了一口气说:"我看你不像个要家的样子。"

萧长春放下孩子,抓过瓢子往锅里添水,笑着说:"真怪,怎么才叫个要家的样子!"

萧老大靠在东间屋门框上,一边装着烟,一边说:"常言说,家庭家庭,治好了家干什么才能消停;像你这样子,光在外边扑腾,一点儿顾家的心都没有,一脑袋钻到工作里去了,这个家成了什么样子了。"

萧长春抓一把柴火弯着腰塞进灶膛里,划着火柴说:"您这是老理。说句新名词吧,什么全记着自己这个家合适,那叫个人主义!"说到这儿,他自己也觉着挺可笑。有时候,个人的东西也在自己的脑袋里冒头，只是自己不让它冒出来，把它压住、推开，决不让它作怪！

萧老大说："不管新理、老理，该怎么着，就得怎么着。我问你，还到工地上去不去呀？"

萧长春把柴火点着又往灶膛里边塞了塞，回答爸爸说："把分麦子的事定下来就走。"

萧老大说："别走了，南庄那个人已经说妥了，赶集上，你们就对面相相。听你百仲舅妈说，人蛮好的。我上集跟南庄的人也打听过。我说好不行，得你对眼才行。要我看哪，差不离就得了，越挑越花眼。咱们是过庄稼日子，不是弄个花枝儿摆着看；心眼不好，长的像天仙女管什么用？只要人老实，跟你合心，不给小石头气受就行了。等把人娶过来，你爱上哪儿上哪儿，我不管了！"

萧长春说："放放再说吧，正忙忙的，哪有工夫顾这种事情呀！"

萧老大的火又上来了，使劲儿在门框上磕打着烟袋，说："你都顾得上什么呀？你说说。不管怎么着，这一回你要是再挑三拣四，把事情搞吹了，我可要跟你拼老命！"

柴火不爱着，一个劲儿倒烟，不知是柴火不干，还是灶膛里堵住了。萧长春一边吹着火，一边说："您别急，这种事情总不是顶重要的。"

萧老大说："什么是顶重要的？你不冲着我，冲小石头，也该早点娶个人。这孩子，出来进去没个靠巴，我心里好受吗？"他这句话说得太凄凉了，自己的眼圈也红了，赶紧用手揉揉。

萧长春说："咱们得把头抬得高一点儿，把眼光放远一点儿。为您，为小石头，为我自己，为大家伙儿，在如今这时刻，我都应当把整个心掏给农业社……"

父子两个的心事对不到一块儿，话也说不拢。

萧老大这会儿心里边只有自己这个家，他盼着把这个家搞得富富足足，和和美美。他觉得眼下的好时代，有农业社，完全能达到自己的心愿，只是儿子跟他不合心。

萧长春这会儿也装着自己这个家，他想的倒是过去那个苦日子。从自己的家，他想到五婶那个家，想到马老四那个家，甚至于也想到对门焦振茂那个家。这些人家，要是放在旧社会，或者放在单干的日子，该会是个什么样子呀？他们都离不开集体化，离开了，就没办法生活下去，更不会把他们的本领施展出来。应当把农业社搞好，把社会主义搞到底，把心思全放在这个上边，什么也别想。他觉得，有党的领导，有社员鼓劲儿，自己的理想一定能够实现。不论谁想往后退，一定要坚决顶住！

萧长春想着心思，两手忙乱着，一会儿淘米，一会儿切菜，又得照管灶火。他毕竟是个不擅长锅台灶厨的男子汉，总显得笨手笨脚，闹得里外都是烟雾。

萧老大咳嗽着，小石头一边朝外跑，一边喊呛得慌。

这边的情景，全给对门的焦淑红看到了。她靠着后门框站着，朝这边看了一阵子，实在有点不忍心再看下去了，就转身回屋里，换了一只干净的碗，盛了满满一碗饭，又挟了点菜放在饭上，出来了。

她通过后院，穿过当街，走进对面萧家的排子门，边走边喊："小石头，小石头！"

小石头又从烟雾里跳出来，拍着手喊："我爸爸回来了，淑红姐！"

焦淑红把饭碗塞给小石头，说："吃吧，乖乖的。往后不许再叫我姐了。"

小石头接过饭碗，眨巴着眼问："叫什么呀？"

焦淑红说："叫姑姑，好不好？"

小石头点点头："好。"

焦淑红说:"叫个我听听。"

小石头的两片小嘴唇一碰,清脆地叫了声:"姑!"

焦淑红"哎"地答应一声,弯腰亲了亲孩子的小脸蛋。她爱这个孩子。这种爱不完全出于怜悯。她跟这个孩子在一起的时候,常常是不知不觉地流露出一种她接受过、却没有支付过的母爱的感情。

萧长春这会儿已经把小米子下到锅里,正是要大火的时候,灶膛里的火又灭了。他用火棍子支着柴火,使劲吹着,越吹越不着。

焦淑红走过来,一把夺过萧长春手里的火棍子,把灶里的柴火掏出来,又把火棍子伸进灶膛里,把里边的积灰搅了搅,再重新把柴火填进去,轻轻地一吹,柴草就忽一下烧起来了。

萧长春笑笑,跟焦淑红要火棍子:"来,给我。"

站在一边的萧老大也说:"让他烧吧。"

焦淑红没吭声,也没把火棍子还给萧长春,闷着头,撕着柴草往灶里添。

灶膛里的火,旺盛地燃烧着,哗哗剥剥地吐着火舌头,舔着灶门;火光红彤彤的,烤着姑娘严肃的面孔,也烤着姑娘不安静的胸膛。

转眼之间,锅里的水开了。焦淑红直起身,打开锅盖,在咕咕冒泡的水上吹一吹,看看里边的水多少;又盖上了锅盖,在上边压了个盆子,沿着锅盖边又围了一圈儿抹布,为的是不让里边透出气来。随后,她又把西锅刷净了,又在灶里点着了火,在锅里倒上油。就像变戏法儿那么快当,眨眼的工夫,她就把一大碗菜炒好了。菜好了,饭也熟了,菜饭的香味儿飘散开,立刻代替了刚才的烟雾。

焦淑红先给萧老大盛了一碗饭,又给萧长春盛了一碗。这时候,她才透了口气,一面擦着脸上的汗珠儿,一面小心地朝萧长春的脸上扫了一眼;这一眼好像是没有看清楚,又仔细地看一眼。她想在那张脸上找一点什么，可是她没有找到。那张看一眼就会让人感到亲切、就会获得力量和信心的脸上，挂着几滴汗珠，抹着几道黑烟子，可是没有一点儿烦躁和丧气的影子；支部书记依然是那样的温和，那样的平静。焦淑红感到惊讶，心里不由自主地一动。

萧长春捧着饭碗吃了一口，带着几分开玩笑的口吻对焦淑红说："嘿，真好吃，还是你的手艺高哇！按劳取酬，你也在这儿吃吧。"

焦淑红呆呆地看着他手里的饭碗，说不出话。

萧长春实在饿了，就蹲在门槛子上，大口大口地吃起来，吃得又快又香甜。

焦淑红情绪惶惶地把这个不整洁的屋子里里外外扫一眼，又看看旁边的一老一小，心里像堵着一块什么东西，忍不住地说："唉，萧支书，你这日子过得太苦了！"

萧长春仰起脸，沉静地一笑："什么，苦？"

焦淑红激动地点点头："瞧瞧，你从工地回来，根本还没有站住脚，忙了一溜遭，进家还得烟熏火燎地做饭吃……"

萧长春说："有现成的柴米，回来动手做做；做好了好吃，做不好歹吃，怎么装不饱肚子，这有什么！淑红啊，你知道什么叫苦哇？"

萧老大在一边也半玩笑半抱怨地说："不苦，甜着哪！淑红，听见过没有，你表叔说，日子越这样，过着越有劲儿！"他说着，笑得喷出饭粒子。

萧长春用筷子轻轻地抆着碗底说："这样的日子，过着没有劲儿，还有什么日子过着有劲儿呢？我七岁就讨饭吃，下大雪，两只脚丫子冻得像大葫芦，一步一挪擦，还得赶门口，好不容易要了半桶稀饭回来，过马小辫家门口，呼地蹿出一条牛犊子似的大黄狗，撕我的灯笼裤，咬我的冻脚丫子，打翻了我的饭桶，我命都不顾，就往桶里捧米粒儿……"

焦淑红听呆了,两个眼圈也红了。她不由自主地使劲儿把小石头搂在怀里。

萧老大深有感触地说:"要比那个日子,这会儿应当知足了,是甜的……"

萧长春说:"这会儿的日子也是苦的,不过苦中有甜;不松劲地咬着牙干下去,把这个苦时候挺过去,把咱们农业社搞得好好的,就全是甜的了。所以我说,苦中有甜,为咱们的社会主义斗争,再苦也是甜的。淑红,你说对不对呀?"

这些话虽短,却很重,字字句句都落在姑娘的心上了。

萧老大把空饭碗和筷子放在锅台上,打着饱嗝,拍着身上的土屑,又拧上一锅子烟点着,白色的烟,在他那皱纹纵横的脸上升腾起来。他透过烟雾,看了儿子一眼,又看了孙子一眼,轻轻地透了一口气。他磕打了烟灰,想到菜园去,刚迈出门槛子,犹豫了一下,又转回来。他在儿子跟前站了一会儿,很郑重地说:"长春,我把刚才跟你说的那件事情收回来;你不急不忙,我急什么,忙什么,好像我怪落后似的。由你去吧,我一会儿告诉百仲舅妈一声就是了。"

萧长春也吃饱了饭,把小石头拉到怀里,笑着对爸爸说:"您就塌塌地等着,到时候,我让您使上儿媳妇就是了!"

"哈,哈,表兄要相亲去了!"

屋门口突然的叫声,把屋里的人们全吓了一跳。

进来个马翠清。她蹬着门槛子笑眉笑眼地说:"马主任让我请两位支书赶快去开干部会!"

第 十 八 章

干部会成了吵架会。

萧长春刚一提分配麦子的事儿，队长马连福就跳起来拍桌子放了第一炮：

"还讨论什么呀？今年要地五劳五分红，这是坚决性的，说出大天十九点来，也得这么办！告诉你，这是群众大伙儿的要求，举手决议了，谁要改它，就是抗拒民主啦！为什么？你等我说。去年变了高级社，高几尺，高几丈？社员分了多少粮食？这个苦瓜尾巴够庄稼人咬的了！眼下收来了，老天爷饿不死瞎眼的鸟，就得按着收来的算盘打，多给大伙儿分点儿！再不给个甜头吃，这个高级社还有个屁搞头！哼，没事找事搞农业社，再搞下去，把人都得饿扁啦！你带你的河工，修你的河算了，锅里有你的，缸里也有你的，你管得也太宽了；工作这个套让我们拉，你两头都想插一手，上上下下，好人都让你一个人当了。萧长春，我告诉你，你别觉着自己好像了不起似的，混充大人灯，马连福搞革命那会儿，你还光着屁股哪！我劝你赶快把野心收收，你往泥里踩别人行，踩我马连福可不行；你想拿别人当梯子往上爬呀，那是妄想！……"

马连福满嘴喷着酒气，高腔大嗓地喊着。他的这些话冒出口，屋里屋外的人都被震动了。还没有容他把话全说完，就有好几个人呼啦呼啦地站了起来，朝他愤怒地喊叫：

"马连福，你怎么胡说八道呀？"

"农业社把哪个人饿扁啦？"

"谁有野心，说清楚点！"

"马连福，这是讨论问题的会场，凭什么骂大街？你在替谁说话呀？"

韩百仲没听完就按不住火了，这会儿，他跳起来，朝马连福抡着大巴掌喊叫："萧支书踩了谁，怎么踩了人？你平白无故污辱人不行！"

屋角坐着的保管员扒开前边的人，挤到马连福跟前："走，把他拉到大街上去,让他冲着社员说说看!"

整个会场乱了套,吵成一个蛤蟆坑。

最气愤不过的是焦淑红。她又吃惊、又奇怪地看看马连福,又看看萧长春,又看看马之悦。这会儿所发生的一切事情全是她想像不到的呀!她爱戴自己的支部书记,她觉得全东山坞的人都爱戴自己的支部书记;支部书记像碧玉无瑕,像真金放光,像钢铁一样放在那儿丁当响。尽管有人自私,有人落后,可是她做梦也不会梦到会有人说支部书记的坏话,会有人对支部书记不满……可是现在,明明白白地有人在骂支部书记,骂人的竟是一个生产队长,而且是当着支部书记的面,又是那样振振有词。这是怎么一回事呀?支部书记,你是个光明磊落的人,你是个勇敢的人,用几句严厉的话就可以把马连福顶回去,可是你为什么不开口呀?马主任,你是个老同志,东山坞的一切你全清楚,萧长春的为人你也清楚,你在沟北边有威信,马连福最听你的话,你用几句公道话就可以把马连福的气焰压下去,可是你为什么也不开口呀?

其实,马之悦已经开口了,他的话没声音,有力量。别看他的嘴巴没动,他的两只眼睛说话哪!那是两只多么阴险的眼睛啊!那眼神一会儿溜到马连福的脸上,表示着赞许,也是给马连福打气,告诉他别怕,别松劲儿;那眼神一会儿又落在萧长春的脸上,表示非常不满的样子,也给萧长春激火,好像说,你可不能吃这个呀,吃了就跌跟头了!他这会儿想,只要萧长春一开口,一反扑,得,火山就爆发了,这个架就吵起来了,事先安排在窗户外边听声的几个老中农户就可以进来,趁火打劫,搞个乌烟瘴气,让萧长春两下里挨攻。到那时候自己再站出来,明着站在萧长春这一边,怂恿他打马连福,让他俩成了死对头,让社员看这个支部书记又有多么厉害,多么可怕!这样一来,乡里立刻就会来人解决问题,萧长春在上边下边都别想再站住脚了,只有请马之悦出来重整旗鼓。他越想越美，手都发痒了。真是登上高山观虎斗，坐在桥头看水流。半年多来，或者说三四年来，他还没有像今天这么顺利过，这么激动过，这么随心如愿过——胜利就在眼前，再一眨巴眼就抓到他的手里了。

蹲在凳子上的萧长春自然是被震动了。在干部会上，突然间有人提出这样的根本问题，说农业社搞糟了，说有人要饿死，还对他进行谩骂，这些话竟是从马连福这样一个人的嘴里喷出来的，使他又意外，又惊讶，又气恼。他的倔强的性格，他的强烈的自尊心，对这种野蛮无理的污蔑是绝对不能容忍的。他胸中的热血在沸腾，怒火在燃烧；脸色从红到白，又从白变红；浓眉在抖，嘴唇在颤；两只铁锤一般的拳头在裤子兜里攥得紧紧的，骨节儿咯吱吱地响。吵嚷的人话音一落，他嗖的一声从凳子上跳下来，威风凛凛地朝马连福跟前跨了一步。

屋子里开会的人，屋外边听声的人，全都让他这一下子惊呆了。抱小孩的妇女主任吓得往后缩，她唯恐打架的双方失手，碰着她的孩子。韩百仲、焦淑红、保管员，全都站了出来，朝马连福那边挤。

屋子外边，这个时候比屋子里还要紧张。弯弯绕正扒着窗缝朝里看，见此情形，回头对马大炮说："快来看，老萧要打马连福了！准备好啊！"

马大炮哪还顾看，几步跑到门口，对那边正探头探脑的韩百安说："怕什么，快进来看热闹吧，老萧要打咱们沟北的队长，咱们好帮一槌！"

胆小怕事的老中农韩百安面黄如土，一边朝后退，一边低声问："帮谁呀？"

马大炮说："帮替咱们说话的人呗！打老萧！"

这句话恰恰让听到吵声跑来的大脚焦二菊听见了。她是沟南边最厉害的女人,沟北那些肉头户,都怕她几分。她拉马子怀媳妇问:"谁跟谁吵?"

马子怀媳妇正想跟进去瞧热闹,也不顾多讲,急急地告诉她:"马连福骂了萧支书,还要打哩!"

焦二菊听了这句话,一跳老高:"喝!反天了!麻子,出来骂,有种的你出来骂!"一边喊着,一边直冲冲地往里闯。忽然有人在后边把她拉住了,回头一看,是马翠清。

马翠清正在街上树阴凉底下做针线活儿,见好多人往这儿奔,也跟来了。她把焦二菊拉到人圈外边,挺奇怪地问:"这儿是开干部会,怎么都跑来了?"

焦二菊说:"可不得了啦!马连福骂支书,沟北的弯弯绕、马大炮,还有你那老不死的公爹都来帮狗吃食,还要打哪!"

马翠清把袖子一卷:"打就打,看谁人多!我去召人!"说着,把手里的针线和布片一团,往焦二菊怀里一塞,拔腿就跑。

这工夫,志泉媳妇、克安媳妇,还有焦克礼、韩小乐、正在大庙做木匠活的焦振茂都和沟南边的一群青年社员赶到这儿来了。

院子里的弯弯绕、马大炮、韩百安和马子怀,还有他们的老婆、孩子一大群人,一个个都站在门口了,好像等待命令,随时可以拥进去,乱打一锅粥。

焦二菊几步奔过来,扒开人缝朝里挤,没留神,一下子撞到她娘家的兄弟媳妇焦庆媳妇身上了,就横了她一眼,问:"你也凑份子来了?你入哪一伙呀?"

焦庆媳妇爱答不理地说:"管他哪一伙,谁给我办好事儿,我就向着谁!"

焦二菊说:"我早知道你的良心让狗吃去了!"就又回转身招呼刚进来的焦振茂、韩小乐几个人说:"来,来,有良心的这边来!"

这些人呼啦呼啦地都站到焦二菊的跟前了。

一边一群人，都是怒眉立目，像两军对峙。

院子里、屋子里，被一片紧张的气氛笼罩了，连空气都显得沉闷压人。

萧长春站到马连福跟前的时候，人们一愣之后，站在前边的焦克礼几个年轻人，把弯弯绕、马大炮往旁边一推，也挤进门口。立刻又助威似的喊了起来了：

"马连福！赶快坦白，谁让你骂人？是不是地主马小辫支使你了？"

"不说话把他捆起来！"

萧长春让背后的声音惊动，转身一看，吃了一惊：进来的人全都捋胳膊、挽袖子，看那样子，只要自己一发话，他们就动手了；他又在屋里扫了一眼，无意中，他的眼光落在马之悦的脸上。

马之悦正以一种同情的、急不可待的眼神撩拨着萧长春。目光对着以后，马之悦想，火已经起来了，该加汽油了，就摇着头，小声说："真不像话，真不像话！"

这个眼色，这句话，使得萧长春的心里猛烈地一震。他立刻想起一件事儿，刚才焦二菊把他从马大炮家叫出来，告诉他马连福在办公室跟马凤兰嘀嘀咕咕的，像有什么见不得人的事。谁给马连福酒喝了？是马之悦吗？喝酒跟放炮骂农业社有没有关系呢？跟骂他的事儿有牵连没有呢？要是有关系，问题可就复杂了。萧长春跑了一上午，还当是把干部的情况已经摸透了，其实不是这么一回事儿，会场上发生的一切都超出了他的预料。于是他忍住心跳，默默地警告自己：你要冷静，你要冷静啊！马连福是贫农，共产党是他的救命恩人，农业社只给他带来好处，没有坏处；萧长春跟马连福一向没有什么过不去的事情，他说出这些话一定是受了别人的指使。慌忙之中，萧长春不能一下子理出头绪，也不能立刻查清原因，可是有一点他这会儿清醒了：自己是党支部书记，不是一个普通的民兵,多少人都在看着自己,有一点点想得不周到,有一点点莽撞,都会带来不可收拾的恶劣后果。应当顾全大局,讲究策略,应当忍耐,这种忍耐是痛苦的,痛苦也得忍住! 他用一种年轻人少有的抑制力,压住了被冲激起来的火焰,装在裤兜里的拳头慢慢地伸开了,咬紧的牙齿松开了;稳了稳心,透了口气,便转过身,把韩百仲几个人拉开,说:"都坐下,让马连福把所有的话都讲完!"

焦淑红像不认识萧长春似的盯着他的脸。支部书记怎么啦,是默认了,还是忍让了? 不能默认,这些肮脏的东西跟你一星一点的关系都没有;不能忍让,这是原则问题,这是关系着你在群众里的威信问题,这不是小事情,让他骂了,往后你还怎么在人群里说话? 你不为这种软弱的行为感到羞耻吗? 焦淑红也翻过来想,支部书记有自己的难处,他要团结同志,他不好自己开口,那么,作为共青团员的焦淑红,作为同志的焦淑红,决不能像马主任那样不声不响装哑巴,这是丢人的事儿,也是她痛心的事儿,她要保卫自己的支部书记,要保卫原则!

焦淑红想到这儿,就挺身而出,挤到萧长春的身边,站到马连福的跟前,对萧长春说:"萧支书,你没有一点儿错处,全是马连福安心污蔑,不能让他满嘴喷粪!"

萧长春平静地说:"可以让他讲!"

焦淑红红涨着脸,两只冒火的眼睛盯着萧长春:"为什么要听他骂?"

萧长春说:"应当听一听。"

焦淑红说:"我就不能听,我听不了!"她回头对马连福,"你滚出去,这个地方没你的位子!"

马连福不屑地瞪了焦淑红一眼:"算了吧,用得着你来帮狗吃食!"

焦淑红闹了个倒憋气,心里一阵难忍的剧痛。她急眼了,逼过来,要揪扯马连福。

马连福见焦淑红凶凶的样子,吓得朝后一退,差点儿倒在妇女主任的怀里。

妇女主任一边护着孩子,一边低声骂道:"死麻子,你才是一条疯狗!"

当焦淑红站出来说话的时候,马立本吓了一跳。他想拦挡,又不敢,急得出了一身汗。唉,淑红,你太没分寸,太不知道自爱了。昨天晚上我怎么对你说的,这就是大鸣大放的信号呀! 又没人骂你,你管哪家子闲事呀! 后来他看着焦淑红又跟萧长春顶起来了,更有些着慌。他要不顾一切拦住焦淑红,因为他有保护她的权利。可是没容他想出阻拦的办法,韩百仲说话了。

韩百仲经过像焦淑红类似的痛苦斗争以后,已经多少明白了萧长春的心意。他忍住怒火,拉住焦淑红说:"淑红,坐下,长春说得对,应当让他说,我们应当听听;不在这儿听,你到哪儿能听这样的话呀!"

焦淑红怒不可遏地挣脱着别人的拉扯,说:"不,不,你们谁愿听谁听,我不能听,我就不让他说!"

萧长春一把将焦淑红拉过,严厉地喊着:"我命令你坐下听!"

焦淑红一抬头,呆住了。她还是第一次在萧长春的脸上看到这副威风逼人的气势;第一次受到萧长春这样粗鲁的对待,可是,让焦淑红反过来顶撞自己的支部书记,她的勇气又不足了。她愤怒、痛苦又委屈,顺势坐在凳子上,真想哭。她极力地忍住,没让眼泪流下来。

一场要爆发起来的殴斗被压下去之后,萧长春回转身来,心平气和地催促马连福:"你继续说,把所有的话都说出来!"

马连福靠在墙壁上,嘟囔着说:"说完了,就是土地分红,就是没吃的,就是……"他翻来覆去这句话,而且一次比一次声音低微。

马之悦可慌神了。眼看着要烧起来的火,竟被萧长春惊人的冷静给压下去了,这可真是天大的怪事!马之悦根本没想到会有这么一着!他又惊恐,又着急,一时又想不出对策。他的屁股底下像是有个钉子,两只手都急得出汗了。他瞧瞧马立本,马立本像个害怕的小鸡子,低着头,用指甲剜着桌子缝。他心想,真是个没用的家伙,你起来帮上两句,总比我马之悦方便哪!他又想,再不赶紧地想个对策,眼看着一整套的计划都要完蛋,不光没有削弱对方的威风,反而会助长了他们的锐气。他急中生智,假借出来小便,对外边听声的社员们说:"屋里是讲理的地方嘛,在这儿嘀咕什么?"

弯弯绕明白这句话的用意,就捅一下马大炮,小声说:"进去,进去!"

马大炮立刻往里挤,弯弯绕几个人也跟上了。

志泉媳妇问焦二菊:"咱们进去好,不进去好?"

焦二菊说:"兴他们进,就兴咱们进,走!"说罢,也跟着朝里挤。

办公室容纳不下了,里里外外都是人。

只有韩百安没敢进去,他慌乱地跑出了会场的院子。

马连福朝外边瞧一眼,见里里外外全有沟北边的社员,觉着自己要是软了,实在太丢脸了,就硬挺着劲儿,提高了嗓门喊:"决定吧,按地分麦子,不分不行!"

这会儿的萧长春比任何时候都要平静似的,其实,怒火过后的痛苦,压得他胸口都有些疼痛了。他蹲在凳子上,两眼紧紧地盯着马连福,见马连福再说不出新样的,就又一次站了起来,用冷静的口吻、进攻的内容开口了:"马连福,你把话都讲完了是不是? 好。你骂我的那些话,是对,还是无事生非地造谣言,咱们先留着,往后有空再清算!你说农业社那些话,咱们得马上讲清楚。现在咱们先谈直接关系着农业社的事儿,就谈分麦子吧。这不,社员们也来了好几位，你就冲着大伙讲一讲，有什么理由要改变社章，要土地分红！说吧！"

马连福见这么多撑腰的人在跟前，胆子壮了，舌头长了；他又觉得要多说几句，当着这些人显显威风，那才像个革命军人的气魄；可惜得很，马连福声势可惧的外表，掩饰不了他空虚的心灵，他能找出多少可以拿出来见见天日的理由呢？同样可惜，他除了发脾气、骂人以外，又能说出多少坚强有力的话呢？他只好来回来去地磨叨那几个词儿："入社地多的社员有意见，就得多分点。"

萧长春立刻反问他："入社土地少、劳动日多的社员不赞成土地分红，你说谁有理呢？"

焦二菊插一杠子："对了，我们都不愿土地分红！"

一群年轻的社员跟着嚷起来："坚决反对土地分红！"

连老实的志泉媳妇也低声说了句："我们有几亩地？一群孩子，全靠我们俩挣工分养哩！"

马连福找不出新词儿来，还是反复那句："人家入社地多嘛，怎么不该多分点。"

萧长春要借这个机会教训一下弯弯绕、马大炮这几个财迷心窍的富裕中农，就指桑说槐地冲着马连福说："咱们大家谁也别发脾气，更用不着骂街。有理走遍天下，无理寸步难行，咱们全都心平气和地讲理。连福，我问你，满地的麦子是土地自己长出来的呢，还是社员们用血汗种出来的？你对大伙儿把这个事实说说！你再把东山坞的历史翻翻，过去我们全村每年顶多能种多少麦子？超不过七百亩吧？去年高级社，种了两千多亩。过去一亩地，施多少肥，顶多一车吧？去年我们每亩施了三车多。过去每亩产量顶破天也达不到一百斤，今年估产一百五十斤往不了里。你冲着大伙说几句公道点的话，这不是农业社的优越性？这个农业社怎么搞糟了？糟在什么地方？你们应当把这笔账算清楚，应当更爱这个社,维护这个社。只要这样,我们就可以年年增产,大伙都过好日月呀!"

大伙儿听着这笔清清楚楚、实实在在的账,都连连点头称是,刚进屋来准备开炮的马大炮,这会儿炮弹也像卡了膛,干瞪眼不吭声了。

蹲在窗户外边的焦振茂和焦振丛一边对火点烟,一边也不住点头。

焦振茂说:"这是实理,这是实理。政策条文上早说得明白,只有组织起来才能发展生产,东山坞的实际事儿就是这个样子。有的人总是睁着眼睛不看。"

焦振丛说:"就是呀,有的人平时干活挺好的,怎么也跟着瞎闹哇,你瞧那个主儿!"他用下巴颏指指窗户里边靠弯弯绕站着的马子怀。

马子怀背后有眼,早觉着有人在笑话他,浑身不自在。

萧长春进一步向社员们摆道理:"这两千多亩麦子地是谁耕出来的? 麦子种是谁播的? 都是全体社员。今年麦子锄了三遍,是谁一锄一锄搂的? 春天大旱,是谁一桶一桶浇的? 是全体社员。麦子丰收了,是全体社员一个汗珠子掉八瓣儿换来的呀! 谁种庄稼谁收成,这是合情合理的事儿,凭什么劳动多的人要少分,劳动少的反而多分呢? 这合理吗? 再又说,社章上明文规定,农业社的果实要按劳分配,这个章程是每一个社员举手赞成的,谁也没听说有谁反对过,凭什么一见麦子收来了,就提出土地分红! 在座的除了干部和几个年轻人之外,有好几位中农,都是讲道理、求实际的人,请各位评评这个理,是马连福对,还是大多数社员对?"

他说得理直气壮,振振有词,那一群有心闹事和无意随大流来的社员们都被他镇住了。那个走路看别人脚步的马子怀,觉着萧长春这几句话很实在。他有点恨自己不该跟着马大炮到会场上来了。这会儿，他站也不是，走也不是，真像有点无地容身，就在弯弯绕他们后边的墙根旁边蹲下了。

韩百仲这会儿也吐了一口气，助了萧长春一句："对嘛，我们社有五百多亩地过去都属马小辫这几家臭地主的，他说他地多，也要按地分红行不行？"

老保管接茬说："那不反了天啦！"

焦克礼横了弯弯绕一眼："这些人也是要反天哪！"

萧长春又转向马连福进攻了："马连福，你要把这些问题都回答出来。如果是农业社办错了，算你骂对了；要是你错了，你得好好向社员交代！咱们得弄清是非黑白！"

马连福被问得张口结舌，满头冒汗珠子。他转着脑袋，用一双求救求援的眼睛看看马之悦，马之悦不吭声；看看马立本，马立本不言语；看看进来的弯弯绕和马大炮几个人，也都站在那儿装哑巴。他火了，拍着大腿，喷着唾沫星子喊道："你们他妈的为什么不讲话呀？人背后浑身上下都是嘴，动真格的了，舌头都让狗咬去了！"

韩百仲见他这副可怜的狼狈相，扑哧一声笑了。好几个干部也都跟着哈哈大笑。

妇女主任埋怨起马连福："让你说，你就快说算了，刚才你不是也满嘴的舌头吗！大热天头，老在这屋子里扎着堆儿，我们孩子受不了啦！"她是土改时候的老主任，那会也是满积极的，从打嫁了人，丈夫又到工厂去了，孩子缠手，就不知不觉地坐坡了。这会儿，争论双方谁有理谁没理，她不费心思，只惦着家里炕上还躺着睡觉的大孩子。

韩百仲停住笑声说："我说连福，赶快把你的谬论收回去吧，你哪一条也占不住理呀！别光让旁人那种歪风邪气把你吹得团团转。就你马连福这两下子，人家把你卖了，你也不知道哪使钱去！"

马连福被逼得没办法,噌地从凳子上站起来,冲着马大炮和弯弯绕几个人说:"你们他妈的光拿我当枪使,老子不管这闲事了!"说完,他往椅子上一坐,呼哧呼哧出牛气,把凳子压得吱吱响。

马之悦给弯弯绕递眼色,弯弯绕又捅马大炮。马大炮刚才让萧长春套了一下子,满肚子是火,经马连福这一骂,给他消去了。这会儿他心里想:"我就是再大炮,像马连福那样骂萧长春,可不敢;骂都没有骂住萧长春,光说理,他那嘴茬子,几个人捆到一块儿也不是对手呀!"他犹犹豫豫,不知道怎么办好。

萧长春见邪气已经基本压倒,不会再有什么新鲜的了,就缓了缓口气,对社员们说:"我希望大家不要自起矛盾了,还是仔细地算算账,看看入了社是吃亏了,还是占了便宜。我觉着,不论什么户,只要他不是安心使坏,心平气和地算算账,保险能醒过梦来。"他想在这几个站在马连福一边的社员群里找到一个最易突破的缺口,把闹事的诡计彻底击败。一转眼,不见了马子怀,正巧碰上了焦庆媳妇,就说:"焦庆舅妈,你也愿意土地分红?你家三个整劳力,结到昨天,你们共是二百六十三个劳动日,往少说也得分四百斤麦子;把你家几亩薄地全归你收,你能收四百斤吗?"

焦庆媳妇被问得怪难为情,又有几分惊喜:"哟,我家真能分那么多的麦子?"

萧长春说:"这笔账得你们自己算呀。从打入社,你们得了多少好处?去年焦庆病了一年,不是农业社,你们那日子早垮啦!为什么要跟着起哄?"

焦庆媳妇连忙说:"哎哟,我的支书,我哪是来起哄!我来找你表弟吃饭,从这儿过,听吵起架来,看看热闹。"

萧长春说:"这个热闹你还是不看吧!谁也看不到。我可以向大伙宣布:谁要安心凑这个热闹,全体社员不会答应他,只能暴露他自己太愚蠢!"他又想找一个难攻的人试试。找谁呢?马大炮,会前已经较量过了，不是对手。对了，弯弯绕，看他有多少脓水，"同利大叔，你是最有心术的人，你看我这些话对不对？"

弯弯绕连忙说："萧支书，我可什么也没有沾边儿。我是想找你们拆兑点粮食吃。"

这句话像是救生圈，他跟前的几个人，脸上立刻出现了活跃起来的气色。

马之悦一阵高兴，赶快引个头："怎么，你没吃了？"

弯弯绕说："光我讲不行，问大伙儿呀！"

韩百仲说："咱东山坞一百多户人家，怎么就你总喊叫没吃的呢？"

这下马大炮可有机会开火了："我也是讨论吃的，不马上给解决点儿，我是没法干活了！"

弯弯绕想多拉几个："马子怀，焦庆家，你们怎么样？"

马子怀蹲在人群后边，听别人点名，不知怎么好，就在嗓子眼里嘟囔一句："我也是。"是什么呀？别人根本不懂。

焦庆媳妇已经退到门口，听到这个话头，又转回来。刚要开口，只见萧长春正看她，赶忙吞住了。

韩百仲冷笑一声，对弯弯绕说："你是安的什么心，直说好了，不用在这儿绕圈子。"

焦二菊也在旁边攻了一句："你要没吃，别人还活不活？说这话也不寻思寻思！"

萧长春盯着弯弯绕问："你把话讲完了没有？"

弯弯绕说："我就这么一件小事，求干部帮帮忙。"

萧长春说："我是得帮帮你的忙，帮你把真心思端出来！同利大叔，你叫喊的够了，别再拿这一套了。你想这么闹闹，统购统销的政策就能改变？就能让你再放粮食吃利，再倒卖粮食发黑财？没那日子！"

一针见血,把弯弯绕戳了个倒憋气。

屋里屋外好多人发出不平的声音。

弯弯绕说:"这回是真断顿了……"

他的声音被嘲笑声打断了。

弯弯绕看出人们都把他当靶子了,心里想,要是不硬顶着点,反而糟糕,就说:"嘿,是真的假不了,是假的真不了,谁没事喊穷,是有这份瘾,还是说着好听啊!"

韩百仲说:"我看你就是安心喊穷!"

弯弯绕说:"韩百仲,为人得讲良心! 你不信就到我家翻去呀!"

韩百仲噌地站了起来:"弯弯绕,我要是从你家翻出粮食来怎么样?"

弯弯绕吸了一口冷气,硬鼓着肚子说:"翻出来归公,我挨罚! 要是翻不出来,你说怎么办?"

韩百仲的庄稼火上来,也是不管不顾的,高声说:"翻不出,你缺多少我给你补! 走,咱们翻!"

马之悦听到这儿,心里猛地一动,眼珠子又一眨巴,立刻在一旁敲起边鼓:"别忙,别忙,等萧支书发话再动手。"他转脸对萧长春,又是眼里说话,那眼神,表示他赞成翻。

萧长春想,弯弯绕这个带头捣蛋的家伙,家里起码藏着两、三年吃不完的粮食,一翻保证露馅,对社员倒是一个教育;又转过来想,这种事情,该办还是不该办,还得再仔细研究一下;闹起来,不符合党的政策,影响也不好。他又想,也不能给闹事的家伙们定心丸吃,对,吓唬吓唬他,保管老实一点儿,就说:"我们先不翻,让他仔细想想,从此不胡闹了,就不翻;再胡闹,咱们就翻翻看。我就不信你没吃的!"

弯弯绕心里突突地跳,可是嘴巴已经软了,嘟嘟囔囔地说:"那不行,不给我解决吃的,我明天就过不去了。我回家等着你们的话去了。"说完,就往外挤。

马大炮说:"不行,说翻就得翻……"弯弯绕在后边扯他的衣襟一下,他马上住口了。

韩百仲心里的火一拱一拱的:"走,先翻你马大炮的!"

萧长春说:"别忙,先容他们算算账,盆里罐里都清清,也许一算计就差不离了。"他显然是有意不把话说死,给这些人留个转弯的余地。

第 十 九 章

一宣布散会,人们就呼呼啦啦地往外涌,一群一伙,一路走,还在争吵不休。

马之悦见萧长春也急急忙忙地要往外走,就把他叫住了,说是再交换交换意见。

萧长春只觉得口干舌燥,嗓子眼好像在冒烟儿。他呆呆地站在窗前,伸着舌头,舔着干裂的嘴唇,想让自己冷静下来,考虑考虑下一步应该怎么办。

马之悦依旧坐在那张白花的板凳上,不住地长吁短叹,显得愤愤不平,又无可奈何。他朝萧长春的后背瞥一眼,说:"萧支书,你看,咱们的计划全让连福这家伙一脚给踢了,怎么办呀?还继续开个干部会呢,还是照原来的安排,开社员会呢?不管怎么样,得把咱们的打算实现了哇!要不然,让他这么一闹咱们就松了劲儿,往后的工作更不好搞了!"

萧长春没吭声。这会儿,他心里明镜一般,已经把跟前这个马之悦看透了。马之悦在会上装聋作哑,暗地里两边拱火,暴露了他的真实的态度,证明他会前说的那些好听的话全是假的,全是出于一种坏心,他跟闹事的落后分子分明是一个鼻子眼儿出气。很可能在事前他们就串通好了,想让萧长春在会场上摔个跟头。马之悦这个人到底是怎么回事呢?他安的是什么心呢?

马之悦又在萧长春的背后说:"马连福这个家伙,跟弯弯绕这群人扯成一伙了,全是让他们调唆坏的。要我看哪,今晚上群众会照旧开,来个民主式的,让大伙摆摆心思,看看拥护土地分红的人到底有多少,顺便把马连福、弯弯绕这些人当着大伙整整……"

萧长春转过身来,态度十分坚定地说:"不行!事前一点准备没有,干部还没统一步子,这样拿到群众会上讨论,不是要乱套哇?你怎么会想出这样的主意呢?"说罢,他就朝外走。

马之悦压住羞怒,说:"哎,哎,你别走哇,咱们得商量一下呀!"

萧长春一边走,一边冷冷地说:"算啦!等着跟乡里领导请示请示再商量吧。"

马之悦还想说什么,被街上一阵笑声打断了。

街上,一群一伙的人,朝着沟南沟北不同的方向走着。

朝沟南走的是韩百仲这一伙子人。

韩百仲见焦淑红还是怒气不消的样子,怕她跟支书因为这场争执闹得不和气,误了大事,就一边走一边劝她。这个本来性子很直的人,经过刚才的一场斗争,变得稳重了,也会动心思了。他说:"淑红,不管怎么着,长春这样做是对的。"

焦淑红气扑扑地跺着脚说:"对什么,他太软弱了,简直是丢人!"

韩百仲说:"我不赞成你这个看法。噢,打起来才叫不丢人?开场的时候,我比你的火性大,我都要动手了。我一看长春那股子稳劲儿,就没敢动;又看他用稳劲把邪气压住了,我一下子就明白了。他做得对。我觉着,他这样做不光是个忍让的事儿,他想的一定比这个远。没错！"

焦克礼在一旁余气未消地插言说："我看哪，全是安排好的，安心要打萧支书的闷棍，想打倒了他，好按着他们的心思分咱们社的麦子。让他白骂了，这一开台，往后萧支书还怎么在群众里边说话呀！"

韩百仲说："一开始我也是担这份心，这一闹腾，要我看哪，倒显了显威风。他们往后再跟长春动心劲，得好好想想，小心一点了！"

焦二菊扇着两只大脚片子赶上来说："我一听马连福那伙子人骂长春，还要动手，心里的火苗子冒多高。我赶紧打发翠清去叫人。我说：把沟南边的人叫上几个，别人丢了，也别丢了哑巴；打，打，打，看谁人多，看谁有劲儿！"

韩百仲笑着说："淑红，你听见了吧，照你婶子说的，打、打、打，多危险呀！"

焦淑红赌着气，光想一条道："有什么危险？他们还敢动刀子呀！"

韩百仲说："农业社里打群架总不是好事呀！"

焦二菊说："打坏人不犯法。"

老实的志泉媳妇说："还是动嘴好。动嘴，咱们这边有萧支书，他们那边八个九个也不是对手。打起架来，你知道打坏了哪个，出了人命可糟啦！"

焦二菊说："怕死你躲到炕头上去。忠心保国，社员不能怕死！"

他们正说着，只见五婶怒冲冲地走来了。她老远就朝这边喊："嗨，打起来没有哇？"

韩百仲笑着说："瞧，怎么都想打架呀！"

五婶一脸的惊慌。她颤着两条腿，摇晃着脑袋，走到人们跟前，挤着眼看看大伙的神态，说："闹了半天，没有打起来呀！翠清这个猴丫头，风风火火，硬说马连福骂了咱支书，还要打架。当时菜园子没有干活的人，我怕谁再钻进去摘咱们的蚕豆角子。还有那一群该死的鸡，一个劲儿在菜园子边上溜，总想钻个空子进去吃几口。那菜长的多水灵，全是萧老大一个叶儿一个叶儿摆弄的；咱队一个子儿不用花，全够吃了。鸡的嘴臭，吃一口就不长了。弯弯绕家的鸡，跟弯弯绕一样，专跟我转圈子，总想找点便宜；我砸那几只鸡一石头，弯弯绕还找我骂丧。你骂你的，反正我为社，又不是为我自己。人家焦振丛家就好说话，我告诉他看着鸡点，人家就看住了……"

这个五保户老太太，唠叨起来，就像个扯不断的线穗子，转半天也没个完。

焦二菊说："唉，你到底说的什么，从北京扯到上海去了！"

五婶抱歉地笑笑，接着说："听说打架了，要打咱们支书，瞧把我急的，又脱不开身。好不容易盼来了韩百旺的小闺女，我让她替我看看。她问我干什么去，我说打架去，打人没劲儿，我咬他个狗日的们！"

大伙轰的一下全笑了。连噘着嘴的焦淑红，也忍不住破怒为笑。

焦二菊说："快去你的吧，就你这个瘪嘴，连个整齐牙都没有，还不如给人家啃痒痒哪！"

五婶挤着眼睛，很神气地说："嗬，你可不知道我的厉害！早年间，马小辫欺负我少女少妇，把我堵在磨道里，想使坏，怎么着，我没咬了他呀！你不信，我咬你一口试试疼不疼。"她说着，就要抓焦二菊的胳膊。

焦二菊一边躲闪，龇牙瞪眼地说："老白毛，我一脚把你踢到沟里去！"

大伙儿又是一阵嬉笑。

韩百仲说："快回去吧，我们有理讲倒人，为什么要打架呢？经一事长一智，往后，你们看着，我再不发脾气了。"

五婶说："队长说的是，终归是你们想得开。不打架还不好嘛。反正不能让别人欺负咱们支书！"

韩百仲说："咱们大伙就是要好好爱社，好好干活，把脚步迈得结实点儿，这就是给咱们支书撑腰了。"

大家连声说对。

只有焦淑红听不进去。她的心里堵着的那口气出不了。她紧走几步，离开了这群人。

另外一路人是朝沟北边走的。

马连福离开会场，让外边的凉风一吹，压在心里的酒劲又冒上来了。恶心，头晕，喉头像噎着一块姜，咬着一块蜡，又苦又干。他发了火，骂了人，出了一肚子怨气，不知怎么，反而觉得很空虚，很烦躁，好像自己挨了别人一顿骂似的。

马大炮和弯弯绕跟他一同走出来，又都住在沟北，自然同路。他们尽管挨了萧长春一顿奚落，闹了半天，没有得到什么好处，却又压不住一种开心的喜悦。特别是马大炮，他不如弯弯绕心事重，他最痛快。

马大炮像吧嗒着滋味似的回想着会场上的情形，他说："别说，萧长春这家伙是有点肚量。要搁在我身上，今天一定得打个鼻青脸肿。"

弯弯绕说："屁，那人心里有刀子，不容易看透。这一回，总算是对着脸干一场，油水没得到，也算出了口气。你见没，萧长春这家伙气堵在心里，没敢闹出来，为什么呢？应你那句话了，怕咱们。只要是马主任跟连福顶住，抓空子干下去，咱们内外夹攻，好事还能成。"

马大炮又说:"马主任怎么连个大气都不出呢?"

弯弯绕说:"唉,他在那一节上啊!要是由着他,这个农业社早喊一二三解散了!"

他们说着,同时靠近了马连福。

马大炮说:"队长,我扶扶你吧。"

马连福说:"滚你妈的蛋吧,该扶我一把的时候,你大撒巴掌,这会儿又给我溜须舔眼子来啦!他妈的,我算认识你们了!你们都是一群嘀咕虫,背后嘀嘀咕咕,到节骨眼上装傻充愣!"

弯弯绕说:"哎呀呀,我的好队长,你这话是从哪一头说起呀?人凭良心,我们没给你助威风呀?我们不是有多大劲儿使多大劲儿了?要不是我们后边挤进去,萧长春能这样轻易地饶了你呀!"

马连福说:"助什么威风!你们扶我上墙,半截上抽梯子。别在这儿跟我绕了。"

马大炮说:"得了,队长。你这回替我们说了话,我们都佩服你呀!"

弯弯绕也说:"这倒是真的。不是你老革命,别人借个胆子来也不敢说这些话。你可不要见硬就回呀!"

恭维的话,马连福今天听来却不入耳。他确实有些害怕,也有些后悔。会上胡乱说了那些话,萧长春要是真动了手,那些娘们、年轻人,还有那几个干部,都得向着他,马连福保证干挨打;弯弯绕这些家伙,准是跑得远远地看热闹。萧长春没有动手,料定不会就这样轻易地饶了我马连福。萧长春这会儿正是打天下的时候,不可能白白让别人骂一顿。他不是说以后再算账吗,怎么个算法呢?他会不会说马连福是破坏分子?如今萧长春可是个红人,上边全听他的呀!马连福本来是个解放战士,再这么一连贯,不得了;扣上这顶帽子,实在吃不消了,不坐牢才怪呐!唉,放着消停日子不过,干吗管这道子屄事呀!老婆、孩子、大瓦房,全都有了,老老实实地过日子多好,爱公平不公平,爱合理不合理,你管它呢! 鬼使神差,捅了这个马蜂窝,你真是个大傻瓜呀! 说一归遭,马之悦这一回太对不住马连福啦! 你觉着萧长春那个支书的位子是从你手里夺去的,你有本事跟他再夺回来嘛,为什么让马连福给你垫背呀! 你说土地分红这件事儿对群众有好处,是萧长春挡着不让你干,你有本事直接跟萧长春斗哇,为什么让马连福给你当顶门炮呀! 得了,只要这场祸能躲过去,马连福要重打锣鼓另开张,往后老老实实地干活、过日子,再不瞎胡闹了。唉,怕只怕这一关不好过呀,萧长春正打什么主意呢,这个家伙心眼可多啦。

弯弯绕也在想心事。他惟恐经过这场较试,马连福松了劲儿,赶紧加把火:"队长,麦子怎么分法,那是你们干部的事儿;要是实在惹不起萧长春,就算了。可是我没吃食这事儿,你总得想想办法扶我一把。"

马连福对他立睖着眼说:"我没吃找谁想办法?"

马大炮接过来说:"找支书呀!"

弯弯绕说:"找支书,会上你没见呀? 队长根本没提他自己,光是说几句公道话,瞧支书那架势! 我说队长,你可不能投降呀,你要是一服软,等着支书跟你算总账吧!"

两个人一人一句,浇了一阵油,扇了一阵风,就撇下了马连福,嘻嘻哈哈地走了。

马连福冲着他们啐了口唾沫:"呸,都是小人,都是小人!"他又想,得马上回家,跟孙桂英调停一下,两口子打架是假的,和解了算啦! 要不然,这回真要出点什么事儿,这个花哨的女人守不住,嫁了人,闹个人财两空,那还怎么活呀! 他想到这儿,只觉得从背后冒起一股子凉气。

这时,后边有人喊他。回头一看,正是萧长春。

萧长春大步流星地赶上来了,大声喊道:"马连福,你等一等再走！"

马连福不由得打个寒战，两条腿也在发抖。他瞧见了一副怒气冲冲、比红布还要红的面孔，那两只眼睛里像是要冒出火苗子。他又用胆怯求助的目光左右瞧瞧，正在歇晌，一个行人也没有。跑吧，未免有些丢人；等着吧，不论是动手比力气，还是动嘴讲道理，马连福都不是面前这个人的对手。在他犹豫不定的慌乱中，萧长春已经来到跟前了。他只好硬着头皮顶着，用一双充满敌意、戒备的眼睛盯着萧长春。

萧长春逼近了马连福，他的心里燃烧着怒火。这是一种正直的年轻人应有的正义的怒火。他的眼睛瞪得多圆，牙齿咬得吱吱响！他的两只大拳头像铁锤一般地攥着，这一回不是装在裤兜里，而是搭在胯上了。看样子，他要在这个道沟里揍马连福一顿，只有把这个家伙揍一顿，这个倔强的年轻人才能把怒气平复，要不然，他的肚皮快要胀破了！

晌午，宁静得像死了一样，树木、屋檐，还有在那儿停下来的小鸟，都在一动不动地观阵，都在紧张地等待着一场斗争吧？

四只眼睛对视着，彼此听到心脏跳动的声音。

就在这几秒钟里边，萧长春忽然从那张可憎的麻子脸上，看到一个穿着破袄，光着屁股，挂着棍子，提着饭桶，在狂风暴雪中哭号的小叫花子。忽地一闪，他又看到一个穿着军装，端着步枪，瞪着复仇的、威武的目光，在枪林弹雨中冲锋的战士。顷刻之间，萧长春那两只怒火燃烧的眼睛里，渐渐地变得柔和了，两只大拳头又一次松开了。他的胸腔里，泛起一种惋惜、失望的苦恼，揪心的疼痛，嘴唇干动，一时竟然说不出话来。

马连福也敏感地觉察到萧长春的骤然变化，把悬起来的心放下了。他放开胆子，声音发颤地问："老萧，你，你叫我干什么呀？"

萧长春朝着土坎子下边指了指，带着命令的口气："到那边去!"

那边有一棵半搂粗的老槐树,树下边有一盘石碾子。

萧长春见马连福疑疑惑惑地不动弹,就先走过去。

马连福茫然地站了一会儿,这才机械地跟过来。

大槐树长着圆形的枝盖,挂满了黑绿色的叶子,开着一串串白中透黄的花朵,散着幽香。它像是一个天然的大帐篷,遮住偏西的阳光。从树叶间筛下来的花花达达的光点,跳跳跃跃地撒在他们的身上和脸上。这个地方本来十分风凉,这会儿风凉也有一种撩拨人心火的力量。

萧长春一只脚蹬在碾盘子上,从衣袋里掏出烟荷包,又从笔记本上撕下一张小纸条,卷了一支烟点着。白色的烟雾,弯弯曲曲地在他头顶上飘起。

马连福笔管条直地站在那儿,心里忐忑不安,连眼皮都不敢抬,简直像一个等候判罪发落的犯人。

勤快的人开始动身下地了,偶尔可以见到从排子门和门楼里走出扛锄、背筐子的人。韩德大赶着牛群,奔向金泉河边。河边有一群妇女正洗衣服。焦振丛套上了大车,顺着南坎子上的大道走过。北坎子上,有几个小孩子在玩耍……

大槐树下,石碾子旁边的这两个人仍然沉默着。

萧长春的纸烟抽了半截就熄灭了,顺手扔掉,又卷了一支。

马连福怯生生地朝萧长春看了一眼,伸过手来,低声说:"给我一点烟抽。"

萧长春没有看他,一抬手把烟荷包朝他扔了过去。

马连福接过烟荷包。他的手笨拙起来了,那烟末、纸条故意地在手里捣蛋,无论如何也卷不到一起。

萧长春朝四周扫视一下,终于开口了:"连福,你知道我要跟你谈什么问题吗?"

马连福冲着烟纸皱皱眉毛,摇了摇头,烟末从他手里抖掉到地上。

萧长春一把扯过烟荷包,几下子就把一支烟卷好了,递给他:"给你!"

马连福接过烟,点燃,使劲儿吸着,一点烟都没出来,全吸到肚子里去了。

萧长春说:"在会上我没有把话讲完,这笔账咱们得个别算!"

马连福在萧长春的脸上瞥了一眼,赶快又避开了。

萧长春继续说:"先告诉你,我这会儿跟你算的不是个人的账。要论个人的脾气,我活了三十岁,从来没有允许别人侮辱过我! 我的根底你清楚。我在马小辫家地边走一趟,他那个管家说我偷了他家的庄稼,骂我一句,让我臭揍一顿,又把他推到河里灌了一肚子水,这件事是你亲眼见到的。现在我是个共产党员,我每天每时干的都是最正当的事情,都是最体面的事情,更不能允许任何人平白无故来骂我! 在会上,我没有跟你算个人的账,这会儿也不想跟你纠缠这个! 你以为我是个软脑袋瓜子,可以随便欺负的吗? 你以为我光是为了让着你吗? 告诉你吧,我是不能跟你一样上别人的当! 我要问问你,你攻击农业社那些话,是什么用意? 是谁指使你说的? 你说呀!"

马连福耷拉着脑袋瓜子,嘴里嘟嘟囔囔地说:"那是,我一时的火气;我是个有嘴没心的人。你……"

萧长春愤怒地打个手势:"不要讲啦! 不要讲啦! 你呀,你呀!"

他心里那种难言的痛苦又猛烈地绞了起来。眼前这个人,如果表现出一点男子汉气派,给自己辩护一下,或者还像会上一样,照样吵嚷;那么,萧长春的痛苦会减轻,他会敞开心跟他讲道理,最后把对方说服;他的愤恨也就可以一笔勾销。可是,眼前这个人,偏偏是这样的软弱无能,没有一点主见! 你是穷人吗? 你是个青年吗? 你这几年兵怎么当的? 你这几年干部怎么当的? 你……

马连福还想洗刷,来减轻自己的过错:"真是,我对你没有什么过不去的地方……哥们……"

萧长春又一次止住他的话:"你呀,你没骨头。我真嫌你丢人!"他从碾盘上放下腿,交换一个立着的姿势,无可奈何地苦笑一下,"你为什么不回答我的问题呢? 你想混过去? 不行!"

马连福也叹了一口气:"唉,我呀……"

萧长春叮问:"你怎么?"

马连福说:"我是软弱。"

"你为什么软弱?"

"我,我……"

"你软弱,是因为你糊涂! 我真想不通,你为什么这样糊涂。让地主剥削得讨饭、挨饿的不是你吗? 扛了好几年人民的枪杆子的不是你吗? 当了好几年生产队长的不是你吗? 都是你马连福。这么多年,党对你的教育都跑到哪儿去啦? 你厚着个脸皮说你自己是老革命,是功臣,你知道不知道,你革谁的命,你是谁家的功臣? 一个老革命,一个功臣应该走什么样的道路,应当说什么样的话,应当办什么样的事? 连福啊连福,你想过这些没有? 啊!"

马连福被这一连串硬邦邦的问题塞满了脑袋。他倚在碾盘子上,无力地坐了下来。

萧长春说:"一句话说穿,你已经成了别人的枪,你这些话是替别人说的。看你这副夬包相,我不想跟你多讲了,回去好好想想,什么时候想通了,咱们再敞开谈。"

马连福叹口气说:"我的确是糊涂。"

萧长春说:"因为你糊涂,你才有怨气,你才对党的政策不满,你才会离开咱们穷人的立场,去给人家当枪使。谁是你的恩人,谁是你的仇人,谁是你的同志,谁是你的对头,你都认不清了。你的房子,你的老婆孩子哪儿来的?你说有人帮你的忙。是有人帮你的忙,共产党没掌天下的时候,也是你马连福,怎么没有人帮帮你的忙?如今你说一句话,几十个人听你的,马小辫见了你,不光不敢龇牙瞪眼,还跟你点头哈腰,这都是为什么,你马连福的威风从哪儿来的?你想过这些没有哇?照你这样糊涂下去,注定要吃大亏呀!"

马连福使劲儿吸了口烟:"真的,我真糊涂。"

萧长春说:"你在什么问题上糊涂了,你为什么糊涂,这两笔账,还有我上边说的那些,你要好好算算。不算清楚了,咱们永远不能完!"

马连福抬起头来说:"从今以后,我听你的还不行吗?"

萧长春说:"你应当听我的,我也应当听你的,咱们都应当听党的,因为咱们才是一条船上的人!你要知道,我刚才想追上你,揍你一顿!唉,我下不了手。头一条,因为咱们是哥们,咱们姓在一个'穷'字儿上,屁股臭了扔不下啊!第二条,这是别人做的圈套,让咱们起内讧;下圈套的是谁,你清楚。我要是打了你,正中他们的诡计!——完了,这是我今天要跟你说的,全部都说了。往后,我还要找你!回家吃饭去吧!"

第 二 十 章

马翠清离开农业社办公室,到沟南边搬兵。她找了几个人之后,就跑到沟北边找韩道满,结果在这儿绊住脚了。

急性的姑娘,这会儿变成一个气蛤蟆。她那个未来的老公爹韩百安不光自私、落后,竟然跟着弯弯绕这一帮子人骂支书,还要打支书,真是反天了! 马翠清可受不了这个。她要先让韩道满当着众人的面把他爸爸狠狠地批评一顿,然后把他爸爸拉回家。他不这样做就不行!

姑娘今年整十八,是农业社养大的娇女。她从小死了爸爸,妈妈守着她和一个比她小六岁的弟弟过日子。孤儿寡母,日子难过,遇上一点天灾人祸更是走投无路了。一九五三年春天,妈妈的老病根犯了,这一回比哪一回都厉害,请医吃药,欠了一大笔债;地典出去了,家具也卖了,光剩下了两间房壳壳。妈妈的病越来越重,眼看着不行了。给娘家捎信,娘家没来人;给姨家带话,姨家没照面。他们举目无亲,走到了绝路上。

有人给他们出主意:"靠谁也不如靠农业社,把孩子交给农业社吧,这个靠山最保险。"

妈妈一手拉儿,一手拖女,挪到大庙里。

马之悦办了个富社,腰粗腿壮,日子过得挺红火,办公室设在大庙里。

马之悦正坐在罗圈椅子上点票子,娘仨跪在地下磕响头。妈说:"马社长,您修修好,把这两个可怜的孩子收下吧! 我死在阴间也念你们的大恩大德。"

马之悦把票子锁进抽屉里,一面把他们扶起来,一面嘬着牙花子说:"要说,一个庄住着,又姓在一个'马'字上,我应当帮帮你们的忙。就是这个社刚办,还不稳当;人多势众,什么样心思的都有,这个事儿不好办;万一因为你们的事儿,把个农业社搅散了,我可吃罪不起。唉,老嫂子,还是求求亲戚吧。"

娘儿三个把好话说的用车拉,说不动铁石心肠。

有人可怜他们,就给他们出主意:"到沟南试试,穷社也比富亲戚强啊!"

妈妈一手拉儿,一手拉女,又挪到沟南韩百仲家的小土屋里。

韩百仲办的贫农社,缺东短西,畜弱资金少,春耕播种碰到了问题。有几个社员让困难吓住了,想要退社。正在这个时候,娘仨进去了。

　　他们刚要跪在地下磕头,韩百仲一把将他们拉了起来:"唉,这是干什么,有话尽管讲嘛!"

　　妈妈说:"我没有多远的活头了,撇下这两个孩子,活不下去呀! 求你们只当他们是小猪小狗,把他们拉扯大……"

　　韩百仲沉思了片刻,对着社员说:"瞧瞧吧,咱们穷人不走合作化的道路不行啊,独木不成桥,单丝不成缕,谁知道自己哪一天有个天灾人祸呀! 遇上个事儿,大伙儿不相互扶着点儿,就得败了家,破了产,还得过上苦日子呀!"

　　吵闹的社员们一见这实在事儿,又听了这实在话,都不吭声了。

　　韩百仲又对翠清妈说:"大嫂子,你尽管好好地养病。咱们是穷人,穷人不怜穷人让谁怜! 我们就是拖着棍子要饭吃,也不能丢下这两个孩子。"

　　娘仨回到家,当天夜里妈妈就伸腿死了。

　　小穷社帮助埋葬了死者,偿还了债务,修理了房屋;又送小弟弟上了学堂,马翠清跟着大人在社里干些轻巧活儿。缺了短了,社员们都抢着帮他们。这家做鞋,那家做袜,逢年过节,挨门叫他们。韩百仲怕两个孩子孤单,三年里边,每夜他都跟两个孩子住在一起做伴儿。大脚焦二菊像对待亲生儿女一样疼爱他们。马翠清就是在这样一个大家庭里长大成人的。

　　马翠清长大成人了,人大了,心也大了。

　　转高级社的时候,孤老太太五婶当了五保户。马翠清说:"五婶一个人孤单单的,让她跟我们一块儿过吧;不用社里'五保'了,我大了,能养活她。"两个家合成一个家,做活的有做活的,做饭的有做饭的,和和气气,就像亲骨肉。

姑娘大了,出息的又结实又能干,提媒的人多了。人们很自然要找韩百仲拿主意。

韩百仲说:"她有妈了,跟五婶说吧。"

五婶说:"翠清比我有眼光,让她自己找吧。"

马翠清说:"我不想这道事哪!大伙儿把我拉扯大,刚能干活效力,就跑了,太没良心了!"

去年秋天,焦淑红联络一群团员开荒种树苗,这种事情,自然丢不下马翠清。过了几天,焦淑红又把韩道满拉到里边。马翠清和韩道满两家都住在村东头,上工下工常常一道走。马翠清觉着这个人挺老实,心又灵,手又巧,很喜欢他,就是嫌他落后。韩道满觉着马翠清挺热情,积极,又能干,也很爱她,就是怕攀不上。焦淑红看出两个人的心事,对马翠清说:"他是个青年,落后点可以帮助嘛!"又对韩道满说:"你努力进步,不就够上啦!"一来二去,两个人越走越近,越近越亲热;加上大伙儿一凑,不知不觉地就恋爱了。只是这场恋爱,给单纯的马翠清添了一块心病:韩道满的爸爸韩百安太落后,净给马翠清丢人现眼!

现在马翠清气冲冲地往东走。

沟北边,最东北角,四周土坯墙,围着三间砖座、草顶的房子。房子坐落在当中,后院小,前院大。后院是个死葫芦头,靠后墙根,一边是茅房,一边是小草棚子;前院有棵大杏树,树上挂着半青半黄的大杏子,蒜瓣子似的压弯了枝。树下有一盘石磨,好久不用了,上边遮着一片破席头。前院后院的地上都种着蔬菜,当中留着一条单人才能行走的小路,青绿细长的大蒜叶子,朝外披散着,遮住路面,人走过,蹚得它们刷刷响。

这会儿,大门虚掩着,院子里很静,几只小麻雀在杏树枝头上跳来跳去。

韩道满刚点着火,正切菜。

这个庄稼人,从小死了妈,爸爸是个木头人,没有得到过任何女性的温暖。从打他跟马翠清好起来,才有了个知疼知热的人。他的脾气也像是变了,不再死气沉沉了,出来进去都是笑模笑样的。特别是今天晌午头在村边树林子里跟马翠清亲热了一回,真是起心美。他盼着麦子黄,盼着动镰刀,麦子一收割,就登记结婚,马翠清会给这个小院子带来无限的欢乐。

韩道满往日回到家里来,爸爸早就不声不响地把饭做熟等着他。可是今天,锅灶都是凉的。遇到这种情形,老实的小伙子就要想想了。爸爸一定又跟他生气了。爸爸跟他生气,从来不吵不闹,只是不吃饭,不理人,到了节骨眼上就拼命。爸爸一向没有捅过他一个手指头,不知怎的,他怕爸爸,见了爸爸,就变成一只老实的小羊羔了。

马翠清进了砖门楼,大声喊:"道满,快走!"

韩道满用手揉着被大葱辣酸的眼睛,探出头来,笑着问:"干什么去呀?"

马翠清站在屋门外边,说:"马连福在干部会上捣蛋,骂了萧支书,你们沟北边的人瞎起哄,还要干架;咱们好多人都在那儿助威风,就缺咱们两个了。"

韩道满想着爸爸就要回来了,还不知道家里出了什么事儿,又扔下家走了不太好,就为难地说:"我的饭还没有熟哪,等一会儿行不行?"

马翠清说:"先生,你是怎么搞的,是吃饭大紧哪,还是斗争大紧哪?"她说着,一步跨进屋,弯腰从灶膛里扯出柴火,腾腾几脚,就把火给踩灭了。

韩道满一见马翠清发了气,也顾不上饭不饭了,就把棒子面放下了,把锅盖上了,笑着说:"你说走,咱们就走还不行吗?"

马翠清说："这就对啦。年轻人，一定得雷厉风行的。到那儿，也不用你干别的，就把你爸爸说几句，随后把他拉回来就行了。不管怎么样，你要拼命把他拉回来！"

韩道满刚把一只脚迈到门槛子外边，听到这句话，赶紧又缩回来："我爸爸也在那儿呀？"

马翠清说："他不在那儿，我何必这么急着找你。你想想，要是真动手打起架来，你爸爸准是站在马连福那一边，你说我是打他不打他？"

韩道满更害怕了："还要打架呀？"

马翠清说："说急了，他们动手，咱们还能干等着挨呀！"

韩道满一愣："打我爸爸？"

马翠清说："我们青年人就是要站在社会主义立场上，不讲什么私情！"

把爸爸拉回家的信心和勇气都没有，他敢动手打自己的亲爸爸？韩道满哀求地说："翠清，你自己去吧。"

马翠清着急地问："怎么啦？"

韩道满低着头说："我下回去吧。"

马翠清又好气，又好笑："下回，还有下回？让他们骂八天哪？给我走！"说着就要拉。

韩道满往后退着，说："翠清，有我爸爸，我……"

马翠清停住了，见韩道满这种畏畏缩缩的熊样子，又生气，又痛苦，脸蛋涨得通红，胸脯子一鼓一鼓的，吼吼地喊开了："瞧你这个架势，你是三岁两岁的小孩子，你那胆子芝麻粒大呀？他们骂支书，要破坏农业社，你不跟他们斗争，你还怕你爸爸，这是什么鬼立场！你还要求入团哪！入个屁吧！得了，我算看透了你。咱俩呀，从此吹台！"

韩道满的头上打个闷雷，一句话没有出口，马翠清一跺脚走

241

了。他追了两步,没有喊出声音,两只大手捂住脸,痛苦地蹲在了菜畦边上。

马翠清离开了韩家的砖门楼,就把个人的一切恼怒都扔在脖梗子后边了。她满心里想的是赶快多找上几个人,赶到办公室去,把那群捣蛋的人斗倒。

她一直往北走,奔向村边子的一排羊栏。

老远,她就听见那儿的小羊羔咩咩的叫声。走进打胸高的土坯墙,圈里的大羊小羊一齐挤到栅栏门,朝她仰头伸脖子叫唤,有的还跳着撒欢。她不顾看它们,逗它们,推开旁边的小屋子的木板门,探头朝里一瞧,屋里也是一股子羊膻味呛鼻子。短短的小炕上,放着一个行李卷儿,一个连炕小灶,灶边有个用坯垒的小桌子,上边是风灯,大大小小的羊叉子排了一墙。最引人注目的是北墙上悬着毛主席像。西边还有两幅水彩画,一幅是凤凰戏牡丹,一幅是招财进宝图,这是出自韩道满的手笔。马翠清也不顾看这些。她心里想,哑巴上哪儿去了呢?她摸摸锅,锅是热的,大概刚吃完饭,不一定走得太远。

马翠清正要转身朝外走,猛听得对面小草棚子里爆发起粗犷的大笑声,把她吓了一跳。

哑巴盘着腿,坐在小草棚子里一捆风干的青草上。他怀里抱着一只雪花白的小羊羔,身边放着一只碗,碗里盛着半碗米汤。他喝一口米汤,含在嘴里,又拿起一根粗麦茎,一头叼在自己的嘴唇上,一头插进小羊羔的嘴里;再把自己嘴里含着的米汤顺着麦茎轻轻一吹,注入小羊羔的嘴里了。不一会儿,他就吹完了一口米汤,高兴地哈哈大笑一阵。他一抬头,看见了进来的马翠清,又是一通大笑。

哑巴四十来岁,准确的年纪谁也说不清。身材高大,骨骼粗壮,头发黑得出奇,就像一顶黑缎子帽盔;黑脸膛,尖下巴颏,俊眉俊眼。要不是脑门子上那一块大伤疤，他一定是个很漂亮的男人。这个哑巴十岁那年死了爸爸，成了孤儿。马小辫把他收留过去，当了放羊的。哑巴一气给马小辫干了十年，除了吃饭，一个子儿都没得着，不要说换换季，冬天还光着脚丫子。那年腊月二十三早起下大雪，羊棚小屋坍了顶，风雪可着劲儿往屋里灌，冻得哑巴没处躲，没处藏。他实在忍不住了，就到院子里的木柴垛上抱木柴，想弄点火烤烤，结果让正在上房搂着炭火盆的马小辫瞧见了，抄起捅火的铁筷子就追出来。哑巴躲不及，让马小辫一火筷子打在脑门上。马小辫硬说哑巴要到内宅偷东西，打伤了不算，还把哑巴扯到小屋里锁起来，一天都不给饭吃。就在这天晚上祭灶的时候，哑巴从屋顶上钻出来，点着了木柴垛，跳墙跑了。没有人追他，也没有人找他，慢慢地也没人提他了。一个残缺不全的人，就是为了受污辱，受歧视，当牲口，才来到人世上的呀！这个伤疤，只不过是他在三十来年的黑暗道路上，受尽无数虐待的一个小小的记号罢了。

哑巴流浪在外乡，直到土改那年，他才背着一捆子破烂回到家。他把坍了架的小土屋堵了堵，住下来，每天出去替别人打短。没活的时候，他就到熟人家找口东西吃，找不到就饿着。他既聋又哑，任何人也没有办法向他宣传什么。他是东山坞一个最难对付的群众。说起来笑话出了不少。

土地改革的时候，分给他三亩地。干部把他叫到地里，用脚踏踏地，又拍拍他的肩头，告诉他，这地归他所有。他摇头不信，跑回家。干部又把他拉到地里，又告诉他，他生气了，把当时的贫农团主任韩百仲推了个大跟头。没办法，几个贫农团的干部只好给他代耕。到了秋天，干部们把成熟了的庄稼全部给哑巴运到小土屋面前。哑巴还是瞪着两只眼睛，敌视、怀疑地看着大家。干部们放下庄稼走了，哑巴在后边哇啦哇啦地叫起来。大家挺奇怪地转回来，哑巴拍着韩百仲的肩头，又拍拍自己的胸口，哈哈地笑了。从

此,他爱上了土地。他起早贪晚,作务庄稼。没有牲口耕,他就用
镐头,一镐一镐地把土地翻开;没有肥料,他每天夜间背着粪箕子
到柳镇的官道上拾。庄稼该成熟了,他怕别人偷他的,日夜守在地
里。他对土地爱得深沉,连好庄稼把式韩百安都不如他花的心血
多,能人焦振茂都佩服他。

等到办起农业社,人们商量动员哑巴入社,这可糟了。谁要跟
他比划土地归堆,轻着,他伸出个小拇指,表示你是坏人,把你推出
来;重了,攥着拳头就要打。办社第一年,哑巴单干过来的,他对农
业社不瞧不看。办社第二年,他好像动了心,他跑到农业社的地里
看,场里看,社员家里看,最吸引他的是五婶和马翠清的家。第三
年春天,有一天,他跑到办公室找到韩百仲,拍拍韩百仲的肩头,又
拍自己的胸脯子,然后两手一合,一举,严肃地点了点头,就走了。
韩百仲莫名其妙,社员们也猜不出怎么回事儿。第二天早上,他把
自己的一只小牛犊牵来,交给了马老四,等到社员们下地干活的时
候,哑巴又来了,动手就干。晚上开会,哑巴也来了,坐在那儿,看
看这个,瞧瞧那个,让别人给他比划开的什么会。从此,哑巴成了
社员。就是这样一个社员,入社三年,没有歇过一天工。十七只瘦
弱的绵羊交给他,三年光景,成了五十只的一大群了。他把农业社
当成自己的家,把农业社的财产当成自己的命,谁要做出损害集体
的事,他不会讲理,却会用拳头说话。所以今天办公室里要打架,
马翠清立刻就想到了他。

哑巴瞧见马翠清,哈哈地笑了一阵,就向她打手势:两只大拇
指伸开,放在头上,又摸摸肚子,拍拍屁股,嘴里吭哧吭哧地使下劲
儿;指指怀里的小羊羔,又一闭眼,皱皱眉,指指羊栏,摸摸乳房,摆
摆手;又装个哭相,用二拇指戳戳脑门子,眨巴眨巴眼,笑了。接
着,他又指指碗里的米汤,晃晃麦茎,拍拍小羊羔,两手一合,又慢
慢分开。最后他指指自己,两手合成个小圆圈,拍拍胸脯子,指指

西边，美滋滋地摇头晃脑。

马翠清跟哑巴最熟，他的比划全看懂了。哑巴说，母羊生了羔子就死了，很多羊都没了奶水，急得他苦苦地想了好久，才想到用米汤喂养它们的办法；这样，小羊羔会慢慢长大，他就成了模范社员，戴上光荣花到县城里去开会。

可是现在马翠清心急，顾不上多耽误时间，敷衍地伸伸大拇指，夸他是好样的，就又跟他把马连福骂萧支书，并要打架的事儿比划一遍。

没等马翠清比划完，哑巴就把小羊羔往草上一放，猛地跳了起来。他嘴里嗷嗷叫，转着弯找顺手的家什，攥起一个大拳头，使劲儿晃了晃。

马翠清拉住他，摆摆手，告诉他不用带家什，只要他往那儿一站，马连福就会害怕。

哑巴笑着点点头，又同意又得意。他刚要走，立刻转回身，把小羊羔抱起，抚了抚曲卷的白毛，放在草上，还从旁边提过一个大草捆横着把门口堵住。他见西斜的太阳把强烈的光射进小棚子里，晒着小羊羔，就又找一块大木板子遮在门口。这才瞧瞧里边，满意地点点头。

他们走出门口，依着马翠清，应该撒腿跑。

哑巴的麻烦事儿真多。他又折回院里，挨着大羊栏走了一趟，把每个栅栏门的吊吊都摸了摸，扣结实；然后，走一截儿回头瞧瞧，好像一个妈妈把吃奶的孩子放在家里一样的不放心。

急性子马翠清，对他这个做派都要发火了。

他们两个大步流星地朝办公室走，刚到大庙门口，碰上正朝这边走的五婶。

马翠清喊她："妈，你怎么还不快到办公室去呀？会在那儿开呀！"

五婶说:"还到办公室干什么去呀!那边的会早就散了。"

马翠清着急地说:"糟糕,我们来晚了!打得怎么样啊?"

五婶说:"没有打起来,好说好散;我觉着你就瞎咋呼,人家萧支书那身本事,还压不住阵脚呀!"

马翠清跟哑巴比划,说是会散了,不用去了。

哑巴失望地吐吐舌头。

五婶说:"快去看看你萧大姑夫吧,把老头子气疯啦!"

马翠清拉着哑巴的袖口,就朝沟南边萧家跑去,五婶也紧紧地跟在后边。

他们一上坎子,就听见萧老大的吵嚷声了。

第二十一章

萧老大站在自己家的院子里,挺着胸,晃着手,脸上涨得通红,嘴角冒着白沫,正在为儿子鸣放着不平。

"一年三百六十五天,他哪一天摸到足觉睡过?家里人攥着两把空拳头,孩子哭着闹着要块糖吃,我都舍不得,他把钱借给社员花;家里的家什,我使一下,看一下,怕坏了,社里用,他拿着就走,哪一件回来过?活照样干,苦照样吃,连个做饭的都混不上,回来还得自己烟熏火燎地做——他哪点对不起你们哪!你凭什么骂他?问问我们长春,他长这么大了,我骂过他几回?小时候,我骂他一回,他三年没上家。苦着、忍着,不就是为这个社,为大伙儿吃上饱饭吗?闹了一归遭,劳而无功,好没落一声,挣来一顿冤枉骂!不行,他忍了,我不能忍,这口气卡在嗓子眼下不去呀!我得找他臭麻子去,咱们到大街上,人多的地方,冲着老天爷讲良心话,让大伙端端公盆,说说公理!"

淑红妈、豆片坊的韩百旺，男男女女一大群，全都围在萧家的院子里来了。刚从会场上来的大脚焦二菊，准备到大庙里做木工活的焦振茂也都闻声凑过来。他们对这个怒气难忍的老头子，除了好言解劝，就是同情地叹息了。

焦振茂劝慰他说："大热的天头，不要伤肝动火的，快消消气，屋里歇歇吧。政府的政策条文，没有一个地方准许骂人的，谁是谁非，不用吵闹，众人也都清楚。"

萧老大说："我也是这样说，这个狼心狗肺的东西，讲什么政策条文呀！他是昧着良心给长春难看哪，往他脸上抹屎呀！是放暗箭，给长春使绊儿呀！人家骂了他，辱了他，他连个屁都不放，全兜起来啦！"

焦振茂感叹地说："唉，咱们农村里的怪事就是多。人家上边明明白白地把政策条文全规定好了，有的人就是跟它扭着，总想离弦走板儿，总想按着自己的心思行事。胳膊还扭过大腿了？离弦走板的道儿谁也行不通。我看哪，长春自有长春的谋略，我们不用多操心。"

萧老大说："他有什么谋略，光会伸着脑袋让人家弹。他不嫌丢人，我这个当老家的还嫌没脸哪！不把是非洗清楚，不把好坏摆明了，我这儿子往后还在人前走不走？这个干部还当不当？还怎么拨动别人？"

焦振茂说："这你就多虑了。村里人谁也不会小瞧支书。别说村子里知底的人多，就是乡里、县里也得说支书好。"

萧老大说："要不我就觉着这口气顺不下去啦！共产党的事儿，不管对谁，不分上下大小，都是讲平等性的，不要说做了好事的人受不了委屈，就是做了错事的，也讲究耐着性的帮你改过来，哪有骂人的？不是我自己的儿子，我给他脸上搽脂抹粉，你们大伙都亲眼见了：乡里的王书记来了，跟我儿子像亲兄弟一般，县长见了我儿子,手拉手,连眉毛都是笑的,哪里就轮着他个臭麻子骂啦!"

焦二菊说:"这话一点儿不假。去年县委书记帮咱们整社,住在我家东屋里,跟长春亲亲热热的,不笑不说话儿,就像带小学生似的,教长春怎么干这个,怎么干那个,告诉完了,还问长春想通顺没有,办到办不到;他爱人给他送来几个咸鸭蛋,自己舍不得吃,还给长春留了两个。开会的时候,都是让长春先讲,讲不周全的地方他再补两句,可敬着长春哩! 谁像这个吃枪药的臭麻子,狗咬吕洞宾不认识真人!"

焦振茂说:"要我看哪,长春这样做,没低啥,反倒高了。他是个有肚量的人,君子不能跟小人一般见识。谁好谁坏,光是一个人说,一个人骂不管事。要能由着别人的性子,任意把别人抬高贬低,那还有天日! 你把东山坞的大小孩子芽都喊出来,问遍了,看看是说长春好的人多,还是说长春不好的人多! 是好还是坏,这不明明白白嘛!"

淑红妈也帮着老伴给萧老大消气:"是嘛,我们对门住了这么多年,谁的底子啥样还不知道。萧支书从打一小就仁义,跟我们淑红哥一般大,一天到晚一块儿玩,从来没有打过架,处处都是让着别人。人家当过解放军,立过大功劳,你们谁见他跟别人摆过架子夸过功? 这几年在村里办事儿,话让你过得去,事儿让你过得去,光是往外搭东西,柴火节儿都不用想让他带回家一根来! 是凡有眼睛的人,全都看得一清二楚。大姑夫您就不用生气了,好人总归是好人,骂也骂不倒!"

志泉媳妇说:"去年秋天那场绝根的大灾难,要不是人家表弟出来领头,东山坞早就现眼了。"

焦二菊说:"别看志泉家不爱说话儿,说一句,就是地方了。去年不是长春出来挑起这台戏,把它唱起来,东山坞塌了架,马连福这小子好的了哇? 他是财迷打底儿,想跑天津去当个工人,谁要他呀！他要是走了，这个队长当不上，回来就得拉棍子，老婆孩子早饿跑了！"

于是，人们这个一句，那个一句，夸奖起他们的支部书记。这一方面是为给萧老大压火开心，另方面，也是因为萧长春受了委屈，他们很自然地发泄发泄怨气。

萧老大虽说满肚子的气火不容易消，可是听着这些话，当爸爸的心里还是很舒坦啊！过了一会儿，他说："我要是不冲着乡亲们，冲着咱们这个社，我早就不让他干了，这份气不好生，这份罪不好受。别看他挺着胸脯子干得挺有劲儿的，身后边不知道有多少人，恨不得咬他一口才解气哪！"

焦振茂说："十个手指头伸出来还不能一般齐哪，林子大了，什么鸟儿没有。这种人总归是一个半个，成不了大气候，您别往心上放就是了。"

萧老大说："什么人恨他，什么人想把他撂倒，我心里都是明镜似的，有种的就该有话说话，有理讲理，凭什么无故骂人！他妈的，全是牲口！"

人群背后突然传来一声："哈哈，不让别人骂人，您可在骂人呀！"

大伙回头一看，是萧长春回来了，就都把眼光集中在他的脸上，察看他的气色；他一个笑模样，一皱眉毛，都会使好多人跟着他高兴和忧愁啊！

萧长春跟马连福谈完以后，又找韩百仲碰碰头，原想马上到乡党委会去，经过家门口，见挤着好多人，就进来了。他那俊气的脸上，还是平平静静，挂着一丝微笑，好像什么事都没有发生过一样。

萧老大跺着脚说："骂，我堵他门口骂他三天三夜都不解气！"

萧长春说："骂人的人是最没本事的。"

焦振茂过去是马之悦的拥护者。当年，是他跟马之悦送那个

249

受伤的区长进山的,他承认马之悦是地道的老革命。去年萧长春上了台,他是个最担心的人,唯恐萧长春本事小,拿不起来,压不住台,把东山坞的事情搞糟。一年过来了,他用他特有的细心,用他对门住着特有的方便,一点一滴地察看着这个年轻人的一举一动,慢慢的,他的信仰从那个老练的老干部身上,不知不觉地转移到这个年轻人身上了。刚才这场事,更使他佩服得不得了。他觉得这个年轻支部书记的肚量不是一般人的肚量,是一个能成大气候的人才会有的肚量。听了萧长春这句话,更符合他现在的想法,就说:"对了,这句全有了。男子汉大丈夫遇事总是吃得轻担得重,总是讲理,老娘们没本事,才骂大街……"

这一句话可伤众了。不要说大脚焦二菊,连志泉媳妇都不大爱听。

焦二菊说:"嘿,你这老家伙说话不留地方,老娘们都没本事呀?马连福是爷们还是娘们?"

焦振茂也发觉自己溜了嘴,笑着说:"我是说过去的事儿。你们瞧,过去国民党见老百姓不服,就龇牙瞪眼,骂你祖宗三辈。他理亏,除了骂,没法儿。你瞧咱们共产党,对地主、坏蛋都不打不骂,给你讲道理,让你自己认罪。我看过一个文告,清朝那个皇帝叫什么,他都让我们改造过来了。"

淑红妈都觉着老伴扯得太远,跟这事儿连不到一块儿,赶忙打岔,对萧老大说:"得了,长春回来了,您看人家都不往心里去,您还生哪家子气。"

萧老大说:"我没他那么宽的心缝儿,这口气难忍哪!"

萧长春说:"难忍的倒不是别人骂了我,是一些人这样死跟社会主义作对,要往资本主义钻。咱们可不要把心思全纠缠在个人出口怨气上。马连福骂的不是我一个人,骂的是农业社;骂咱们的也不是马连福一个人,是有一小伙,这伙里什么样的人都有,咱们得看透这一伙人,跟他们斗争!"

院子里的人都觉着支书的这个看法很重要。

焦振茂说:"对,对! 你这一句话把我提醒了,要不然,马连福不会这么冲,背后一定有靠头,没错儿!"

这工夫,马翠清、哑巴和五婶也赶到了。

哑巴挤过来,扳着萧长春的肩头,戳戳脸,瞪眼龇牙,抢拳头,意思是说,马连福要是再骂你,我去替你打他。

围着的人都轰地笑了。

焦二菊对萧长春说:"长春,你瞧瞧,有这个卫兵,你还怕什么呀!"

焦振茂说:"有的人,别看齐齐全全的,都不如个残废的哑巴懂得好歹。"

五婶说:"他的心眼可好啦,也知道照顾五保户。翠清不在家,有点事儿,我都找他帮帮手;多会找,多会到,不把事情干利索不走。有一回,我给他烙了一个饼,想酬谢他,我追他一条街,他连推带搡,不要。他跟我比划:社员是一家人,他应当帮我。瞧,多懂事呀! 要是马连福这个臭麻子,你给他作揖,他都不会帮帮别人做点好事儿,光欺负我这个老实人,偷了我们队的蚕豆角子,还骗我是百仲让他摘的!"

焦二菊说:"他是看你没劲儿,好欺负,要是遇上哑巴,就不敢了。马连福最怕哑巴。那天他在菜园子拔了棵菜,让哑巴看见了,硬拉着马连福,让他给栽上。他就乖乖地给栽上了。"

淑红妈说:"瞧人家哑巴放的那羊,全都肥的走不动路了。淑红姥家那村,有个人放了三十多年羊,我看,他放的哪一只也比不上哑巴放的。前两天还托我跟马主任说,让哑巴帮他们调理调理。真是,有嘴的人还不如哑巴。"

焦振茂说:"我见过放羊的无其数,像他这样经心的,找不出对儿。有一回我上山搂柴火，回来赶上大北风，还飘着小雪花。走到桃行山坡子下边，就见哑巴那一群羊了，再一看后边的哑巴，把我吓了一跳——大冬天，他光着脊梁，棉袄在怀里抱着不穿。我心里想，真是残废人缺个心眼儿。再缺心眼儿，他也得知道冷啊！我跟他比划，快把棉袄穿上，他一个劲摇头，冻得浑身打抖，两只眼睛发直。我不放心，怕出性命事，一直跟他到羊棚。到了羊棚里边，他就生火，那手冻的，连柴火都拿不起来了。我急得拿棉袄给他披上，一抖搂，里边掉出一只刚生下不久的小羊羔……"

听到这件事儿，院子里的人全都被感动得朝哑巴投过敬佩的眼光，都不住地咂嘴赞叹。

焦振茂说："按农业社的章程，哑巴应当受奖励，我跟马主任说了好几回，他事多，大概给忘了。"

哑巴心里是透亮的，别人说什么他都懂。他红着脸，嘿嘿嘿地笑笑，又连着摆摆手，耸耸肩，表示他做得很不够，让大伙儿别夸他了。接着，他对萧长春比划，让萧长春劝劝萧老大别生气，又这个那个地比了一阵子。

萧长春跟他点着头，他把哑巴比划的全部意思都懂了，他们像是一对很投脾气的同志，谈得很知心。

萧长春的儿子小石头从外边跑了进来，拉住哑巴乱比划。

哑巴弯下腰，跟小石头比划：两个二拇指一伸，放在头上，又伸开巴掌在眼前晃了晃。意思是，跟我看羊去好吗？

小石头点点头。

哑巴蹲在地上，等小石头往他背上一趴，背起就走，到了门口，又转回来，用一只手跟萧长春比划。这一回人们都看懂了。他比划的是：你就好好地搞咱们农业社吧，农业社太好了；你什么也不要怕，有我给你撑腰，看谁还敢再来欺负你！

哑巴比划完，就匆匆忙忙地折回他的羊栏。

萧长春感叹地对大伙说："哑巴是给咱们大伙儿鼓劲哪！他要咱们别因为有人想向资本主义路子走，骂几句坏话，使点坏主意就松劲儿，要咱们决心干到底。仔细一想，也真没什么可怕的。农业社好不好，这不是用嘴说的，事实在这儿摆着。有人说，我们共产党办事就是靠宣传，说这话的人太蠢了。对这么一个哑巴，咱们不能够宣传什么吧？他只能用心来体会好坏。社会主义钻到人们的心里去了！"

院子里这些年龄不同的男女农民，都觉着这句话说得很有力量，很实在，也说到他们心里去了。

哑巴走后，大伙又随便谈论了一阵子，见萧老大蹲在一边抽起烟来，火气像是消了一些，就渐渐地散去了。淑红妈惦着家里的鸡，头走了；焦二菊想着圈里的猪，也走了；压在马翠清心里的另一股子火又升起来，她也悄悄地溜了。院子里只剩下萧家父子、焦振茂和几个邻家妇女。他们又谈起家常话。

一时间笼罩在这所小院落的紧张空气，渐渐地烟消雾散。

这当儿，大门口外边又突然闯进来一个人。他一进门，就停住了。他系着一条说黑不黑、说白不白的半截儿围裙，手里提着一根拌草料用的木棍；那张瘦长的脸显得更加蜡黄，两只小眼珠流露着愤恨，也流露着一种赔情道歉的神情。他朝院子里的人看一眼，最后，那种掺和着各种复杂感情的目光就停滞在萧长春的脸上。

萧长春正蹲在猪食槽子上卷烟，见他进来，忙站起来打招呼："四爷……"

马老四走过来了，两只眼睛还是停在萧长春的脸上不动。好大工夫，他才开口："长春，连福欺负你了？"

萧长春平和地笑笑："没有。想欺负我也办不到哇！"

"我听说了。"

"全过去了，没什么啦。"

"当时我抓不着一个人给我看牲口。要不然,唉……"

"您不要把这件事放在心上。"

萧老大没打招呼,也没看马老四,进来的这个人好像就是马连福,恨不得上去啐他一口。在他看来,儿子在外边给别人做了好事,是爸爸的光彩,也是爸爸教育的功劳;儿子在外边干了坏事,是爸爸的羞耻,也是爸爸不教的罪过。像马老四有那样的一个坏儿子,那样蛮横不讲道理,不通人性,欺负了萧老大这样一个好儿子,就是开台把马老四骂一顿,也不为过。只是碍着他们是老庄亲,和气了一辈子,没闹过口角;也碍着刚才儿子和众人的一片好言解劝,萧老大用很大的劲把火气忍下了,把脸拉的长长的,又扭到一边——不说不道,给点颜色看!

焦振茂习惯于调解纠纷,就生着法儿想用一些不关紧要的话冲淡这股子重又卷起的沉重气氛。他说:"老四呀,带着烟没有?来,尝尝我的,真正的关东大叶儿。对啦,你不抽烟了。喂,那两条小牲口这几天怎么样啊? 奶好不好?"

马老四既没留神看萧老大的神态,也没留神听焦振茂的闲话,他的两只眼睛,还在盯着萧长春。

萧长春说:"四爷,怪热的,回去歇歇吧。"

马老四摇摇头,嘴唇在抖动。

萧长春又说:"四爷,回去看看牲口吧。"

马老四又摇头,嘴唇抖得更厉害了。

萧长春不知怎么办好,拉着老人家的胳膊说:"走,咱们爷俩一起走,我还没看见那头小骡驹哪!"

马老四终于从牙缝里挤出一句话:"长春,打人犯法不犯法?"

萧长春点点头:"犯法。"

焦振茂插言说:"老四,你没听过三大纪律八项注意呀? 我那儿抄个底儿,打人还能不犯法呀!"

马老四又问："骂人呢？"

萧长春笑笑说："也不行。"

焦振茂说："刚才支书还说哪，骂人的是最没本事的。"

马老四问："要是打骂人的人呢？"

焦振茂愣住了。他的文件包里，没见过这一条，也没听谁说过，他不知道怎么对付了。

萧长春说："对这种人更不能用打，只能批评帮助。"

马老四又问："批评、帮助都改不过来的人，打一顿没错了吧？"

萧长春说："'打'字'骂'字我们全不能用。"

焦振茂拍着大手说："对了，政策条文上，这两个字儿你戴上花镜看也找不到影子。"

沉默了，这种沉默比刚才萧老大大吵大闹还要紧张。

萧老大朝这边瞄了一眼，想说什么，又吞住了。

焦振茂搓着大手，不知道怎么调解，他还没听出个什么眉目来呀！

邻家的妇女们更糊涂，只觉着空气不对，好像是要出什么事儿。她们彼此小声地嘁嘁喳喳。

毒热的太阳光，照着瘦弱的马老四，照着魁梧的萧长春。那张老脸上不住地往外冒汗，说明他心里边是多么激动，胸膛里如同烧着一把火呀！那张年轻的脸上，气色也在不断变化，说明他猜透了老人家的心思，他在思忖着办法，怎么样解除将会发生的纠纷。

马老四抹了一把汗，又开口了："走吧。"

萧长春笑了："好，咱爷俩好好聊聊，我还要跟您学学饲养牲口的经验哪！"

空气立刻和缓了。

一老一少，并肩走出门口。

"四爷,这边走近。"

"不,到那边去!"

"哪儿?"

"找连福那个混蛋去!"

萧长春把马老四拖住了。

马老四使劲儿拽着萧长春。

院子里的人,呼啦一下子又拥到门口。空气又骤然间紧张起来。

萧长春说:"四爷,您的心意我知道。可是您不能急。等等,等大家伙全都平心静气了,咱们爷俩一块去,找连福从根上谈谈心……"

马老四说:"那是以后的事,眼前,你得跟我走。长春,你们党员不许打人骂人,我知道。我不让你动动手,也不让你动动嘴,连门口我都不让你进去。"

萧长春奇怪了:"这,这干什么?"

马老四的眼里冒火了:"我打他个混蛋,我打他! 你在门口外边看着,我打他!"

萧长春慌了:"这可不行,不行……"

"怎么,打自己的儿也犯法吗?"

"嗯,不能打。"

"打这样一个忘了本的坏儿子也犯法吗?"

"不行。"

"长春,长春,你是最讲理的,你是最听群众话的呀! 你问问大伙,我打连福这个混蛋,大伙赞成不赞成? 我代表咱们东山坞的群众给你出气!"

马老四怒气冲冲地说着,扯着萧长春的一只胳膊,仍是使劲儿往西拽。

萧长春用另一只手抱住了马老四的肩头，他感到老人的全身都在颤动，热得烫手，像一台开足了马力又发动了很久的锅驼机；这股热力传染了他那年轻的心，也像发动起马达一样，沸腾起来了。他紧紧地抱着那个久经风吹日晒的肩膀，激动地说："四爷，四爷，您让我把话说透，说透了，您让我怎么办，我就怎么办还不行吗？"

马老四望望萧长春的脸，把手松开了："你说吧，你说透了，四爷听你的。"

萧长春说："跟您说心里话，那时候，我比您的火气还高，我恨他，当时我简直想把他按在地上揍一顿！"

马老四咬牙切齿地说："揍，揍，狠狠地揍，我解气！"

萧长春说："可是我翻过来想，我们都姓在一个'穷'字上，我们是兄弟。"

马老四跺脚说："这个忘本的混蛋，开除他吧！"

萧长春说："还有，他骂农业社，是因为他上了别人的当；他上了当，我不能再上当。因为这两层关系，我把拳头收起来了……"

"四爷帮你出气，我替你揍他，揍死了，除了一大害，我替他偿命也心甘情愿！"

"我刚才找百仲大舅商量事回来，一路走一路想，我心里一下子开缝了。连福到了这个地步，是他的错误，但是，我也有责任……"

"什么？"

"我有责任。"

"你？你有什么责任呀？"

"有。明知道他倒在落后人的怀里了，我却没有拉他，没帮他。"

"粪土泥墙，拉不过来啦！"

"就拿今天这件事儿说吧。昨晚上我没进村,就听人们跟我说了,说眼前村里闹着的坏事有连福,今天听几个人谈起来,也都这样说。我应当马上找他,跟他挑明、说透,交交心思。我没这样做,无意地想看看他到底坏到什么地步;没看透,没说透,连个面都没跟他照照,就安下心要整他了。这分明是落后人在拉他,我又推了一把呀……"

萧长春说到这儿,胸膛里那股热流涌到了嗓子眼。

马老四也静下来了。过了片刻,他仰着脸问:"这么说,我也有责任了?我看他不好,光学坏,我跟他分家,把他推的更干净了,把他交给那伙落后中农不管了。……"

萧长春说:"所以我们应当从今天开始,心平气和地帮助他,开化他,不能再用简单的办法,更不应当动武的。"

几句实实在在的话,说得围上来的人全都叹服地咂着嘴。特别是焦振茂,他感到,眼前这两个人,简直是他在所有古书里、戏曲里没有见识过的好人;他们像是最纯的真金铸成,铮铮耀眼。

萧老大咳嗽了一声。不知道这个老头子什么时候出来的,也不知道他什么时候站在这两个人背后的。他背着手,低着头,在人围外边兜了个圈子,然后,像是要甩掉什么东西似的抖了抖手,凑过来,看了儿子一眼,又看马老四一眼,十分诚恳地说:"老四,长春说算了,就算了吧。"

马老四望望这个老庄亲,说:"老大,唉,这件事对不起长春,也对不起你呀……"他说着,两个眼圈红了。

萧老大说:"谁做谁当,咱们还是穷哥们,好乡亲,一个农业社的好伙计。"

马老四还像在自我反省地喃喃着:"我生了他,养了他,没有教好他;我光给他一张吃饭的嘴巴,一双拿东西的手,没给他一副穷人的骨头、一颗穷人的心田……"

萧长春听了这句话，心里一亮，暗想：对了，老人家这句话说到了根上；马连福一再做错事，不是什么糊涂问题，是个立场问题；因为他站在资本主义立场上了，才干起糊涂事情；往后，不能光跟他算眼前的账，得帮他转变立场呀！

焦振茂听了马老四这句话，心里也猛地一动。他觉着马老四这句话，很有政策、布告的那种力量；可是在他那小包里，还没有"穷人的骨头，穷人的心田"这几个字。至于这几个字的深刻含义，对于这个中农来说，怕是还要经过一段曲折的道路才能认识到吧？

第二十二章

马连福的日子也不是顺溜溜的。这会儿，他仍然在道沟里，在道沟里那棵槐树下，在树下边的石碾盘上坐着。萧长春跟他分手走去，他就压根儿没动窝。他坐在碾盘上，心里翻腾，酒裹着饭，饭裹着酒，不住地往上冲，真难受呀！难受得他，咔哧、咔哧地挠碾盘子。他怎么忍也忍不住，哇哇地吐了两阵子，好受些了，又像是腾云驾雾，一头倒在碾盘上，呼噜呼噜地睡着了。

毒毒的太阳晒着他，像热锅一样的碾盘子爆着他；满头淌汗珠子，把碾盘流湿了一片。

几个背着书包上学的小孩子从这儿路过，围着碾子，瞧开新鲜了：

"嗨，快来看，这儿躺着个死人。"

"瞎说，那不是马连福嘛？"

"哎呀，他怎么把饭盆子扣在这儿了。"

"吐的。"

"真难闻，准是喝醉了。"

"快叫醒他吧。"

"不管他,谁让他骂萧支书!"

孩子们又尖厉又放肆的声音,好像把马连福惊醒了,又好像是没醒,他只是影影绰绰地听到有人在嘲笑自己。他想坐起来,骂他们几句,把他们赶跑,可是干使劲儿,胳膊大腿全都像不是自己身上长着的了,怎么也抬不动。他把鼻子眼儿张得大大的,深深地吸了口气又吐了口气,就又睡过去了,打起呼噜,跟打雷一样响。

他做了个梦,一个顶怕人顶怕人的噩梦。两只张着血盆大嘴的饿狼朝他扑过来了;他好像站在一个独木桥上,桥板很窄,两只狼一头一个,把他堵在当中间了,退不行,进也不行,跳下去又怕淹死,可把他吓坏了。他叫喊救命,又叫不出来……

正在马连福做梦的时候,哑巴从南边的坎子上急匆匆地走下来,他背着萧长春的孩子小石头,甩着两只大长腿,走过马连福的身边。一直往北坎奔,快到上坎的时候,一回头,瞧见了碾盘子上边的马连福,哇啦哇啦地叫了几声,半蹲下身,放下背上的小石头,比画着告诉小石头别怕,等着别动,就咬牙切齿地转回来了。

马连福还在做梦,梦到是跳还是不跳。

不知道谁推了他一把,他就一咬牙,一合眼,一收腿,跳下桥来——扑通一声,他一头跌到碾盘子底下,跌醒了,睁眼一看,跟前站着个哑巴。他便跳起来,喷着唾沫星子骂道:"混账,你干吗把我推下来?"

哑巴两手叉腰,挺着胸膛,作出一副要拼的姿势,嘴里边"啊吗吗,啊吗吗"地叫个不休。

小石头站在老远的地方,瞪着两只小眼睛朝这边看。

马连福根本不知道啥馅,一边打手势,一边奇怪地问:"我碍着你什么啦?"

哑巴也横眉棱眼地跟马连福乱比画,意思是说,你为什么要骂萧长春。

马连福更奇怪了，怎么也想不出，一个什么也不懂的哑巴也护着萧长春。可是他知道哑巴很牛性，也很厉害，跟他纠缠，只会吃亏，没什么好处，就拍打着身上的土，准备走。

哑巴跳到他前边，挡着路，不让他走；跟他比划，让他到萧长春那儿赔情道歉。

马连福不理他，硬是要走。

哑巴火了，一伸手抽下了碾棍，像一支步枪似的端起来了，两只眼睛逼视着马连福，好像说："我看你敢动一动！"

那棍子是枣木的，足有三尺长，胳膊那么粗，被千百个人磨擦过，已经光滑明亮得如同镀了金子。这家伙要是捂到脑袋上，不开花也得两半儿。哑巴是少个心眼的人，挨一下子不是白挨吗！

马连福不吃眼前亏，开腿就跑。

哑巴哇哇叫着追上来了，一把抓住了马连福的胳膊。

该着马连福走点运气，韩百仲下地干活从这儿路过，看见了，就慌忙跑过来，给马连福解围。他比比划划，劝哑巴放了马连福，等到会上大伙儿批评马连福；还跟他比划，马连福不是坏人，都是弯弯绕这群家伙把他拉下水的，以后马连福一定改过，不要跟马连福记仇……

哑巴信服韩百仲，土改的时候，是韩百仲给他分的土地；农业合作化的时候，也是韩百仲动员他入社的；还有一层关系，哑巴跟马翠清很好，韩百仲是马翠清的干爸爸。这会儿哑巴碍着面子，思想没全通，也不再揪扯马连福，一松手，顺势一搡，把马连福闹个趔趄，瞪瞪眼睛，耸耸鼻子，走了。

韩百仲朝马连福那张有些苍白的脸上斜了一眼，说："连福，这会儿醒过酒来了？"

马连福习惯地把两只手朝衣裳兜里一插，摇晃着脑瓜子说：

"我根本就没醉。"

"没醉过,你自己说的话,全记得啦?"

"当然。"

"这些话是谁教你说的?"

"我又不是两岁的孩子。"

"全是从你心里边说出来的啦?"

"当然。"

"农业社怎么搞糟啦?"

没回答。

"把谁饿死了?"

没回答。

"萧长春对你有什么仇恨哪?"

没回答。

"一个人总得说老实话吧?这个问题你都答不上来,就证明你会上说的话全是别人教你的!"

"没有!"

"没有?你喝谁家的酒啦?"

"马主任,怎么着?"

"他跟你说什么啦?"

"什么全说了,怎么着?"

"没开会的时候,你在办公室跟马凤兰嘀咕什么了?"

马连福猛地一抬头,张开嘴巴,说不出一个字儿。

韩百仲也一愣。刚才焦二菊告诉他,开会以前看到马连福在办公室跟马凤兰鬼鬼祟祟的做什么事儿,当时他还没有往心里去,这会儿顺口一问,像是问到地方了,就又追了一句:"说呀,都说了什么,有人看到了,你还不说呀?"

马连福插在兜里的手,触到那一叠人民币上,像是烫了手,立刻又威风起来了。他使劲儿一挺脖子，说："你是法官，还是审判？我是反革命，还是特务？我说的全是公道话，你没资格问我！"

韩百仲压了压心里的火说："连福，你把你吃几碗饭都忘了。支书大肚量，不跟你一般见识，你别把人看成是软弱无能。要由着我，连福，我不整出你屎来就不姓韩。你这会儿迷着，回去趴在被窝里想想，你是个什么人，像不像个队长，像不像个复员军人，你别把狼羔子当亲人看……"

马连福没把话听完，就扔下韩百仲走了。他一边走一边想，韩百仲说的这些话，好像谁跟自己讲过，对了，是萧长春。韩百仲比萧长春说得更露骨，好像是怕他忘掉，又换个人来跟他重说一遍。韩百仲问他在哪儿喝的酒干什么？又问他在社办公室跟马凤兰嘀咕啥话是什么用意？他们不会知道那件事儿吧？这会儿不知道，往后会不会知道？倘若让别人知道了，那可不得了。还是把这钱还给马立本吧……

马连福这么想着，抬头朝社办公室那边看看，又朝自己的家那边瞧瞧。他心里想，马会计准是把一切都安排好了。他能干，准能搞得一个针尖的洞也不漏，要是再送回去，不是白给人家找麻烦吗？人家好心好意，为自己担风险，人家图什么了……反正，马连福是干部，是公家的人，一天到晚没少往公事上瞎搭工，就算花公家几个钱，也不算过……反正就这一回，下回，你就是金豆子、银豆子，马连福也不摸一摸了……这一回，家里的日子实在过不去了，要不是老婆孩子，马连福能干这种事情呀！回去跟老婆说一下，让她往后过日子，手指头攥紧着点儿，别大张开，顺着手缝往下流；自己呢，多花点力气，把自留地种好点，打多打少，吃着顺手；秋后没事儿，捣腾个小买卖，挣多挣少，花着方便。往后，要好好过日子了。

发家过日子的魂儿，又占据了马连福的胸怀。

他一面想着，一面走着，猛然间，从路边树棵子里穿出一根枣木棍子，横在路上，他没留神，正好绊住，绊了他一个大趔趄，一晃，闹了个屁股墩。

"哈，哈，哈！"

树丛里蹿出哑巴。他冲着马连福拍着手，放怀大笑一阵，转身背起小石头就跑。哑巴非常得意，他替支书报仇了，出气了；他迈的是一种胜利者的脚步，消失在大沟的尽头。

马连福站起来，拍打着土，啐了一口，骂了一声，刚要朝前走，只听坎子上边有人说话了：

"怎么样，摔跟头了吧？"

马连福抬头一看，又愣住了。

他家门口外边的石头上噌地站起一个人，正皱眉立目地看着他。

马连福连忙打招呼："爸爸，吃饭没有？"

马老四说："还吃饭哪，气都把我气饱了。"

马连福说："屋去吧。"

马老四说："有话这儿说多方便。"

老人家带着从萧长春那儿得到的热情和鼓励，前来帮助儿子。儿子没在家，他不肯跟那个不正经的女人呆着，就到门口等候。

他把儿子等来了，朝这边走来的马连福就是马老四亲生的儿子呀！

三十三年前，一个大雪纷飞的年三十晚上，内院的东家、东家奶奶们，正在"爆竹连声除旧岁"的欢笑声里过年，马老四的妻子，把最后一道菜盛到盘子里，再也忍不住痛苦了。她一手搂着肚子，一手扶着墙，一挪一擦地回到他们住的场房屋里。马老四迎着她，先是被她那没血色的脸吓了一跳，接着又转为惊喜。他急急忙忙地把妻子扶上炕，又跑出去请来老娘婆；紧接着，卷席、铺草、烧热水，就要迎接他们的第一个孩儿落生了。穷人生孩子也是喜事呀！马老四高兴得简直不知道怎么好了。这当儿，马小辫派管家突然来到场房外边敲窗户。他说："老四，你怎么不长眼哪？什么时候生孩子呀？大除夕，冲了老东家的财气，你担得起吗？赶快找个窝生去！"马老四迎到院子里，作揖求情；追到二门，还是再三地求情，好话说得上千万，咣当一声，二门上了栓。

他们只好"找窝"了。大雪泡天，又是这样地紧急，到哪儿去呢？马老四和老娘婆搀扶着昏迷的女人，一步一挪地走出了黑暗的场房，走出了张灯结彩的大门，走在风雪交加的街道上，不知朝哪儿投奔；看看天，一片昏暗，瞅瞅地，一片漆黑，叫天不应，叫地不语呀！他们只好顺着道沟走，朝着鬼神居住的破庙里走。半坍的山门，那里可以避风躲雪，可以迎接他们的第一个儿子降生了。他们好不容易才挪到地方，进了山门找了个墙角，刚刚坐定，看庙的老和尚闯进来。他端着蜡烛一照，就拼命地大喊大叫："你们这些俗人，疯了，这是我佛净地，跑这里干这种事儿，没长眼哪，走开，走开，不快走，我要告官啦！"马老四给老和尚作揖求情，好话说的上车啦，老和尚闭着眼，合着手，念着"阿弥陀佛"回到禅房去了。

他们只好走了，往哪走呢？顺着沟走，到村西那个小菜园里的小窝铺去。他们艰难地走着。这一天夜里黑极啦，像个大锅扣着，伸手不见指；风卷着雪，雪裹着风，吼吼地哭叫。他们蹚着雪挪动着，走到大沟里那个石头碾子旁边，女人再也走不了啦。马老四脱下身上的破棉袄，两手撑开，顶在女人头上挡住飘落着的冰雪……

马老四的儿子，就诞生在雪地里了。

在荒郊野地外，半坍的小窝铺里过满月。过了满月，孩子就不会闹抽风病，就不会轻易地死去，两口子的心落实了。马老四一夜起十次，十次端着昏暗的小油灯照儿子，看儿子，亲儿子，这是他的骨肉，他的香烟儿，他的希望，他的靠山。他在心里边对儿子宣誓：

再苦再难,也要把儿子拉扯大,也要给儿子置买一块站脚的土地,不让第三代人再没个地方落生。

马老四为自己的誓言奋斗,他的腰累弯了,腿累圈了,累了个痨病腔,二十多年的辛苦,他创下什么家业呢? 一把眼泪,两手厚茧。做梦也没想到哇,他的第三代落生在这座青砖灰瓦的大房里了! 这是因为来了共产党啊! 共产党给了穷人土地,给了穷人房屋,给了穷人后代出生的权利!

马老四伤心哪! 伤心哪! 儿子偏偏忘了党,忘了根本……

老人家从萧家出来,走一路,想一路,准备一路,他那一肚子话,全涌到嗓子眼,要跟儿子说,要跟儿子诉,要把心掏出来给儿子看看。儿子,儿子,你可不能忘了根本哪! 你可不能跟农业社散心,你可不能跟萧长春绝情啊! 可是,这会儿他见了儿子的面,一看见那张没有生气的脸,一看见那副没有骨头的架势,所有的话全都跑光了,全都变成了怒火,他要暴跳起来,他要上去先给儿子几个嘴巴解解心头气。但当他想到萧长春那些话,那些从心窝子里掏出来的话,他又一次咬紧牙关,把火全压下去了。

马连福怯生生地望着爸爸那张皱纹纵横的脸,不知道该说什么好。爸爸突然来到,而且专在门口蹲着等他,他已经把来意猜到了九分。不知怎么,这一眨眼之间,一种骨肉的情感,忽地涌到他的心头。

马连福跟他爸爸的情感是深厚的,在他当兵以前,在他复员回来那一二年里,这种情感也是深厚的,他们曾经相依为命地走过旧社会那段艰难的路程,曾经用一样的心思,一样的热情度过互助组那段火热的斗争日子;可是,农业合作化以后,他们的心思不一样了,开始抬杠了;到了去年闹了那场天灾,他们翻脸了——马连福带头逃荒外流的事儿,成了他们决裂、分家的导火线。这半年多,他们不大在一个桌子上吃饭,不大坐在一起料理家务,不大谈谈知心话儿，亲骨肉很有点像陌路人。马连福还是惦着他的爸爸，自己手头宽裕，做一点差样的东西，也常常给他的爸爸送一些去；爸爸也还是惦着儿子，为他的一喜一怒担心，为他的每一个脚步劳神。不过，理智上再觉得是亲人，也不像从前那样亲了。你看看，马连福就算做点错事吧，受这个说，受那个刺，已经够呛了，你当爸爸的怎么就一点儿也不体贴体贴你的儿子呢？难道说，别人什么都对，你的儿子一点儿对的地方都没有啦？

马连福也伤心哪，伤心哪！爸爸偏偏不心疼儿子了，不爱儿子……

马老四琢磨好久，终于开口了，他说："连福，这回我不跟你吵，不跟你闹，好好跟你谈谈心，行不行啊？"

马连福皱皱眉头。

马老四说："你别不耐烦，我要说的话顶少，就几句。我对你只有一个盼望，盼望你别忘了根本，别忘了地主连你出生都不让；别忘了，你出天花，躺在草卧铺里要死，想给你抓服药吃，你爸爸满街磕头，连一文大钱都借不到；你别忘了七岁就给人家放猪，为了吃顿饭，腿摔折了，你都不能歇一天；更不能忘了，谁把你从国民党军队那个火坑里救出来，别忘了共产党免费给你爸爸治病，从棺材里救活了我这条命；别忘了共产党给了你房屋、土地、老婆、孩子；别忘了因为眼下是共产党的领导，咱们才敢在人前抬头走路，才掌起印把子，才端上农业社这只铁饭碗。一句话，没共产党，你小子早当了炮灰，外乡死、野地埋，你爸爸这把骨头也早烂了，你甭想混上个老婆，咱们家就绝了根、断了后哇，我的连福！"

老人家一口气地说下来，声音越说越高昂，越洪亮，老泪也像珠子般地从眼里流落下来。

马连福呆呆地听着，一声不响，他的心胸里也在翻江滚浪……

偏西的太阳，照着安静的街道，照着屋檐屋顶，照着不摇不动的树梢,照着野外茂盛的麦穗儿……

阳光是宇宙间最宝贵的东西,它可以使冰河解冻,可以使荒山变绿,可以使枯树开花,可以使秧苗结实,可以使天上飞的,地下跑的,水里游的,草里蹦的生存下来,使它们的生命欢腾;那么,你能不能帮助一个慈父,一个想把自己的风烛残年献给共产主义事业的老人唤醒他唯一的儿子,使他苏醒过来呢?

马老四要跟儿子说的话全说了,党支部书记交给他的事情,他做了;他同时把希望交给了儿子,便怀着希望的心情离开了儿子,回到他的饲养场去了。

马连福两手插在衣兜里,仍然呆呆地站立在灿烂的阳光下。

孙桂英抱着孩子出现在门口,又惊又喜又多情地喊他几声,他没应;怀里抱着的孩子咿咿呀呀地叫了他几句,也没惊动他。

这当儿,焦振茂老头子急步地走过来了,老远就喊:“喂,连福队长,韩百安到哪儿去了?”

马连福抬起头来看看他,痴呆地不作回答。

焦振茂停在坎子下边,又说:“你没给他别的活儿吧? 我们社里的木匠活还没完呀!”

马连福心不在焉地说:“他兴许在家吧。”

焦振茂一边转身往回走,一边说:“我在门口喊了半天,里边没人呀!”

不大工夫,在官井那边,响起焦振茂呼唤韩百安的声音。

马连福默默地朝院子里走,在窗子前边抄起锄头,又往外转。

孙桂英抱着孩子在屁股后边追着他,很心疼地问:“嗨,你不吃饭了?”

“不饿。”

“空肚子干活怎么行啊?”

“不要紧。”

"哼,你倒积极!"

真的,积极,马连福的另一个魂儿又换班了啊!

第二十三章

韩道满的爸爸、马翠清未来的公爹韩百安,是个最老实、最胆小、最自私、又最能钻牛角尖的庄稼人。

他六十多岁了,浑身精瘦,那脸像一只老胡桃似的刻满了皱纹;下巴颏上稀稀拉拉地长着几根黄黄的胡子,嘴上一天到晚叼着个没有嘴儿的短杆烟袋,两只稍微朝里边眍瞜的眼睛,总像有什么难疙瘩解不开似的一眨巴一眨巴的,就是过年过节,也难看到他一点笑模样。

他每天像牛一样干活儿,一个小子儿也舍不得花,囤里的粮食满得往外流,还恨不能用线一颗颗穿上吃。一年他才打一瓶子油,做一盆子汤,拿一根筷子在油瓶子里蘸蘸,再往汤盆里涮涮,取个油味就行了。每一次涮筷子,都要带进一点儿汤水,瓶子里油总不见少。他手巧,能干,会算计,他身上那套过庄稼日子的本领,东山坞除了焦振茂就数他了。他平时很少跟别人来往,在东山坞跟他有交情的,只有两个救命恩人。一个是焦振茂,一个是马之悦。二十多年前,他家的刀把地被地主马小辫霸占去了,老伴给活活地逼死了,韩百安走投无路,焦振茂成全了他。眼下,两个老朋友常在一块儿干活计,干起来对手;他们彼此见心,肚子里的话可以拿出来说说,得了工夫,也常常坐在一起诉诉苦衷;赶上哪家做点差样的饭,也要你叫我吃一口,我请你尝尝鲜。他把马之悦当成恩人,是因为两件事:一件事是那年日本鬼子要烧掉东山坞,第一把火就是要从他这个宅子点起,马之悦就是站在他这个院子里跟日本小队长用脑袋保住了东山坞,也保住了他的家产。另一件事是宣传总路线那年,他正要通过别人的手把三布袋麦子放出去①,马之悦给他送了暗信,说是要实行统购统销,他就提早藏起来了,没有蚀去老本。

韩百安是东山坞最后一个加入农业社的中农,那时候,连马之悦劝他,他都没有下狠心。他后来所以能够一咬牙归了伙,一方面是大势所趋,人家全都入社了,自己不敢不随着大流走;另一方面是为了儿子。儿子韩道满二十二岁了,从头几年,他就死乞白赖地给儿子说媳妇;按他这个小家业,按他这个家的名声,按儿子的品行,说个媳妇还有什么难的,那不是挑着样的选嘛!没想到,女的那边一听说这边是单干户,你就是掏出万两黄金作彩礼,人家也不干。一个两个,连三并四地碰钉子,韩百安一糊涂,二奇怪,第三遭,经焦振茂一点拨,他明白过来了:世道变了,人的心思也跟着变了,再单干下去,儿子就得打光棍了;儿子一年比一年大,一年比一年知道想媳妇,老子没给他说个来,蹾葫芦摔瓢,总是不出好气,当爸爸的心里过不去呀!命不顾,也得入社。入了社,他没有一天松过心,摸摸什么都是大伙的,动一下也有人管着,这种日子他过不惯哪!盼个眼睛蓝,总算盼着儿子把对象搞上了。他已经盘算好,过了麦收就给他们成亲。成亲的事儿得早做准备,修修房子,缝几床被子;到日子,怎么着也得摆两桌,要不人家小瞧。这一来,开销能小吗?粮食倒是存着一点儿,老存货不敢动,掏净了,他心里更没个牢靠了。麦收的季节已经来到,能分到手多少,哪有个底码呀!就在这个当口,马之悦悄悄告诉他,打算让土地也分红。土地一分红,韩百安就美啦!他家地亩多,加上爷两个的劳动日,差不多能把自己家入社那地里长的麦子全都找回来。

韩百安立刻变得快活起来,他的腿勤了,什么会找到头上就参

① 放高利贷。

加；他的耳朵也勤了，到处听风声。实指望伸手拿利了，想不到这么难，还有这么多关口，干部们还为这个吵起来了，差点儿动了手，韩百安可没胆子跟这些人扯帮帮。

韩百安被弯弯绕这群人拉到农业社办公室，探听干部会的消息，一见要打起架来，赶忙不迭地往外溜。他背起放在门口外边的粪箕子，信步来到金泉河边转了几个圈子，两条腿又不由自主地朝村西岗子地走来。

偏西的太阳，毒热毒热的，河水和丛林，都在它的曝晒下放着光芒，散着热气。麦地里，黄灿灿的波浪，起起伏伏。麦黄鸟和小燕子，在那儿上下飞舞。

好庄稼景致，最能迷恋庄稼人的心啊！

韩百安眯缝着两只小眼睛，四外里瞧着；一只大手，沿路抚着麦穗头，沉甸甸的大穗子，在他手下歪倒，立刻又直愣愣地跳了起来。他心里的郁闷和痛苦，顿时消散了。他走着，闻着，每走一步都像喝下一盅高粱烧酒。他醉了。

他又朝前走了一截儿，猛抬头一看，不知不觉的转到他的刀把地里来了。

这片土地最平整，最肥厚，那麦子长得一起楼，呼拥呼拥的没人的肩头。靠地边上的那一条条，是韩百安去年春天入社的刀把地。地里有他的祖坟，旁边有一个使垫脚土用的坑子，坑边上长着两棵歪脖子柳树。这树入社那会儿就说定了，还归韩百安所有。他原来想把它们养得再粗壮一点儿，将来给自己破一副寿材板。现在的日子这样不稳定，也就无心料理的那么远了。再说，过了麦收儿子就要结亲，应当设法凑点材料先把房子收拾收拾。原来那房子缺两架贴山柁，用这两棵树补上，那是顶合用的。安排是这样安排了，谁知道将来还会有什么样的变化呢？这年月，一会儿云，一会儿风，变化无常，简直把他闹得晕头转向。

他顺着地边的一道小土坎子走着。土坎上长满了杂草。苦麻子、齐齐芽、车轱辘转，开着黄的、紫的花。不知哪家淘气的孩子，把石头子儿扔到地里来了。他弯腰拣起来，使劲儿扔到旁边的土坑子里。他低头一看，又是一块，就又拣起扔出去。现在他才留神看到，地里有好多的石头子儿。他索性把粪箕子里的几颗牲口粪蛋扣在地边上，拿着粪箕子拣。一块，又一块，一会儿就拣了满满的一粪箕子。多肥的土呀！要是把石头子儿都拣净，那就更肥了。他觉得自己对不起这块地，就像对不起他死去的老伴一样。地在他手里的时候，明明知道多使粪能够多打粮食，可惜没有那么多的粪给它吃；明明知道挖一眼井，能够保护住收成，可惜他试了好几年，咬了几次牙，也没有打成；明明知道把石头子儿拣出去，能够使它更肥厚，可惜他一个人，扯着一个孩子，顾了家，顾不了外，顾了买，顾不了卖，顾了地，顾不了场，哪还有工夫打扮它！就像跟老伴一块儿过了十七年日子，明明是喜欢她，可惜没有让她过上一天欢乐、舒坦的日子。

对不起这块地，对不起死去的老伴。十五年前，马小辫硬要霸占他的刀把地。这是他一家人的命根子，他拼了命也不肯画十字。马小辫的心好狠毒呀！韩百安种了庄稼，苗儿刚出土，马小辫就指使他的车把式在地里走大车；庄稼刚拔节儿，马小辫又让他的羊倌赶着牛群、羊群满地蹚。韩百安惹不起他，就在地里搭个小棚子。白天让小儿子看着，夜里爷俩守着。庄稼眼看着保住了，就要到嘴边上了，一场大祸从天降。

他记得很清楚，那天是八月十五晚上，云遮月，天色灰蒙蒙的。爷俩钻进小草窝铺里刚刚要睡觉，闯进来一伙子棍团，一句话不说，先把韩百安上了绑，拉着就走，还带上了吓得嚎嚎哭的孩子。黑夜里，他迷迷糊糊，不知道走了多远，也不知道被拉到什么地方，又给关进一个小黑屋子里。直到第二天过堂，他才知道那地方是柳镇的棍团大队部。他的罪状是私通八路。压杠子，灌凉水，受的那个罪就没法子说了。家里的老伴急得不得了，粮食枭了，牲口卖了，托人情，拜保人，最后没办法，只好把刀把地写给马小辫。等到韩百安带着孩子回来，老伴看他们人不人鬼不鬼的样子，一口气堵在心窝，就病倒了。哪里还有钱治病！眼睁睁看着她断了气。死的埋不了，活的养不了，韩百安一急，也病倒了。爷俩没法儿活下去，买了一包毒药想寻死，多亏了热心肠的焦振茂跑来了。焦振茂一瞧那饭不是颜色，一闻那饭不是滋味儿，连碗带饭全给扔了。他说："百安，不能寻短见，为了孩子，咱们得活下去，世道不会总这样，早晚要变的。"焦振茂还给他开心，给他安葬死的，给他治好病，又带他到北口外做木匠活，打短工，才算度过命来。可是刀把地跟老伴一样，再也回不来了。

土地改革，插牌子分地，韩百安跑到刀把地掉泪，不敢说话。焦振茂明白他的心，跟贫农团主任韩百仲讲了情，刀把地终于又回到他的手里。他把全部的心血都交这块土地了。他打着好算盘，要把他那全身本领，他那一辈子都没有机会施展的技术掏出来，要靠着共产党打出来的太平天下，把这家业给子孙后代守住。他不敢有太大的野心，只要靠着他的刀把地过个丰衣足食、安安定定的太平日子就心满意足了。能添置些东西，能发展发展更好；儿子大了，是帮手了，这个算盘完全能做到。谁想，从天上又冒出个农业社。他顶着，顶着，刀把地还是交出来了。他的计算，也跟着打碎。

韩百安忧忧闷闷地想着心事，慢慢腾腾地拣着石头子儿。他拣着，拣着，像拣着他的忧愁，把它们抖搂出去，又像拣着爱情，把它们积攒起来。

南方吹来微微的小风，风带着燥热，往他身上扑来。麦浪又欢乐地起伏，小鸟在尽情地飞舞。一把剪刀似的小燕子，擦着他的头顶掠过去。

麦地那一边的路上,有两个行人走过来,一高一矮,每个人胳肢窝都挟着一卷子布袋;一边走路一边说话儿,最后停在坑边的两棵柳树底下了。

"这个地方风凉啊,歇歇吧。"

"大概是快到了。"

一个坐着,一个站立,抽着烟。

站着的高个子叫了一声:"嗬,老王,你瞧这麦子多好,今年又是个大丰收!"

坐着的矮个子应和着:"对了。咱们这趟买卖算是来着了,保管空不回去。"

高个子说:"有老范的面子,什么年景也不会让咱们白跑,你放心好了。这麦地不知是谁家的。"

矮个子说:"哎,这年头还有谁家的,跑遍中国一个样儿,土地全是大家伙的!"

这句话好像一根针似的猛刺在韩百安心头上。他赶紧蹲下身,胸膛一热,泪水忍不住地涌上来,蒙住了他的眼睛。

高个子发现了韩百安,说:"你瞧,那边地里有个人,问问路吧。"

矮个子立刻就朝这边喊:"喂,老乡,前边这个村子是东山坞吗?"

韩百安揉了揉眼睛,"嗯"了一声,依旧弯着腰拣石头。

矮个子又问一句:"马之悦住在这个村吗?"

韩百安抬起头来,朝两个生人打量一眼,又"嗯"了一声。

两个人同时扔掉了烟头,用脚踩灭,从地下拾起口袋,顺着路,朝村子方向走了。

等他们走远了,韩百安才直起身,心里边嘀咕,这两个人看着好面熟呵!他忽然想起来了,他们是城里一家小杂货铺的。去年夏天，有一次韩百安跟马立本、弯弯绕出车拉东西，在那个小杂货铺落过脚。人家对他们几个人招待得挺热乎，上顿下顿都有肉，晚上还请到戏馆子看戏，烟卷儿由着性抽，花钱像流水似的。韩百安过去扰过人家，人家这会儿到自己的村了，到自己的家门口了，要不要打个招呼呢？算了吧，他们这种大手丫子的城里人，庄稼地的小门小户是应酬不起的；再又说，他那会儿招待自己，全是冲马之悦的面子，要不然，人家认识韩百安是老几！去他的吧，多一事不如少一事，麻烦的事情够多的了！

他又蹲下拣石头子。他心里边发闷，手脚越发地迟钝了，自言自语："这是大家伙的地，大家伙的，拣它顶什么用！"他抽身站起来，把粪箕子里的石头子儿往地边上一扣，收起粪蛋，就迈着沉重的脚步回村了。这会儿他才想起来，焦振茂还在大庙里等他一起做木匠活儿。

大手大脚的焦振茂，转了几条街没有找到韩百安，就一个人回到大庙里先忙开了。他做的是打场轧麦子用的碌碡框子，这会儿正在破板子。

这座大庙是明代建造的，民国初年，年轻的马小辫好行佛事，助金修葺了一次；后来就处于兵荒马乱的年月，香火断了，那个老和尚跑了，这个地方也就冷落了。它的构造比较简单，倒很结实，一道山门，一层大殿，两间配房；院墙全是砖石，很高，院落也很宽敞，院子中央有两棵古老的柏树，一个人搂不过来，枝桠披散着，四边搭墙，如同一个大顶棚。大殿早空了，里边是农业社的仓库；两端的配房，一头是韩百旺管的豆片坊，一头是团支部的技术研究室兼民校教室，农活一忙，技术组和学文化的全停止，这儿就存放木匠们的工具了。

焦振茂在柏树下边做木匠活儿。那儿放着一只长凳子，长凳子上绑着刚破开的木板，他骑在凳子上，双手握着刨子，弓着腰，平伸两臂,用力推拉。只听得"嚓嚓、嚓嚓"的声音,有节奏地响着,刨花儿就像喷泉似的从他那粗厚的手上涌出来,又滚落在地上;不一会儿,他的两只大脚就让散着树脂香味的刨花埋住了。他推一阵子,从耳朵上拿下一支短短的铅笔头,把笔头用舌头舔舔,再用尺子比着,在木头上左右一画,闭一只眼,睁一只眼,调了调线,就又推了起来。他一边工作,一边微微地摇着头,轻轻地打着口哨,快活的心情,遮掩不住地流露在那张皱纹纵横的脸上……

韩百安进了庙门,一抬头,不禁愣住了。他使劲儿挤着朝里眍䁖着的小眼睛,看看焦振茂的脸,又看看焦振茂的手。他像是正做梦,一下子倒退了二十年。二十年前,他这个老朋友也是那么快活过。那会儿,他们都年轻,都是刚从老子手里继承下房屋、土地和家庭的累赘;他们都是一样的一火心地奔日子,一样的想发家创业。几场灾祸,韩百安挺不起腰板了,老朋友照旧快活。他快活地盘算,快活地寻找生路,快活地学习可以为他生财发家的一切手艺;他没有当过木匠,锛凿斧锯件件行;他没有拜过瓦匠,垒砌泥抹样样通;他会捏泥人,把小孩子的零花钱弄到手;也能捉一担子蝈蝈,挑到北京去换回几升粮食——不论干什么,他都拉上韩百安,两个人一路走着,一个耷拉着脑袋,盯着自己的脚趾头,一个挺着胸膛,瞪着眼睛往前看;两个人一块儿干营生,一个皱着眉头,一袋烟接着一袋烟,一个眉开眼笑,一个小曲接着一个小曲——那个口哨声,也像今天一样动听。那会儿,韩百安听到这个快活的声音,就能够跟焦振茂快活起来,有了朝前奔的勇气;可是这会儿,这个口哨声同样是快活的,却使他越加烦恼……

韩百安很纳闷儿。从打日本鬼子一来,焦振茂就没有快活过,再没有听他打过口哨;土地改革以后,他的脸上刚刚出现一点点笑模样,一眨巴眼睛就消失了,从此,他就一年比一年苍老,一年比一年沉默。怎么一下子他又变得年轻了,变得快活了;这种变化,好像是从去年闹了灾以后开始的，一场灾，把好多人的兴头都打没了，倒把他的兴头打起来了！

韩百安又想起许许多多摸不清头脑的事情。比方说，焦振茂肯让一个念过中学的大闺女，不找个挣钱的公事，留在村子里干庄稼活，这不是赔本的事吗？闺女都二十几岁了，还不给她找婆家，肯让她自由地跟男人们一块儿乱跑，这好看吗？还有，焦振茂对那些不关自己的事儿那么上心，什么政策、条文，到处抄；有一点儿有关国家的事，到处打听，这能当钱花，还是能当饭吃呀？最使韩百安奇怪的是，焦振茂有好多独一着的手艺，过去千金不卖，如今只要萧长春说上一句好话，他便轻易地传给别人；上边号召什么事情，他明明吃亏了，嘴巴上倒一个劲儿喊乐意、乐意……

韩百安站在山门里，呆呆地瞧着焦振茂，那个大高个子，那对总是眯缝着的眼睛，那双大手大脚，过去他该是多熟悉，眼下倒显得有点儿生了。

他低着头走过来，慢吞吞地拿起了斧子。

焦振茂一见韩百安来了，就眯缝着眼，笑嘻嘻地说："百安，你瞧我刨的这个怎么样？你说怪不怪，这一程子，眼睛好像不太花了，不戴花镜，也能刨个溜平。"

一提花镜，韩百安想起他家里那双白毡鞋，那是去年冬天，焦振茂到东北看儿子去买来的，一起买两双，给了韩百安一双，怎么给钱也不要。焦振茂说韩家没女人，常常叫老嫂子和侄女帮他做针线，一年到头，没少麻烦人家。老朋友总归是老朋友，他们还是贴心的呀！

一边干着活儿，韩百安还在那股子烦闷忧愁里纠缠着。过了会儿，他又忍不住地跟老朋友抖落出心里的话。他说："我说大哥，那个会吵了闹了半天，到底儿怎么样呀？"

焦振茂干活的时候非常专心，旁边就是有变戏法、唱戏的，也不能扰乱他。这会儿,听到问话,他有点心不在焉地回答说:"好像还没说一致。"

"到底儿要由着谁,怎么分法,咱也不摸底儿,心里边定不住砣,怪别扭。"

"快别定不住砣啦,要我看哪,说一千,道一万,终归还得按支书的意思办。"

"那样,咱们可就吃亏了。"

"吃亏也得拥护。再说,也不能叫吃亏。后边你走了,没听见,人家支书说的,跟政策条文一个样子。别白劳这个神了,有劲头,不如多干点活,多挣点工分。这才是最正当的,想歪的不行啊!"

焦振茂这些话,韩百安一句也听不进去,他还是按着自己的路子想,深深地叹了一口气:"唉,大哥你瞧瞧,我这两年,人不像个人,日子不像个日子,有啥奔头呀!"

焦振茂看了老朋友一眼,停住手里的活儿,郑重地说:"唉,你怎么不像个人不像个日子了,我看你过得蛮不错嘛!你别总是自起矛盾啦。眼下跟过去大不相同,过去过的是小日子,如今过的是大日子,过去办事得看黄历,如今办事得看政策条文,照着做准没错。你就把心扑到大日子上吧,水涨船高哇!"

韩百安没吭声,找了一根可以动手下斧子的木头摆弄摆弄,又用眼角瞄了老朋友一下,心里边十分感伤地想:一点不错,我们俩的心气真不一样了。他在木头上砍了一斧子,那木头不高兴地跳了几跳。

焦振茂奋力地推着刨子。不知什么时候起,有一片小小的木屑落在他的眉毛上了。他直起腰来歇口气,发觉老朋友仍旧无精打采的,就又接着说起开导人的话儿:"眼下是人心所向,全都朝着共产党。共产党里边有能人、炼能人。上边的大头头不说,就说咱村吧,长春这家伙就不得了。头几年还不是普普通通,老老实实,没想他能到这节上。你瞧他炼的,那心功,那肚量,那眼光,真是少见。人家心里有谱,想要把东山坞造成天堂。你不见你家小子跟我家淑红他们正搞树秧子,等到封了山,引过渠水,就要动手了。有人说瞎吹,我看哪,人多势众力气足,干部们有能力,上边有人给撑腰,一定会随他的心愿。让咱们单干,干吧,累死了也办不到。我是想通了,跟着大伙儿一块儿奔,才是为儿女打江山。别瞎想买房子置地了,那东西不保险,今天你给他买下,明天他就许卖了;不要说咱们这种小家主儿,就是过去的大财主,有几户三代不败家不落魄的!老话说,今日河东,明日河西,就指这个意思。我听淑红编的歌子里边有一句:'单干好比浪里的船,东飘西荡不知哪会儿翻……'意思很深。不信,你仔细地想一想。别人怎么调唆你也别听。往后就跟大伙儿一块奔吧,这是铁打的江山,再不用惦着后辈们了……"

他说得很兴奋,小木屑在他的眉毛上神气地抖动着。

韩百安颓丧地说:"就是真能那样,我也赶不上了……"

焦振茂说:"赶上赶不上倒不敢说。反过来看,就算你能买下房子置下地,你能把它带到棺材里去呀?"

"带不去,看一眼,心里也踏实呀。"

"你钻的牛角尖儿,没想开。"

"真怪事,咱们都是一样年纪的人,怎么你就想得开,我就偏偏想不开呢?"

"我呀,我这几年摸到一条:共产党办的大小事,全是为老百姓好。你把政府从解放到眼下颁布的法令都翻翻看,没有一个不好。哪一个法令刚颁布下来的时候都有人反对,都有人想不通,可是没一个不成功的,想不通的人也想通了。咱们就按政策条文办事儿,看着人家党员,人家怎样,咱就硬想通它,也跟着怎样,准有好处没坏处。"

韩百安叹息一声："共产党坐天下，没一样不好，就是搞农业社这一点不得人心。"

焦振茂把刨子一放，大声说："唉，你怎么说农业社不好？不好人家共产党就让咱们办啦？这些年，大大小小，咱们按着上边的政策条文办了多少事情，哪一条都好，偏偏这个就坏了？我看哪，你那脑袋里有点问题！"他明知道这句话说得分量不够，既不能说服对方，也不是有力的驳斥，他很着急。因为他没有萧长春那一套，也没有马老四那一套。在这个老中农来说，他在努力破坏着旧的意识，可是又没有来得及把新的完全建立起来。他搜空了肚子，猛然找到一句他认为分量重的话：

"百安，我看你是缺少一副穷人的骨头，一颗穷人的心田呀！"

这句话噎的韩百安倒憋了一口气。他低下头，砍着木头，再也不吭声了；一直到歇间，他再没有看过焦振茂一眼。

第二十四章

东山坞沟北边，正在暗地里风传着一件最新的也是最可怕的消息。说是萧长春到乡里告状去了，乡里马上就要派人来，压一压闹粮食的人，给萧长春撑腰、出气。那几家参加闹粮的中农户们正在悄悄传告知己的人。这个信儿到底从哪一个人肚子里发明的，第一个传出来的是谁，没人追究。传话的人都说：听人家说，如何如何，就又照样儿告诉别人去。这消息就越传越走样了，到最后传这话的人说，萧长春到乡里搬兵去了，马上就要开始挨门挨户翻粮食，挖地三尺，一粒不留。

沟北边那些肥溜溜的中农户，虽说去年闹大灾，可是船破有底，哪一家没藏着几口袋陈粮食！晌午的干部会上，又偏偏是他们这些户闹得最凶,喊叫得最厉害,听到这个信儿,都给震动了。有的抱怨弯弯绕这些人不该胡闹,闹得惹火烧身,还要别人吃他们的挂捞;有的咒骂萧长春办事儿太狠毒,胳膊肘朝外扭,对乡亲不留一点情面,也不给自己留一点后路;有的则是唉声叹气,祈祷灾祸消除。不管怎么说,怎么想,这些人家全都关闭了大门,挖空心思,想尽办法,要把吃不了的粮食深藏密窖。

…………

弯弯绕这家伙弯弯就是多一点儿,听到这个信儿,心里边笑笑,告诉瓦刀脸女人别慌张,就到办公室找马之悦。

他倒背着手,耷拉着脑袋,慢慢腾腾地走着,那架势,根本不像个急着要打听什么紧要消息的人,倒像平时请了三趟才肯动身参加群众会的样子。他走着,想着,心里边绕着,他不光把萧长春绕了一遍,也把马之悦绕了一遍。在他看来,萧长春和马之悦两个人坐卧行走一切等项,都可以用四个字归出:争权夺势。萧长春在会上宽让马连福,又宽让他弯弯绕,都是出于这种用心;因为萧长春知道如今主宰东山坞命运的不是穷把骨,而是富户,他的江山还没坐牢靠,全是富户的关系;萧长春不敢跟富户闹翻,给自己留着后路,怕是一旦城市里那种鸣放到了村里,对他不利;临散会那几句话,就暴露了这个乳毛未干、野心倒挺大的支部书记"内虚"。所以,弯弯绕觉得,要翻粮食的传闻不一定可靠;很可能是马之悦的谋策。弯弯绕想:如果说,眼下的萧长春是在用退兵计,那么马之悦正用激将法。马之悦是个机灵人,最会看风向,从他那越来越跟共产党不一心的趋向看,他很可能知道了事变的内情,于是乎很想在富户里扎下根子,等到事变以后还有人拥护他。马之悦又是个滑头,不敢放开胆子,还妄图上边赏给他一点残汤剩饭,想迈步,又试试探探的。放出翻粮食的空气,只是虚晃一枪,让人们反对萧长春,他自己再翻过来说,"没翻粮食,是我压下的",让人们感激他……

弯弯绕越绕,越觉着自己估计的不错。

弯弯绕呀,弯弯绕,你再能绕,也绕不过马之悦呀!等他到了办公室,马之悦干干脆脆举了三条,就把他绕出来的看法,差不多有一半儿给推倒了。

马之悦说,翻粮食这个消息不是他传出去的,但是他认为这个消息有八分可靠。第一,萧长春现在已经到乡里去了,证明他不是退兵,而是稳住对方,调动兵力。第二,萧长春要想在东山坞掌印,他得抓住贫雇农,决不会抓中农,特别像弯弯绕这样的富裕中农他永远不会靠;推翻土地分红这个提案,多分麦子给贫雇农,将计就计,买了贫雇农的好,宝座就坐牢了。第三,萧长春根本不会考虑到会有什么局势变化这一着,顶多知道整风是改正缺点,好加紧推行社会主义;有人对他说这种事,他会批评你是胡造谣言。

三条道理一讲,弯弯绕没话可说了。他把嘴一咧,耷拉着的脑袋在胸脯子上一转,扭头就走。你看他回来的时候走的那个快呀,屁股后边好像着了火,头也不顾耷拉算账了,手也不顾背着掐算了,一溜烟似的跑回家。

弯弯绕的真正慌乱,对那些观看风声的人影响很大,沟北边紧张的空气加浓了。

马之悦看看火候差不多了,就透了一口气。他原想在办公室等着乡里的人,又一寻思,坐等不妙,就赶快回家了。

他的心头郁郁不快,像压着几块大石头,怎么也搬不开。这种心境的原因是相当复杂和微妙的。不错,弯弯绕刚才"绕"到一点儿,可是没有"绕"到根子上。他坐在炕上,靠着被垛,一边用笤帚苗子剔着牙,前前后后地想着,打算把今天许多出乎意料的事情理出个头绪。马连福在会上开炮攻击,没有激起萧长春肝火,竟被他毫不费力地给压下去了。弯弯绕闹粮起事,没有勾起萧长春蛮干,他竟是那样沉着地按下了。这些都大大地超乎了马之悦的意料，甚至于萧长春那种雄辩的喉舌，马之悦也是没有领教过的。不过，这些并不是马之悦此时心情沉重的主要原因。让他惊魂动魄的是，发现了一个深沉难测的人，一个不易压服的对手。古人说，知己知彼，百战百胜。过去的马之悦既不知己，也不知彼。他对自己估计的过高，对萧长春又估计的过低。近几个月里，他渐渐发觉萧长春是个扎手的人物，也仅仅认为他年轻力壮，争强好胜，想要出出风头，揽点权势；至于他的心力、才智，马之悦觉着，自己就是捂着半张嘴，躺在炕上不动窝，萧长春也远远的赶不上。就在这半天的时光里，马之悦已经清醒了，已经认识到这个萧长春不是个简单的人物，绝不能轻易对待！唉，他马之悦真是聪明一世糊涂一时，做梦也没想到萧长春能成气候呀！要是他早先清楚这一点儿，在萧长春还是刚刚露头的小苗芽子的时候，一脚下去，不费吹灰之力，就给压下去了；如今成了高材大树，要遮住天，盖住地，不动斧锯是放不倒的了。

现在马之悦应该用什么办法指挥这场决斗呢？开完干部会以后，马之悦启动了他毕生积累下来的全部智谋和心力，对萧长春这个人，对东山坞这个村子的发展趋势，作了全面分析。这个分析的结果，他没对任何人讲，跟弯弯绕也只是说一半，留一半，真一半，虚一半。他估计，萧长春在会上让过马连福，让过弯弯绕，压下一场乱子，是一种稳心计，萧长春早把事情的严重性看透了，他是想压住阵脚，到乡里请示对策。最后的办法，很可能是这样，先用一点办法，调和调和，哄着人们把麦子收上来，分下去，最后再来个总清算，彻底清除异己，整顿队伍，提高贫农、下中农的思想认识，把他们团结到自己手下，好统治东山坞。这个估计不会错的，因为萧长春面临着麦收分配问题，他会把这个问题看成比立刻出一口怨气重要。马之悦该怎么对付这种局势呢？当然要想个最有效的办法,不能让萧长春的如意算盘行通,先让沟北边有粮食的户把粮食全藏好,然后再怂恿萧长春和乡里的人"翻",只要一翻,乱子就大了,不管翻出来翻不出来,目的都能达到:群众反对萧长春。翻出来了,能使人心惶惶,全都得恨萧长春;要是翻不出来呢,更好,萧长春的罪过越大,不光挨翻的人跟他记仇,不挨翻的人也得对他不满,乡里的人扑了空,对他的信任也得减一点儿。马之悦还估计到这样一点,乡里的领导干部全不在家,只留着李乡长和大个子武装部长看门。李乡长就是原来的区长李世丹。他犯了错误以后被降职当了乡长,跟马之悦是老同志,老知音。这个人好出风头,好耍小聪明,还喜欢来点儿新鲜的名堂。同时他还好吃一口,马之悦使一点小计,让他怎么着,他就得怎么着。武装部长是个莽莽撞撞的家伙,翻粮食这样的事儿正对他的胃口。这个人好对付。……

就在马之悦心里开了缝儿,越想越得意的时候,马立本进来了。他站在地下不说话,只是有点幸灾乐祸地嘻嘻笑。

马凤兰说:"听人讲会场上闹得挺热闹的,这下子萧长春不神气了吧?"

马立本说:"先让马连福骂的够呛,一句话也说不上来,像只小猫子;后来又让弯弯绕这几个人挤的够呛。我看他有点慌手慌脚地没咒念了。"

马之悦摆着手,不耐烦地制止他们说:"算了吧,你们看到哪儿去了!"

马立本自作聪明:"不管怎么样,反正他的威信是扫地了。我还从来没见过一个党支部书记让人家在会场上指着鼻子骂得狗血喷头,连个屁都没敢放。真是奇观!"

马凤兰拍着大腿说:"自作自受,活该,活该!"

马之悦叹口气说:"唉,你们这几个人哪——"

马立本一愣:"您这是怎么啦?"

马之悦摇摇头。他没把后边那句话说出来,也不愿意把现在心里想的全部告诉别人,一则有伤他的自尊心,二则他怕影响士气。今天的干部会上,使他特别感觉到,围着自己屁股后边转的这一伙人中间,顶用的不多,都是一群愚蠢的人,奥妙的道理,他们是悟不出来的。

门口外边,大黄狗疯了一般地叫起来了。

马之悦扒开窗帘一看,脸色刷地一黄。见马凤兰要出去拦狗,赶忙摆一下手,低声对马立本说:"瞧,真是祸不单行! 早不来,晚不来,偏偏在这个时候,他们才来! 快去把他们领到弯弯绕家去,就说是县里废品收购站的,没事让他们别乱出来;等天黑了,我再去瞧瞧他们。"

马立本糊糊涂涂,也不敢多问,就慌忙往外走。马之悦打个愣,又把他喊回来了。他们咬着耳朵喊喊嚓嚓地说了几句什么,两个人又都得意地笑了。

外边的狗叫声停止。既没听到马立本打招呼,也没听到来人说话,门口那边又像刚才那样平静了。

马凤兰眨巴着两只小眼,不知啥馅:"谁来了?"

马之悦无心绪地回答一句:"城里的。"

马凤兰又问:"干什么的?"

马之悦说:"还是那件事儿。"

马凤兰一着急就啪啪地拍打大腿:"哎哟,老天爷,这是啥时候,萧长春在家,又闹着事儿,你可得多加小心呀! 快把他们打发走了就得了。"

马之悦说:"那么容易? 不应付应付还行?"

马凤兰说:"你不理他们就是了。"

马之悦两眼发直地摇摇头,又深深地叹息一声,立刻又把心事压住,改口说:"眼下麦收不到,粮食价码正好,一定能多赚几个钱;

再说,这样一来,粮食就抖落彻底了,让萧长春小子翻不着,我们更好办事。最好今天乡里别来人。要是来了呢,对,把他稳在办公室商量事儿,更保险了。"他说着,下地穿鞋,走到院子里。他想看看马立本是不是把来的人领到弯弯绕家去了,街上有谁瞧见没有。

弯弯绕听了马之悦那三条判断以后,立刻急眼了。这会儿,他正在赶着全家人手忙脚乱地藏粮食。高粱、小米、棒子、豆子、五谷杂粮,只要是沾粮食边的全藏。地缸不够用了,就把大小枕头全倒空,把剩下的装进枕头里。他是闹粮起事的人,首当其冲,翻粮食的人来了,一定要先翻他,也一定是翻得最厉害最彻底。他觉着这种藏法,没有一个地方保险,又想不出另外的好道道。只要是被翻出来,他也知道自己的罪过是什么。他一边里外忙,一边心头打颤,满脸往下滚汗珠子。孩子也有不是,老婆也有不是,说这个,骂那个,怪他们手脚迟慢;他自己更是端起这个,放下那个,不知道先干什么好。

正在慌乱,有人敲门。

瓦刀脸女人惊叫了一声:"翻粮食的来了!"

弯弯绕吓得透骨凉:"快,带孩子到屋里去,找点活儿做。把汗擦擦,不许你乱说,全看我的。"吩咐完毕,他站在前门口镇静了一下,这才打开门,朝外一瞧,愣住了。

马立本领来一个高个子,一个矮个子,进到院里,又回手闭上门,这才对弯弯绕说:"不认识了?这不是城里的王同志和吴同志吗!"

弯弯绕也认出来了:"噢,噢,快到屋里喝水。"他又朝屋里喊,"来客了。"

马立本把人送到,将马之悦告诉的话嘱咐两个客人几句,又跟弯弯绕嘀咕一阵,就先走了。

弯弯绕明知他们是来买粮食的,先假装着不知道。弯弯绕和这些人是老交情,去年那几布袋开始发霉的麦子,亏了他们给捣鼓出去了,卖了大价,一年的零花钱都有了,要不然,全得垫了猪圈;他们在这个节骨眼来,倒是个大救星,反正自己存的粮食早晚也是通过他们手倒卖的,这会儿快点卖了,手把着票子,更牢靠。他一面往屋里让他们,心里一边这样子打主意。

进了屋以后,高个子先掏出前门烟给弯弯绕一支,自己也点上了,赔笑说:"我们这回又来麻烦各位了。"

弯弯绕说:"没说的,没说的,请还请不到。"

矮个子说:"今年年景不错呀!"

弯弯绕一面拿暖壶倒水,一面说:"对付事儿,对付事儿。"

高个子接过茶杯:"坐坐,别忙了。我们也不是客。咱们哥弟兄,还讲客套。"

弯弯绕说:"是嘛,这两年没少打搅你们,对我们帮助不小。"

矮个子说:"哪里哪里,大家互相帮助,互相帮助。"

高个子提到正题上:"我们哥俩这次来,还想再弄一点儿。"

弯弯绕故意嘬嘬牙花子:"麦子还没收下来,手头有富余粮食的主儿不多了。"

矮个子说:"各位怎么为点难,受点累,也不能让我们哥俩空着手回去呀!"

高个子说:"这回的价钱可以商量,反正让哥们吃亏的事儿我们不干。"

弯弯绕问:"玉米,大估摸得多少钱一斤?"

矮个子连忙伸两个手指头:"这个,不少吧?"

弯弯绕心里一动,一斤两毛,等于市价一倍多,一斤玉米无形中就变成两斤了。他赶快把口气松开一点儿问:"够载得多少?"

高个子说:"多少都行,当然是越多越好。"

弯弯绕又皱皱眉头:"太多了,运着不方便吧?"

矮个子说:"这回不用你们送,只要两三个人帮我们把货运过小河就脱手。"

弯弯绕一阵高兴。过去私卖粮食都是送到城里,担惊受怕,真是件危险事儿;这回不用送,脱手就得钱,哪找这种便宜事去! 他又叮问:"你们有妥当办法吗?"

高个子说:"如今城市正紧,对乡下松了点,要不我们还不出来哪!"

弯弯绕问:"什么正紧?"

矮个子代他回答:"正在大鸣大放,闹得满热闹。很多人替农民说话了,要求取消粮食统购,恢复粮食自由买卖。这是咱们的福音哪!"

弯弯绕说:"我们光听到一点儿风声,内情怎么样,就不知道了。"

高个子说:"传到乡下,总要晚一点儿。你不用害怕,咱们沿路都是线,要有先搞两千斤,立刻就可以运走。"

弯弯绕已经动心了,又把这件事儿在心里转了几个圈子,掂了掂分量。他想,要办,也得先找个别人起个头,不能从自己这里先割口,就说:"兄弟手里真是没多少,这个忙一定要帮。我给你们串连串连看,多了你们别高兴,少了也别不满意。"

两个人一齐说:"好,好,请方便。"

弯弯绕走出门口,心里嘀嘀咕咕,不知道先找哪一个好。马大炮这个人嘴不严,通过他的内当家最好;马子怀没主见,没人先下水,他不脱鞋⋯⋯

他正犹豫不定,只见韩百安叼着那只没嘴的小烟袋,耷拉着脑袋走过来,心里一阵欢喜,满面春风地叫了一声:"大哥,来来,我跟你说个话儿。"

韩百安趁歇间的时候从大庙出来回家。晌午饭还没有吃,这会儿有点饿了,回家找点东西吃。他一边走着,一边叹息,对世间的事,他只能叹息呀! 他听到喊,站住了,抬起头来,朝弯弯绕眨巴着小眼不动弹。

弯弯绕朝他神秘地招招手:"来呀,有要紧事情。"

韩百安又往前移动了两步。

弯弯绕上前来,一把将他拉进院子里,回手关了门。

韩百安不知道又要发生什么事情,恐惧地望着弯弯绕,作出一副随时都准备跑掉的架势。

弯弯绕打着主意,跟韩百安这个人办事情,不能商量,得先吓唬他一下,就故意拿出一副紧张相,压着嗓门说:"我说大哥,坏啦! 萧长春到乡里勾人,回来就家家挨门翻粮食,入地三尺,藏在哪儿也不行。"

这句话果然灵验,韩百安心中猛烈一颤。

弯弯绕说:"依我看哪,要有点粮食,存在家里白担惊受怕,还受气,不如出手为好。"

韩百安像被咬了一口,一面往后退着说:"没,没,瞧你说的,我哪儿有粮食呀!"

弯弯绕说:"我是给你个信儿,一个庄住着,又怪不错的,我不能看着你吃亏。"又压低声音,"去年咱们在县里见到的那两个同志来了,要有粮食,可以交给他们;一手交粮,一手接钱,一斤玉米两毛,一斤顶两斤多。"

韩百安脱口问:"小米子呢,啥价?"问出这句话,他自己也挺吃惊,好像不知道是谁指使他问的。他惊慌地抬头一看,正巧从北屋支开的窗子上看到两个脑袋。吓得他不知如何是好,慌忙转身,一边颤颤抖抖地拉门,一边说:"我饿了,一会儿再呆着吧!"话没说完,人已经蹿出大门。

弯弯绕很生气,用一种厌恶、蔑视的眼光望着韩百安走去。他清楚这个人,办什么事情,你越拉他,好像你有便宜占,他越怕上当不肯干;你要推他,淡着他,他反而会凑上来。

等韩百安走远了,弯弯绕心里边又绕了一下,想到马子怀这个户也有存着的陈粮,这两口子可比韩百安好说话儿,应当找他去。

马子怀两口子正在屋里生闷气。

他们下午请了假,单等招待新女婿,不料想,女婿那边捎来口信,说是村里工作忙,过了麦收再来。鸡也宰了,肉也割了,酒也打了,白白张罗一回。

女人说:"真是嫁出的女儿,泼出的水,还没三天,就把咱们忘了!"

马子怀说:"总共三里地,就是再忙,打个卯就走也行呀! 新女婿连门都不登,让外人多笑话!"

其实,新女婿推迟"回门"的日期,只是在他们不安的心情上增添了不愉快而已。这两口子生闷气的主要原因,还是今天中午那个干部会引起的。

坏事变好事这句话不假。这个吵架的干部会表面上看是坏事,其实好多人受了教育。不要说萧长春和那些积极分子,就连这个正在动摇不定的马子怀,也受到了震动。在会上,他看到一股子比弯弯绕这群人大得多的势力。萧长春硬邦邦地挺住了台,他的背后还有那么一大群人,把弯弯绕这群人全镇住了,也把马子怀镇住了。随着谁走,他得想想了……

这会儿,外边有人喊马子怀。

马子怀听出声音了,连忙站起来对女人说:"是弯弯绕。你去看看,就说我没在家。"

女人迎出去,马子怀躲在后院。

过一会儿,女人慌慌张张地回来了。

马子怀问她:"他找我干什么?"

女人说："他说乡里要下来人翻粮食。"

马子怀打个愣："还说什么了？"

女人说："他要把粮食卖出去，问咱们跟着干不？"

马子怀在屋地下转了个圈子，想出去，又退回来了。他看看屋里，看看院子，好半天才开口说话："别慌，别慌，咱们这一回不能瞎跟他们跑了，仔细琢磨琢磨吧。"

女人说："还是你那句老话：傻子过年看隔壁子。人家卖，咱们也跟着卖，要不，乡里来人，翻出粮食来，怎办呀？"

马子怀呆呆地站着，心里十分别扭。他懂得跟私商倒卖粮食是犯法的事儿。弯弯绕这些人怎么了？干部会上萧长春那一片苦口良言，你们的心一点都没动？在这个时候还要干这种事情，你们的胆子可真大呀！马子怀平时处处看着跟自己差不多的中农户脚印走，那是为了"不前不后"。但是有个条件：得合理合法他才干。这倒不是因为他的觉悟，不贪无义之财，不做犯法之事，是他从小就抱定的生活准则。今天在会场上听了萧长春和一群积极分子驳斥马连福、弯弯绕几个人的话之后，他觉着自己跟这一伙人闯进干部会场上就违犯了他的准则，就已经后悔不迭了，还能再跟他们干这种事去？他对女人说："不啦，往后，咱们不能人家怎么走，就怎么走啦。办昧良心的事儿，故意跟农业社去作对，咱们不能干，肯定不会有好结果。你没见今晌午会上，连福和弯弯绕这几个人让支书说的多灰，多难看呀，我都替他们臊的脸没处搁。还敢听他们的哪？"

女人顺着男人的心思说："要讲良心，农业社不赖。入社这几年，咱们哪会儿吃亏了？你说得对，往后咱们别跟他们掺和了，闷着头干吧。"

马子怀叹了口气："闷着头干也不行了。我算看透了，社里有一伙子跳槽子驴，这个农业社永远也安定不了。今儿个看着萧长春也不软,他要是能够掌住舵,农业社就兴垮不了啦。咱们看看再说吧。"

女人也陪着叹口气,又问:"你说那粮食的事儿怎么办呢?"

马子怀想了想说:"我看哪,不会有翻粮食这种事儿,准是他们想让咱们跟着扯伙卖粮食,故意吓唬咱们哪!"

女人说:"有这么一伙子人瞎闹腾,把人家干部挤的没路走,逼急了人家,人家不兴翻呀?"

马子怀说:"入社这些年,你听谁说过存粮食还犯法呀?投机倒把才犯法哪,我看没事儿,你就把心放在肚子里吧。就算万一真翻,咱没胡闹,没跟私商倒卖,也不怕。反正咱们这回说什么也不跟他们蹚浑水了。"

女人咬了咬牙说:"也好,听天由命吧。一会儿弯弯绕还要找你。"

马子怀说:"我躲开他。"说罢,他披上夹袄,急匆匆地离开家,奔了大庙。

第二十五章

"乡里要来人翻粮食"这句话,像晴天里一声霹雷,把韩百安这个胆小人的魂吓丢了!

他家西屋炕洞里的那两布袋小米子,在他眼前晃荡起来。这小米子是他攒了好几年才攒下的;每年打了新的,换下旧的,总是让布袋满着。本来是三布袋,去年冬天经马之悦的手卖了一布袋;他跟马之悦说,只有卖的那一布袋,其余的,不要说焦振茂,连儿子韩道满都不知道。这小米是韩百安的心尖子,命根子,他要永远地保存着它,就是从此用不着了,也要保存着,防备着万一。他每天干活回来，多愁，多烦，多累，只要他摸着黑进了西屋，揭开炕席轻轻地摸摸那鼓囊囊的布袋，摸摸那光滑滑的米粒儿，闻到那股子香味儿，忧愁、烦恼和劳累，就像被风吹的一般，一干二净。有两布袋小米子在屋里藏着，他活着就踏实，过着就有兴头，连走路迈步都有劲儿。

哪想到啊，有人要到家里翻了，只要一翻出去，那就归公了，再不是韩百安的了；韩百安就只能剩下个黑炕洞和两条补着补丁的布口袋，这不全完了！

韩百安迈着慌急的脚步往家走，活了这么大的年纪，他还从来没有走这么快过。

砖门楼虚掩着，屋门虚掩着，院子里一点儿动静都没有。烈火般的西斜的太阳，把满院子里的蔬菜叶子都晒蔫奄了，青蒜畦里裂开了小口子。堂屋里，柴火连着锅台，锅台连着柴火，这边案板上放着一把蔫了的菜，那边碗架子上摆着半盆子棒子面……

韩百安里外瞧瞧，又急匆匆地走到东屋，撩开门帘子一看，里边没人，炕上横着一只枕头，团着一条毯子，枕头边有一小堆扯碎了的纸片片……

会过日月的庄稼人，看到这种情形，给他那急火火的心上又浇上了烦躁和忧愁。他深深地叹口气：唉，道满这孩子，你到哪儿去了？干活回来，少呆一会儿，挑两挑子水，把菜浇浇不行吗？拿过锄头，把蒜畦松松土不行吗？你怎么做半截儿饭就跑了？你怎么睡醒了晌午觉，不把炕上收拾一下就上工啊？你自己不饿了，你也不惦着你这老爸爸，不应当做一点放在锅里？你的心都跑到哪儿去了，这哪像个过日子的人呀！

一年来，儿子变了，跟爸爸不是一条心了，一火心往人群里钻，跟那些个总想混个干部当的人身上靠，处处都想跟他们比。你跟这些人比个什么呀，咱家是过庄稼日子的，是靠着刨土圪垃吃饭的,整天价跑公事搭工夫,你搭得起吗?指指点点的支派人,你有那套本事吗?总是往外搭东西,总是吃亏,你受得了吗?多干活儿,多收粮食,多存下点儿,遇上个灾年荒月饿不着肚子;积攒的多了,有了富余,再置买点东西,这才是根本;少挨点欺负,少生点闲气,少去惹是生非,这才叫安分!唉,儿子大了,儿大不由爹呀!算啦,韩百安管不了,就不管啦。除了没给儿子说上媳妇,这个爸爸处处都对得起儿子。为了儿子,他四十多岁就宁可打光棍,没给他娶个后妈;为儿子日夜辛苦操劳,学缝学补学做饭,出去当爷们,回来当娘们;为儿子咬着牙、攥着心入了农业社,连刀把地都归大家伙儿了,你还让当老人家的怎么样呢?由你去,反正你也大了,能够自己照管自己了。韩百安还是按着自己打好的谱,该怎么办,就怎么办。过了麦秋,修修房,把媳妇娶过来,韩百安一份心愿了却,往后,要大撒手不管了。该吃吃点好的,该穿穿点好的,到县城里逛上一天,到戏园子看上一场戏,这日子不过了!就是这个主意!

其实,韩百安这会儿倒是巴不得儿子不在家。光自己一个人,用不着等到天黑,马上就可以动手把那件大事情安顿好,就可以踏实了。他急急忙忙地走出屋,插上了大门,又顶上一根木棍子。然后,就像怕惊动谁似的,他轻手轻脚地走回来,从裤带上解下钥匙,打开西屋门上那把老铁锁。迈进门槛儿,停了一阵才看清东西。因为窗户外边封着草帘子,大白天屋子里也是黑洞洞的。他揭开炕席,半截炕的老坏拆去当粪使了,上边架着几根棍子撑着席。他揭开席子,又把盖在上边的烂东西搬过,就闻到了小米子的香气。他一手抓住口袋嘴,一拉,用肩膀子一顶,就扛起来了。

后院的小棚子没有窗户,没有门,盛着破烂的家具,谁也不会留心这里边会藏金埋银。里边有个大草池子,都是用坏垒的,池子沿到顶到胸脯子那么高。把两袋小米子躺着放在里边,上边盖上草,再压上烂家具,那就最保险了。

韩百安把小米子口袋扛到小棚子里，轻轻地放进草池子里边，转着身子，左瞧右看，很严密，也很合适。他又摸摸里边，一点儿也不潮湿，更放心了。

他第二次回到北房的西屋里，刚要扛起第二条小米子口袋，忽听后院里有脚步声。他的魂这回可真吓丢了，慌忙地把乱七八糟的东西往炕里一推，盖住布袋，放下席子，就踉踉跄跄地跑出来了。他做出一种要拼命的架势出来，定睛一看，是儿子。

韩道满站在后院，正好站在小棚子门口。他满脸的怒气和怨恨。韩百安从来没在儿子脸上看到过这种气色。不用说，他干的勾当，全让这小子看见了。这小子眼下可积极啦，最能在干部面前讨好，人家说唐山的煤是白的他也信。他看到自己藏粮食了，会立刻跑出去报告，他会这样做的，他已经黑了心啦！

韩百安浑身打抖，钉在那儿不能动弹。

其实，刚才韩道满躺在炕上闹了一阵子情绪，爸爸进来的时候，他正好到后院大便；爸爸第二趟进西屋去的时候，他才从茅房里出来，根本不知道他爸爸办了什么事情。他发怒的原因，还是他爸爸响午参加骂支书的事。马翠清一气之下甩手走后，韩道满像抽筋一样软了；那几句绝情的话，冰雹般地敲打在他的身上。现在这个年轻小伙子被一种火燃烧着。老实人发起犟脾气，比烈性人发脾气要可怕得多。

一对眼里燃着火，一对眼里结着冰，两对眼睛对视了好几秒钟。

儿子像打雷似的开口了："您办的好事，您真是揭不开锅，没粮食吃了？"

韩百安自知理亏，第一次在儿子面前示弱了。他在嗓子眼里挤出几个字儿："我，我为你呀！"

儿子跳着脚说："为我，您就这个样子为我呀？得了吧，您算把我毁了！"

这句话像冬天的西北风，噎得韩百安倒憋一口气。他感到一阵揪心疼，老眼里忽地飘起一层泪水，声音发颤地说："满头，你，你这是什么话？我，我可是不容易呀！"

儿子说："您不容易，谁容易呀？您一点路子都不给我留，总是这样瞎闹哄，让我怎么出门，让我怎么见人呀！"

韩百安朝门口看看，朝后墙看看，搓着手说："小声点，小声点……"

儿子反而把声音提得更高了，惟恐别人听不到："小声干什么，光荣事还怕别人知道哇！"

韩百安急得跺脚："哎呀，你有话说，我听你的还不行吗？你总得顾全点……"

儿子喊道："也不算我不孝道，您不顾全我，我也不能顾全您了！"

儿子说着，气冲冲地往外走。

韩百安扑上去，扯住儿子。他哀求着："满头，满头，上有天，下有地，我这当爸爸的，一辈子没有做过一件对不起你的事儿。你不看活的，看死的，你放过我这一回吧。"

儿子一甩袖子，还是走了。他已经穿过屋地，走到前院，再有几步，就到了砖门楼，出了砖门楼……天哪，那两布袋小米子就归了公。那是韩百安瓢里攒，碗里积，嘴里省的，一粒一把，他都摸过来了……

韩百安跟头趔趄地追到前院，使大劲抱住了儿子的胳膊："满头，满头，你还让我怎么着，要我好看呀？你要让我给你跪地下磕头呀！我给你跪下行不行？"

韩道满见爸爸吓成这个样子，这样惊慌失措，就跺脚搓手地喊："您这是干什么，您这是干什么呀！"

这个年轻的庄稼人，在这个保守的中农小院里生活了二十多年，他受到的训练和教养跟马翠清是根本不同的；如果旧社会再延长十年，那么，韩道满会是这个小院子忠实的继承人，他一定会是今天的韩百安。可是新的生活在冲击着他，伙伴们新的精神影响着他，爱情的力量鼓动着他，使他那渴望进步的欲望越来越加强烈。可惜，他迈上新道路的日子还太短，就像一个病魔久久缠身，刚刚治好，还没有完全健康起来的人一样，对待一切斗争，他是软弱的，无力的……

韩道满呆呆地望着自己的爸爸，他恨爸爸，更恨自己，他想痛哭一场。

韩百安先哭了，又是鼻涕又是泪，像个娘们似的。

儿子的心软了，看着爸爸那副可怜的样子，父子的感情把他战胜了。他叹了口气，说："算了，算了，我不管您了，您爱怎么就怎么吧！"

韩百安两眼紧紧地盯着儿子的脸，猜测着儿子的话是真心实意，还是欺骗他，又一迭声地叮咛："你答应我，答应我，对谁也别说，对马翠清也别说。"

韩道满全身发软地蹲在地下，两手抱着脑袋，灰心丧气地嘟囔着："唉，我真不知道怎么办好了。怎么办呢？"

韩百安朝儿子跟前凑凑，仍然在可怜地哀求："你说一句话，你不到外边说。"

韩道满说："我不管您的事就行了。咱们谁也别管谁了。还让我说什么？"

韩百安这才把心放回肚子里，站在儿子跟前说好话："说了一遭儿，我有谁？除了你，我还为谁？我是想，分了麦子，把房子修修，给你成个家。这样，我对得起你，也对得起你去世的妈。"说到这儿，他又伤心地掉下几颗老泪，"那时候，我什么也不管了，全由着你,行吧? 你想想,我哪一点不是为你好? 不是为你,为你娶上个人,我能入社? 我那刀把地能归大伙?"

在韩家父子起了冲突的同一时间内,苗圃里也发生了一件跟这儿有些关联的事儿。

太阳都偏西了,人们还不见韩道满来上工,有的人就说起不好听的话了。这是焦克礼起的头。

这个快活、直爽的小伙子,对老实巴交的韩道满一直是瞧不起的,当初焦淑红动员韩道满参加搞苗圃,他就反对过;后来发现马翠清跟韩道满搞开了恋爱,更是断不了从中起一点破坏作用。在他看来,韩道满这个人跟他爸爸韩百安根本没什么区别,根本没法"救药"了;马翠清跟这样一个人是水火不容的,根本不能成两口子,简直是鲜花插在粪堆上了;就是成了,早晚也得吹台! 这会儿赶上韩道满没上工,少不了要借题发挥,说上几句风凉话儿。

"翠清,快去帮帮忙吧。"

马翠清正两手忙乱地松土,没听出这不怀好意的语气,就头也没抬地问一句:"帮什么忙呀?"

焦克礼两只眼睛一挤:"嗨,你那对象正在家里浇大蒜哪,嘿,浇得一头长十瓣儿。"

"滚!"

"你滚吧,滚到杏树下边,帮你那对象数数长了几颗杏,能卖几分钱,能买几瓶子酱油几瓶子醋……"

一向厉害出名、嘴巴不饶人的马翠清,这会儿舌头短了。她抓把泥朝焦克礼摔去,因为焦克礼躲闪得快,没被砸着。马翠清急得咬牙瞪眼,又对旁边的新媳妇说:"你不管他呀? 臭该死的焦克礼!"

焦克礼故作认真地说:"嗨,你真是主观主义不看对象说话,她干吗管我? 我又听爸爸话,叫我落后我就落后,又会浇蒜,又会数杏……"

马翠清跳起来要朝焦克礼扑去。

新媳妇笑着拉住她说："翠清，别理他，他哪有一句正经的话。来，咱俩换换畦，你离开他就好了。"

从打到了苗圃，焦淑红就没大说话儿，皱着眉毛闭着嘴，闷着头干活儿。干部会上马连福和萧长春加给她的气火和烦恼，这会儿不光没消除，心里那颗疙瘩反而越结越死了。见焦克礼和马翠清两个人斗嘴，怕他们逗急了，就说："快干活，别扯闲篇了。早点干完早收工，我还有事儿哪！"

焦克礼说："人全马不齐的，还能早收工呀？我看咱们得整顿整顿队伍了！"

焦淑红批评他说："挺大个人，总像孩子！人家道满就晚来一回，你值得这么闹吗？"

韩小乐说："我跑去找找他吧。"

焦淑红说："行，快去快来；他要是有别的事儿，你也别硬叫他。"

韩小乐答应着要走。

马翠清噌地跳了起来："我去！"说罢，出了苗圃，大步流星地朝村走来。

这个一团烈火般的姑娘，这会儿的心情是很复杂的。她觉着，别人背后奚落韩道满，实际上就等于奚落她。因为她爱韩道满了！她自己也说不出为甚爱上了韩道满。就因为他聪明手巧、老实厚道？好像不是。在人背后，光剩下他们两个人的时候，马翠清常常把韩道满骂个一钱不值，甚至连一个笑模样都不给韩道满看；等到同着人，马翠清总是抓空子给韩道满抹胭脂搽粉，让韩道满在什么地方显一手；有人说韩道满一点不好听的话，马翠清就起心恼，想尽办法护着韩道满。今天晌午，两个人发生了一点口角，这会儿火气已经下去了。马翠清是个容易发火,也容易消火的人。火一消,她就后悔自己发了火。这会儿的心情就是这样。她按下韩小乐,亲自来找韩道满,不是为赌气,找到门上干一场。她怕韩道满为晌午说的那几句话闹情绪,躺在炕上不动弹,韩小乐去了一见,回来就传出去了,焦克礼这个家伙又有了说韩道满坏话的材料。同时,马翠清亲自来,什么不讲,只叫一声韩道满快上工,就能够把和解的意思表达出来,也能使韩道满消了愁,解了气,欢欢喜喜、顺顺溜溜地跟她一块儿到苗圃来。

马翠清急忙忙地离开了苗圃,穿行在沟里,来到韩家门口。她见大门上着,刚要拍打,忽听里边有人说话,扒着门缝看看,看不见,就把耳朵贴在门缝上听听。不早不晚,马翠清正好听到父子两个在院子里讲这样几句话:

"满头,你说一声,谁也不告诉,说一声,我就塌心了啊!"

"别逼我了,我往后不管您了,还不行吗?"

"满头,我全是为你好,你要血迷心窍到外边抖搂了,就是抖搂你自己呀!你想想,我不是为你能找上个对象,我能入社?要不是为你能找上个对象,我能让你跟淑红她们一伙子瞎搭工去进步?你说对不对呀?"

"全都完了,我进步不了啦!"

"不行,得进步,等把马翠清娶过来再不进步。"

"娶什么呀,您不知道马翠清为您的事情生多大的气哪!"

"你说什么,她知道了?"

"您不用修房子了,我们两个的事吹了!"

…………

大门外边的马翠清听到这儿,只觉得头上轰的一声,呆住了,趴在门上,好久好久,没有动一下。

"翠清,翠清,你这是怎么啦?"

一个人在她背后喊起来。

院里的声音停了。韩百安跑回去往西屋门上上锁，韩道满被"翠清"这两个字儿振作起来，跑去开门。

大门外边，焦振茂一面拦着马翠清，一面说："走哇，进里边呆一会儿呀！"

马翠清满脸涨得通红，牙根发颤。她推开焦振茂的手，说："我呀，这辈子再不进这个门了！"她说着一跺脚，转过身的时候，眼泪刷下子流了下来。她赶忙用手捂着脸，开腿就跑。

韩道满手扶着门板，愣了片刻，猛抬起头来，朝马翠清的方向追过去了。

焦振茂不知啥馅，也不便追去问根底，就叹口气，走进院子，对呆呆站立在屋门口的韩百安问："刚还好好的，为什么又闹气呀？道满怎么了？你关上门管教他了？"

韩百安愁苦地说："翅膀硬了，管不了啦！"

焦振茂说："管不了就不管嘛，反正他们都大了，也懂得为人处世。当父母的，管了小，管不了老。我看你就想开点，比什么都强。以后不要管他了。"

韩百安叹口气说："我没管他，什么也没管他呀！"

焦振茂说："我不信，你不管他，那么老实个孩子还能无缘无故地跟你闹气呀？"

韩百安没吭声。他两眼盯着地皮，两腮松弛多皱的皮肉在抽动；两只大手也在使劲儿攥着衣裳襟儿。他的隐人之秘，不能对着任何人说出来。倒退一年，这样的事情，他是完全可以无保留地告诉给焦振茂，焦振茂也会设身处地的为他想想利害，拿拿主意。可是现在，这个老朋友变了，越来越离着远，越变越隔心。韩百安在东山坞再也找不到一个知心对劲的人了，连亲生儿子也跟他绝了情义。自己在这个世界上是多么孤单，多么渺小，多么没有力量；

有这么个人不多,没这么个人也不少。在这一瞬之间,他想,活着真不如死了好。

焦振茂根本不知道出了什么事儿,问又问不出,看着老朋友这个样子,真不知道该怎么劝他了。

这个心灵手巧的老庄稼把式,在他一火心朝着他看准的目标努力地追求的时候,他变得比过去单纯了。他把一切想得都很如意,也看得简单,他怎么会想到,他跟这个四五十年老交情的朋友中间,不仅在表面上,而且在心坎上,已经打上了一道无形的高墙!要把这道墙拆除,光是焦振茂一个人的力量是远远不够的,别看你是积攒了几十年劳动经验,别看你搜集了一包子政策条文,别看你已经转到新的生活方向,你还没有这么大的力气呀!

焦振茂心里边嘀嘀咕咕,想着刚才在大庙里两个人的交谈,又朝这满是绿叶的小院子看一眼,忽然想起一件特别有兴趣的事情,想借由头解解韩百安的烦恼。他点上一锅子烟,一边抽着,一边说:"百安,过了麦秋,咱俩搭个伴,到通县双桥农场看看拖拉机好不好?我听焦振丛说的,他赶车拉东西在那儿看见了,说是一天能耕好几百亩地,还能收割麦子;萧支书说,将来咱们农业社也要使上这宝贝。那可太好啦,庄稼人可真不简单啦,成神啦!咱们带上干粮,到那住上两天,好不好?"

韩百安往日愿意多留这个朋友聊天,今天却盼他快走,他叹口气,冷漠地说:"我还不知道能不能活到那一天哪!"

焦振茂不高兴了:"哎呀,你怎么说这话呀!不用讲新事儿,讲进步,光从咱们过去那个落后地方看吧,过不多久你就要娶儿媳妇了,爱干你到社里干点,饿了回来有现成饭,困了,回来有热炕头,你真是要享福了!"

韩百安心里一阵痛:"娶不上媳妇了。"

焦振茂说:"娶得上,这房子还不好修!萧支书说过了,过了麦秋,大伙一凑,就帮你干了。办啥事光按着你自己过独日子的小算盘打不行,如今是大日子,人多手多,大伙少呆一会儿,就把你成全了。”

韩百安说:“房子修好,也娶不上了。”

焦振茂不明白:“怎么回事?”

韩百安的嘴里吐出一句难以吐出的话:“他们吹台了!”

…………

韩道满这个时候正为让这件婚事不吹台奔波着。

他追上了马翠清,向她报功:“我批评我爸爸了,他都哭了,他以后要改!”

马翠清瞪着两只泪眼,咆哮地喊:“走开,别理我!”

韩道满被吓一跳,结结巴巴地说:“你还让我干什么?”他想问:“非得让我亲手打我爸爸一顿才行,多进步的人也不会这样吧?”但没出口。

马翠清说:“我让你干什么你就干什么? 你干什么全是为了我呀? 你的进步全是假的! 呸,你算把人丢尽了!”她说完这句话,就气扑扑地走了。

韩道满木然地在街上站了一会儿,心里痛苦得很。他不相信马翠清会对他绝情,现在的问题,完全是因为误会,或是没有容他把话说出来。自然是自己太软弱的过,对爸爸太心软,自己太缺少马翠清那股子坚决劲儿和勇敢劲儿;实实在在,自己没有下狠心跟爸爸的落后思想作斗争。

年轻人在火热的阳光下走着,他的心里也燃着火。长这么大,他没有跟第二个人谈过爱,也没有第二个人给过他这种爱,他认定了这个人,海枯石烂也不能变心。

他想去求求韩百仲,因为马翠清是韩百仲的干闺女。只要韩百仲从中一调解,他们就会重归旧好。快到门口,他转回来。唉,对一个长辈说这种事,显得多没出息呀!

他又想找焦淑红,因为马翠清是焦淑红的好朋友。只要焦淑红劝马翠清几句,他们的矛盾就解决了。快到门口,他又转回来了。唉,跟一个大姑娘说这种事情,怎么张嘴呀!

唉,不论处理任何事情,这个中农的儿子,都摆脱不了他爸爸给予他的影响!他犹犹豫豫,最后他想到了党支部书记。支部书记最能体贴别人的心思,最能够热心地帮助别人;而马翠清又特别听支书的话,支书讲讲情,马翠清立刻就能清醒,他们的婚事就吹不了台啦!他鼓足了勇气,跑到党支部书记家里。唉,真可惜,他扑空了。

萧长春到哪儿去了呢?

第二十六章

太阳西坠的时候,萧长春带着一身泥土气味,走进乡党委会的院子里。

他走得很急,恨不能立时找到领导,取到办法,解决村子里积起来的问题,打开他的愁疙瘩,顺顺利利地完成麦收分配。他绕过信用社和乡政府的办公室,通过西墙上的小旁门,一看,党委办公室的门锁着,心里一沉,侧身又一看,党委书记那屋的窗子支着,心里一乐。

党委书记在家里,这真是意外的喜事。他找到了靠山,找到了主心骨。党委书记了解东山坞,了解那儿的人;同时,他对一切看来很吓人的困难问题,从不焦躁和慌乱,总是从容不迫,一眨眼就能指出解决的办法。萧长春跟他一起在东山坞度过去年的灾荒之冬,不仅熟悉,而且知心。萧长春把这位书记当做自己学习的样子,一举一动都在模仿书记,又常常觉着自己差得太远……

萧长春的紧张心情已经消除了一半儿了,就像没事情串门似的走进乡党委书记王国忠的屋子里。

王国忠穿着白汗衫,披着蓝制服上衣,嘴里叼着短杆烟袋,伏在桌子上阅读文件。他仔细地看着,不断用铅笔在上边划道道,或是加上几句批语。萧长春走进来把他惊动了,他抬起头来笑笑说:"我算计着,你现在该到了。"说着,从抽屉里拿出一包恒大牌纸烟,扔给萧长春。

萧长春接过纸烟,摆弄着看看,笑着问:"咦,你怎么也抽起烟卷来了?"

王国忠说:"这是人家送的礼,就等你来打包哪。"

萧长春说:"我知道了,这是人家专门慰劳你的。"

王国忠说:"慰劳谁的也不要紧,咱们是有福同享,有烟共抽。"

两个人都笑了。

这位党委书记三十四五岁,中等个子,比萧长春略高一点点。他脸色微黑,淡眉细眼,嘴唇厚厚的;说话时鼻音很重,但清楚利索。他原来在县委组织部当组织员,去年到这个乡帮助整社,跟这边的干部和群众的关系搞得很好,等到整社结束,领导就把他留下了。

萧长春在王国忠旁边的一张凳子上一蹲,抽出一支纸烟点着,说:"我昨天晚上才从工地回来。村里发生一点问题,我来跟你汇报一下。"

王国忠说:"大体的情况我全知道了,等一会儿你再仔细地谈谈。"

萧长春问:"你怎么知道的?"

王国忠说:"有人来告你的状嘛!"

萧长春打个沉,心想,是谁呢,马连福,还是马之悦?

王国忠说:"你先喝水抽烟,我还有半页,看完了,咱们再聊。对啦,又快两个月没碰头了,今儿个得多呆会儿。"说罢,他又伏在桌子上,聚精会神地看起文件来。

萧长春抽着烟,心里边还是猜想着到这里反映情况的那个人到底是谁。

这间小屋子很朴素,又是卧室,又是办公室。一张用木板拼起来的床铺,一只三屉桌,两把椅子,一条板凳,一个小书架,是这里全部的陈设。床头上摆着好多厚书,其中有马列主义著作、农业技术手册,还有一部《三国演义》。萧长春走过来,拿起一部精装的《毛泽东选集》,只见里边好多书页都折着,还划了一些红道。

窗户支着,窗外边有一棵年轻的小垂柳,在微风中摆动着细嫩如丝的枝条。几丛繁茂的熟季花,已经开了,粉嘟嘟的,十分鲜艳。

突然,一个熟悉的、妇女的声音从对面的房间里传过来:

"嘿,别看,我还没有写完哪!"

又是一个男人粗犷的笑声:

"哈,哈,按着干什么,写字还怕别人看呀?"

"对了,怕你学去。"

"哎呀,就你那字写的像蜘蛛爬的,还值得我学呀!"

"你写的字像小巴狗抓的!"

萧长春已经听出来,说话的妇女是焦淑红,心想,来跟王国忠告状的人,一定就是她了。

这会儿萧长春才记起他跟焦淑红还发生过一点小小的矛盾。他想:在会场上对焦淑红的态度是不是过火了,会不会影响她的工作情绪呀?会不会造成什么误会呀?他想来想去,又否定了。尽管焦淑红是个刚出学校门的学生,这一年来的共事中,萧长春总把她看成是自己的最得力的助手和最知心的同志呀!在那种紧急的情况下,又来不及细谈慢说,稍微简单生硬一些制止了她那偏激的做法，是应当的。不过，焦淑红毕竟是个缺少锻炼的女同志，对待她应当尽可能讲究方式，当时那么做了，事后应当找她解释一下，把自己那会儿的考虑告诉她，不光可以解除他们之间的误会，还能帮助同志提高认识，没有这样做，是一次大意。

萧长春想到这里，很多的事情都涌到眼前了。首先是金泉河边上那一片碧绿茂盛的树苗，接着是焦淑红在会场上爱憎分明，敢于斗争的精神，同时也想到在深夜里，焦淑红辛辛苦苦看守麦子的情形……

他心里说：焦淑红是个很有前途的同志，只要在实际工作里好好地锻炼，将来一定会成为一个出色的妇女干部。东山坞就是缺少妇女骨干。那个妇女主任，实际上只是挂个牌子，起不了作用。真正顶事儿的，除了焦二菊就是焦淑红了。要是帮助她们把妇女组织整顿整顿，马翠清、志泉媳妇，还有好多妇女积极分子们，都发动起来，是一个不小的力量啊！萧长春感到，过去对焦淑红使用得多，要求得严，可是具体帮助就太少了，以后应当改进呀……

王国忠看完了文件，回手锁在抽屉里，见萧长春愣愣地想心事，就笑了笑："喂，想什么哪，同志？"

萧长春把纸烟上的灰在桌子角上磕掉，也陪着笑了笑，没把他想的事情说出来。

王国忠问："这回你知道告状的是谁了吧？"

萧长春说："叫她过来，咱们一块说说好不好？"

王国忠："你别害怕，人家后来已经自动把状纸撤销了。哈哈，刚进门的时候，气头子可不小哪！"

萧长春说："淑红把情况都跟你汇报了，我就不多讲了。我想跟你着重谈谈马之悦这个人……"

王国忠笑着问："马之悦这个人怎么啦？"

萧长春说："这个人有点不正派。我看眼下闹的事儿，说不定跟他有关系。"

王国忠点点头说:"你这个看法是有道理的。其实乡党委对这个人也是有怀疑的,可是又总希望他往好处转。"

萧长春说:"谁说不是哪! 直到今天晌午头,我还盘算怎么让他跟我们拧成一股劲儿。这个人到底是怎么一回事儿呢?"

王国忠说:"不是怎么一回事儿,是怎么一种人! 这得靠我们用阶级分析的方法和眼光审查他、识别他。对了,我正有一件事情要个别跟你说说。"他把椅子往萧长春跟前拉了拉,"这是十三四年前的事了,你还记得不,大湾日本炮楼里有个胖子伙夫? 想想看。"

萧长春问:"中国人?"

王国忠点点头:"对,还是本地人。"

萧长春低头寻思一阵,忽然说:"想起来了,一个姓范的,对不对?"

王国忠说:"对,叫范占山,城里的人。"

萧长春说:"这个人我还记着。那时候他常到我们村里去,鬼子没投降,就不见了。去年我到县里开会,碰见一个小个子,有点像他。我还跟公安局的同志报告了。他们说,已经调查清楚,定了案,有人证明他光当伙夫,没办坏事儿……"

王国忠说:"证明人就是马之悦呀!"

萧长春说:"你怎么想起问他呀?"

王国忠笑笑说:"嗨,你这句话问的真妙。这几年我们有些同志光搞生产,这类事情想的不多啦!"

萧长春又问:"姓范的闹什么事儿了?"

王国忠说:"前几年还没看出他有什么可疑的行动,在小杂货铺当伙计,表面上挺老实。最近城市里一大鸣大放,他看着气候合适了,讲起反动话,还到北京活动几趟,很可疑。前些日子,乡政府接到两封群众写来的检举信，一封是说南村那年有件人命案子跟范占山有关，一封是说你们村韩百安被绑，卖地、倾家，是马小辫买动范占山，勾结炮楼上的人干的。不过这两个检举人都不是直接了解，也是听过去在炮楼上呆过的人讲的，这个人又早死了。"

萧长春说："这可以找马之悦了解了解，他当时在炮楼里平蹚，总可以知道一些内情。"

王国忠说："问题就牵扯上他了。我跟你商量商量，看怎么办。"

萧长春皱皱眉头："有这些不清不白的事情，马之悦就不应该担这个保哇！"

王国忠说："你把问题想得简单了。同志，问题复杂啦！"

萧长春眨巴着眼睛想了想，说："依我看，马之悦既然出面担保，要不就是不了解情况，不负责任做的；要不就是有瓜葛。这个瓜葛？"他不敢往下想了，因为他实在不愿意在革命的队伍里出现这样的事情。

王国忠说："瓜葛是肯定的了，问题是什么性质的瓜葛还要调查研究。"

萧长春一惊："肯定有瓜葛？有什么根据呢？这可是大事情啊！"

王国忠说："第一个根据是，解放后，范占山被扣留、审查的时候，马之悦赶到县里，主动担保作证……"

萧长春觉出问题的严重："这一条就应当怀疑了。一个老村干部为什么要主动为这样一个人作证呢？是不相信政府呢，还是有别的心意呢？不过，马之悦表面上说长道短，实际上是个没有原则性的人。会不会是他受了范占山家里人的贿赂才干的呢？"

王国忠说："这也是可能的。"

萧长春松了口气："要是这样，问题自然严重，倒好办啦。这只能划在政治品质,或者阶级立场的圈里,还不至于有别的问题。你说呢?"

王国忠说:"据当时办理这件事的干部说,马之悦那会儿显得很急迫,生着法儿要看范占山的口供,而且是专门住在县政府招待所里,等到案子完结了,他才离开。你想想,要是仅仅贪图一点经济上的利益,按着马之悦那股子精明劲,我看他绝不会担这么大风险,付这么大辛苦。"

萧长春点头说:"这话对。"

王国忠说:"还有,第二个根据,据说,去年闹灾的时候,马之悦领着几个社员搞买卖、跑运输,常在范占山小铺落脚的。这还不算,据我分析,有可能他们是搭了股子……"

萧长春这下更急了:"有这种事!全都调查清楚了?老王,要是这样,可真复杂啦!还有呢?"

王国忠说:"他们的关系也很密切。据邮局的投递员说,他们常有信件往来……"

萧长春说:"拆开信看看……"

王国忠说:"问题没肯定什么性质,怎么能拆看书信呢?"

萧长春也自嘲地笑了,"听了这种事情,我简直有点蒙头了。"

王国忠也笑着说:"先别蒙头。对这个问题的调查工作,刚刚开始。我是昨天在县里开会,才知道的。公安局的刘科长,专门找我谈了这个问题。他们正在侦察,也希望我们从旁协助。对这种事情不能急。我看得出什么样的结果都可能,也许大复杂,也许小复杂。遇到这种事情,表面看是坏事,很可能是最大的好事。你说对不对?"

萧长春点点头。

王国忠继续说:"老萧,咱们可不能光钻到咱们这一个乡,一个社里看问题,这不行啊!我们要站得高些,看得远些,才能透过现象,抓住事物的本质……"

对面屋里,传来焦淑红的喊声:"王书记,管不管大个子,他欺负人了!"

两个人的谈话被打断了。

那边的话音未了,这边的门子通的一声打开,人也进来了。

王国忠和萧长春都被吓了一跳。

焦淑红一迈门槛儿,就瞧见了萧长春,朝他微笑地点了点头,那笑容和眼神里,包含着道歉的意思。她说:"我正要回去找你哪!"

萧长春也笑着说:"我知道你要找我,就马上跑来了。"

一对好同志,就用这两句普通的话,把中午会上不可调和的"矛盾"和解了。

焦淑红又对王国忠:"王书记,你瞧大个子多欺负人哪!"

王国忠故意逗她:"欺负我们女民兵可不行,包括支部书记在内。淑红,别怕,我给你撑腰,怎么了?"

焦淑红认真地说:"跟他要几支步枪,他让人家写申请,人家写好了,他又不给! 我们黑更半夜地看麦子,没个武器怎么行啊!"

大个子武装部长也笑嘻嘻地跟进来了。这个门口并不低,可是他一定要弯弯腰才能进来。他接着焦淑红的话音说:"我怕给了你们枪不会使。"

焦淑红说:"真把人看扁啦,破枪谁不会使!"

王国忠说:"淑红,我跟你说实话,他的仓库我摸底儿,眼下真没有多余的枪支。"

焦淑红搓着手说:"那怎么办呀?"

武装部长看着焦淑红为难的样子,也有些不过意,就说:"有手榴弹。"

王国忠说:"好,给她们几颗手榴弹吧。"

311

焦淑红赶忙说:"十颗。"

武装部长说:"只能给两颗。"

焦淑红说:"哎呀,真是小气鬼儿!"

武装部长说:"你大方的过头了,一张口就想扛走十支步枪。"

焦淑红往床边一坐:"我们团支部组织看麦子,就没有一个人支持。"

王国忠故作惊讶,转向萧长春:"老萧也不支持?"

焦淑红:"萧支书躲到工地上去了,把我们扔的像个没娘的孩子,有点什么事情,不知道找谁拿主意!"

王国忠说:"这个意见对呀! 当时我一再跟马之悦说,让他带队去,支书留在家里。我一走,他就变卦了。"

萧长春说:"这事不全怪他,我想他身子骨没我结实,到工地吃不消。谁想到,丰收了,还有这么多乱子!"

王国忠说:"领导一再说,要经得住胜利考验,大概也包含这个意思。"

萧长春深有所感地点了点头。

焦淑红站起身来:"哎呀,一呆就呆到这时候了。快给我拿手榴弹,我得走了,吃了晚饭还要找人看麦子哪。"

武装部长说:"刚还逞英雄,一眨眼就成了狗熊。别害怕,没人扣你反省,塌塌呆着吧。"他说着,一脚蹬门槛子,一手扶门框,截着。

王国忠说:"不留住,多聊会儿行吧? 你说,咱们多久没得工夫坐在一起聊大天了? 还是老萧头上工地走那天在乡里开会碰下头,对吧?"他又转脸对萧长春说:"你们都踏踏实实地在这儿呆着,咱们要聊个痛快。别管家里,让他们嘀咕他们的去,咱们玩咱们的。在这个时候,一定得有诸葛亮坐空城的胆略才行。力量和正义都在咱们手里,有什么怕的? 你慌神,鬼怪都来了。"

萧长春对焦淑红说："王书记叫你多坐一会儿，你就多坐一会儿嘛！"

她这才又转回身，坐在床上。

武装部长说："瞧，真是县官不如现管，一个命令，就按兵不动了。"

焦淑红没理他，发现了床头上的《三国演义》："嗬，怪不得王书记满口走麦城、空城计，敢情你还挺喜欢文学哪！"

王国忠说："就兴你喜欢，我就不能充个数？ 对了，我还忘了过问，淑红，最近又写什么诗了？"

焦淑红笑笑说："我哪叫诗？ 只不过编几句快板。好久都没心绪编它了。"

王国忠问："这是为什么呀？"

焦淑红说："太忙了。等我们的树苗栽到山上之后，我要写一篇，那时候一定有真感情。我们语文老师说，劳动创造诗。这话不假。"

王国忠说："有人说我们农民光会做活、吃饭、睡觉。不是污蔑，也是不了解真情。几年以后，咱们农村像淑红、焦克礼这样中学生的农民少不了，会写会念会作诗的人也多了，他们就是文化种子。我说老萧，党号召我们干部除了认真研究政治理论，也要学点文学，你也得看看书，写写诗了。"

萧长春说："对了。昨晚上我从工地上回来，心里特别高兴。想唱，不会，想喊，又不好意思，就是没想到作诗。"

焦淑红扑哧一声笑了。

萧长春也憨厚地笑笑。

王国忠说："其实，我们这个时代的人都是诗人。我们是用心蘸着汗水写，这诗才是永远不朽的。"

焦淑红拍手赞美说："王书记这句话就是诗呀！"

武装部长插不上言,也没兴趣谈这些"湿"啦干的,就到自己屋里,拿了两颗手榴弹过来。弹皮上长了金锈。

焦淑红小心地把手榴弹接过来,在手里爱惜地摆弄着。那只拿针的手,拿笔的手,拿锄头的手,现在又拿起了手榴弹。这是武器,是保卫胜利果实的武器。她联想到自己最崇敬的女英雄刘胡兰,心里又激动起来了。

王国忠瞧瞧手榴弹,又感叹地说:"你们看看手榴弹上边长的锈,说明我们天下太平了,也说明我们有点太平观念。刀枪是不能入库哇!"

武装部长叮嘱焦淑红:"小心,别遇到事忘了拉弦。"

焦淑红说:"不拉弦也比一块石头强。"

大家都笑了。

焦淑红本来一火心想要支大枪背上,枪没拿到,得了两颗手榴弹,有了武器,她就满足了。看看天色已近傍晚,就说:"这回该放我走了吧?"

王国忠说:"瞧你,大家刚说上兴头来,你就张罗走,这不是故意闹别扭吗!别忙,我已经告诉厨房做饭了。吃了饭,咱们还得多聊一会儿。"

焦淑红嘴上说走,身子却不动:"我怕太晚了。"

萧长春也愿意焦淑红留下,几个人坐在一块儿,好从容地谈谈;让焦淑红亲自在这儿听听乡书记的指导,比自己回去给他们传达效果要好得多,就说:"晚了怕什么,咱们一块回去。"

焦淑红说:"谁说怕了,我们看麦子也没顶着太阳。我担心马翠清她们等着着急。"

武装部长说:"淑红这丫头真厉害。"

焦淑红瞪他一眼:"厉害,吃你了,咬你了?"

炊事员端进饭来,接着说:"快吃这个,咬这个吧!"

白面烙饼,炒豆角,冒着热气,飘着香味儿。

萧长春总是习惯为别人考虑,一看饭菜,就说:"老王,什么方便吃什么多好,怎么还招待我们呀! 看看,把你的细粮全部都拿出来了吧?"

王国忠说:"不要紧,过了麦秋,我再到淑红家吃回来。"

他们把三屉办公桌朝屋当中抬了一点,一边放两把椅子,武装部长从自己屋提过两只小方凳,又故意逗焦淑红说:"这里数你小,你挑吧,愿意坐哪边?"

焦淑红没理他,就大大方方地坐在萧长春的身边了。

王国忠一边分筷子给大伙,一边说:"咱们谁也别客气,往饱吃。"

武装部长说:"淑红,咱们比赛,看谁咬的口大。"

焦淑红对武装部长故意捉弄她写申请,还记着点"仇",找空子骂他,报复一下:"谁跟你比呀,你是有名的猪八戒!"

大伙又都笑了。

每个人把一张饼吃进去的时候,大个子部长又说:"你们瞧,妇女一点都不落后!"

王国忠来个移花接木,把玩笑拉到正事上:"对了,老萧你以后要分出一点时间,抓抓妇女和团支部的工作。妇女是半边天,团支部是有力的帮手。青年都是在新社会生长起来的,他们最纯洁,是我们工作的主力。我这个意见淑红准赞成。"

萧长春说:"我也赞成。过去这两方面的工作我抓的都不够,他们都在自发性地做事情。"

焦淑红说:"这里有老根子。马主任总不重视妇女工作,更不把青年放在眼里,觉着我们这样的兵没用!"

武装部长说:"他不用不要紧,等着解放台湾去。"

王国忠说:"一个人浑身是铁能打多少钉子? 当党支部书记的

人,会不会工作,先看他会不会调动人的劲头,会不会再把这个劲头使用起来。我们今天搞的是社会主义革命,一定得团结一切应当团结的人,调动一切可以调动的力量,才能取得胜利。"

焦淑红插言说:"我昨天晚上还给萧支书提意见,今天一天我就看透了。你就是有天大的本事,也不能把马主任、马连福和弯弯绕这样一些人团结到一块儿。不信就试试。"

王国忠说:"那得具体分析了。今天老萧对马连福的态度是对的。在一定的时候,要懂得顾全大局,不能任着性子,想怎么就怎么,应当有点忍耐精神。忍耐本身有时候不是退却,而是进攻。"

焦淑红说:"我说的不是这个,这个我已经明白了。"

王国忠说:"也得心中有数,不能乱团结,乱忍耐。过去我们对马之悦就不是心中有数。"

萧长春点点头,焦淑红没听明白。

王国忠用筷子敲着菜盘子说:"吃呀,吃呀,部长,你怎么光顾自己吃不让客呀? 请你这个陪客的真不上算!"

大家笑着,忙吃起来。

过一会儿,王国忠说:"你们别白吃我的细粮,我得考你们一个问题。"

几个人都停下筷子等他说。

王国忠把屋里的人都看一眼,不慌不忙地问:"你们说说,现在有人提出要土地分红,不愿意卖给国家粮食,这到底是怎么一回事呢?"

焦淑红抢着回答:"这还不简单,自私自利! 见麦子收了,眼红了,又想起单干那会儿,一收来就都装到自己囤里去,国家、农业社和旁人的劳动,全都忘了。"

王国忠转脸问萧长春:"你说呢?"

萧长春略想一下,说:"具体到东山坞,一部分社员,特别是那些中农，过集体生产的日子还不习惯，私心重，总想走回头路，就像有个老病根儿，说犯就犯，这回麦子一丰收，病就又犯了。还有，我觉着干部也有问题。"

王国忠追问："干部问题在哪儿呢?"

萧长春说："有人有争权夺势的野心，想借这个机会打击人。"

王国忠点点头："你们说的都有一部分道理。不过，都不全面，都没说在根子上。照淑红说的，多分给他们一些麦子，少卖点粮食，照老萧说的，给他们个领导干部当，多给点权，他们就能老老实实地走社会主义道路，对吗?"

焦淑红抢着说："那还行! 要由着他们，拆散农业社，回过去单干，把农村变成资本主义才可心哪!"

王国忠笑了："对喽，这才说到根上。我们可千万不要让眼面前的一些事儿迷住。眼前东山坞的问题，不是多分点麦子、少卖点余粮，或者要当个大干部的问题，不是的，归根到底是要不要社会主义的大问题。咱们是农业社的领导，是站在头边的人，对这个问题心中可得有数呀!"

萧长春被这句话震动了，心里像开了一点缝:闹土地分红，不光是为了多分些粮食，是要不要社会主义的问题;马之悦跟自己勾心斗角，不光是要揽点权势，是在支持走资本主义道路的人。对啦，对啦，根子就在这儿。不管马之悦跟范占山的瓜葛是什么样的，马之悦都不是个真正的共产党员。这个人掌权以后的所作所为，都证明了这一点。他搞富社，排斥贫农，还娶一个地主的闺女;他不领着大伙儿搞农业生产，一心跑买卖，走邪道，处处替富裕中农说话，这会儿又支持土地分红和闹粮;用不着再追查了，马连福一定是他煽动起来的!

王国忠把筷子放在桌子上，摆弄着继续说:"眼下这件事儿，表面一看，好像是几个富裕中农跟咱们闹别扭，其实呢，这些人背后还有一股子势力哪。这股子势力就是地主、富农,还有打进我们队伍内部的投机分子。他们不敢直接跟我们干,拉着走社会主义道儿不坚定的中农在前边冲。遇到这种事,咱们要晕头转向地乱打一锅粥,那就上当了。怎么办呢?用咱们阶级路线的法宝哇!就是依靠贫下中农,团结中农,打击地富反坏分子……"

焦淑红插嘴说:"团结?王书记你不知弯弯绕这些人多厉害哪!我看团结不了。"

王国忠说:"团结的了。因为走社会主义道路对他们只有好处,没有坏处,走资本主义道路,对他们只有坏处,没有好处。这是根子。当然啦,急是不行的,要耐心说服教育,要分别对待。说服、教育还不回头,就得斗争,斗争也是为了团结,为了让他跟大伙走上正道。能马上拉过来的,就马上拉过来,拉到咱们这边一个,那边就少一个;拉不过来的顽固分子总是少数,少数一孤立,想闹事也闹不起来了。对跟这些事有关联的干部问题,也得弄清楚,有的是阶级立场不稳,有的就兴许有别的用意……"

萧长春一面听着,一面回想着自己这一天处理问题的观点、方法,跟党的要求差得多远哪!特别是对闹问题的中农们自己既没有明确地想过团结,也没有明确地想过斗争,只是凭一股子火气要碰碰他们,再不就是去"套"他们,"套"出一点儿表面话,就认为没什么了不起,就得意了……对于干部里的问题,不光没有弄清楚,也没有站得高一点想想,不是劝说,就是让人家几句言不由衷的话弄得糊里糊涂。自己真是太幼稚了。

接着,王国忠讲起自己贯彻党的阶级路线的体会,讲到团结中农的重要意义。

萧长春忘了吃饭,瞪着两只眼睛听着。领导同志讲的话,一句一句地都吃到他的心里了。

王国忠又把问题提到最高的角度说:"现在国际、国内的阶级斗争都很复杂、很激烈，我们眼睛不亮，心里没数可不行。我这次去县里开会，听了几个报告，非常重要。党中央和毛主席把什么问题都看得很清楚。"他说着，从抽屉里抽出一份文件，翻了一下，又放进去，"春天我们党、团员都学习过这个文件，现在，世界上刮起一股子反共歪风。中国是大国，国际上的地位越来越高，帝国主义和反动派一定要抓这个空子搞我们……"

焦淑红眼睛睁得大大的问："派特务来了？"

王国忠说："他们搞我们，不一定全靠派特务。我们中国才解放七八年，暗藏的反革命分子有，明摆着的资产阶级有，毒种子埋在地里，下点毛毛雨，还不发芽抬头？我告诉你们一件事：我们党正在整风，要各党派提意见，有好多牛鬼蛇神钻了空子，现在正攻击我们。其中有好些人喊叫农村工作搞糟了，统购统销搞糟了，农业社该解散。他们喊叫的目的，就是说，共产党把什么全搞坏了，快换资产阶级或是蒋介石来领导。城市是这样，不能不影响到农村，农村有地、富，有反革命，有投机分子，这也是毒种子，也会发芽抬头。所以我说，不要把眼前的事情看得太简单了……"

焦淑红两只眼睛瞪得一般大，手里的烙饼被她攥成了一团："我回去，得好好地看着马小辫了……"

萧长春皱起浓眉，用心地倾听和思索。

王国忠笑了："其实，我们一点也用不着怕他们。就像马连福替一些人骂老萧一样，骂就把我们骂垮了？六亿人要永远跟着党走，这是根基。谁不信，咱们让他到人民群众里边看看实在的。我们要重视这些问题，可是不用害怕。"

萧长春说："你说得对。东山坞挨门数，仇恨新社会的人不过那么几个。"

王国忠本来知道一些旁的地方出现闹事的具体情况，他不愿意在这个场面都说出来，依旧从原则上点拨身边的几个同志："不过,当群众一时被眼前利益蒙蔽,闹不清方向,加上坏人一煽风点火,也可能闹出一些不好的事来,像今天马连福、弯弯绕。我们不怕闹事,可是不闹事总比闹事好。所以遇到事儿,千万要冷静,要分清谁是敌人,谁是自己人;还得看准火候,摸清了底子再动手解决,不能蛮干。"

萧长春说:"你具体指示指示,我们应当怎么办?"

焦淑红也附和说:"你快给我们出出主意吧。"

王国忠想了想:"我有个初步想法,供你们考虑。我想,先团结自己的力量,扩大自己的力量,分化落后的力量,把形势稳住,把麦子收上来分下去;社员们都吃得饱饱的了,有了精神,咱们再算账。这是眼前我们最重要最重要的任务。喂,怎么都停住筷子了!淑红,让我把你吓住了?"

焦淑红不好意思地笑笑,大口咬饼。

武装部长说:"好大的口,这回你可成了猪八戒了!"

这顿饭,就是在这样愉快、紧张的谈笑中进行的。每个人的眼睛都明亮了,心中都在沸腾,都觉着有一种投入战斗的情绪,又都是满怀力量和信心的。

焦淑红不想走了,坐到天亮,谈到天亮才痛快。

萧长春看看已经黑天了,就催她动身:"淑红,不早了。"

王国忠说:"老萧别走啦,这个铺能睡下咱们俩;光顾闲谈,忘了说正事,我还要跟你具体地谈谈当前的工作哪!"

焦淑红恋恋不舍地站起身。

武装部长说:"淑红,我送你回去。"

焦淑红拿起手榴弹说:"不用。"

萧长春说:"我送她一截儿吧。"

焦淑红立刻把一颗手榴弹塞给萧长春,转向王国忠说声:"王书记明天一定去呀!"就头前走了。

第二十七章

夏夜的野外，安详又清爽。

远山、近村、丛林、土丘，全都朦朦胧胧，像是罩上了头纱。黑夜并不是千般一律的黑，山村林岗各有不同的颜色；有墨黑、浓黑、浅黑、淡黑，还有像银子似的泛着黑灰色，很像中国丹青画那样浓淡相宜。所有一切都不是静的，都像在神秘地飘游着，随着行人移动，朝着行人靠拢。圆圆的月儿挂在又高又阔的天上，把金子一般的光辉抛撒在水面上，河水舞动起来，用力把这金子抖碎；撒上了，抖碎，又撒上了，又抖碎，看去十分动人。麦子地里也是很热闹的，肥大的穗子们相互间拥拥挤挤，喊喊喳喳，一会儿声高，一会儿声低，像女学生们来到奇妙的风景区春游，说不完，笑不够……

夏天的月夜，在运动，在欢乐。

两个人，一男一女，迈进这美妙的图画里。他们在那条沿着小河、傍着麦地的小路上，并排地朝前走着。

路旁的草丛长得茂盛，藏在里边的青蛙被人的脚步惊动，扑通扑通地跳进河里去了。在夜间悄悄开放的野花，被人的裤脚触动，摇摇摆摆。各种各样微细的声音，从不远的村庄里飘出来，偶尔，树林的空隙中闪起一点灯火。

他们谁也没说话，各自想着心事，胸膛里都像有一锅沸腾的开水。

萧长春解除了慌忙和紧张，心里像是让王国忠给打开了窗子。他觉得，他现在完全可以把自己的思想理出个头绪来，也可以把东山坞的一切问题摸出一条线索；然后，他要用自己的全身力量，迎接一切困难，克服一切困难，大步前进。

今天晚上,这个年轻的支部书记最大的收获是思想认识提高了一步。他看到了横在面前这个问题的根子。这根子不光是几个落后中农闹问题,它跟村子的阶级敌人,跟村子以外的敌人是联在一块儿的;这种联系千丝万缕,有形无形,像野草一样缠缠绕绕,不容易一下子看清楚。往后,不论遇到多复杂的事儿,都得清醒,都得站在高处看看……使年轻人最动心的事情还有马之悦。过去他对马之悦的看法太简单了,他把马之悦这几年的活动看成是革命意志不够坚强,有点革命到头的思想;把马之悦这半年的表现,看成是没有正确认识自己的错误,是看不起他萧长春,是争权夺势。直到今天受了事实的教训,特别经王国忠一点拨,他才转了一个角度看马之悦,才开始深一层地看这个人……至于从明天早上起萧长春该怎么办,他的方向更明确,心里更有底,那就是,再不能把希望放在马之悦跟他"拧成一股劲儿"上边了,一点都不能有!他再也不会受马之悦的态度好坏左右了,要百倍警惕地认识这个人。他要丝毫不含糊地依靠贫下中农群众,依靠周围的积极分子,依靠那些坚决走社会主义道路的人;要多花些力气,团结教育中农,把闹问题的人争取过来,尽快地扭转东山坞当前的局势,狠狠地打击资本主义的歪风,推动东山坞前进。

萧长春快活地想着,大步地走着,心里燃着火,身上冒着汗,解开衣服的纽扣,想脱下来。

焦淑红偶尔一回头看到了,连忙说:"别脱,外边风凉,小心受凉!"

萧长春立刻又把衣裳穿好。

焦淑红这会儿的心情,比旁边走的这位支部书记豁朗的多。她没有经过大风大浪,没有较深地接触人生中各种灾难,不容易忧虑,反而容易忘掉一切不快,天真地朝着符合自己心愿的地方想。刚才,王国忠的话,给了她一个很大的震动,引起她沉重的忧虑,可是她立刻又从这位书记的谈吐里得到镇静的力量，解除了忧虑，有了信心。她觉着，不管什么鸣放啦，不要社会主义的邪心思啦，都不会得逞，都是瞎嚷嚷。不过，眼下东山坞所发生的一切一切，对她都像猜谜儿一样；面对这些，她只能皱着眉头喊："真奇怪！"马之悦就让她觉着特别的奇怪，一年以前马之悦是多么精明能干，在群众里的威信该有多高。这个人为什么一下子就糊涂了，为什么变得没有棱角了呢？是什么原因把他毁的？你是老党员，过去领着大家支援抗日政府，那是搞革命；如今领着大家搞农业社，也是搞革命，为什么搞那个革命你做了好事，搞这个革命你就一回连着一回的犯错误呢？支持土地分红，这比去年闹灾荒领头搞买卖还要错误呀！沟北边那一伙子闹事的中农，也是焦淑红猜不透的谜儿。社会主义明明白白的是光明大道，是上辈子人做梦全梦不到的好时代，农业社能够带给农民的好光景，是你们中农累折骨头都得不到的；你们为什么对社会主义这么讨厌，又这么怕，坠着不走，还生着法儿反对呢？

焦淑红这会儿也感到，自己各方面都还不成熟。不要说她对那些跟自己、跟这个社会格格不入的人物看不透，就是对走在身旁的这个萧长春，她也看不透。一年以前，萧长春好像还不如焦淑红活跃，他的文化没有焦淑红高，他也没有焦淑红那样引人注意，可是，他就像从天上掉下来的一般，顶住了东山坞的天地；他海量，多难受的事情，他也能够忍受容纳；他能干，怎样扎手的人，他也能对付；他公而忘私，没有一点儿个人打算，就好像，在他的心里边，没给自己的事情留下一点点地盘。仅仅是一天的光景，焦淑红对这个支部书记有了多么深刻的发现呀！焦淑红什么时候能够学得像他这样呢？

焦淑红光顾想心事，不小心，一脚踩进一个小土沟子里，要不是她身子灵巧，就摔倒了。

萧长春转过身来问她:"没扭了脚吧? 夜间走路,应当小心一点呀! 这边走,这边平一些。"

焦淑红朝萧长春这边靠靠。她立刻感到一股子热腾腾的青春气息扑过来。姑娘的心跳了。

他们跨过小石桥,桥下流水潺潺,流到不远的地方叠在一起,跌到石头下面,发出弹琴吹箫一般的声音。

露水下来了,在月光中飘落着,无声无息,无影无形。它是万物不可缺少的养料,麦穗儿喝着露水,正在壮大颗粒吧? 高粱苗喝足了露水,正在拔着节儿吧? 大豆秧喝足了露水,正在伸展着圆形的小叶子吧? 桃、杏树喝足了露水,又在它那成熟的果实上涂抹着颜色吧?

一切一切都在承受着甘露,承受着大自然的恩惠,都在壮大着自己。

人呢? 人也承受着甘露的滋润,新思想的幼苗也在拔节儿……

田间小路上走着的这一男一女,是今天农村里最忙碌的人,这会儿,大自然在盛情地款待他们;让他们在紧张的战斗空隙里消消疲劳,蓄蓄力量。他们心安理得地享受着这一切。这会儿他们的心胸像夜间的星空一样的高阔,像空气一样的清爽,像月亮一般的明亮……

萧长春这会儿正平心静气地考虑着村子里那些应当依靠的人,想着他们应当努力团结教育的人。在他的脑海里,一个个人影,一张张面孔,就像电影片似的闪来闪去。他想到厚道的韩百仲,想起爽快的焦二菊,热情的马翠清,勇敢的焦克礼,还有把整个生命都投到农业社里的饲养员马老四……他想着每一个人,想着他们在自己朴素的行动里干出来的每一件使他动心的事情。他无意中一扭脸,瞅了瞅身旁的焦淑红,他记起一连串有趣的事儿。

他们是对门住的老乡亲，生焦淑红那会儿，萧长春已经懂事了。他常常到焦家找焦淑红的哥哥玩。那一天，他又去了，焦振茂拦着门不让他进去。他正奇怪，听到一阵"哇哇"的婴儿哭声。他回家问爸爸，焦家的小孩从哪儿来的，爸爸笑着告诉他说："是振茂背粪箕子在大路上捡来的。"他信以为真。焦淑红会走了，见了面，他就逗焦淑红："还笑哪，你是你爸爸拿粪箕子捡来的！"……

那一年，萧长春复员回来，正是三伏天。他在柳镇下汽车，徒步往家走。半路上，他在一棵树阴下休息，正观看家乡景物的变化，忽听一阵歌声传来。

在那条田间小路上，走来了一个花枝般的少女。她戴着大草帽，背着花书包，走得那么轻盈，那么欢乐，一步一声地唱着，树上的小鸟都被她唱呆了。来到树阴里，她看见穿着军装的萧长春，很尊敬地笑笑，打招呼："同志，回家探亲的？"

萧长春回答说："不，回家生产。"

少女很奇怪地上下打量萧长春："哟，结结实实的，怎么下来了？"

萧长春笑了："一定要缺胳膊短腿才回农村生产吗？"

少女很轻蔑地看了萧长春一眼，就又唱着歌走了。

萧长春到家里的当天傍晚，拜访他的老邻居。他在焦振茂家院里的石榴树下边又遇到了这个少女。这会儿他才认出，这个刻薄、清高的女中学生，正是他参军那年打着霸王鞭欢送他的小姑娘焦淑红。

他们第二次谈话，谈得很不对劲儿。

"表叔哇，搞了好几年革命，怎么跑回来蹲炕头呀？"

"我不是回来蹲炕头的，我来劳动。"

"放着革命不搞，回家种地呀？"

"只有在军队里才是革命吗？"

"那倒不一定,应当参加祖国建设。"

"搞农业不是建设吗?"

…………

两年以后,焦淑红也背着行李回村了。第二年秋天闹了灾,副业队想找个记账的人,韩百仲挑上了焦淑红,可是他爸爸正要往东北送她,要她到哥哥那儿投考什么技术学校。韩百仲让萧长春去劝她留下。萧长春本来对焦淑红就有点成见,听说她在东山坞困难的时候又要走,更瞧不起她了,所以犹犹豫豫地不愿登那个门槛子。

有一天晚上,萧长春和副业队的人正坐自己家的小屋子里拢账评分,门帘子一挑,焦淑红进来了。

"表叔,我也参加你们的副业队吧。"

"你不是要走了吗?"

"他们让我走,我偏不走!"

"革命去呀!"

"留在农村一样地革命。"

"农村没有建设呀!"

"咱们是农业国,在农村建设社会主义,是最光荣的建设任务呀!"

开头,萧长春没有完全相信她,以为她只是凭着一时的热情行事,两天半新鲜,终归还得走。可是焦淑红真的投入东山坞农民向灾荒斗争的行列里了。她跟妇女们跑运输,比谁都挑的多,连大脚焦二菊都丢不下她;她跟男人们拉犁种麦子,连焦克礼都累垮了,她倒一直坚持到底……

一起向自然界斗争的日子里,萧长春渐渐地认识了这个女中学生,喜欢她,为她高兴。焦淑红像一棵刚刚出土的幼苗,生命力充沛,生气勃勃地成长起来;经过以后雨露风霜的日子,她会长成一棵大树。

焦淑红这会儿，也正在琢磨身旁的这位支部书记。她也在想着一些过去的、有趣的事情；她不像萧长春想得那么朴素，她给这一切往事都添上了一点诗意的色彩。她觉得，认识一个坏人，要经过许许多多次反复，认识一个好人，也要反复；就像她看有趣的小说那样，要翻过一个又一个曲折情节，经过一件又一件事故，只有接触到主人公的多方面，接触到书里边人物的内心世界，为这个人物欢乐和忧愁，特别到了把自己的感情跟书里这个人物的感情紧紧地连在一起了，回过头来一想，忽然间，心动了，眼亮了，那才算认识了他！焦淑红对萧长春的认识，不正是这样吗？

焦淑红看过许多本动心的小说，她曾经给创作这些书的作家写过信，感谢那些作家，表示要跟书里的人物学习；认识萧长春，不是从书本上，而是生活斗争展示给她的。因此，更激起她热爱生活、热爱东山坞、热爱这个活生生的人物了。

他们从河西岸走到河东岸。东岸边是他们社的麦子地。月光下，麦子挺挺而立，微风吹来，又呼拥呼拥，如同无数聚在一起的人，抵挡着危害它们的任何东西；又像是为它们的胜利欢欣歌舞……

萧长春触景生情，又想：明天回到村子里，要从头起，踏踏实实地搞工作，要设法把邪气压下去，准备收割；麦子收下来，大伙全都把肚子吃得饱饱的，把精神养得足足的，再跟这些反对社会主义的家伙来个彻底算账！毒不破不出，不把他们斗争垮，东山坞就不用想顺顺当当地走社会主义大道。经过一场斗争，社员的觉悟一定会大大地提高，农业社就一定得到巩固了。

焦淑红的心思和他相通，似乎在补充他的想法：麦子收下来，就扩大苗圃，能养一些苹果、梨树，那就太好了。山上是桃、杏、李子，山下是苹果、鸭梨，沟里栽柿子，坡坎子上种大枣，一年四季，都有果子出产。那会儿,自己也一定比现在进步多了;那会儿……

那一块压在姑娘心头的"病",一想到那会儿,就被触动了。她忽然停了下来。

"萧支书,我还有件事儿,没跟你汇报哪!"

"什么事儿?"

"跟社里工作没关系,我自己的。"

"你怎么啦?"

"我……我爸爸和我妈呀,真讨厌!"

"这几个月,他们进步得可不慢哪!"

"我看是一半一半,封建思想还不少!"

"别急,得慢慢来。"

"他们急呀!"

"那好,咱们加把劲帮助他们。"

"还好哪? 唉,你不知道,马立本这家伙也太可恶……"

听到这句话,萧长春明白了,笑着说:"你要汇报的是这件事儿呀?"

焦淑红不好意思地点点头。

"这可得看你的了。"

"我有一定。"

"有一定好。千万把各方面都考虑考虑呀。"

"你帮我考虑考虑不行吗?"

"这种事情,完全由你做主。我只有一个想头,不管你怎么有一定,要把自己的进步考虑到里边去,把咱们农业社考虑到里边去,这两件事儿是连在一块儿的。"

"你以为我要离开东山坞呀? 没那日子。"

"不离开东山坞,你就保险不会退坡,永远都跟我们一块搞咱们的农业社吗?"

"当然啦！"

"那就好啦！"

两个人都沉默下来了，又慢慢地朝前走。

一片流云遮住了月亮，野地暗淡起来；月亮使劲一纵身，跳出来了，野地里重又大放光明。

焦淑红叹息了一下，说："我刚从学校出来的时候，把什么都想得很简单，把什么都想得跟画上画的、书上写的一样美，其实呢，不这样。这一年多，你看看，东山坞出了多少事儿，每一个人身上出了多少事儿。我自己呢，好多乌七八糟的事儿，我连边都不想沾它，它偏偏往你身上撞，抖也抖不掉，摆也摆不脱。真烦死人了，我有时候真想长对翅膀，飞到月亮上去……"

萧长春大笑起来，笑得特别响。走了几步，他停住笑说："念书的人想问题就是有独到的地方。"

焦淑红也笑笑说："我知道这是小资产阶级感情，遇到发烦的事儿，我又没办法。"

萧长春说："你这一提，倒让我想起一件可笑的事儿。昨天夜里我从麦子地回来，往社办公室床上一坐，想想家里边迎着我的这些混乱的事情，越想越乱，越想越没头，也就越烦，真烦死了！那会儿我也想长一对翅膀……"

又轮到焦淑红笑了："嗨，你也是小资产阶级了！"

"我倒没想飞到月亮上去，想飞回部队去。部队多好呀，到时候吃饭、睡觉、学习、上操、打仗，多省心！过一会儿，我就想通了。"

"你怎么想通的呢？"

"我想找百仲大舅去，一边走，一边想，下了沟，上了坎，过了一个门口又是一个门口——到了。我就想出一句话：搞革命不能怕麻烦，就是为了这些麻烦事儿才要革命；要是一丁点麻烦事都没有，还用得着你革命呀！革命就是要解决麻烦事儿，碰上一个，解决它,再碰上一个,再解决它;你解决不了,他解决;他解决到半截儿上死了,我再接着解决,解决一个又一个,回头一看,喝,走出这么远了;再往头看看,喝,要奔的那个目标又近了!"

这些话是从一个党员的心里发出来的,跳进一个姑娘的心里,汇合在一起。焦淑红想到自己刚才对于认识人的那种理解,跟萧长春这个高论起了共鸣。她心里偶然冒出来的忧愁情绪,立刻就跑掉了,笑着说:"你简直像个理论家。"

萧长春摇摇头说:"哪有理论呀!要有理论,像王书记那样,我就不会发烦了。对了,等秋后县里办党校,我得好好学学去,没有理论不行了,农村的工作越来越复杂,用简单的脑袋瓜子对付,可危险呀!"

"我倒觉着,在村子里一边干活,一边跟你们工作,比在学校里学的东西多,又实在,进步也快。"

"你可不能满足这个!淑红,实话对你说,我早跟县教育科的陈科长说好了,等到咱们村把这个大灾年完全过去,就保送你上大学……"

"你也想把我铲出去呀!"

"铲出去?想你个美,我不会干那种赔本的事儿。送你上学农业的大学,念完了,你得给咱回到东山坞来。怎么着,东山坞农业社不能有几个大学生呀?道满爱画爱写,好嘛,上美术学校,回来,专门搞宣传!"

焦淑红停住了,用一种吃惊的目光看着这个庄稼人。她的胸膛激烈地跳动起来了。这个领导,对自己的同志是多么了解,多么体贴;对东山坞,对别人都有多好的安排;可是,你自己呢?你真就不管自己了?像你眼下这种日子,长期下去,真不会影响你的情绪吗?……

萧长春神气一变,平静地问:"淑红,你说说,你跟立本的事,将来怎么办呀？"

焦淑红不好意思地偏过脸去，说："我从来没想过，越来越不待见他，这件事根本不可能！"

萧长春说："还是那句话，这得由你自己拿主意了。说心里话，我有顾虑。"

"什么顾虑？"

"直说吧，我怕你往那个家里一钻，沉下去！"

"不会。"

"当然，马立本也不是不能改造好的。可要小心哪！"

焦淑红说："放心吧。过去我都没有那个意思，这会儿更不可能了。"

萧长春又朝前走着，说："不论办什么事情，主心骨是顶重要的呀！"

焦淑红跟在萧长春的身后边，一边走，一边用手抚摸着路边的麦穗头。麦穗被按倒，等她走过以后，又高兴地站了起来，对着她的背后，摇头晃脑。

走几步，她问："还得几天割麦子呀？"

萧长春说："我看用不了十来天，山坡上的就能动手了。"

沉默了一下，焦淑红忽然停住，低声说："今天早上，小石头他爷又找我爸爸数叨你去了。也难怪他着急，萧支书，你自己的事情，应该抽空办办。我看，稍稍办办个人的事儿，也影响不了工作。"

萧长春说："不忙的。"

"你冲着老头子、小石头也该马上娶个人来呀！"

她说出这句话，脸上一阵发烧：一个姑娘，怎么能跟一个光棍男人说这种话呀！可是，不知什么东西在逼迫她，不说不行。

萧长春郑重地说："正是为他们，我才应当把全部力气都掏出

331

来工作呀！婚姻事嘛,也不能不抓紧,也不能太看重它,再说总得找个合适的呀!"

他说出后边这句话,也觉得不合适,一个支部书记,怎么跟一个大姑娘说这种话呀!但也像有什么东西逼迫他,一张嘴就溜出来了。

焦淑红朝萧长春看一眼,又低下头,掠着麦梢走着,走了一段沉默的道儿,忽然鼓了鼓勇气说:"眼下正忙,我也不想用这种事儿打扰你了。等过了麦秋再说。反正我自己的事儿,我自己当家,谁也管不了我……"

萧长春心跳了,警觉地朝四外望望,"嗯"了一声。

突然,靠河那边的麦地里,发出一阵哗啦的响声。

两个人立刻停住了,盯着前边的动静,又都弯下腰,朝那边走过去。

河边上依然是月光如水,麦浪滚动,没有什么人,也没有什么声音。

焦淑红握着手榴弹,逼视着麦地,小声说:"可能是风吧!"

萧长春说:"也许是野兔子。"

焦淑红朝村庄的方向看了看,说:"到了,你快回去吧,王书记还等着你哪。嗐,明天你可早回来呀!你心里边装的事情太多了,我真不知道怎么样才能帮帮你。不管工作多忙,你可千万要注意着身子……"

萧长春说:"天一亮就到。回去咱们就好好发动群众。有领导,有群众,有咱们大伙的团结,我们一定能够把工作做好。不过,正像王书记说的,前边的困难还很多,我们一定要警惕,要冷静。"

焦淑红说:"不管有什么困难我都不怕。我回到农村,就是准备把自己的生命交出来的。"她说完这句话,跨着大步,朝前走去。

萧长春站在原地,两眼愣愣地望着焦淑红走去的身影渐渐地隐藏在银灰色的夜幕里。他的心反而越跳越厉害了。许久,他没有办法让自己平静下来,也没办法把刚才突然涌到自己心里的一个念头仔细地理一理……

河水,潺潺地流荡……

当最后一个人影消失在月色里的时候,河边麦地里露出一颗脑袋,四外瞧瞧,弯着腰,喘着气,顺着麦地边,朝东山坞跑去。他手里那团猪毛绳,不断地套住肥大的麦穗子……

第二十八章

葫芦架下边摆着一张矮腿的小长桌。棒子渣粥,老咸菜,小葱黄酱,这是北方农家最可口的晚饭了。不点灯,不铺席,趁着月光,坐着木墩或蒲团,简便又实在。

淑红妈早把晚饭准备好了。等闺女,闺女不回来,她不知道焦淑红这会儿正坐在王国忠的屋子里,畅谈国家大事;等老头子,老头子不回来,她不知道焦振茂这会儿正坐在韩百安家的炕头上,说着宽心话儿。

她一面等着,里外地忙了一阵儿,把粥盆、菜碗全都盖上,又把鸡窝堵上,用过的家什全都收拾到屋子里,这才透了口气,走出后门口张望。

萧家院子里挺安静,窗户上亮着,小石头的身影儿在上面一闪一跳的。萧家的西隔壁是焦庆家,焦庆媳妇正在大声地吆喝猪,接着,吭的一声,把猪圈门子关了,有个人,不言不语地走进去了。听见焦庆媳妇跟他打招呼。

"有事儿吗? 孩子们天一黑就炕上挺去啦,有事儿你就说吧。"

那个人回答一句什么,声音很低。

焦庆媳妇又说:"这我倒不怕,翻就翻去。我家除了上顿下顿,一个粒余粮也没有。"

那个人又问了句什么,声音同样很低。

焦庆媳妇又说:"我什么也没干,跟弯弯绕家借点东西使。什么,不知道,不知道,我的耳朵短哪!"

那个人又说了句什么,就出来了。

焦庆媳妇把那个人送出大门外边,望着那个人一瘸一点地拐下坎子,就撩着围裙擦手,左右瞧着,轻松地出了一口长气。她一转身,瞧见站在门口的淑红妈,马上显出很亲热的样子,打招呼说:"大嫂子,吃了吗?"

淑红妈说:"我们家吃饭没个钟点儿。刚才走的那个人是谁呀?"

焦庆媳妇说:"啊,是瘸老五。臭奸商,总是伸着耳朵到处闻风,闻不到了,钻我这儿打听来了。我个老娘们知道什么呀?翻粮食,爱翻不翻哪!"她刚才跟弯弯绕他们办了一件顶重要顶重要的事儿,这会儿踏实了,又想起一件闲事儿,凑过来说:"大嫂子,你跟大哥商量了吗?立本还等我的回话哪?"

淑红妈笑笑,抱歉地说:"吃晌饭那会儿刚提个头儿,爷俩都忙,一个要上大庙,一个要开会,饭也没吃消停。"

焦庆媳妇问:"你看他们的口气呢?"

淑红妈不想把家里的事情全对外人讲,就搪塞地说:"还没细商量哪。你也别太急呀!"

焦庆媳妇是受人之托,办终身之事。她要给马立本说媒,又这么热心,完全是为了给干部拍马屁。她家是个新发户,往头奔自己日子的心劲足。平常,总是羡慕人家沟北的人,人家就是买把菜刀来,她也觉着比沟南边人买的刀快。马立本是沟北边的红人,把这个红人"溜须"好了,对她自己就能方便。

334

她看着淑红妈好像不大热心了，就说："大嫂子，不是我硬要撺掇这件事儿，我实在看着好。人家立本是念过大书的，人也长得漂亮；当着农业社的会计，就是咱们全社金银财宝的总管，将来说不定要熬上个主任当哪！再又说，他跟他爸爸分开单过了，就算光棍一根，淑红过去，进门当家，没人说，没人管，多自在呀。你又这么一个闺女，嫁在当庄，什么时候想了，接接叫叫，随呼随到，不比找个千八百里外的方便哪！"

后边这句话，才让淑红妈真动心了："她婶子，我就是图这个。淑红哥哥不在家，人家媳妇也是搞工作的，一年半载回来看看我们就不错了，指望侍候我们，没那日子。说老就都老了，有个天灾疾病的，跟前哪能缺个亲人呀！"

焦庆媳妇顺杆子往上爬："对啦，对啦，我就是为这个，为你们老公母俩，才要成全这门婚事。一女顶半子，立本热心肠，也顶半个儿子，他们对你们错不了，要是错了，你就朝我说。"

"我们淑红倒是知道疼人。"

"大嫂子，我看就定了吧。"

"容我再跟他们爷俩商量商量。"

"还用商量，如今婚姻自由……"

"就是嘛，这得看淑红的心气了。"

"大嫂子，你真是的，还问哪家子淑红呀，人家两个早就悄悄地搞上恋爱了。"

"是吗？我怎么没听说呀？"

"这种事人家还当着你面搞哇，看还看不出来嘛！其实，要不要媒人，都是走过场的事儿……"

不知道为什么，淑红妈听了这句话，反而有点慌了。这大概是每一个当妈的在闺女的终身大事突然决定的时候，都会有的一种慌乱吧？她又跟焦庆媳妇敷衍了几句，就往回转。一边往屋里走，心里一边掂着这件大事情；她仔细地品论着马立本这个人，猜想着闺女和马立本是不是真的偷偷地谈上恋爱了；也设想着闺女和马立本结亲以后，这两个人的日子会过得怎么样，对她和老头子的日子又会起到什么影响……。在一个妈妈的事业中，没有什么能比上儿女的婚姻大事再当紧的了。干部会上，马连福骂支书，她气恼一时，就扔到脖子后边去了；下午韩百安家父子吵架，她着急一回，也忘个没影儿了；刚才，瘸子老五鬼鬼祟祟地找焦庆家，引起她的疑心，也顾不上追问了。现在装在她心里边的，只有闺女这一件事儿。她急不可待地盼老头子回来，老两口子先打好谱，免得人家两个人都搞好了，当老人家的还蒙在鼓里，生米做熟了饭，想商量商量再办也来不及。

老头子终于被她等来了。

焦振茂今天比哪一天说话都多，比干一天木匠活还要累。回到家，他一边洗手脸，一边问老伴："淑红还没回来？"

淑红妈说："我们这儿是她吃饭的栈，睡觉的店，不顶着星星什么时候落过架！咱们吃咱们的，不等她个死丫头！再不回来，我连碗都涮它，味都让她闻不着。"她拿碗盛粥。话是那么说，她还是只给老头子盛了一碗粥，她要等着闺女回来一起吃。她坐在老头子对面，刚想提那件事儿，抬眼一看，老头子的气色很不好，好像碰到了什么愁事，就又把话收住了。

焦振茂端起粥碗，一边吃着，一边默神。韩家的纠纷事，还在他心里装着呀！他是个好心田的人，多半生不幸道路上的奔波，经验教训积累的相当多。他希望自己幸福，儿女们幸福，也希望两姓旁人都幸福。对别人的不幸，不是躲避，或陪着叹息几声，而是要问个明白，帮个彻底。他觉得老朋友韩百安是个不幸的人，他很想帮一把，拉一把，可惜心有余力不足。他叹了口气，对老伴说："北院他叔，苦着熬着，盼儿子搞个对象，又吹台了。"

淑红妈问："怎么吹台了？"

焦振茂说："翠清不愿意了。唉，这工夫的年轻人哪，真是没法儿说！"

淑红妈说："好了吹，吹了好，像闹着玩似的，多不好瞧！亏她没有亲妈。"她想到她的闺女，千万可别这个样子。

焦振茂说："一会儿找百仲去，让他说说翠清。"

淑红妈说："让百仲说，还不如咱们淑红，两个人亲姐妹似的，她说话准顶用。"

焦振茂说："闺女家家的，给人家说这个事儿？亏你想的出！她自己还管不了她自己哪！"

淑红妈说："养儿养女真操心。要我看哪，快把咱们淑红的事儿办了就得了。"

焦振茂说："你怎么急，也得察看个合适的呀！"

淑红妈说："这不眼前摆着嘛，还察看哪家子呀！"

焦振茂清楚老伴话里的意思。他想起每天都在屁股后边追赶闺女的马立本，想起晌午跟老伴的争论，就说："你干脆对焦庆家讲，这桩亲事根本不成！"

淑红妈说："你先别封门，咱们再商量商量不好吗？"

焦振茂说："没商量头！"

淑红妈想拿人家已经搞上恋爱这个事实压一压老头子，话到嘴边上，又变了："看那样子，淑红对马立本有点心思。"她这样说，为的是不让老头子过于震动，不至于因为伤了老头子的自尊心而把事情搞僵。

焦振茂把碗往桌子上一蹾："什么心思，赶快把这股子心思给我打退，由我这头，就是不行！"

淑红妈说："我看行。不图别的，图闺女离着我近，多会儿想看多会儿看。"

焦振茂说:"唉,指望儿女养着咱们呀?"

"这会儿不指望,等老的动不了呢?"

"我比你想的透,你看五婶,人家过得多福气!过去是说和尚没儿孝子多,这会是社员没儿孝子多。你不懂政策条文,你的眼光太短了。"

"咱可就这么一个闺女,跑到山南海北,想也得把我想死了。住在一个村,多好。"

"你呀,说你不懂政策条文,你总是逞能。你知道马斋是什么成分?"

"人家分开了。"

"分个屁吧!狗扯连环,谁看不出来?儿子没有不随老子的。"

"人家立本那人可不赖。"

"轻轻浮浮,我看他除了嬉皮笑脸,什么正事也干不成!"

焦振茂是个安分守己的庄稼人,也是个开始有了新思想的庄稼人;不论用旧的或是新的尺子量马立本,他都从心坎上不待见这个农业社会计;一想到将来闺女要跟这样一个人去过日子,就揪心疼。

淑红妈不懂得"政策条文",也没有老头子想的多。这会儿,她的整个心思都被焦庆媳妇那些话缠绕着。她想,倘若闺女跟马立本两个人私下里真搞好了,老头子再这样不开缝,一定要坚决反对,会有个什么样的结果呢?她想起春节时候看过的那出讲婚姻自由的评剧,想起去年在娘家的庙上看的那场讲婚姻自由的电影。她觉着,自己的闺女比电影戏里的女孩子要厉害得多,真要是为这件事儿伤了父女间的和气,她在当中间的这份罪可真难受!她现在应当站在闺女一边,设法说服老头子,不能跟老头子一道,得罪闺女。

她故意笑笑说:"瞧你把人家立本剥寒①的一个钱都不值了!

────────

① 贬低的意思。

淑红识的字多，看的书多，比你懂政策条文，人家是团支书哪，还没你有眼光呀！"

焦振茂说："不是我又吹自己，看个人，看个事，她比我可差远啦！"

淑红妈见老头子一个劲儿钻牛角尖，心里很不高兴，就说："不管你啥心思，反正淑红怎么着，我随着她。我生的闺女，我得疼她。"

焦振茂也不高兴了："嗨，有你这么疼儿女的呀！一点不符婚姻法！"

淑红妈大声地说："你符，你符，人家自己都乐意了，你还在背后打破坏星，白活了！"她说着，就赌气地躲开老头子，走到门外边，张望闺女。

她站在门口，东瞧瞧，西望望，街道一片好月色，一片房荫树影，没有行人；正要回身，忽见对面焦庆家门口那棵槐树下边站着一个人。她挤挤眼，怎么也看不清，就问："那边是谁呀？"

那边的人应声说："是我。"走过来了。

到了跟前，淑红妈才看清楚是马立本。

马立本今夜是全副武装，浑身上下换了干净的衣服，头发梳得光光的，还特意在脸上擦了一点香脂，怀里抱着棉猴。他亲热地打招呼："大婶，吃饭了吗，您还没有歇着？"

淑红妈说："没哪。等着淑红吃饭。"

马立本说："我跑到地里找她没找见，又跑到办公室找也没找见，当是她在家里哪。"

淑红妈说："你在这儿等她呀？她知道吗？"

马立本故意跟这个未来的老丈母娘宣扬他跟焦淑红的亲近："昨晚上我们就商量定了。"

淑红妈心里一动：瞧，人家果真是偷着好了！就说："别这儿站着了,家里等吧。"

马立本说:"我们还要一块儿去看麦子。这些日子我晚上有工作,光是淑红自己去,我总觉着不放心。现在晚上没事了,我跟她就伴。"

淑红妈说:"那好呀!这孩子是个贼大胆。我一黑天出门就害怕。"她笑笑,心里又想:看人家多会心疼人;年貌相当,都有文化,又是一个村的,老头子偏偏看不上眼。她又热乎地让马立本,"快进家里坐会儿吧。"

马立本懂得一个当妈的在闺女婚事上的重要作用,巴不得找个机会在这个老太太身上作点功夫,以便促成好事,就笑着说:"老想跟您坐会儿,就是忙得抽不出空来。"

他们走进来,焦振茂喝饱粥,已经放下碗筷。

马立本也热情地跟未来的老丈人打招呼:"大叔,您吃过饭了?"

焦振茂一见进来个马立本,就起心烦,冷漠地回答:"嗯。马会计怎么有工夫串门呀?"

马立本说:"我来找淑红。"

淑红妈利用机会,向老头子推荐这个佳婿:"看这孩子想得多周到,怕淑红夜里一个人在地里转害怕,就跟她一块去看麦子。"

马立本也趁机显示自己的关怀:"我看着夜天凉,还给她带着棉猴。"

焦振茂一听夜里马立本要跟闺女看麦子,更不高兴了:"不是说前半夜妇女看,后半夜才是男子看嘛!"后边他想说:你个大小伙子跟人家女的掺杂什么?虽没说出口,意思到了。

淑红妈帮腔带解围:"多个人怕啥的。立本,这棉猴是你的?哟,还挺新,就是过年你穿的那个吧?唉,露水挺大,穿这个多可惜了的。"

马立本说："不要紧，不要紧。"后边他想说：给焦淑红穿，再宝贵的东西，我也不心疼啊！没出口，意思也到了。

焦振茂对老伴说："要冷，我的皮袄在那放着，你不会给她找出来穿穿。"

马立本连忙说："我这个棉猴挺好的。"

焦振茂点着烟袋，心里骂道：你的棉猴，不定是花谁的钱买的哪！他明知这个会计手头不干净，贪污倒把的事缺不了。马立本爸爸挣不了多少工分，他平时不下地，光靠那点补助分，能分多少钱？可是他们吃的不缺，花钱如流水，这不是明面摆着！不过焦振茂对没有根据的事情，从来不乱说；他严守自己信奉的道德，就是在说服老伴、贬马立本的时候，也不拿出这一条仅仅是怀疑的事情当根据。

马立本没话找话，故意显能，谈开了村里的工作，麦收，分配，少不了又把他整天挂在嘴上的"忙"字抖落一遍。

焦振茂最讨厌听别人说空话，这类的话从马立本嘴里说出来，就觉着更不顺耳；越听越不耐烦，真想站起来躲开远远的。听着听着，他忽然想起今天中午会场上的情形，就问："会计，晌午干部会你在屋里没有？"

马立本见焦振茂找话跟他说了，自然高兴："在，在。什么会我都不缺席。"

焦振茂说："怎么没听你言声呢？"

马立本说："我做记录了。吵得挺乱，笔慢了，真记不上。"

焦振茂说："吵的是挺乱，你到底是向着哪边呀？"

马立本回答不出了："这个，这问题……"

焦振茂接着问："你们当干部的，是站在头边的人，总比我们社员明白政策条文；你当会计的，分配麦子，是你专管，光是嘻嘻哈哈地甩分头不行啊！我问问你，马连福骂萧支书的那些话，你觉着怎么样呢？"

马立本更慌了："复杂,复杂。"

焦振茂说："怎么个复杂法呀？天底下的事儿总是有个公不公的两种,不会又公又不公两掺着吧？东山坞人人都议论这件事儿,公道不公道,把话全都掏出来了。你们当干部的,不能把自己心里边的话夹在胳肢窝里呀！会计,我这个人说话直,别见怪。你这个年轻人哪,就是欠实在！"他说到这儿,站起身,叼着烟袋,走进里屋去了。

马立本感到不妙,走也不是,呆也不是,不知怎么好。

淑红妈并没有完全领会到老头子这些话的意思,只觉得"欠实在"这三个字有点过重,一时又找不到合适的言词来安稳安稳马立本,有点着急,也有点冒火。

焦振茂夹着皮袄,提着棍子从里屋走出来,对马立本说："会计,难为你的好心,这几天妇女们夜夜熬着,也太乏了,叫她们歇一夜,咱俩今晚上替个班,好不好？"

马立本真没有提防这一手。他的心冷了,也更慌了。他明知这个可恶的老头子在故意刁难人,既不能发火现原形,又不知怎么回答好。

淑红妈也觉得老头子这个主意不错。只要能让她的闺女歇歇身子,她就忘了考虑别的。

焦振茂见马立本打愣,就催他说："走吧,再耽误,人家要出发了。"

马立本慌乱地说："我,我,唉,想起来啦,马上还要开碰头会哪,开完会再说吧。"

焦振茂用棍子嘟嘟地拄着地,同时绷起脸来："瞧你这个人,说话怎么没有准稿子！到底是开会还是看麦子？"

马立本被问得张口结舌："是,是先开会,后下地……"

淑红妈忽然醒悟了,对老头子说:"你快歇歇吧,管人家年轻人的事干什么!"

焦振茂发怒地一跺脚:"多话,一边呆着去,我就看着你不地道①!"

后边这句话明明是指桑骂槐,老伴却吃了心:"我怎么不地道了? 我从十五岁嫁到你们焦家门,跟你三十五年,哪一点不地道了?"

马立本也不顾劝架,趁着老两口子没留神,抱着棉猴来了个溜之乎也。

淑红妈觉着当着未来佳婿的面,让老头子骂一顿这样的话,实在是不可容忍的:"今天你不说清楚,咱们没完!"

焦振茂说:"得了,得了,我不是说你……"

淑红妈说:"说谁了? 你拿我当三岁两岁的孩子,逗哭了,哄笑了,就得啦?"

焦振茂顾不上听老伴唠叨,抱着皮袄就走了。

第二十九章

马立本从焦家后门口溜出来,撒腿就跑。他刚下沟,见几个手持棍棒的妇女说说笑笑地迎面走来,想要靠边走,看看里头有没有他要找的那个人,被一条棍子拦腰截住了。

拦他的是大脚焦二菊。她手里横端着棍子,两脚叉开,喊道:"哒,往哪儿跑?"

马立本一面推着棍子,一面在人群里看,嘴上说:"我有事儿,有事儿。"

———————

① 骂人不正派、行为不端。

焦二菊说:"什么事,连颠带跑的,看见打猎的啦?"

马立本不顾开玩笑,问她们:"见淑红没有?"

焦二菊说:"我见了。你先告我,找她干什么?"

马立本说:"好婶子,好婶子,我们有件公事要急着商量,快告诉我吧。"

焦二菊故意逗他:"前天我让你给拢拢工分账,你喊忙,门一锁,把我甩在后边了,这会儿求着我了?没别的,您先着着急吧。"她说着,收了棍子,像步枪似的一扛,就朝前走。

马立本追着她,央求着说:"得了,得了,往后您再有什么事儿找我,我一定麻利着办就是了。快告诉我吧。"

焦二菊说:"嗨,往后我找你你就麻利,显见我太自私了。别的人要是找你呢?"

马立本只想着立刻找到焦淑红,惟恐她赶这个火候回到家,让她那个糊涂爸爸一闹,坏了他们的事;这会儿,你让马立本说什么好听的都行:"全一样,全一样!"

焦二菊说:"对啦,干公事的人,不能把眼睛长到头顶上,光看上,不看下;也不能现得利,用着谁就朝前,不用谁就朝后,这个熊样子,谁还作情你?"

马立本从心里往外冒火。他忽然感到,今天真是出师不利,一个好人都没有遇上。这会儿对付焦二菊,正像刚才对付焦振茂一样,明明在挨骂,也不能发火。

站在人群里的志泉媳妇心眼实在,见马立本那副着急的样子,以为当真有公事急着商量,就在一旁说情:"百仲婶子,要知道就快告诉他吧,不看误了事儿。"

焦二菊说:"甭听他唱的好听,我有底儿。他有啥正经的,一天把账本子对付完了,就是转着腰儿想对象。会计,我告诉你,这种事急了可不行,第一要眼里出气,得看看你找的那个人搭配不搭配,不搭配怎么办……"

焦二菊说这番话是有意的,她认为焦淑红跟这个人对象实在不搭配;在这一点上,她就很不作情焦淑红,觉得焦淑红对自己婚姻事太轻率,光看到个小白脸子、分头式,不看实际;直接对焦淑红说,又觉着不方便,就趁这个机会在马立本身上出出气。顶用不顶用她不管,图个痛快。

马立本发觉焦二菊跟焦振茂一道,成事不足,败事有余;她也不一定知道焦淑红的去向,瞎耽误工夫。他想到这儿,转身要走。

焦二菊说:"你要是不问我,我保你跑断了腿也找不到焦淑红。"

马立本又站住了,跺着脚说:"话你也说了,人你也骂了,别逗了行不行啊?"

焦二菊哈哈地笑了一阵,说:"实话说给你吧,淑红刚从乡里回来,让韩道满找去了。"

马立本没听完,就要开腿。

志泉媳妇喊他:"嗨,韩道满跟他爸爸怄气,在羊栏里呆着哪!"

马立本一抹身子往北跑。后边的妇女们笑着说他几句更难听的话,他没往耳朵里装。

羊栏的小土屋里点着一盏小小的煤油灯。这灯吊在屋顶上,垂在炕沿旁边,忽忽地冒着黑烟子。哑巴坐在灯下,怀里搂着小羊羔,正掰着嘴喂它。黑灯影里躺着那个人是韩道满。

因为有马翠清这头关系,哑巴跟韩道满挺对劲儿,冬天领羊草,哑巴都是找韩道满给他记账,还让韩道满跟他一趟一趟地抬回来;有的羊闹了病,哑巴也找韩道满,让韩道满帮他在书本里找药方。今天韩道满心里烦闷,不爱说话儿,找到焦淑红以后,托焦淑红帮他劝劝马翠清,就跑到这儿来躲清静。他望着小油灯想了阵子心事,睡着了。

马立本推门进屋,像捉贼的一样,转着脑袋满屋子找,一见屋里光是这两个人,没有焦淑红,心里又一沉。他刚要过去推醒韩道满,哑巴朝他哇啦哇啦地喊叫开了。

哑巴朝他喊叫的意思是,让他把门带上,免得风吹进来,小羊羔着凉,还有灯要是吹灭了,还得划火点。其实,要换个别的人,哑巴也不会这么不和气,早就自己下去关门了;因为他心里有疙瘩,看出这个会计根本看不起自己这个哑巴,就故意要刁难人。

要是换个别人,一回手也就把门关上了,马立本偏偏不管这一套,轻蔑地横了哑巴一眼,两手抱着肩头,就站到炕沿跟前了,好像说:"老爷偏不关,你怎么着吧!"

哑巴生气了。别看他是个残废人,最讨厌别人轻视他。他有着一颗比健全人还要强的自尊心;在他想来,村里有头有脸的人全都敬着他,支书跟他更是亲近,其余的人更不能小看他。马立本这副傲慢相,哑巴可不吃。他跳下炕,嘴里叫喊着,连推带搡,把马立本推到门口外边,"咣当"一声关了门,随后,高大的身子使劲儿往门板上一靠,直压得门板子吱吱响。

睡着的韩道满给惊醒了,愣愣地坐了起来,不知道出了什么事儿。

马立本浑身冒火,又无可奈何,就隔着门喊:"韩道满,韩道满,你睡死了?"

韩道满今天心里别扭,不出好气儿,嘟囔着说:"你才睡死了!什么事儿,你不会说吗!"

马立本说:"焦淑红到哪儿去啦?"

韩道满怕焦淑红替自己办的事情没办完,就给马立本拉走,不想告诉;他又不会撒谎,就问:"你找她干什么呀?"

马立本说:"有急事儿!"

韩道满说:"等一会儿不行吗?"

马立本拍着门板说："这是公事，耽误了你负责任呀！"

哑巴不知道他们说的什么，连连摆手，让韩道满躺下睡，不要理马立本。

韩道满怕真误了事情担沉重，就只好吞吞吐吐地把焦淑红的去向告诉马立本了。

马立本得到这个信，又急忙朝马翠清家跑去。

马翠清家在沟南边的东南角上，离韩百仲家很近。在东山坞来说，这所院子算是最小了，本来跟前边的院子通着，不知道哪一代哥弟兄分家，当中打了一道墙，把这边变成了死葫芦头；只好从东边扒了个旁门，站在门口，可以看到野地，往远处就是东边的桃行山了。一层西厢房，一个小小的猪圈，一个鸡窝，就是这里的全部建筑物。

马立本进了小排子门，抬眼朝闪着灯光的窗子上一看，乐了，这下子他可真找到焦淑红啦！

焦淑红和马翠清在北间屋里。焦淑红坐在炕沿上，马翠清大被蒙头地躺在炕头上。

马立本像猎人发现了猎获物，惊喜异常，一撩门帘子就喊："哎呀，可找到你了！"

焦淑红带着在乡党委会的激动，带着在月下田野的喜悦，带着一个姑娘甜蜜的心情，来替韩道满当说合人。她觉得，不论从团支部书记这一头说，还是从好朋友这一头说，她都应当设法使这一对情人和好起来。她跟马翠清谈得正带劲儿，被马立本突然喊叫闹的挺奇怪，就问："怎么了？"

马立本说："你不是说今天晚上咱们一起看麦子去吗，你忘了？让我跑了一身汗。"

焦淑红说："你真积极了。你找百仲大婶子她们一块儿走吧，我得谈完了事才能去。"

马立本往炕上一坐："我等着你一起走。"

焦淑红说："你不用等我,我还没准去不去哪。你快走吧,我们说的事情你不能听。"

马立本说："你们还有啥秘密呀,我听了也不往外说。"

焦淑红着急地说："你不是看麦子吗? 你去就是了。"

马立本说："一边看麦子,我还有事情跟你说哪!"

焦淑红看着他死皮赖脸的,真不知道怎么对付他好了。

五婶从外屋探进头,说："会计,人家闺女家有闺女家的事,你听着多不方便。来,跟五婶到南屋说话儿。"

焦淑红说："快去吧,别在这儿打搅我们了。"

马立本想:还是守着她好,今天若是放了她,回到家去,她爸爸一定得给她施加压力;无论如何今天得给她说出一定之规来,这边火力加大,热米汤给她灌足,那边再泼点冷水也不碍事了;这边本来就是凉的,那边一加水,不结冰才怪。他想,硬在这间屋里赖着吧,又怕把焦淑红闹烦了;同时,让人家撵着不动,也有失尊严。他只好点头说:"行,你们可快着点说呀! 我到那屋等你!"

马立本一走出屋,马翠清又把头从被里伸出来了。她的头发很乱,两条辫子毛茸茸的,眼睛哭得又红又肿。她自己结着愁疙瘩没解开,又关心起别人,问焦淑红:"你干吗约他一块儿看麦子去呀?"

焦淑红说:"他愿意看麦子不好吗? 对这个青年,咱们也得有团结有斗争,光是由着他自己的性子,或是不爱理他,也不行。"

马翠清说:"他不会跟你谈正经的。淑红姐,你可得小心点,他没安好心眼儿。你要是跟他好,我可不干。他配不上你,光会溜须拍马屁,一点儿进步的地方都没有;要不是马主任宠着他,有八个他也下台了。社员全看不起他!"

焦淑红笑笑说:"他要直说,我就直着回了他;他不提这事儿,咱们也不能为怕这个就不团结他，不帮助他。"

马翠清说："一个臭富农的儿子，还有什么出息呀？"

焦淑红说："他家是富农，只要他愿意和家里划清界限，咱们就要争取他呀！他是农业社会计，缺点再多，咱们也得当自己的人耐心帮助。"

焦淑红对马立本的看法并不像马翠清说的那么坏。她觉得，马立本只是政治觉悟不高，个人主义比较强，小资产阶级的坏习气比较多。作为一个团支部书记对待这样一个青年，应当热情帮助。至于马立本那个心意，焦淑红也不想借这个伤害马立本，有机会，大大方方地跟马立本谈清楚，让他打消这个念头也就是了。她没有把这个意思告诉马翠清，又继续着刚才被马立本进来打断的话："你跟我说说，你跟道满到底为什么？"

马翠清说："不是跟你说了吗？什么也不为，他是个落后分子，我将来没办法跟他一块过日子。"

焦淑红说："他去年比今年还落后，你都跟他好，如今他比过去进步了，你怎么倒没有信心了？"

马翠清说："顽固不化，我算把他看透了！"

焦淑红说："人总是能够进步的。他的底子我知道，他跟会计可不一样。他从小在庄稼地里，品行好，人实在，他自己也盼着进步。就是小时候，他参对他管得严，把他训练得不大勇敢，胆子小，顾虑多，这也要慢慢帮他改呀！你想让他一天两晌就变成你这个样子，那怎么行呢！"

马翠清说："不像我这个样子，他总得积极点呀！"

焦淑红说："人家怎么不积极了？种树苗刨地，谁比得上他？"

马翠清说："光劳动好就行了？弯弯绕比他劳动强，他有好下水①吗？"

---

① 下水指猪、羊的五脏；这里是指人没好心肝。

焦淑红说:"你这个比法就更不对了。弯弯绕是个老富裕中农,像粪土泥墙,道满是个清白的青年人呀!"

马翠清说:"他没个青年人的味儿!这么重大的事情他都不动心,黑白不分,还算什么青年人!"

这边,两个闺女一对一句地说;那边屋里唱闷戏。

五婶见了干部就像见了亲人,谁要到她家炕上坐坐,她就有一天说不完的亲热话。

她四十岁那年死了男人,男孩女孩都没有,给马小辫做了十年针线活儿;白天做,晚上也得做。那年暴起火眼,马小辫不让她歇工,纺线织布,白天黑夜连轴转,一下子把眼疼坏了。眼一坏,不能干了,马小辫就把她赶出来。她打过短工,讨过饭,什么苦事情都干过。土改分了土地,村里人帮她种上,苗子出来,她是苗草不分,锄不能锄,收不能收。叫短工开不出工钱,管不起饭;不到三年,地全打了荒,三亩地卖了二亩。眼看着她又要拉着棍子要饭吃,人也老了,要饭吃也赶不上门口啦!巧巧赶上韩百仲在沟南边挑头办农业社,吸收她当了社员。干部照顾她,社员们也都照顾她,分给她能干的活做,柴啦米的,大伙都周济她。没几年又赶上五保。如今,闺女、儿子都有了,她更是一步登了天。她对每一个社员都亲热,对干部更亲热。马会计一向没有登过她的门槛儿,平常日子,马会计有什么事情非得找她不可,就在门口外边站着一喊,五婶迎出去,三言两语,说完就走了,难得到她屋里坐坐。

五婶对这个难得请到的客人来家里,心里高兴,又拿烟,又倒水;拿笤帚扫扫炕,硬拉马立本坐下。

马立本一进屋,就觉着一股怪气难闻,赶紧捂鼻子。往炕上一看,土炕沿,更怕脏了新衣服;又看看五婶端着水碗的手,简直让他要恶心死。

五婶说:"会计,坐吧。"

马立本说："行了，一天光坐着。"

五婶说："喝水吧。"

马立本说："不渴，晚上喝的稀粥。"

五婶说："你瞧，今年真是天年，社员的福气，麦子长多好哇！听人家萧支书说，过了麦秋就种树、种苹果、鸭梨、桃子、大杏。早年间我到蓟县盘山里要过饭，瞧人家那里的树，满山满沟长个严实严，一年到头不断果子吃，真是摇钱树、聚宝盆。树上一结了果子，咱们社员的日子可就更美啦！你们年轻人的功劳，你们年轻人的福气。我说会计，你瞧五婶这身子骨，能不能赶上几天呀？"

马立本哪有心绪听她说这个呀。他的心在北屋，站在门帘子里边，想听听那边两个大姑娘说什么。可是五婶这个"绞台"不断声，绞的他一句也听不见，心头突突地冒火。

北屋里，焦淑红正对马翠清说："我看道满的心眼不错，对你多好呀！知疼知热，一看这会儿，就知道你们俩将来一定过得很幸福……"

马翠清说："喝，瞧你这个团支书说的，他光对我一个人好就行了？我听他跟他爸爸说出这种话，把我气炸了肺。没我，你们连社会主义这条道都不走哇？"

焦淑红说："你不能太急躁。对道满急点还可以，对老头子急了可不行！那几年，我对我爸爸就犯急，后来百仲大叔和萧支书批评我，我改了方式，怎么样，他进步了。虽说现在他还有旧毛病，跟农业社总是一条心了。"

马翠清说："他爸爸跟你爸爸可不一样，你爸爸开通，他爸爸死心眼儿；你爸爸爱跟先进人靠，他爸爸专往落后分子堆里挤；你爸爸有你帮助，他爸爸谁帮助？道满帮助，哼，泥菩萨过河，自身难保，连他自己还得别人拿绳子拉着走哪！"

焦淑红说："你来帮助嘛！"

马翠清说:"我? 管不着这段儿!"

焦淑红说:"这不对。爱人是互相帮助,你帮他,他帮你,谁也不兴瞧不起谁,谁也不兴光闹气儿;要没有互相帮助,还叫什么爱人呀?"

马翠清翻白眼珠子说:"谁是他爱人?"

焦淑红笑着说:"你呗!"

马翠清一撇嘴:"哪儿写着?"

焦淑红说:"你心里边写着哪! 早上你还跟我夸,道满这么巧,那么能干;又要给他做鞋,又要给他缝袜子,一眨巴眼,又阴天了,再一眨眼,又出太阳了,我看你是美大发了,烧包子!"

"我让他骗了!"

"翠清,可不能一赌气,什么话都往外喷哪!"

"这还是好听的哪,实话对你说吧,我们俩从此一刀两断——吹台了!"

"可不能这样随便好,随便吹。一个人选择一个如意的人实在不容易。选上了,好起来更难呀!"

焦淑红说到这里,劝别人,她自己倒先动心了。二十二岁的大姑娘,说媒的人不断地打扰她,小伙们不断地打扰她,可是她不慌不忙,就好像早有了一个最理想的对象在什么地方等着她;可是被什么事情触动,仔细一想呢,又挺渺茫。今天,也就是刚才,在那景色动人的麦田里,在小河边,在她似乎是一点准备都没有的情况下,突然间得到了爱情的力量,她爱上了一个人;过去她也爱这个人,那是因为另一种力量,一个急求进步的青年热爱一个党支部书记,热爱一个好领导;那会儿,她觉得他们是最知心的同志,她下定决心要等东山坞彻底改变面貌,愿望得到实现,才肯离开这个同志。可是,到了决定把自己的终身跟这个人联系到一起的时候,她感到他们永远都不可能分离了。在工作上,她应当是这个人的助手,在生活上,这个人也特别需要她。唉,"选上了,好起来更难"哪! 焦淑红应该在什么时候,用什么办法让萧长春了解到自己对他的爱,同时又得到他的爱呢? 跟一个敬佩的领导、跟一个平时以"表叔"的尊严对待她的人表示爱情,这是非常艰难的。

南屋里,五婶还在热烈地说着她心里的话:"今年收成好,多靠你们干部。去年是个啥样子,这个家不是眼看着就要散了! 有人笑,有人愁,我坐在门口哭,哭都哭不出韵调。社一散,我们就倒了靠山,翠清是个丫头,小子又不懂事儿,日子怎么过呀? 跑不了又得接着茬要着吃去。眼下跟过去不同了,人不服老不行,要着吃都摸不着大门。亏了人家萧支书,那时候,这个小伙子真像从天上掉下的活神仙,领着天兵天将,把个要塌的天托住了。嘿,亏了人家。年纪不大,胆气不小,好算计,好心术,好口才,说起话来呀,那真叫好听。见我就五婶长,五婶短的,问缺这个不,少那个不,连用盒火柴,都给我捎来,亲自送到我手掌心上。哎呀,共产党教导出一个多好的人! 我说,共产党都是真金玉石人,站哪儿,都丁当响……"

马立本烦得要命,又皱眉,又斜眼。

可惜,五婶眼照不好,皱眉斜眼看不见。

马立本气得要发疯,又搓手,又跺脚。

可惜,五婶上点火,耳朵发背,搓手跺脚听不清。

马立本忍无可忍了,说:"讨厌!"

五婶没听准:"什么,吃饭? 你还没吃饭呀,等五婶给做点吃。"

马立本说:"我嫌你啰嗦,啰嗦!"

五婶问:"喝喝? 这么晚,打酒可不好办了。"

马立本一撩门帘子跑出去了。

五婶这才明白,会计这个干部与众不同,不爱听她的话,不待见她这个穷老太太。她摇摇头,叹口气,脱鞋上炕,挨着儿子睡了;

本来还想一口吹了灯,犹豫了一下,没吹。

马立本怒气冲冲地走到北屋,当他的一只脚迈进门槛子,怒发冲冠闪电一样地变成了喜眉笑眼。

马翠清又赶紧拉被蒙上头。

焦淑红说:"你快头里找她们去吧,我们还没有说完哪。"

马立本怕焦淑红烦了,不敢怠慢,就退出屋。他在堂屋走蹓蹓,两分钟扒着门帘问一句:"完了没有哇?"

马翠清脑袋蒙在被窝里对焦淑红说:"你快把这个讨厌鬼打发走吧。"

焦淑红走出来对马立本说:"这样吧,你先自己到地里转转,过一个钟头,我们大伙在西地大柳树底下集合好不好?"

马立本像得了圣旨,喜得不得了:"你可一定去呀!你不去,我站一夜也不走。"

焦淑红说:"快去吧,别捣乱啦!"

马立本把抱着的棉猴往焦淑红怀里塞:"你穿这个,不看冷着。把帽子一戴,可暖和了。"

焦淑红说:"我不要,我不要!"

马立本说:"谁对谁,你还客气什么。你瞧,天上都起了云彩,不下雨,阴了天也要冷。给你。"不管焦淑红接没接,撒手就走了。他想,有这个棉猴作押当,焦淑红就一定得去了。

马立本走后不久,焦振茂披着大皮袄,拄着棍子来找焦淑红。

他进门就说:"淑红,还不回去吃饭呀?"

焦淑红说:"我在乡里吃了。"

焦振茂:"不吃,你也得回去睡觉呀!"

焦淑红说:"一会儿还去看麦子。"

焦振茂问:"前半夜都是谁的班?"

焦淑红说:"我跟百仲大婶、志泉嫂子在南边、西边,北地是小玉、秀珍她们几个。”

焦振茂又问：“没别人了？”

焦淑红说：“会计也跟我们一块去。”

焦振茂一听，心里的火更冲了。不管闺女怎么不承认，事实证明，她真是要跟马立本搞对象。不成，就是打碎脑袋，焦振茂也不能答应。他又觉着在这里跟闺女来硬的不好瞧，就使个手腕：“快回家去看看吧，你妈又闹心口疼。”

焦淑红一愣。妈妈每年都要犯一次心口疼的病，闹起来十分厉害。她赶紧又安顿了马翠清几句，跟着爸爸回家了。

第三十章

马立本怀着甜蜜蜜的心情，腾云驾雾般地走回农业社办公室。

正是吃晚饭的时候，没有人来往，正可马立本的心。他很怕这会儿有哪个社员找他办什么事情，给他这欢乐的心里添不干净。他摸着黑，钻进屋里，找到灯，把罩子摘下来，里里外外地擦了个倍儿亮，把它点着。这个灯今儿个特别的亮，整个屋子都是明晃晃的。他坐在床上，把耳机子套在头上，耳机子里正唱着抒情歌曲，听起来特别的入耳。他把两条大腿一扭，很潇洒地坐在床边上听着，两只脚不由自主地随着音乐的节拍打点儿。过一会儿，他又跳起来，探头朝天空看看。月亮偏西了，西边起了乌云，下边厚，上边薄，快活地增长着……

马立本这会儿看什么都顺眼，摸什么都喜欢。读中学的时候，因为一个在国民党队伍里当过文书的语文老师的影响，他读过好多本黄色小说，曾被作者笔下那些阔男人美女子的桃色生活感染过；他学过许多黄色歌曲，被那些“人生难得几回醉”“送情郎送到大门以东"词句陶醉过。开始了社会生活以后,他曾经自觉或不自觉地把小说、歌曲里描写的那些人物作为自己的榜样。可惜他偏偏赶上了解放,到处碰壁,直碰得头破血流。没容他转过弯来,又投到马之悦的翅膀底下了。在马之悦的庇护之下,他重新获得了完成自己人生道路的希望。不过,在爱情上,回东山坞以来,一直是个空白点儿。天遂人愿,春风吹来了焦淑红,有文才,有相貌,在屋里可以点缀他的生活,出了屋可以壮自己的门面。他迷上了这个庄稼姑娘,而且一定要得到手,不得到手,他就没法儿活下去。

马立本想睡一觉,养养神,准备精力饱满地参加一场战斗。他躺在床上,翻来覆去睡不着,心里那股子高兴劲儿,就没有办法用嘴说了。这几年里,他梦里都想得到的东西,眼看着就要得到手。他为这件事儿托过马之悦,马之悦能办不办,拿着他,推推挡挡不用劲儿;他也求过焦庆媳妇,焦庆媳妇没本事,想用劲儿用不上;他也向焦振茂讨过好,焦振茂从中作梗,故意难为他……这一切困难和阻碍,都没有使马立本低头。他信服过这样一句话:求爱要靠勇敢,但最重要的还是耐心。这会儿他更加信服这句话了。瞧瞧吧,马立本没有任何外援,赤手上阵,夺到了一个绝代美女的爱情。其实呢,马立本觉得自己并不是"得来全不费功夫"的,马立本有一表人才,有足以征服女人的高超本领。他为自己这套本领感到自豪!

马立本在床上翻转着。他又反过来想,自己会不会是自作多情?焦淑红虽说对他马立本一向不错,可是从来还没有表露过爱情,焦淑红真会爱上他吗?爱情的得到,真是这么容易吗?他又一想,立刻把这种怀疑推翻了。一个二十多岁的大姑娘,答应在黑更半夜跟他到地里搞约会,没有心意,不是完全倾向了他,肯定不会这么办的。他们的婚姻大事,就在这个晚上决定了!

他越想越高兴,越想越美,一个鱼打挺,从床上坐起来,打开抽屁,拿出日记本。他想把今天的奇遇全部记下来,留个永久的纪念。等到结婚入洞房的那一天,他再打开本子,让焦淑红看一看,让她知道,马立本是怎么样地爱她,为了得到她,花了多少心血代价!

他心跳,手颤,握不住笔。索性合上本子,心想:等从地里回来记个全的吧。把焦淑红怎么对自己说的,自己又怎么对她表示的,统统记下来,那可就太有意思了。

马立本收起笔记本,估摸着差不多该有一个小时了,就吹熄了灯,悄悄地走出办公室,连门都忘了上锁。

他穿过街道,街上有人在大声地高谈阔论;他又跨过金泉河,河水流淌,给他伴奏起“欢乐进行曲”。他最后又爬上一道坎子,从麦田里一直往西走。

有人从麦垅里站出来,喊了一声:“谁?”

马立本连忙回答:“我。”

大脚焦二菊说:“嗬,真来了,今个月亮从哪边出来呀? 欢迎,欢迎。”

马立本说:“西岗子那边有人吗?”

焦二菊说:“没呐,就缺你这块料啦,你去吧。到那儿可别睡觉哇!”

马立本刚要问焦淑红来没来,立刻又多了个心眼,没有问出口。敷衍几句,嘱咐她们别到西岗去了,那边完全由他负责,便快步朝西走。

薄云遮住了偏西的月亮,一切都朦朦胧胧,神神秘秘。通向西岗子有一条古老的渠道残堤,堤上长满了灌木丛,黑压压,雾沉沉,远远看去,像是一道小山岭。高大的柳树,影影绰绰地站在那儿。灰黄色的天际作为它的背景,显现出它那繁密的枝桠。枝桠朝这边伸过来,好像对他热烈地招手。

难怪焦淑红喜欢诗,她很会选择这样诗意的环境。在这样的环境中谈情说爱,盟订终身,实在太浪漫了!

马立本心里又有点嘀咕。焦淑红会不会真来呢?是托词,还是真心实意要跟他约会?就是来,要到什么时候,会不会拉个同伴?他忐忑不安地走着,恨不得一下子飞到那儿去。

他横着插过麦地,又跨过几道小土沟,草丛里一只什么鸟,被他惊动,扑拉拉地飞跑了。他抬头一看,来到了离着大柳树不远的地方。

焦淑红已经先来一步。真来了!

她坐在那棵柳树下边,背靠着树干,垂着头,像在想什么心事。

她一定是早就来了,等的不耐烦了。她一定很冷。亏了自己把棉猴给了她,要是冻出病来可不得了。瞧,她已经把棉猴穿在身上了,戴着帽子。

马立本的心都要跳出来了。他似乎看到了那张红润、光泽的面孔,看到那一双明亮的大眼睛,年轻的小伙子,心神荡荡,有点儿魂不附体。他在不远的地方停下来,温柔地叫了一声:"淑红,别怕,我是立本。"

他见焦淑红没有理,心想,是睡着了,还是生气了?他又低声说:"我一会也没有敢停,到地里转了一大圈,耽误了一会儿。你来多久了?你爸爸没拦你吗?你爸爸真是,他好像有点糊涂。"

他又见焦淑红微微动了一下,还是不理他。

他明白了。暗骂自己是个大傻瓜。人家根本没有生气,更没有睡着。现在最需要的是自己的勇敢,而不是耐性了。

他几步奔过去,扑到大树下边的焦淑红跟前,一蹲,又一坐,大胆地把一只手搭在焦淑红的肩头上。

他怕焦淑红跟他翻了,那只手有点儿发抖。可是焦淑红还是不动,也不理他。真生气了。

他说："别生我的气。过去，我不敢跟你太亲近。刚才我还怀疑你不会来。淑红，你别生气，你要真生气，我心里太难过了。你相信我，我是真爱你的，爱得要命！为了得到你的爱，我的心都要碎了。我把咱们结婚以后的事情全都安排好了。我要为我们的幸福干一番事业。我要入党，要争取地位。我有文化，再有你当我的助手，萧长春、马之悦谁也比不上我！将来，东山坞是咱们的了！"

他激动地说着，焦淑红虽然还是不理他，但是他已经感到焦淑红的心脏在突突地跳动。

他说："你不要怕，不要怕你爸爸。他想阻碍我们自由，想破坏我们的美满姻缘，那是做梦！他要是对你不客气，你也别顾情面，我们就跟他斗争。明天你就搬到我家去，一辈子也不见他个老杂毛！"

焦淑红还是不动，似乎全身在发抖。

他一下子明白了。一个他根本没有准备的念头突然冒了上来："生米做成熟饭"这就更保险了！于是他把另一只手也搭在了对方的肩头上，使劲儿一抱，想亲亲焦淑红；突然，像是一把猪毛刷子触到马立本的脸上。他不由得一愣。

对方跳起来了，大吼一声："好你个王八蛋！"

马立本一听声音不对，拔腿就要跑。一只大手，紧紧地抓住了他。他浑身发抖："大，大叔，大叔！"

焦振茂喘着粗气，问他："你要干什么？"

马立本结结巴巴："我，我来跟焦淑红看麦子。"

焦振茂用力揪着马立本的衣裳领子，声音变了调儿："你就是这样看麦子？"

马立本简直不知怎么办了，一边掰着焦振茂的手，一边说："您放开手，我们好好说，行不行？"

焦振茂的手像钳子一样，使劲儿揪着马立本不放，怒不能忍地说:"不说清楚,你就别想走!"

马立本镇静一下,说:"大叔,实话对您说吧,焦淑红我们两个正在搞对象。"

焦振茂受到了天大的污辱,吼地叫一声:"放屁,这叫搞对象,你们家的人就让人家这样搞?"

马立本见软的不行,变得强硬了:"这你可干涉不了,淑红愿意让我这么着,我就这么着……"

马立本一句下流的话没有说完,焦振茂那只长满厚茧的大手,重重地打在他的脸上了。

马立本摸着火辣辣发疼的嘴巴:"好,你,你打人? 我,我跟你没完,我……"

焦振茂还不解气:"打死你个狗日的!"说着,又攥着大拳头逼过来了。

马立本连忙往后退着说:"焦振茂,你可得留点后路,你不要当刘巧儿的爸爸,杨香草的爹,将来我跟淑红结了婚,你还有什么脸面见我们,你……"

焦振茂朝他啐了一口:"呸! 我有闺女没处嫁,丢在井里,推到河里,也不能给你这个下流货!"

马立本故意要用难听的话报复,冷笑一声:"婚姻自由,这是你常说的政策条文;自由就是自由,她愿意嫁给我,就是要嫁给我……"

焦振茂一点后路也不留:"她敢说嫁给你,我让她白刀子进去,红刀子出来,完事我给她偿命去!"他说着,从身上脱下棉猴,一团,扔到马立本的脚下边,"滚蛋! 告诉你,以后不准沾我闺女边!"

马立本从地下拾起大衣踉踉跄跄地跑了。

焦振茂被气得浑身打抖,话也说不出,步也迈不动,就地一坐,抱着脑袋,痛苦地叹息。

原来，刚才焦振茂把焦淑红骗到家以后，就打开天窗说亮话，拼命也不赞成闺女跟马立本好。焦淑红自然是一口否认。为这事，妈妈又跟老头子吵起来。她把马立本夸个抹油光，说到最后还掉了泪。老两口矛盾很尖锐，焦淑红心里边打主意。她想，跟马立本这件事，自己根本没有什么考虑，主要是妈妈和马立本两个人的劲头；如果今晚上跟马立本一道去看麦子，不论怎么讲，也会增加两个人的幻想，不如顺水推舟，就让爸爸代替去一趟；爸爸去了，马立本一定知趣，打消了对这件事的念头，事情也就过去了。于是，她跟妈妈坐在家里，没到地里来。她怎么也不会想到，马立本这么下流，干出这种事情！

焦振茂带着马立本的棉猴来到地里。他原意也是想把棉猴还给马立本，用这个暗示他不要再起这份心思。老头子来到地里，转了一圈，左等右等，不见马立本来。这一天，他做的活多，说的话也多，感到很困乏，就想坐一坐。因为阴了天，又有点凉风，他浑身很冷，就把棉猴穿上了。身上一暖和，又往树上一靠，慢慢地睡着了。他被声音惊醒的时候，正听到马立本贱声贱气地骂他"有点糊涂"，于是，就无意地看了这场丑戏！

他吐着唾沫："呸，好个下流的东西，就是我亲爹从墓子里走出来，也不能让闺女嫁给这个坏蛋！"

焦振茂再没心思看麦子了，再也不能忍了，他要跟闺女说个清道个明。他把棍子往胳肢窝一夹，朝回走。他一步一哼，一步一叹，满肚子的怒火，不知往什么地方消。

天上的云彩长严了，路挺黑。远处，看麦子的妇女们大声地说笑，或者嘘喊几声。街上有人乘凉，只听到低声说话，只看到烟锅里一闪闪的红火，看不清是谁。

焦振茂的心里烦得很。这一年多来，他还从来没有像这会儿这样恼火过，想按也按不下去。街上有人跟他打招呼，他一概没有理睬，就一直走到自家门口，推开门进来，也没关上，就直奔屋子。

屋里熄了灯，刚躺下的老伴被惊动了，问："谁呀？"

焦振茂没搭理她，蹬蹬地朝里走。

老伴又提高声音问："怎么不吭声，谁呀？"

焦振茂一撩门帘子进来了："我！"这声音像打雷。

炕上的老伴被他吓了一跳，当是老头子还为刚才那几句口角生气，就没再吭声。

焦振茂站在地下喊："把灯点上！"

老伴爬起来，在窗台上摸着火柴点着灯。她朝老头子脸上扫一眼，不禁一愣：老头子的脸色像烧纸一样黄，眉头拧着，眼睛瞪着，腮帮子一鼓一动。这是怎么了？想问，又不敢问。一块儿生活这几十年，她摸准了老头子的脉窝，他平时不太闹气，要是肝火动了，倔脾气上来了，闹得可怕人啦！

焦振茂站在那儿，又喊了一声："淑红哪？"

老伴小心地回答说："睡下了，你走了，我们娘俩说会子话，就乖乖地睡去了。"

"把她给我叫起来！"

"你怎么啦？"

"甭问，让你叫，你就叫去。"

"你先跟我说说，怎么啦？"

"叫去！"

"不早啦，忙一天了，真不累呀？"

"叫去！"

"有话明天起早再说不行吗？"

"不行！"

老伴溜下地，简直不知怎么好了。她手忙脚乱地摸摸这儿，动动那儿，想借机会稳稳神，想个主意劝劝老头子，心慌意乱，什么办法也想不出来。

焦振茂见老伴磨磨蹭蹭不动,就要往外闯。

老伴拦住门,哀求他了:"我说,你有火先跟我发,明天再跟孩子发。二十多了,不能当个小娃娃那么对待她了,什么事儿也得慢慢着商量……"

焦振茂暴跳起来:"哎呀呀,你还他妈的商量哪,再商量,就要丢人啦!"

老伴更慌了:"你这是哪头话,到底怎么啦?"

"糊涂死你了!"

"唉,闷死我了!"

"今天不说出个所以然来不行!"

焦振茂说着,一把推过老伴,就往东屋里闯。

老伴急忙追过来了:"等等,等我给你叫还不行吗?"她走到东屋门口,低声呼唤:"淑红,淑红,睡着了吗?"

焦振茂喊道:"你还怕吓着她呀!"

老伴赶紧把声音提高了一点儿:"淑红,淑红,起来,妈跟你说句话儿。"

屋里没人应。

焦振茂气得不得了,举起手里的棍子就朝门上打。呼啦一下子,打空了,门帘子飞了起来,没关门。

老伴吓得拉开焦振茂,就跑进去摸火点灯。

焦振茂喊叫着:"你装死就行了,好好给我起来,没事儿。我今个非得管管你不可;这个对象我就不让你搞!"

灯点着了,老两口子全愣住了。

炕上是空的,根本没人。

焦振茂愣愣地问:"怎么又走啦? 你不是说她睡了吗?"

老伴反而有点庆幸闺女不在:"是睡了,哪知道她又走了。"

"马立本那小子找她了？"

"没有，没有，一定没有！"

焦振茂转身往外走。

老伴后边追着，小声嘱咐："我说，找她回来就行了，可不要吵闹，让别人笑话……"

焦振茂已经出了门，下了沟。他顺着沟朝西走，天又黑，心又急，一步深，两步浅，磕磕绊绊。他心里边骂，骂马立本，骂闺女。他这会儿伤心透了，后悔不该由着闺女性外边跑，后悔不如早一点给闺女找个婆家，让人家娶过去省心，甚至后悔养了个闺女活上当！

他走着，想着，刚要过桥，忽然头顶树梢上闪过一道光，又是一道光，像是手电。有人在北边地里打手电。接着，他又听到了笑的声音，像是自己的闺女。这儿不是麦地，闺女跑这儿干什么来了？跟谁来的？是不是马立本？他不敢再往下想了，趔趔趄趄地奔过来。

是闺女，是两个人，正在说话儿。他一下子又呆住了。

"我早知道你一定来了。"

这句是马翠清说的。

"你怎么知道？"

这句是焦淑红说的。

"我会算。"

"你会哭，会大被蒙头，炕上一躺装死。"

"去你的吧，我再生气，也忘不了咱们的工作呀。"

"这才叫真积极哪！个人有点事儿，什么全不顾了，那叫什么玩意儿！"

焦振茂听到这儿，嘘了口气，浑身紧张起来的肌肉也松弛下来了。

农业社的苗圃里，两个大姑娘还在平平静静地说话儿。

马翠清说："我忘了堵鸡窝，出去一看，天变了，一下子就想起咱们这小树苗了。萧支书说咱们在靠河的地搭了埝，没泄水沟，要是下雨存住水，树秧子全得泡起来。"

焦淑红说："要不我也睡了。刚躺下，听西院有人嚷背柴火，我就爬起来了。存水倒小事，最怕上边的水全从这儿走，准得把树苗子冲坏了。来，这边再铲几锹。"

过一会儿，马翠清又说："下边这么多的石头子儿呀，真难铲。我不如带一把镐来了。"

焦淑红说："行啦。把锹给我，我试几下子。这不挺好挖的吗？哎，别伸手哇，铲了你我可不管！咱们把这沟挖到河边上，上边的水顺着沟流到河里去，就冲不着树苗了。"

"我去叫人吧。"

"人家都歇着了，咱们自己搞吧。"

"咱俩挖的完吗？"

"豁出不睡了，也要挖完它！"

…………

两个姑娘一边说，一边挖着，嚓嚓的铁锹声，伴着她们的喘息声。只隔着几棵树，焦振茂全听到了。两个姑娘奋力蹬锹铲土的身影，他也看到了。不知怎么，他的心里一热，两只老眼潮湿了。他很想奔过去，从闺女手里夺过铁锹，替她们狠狠地挖一阵儿，两条腿却像坠着个磨扇子，动不了窝儿。

后来，焦振茂觉着自己老在这儿站着也不像话，就慢慢地往回走。他刚迈几步，又听到闺女在背后说话了。

"翠清，我跟你说，往后可不兴再闹自己的事了。咱们应当跟萧支书学习。你看他，一心扑在农业社上，把个人的事儿全扔在脖子后边了。"

"我也不是为自己呀!"

"一闹情绪,就等于为自己了。"

"先别扣帽子。你的话,我得想想。"

"想吧。可不兴钻牛角尖儿,往大处想。你说,比起咱们东山坞农业社,比起以后的好日子,自己的事儿算个什么! 一个人要光为自己打算盘,活着还有什么意思呀! 再拿我爸爸说吧,过去他光想发家,光给自己打小算盘,我看他一天到晚愁眉不展;这一年,他进步了,也把心扑到大日子上了,他全身的本事有处施展了,他好像是越活越年轻了……"

云彩裂了缝,月亮跳了出来,田野里一片光明……

第三十一章

晚饭后,庄稼人经过一天紧张的劳动,差不多都打着饱嗝,或者叼着烟袋到街上坐一坐,聊聊天,散散疲劳。除了多数男人,也有少数妇女。男人把饭碗一搁,抬屁股就走,妇女的牵挂总是比男人多一点儿。她们把孩子奶睡着了,在炕沿上挡着一个大枕头,才能一边系着纽扣一边走出来。男人们愿意找自己对劲的人群去凑伙,妇女们没有这个选择的自由,差不多都站在自己家的门口,顶多到左右邻家或对门,因为一边闲谈,耳朵还得听着屋里,免得孩子醒了,爬到炕下摔着。

晚上的街头是最自由的地方。关于村里、村外、县里、县外,国家或是世界上的新鲜事儿,都是在这种场合传播和收听的。庄稼人对许多事物独到的见解,不管是明确还是糊涂,也都要在这个地方彼此交换意见,补充看法。有时候谈得十分和谐,很像小两口躺在一条枕头上说贴己话那样亲密;有时候又争论得相当激动,如同仇敌见了面，什么脏话都能骂出来。和谐也罢，争论也罢，说过、笑过算完，谁都不记在心上。谈到深夜，他们便带着各种各样的满足，回家躺在热炕上睡了。这是一种习惯，也是一种享受。

今晚天阴，有点风凉，加上有些人家被村里事态牵扯，老早就上了门做自己的事儿，到街上来的人比较少，散得也比较早些。这会儿，在街上闲聊的人，差不多都在议论着村里边正在闹腾的那件事儿。

在烟袋锅里一闪一闪的火珠里，一个人笑着说："我不提名，刚才有个人倒挺好心眼的，跑到家里告诉我，说是要翻粮食，翻出来归公……"

没等他把新闻报告完，笑声就在他的身边和不远的几个门口响起来了。

"哈哈，这些人真会说梦话。你应当告诉他：我们不用翻，全在囤里摆着哪，多得很，谁看，请他参观参观。"

"就是嘛！粮食多，证明咱们劳动好，还兴闹朵光荣花戴上哪！"

另一个角落里，也响起同样的嘲笑声和议论声。他们又议论着，卖了新麦子，添置什么样的花被面，或者买一辆什么牌子的自行车……

沟北边最后剩下两个人了，他们是迟到的。

一个是车把式、机灵人焦振丛，一个是豆片坊的、老好人韩百旺。焦振丛是常在大庭广众里出现的，韩百旺却很少抛头露面。他们的年纪差不多，全是五十左右，焦振丛是焦振茂的堂兄弟，也有焦振茂那副高壮的骨架，虽说他也是属于那种老实巴交的人，因为平时多是跟牲口打交道，说话嗓门很高，又因为他跑的地方多，见的广，性子也比较豁朗。韩百旺跟队长韩百仲是一爷之孙，个子小，手脚倒很麻利。他从小就跟父母磨豆腐，大了自己磨豆腐，入了社,又给农业社守磨看锅。他吃豆腐渣长大,默声不语地跟着石磨转大,挑着担子到处吆喝,到处算账,为人老实,好打小算盘。

这两个人来到街上晚,也是偶然碰到一块儿的。焦振丛从大湾联系出车的事情回来,又打点了起早要拉运的货物,喂上了牲口,才到街上。韩百旺套上磨,给养猪场过了渣子,有人来接班,又回家吃了一点儿剩菜剩饭,回来的时候,也正好走到这里。平时,一个赶着大车到处跑,一个从早到晚在热腾腾的屋子里忙;一个消息灵通,一个耳目闭塞,这会儿遇到一起,焦振丛一定得讲点新闻了。

他们坐在沟北边韩百安家门口,焦振丛刚把一件有趣的事情说个头儿,韩百旺也刚刚听得入了神,被一个突然走过的人打断了。

走过来的是焦振茂,他从金泉河岸走来,带着非常非常复杂的心情;那高大的身体,像是背着重载,走得虽然很慌忙,却又显得很吃力。

韩百旺先瞧见他了:"振茂大哥,没睡呀?"

焦振茂回答着:"瞧这天头要下点雨吧。"

焦振丛也应酬了一句:"麦子又要上成色了。"

焦振茂说:"这雨说来就来,大庙院子里还堆着一堆木头,我去收拾一下。"

他的这个行动,完全因为刚才受了两个姑娘的启发和感召。他这样说着,朝前走着,心里也盼着。他盼着一进庙门,也能碰见他的老朋友韩百安,他们也能说几句知心话,像两个姑娘那样。"我早知道你一定来了。""人家都歇着了,咱们自己搞吧。"……随后,他也能趁此机会借题发挥地劝劝老朋友……

韩百旺说:"对啦,木板子淋了雨就要翘了……"他巴不得焦振茂快快走,因为他们谈的这件有趣的事儿跟焦振茂有关,他在这儿碍口。

焦振茂走了，走到大庙前，推开山门，他就泄气了。唉，他的老朋友的影子都没有哇！

这边，焦振丛和韩百旺继续谈着他们有趣的事儿。

韩百旺听着听着，忍不住哈哈大笑，又低声说："往下说，往下说！真有意思。"

焦振丛说："想不到吧？我看倒是挺好的一对儿。"

韩百旺问："你是不是听准了？"

焦振丛说："没错儿！我……"

韩百旺往焦振丛跟前凑了凑，正要往下听，又被身后的关门声打断了。

韩百安从屋里走出来关大门。从下午到这会儿，他就像一只热锅里的蚂蚁，火烧火燎，坐卧不安。从屋里到院子里，又从院子里到屋里，没了魂似的里外走。他盼着儿子快回来，回来就睡；他等着街上的人全走净，走净了就别再来人。他希望在儿子睡着、街上人走光了的时候，弯弯绕来找他。他等来等去不见儿子回；盼来盼去，不见人净。他忽然想到，这个大门四敞大开的不保险，就出来上栓。他探头朝外看，也没看清是哪个，自然也没打招呼，就赶紧缩回脑袋，上了门栓，迈着突突的沉重脚步走回去了。

门口的两个人，凑在一块儿了，脑袋挨着脑袋，声音低得只有他们自己才能听见。

焦振丛天黑从大湾回来，顺着金泉河边抄近路走，一下子碰见了两件新鲜事儿。一件是萧长春跟焦淑红……

听着院子里韩百安的脚步声走远了，焦振丛接着说："这事儿你可别对韩百安说。他跟振茂对劲儿，传到淑红耳朵里去，我这当叔的太不够味儿了。"

韩百旺还是有点不太相信。他往焦振丛跟前凑凑，夹评论夹分析地说:"我整天跟在他们身边转,两个人都是正正经经,君是君,臣是臣的,不像有这个事的样子。"

焦振丛说:"有这种事,人家还当着你的面来呀?"

韩百旺说:"萧支书也不是那种人!"

焦振丛用肩头撞了韩百旺一下,说:"哎呀,说你保守你还不服气,什么人?搞对象又不是胡乱来,就像明媒正娶,两个人商量妥了算。正大光明啊!"

韩百旺眨了眨眼,点点头:"这倒是真的。这两把手拧成一股劲儿,搞工作可棒啦!淑红热心肠,对小石头保管错不了。你不是还碰见一个新鲜事吗,到底是什么,你今天怎么没个痛快劲呀?"

焦振丛左右瞧瞧没人,就扒在韩百旺的耳朵跟前说:"这个可是你知我知,千万别说出去,关系重大,还没有证据确凿,传扬出去,出了乱子,咱俩兜不了。"

焦振丛是个精明人。土改前是个贫农,土改以后,趁水和泥,拴上胶皮车。韩百仲办社要他入,他不干。工作组的同志对他说:"焦振丛,你走到资本主义路上去了,将来要当地主,再来剥削穷哥们!"几句话,就把他提醒了,说转了,赶着大车入了社。在新下中农里边,他是最听话的一个。对社里的事,不闻不问,吃亏占便宜不计较,让干什么干什么。他说:"谁要光给自己打小算盘,到头一定要走绝路上去。往后,我就是看着党员办事,他们怎么走,咱们也怎么走。"因为他曾一度过到个人上升的日子,也因为他赶大车到处走,见的世面多;多是多,见的都是眼面前的,深一层的道理不是很懂,办起事来,顾虑总是多一些,特别讲究情面。下边要讲的新闻,关系着马之悦,马之悦是头头,平时对他又不错,说到的事儿沾着马之悦,说起来胆子就不那么大了。

韩百旺说:"你说吧,我这个人嘴严实着哪!"

焦振丛小声说:"说起来又是一件怪事儿,马主任领着人往外捣动粮食啦！"

韩百旺吓了一跳："不会吧？"

他是个厚道人，自己守本分，也不相信别人办坏事。

焦振丛说："瞧你这人，要不你打听，说了你又不相信。真真切切，我亲眼看到的。六七个人，有马主任、马大炮、弯弯绕，还有两个女的；另外，有几个像是外村的人。月亮刚上来，我正顺着河边走，走着走着，脚底下踢到一团绳子。你瞧——"一团猪毛绳，坠在后腰上，他抽下来，在韩百旺眼前晃了晃，"我给弯弯绕做过短工，除了他家，谁也没有猪毛绳。你看，这样系着，准是用它抬粮食口袋了。"

韩百旺追问："你怎么断定人家捣动粮食呢？"

焦振丛按按他的肩头："你听我说呀！我拣起绳子，四外瞧瞧，看到河边上堆着好几条粮食口袋。我刚想上去摸摸，里边到底是什么粮食，河那边哗啦哗啦地蹚过人来了。我赶紧趴在麦垄沟。他们一个人扛起一口袋，又蹚河过去了。一个生人问：'老马，下趟什么时候来？'马主任说：'最好一天黑就到，这工夫人乱，不显眼；要是夜深了，有点动声就听老远，走动不方便。'接着，弯弯绕就小声跟马大炮要猪毛绳。我趴着不动，我想他们还会回来，再听听说什么。左等不来，右等不来，我想没事了，正要站起往回走，那边又来人了，一对儿！"

韩百旺问："又是捣动粮食的？"

焦振丛说："这个买卖是预订的。"

韩百旺明白了，哈哈大笑。

两个人的笑声，传到韩百安的屋子里。他对着昏暗的小浊灯自言自语："美死你们了。你们俩大概都没有粮食，你们不怕，像是吃了凉冰棍儿，唉，这年头还是没有东西好哇！"

他痛苦地摇摇头，叼着烟袋，摸到西屋，打开门上的锁，揭开炕席摸了摸,一口袋小米子还在那里躺着。他又摸到后院的小棚子里,在草池子里摸了摸,那口袋小米子也躺在那儿。他的心,平平安安地落下来了。

这时候还没有动静,今夜大概不开会,干部也不会来翻粮食了,跑不了在明天一早动手;想什么办法把这小米子消化掉。粮食安排妥当了,他的心病也就去了。

他想起在弯弯绕家看见的那两个粮食贩子,心想,要是卖给他们,总比让人家翻去上算;一斤卖二斤多的钱,到哪儿找这种便宜的事儿去!再又说,卖一口袋,留下一口袋存着也够了,反正盖房子也得卖粮食折钱用,早出手,还省得虫咬风吹伤分量。

韩百安这会儿总算下决心啦,决心立刻就把粮食卖掉,换成人民币手里攥着。这一决定,使他心里轻松了好多。他一面磕打烟袋灰,一面朝外走;一只脚刚迈出门槛子,又缩回来了。心想,还是不慌,反正半夜早着哩。多想想,就能少出差错,小心不为多余。这回卖粮食要是没便宜,不是好事情,弯弯绕自己准不下水,准得来找韩百安这个老实脑瓜当替身鬼;要是有便宜占,是好事情,弯弯绕就不会前追后拿地找他了,等一会儿再行动也不迟。

他坐在前门槛上,又装上一袋烟抽起来。发着苦味的烟雾,在他那愁苦、焦灼的脸上混乱地散漫着。

天上的云彩,从薄变厚,从淡变浓,天阴了。

他一袋烟接着一袋烟,嘴抽得又苦又麻木。他伸着耳朵,听着外边的一切动声,被虫子咬坏的杏子从树上落下来,把他吓一跳,一只小猫从他脚边蹿过去,把他吓得一机灵;风吹菜叶响,他当行人的脚步;猪拱圈墙,他当有人来叩门。可怜哪,韩百安白白在这儿害相思了,弯弯绕、马大炮他们这伙子人,这会儿早把好事儿办完,已经松松快快躺在炕上搂着老婆睡了,早就把这个韩百安忘在脖子后边了。韩百安心里又着急,又懊丧,暗骂:"一群是非小人哪！没便宜的事情，你们骂人吵架的事情，硬拉上我，害得我们父子不和，全家不宁；遇到有便宜的事儿，你们就溜边，躲到旮旯里自己独吞去了！"

他又一次使劲儿磕打掉烟袋灰，走到门楼跟前，耳朵贴在门板上听了听。

街上很宁静，没有聊天的人了。焦振丛和韩百旺带着相同的满足，一个去套车，一个去套磨。

韩百安觉着，再这么蹲在家里死等着不行了，得凑上去看看了。他轻轻地打开门，回手又虚掩上，朝弯弯绕家走去。

弯弯绕的大门关上了，他走上前去，轻轻地推了几下，刚要喊，又吞住，暗想："这个人专会对别人使心眼儿，靠不住，还不如马大炮对人直心肠说实话哪。"

韩百安转回来奔马大炮家。

马大炮的大门也关上了，他老远就停住脚步，心想："马大炮这家伙心直嘴不严，别沾他；谁也不如马主任牢靠，还是找马主任给自己拿拿主意吧。"

韩百安又来到马之悦家，门没关，他正要进去，大黄狗扑了过来。

马之悦一面吆喝着黄狗，一面迎出屋。他朝外看一眼，手扶着门框问："大哥，这么晚了还没有歇着？"

韩百安一步迈到门口里边，嘴巴靠近马之悦的耳边，小声问："马主任，明天是要翻粮食吗？"

马之悦说："听说老萧上乡里告状去了，明早乡里一来人，翻粮食的事哪还有准儿呀。"

韩百安可怜地说："大兄弟，我求求你。"

马之悦往里让他："屋说，屋说。"

韩百安左右瞧瞧没有人："就在这儿说吧。"

马之悦瞧他那副怪样子,听他那种口气,已经把他的来意猜到了,就说:"大哥,你有什么难处尽管对我讲,为乡亲我两肋插刀,能帮忙一定帮忙。"

韩百安说:"马主任,我想过了麦秋,把房子修一修,就把道满的媳妇娶过来。"

马之悦顺着他说:"当办了,当办了。"

韩百安咽了口唾沫:"马主任,我不瞒你说,从去年秋后日子过得就紧巴,吃这顿,愁那顿,一口一口省着吃,省点是点,麦秋怕是没有太大的指望了。"

马之悦本来猜测韩百安是投他的门路卖粮食,听这口气又像是来闹没吃的,心里很不高兴,叹口气:"唉,大哥,庙是那个庙,神不是那个神了,我看着大伙的日子一天不如一天,朝着浅滩上奔,也是难受的。有什么办法呢,我马之悦这会儿是心有余力不足啊!"

韩百安愁苦地摇摇头:"你看,明天真的还要翻,要是翻出去……"

马之悦立刻又打起精神:"是呀,翻出去,就得归公,这个错处可不小哇!大哥,赶快拿拿主意吧。你打算怎么办?"

韩百安咬了咬牙:"刚才马同利找我,说城里那两位掌柜来了,不知道靠得住不?"

马之悦说:"咱们没外人的话,这两个人跟我都是老交情,这倒可以保险。"

韩百安说:"要是那样,我想抖搂出去算了,把着票子更牢靠点儿。"

马之悦摸着后脖梗子说:"来晚了一步,人家走了。"

这真是太意外了。韩百安诸事倒霉,一步赶不上,步步都赶不上。他嘴里啧啧地惋惜,转身要走。

马之悦打个沉，又叫住他："大哥，等一下。过两天他们还要来一趟。要是放在家里不可靠，就暂时存在我这儿，他们来了，运走就是了。"

韩百安一听，满心欢喜。马之悦是个有头有脸的干部，就是谁来翻，也不会翻到他的身上。韩百安感激不尽地说："马主任，你可真是好人哪！我，我念你一辈子恩……"

马之悦说："说这个就见外了。兄弟这二十来年，还不是靠着大伙儿帮扶着蹚过来的。只要老哥你信得住兄弟，你就存在我这儿好了。"

韩百安说："信得住，信得住。我去扛来吧。"

马之悦说："你再好好想想，想着上算，就扛来；可别反反复复的，我在当中不好办。"

韩百安走后，马之悦虚掩上大门，回到北屋里。

马凤兰已经躺下了，围着被单子爬起来问："老萧回来了？"

马之悦说："没有。我放下立本在办公室守着哪，反正阵势摆好了，等着就是了。"

马凤兰又问："谁跟你在外边嘀咕啦？"

马之悦说："是韩百安。老家伙到底没憋住，还是送上门来了。"

马凤兰说："爷爷，你不要再管这些事情了好不好？这是啥时候，你在什么地方站着，还揽这种危险事儿！"

马之悦无可奈何地叹了一声，说："我愿意干这种事儿吗？有啥法子，就是再危险，也得挺着干哪！"

马凤兰说："留得青山在，不愁没柴烧。何必图分几个红利钱，砸了饭碗！我看你赶快先把这事儿退掉，别让他们来了，等过过再说。"

马之悦坐在炕沿上说："不跟你说吧，怕你瞎着急，跟你说吧，也怕你瞎着急。你知道那两个人是替谁来的？"

马凤兰眨眨眼："替谁？"

马之悦说："范占山！"

马凤兰吃一惊。她忽然想起马之悦跟她说过的那件事情，当年马之悦指使"伙会"要捉八路军的伤员，范占山全知道呀！她声音发颤地问："他还没有死呀？"

马之悦说："他要死了我还干净了！我那件事儿的底码全在他手里把着。我这会儿是已经把个老虎当马骑上了，跳下来也许让它吃的更快点。宁可冒这个险，也不冒那个险。"

马凤兰低头不语。这个地主家的闺女，过去跟马之悦通奸，也有马之悦打这比方的这个意思。可是后来，他们共同的命运，才使她甘心成了马之悦的妻子。她时时刻刻都为男人操心费力。

过一会儿，她又出谋献策了："想办法把那个姓范的小子收拾了不行吗？"

"这个人可滑了。鬼子没投降他就跑了。不知道在哪儿蹲了好几年，镇反那年听说在城里把他抓起来了，我才知道他还活着，我才又想起那件事儿。听说我当了支书，他就狗皮膏药贴上来了，揭也揭不掉啦。这会儿还怎么收拾？晚了。把他抓起来那年，我稍微胆子大一点儿，一句话，就干净了。可惜呀……"

夫妻俩叹息一会儿，马之悦又走到院子里，等候韩百安。

韩百安高高兴兴地回到家，当他从炕洞里把粮食口袋拉出来的时候，那股子高兴劲儿一下子跑光，全身都软了。

他有气无力地靠在炕沿上，一只粗糙的大手，在滑润的粮食上抓着，米粒从他的手指缝流下去；又抓一把，又流下去。这是他的汗水，他的心血，他的命根子呀！就这样两手捧着交给人家去吗？不能干这种傻事儿！

他把口袋嘴又系上，轻轻地拍拍身上的土走出屋子。黑暗里，掏灰笆绊了他一下,弯腰扶起来,放在锅台旁边;站在门口,抬头看看满天上滚滚的乌云,叹了口气,又想:还是卖出去干净,怎么也比翻出去好,那样子,鸡也飞了,蛋也打了。

他又转回屋里。一狠心,抓着口袋嘴儿背起来。

他是个有力气的人,这会儿却一点劲儿都没有了。口袋那么沉重,两只脚像生了根,一点也挪不动,就又放下口袋,两只手紧紧地抓着。他愣了片刻,咬咬牙,又背了起来,刚迈门槛儿,门拉吊挂住他的衣襟,像是要拉住他,不让他去办傻事。他又把口袋放下了。他扶着口袋,愣愣地站着,心想:万一要是翻不出去呢? 等一等,面对面交给买主,那该多妥当。

韩百安为难了。他恨自己太胆小。谁像你这么胆小呢? 看人家胆子大的人,痛痛快快地把粮卖了,这会儿早就枕头底下压着人民币睡了! 唉,啥年月也是胆小的人倒霉,胆小的人没有路子走!

他又打开口袋嘴,摸着小米子,热泪扑簌簌地流下来,挂在胡子上,掉到小米里。

今夜特别黑,像扣过来的锅底。也特别静,像一切都死去了……

韩百安终于下定了决心,跺了跺脚,抓起口袋嘴要背,又急忙把口袋嘴打开,哆哆嗦嗦地伸进手,抓了一小把米,小心地掖到他那破裤子的兜里。

尽管天黑街上没有人,路也不远,他却觉得有好多眼睛都在看他,这段路比上一趟森林镇还要长。他心惊胆战,汗水顺着脑瓜门子往下流。到了马之悦的门口,他那颗心都提到嗓子眼了,这会儿要是有什么东西稍微惊动他一下,这颗心就能掉出来,韩百安就地挺腿,世界上再不会有他了。

马之悦在门口里边等着,听到放口袋的声音,连忙打开了大门。

韩百安像是受了一场天大的委屈,好不容易找到一个人要诉诉似的,颤着声:"马,马主任,我……"

马之悦一把将口袋拉到门槛子里边,探出身子问:"还有几口袋?"

韩百安嘴里呵呵着,使劲儿摇摇头。

马之悦说:"快走!""咣当"一声,大门关上了。

韩百安扑到门上,嘴贴着门缝:"马主任,马主任,我找个秤当面称称,足足一百二,一百二……"

里边没有一点声音。

他两腿一软,扑通一声,瘫在石阶上了……

第三十二章

马立本在麦子地里挨了焦振茂的打和骂,一肚子怨气没处消。他从野外回来,就像发了疯病一样,到处寻找焦淑红,东扑西撞,就是没敢到她家去,连门口都没敢过,在远远的地方站了一会儿,望望那个黑咕隆咚的院子,便垂头丧气地回到农业社办公室里来了。

还是这个办公室,还是这个老地方,此时此景,跟刚才是多么不同啊!他觉得一切都是灰暗的,像是越阴越重的天空一样;一切都是死气沉沉的,像这个越来越静的黑夜一般。唉,人活着有什么味儿呀!真是人生若梦啊!他感到委屈,也感到奇怪,为什么自己的生活道路这么不顺利?没遇上过一件随心愿的事儿,也碰不上一个好人。马立本怎么着焦振茂了?他为什么对马立本这么大仇恨!焦淑红对马立本是有情有意的,为什么要骗马立本?是焦振茂的压力太大,焦淑红软弱了,还是故意玩弄人?这个谜,马立本解不开了,脑袋瓜子想胀了也想不通。

他迈进门口，觉着周身像刀子割的一样疼痛，嗓子眼又干又辣。他摇摇茶壶，壶是干的，瞧瞧水缸，水缸是空的。"叭"一声，把个茶碗扔到地下，打了个粉碎。

门口外边突然有人喊一声："这是干什么，你发疯了呀？"

马立本也不回头，沉重地往椅上一坐，把椅子压得吱吱响；胳膊肘挂着办公桌，两手抱头，手指伸进头发里，发狠地挠着。他那本来梳得光光的分头，现在成了一个喜鹊窝。

进来的人是马之悦。

他把韩百安打发走以后，就到办公室找马立本。一个晚上，他到这儿找马立本三次都没有找到，把他气得不得了。据他估计，今天晚上乡里不会来人了。不马上来人，说明乡里把马连福骂萧长春和闹粮食的事情看得严重，这会正开会研究措施，明天的戏很可能不好唱。他自己也就得越加周密地准备对策。马立本在这种紧张时刻，竟然影子不照，实在使他恼火；一见马立本那副丧魂落魄的样子，就没有发作出来。

他坐在床边上，一面从墙上摘下耳机子套在头上，一面察看马立本的气色，揣度这个年轻人苦恼的原因。耳机子里播送京剧《凤仪亭》。这出戏他很熟，过去叫《吕布戏貂蝉》。马之悦一向喜欢这出戏，特别赏识王允的多谋善策的手腕儿。他听了一会儿，才和颜悦色地问马立本："这是哪边风哪边雨呀？嗬，火气不小呀！"

马立本攥起拳头，使劲往桌子上一捶："我要跟焦淑红算账，她这样耍我不行！"

桌子上的墨水瓶、算盘和沾水笔叮叮当当地跳起来。

马之悦心眼快，一下子明白了八九分。你说巧不巧，这个年轻人闹情绪的原因，正跟耳机子里唱的一个样。看来，古往今来，男子汉全过不了美人关。就笑笑说："我早对你说过，那个丫头沾不得。怎么样，上她的当了吧？"

马立本说:"不是她。唉,我也说不清了。马主任,您这回一定得帮帮我。关键全在她爸爸身上。焦振茂听您的,您要给我说上几句好话,好事准能成;您不出力不行,不赶快把这件事情给我办了,我实在受不了啦!"

马之悦又苦笑一下,没吭声。耳机里是一片锣鼓声,大概是唱到凤仪亭那一段了。他对马立本这个要求是不以为然的。他有自己的想法,坚定不能移。简单地说,他不赞成马立本搞上这样一个对象。

马立本被他笑的更难过了,拍着桌子说:"哎呀,您光拿这个当笑话。说痛快的,到底是帮不帮忙吧?"

马之悦摘下耳机子,又坐到马立本对面的椅子上,郑重地说:"立本呵,我还是那句话,不赞成你搞她。"

马立本说:"不行,说到死也不行,我实实在在地爱她呀! 除了她,我再不会找到一个可爱的人了!"

马之悦一声冷笑:"哎呀,天下真是无奇不有哇! 立本,你也是走过南闯过北,见过世面的人,这么一个庄稼丫头怎么就把你迷成这个样子呀!"

马立本更生气了,心想:你那个臭娘们马凤兰有什么宝贝把你迷住了? 一脸的横肉,一双白薯脚,一身的酸臭毛病,你为她差一点儿把党籍丢了,每天恨不得放在嘴里含着,顶在脑袋上摆着。他嘴上说:"您不承认焦淑红最漂亮吗?"

马之悦说:"人头子过得去是不假。搞对象搞的是心,不是搞的脸蛋子呀!"

马立本这下找到了发泄的机会:"她的心有什么不好呢? 她坦率奔放,像一块水晶石那么明亮,像早晨的太阳那么烤脸,像……"

马之悦打断他的话:"你这家伙,简直是在念唱本。我说的不是这个。选对象,顶重要的一条是,将来两个人能合心。换个话说,女的得对男的忠贞。打个比方吧,银行那个陈科长你知道吧,他打成贪污犯,你说是谁告的? 是他老婆。还有中学那个副校长,镇反的时候给判徒刑了,他的老底子是谁揭的? 也是他老婆! 你想想,你把焦淑红这样一个人放在家里,不钻空子搞你呀! 她要能跟你一心一意那才是怪事!"

马立本说:"能,我能征服她!"

马之悦说:"嗬,你有什么特殊的本事,说得这样肯定?"

马立本说:"不信您看着,结婚以后,我让她完全听我的,也变成您的助手……"

马之悦一摆手说:"同志,你想得太美了! 萧长春回来的时候,我也做过这样的梦。当然啰,开头我是把他估计的低了点,没想他会成什么大气候。我也是用你这句话想的,完全有信心征服他,让他听我的,成为我的助手。结果怎么样呢? 我扶了一个冤家对头,到如今把我搞得上不上,下不下。"说到这里,他心里涌起一股子难忍的悔恨和悲伤。

马立本看着马之悦的眼圈红了,就没有再说什么。他伸手捻了捻煤油灯的灯头。灯光放大,屋子里亮堂起来了。不过,马之悦这番话,不光没增加马立本的痛苦,反而增加了希望,希望到底在哪儿,他也说不清。

马之悦的心情还是没有缓和。他想起今天中午的干部会,在会上,焦淑红对萧长春是多么忠实! 马立本对马之悦呢,也不能说不忠实,可惜他太不勇敢了……

马立本温和地说:"您也不必太过虑。淑红跟萧长春完全是两码事儿。萧长春是老手,是从根上训练出来的,淑红是个没经风雨的小雏。"

马之悦说:"小雏跟老手差多远呢? 我可不能再上这个当了。你瞧瞧,这二三年的工夫,东山坞表面还是那个东山坞,你细看看,人心大变了。小雏呀，老手呀，就像下过雨之后，从地里钻出来的蘑菇，一下子一层。从老的说吧，焦振茂过去跟韩百安是一路货，你现在跟他聊上几句试试，满嘴的政策条文，他比那群急进派还要厉害呀！"

马立本立刻想起在地里蒙受到的耻辱，咬牙切齿地说："这个可恶的老混蛋！"

马之悦继续说："说起这事儿，真是奇怪极啦，也可怕极啦！车把式焦振丛、放牛的韩德大这些主儿，入社那会儿，磨破了嘴皮子都不干，眼下你拿鞭子赶他都不出来。年轻一辈的更数不过来。焦克礼那小子，机关枪一样，哪点都像他爸爸，你看他多会出风头。再看韩百安那个小子，先头多老实，八杠子打不出个屁来，也学会了斗争，今天下午跟他爸爸吵翻了天。这些家伙们要是都起来，我的老兄，东山坞连我们落脚的地方都没有啦！"

马立本点头说："这倒对。"他仍然往自己有利的这一边想，"退一步讲，我就是不跟焦淑红结婚，她不是往萧长春他们那边钻的更快点，更会成了他们的人呀！"

马之悦胸有成竹地笑笑："这你不用愁，二十多岁了，过一年半载还不嫁出去。"

马立本一愣，说："这可不行，焦淑红要嫁出去，我也不能活了。"

马之悦说："算了吧，还是自己的前途要紧。你的道路长得很，只要我们把工作搞好了，有了地位，啥样的老婆捞不到！"

马立本嘟囔着："嫁走了一个，也消停不了。我看她怎么也比萧长春好办得多。"

马之悦说："我现在的方针是：铲除一个，消停一点。你的眼光不行啊，将来，焦淑红不是个武则天，算我眼珠子没水！"

马立本这会儿是血迷心窍，你就说焦淑红是画皮里的女鬼，他也不能不要她。

马之悦拉过茶壶要喝水。

马立本也越发口渴，就说："走，咱们到豆片坊找水喝去，那边正煮浆。"

马之悦跑腾了一晚上，也有点饿了，喝碗热乎乎的豆浆倒也不错。

于是，两个人一边小声谈论，朝大庙走来。

大庙里的豆片坊热气弥漫着。屋里的人啦，磨啦，毛驴啦，全看不清。那盏挂在大柁上的保险灯，在雾气里只是一片昏黄的光影。

这儿除了韩百旺和他的侄子韩德大，还有跑到这儿"躲清静"的马子怀。他们三个人正神秘地说着闲话。

韩德大蹲在炕上，跟他大伯追根问底儿："大伯，你没问运走的是什么粮食呀？"

正在注磨的韩百旺，"啪"地在毛驴的屁股蛋子上打了一下，说："谁也没到跟前摸摸，那可怎么知道？"

马子怀嘴上不说什么，心里边可打着鼓。他在纳闷儿，马之悦为什么也跟着弯弯绕干这种犯法的事情呢？他是头头，他跟社里别的干部牛蹄子两半儿，这个农业社往后乱子还少得了哇？想老实过日子的人还能安静啊？完了，这个农业社早晚得垮台了！

韩德大又说："萧支书的本事哪儿去了？有一回他跟我说，别人背地里干了什么事他都能知道；嘻嘻，这回他的耳朵里塞上鸡毛了吧！"

这个小伙子有一次发脾气，在河沟子里偷偷打牛，被萧长春批评一顿，还记着仇。

韩百旺立刻警告侄子："德大，你的嘴可要严实点儿。你要是传出去，可把我毁了。"

韩德大故意说:"怎么会把您毁了,坏事又不是您干的。"

韩百旺说:"两个头头要是因为这件事闹起来,一追根追到我身上,我这个官司可怎么陪着打呀!"

后边这句话,正好让走进来的马之悦和马立本听到了。

马之悦疑心最大,只要让他听到一点不是味的话,就不肯放过去,一定打破砂锅问到底。他一步迈进屋里,劈口就问:"百旺,你们说什么哪?"

韩百旺被吓了一跳。慌得他手里端着一瓢子豆瓣儿都不知往哪里倒了。他摸摸这儿,摸摸那儿,故意掩盖自己的慌张:"没说什么,没说什么,扯闲话儿。"

马之悦嫌屋里蒸汽太大,就势靠在门框上,继续追问,口气很认真:"扯什么闲话,不兴让我也听听吗?"

韩百旺笑着说:"主任听不得,我们胡说八道哪!"

马之悦说:"不对,你们说干部不团结,要打官司,我全听到了。别躲了。说吧,说了没事,你还信不住我呀!"

慌乱之中,韩百旺简直不知怎么好了。他要是照直说了,就得把焦振丛拉出来,马之悦一定不依,一定要人证物证,焦振丛又没看得很清楚,哪摸物证去! 就是找出物证,事情兜出来了,马之悦门子多,神通大,顶多挨一顿批评,回头他照旧是主任。这个人心毒手狠,过后一定要来个报复,谁惹得起他呀! 不说吧,准是混不过去,真不知道怎么办好了。

马之悦见韩百旺越慌乱、越不说,他越觉得问题严重,越想知道究竟,越逼得厉害。

韩百旺头顶上冒汗了,幸亏屋子里雾气腾腾,人家看不清他的脸色。

愣头青韩德大脾气挺大,胆子很小,躺在炕上不敢动,也不吭气。

马子怀也捏着一把汗。他也知道这个人的根子硬，牌子大，不能惹。这会儿，他把马之悦跟弯弯绕这群人的关系一琢磨，再跟倒卖粮食这件事儿一联系，他忽然觉着马之悦这个人不像他过去认识的那么了不起，并不干净。可是他不敢插话儿。

马立本本来很不想多说话，只想找点水喝，回去再求求马之悦，只要马之悦吐口帮忙，事情就成了八九。他看着韩百旺张口结舌，也觉得事关紧要，就一旁帮腔说："这儿不好说，咱们到办公室去好不好？"

马之悦赞成，立即要动身。

韩百旺笑笑嘻嘻地说："咳，还有什么难说的！"他急中生智，笨人想了个聪明主意，就说："我们实在是扯闲话儿，两个头头，指的是萧支书和焦淑红。"

他想用这问题敷衍一下，大概没问题。人家是搞对象，又不是搞破鞋，正大光明；说出去了，大家一说一笑，全不得罪，也就完了。谁想到这一句话可惹了大祸。这位主任和会计，对这句话格外地感兴趣，虽然他们估计不到是什么问题，也急想知道；不管什么事，对他们都是十分需要知道的。

马立本急不可忍地追问："他俩怎么了？"

马之悦施加压力："他俩闹不团结了？"

韩百旺说："我跟你们说，可别再传了——他们俩搞上对象了。"

马立本全身一震："什么？"

马之悦使劲儿捅他一下，不让他开口，又和悦地问韩百旺："真是耳朵长，你怎么知道的？"

韩百旺见他们不再追那宗万不能说的捣卖粮的问题了，这才把心放回肚子里，回答道："我也是听人家说的。"

马之悦追问："听谁说的？"

韩百旺还在假笑着，可是心里边打主意，他想：不说出人名来准过不去，完不了，反正说出来，也不是什么不好的事情，说就说吧："都是闲谈乱扯，刚才焦振丛跟我说的。"

马之悦假装半开玩笑地说："你们是造干部的谣言吧？要为这个引起不团结，这个沉重可不小啊！"

韩百旺又慌了，赶忙洗干净："咱们还敢乱说这个？是人家焦振丛亲眼看见的。"

韩百旺想说到这儿就没事了，这位主任偏偏要刨根。

马之悦两手抱肩，歪着脑袋问："怪了，这样的事怎么会让他看见呢？"

韩百旺说："刚才在麦地里，萧支书和焦淑红……"

马之悦两手猛地一张："什么，什么，他们在麦地里办事了？"

韩百旺连忙说："办事没办事，焦振丛可没看见，咱不敢乱讲；人家谈话了，人家是正正经经，正大光明的。"

马立本听到这里，就像天塌地陷一样，魂都没了，哪里还顾得上喝水，转回身就摇摇晃晃地朝外跑。

屋里人没有看见他，连马之悦都没留神。

马之悦已经把话打听到耳朵里了，心里想，这件事可真不妙。借机会造个谣言，对萧长春不会有太大的损害，反而会弄巧成拙，促成了他们的亲事。马之悦不是傻子，不干这种傻事儿。他忽然想起刚才在耳机子里听到的《吕布戏貂蝉》，心里一乐，觉着，这个材料存起来，再多留神看看，以后也许有大用。不过，得设法压起来，不能再传播了。他就装作笑脸说："百旺，以后可别乱讲，一个是党支书，一个是团支书；一个是光棍子，一个是大姑娘，有这事还罢，要是没有，传出去，影响多不好，到此为止吧，光咱们随便说说就行了。"

韩百旺这才舒了口气，还觉着马之悦倒是很有点心计，很照顾别的干部的影响，就连忙地点头："当然，当然，要不是马主任，我对谁也不说。"

两个人走后，留下的三个人又沉默了。一场虚惊，害得他们闲谈的兴头没了，好久定不下神来。

马子怀跑到外边瞧瞧，回来小声说："马主任怎么对这个那么大兴头，还问人家办事没办。"

韩德大说："他就是那号人，除了他谁往那上想！"

韩百旺说："马主任好凑热闹——记住，从这会儿起，谁也不许再提这码事了。"

他十分庆幸自己的聪明，施了一个小计策，免去一场祸。他怎么也想不到，被他这番话引起的这场祸，比他怕发生的那场祸要大得多呀！

马之悦出了门口就不见马立本的影子了。这会儿，他又仔细一想，觉得这个意外的消息不光不妙，还有点儿可怕。如果萧长春和焦淑红这两个人真搞到一块儿，不仅女祸害除不掉，两股劲拧成一股劲儿，那就更加难对付了。据他估计，这种传言是十分可能的。心平气和地说，不论是相貌人品，萧长春都是出格的，都可以征服人；马之悦是女人的话，他也要挑上萧长春，扔了马立本。真是"闭门家中坐，祸从天上来"。马之悦拼出命去，也不能让他们随心如愿！

马立本没有回到办公室，也没有回家，就像鬼使神差，身不由主地往沟南跑。

他又惊又怕又伤心，又有点疑惑不定。他肯定焦淑红是不会爱上萧长春的。不论文化、人头、年龄、家庭，还有对女人的热情，他马立本都能压下萧长春。就凭焦淑红那个性格，进门就有人叫她妈，她不会干。再说，如果一个人爱上一个人，搞到可以在黑夜一块找地方谈谈的地步，无论如何也瞒不住别人的眼睛的。焦淑红跟萧长春从来没有这种迹象。可是，焦淑红为什么扔了马立本，跟萧长春跑到麦子地里去了呢？这个问题应该怎么解释呢？是真有其事呢,还是别人瞎说呢?

天像一只大锅扣了下来,又黑又闷。一点风也没有了,很快就有下雨的可能。

马立本回想着傍晚在马翠清家里跟焦淑红见面的情景。从焦淑红当时的神态、语气观察,对马立本都毫无厌弃的样子,更没有另得新遇的征兆。马立本相信焦淑红的品质和性格,她绝不会故意耍人。一定是焦淑红到地里找马立本,半路上碰见了萧长春;萧长春没安好心,把她拦下了。也许焦振茂这个老家伙早有安排,下了套圈。焦振茂对萧长春是挺有好感的,他愿意闺女嫁给对门这个有权位的党支部书记,从中拉个皮条①,也是可能的。萧长春毕竟当了三年的"二茬子"光棍,有这样一个美貌女人住在对门,又经常在眼皮底下晃,能不动凡心?萧长春也毕竟是个能说善讲、口齿伶俐的人,加上当着支部书记,揽着大权,征服一个嫩弱的黄花少女,比起马立本来有许多的便利条件⋯⋯有了个焦振茂中间作梗,再加上个萧长春一边撒劲,马立本的好事成功,困难更大更多了!

他心里嘀嘀咕咕地来到焦振丛家后墙根。他要马上叫起焦振丛问个究竟。

他扒着后门喊了几声。

里边,焦振丛的女人答声了:"谁呀?"

马立本回答:"我,会计。叫大叔起来一下,说个事儿。"

里边女人说:"刚出车,大约过大湾了。"

完了,一切都是不祥之兆!

他往西走。他在想,这一年来自己往焦淑红身上花费的心血真不算少,不会一点效果都没有吧?他又想起,自己对焦淑红的意思,也曾隐隐约约地跟萧长春透露过。萧长春你长着耳朵,长着眼睛,为什么听而不闻,视而不见呢?为什么要夺人之美,破坏人家

---

① 给男女中间作不正当的媒介。

的美好姻缘呢？一连串的问题，塞满了他的脑袋。

走着走着，他停住了。他发觉自己来到这样一个地方：左边是焦淑红家后门，右边是萧长春家的前门。情人和仇敌，一边一个，把他夹在了中间。喊情人？骂仇敌？他都没有这种勇气，他想哭。

马之悦从后边赶了上来，一句话没说，拉着他就往前走。等到下了坎子，他扶着马立本的肩头，语重心长地说："立本，我告诉你吧，量小非君子，无毒不丈夫，千万不要为小事毁了自己的前途。你就先忍下这口气。没别的路，你得跟我走！"

马立本一定得跟马之悦走，不铲掉这个仇敌，誓不甘休！

第三十三章

半夜以后，果然下了一场暴雨。雨过天晴，带来一个特别明朗的早晨。

昨夜晚间，在这个偏僻的山村里，这儿那儿，这家那家，这个人和那个人之间所发生的愉快或不愉快的事情，都好似已经过去了。

随着云消雾散，女人们顶着星星起来了，抱柴火点火，每家房顶上，依旧冒起炊烟。男人们揉着发涩的眼皮，挑着水桶奔到官井沿，绞车子发出吱呀吱呀的响声。不一会儿，韩百旺把刚刚揭开包的豆片挑到街上，大声地吆喝叫卖。马老四又在拌草拌料，笑呵呵地调理着牲口。哑巴又赶着羊群，沿着石子儿小路，上山去了。韩德大赶着耕牛，顺着金泉河边，朝沙滩走去了。焦振茂和韩百安又在大庙的院子里叮叮当当地砍木头。接着，马立本梳洗完毕，又在农业社办公室里拨拉着算盘。马之悦又在这儿那儿，转圈子检查工作。韩百仲又领着社员下地锄谷苗去了。马连福又在呼喊他的社员快快动身。焦淑红这一群年轻人，包括马翠清、韩道满在内，又来到苗圃里,开始了他们的劳动和谈笑。

…………

哪里有人,哪里就有喜悦的劳动,劳动的喜悦。

冷眼看去,东山坞是个和睦平静的村庄。可是,有谁知道,昨夜晚间,这儿曾经发生过,如今仍然在发展着各种各样的矛盾和摩擦呢?

这时候,一辆自行车上骑着两个人,从麦田中间的大车道上,直奔东山坞驶来。两个车轮子在那洒过雨的沙地上,飞快地旋转,带起沙粒,很快又甩掉,发出动听的沙沙声。金黄的麦浪,散发着潮湿的气息,从他们的身边闪过,闪过……

正在苗圃里干活儿的焦淑红第一个发现这两个人。她直起身来,高兴地笑笑,又转身对旁边的马翠清说:"你带着大伙干吧。王书记来了,我回去看看。"

年轻人都站起来了,都用一种欢迎、兴奋的目光朝着那边张望,拍着巴掌叫好。

"这回可好了!王书记一来,准得把他们镇住。"

"看他们还敢不敢胡闹!"

焦淑红跑到河边上,撩着水洗了洗手。她那快活的心情,像河里的流水一样欢畅。王国忠按着她的心思来到,她觉着不是来了一个人,好像是来了几十个,几百个,甚至于比几十、几百还觉着有气势,有力量。她估计,昨天晚上,萧支书跟王书记两个人准没睡多少觉,准把工作方法都研究好了;他们到村里一动,就会有个新的局面出现。两个书记的来临增加了她那必胜的信心。她甩着手上的水珠儿,迈着轻盈的脚步,穿过杨柳树林。她没有奔大车道上迎接,径直地抄个近路,回村等候了。

自行车已经驶过小桥。

骑在前边的王国忠,转过头来对萧长春说:"老萧,今年你们的麦子长的就是出色呀！"

坐在后车架上的萧长春笑着回答："所以我就喊起天下太平了。"

王国忠说："丰收总是我们的希望，也是我们进行斗争的有利条件。你说对不对？"

萧长春说："那当然。比起去年来，我觉着，办事儿胆子壮，说话也有劲儿！"

昨天晚上，东山坞酝酿和发生着各种各样事件的同时，两个共产党员共坐在一盏明亮的油灯下边，仔细地阅读文件。这些文件里有毛主席的指示和党的政策，还有城市资产阶级右派趁着共产党整风，攻击农业合作化，攻击粮食统购统销等等的反面材料。他们一边读，一边议论，互相启发补充，用他们的实际感受来理解文件上边的每一件事，每一句话。一夜之间，萧长春的心情如同地里的禾苗那样：吸收了足够养料之后，又经受了这场及时雨，倏然间长高了许多。如今他的眼睛更明亮，他那胜利的信念更加坚定不移。

到了村口，萧长春先跳下车子，一面跟随车子跑了几步，一面问："老王，先到家，还是先到办公室？"

王国忠闸住车子，跳下来说："到家。我又好久没见小石头了。懂事了吧？"

萧长春说："越来越淘气。"

王国忠说："大伯对我说过，你小时候也是最淘气的，儿子总得像你一点。"

萧长春说："可是我小时候不像他这么爱撒娇。"

王国忠一面推车子上坎，一面说："时代不同了，如今的孩子都是生在蜜罐子里呀！"

萧长春说："那倒是。我小时候过的光景简直不能跟他比。"

王国忠说:"小石头有出息,将来是你的希望。"

萧长春笑笑:"说来真怪,他妈活着的时候,我一点也不知道喜欢他。干一天活,或是忙了一天工作回来,他一闹,我就起心眼烦;可是眼下,几天不见就想,哭也是好听的。"

王国忠说:"一个人年纪大了,就知道孩子是好的了。"

萧长春说:"不完全是这样。"下边的话,他没有说出来。

走到街上,王国忠又说:"我这个人干什么都全面不了,对你的生活问题关心得实在不够。你早该张罗说个人了,不光是你个人需要,咱们的事业也需你把生活安排得条理一些。大伯又替你着急了吧?"

萧长春笑笑,没说什么。

小石头听见车链子响,从屋里跑出来。他张开小嘴巴刚要喊,一见到王国忠就愣住了;转着两只怯生生的小眼睛,不敢说话;绕过去,扑在爸爸身上,仰着脸问:"爸爸,你干吗又不回来睡觉呀?"

萧长春摸着小石头的乌黑的头顶说:"我去开会啦。"

小石头说:"人家的爸爸都不开会,就你总是开会。"

王国忠在一旁笑了:"原来是个拉尾巴的小落后! 小石头,就认识你爸爸,连伯伯都不叫?"

萧长春把小石头抱起来,亲着他的小脸蛋:"叫伯伯。"

小石头的小嘴一动:"伯伯!"叫一声,羞的趴在爸爸的怀里了。

王国忠拍着小石头的后背说:"小家伙真乖!"

对门后院传过清脆的声音:"来了?"

他们同时扭转头看去,只见石榴树下站着焦淑红。她朝他们笑笑,走到后门口又停住了。

她今天好像是作了一番打扮,其实只换了一件半袖的小褂子。那件小褂子是蛋青色的,裁剪得肥瘦大小很合体,式样又别致。配上一条打到脚腕的青布裤子,白袜子,带襻的黑灯芯绒的方口鞋,显得十分的雅静。

萧长春好像还是第一次从面容上端详这个姑娘，也好像第一次发现她长得这样美，美得这样大方动人。

焦淑红说："王书记，到我们家坐坐吧。"

王国忠说："淑红真是眼里出气呀！早不让，晚不让，等我进了别人家的门口才让，你知道我不会退回去啦。"

焦淑红说："您的事真多。告诉您吧，我是让到是礼。"

王国忠说："你有什么好东西招待我呀？"

焦淑红说："您别把东山坞农业社看简单了，要什么有什么；再等两年，您一进门，就给您端上大苹果，大鸭梨，管够。"

王国忠笑了："瞧瞧，这笔账支得多远哪。"

小石头挣着从爸爸怀里溜下来，跳着说："我吃梨，我吃梨！"说着，就要追焦淑红。

焦淑红说："小石头，别忙，梨还没有长出来哪！"

淑红妈这会儿也出现在焦淑红的背后了。她先看到自行车，然后才看到人；因为她的眼睛有点花，看了半天才认出来："哟，我说呢，是王书记呀。"

王国忠跟她打招呼："大娘，您吃了没有？"

淑红妈说："吃了，吃了。淑红，怎么不让王书记到咱家坐坐呀？"

焦淑红说："我让他不来呀！"

淑红妈说："淑红这孩子，跟谁都没大没小的。亏了王书记不是外人，换个生同志，人家早挑你的礼了。"

焦淑红笑着说："他早把礼挑过去了！"说罢，微微一笑，又回屋里去了。

王国忠一边往院里走，一边说："你们对门住着，来往倒是挺方便的。"

萧长春说:"一年到头,不少麻烦他们,小石头穿的用的,全是她们娘俩帮着做。"

王国忠问:"振茂老头子最近怎么样啊?"

萧长春说:"满积极的,中农里边,数他进步。"

王国忠说:"瞧,这就是我们党的政策的胜利! 还得加把子劲儿,一个一个帮他们进步。"

萧老大正在打扫屋子,听出谁的声音,就迎出来,往屋门口一站,冲着王国忠说:"嘿,今天是哪边风啊?"

王国忠笑着说:"东南风,顺得很!"

萧老大说:"我说哩,不是顺风,还刮不来你哪! 我当你把我们忘了。"

王国忠往屋子里边走,拍着萧老大的肩头说:"把谁忘了,也不会把大伯您忘了啊! 这阵子,光是开会,没捞着工夫看您。您的身子骨还结实吧?"

萧老大说:"结实。二斗谷糠的命,还不多活几年。"他忙着在炕上腾地方让王国忠坐,又说:"偷空摸空,你也多跑两趟,住不下,打个卯就走,也行呀! 你们把长春扶到竿上去了,完全撒手可不行呀!"

王国忠一迈腿上了炕。他有一种盘腿坐炕的习惯,开半天会,他就坐半天,大腿不酸不麻,连坐半辈子炕头的老大娘也比不过他。他听萧老大这样说,又笑笑:"全撒手问题也不大,人家干得蛮好的嘛。"

"好什么呀,我看你是官僚了。"

"您这帽子真不小。您说说,我怎么官僚了?"

"怎么官僚,这还不明摆着吗,别人不知道他,我还不知道他吃几碗干饭哪! 不行,光靠他一个人不行。"

"对啦,这句话是实在的,光靠一个人不行。"

王国忠说这话的时候,别有用意地看了看站在一边微笑着的萧长春。

萧老大说:"所以我说,你得给他撑腰。"

王国忠说:"说实在的,我们大家的本事都不大……"

萧老大说:"乡书记总比村书记多几套。"

王国忠说:"多多少套也不行,手大遮不过天来。要找撑腰的人,得找群众……"

萧老大说:"群众? 老王,你可不知道我们庄的群众,落后着哪! 都是牵着不走,打着倒退的主儿。"

王国忠又笑了。接过萧长春给他卷好的一支烟,抽着,说:"大伯这句话说得可不够全面。群众不见得都落后吧? 富裕中农里边落后的人多一点儿,贫下中农总是进步的多一点儿呀!"

萧老大说:"那倒是。要都一样,不早就塌架啦!"又叹了口气,"唉,贫下中农没人家厉害呀!"

王国忠说:"贫下中农跟那些人比较,一个对一个当然显着不厉害,要是结成了帮帮比,那就最厉害了。眼下好像不厉害,是因为我们没有把他们发动起来,没有让他们拧成一股力量啊! 不信咱们爷俩点点名,要进步的准比落后的多,要不然,东山坞农业社怎么搞五六年了!"

乡党委记的每一句闲谈都有目的。他随时随地都是抓机会启发被他领导的同志,既用言教,也用身教。

萧长春站在一边听着。他觉得,这些看来是家常话,实际上都是对自己的教育,这本身就是给自己撑腰。

萧老大跟党委书记交谈了几句,心里边特别高兴,这会儿他想到的根本不是党委书记来给儿子出气的事儿,而是觉得儿子来了靠山,儿子可以在这个能干的乡党委书记的帮助下,顺利地解开眼下那个困难疙瘩,可以让这个麦收顺顺当当地开始,再顺顺当当地结束。能够让儿子少发点愁,让儿子少受点委屈,他就心满意足了。

他们又说了些家常话儿,焦淑红从家里过来了。她怀里抱着一个花皮暖壶,手里抓着一把好茶叶,用胳膊肘推开门帘子,进了萧家的东屋里。

小石头几步跳过去,伸手就要抓暖壶:"嗨,花暖壶!"

焦淑红一边躲着他,一边说:"别动,别动,小心烫着你!"

小石头说:"姑,送给我们的?"

焦淑红说:"我大侄子真财迷。等你长大了,姑给你买个最好的。"

王国忠说:"不是叫大姐吗,怎么变成姑了?"

焦淑红一面转着身子找地方放暖壶,一面说:"这是我们两个人的内部问题,你们管不着!"

萧长春偷着笑笑,赶忙涮壶沏茶。

萧老大走到外屋,转了个圈子,又揭门帘叫萧长春:"出来,我跟你说个话儿。"

萧长春把一碗飘着茶香的水递给王国忠,另外又倒了一碗,放在桌子上,朝焦淑红那边推推,就走到外屋。

萧老大问儿子:"你们还没有吃饭吧?"

萧长春点头说:"没。"

萧老大问:"给老王做点什么吃呀?"

萧长春说:"我们睡觉晚,起得又早,挺干渴的。煮点大米粥吃好不好?"

萧老大说:"好是好,哪有米呀!过年剩下那点大米不是让你给老饲养员送去了!"

萧长春说:"做面片汤吃也行。让淑红帮着做。"

萧老大两手一摊:"面也没有了。"

萧长春问："留着过五月节的面呢？"

萧老大说："你上工地那天，哑巴闹病，你没给他送一半去？剩下的，小石头闹馋，我给他做着吃了。"

萧长春再也点不出来了，就说："干脆，有什么就吃什么好了。"

萧老大赌气一转身，嘟嘟囔囔地说："什么粮食也不多了。哼，当干部当的多露脸，来个客，连点差样的饭都做不出来，土改九年了，我还没经过这样的日子！"

萧长春笑笑："您不用为难，反正不是外人。"说着，走进盛东西的西屋里。

这间屋子好几年不住人了，窗户上糊的纸都已经被雨淋坏，外边挂着个苇草帘子，阳光被遮住，里边显得特别黑暗。炕上地下除了常用的家具，就是盛吃的盆盆罐罐。

他扳着小缸看看，里边盛的玉米面；用手划啦划啦，不多了，小石头他们爷俩吃，还能对付十天半月的。他又拉过一条小布袋，伸进手去摸摸，里边装的是豆子，掂了掂，也不多了，对付几天没问题。还有个大盆子里边盛的是豆面。一个罐子里有半下子麦麸子。

他轻轻地拍去手上的面屑，心想："行，还算富足，满可以对付到分新麦子。"就满意地从屋子里走出来了。

焦淑红也站在堂屋，一面蹲在地下在盆子里洗手，一面抬头问萧老大："给王书记做什么吃呀？我来做。"

萧老大朝萧长春努努嘴："这个家我是当不了，你问他吧。"说着一扭身子，表示他真不管了。

萧长春说："做豆面汤，再贴几个玉米饼子。"

焦淑红说："来客吃这个多不好。你跟王书记到我们家吃一顿算啦！"

萧长春说："赶快吃了，还要办事，就在这儿好歹对付一顿吧。"

焦淑红直起身,抖着手上的水珠儿:"到我们家弄点面,在这儿做行吧?"说着就要走。

萧长春拦住她:"有什么就吃什么嘛,等过了麦秋再给他做好的吃。"

焦淑红看了萧长春一眼,不知道怎么办好。

萧长春催她说:"快做吧。他还挑我的吃呀?挑吃的人,就不到我这儿来了。"

萧老大气得一个劲哼哼。慢说王书记来,就是一般不认识的同志到了他的家,他也要做最好的饭招待,这是他的习惯,也是他的体面事。可惜他眼下心有余力不足,脸上实在无光。他走到前门口,恨不得躲到街上去。

焦淑红也有自己的想法。王书记是她尊敬的领导,又是来东山坞帮助解决大问题来的,应当特别招待。还有一层,客人坐在萧支书家,她怕他为难。

萧长春根本就没把这个当成是什么事情,看着爸爸和焦淑红两个人都很认真,就说:"别为这种事情费心思了。这对我们这些人来讲,正是一股子推动力量!"说着,就卷起袖子,自己要动手。

焦淑红推着他说:"你快屋里跟王书记说话去吧。这儿不用你搁手。"

萧长春笑笑,走回屋里去了。

第三十四章

正在萧家为做一顿好饭为难的时候,马之悦家里也在造厨。肉割好了,面和好了,连锅都刷干净了,单等乡里人一到就点火,随后请到炕上来,吃吃喝喝。

马之悦盼着乡长李世丹跟萧长春来。乡里干部分工包村,常常派他到东山坞来,他自己也愿意来。因为东山坞干部强,跟马之悦又对劲儿,搞什么工作总是比旁的村容易开展。只要他到村里来了,马之悦很愿意出面接待,总是在两方面满足他:一个是汇报材料,要数字,有马立本的算盘,一看房顶,什么数全有;要典型例子,有马之悦的嘴,两片嘴唇一碰,好、坏、中间样样来。再一个是满足肚子。不管谁来,马之悦都热情招待,哪个人吃好东西到嗓子眼下去不顺当? 俗话说,吃了人家的嘴短,先塞他一嘴肉,就是出怒气,也得带着点香味儿。马之悦对上边来的人一向慷慨热情,从不吝啬花钱;吃了他的,喝了他的,替他办事说话更好,就是把嘴一抹走了,他也不觉得吃了亏。

这会儿,马之悦作出一副非常心平气和的样子,不管谁来,他都要用这副样子。一夜之间,他把什么问题都想好了。他觉着自己完全可以一点不必担心地、从从容容地照计而行。昨天闹事儿,他两只手干干净净,运粮食的事儿,平平安安地完成了任务,等到乡里的李乡长或者武装部长来了,让弯弯绕这伙子人闹得再厉害点儿,让马连福再挺着点儿,马之悦自己在中间给他们加油加火,他们能怎么办呢? 不翻也得翻,不斗也得斗,要不然,往后什么工作也推动不了啦。等那会儿,马之悦要起个头,先从弯弯绕家翻起,让他们看看,马之悦到了事情的节骨眼上,还是一个战士呀!

马之悦把一切都安排好了之后,就到马连福家来了。他要抽空子在马连福身上作作工夫,给马连福打打气儿。如果马连福再能硬上半天,他的"整"就算挨上了,粮食也就算翻上了,东山坞就热闹起来了。

马连福已经下地干活儿。今天他起的特别早,工作劲头也特别足。男女社员,能动转的差不多全让他给喊到地里去了。两年来,这个队的出工人数从来没像今天这么齐全过。马连福为什么这样积极呀？就是怕挨整！

孙桂英正坐在堂屋奶孩子。

马之悦走进来，冲着她不怀好意地笑笑。从打孙桂英嫁过来，他就打上了主意。一来考虑到马连福的醋劲最强，为顾全大局，没有动手；二来，这女人对萧长春这个二茬子光棍总是眉来眼去的，有点瞧着马之悦老了，能够说能够笑，惟独在这件事情上，不跟马之悦搭茬。马之悦怕惹出事来，也就没有惊动她。

孙桂英把奶头从孩子嘴里扯出来，一面扣着衣服纽扣，一面问："表姨夫，昨天晌午开的什么会呀？连福喝得醉醺醺的，回家倒头就睡，像条死狗。半夜醒过来，一个劲儿翻身，嘴里还叨叨咕咕的。"

马之悦挤挤眼睛："他都说什么了？"

孙桂英说："我听不懂他的话。问东院的韩德大，我才知道，这个该死的货在会上跟萧支书吵架了。萧支书那个人多和气，怎么他了？让我把他数叨一顿。"

马之悦嘿嘿一笑，一面往家里走，一面想：怪不得马凤兰说这个娘们心里还惦着萧长春，真是不假。瞧，马连福骂了萧长春几句，她就心疼了。好嘛，得工夫我让你疼疼他！

一夜失眠的马立本，今天早晨强打精神，把他应当做的事情全做完了，在办公室里静候贵客。他的脑袋里呼隆呼隆地像是转着一盘石磨。一把希望的火，一把仇恨的火，加在一块儿烧燎着他的心。他想立刻找到焦淑红，追根问底，把问题弄明白，把话说清楚；又怕到焦淑红那儿捅了娄子，也不敢违背马主任的命令，擅离职守。左等客人不来，右等客人不见，就到门口张望。街上空荡荡的。他忽然想到，焦淑红这个时候准在西边苗圃里，不如到那儿去一趟；一面跟焦淑红说话，一面瞧着路上，见客人来了再回办公室一点也不晚。

他把办公室的门带上，急忙顺着沟往西走，刚走到金泉河边，忽见地下有两道子自行车印子，地球牌的带子清清楚楚地留在湿土上。正是乡里的车子。不用说，乡里的人已经来到，没去办公室，直接奔马之悦家了。他再不敢去办别的事儿，赶急往沟北坎跑。

大黄狗被主人拴上了，乖乖地蹲在后院。里里外外都打扫得干干净净，没个草节儿。马凤兰也打扮得花枝招展。为什么准备好吃的同时，还要打扮一番，她自己也说不清楚。她现在正手忙脚乱地擦碗洗碟子。

马立本迈进门槛子，就热乎乎地喊了一声："乡里的同志来了，真早哇！"

刚回到家的马之悦，屁股没着炕，一听乡里的同志来到，满面春风地迎了出来，一直跑到大门口外边；见没人，又转回身问马立本："在办公室吗？快请到家里来吧。"

马立本奇怪地"咦"了一声："不是到家里来了吗？"

马之悦不高兴地说："活见鬼。看慌得你那个样子，快把心收收办正事好不好？"

马立本挺纳闷儿："我明明见到车轱辘印了，怎么会没有来呢？"他低着头往回走，仔细一看，这一节路上根本没有什么车轱辘印儿。他这才想起，刚才只看到一点点，光顾跑，并没有看清车子朝什么方向去了。

他又跑到金泉河边，顺着车印往前走。不偏不倚，这车子正好进了萧长春的家。他朝院子里边瞄一眼，一辆自行车停在香椿树下边。屋子里传出王国忠爽朗的笑声。这个门口，马立本绝不能去了，这会儿，他甚至于怕见到萧长春的面。

他转回来，又没命地往沟北跑。

马之悦正在门口等着，老远就问："来了吗？"

马立本喘息着说:"这回可真来了,是王书记。"

马之悦吃了一惊:"王书记,他不是上县里学习去啦?老天,他来了可是个不好对付的主啊!"回身招呼马凤兰:"快先把酒啦肉的都收起来吧。"

马立本丧气地说:"别忙,别忙,王书记到萧支书家里去了。"

马之悦说:"准是跟老萧一块来的,在那儿落落脚。他们还管得起饭!我去请,你们还是准备你们的。等说入门了,瞧我的眼神你们再动手烫酒炒肉。"

马之悦一边朝沟南边走,一边打算盘。他跟王国忠一块共事的日子不太长,对王国忠的脾气没有完全摸透。只知道王国忠在当乡党委书记以前在县委组织部呆过,还在通县地委党校学习过,有一套理论,能说能讲,心眼也不少,跟别人谈话,专好挖别人的心思,更爱钻个小空子,兜着底儿批评。去年他在东山坞呆过几天,马之悦就知道他难对付。这会儿对付他,就得多花点力气了,也得随机应变,不能冒失。马之悦又一想,王国忠很偏爱萧长春,把萧长春当做支柱;这个人火力冲、尖刻、好大喜功等等,都有点像萧长春,说不定,他这回亲自出马,是想给萧长春出出气,想压一压闹事的群众,好推动麦收工作。要是能够这样,马之悦的计划还是落空不了……

他心里嘀嘀咕咕地走进萧家小院里。

萧家炕上坐着五口人,喝的是豆面汤,咬的是玉米饼子,就着老腌芥菜疙瘩,吃得又香又甜,一边吃一边说笑。等到马之悦走进来的时候,除了小石头,全都吃饱放下了筷子。

马之悦一撩门帘子,心就凉啦。见他们坐在一起那股亲热劲儿,更是酸溜溜的。这是对他的下马威,是一种不祥之兆。他稳了稳心,仍然装出一副热情诚恳的样子说:"王书记,您来得太好了,要不然,我也要找您去哪!老萧不在家,里里外外都要我一个人,实在顾了头，丢了尾；一处不到一处迷，一处迷了一处乱。幸亏还没有闹出大的乱子。"

王国忠说："我在县里学习一些日子，回来又到南边几个村转了几天，紧接着又到县里开会，要不然也早来了。"

马之悦说："您的工作就是忙嘛。"又试探地问："这回来了，总得住下吧？"

王国忠说："打算多住几天。"

马之悦的心里又一冷，这几天的日子是不好过的。他立刻又作出高兴的样子："那太好了。多给我们讲讲国内国际的事情。我们这些人的脑袋瓜子都不清醒，一定得要上边领导多指拨。老萧这边狭窄一些，就住到我那儿去吧。那儿宽绰些，吃饭也方便。"

焦淑红本来就对马之悦有意见，从昨天干部会起，她更觉得这个人不像个老同志的样子。经过昨天晚上跟王国忠谈话之后，她虽然还弄不清到底是怎么回事儿，可是肯定马之悦不地道。她惟恐王国忠住到马家去，就接茬说："哪儿搁不下一个人，又不是开台唱戏；这边吃饭也没什么不便当的地方，好的不敢说，糙粮粗米总不能让他饿着。"

马之悦心里暗骂：好你个骚丫头，你也敢顶撞马之悦了，你也给萧长春拉起帮套来了，你是他的野老婆呀，不用你美，将来我让你哭都哭不上韵调来。他嘴上却说："吃住自然是小事，住在我那儿开个会，商量个事情也方便些。"

焦淑红又要顶他。王国忠接过来说："你就不用操心这些了，咱们先随便谈谈吧。"

马之悦实在不愿意在这个小屋子里久坐，这个地方的本身对他就有一种压迫的感觉，趁机说："好好，咱们到办公室去谈吧。"

王国忠说："在这儿挺安静，你也上炕。"

马之悦不好勉强，对焦淑红说："你叫会计把茶水端到这里来。"

焦淑红把茶壶往桌子上一放,说:"这儿有水。"

马之悦又说:"不端水把烟拿来。"

焦淑红把盛旱烟的小笸箩往炕上一蹾:"随便抽。"

马之悦又碰个钉子,心中很不高兴,脸一绷,不说什么了。

窗外的香椿树上,落下几只小鸟儿,啾啾地叫唤。

小石头听到叫声,一乐,放下碗筷,爬到窗台跟前,脸儿贴着窗镜朝外看看,欢蹦乱跳地跑回萧长春跟前,扳着胳膊说:"爸爸,你不是说给我买个鸟笼子,再给我捉个小鸟吗?你怎么不买呀?"

萧长春摸着孩子的脑袋哄他说:"好好,过两天就买,乖乖听话,下炕到外边玩去吧,我们要说事了。"

小石头晃着小脑袋说:"不不,今天就买。"

焦淑红拉过小石头说:"今天不是集。等集上,我让你爸爸给你买,好不好?"

小石头这才点点头。

马之悦气得心里边哼哼,暗暗地骂道,没拜天地,她先当上妈了,浪的!

萧老大见干部要研究事情,就拿过烟袋,拉着小石头到外边去了。

焦淑红也要走。

萧长春说:"你别走哇,王书记要跟我们说工作。"

王国忠说:"正好,党支书、团支书,还有一个副主任,都在这儿,咱们先就便研究研究,一会儿百仲从地里回来再正式商量。"

马之悦听了这句话,就像咬了一口生猪油似的不舒服。党、团支书,最后提到他马之悦,把马之悦放在最后边了,连个黄毛丫头都不如了。看样子他们是三位一体,把马之悦当成外秧了。他感到一种说不出来的孤独之苦,就说:"我去找马连福和会计来参加吧。"

王国忠说："咱们先随便谈谈，等正式开会的时候再找他们。"

马之悦反过来想，马连福不在跟前也好，有不方便的事儿，还可以往他身上推推，就顺水推舟地说声"好"，没脱鞋就上了炕，正好坐在王国忠的对面。他用眼角朝这位领导瞟一眼。王国忠态度平和，但平和之中有一种深而难测的神气，这神气反而比横眉立眼更难对付。焦淑红跨在炕沿上，眼睛里带着一种不满的、嘲笑的样子望着马之悦。地下凳子上蹲着的萧长春，两个手指捏着一支自卷的纸烟，慢慢地抽着；他显得格外沉静，沉静中，流露着一种胸有成竹的神情。

"完了，灾难临头了。"马之悦打个寒战，心里想，"一个是主宰一切的阎王，一个是拿着勾魂牌的小鬼，一个是掌着生死簿的判官，我是一个就要挑进油锅里的冤魂。"这一霎间，悲观、愤懑，夹杂着多种多样的可怕的情绪统治了他。他第一次感觉到，虽然自己在共产党的花名册上挂了这些年的名字，虽然也掌握过东山坞的印把子，真正给共产党效过力，也自认为是一个有资格、有历史的老干部，但是，这全是假的，全是自作多情，人家谁也没有把马之悦当成他们的人，马之悦也没有把自己放在他们中间；这个天下，自然不是马之悦的，自己是寄人篱下，是俘虏，是囚徒……。天昏地暗，他好像发觉自己的身体在萎缩，变小，从一个顶天立地的大汉，变成一个渺小的小人物了。

王国忠从衣袋里掏出笔记本子，摊在炕桌上，又抽下钢笔，拧开笔帽，从容地说道："咱们几个先把社里的工作情况摆一摆，凑一凑解决问题的办法，好不好？"

听了这句话，马之悦立刻又从茫然中醒悟过来了。不论怎样，他觉得自己是个身负重责的人，绝不可退缩，绝不可把东山坞轻易推出去，让这班人随心所欲。反正，你们没抓住马之悦什么有把的烧饼，随便啃还不行！他想起昨天晌午的会，猜想萧长春这会儿表面上虽然很平静,那是因为来了靠山,有了底;心里压着的那口气还没有出,绝对不是马连福那种外强里弱的人,也绝不会白白咽了这口气。王国忠,你快帮着萧长春出这口气吧!

马之悦惟恐萧长春抢先发言,就连忙说:"我先谈谈,谈不周到的地方,老萧再补充。"他故意不提焦淑红,暗示她:你别神气了,把你摆到桌子面上还得个时辰哪!接着说:"有一个问题,在东山坞当前工作中是个重要事,不解决这个问题,其余的工作就没办法干了。就是群众闹粮食,他们说农业社不好,要饿死人;为闹粮食,他们提出土地也分红,还有人出面骂支书!气得我昨天一夜都没有睡好觉……"

焦淑红越听越生气,忍了半天没忍住,插言说:"马主任,您这一说,我就糊涂了,马连福骂支书,把您气成那个样子,在会上您为什么一言不发呢?"

马之悦脸一红,想发火,又压住了:"淑红呵,我说你是个孩子,你不爱听,当时的情况多复杂,萧支书自己不是也主张听听吗……"

焦淑红就讨厌别人说她是孩子,特别是当着领导,尤其是今天在萧长春的面前,就怒气冲冲地打断他的话说:"谁是孩子!您是大人,您在东山坞沟北边威信高,骂人的闹粮的人全信服您,全听您的话,可是您就是不吭气,我看……"

马之悦急躁地一拍大腿:"这是谈正事,你怎么乱讲?"

焦淑红也照样拍大腿,说:"谁乱讲了?马连福不听您的?弯弯绕不听您的?您说说,您在家搞工作,萧支书刚从工地回来,他们为什么不骂您,骂萧支书?"

这些话全是兜着马之悦的老根子来的,唇剑舌枪的马之悦一时竟无言答对,就无理找理,故意镇唬:"焦淑红,你说这话是什么意思?"

王国忠摆着手,制止他们争论:"什么意思过后我给你解答,现在先谈谈生产安排吧。麦收到了,社里还有什么活路,都做得怎么样了,有什么计划?"

真是哪壶不开提哪壶,马之悦这一段一直忙着准备那个"土地分红",有关生产上的事儿,全是韩百仲管起来了,他根本就没有想过这个问题;再说,他平时除了在村里转转,很少下地干点活,生产队的活路、问题,本来就不大知道。留在家里的两个副主任有明确的分工,韩百仲抓政治思想,马之悦抓生产,抓生产的不了解生产情况,怎么说得过去呢!他只好硬着头皮,干咳一声说:"生产情况嘛,麦子要熟了,要动镰了,正作准备。两个生产队正在修场……"

焦淑红插言纠正:"就是二队动手修场,马连福那队还没有。"

马之悦白瞪她一眼,说:"对了,他们准备就动手,因为锄高粱,推迟了两天。"

焦淑红说:"不对,他们的高粱根本还没有动手,正锄早谷子嘛!"

王国忠笑笑,又问:"哪边的麦子熟的早,你们准备先从哪儿动手?"

马之悦回答:"河边上的麦子好……"

萧长春听着他吭吭哧哧的汇报,心里有些不高兴,就说:"河边上土皮湿,麦子好是好,成熟的较晚;山坡子上地皮干,熟的早,应当先从山坡上动手。"

马之悦连声附和:"对了,对了。"

焦淑红差点儿笑出声来。

汇报工作就像拉钝锯,吱咄吱咄地锯了一个小时。马之悦的衣服背后,都给汗水打湿了。

谈完生产安排,就谈闹粮问题。王国忠是这样提出问题的:"搞好夏收夏锄,首先得安排好社员的生活。你们摸了底没有?都有什么问题呢?"

马之悦这下可来了本事,抢着说:"我先谈谈。这一段我光抓粮食问题了。"

王国忠立刻纠正他:"不能单纯抓粮食,要跟抓生产结合一块儿;不搞好生产,粮食从哪儿抓出来呢?"他说这话的时候,面对着萧长春,意思是一方面批评马之悦,另方面是提醒萧长春注意。

萧长春立刻领悟到了。他自己从工地回来,一进村就抓分配,抓粮食,对生产却没有抓。这样一来,不光加重了大家的紧张心情,也使自己的工作很被动。他觉得,王国忠的工作方法,处处都需要自己去学习。

王国忠又问马之悦:"老马,你摸了缺粮情况啦,究竟缺到什么地步呢?"

马之悦立刻回答:"我看没有一户是真缺的。"

这句话实在出人意料,焦淑红一惊,看看萧长春和王国忠,两个人根本没动声色。

焦淑红说:"对啦,马主任这句话才是公道的,我完全赞成。别看嚷嚷,谁家揭不开锅了? 哪家的孩子不是吃的肥肥胖胖的!"

马之悦郑重地说:"东山坞的底子我最清楚,家有黄金,外有戥秤;谁家过日子,家里一本账,左邻右舍也有一本账,光闹哄就行吗? 我不信这一套。"

焦淑红说:"可是他们硬说没吃的,打孩子骂老婆,闹得满城风雨!"

马之悦趁着这个机会撩火了:"昨天为这个事情,有的落后中农带头闹事,跑到干部会上吵,真不像话! 第一队的队长马连福当富裕中农的尾巴,在会上骂支书! 随便骂来骂去,往后这个干部还怎么当?"

王国忠问:"你们说这件事情应该怎么处理呢?"

马之悦故意不吭气，看看焦淑红，又看看萧长春。

焦淑红想到昨天晌午的会议，压在心头的火又升起来了。她红着脸说："当时忍让一下对，过后不处理不行！"

马之悦附和一句："这话有理。所以我当时没有说话。"

王国忠从马之悦的话语、表情一下子就看出他的这一番话不是从心里说出来的，就仍然不动声色地问马之悦："对缺粮问题，你真摸得很透吗？"

马之悦说："我敢具结！"

马之悦这些话换到昨天说，萧长春要比焦淑红高兴，可是今天的萧长春已经不是昨天的那个了。他也揣度出马之悦的心思和用意。他想当场揭穿马之悦，又想起昨天晚上王国忠跟自己谈的那些话，就忍下没动。

王国忠又问马之悦："既然这样，你说对闹事的人应当怎么办呢？"

马之悦有攻有守，装出一副为难的样子："这得靠领导给我们做主了，领导怎么指示，我们就怎么办。反正，闹得最凶的主，家里边存的粮食越多，对不对，老萧？"

萧长春依旧没吭声。

焦淑红说："要我看，开个群众会，看他们还闹不闹，再闹，咱们就找个典型，到他家去翻。翻出来，把他的阴谋揭穿了，也就把跟着闹哄的人教育了。"

马之悦立刻响应："妙，妙，我双手赞成。对这种安心破坏合作化、破坏干部威信的人，太软弱了，他们要骑着我们的脖子拉屎了！"

王国忠问："翻谁家呢？"

马之悦装着考虑一下，然后说："沟北，沟北社员最难斗。要我看，咱们下午就动手，一家不行翻两家！"

　　萧长春再也忍不住了，就站起来说："你们的意见我全反对！头一条，马连福骂的不是我，是农业社，是社会主义。他是贫农，他不应当跟社会主义有仇；他骂农业社，准有后台，我们得把这个后台揭出来，搞臭他，才能教育马连福和大伙。马主任，你过去总是夸马连福不错，这一回为什么又总是怂恿我整他呢？"

　　马之悦心里一阵冰凉，一迭连声地说："老萧，你不要多心呀，我是看着事不公，替你生气……"

　　萧长春说："我生气的不光是马连福替别人骂农业社，还气有的人阴阳不明的态度！"

　　马之悦脸如烧纸一样黄："老萧，我不明白你这是什么意思。"

　　王国忠说："这些一会儿再解释。老萧你接着说你的意见吧。"

　　萧长春说："第二条，你不能说所有反映没吃的户都是假的。我昨天也是这样的看法，这是错误的。合作化才几年，去年我们又是大灾年，几乎没有收成，有的人家肯定真缺少粮食吃，他们应当跟干部提出来，我们干部应当帮人家解决困难。当然，有的人是故意捣乱；我们不怕他们捣乱，他们闹不翻天；不管马主任你怎么想，对这件事我心里坦然，决不能用翻的办法对付他们。马主任，你是农业社的领导，你想没想，这是违犯政策的事情，也不是解决问题的办法！更应当懂得这样做会脱离群众的呀！"

　　马之悦咧着嘴说："我是觉着这口气不好忍，提个办法，你说不妥，咱们就另找门路还不行么！"

　　王国忠说："老萧说得对，只要不投机倒把，存些余粮并不犯法，我们绝不能到任何社员家里翻粮食。我们应当把工作做到家，只要不是对农业社死对头的人，总可以觉悟。"

　　焦淑红想起昨晚王书记说的话，也发觉自己又有些暴躁了，就不好意思地笑笑说："我把我那个意见收回来。"

　　下边讨论对麦子分配和对缺粮的原则性的安排。从头到尾，王国忠和萧长春一句都没有提过马连福骂人的事情。马之悦一提，反而挨了碰。马之悦心慌意乱，他的那套打算几乎一点都没实现，还在王国忠这几个人面前丢了丑。特别是萧长春那几句话，实在够硬的，好像把底子看穿了，这是多么可怕的事情啊！现在他感到自己有点智短计穷，也进一步认识到可怕的人物不仅仅是上级领导，也是对面这个萧长春。

最后研究的结果是：晌午开个党、团支委会。在这个会上对东山坞当前的问题可以广泛地议论，统一思想，回头去串连积极分子，到群众里边摸底和宣传。晚上召开贫农、下中农社员代表和积极分子的联席会，围绕着当前的生产安排，解决缺粮和分配问题。干部会推到第二天中午再开。至于马之悦十分热衷的群众大会，开与不开，看形势发展再定。同时，乡政府要拨一批救济粮照顾真正缺粮的社员。在马之悦看来，这种安排是违反常规，也是很毒辣的。因为马之悦不是支委，马连福连个党员都不是，中午这个重要的会，很理所当然地把他们撇开了。

王国忠说："老萧，你先跟百仲商量一下，淑红协助你们在家准备开会，开个什么样子，全由你们负责了。我和老马到地里转转。"

萧长春和焦淑红都赞成。

萧长春问马之悦："老马，你看这样安排可以吗？"

马之悦的思想"开小差"了，后来又谈了些什么，东一句，西一句，都没听到耳朵里去。

焦淑红大声问："马主任，行不行啊？"

马之悦吓了一跳："啊，啊，行行！"

第三十五章

王国忠和马之悦先一步走了。屋里只剩下两个支部书记。

焦淑红的兴头很高。她那俊俏的脸上闪着动人的光彩。她觉着所有的问题全都有了解决的把握，只要晚上的会一开，马连福、弯弯绕这些人再不敢胡闹了。她从炕里溜下来，一边整理着衣裳的大襟儿，笑着对萧长春说："咱们通知吧，你在沟南边，我到沟北边去……"

萧长春依旧蹲在凳子上，耷拉着脑袋，两只手轻轻地搔着头皮，两道浓黑的眉毛紧紧地拧在一起。别人跟他说话，他根本没有听见。

焦淑红挺纳闷儿地看着萧长春，心里想，领导来了，办法有了，工作有希望了，你怎么还发愁呀？你又遇到什么难事儿了？遇到难事儿，你也没有皱过眉头哇？她笑笑，提高声音喊："嗨，怎么都变得迷迷糊糊的了！"

萧长春这才像被惊醒了似的抬起头，眨着眼问："你说什么？"

焦淑红说："王书记不是叫咱们准备准备吗？开始吧。"

萧长春问："你说怎么个准备法呀？"

焦淑红说："通知晚上开会，挨着门通知，跟他们说准，谁也别不去。咱们走吧。"

萧长春连忙摆手说："别慌，别慌。淑红，通知开会，不能叫准备。"

"哟，还用布置会场呀？"

"昨天晌午开会，我们也通知了，人到的挺齐，没通知的人全都去了，为什么开出乱子来了？"

"噢，你还为这个发愁哇！这回你放心，我保险今天这会出不了乱子。"

"我们开会并不是光为了不出乱子，还得解决问题。昨天会没开好，没解决问题，还出了乱子，就是因为咱们不主动啊！不主动，是因为咱们心里没底儿。为什么没底呢？因为咱们没有发动给咱

412

们撑腰的群众,没有设着法儿团结我们应当团结的人……"

焦淑红笑着打断萧长春的话:"你简单点说,我们到底应该怎么办吧!"

萧长春从凳子上跳下来,说:"怎么办呢,我看哪,从今以后,咱们要学会打主动仗。"

焦淑红问:"你讲具体点儿,怎么叫打主动仗?"

萧长春说:"咱们先排排队,算算账。"他扳着手指头,"第一条,看看咱们的队伍,排一排,谁能跟咱们一块儿搞这个工作,哪些中农应当想办法把他们争取过来;第二条,看看有多少户真缺粮,有多少户不缺粮;第三条,看看有多少户脑袋难剃,要闹事儿……我们把这个数目字弄得清清楚楚,响午支委会一确定,晚上开会再跟大伙一订正,等到明天干部会上,别人爱说什么说什么,咱们自己心里有了底儿,不会慌了,驳起来也有劲儿了。你说呢?"

焦淑红吃惊地看了萧长春一眼,心想,一天一夜的工夫,他又变了。

萧长春继续说:"明天开会,要有人再挑头提粮食问题,咱们也别顺着他们的意思顶牛了,要压住阵脚,先引着他们商量生产,由生产再联上粮食的事儿,这样就不会乱了。"

焦淑红点着头说:"太好了。昨天你要是也用这一套多好哇,保险不会闹那么多的事儿了。"

萧长春让焦淑红给说笑了:"昨天用这一套?说的真好。实话告诉你吧,昨天我还没有这一套哪!"

焦淑红说:"一晚上你就多一套了?"

萧长春说:"经一事,长一智,这句话一点不错。昨天的事把我教育了。办这样大的事情,心里边随时随地都得装着党的政策路线,光凭一股子热劲儿不行啊!"

焦淑红说:"对,就按着你的意思做吧。"

萧长春说:"刚才我心里边已经开始打谱了,你别走,也帮我对对,回头再找百仲大舅和团支委们一块儿商量商量,随后就发动积极分子,用晌午休息的空子,让大家分头找一找真缺粮和假缺粮的户摸摸实际情况,跟中农户作宣传,给他们摆前途,讲政策,这些事做好了,以后的几个会开好才能保险。"

焦淑红说:"行,行,怎么排,怎么算哪?"

萧长春说:"咱俩凑,你记记。"

焦淑红从衣兜里掏出花杆钢笔,没有纸。

萧长春从柜上帽镜后边找出一个红皮的日记本。这个日记本是他复员时候的纪念品,没用完。他一边用手指头弹着上面的尘土,一边说:"你就在上边撕着用吧。"

焦淑红接过本子,捧在手里,看着封面上金色的"八一"军徽,说:"从这上撕多可惜呀。"

萧长春说:"干正经事儿不用,干什么用呢? 用吧,不撕,你就在上边写。"

焦淑红把炕桌朝炕沿这边拉拉,自己倚坐在炕沿上,扭着身子,把本子打开按在桌子上,准备记录。本子的扉页上几个粗犷的字儿,跳到她的眼里。那字儿写的是:"不怕任何困难,永远作硬骨头,革命到底!"这几个字好似发出了声音,在她的耳边铿锵有力地响起来了。这声音她听得多么习惯,又是多么动听啊! 只有她,只有跟写这几个字的人共过甘苦的,才能理解这几个字的全部的深刻涵义;才能认识到,这几个字儿不是空话,而是结结实实的,是从面前这个共产党员的心里蹦出来的。看着看着,焦淑红的心里不由得一热。

萧长春重又蹲在凳子上了,两只手灵巧地卷着纸烟,东山坞许多的人,都在他的脑海里盘旋起来。他说:"先把百仲大舅、你、我写上……"

焦淑红问："还写我们干什么呀？"

萧长春说："咱们先排积极分子，咱们是这边的人！"这句话说得很有力，很自豪。

焦淑红小心地、也是激动地用十分工整的正楷，写下了三个名字，三个名字并列在一起，她把萧长春写在最前边，把自己写在最后边。

萧长春说："再写上焦二菊。她是代表志泉媳妇这一群妇女的。回头就让她在妇女里边串连。"

焦淑红把焦二菊的名字写上了。

萧长春说："再记上老保管、马老四……"

焦淑红一边写着，一边说："还有焦克礼、韩小乐，他们在小伙子里边吃得开。"

萧长春笑着说："你总是忘不了你们青年呀！"

焦淑红也笑着说："你也是青年哪！"

萧长春又提了几个名字，最后提到焦振茂。

焦淑红停住笔说："别算他吧。"

"怎么啦？"

"他怎么算积极分子呢？"

"你得看到老人家的进步。想想他前几年那个样子，走到这步上，很不容易呀！"

"我看他差远了。"

"比马老四、老保管这些人差一点儿，要是比韩百安呢？他们原来都是一样的人呀！咱们应当把他当积极分子团结，他在中农里边是蛮有威信哪！"

焦淑红嘴上没同意，心里可是很乐的。说实在的，她的爸爸真是进步了，有一个进步的爸爸，她感到露脸。她握着笔，郑重地写下了"焦振茂"三个字儿，又说："要那样，我叔也得算了？"

萧长春说:"谁,焦庆?"

焦淑红一撇嘴:"他算老几,冲他媳妇,也不够格儿。昨天你没见他媳妇在会上那副德性。那是你在场,要不然,她得跟弯弯绕那些人一样的厉害。我说的是振丛叔。"

萧长春说:"对,对,焦振丛正是新下中农里边的尖子。他这几年,真是处处听党的话,叫怎么着就怎么着。往后得多留心帮助他。写上他吧。"

两个人你一句我一句地从沟南的最前街算起,挨门挨户地算,一个人一个人地比较,一点一滴地品评。男的,女的,老的,少的,一个个从他们脑海里跳出来;这些人带着不同的声音笑貌,带着不同的生活斗争给予他们不同的历史烙印,又带着共同的思想光芒,站在他们的面前了。他们排成了长长的一队,结成了一道铁打的城墙,什么力量,也不能把这道铁城摧毁;他们排成了长长的一队,结成了一股奔腾的浪潮,什么力量也不能把这道洪流阻挡!

萧长春拿烟的手,随着他那激动的心颤抖了。

焦淑红握笔的手,随着她那沸腾的心颤抖了。

这时候,正是一天最好的时刻,太阳把全部的光辉都献出来了,献给了正在孕育着丰收的大地,献给了正在创造丰收的人们。田野上,男女社员们正在挥汗劳动,拔草的,锄地的,每块地都有人:萧老大正赶着套在水车上的老牛,苗圃里的年轻人正给小树苗施化肥,山上云彩一般的羊群漫游着,河边,韩德大轰赶着黄牛、花牛在荒滩上寻找鲜嫩的青草……街上,不断地有人来往,焦振丛赶着大车回来了,韩百旺又把第二锅豆片挑出大庙;大庙里,焦振茂耍了光膀,跟韩百安扯着大锯,锯末像雪花般地飘飘扬扬……

太阳从支开的窗子很神秘地朝屋子里探视,它哪里会知道,屋里的两个年轻人,两个基层的干部,他们正在为自己的阶级调兵遣将……

萧长春从凳子上跳下来，一步迈到炕上，用手指头指点着本子说："淑红，你看，满满的了；你硬说我把积极分子全带到工地上去了，这不是还有很多很多吗？"

其实，萧长春也好像是刚刚发现，还有很多很多的积极分子留在东山坞，留在东山坞每一个门口里，每一间低矮的房屋里。对他说来，再没有比这个发现更重要了。他想起王国忠一进门时候说的那句话，一个人再有本事，手大遮不过天来；真正给自己撑腰的就是这些积极分子！

焦淑红笑着说："过去没有往这上边想过，也就没觉出有这么多的人。"

萧长春说："还多得很。我们得不断培养积极分子，这个队伍得让它越发展越大。"

焦淑红说："克礼的新媳妇，以后就能成个积极分子。"

萧长春说："韩道满也有希望啊！"

焦淑红说："今年夏天，还要回来几个中学生。"

萧长春说："就算马连福、焦庆两口子和韩百安，我们都应当有信心把他们团结住。对啦，还有马子怀。这个中农比别人好办。这回一定得把这一户争取过来！"

焦淑红说："等河工一完，工地上的人一回来，加在一起更多了。"

萧长春说："那会儿我们开个会师会！有些人硬拉着不走，硬要跟我们闹别扭，硬是觉着我们离开了他，农业社就没办法搞了，社会主义就完蛋了；去他的吧，农业社越搞越棒。等着瞧吧，总有一天，完蛋的偏偏就是他们！"

…………

经过一段激动的谈论以后，他们又冷静地谈起第二个问题。刚开始，韩百仲噔地一步迈了进来。

韩百仲耍光膀,布衫搭在肩头上,汗水顺着紫铜色的脊梁沟往下流。

"听说王书记来了?"

萧长春说:"刚出去。"

韩百仲拔腿就要走。

萧长春说:"您别走,正好一块儿商量商量。"他把他们的打算从头到尾地跟韩百仲讲了一遍,又让焦淑红把积极分子名单念给他听听。

韩百仲听罢,晃着大手说:"好哇,早该这么排排了。领兵打仗的人,不知道自己手下的兵将还行啊!"

焦淑红说:"您看看我们把谁丢下了。"

韩百仲说:"你们把五婶丢了。你忘了,昨天她还想帮着长春咬人哪!"

焦淑红扑哧一声笑了。

萧长春说:"对了,应当把她算上。"

三个人又接着排起缺粮户。

韩百仲说:"马老四算一个。"

萧长春说:"还有哑巴哪,这家伙肚子大,一个人又不会做,够不上头。"

焦淑红把两个人名记上了,又说:"志泉他们呢? 他们家孩子多,兴许缺粮食。"

韩百仲说:"算上他吧,反正是粗估摸,晚上开会再定准。"

萧长春说:"咱们再想想沟北边的,千万不要把沟北边的人丢下。"

算来算去,粮食吃不到打下新麦子的,顶多六七户,宽打一点儿,也超不过十户。东山坞一百五十多户人家,仅有不到十户缺粮的,等政府的救济粮发下来,很快就解决了,怎么会闹得这样满城风雨呢？都是因为沟北边那些落后的中农瞎嚷嚷的呀！

他们又给这些爱闹事的户排队了。

韩百仲说："弯弯绕、马大炮得记上他！"

萧长春说："把弯弯绕单写在前边。他的成分是富裕中农，可按他的家底和他合作化以前的剥削，还有他的那种资本主义坏心思，都是往富农奔哪！"

韩百仲说："那倒是。合作化要是晚来两年，他准是东山坞头号新起的富农！"

萧长春说："我们还是把他当个中农争取，他要能够转过来，不是更好吗？不过对他，心里也得有个数。"

焦淑红一边写着，一边说："马连福呢？安心闹事的，不管他是中农还是贫农，也得记上。"

韩百仲说："那当然。咱沟南的焦庆也是新下中农，闹的更冲。也把他算上。"

萧长春说："只要估计他们可能闹事，全记下来，记下来也不是要按名单整他们，是为了咱们心中有数，好让积极分子分工帮助他们，能争取过几个，那边就少几个，他们的威风就小一点儿。"

韩百仲说："马子怀表面上老老实实，也总是跟着帮唱，算上他吧。"

萧长春说："刚才我还说起他呢。明天起早，我找他女婿去。还有韩百安，这个人最好由焦振茂帮他解疙瘩，咱们在一旁助劲。"

焦淑红说："他跟我爸爸也不像过去那么靠近了。"

算来算去，东山坞对农业合作化不满的，对粮食统购不满的人家，有十八九户，包括富农马斋、小酒铺的瘸老五在内。

萧长春拿过本子从头到尾看了一遍说："还得算上马小辫哪，可别忘了这个大人物呀！"

焦淑红说："打倒的臭地主，还算数呀！"

韩百仲说:"那倒是,借给他个胆子让他反,他也不敢了。"

萧长春说:"可别这么看。他是表面老实,肚子里使劲儿,做梦也甭想他老实了。"他说到这儿,想起昨天晚上在王国忠那儿看到的文件。文件上介绍了一些地方的地富和被管制的坏分子,看着国内、国外的气候,以为报复的时机已到,就想来个大还阳,暗地里闹得很嚣张。马小辫跟新社会有不共戴天的仇恨,只要有个风吹草动,他立刻就会还魂,就会起来斗斗。六指马斋这些家伙,跟眼下闹的事儿不会没有瓜葛,对他们永远都不能放松警惕呀!

韩百仲说:"那就算上他吧。"

萧长春说:"不光是算上,我们还得加紧管制他们。等这几个会开完了,咱爷俩专门把他们找一块儿,给他们敲上一棒子!对这些人得勤敲着点儿,让他别忘了咱们的厉害!"

韩百仲说:"你忙正经的事儿吧,训地主,有我和老保管就全办了。"

快晌午了,萧老大领着小石头从菜园里回来做午饭。小石头跑进屋,爬上炕,就要抓焦淑红手里的本子。

"姑,给我看看,给我看看。"

焦淑红说:"别抢,等我拿着让你看。"

小石头问:"你写的是什么呀?"

焦淑红说:"是人名单儿。"

小石头问:"有你吗?"

焦淑红说:"有。"

小石头又问:"有我吗?"

三个人全都笑了。

韩百仲捏着小石头的鼻子说:"小石头,你别急,等娶媳妇的时候才能写上你。"

小石头说:"姑也没娶媳妇,怎么有她呀?"

萧老大忍住笑说："这孩子，真混！"

焦淑红一边笑着，一边搂过小石头说："小石头，往后不兴再说姑了，好不好！"

小石头天真地点了点头。

萧长春笑着在小石头的脑袋上弹了一下，又对韩百仲和焦淑红说："咱们就按计划行动吧。吃过午饭开党、团支委会，把咱们拟的这个名单再斟酌一下，回头大家先串连串连积极分子，找重点户摸摸底，给晚上开会做个准备。顺便通知他们晚上开会。"

焦淑红把本子合上，一个小小的纸片从本子里掉了出来，翻开一看，是一张一寸的小照片。她把照片藏在手心里，把本子还给了萧长春，就朝外走。

韩百仲也要走。

萧长春说："您等一会儿再走，我再把昨天王书记谈的事跟您传达一下。开支委会以前，王书记还要跟咱爷俩谈谈支部工作哪！"

焦淑红出了萧家大门口，觉得阳光灿烂，风和气爽。她把那张照片捧在手心里，偷偷地看了一眼，又揣上了。进了自家的后门，站在那石榴树下，她又捧着照片看起来。照片上那威武英俊的革命军人，朝着她微笑。只有这个时候，她才敢于这样大胆地看萧长春，看萧长春的浓眉俊眼，浓眉显示着他的刚毅，俊眼透出他的聪敏，嘴角上挂着一丝笑意，像跟焦淑红述说他对未来的美好甜蜜生活的希望和信心……

焦淑红望着照片，害羞地一笑，把照片按在她那激烈跳动的胸口。她回味着昨天晌午的干部会，回味着昨晚月亮地里的畅谈，特别回味着刚才跟萧长春面对面坐着剖解东山坞的阶级力量，部署他们的战斗计划。她感到非常地自豪。他们开始恋爱了，他们的恋爱是不谈恋爱的恋爱，是最崇高的恋爱。她不是以一个美貌的姑娘身份跟萧长春谈恋爱,也不是用自己的娇柔微笑来得到萧长春的爱情;而是以一个同志,一个革命事业的助手,在跟萧长春共同为东山坞的社会主义事业奋斗的同时,让爱情的果实自然而然地生长和成熟……

这个庄稼地的二十二岁的大姑娘,陶醉在自豪的、崇高的初恋的幸福里了。

第三十六章

焦淑红来到后院的时候,她爸爸焦振茂早就从前门进了家。

这个老头子是从大庙里来的,如果由沟里上坎,穿一条小胡同,进后门,比进前门近便的多,他却故意绕了个大弯子。他的脚步迈得挺快,也挺慌忙,跟昨天晚上从麦子地回来的那副样子差不离儿。

淑红妈刚刚点火做晌午饭,一抬头,瞧见老头子的脸上又阴了天,心里想:我的妈,这又是哪边的黄风哪边的云呀! 是闺女又气着他了,还是马立本又得罪他了。

昨个晚上,老头子第二次从金泉河边上回来,把马立本在麦子地大树下边干的勾当,一五一十跟淑红妈说了,老太太长这么大都没有听过这种事儿,当时把她气得牙根发疼,立刻回心转意,跟老头子和解了。当时她还劝老头子,不要再为这件事儿生气动火,由她自己来规劝闺女,一定让闺女割断跟马立本的丝罗瓜葛;老头子当时也是心平气和地点了头;早晨起来,爷俩还和和气气地一块吃了饭,一块儿上了工,怎么一会儿工夫,又是气蛤蟆似的回来了,到底是为了个什么呀? 她想问,又不敢问,不问,又挺害怕。她的两只眼睛,就跟着老头子转开了。

焦振茂没有发雷霆，连个大气都没有吭，慌慌张张地进了屋子，在屋子里兜了一圈，又慌慌张张地走到院子，在院子里转了个弯儿，又回到屋里，拿起笤帚，放下烟篓，摸摸炕沿，扶扶高桌，两只手就像没处放似的。他一迈腿上了炕，跷着脚摘下房柁上的"文件包"，哗啦哗啦地打开了，哗啦哗啦地翻了一阵子，胡乱地包了起来，又挂到房柁上去了。

淑红妈掀着门帘子，探进半个身子瞧瞧，小心地说："这么早就收工了？"

"嗯。"

"是完事了？"

"没。"

"洗洗脸吧？"

"不啦，一会儿还得接着干呀。"

"出来我给你抽抽身上的土。"

"算啦，干起来还不是照样弄一身哪。"

"想点什么吃呀？我要点火了。"

"瞧着做吧。"

老头子在回答老伴问话的时候，态度是平和的，这种平和又包含着一股子说不出来的故作镇静的味道，听他回答的人，反而比对待龇牙瞪眼发脾气的人还要紧张几分，好像后边紧跟着就要来个什么大的灾祸那么担心。

淑红妈搓着手，不知再怎么引话说了。

焦振茂站在屋地下，望着窗子，两只眼睛发直，像是打什么主意，解什么疙瘩。

灶膛里的柴火烧没了，蔓到灶坑外边，燎着锅台。一只老母鸡钻了空子，溜进来，跳到锅台上，奔着瓢子里的小米子下嘴了，"登巴"一下子，差点儿把瓢子蹬翻。

淑红妈"喔嗤喔嗤"地轰着鸡,又踩灭了燃烧到外边的火苗子,把盛米的瓢子朝锅台里边挪了挪。她直起身,撩着衣襟擦着手,深深地叹口气,回头看老头子,还在那儿发愣,就又试试探探地问:"沟北边的那些人,又闹腾了?"

焦振茂没回头,没转脸,也没动心思地说:"唉,全是一群惹事的班头,坏事的衙役!"

"马连福不敢瞎叫唤了吧?"

"缩进去了。"

"北院爷俩也和美了?"

"嗯。"

"长春倒是压住阵了,全和平了?"

"嗯。"

淑红妈又把话说短了。这会儿她多盼闺女回来呀,闺女一回来,三言两语,就能把老头子的心事引出来,引出来,争起来,一顿饭吃完,也就云消雾散。闺女偏偏不回来。不知道又跑到什么地方野去了。想到闺女,她忽然又找到了一个话头儿,说:"乡里的王书记来了,你知道吧?"

焦振茂回头看了老伴一眼,回答:"知道。"

"见到了?"

"没。"

"在北院哪。"

"噢。"

"淑红也在那儿,正在商量事儿。"

焦振茂留神听老伴的话了,问:"正商量事儿?你知道他们正在商量什么事吗?"

淑红妈觉着自己的话生效了,就回答:"商量大事儿呗!我看王书记一来,就是给长春出气来的,就得整整那几个烧包的主儿。

活该,谁让他们放着消停日子不过呀!"

焦振茂凑过来,小声问:"你听谁说的?"

"我这样想。"

"一句也没听见?"

"那怎么听得见,谁都不让在旁边听,连小石头都打发出来了,小石头他爷更沾不上边。一看这样子,我就估摸着准是商量顶重要的事儿。"

"是呀,一定,一定是了。"

淑红妈没词了,忍不住地揭开问:"你怎么了,又好像碰上什么不顺心的事儿了,是吗?"

焦振茂摇摇头:"没事儿。拉大锯拉的我挺乏。"

淑红妈这才放下心:"唉,我当又出了什么事儿呀! 你们爷俩一会儿风,一会儿雨,把我弄得五迷转向,也摸不准你们的准脉窝了。又不是抢水抢火,拼哪家子;干活悠着点儿,觉着累了,就歇歇,抽袋烟……"

焦振茂转回里屋,从裤带上抽下烟袋,悄悄地塞到炕席底下,又出来了。

淑红妈继续着自己的话:"我不是限着你们多给社干活儿,干一溜遭,也跟给自己干差不离。可也别过力,日子长着哪,不是一天两早上,捣鼓完了,就没事儿了。到年纪了,不知道注意身子不行啊!"

焦振茂假装地在裤带上摸摸,又捏了捏衣兜:"糟糕!"

淑红妈问:"怎么啦,什么丢了?"

焦振茂说:"烟袋掉在大庙里了。"

"瞧瞧,真是,手使的东西,还能随便放啊。"

"你给我找回来吧,我不爱走动了。"

"你替我看着火呀。"

"行,行,你从前门走吧。"

淑红妈高高兴兴地往外走,只要是老头子不闹气,一家过日子和和睦睦,跑断腿她也心甘。她出了门口,又转头来嘱咐老头子一句:"看着鸡别上锅台。"

焦振茂答应着,也嘱咐一句:"仔细找找,看看树根底下,还有家伙篓子里,全都找找。"

淑红妈在拐弯的地方答应了一声。

焦振茂跟到门口,见老伴没影了,回身关了门,急匆匆地回到屋里,又关了后门。他到前门口外边找了一把镐,提着进了闺女住的那间屋里。

焦振茂这会儿真是慌神了。正像老伴想的,吃早饭还是欢欢喜喜的,做活的时候也是欢欢喜喜的,一边干着,还一边给韩百安开心哪!

他跟韩百安说:"别愁眉苦脸的了,想通点吧。"

韩百安叹口气:"我就是想通了,人家也想不通,那不白搭呀!"

他说:"谁想不通啊?除了沟北那一伙子!你别跟他们学,他们都想着当个马小辫,好剥削人、欺负人。就算你能当上财主,剥削人的坏事儿你干得了哇?百安,别总想跳槽子,我是想通了,这会儿,谁白送给我一个地主当,我也不当,别说劳心伤神,连命不顾往那儿奔了!"

韩百安说:"我没想跳槽子,我只求个安生啊!"

他不高兴地问:"谁不让你安生了?"

韩百安也赌气地说:"干部呗!"

"干部怎么不让你安生了?"

"怎么,闹事的又不是我,又不是全盘的,干吗要全翻呀!干吗要翻我呀?"

"翻什么?你说的是哪一头话呀?"

"翻粮食呗！挨门挨户翻，翻出去全归公……"

"谁说的，又瞎胡抡吧？"

"大哥呀，唉，你这会儿什么也听不进去了。人家马主任亲口对我说的呀！"

"甭信，甭信，没这回事儿！"

焦振茂乍一听，连着摇头，根本不相信有这种事儿。

政策条文上边，根本就没有"翻粮食"这个字眼儿。除了斗争地主那会儿，贫农团、农会翻过地主家的金银财宝和粮食，谁见翻过老百姓？搞统购那年，大湾有个干部翻过一个老中农，人家乡里还批评那个干部一顿，说他办法不符政策条文呀！不信，不信，没有这八宗事儿！

焦振茂反过来一想，又犯犹豫了。在东山坞也许会来这么一手。因为政策条文上边，固然没"翻粮"这两个字，也根本没规定"闹粮""骂干部"这个字眼儿呀！真缺粮，真断了顿，政府从天南地北调运，一个子儿不挣不图，供给老百姓吃用；这会儿闹粮食全是假的，安心要跟政府作对，要往干部眼里揉沙子，要给农业社身上擦黑蹭屎，就不兴"翻"吗？萧长春会用这个办法压压邪气，治治弯弯绕这伙子人；马之悦亲口说的，更有了八成；王书记又来了，更是把这事当个事看了。可能，可能……

歇间的时候，焦振茂从大庙里溜出来，去找马之悦，他要问问马之悦，是不是亲口对韩百安说了，是不是要挨门挨户翻粮食。

马之悦没在家，马凤兰替马之悦回答焦振茂了："翻，翻，翻，挖地三尺，一个粒都不留；王书记把主任找去了，正在萧家商量哪，下午就动手！"

焦振茂这回可真慌了。

他家里存着两半口袋陈谷，两半口袋麦子，全都藏在地井里了。过去，它们是焦振茂过日子的定心丸，这会儿，它们成了老头子的大病一块了!

　　焦振茂这会儿是东山坞进步中农的典型,是积极分子;不论对什么人说进步话,都是理直气壮,振振有词。因为他身净,心净,手净,没藏没掖,没虚没假,没有一丁点儿见不得人的地方。他敢说,自己走的正,行的端,是个最光明磊落的人。没想到,这回让弯弯绕这群惹祸的根苗一折腾,这点粮食倒成了赃,成了祸,它们可以使焦振茂一个跟头摔倒爬不起来!要说藏粮都归公,他估计不会。但是他焦振茂不同别人。要是从焦振茂家里翻出粮食来,那可非同小可。人家就该问了:"焦振茂,你有这么多吃不清用不完的余粮,你为什么不卖给国家,支援国家建设?村里有缺粮户,你怎么不拿出来帮助他们?你不是积极吗?就算不卖,要留余粮,你又为什么埋着、藏着哇?你怕什么,你信不住干部,信不住农业社,还是信不住政府呀?……"这一连串的问题,焦振茂应该怎么回答呢?你有什么话说呢?你浑身是嘴,又怎么说的清道的明呢?你是跳进黄河也洗不清啦!那时候,萧长春、马之悦一定很寒心,唉,我们瞎了眼了,受你骗了,白信任你一回了;沟北的那些家伙,也要站在高岸上趁愿,用白眼看他。他们会说:"噢,闹了半天,你焦振茂跟我们是一色货,你是假积极,真落后,你还厚着脸蛋子骂我们哪!"焦振茂还怎么见人,这个老脸还往什么地方放啊!

　　焦振茂还得为儿女们想想,自己的儿子是解放军的指导员,在外边指挥上百个人,思想高,有本领,还立过功;这件事儿要是传到军队上去,儿子还怎么管别人呀?自己的闺女是团支部书记,管着一个农业社的青年男女,争强好胜,连乡里都拿她当人看;这件事儿要是传开了,闺女还怎么出门呀?

　　焦振茂是个开通人,是个爱面子、重舆论的人,二十六拜全拜了,光剩这一拜了,什么全豁出去了,光剩下这一点点小意思了,办糊涂事?没那日子。焦振茂要把粮食全扒出来,放在明面上,爱怎么办就怎么办，反正有别人就有自己，宁可不要这点粮食了，也得要自己这个老脸，也得给晚辈人留一条后路！

焦振茂进了闺女住的东屋里，搬过小柜子，拿起镐头在地上刨了几下子，一块大石板就掀起来了，一个圆井口就露出来了。粮食就在这井里边。他要把它们弄上来，再放到后院的小棚子里去，明摆着，浮搁着，眼前放着；不是偷来的，不是抢来的，怕什么。他丢下镐头刚要下井，又想，把老伴打发走了，谁帮自己往上拉呢？有了，先下去用绳子把口袋嘴儿拴住，再上来拉。不过是费点事儿呗。费点事儿，也得背着老伴，不能让老伴看见他这样惊慌地把粮食搬出来。因为老伴好刨根，问他为什么这样做，回答不出来。在老伴面前，他也得保持一个积极分子的面子。

他找来一根绳子，找来一个小油灯，把绳子先扔下去了，随后，一手端着灯，一手扶着井帮，试试探探地下去了。

这个井并不太深，井筒子顶多七八尺，到了底又靠井帮掏了个洞，那洞有半个炕大。这井还是闹日本鬼那会儿挖的，除了家里人，谁也不知道。年月不太平的时候，除了随手用的东西之外，全都放在井里；鬼子清乡围村，往北山里跑不迭，人也钻到井里避难。一九四七年国民党反动派进攻解放区的时候，在这一带靠山边的村庄闹得最凶。有一回，顽军跟还乡团来了，把全村的粮食全都抢光了，这眼井就没给他们发现，焦家丁点损失也没受。

焦振茂下到井里，一股子阴气，一股子霉潮的味儿朝他袭过来，觉着透背凉。他划火点上了灯，举着照照，陈谷、麦子妥妥当当地呆在用木板搭起来的台子上。他抖落开口袋嘴儿，伸进手去摸了摸，粮食粒儿还是干干的，鱼子儿似的，没受一点儿潮湿。一个庄稼人对粮食特有的感情，涌到他的心上，他摸着它们，像摸着自己的儿女。

他摸着粮食，呆呆地想着：四多半袋粮食，差不多能有三百斤。

一家三口人,就是有一年不收成,也能过得去。老天爷的事儿,说变脸,就变脸,说闹灾,就闹灾;农业社的优越性就是再多,力量就是再大,也管不住老天爷,也不能保住不闹灾呀!庄稼人就是靠土里刨食活着的,闹了灾,就掐了脖;没了粮食,就是上天无路,入地无门呀!

焦振茂摸着粮食,呆呆地站着。他又忽然想起去年闹灾的事儿。那天他睡觉以前,还跟闺女虑了一下社里的庄稼,刚睡下,起了风,他跑出去背柴火,忽下子落了雨,一抱柴火刚抱进小棚子,又哗下子落了一地雹子。这一夜他提心吊胆,满炕上轧苇子。早晨雨停了,他披着衣服朝村外跑,一出村口,看见了他们队长韩百仲站在被雹子砸毁了的地边上发呆,他刚要打招呼,韩百仲就像一堵墙似的倒了。是他跟焦克礼把韩百仲搀到家里去的。那几天,真是满村惊慌满村愁,这个要逃,那个要跑,闹得天塌地陷。只有焦振茂心里有底儿,因为家里藏着粮食呀!粮食是庄稼人的命根子、定心丸儿呀!

焦振茂想到往事,望着自己的粮食犹豫起来了。他想,不管怎么样,还是留着粮食好,有粮食存着,心里就有底儿,就是进步、干工作也踏实。自己是军属,要是闹了灾,断了顿,政府还不是得救济?留下这些粮食,不用政府救济,对政府也好哇!对了,还是留着好。再说,就是翻,也是翻那些落后分子,翻那些闹事的主儿;自己家是军属,自己是积极分子,闺女是团支部书记,谁好意思翻这个门上来呀!没人翻,没人知道,悄悄地把这几天过去了,也就没事儿了……

焦振茂想到这儿,真是条条是道,理直气壮。最后,他空着手,爬上来了。刚要盖井,又想起油灯丢在下边了,就又往下爬,刚下去半截身子,抬头一看,唉,那灯不是在柜上放着吗?还点着哪!

这会儿,后院有动声。他呼地一口吹熄了灯,三下两下盖了井,蓬上土,搬过小柜子压上,又抓过笤帚扫一遍。看看没有什么破绽了,他才忍着突突跳的心,走到堂屋。

后院有人说话儿,他耳朵贴在门上听着。

后院说话的人是他闺女。

焦淑红刚从萧家出来,正站在石榴树下边看照片,正沉浸在甜蜜的感情里。

一个人从门口闪过去了,又闪过来了,随后隐在墙那边,勾着头朝里边看一眼,小声招呼:"淑红!"

焦淑红抬头一瞧,是马立本,就赶忙收起照片,说:"会计,什么事呀?"

马立本说:"你过来一下。"

焦淑红走到门口:"说吧。"

马立本左右瞧瞧:"你爸爸在家吗?"

焦淑红说:"大概在,等我给你叫去。"

马立本连忙说:"别着,别着! 咱们到河边上转转,一边转一边说好不好呀?"

焦淑红说:"有什么话这儿不能说,还总得到河边上去呀?"

马立本央求着:"就一小会儿。"

焦淑红说:"我还忙着哪,有话你就说吧!"

马立本看焦淑红那样子,好像怕什么,没有跟他走的意思,就说:"我问你,昨天晚上,你为什么骗我?"

焦淑红一愣:"你这是什么话呀?"

"为什么不去?"

"我有旁的事儿,就兴不去!"

"你怕什么呀?"

"奇怪,我没干亏心事,怕什么呀? 会计,咱们在一块儿工作,都是同志,往后不许胡思乱想的,这不好……"

"你不要怕……"

"别瞎说了。会计,说实在的,你应该把心思多放在工作上,设着法儿进步,别总想自己的事儿。我今天跟你把话说清了吧:我根本没考虑那种事儿。昨天答应你一块儿看麦子,也是想着多吸收你参加一些活动,没想到别的。往后你要是再提这个,我可要跟你翻脸!"

"你这些不是真心话,你是让人家吓唬住了,你……"

没容马立本把这句话说完,后门"嘭"的一声打开,焦振茂像个泥塑的金刚,站在门口了。

两个人同时吓了一跳。

焦振茂朝马立本横了一眼,对焦淑红说:"不回家做饭,这儿站着干什么呀,臭味儿还闻不够哇?"

马立本也横了焦振茂一眼,转身走了。

焦淑红笑着朝里走,她仍是欢乐的。一个姑娘家独有的欢乐,什么不愉快的事情都不能把它抵消。同时,她也感到,跟马立本这么一说清楚,往后他就不会再来纠缠了。

焦振茂跟进来,随手关了门。

闺女总是比老伴差着一层,她没有在爸爸的身上发现一点儿异样。她看着灶里火灭了,鸡都跑到锅台上来了,就问:"我妈哪?"

焦振茂心神还没有定下来,信口回答说:"出去了。"

焦淑红动手接着妈妈的茬儿做饭。

焦振茂站在一边试探地问:"王书记来了?"

焦淑红往灶里添着火,嘴里哼着小曲儿,听爸爸问,就"嗯"了一声。

焦振茂走过来,接过闺女手里的火棍子:"我烧,你淘米吧。你们商量的事儿,到底怎么样了?"

"全商量好了,这回看他们还闹不闹!"

"是要翻粮食吗?"

"早该翻翻他们,叫他们故意捣乱!"

"真翻?"

"我赞成,马主任也赞成……"

"啊……"

"瞧您,怎么把掏灰筢塞到灶膛里去了!"

"那,全翻吗?"

"依着我,一户不剩!"

"啊……"

"我不信全都缺粮食!"

"多会儿动手哇?"

"嘻,嘻……"

"你,你笑什么?"

"笑我自己哪! 萧支书和王书记全反对翻……"

"啊,他们反对?"

"可不。我又仔细一想,不翻是对的。"

焦振茂那颗悬起来的心,这会儿才落下。他手下的柴火,也热烈地燃烧起来。

焦淑红手脚利索地淘了米,又把米下到锅里,一边择着菜,一边笑着:"爸爸……"

焦振茂心里有"鬼",怕别人看出来,就问:"你笑什么呀?"

焦淑红调皮地说:"笑您哪!"

倒使老头子一惊:"笑我?"

焦淑红点着头:"对啦。爸爸,往后您可得更加油,更积极呀!"

焦振茂松了一口气:"那当然呀,就为这个笑?"

"萧支书还要您带动别的中农也进步。比方,沟北百安叔。您吃了饭,在一块儿做活的时候,就给他讲,用您自己怎么进步,怎么积极起来的活道理给他讲,别总是政策条文不离嘴……"

"萧支书让你跟我说的?"

"对啦。百仲大叔也在场。您想点办法把百安叔说转过来,让他别跟人家瞎闹腾了;晚上开贫下中农的代表积极分子会,商量生产,也商量缺粮食、分红的事儿。咱们大伙儿还要帮萧支书摸摸底子……"

焦淑红一边切着菜,一边按着乡党委书记和村支书的指示精神,给这个积极分子爸爸布置任务。这会儿,她又实际体会到有这样一个爸爸很荣幸。

焦振茂本来也应当"荣幸"起来的,可是不知为什么,这会儿,比起一个小时以前,总觉得在精神上比别人低了一点儿。他忽然想起昨天晚上闺女在河边苗圃里跟马翠清说的那几句话:"咱们应当跟萧支书学习,你看他,一心扑在农业社上,把个人的事儿全扔在脖子后边了。""一个人要光为自己打算盘,活着还有什么意思呀! 就拿我爸爸说吧……"

萧长春那副夺人眼目的光辉形象,竖在焦振茂的眼前了。过去,他总觉得自己跟萧长春和闺女这些人一样的追求进步,是一个境界的人,可是这会儿,他隐隐地感到,自己比人家差着一截儿,跟人家不大像一个境界的人……

老伴慌慌张张地回来了,一进门就喊:"老天爷,你快自己找去吧,旮旮旯旯,我全找遍了,还跑去找她百安叔问一趟,哪也没有!"

焦淑红问:"妈,什么丢了?"

妈妈说:"你爸爸的烟袋。"

焦淑红说:"一个随时用的东西还能丢呀?"

妈妈说:"就是呀!"

焦振茂叹了口气:"唉,糊涂了……"

第三十七章

党团支委会开得简短、明了。他们讨论了今后的工作安排，着重研究晚上会议的具体开法；随后，王国忠要到大庙里找焦振茂、韩百安这两个中农随便聊聊，几个党、团支委分头到群众里边去。他们的任务是三个：一是串连积极分子；二是宣传党的政策，特别是国家、集体和个人的关系；三是摸摸缺粮情况；顺便通知开会的时间。

韩百仲跟这几个人一样，劲头非常足。他先访问了头几年在一块儿搞初级社的老伙计。这会儿，他来到沟北边尽西北角上的一个大宅院。

这个大宅院原来是地主马小辫的住宅，土改的时候，分给四户贫雇农，除了韩小乐家、韩志泉家，还有一家姓马的，一家姓焦的。这四家里边有两家过去是韩百仲办初级社时候的社员。他们都因为各种各样的原因，土改后没有发家，倒是入社以后日子才抬了头。

这宅院房高墙厚，远看像一座庙宇。道房是磨砖对缝，高台阶下边有一对石头狮子。那狮子雕刻得非常好，从哪个角看都像活的一般。据说，它们是如今住在院里的那个喜老头他曾祖的手艺。因为它们出了名，过去人们都叫这儿狮子院。有个歌谣，韩百仲还记得清清楚楚：

> 马小辫，狮子院，
> 判官小鬼阎罗殿，
> 走一走，站一站，
> 天也昏，地也暗，

远看金银堆成垛，

近看尸骨垒成山，

穷人的冤魂要告状，

先挑在油锅里炸三天。

…………

那年，腊月二十三下大雪。一大群穿得破衣拉花的男男女女挤在大庙里开了个动员会；随后由支书焦田、贫农团主席韩百仲和农会主任马同峰几个人率领，喊着口号，打着锣鼓，来到这个狮子院。韩百仲第一个迈上台阶，进了大门，往那个铺着方砖的庭院里一站，两手叉腰，声音洪亮地朝正房喊了第一声：

"马小辫，我们跟你清算来了！你霸占的房屋财产全是我们穷人几辈子的血汗，这回全部没收。你滚出来吧！"

从这一声呐喊开始，东山坞展开了轰轰烈烈的土地改革运动。

那会儿狮子院是保管股，箱笼橱柜、花瓶坛罐摆满了整个院子。整缸的油、整仓的粮、整捆的棉布、整垛的衣服，装满了好几间空屋子。腊月二十八分配第一批胜利果实；二十九插牌子分地，三十晚上，新搬进来的韩志泉娶媳妇办喜事儿。挂红灯，放鞭炮，吹吹打打，那是多么热闹哇！好多穿得整整齐齐的穷人挤在洞房里，他们一边望着墙上的毛主席像，一边抹着眼泪发誓："共产党，救命的恩人，我们这辈子坚决跟你走，我们后辈儿孙也要永远跟你走！"

一九四八年到一九五七年，整整十年，在这十年里边，人们照着他们的誓言安排着自己的日子，改造着自己的思想，决定了自己的命运，使得东山坞起了天翻地覆的变化。不回头看看，不仔细想想，好像一切都很平常，这么一看一想，一切都是极不平常的。几千年来，庄稼人都是各人干各人的，眼下合作化了，全村成了一家，这不是一条短路程啊！从一九五三年冬天贯彻党的过渡时期总路线，仅仅三年半的时间，人们就迈到这一步了。这是多么了不起的事情啊！

韩百仲是个粗犷的人，他平时不像萧长春那么感情细腻，那么好动心思，可是这会儿，见景生情，这个壮年汉子，激动起来了。他的两只眼睛都潮乎乎的了。

他迈着有力的大步，进了狮子院，迎面是一片金黄——院子里放着一个大笸箩，笸箩里边晒着棒子，棒子粒儿在午后的日头下边闪着光。一个七八岁的小姑娘戴着草帽，拿着棍子，坐在一边看守，几只鸡远远地围着笸箩转悠，瞅冷子就跑过来抢几口。小姑娘"喔哧，喔哧"地赶着；几只鸡就像故意开玩笑，一会儿又跑过来了。

韩百仲笑笑，问："小丫，你奶奶哪？"

没等小丫开口，屋檐上有人答话儿了："这儿哪！百仲，屋坐吧。"

屋檐上搭个梯子，梯子上站着个老太太。她是韩小乐的妈。三个儿子，两房媳妇，隔辈人今年过了麦收都要上学了。在她这个年纪的女人里边，她是个顶有福气的；又因为她丈夫的名字有个福字儿，人们就叫她福奶奶，或者叫福嫂子。这个有福气的人虽然五十多岁了，身体还很壮，一脑袋头发没脱落过，黑得出奇。屋檐下挂着一大串红辣椒，她正趴在梯子上往下摘。

韩百仲仰着脸说："福嫂子，爬那么高，可小心点儿呀！"

福奶奶抖落着辣椒嘟噜上边的尘土说："不要紧的。我是蹬梯子爬高惯了。"

韩百仲又看看笸箩里的棒子笑着说："嗬，你们家的粮食还不少呀！"

福奶奶也笑着说："粮食还怕多吗？社员家粮食多，就是咱们农业社搞得好，别人抹黑，也白搭，抹不上去呀！"

韩百仲感叹地说："有人硬喊要饿死人了，这不是大白天说梦话吗！"

福奶奶说："你别听他们的。听拉拉蛄叫,就甭种地啦。他们要给干部、农业社抹黑,我们大伙儿给你们洗净。要不我还没工夫折腾这东西哪,我故意要晒晒、晾晾,给大家看看。我们家跟弯弯绕家一样多的人口,我们没他家底子厚,我家够吃够用,他家就饿死了?骗鬼去吧!"

志泉媳妇带着一身面屑,端着一簸箕豆面走进来。她后边追着三个挨肩高的孩子。

志泉媳妇跟韩百仲打招呼:"大叔闲着,吃了吗?"

韩百仲说:"早吃过了。你们还没做饭?"

志泉媳妇说:"准备明天吃的。活计忙,全靠晌午做点儿。"又小声说,"刚才我推碾子去,碰见弯弯绕家的,告诉我要翻粮食,说的可厉害了。"

韩百仲说:"全是造谣,根本没这宗事儿。"

福奶奶仍然站在梯子上说:"他们怕翻,就造谣,搅乱人心。咱不怕,这不都搬出来了,屋里还有哪。弯弯绕来了,我让他瞧瞧。"

志泉媳妇又补了一句:"她还说,今年麦子收下来全交公,给社员留一点儿。"

韩百仲说:"你别听他们这些胡说八道了。晌午支委会研究了,咱们要敞开跟社员们宣传,麦子丰收了,要照顾国家,要照顾集体,也要照顾社员户,各方面都照顾到,让大家都满意。丰收了嘛。"

福奶奶又说:"真是怪事情,有的人喝上水就把挖井的忘了。百仲,你知道,生小乐那年也闹灾,还没去年咱们这儿的灾厉害。你福哥领了一年的工钱,本来能籴三石棒子。谁想粮价一天一涨,隔一个集,一石都籴不上了。去年咱们也闹灾,国家把粮食从山南海北给咱们运到门口,先啥价还是啥价。你瞧,到哪儿找这样好的事去。光凭这一点,丰收了也不能忘了国家呀!余粮卖了跟自己存着有什么两样,我看更保险!"

韩百仲说:"福嫂子你这些话算是说到家了。国家是咱们自己的嘛!支援国家建设,也是支援咱们自己,一点不假。"他想顺便问一问志泉家的粮食情况。因为这家劳力少,孩子多,日子过的比别人紧巴。

志泉媳妇倒先开口了:"提到分麦子,我倒想起来了。百仲大叔,我借您家那三升麦子,这回得还您了。"

韩百仲眨了眨眼:"借三升麦子?"

志泉媳妇说:"就是生我家三孩子那会儿……"

韩百仲笑了:"嗨,你的记性倒好!那是送给你的喜礼儿,不要还啦。"

志泉媳妇说:"借的那会儿也没想到还。这回我们过好了,能还您了,怎么能不还?"

韩百仲说:"你过好了,我也没过孬呀!"

福奶奶插言说:"好借好还,再借不难。"

韩百仲说:"福嫂子,你这句话说错了。可不能让东山坞的人再过那种吃一升借一升的日子了。你好像还有点舍不得离开它呀?"

福奶奶和志泉媳妇都给他说笑了。

狮子院的四户,有两户是没问题了,韩百仲心里很高兴,就绕过晒着棒子的筐箩,又进了砌着透花砖的二门。

韩百仲走进内院,一股子香味扑鼻子。

正房的玻璃窗上出现一张脸,喊一声:"是百仲吗?快到屋来吧。"

堂屋里一个七十岁左右的老太太正往滚开的锅里下面条。那面条擀得薄,切得细,像线穗子似的坠落在锅里。

老太太沉默寡言,只是朝着韩百仲咧嘴儿笑笑,算是打招呼了。

屋炕上坐着一个白胡子老头。快八十的人了,耳不聋,眼不花,一点儿也不糊涂,就是腿脚不好,一天不大出门。他叫马之喜,人称喜老头。他是老军属,一个儿子在新疆,一个儿子在海南岛,两个儿子抢着接他出去享福,他舍不得离开东山坞和这个屋,他说这个屋还没住够。这屋所有的根基石,还有门口的石头狮子,都是他曾祖的两只手凿出来的。土改的时候,他跟韩百仲说,他不要地,不要浮财,就是想搬进狮子院里住几天。贫农团选他当了保管,和韩百仲两个人搭伙住在这儿看守胜利果实,整整住了一冬一春,后来这屋子就分给他了。老两口子把这小院子打扮得相当美,栽满了花草,石榴、木槿、月季、金藤、丁香、夹竹桃,还有许多草本的花,除了院子里,还种在花盆里。大大小小的花盆把柜上、条案上、窗台上,都摆满了。两个儿子花插着寄些钱来,他不喝酒,不抽烟,省下来全用在这些花木上。

韩百仲一进屋,就瞧见炕桌上摆着好几道菜:有炸酱,有鸡蛋卤,有黄瓜丝儿,还有一盘子青蒜。

“喝,办喜事儿呀?”

“嘿,你忘了,今天是我的生日呀!”

“七十七了吧?”

“对啦。我本来想庆八十。今年麦子丰收了,人家骂咱们把他们饿死了。不听这一套。吃一顿,庆贺庆贺。应当请请你们干部,让小乐找一趟,说你们在开会。算了,自己吃。喂,上炕吧,你赶上了,就吃吧。”

“我吃过了,肚子饱饱的。”

“不吃你也坐坐,别屁股不沾炕又走。”

“忙啊!”

“忙得你们连这个门槛都不迈了?我腿脚不好,出门不方便,有句话儿想说,够不着你们的耳朵呀!"

喜老头的话里,显出对干部有些不满的情绪。

韩百仲笑着坐下了。

喜老头说:"我请你们,不是让你们白吃饭的,我有话对你们讲讲,我还要骂你们几句;兴人家骂,不兴我骂呀!"

老人的口气相当大,因为他在村子里既是老贫农,又是老军属;跟村干部既是老长辈,又是老同志,说话随便,碰上不高兴,就许说几句怪话。韩百仲敬着他,从不过玩笑。

喜老头说:"听人家说,你们要翻粮食?"

韩百仲说:"造谣哩!"

喜老头说:"没这档子事才好。我急着找你们就是为这宗事。翻哪家子呀? 他们逼着你翻,你们也别翻。人家要不埋伏好了,能逼着让你们翻哪? 越逼越不翻,一翻就算上大当了,传扬出去不好听。"

韩百仲老实地说:"依着我,昨天就要翻翻,长春不干。"

喜老头说:"你呀,你就是直筒子。长春在这点上好像比你强。他也嫩呀,这么大的担子交给他,我整天替他担着心。"

韩百仲说:"您没我了解他,他能干。"

喜老头说:"能干是能干,还差着火候,经的事少哇。你们大伙可得多帮他出出劲儿呀。如今的工作不好搞,一个人再能,也不行啊。"

韩百仲点点头说:"那倒是。"

喜老头说:"众人捧柴火焰高,干革命工作得靠大伙儿。你忘了,马小辫过去多凶,不要说别人,我一迈这门槛子,两条腿还颤哪! 那天你领着大伙进门一喊,吓得马小辫丢了魂儿,坐在太师椅子上,屁股都抬不起来了。没后边一群人跟着,你敢进这个门,你敢喊? 后边没一群人,马小辫怕你? 人多势众,谁都怕! 要不,吃饱了,我要让小乐搀着我,到办公室找你们去。你们要胡闹,我就骂!你来了,更好,省着我去了。我还有个意见,你回去告诉长春:别光是空口说白话,干干脆脆,先把预分方案搞出来,把红榜贴出去。你一贴,不管什么样心思的人,全看见咱们的坚决性了,担心的,稳住了,害怕的,堵住了,……"

韩百仲说:"您这个主意很好,回去我就跟长春说说。"

老太太端进来一盆子白花花的面条。

喜老头说:"别急,用井水过过。小乐哪,让他提一桶来。"

老太太说:"他还在后院的树上坐着哪!"

喜老头说:"唉,这孩子多死心眼儿,我让他花插着看看就行了,大热的天,老在那儿呆着干什么呀!真是的。快叫他回来吧。"

老太太出去了。

韩百仲奇怪地问:"您让小乐看什么去了?"

喜老头反问一句:"你们光是应付人家胡闹,心里边没有转转呀?"

韩百仲没听明白。

喜老头低声说:"马小辫是个癞蛤蟆,好天气躲在墙角眨巴眼不敢动,一变天一落雨,他就活了。得盯着他点儿。他能老老实实地等到死了?没那日子。村里这事,八成是他的主谋。弯弯绕这会儿见到马小辫,不打招呼,也要龇牙笑笑。那人,眼皮可薄啦!"

韩小乐满头大汗地跑进来了,对喜老头说:"六指马斋来了两趟,先那趟没个屁大工夫就走了,后那趟跟马凤兰先后脚到的,呆好大工夫。刚才瘸老五又在门口转了一遭,没进去……"

喜老头对韩百仲说:"瞧瞧,村里一有事,这些家伙总是往一块儿凑,能有好主意呀?你们忙你们的去吧,马小辫归我们狮子院包了。我们四家轮流守着他,他敢动,我们就敢管!"

…………

　　韩百仲心情舒畅地离开了狮子院，他顺着墙根又往西边走一段。那边是马小辫眼下住的地方。他的前院跟狮子院隔一条小胡同，在狮子院登高一望，马小辫家里办什么事儿都能看清楚。喜老头的行动和那些话，给韩百仲很大启发。贫农、下中农会开完，就把地主富农们叫到一块儿，先敲敲棒子，让他们老老实实的。韩百仲训地主富农是有一套的，不光狠，还能镇人。

　　韩百仲也把福奶奶的话掂了一遍。在这个时候，把粮食搬出来晾着，让别人观看；做的多么坦然，多么有力量啊！这是对农业社的支持，这是在不用言语来反驳那些闹事儿的富裕中农呐！有这副硬骨头，还怕什么困难！

　　韩百仲现在要奔另一户。这一户也是他办初级社的老社员，是他的老丈人家。他刚要下坎，忽见马大炮跟弯弯绕在沟里边小声嘀咕什么，马大炮又小跑着追赶焦淑红和焦克礼，就停住了。

　　弯弯绕在家里歇晌的时候，就听有人说，干部们正通知开会。他心里挺乐。今天晚上只要是开群众会，不管你乡书记、县书记来，非闹他个天翻地覆不可！反正他们的粮食抖搂出去了，这回要来个赤膊上阵。别人想这样安安稳稳地把我毁了，那是办不到的；反正，你们不让我好过，你们也甭想好过！

　　马大炮把焦淑红和焦克礼两个人喊回来了。

　　马大炮问："喂，淑红，吃过晚饭就开会吗？是先翻还是先开呀？"

　　焦淑红笑着说："你这两个问题都没问到地方：晚上开的是贫下中农会，明天才开全体社员会；你问翻不翻呐，那是别人造谣，别自起矛盾，根本不翻！"

　　站在一边的弯弯绕傻眼了："嘀，把我们中农开除了！好哇。我问你，我们还算不算社员？"

443

焦克礼一见这种人就气得想痛骂他们一顿。他忍住火说:"当然是社员了,你这话等于白问。"

马大炮说:"算社员为什么不让我开会?"

弯弯绕说:"对呀,把我们关在门外边是什么意思?"

焦淑红说:"会议有各种会议,党员会、团员会、干部会、代表会、社员会,可多啦,该谁参加谁参加,根本没有把谁关在门外边这宗事儿。"

这句话,把两个人说住了。

弯弯绕紧接着来第二下子:"好哇,不该我们参加不参加行。我问问你,我们没的吃,你们这个会管不管?"

焦淑红说:"谁家要是真没吃的,政府给救济,社里也给补助。"

马大炮拍着胸脯子说:"我哪? 我算真算假,你们商量好了没有?"

焦淑红说:"是真的假不了,是假的真不了,是真是假,你们自己不比别人清楚哇!"

弯弯绕说:"真假全凭你们干部说了。我们的小命全在你们手心里攥着哇。"

焦克礼不耐烦了:"你们就等着会上评定吧。"

马大炮更急了:"评定? 把我们关在大门外边,你们这一色人评定?"

弯弯绕跳着脚:"我们的牲口,我们的家具、土地全都交到社里了,我们这会儿是两手攥着空拳头,社里连吃饭都不管啦?"

焦淑红被气得满面通红,大声说:"你别胡说! 你家牲口入社了,别人家的牲口没入社吗? 入给谁了? 入给咱们大伙了。入社的牲口给了你钱,入社的家具折了价,土地当然要归农业社集体种,地里长出庄稼你没分吗? 怎么不管你吃饭啦?"

马大炮说:"同利叔说得对呀,我们把什么都交给你们社了,人也归了你们了！"

弯弯绕紧接话音："可是我们人要饿死，你们不管，你们还给别人活路不？我找支书去，我吊死他家门口去！"

…………

韩百仲站在坎子上，这里的情形他全看见了，气得牙根发颤。他心里想：同样都是农民，都是干庄稼活的人，都是农业社的社员，跟刚才狮子院那些人比一比，多不一样啊！依靠贫农、下中农，这话真对呀。可是团结中农？老天，弯弯绕这家伙可怎么团结呢？

他从坎子上跳下来，压住心里的火，说："同利、连升，你们想参加晚上的会议呀？那好办，可以列席听听。"

弯弯绕说："列席？我不去。你别光想着给我们灌米汤，你得先说说，我们没的吃怎么办？"

马大炮说："就是嘛，光给个空话听，说一千道一万，顶屁用。"

韩百仲说："别在这儿胡吵，走！咱们到你们家说去。"

弯弯绕说："到我家你得翻！"

马大炮说："先到我家翻！"

韩百仲那满肚子火忍不住地往上顶，高声说："瞧你们这两个人，怎么一点理都不讲啊！"

两个人同时叫嚷起来了："谁不讲理？"

韩百仲又压了压心火，说："同利呀，刚才我到狮子院去，我想起一件旧事儿。正好十年。那天半夜，你到狮子院敲门找我，人没进来，你把个文书①盒子塞给我了。我让你弄得不知啥馅儿。你说：'土地我交出来，只要不让我扫地出门，我就感你一辈子大恩……'看把你吓成那个尿样子！我当时跟你讲：土改是消灭封建，不会斗争中农；我让你跟我们一块儿斗争地富，你当时还不相

———————

① 指地契。

信。我说用脑袋担保，你才跟我走了。发土地证那天晚上，你又到狮子院找我，你拉我到你家喝酒，我不去。你当时说过一句话，我还记着哪，你说：上有天，下有地，我马同利发誓，我一辈子拥护共产党，跟共产党走到死，我儿子、孙子也要跟共产党走……同利呀，还没有一辈子，才十年，你怎么就变啦？你仔细想想，拍着心口窝想想！"

弯弯绕这回绕不出来了。他被韩百仲这一席话说得干眨巴眼，嘴里出不来声音。

马大炮比他还笨，所以帮不了忙。

韩百仲说："别一条道走到黑了，那是死胡同，还是跟咱们一块儿好好地干吧。"

弯弯绕说："先给我解决肚子问题吧，保住小命，才是真的！"

马大炮帮了一句："对啦，除了多给咱们分点麦子，别的全是空话！"

面对这两个死不回头的家伙，韩百仲再也忍不住了，就冲着他们坚决地说："你们还想白吃土地股子，这办不到，一辈子也办不到！"

弯弯绕来劲儿了："怎么样？一叫真的就不行了吧？我找支书去！"

马大炮说："对啦，跟你说不顶事儿！"

两个人找个硬台阶下了，一块儿气鼓鼓地走了。

韩百仲被气得太阳窝一鼓一跳，真想追过去，狠狠地给他们每人一脚，出出气！

站在旁边的两个年轻人也气得不得了。

焦淑红说："百仲叔，咱们干咱们的，别理他们。东山坞没有他们照样搞社会主义！"

焦克礼说："团结，团结个屁吧！瞎子点灯，白费这根蜡，赶快把咱们计划上的这一条抹去!"

韩百仲呆呆地站着,听着两个年轻人愤愤不平地议论。这些话,全是他这会儿想的。实在,东山坞没有这几个富裕中农,社会主义一样搞,还要比眼下搞的顺利点儿。你们一定不跟咱们团结,就请便吧,你们就跟着地主、富农往资本主义奔去吧! 咱们把眼睛擦得亮亮的,看哪个最后丢人现眼,看哪个走到绝路上去!

要是在一天以前,韩百仲这些话早就出口了,他敢对弯弯绕和马大炮当面讲,当然也能跟这两个年轻的同志发泄一通。眼下,他不能这样做了。因为乡党委书记和支部书记都强调对中农采取有团结有斗争的政策,支委会上又作了决定;一个党员,一个党支部委员,能在两个团员面前说那些违反上级指示、违犯支委决定的话吗?

韩百仲忍着极大的痛苦,把涌到嗓子眼的话咽下去了。他默默地朝前走着,那矮小的身体像是经不住这些怒火和压力的负担,有点儿摇晃。他走了几步,回过头来说:"你们俩刚才的情绪不对呀! 怎么不对呢? 我一时还说不清,因为我的情绪也不对。没别的话说,咱们得执行支委会的决议;他们不走正道,咱们就斗争,可不能不讲团结,不能把他们推出去不管。就是这样!"

第三十八章

乡党委书记来到东山坞,干部们又积极地活动起来,好多社员都留神了。有的人从心里边高兴,有的人从心里边别扭,有的人又急着找干部,想讨讨底,看看风向。可以说,现在东山坞除了不懂事的孩子,没有一个人是安静的。因为大伙儿已经看出来,这会儿是村里斗争形势发展的紧要的时刻,究竟朝哪个方向发展,他们都是非常地关心的。

萧长春从家里出来的这一路上，不断地被社员们拦住。有的就地就问，有的还把他让到家里，挺神秘地跟他讨底儿。萧长春坦率地跟他们摆心思，细致地讲政策，也耐着性儿地听了他们啰嗦的议论。他跟最后一个"拦路"的人谈完之后，就急忙下了坎，过了沟。他要找马子怀去。支委会上研究过了，想通过这一次麦收活动，把马子怀这样几个比较动摇的中农先争取过来。他一边走着，一边考虑。根据马子怀平时的表现，特别是前天干部会上的情形，弯弯绕这几个人的确在拉扯他，他也容易跟着这些人走；另一方面马子怀为人老实、胆小，在社里劳动也很积极，又是比较容易争取的。马子怀的病根子到底在什么地方呢？你说他反对农业合作化吧，他又积极劳动，在中农户里边数他的出工多；他对社里的庄稼好坏，收入多少，也很关心。你说他拥护农业合作化吧，他又常常跟着弯弯绕这些人跑，平时心情也不舒畅。对这样一个人应该用什么办法说服他呢？

萧长春叨叨念念地走着，老远就瞧见马大炮的女人把门虎在门口外边站着。她两手叉腰，脸冲着马子怀家的门口喊叫。有几个妇女在那儿劝说，大概劝了好久，也有人劝得不耐烦，就撇下她走了。

把门虎还在不依不饶地喊："谁吃了我的杏子，让他嗓子眼儿长疔毒！哪个枝上有多少杏我早就数过了，没人摘，我那杏子长翅膀飞了？"

萧长春不用打听就明白是怎么回事儿了，就走过来笑着说："连升大嫂子，我看你不如留着这劲儿，到社里干点活去。这样，社里多个人手，你自己多个劳动日，还能多分红，没事儿吵架顶什么用呢？"

把门虎怒气不消地说："支书，你不知道，这家人嘴上老实，心可毒啦,我没少受他们的气。单干那会儿……"

萧长春拦住她的话说:"别摆了,你们单干那会儿的老底子我全清楚。这会儿不是集体了吗? 应该多往集体事儿上花点心思,别光打自己的小算盘,什么全不顾。你不用不爱听,比方说,社里的麦子要是丢了一块,你能像丢了几个杏子这么心疼吗? 为几个杏儿,站在街上嚷嚷,多不好看。"他一边说着,一边往院里推把门虎,"快回家去歇歇,一会儿下地干活吧。"

把门虎脸上一红一白,嘴上嘟嘟囔囔地回到院子里去了。

萧长春走到马子怀家门口,见大门关着,敲打几下,朝里喊了一声。

马子怀的女人打开门。看样子她也真动气了,脸色煞白。一见萧长春,话没出口,眼睛里就转起泪花儿。

萧长春问:"大嫂子,子怀哪?"

女人说:"躲到地里打草去了,谁受得了这个呀!"

萧长春劝她说:"在一些小事情上,宽厚一点儿就过去了。隔壁子住这么多年,谁的人性啥样还不知道吗? 小事情上让着点儿,在大事情上弄清是非,比什么都重要。"

女人说:"我们不敢惹她。我们几辈子都让他们欺负怕了。支书你评评理儿。他们把杏树栽在墙根下边,怕树阴遮着他们院子里的菜长不好,就把那边杈子全砍了,让树往我们这边长。杏子青着,我就不让孩子们到后院去,怕惹是非。我们都锁上门下地干活了,他们也没告诉我们一声,就爬墙跳院子到我们这边拣落杏子,还赖我们孩子吃了他的,从晌午头骂到这会儿了,还是没完没了的……"

她说着,泪水忍不住掉下来了,赶忙撩着衣襟擦。

萧长春看着她可怜,又有些可笑。忽然想起马子怀夫妻两个的一句口头语,就趁机会教育她说:"大嫂子,你们不是常说'傻子过年看隔壁子'吗？仔细琢磨琢磨，你们看的是什么样的隔壁子呀？他们自私自利，跟农业社不一条心，只要对自己有便宜，什么事他都干。今年咱们社的生产这么好，他们还胡闹。你想一想，看这种隔壁子，跟这种人学，对你们有什么好处？会走到什么地步上去呢？"

女人觉着支书是同情自己的，这话是端公盆的，就说："有支书你这句话，我就不伤心了，乡亲们只要知道我们，知道他们，就行……"

萧长春说："光别人知道不行，你们自己得真知道，得下决心别跟这样的隔壁子学呀！"

女人说："我们孩子爸爸早说要躲着他们走了。真的，我们斗不过他们。"

萧长春笑笑说："我看没有躲干净，是躲躲靠靠吧？"

女人不好意思地笑笑。

萧长春又趁这机会给马子怀女人讲了些正面道理。因为他知道，马子怀两口子感情很好，给女人开开窍，可以帮助马子怀开窍。看着这女人对他的话很喜欢听，就问："大嫂子，你说说，你们为什么总要跟他们这样的人跑呢？"

女人实心实意地说："我们想着，跟他们都是一样的户。"

萧长春说："焦振茂这些人跟你们也是一样的户，你们就该朝人家那儿看齐呀！大嫂子，我这些都是实情话，你们听我的，对咱们社，对你们家都有好处。子怀回来，你们两口子盘算盘算，看看我这话有理没理。"

萧长春从马家出来，想着刚才看到的一场小纠纷和马子怀女人的一些话，他又发现一个问题：马子怀和马大炮他们之间存在着矛盾，这也是争取这个人的一个有利条件。如果多跟他摆摆集体的好处，让他看清前途，让他认清弯弯绕、马大炮这些人，也许能把他争取过来。

他要到地里找马子怀去。经过大庙门口，朝里一看，见王国忠在柏树下边被好多人围着，谈得十分热闹。这里边有男有女，有贫农也有中农。他们都是眉开眼笑，一定谈得很好。他没有进去打搅，就又从庙前的空场子上走下沟，往北走。刚到十字路口，只见从野地里走过一个人。其实，他先看到的是小山似的两捆草，草捆在扁担上颤颤悠悠，只能从草捆下边看到两只迈着快步的大脚。

那边的人倒先看到他了。扁担一换肩，两个青草捆一转个儿，身子露出来，原来正是他想找的那个马子怀。

马子怀老远就叫他："支书，这会儿你得空不？我跟你说两句话儿。"

萧长春迎上来说："我正要找你哪！"

马子怀放下担子，就地抖落开绳子，把青嫩的草扬撒在路上和坡上。

萧长春过来帮忙，打开另一捆草。青草像是从蒸笼里拿出来的，散着潮乎乎的热气。他一边扬着，一边问："要晒干草？"

马子怀说："半天就干了，晚上收工再弄到一块一捆，就可以垛起来了。留着冬天喂羊。"

"一个上午就割这么两大捆？"

"上午我锄地去了。这是一晌午割的。"

"嗬，你好能干哪！"

"要不晌午睡不着觉，也白磨蹭过来。"

萧长春感叹地说："社员们要是把这股子劲儿用在咱们农业社上，那可不得了啦！"

他们晒完了草，把绳子也团起来了。

萧长春说："子怀大哥，你有什么话跟我说呀？"

马子怀撩起布衫的衣襟擦了擦脸上和脖子上的汗水，左右瞧瞧,说:"走,咱们到北边,北边凉快。"

他们来到北边。坎子上有一棵大杏树,树下边很阴凉。还不到上工的时候,地里没人干活,也没人走路,只有几个泥人似的孩子在远处一个积着山水的土坑里边洗澡打扑通。野外很静,微风不住地把要熟的小麦香味儿送过来。

马子怀坐在土地上,想说又不好说,掏出烟荷包:"来,你尝尝我这烟叶子。"

萧长春接过荷包,卷了一支烟抽着,见马子怀犹犹豫豫,就拿话引他:"刚才我路过办公室,看了一眼,会计和马主任正统计数字儿。好家伙,全一队顶数你家的工分多呀!"

马子怀笑笑。

萧长春说:"劳动好不好,工分账会说话。咱们就是凭劳动过好日子,凭劳动创社会主义,想邪门不行,都得走好道。"

马子怀说:"唉,不容易呀。"

萧长春心里想,马子怀要跟自己说的话,跑不了是跟眼前村里正发生的事儿有关联;吞吞吐吐地不说,一定是怕说错了,这个人平时就是这样的。他又往马子怀跟前凑了凑说:"子怀大哥,咱俩对眼下村子里发生的事儿交换交换心思吧。咱们怎么想,就怎么说,不管对还是错。这儿说,这儿了,行不行?"

马子怀看了萧长春一眼,说:"你说吧,我听着哪。"

"你别光听,也得说。"

"行。"

"我觉着,社会主义这条道不光是对贫农好,对中农也好。这不是讲空话,你回头仔细琢磨琢磨就明白了。拿你家来说,你十五亩地,要都种麦子,你得投多少种子,多少肥料?恐怕你独门独户的,根本没有力量把地全耕过来,等到收来,你把投资刨出去,净剩多少呢?可眼下,你在队里劳动最好,分麦子全是净得,你算算看,准比单干多，不会比单干少。"

"这个账我算得过来。"

"从远处看呢，咱们农业社还要大大提高产量哪，我们要让它一亩地长二亩、三亩地的粮食！怎么说呢，河水说话就引过来了，盐碱地咱们秋后要运沙土改造它，咱们要用新式农具，还要使拖拉机。农业社有这个力量，还不增产嘛！你单干，要了命你也不能把河水引过来呀，倾了家你也买不了一架拖拉机呀；就算买得起，一家一个拖拉机，你那十五亩地，半个钟头耕完了，还干什么用呀！你甭笑，我说的全是实话！"

"这个账我也算得过来。"

"就算眼下稍微少收入点，你得往远看，你不能今天栽下树，明天早起就要果子，不给果子就砍树。得，那你一辈子也得不到果子。子怀大哥，眼光得放远点呀，光瞅着鼻子尖底下不行。"

马子怀听到这句话，又叹口气。

萧长春说："我这话你听着不入耳吗？"

马子怀苦笑着："怎么不入耳，全对着哩！"

萧长春笑了："光让我一个人说，你怎么不说呀？你不是要找我说话吗？"

马子怀不好意思地说："我这个人不像你的心缝豁亮，窄呀！"

萧长春给马子怀摆了前途，又接着他的话音扯到另一个问题上边："你有个弱点，耳朵软，眼光浅，经不住风，看不清是非。你吃亏就吃在这个上边了。刚才我到你家里找，碰上大嫂子跟连升家吵……"

马子怀一愣："还没完哪？"

萧长春说："完？早着哪，只要不把私心去掉，这件完了，还有那一件呀！要是没有农业社，你算掉进是非坑里了。不信你把你单干那会儿的日子想想，地主、富农挤过你没有？你的隔壁子挤过

453

你没有？个体的日子就是你挤我、我挤你嘛！冲你这老实人，我敢保险，要是没有农业社，你只能让别人挤得破产，你挤不动别人。"

这几句话，说得马子怀动了心。他想起几辈子苦干没有拴上车的事儿，想起因为马大炮侵占自己的地边子打官司的事儿；想着，农业社一旦垮了台，自己的日子能不能好好过下去，真有点不保险呀！

萧长春继续说："所以刚才我跟大嫂子讲，你们不能再看隔壁子行事了，遇着起了矛盾的事情，你得往贫、下中农这边靠，这边人多，保险……"

杏树阴里，两个人谈着，一个在说服，一个听着。说服人的话都挺明白，都是这个中农户应当清楚的；被说服的人也觉着这些话对，也听进去了，也开了点窍。可惜，这把钥匙没有完全投簧，萧长春并没有完全了解这个人。

钟声当当地响起来了。

马子怀说："我要上工了。"

萧长春说："得空咱们再聊。"

马子怀收拾绳子扁担，琢磨着萧长春刚才跟他说的话。他觉着萧长春对自己还是看得起，那些话都是实实在在的，可是他的心情没有松快，他要问的话还没有问明白。

萧长春也看出自己这番话没有起到太大的效力。不过，他跟马子怀这么一谈，倒进一步看出来，这个人能够说服，能够争取，这得耐心，得好好寻思，多找找办法。

马子怀扛着扁担，提着绳子，走了几步，开头快，后来慢，停住了，又转回身来了。他愣了一下，像下了决心，等到萧长春从后边跟上来，他开口了："支书，刚才你是跟我摆心思了，我呢，也要跟你摆摆。我想问你一个事儿，这么问，兴许不对，你可别过意。"

萧长春和蔼地说："话不说不明，木不钻不透，咱们交心思，对的我就说对,不对的,我还可以帮你解解,有什么过意的呢!"

马子怀几乎是在嗓子眼里挤出一句话:"我想问问你,咱们这个农业社能搞多久?"

萧长春不由得打个愣:"多久? 千年,万年,对啦,要永世搞下去!"

"能吗?"

"当然能!"

马子怀眨眨眼,那神气,说明他不大相信这个回答。

萧长春心里打着转。他看到马子怀的病根了,还猜到有关大鸣大放的消息,一定传到了马子怀的耳朵里。他想追问马子怀听谁造了谣言,立刻又把话吞住了。不能这样追问,追问会给马子怀增加顾虑,会使马子怀把刚刚打开的门儿立刻又封闭起来。得从正面教育这个人。于是,他态度平和而又自信地说:"子怀大哥,我问你,你看共产党的领导牢靠不牢靠?"

"牢靠。"

"为什么呢?"

"共产党好。"

"对啦,共产党好,共产党处处都为老百姓。打鬼子,打国民党反动派,斗地主,搞社会主义,没一样不是为老百姓。所以老百姓全拥护。有老百姓拥护,就像山一样牢了。"

"我说的是咱们这个农业社。"

"农业社是谁领着办的呢? 共产党呀! 共产党为什么要领着咱们办农业社呢? 要建立社会主义、共产主义。办社这么些年,你总可以看出来,大多数老百姓都愿意办农业社的,都拥护农业社,想走单干老路的只是少数人。你看,有共产党的领导,有大多数人拥护,农业社还办不牢吗? 这是铁的,永远没错儿!"

马子怀听到这些话,眉头舒展了一些。他低着头,琢磨了一会儿，又抬起头，眨了眨眼，他想说：马之悦也是共产党，跟弯弯绕这一伙是一个鼻子眼儿出气的，在东山坞跟你作对，农业社也能牢吗？这句话他没敢问，临出口又改了："这么说，有人要拆散它，共产党不能答应啦？"

萧长春说："这当然啦。共产党不答应，老百姓也不答应呀！"

马子怀觉着自己的心胸一下子开朗了好多。他想，光是几个调皮捣蛋的人可能搬不动农业社，光马之悦这样一个党员不想搞农业社，共产党大概不会依着他，要不怎么撤了他的支书呢？……他心里边这么嘀咕着，也不打招呼，扭头就走了。先慢，后快，一会儿就走出老远。

萧长春追着他喊："子怀大哥，今晚上在大庙里开贫、下中农代表会，你去列席听听吧。你可一定去呀！"

从拐弯的地方传来马子怀的应声："哎！"

萧长春慢慢地走着，把自己刚才跟马子怀说的话，马子怀跟自己说的话，又回过头理了理，想了想。年轻的党支部书记，忽然有个新的发现：在中农这个阶层里，在那些走社会主义道路犹犹豫豫的人里边，不全是反对农业合作化的，他们有的人是担心我们搞不到底儿，怕我们顶不住歪风邪气，怕我们中途散伙；这些人不是坏意，只要让他们看到我们的硬骨头精神，看到我们的坚决性，他们就可能稳住了，就能团结在一起了。怪不得上级一再教导自己对中农要分别对待，要对症下药，真是一点不错呀！

他走着想着，被一阵清脆的梆子声吓了一跳，抬头一看，不知不觉中已经走到办公室门口了。一个卖香油的小推车横在路上，好多社员和孩子围在那儿打香油。

卖香油的是本乡南边那个小洞村的老张，常来常往，都挺熟识。他瞧见萧长春过来，一边敲着木梆子招徕买主，一边满面带笑打招呼："老萧，忙啊？"

萧长春也和气地说："老张，家里喝水去吧。"

老张刚要答话，一个小姑娘伸过一只瓶子，他又赶忙应付买油的了。

萧长春站了一会儿，心里一动，赶忙走到办公室里。

马之悦和马立本两个人正坐在桌子对面翻账本子、打算盘，统计晚上会议要用的数字。见萧长春进来，两个人故意埋头工作，没有打招呼。

萧长春找了张白纸，又找了个旧信封，在屋里转着看看，没找到地方，就出了屋，往屋檐下的台阶上一坐，把纸垫在膝盖头上，就写开了。

王来泉同志：

工作顺利吧？我来麻烦你了。我们村有些富裕中农正在闹问题。王书记在这儿领着我们解决。你的老丈人家也是中农户，人是好人，就是思想不太进步，走社会主义道路犹犹豫豫。刚才我跟他谈了一回，看样子，他的心病是怕我们农业社搞不到底儿。我们要跟他亮底了，让他参加今天贫、下中农会，好跟坚决走社会主义道路的人多碰头。我们想通过这一回斗争，把他争取过来。你要得工夫，到我村来一趟才好。来个公私两利，帮帮我们的忙吧。你们村的工作好，你能力棒，新女婿说话，老丈人是最肯听的……

他来不及仔细地寻找适当的词句，只顾刷刷地写开了。他那急迫的心情、殷切的希望、胜利的信心，顺着笔尖儿流到纸上。一阵小风，不知从什么地方吹来一片花瓣儿，落在墨汁没干的字儿上；一只小蜜蜂，在他的头顶上盘旋飞舞，嗡嗡地叫着，他全都没有在意。

一封短信写好了，他匆忙地看了一遍，装进信封里；又回到屋里，用面糊粘结实，两只大手使劲儿按着封口，快步地朝街上跑去。

卖香油的梆子声,已经响在村西头了。

萧长春顺着声音追过来,追到金泉河边上,追上了卖油的人。

"老张,托你给王来泉同志捎个信儿。"

"行。"

"你到村马上交给他。"

"他是我们队长,回去我还得跟他报账哪!"

萧长春站在桥头,望着卖油人走远的影子,又盘算起下一步的工作。

清清的河水,在他身边奔流……

第三十九章

韩百仲又来到沟南边,来到另一个社员家门口。一只脚刚迈上台阶,又退回来。

这家是焦二菊的娘家,孩子的姥家,他的老丈人家。内弟焦庆到工地上去了,家里只有兄弟媳妇和几个孩子。自己这个身份本来就不大好说话,加上焦庆媳妇是个自私自利、胡搅蛮缠的女人,韩百仲见了她就挠头,保管说不进话去。他在门口转了几个圈子,忽然想到自己的妻子焦二菊,要是让焦二菊到这个门口里摸摸底,准比自己方便,宣传点道理,焦庆媳妇也能听进去。他想到这儿,赶紧回家搬兵。

他从焦振茂家东边小胡同穿过来,到了南街再朝东拐,离门口老远,就发现焦二菊没在家。他家从办初级社当办公室起,就养成了习惯,白天黑夜都不插大门,家里有人的时候,总是大敞着门,没人的时候,两扇门就虚掩着;谁到哪儿去了,不像城市里那样,给男人或妻子在桌子上压个条子,他们不识字儿,写不上来,就是写了,他们都是忙人，来去匆匆，进门吃饭，撂下碗就走，也想不到到高桌那儿瞧瞧。不过，他们有他们的办法。门楼外边的砖缝里塞着一块白土子，谁到哪儿去了，就在门板上划个记号。比方下地了，就画个方块，到大庙去了，就画个屋脊式的菱形，到马翠清家串门了，就写个女字，到小河边上洗衣服了，就画几道弯。不管哪个回来，一看到记号，准能立刻找到。可是这一回韩百仲被难住了，门板上画的是一个大圆圈，这个记号他还从来没见过。

韩百仲在南街兜开圈子了。这家找，那家问，全没有。喊叫吧，农村夫妻很不习惯叫彼此的名字，就是这对恩爱的夫妻也还没有赶上这个时兴，一般的情况都是用"喂""我说""嗨"这些类似语气词来呼唤。韩百仲转了一头汗，回来从碾棚后边走过，听得里边哒哒声夹杂着通通声。嘿，找到了。

他绕过几家后院墙，过来一看，果然是焦二菊。

焦二菊正在碾棚里使碾子。五婶的娘家侄子走亲戚从这儿路过，焦二菊抓了个官差，把人家骑的毛驴牵过来，套上了碾子，轧的是玉米。她在小毛驴屁股后边一边帮着推，一边侧着身子，舞动着黍子苗的笤帚叠扫着被碾砣子挤出来的玉米粒儿。她的动作潇洒、有力。

韩百仲隔着没安窗棂的窗子喊了一声："喂，你跑到这儿来了！"

焦二菊正在全神贯注地推碾子，被他的喊声吓了一跳，笑着说："哟，你怎么找到这儿了？"

韩百仲说："我听这儿通通地打鼓嘛！"

焦二菊瞪了他一眼："讨厌！"

"你算把人害苦了，让我白跑个大圈子。"

"我就是画个圈嘛。"

"人家知道那是啥意思呀！"

"两个意思,饭在锅里,锅不是圆的呀! 再一个是碾道,你看我这不是转着圈圈呀!"

"转圈子是用脚,你要画两只大脚,我就知道了!"

"该死!"

焦二菊把手里的笤帚一调头,隔着窗户就在韩百仲那个没有戴帽子的光脑壳上重重地给了一下子,接着又要来第二下。

韩百仲一边用手招架、躲闪,一边朝外边努嘴,说:"嗨嗨,来人了!"

焦二菊说:"来人怎么着?"

韩百仲说:"这么大年纪了,还闹着玩,人家多笑话呀!"

焦二菊说:"笑话卖几个钱一斤哪? 你这是自找!"

韩百仲说:"说正经的吧。"

焦二菊又回去,吆喝一下牲口,说:"你就说吧。"

韩百仲绕着弯儿说:"焦庆他们到底是缺粮不缺粮啊?"

"缺个屁吧! 他家的底子你还不清楚哇!"

"她闹的挺厉害,昨天会上你没见?"

"她是屎壳郎跟着屁轰轰! 昨晚上又找我这儿哭穷来了,让我给数叨一顿,没脸走了。"

"光压不行,还是应当摸摸她的底儿,是真缺还是假缺。"

"假缺! 要真缺,你扒我的眼珠当泡踩!"

"他家是贫农,也跟着瞎嚷不好哇!"

"不要脸! 贫农里边的汉奸卖国贼,我一看她就恶心。你瞧着,从今以后我要是再理她,再蹬蹬她家的门槛子,你剁下我的脚去喂狗!"

韩百仲一听这话,觉着完了,就靠在窗台上嗑牙花子。

焦二菊把压碎的一底棒子面扫到小簸箕里,又注上一底儿,棒子粒在压挤中蹦跳着,发出扎扎的爆破声。她叠扫着,看了男人一眼,说:"你不忙了,这儿守着我干什么呀?"

韩百仲叹了口气:"我发愁哪!"

焦二菊挺奇怪:"哟,什么事儿值得这么发愁呀,长春来了,王书记又来了……"

韩百仲说:"他们一来,我才觉着脸更没处搁了。你看,一个老社员,贫农,也跟着富裕中农闹粮食。还有,人家长春一口一声说是你的亲戚。真是的,焦二菊的娘家人,在焦二菊的眼皮底下闹粮哪,多难听!"

焦二菊愣住了:"真的,老天,我怎么没有想到这一层呀! 这可得管住她,别让她闹了。"

"有办法管住她吗?"

"有,当然有。一物降一物,卤水做豆腐,你瞧我的吧,保管她不闹了。"

"你怎么管她呀?"

"你甭问了,今晚上开贫、下中农会,保险她进门就检讨。"

"得打通人家思想,不能强迫命令!"

"瞧好吧,走你的!"

韩百仲完成了任务,高高兴兴地走了。

留下的焦二菊,这会儿可安静不下来了。她是个孤人,眼皮底下就这么一个一奶同胞的兄弟,还是个闹粮户,不管真假,在这个节骨眼,瞎乱喊叫凑热闹,都是丢焦二菊的脸,丢韩百仲的脸,更是丢穷人的脸。真是糊涂虫啊,你怎么不想想你是个什么人呀? 这种事儿让支部书记知道了,就够丢人的了,晚上开会,乡委书记一参加,她再跟着帮帮一闹,得,全乡全知道韩百仲有这么个老丈人家了,焦二菊也出了名啦。

焦二菊越想越急,越想越气,心里那火苗子一蹿一蹿的。她顾不上使完了碾子再去,就慌忙跑出来,冲着野地喊开了:"二头,二头!"

这声音在宁静的晌午里,特别响,传出很远。

她的二儿子,一个光着身子、让太阳晒得黑不溜秋的孩子,一手拿着一把弹弓子,一手提着一只死麻雀从麦子地里跳出来。

"妈,干什么呀?"

"小爷,瞧你晒得这头汗,不要命啦?"

"不热,一点也不热。"

"你哥哪?"

"上学了。"

"来,你给妈看会儿碾子。给你这笤帚,驴不走,你就打它,压出来,你就往里扫扫。"

"你干什么去呀?"

"我找你舅妈去,说两句话就回来;可别走,听话,等收了麦子,给你烙糖饼吃。"

"你可快着点呀!"

焦二菊离开碾棚,一股旋风似的刮到了焦庆家。

焦庆媳妇正涮锅洗碗,只见院里趴着的母鸡忽然咯咯咯、扑啦啦地乱飞乱跑,抬眼一看,姑奶奶来了,呱哒一下盖上了锅,迎到屋门口。

"哟,他大姑,吃饭啦?"

"还吃饭哪?断顿了,就差到大街上喊叫缺粮啦。"

焦庆媳妇见焦二菊气色难看,就加了小心:"屋坐吧。"

焦二菊说:"这儿站着吧,说两句我还得使碾子哪。"

焦庆媳妇一向怕焦二菊,因为焦庆怕焦二菊,她也跟着怕,就没话找话说:"听说晚上开会?"

"对啦。"

"您叫着我一块儿去。"

"你算哪一码呀？"

"哟,不是开贫农会吗？"

"你还有贫农味儿吗？贫农还能到处喊叫缺粮呀？"

焦庆媳妇强做笑脸,说:"瞧他大姑说的,贫农不吃饭不是也活不了吗？"

焦二菊瞪着眼:"贫农总得要点脸。"

焦庆媳妇捂着嘴:"嘻嘻,空着肚子,脸也黄了。"

两个年纪不相上下的妇女脸对着脸争论起来,一个是横眉立目,一个是嬉皮笑脸,一个是真动心火,一个是比吃凉粉还痛快。

焦二菊对这个家是有功劳的。焦庆小时候,瞎妈带不了,全靠焦二菊背着抱着;后来,焦庆娶这个媳妇,是焦二菊拉洋车攒票子垫的彩礼;土改前焦庆家的孩子连着生,焦二菊没少帮衬他们;一九五三年,不是焦二菊的男人办农业社,焦庆大病那一场,小命早就见了阎王爷！这会儿,这个臭娘们把穷忘了,连这个姐也忘了。她是大姑姐,大姑姐总得有个大姑姐的身份管束,要是小姑,瞧瞧,焦二菊上去先给这个娘们两个大嘴巴,打完了,咱们再讲道理！

焦庆媳妇也是这个家的有功之臣,焦庆比她小三岁,人也比她老实厚道,家里家外全靠她撑着顶、掌着台。她娘家是个中农户,从小就学会了一套过小日子的本领,能占尖,会取巧,还善于看风使舵。她觉着,不是她,这个家不要说存粮储钱,稀的都混不上三顿。昨晚上卖了点余粮,票子已经把在手里了,翻与不翻对她无关。按土地分红,对她好处也不大。那几年,她吃政府和社里的补助吃惯了嘴,不操心,不费心,一伸手,在表册上按个手印儿,粮食就背回来了,不吃白不吃,不要白不要;跟着帮帮闹腾闹腾,闹腾来点好处是落的,闹腾不到好处也没亏吃。换个别人来她家里摸底、宣传,一看看口气硬,她马上就会来软的。对于这个大姑姐,她早把脉窝摸准了:焦二菊是个刀子嘴、豆腐心,硬的不怕,软的受不了,软硬一齐来,她就得跟着转。

焦二菊又说话了:"说干脆的,掏心窝子,你们家到麦子下来,到底儿够吃不够吃?"

焦庆媳妇说:"好姐姐哩,我要揭的开锅,能到这时候连饭都不给孩子做?你兄弟不在家,全都扔给我这么个没能耐的娘们了。孩子们全随他爸爸,全是大肚子汉,吃一锅,拉一炕;肚子装得鼓鼓的,到处跑了一圈来,进门就喊饿,就像是饿鬼托生的,喊的我那心像揪的一样……"她说着说着,眼泪就像珠子似的一串一串地往下落,赶紧撩起衣裳襟,又舍不得擦去,"唉,我就差把他们打到街上哭去了……"

焦二菊说:"得了,够丢人的了,还要上街摆摆去呀!"

焦庆媳妇叹口气:"唉,啥法子呀!孩子多,劳力少,哪个不是肩膀头子扛着一张嘴呀!"

这会儿,在屋炕上玩的孩子,扒到玻璃窗上朝外看,小脸贴在玻璃上,小鼻子都挤扁了,嘴一张,叫了声:"姑!"

焦二菊看看焦庆媳妇哭的那副可怜相,又看看小孩子,心里一热,眼圈也红了。她又嘱咐自己:不能心软,她家不缺吃的,不用听她嘴说,她可会做戏哪!

焦庆媳妇说:"再不行,我就上工地找他去。"

焦二菊连忙说:"敢!你还想让全县的人给你扬扬名啊?你不怕丢人,我还怕哪!"

焦庆媳妇苦笑着说:"您要怕,您就在姐夫跟前美言几句,来了救济粮,救济咱点儿。"

焦二菊说:"想你个美,不缺粮,要补助,昧心啦?"

"您说我不缺,您就先翻翻我。"

"算了,我也用不着跟你扯皮了,也没工夫跟你磨牙玩!一句话,不许你再到外边喊!"

464

"我不喊,肚子叫唤呀!"

"叫唤也不许喊!"

"哟,他大姑这不是强迫命令啦!"

这下子把焦二菊问住了。刚才她跟男人夸下海口,保证不强迫命令,怎么又使上这一手了?她想了想,一个妙主意忽地涌上心头。她说:"离麦收还有十几天,你让孩子到我那儿吃几天去。"

焦庆媳妇一喜:"那分麦子的事儿……"

焦二菊说:"只要你从这时候起不再喊叫缺粮食,麦子一分,我送你二斗!"

焦庆媳妇更乐了:"真的?"

焦二菊说:"你得保证别跟沟北那群家伙喊叫。"

焦庆媳妇连着声说:"不啦,不啦,冲他大姑,我也不能那么不要脸哪!"

"一言为定了?"

"我说一句假话,大姐你再见了,就可口啐我!"

"我没强迫命令吧?"

"嘻嘻,跟您闹着玩哪!"

…………

焦二菊从焦庆家出来,满心高兴。这股子高兴劲儿,就如同当年替丈夫拉洋车挣来了钱票;也像帮丈夫把一个受伤的同志送到了保险地方;更好比把供销社的货物,运到了站上……

她这会儿才想起了使半截儿的碾子,还拴着个孩子在那儿,正想转身,瞧见韩道满到西头一个社员家去了,忽然想起一件事:韩百安也在闹粮食,也是假的;那老头子又胆小,又老实,到那儿说上几句,准能把他说的转了心。要问焦二菊为什么这么有把握,倒不是看人家老头子胆小,要去"强迫命令",主要因为他们还有个小拐弯的干亲家关系。

大脚焦二菊,又像一阵旋风似的刮到韩百安家。

韩百安刚浇完了菜,正要上大庙去。这会儿可以看出来,他比昨天似乎更加忧愁了。他坐在前门口抽烟,那烟雾,曲曲弯弯地从他的老脸上升腾着,就像他这会儿的心情。

焦二菊因为刚才顺利地完成了一件工作,对眼前这个工作又蛮有信心,情绪显得特别好,人也特别地热情和气,一进门就满脸堆笑:"老哥,没上工啊?"

韩百安依旧是那副老样子,冷冷冰冰地"嗯"了一声,算是打招呼了。

"老哥,王书记来了,你知道吧?"

"嗯。"

"人家来了,帮咱们解决解决问题,好让咱们农业社顺顺当当地搞下去;咱们也别放着脸不要脸,有胭脂粉别往屁股蛋子上搽。"

"嗯。"

"一个庄住着,谁家啥样,都知道,有吃的,别叫喊挨饿,那不是夺状元显高强。"

韩百安早知道焦二菊的来意,刚才焦淑红也来过,他都听烦了。

焦二菊以一个"亲家母"的身份说话了:"咱们是近人不说远话,冲着孩子们,你也别跟弯弯绕这群家伙们跑了。社会主义好,你走这条道,比给儿女们买房子置地他们还高兴,这是铁饭碗,谁也夺不去。这不是,眼看麦子要收了,等那会儿,给他们把喜事办了,和和美美的多好哇!"

韩百安哭丧着脸说:"唉,他婶,你不知呀,翠清跟我们道满吹台了!"

焦二菊拍着两只手说:"我知道,我知道。我的干闺女,我还不清楚。人家两个人是好好的,就是为你闹粮食,才闹开别扭了。解铃还得系铃人,什么钥匙开什么锁,老哥你走走回头路,什么事儿全没啦!"

韩百安说:"你说不行啊!"

焦二菊说:"你只要改邪归正,别再跟弯弯绕他们闹腾下去,就算行了。"

韩百安说:"怕晚了。"

焦二菊说:"不晚。"

"你管事吗?"

"管事,我干闺女跟我好着哪,我一句话,她就点头,她的事儿我能当多一半家。"

"你保险哪?"

"保险! 只要你从今天起跟大伙儿一块往高处走,学进步,我保险啦!"

"那行。我就是饿的前腔贴后腔,也不说没吃了。"

"好,一言为定!"

这一场"谈判"相当地顺利,也相当地成功,嘎巴干脆,没用一袋烟的工夫,结束了。

韩百安挺高兴,刚才焦淑红来,答应他不翻粮,那一口袋小米子保住了;这会儿焦二菊来,又保险他的儿媳妇跑不了啦,真是从天上掉下来的喜事儿呀! 今天的韩百安跟昨天的韩百安已经大变一层了。昨天口袋里的粮食,身边的儿媳妇都是保险的,他吃着碗里,看着锅里,想土地分红,想多捞上一把;这会儿,那个他根本不敢想了,只要回到昨天那个样子,粮食、媳妇跑不了,他就烧高香、磕响头,这会儿谁拿八抬轿抬他出去随帮闹事儿,他也不敢了。

焦二菊更高兴。刚才说服了女滑头焦庆媳妇,这会儿说通个老顽固韩百安,这真是两件了不起的功劳呀! 她自己也有点奇怪:这身本事是从哪儿来的呢? 好像半个钟头以前还没有哇! 真是跟着好人学好人,跟着师父跳假神,不愧是共产党员、副主任韩百仲的患难与共的老爱人!往日里,韩百仲总说她是大炮式的,总说她头脑简单;怎么着,大炮式、头脑简单的人,能干出这么重要的工作?这个成绩,不光是把她自己的两门子亲戚说转了,尽了她的心意,保了她的面子;最重要是拉他们走上光明大道上来了,对得起兄弟焦庆,对得起干闺女马翠清;也对得起萧长春,对得起东山坞这伙子穷哥们。或者更高一点讲,对得起共产党了!

焦二菊又一阵旋风似的往回刮。她要赶快卸了碾子,送回驴去,再多跑几家,说不定,还能说服两家。等着晚上开会,她就不慌不忙,大模大样地走进会场去,当着支部书记、乡党委书记,还有穷哥们,汇报汇报,嘿,准得把他们吓一跳!

她刚到碾棚前,迎面来了韩百仲和马翠清。这爷俩一边走一边聊,韩百仲不住点头,马翠清不住比比划划,好像说什么得意的事儿。她想,你们再得意,也比不上我焦二菊。又想,先不把这件事告诉他们,一定要忍住,留着晚上一块儿揭给他们看。她想着,停住了,抿着嘴儿笑,不吭声。

那边两个人走近了。

韩百仲看焦二菊一眼,当着晚辈人,他跟自己这个老爱人从不开玩笑,也没说什么。

马翠清这丫头眼尖,"哟"地叫了一声:"您看我妈,乐的,得喜事了!"

焦二菊故意绷着脸,可是没绷住,"扑哧"一声笑了。

来到跟前,韩百仲问:"你去过了?"

焦二菊大模大样地回答:"去过了。"

韩百仲看焦二菊得意的样子,知道事情办得一定很顺当。他们老夫妻之间,谁的眉一动,手一抬,都能看出对方心里的事儿,就又问:"怎么样?"

焦二菊早忘了刚才保密的打算，赶紧显功："通了，不闹了。"

韩百仲果然吃了惊："嗬，真有本事，是真通假通啊？"

焦二菊说："嗨，真假看实际，你瞧她从今往后还说没粮这个字儿不？"

韩百仲也很高兴，笑着说："真不简单，真是一物降一物。你用的什么法儿呀？"

"反正没强迫命令！"

"没跟你哭一鼻子？"

"那还免得了！我会治她。我说，只要你不再喊没吃，让孩子到我家吃几天，分了麦子，我送给你二斗……"

没听完，韩百仲就急了："老天，这叫什么，唉！"

焦二菊说："你呀，别心疼东西，为咱们这个农业社办得顺顺当当的，割我身上的肉，我也不叫疼；长春讲话，得有点牺牲精神嘛！"

韩百仲跳起来了："同志，你这叫什么牺牲精神？你这是拿粮食换她的假进步，拿钱收买她的真自私！"

焦二菊傻眼了，一时没有转过来："这，这，要不她还是到外边喊叫哇？我想堵上她的嘴……"

韩百仲跺着脚说："拿粮食堵她的嘴？好哇，你堵她一个，能堵俩吗？你堵了她今天，能堵她明天吗？你堵了这件，能堵旁的事儿吗？你家就是有摇钱树、聚宝盆，只要她总是自私自利，你也填不满她的兜哇！"

焦二菊呆了。

韩百仲气昂昂地要走。

焦二菊一把拉住他，说："别走，别走，我还有哪！"

韩百仲不高兴地白她一眼："你还有什么呀？"

焦二菊这回很小心地说："我还说服了韩百安。从今往后，他也要进步了。"

一直愣在一边的马翠清有精神了:“妈,真的?”

焦二菊说:“他答应,从此再不跟弯弯绕那些家伙们一块儿混了……”

韩百仲哼了一声。

焦二菊说:“你哼什么呀！我可没答应给他什么东西,一分一毫,一颗粒都没给;不用说给,我们根本没提这个字儿,全是用道理讲通的。”

韩百仲有几分不信地问:“我要听听你那道理。”

焦二菊咽咽唾沫说:“我说,你得改邪归正,我说社会主义好,你走这条道,比给儿女买房子置地他们还高兴;我说,这个铁饭碗谁也夺不去……”

韩百仲态度好转了,用心听了。

马翠清心里也乐了。

焦二菊又开始得意起来:“我说,你只要不再闹腾下去,别再喊缺粮,翠清跟道满还要好起来。他问我说话顶事不?我说,顶事,我当翠清一半家;他又问我保险不,我说,只要你从今以后跟大伙一块儿往高处走,我……”

韩百仲打断她的话:“老天,你又扯到哪儿去了?”

马翠清早就噘起嘴巴。

焦二菊奇怪地说:“嗨,我可没答应给他什么东西呀！一点没有,不信你们去问问他。”

马翠清忍不住跺着脚说:“还说没给什么东西哪！哼,你把我给他们了,拿我堵他的嘴、换他的假进步,你真会办事儿！简直是胡闹!”

焦二菊又呆了:“哟,你怎么这样说妈?你这孩子,他进步不好?”

韩百仲说:“真是岂有此理！为得个儿媳妇就进步,得到手还进步不呀?"

马翠清一摇晃身子,气昂昂地跑了。

焦二菊两手一摊:"瞧,我忙了半天,劳而无功,还闹个猪八戒照镜子,里外不是人了!"

韩百仲说:"同志,你的思想跟不上了!"

焦二菊急了:"怎么? 我是落后分子?"

韩百仲想起这几天发生的事情,想起午前萧长春给他传达的那些话,心里边十分感慨。很郑重地对妻子说:"眼下不是拉洋车的时候了,也不是抬伤员的时候了,跟挑货物跑运输那阵儿也差一截了……"

"怎么啦?"

"阶级斗争越来越深入,越来越复杂了。"

"我不懂你说的是什么?"

"你得学习呀! 光靠积极,光靠好心,不一定能干出对咱们农业社有好处的事情!"

焦二菊越发糊涂了。她呆呆地站在太阳地里,圆形的脸上,不住地往下掉汗珠子。

碾棚里,孩子带着哭腔喊叫起来:"妈——妈——"

焦二菊没有听见。

韩百仲笑笑,拍着妻子的肩头说:"去看看孩子吧。这是个教训,记下就是了。我说的不光是你一个人,也有我,也有咱们的社员,都得从头学习新的斗争办法。"

焦二菊还是没动。

韩百仲问她:"你生气了?"

焦二菊摇摇头。

韩百仲问她:"我的话你没懂吧?"

焦二菊抬起头来,深情地看了男人一眼,说:"听懂了一点儿。

往后,咱们一块学,你别进门就伸手要饭,也多给我开说开说你们党里边的事儿。……"

第四十章

萧长春跟几个社员谈过心,最后来到饲养场找马老四。

用高粱秸勒的排子门大敞着,门口两棵年轻的树,一棵榆树,一棵椿树,茂密的枝桠交织在一起,像一个绿色的大门道。临近了门口,就听到一片咯吱吱的嚼草声传过来,十分动听。院子里,靠北墙是一排朝阳的牲口棚,棚里有一溜坯垒灰抹的大牲口槽,槽头上拴着大小不等的骡、马、驴、牛,脑袋挨着脑袋,悠然又香甜地吃着草料。棚里棚外都打扫得十分干净,看不到粪便堆积,几乎连一片草叶都找不到。

正站在花母牛肚子底下吃奶的小牛犊听到人的脚步声,仰起头,睁着两只乌亮的黑眼珠瞧瞧,摇头晃脑地跑过来,用它那黑嫩的鼻子尖儿嗅了嗅萧长春的脚,伸出红色的小舌头,舔着萧长春的手掌;萧长春一摸它,它就像个小孩子撒娇似的,靠在人的身上,蹭来蹭去。紧接着,一头黑缎子般的小骡驹也跳过来。它有点胆小,或许是有点害羞,在不远的地方停住了,怯生生地朝这边看着,又忍不住想朝人显示显示它的俊俏,先冲着萧长春抖了抖红线穗似的鬃毛,就围着萧长春撒欢蹦跳。

萧长春看着它们,伸手拱它们,逗它们,他的脸上立刻泛起喜悦的笑容。他仿佛从每一头牲口那乌亮的皮毛上,看到了老饲养员的汗珠儿在闪耀。多少往事,也带着光芒出现在他的眼前了。

那是一九五三年,有一件在东山坞亘古未有的事儿发生了——韩百仲从县里开会回来,在沟南边搞起一个农业生产合作社。两头老牛和三头瘦驴从那些低矮的小棚子里牵出来，拴在一块儿了。

那会儿，马老四大病刚好。他拄着棍子，从沟北来到沟南，来到韩百仲家的小院子里。他围着这几头牲口转，转几圈，挪到韩百仲屋里坐一会儿，接着又围着牲口转。最后，他开口了："百仲，我来给大伙儿看管牲口吧。"韩百仲从上到下把他打量了一遍，说："喂牲口没黑夜没白天，太辛苦，你不行。"马老四说："黑夜白天守着它们怕什么，我不像你，家里有人拉着。"韩百仲说："就冲着你这皮包骨，病秧子，就对付不了。"马老四说："对付几天算几天，哪天我死了，你再换人；就是让我管两天，也算我管了社会主义的事儿，也算我为农业社效力了。"马老四真心实意，又加上软磨硬泡，最后，韩百仲只好答应他的要求。

那时候穷社盖不起牲口棚，牲口就拴在露天地里；正是夏天，雨水又多，牲口很受罪。马老四不声不响地拆了自己的炕，把牲口牵到自己的土屋里。没地方搭床，他就在地上铺些干草，睡在牲口槽底下。没有草料，他就把门锁上，割一筐子草回来倒在槽里，又出去割；直到大秋接上谷草，没让社里花一分买草钱。他对待这几头牲口，真比对待他的儿子还要亲。儿子不听话，他跟儿子吵闹，后来分了家；牲口吊蛋，他耐着性子驯服，连个手指头都舍不得捅。到了转高级社那年，他们繁殖了三头牛、四头驴，又买了两匹马，拉出去一大队了。往一块并社的时候，虽然数量没有北社多，可是哪一头牲口都比北社的膘肥、壮实。

五年如一日，马老四没有一天离开过牲口。加上一个哑巴，人称东山坞的两个"废物"人，他们却都顶着农业社半个天。

萧长春看着这个饲养场，心里想：这个天下，有这样多的贫农社员，有这样多把心都交给农业社集体的人，还有什么困难不能克服，还有什么理想不能实现呢？

他胸膛里的那股子力量,又在增长着。

牲口棚东边有一个小土屋,马老四就住在那儿。热腾腾的蒸汽,从门口卷出,舔着屋檐,在空中散开。

他顶着热气朝里走,马老四正弯着腰揭锅。

萧长春一迈进门口,就笑模笑样地说:"四爷,您还没有吃饭哪?"

马老四回头一看,来人是萧长春,一句话没说,呱哒一声,把锅盖又盖上了,还在锅盖上边压了个泔水盆子,这才笑嘻嘻地打招呼:"长春嘛,你们散会了?"

萧长春没有留意老人家神情诡秘而又紧张的样子,只顾朝里间小屋走,一边走,一边关心地问:"夏天天这么长,您怎么还吃两顿饭呀?"

马老四跟进来说:"吃两顿饭省事。上年纪的人,不像你们年轻人容易饿。"

萧长春怕耽误老人家,就没进里屋,回转身说:"我随便看看,没什么事情。您快吃饭吧,一边吃,咱们一边聊。"

马老四也慌忙地退了回来,守着锅台不动窝;好像怕别人揭了他的锅,要把他的吃食抢走似的:"不忙的,不忙的,刚烧住火。"

萧长春靠在门框上,催促饲养员说:"您还是趁热吃吧。什么饭呀?"

马老四敷衍地回答:"麦子还没收下来,吃粗粮呗!"又赶忙岔开,"你们家吃饭还是你做呀?"

萧长春笑笑说:"我们爷俩,谁得空谁做。"他想到自己家做饭时候那种慌乱样子,就又关切地说:"过几天我跟连福大嫂说说,你们还是归到一块过吧。一个人,上了年纪,又顾牲口又做饭,太麻烦了。"

马老四连忙摇头说:"长春,你可别说这个去。我说的是实在话。我自己过着自由，不愿沾他们。我端的是社会主义碗，吃的是劳动饭，大家的日子都好，我也吃好的，大家的日子都不好，我就吃孬的，好歹都香甜，有啥麻烦的。"他说着，又想起一件重要事情，"刚才韩百仲来了，说你跟连福又对着脸说了阵子话儿，连福有点认错意思。这才对嘛！"从一个父亲心头流露出来的喜悦，洋溢在他那满是皱纹的脸上。

萧长春明白老人的心思，就说："您放心，我们大家伙也都商量过了，一定要帮助他把坏毛病改过来。"这句话说得很有劲儿，表明他满怀信心。

马老四说："那敢情好。他要是转变转变，不要说变得太好，就对新事情有个主心骨，走社会主义道路不再三心二意，我死也闭眼了。"

萧长春说："您昨天在河边上怎么说啦，您说咱们这个社会最能感化人。连福本性是好的，应当比别人更容易感化。"

马老四使劲儿喘口气，又咂咂嘴，朝萧长春跟前凑凑，压低声音说："长春呀，咱爷俩是过心的人，没话不说。连福这孩子，都是让马主任给串串坏了。不是四爷要挑拨你们干部的和气，实实在在，你得提防马主任一点儿。别人都敬着他，连焦振茂那个实在人对他都跟敬佛似的，其实，沟南沟北的老性人①谁不清楚他？我是看着他长大的，他的所作所为，太深的我也许不知底，可是表面上的也见过不少。这个人哪，不像个党员样子，心可毒啦，脑瓜子有转轴，笑里藏着刀。有的人是碍着老面子，有的人怕他，不说就是了。唉，咱们爷俩，我有话得对你讲，我不对百仲说，那家伙说跳起来就跳起来。"

萧长春认真地听着老人家从心里掏出来的话，不住地点着头。

马老四用更小的声音继续说："这几句话，我放在肚子里好久

---

① 即上年纪的人。

了,我不愿意说出来。长春哪,我不是平白无故瞎嘀咕人家。你看看他,娶了个地主家的闺女还不算,就是这会儿,跟马小辫也是明来暗往。有这样的党员吗?就拿对待你吧,他没跟你碰心,上边说话,脚底下使绊儿哪!唉,你真不容易,不要说别的,光应付这个人,也够你忙的啦!你肩上的担子重啊!唉,四爷帮不了你一把呀!"

萧长春诚恳地说:"四爷,您这些话都是对的,我一定记在心上。您每天辛辛苦苦地工作,就是帮助我,帮助咱们农业社;有大伙帮扶,有上级,光是几个人使坏,使不出去。我不怕,再难再苦,咱们也要走到底儿。"

马老四连连点头:"这话对,对,我心里牢靠着哪,咱们一定能走到底儿!话说回来,怕不怕是一回事儿,该小心也得小心着点儿。长春,四爷对你别的一点担心都没有,就是怕你太厚道,缺少提防,受了坏人的盘算,吃了亏。我就这么一个意思,你掂掇掂掇,有点理儿没有?"

萧长春把老人这些话全在心里翻了几个个儿。他觉得这个老贫农有眼光,对问题看得深刻。这些忠告,对萧长春说来,是重要的一课。他见老头子饭还没熟,就走进里屋。这边有一条小土炕,整整齐齐地卷着一个小行李卷,铺着一床灰色的旧毡子。地下一张三条腿的高桌,一头垫着土坯。桌子上边有一盏油灯,几本线装的《牛马经》,书上压着一个破眼镜盒子。墙壁上挂满了牲口笼头和套绳,还贴着鲜红的春条和几张电影海报。这里只住着一个孤单的老人,萧长春每逢走进来的时候,总觉得有一股子生气勃勃的气氛。

马老四站在门口说:"带着烟吗?桌子上有纸,自己卷吧。我不敢抽烟,一抽咳嗽的更厉害,也就不准备那玩意了。"

萧长春一面卷烟,一面问起牲口情形。马老四自然又是一番夸耀。最后萧长春才谈到正题上。

他说："今天晚上开贫下中农代表会，讨论补助缺粮户的事儿。从打土改，大家单干了几年，底子不一样；去年年景不好，社员们分的粮食多少也不齐，有的户够用，有的户就不足。针对这样的情形，乡政府要拨给我们一些救济粮，给大伙补贴补贴。说话就收麦子了，得抓紧把这个事情安排一下。晚上您参加会去吧。"

马老四说："开完会，你回来过这儿跟我说一声就是了，怎么办怎么好，我也没什么高招儿；黑天一收工，牲口都回来了，更离不开人。"

萧长春说："您是贫农社员代表，应当参加会，跟大伙一块儿参谋参谋。晚上让我爸爸过来替您看一会儿。"

闻到烟味儿，老人又咳嗽起来。

萧长春赶紧把烟掐灭，又说："我估摸着，这个月的十五六号就可以打下头场，打下来就先给社员分点吃。到那个日子，您还差多少粮食呀？"

马老四连忙摆手，说："我可不缺粮食，不缺。"

萧长春笑着说："瞒别人行，您还瞒得过我呀？"

马老四说："说不缺就是不缺，这事儿你们可别打我的牌。刚才韩百仲来了，一说这个，就让我给骂走了。他光在背后说我的坏话，我啥时候缺粮了，真是！"

马老四的家底萧长春是清楚的。不论分粮分钱，都是萧长春给他送来。按说，他一个人分的粮食应该够吃够用；只是生了小牲口，或是哪头牲口有了病，他就把粥啦、饽饽啦喂它们，不比一个人少吃，再加上马连福跟媳妇怄了气，常常到这儿抓一顿吃，三天两天吃一顿，也顶半个人。一个人的粮食，再富余，也架不住这样三处分用，自然也就短了。

萧长春说："四爷，缺了就说缺了，不用硬挺着。我们实事求是嘛。"

马老四郑重地说:"我的长春,从咱们爷们嘴里喊缺粮?没那个日子!去年年景不好,分的粮食没有别的村多,这怪不上别人,全怪咱们自己没有好好干。不认这个账不行。四爷说的对不对?长春,你可千万别让这件事儿愁住。咱们东山坞的人家我全摸底儿,有缺吃的,可是没有揭不开锅的。别听闹哄,全是让沟北弯弯绕那些人传染的,怕不闹闹,人家说他有余粮。咱们也闹这个?慢说我还有吃的,就是真不够对付了,饿的起不来炕,四爷扶着墙,也要把牲口给大伙儿喂饱了,饮足喽。咱们过的谁的日子,自己的日子呀!"

萧长春说:"您这话都对。我知道您总是体谅我们,您这些话就是给我鼓劲儿了;反过来,您真没吃了,还要硬挺着,我心里好受吗?我们现在能有办法解决嘛,说什么也不能让您困难着。缺粮就是缺粮。"

马老四一跺脚说:"让那些王八羔子们喊缺粮去吧!关上门吃,开开门喊,一家子人撑得红光满面,把孩子打得满街叫,说是饿的,我看他们是消化食哪!安的什么心呀!"

萧长春说:"他们喊他们的,咱们不跟他们唱对台戏。可是真缺粮,也不能说假话。这是两回事。您黑夜白天守着牲口,不吃得饱饱的不行啊!"

马老四看着支部书记的脸,心里想着主意。他眨巴眨巴眼,忽然神气地笑了笑,大手一张,五个粗手指头分开,翻了三番,说:"长春,告诉你实话吧,我的粮食,还够吃半个月。"

萧长春似信不信地叮问:"真的吗?"

马老四认真地回答:"当然真的。我过日子有算计,你不知道?我早就留着心眼哪!"

萧长春见马老四态度诚恳,心想,这位老人一向会节省,也许还够吃用，就放心了。说道："真能对付也好嘛，看会上大伙怎么评定吧。"

马老四说："不管怎么评定，反正我决不要补助。"

萧长春又问："您真的算好了吗？"

马老四说："算好了，一分一厘都不差。"

萧长春又叮问："您到底还有多少斤呀？"

马老四眨了眨老近视眼说："多少斤嘛，多少斤嘛……嗨，这我倒没用秤称，反正不少哪。一个人，有点粮食就能吃一些日子。"

萧长春还要刨根儿，外边传来一声驴叫。

马老四神情一转，扯住萧长春的胳膊说："长春，走，你看看我们的小牛犊吧。"

他们一出来，小牛犊立刻就蹿过来了，连那个胆怯的小骡驹也跳到马老四的跟前。两个小家伙把老人给夹在中间，简直连步都没法儿迈了。

马老四一手抓着小骡驹的鬃毛，一手扳着小牛犊的脖子，领着萧长春走到牲口槽前边，那骡马驴牛全都朝他伸过头来，发出各种叫声。马老四拍拍这个脑门，抓抓那个耳朵，笑嘻嘻地说："长春，你看了吧，这些家伙可讨厌透了。你瞧，你瞧，那乌嘴儿，样子挺老实吧，可会使坏啦！离了我的眼，它就不让别的牲口挨挨槽边，不管槽里边有多少草料，全都想呼啦自己嘴里去；它咬别的牲口，不是直着来，等你一挨槽边，叼住一口草，它就冷不防地朝脖子上来一口。你瞧，你瞧，那个秃尾，叫得多凶呀！再看你叫，再看你叫！呸！呸！"马老四说着，朝一个伸过嘴、咳咳叫的灰叫驴啐了一口，瞪了一眼，"你看它叫的凶，当是它没把草吃饱，再给它多拌上点料，嘿嘿，你算上当了；它不正经吃，光用嘴往外掀，掀的满地全是，掀完了，再叫唤！嘿嘿，这家伙，吃得多饱也是乱叫唤，叫的你心发烦，赌气地骂它几句，啐它两口，瞧，它就老实了……"

萧长春听着,笑着,心里怪纳闷儿。往日他来到饲养场,老人家总要把他拉到槽边,指点这个,指点那个,夸了这个,又夸那个,把它们夸的神气活现,一个个都像是会扭会唱的娃娃。可是今天,老人家却在挑它们的毛病,说它们的坏话,好像他真的很讨厌这些东西。

马老四把小牛犊和小骡驹哄到棚里,又拍了拍手,看了看太阳。

萧长春说:"四爷,外边怪热的,您回屋吃饭吧。"

马老四连忙说:"对,你也是忙人,你就去忙吧。"

萧长春见老人不愿多留他,当是老人累了要歇歇,只好告辞:"四爷,晚上就让我爸爸来替您一会儿,您去开会。这个会上除了评定救济粮,还要商量麦收和麦收分配的事儿。几个干部手大遮不过天来,您得多给我们出点主意。"

马老四笑着说:"主意没多少,旁边听听有没有漏下的地方,倒是行。"他见萧长春要出门了,又喊一声,"长春,我可是跟你说了,我不缺粮食,一点儿都不缺,不论救济多少,你千万千万别算我的数,别打我的牌,啊!"

萧长春从饲养场出来,太阳已经偏西了,想回家拿锄,去锄会儿地。刚上坎子,迎面碰上了卖豆片的韩百旺,也把开会的事情告诉他了。

韩百旺问:"在哪儿开呀?"

萧长春说:"在大殿里。那边没盛什么东西吧?"

韩百旺说:"我一会儿让德大打扫打扫。"

萧长春忽然想起,刚才只告诉马老四开会的时间,忘了告诉他地点了,天黑了,又得让他走冤枉路,不如马上再告诉他一声。就转身折回到饲养场。

牲口们吃饱了草料,骡马站在棚里闭眼养神,牛站着倒嚼,驴卧在槽下歇着，有的在弯着脖子啃痒痒。小牛犊和小骒驹也躺在树阴凉的浮土上，闭着小眼打盹儿。饲养场里，此时显得格外安静。

小土屋的门掩上了。萧长春一直走过去，伸手拉开门，只见马老四坐在锅台跟前的一只小矮凳上，两只手捧着一只大海碗，也不用筷子，嘴埋在碗里，大口大口地吃。

马老四一见萧长春突然转来，不由得一愣，连忙把饭碗盖在衣襟下边，坐着不动身，神色很有几分惊慌地问："你怎么又回来了？"

萧长春没有回答，奇怪地望着老人的脸。

马老四手脚没处放，又不知该说什么好。

萧长春说："刚才我忘了告诉您开会的地点，在大庙里。"嘴上这么说，心里犯猜疑：老人家有什么事情要瞒着人呢，他从来就没有这样对待过知心的干部呀！

马老四的两只昏花的眼睛也一直怯生生地盯着萧长春的脸上不动。他低声说："知道了，一黑天我就到，你忙你的去吧。"他那声音，像一个犯了错误的孩子，害怕大人打骂似的，低微中带着颤抖。

眼睛对着眼睛，在一种无形的紧张气氛里对视了许久。

萧长春越看越怪，越琢磨越怪。他终于想出了其中的奥妙，就一步走过来，伸手撩开老人的衣襟。

衣襟底下，是一碗蒸熟了的野菜。

萧长春的心猛劲地一缩："四爷，您……"

马老四看着事情已经暴露，又悔又急，急中生智，他立刻装出一副满不在乎的样子，把碗端起来，大大地吞了一口，一边香甜地嚼着，一边笑嘻嘻地说："长春，你别管我，我是吃个新鲜。"

萧长春激动地一把夺过野菜碗，举在眼前。那碗里是黑糊糊的、带着刺儿的曲曲菜，菜叶里边拌着些粮食粒儿，发出一股子苦涩的气味。

在东山坞，在合作化以后的四五年里，没有一个家、没有一个人吃过这种东西呀！不要说吃，解放后出生的小孩子都没有见过这东西。

他又望望老人那张瘦黄的脸，那脸上的皱纹，像刀子刻的字儿，清清楚楚，记着他劳苦的一生。年轻人的心里，一阵刀剜，一阵发热，两只眼睛立刻被一层雾似的东西蒙住了。他端着碗，无力地坐在老人对面的门槛子上。他说不出话来，胸膛的热血翻滚着，打着浪头。他感到痛苦、惭愧，又似乎有些委屈的情感。他在质问自己：萧长春哪，你是一个共产党员，一个党支部书记，你是一个农业社的领导者，你的工作做到哪里去了？你在让一个模范社员，一个年近七旬的、病魔缠身的老人吃糠咽菜呀……

马老四用他那善良的心体会到年轻人的痛苦，他羞惭，又难过。慌乱之中，他不知用什么办法，用什么话儿来宽慰这个党支部书记。他把两只枯柴般的大手，放在萧长春弯曲着的膝盖上，轻轻地抚摸着；两只眼睛带着忏悔般的表情，望着那张年轻的脸和浓眉下两只深沉温厚的眼睛。他的嘴唇张了许久，才声音微弱地说："长春，四爷让你伤心了吗？"

萧长春把两只年轻的、粗大的手盖在老人的手上，慢慢地摇摇头，十分费力地说："不，四爷。我觉着对不起您，实在对不起您。我没有把生产领导好。我……"

马老四截断萧长春的话，说："不能怪你。去年生产没搞好，不是你的错处，也不是咱们农业社的错处；因为闹了灾，因为马之悦不走正道，丢下生产跑买卖，是他把我们毁了！"

萧长春说："全县都闹灾了，可是人家都没有像我们这样，都保住了产量啊。要是我们头脑清醒，要是及早地制止马之悦胡来，及早地把这副担子挑起来，他一个人怎么会毁了我们呢？怎么会给大家，给您带来这大的苦处呢？怪我，怪我……"

马老四说："可是我们已经过来了。"

萧长春叹口气："四爷，您过的太苦了，我不能忍心……"

马老四说："长春哪，苦是苦，还能苦几天呢？长春，你不要再这样说了，再这样说，就是瞧不起四爷了。去年秋天，你站在小桥上截着大伙，不让逃荒，我站在河边上看着你。我还记着你当时对大伙儿说的一句话，你说：'我们有党，有农业社，有八百多双手，什么困难也挡不住我们。我们一定得把东山坞变个样，'你说：'我们要做硬骨头。咬着牙干它一年二年，八年十年，一定要夺个好日子。'四爷听了你这句话，眼睛亮了，心也亮了；这都是我要说的话，你替我说出来了。我信服你这句话，我把它牢牢地记在心坎上。这会儿，我就是照着你这句话办，作硬骨头哇！你说，我们这号人不听你的话，又让谁听你的话呢？"

萧长春望着老人家那张慈祥的脸，感动地点着头。

马老四继续说："长春，你答应我一句话，一定答应，不答应，我要记恨你一辈子——在别人面前，你不要提这件事，你不能把我报成是缺粮户，我不能吃政府的救济；我们是农业社，专门生产粮食的，不支援国家，反倒伸手跟国家要粮食，我愧的慌。你对别人就说，马老四不缺吃的，不管吃什么，都是香香的，甜甜的，浑身是劲地给咱们社会主义效力哪！"

…………

一老一少，在骒马的嚼草声中，在从外边射进来的太阳光辉里，谈了许久许久。

第四十一章

马之悦太悲观了。

他倒背着双手，低着头，迈着迟钝的脚步，往家里走，一步一唉，一步一叹。

火辣辣的太阳悬在空中，晒着他那发亮的、半秃的头顶。一贯红润的面孔，失去了光彩，显得焦黄又黑暗，像是大病临了身，那油碎的小麻子，也格外的显眼了，总是上耸着的肩头，也蔫溜溜地塌下来了：昔日的威风一扫光。

王国忠在河边上跟他谈过话，让他从老根子上想想跟党组织的关系；末了，又给他一个任务，要他帮助会计赶快把各种数字统计出来，晚上贫农、下中农会上用。整个晌午，他就跟马立本坐在办公桌旁边抠开了数字儿。这会儿工作完了，他要回到家里歇一歇，静一静啦！

他慢腾腾地走着，每一步，都是一个难解的疙瘩，结在他那愁苦、悲哀的心上。自己的运气怎么这么不好哇，怎么一件顺当的事儿也遇不上呀？就拿这两天的事情来说吧，他觉得，他考虑得要算顶周到，安排得挺合适，计谋用得也最高明，可以说是严丝合缝，一滴水也漏不下去。实际上呢，一个跟着一个破，一个跟着一个垮，全都屁事没顶。羊毛搓的绳子，又抽在羊身上，巧一巧，还要掉在自己挖的坑子里。自己怎么一下子变成了傻瓜，一点风向都看不出来，连一句整齐的话也说不出，甚至连河边上的麦子熟得早，还是山坡上的麦子熟得早这样一个连三岁娃娃都知道的事儿，自己也把它搞错了。唉，简直连韩百安都不如了。那个足智多谋的马之悦哪儿去了，那个能说善讲的马之悦哪儿去了？你有什么赃证把在人家手里，为什么在人家面前总是像小偷一样地提心吊胆呢？

他越过沟，又爬上北坎。回味着刚才所发生的一切，一切都是意料之外的。

王国忠不提土地分红的事，不追究马连福的责任，反而瞪着眼睛盯着马之悦，这是意外的。王国忠对马连福谩骂萧长春的事不

感兴趣,萧长春比过去更沉静了,连焦淑红都不像昨天那样火气大
了。他们的每一句话,都像冲着马之悦来的,这也是意外。对富裕
中农闹粮的事情,王国忠既没有提出用大原则、大政策压服,也没
有接受他的建议挨户翻,反而一再强调要团结中农;萧长春甚至承
认有缺粮户,主张用和平方式解决这一切针锋相对的矛盾,也是意
外的意外。还有一点,在马之悦来说,更是意外,刚才在地里,王国
忠说,要马之悦把去年的错误、现在的表现从历史上作一次深刻的
反省,找找阶级立场的根子,彻底解决问题。语气是很严重的。这
是什么意思呢? 自己过去的那件事情他们全知道了? 或者有了一
些觉察,发生怀疑了? 不会! 要是知道了,他们马上就得把自己抓
起来,还能这样假正经地谈心呀! 准是起了疑心。唉,不管怎么
说,上边的人对马之悦失去起码的信任了;如今还把马之悦当成他
们的人拉着手,是还没有抓住把柄,也估计到马之悦在东山坞的根
子硬,在群众中还有威望,有地位;是想着慢慢地从根子上给他撤
劲儿,先把群众拉过去,把他的威信打垮了;就像放大树那样先围
着树根挖坑,挖深了,挖透了再下锯。东山坞的社员,马之悦全都
摸底儿,他们全是自私自利的家伙,全是吃谁向谁的主儿。去年闹
灾,萧长春给他们弄了几顿饱饭,种上屁点麦子,他们就跟马之悦
这个老功臣疏远了,就往萧长春那边靠近了,等到麦子一分下来,
社员们真正得到了高级社的好处,咬上白面馒头的时候,他们就该
算功劳账,就该把一切好处都记在萧长春的身上,就该有更多的人
对马之悦失去兴趣;那个大鸣大放来了,反对萧长春的人一定少
了,准撅不倒他了。往后,什么封山呀,植树呀,引河水呀,种稻子
呀,一切一切按着萧长春的心思一实现,得,这小子就算彻底红起
来了,马之悦就算彻底完蛋了! 那时候,别人想怎么搞就怎么
搞啦……

　　他站在坎子上,转着身子,把整个东山坞环视一遍。他对东山

坞这个村庄有着一种非常特殊的感情。这种感情,从二十多年前就开始了。那会儿,他一心要发家创业,要在东山坞称雄,要夺下马小辫的天下。他每天在计算自己收入的同时,也计算哪一家哪一块地在哪一年能买到手里,哪一家哪一所房基在哪一年能写在自己的名下,哪一家哪一个人能给自己当长工……后来,他改变了主意,打算从另一条路子上达到称雄东山坞的目的。这条路不是平坦的,先有工会主任韩百倬管着,马之悦不能随心如愿;后来又有支部书记焦田管着,马之悦仍不能放开胆子干。后来,一个死了,一个走了,熬着掌上了大权,他想按着自己的心思来统管东山坞了,可惜还是不能随心,反而越来越紧,把他挤得都没有站脚的地方了。现在,不光有人对马之悦嘲笑、顶嘴,甚至于有人指着鼻子骂马之悦了。没有良心的东西呀!不是我马之悦,你们能有今天吗,是谁用脑袋保住了你们的房子?是谁为你们应付了种种事变?四通八达的道路是我马之悦指挥修的,新式的学校是我马之悦操持盖的,东山坞出了名,一切荣誉是我马之悦给你们夺来的呀!无功无禄,这会儿,你们要把我马之悦一脚踢开!

马之悦想到这一切,他的两眼有些潮湿了。他现在才感到为人处世的真正难处。想安生,就得像韩百安那样,一生一世窝窝囊囊,受人摆布;有他不多,没他不少,潦潦草草地过一辈子;你要想出头露面,有所追求,就得经历千辛万险,就得遭受各种各样的折磨,就得花尽心血,绞尽脑汁,可是又忽东忽西,自己也看不到前途是个什么样子。唉,算了吧,都五十岁的人了,儿子中学一毕业,也是自己的帮手,也能养活自己了;放着安定的日子不过,何必奔波这个呢!人世间不过是这样乱七八糟。不过是你讹我诈,你争我夺,讹诈一遭儿,争夺一遭儿,全是空的。胜利者是空的,失败者也是空的,毫无价值。把眼睛洗得亮亮的看着姓萧的。今日河东,明日河西,能人里边有能人,草怕严霜霜怕日,恶人自有恶人磨。共产党就信任你一辈子,就不会再出来个人拆你的台? 日头没有落下去的时候了,局势就永远不变了? 骑驴看唱本,走着瞧吧!

马之悦想到这里,心里轻松了,脚步加快了。他走进自己家的大门,在那宽大的院子里兜了个圈子。他停在一堆已经长了荒草的石头旁。这堆石头是他的心血,是他的骄傲。二十年前,他赶起大车要创业。每一次把货物送到了城镇,空车回来,他便一路走,顺路拣着沙河里的石头,拣一块,往车上扔一块;车不停,马不住,等走到家的时候,正好拣了一满车。先是拣大块,后是拣中块,到后来,拣小块了;不到二年,五里沙河快让他给拣光了。每当他把大车赶到坎上,屋里的人听到车轱辘响,听到他的鞭子声,听到他那有气魄的咳嗽声,瞎妈和多病的媳妇就迎出来了。媳妇跑去开了大门,瞎妈站在屋门口,问他生意顺手不顺手,问他挣了多少钱。接着,一家人一面卸车,一面谈论几时可以把石头拉够,几时把钱攒足,什么季节把他爸爸拆去的厢房盖起,把他爸爸卖出的土地买回来。那时候,马之悦过日子的心多旺呵! 在东山坞哪个人不夸他是个抓钱、奔日子的能手! 多少中农户看着他眼馋,就连地主马小辫都担心马之悦将来暴发起来,跟他在东山坞抗衡。可是后来呢,马之悦这种旺盛的过日子的心思一下子被抛掉了,他把自己的全部精力都投到另一种奔波上。奔呀,奔呀,到头来奔出一个什么结果呢? 当然啰,马之悦觉着没有白混,他得到了东山坞的人谁也没有得到过的东西。话说回来,这些空空洞洞的东西又顶什么用呢! 说没,就这样不留情地都没了。全是空的,空的! 要是马之悦把家业创起来,把房子盖起来,自己想怎么着就怎么着,想住就住,想拆就拆,不高兴了,一把火点着它,谁管得了,因为它姓马。对了,从今开始,马之悦是光棍回头,要好好地奔日子了,不能像自己的爸爸那样,给自己的儿子撂下一身重债,一生永不能磨灭的怨恨。他要为自己的儿子想想了。过麦秋先把房子盖起来,把院子开成菜园子,把老井再修修。明年儿子就中学毕业了,让他回家过日子,给他娶个媳妇,一家人就团聚了。自己呢,副主任的牌子愿意挂就挂着,不愿挂就摘了它。从此不问政界的事,安安分分过晚年,愿意家呆就呆着,呆烦了,北京城里有的是朋友,散散心,再回来。得了,马之悦要忍了!

马之悦越盘算越痛快,越想越平静。他仿佛又回到二十年前的时候,又对自己的日子雄心勃勃了。那些烦恼、忧虑,已经不在话下了。他迈着轻快的脚步,正要往屋里走,忽听背后有人走路的声音,转身一看,弯弯绕探头探脑地在他的门楼外边转。

马之悦忽然想起昨天晚上往外运粮食的事情。弯弯绕独断专行,竟然想瞒着马之悦偷偷地卖掉他自己的粮食。他的什么底子马之悦不知道呢,何必使这种手腕?谁要跟马之悦绕弯子,那才是活上当哪!马之悦甚至于敏感地想到,弯弯绕是不是认为他这个靠山不牢靠了,有意这样做呢?他想到这里,瞟了弯弯绕一眼,冷淡地招呼他说:"又绕什么,有事进来说吧!"

弯弯绕两只小眼睛警戒地盯着院子里边,问:"马主任,狗哪?"

马之悦说:"不咬你。"

弯弯绕放下心,一面往里走,一面笑笑说:"我还瞎怕它哪,原来狗仗人势,它……"

马之悦像是没有听清似的吆喝一声:"弯弯绕,你满嘴喷的什么粪?"

弯弯绕笑嘻嘻地说:"没说什么,我说这狗也老实了。"

马之悦不是傻子,他已经听出了弯弯绕的弦外之音;他蒙受到这一天里最厉害的侮辱,心里边一股子抑制不住的怒火冲了上来。他两眼凶狠狠地盯着弯弯绕那张带着嘲笑、狡猾的黄脸,暗骂:"好你个势利眼,你就是那个仗人势的狗!过去马之悦揽权得势的时候,你弯弯绕对马之悦说尽了好话,溜须拍马,恨不得给马之悦嗍嘁;如今马之悦还没有败兴,还没有倒台,你就把酸文假醋一齐拿出来了,就想骑在马之悦的脖子上拉屎了! 好个白眼狼啊!"

弯弯绕也看出马之悦的神态变化了,故作不知。他一脚跨进门槛子里边,做出说一句话就要走的姿势,问:"我说主任,王书记来了,你们领导怎么又改调子了,开贫下中农会是什么意思呀?"

马之悦冷冷地回答说:"讨论麦收工作嘛!"

弯弯绕又问:"那个群众会什么时候开呀?"

其实,弯弯绕问的这两码事,他心里早有底儿了,这么问问,不过是想给马之悦加把火,激激他的劲头。

马之悦又回答说:"我也说不定什么时候开。"

弯弯绕两手一摊:"你这个副主任,连啥时候开会也说不一定,我看你什么也不用管了!"

这句话很有劲,像一颗子弹穿进马之悦的胸膛,使他感到一种难忍的疼痛。他眨巴着布满红丝的眼睛,瞧着这个小个子、蔫蔫呼呼的庄稼人,心里边翻上翻下。把这句话硬吃下去吧,马之悦受不了;跟弯弯绕干起来吧,他们在一条绳上拴着,得罪了他,事非小可:不光是他马之悦干的许多事情,弯弯绕都摸底,自己这个台架子也靠这种人支着,最主要的,伤了和气,就等于把他们往萧长春的怀抱里推了。萧长春他们正在那儿搞"团结中农"呀! 于是,马之悦这么一想,记起"忍为贵、和为高"的古老格言,立刻变成了一副宽宏大度、和颜悦色的样子说:"什么时候开,还没有最后定,反正是要开的……"

弯弯绕并不让步:"我问问你,让我们闹腾了半天,这麦子到底怎么个分法呀?"

马之悦声音很微弱地说:"萧长春那边劲头挺大,势力也强,恐怕,不过……"

弯弯绕跺着脚:"嗨,你们光哄弄秃老婆上轿呀! 我看透了,跟你们轰轰,连屁毛好处也摸不到!"说完,一转身,气冲冲地走了。

这个富裕中农,不光敢跟堂堂的马之悦说酸话,也敢站在马之悦面前发脾气了,等明天连韩百安也敢来欺负马之悦了!不行!马之悦什么也不顾了。他满脸充血,追到门口,可是,他的一条腿还没有迈出去,被后边的人一把拉住了衣裳襟儿。

拉住他的是马凤兰。这女人皱着两道秃眉毛,小声问:"你要干什么呀?"

马之悦怒气冲天地说:"我要揍他个狗日的!"

马凤兰笑了:"你呀,你怎么越活越回来啦?我看你该跟人家萧长春学学肚量了。"

马之悦愤愤地说:"不行,我得教训教训他!"

马凤兰说:"算了吧,不值得呀!"

"我长这么大没有受过这个,我受不了!"

"噢,马同利比萧长春还让你受不了吗?"

"你这是什么意思?"

马凤兰小声说:"刚才我大伯还让我劝劝你,不管怎么样,要留得青山在。你这么干,不是糊涂啦!"

马之悦说:"他看我要倒台,也来欺负人了!"

马凤兰说:"这回你可看错了。不管怎么说,这些人是信服你的,靠着你的,要不然,马同利怎么不找萧长春打听消息,偏偏跑来找你呢?就算他真小瞧你了,你也该让让他,你离了他们,天下更坐不牢了。也得从你自己这边小心才是。看到没有,我大伯说的不错吧,不把权势揽在手里,让人家踩在脚底下,就会墙倒众人推,鼓破乱人捶呀!"

一句话,像拨灯棍似的把马之悦的心拨亮了。对,马之悦不能退却,不能倒下!自己还没有倒下,就有人这么对付自己了。真倒下了,那还得了!不能,自动给人家让了位子,让萧长春这班人得了势，马之悦由着人家摆布，那日子还有什么过头，活着还有什么味儿？气也气死了啊！没有权势，什么都没了，眼看人家随心所欲地摆布东山坞，这份气更难生呀！对弯弯绕这些人千万不能得罪，马之悦在东山坞能够站住脚，全靠他们保驾呀！周围这种人越多，自己的脚跟越牢，萧长春也就难以把马之悦打倒。对啦，要冷静，要清醒，要斗争，就要团结人。对弯弯绕、马大炮这些人不能放手，对马连福也不能放手。大鸣大放的日子就要来了，那会儿天下说不准成什么样呢，也许是马之悦时来运转的机会！……

　　他没有进屋，又朝外走。他的心情畅快了。甚至埋怨自己未免有些做贼心虚，自作惊慌。提按地分红的是马连福，骂了萧长春的也是马连福；萧长春告的应当是马连福，王国忠整的也应当是马连福。马之悦为什么偏往自己身上拉呢？看王国忠、萧长春的情绪，听他们的口气，他们并没有把马之悦完全看透，仅仅是怀疑，所以没根据想立刻把马之悦撂倒。马之悦要是先自动倒了，那可危险啦。得顶住！这会儿看，好形势是朝着萧长春那边转了，其实不要紧。只要不按土地分红，只要不给沟北边的人解决粮食问题，不论翻不翻粮食，不论整不整马连福，闹土地分红的户都得恨萧长春：是萧长春不愿意土地分红，使沟北的人少分了麦子；是萧长春搬来了上级，压服他们不准喊没吃的。好人还是马之悦。抓空子，看机会，做点收场式的工作，马之悦又可以进一步扩大影响啦！

　　他越想越美，越想越痛快，脸上放光了，脚步加快了，肩头又耸起来了。东山坞的街道，又像往时一样，在马之悦的脚下颤动着。

第四十二章

　　中农马子怀迈进这个贫农、下中农的会场，就感到一种气势。

这是他在旁的会场上看不到的气势。这里的人没有稀稀拉拉,随来随走,没有垂头丧气,没有靠在黑灯影里打盹儿,更没有横眉溜眼。到会的人特别齐全,男的女的,老的少的,都是喜气洋洋,这个和那个,那个和这个,都是亲亲热热,像是一家人坐在一起过团圆年。

会场设在大庙的北大殿里,两个保险灯分别吊在两架大柁上,特别明亮。除了靠西边那个八仙桌子旁边的几个干部坐在凳子上,其余的人全都打地摊;有的坐着木头,有的坐着砖块儿,年轻人不爱坐,靠墙站着。会还没开始,人们凑成一堆一堆的开怀地说笑。桌子那边是王国忠、萧长春、马之悦,他们正在商量表格上的数目字儿。这边是韩百仲、马老四这些人一堆,那边是焦振茂、老保管一堆,靠窗台是焦二菊、志泉媳妇一群,靠北墙是焦淑红、马翠清、焦克礼这帮子年轻人。每堆都有每堆有意思的话题,有抬杠,有呼喊,有放声大笑。真热闹啊!

不论你是什么样的心情,走进这种场合,都不由得被感染,被它激起热情来。

马子怀迈进门口,不知往哪一堆凑好。

萧长春偶尔一抬头看到了,招呼他:"到里边来,里边有地方。"

马子怀弯着腰,扒着人缝找插脚的地方。

马老四朝一边挤挤,让出一段木头,说:"别往里挤了,这儿坐吧。"

马子怀坐下来,觉着被一股热腾腾的气息包围住了。

这堆人继续着谈笑。

"提起乍开始办社那事儿,我看,将来得编一本子大书。"

"真是,《西游记》上唐僧取经也没咱们过的关、坎多。"

韩百仲捅了捅身边的马老四,说:"老糟,甭说别的,光你那饲养场就能编它一本子。"

马老四点点头："谁说不是呢。"在人多的场面，他从来不爱说话儿，也不爱表功劳。

人们的话题，很自然地转到饲养场。

"两头老牛，三头瘦驴要搞农业社，跟后辈人讲，他们保险不信！"

"四爷抢着当饲养员，不是抢肉包子，够他苦的。有一回我去割草，四爷放驴，我们一道回来。马斋那家伙在坎子上干活儿，老远追过来，你猜他说什么？'老四，快，快，挽着点吧，要不躺下了。'"

大伙笑起来了。

"这还新鲜呀？有一回弯弯绕端着盆子往饲养场那边走，我问他干什么去，他说：'往饲养场放个盆子，啥时候有了驴肉，让老四给我留点儿，开开荤！'把我气坏了。"

人们又是一阵大笑。

"真坏呀！"

"那会儿农业社哗啦一下子全垮了，他们才痛快！"

"等咱们后来一闯过难关，这些家伙可傻眼了。"

"马大炮还要跟农业社比赛哪，我们使多少粪，他也使多少，全都打扫上了不够，连炕也拆了，睡黑炕洞。结果连个零头也没比上，后来就不敢比啦！"

"唉，闯到这节上不容易呀，恨我们的人不说，好心人也替咱们着急。"

"那是。子怀，我说话你别过心，那会儿你就没少说：办不了就别办啦，免得让人家笑话。对不对？"

马子怀不好意思地笑笑说："没见过，哪能想到有这一节儿。"

韩百仲说："往后的节儿还多着哪，人得往远看。"

马老四插了一句："要不长春说，要作硬骨头，一硬，什么关、坎都闯过来了。这不是,都到这节儿上了,还有人想往回拉我们哪,我看那是做梦!这一开会、一聚齐,你就看出来了:坚决往前闯的人最多呀,工地上的人一回来,那就更多了。"

…………

马子怀坐在人群里,听着人们议论和谈笑,瞧瞧这个,看看那个,明亮的灯光,照着每一张脸,每一张脸都闪现出坚定的、信心百倍的神情。这里人们的每一句话,都跟响午萧长春对他谈的话碰在一起,汇在一块儿。他看到人多势众,看到一股子不可能抗拒的力量。

他又直起胸脯,转着脸,看着每一个人。他在东山坞生活了四十年。这个大殿里边的好多人是他眼看着从小伙子变成老头子的,好多人是他眼看着从小孩子变成大人的,好多人跟他一块儿光着屁股藏猫猫长大的,好多人跟他一块儿"跑反",一块儿送公粮,一块儿在集市上买进卖出,一块儿为日子愁苦和操劳。他跟这些人应该是熟悉的,今晚上倒好像第一次认识他们。

那个马老四当年多壮啊!地主们都抢着雇他当长工。可是那一年他从马小辫家给抬出来的时候,皮包骨头,一步一口鲜血往外吐。办农业社那年,嘿,他返老还童了。别人还在嘀咕这件新鲜事儿,连"农业社"这三个字儿说着都绕口的时候,他就大声呼喊农业社好。不光土地、农具、小行李卷往饲养场一抱,人也交出来了。牲口是庄稼日子的半个天下,不是他苦心经营,那个小穷社办不下来。要是没有韩百仲那个小穷社,马翠清这姐俩早成小叫花子了,巧一巧,一个是童养媳妇,一个得死了。这闺女连票子还不会认的时候,就先知道农业社好了。她是多积极呀!这帮年轻人真是一点儿邪心私念都没有,只有这个农业社。那个焦淑红,连学都不上,一定得回来搞农业社。那会都说她干不长,过不了几天就得跑到北京、唐山去。哪是几天,几年了,扎了根子!这会儿是萧长春的一只手呀！那个萧长春去年出来领着大伙救灾的时候，信服他的人有多少？他不怕。本事有多大？他也不怕。那个困难多厉害！他也不怕。他就是铁了心不让农业社垮。一冬天，他都没回到家里那个热炕头睡过觉。复员补助金自己舍不得用，给别人花，存着点粮食自己省着，给别人吃。人家都说他傻。嘿，他跟韩百仲这一大群"傻子"，就是"傻干"，那股硬劲儿，要不是亲眼看见，别人怎么说也不能相信。几个月，把农业社稳住了，反而比闹灾以前更棒啦。眼下又遇到困难了，他们还是不怕，一点也不怕！

马子怀忽然感到，自己的心气跟这些人差得老远，想的不是一回事，虽说自己没有反对过农业社，可是也没有像这里的人那样拥护过农业社；自己什么都怕，没有个"铁"了的心！那么，自己算是哪一边的人呢？是靠在哪一边了呢？在这个富裕中农来说，这个忽然而来的问题，还是朦朦胧胧的，还没想得那么透，可是他似乎是朝这个问题上边想了……

最后一个到会场的喜老头被萧长春扶着坐在八仙桌旁边的凳子上之后，会议就开始了。

首先是王国忠给大家讲国际和国内的形势，把这种形势跟当前农村的阶级斗争情况联在一起。还讲到他对这种形势发展的两种可能性的估计，一是向更好的方面转化，一是可能出现暂时不利的局面。他要大家擦亮眼睛，看清方向，稳住心思，不要被一时风吹草动迷糊住。他特别详细地分析了这场斗争的性质，是社会主义和资本主义两条道路你死我活的斗争；还讲到贫农、下中农在这个斗争里边，在巩固农业社的工作里边应当起的作用，提出东山坞要团结争取中农，对富裕中农的资本主义倾向必须给予教育、批评的问题。这些问题他讲得很生动，很有味儿，就像平时说家常那样。

接着，萧长春跟大伙讲东山坞当前的工作安排。讲到土地分红、闹粮这些事情的根子在什么地方,要用什么办法对待。他让大家都要有信心,团结成一股劲儿,一定能够把歪风顶住。他谈到对真缺粮户的救济。最后,他跟大家介绍了挖河的工程,顺便讲到东山坞的远景规划。他说得有血有肉,东山坞的山啦、河啦,都在他的话里边活啦!

这是一个团结会,是一个统一心思的会,是一个开脑筋的会,也是一个誓师会。所有参加会的人,全都心明眼亮,信心十足了。

两个人讲完以后,要分组讨论。

韩百仲说:"大伙儿都要热烈发言,给咱们社的工作提意见,给干部提意见,放开胆子批评。还有一条,都得出主意。这是在咱们家门口里边,说错了不要紧。"

于是,大殿里留下一组,豆片坊一组,技术组的房间一组,院子里一组。

马子怀被分配到韩百仲掌握的那一组,这是萧长春有意的安排,因为那组里有焦振茂,焦振茂还要谈谈自己的心思哪。

马子怀怀着激动的心情,刚坐下,女人跑进来找他。

他迎出来,小声问:"什么事儿呀?"

女人满脸喜悦地说:"来客了。"

马子怀一愣:"这么晚谁来了?"

女人说:"闺女、女婿。"

马子怀又一喜:"来了?"又犹豫了一下,"刚讨论,我走了不大好吧!"

女人说:"人家初次来,不回去看看还行啊?"

马子怀说:"我跟百仲说一声试试。"

他刚往屋走,碰上了萧长春,就说了家里来客的事。

萧长春高兴地说:"快回去招待吧,散了会,我还要去看看他们哪!"

马子怀两口子高高兴兴地往家里走。

女人小声问:"会开得好不好哇?"

马子怀说:"好。"

"怎么好?"

"开脑筋啦!"

"真的?"

"等有空,我再给你详细摆,咱们得重新想想了。"

"重新想想?"

"嗯。"

"怎么想呀?"

"往后光会老老实实干活不行,眼睛得明亮,心得硬一点儿。"

"我听不懂。"

坐在门口乘凉闲谈的人,跟他们打招呼,把他们的话打断了:

"子怀,新女婿拜你这老丈人来了?"

"来啦。"

"怎么黑天来呀?"

"人家是干部,工作忙啊!"

"不赖,工作忙,抽晚上空还来看你。得喝喝了?"

"喝喝,酒菜都现成。"

马子怀应酬着,走过人群。

女人又小声问:"你刚才说的那话,到底是怎么回事儿呀?"

马子怀也低声回答:"我这一回是看清楚了,站在农业社这边人多,也强,咱们得往这边靠了。不靠,准保吃苦头。"

女人说:"对啦。女婿一到就提这事儿……"

马子怀一愣:"他说什么了?"

女人说:"咱们村的事,他都听说了。"

马子怀脚步放慢了。

女婿对丈人、丈母娘来说,是亲人里边最亲的人;可是在一个新女婿的面前,老丈人的家风、尊严和名誉也是非常重要的。特别是这个富裕中农的丈人,对一个共产党员、生产队长的女婿,决不能让他一进门就判丈人家是个落后分子。

女人说:"走吧,咱们家的事儿,闺女全对他说过,他知道。对自己的女婿还能藏着掖着? 反正心里有什么说什么,错了,他怎么我?"

马子怀说:"怎么提起这个事儿呀?"

女人说:"进门说会子话儿,他就问我们村里边闹粮、闹土地分红的事儿。我对他说了。他问我怎么想。我说,出圈的事儿,咱们这个家永远也做不出,反正有别人有咱们,傻子过年看隔壁子,人家怎么着,咱不前不后……"

"他又怎么说了?"

"他说,这个隔壁子要看是什么样的人了,是贫农、下中农,爱社会主义的呢,还是地主、富农,爱资本主义的呢? 糊糊涂涂地看别人怎么着就怎么着,跑不了要上当,要出错,还要跌跟头……"

"这话实在,对,对!"

"是呀,人家不慌不忙的,说的一套一套的,句句入耳。我跟他说,我们没反对过农业社,就是怕一会儿锣一会儿鼓。"

"他怎么说啦?"

女人笑笑说:"他说,敲锣打鼓的人全是反对农业社的人呀! 他说那是歪风,是鸣锣开道,给资本主义开道呀!"

马子怀说:"这话有理。"

女人继续说:"他说,不要怕,要想不让他们一会儿锣一会儿鼓,只有一条道儿……"

马子怀停住了:"什么道儿?"

女人说:"他叫咱跟社会主义道上的人站在一块儿,还得有个坚决性儿,跟那些敲锣打鼓的人斗争,把他们堵住。"

马子怀看着被星光照亮的小道,停了一下说:"对啦,刚才我说咱们得从头想想,就是这个意思呀!"

女人也乐了:"你们想一条道上去了。那好哇。女婿真会疼咱们。今天上北京拉席刚回来,听说咱村出了事,他怕咱们走错道,吃亏跌跟头,连饭没吃,就跑来了。"

马子怀感激地说:"攀这么个亲戚不赖,往后有什么想不开的,就找他帮咱们拿主意,这是贴心的人哪!"又问女人说:"家里酒不够吧?"

女人说:"不少哪,够你们爷俩喝的。"

马子怀说:"一会儿萧支书还要来看他哪,人家都是干部,断不了一块儿开会,挺熟。让萧支书陪陪客,一块儿喝喝。"

第四十三章

东山坞今晚上这个会议是个不平常的会议,会场内外的好多人都受到了它的鼓舞。参加会的那些人不要说了,没参加会的人,也都打起了精神。你瞧,今晚上在街头乘凉的人,在院子喝茶的人,全都议论着这件事儿,全都料想到,随着明天日头升起,东山坞要出现一个新的局面。

唉,也有那么一些人,看到了这个阵势,就像听见洪水的警报那样惊慌起来了。有些人惊慌,当然是意料之中的,比方说,弯弯绕、马大炮,还有那个一天都埋头在地里忙活的马连福。可是还有另外一些人也在惊慌,甚至于比上面这些应当惊慌的人还要厉害,还要严重。这一点似乎是有点儿想不到。

这个"惊慌"的头儿,是从沟北边、跟狮子院隔着一条小胡同的那个小院子里发起的。这个小院子的北房东屋里,住着人们常常提到的那个老地主马小辫。

这个才被释放两年的地主,现在还被管制着。不要说萧长春从工地上回来这几天他压根儿没离屋、没出院,就是从打麦子一黄梢,从打"土地分红"这件事儿在东山坞一被人提起来,他就"大门不出,二门不迈"了。据说,这些日子他又犯了老病根,比过去更加厉害,很有死的可能。要不然,马凤兰决不会轻易到他这儿来。她有理由:亲大伯快要死了,自己从小无依无靠,全是这个大伯抚养,就算是个地主吧,一般人情,人到临终还不记死仇哪。于是,她这些日子走动得比任何时候都勤。

除了这个马凤兰常来走动之外,还有两个人,一个是小铺的掌柜瘸老五,一个是会计的爸爸六指马斋。瘸老五来的少,一个集顶多来一趟,据说他是给马小辫送药的。每个集都从镇上、城里,或者是北京,替马小辫捎药来,送药拿钱,理所当然。马斋来的多些。他家有块自留地在马小辫的宅子后边,一早一晚,加上晌午,都在这儿干活。日头挺毒,汗流的多,口渴的难受,跑家去喝,或是跑到官井沿去喝,全都耽误时间,取个近便,在马小辫这儿喝一口算了。

常言说:"秀才不出门,便知天下闻。"马小辫这个人晚清时候真当过挂名的秀才,这几天他真没出门,东山坞的一切新闻他可知道不少;这个人和那个人,那个人和这个人的关系、摩擦,他也都知道。这还不算,村里一切事情的运动,他都是生着法儿,用各种各样的方式牵牵线,甘心充当义务的幕后参谋。

王国忠制住了马之悦,贫农、下中农集合一块儿要扭转东山坞的局势这类重大的事件,他当然要知道,当然要过问,也当然先慌张。这些他先跟那个慌慌张张跑来"找水喝"的马斋磋商过了。于是,马斋又兼任传令兵和说客,趁人们都开会,或者都乘凉的空子,慌慌张张地去找弯弯绕、马大炮这几个人。

这个六指马斋人们常见到他，人多集众的地方当然少见。他过去总是装出一副挺老实的样子，从打闻到城市里大鸣大放的气味之后，他的活动就多起来了。每天都像游魂似的，这儿打听打听，那儿望看望看；遇到合适、保险的场所，他也说话，说的不多，全靠眼神、手势和莫名其妙的叹息，来辅助想用语言表达的意思。那次柳镇回民食堂议论土地分红，别看他话不多，起的作用可不小；土地分红就算行通了，就眼前利益说，对他关系不大，可是他关心，就跟地主马小辫关心这事，是一个道理：他们时时刻刻都等着钻这个社会的空子，不分大小，是空子就钻。而这一次，他们认定是个大空子。只要农村的人都闹腾起来，有了"群众基础"和后盾，那个大鸣大放来的才会快当，来了才会厉害——最好是变天，不变天他们不能出头呀！

这会儿，六指马斋一只手捏着根筹帚苗剔着牙，一只手插在空空的衣兜里，擦着墙根儿，迈着又快又轻的步子来到弯弯绕家。

弯弯绕那个瓦刀脸女人怀里抱着个睡着了的孩子，坐在门口的大石头上，跟沟南过来的焦庆媳妇小声地说话儿。

马斋左右看看才问："同利哪，在屋？"

瓦刀脸女人说："串门去了，撂下碗就走了。"

马斋又擦着墙根，又迈着同样的步子折回马大炮家，大门敞着，二门闭着，耳朵贴在门缝一听，弯弯绕真在这儿。

把门虎来开门，放进了马斋又关上了。

除了主人马大炮，客人弯弯绕，还有一个，是马大炮的叔伯哥哥，跟他们两家差不多，全是对劲儿的人。

依然按着惯例，客人们没被把门虎让到屋里去。屋门以外，二门以里这个小院子，再有多少人也坐的开，比屋里还凉爽哪。一条栗花火绳垂挂在屋檐下，火珠儿慢慢地燃着，冒着浓浓的白烟，散着一股子说香不香说腥不腥的味道，非常刺鼻子。

马斋走过来,弯着腰看看在座的人,说:"都这儿呆着,没到街上凉快去?"

马大炮扔给他一个蒲团,说:"还他妈的凉快去哪,这我就要冻成冰啦!"

马斋笑了:"嘻嘻,我得给你烧把火化化了。"又转脸对弯弯绕,"同利,怎么着,你那缺吃的事儿,能对付点不?"

弯弯绕哼了一声:"对付?那不正开会吗,说不定又要玩什么花样哪!"

马斋说:"刚才你跟马主任怎么了?"

弯弯绕说:"我跟他怎么着?谁说的?"

马斋说:"你不用管谁说的,你跟他闹别扭没有吧?"

弯弯绕说:"闹别扭!我就欠骂他一顿了。什么玩意儿,还主任哪,屁事儿不顶啦!"

马斋冷笑一声:"得啦,你简直像个两三岁的娃娃了。马主任他愿意说话不顶事儿呀?他是那种没骨气的软棉花桃呀?你得瞧瞧,他在哪个岸上站着哇!"

弯弯绕说:"他是又要过河,又怕脱裤子。噢,光是空口许愿不办真事儿!那好,明天我送你马斋一个屙金尿银的金马驹,回家等着去吧。"

把门虎捂着嘴乐了。

马大炮说:"这全是实情话。马主任再拿出不怕掉脑袋的那股子劲儿来,看看东山坞又是个什么样子?可好,没见刀出鞘,他妈的,先吓的缩脖子钻洞了。"

马斋使劲摆着六个指头的手说:"哎呀,闹了半天,你们都在这儿生闷气呀!你们还都蒙在鼓里呀?"他把屁股下边的蒲团朝弯弯绕跟前拉了拉,神态紧张地压着声音说:"还没看出来?大事不好了!"

弯弯绕瞥他一眼，没动窝。

马大炮翻着眼珠："怎么啦？"

大炮那个从不吭声的哥哥，也伸过脑袋来。

马斋急着要说，又故意卖关子："唉，要说，这事情就是成了啥样子，也碍不着我。我这是听评书掉泪，替古人担忧。其实……"

马大炮不耐烦地拍着大腿打断他的话："说话总是咬半截剩半截，到底是怎么回事儿呀？"

马斋说："怎么回事儿呢，我看你们倒霉的日子要来了！"

马大炮噌地站起："啥倒霉的事儿？"

弯弯绕也把耳朵伸过来了。

把门虎和马大炮的哥哥都紧张地朝跟前凑了凑。

马斋说："我问问你们，别人不敢由着性地收拾你们，谁在头边给你们挡着呀？ 马主任！ 没他，哥们儿，有你苦的。"

弯弯绕对马之悦可以说是一肚子不满。他说："到节骨眼上，他可不挡着了！"

马斋说："瞧你，真是出气不费劲儿。他不愿意挡着呀？ 你知道他今天晌午头，让乡里那个王书记叫到小河边上整的多苦？ 你知道不知道，下午他们到处串串人，晚上又召了一群人开会，对付谁哪？"

马大炮说："要对付我们呗！"

马斋说："对付你们，他们为啥先对付马主任？ 瞧瞧，全有了。先把马主任对付倒，再对付你们容易不容易？ 往长远说，你们没这么一个靠山不行，往近处说更不行。不说别的，麦子收下来，给你们留点面烙顿饼吃，剩下全卖余粮，马主任让他们撂了，你们哪一个能反对？ 反的了不？ 嘿嘿，哭去吧！"

几句话，把在座的几个人说住了。

弯弯绕耷拉着脑袋，绕着马斋这些话。这些话有多少分量，他比旁边这几个人全掂的清楚。他感到一种看不见的东西朝他压过来了,越压越近,他想躲,他没了依靠,没有遮身子的东西,就要被压的倒下去,要摔到沟里,从此再也站不起来了……

马大炮想得比较简单:"我不信,上边就不给马主任留一点面子。乡里的李乡长就爱听马主任的。再说,人家马主任县里有的是熟人,我看他们想撂也撂不倒,不信咱们把话说下放着。"

马斋朝马大炮翻白翻白肉眼泡子,想发火又不能发,无可奈何地叹口气,又说开风凉话了:"你爱怎么说怎么说,我这话你不信,也就拉倒。刚我怎么说了,我是为你们想,咱们哥们儿平时不错嘛!其实我是多余操这份心。我怕什么,我那罐子早摔成碎片片了,再摔也是碎片片,反正是碎了。你们跟我不一样啊,所以我就有这么一点担心,怕你们这个靠山不行了,你们往后的日子不好过。眼下呢,什么都别想,你们可该设法保护马主任。对啦,这是顶要紧的,得设法保护马主任!"

他反复地说着后边这句话儿,因为这件事是他惊慌的原因,也是他跑来找弯弯绕的目的。

弯弯绕这会儿没好气儿,总想刺人。他打断马斋的话说:"算了,你别跑到这儿来念牙疼咒。你口口声声说不怕,我就不信。你不怕,跑这儿找我们干什么呀,真是的!"

马斋说:"也不是说一点不怕,我是说我是无能为力。拿同利你来说,你不比我怕吗?哪件事儿跟你没关系?你说马主任往回缩,你哪?我告诉你,你要是缩回来呀,三岁的孩子也要来问你:怎么王书记一来你就老实了,没吃是假的吧?不是假的,不是假的你缩回来!"

这句话全有了,不是为了攻击弯弯绕,是给他献策。

…………

这一夜,所有在这个小院子坐过的人,都是很悲伤的。

马大炮两口子是悲伤的。串门的人走了之后，他们又在院子里坐了一会儿。马大炮冲着媳妇，冲着升起的月亮，骂天骂地，大发雷霆。

"他妈的，全都黑心了。入社那会儿怎么讲的？入吧，入吧，入了社对你们中农有好处。有他妈的屁好处！收来了，一个粒儿也不多给中农一点儿，还他妈的整人！"

把门虎笑嘻嘻地劝他："小点声吧，让人家听见不好。"

马大炮拍着大腿说："听见怎么着，听见才好哪！团结中农，团结中农，团结个蛋吧！光是拿不花钱的空话团结呀，光是给中农灌米汤呀！我要把人家麦子都占去，我也会给人家灌米汤。这样子就团结起来了？"

把门虎拉着他说："快睡觉吧，不早啦，有话明天再说。走哇！"

马大炮推开她的手："睡觉？我睡得着哇？一千多斤小麦扔在大河里了；扔在河里还听个响儿，这连响都听不见呀！"

把门虎说："有人家有咱们，反正受害的也不是一家两家的事儿。"

马大炮说："人家，人家谁都比咱们好受。那不正开会哪，明天又有你的米汤喝了。我算看透了。哄着秃老婆上了轿，就不由你了。日子长着哪，这一辈子要老是这样过下去，我受得了吗？受到哪儿是一站呀！"

把门虎小声说："你不是说要什么鸣什么放的吗，到那天不就好了吗？"

马大炮说："麦子全分了，全卖了，鸣放顶个毛用！再放出一桶米汤喝呀！"

把门虎说："要是能改改章程，转年总要好一点儿，吃亏也就这一回了。"

马大炮长叹一声："唉，妈的，说来，老是不来呀！要是来了鸣放,你瞧着,我要饶了他们才怪哪!"

把门虎说:"不管来不来,你还是小心点好,别总是敞开嘴不留个后门儿,等闹出事来,咱们可担不住。"

马大炮说:"马斋的话,反正我那罐子也碎了,不摔是碎片片,摔也是碎片片,一个样儿。你放心,摔还兴摔好。能闹出什么事儿来?昨天骂了他,他敢放屁没有?没事儿,他们怕中农,中农不跟他们玩了,他们这出戏就甭想唱,我是看透了!"

马斋来这儿,是专为给这几家起头闹的中农出谋划策怎么攻怎么守的,可惜这个马大炮似乎没有多往这边想。他悲伤的不是替别人,更想不到马斋这色的人比自己这色的人对眼前的事更热心,他悲伤他那一千多斤小麦,那黄黄的、鱼子儿似的小麦。假如没有人提出土地分红这码事儿,也难受,总是好一点儿;这么一提,他就认定那一千多斤小麦属于自己了,忽下子说不给了,怎么能不悲伤,怎么能不发火!

后来,把门虎强拉硬扯地把马大炮拖到屋里,按到炕上,他还是叫骂不休……

弯弯绕也是悲伤的。他回到家里,上了大门、二门,又按习惯把前院后院、东屋西屋、鸡窝猪圈都检点了一遍,就甩了鞋子,上炕睡了。

他能睡着吗?笑话!弯弯绕是个比马大炮心里搁事的人。别看他不吵,不闹,也不骂大街,他这会儿可比马大炮急。

他趴在炕上,下巴颏支在枕头上,眨巴着小眼睛,呼噜呼噜地抽着旱烟。苦涩的烟雾和混浊的灯光掺和在一块儿,在屋子里弥漫着。

孩子们睡了,瓦刀脸女人坐在炕里,就着放在窗台上那盏昏暗的小油灯择着棉花里的籽儿。这棉花是去年自留地里出产的,收了那么一点儿。他们不愿意送到乡里的轧花坊去弹,他们怕人家用坏的棉花换了他这好的,就这样用手把籽儿剜出去,绑个弓子弹弹,好歹总比让人家换了自己的强。这女人早就看出男人是满怀心事回来的。她不像把门虎那样管着男人,她要看男人的眼神,听男人的口气,顺着男人的心思说话、办事儿。

弯弯绕先盘算开六指马斋那套话。马斋的话不可不听,也不可全听。在弯弯绕看来,马之悦是不会轻易倒台的,上边更不会轻易把他撂倒。去年那宗事儿就是准儿。上边要根本信不住马之悦了,还能让他当副主任吗?还能把他放在党里边吗?再说,马之悦也没什么大错处让上边抓住,替地多的户办点事儿,说几句话儿,这是他们说的群众路线,等到那个大鸣大放来了,一算功过,马之悦的干部就算当稳了。当然啦,马之悦这一时占不了上风,对那些想多分麦子的户是不利的。为这一层,对了,是得给他搽点粉,撑点腰,不能让他一个人孤单单地跳去。

接着,弯弯绕又把正在开着的那个贫农、下中农会盘算一回。为什么要开这么一个会,不开群众大会?这个会上要嘀咕什么事儿呢?是要凑足了劲儿整中农呢,还是要大喊团结呢?从三件事儿看,整的意思不大。第一,王国忠一来,干部们不是趾高气扬,反倒好像更和气了,连那个爱发火的韩百仲都笑着说话儿了;他们到处找人谈心思,不光是找马老四这色的,还找马子怀和马大炮他哥哥、韩百安这色的。这哪像要整中农呢?第二,从干部对马连福的冷淡看,也不挂这个意思。一天了,找这个,找那个,根本没人找马连福,连这个名字儿都没人提,说明他们不想来硬的,也许是怕硬的。第三,这是个顶重要的根据:今天下午弯弯绕跟焦淑红发脾气的时候,韩百仲全听到了,他不追究这个,不揭短处,反而拉开了老关系,说明他还是想拉人,弯弯绕一提要参加他们那个会儿,他一点儿没费心思想,就答应了;要是商量整中农的事,他能让弯弯绕去参加会吗?能找上别的中农户也坐到那儿去吗?

…………

瓦刀脸见男人呼噜呼噜光抽烟不说话儿，就朝跟前凑凑，小声问："你们不是要找几个人到会场上听听吗？没去？"

弯弯绕依旧盯着炕沿下边的黑影子，心不在焉地说："乡里人在那儿，马主任又没话儿，去了不大好。"

瓦刀脸说："韩百仲让你参加会，你去了就好了。"

弯弯绕说："我孤单单的一个人去干什么！谁知道他们还找上焦振茂、马子怀这些人呀！"

瓦刀脸说："要是听听，心里也就有底儿了。"

弯弯绕说："不听我也有底儿。"

"怎么哪？"

"看这云彩风向，这个会是商量给咱们让步的事儿。你忘了，前年马主任说，县里什么干部跟党员们说过，想让中农跟贫农团结，该让步也让让步。这回看见咱们真火了，再整咱们，不就更火了。他们离开咱们不行啊！"

"这话倒对。焦庆媳妇说，过晌大脚焦二菊找她去了。焦二菊告诉她，干部们顶怕别人闹没吃。还说，只要焦庆媳妇不说没吃了，过了麦收，她送给焦庆媳妇二斗麦子……"

弯弯绕噌地爬起来，两眼闪光："真的？真这么说了？"

瓦刀脸说："真的，刚才在咱家门口焦庆媳妇亲口跟我说的。焦二菊还管她家孩子吃饭哪！"

弯弯绕闷了一会儿，说："对，对，我没猜错，一定是乡里人指使了韩百仲，韩百仲又指使了他的娘们，这样做是收买人心哪！这是一套的事，跟他们找焦振茂、马子怀，串门磕头，是一套的！"

瓦刀脸附和着："他们让你们闹怕了，要不哪舍得白给人家麦子，还跟人家说好话儿呀。"

弯弯绕又耷拉着脑袋闷了一会儿，心里边翻翻滚滚。这个意

外的情报,对这个能绕的人来说,实在是太重要了。他觉得焦二菊
要给焦庆家二斗麦子,不让焦庆家喊没吃这件事,非同小可。这里
边的文章多了。

瓦刀脸说:"他们怕了,不就好了吗!"

弯弯绕摆摆手:"别忙,别忙,让我再想想,这里边有事儿,有
事儿。"

他捏着手指头盘算了一阵儿,忽然,拍着膝盖头说:"好,好,是
这么回事儿!"

瓦刀脸问:"又怎么回事儿呀?"

弯弯绕兴奋得脸上放光:"这事儿不是乡里那个姓王的指使
的,是萧长春。对啦! 他是专门拿咱们的日子当本钱朝上边买好
的,他怕喊缺粮的事儿让乡里人知道底儿。这是堵焦庆家的嘴,这
是收买人心哪! 这个会,也是这种会,想让那边人多,心齐了,把咱
们的嘴堵上,把咱们的事儿瞒过上边去。想的可真美呀!"他仰起
脸,对着昏暗的窗户,"萧长春,你光堵焦庆家不行,你得堵我们哪!
我这嘴大,二斗麦子可不行! 我是二十五亩地,一亩一石,得二十
五石! 你怕让上边知道,我偏要给嚷嚷,我不嚷嚷,你会跟乡里人
说我是假的。我就嚷嚷,看你怕不怕,我不图打鱼,还图混水哪!"

第四十四章

第二天清晨,随着霞光升腾在东方的天空上,东山坞的贫农、
下中农和积极分子们,以一种跟两天前完全不同的姿势,在他们周
围的人里边活动起来了。

他们像是火种,到处点燃着热情。

前两天,他们完全被动地猜测着一些闹问题人的行动,不愿意

听别人说"没吃""缺粮"这样的话。这会儿不同了。他们明确了方向，看清了路线，壮了胆子，鼓了劲儿；他们在地头上、副业组、街头巷尾，或社员家里，跟别人谈心思，引着别人说自己过去不爱听的那些话，态度平和又诚恳……

如果说，昨天东山坞的正面力量还处在防守的状态，那么，现在是改守为攻了。

干部们也分了工，萧长春要找马大炮和弯弯绕这些人谈谈；王国忠要找马连福；其他的党、团支委们分别串连社员，给晚上的干部会，明天的群众大会作准备。

萧长春在大庙里兜了个圈子，又到办公室安排马立本的工作，要他做好一切准备，立刻要按着喜老头的意见，五天以内把预分方案的红榜公布出去。

他怀着激动的心情，离开了办公室，朝沟南走来，老远就瞧见家门口蹲着弯弯绕。正是干活的时候，弯弯绕跑到自己家门口蹲着，不用问，准是又来胡闹了。萧长春朝这边走着，两只眼睛紧紧地盯着弯弯绕。心想，我正要找你，你就来了，好哇，咱们就绕绕看吧。今天的萧长春已经不是前天的了，前天怕你喊没吃的，怕你说农业社的坏话，想办法捂住你的嘴巴。看起来，光怕是不行的，得让他说，说出来再跟他讲理！萧长春想着想着，停在弯弯绕的跟前了，态度和蔼地问他："同利大叔，你没下地干活吗？"

弯弯绕"嗯"了一声，有气无力地回答说："歇歇班，人是铁，饭是钢，肚子空着不当家，干一会就顶不住了。"

萧长春笑笑说："看你这气头子还不小哇！别急，你有什么话，就跟我说吧。"

弯弯绕说："你这不是明知故问吗！我说支书，你们今天开干部会，明天开贫农会，开来开去，不办真事儿，不给我们解决问题，是要我的好看呀？"

萧长春望着那张狡猾的脸，仍然不慌不忙地问："你让干部帮你解决什么问题呢？"

弯弯绕敲着烟袋锅子说："还有别的问题，我们一家大小得吃饭，得活下去呀！"

萧长春蹲在弯弯绕的跟前，诚心诚意地说："同利大叔，那天你们跑到干部会上闹哄，我怎么对你说的？别胡思乱想了，还是跟大伙儿一心一意地走正道儿吧。总是这么闹，对大伙儿，对咱们社，对你自己，可有什么好处哇？"

弯弯绕听着萧长春说话，看着萧长春的表情，心里边绕着弯子。从萧长春这副假菩萨的样子看，他昨晚上估摸对了，不能给这个人软的。于是，他打断萧长春的话说："别的事儿往边挪挪再说，先打发打发我这肚子吧！"

萧长春说："同利大叔，我看你还是别说这个了，总揪扯这个不好听。一个村住着，谁家什么样子，还能瞒人吗！"

弯弯绕说："你说我存一千、藏一万，也没在哪儿写着。我欢迎你们到我家去翻！"

萧长春见他没有转弯的样子，反而步步逼紧，口气也开始硬起来："说翻粮食，全是造谣，从干部嘴里没有做过这样的决定。实在，我们没有权利翻你，也不想翻你，可是我们有权利不信你这套假话！"

弯弯绕更加强硬起来："你是个支部书记，可是掌着生死大权呀！你得端公理，可不能这样随便判状子，你从哪儿证明我有粮食吃呢？"

萧长春说："在会计的账本子上写着。去年收成不好，你分的粮食并不少。你家五口人，不分大小，全都跟村里的成年人一样，分得足够的口粮。这个没错吧？还有你那半亩自留地，往少说也产了几百斤白薯；东山坡你开那半亩荒，也产了七八百斤白薯。里外一加,再跟你的老底子放在一起,你能是个缺粮户吗?"

弯弯绕没想到萧长春这么摸他的底子,心里有些发毛,嘴巴还不服软:"我有什么老底子?"

萧长春说:"去年往猪圈里倒麦子的不是你吗?"

弯弯绕说:"是我。都烂了,还有什么底子。"

萧长春说:"就在你家麦子烂了的前一个月,你到乡政府死乞白赖地要求救济粮呀! 大伙儿救灾种麦子,你撒种是好手,怎么请你都不去,说饿得起不来。有这事儿吧? 我没有屈赖你吧? 你是精明人,自己想想,你老是这样,还怎么让我们相信你呢? 咱们还怎么在一块儿过日子?"

弯弯绕被问得张口结舌,可是嘴里还是不认账:"反正这回我是没吃了;我也对你们说了,饿死我你们得负责任。"

萧长春压压心里的怒火,语气又稍微缓和一下说:"我再重复一遍,我劝你不要再三心二意了,走社会主义道路,对你是有好处的。兴许在短短的日子里边,你觉着别扭,觉着有点不如过去好似的。你应当心平气和地想想,往远看看。别想着过去马小辫那份日子美,想着过去马斋那份日子好,别听那套,那日子不美,不好。让别人当牛马,喝别人的血,把自己养得胖胖的。真美,真好? 反过来说,你想过那日子也过不上了。世道变了,穷人全都有了主心骨,谁还能走回头路,让别人剥削? 从近处说,你是个能劳动的人,你家里的也能干,说话你下边的两个孩子也起来了;一家四个劳动力到社里劳动,工分比谁不多? 我们办社一年比一年有经验,我们的生产一年比一年搞得好。劳动力多,劳动日也多,就能增加收入,谁比得了你? 往长远说,搞好农业社,这是铁打的江山,不比你黑着心往地主、富农的路子上奔牢靠得多吗? 你是个能盘算、能绕的人,最好往这上边算算、绕绕;不然,对你、对社都没好处。"

弯弯绕听了这些话,他的心也稍微动了一下。今年的麦子长得特别好，好得出奇了，可是呢，地还是那些地，人还是那些人，说良心话，不是农业社，真不会有这种收成。他又一回想，过去单干种地，没有使用新办法，比方说，种麦子不浸种，旱了求雨，不浇水，当然长不好。往后要是再单干，也照着农业社的样子办，也照样可以丰收；那会儿丰收了，收多收少，全是自己的。过那种日子，出气也均匀。一个丰收年买三亩地，十年就是三十亩，二十年就是小财主，这才是铁江山！过去是旧社会，走不通，这会儿保险走得通了。你们农业社挡着马同利的路，让马同利跟你穷秧子背黑锅，你萧长春给马同利灌米汤来啦！车你们拉走了，大牲口你们牵去了，好地你们拿去了，人也让你拴上了，你还不会说几句好听的话呀！你稳马同利的心，堵马同利的嘴，好让马同利老老实实地给你们贫雇农拉硬套；让贫雇农揩马同利的油，多卖点余粮，买上边的好。你的算盘打的真不错呀！说了一溜遭，你们是怕中农，中农一跳槽，就给你们农业社抽了梁，撤了柱，你们农业社就得趴架。马大炮说得对，你们不团结中农没饭吃呀！

弯弯绕心里绕了一个圈子之后，他的胆子更壮了。他从石头上站起来说："萧支书，反正我把话说给你了，今年土地不分红，我的困难解决不了，解决不了我就单干，你走你们的阳关道，我走我的独木桥。农业社连我们死活都不管，还说什么优越性呢，简直是坑人！"

萧长春也站了起来："同利大叔，你就不用绕了，说一千道一万，你就是想要把农业社拉回去，想要走资本主义的道儿。刚才我跟你说了，我们不能让你走，你也走不通！……"

这边一嚷嚷，好多社员都凑到跟前来看看究竟。

弯弯绕见围上来好多人，劲头来了，吼的一声，打断了萧长春的话："嗨，你为什么跟我瞪眼？这不是压迫人吗？"

萧长春朝围过来的人看一眼，运了运劲儿，结结实实地说："我们没有压迫你，你也不能压迫农业社。同利大叔，话说到这儿了，咱们就打开天窗，往明处讲。我把社会主义的底子告诉你:农业社是搞到底了，就是天掉下来，地塌下去，农业社也要搞。有些人想让我们开倒车，给农业社使坏，挑唆一些人骂农业社;实话说了吧，这种人就是出来一千一万，农业社也要搞。天挡不了，地挡不了，人也挡不了! 除了社会主义大道，走旁的路子都是死胡同，谁想学过去马小辫那样子当地主、富农再来剥削穷人哪，对不起，没那日子了! 这一辈子你不用想在东山坞买块土坷垃了，也不用想在东山坞雇个长工了，因为从今以后，在东山坞没有破产的了! 还有一条，你想再囤积粮食剥削人，那日子也没了。粮食统购统销就是为了堵这条黑道儿的。这个政策也要贯彻到底，谁也破坏不了! 道路明明的，你自己挑吧!"

一个年轻的共产党员，站在这个古老的农村街头上，大义凛然地讲着。他的话洪亮有力，像是吹起社会主义的战斗号角，也像是对资本主义作死亡的宣判。周围的群众听了这些话，全都长了精神。

弯弯绕的脸上变了颜色，浑身发抖，像听了一声大霹雷。他左右看看，除了沟北的六指马斋、马子怀几个不大顶用的人，全是沟南边的，有焦振茂、志泉媳妇，随后又来了个韩百仲，赶车的焦振丛也在场。他感到孤单单的，周围的形势有点威力逼人。他正慌张，不知怎么办好，忽地，眼睛一亮，马大炮从北坎子上跑过来了。嘿，这下他可得救了!

马大炮往人群里一站，用大炮式的高嗓门喊叫:"什么时候翻粮食呀? 要翻就快翻，要不翻就赶紧给我们想办法呀! 农业社见死不救，还办个屁呀? 你们昨晚上不是开会评定缺粮户吗，评什么样了? 先评评我和马同利吧。这回咱们得动真的了，再给你们留面子，你们就要骑着我脖子拉屎了!"

韩百仲刚走到这儿，瞧见马大炮疯子一般地叫唤，就挤过来说:"连升啊,咱们是有理走遍天下,无理寸步难行,有话好好讲,别这么吵吵了。"他的声音不高,态度也好,他正学着遇事不发火,"有理不讲,光是乱搅一气,这不是故意捣乱吗?"

弯弯绕一转身对着韩百仲瞪眼珠子:"你这个副主任是掌管一队的,你们队的人都撑破肚子了是不是? 要不说话不会这么气粗!"

马大炮也帮一句:"百仲,我看你也想拿人家的性命当台阶往高案上爬呀!"

围着的社员早就气愤的不得了,听这家伙又开口骂人,就都嚷嚷起来了:

"你瞪眼干什么? 人家说的没理吗? 种这麦子,你们花多少劳动? 我们白天黑夜连轴转抢着播种,你们哪? 躲到自留地里不出工! 瞎说你没有? 这会儿想白拣便宜呀?"

"马大炮你说弯弯绕没吃了,去年他把麦子埋在地里烂着,跑到乡里喊叫没吃,也是你跟着鸣锣开道的!"

弯弯绕说:"那是去年,这会儿是今年!"

放牛的韩德大两手叉着腰,嘻嘻一笑说:"要我说呀,不用讲今年,就是往后三年不分给你一粒粮食,你也能吃得肥头大耳。对吧,振丛二叔?"

抱着鞭子的焦振丛在旁边站一会儿了。要是往日,他只会在一边旁听,不会参加争吵。可是有前天晚上那个茬儿,昨天晚上开会又受了教育,看着这两个人这样不讲理实在有点忍无可忍,韩德大一提头儿,就插言说:"要我看哪,大伙都说点良心话,什么事情都没了。"

村里人都知道焦振丛是个老好人,他说了这句话,也不怎么引起人注意,可是马大炮正被大伙儿问得张口结舌,这下子找到个脑袋软和的了,就气势汹汹地对他说:"焦振丛你把话说清楚点儿,哪一个不讲良心话了?"

焦振丛说:"谁不讲良心话谁还不知道吗?"

马大炮把眼睛一立睖说:"我看你小子就不讲良心!你赶的车是谁的?是人家马同利家的!不是我们中农入社,你他妈哪一辈子赶过这样好的车?干部让你抱抱鞭杆子,你连姓什么都忘了!"

焦振丛被他气得满脸通红,嘴唇打抖,好半天才说上话来:"马大炮,你是个疯狗啊!你……"

马大炮攥起拳头:"你才是疯狗哪!"

焦振丛火一上来,什么也不顾了,大声说:"我给你留着面子,你要不要脸,别说我对不起你!"

弯弯绕接过来说:"萧支书,你瞧见了没有,他们扯上帮帮挤我们中农呀!"

这句话可伤众了。不光是参加争论的,就是只生气没插言的也都急了眼,都一齐嚷嚷起来了:

"谁挤你们啦?藏着粮食喊没吃,还得奖励奖励你们呀?"

"你们安心要挤垮农业社,办不到!"

乱成一锅粥了,再也听不清谁在说什么。

萧长春起先喊叫大家静静,可是静不下来。他朝人群看看,见凑过来的社员都参加争论了,公开反对闹粮的人越来越多,也越来越敢讲话,他的心安定了。他想,让大家吵一吵,让闹事人在群众面前暴露暴露,让社员们更认得清楚一些,这是对大伙的教育,也是大伙儿参加斗争了,吵吧!

越吵越激烈,弯弯绕和马大炮两个人左右招架;到后来没话可讲了,马大炮还是没理搅理。弯弯绕想溜,可是,围着的社员不松口,马大炮也不罢休,只好顶着;要是有个地缝,他马上就会钻进去!

谁也没留神焦振丛是什么时候走的，也没留神他是什么时候回来的。他手里拿着一团猪毛绳，气冲冲地走到人群里。

这可吓坏了焦振茂。往日里，遇到争吵的事儿，他总是自动地当和事佬，可是今天，他没有勇气说别人，也没有勇气再提他那政策条文了。人们争吵半天，他只在一旁看着，听着，直到堂兄弟动了肝火，他才忍不住又当开说合人。他知道焦振丛平时虽然和气，不大惹事，一旦把他逼急了，倔脾气上来，庄稼火发作，却是天不怕地不怕的。他手里拿着猪毛绳，这不是要打架，要拼命吗？就急忙上前，一把拉住焦振丛的胳膊，连声地说："嗨，振丛，你这是干什么？咱们是代表，晚上开会，有什么话说不了。快，快消消气。"

焦振丛一使劲将焦振茂甩到一边，把手里的猪毛绳子背到身后，走到弯弯绕跟前，一手叉着腰，说道："我说你饿不着，你承认不承认？"

弯弯绕火气还很冲："你怎么知道我饿不着？我饿不着，你撑死了？噢，对啦，你赶大车，大概是贪污了牲口料，快把肚子撑破了，跑到这儿说硬话。"

马大炮一旁边插了句骂人的话："对啦，吃牲口料撑的难受，跑这儿放屁来了！"

这两句污蔑人的话更给焦振丛的怒火上浇了油。他说："你们说我贪污，谁把住我的手啦？"

弯弯绕说："你说我有吃，你把住我的手了？"

焦振丛说："巧啦，我就是把住你的手了。你不光把肚子撑破了，粮食多的家里院里盛不下，还往外运！"

弯弯绕一惊，嘴里说："你胡说！"

焦振丛说："你承认不承认吧？"

马大炮在一旁说："焦振丛你别放狗屁好不好？"

焦振丛也骂了一句："你才放狗屁！"

马大炮要动武的了:"你见他往外运粮食了吗? 你说!"

焦振丛说:"见了,连你也在数。"

就在这个时候,弯弯绕发现焦振丛倒背的手里抓着一团猪毛绳,冷汗忽地从头上冒了出来。

马大炮举起了拳头:"你拿证据来! 不拿出来,我要你的命!"

焦振丛冷冷一笑:"这个现成。"

弯弯绕这会儿也不知道该怎么绕好了,慌乱地往石头上一坐,说:"连升,算了吧,乡亲们都说咱们有吃,咱们就服从大多数,反正忍几天也就到了麦收,怎么不活呀! 萧支书说农业社好,说咱们走死路,咱们这回走活路还不行吗?"

马大炮还是不依不饶,又往焦振丛身前逼近一步:"不行,你今天不说出个所以然来,老子不能饶了你。"

焦振茂和几个老头见他们要动手,又要上前拉架。萧长春已经看出这里边有故事,就拦住他们说:"别劝他们,有理有证,比空喊空叫管用。"又对焦振丛:"你有什么证据,就说出来,这可不是小事情,不能含含混混。振丛,你可得看着大伙,看着咱们农业社说话呀!"

焦振丛瞪着马大炮:"问他,是完不完吧?"

马大炮当是焦振丛吓唬人,现在叫真的他怕了,就一挺脖子说:"不完,你害怕了,害怕你刚才别放屁呀!"

弯弯绕给马大炮使眼色,马大炮不看他,直说又不行,急得牙都咬痛了,赶紧在焦振丛背后说:"我说振丛,算了吧,一庄的爷们,低头不见抬头见,有什么过不去的。其实,我这个人就是小心缝儿;没吃的也不止我们一家两家,别人能忍,我们就不能忍吗? 我的话可收回来了。"又对萧长春:"萧支书,刚才的话算我没说,你快劝开他们吧,打起来多不好看。"

萧长春逼着他问:"话说出算没说,你到底有吃没有吃呢? 你们集伙要土地分红，喊缺粮食是什么用意，跟大伙说清楚了，才能算收回去！"

弯弯绕奄拉着脑袋，嘬着牙花子，怪难开口。

这时候，旁边的社员们也看出里边有奥妙之处，都往里挤，还嚷嚷着：

"不行，不行，说话不算数不行！"

"把支书提出的问题都回答出来，才算没事儿！"

萧长春指着社员们说："瞧见没有，大伙儿不通过，群众要实里求实。"

弯弯绕见群情激愤，不说不行了，在嗓子眼里挤出一句："我留点救命粮，有，有吃！刚才是我故意闹。"

社员们轰的笑了。

对峙着的焦振丛和马大炮没有听清他们说什么。两个人从不同角度领会了这种哗笑。

焦振丛说："乡亲们都知道我，我长这么大没有说过一句瞎话。"

马大炮说："他是诬赖！快拿出证据来！"

韩百仲插进来说："振丛，大伙都看着你，你是个实在人，到底是怎么回事就同着众人说一声，你怕什么呀？大伙全看着你哪！全听你一句话了！"

马大炮没理韩百仲，转向萧长春说："你是支书，这些贫雇农都是你们依靠的，他们平白无故给好人栽赃，该怎么处置？"

不等萧长春说话，社员们又嚷开了：

"焦振丛不会诬赖你！焦振丛，你还包着躲着干什么，说呀！"

"焦振丛，不要怕，有什么说什么！说公理没错！"

焦振茂走到焦振丛背后，抱怨他："你这个人活这么大，怎么越来越不踏实了，瞎说这个还行啊！快讲句软话算了。"

焦振丛被逼得没路走了,他心一横,手一抬把绳子举了起来:"这就是赃证!"

这一来,马大炮臭火了,刚才通红的脸,一下子变得煞白。

焦振丛想,这件事儿想压下去是不行了。压下去,社员们不答应,自己白挨了骂,又好像说了谎话,也丢人了;反正已经扯破面皮了,一不做二不休,全抖搂出来得啦,就说:"昨天晚上,他们卖给奸商粮食了,有马大炮、弯弯绕,好几个!"他还是保留一点,没提马之悦,"从村南河边横头地那儿运过去的,这绳子是他们抬粮食口袋用的,丢下了。"

弯弯绕一阵慌乱过后,鼓着肚子要挣扎一下,就从石头上跳起来,瞪着眼珠子问焦振丛:"这就是赃证啊?那绳子是我打草丢的,你说我往外运粮食,你当时为什么没抓住我的手腕子?"

焦振丛被问住了。

萧长春听到这件事儿,很觉着意外,又是生气,又有几分高兴。他觉着这一下闹粮食的鬼计算揭底了,就说:"这好办,在哪运的,河边上准有脚印、口袋印儿,总得留下一点影子,马上查对一下,是虚是实,一下子就定准了。"

社员们都跳着脚喊起来:

"对,查查去!"

"咱们都去,顺着脚印儿追老窝去!"

马子怀在人群里,不言不语,心里气愤不平,这会儿,也站到呐喊的这些人一堆了。

焦振茂也忘了自己的顾忌,说:"对。百仲,咱俩去!"

马大炮和弯弯绕再也没有本事了,在人们大声吵嚷的声音里,一个蹲在地下,一个瘫在石头上,在烈日之下,他们像是两个半化的雪人。

第四十五章

马立本呆在办公室里，准备作预分的工作。他神魂颠倒、坐立不安，一个劲儿琢磨自己的"终身大事"，搜干枯肠想主意。

那天他在焦家的后院里听了焦淑红那几句话，不仅没有心冷，反而更热了。他毫没来由地断定，焦淑红那几句绝情的话，不是出于焦淑红的真心，完全是迫不得已。他还异想天开地联系到戏曲《西厢记》里的崔莺莺，想到崔莺莺既对张生有情意，又惧怕家规，推推就就，藕断丝连的那种非常难办的处境。马立本这样看事情，不仅不生焦淑红的气了，也不失望了，甚至还有点可怜焦淑红。他想，我马立本对自己的父亲富农马斋不同样是这种困难的样子吗？自己不是也有点儿怕萧长春吗？他想，倘若我马立本处在焦淑红的位子上，跟前有这么两个人，一里一外，一个是亲爸爸，一个是领导，两头夹着，也照样会很为难的。够焦淑红受的了，不能再摧残她了。马立本越这样想，心里越顺气，最后，他忍不住地小声地自言自语：这会儿我马立本应当拿出男子汉的架势，伸出友谊之手，赶快地给焦淑红打气，让她勇敢再勇敢，跟我一块儿干……

马立本最后铺上纸，要给焦淑红写封信，在纸上写，比用嘴说方便一点儿，也可以放开胆子写；焦淑红拿到信，也能慢慢琢磨，还可以写回信。既然是两个知识青年谈情说爱，为何不用现代化的交际工具呢。

他刚把纸铺好，从大门外边进来一群推着自行车的人。总有五六个，都挺神气。

马立本忙迎了出来："同志，从哪儿来？"

头边一个人回答说："我们是山里的，到双桥农场参观回来，路过您这儿,找点水喝。"

马立本说:"好好,里边坐吧。"

另一个人说:"院里吧,院里比屋里凉快,麻烦了。"

马立本说:"不麻烦,不麻烦。"就回到屋里,端出一把暖壶、四只茶碗,另外还加了两个饭碗,全都放在地上了。

几个社干部有的蹲着,有的站着,有的坐在石头上,就一边说说笑笑,喝起水来了。

马立本在旁边站了一会儿,心里惦着写信、编词儿,又走回屋,坐下来,提笔写:

我亲爱的红:

他觉着这个词多少有些俗气,索性删了去,换了张纸,重新另写:

淑红:

我再也忍不了啦,我要把自己的心向你剖开! 淑红,我爱你,我实实在在地爱着你。

爱情的火焰在燃烧着我的身体,我的灵魂,我的心肝五脏!

淑红,我不能没有你,没有你,日月星辰就要失去光明,鲜花碧叶就要失去色彩,鸟语虫鸣就要失去声音,那么,淑红啊,一个胸怀壮志的年轻的生命,还有什么存在于这个世界上的必要呢?

淑红,是什么力量,什么障碍,不能使我们成为真正有情的人呢? 你不爱我? 不,不会的,我会用我的心把你的心溶化! 我明白,有恶魔在阻挡着我们。世界上,一切珍贵的东西得来总是不易的,爱情也如此。淑红,现在需要我们拿出勇敢和耐心来。我希望你和我一样地坚强,不为别人的权势所屈服。

我告诉你一句心里话，谁要从我手里夺走你，我与他将有不共戴天之仇！

....

马立本写到这里，两眼潮湿了；他把写好的这几段看了一遍，胸膛激烈地跳了起来。他自己也奇怪，不知从什么地方蹦出这么多火热而又美丽的词句；自己莫非说还有文学家的才能？这封信落在焦淑红的手里，怎么能不使她动心呢？就是铁石人，也要被这些话打动！

他刚想接着写下去，院子里爆发起的哗笑声，把他的思绪打断了。

"不用客气，张主任，咱们回去比比看吧！"

"嗨，你们能加油鼓劲儿，我们就回去睡觉哇！"

"得，咱们大秋后乡政府论英雄，今年亩产不超它三成，我爬去见你！"

"要我看哪，干脆，咱们几个社联合在一块儿干吧，一个小社搞这么大的建设，人力、资金全有困难哪！"

"谁说不是哪！光拿封山种果园这件事儿说，一个小社就办不到。这个山沟是你们社的，那个山坡是他们社的，你们要开地，他们要当牧场，怎么封山哪！非得联成一个社，统一规划。"

"那可太好了。不然，搞扬水站我们一个社也搞不起。秋后新农具大批下来了，一个小社怎么买得起？就算政府贷款，一个小社哪用得开一个大锅驼机呀？"

....

"东山坞这个村看样子也搞得挺不错哪！"

"去年这个村的灾受得可大啦，差一点儿趴了架。"

"谁搞的？那个姓马的支书？"

"新手啦！一个年轻的。"

"真是后来者居上啊!"

"这几年小年轻们真是一层一层地往上顶,我们村也这样。"

…………

马立本听着这些议论,心里一动,不由自主地摸了摸下巴颏,又摸了摸头发,又接着往下写:

> 淑红,你要把眼光放长一点儿,明日谁之天下……

他又觉着这句话大概有点"鸣放"味儿,划了,改为:

> 明日谁是英雄,那需时间来证明。时势造英雄,什么样的时势,会有什么样的新的英雄……

他很赏识自己这句话,写得不露骨,又意味深长。刚要继续写,外边的客人来告辞了:

"同志,您收过壶碗吧。"

"我们走啦,麻烦了。"

马立本赶紧又出去。他的眼睛在每一个人的脸上转着。这会儿他才发现,这六个中间,有四个跟自己的年龄差不多,没自己长得动人,可是都很结实。每个人都有一辆自行车,还有两辆是"飞鸽"牌的!不用说,他们都是先进村的,村里都有果木树。将来,马立本掌了权,也叫老百姓种树,这东西,真像萧长春说的,是摇钱树。看,那个被别人叫张主任的人,自行车还挺新的,就是穿的衣服太旧,太土气了。要是穿上一件府绸衬衫多漂亮,再留个分头多帅。那个上点年纪的是什么干部,兜里那个笔记本很厚,别在旁边的钢笔帽在阳光下一闪一闪的。这些人都是每一个村的大拿,这个村有一百人,一百人全听他们的,有一千人,一千人全听他们的;没事儿,村里一转,指指点点,再自行车一骑,乡里县里一溜达,皇上也比不了哇!

马立本看着这些人推车子出门,说说笑笑上了车,转眼没了影,一滴口水,从嘴角流下来,落在白布衫上。忽地,他用一种十分嫉妒的目光朝远去的人瞪了一眼,狠狠地说:"甭美,一旦变了天,你们就不吃香了,瞧马立本的吧!"

他忽然想起那天早上爸爸对他的家教,想到晚上马之悦对他的训话,想想这两天神魂颠倒的样子,觉着自己太没点男子汉大丈夫的味儿了。为一个庄稼姑娘,把自己搞成这样,值得吗?焦淑红是不是那么值得爱,还得考虑考虑。说真心话,他觉着焦淑红也并不是个十全十美的情人,或者说,他也有不满意焦淑红的地方。比方说,焦淑红积极的太过火,什么事全是她能,什么事全想干,前后不顾。再比方说,焦淑红有时候不光任性,还有点尖刻。这几天她简直像疯了一样,满街满村乱跑乱蹦乱喳喳,哪还像个女人;她那粗野的内心跟她那柔美的外表是多么不协调呀!当然啦,焦淑红要是真属于马立本了,是有办法让她收收性子,变成个温柔安静的妻子,可惜现在离着更远了。马立本也想到,自己再这个样子下去,不就功不成,事不就吗?正像马之悦说的那句话,真要自己在政治上大大地捞上一把,要什么样的女人没有呢?去他个蛋吧!

他几步进了屋,抓起桌上的信纸,咬牙切齿地一揉,手又停住了,小心地抚平叠好,塞进裤兜里了。他想,还是应当再试探焦淑红一回,看她的反应到底怎么样。这次她看了这封信,还是那样的态度,好,咱们一刀两断,将来有一天,你得跪在地下求马立本,马立本还不准要不要你哪!

这当儿,马之悦一身清爽的样子走进来了。他看了马立本一眼,就坐在床边上拿过耳机子套在头上,一边在匣子上扭着,一边笑笑说:"小伙子,日子不大好过吧?"

马立本也笑着反问一句:"您哪?"

马之悦仰面大笑:"哈,哈!你问的真妙哇!我?我怎么着?

我要像你那样,为自己眼皮底下一丁点事儿就什么也不顾了,早就完了!"

马立本用抹布抹着桌子,不好意思地说:"瞧您说的,我哪什么都不顾啦!当然啦,痛苦是痛苦的,我应当设着法儿想开一点。"

马之悦很赏识这句话,正符合他这会儿的心情,就说:"这句话全有了,是得想开一点儿。不管这会儿怎么不利,一定要顶过去,要毁,也顶几个月再毁。"

马立本问:"为什么呢?"

马之悦往行李卷上一靠,望着房顶,轻轻地说:"我想起一件有意思的事儿。那是刚解放,见有些投降的国民党里边的大人物又当上了什么委员什么长,我心里有点不服,过后一想,也服了。不管怎么改朝换代,有势力有地位的人,到什么时候,什么地方也是吃香的。"

马立本活泼起来了,拍着手说:"我明白啦,您是说,咱们还得设法占住势力地位,不管变不变;变不了,能吃香,变了,也能吃香,对不?"

马之悦笑笑,没说什么。这时候,耳机子里还在播送祖国各地的新闻,说是什么地方已经开始收割小麦了,就问:"最近又听到什么新消息没有?"

马立本说:"电台上播得很少,有一点也很简单,倒是报纸详细点,可惜我们这儿报纸总要十几天以后才能见到,赶上阴天下雨,半个月也见不到新报纸。农民报上这种消息登得少,我想设法订一份《人民日报》。"

"听说还在鸣放,县城也动起来了。"

"这股风什么时候才刮到咱们农村呀?"

马之悦歪着头,从窗子上朝外看看天空,天空晴朗朗的,就说:"用不着你急,有人比咱们急。你得慢慢等,什么运动总得先在大城市名人里边轰起来了，才会轰到咱们乡下。只要一到乡下，那算到根上了，到底怎么个变法，也就快有结果了。"

马立本点着头，又朝马之悦跟前凑凑："马主任，王书记昨天在地里都跟您谈什么了？"

马之悦平淡地说："左不过那些事儿。"

"我们下一步怎么办呢？您打了谱没有？"

"下一步嘛，看今晚上的会再定，反正随机应变。"

这两个人全都经过一番痛苦的斗争，这会儿又都同样想通顺了，都很安定。他们在办公室里心平气和地谈论着政事。怎么会想到，这会儿，在沟南边萧长春家门口，弯弯绕和马大炮已经被群众包围了，焦振丛已经把猪毛绳拿了出来，人们正吵得像是一锅粥！

来人给他送信儿了。是焦庆媳妇，进门就扑通往凳子上一坐，拍着大腿说："主任，你还在这儿听洋戏哪？可大事不好啦！……"

两个人被她闹得不知啥馅儿。

"出什么事了？"

"你慢慢说！"

焦庆媳妇简单明了地把刚才发生的事情说了一遍，让马之悦快快拿主意想办法。

两个人一听，全变成泥菩萨了。

马之悦抓下耳机子一扔，第一句话就问："焦振丛提我没有？快说呀！"

焦庆媳妇说："没，没，他好像没看见您……"

马之悦再不顾多问，就像是疯了一般，拔腿就朝外跑。他过了沟，上了坎，远远地瞧见萧家门口一群人正轰轰地乱吵。他躲在墙角那边看一眼，就拐个小弯，往南绕，绕到焦振丛家的前门口，镇静了一下，才走进去。

焦振丛的老伴,一个十分老实的女人,还在屋里搓纳鞋底的麻绳,见主任来了,赶忙溜下炕,迎出屋,满面带笑地打招呼:"马主任,您可轻易不来我们这儿串门呀,快屋坐吧。"

马之悦也赔着笑说:"行啦。我还有急事儿,振丛哪?"

女人说:"刚才慌慌张张地出去了,不知道上哪儿去了。您找他有事情吗?我给您找找他去。"

马之悦说:"有句顶重要的话跟他说。"

女人说:"行,您屋等吧。"

马之悦说:"大概在萧支书家门口。"

女人说:"好,就来。"

马之悦又叫住了女人:"你别说我找他,就说……"他这会儿心慌意乱,也不知道该怎么好了,心里打着转,觉得这样不妥当,如果万一别人知道自己在这个时候急着找焦振丛,一定要起疑心,反而要坏了事儿,就改口说:"算了,还是我自己找他去吧。随便跟他呆呆,也没什么大事情。"

女人说:"一会家坐来,我给您烧水。"

马之悦出了门,不知道怎么好,也不知道到什么地方,找什么人打听打听消息,胸膛像擂鼓一般地跳着。他后来一想,与其躺在网里等人家活捉,不如挣一挣,挣一下要活捉,不挣也要活捉,万一挣了出去,岂不是大幸!他又想,焦振丛是个新中农,尽管这几年认了合作化这条道,并不见得是死心塌地了;马之悦对他不错,他对马之悦也是挺信任,这一次又没伤着他,他不会这么绝情;再又说,所谓拿到赃证,也只不过是一条猪毛绳,一个现场的痕迹,况且,那天晚上又下了雨,脚印、口袋印,不一定能有了,就算有,也完全可以抵赖。

于是,他怀着冒险的、侥幸的,还有各种各样复杂的心情,朝北绕。他要大模大样地走进人群里去,镇一镇焦振丛,敲一敲萧长春,也给弯弯绕、马大炮一点主心骨!

志泉媳妇领着孩子迎面走过来。老远就朝马之悦说:"马主任,快去看看吧,弯弯绕他们又偷着卖粮食了,还嚷没吃哪! 焦振丛这下子可给他揭了底子啦!"

马之悦一听这口气,就知焦振丛根本没有提到他,便故作惊讶地说:"喝,有这种事儿? 焦振丛呢?"

志泉媳妇说:"那不是回家穿衣服去了。"

马之悦转身一看,光着膀子的焦振丛,走进他家大门里去了,就赶紧折了回来。

焦振丛以一种不可抑制的愤慨的心情,揭穿了弯弯绕这些人的丑事。他觉得反正也是撕开面子了,不彻底把问题弄清楚,自己也很难站住脚了,所以这会儿天不怕地不怕,很坚决。他回家来穿衣服,拿烟袋,准备马上领人到河边上去。

女人说:"马主任找你来了。"

焦振丛一愣:"找我?"

女人说:"刚出门,到萧支书家门口去找你了。"

焦振丛一边往袖口里伸胳膊,心里一边嘀咕。马之悦要是不找到头上来,他还是想给这个老干部在众人面前保一保老面子,等过后弯弯绕、马大炮把他咬出来,他就不会怨焦振丛绝情了;这会儿,马之悦偏偏找上门来了,怎么办呢? 是顾点情面呢,还是揭到底呢? 对,碰上再说,他要是不讲情面,我还讲哪一家子!

马之悦走进来了。他是焦振丛心目中的"开国元勋",是东山坞的有功之臣,是很老的干部。唉,这么个人,怎么跟弯弯绕这些家伙干这种事儿? 为这件事儿,为图一点小利跌了大跟头,这是多么不值得呀! 焦振丛这会儿要是有本领,他真想掏出心里话,劝劝马之悦,希望他珍惜自己的历史、自己的威信、自己的身份,不要再错下去。

马之悦已经到跟前了,依旧是十五年以来的那副庄严的神态。

焦振丛呆呆地望着他,一时不知说什么。

马之悦显得特别的沉静,两只手悠然地背在身后边,抬头看看这四间土顶石座的房屋,说:"振丛,你赶车常过森林,那边砖瓦窑还开着工没有哇?"

焦振丛更呆了,怎么也想不到马之悦为啥冒出这个呀!就回答说:"开着哪……"

马之悦说:"多会儿方便,我搭你车去一趟,买点瓦,把房子修修。振丛,你这房子也该上瓦了。过庄稼日子,住的是大事儿,一咬牙也就瓦上了。"

这句话很对,庄稼人住房是大事儿;焦振丛这层房,就是马之悦用自己脑袋保下来的呀!那天鬼子要烧东山坞,人们被圈到韩百安的院子里,焦振丛就站在马之悦的身旁,一切全是亲眼看见。

马之悦摸摸焦振丛小闺女的头,又问:"你家老大最近来信了没有?那边工作还挺好吧?常捎个钱回来吗?"

焦振丛的大儿子在北京当建筑工人。儿子这工作是托马之悦通过熟朋友给找的,儿子走的时候,户口也是马之悦帮着迁的;儿子如今是正式工人,每个月除了自己花用,常寄钱回来补贴家用。儿子每逢来信,都要挂上一句问候马之悦,家里的人也常叨念马之悦的好处。

马之悦瞧瞧放在屋檐下的牲口鞍屉,又问:"赶大车这差事还行吧?看,忙的我也顾不上跟你聊聊,有什么困难,尽管找我嘛!"

焦振丛爱车爱马,特别爱到处跑跑颠颠,他当运输员这个差事,是马之悦批准的。据说,当时马大炮很不赞成,想跟焦振丛抢这个差事,也是马之悦给他做了主。

马之悦没进屋,焦家夫妻怎么让也没坐一坐,问了三句话,告辞出来了。

焦振丛没有送马之悦。他看马之悦的神气,好像还不知道萧家门前发生的事儿。他一边朝外走一边想：自己没有直接指出马之悦的名字倒是做对了。只要弯弯绕这些人挨了整，咬不咬他，对他都是一个教训，他往后也会改正，也不会再干这种勾当了。焦振丛给他留下退回来的路，对得起他了。

马之悦从焦振丛家出来以后，没有去萧长春家门口，也没有跟人们到河边察看痕迹，更没有找跟着社员下地干活的王国忠，在短短的时间里，他又办了两件重要事儿。一件是派小铺的瘸老五立刻到县城给范占山送信儿，让他们赶紧做消踪灭迹的工作，订立攻守同盟，同时再打听一下城市里的形势；一件是回家告诉马凤兰，让她作应付一切事变的准备，免得事到临头措手不及；还让她悄悄地到大伯马小辫那儿去一趟，打听打听在北京念书的马志新最近有没信来。如果眼下这场风雨可以避过去，马之悦就要按着范占山那边的情形，瘸老五、马凤兰调查的情况，作一全盘考虑，定出行动方针。因为这几天一切事态变化异常，都逼着他非采取一个决定胜负的措施不可。

马之悦这会儿也作了最坏的打算，那就是一切全都因为这条导火线大暴露，去坐几天大狱；同时，他还要拼命地往最好的地方争取。他甚至于感到，只要是政局不发生一点儿变化，身上那个脓包早晚要破，只有政局变化了，他的一切病毒隐患才能自消自化！要坚持，坚持到农村大鸣大放的日子就好了。

弯弯绕和马大炮两个人无精打采，也是提心吊胆地走进来了。他们来请罪，也是来讨出路。挨一顿臭骂，甚至于，马之悦一使手段，把两个人包了饺子馅，也全是可能的。

马之悦朝他们看一眼，既没大骂，也没埋怨，只是深深地叹口气。

这一来，两个人除了感激马之悦之外，反而更难受，更慌张了。

弯弯绕说："马主任，瞧，我捅了娄子，也让你吃苦了，我有罪呀!"

马大炮也说:"全怪我,唉,这可怎么好唯!"

马之悦安慰他们说:"别慌啦,事闹出来了,慌乱更得出差错!等把姓王的对付走了再说。"

马大炮说:"他们要是追根呢?"

弯弯绕说:"咱们要是一口咬定没干这宗事儿,打死也不开口,行不行啊,马主任?"

马之悦说:"这要看你们的胆子了。他们说我们卖粮食了,卖给谁了? 卖到哪儿去了? 比不了抓住粮食,那可难办了,这是个无头案呀!"

弯弯绕担心地说:"马主任,从焦振丛的口气听,他好像也看到你了……"

马之悦想了想说:"不要紧。他既然不敢提我,就是留着后路。你们这几天千万要小心,别对他露出一点记恨的样子;别再逼他,他的嘴就算封住了。我琢磨着,只要城里那边把粮食平平安安地抖搂出去,这件事情就算洗清了。"

两个人从马之悦那坦然的神气里得到了安慰,都把心放回肚子里。

弯弯绕又试探地问:"马主任,今天晚上的会……"

马之悦摆摆手说:"不退不行了。失败是成功之母呀。你们别在我这儿呆着了,这两天大家也别一个劲儿往一块凑,记住:不承认!走吧,我得赶紧找找连福。王国忠找他去了,这家伙要是知道露了馅的事儿,两向一夹,很可能给他们拉过去,咱们更没主将了。"

第四十六章

马连福正领着社员锄谷子。

他这两天有点发蔫，既不像往时那么爱吵爱嚷，也没有跟别人发牢骚、讲怪话，更没有对谁骂骂咧咧地开玩笑，甚至于连招呼社员们歇一歇的时候都很少。他闷着头，使劲儿抢着锄头，像个光杆司令，把后边的人丢得很远很远。

他忘记戴草帽子了，火热的太阳晒着他的头顶，汗水不住地往下滴。那天，萧长春在碾子旁边跟他谈话时候的那副抱怨、恨铁不成钢的神态，那些从心坎上吐出来的话，一直在他的脑瓜子里边盘旋；尽管他对萧长春并没有真正地了解，甚至觉着这个人挺难捉摸，还是被他的宽宏大度的精神感动了。以后，他爸爸马老四又堵着门口把他训了一顿，那副伤心的、无可奈何的神情，也在他的脑瓜子里边盘旋；尽管他也没有完全认识自己的爸爸，甚至觉得他太有点向着萧长春，对自己的儿子反而不太体贴，还是被老人家提到的那些辛酸的往事动了心。紧接着，他媳妇孙桂英又把他数叨一回，晚上躺在被窝里还在数叨，说他不该跟萧长春过不去。他吧嗒吧嗒嘴，回回滋味儿，也实在挺后悔。自己跟萧长春实在没什么大过不去的事儿。就拿在外边找工作那件事情说吧，萧长春拦下马连福，也拦下别人，不是专为对付马连福一个人；况且，拦下大伙，也还是有好处的，要不然，哪能种这么多麦子！拿分麦子这件事情说吧，萧长春拆马连福的台，擦马连福的话，是为了在地少的户里讨好，稳他的地位，也不是专对马连福来的；况且，不愿意土地分红的，不光沟南，沟北边也有不少的户……说一归遭，萧长春没有光在马连福身上下捻子，因为萧长春知道，想着撂倒他的人，不是马连福，而是马之悦。马之悦想独揽大权，萧长春跟他争夺，成了对头，马之悦想把萧长春踩下去，碍你马连福什么了？就算把萧长春打到十八层地狱里去，那个支部书记也轮不到马连福当；就算有人让马连福当，你当吗？你当得了吗？还有，弯弯绕没吃的，让他跟萧长春叫喊去得了，萧长春喜欢听喜，不喜欢听忧，怕上边抱怨他把东山坞的工作搞坏,要压叫没吃的人,让他叫去,让他压去好了,碍你马连福什么,你可打哪家子抱不平啊!去他妈的吧,往后,这些鸡毛炒韭菜乱七八糟的事情,马连福再也不沾边了。该干活干活,该开会开会,该吃饭吃饭,干完了,吃饱了,腿一伸,躺炕上睡大觉,别人爱什么样就什么样。得了,往后马连福要当老实人了!

马连福这两天真当老实人了。早晨起得特别早,除了弯弯绕说头疼,马大炮说肚子疼之外,全队能干活的社员,差不多全让他招呼出来了。来到地里,闲话不说,动手就干。你瞧,连背后的社员们议论夹着抱怨,抱怨夹着不干不净的谩骂,他不插言,不打断,连听都不去用心听。

沟北边这些积极干活的中农社员,一部分是真正拥护合作化的,一部分是中间的,只有几个跟弯弯绕、马大炮这类人差不多,所以他们议论、抱怨、谩骂起来,对象不一样,看法也不一致,争论得相当厉害。

"嗨,单干那会儿不是你呀,你种出过这么好的麦子没有?连你们上几辈,你都翻翻看!"

"嗨,说一千,道一万,没有地长不出庄稼。没娘们能养孩子吗?你养个我看看!"

"这样说话,真是肉锅煮元宵——混蛋!"

"我看你是黄鼠狼顶草帽,假充好人!"

这一场刚收,另一场又起来了:

"在会上骂人,有理也是没理!"

"不给他来个厉害的,他更不知道马王爷三只眼!"

"骂管什么用,把人家骂倒了吗?"

"反正出了气,白骂了!"

"白骂?你瞧着,要是让连福白把人骂了,我管你叫好听的!"

"撒不出一丈的尿。"

仨一群,俩一伙,另一边也在争论:

"弯弯绕硬说没吃的,我看连哑巴都不能信!"

"你别撑的难受了,弯弯绕就不兴没吃的呀?"

"他绕,绕出什么来了?"

"这年头,反正怎么着也好不了啦!"

马连福不想听这些议论,不想听也得听几句,心里边怪烦气,就更加劲锄,想赶到前边去,躲开这些多事的人。

忽然,后边有人小声地喊他:

"喂,队长,找你了!"

"麻子,小心点儿,这回够你唱的了!"

马连福没理他们,当是这些人又在为那天的事儿担心。他心里想,你们他妈的看到哪去了,人家萧长春可不是那种小肚鸡肠的人,人家是宰相肚子撑得船;我刚把他骂了,回头就给我卷一支烟抽,你们看到哪儿去了!

当后边的人又压着嗓子朝他喊几声,他才抬起头来。这一抬头不要紧,麻子脸一下子就黄了!

地半腰岔过来一个人,是乡党委书记王国忠。他扛着一把锄头,正是朝这边走。

后边的社员们又对他背后嚷嚷:

"麻子,别看支书饶了你,人家上级可不能给你留面子!"

"那当然,光凭带头闹粮食的事,就得整治整治你!"

马连福停住手,直愣愣地望着王国忠越走越近。心里可就嘀咕开了。前天吃晚饭的时候,马之悦派马凤兰给马连福送信,说是萧长春到乡里告马连福的状去了;说是一会儿乡里的李乡长或是武装部长要来,要马连福这头别松劲儿,马之悦在乡干部面前给马连福保驾。马连福当时有底儿:萧长春已经亲口答应,不跟自己算账了,到乡里告的只能是弯弯绕,顶多是马之悦,不会是马连福。

535

昨天,他听说王国忠来了,开始吓一跳,因为马之悦能对付李乡长和武装部长,对付不了王国忠,倘若萧长春真给马连福来一状,实在招架不了。这两天王国忠只找马之悦,根本没理马连福,他心里边又踏实了,还有点庆幸。心想,只要闷着头干,不再说什么,这场祸就忍过去了;没想老鼠拉木锨,大头在后边哪!

王国忠已经走过来了,笑嘻嘻地朝大家打招呼:"大家忙啊!连福,我找你一圈,你跑这儿来了!"

这个"跑"字儿很刺马连福的耳朵。心想,我又没杀人又没放火,只不过是说了几句公道话,犯法啦?我跑哪家子呀!真是笑话!可是,他又怕王书记当着社员面撸他,我们的马连福还是个薄脸皮、爱面子的人哪!就连忙说:"王书记,找我呀?咱们回村谈吧。"

王国忠在挨着他的一个谷垅里停下来,一面卷着袖子,一面说:"还不到收工的时候,干一会儿吧。"说着,就跟他膀对膀地锄起谷子。

马连福浑身不自在。他觉着,王国忠专门跑到地里来,一定把那件事儿看得很严重,要不两天了,什么时候谈不了,偏偏要跑到地里来找。王国忠平时好说好笑,说说笑笑就把工作谈了,常常是开了半天会,就像听了一会儿故事,不觉着吃力。马连福开会去,只有王书记讲话他才不打盹。可是,这位书记批评起人来,比萧长春还要厉害。所以马连福两只手干活,心里却不住地嘀咕。

马连福猜对了,王国忠就是为前天那件事儿,专门来找马连福。昨天,他就跟萧长春商量好,故意先不找马连福,淡淡他。昨晚上,他又跟萧长春、韩百仲把马连福这个人做了全面研究,把他在干部会上放的炮,也做了细致分析。他们要解决眼前东山坞的问题的关键不限在马之悦的问题上边,也不限在马连福的身上。中心问题是发动贫农、下中农群众,发动积极分子,把能团结的中农团结住,把正气先扶起来,把闹土地分红、闹粮的逆流抵住,等麦收顺利完成,最后再总清算。

东山坞今年不光麦子长得好,青苗也不赖。高粱苗、谷子苗、棒子苗和芝麻苗,又齐全又苗壮。顺着垄沟看去,高的是麦子,矮的是青苗,黄的一道,绿的一道,黄绿间杂,像巨幅的花条布,着实地惹人喜爱。

他们锄着谷苗。被小雨洒过的黄土,特别松软,一锄下去,嚓嚓响。锄到地头,又拐回来,又锄到地头,又拐回来了。王国忠只是跟马连福谈了些麦收准备、社员的出工情况这一类的问题,马连福怕的那件事儿,他反而一句不提。忍着忍着,马连福倒忍不住了。

"王书记,老萧对你说什么了?"

"说的事情可多啦。前天你在会上骂他的事儿,也跟我说了;你给弯弯绕撑腰的事儿,也说了。"

"唉,我说完了就后悔了。王书记,原谅我这一回得啦!"

"你先别害怕。老萧说,他不计较你,只要你醒过梦来,跟他交交心,把屁股挪过来,全完事。我挺赞成,老萧这一点就很不简单,你要不跟他交心,那就太不对啦! 这一回,我们全都看你的了!"

马连福听了这句话,立刻就踏实了,苦笑着咧了咧嘴巴,说:"唉,王书记,我这个人你知道,我是个猛张飞呀!"

王国忠笑着说:"不见得吧? 张飞是粗中有细,你能比上他? 古城会那件事儿,说明张飞的立场很坚定呀!"

"王书记,你又讲故事了。"

"连福,我不是讲故事,你也别把自己的过错全归在性子直上边。"

"唉,我这个人哪,就是嘴巴没后门,爱说句公道话。"

"公道话? 你说老萧干工作是争权夺利,这是公道话吗? 去年大灾大难当头,东山坞眼看要垮,他挺身出来干,那会儿有什么权,又有什么利?你说说公道话我听听!"

马连福不吭声了。是呀,那时候,东山坞真是乱成一锅粥了,连揽大权的迷——马之悦都溜了,东山坞爱什么样什么样,谁爱管谁管,他都不管了;马连福那会也觉着,东山坞这一垮,永远也缓不上元气了。萧长春倒要收拾这个烂摊子,那会儿谁不说他傻!王书记这话说的在理呀!

"还有,你说搞农业社没意思,搞糟了,这也是公道话吗?别的大道理咱们不讲,别人咱也不讲,就说马翠清、五婶、哑巴,这些人要是没有农业社,能不能活下去?你说粮食统购统销不好,这也是公道话吗?如果没有这个政策,去年那个大灾荒,你们吃的粮食从哪儿来?得有多少人卖房卖地买粮食度命?你说说公道话我听听!"

马连福低头了。王国忠提的这些人,马连福比王书记更要清楚,东山坞沟南边靠农业社活着的人多啦!就拿他爸爸马老四来说吧,半个身子,早不能干什么了,农业社给他一件能干的差事,顶一个棒劳力挣分,自己养自己还能补贴马连福,要不然,不是也得马连福养着他呀!里外一算计,马连福也沾了农业社的光。

马连福小声说:"我可没讲粮食统购统销不好。不统购统销,粮食价一天一涨,谁不知道!"

"你嘴里没说,心里赞成。我不是凭空给你扣帽子。有些人闹粮食,就是反对这个政策,就是想要自由买卖,好坑人发财。你替弯弯绕喊要饿死,这也是公道话吗?你……"

马连福把锄头一拄,十分委屈地说:"我的王书记,这可是真的呀,我亲眼看见……"

王国忠打断他的话:"你亲眼看他打孩子,你也亲眼看他把麦子都埋得发了霉呀!去年他把霉坏的麦子倒在猪圈里边,连猪都不吃，秋天往队里投粪，不是你跟马子怀套车拉，从粪里边瞧见了麦子，这件事儿才暴露的呀！我没说假话吧？你掂一掂，你这些公道话哪一句真公道？"

马连福又低头了。

王国忠接着说："连福同志，你要知道，世界上有很多的公道话，共产党有共产党的公道话，国民党有国民党的公道话，美帝国主义有美帝国主义的公道话，具体到咱们农村，贫农、富裕中农和地主，也都有他们自己的公道话，可是，这些公道话有真有假，只有替无产阶级说话，说出来对社会主义有益，才是真正的公道话！你想想，你说的那些所谓公道话，是替谁说的，对谁有利呢？"

真像萧长春说的，马连福糊涂了。天下的事情，怎么这样复杂，这个日子可真不好过呀！他觉得自己是腾云驾雾，八面不着底儿。

跟在他们后边的社员，因为离得比较远，他们都说了些什么，听不着；想凑过去听听，又觉着不方便。不论抱什么态度，怀什么心思的人，差不多都是一边手动脚动地干着活计，耳朵伸着朝这边听，等着这边突然爆发一场吵嚷。

王国忠看马连福一眼，就又朝前锄起来。

马连福也忙跟上了。

王国忠一边手脚不停，一边问马连福，前天的事情是怎么发生的，发生以前，他都跟什么人，谈过什么；为什么想到要说说"公道话"，用意是什么？问题一大串，问得口气平和，尽量不使马连福感到很严重。

这会儿的马连福，完全可能把事情发生的始末说一遍，可是他却掐头去尾了：从地里说起，没提摘蚕豆一节；说到到办公室为止，没提到马之悦家里那一节；他怕一提这个，收不住嘴，把借钱的事也说了，就糟糕啦！

王国忠又问起"土地分红"这件事情的始末。这一个问题,马连福也是有选择说的,埋伏下有关马之悦的一部分,中农们答应给他粮食的事儿撒了几句谎。

他说:"弯弯绕这些人,麦子一吐穗子就整天价在我屁股后边磨豆腐,说是他们吃了亏,农业社把他们害了,说是要退社。我说,闹退社总出在咱们这个队,这不是给我脸上抹灰吗!他们说,你要想我们听你的,你就给我们谋点幸福。我问他们谋什么幸福,他们就提土地分红了……"

王国忠插言说:"你是队长,土地分红这事不符社章,更不符党的政策,你总是知道吧?"

马连福说:"开头我也是这样讲,我说不行,土地要分红,我们干部要犯错误了。他们说不要紧,只要我们中农全举手,保你没事儿。还说,这是民主。"

王国忠又问:"他们没跟你说国家形势吗?比如说大鸣大放之类的话。"

马连福说:"说了,说了。他们说将来要真民主了,什么事情都是中农以上的人家说了算。我不信,马大炮说,中农根子硬,闹起来就厉害。"

"他们从哪儿听来的呢?"

"这我倒没问。好像是耳机子里也说过。"

王国忠听马连福的口气,对这类问题他知道得不会太多,就没有再追问下去。他一边朝前锄着,一边用谈心的方式,给马连福谈起我们国家的形势和我们人民的美好的前途,特别强调,不要听信谣言,要相信党!

马连福说:"王书记,可不要把话说远了,共产党是我的救命恩人。我再糊涂,也忘不了党,也不会跟党两条心。不信您就瞧着!"

王国忠说:"拥护党是具体的,不是像敬神拜佛、烧香许愿那样说空话。什么是具体的呢,第一条,就是拥护党的政策,农业合作化、分配原则、统购统销,这些全是党的政策,全是走社会主义道路的保证。一个人要是真拥护党,首先就要先拥护党的这些政策,你过去在这个问题上,跟党是一条心吗?"

马连福又不吭声了。

王国忠说:"第二条是拥护正确执行党的政策的人,换一句话说,就是服从正派的领导……"

马连福说:"我可没有反过领导,那还了得!"

王国忠说:"你在会上攻击党支部书记,又是攻击他坚持的党的政策,这叫什么呀?"

马连福又是哑口无言。

两个人往前锄几步,王国忠又停住手问:"连福,这些日子马之悦都跟你说过什么?"

马连福打个愣:"他说的都是工作上的事儿。"

"他怎么跟你商量土地分红的?"

"没,没,没商量过!"

"这是假话,其实,事实已经证明了,我也用不着你交代。这会儿你不想说,我们可以等等。我希望你早一点儿想通。连福同志,我再提醒你一句:马之悦是个有严重错误的人,你要小心,以后对他的话,要想想再接受,别一口吞;萧长春是个好同志,你应当向他靠近。你跟长春都是贫农,都当过兵,你们是战友,应当并肩作战,不能枪杆子朝里打!"

马连福更慌了:"王书记,王书记,可没那么严重! 真的,我根本没有往这上边想过呀! 我……"

王国忠说:"你想没想过是另外一回事,你所作所为,可是有这种危险了! 我为什么要专门找你一趟呢? 就为这个。萧长春对你骂他的事并不放在心上,他最恨你在政治上糊涂,立场不稳,忘了根本。你千万别把我们说你的这些话当耳旁风啊!"他见后边的社员赶上来了,便停住口,继续朝前锄。

马连福发了呆。

就在这个时候,地边的柳丛哗啦一声响,蹿出一个人,吼的一声喊:"连福,你给我滚过来!"

大伙都被吓了一跳,同时朝那边看去,只见马老四两手叉腰,横眉立目地站在那儿。

王国忠停住手,招呼他:"四爷,过来抽袋烟吧。"

马老四呼哧呼哧地喘着气:"不啦! 王书记,你跟他说什么来啦? 你抓空歇歇不好吗? 你有话跟他说,那不是白费唾沫吗? 他是个糊涂虫,是个没心没肝的牲口呀!"又对马连福喊:"狗日的,我叫你听见没有哇? 你聋啦!"

马连福让爸爸骂得两眼冒火星,当着王书记又不敢发作,就睖着眼说:"叫喊什么呀!"

马老四噔噔几步走过来,一把抓住马连福的胳膊,像拉死狗似的朝地外边扯他:"走,走,你快看看弯弯绕饿死了!"

大伙都不知道啥馅了,围过来,想拉架。

马连福一面掰着爸爸的手指头,一面喊叫:"哎呀,您疯啦是怎么的!"

马老四的手就像一把大钳子,死抓住儿子不放:"疯啦,疯啦!我让你们这些没人心的气疯了!"

王国忠也过来解劝:"四爷,您放开他,有话跟我说。"

马老四说:"王书记你放心,我不怎么他,我就是要他睁开眼睛看看去,看看弯弯绕饿死没饿死。"他朝远处一指,"那不是,大伙都去了,都看西洋景去啦!"

大伙顺着老饲养员的手指看去,只见南边金泉河岸上,黑压压一大群人,不知道出了什么事情。

第四十七章

东山坞村南的金泉河边上，这会儿是最热闹的地方了。

萧长春带着韩百仲、焦振丛、焦振茂一群人奔到这里。正在干活的人，看到他们，也都凑过来了。几个拾粪的老头和走读的完小学生，也绕个弯，跑来看热闹。

这地方没有正式的道路，河两岸全是麦子地，只有沿河边有一溜土埂，单人可以抄近奔大湾或是回东山坞，车辆不能通行。一条可行的小路也长满了青草，只是因为偶尔有人践踏，比旁边的草稍微低矮一些。他们就顺着这条路，寻找那天晚上弯弯绕这几个人放粮食、过河的地方。

焦振丛这会儿的心情是最紧张的。这件事是他挑开的，想收场是不行啦。他是个最好面子的人，快五十了，他没说过谎话，没做过亏心事，更没干过对不住人的事；这码事要是不明不白，焦振丛往后还怎么说话？弯弯绕也不会答应马虎收场，找不到事实证据，那小子肠子弯多，准会来个反咬一口，让焦振丛以后在东山坞难以为人。他想，萧长春更不愿意收场，一大堆邪魔歪气全是冲着农业社来的，这两天弯弯绕这些人摆了多少阵势，好不容易找到破阵的法宝，不弄出个水落石出不会罢休。干部们真够难的呀！要是找不到证据，焦振丛真是对不起他了。另外，还有马之悦这一条暗线哪。焦振丛不明白，马之悦到他家转一圈的用意是什么，要是为堵焦振丛的嘴，怎么连这件事情一字全不提呢？他也许是害怕了，想提，又没敢提，打个卯，意思已经有了。等事情全揭开了再看吧，弯弯绕要咬他呢，更好；不咬他，等火热劲儿过去，也得变着法儿跟马之悦说说，反正得让他知道：焦振丛看见你了，没说你，是给你留着面子,可不能再错下去!……

　　萧长春这会儿的心情,也不比焦振丛轻松。不错,他把这件事看得很严重。他觉着,这件事不光是跟本村麦收前这一场乱子有关,也联系到外村,或者是关系到更远的地方;许是单纯投机的事,也许跟一些政治性的破坏集团有瓜葛。谁是这件事的主谋、牵线人,把粮运到什么地方,又经过哪里?还有,村子里都有哪些户参加了,是经常的,还是偶尔这一次?这件事是不是"土地分红"和闹粮的一部分?……对这一切问题,要想得出正确的结论,先得抓到确实的赃证;要是抓不到赃证,真就成了没头案,弯弯绕这些家伙的气焰打不下去,解决眼前的问题,就没有破了这个案子以后那样顺当快速……

　　韩百仲跟萧长春想的一路,只是想眼前的事多了一些。从这一天多的情形看,没这件偶然的事儿,东山坞的邪气也能很快打下去;有了它,打下去就更快了。他根本就没怀疑过这件事情的真假,因为他肯定弯弯绕这些人什么坏事都能干出来;也因为他了解焦振丛。这会儿,关键在于快点找到证据,让弯弯绕、马大炮这伙子人低头认罪!

　　焦振茂跟他们想的全不一样。他不大相信会有这种事情。弯弯绕家里存着粮食,那是瞒不住人的,会不会往外投机,可不一定。投机倒把,是不符合政策条文的事情,弯弯绕那家伙能干这种傻事?再说,全国一个令,弯弯绕就是想卖,到哪儿卖去呀?卖给谁去呀?怎么个交易法呀?再又说,粮食这东西又不是几张票子,腰里一揣走到哪儿也行,死沉死沉的,怎么背,怎么抬呀?

　　其余的群众,当然什么心思都有。有的相信,有的不相信,可是大伙儿都盼着把证据找出来,所以他们议论得也最热烈。那些不懂事的小孩子,简直是把个挺大的事当热闹凑了。

　　他们拉着大队,在麦地边、小河旁的小路上走,一边走,一边寻找可以提供研究的一切痕迹。

焦振丛抢先了几步，又停下来喊："对，对，就是这个地方，没错！那绳子就是这儿拣的，口袋在这儿放着好几个。"

大伙呼啦一下子围过来了。

"哪？"

"这个地方有什么？"

"对吗？"

这个地方是一块小土坡，上边有草，有土，有小石头子儿。经过一场夜雨，草更青了，更茂实了，土更黄，更湿润了，小石头子儿更光滑了。这个地方跟旁的地方连在一块儿，没有分毫差别。

焦振丛傻眼了。

韩百仲也发呆了。

焦振茂看看萧长春。

萧长春蹲在地下，仔细地看着，那样子像是寻找一根针，一颗纽扣，或者是一分钱的小钢镚儿。

一条大蚯蚓在湿土里钻出来，曲曲弯弯地爬着。

有人叫起来了："这不是弯弯绕吗！"

有人跟着凑了一句："这块地要是会说话就好了。"

韩百仲忍不住问焦振丛："你记准了吗？"

焦振茂也在一旁小声说："好好想想，别急。"

还不急哪，焦振丛脑袋上都呼呼地冒了汗珠子。

萧长春一声不吭。他低着头，围着这个地方看一圈，又到附近走一趟。他抬头一看，忽然想起，那天晚上他送焦淑红回来的时候，正是走到这个地方的时候听到响声，看到麦浪的波动。他正要继续找，马子怀凑过来了。

谁也不会想到，马子怀这会儿也希望把那个赃证找出来。他假装低头找，凑到萧长春跟前，见旁边没人，就小声说："支书，找吧,准能找到。"

萧长春朝马子怀脸上看一眼,一愣:"你知道?"

马子怀连忙说:"找吧,我看能找到,焦振丛从来不说瞎话……"

萧长春明白了。弯弯绕这些人办这种事儿总不会瞒着马子怀的,他一定有底;当然也不能追问他。他这句话,就是送信儿哪!

萧长春更有信心了,他转回来,下了河坡。

人们都奇怪地望着他,不知道怎么回事儿。

萧长春下了河坡,往泥土地上一坐,扒了鞋,脱了袜子,卷上裤脚,下河了,哗哗啦啦地蹚过去了。河水被他冲激起来,水花儿围着他的两条壮实的大腿跳跃,溅到脸上。

焦振丛也像想起什么,连鞋袜都没顾脱,也扑扑通通地跟着蹚过来了。

萧长春上了岸,沿着河边走一截儿,沙土埂上留下他那沉重的湿脚印儿。他仔细地看着每一个石子儿,每一个土块。他又折回来,跨进麦子地里。锋利的麦芒儿刺着他的腿。忽然,他瞧见一片被压倒的麦子,转身一瞧,那边又是一片,小声对身后边的焦振丛说:"你看,这是放粮食口袋压倒的,没错。瞧,这儿有小推车的轱辘印儿,多深哪,是朝东南方向走的!"

焦振丛这下子可来了精神,顺着车轱辘印追了几步,真是朝东南走的。走回来的时候,他又发现奇迹了:"萧支书,萧支书,快来看哪!"

萧长春跑来一看,是小米粒,一片,都让雨水浇过,泡发了,都圆鼓鼓的。他那颗悬着的心,这一下落稳了。

河这边的人们都站在河坡上看着他们。见他蹲在麦地里不动了,不知道怎么回事儿。

韩百仲朝他们喊:"喂,怎么样啊?"

焦振丛跳起来喊："嗨，嗨，找到了！"

人们一听，除了少数几个人似乎有点扫兴之外，全高兴得不得了。脱鞋，脱袜，稀里哗啦，全都过河了。几个老太太和小孩子过不来，急得乱喊乱叫，想让别人背他们过去看看，这会儿谁还顾得上管他们哪，着急去吧！

过了河的人们，全挤过来看地上的小米粒儿。

年轻的人们这会儿心里又轻松又痛快，说开了风凉话：

"嗨，金黄黄的，陈米！"

"瞧，弯弯绕怎么不把口袋缝结实点呀！"

"就是，给孩子糠饽饽吃，留着小米子往地上撒，真不心疼呀？"

萧长春光着两只脚丫子站在麦垄沟里，气得他一个劲儿咬牙。看看吧，这一地米，就是昨天晌午把孩子打得满街哭叫、喊饿的那个弯弯绕撒的呀！要不是亲眼看见，这简直是不能相信的事情！

最觉着意外的，还是焦振茂，他从地下捏起一粒米，放在手心上捻着、看着，好久说不出话来。弯弯绕这家伙好大的贼胆子，真干了这种伤天害理、违犯政策条文的事情。明明有这么好的陈粮，你怎么还闹缺粮？明明吃不了，你怎么还让孩子吃糠？有粮留着防备歉年，也罢了，你怎么还投机倒把呀？这种人真是昧了良心黑了肝，要不整整他，还有什么政策条文的圣洁威力？要不整整他，他不敢反了天呀！

这个老头子想着，把手掌上的小米粒抖掉，就又张开两只胳膊，拦着年轻人说："别往前凑了，这儿看还看不着哇！咱们得保护现场，政策条文上就是这么说的……"

人们全被他到处用政策条文逗乐了。

正在这边的人们查到赃证的时候，北边的王国忠、马老四、马连福和沟北边的一群社员也都奔到这边来了。

萧长春把刚才在村里发生的事情跟王国忠做了简单的汇报，

又给众人讲述富裕中农弯弯绕刚才怎么样堵在他的门口,拦住他吵闹。说着说着,他不由得想起昨天访问饲养员马老四的情形。他不能再保密了,他要把这件事儿告诉所有的社员,让他们跟弯弯绕这些人比一比吧!提到马老四,年轻人的脸上放出光芒,那声音也特别的慷慨激昂,语气里带着感染人的力量。

所有的人,不论什么心思的,听到马老四偷偷地吃糠咽菜的事儿,都被震动了。东山坞除了这个忠心耿耿的饲养员,谁吃野菜了?假吃的到处宣扬,真吃的不让别人知道,这一比,真金和泥土,不全出来了吗!

萧长春最后说:"同志们哪,我们穷,不假,可是我们人穷志不穷,我们有穷人的骨气!"

王国忠插言说:"老萧说得对。刀枪吓不倒,困难挡不了,金钱买不动,挺着胸膛干到底儿,一直干到共产主义去,这就是我们穷人的骨气!"说着,他激动地扳着马老四的肩头,把他推到人群中间,"社员同志们哪,马老四同志是咱们农业社的光荣,是咱们东山坞建设社会主义的台柱子,是咱们大伙应当学习的榜样啊!"

萧长春说:"就因为有四爷这样一群同志,我往头奔就更有劲头,什么困难我全都不怕它,他教育我做一辈子硬骨头!"

所有的眼睛,全都望着这个年迈体弱的老人,他的身上像是放出光芒,这光芒耀人眼目。

马老四反而惊住了。他像是有点迷惑地望望这个,又瞧瞧那个,连声不迭地说:"王书记,长春,嗨,你们怎么啦?你们这是怎么啦?别这样说,别这样说,我就是该怎么做,就怎么做了,全是小事一段呀!我……"

王国忠说:"一个农业社社员,做了他该做的事情,就不简单呀!"

萧长春也说:"有些人不是每天都做他们不该做的事情吗?咱

们东山坞所有的社员要是都泼出劲来把自己应该做的事儿干得棒棒的，咱们能有去年那么大的灾荒吗？能有眼前这场乱子吗？"

每个人心里都有一本最公道的账，可是，有时候，被他们不自觉地挂起来了，想不到去翻翻它。这会儿，所有站在这儿的人，包括一向不干自己应当干的事，不走自己应当走的路的人，都翻翻自己的那本公道账吧！有什么比事实更能说服人呢？

焦振茂伸着耳朵听他们讲的话，瞪着眼看着他们的脸，不住地点着头。他听着，他感动；他听着，他惭愧。他听着听着，他的心里豁然一亮，他悟出一点非常重要的道理。赶忙用他那粗大带茧的手指头抹着腮边的泪珠，走到马老四的跟前，拉住马老四瘦弱的手，声音颤抖地说："老四，哥们，兄弟对不起你呀！没别的，我往后迈步跟着你学啦！"

马老四像个害臊的小姑娘，羞羞答答地说："振茂，别这么说，我干什么啦？不就管几头牲口呀！我还得跟你学，你不简单，东山坞这么多的中农户，你是尖子，你一步一步都是实实在在的呀！"

焦振茂说："你没私心，我有。我有私心呀！"

马老四说："那是先头的事儿了，先头那几年，我又作情你①，我又瞧不起你；作情你能勤能俭，会操劳，你把自己的小家业创出来了；瞧不起你那一心要往财主目标奔的坏心思。说句不好听的话，那会儿，你跟弯弯绕这会儿这副坏心思没有两样，两只眼光往人家好地、好牲口上盯，想哪一年把钱攒足了，好买到自己手里。那年你的白薯每亩长七千多斤，我们农业社给你讨点经验你都推三推四，到底没把实盘子端给我们。有这种事吧？我记着你哪！这会儿呢，你变啦，你的眼开了，心也开了，你把全身的本事都交给农业社了，你正跟爷们一起创咱们的大家业。我背后这样说，当面也是这样说。凭你的家底，你的劳力，你的本领，要是我们跟你一块儿

---

① 就是"佩服你"的意思。

走资本路,你能当地主,我们就得当你的长工;换个思想说,你不走社会主义路行,我们不走不行啊! 我……"

焦振茂说:"老四,你这句话可没有说到我的心里去。我早看出这步棋,不论你是贫农、中农,都得走社会主义,只有走社会主义才是奔铁饭碗,活着才有味儿! 奔着吃剥削饭? 唉,就算我这辈子吃上了,我的儿子、孙子就许挨人家剥削去。对不对? 走那条路,不要说自己,连后代全对不住呀!"

马老四说:"就为着你看准了这一条,你才变啦,我才瞧得起你了! 我们得跟你学管家的那套真本领呀!"

焦振茂说:"我得跟你学,没错儿! 学你的骨气! 唉,人哪,什么样的都有哇! 老四,往后咱们哥们得同甘共苦。咱们大伙儿拧着劲儿干。干出稠的,咱们一块儿吃稠的;干出稀的,咱们一块儿喝稀的。不能让你在那儿悄悄地勒裤带,我们撑的偷着松裤带,还心安理得。毛主席说依靠贫农,团结中农,同苦同乐才叫团结呀,大家说对不对?"

热烈的掌声,在金色的麦野里响起。

人们议论纷纷,连沟北二队那些中农社员都受到马老四和焦振茂两个老人的感染,都觉着弯弯绕这种人实在丢脸,实在见不得阳光。是呀,只有靠劳动吃饭,靠集体创业,并且同甘共苦,才是最有奔头呀!

在人们热烈议论的时候,萧长春挤出人群,把那个站在圈子外边发呆的马连福拉到一旁。

"连福,我那天给你提的几个问题,你想没想?"

"想啦。"

"王书记跟你谈过没有?"

"谈过了。"

"怎么样啦?"

"好。"

"你想通了吗?"

"想通了。"

"什么问题通了?"

"我有错误。"

"怎么个错误?"

"我的屁股没坐正。"

"这好哇! 你能想通这一点就很好。这是个开头,你还得追追根子。我再问你一个好回答的问题:弯弯绕他们把粮食卖到哪儿去了?"

"哎呀老萧,我像做梦一样,我哪知道哇?"

"真不知道?"

"谁知道让他天打五雷轰!"

"这回你该认识认识这些人了吧?"

马连福跺着脚大骂一声:"我日他祖宗了!"

等到大伙听到骂声回头一看,马连福已经转过身去,脚步慌乱地朝村庄的方向跑了。

两天的时间并不长,可是,在东山坞说来,这个,那个,出了多少事情啊! 在马连福说来,这个,那个,往脑袋里灌了多少事情啊! 王国忠那一片话对他生效了,马老四和焦振茂那一片话,对他生效了,萧长春前天和刚才对他说的那一套话,对他也生效了。这会儿,那个功臣的、荣誉的魂儿又值班了。他觉着,自己是多好的出身,多好的成分,多好的地位,不好好地干工作,跟几个名声不好的富裕中农掺和什么,跟马之悦这个"有严重错误"的人掺和什么!

他的身子朝前倾着,两条胳膊绷着,迈着小碎步,奔村子走。那副神态好像告诉人们,一进村,他就要跟弯弯绕、马之悦这些人撕破面皮,来个大清算,从此一刀两断,他要迈上他应当走的道路,大步前进了!

马连福哇马连福,多少人盼着你这一天呀! 你的同志萧长春盼着,你的爸爸马老四盼着,你的儿子还不懂事,要懂事的话,他也盼着你呀!

村口上,马连福碰上正急着找他的马之悦。

马之悦左右瞧瞧没有人,赶紧迎上来,小声说:"连福,你让我好找哇!"

马连福像开足马力的汽车,碰上什么障碍,来了个急刹车,差一点儿朝前跌倒。当他看准了前面这个人是谁的时候,心头掠过一种从来没有过的厌烦。他两只手往腰上一叉,用白眼珠扫了马之悦一眼,很不客气地问:"干什么?"

马之悦说:"我找你有点事儿……"

马连福哼了一声:"得了,爷们,过去咱们不错,你对我不错,我对你也不错,见好就收,从这会儿一刀两断。往后,就是天塌了,地陷了,你也别找我了!"

马之悦吃惊不小:"咦,连福,你这是怎么了?"

马连福嚷起来:"怎么了,怎么了,你还不知道哇!"又缓缓口气,说:"马主任,爷们,我是个糊涂人,讲道理,我知道,我八张嘴缝一块儿也讲不过你;耍心眼儿,我把八辈子加一块儿也要不过你;我没本事劝你,也没本事跟你把这笔账算清楚。有一点,这两天这么一折腾,我倒是看出眉目了,说心里话吧,萧长春全是对的,他是个好家伙,你呢?"

"我怎么样,啊?"

"你呀? 没说吗,我是个糊涂人,你现在心里想的,手上做的,到底儿有多少对,有多少不对,我一时也说不清,十成有八成是全不对的;对不对,你自己心里边明镜似的,用不着我白费唾沫白磨牙了。看着咱们爷们过去不错,劝你两句,回回心,大家全好。得啦,往后你爱怎么办就怎么办,争就争,夺就夺,我算不跟你们搅和了。"

"连福,你是糊涂！你就为弯弯绕那事？咳,东山坞一百五十户,怎么肯定是他偷运粮食呢？"

"嘿,不是他是你呀！得了,我再要听你们这迷魂汤,骂也让人家把我骂死了！得,咱们爷们好尽管好,这种事,往后我不沾边了——我小子这点骨气总还有！"

马连福说着,跨着大步,走了。

马之悦刚要追赶他,忽听背后热闹的人声传来,他急速地一转身,跳进路旁边一个小菜园里,蹲在寨子根下不动了。

说说笑笑的人群,沿着小菜园的寨子根走过去。到底有多少人,马之悦数不出来,只觉得那结实有力的脚步声,突突地响了很久才完。到底都是哪些人,马之悦看不清楚,只听得有党委书记、支部书记,有贫农、中农,有男也有女,都在说庆贺胜利的话……

一只大肚子气蛤蟆从他屁股底下爬过来,冲着他翻白着圆溜溜的大眼珠子,嘴巴一鼓一鼓的。把他气得噌地站起,一脚踩住了气蛤蟆。随着气蛤蟆肚子的破裂,他也深深地叹口气:"唉——这一步又算输了……"

第四十八章

为了吃饭,小石头又跟爷爷撒娇哪。

萧老大一手端碗,一手用筷子搅着碗里的粥,哄他:"小石头,你瞧这粥,金黄黄的,又稠又粘,喷喷香,多好哇！好孩子,乖啦！"

小石头摇晃着小脑袋,噘着小嘴巴:"哼哼,不嘛,不嘛,偏要吃饼子,偏要吃饼子！"

萧老大说:"小孩家晚上都是喝粥,哪有吃饼子的? 快吃吧,趁热,我们小石头可听爷爷话了。"

小石头还是摇头晃脑,还加上跺脚:"不,不,就要吃饼子,你给我做!"

萧老大烦了:"真是他妈的犟种,怎么好话说着,你就偏不顺道;你去问问,哪一个过日子人家,不干活儿还上顿下顿,一天三顿吃干的?"

小石头小嘴一咧,哭了。

小石头一哭,萧老大自然又抓了瞎,越哄,这个孩子就越哭。

这会儿,萧长春正好从地里回来。

年轻的支部书记,这会儿兴奋极了。他抓住了焦振丛揭发弯弯绕私贩粮食这个机会,顺利地挑开了东山坞富裕中农闹粮的鬼把戏。这件事情不光对落后分子是一个重重的打击,同时,教育了许多头脑不清的社员,也教育了萧长春自己。他结合前天晚上王国忠跟他谈的话,给他看的文件,进一步认识到农村两条道路斗争的复杂性;不论对待什么事情,都不能简单地拿个现成的套子去套,更不能把它想得那么轻易。他现在赶回家来听取积极分子们的汇报。他要按着大伙汇报的情况,商量下一步的具体办法,准备晚上的干部会。

他进了院子,拉着小石头的手问:"石头,怎么了,告诉爸爸。"

小石头说:"我要吃饼子。"

萧长春说:"吃饼子还不好办,也值得哭闹气爷爷呀? 乖乖地等着,我给你做。"

萧老大在一旁说:"要做,我还不会,总得等着你呀! 说话天黑了,吃点粥,对付一下算了。"

萧长春说:"吃这个省那个。"

萧老大说:"现成的粥不吃,剩下馊了坏了,再另做别的,不浪费粮食呀！节省一点儿，也就接上麦秋分麦子了。总得吃短了用缺了，让人家把你这个支书也划到缺粮户里边，伸手跟上边要，是好看怎么着？"

老人这些话说得有情有理。

萧长春看看孩子，又看看老人，不知道依着谁好了。他从地里朝家走的时候，心里边就盘算过，一定要满足马老四的要求，不把老人家报成缺粮户，也不分给他救济粮；但是困难一定要解决，一定要让老饲养员跟别人一样吃上净米净粮，吃得饱饱地干事情。后来，他忽然想起一个办法，回家跟爸爸说说，把自己家的粮食分出一点给马老四。不料想，一进门就遇到这种情形，就听到爸爸这一套话，他还好意思开口吗？

萧老大这会儿也是挺痛快，他跟孩子从不会真生气，这会儿就算有谁真气了他，他也会很高兴。村里故意闹事，故意跟儿子为难的那群人，拙戏法揭了盖子，这群人的气焰，像一下子浇了场暴雨似的，光剩下一堆灰了。他解气，消恨，也为儿子以后的工作要顺当了宽心。他对儿子说："嗨，弯弯绕这个狗杂碎包子一露了馅，大家伙全都痛快了；那些妖怪们，也都把王八脖子缩起来了。我早就觉着，邪不压正，干坏事的人坏不久，怎么样！你到街上看看，大伙的心气全变了，谁也不喊没吃的了。我早就说，这是瘟病，给弯弯绕传染的，要不，怎么一下子全有了粮食，天上掉下来呀？真是的。"

萧长春说："真正不够吃的还是有几户。"

萧老大说："没有过不去的。"

萧长春说："这要看怎么个过法了。比起旧社会过的那种最苦的日子，这会儿是最甜的。也不奇怪，满打满算，咱们这个国家刚从旧社会那个病秧子上边站起来才七年多一点儿。拿东山坞来说吧，这七年里边，头三年是各干各的，富的忽下子富起来了，穷的哗一下子穷下去了,等到组织农业社,让大伙走一块儿富起来的路子,又闹了一场大灾。能挺到这会儿真不易呀!"

萧老大说:"经这一个好麦收,日子有奔头了。"

萧长春说:"这个麦收咱们得搞好着点儿,不让一个人为吃的牵肠扯肚。"

萧老大说:"我算计过了,咱们的吃食是满够了。你尽管放宽心吧。"

萧长春说:"我想的不光是咱们一家,光咱们一家过去了不行。"

萧老大从儿子口气里发觉实在还有难处,就问:"你指指名姓,谁家过不去?"

萧长春说:"马四爷就过不去呀!"

于是,他把在饲养场见到的情形,从头到尾对爸爸说了一遍。

萧老大同情地咂着嘴唇:"他那半个身子,不吃个饱饱的,好好的,可真不是闹着玩的。这个人耿直了一辈子,多苦也能咬着牙忍耐。东山坞的人要都像他那样,哪会有这么多的坡子坎子,早就顺顺当当地把生产搞起来了。"

萧长春听爸爸这样说,就下了个狠心,说道:"爸爸,我跟您商量一件事情。"

萧老大望望儿子,说:"什么事儿,你就说吧。"

萧长春说:"从明天起,我一早一晚吃饭,把中午那一顿省下来。"

萧老大说:"这叫什么话! 你是顶门的,白天黑夜忙,不吃饱肚子还行!"

萧长春说:"我身体结实,少吃一些不要紧;省下那一顿,送给马四爷吧。"

萧老大低下头,使劲儿吸着烟,不再说话。儿子这句话说出来,又使他伤心,又使他为难哪!

小石头见爸爸还不动手,又大声地喊叫:"给我做饼子吃呀!"

焦淑红和马翠清两个人走进来了。

马翠清朝小石头羞着嘴巴说:"哟,哟,多丢人,多丢人,那么大个子还哭哪!"

焦淑红把小石头拉到怀里,哄他说:"石头,不许磨人了,看你爸爸忙了半天,多累呀!来,我给你好东西吃。"说着,从衣兜里掏出两颗半青半黄的大杏子。

小石头见了杏子,不闹了。

萧老大问:"这是谁家的杏子熟了?"

焦淑红说:"我百安叔家的。除了我,谁也别想吃他的。"

萧老大说:"杏子黄,麦子熟,看来好日子快要熬到了。"

两个团员是来找党支书汇报工作的。她们没有看到刚才在这个门口演的那出"戏",也没参加地里查对,可是她们都是很兴奋的。特别是焦淑红,访问一户,跟人家谈了些想法,她的喜悦心情就高涨一层,刚才听别人转告揭露弯弯绕偷卖私粮的鬼把戏以后,更加兴奋了。

萧长春要跟爸爸商量的事儿被打断了,就没再提,招呼焦淑红和马翠清到屋里,蹲在凳子上,卷着烟,听她们汇报。

马翠清抢先说:"我从地里回来,又抱着衣服到河边上洗。保管员家的、马子怀媳妇,还有孙桂英,七八个人都在那儿洗。我的对象是马子怀媳妇和孙桂英,一个是不缺吃,一个是真缺吃。我先问马子怀媳妇粮食吃到麦收到底够不够。她看看这个,又瞧瞧那个,吞吞吐吐,最后说差不多。我又问保管员家的,她把我骂了一顿。她说:'谁讲我缺粮谁烂舌头!'孙桂英也说话了:'冲着萧支书,我再也不喊没吃了。反正离收麦子还有三天两晚上的事儿,怎么不能对付。别看我不常开会,不信你问萧支书去,我可不是落后分子。'最后光剩下马大炮家的那个把门虎了，你们猜她说什么？她说：'我们跟弯弯绕是一样的户，一样人家，一样分的粮；他家要缺，我家也缺。'把大伙都说笑了。没一个给她好听的。让我顶她一顿：'人家弯弯绕一会儿要跳河，你也跟着？你到底是缺不缺？'连孙桂英都说她：'不缺，就别凑热闹了。你看萧支书为大伙多不容易，别为难他了。我都怪心疼他……'她还说……"

焦淑红打断她的话："瞧你这个啰嗦，说正经的嘛！"

马翠清白她一眼："同志，别打岔好不好哇？这不是正经的，什么是正经的？这说明别听几个人瞎闹腾，搞起宣传，爱起哄的人都不好意思闹了。"她又接着对萧长春汇报，"大伙儿这个一言，那个一语，把把门虎说的没咒念了。正在这个时候，我妈来找我。不知道谁喊了一句：'嗨，真缺粮的来了。晚上我这个代表，一定得评评你。'我妈挤着眼睛说……"

焦淑红扑哧地笑了，打了马翠清一巴掌说："干吗加这么多形容词，挤不挤眼，跟你汇报有什么关系？"

马翠清吐吐舌头，又解嘲地推了焦淑红一把，继续说："我妈说话可真有劲儿。她说：'去年我们没有好好闹生产，七股子、八杈子，光想往邪路走，把生产耽误了。怪谁呀！这么大的村子，大男大女一大群，使着牲口使着车，摆着大块好平地，不说多支援国家粮食搞建设，还厚着脸皮喊缺粮、缺粮，伸手朝国家要，不嫌丢人呀！要是全中国多有几个东山坞，还搞什么建设！就算政府把萧支书说的那个拖拉机给了我们，也得送进当铺①换棒子面吃！我不缺，我不缺，我们娘仨，陈粮还吃不了哪。'你瞧，她说的多有劲儿，好几个人都拍手叫好，马大炮家的把门虎脸一红一白的。我又问她：'嫂子，你说心里话，到底缺不缺，晚上开会好讨论。'她想了想，开口了：'要说对付，别人能对付，我还不能对付呀！'你瞧……"

---

① 旧社会的一种高利贷方式，以实物为抵押。

焦淑红问："小姐，别瞧了，再瞧就黑天了。完了没有？"

马翠清得意地晃了晃脑袋："我了解的事儿可多啦，要讲得给你讲半天。别耸鼻子瞪眼，我简单点儿说吧。从河边上回来，我又串了两家门。一家是南头大有家，他说，只要土地分红，他就缺粮，土地不分红，他就不缺。你瞧，他是反对土地分红的。另一家是凤珍家，我一进门，凤珍这个猴丫头就一把把我拉到她们盛粮食的屋里去了，说是她家的粮食吃到大秋也没事儿，还说我到她家提这种事是瞧不起她家了。凤珍的对象给她写信来了，让她好好参加农业社劳动，争取入团，还给她捎来一对洋枕头，绣的是大牡丹花……"

萧长春也忍不住笑了："说着说着又走板了。洋枕头、牡丹花也是你汇报的材料？"

马翠清说："当然是材料了。我要了解青年的思想情况，这里边就有情况。先头凤珍那个对象瞧不起农村，还要跟凤珍退婚，这会儿……"

焦淑红笑着说："您的材料往后再说行不行啊？"

马翠清抿嘴一乐："先说到这里吧。"

焦淑红接着汇报。她谈得简短、清楚、有条理，只是缺少马翠清汇报的那种生动味儿。她访问了五户，其中有一户可能是真缺粮，说什么也不要国家救济，要暂时跟邻居调剂。另外三户不缺粮，其中两户这两天心里都不大安定，怕章程变更，对弯弯绕这些人很不满意；剩下那一户不缺粮，却跟着帮帮闹粮，这就是韩百安。

一提到韩百安，马翠清把脖子一扭，哼了一声。

焦淑红说："我跟他宣传政策，劝他不要跟弯弯绕这些人蹚浑水。他没说什么。一个劲儿问我劝没劝翠清……"

马翠清想起昨天干妈焦二菊给她办的那件丢人事儿，不高兴地打断焦淑红的话："嗨，你们干吗总是往里揪扯我呀！安心是怎么着?"

焦淑红故意逗她说:"百安叔揪扯你嘛,你又没死,我能把你抹了哇!"

马翠清说:"我看你就没安着好心眼儿!"

焦淑红说:"这丫头多会胡说八道呀! 你别没处撒气去往我身上撒行不行啊!"

马翠清咬牙切齿地说:"谁再把我跟他们揪在一块儿,小心我拧他!"

萧长春说:"算了,算了,是汇报,还是斗嘴玩呀!"

焦淑红继续汇报:"后来,我又问百安叔,您到底是真缺粮还是假缺粮。我这一问,他回答得非常怪。他说:只要像你昨天说的那样,真不到他家翻,他就不缺粮……"

马翠清扑哧一声笑了:"这不露馅了!"

焦淑红说:"你们家的人早就露馅了!"

马翠清偷偷地在焦淑红的胳膊上拧了一下子。

焦淑红说:"百安叔胆子小,又爱听别人的,人家一句话,就把他吓得不知道怎么好。其实呢,他的心眼并不坏,让他挑头闹点坏事儿,这辈子也甭想。我跟我爸爸说了,让我爸爸好好劝劝他。我爸爸……"

门外忽然有人插言了:"你爸爸怎么了?"一撩门帘子,进来的正是大个子焦振茂。

马翠清要趁机会挑拨离间,好报报仇,就说:"淑红姐骂您哪,骂您是个顽固不化的老榆木疙瘩老落后!"

搁在往日,当着村干部的面有人说这个,不管真假,不管实在的还是开玩笑,焦振茂全不爱听,今天却大不相同。他点点头说:"这一回她倒是骂对了。一点不假,就是落后嘛! 翠清你看着,大伯从此以后再不落后了,加足油,赶上去;一步一个印儿,全按着政策条文办事儿。"

这会儿人们才留神到，焦振茂满脸通红，说明他心里边很激动。从地里回来，他在家里兜个圈子，又在大庙里兜了个圈子。他有一块心病，经过这么一天，他看清是病了，不抖落掉它，就不能安定，他就没脸生活下去了！

他坐在炕上，抽着烟，两眼盯着地皮。

焦淑红说："爸爸，我们商量工作，您有事吗？"

焦振茂说："有事儿。"

焦淑红说："有事您就说吧。"

他点着头，愣一下，又忽然问萧长春："支书，弯弯绕他们捣鬼的事儿，全都确确实实的了，怎么处置他们哪？"

萧长春说："事实全都摆在那儿了，怎么处理，晚上开会研究。您的意见呢？"

焦振茂说："依我看哪，得狠着点儿，这一下子就让他们疼疼，往后，过多少日子，一摸也是疼的；轻了，这些人属耗子的，放下爪就忘。就是他们哪，把咱们干干净净的东山坞搞得乌烟瘴气！"稍停一下又问，"长春，老四那事儿怎么办呢？他的心到这儿，就给咱们东山坞顶门面、增光了，实际事儿，还得实际解决呀！"

萧长春说："我也是这样想的。我答应他不把他报成缺粮户，不从国家拨来的救济粮补助他，可是也得让他跟咱们一样，每顿好的还办不到，总得吃饱。"

焦振茂抽着烟，看看萧长春，又看看闺女和马翠清，他的脸色更红了，脖子上的青筋不住地跳动。

马翠清悄悄地碰了焦淑红一下，意思是告诉焦淑红，她爸爸好像有什么难办的事儿。焦淑红望着爸爸的脸，心里边猜想着，没动声色。

焦振茂磕打了烟灰，说："支书，今天这日子不平常，弯弯绕和马老四这两个人的事儿,算是把我教育到家了。我懂得了一条,什么叫穷人的骨头,穷人的心田。咱没这个,咱可以脱胎换骨。我琢磨着,使把劲儿,学成马老四那个样子也不难。支书,实话对你说了吧,我也有个见不得人的尾巴……"

马翠清叫了一声:"哟,大伯还有尾巴哪? 嘻嘻,尾巴在哪儿呀?"

焦淑红使劲推马翠清一把,不让她开玩笑。

焦振茂也没理会她们,还是对萧长春说:"我要割了这条尾巴,不让它拖着我,累着我了。这个——"说着,他举起手,伸出四个手指头,在萧长春的面前晃着。他的手指在微微地抖动,"四个多半口袋,一半谷子,一半麦子……"

萧长春已经明白了几分。

焦淑红心里打个转,一猜意思,不由得大吃一惊,跳下炕,着急地说:"爸爸,您也卖了。啊?"

焦振茂没理闺女,继续说:"支书,这粮食留了几年,我没想过卖,更不干投机的事儿,凡是违犯政策条文的事咱不干。我是想着留个后手。丢人哪! 哥们吃糠咽菜,我留着粮食喂虫子! 支书,这回我可懂啦,光是按政策条文做人还不行,还得按你们党员,你们老贫农那样子做人。得,我就是光冲你,光冲马老四这个老哥哥,我也要一咬牙割掉这个尾巴,我要跟你们一块儿同甘共苦。我有个要求,你得答应我:我把粮食全献出来,救济真正缺粮的人,少要国家的!"

三个人都惊住了。马翠清在炕上一站,拍巴掌叫好。

焦淑红和萧长春一人抱住焦振茂的一只胳膊,感动得说不出话来。

坐在屋外窗前的萧老大,里边人说的话全部都听到了。他想进屋里去,跟这四个人一起谈谈心,到了门口,他又停住了。

太阳落山了,村庄又开始热闹起来,下地干活回来的人们从门口经过,一群一伙,议论着刚才发生的事儿,咒骂、赞叹夹杂着开怀的笑声。

韩道满站在门口,朝里边探头不进来。

萧老大招呼他:"道满,屋去吧。"

韩道满仍是一副垂头丧气的样子:"不啦。"

萧老大迎过来说:"你不是找长春汇报吗?"

韩道满叹口气:"我汇什么呀,我爸爸那么个样子,我哪有脸说别人呀! 我想找淑红,跟她说一声得了。"

萧老大说:"等我叫她出来。"

韩道满又把他拦住了:"正汇报,就不用了,等一会儿我再到家里找她。"说完,就慢吞吞地走了。

萧老大望着年轻人的后背,站了好久。

焦振茂满面红光地从屋里出来,回头对送他出来的萧长春说:"你们忙你们的,我去把粮食弄出来。明天好晒晒——唉,还在井里头藏着哪!"

萧长春两只眼里饱含着深情地望着焦振茂走出去。

焦淑红手扶着门框愣了一下,追出来了:"爸爸!"

焦振茂停在栅栏门口,转过头来:"还有什么事儿?"

焦淑红说:"粮食在哪儿? 我帮您捣动去。"

焦振茂说:"行啊。爸爸对得起你了吧?"

焦淑红说:"您真是好爸爸。"往爸爸身上一靠,一个热浪头打上来,眼泪刷下子流出来了。她不仅感激爸爸,为爸爸感到光荣,她也想到一个作后辈的青年人,应当更加油,更进步。

妈妈在后门口看见了这父女俩,先是一呆,随后乐了。

⋯⋯⋯⋯⋯

萧家院内这会儿照旧忙着。

焦振茂走后,韩百仲、焦克礼、韩小乐几个人也陆续地来找支书汇报。他们同样带来了喜悦的消息:许多在粮食这件事情上有顾虑的人,经他们一宣传,都稳定了;后来弯弯绕偷运粮食的事一揭,眼睛更亮了。那些假缺粮的,想浑水摸鱼的人也老实了。韩百仲还提到他的老爱人焦二菊说服焦庆媳妇和韩百安的事。没容他介绍完,全屋子哄堂大笑。

萧长春先收住笑说:"舅妈真有意思。她的方法不妙,她这股子积极性,这份心意,还是好的。您可别打击人家呀!"

韩百仲说:"没有,没有。我跟她说,往后当个积极分子光靠勇敢,光靠不怕吃亏,不行啦!得学本领。"

萧长春点点头,心里想,麦收工作顺利完成的道路已经打开了;这几天工作里边,有经验,有教训,就差好好总结一下了。他又把刚才焦振茂献粮的事儿跟韩百仲说了一遍,心里一动,高兴地说:"嗨,群众又给我们提出一个好办法呀,发扬阶级友爱、互助互济!"

马翠清说:"对,对,这就可以少要国家的救济粮了。"

韩百仲说:"一个粒都不要也行!"

萧长春沉思地说:"我又悟出一条道理,这个办法,倒不只限在这件事上边,往后干什么事情,咱们都要发扬阶级友爱的精神!"

大伙正热热闹闹地说笑,萧老大进来了。他手里提着一条鼓囊囊的小布袋,招呼坐在萧长春怀里的小石头:"走,让你爸爸他们说事儿吧。"

小石头咬着最后一个舍不得吃的酸杏子,酸的他一个劲儿咧嘴,见爷爷叫,就问:"上哪儿去呀?"

萧老大说:"上饲养场看小牛去呀。"

小石头从萧长春怀里跳起来,溜到地上,一边往外跑,一边喊:"嗨,嗨,看小牛去了!"

萧长春很激动地跟到前门口，眼望着爸爸的身影消失在桃红色的霞光里。

第四十九章

当天晚上，在办公室里召开了全体干部会，会议一开始，马连福就先检讨，说他在上次干部会上说的那一堆话全不算数，给萧长春赔不是，表示以后一定要立功赎罪。他还揭露了弯弯绕和马大炮在背后怎么跟他嘀咕，怎么用退社吓唬他，怎么答应在土地分红的事儿成功以后，每人送他一些麦子。话语之间，不知不觉地露了馅儿，把个马之悦也多少地捎上了一点儿。马之悦也就检讨开了，而且是从根上检讨的。他说自己居功自傲，背了光荣历史的包袱；说他对去年党给自己那个处分没有完全想通，心情不太舒畅，有时就免不了工作松劲，小手小脚，害怕再犯错误；这一段中农闹问题，就是在这种情况下发生的。他也表示，以后要好好干，像过去那样，卖一把子力气。会上，大家具体地安排了当前的生产、生活。这个会开得也很顺利。

第二天晚上的群众会，是贯彻前两个会的精神。弯弯绕、马大炮这一伙人老实了，会议上也没出什么岔子，倒是积极分子们在中间起了作用，使得整个会议的气氛一直很热烈。

三个会开过，工作算是入了绪。不论干部、社员，全都透了一口气。

就在开群众会那天夜里王国忠接到县委通知，要他赶快进城开会，并要他在行前把全乡麦收准备情况，这一段发生的问题等等，作一番详细调查，准备向县委汇报。王国忠本来想以东山坞当个点，多蹲些日子，起码蹲到分配方案初步搞出来，收割麦子的事情开了镰。现在他不得不走了。他先跟萧长春和韩百仲谈了一次心，答应过些天从乡里派一个同志来协助东山坞工作。他嘱咐他们，要有精神准备，在工作顺利进展的时候，很可能又出现一些不利的事情，东山坞的根本问题并没有来得及解决，只是暂时稳住了，压下了；不论再发生什么问题，事到临头都要冷静，要善于站在高处看问题，不能简单化，也不能急躁慌乱，要压得住阵脚。

第二天起早，他们三个人一起，代表乡党委和党支部找马之悦作一次正式谈话，对他警告、教育，要他集中心思反省自己的问题，准备麦收告一段落时在支部会上交代。王国忠又特别嘱咐萧长春和韩百仲，随时注意马之悦的动向……

随后，党团支委又在萧长春家的小东屋里集合了。他们对东山坞当前的形势作了研究。总的估计是正气上升，邪气倒退，那么，抓住时机，调动一切可以调动的积极因素，全力投入麦收准备工作，是当前压倒一切的中心任务了。等麦子收下来，分配出去，再开展一次整社运动。因此，他们决定对马连福和弯弯绕的问题只作一般揭发，不去公开追查，全都记在账上，看他们以后的具体表现，再做处理。

经过几天紧张的工作，东山坞的形势真是按着他们估计的那样发展了，处处又出现了一片欢腾的景象。

两个队都在做场。男人们从金泉河挑来水，一瓢瓢的泼在空场上，女人们用筐子装来去年的陈麦鱼子和花秸，均匀地、薄薄地撒在湿土上；小毛驴又拉着碌碡，一圈一圈地转着，把每一块地方都轧几遍。过一会儿，麦鱼花秸被扫走，场板像一面镜子似的，又光又平。

马翠清和焦克礼带领着青年们正在修补道路。从村庄通向四面八方的条条小路，经过一冬一春人踩水冲，都显得凹凸不平了。他们把滚到路面上的石头子儿拣走，把坎子撒平，把洼地用土垫起来,窄的地方用镐朝两边展宽。然后,又普遍垫了一层黄土。条条小路,在阳光下,闪耀着清新的金黄色。

大庙里是最热闹的地方。

焦振茂、韩百安和几个木匠正在院子里修车辆。这些老式的四辆子车,过去是地主马小辫的财产。土改以后,小门小户用不上,初级社的牲口弱小用不上,除了逢年过节演戏的时候拆开搭搭戏台用,平时就在大庙门口外边的广场上扔着。如今丰收了,没有大车辆不行;牲口壮实了,完全可以套起来,它们又被利用了。该修轴的修轴,该换瓦①的换瓦,该上油的上油,不齐全的地方全都补齐了。斧子凿子在这儿乒乒乓乓地响。

豆片坊的韩百旺也很忙。在豆片坊对面搭了个临时的小棚子,在里边安装了两盘石磨,准备新麦子下来以后,为社员们加工白面。石匠们正在凿磨,在那被磨光了的磨盘上,重新凿开齿纹,钢凿子叮叮当当。

庙里的院子特别严实,那个北大殿是农业社最好的仓库。韩百仲指挥大伙儿收拾。他们把地下、墙上和梁柱上的尘土全部打扫干净,把墙角的老鼠洞堵严实,把铺地的方砖补齐全,把窗户用席子封住;同时还准备了防火的水缸和沙土。人们走里走外忙。

马连福这会儿很想躲开东山坞,躲开社里这些乱糟糟的事儿。他找了萧长春好几趟,要求到工地上去,跟副队长马同峰换个班。

他跟萧长春苦苦地哀求说:"让我去吧,到那儿,我保证好好地干一场。"

萧长春说:"你在家里好好地干一场不是一样吗? 你们队的干部太少了不行啊。"

马连福说:"行,行,马主任挂正的,马同峰再一回来,文武全有了,比我在这儿还强哪。"

---

① 老式车轮没胶胎,钉着一圈很厚的铁板,称车瓦,或铁瓦。

萧长春想,马连福的思想刚刚有点转化,最好是能够趁热打铁,帮他把这会儿的情绪稳定下来,所以就不大愿意他走。就说:"你还是留在村子里好一些。这一段,工作是复杂一点儿,这对你也是个锻炼。"

马连福要躲的就是这个"复杂一点儿",死乞白赖要走。最后说出这样的话:"老萧,你是信不住我,怕我到工地上再给你捅个漏子呀?"

萧长春笑了说:"你把话说到哪儿去了! 我要是信不住你,把你打发出去才好呀!"

马连福说:"那你就该让我去嘛!"

萧长春见他执意要去,又翻过来想:工地是个集体生活,那边劳动很热火,场面很宏伟,又有韩春在那儿领导,马连福去一个时候,也许有好处;另外,马连福换回党支委马同峰,支部力量加强了,沟北边也有了骨干。就只好答应马连福了,"行,我同意啦,等会儿我跟马主任商量一下再决定。"

马之悦这几天工作也相当卖力气。做场的时候,他跟着社员们膀对膀地挑水,一干就是半天。马凤兰找他吃饭,常常是连着找几趟,他才肯放下手里的活儿。焦振茂他们修车缺铁瓦,跑了两个集没弄到手,急得焦振茂团团转。马之悦给县城铁业生产合作社的熟人写了封信,马上就把铁瓦拿到手了,把焦振茂高兴得不得了。韩百旺接受了修理石磨的任务,可是找不到石匠,马之悦就亲自跑了一趟瓢儿峪,到那儿就把石匠给带来了。焦振丛运救济粮本来要到县仓库,马之悦到乡里跟李乡长一周旋,改在柳镇运,近了一半路。青年们修路人手不够,马翠清找队长也拨不出人来,结果,马之悦在沟北边一走,出来了十几个……这个那个,不管什么事儿找到马之悦的身上,他都不推辞,尽着可能来施展他的特殊本领。

善良、朴实的社员们很容易看见别人的好处，一点一滴都不会埋没。好多社员都说马之悦又积极起来了，又像土改以后那几年的样子了。焦振茂还特别跟萧长春替马之悦报功，说马之悦这一伸手，跟萧长春拧成了一股劲儿，东山坞农业社更有奔头了！

马之悦从此改邪归正，要老老实实地工作了？笑话，哪有那种日子！他不是个傻子，他知道王国忠临走那天跟萧长春、韩百仲三人教训他的那些话意味着什么；也知道倒卖粮食这件事儿要是彻底揭开会有什么效果；他也懂得共产党那个"坦白从宽，抗拒从严"的政策，可是，从宽处理以后的日子在他想来也不比坐大狱好受。他得挣扎，他希望在大鸣大放来到之前，在自己挨整之前，让萧长春犯个大错误，起码可以把斗争的火力分散一下，可以让乡里考虑到这一点：东山坞的主要干部都垮了，得保存力量呀，得保护"过关"呀！马之悦觉得自己这个出路有几分把握。于是，他神不知鬼不觉地跟萧长春摆下了另一个战场！

那一天，马之悦正在屋里吃饭，琢磨怎么对付眼前的处境，怎么对付萧长春，怎么给自己打打局面，站的更稳一点儿，马凤兰从外边慌慌张张地跑进来了。

她着急地说："不得了啦，萧长春要把马连福打发到工地上去啦！"

马之悦一愣："听谁说的？"

马凤兰说："马连福亲口跟我说的，说是要换马同峰回来，立时要动身。"

马之悦有点慌了。在他看来，马连福无论在什么时候，都是自己打天下的一员要将。因为马连福是贫农，是复员军人，是生产队长，萧长春也好，王国忠也好，对他都不会使绝断的手段。马连福是马之悦手里的枪，也是马之悦的隐身草。老实说，一个马连福，要比几个弯弯绕顶事哩！马连福暂时的觉醒，马之悦根本没有放在心上。马之悦早把马连福的脉窝摸准了。况且,马连福有好多病把子在马之悦手里边抓着,马之悦一动真的,叫他怎么着,就得怎么着。马连福一走,倘若那个局势变化的风暴一旦刮到东山坞,自己的力量就单薄了,手腕也不好耍了。还有一层原因也很使马之悦害怕,那就是马同峰,这个家伙不言不语,心里边可有个小算盘,跟马之悦一向是貌合神离,让他回来,只会坏马之悦的事儿。

马之悦想到这儿,放下饭碗就下炕。他要先找马连福把他留下,不用多少话,只要在孙桂英身上做点文章,就说马连福不在家守着,孙桂英要招野汉子,马连福这个醋缸,就是要了命,他也不肯去了;随后再找萧长春,只要把沟北边工作的重要性一说,他就得动动心。

马之悦刚走到离马连福家门口还有一截儿,就见萧长春正进门。他紧走几步,停在门外,想听听萧长春到底要跟马连福说些什么,好顺着他们的口气,说自己的话。

萧长春没进里边去,站在门口里边喊了一声:"连福在家吗?"他想在马连福走之前,再从容地谈谈心,问问他家里边有什么事儿要托靠别人代办。

马连福没在家,孙桂英坐在窗前的树阴里纳鞋底子。她一手拿鞋底儿,一手拿锥子,小手指头勾着针和细麻绳。她把锥子尖在她那乌黑的头发上蹭一下,又在底子上扎个眼儿,随后便穿针抽绳。她那两只手很灵巧,动作麻利,一扎一穿,只听得"哑哑"地拉绳子的声音,一排一排的针脚就出现在鞋底上了。
她做着活儿,嘴里还美滋滋地唱着小曲儿:

> 王二姐坐绣楼
>
> 一阵悲一阵愁
>
> 哥哥赶考南京去
>
> 六个春秋不回头

⋯⋯⋯⋯⋯

门口的喊声把她惊动了，抬头一看，是萧长春来了。她站起来，一边把麻绳缠在鞋底子上，一边笑眉笑眼地打招呼："萧支书嘛，快屋里坐吧。"

萧长春一面朝里走，一面四处找马连福，问孙桂英："连福哪，不在家呀？"

孙桂英把底子丢在凳子上，拉拉衣角，抹抹头发，又掸掸身上的线毛毛，迎过来说："支书，你还没吃饭吧，这儿吃吧。连福刚出去，一会就回来，你就等等吧。"

萧长春转身要走："我过会儿再来。"

孙桂英连忙说："唉，他不在家，你就不兴坐坐呀，你是贵人脚步迟，一年价也照不到你几面。我爱听你说话儿，哪回开会，一听是你召集的，我才去。别人讲话，我一句也听不懂，听着听着就打瞌睡；你说话，一听就明明白白，越听越想听。听你一回讲话，我心里要豁亮好几天！"

萧长春被她夸得怪不好意思，就说："大嫂，你忙吧，等连福回来，你让他找我去吧。"说罢，又要转身走。

孙桂英着急地说："别走哇，我还有话跟你说哪。"

萧长春只好停住。

孙桂英在东山坞这许多干部里边，特别器重萧长春。这种心理，并不完全出于一种不正派的念头。对于萧长春，她不敢打什么主意。说来也怪，一个不正经的女人，反而特别崇敬正经的男人，孙桂英喜欢萧长春，也正是因为萧长春为人正派。孙桂英如果是个男子，她一定要跟萧长春交朋友，花插着就坐在一个桌子上喝喝茶，谈谈心事。可惜她是女的，又是个很特别的女的。她觉着，对萧长春只能离得远远的，可是又不甘心。这会儿，孙桂英不知道用什么办法能把萧长春多留一会儿，多说几句话，怕萧长春多心，就赶忙说正经事了。

她说:"萧支书,前几天连福跟你闹别扭了?"

萧长春说:"全过去啦,我……"

"听人家讲,他说了你一些不好听的话?"

"我没记在心上,只要他慢慢地醒过梦来,认识自己办的事儿不对了,全算完了。"

"是嘛,哪找萧支书你这样宽肚量的人去呀,搁在别人身上,早打成一锅粥了。那一天,他醉醺醺地回来,我还不知道底儿,过后才听说。让我把他数叨一顿。我说他:你在哪儿喝的猫尿哇,别人给你灌点酸米汤,你就狗咬吕洞宾不认识真人了!人家萧支书是多好的人哪,去年不是人家,东山坞天塌了地陷了,哪还有这个日子呀!你说人家的坏话,舌头真伸的开,卷的上呀!你也不拍着胸口问一问自己呀!让我把他说的呀,连头都抬不起来。"

孙桂英这些话全是真的。那一天,她真的出于本心,这样骂过马连福。

萧长春对这个女人也有自己的看法。他既看到孙桂英不好的一面,也看到她还有好的一面。不知怎么,对于出身贫困、受过旧社会欺负的人,不管这会儿进步还是落后,他都有一种本能的同情和爱护的心理。他觉着,马连福的落后,跟孙桂英有关系,如果孙桂英进步了,对马连福的进步会有好的作用。他也想到,过去自己一头扎进生产,忙忙乱乱地解决碰到鼻子尖上的问题,却没有花心思做人的工作。工作到家了,孙桂英照样可以转变。他想到这儿,想抓机会开导开导孙桂英,就说:"大嫂是个明白人,应当多帮助连福。连福是个贫雇农,小时候受的罪,你大概全听说了。共产党才是他的救命恩人,社会主义才是他应当走的路;往后他得把脚跟站稳,不能再往岔道上钻……"

孙桂英说:"你说的真对。过后,我看他也像是认错了。萧支书,你可千万别结记他,他是个有嘴没心的人。不看他,你还得看我的面子哪!"

萧长春说:"总是有嘴没心不行哪!长嘴为谁说话,没心怎么认清是非曲直呢? 我觉着,连福最糟糕的是爱跟几个落后的富裕中农搭帮扯伙,让人家拿他当枪使。人家跟他有实话吗? 刚才还跟他哭叫要饿死,背过脸去就投机卖小米子。大嫂你也是个受过压迫的人,你回过头去想一想,把你见过的人都想一想,那种人会安好心眼儿?"

孙桂英点着头,拍着腿,说:"对,对,一点儿不错,那种人可黑心啦! 唉,我也是一盆子糨子,拙嘴笨腮。先那会儿,你批评我不该拉他的后腿,其实,我也是怕他到外边得罪人去。得工夫,你得多开说开说他,也得多给我开开脑筋,我从你这儿贩来,到他那儿卖,也帮你说说他。你别看我平常不大开会去,都是家务事儿缠的,我可是个好强的人,什么事我都想得开,窗户纸儿,一戳就透。"

萧长春说:"等以后我让淑红、翠清她们多找找你,你也把家里的事情安排安排,多开开会,多跟大伙干干活,慢慢也就习惯了。"

孙桂英说:"对了,萧支书你这一说,我算开了窍。不是我又跟你诉委屈。她们都瞧不起我,说我是大花瓶,是懒婆,是落后分子。哼,说话不怕风扇舌头。我要像她们那样,无牵无挂,我也当积极分子,整天跟萧支书你一块儿开会、办公! 来我家看看这一堆吧,又是猪,又是鸡,又是大人,又是孩子;一天扒开两只眼忙到晚,忙得我连梳头洗脸的空都没有。不信你到森林打听打听去,做闺女那会儿,我是这么个邋遢人吗?"

他们谈了许多,倒像谈得挺合拢。

最后萧长春提到马连福要到工地上去的事儿,问孙桂英,连福走了,她们家有什么困难没有?

孙桂英说:"能不去吗?"

萧长春说:"开头我不愿意他去,连福自己愿意去,我想,去些日子也有好处。"

孙桂英说:"不瞒支书你说,早起为这个我们俩又顶了几句嘴。这回可不是我拖后腿,工地家里不是一样搞工作吗,为什么偏偏要到工地上去呢?"

萧长春说:"这事还没最后肯定,我也还没跟马主任说,连福回来,你们再商量商量,去不去都可以。"

孙桂英说:"要那样,就不去吧!"

萧长春告辞出来。

孙桂英心满意足地送他到大门外边,一再让他有空常来坐坐。谈了一阵子话儿,她觉得,这位党支部书记一点没有小瞧她的意思,倒像很知心,很有好感。她感到得意,感到自己过去总觉着比别人矮一头的思想是没边没影的事儿。

马之悦在门口外边站了个腿发麻,直到萧长春说出最后告辞的话,他才悄悄地离开了。他没有听到自己想要听的话,可是从两个人和气的谈笑中,得到一点重要的启发。他一边走,一边想,越想越妙,就像一个掘财宝的财迷鬼,掘着掘着,发现了一片破瓦罐片那样。他觉着,离开元宝的地方已经不远了,只要不歇气地掘下去,就一定能掘到手。

他高高兴兴地跑回家。

马凤兰气色十分难看地坐在屋里等他。

马之悦离开家的时候,马凤兰也走了。这会儿她刚从她大伯马小辫那儿回来。在大伯家里,她又碰上一件很不愉快的事情,看见马之悦那副得意样子,倒很奇怪,就说:"大伯又生气哪。"

马之悦笑模笑样地问:"怎么啦?"

马凤兰说:"韩百仲这家伙又把大伯找去训了一顿。"

马之悦不以为然:"这是规矩,过节过秋,总得来这么一回。"

马凤兰说："这回可挺厉害,还带去一对哼哈二将:焦克礼和焦淑红。说什么乌云遮不住太阳,说什么大鸣大放是股子歪风,刮不长,说地主、富农要老老实实,要是闻风就是雨,要是做梦想还阳,先得挨收拾!"

马之悦想了想说："看样子,这是王国忠布置的,这回王国忠没等把戏唱完就让县委叫跑了,会不会是那个日子要到了? 好,好,不管怎么样,再下这一个子儿试试吧!"

马凤兰没听明白："下什么子儿呀!"

马之悦嘴对着马凤兰的耳朵,这般如此地说了一遍。

马凤兰眨巴着眼问："这能顶用吗?"

"行,这叫杀人不用刀,杀了不见血!"

"我怕管不了大用。"

"管得了。这叫精神战。我先在精神上给他一下子,先让他失魂落魄,抬不起头来,直不起腰来,随后再给他个闷棍,那就省劲多了。还有个好处,一箭双雕,整治了他,还能拉住马连福。"

马凤兰想想,又说："你得空也得整整焦淑红这个骚丫头。这个骚丫头像个尖儿,看样子要冒出来了。"

马之悦想起前些天在豆片坊听韩百旺说的那段事儿,摸着后脖梗子,琢磨一阵子,兴奋地说："那丫头正跟萧长春眉来眼去地吊膀子哪! 正好,设法把她铲出去,也是一箭双雕,除了这个女祸害,也撂了萧长春。不撂倒萧长春,那个日子来了,咱们在东山坞也抬不了头;撂倒了他,就算论罪,我们俩也得来个二一添作五。"

马凤兰说："这件事可就靠你了。"

马之悦说："那件事可就靠你了。"

两口子对着脸儿一笑。

第 五 十 章

该做晚上饭的时候,马连福两口子又吵了几句嘴。

马连福得了准信儿,萧长春同意他到工地去替换马同峰,马之悦也赞成他走。他心里踏实了,像得到了喜事那么高兴。这一回,马连福要躲清静去了,到工地上,该吃吃,该干干,该睡觉睡觉,等到麦子分完了,云雨风浪全过去了,再回来,省心省力,还省着出毛病。等那会儿回来,马连福再重打锣鼓另开张,马连福一准要当个积极分子!

焦振丛把救济粮从柳镇拉回来了,马连福得到话,赶紧回家拿口袋。

孙桂英正要点火,瞥了丈夫一眼,没说话。

马连福从屋里找出口袋,往肩头上一搭,就说:"伙计,烧住火,给我打点几件六月穿的单衣服。"

孙桂英明知故问:"干什么?"

"我要上工地呀。"

"干什么去?"

"干工作呀。"

"东山坞没你干的事了?"

"那儿清静呀。"

"套个车吧。"

"套车干什么? 我不带太多的东西,背着就行了。"

"你不带东西,得带上我们娘俩呀!"

"别逗啦,挖河还能带娘们。"

"这回我是拉定后腿啦!"

"别价，别价。去个十天半月，我就回来看看你。"

"十天半月太长了，我离了你这根拐棍过不了日子。"

"看你，说这种话，让人家听见多笑话呀！"

"笑话按斤卖还是两称？好吧，你走你的吧！你走了，我也走，我也找个清静地方去。"

哪壶不开提哪壶，不管真假，马连福最怕这句话。他往前门槛儿上一坐，用一种很可怜的样子央求着媳妇："得了，放我这一回吧。你不知道我犯了错误，这回是立功赎罪。人家派我去，我要坐坡，那多不好！"

孙桂英撇着嘴唇说："骗鬼去吧，人家不让你去，你硬要走。那儿有肉包子？你拍拍屁股走了，扔下这个破家，喝口水，烧根柴火都得我转腰子。我不干。"

马连福说："老萧讲了，社里有人照顾你。"

孙桂英说："说的比唱的还好听，谁照顾我？"

马连福这会儿是一心上工地了，媳妇怎么纠缠，他也不能动心，就不高兴地说："你这个人的事情真难办。爱怎么就怎么，反正明天起早我走啦！"

孙桂英也故意说气话："好，爱怎么就怎么对吧？你头脚走，我就招个野汉子屋里睡！"

院子里有人搭话了："嫂子，招两个吧，算我一份儿！"

随声进来的是韩德大。

孙桂英抓起烧火棍子就照着韩德大的光头顶上来了一下子："小挨刀的，人家两口子说话，你也偷着听！不安好心，你媳妇养孩子没屁股眼儿！"

韩德大一边嘻嘻哈哈地跑，一边喊马连福："快点吧，就等你领救济粮去哪！"

马连福赶紧就坡下，跟着韩德大走了。

孙桂英把粥锅烧住火,就坐在屋炕上想心思。她不愿意男人离开她。男人在家,家务事全替她干了,她可以多串几个门子,多做点针头线脑的活儿;再又说,男人一走,里里外外就是娘俩,哑巴孩子不懂事儿,太冷清了。唉,他们是打打闹闹、吵吵骂骂的恩爱夫妻,离开久了,心里怪热乎乎的。

这会儿,马凤兰探头探脑地走进来了。她背着一斗小米子。这小米子是从韩百安那口袋里挖出来的,野猪还愿,她来给马连福送礼儿。

她问:"连福哪?"

孙桂英说:"死啦!"

马凤兰笑着说:"哟,表侄女那不守寡啦!"

孙桂英说:"有这么个死东西,不如守寡干净。"

马凤兰说:"快找个家伙,把这米倒了。"

孙桂英看看口袋:"哪的米呀?"

马凤兰说:"你表姨夫让我送来的。"

孙桂英说:"光吃你们的,多不像话!我们有救济粮啦,这米您带回去吧。"

马凤兰把米口袋往孙桂英怀里一塞。说:"救济粮全是棒子,哪有米吃着顺口。再说,光为你也就算了,还有孩子哪,花插着给孩子做点粥吃,也换换胃口。"

孙桂英一边下炕找家伙,一边问:"你送这米来,连福知道不知道哇?"

马凤兰说:"这么点东西,也值得这么小家子摆事的呀!"

过了米,两个女人坐在炕头上,就张家长、李家短,东一榔头、西一棍子地扯开闲篇了。在东山坞只有马凤兰是孙桂英的知音,没有不过的话儿。

马凤兰心里想主意,没话找话说,没事找事做。她看看西旮晃,望望东墙角,瞧瞧地下,瞅瞅炕上,就像个保媒的来相家。她问:"孩子哪?"

孙桂英说:"让韩德大他妈抱去啦。他们家没小孩,就喜欢我家宝宝。"

马凤兰咂着嘴唇说:"唉,人不讲本事不行。你看,一大家子事全靠你背着,要是给一个没本事的女人,早就里不像里,外不像外,人不人,鬼不鬼的了。"

孙桂英说:"我还不够邋遢的呀!"

马凤兰说:"哟,你还邋遢哪!瞧瞧,你这穿的,戴的,头上脚下,利利索索,要是不知道的,你出了门,人家准把你当成没出阁的大闺女。"

孙桂英说:"瞎曰曰,就我这老模喀嚓眼的,能比上人家大闺女呀!"嘴这样说,人家夸得她挺得意,不由得伸手抹抹鬓角,扯扯衣襟,拉拉袖口。

马凤兰说:"来,天还不黑,我给你绞绞脸①吧。"

孙桂英赶忙从针线笸箩里边找来一条好白线,盘腿坐在炕上,把脸伸给马凤兰,闭着眼睛等着。

马凤兰也往孙桂英跟前一坐,那条长长的白线用牙咬住一头,又在手上一缠,就在孙桂英的脸蛋上绞开了。只听得哑哑响,汗毛一条一道地绞了下来。

马凤兰一边熟练地绞着,一边又没话找话地问:"那天中午你家来客了,哪庄的?"

孙桂英想了想说:"没有哇,穷家破业,谁来呀!"

马凤兰说:"别瞒人了。我吃了饭,正在街上站着,见一个不高不矮的小白脸子,偷偷摸摸地进了你的院子,跟你亲亲热热、热热闹闹地说了半天知心话儿,怎么硬说没有?"

---

① 即修面,用线绞去脸上的汗毛。

孙桂英"啪"地打了马凤兰一巴掌,骂道:"该死的货,到这儿胡言乱语,没有这八宗事儿!"

马凤兰说:"准没有吗? 嗨,好事不背人,背人没好事。让我给你算算哪一天。"她装模作样地扳着手指头,"昨天,前天,大前天……对了,对了,就是昨天。"

孙桂英想了想,想起来了:"噢,你说的是萧支书吧? 昨天吃过晌午饭,他来了一会儿。"

马凤兰拍着膝盖说:"怎么着,我没说瞎话,没有冤枉了你吧?"

孙桂英说:"你要直说,我也就想到了;你说来客了,又东拉西扯,谁知道你说的是他!"

马凤兰挤了挤眼又问:"他常常到你这儿串门吗?"

孙桂英说:"不常来,一两个月见不到他一回。昨天他是有事儿找连福来的,在院子里站了一会儿就走了。他太忙啦,哪有工夫串门儿。"

马凤兰故作惊讶:"哟,不会吧? 不常来常往,他怎么对你那么熟呢?"

孙桂英抓起身边放着的鞋底子又要打马凤兰:"瞧你个烂嘴的货,他跟我熟哪家子!"

马凤兰一边躲闪,一边正正经经地说:"跟你说正话,你总闹着玩。不愿意听不说了。我说桂英,吃什么饭呀,这两天都做什么活了? 什么时候走娘家去呀?"

人家故意不说了,孙桂英又忍不住想要听:"你得说清楚,造谣不行! 他怎么跟我熟了?"

马凤兰笑笑:"瞧,不打听到嘴受不了吧? 他夸你手巧,这么巧,那么巧,说了一大堆。"

孙桂英听了这话,有几分受宠若惊的欣喜,又有几分不相信:"去,去,他真夸我了? 你瞎编!"

马凤兰起誓发愿地说："谁瞎编谁是小狗子！那天他从山上回来，找你表姨夫，忘了提起什么话儿，他提到你，他说：'赶明天，我也求连福大嫂给我纳双袜底儿；她纳的那个袜底儿，实在太好了！'接着就把你夸一通。"

孙桂英信以为真，眯缝着眼睛，仔细地想了想，忽然拍着手说："对了，对了，准是他们到那儿开会，连福上炕脱鞋，脚上穿的那双袜底儿让萧支书看到了。那双袜底儿，还是怀着我们孩子那会儿纳的。我用的是裁小褂子裁下来的漂白布，那布还是我妈从北京城里扯来的；咱们这儿卖的布，哪有那成色！我是用绣花针纳的，上边纳的是胡椒眼儿，下边纳的是对针盘肠，脚心用的是黑线，纳个五福捧寿；那线是真丝的，又黑又亮，袜子穿酥了，也不兴它褪色……"

马凤兰惋惜地说："萧支书这辈子也甭想穿这么一双袜底儿了。"

孙桂英说："人家不会娶个巧媳妇呀！"

马凤兰两手一摊："到哪儿娶去？要娶得上，早娶了，还守到今天！"

孙桂英说："人家萧支书眼睛高，一见那人就眼高。我看人家才像个男子汉大丈夫。站有站相，坐有坐相，稳稳重重；说话不高不低，不多不少，说一句是一句。带着妇女下地干活儿，那么多的小女少妇，又是说又是笑，人家萧支书总是正正经经，连眼皮都不挑。哪像我表姨夫，贱不唧唧，哪有女的往哪儿凑，浑身没四两，没话找话说；那天门口过一个骑驴的小媳妇，他用眼睛死盯着人家……嘻嘻，真笑死人了。"

马凤兰赶紧给自己的男人打掩护："他是有嘴没心，好闹着玩；别看萧支书蔫呼呼不说话，装正经；见了女人不说话的人，心里劲更厉害。"

孙桂英说:"反正人家萧支书眼睛高。"

马凤兰说:"你这话说得才是没边儿没沿儿。他眼睛高什么?我看他一丁点都不高。死那个媳妇,简直是个丑八怪,小个子,黄毛,烂眼猴似的,别人全说不般配,萧支书却拿她当宝贝;甜哥哥蜜姐姐地哄着,不笑不说话;到外边开会去,多晚散会,也得赶回来,连洗脚水都给媳妇泼出去。"

孙桂英用鞋底掩着嘴,嘻嘻地笑着说:"你真会糟改人!"

马凤兰晃着头说:"嘿,不信,你去打听打听呀!"

孙桂英说:"不用打听,人家也不会跟你说的那个样。我也听大脚二菊讲过,他们小两口挺和美。那个人也没福气,才过几天亲热的日子,她就死了,多可惜。"

马凤兰接着说:"死了就续不上了。到今天,他见了你表姨夫还埋怨哪!他说,你把孙桂英给马连福拉上,那会儿怎么不给我介绍介绍?"

孙桂英说:"我不信你胡曰曰,人家会说这个!"嘴上这么说,心里可是热乎乎的。叹口气,"唉,全怪我表姨夫没有好下水,乱点鸳鸯,错配姻缘,我恨他一辈子!"

马凤兰说:"也不能全怪他,当时你也没说清楚。"

孙桂英没吭声,眯着眼,任凭马凤兰在脸上绞来绞去。她的脑海里,又浮起一件被忘却的往事。

那天下暴雨,孙桂英到婶子家串门给隔住了。刚刚离了婚,在家里坐不住呀!她跟嫂子在里屋说话儿,婶子在外屋择韭菜。雨越下越大,从外边闯进一个避雨的人。这个人二十七八岁,背着一麻袋肥田粉。婶子一个劲让他到里屋坐,他不进去。他们就在当屋说话儿。

婶子问:"哪庄的?"

那个人回答:"东山坞的。"

婶子问："怎么没见过？我跟那村马家有亲戚。"

那个人说："我是从军队上转业回来的。"

婶子问："家都啥人？"

那个人回答："有个老父亲……"

婶子问："还没有成家哪？"

那人打岔说："这雨要住了。"

孙桂英扒着竹帘子缝朝外一看，这一看不要紧，一下子就把她给迷住了：多漂亮的一个小伙子，越看越爱看。她站在竹帘子里边，只能往外看，外边人看不到里边；一直看到雨住，那个人背着肥田粉告辞。她的腿都站麻了。回到家，她就硬让她妈到东山坞查访这个人。

那会儿，马之悦正为马连福的亲事发愁，这回送上门来了，还能放过去！他明知查访的人不是马连福，就硬往马连福身上安。他亲自跑到森林撺掇这件事儿。

孙桂英问他："他家几口人？"

马之悦回答："就一个老父亲。"

孙桂英又问："二十七八岁吧？"

马之悦说："一点不错。"

孙桂英眉开眼笑："当过解放军？"

马之悦说："转业回来的。"

孙桂英拍着手说："就是他。"

马之悦又把马连福夸个溜油光。

孙桂英说："我愿意，订个日子，让我们当着面谈谈吧。"

马之悦说："都看过了，人家那边也愿意，谈不谈，你还信不住表姨夫？"

第二天送来彩礼，第三天套着大车来娶亲。拜了天地，进到洞房里一看，丈夫是个麻子脸，孙桂英可傻眼了。她一句话没讲，跑到西屋里，一把拉住正喝酒的马之悦跳着脚说："我不干，不是这个，你骗了我！"

马之悦说："咳，哪个不一样！这小伙子除了有几颗麻子，处处全好，保证让你随心！"

旁边的亲友都帮忙解劝，马连福也过来说好话。孙桂英架不住这么多人说，心想：反正已经来了，先对付对付，不行再散，反正我有理由。

没想到，两个人到一块儿过三天，一会儿都离不开了，见上一面的那个人，早被她忘得无影无踪。一年后生了个孩子，别的心思就更没有了。以后一块儿过日子，遇到一些不顺心的事，她觉着嫁了个麻子脸有些委屈，吵几句，哭一场；两口子打架是假的，没有隔夜之仇。他们的日子就这样过下来了。

孙桂英想到这些，没留神，一只手不知道什么时候抓着针锥了，一使劲儿，扎了手。她皱着弯眉，把手指头放在嘴里嘬。

马凤兰在孙桂英的脸上绞完最后一下子，又问："听说连福要上山了？"

孙桂英悻悻地说："他哪有个准稿子，说明天就走。"

马凤兰说："他走了，剩下你一个人，有啥事你找我帮忙，可别招惹萧长春来串门了。闹出什么事来，连福知道了，还不打出脑浆子来！"

孙桂英刚要骂，忽听外边有脚步声，从窗户朝外一看，马连福回来了，赶紧住了口。

马连福背着粮食口袋走进屋。

马凤兰收了线，下了炕，拍拍衣裳襟儿，笑着说："你们讲贴己话吧，我走了。"就出了屋。

马连福也没跟她打招呼，放下口袋，朝媳妇看一眼，媳妇的脸上眉齐鬓整，喜气洋洋。他心里纳闷儿，怎么一转眼的工夫就变样啦？

孙桂英瞥了丈夫一眼，赶忙下炕舀粥，放桌子端碗，还往咸菜盘子里大大地加了几滴香油；又跑到东院里抱回她的小宝宝，就跨在炕沿上喂孩子粥。

马连福上炕吃饭，想说话，又怕捅了蜂窝；不说吧，那件事还没个了结。

孙桂英开口了，不光是脸蛋变了，心气也变了。她问："见了萧支书吗？"

马连福说："见了，正领着会计几个人算账。"

孙桂英说："往后不准你再跟弯弯绕、马斋这些人扯帮帮拉套套了；沾'富'字的人没好心，有好心也不会给你使。他们光拿你当枪用，用完一扔；他们吃炒豆，你炸锅。"

马连福喝着粥，说："对啦，全是一群白眼狼！"

孙桂英又说："人家萧支书对你多好。你骂了人家，人家在人前背后都不说你一句坏话，还说要帮助你，让你将来当个好干部。交人交心，浇树浇根，人不能不讲良心，也不能不识抬举。你要是再跟萧支书做对头，不要说萧支书不会再饶你了，连我也得跟你扯清楚。"

马连福说："对嘛，你瞧，我这会儿不是积极了，让我上工地，我就去；就是，你……"

孙桂英说："我怎么着？我管你啦？你去你的！"

马连福还当孙桂英说气话，就试试探探："怎么，你不生气啦？"

孙桂英一翻白眼："生气，我吃饱了撑的？往后我也要进步了。我把家里的事儿安排安排，也要下地挣工分。东山坞那帮子娘们，谁也比不上我；我不干是不干，干就干个新鲜的，让她们吃惊瞪眼，不信你就瞧着！"

马连福一阵高兴，撂下碗筷，噌地跳下炕，搂住了孙桂英的膀子:"真的,你愿意我去了?"

孙桂英眼一挤说:"当然。去了就安安定定,别火燎屁股似的,一趟一趟地往家跑。"

马连福连声说:"行,行! 粮食也有了,麦子也要分了,我也放心了。"

孙桂英说:"粮食吃不了,刚才我表姨又送来一斗小米子……"

马连福一愣:"唉,你怎么又要他家的东西呀? 快送回去吧。给,这还有三十块钱,一块还给马主任。"

孙桂英见钱眼开,一把夺过来,塞进兜里:"官还不打送礼的哪! 吃他他,买不了身子买不了心,想怎么怎么,他能咬你半截儿去呀!"

马连福还要坚持把钱和粮食送回去,又怕惹了孙桂英又惹了马之悦。他心想,就这一回,下不为例,得啦,马连福再不干这种事儿了!

…………

马凤兰扭着肥胖的身体,高高兴兴地回到家。

马之悦正在屋炕上等她,迎头就问:"怎么样,开缝不开缝呀?"

马凤兰撇咧着嘴说:"我这点本事还没有哇? 慢说是她孙桂英,就是观世音下世来,我也能说得她思凡想汉子!"

马之悦一拍大腿说:"好,得空我去对付焦振茂!"

第五十一章

干部们接受了喜老头的建议:尽快公布预分方案。

开了贫农、下中农会的第二天,萧长春就关照马立本做准备,干部会上作了决定,又抽调韩道满、韩小乐两个人到办公室协助马立本工作。等到村里的麦收准备工作完全安排入绪之后，萧长春和焦淑红又投进来了。他们日夜连续进行，搞得很紧张。五把算盘子在农业社办公室里一天到晚地"劈啪"山响，农业社好像办喜事儿，请来一班子吹鼓手，演奏着动人心弦的乐章。

庄稼人听到这个声音，全都起心乐呀！

办公室每天不断有人来往，男的，女的，老的，少的，什么样的人都有，有事没事都来；这个问问自己的工分数，那个问问自己大概可以分到多少麦子，还有的拿自己的工分册子跟会计的账本子对照，看错了没有。每个人都是笑着走进来，笑着走出去，又把满脸的笑容带到自己家里，或是带到田野里去。

乍开始，几个年轻人觉着这么出来进去地影响工作，就要在门口贴个"闲人免进"的条子，让萧长春给拦下了。

年轻的支部书记这一程子实在够劳累的了。他要参加会议，要跟着算账，要接待社员，还要到一些人家走动，夜里很晚的时候会计室这摊子事情收了，他又要带领民兵护守麦子。麦子一天比一天黄了，得加紧看着了。他没空躺在床上睡一觉，实在困了，就在野地找个背风子坡坎上，靠一靠，闭一会儿眼睛，四五天没有脱过衣裳了。他那俊气的脸上，眼看着往下消瘦，两只黑亮的眼睛也罩上了血丝，像刮进沙子粒儿似的那么疼痛。很多人心疼他，可是代替不了他；很多人劝他好好睡一夜，怎么办得到呢？这正在要紧的节骨眼上呀！

他的心情是愉快的，精神也相当好，有时候别人吃饭去还没回来，他一个人没法儿动手工作，就独自蹲在办公室的前门口，一边抽着烟，一边思谋着下一步的工作。他知道，村子里的事情还没有彻底解决，弯弯绕、马大炮这几个人，经过这次揭发，那落后的脑袋瓜不光没有转过来，可能跟农业社更加对立了；眼下表面上老实，那是因为他们害怕大伙儿，并不是真的认了错。萧长春估计，在这个空子里边,他们一定跟买粮食的贩子串通过了,订了攻守同盟,将来要处理解决问题的时候,他们很可能翻供,不承认这件事儿。这该怎么办呢?不要紧,揭开这件事并不是单纯为了整弯弯绕这几个人,主要的是为了教育大伙儿,大伙儿把他们看清了,都臭着他们了,目的也就达到了。根据这一段事实看,弯弯绕这些人,不再经几年,不再经一些波折,不再碰一些钉子,他们是不容易转过来的。那么马之悦呢?为什么这件事儿一揭出来,他突然间就老实了呢?装样子是瞒不住人的。过去,他跟弯弯绕这些户很亲近,总是往一块儿凑,这会儿见了面都躲着走了,这又是怎么一回事儿呢?贩卖粮食这件事儿,肯定跟马之悦有瓜葛,兴许还挂着县城里的范占山。据群众反映,去年马之悦跑买卖就常在范占山那儿落脚。应当赶紧给县里写个信儿,让那边把这个人好好调查一下,等麦秋后再追追弯弯绕,两下一齐来,不愁没个水落石出!那个"大鸣大放"这会儿发展到什么地步呢?据说县城里也动起来了。那么,有一日这种事情临到东山坞,还会出现什么样的新问题呢?不管什么样,都应当照着党的指示做,先把自己的队伍组织好,让大伙儿做好思想准备,不出事儿更好,出了事就要拼了性命顶住。还是那句话,永远作硬骨头,任何邪气也得让正气压倒!社会主义道路我们是走定了!

焦淑红这一程子也比较累,不过比萧长春要好一些。最近队里不让妇女去看麦子,她能够多睡一点觉。每天除了搞预分以外,她的事情也还不少。团支部的工作加强了,团课恢复了,这件事儿虽说有韩百仲帮着马翠清搞,她不插插手,总不放心。苗圃那边也常有事儿。焦克礼在那边干得不错,可是一到浇水、锄草,或是打药水杀虫子,他一个人领导不过来,焦淑红也得花插着照看照看。

她的心情也是快活的,精神更是饱满。村里的工作换了一个新面貌,对她是个极大的鼓舞,也使她受到了锻炼。仅仅几天,她认识了许多真理；这些，有的过去知道一些，那是条文的，这会儿有了实际体会。她也学会了许多工作方法，诸如说服动员，动脑子分析复杂的问题，灵活机智地对付各种人、各种事。她爸爸的突飞猛进，对这个二十二岁的姑娘来说是一种极大的精神鼓励。她感到新生活越发可爱，新农村越发可爱，自己的前途越发光明。这会儿，她甚至于对帮助马立本这样一个青年都有了信心。她也想过自己的婚事。她不急，不忙，一来工作正紧张，应该先把农业社的事情搞好；二来，她觉得早晚都是一样，反正是变不了。

在这个农业社办公室里工作的韩道满、韩小乐，自然也都有他们自己的喜悦和忧虑，也想自己的心思，只是不那么突出。

有一个人，甚至于比萧长春和焦淑红还要劳累得多，因为他太用脑筋了——这个人是马立本。

马立本开始跟萧长春和焦淑红坐在一块儿的时候，他是痛苦的。他也咬过牙，想把一切仇恨埋在心里，化成力量，等待出头的机会，可是办不到。苦恼了几天以后，他也愉快起来了。

他用各种各样的办法试探了焦淑红，也使用了各种各样的办法观察了焦淑红跟萧长春的关系；他从各种各样猜测、推断来寻求有利于自己的根据，来证明焦淑红爱自己，来证明焦淑红对萧长春根本没有什么意思。结果他得到满足了。比方说吧，为了工作方便，他们把两个大办公桌并在一块儿了，几个人围着桌子坐；原来马立本跟焦淑红坐对面，后来马立本借口背着光，搬到跟焦淑红挨着坐，焦淑红根本没有拒绝，还把自己的凳子朝韩道满那边挪挪，给马立本让出地方。再比方说吧，有一次焦淑红认不清一个字码儿，既没问韩道满和韩小乐，也没问萧长春，却问马立本了。还有一件事儿，给马立本留下了深刻的印象。有一回，焦淑红跟韩道满一块儿从外边进来，一边走一边吃杏子，手里剩下两个，朝桌子上一扔，不偏不歪，全都滚到马立本的算盘旁边了。他攥着两个杏子,好久舍不得吃。这两个杏子是有深刻含意的,第一是扔给了马立本,第二是两个,分明是说,两颗心紧紧地挨在一起了!

马立本的旧情复萌了。他从这许多事实中得出了一条结论:焦淑红对自己是有情有意,完全因为焦振茂的阻挠,萧长春的压力,才万般无奈跟自己表示表面化的疏远。这两个人是多么可恨呀! 马立本要不畏一切困难,不顾任何牺牲,争取机会和焦淑红亲近,最后夺到焦淑红,实现他的夙愿!

这种情形,可把焦振茂气坏了。

焦振茂把这一切全都看到眼里了,他看着闺女跟马立本坐在一块儿不顺眼,看着马立本像只苍蝇似的追闺女更是气愤。他还看出马立本这会儿比过去更要大胆、更要迷心地追求自己的闺女。闺女也不躲着他。在焦振茂看来,闺女早晚会上了圈套,这对他将是终身的恼恨。这会儿焦振茂是积极分子,是在处处学着穷人的骨气的时候,自己的闺女要嫁给这样一个不三不四的东西,他觉得丢人;自己跟富农六指马斋搭亲家,更是有损自己的人格。怎么办呢? 跑去说闺女一顿吧,人家是工作;不管吧,实实在在地看不下去。他在庙里干会活儿,就像示威,抽空就到办公室走一圈,不是说借碗找点开水喝,就是说打听打听自己的工分账算出来没有。他用一种敌对的目光暗示马立本,要他死了这份心。马立本因为心里有了底儿,自然不肯示弱。焦振茂越往这儿跑,他越装出跟焦淑红挺亲热的样子。这场哑戏演了两天,焦振茂实在忍不住了。

这一天,正好预分方案搞完了,几个人一齐动手,抄写好了三份。焦淑红和马翠清两个扯着一份到二队张贴去了,韩道满和焦克礼两个人扯着一份到一队张贴去了。萧长春本来把另一份卷好了,要到大庙里去贴,怕抄丢了字,正在检查。马立本也在屋,因为是他抄写的,抄累了,斜躺在床铺上听耳机子休息。

焦振茂走进来说:"支书,我跟你说个事儿。"

萧长春把手里的笔一放，转过头一看，老人的脸色很不好，一时猜不出为什么，就说："您坐下说吧。"

马立本心里也嘀咕，两个仇敌都凑到一块儿了，准是说跟自己有关联的事，就闭上眼睛，假装睡着了，耳朵却伸着听。

焦振茂走过来，捅了马立本一下子："这儿不是完事了吗？你出去一会儿，我们说个事儿。"

马立本不动窝，很蛮横地说："这是我的办公室，你让我到哪里去呀？"

焦振茂也不客气地说："哪儿写着是你的办公室？这是社员大伙的，轮班也该我坐坐了。"

萧长春莫名其妙地看看这个，又瞧瞧那个，对焦振茂说："您有事讲，咱们到外边说去吧。"

焦振茂往椅子上一坐："我偏要在这儿说。马立本，你是走开不走开！"

萧长春说："您今天怎么了，怎么这样跟会计说话呀？"

焦振茂说："这话不好听啊，再不走，我还有难听的给他留着哪！"

萧长春见焦振茂今天的情绪十分反常，估计有重要事儿，就转过头来对马立本说："立本，你去帮他们贴贴去，顺便检查检查丢了字没有，丢了好马上改过来。"

马立本也考虑到久呆不妙，也不可能听到要听的话，就气呼呼地走出去了。

焦振茂跟到门口，见马立本走远了，又回来，坐在椅子上，呼呼地出粗气。

萧长春笑笑说："会计有什么缺点，您可以跟他提，也可以跟我说，千万不要闹对立，这样不好。"

焦振茂说："唉，支书，你不知道哪，他不是人！"

萧长春说:"别急,怎么回事,您跟我讲讲。"

焦振茂说:"你别往下问了,我说他都嫌丢人。我找你要求个事儿,往后你别让淑红再到这里帮会计工作了。"

萧长春不解地眨眨眼:"这里靠她顶一半事哪,等搞决算的时候不让她帮着不行啊!"

焦振茂说:"要不把马立本调出去!"

萧长春笑了,心里已经明白了,就说:"他是会计,是主管,把他调出去还行!"

焦振茂说:"反正不能让淑红跟他在一块儿!"

萧长春说:"您的心意我知道了。您是个明白人,对儿女的婚姻事不能强管……"

焦振茂说:"别的我什么都不管,惟独这件事情,我是管定了!"

萧长春说:"淑红是您的亲闺女,您比我更了解她。她有主见,不会潦潦草草处理这种事情,您放宽心好了。"

焦振茂拍着大手说:"支书,你还蒙在鼓里哪? 她嘴里说没这回事儿,你看看,像没这回事儿吗? 人背后,早搞得热乎啦! 不管怎么样有心术,她到底是个没经过事的孩子,日久天长,闹出事来怎么办? 我就这么一个闺女,我能放心吗?"

萧长春摇摇头说:"我看您是多心了,淑红绝对不会在这种事情上上当。"

焦振茂说:"也不算我落后保守,这件事情,我有一定之规。你是支书,我信的住你,除你以外,连马主任我都不对他讲。你先免了她这个差事,工作多着哪,什么不是干? 你得空还得多劝劝淑红。我把话说透,除了马立本,她另挑嘛,只要对事,我准由着她。平时她信服你,你说一句话,比我们两口子说千句万句还要占地方。"

这个难题目真够萧长春做啦,怎么办呢? 这种事情要是放在马翠清身上,他的办法多啦,偏偏发生在焦淑红的身上,他是有苦难言呀！他卷起铺在桌子上的预分方案的布告,说:"这件事,咱们得空再说。走,您帮我把这个贴上去。"

…………

"嗨,预分方案搞出来啦!"

"马上就要公布了!"

"快去看哪,都贴出来了!"

这个消息像是长了翅膀的小鸟儿,不一会儿就飞遍了全东山坞的沟南和沟北,前街和后街。

社员们几乎都怀着同样的心情,从每一个砖门楼、排子门跑了出来。男男女女,老老少少,全都有。他们都抄近路到自己的队部门前来看"红榜"。

萧长春和焦振茂两个人一进大庙门口,就被一群人围上了。有的不管不顾,挤过来就要抢着看。

萧长春连忙把手里的纸卷举得高高的,一边躲闪,一边笑着喊叫:"嗨,嗨,别抢,别抢,小心撕坏了!"

焦振茂也忘了刚才那件不高兴的事儿,帮着萧长春推开那些死乞白赖不肯离开的人,也笑着喊:"你们抢什么呀,这不马上就贴出来了,管你们看够,带上干粮,坐在这儿看它两天两夜也没人不依!"

豆片坊的韩百旺早把面糊打好了等着。他端着长把儿的铁勺子迎出来说:"快点贴上不就省得他们抢了！来吧,贴在哪儿呀?"

萧长春转着身子,寻找合适的地方。

有人说:"贴在东墙上吧!"

有人反对:"西晒日头,一天就褪色了。"

有人说:"贴在北墙上吧!"

也有人反对:"六月里南风多,吹坏了!"

"贴在墙上不行,下雨就淋着。"

"对啦,贴在屋里吧。"

"嗨,屋里多不显眼哪!"

最后还是焦振茂找了个好地方:贴在技术股门外边的墙上;那边有伸出来的房檐,日头晒不着,雨也淋不着,另外还显眼,人一进门就看到了。

萧长春举着纸卷走到技术股房子的门口,想找个垫脚的东西。

韩百旺说:"等等,我给你搬个梯子来。"

焦振茂说:"用不着那么高,找个凳子就行了。"

人群外边忽然有人说:"嗨,用我这个吧!"

大伙扭头一看,是马子怀。他脸上挂着汗珠,背上背着筐子,手里拿着镰刀。看样子刚从地里割草回来。他扔了镰刀,放下筐子,也不顾筐子里的草,就底儿朝上地一扣,放在萧长春的脚跟前了。

他说:"支书,蹬着贴吧。"

萧长春站到筐子底上,用大刷子蘸着面糊刷在砖墙上,随后把卷着的"红榜"从上边往墙上一按,又往下一展——鲜红的纸、油黑的字儿,就在人们的眼前闪露出来了。

人们一拥而上,仰起笑脸,瞪大眼睛,伸着手指指点点。

"嘿嘿,我在这儿哪!"

"我哪?我的名字在哪儿呀?"

"这是我哥哥他们。"

在人们议论声里,马子怀也着慌了。他急急忙忙地从头到尾找了一遍,没找到。他着急地想:不会把我丢了吧?就问身边正在大喊大笑的韩德大:"德大,我到哪儿去了?"

韩德大用手拍着他的肩头说:"瞧你这个人是乐糊涂啦,你不是在这儿站着吗?"

马子怀顾不得跟他逗着玩，又问韩百旺："怎么没有我的名字？你瞧见没有哇？"

韩百旺抱歉地说："你算问着了，不知道我不认字儿？"

韩德大伸出赶牛的棍子在"红榜"上指点着说："这儿哪，马、子、怀！"

马子怀仰起脸，睁大了两只眼睛看。他的名字在最上边，在弯弯绕上边、马大炮下边。他先是一愣，随后一惊，接着，咧开嘴巴笑了。他不光看到了自己名字，也看到一串阿拉伯字码，那字码儿跟他名字连接在一块儿；名字是他的，字码是他的，名字和字码代表着的那几布袋金黄的小麦也是他的，这是劳动的报酬啊！他的两只眼睛盯在那上边，眼皮不眨，眼珠儿不动，可是他心里却翻翻滚滚。他用这个字码儿跟他心里边那个字码儿比，跟他往年的收入比，跟旁的人比。他看见了，代表自己的劳动工分的字码比弯弯绕多个圈，代表自己要分到的麦子的字码比马大炮多一倍，这对他的震动太大了。他不由得想起萧长春前些天对他说的话，想起女婿对他说的话；他觉着又后怕，又庆幸，肚子里默默地叨念："险哪，要是跟弯弯绕、马大炮那样，不好好在社里干活，这麦子不就没影儿了？往后呢？对啦，不能跟这号人走啦，跟他们走得吃大亏呀！"

大庙门口爆发起吵嚷声。焦二菊和焦庆媳妇在山门外一边站着一个，脸对脸地吵，仍然是一个横眉立目，一个嬉皮笑脸。

焦二菊怒冲冲地说："这两天我没得工夫，要不我早找你去了。你还吵没吃不？"

焦庆媳妇笑着说："我没有再吵哇，您那天跟我说得好好的，我能不给您留一点面子呀？"

焦二菊说："给我留什么面子？这全是你自己的事儿！"

"您不是说，等收了麦子……"

"呸！还惦着那个好事呀？弯弯绕他们还没有把你教训过来

呀？你那自私的心还没动一动呀？走吧，里边人多，咱们这回当着大伙讲讲理儿！同着大伙儿讲清楚，我能不能用麦子收买你的假进步真自私，咱们这回得讲清楚！"

"嘻嘻，我跟您闹着玩哪，这不是就要分红了，谁还要您的麦子呀？您送我屋去我也不要啦！"

她们的争论被颤颤悠悠跑来的五婶和领着一群孩子的志泉媳妇打断了。

刚刚稍微静了一下的院子，又因为她们进来沸腾起来了。

焦振茂像喝醉了酒似的满脸通红，老远就朝五婶喊："嫂子，你们娘俩真行啊，干这么多的工分！"

五婶得意地笑着："我们翠清那丫头神着哪，全是她一个人干的呀！这年头，闺女儿子全一样，能劳动，能出力气，都顶事儿！你们淑红也少不了吧？"

韩百旺冲她说："我真替你发愁，分那么多的麦子，你那小屋子盛的下呀？"

五婶用棍子拄着地说："这得求你帮忙了，快把磨安起来吧，好吃白面烙饼呀！"

韩德大逗乐说："我看您还是蒸馒头吃吧。"

五婶问："怎么啦？"

韩德大说："烙饼您咬得动吗？"

人们轰的一声笑起来了。

五婶举起棍子要打韩德大，韩德大一躲闪，撞到一个人身上了，怕来个两面夹攻，刚要躲，一看是老实的志泉媳妇，就停住了。

志泉媳妇只是含笑地瞪他一眼，又扯住他的胳膊小声说："德大，我不识字儿，你给我念念听，我家该分多少麦子呀？"

韩德大说："字码还不认识，装着，这不是四百六十五斤吗？"

志泉媳妇又惊又喜又有点不相信似的说："德大，你别逗我，有那么多吗？"

韩德大说："你说个数，剩下归我。"

志泉媳妇又凑到正在"红榜"前面出神的马子怀跟前问："子怀大哥，你给我看看，我家真能分四百六十五斤吗？"

马子怀和气地说："对，是四百六十五斤。"

志泉媳妇呆住了。这个一连生了四个孩子的老实的妇女，疼儿女，爱丈夫，可惜家务把她拖住了。转成高级社以后，她决心积极参加劳动，替丈夫分一半负担。她不惜一切劳苦。"土地分红"的消息给了她多大的打击呀，她好几夜睡不着觉，跟别人哭过。只有这会儿，看了"红榜"，她那悬着的心落地了。她低下头，深情地看了看围在身边的几个孩子，心里一热，泪水涌出眼睛，滴在正朝她嘻嘻笑的那个小孩子脸上了。

这会儿焦庆媳妇凑到焦振茂跟前，撩着衣襟，掏了好半天才掏出一张小纸条儿，递给焦振茂说："大哥，您把我家的工分、分的麦子数儿抄下来，我好托人给孩子他爸爸捎到工地上去，让他看看。"

焦振茂接过纸条，从衣兜里摸出个铅笔头，用舌头舔舔，又在"红榜"上找到了焦庆的名字，就把数字给抄下来了。

焦庆媳妇又说："您再费点事儿，把弯弯绕家的数目字也一块抄上。"

焦振茂奇怪地看看她，立刻明白了，就很不高兴地替她潦草地抄好，躲开了。

那边以大脚焦二菊和五婶为中心的人们，正在热闹地嚷嚷着。

"这回再不念社的好，真不讲良心了。"

"这全是抗天灾夺来的，干部们立了大功劳呀！"

"国家给咱们撑腰啦，要不哪有这个日子！"

"萧支书说得对，丰收可别忘了国家，多吃点，多留点，也得多卖余粮！"

…………

萧长春站在欢乐的人圈外边看着、听着。他在那鲜红的榜文上，看到的不是一个个名字，而是一张张挂着汗水的脸；看到的不是一九五七年的小麦分配数字，而是几年后满山的果树、牛羊，满地的水渠、拖拉机，满村的电灯；看到的是更远的共产主义新农村！他从那一片欢呼声里，听到的不仅是胜利的喜悦，也是战斗的呼声；听到的不仅是表扬，也是督促，是东山坞的社员们和他们的子孙后代对党支部的要求……

年轻的支部书记笑了。你看他笑得多好看，脸上像是开了一朵大红花。胜利的笑容是最美、最宝贵的笑容，然而，它是经过烦恼的周折、艰苦的斗争以后才得到的！他灵巧地卷起一支烟，点着了，吸一口，特别香甜。一回身，爸爸拉着他的儿子小石头站在跟前了。

小石头扑在他的身上，仰着嫩红的小脸蛋问："爸爸，咱家要分多少麦子？"

萧长春摸着孩子的黑头顶说："好多，好多！"

小石头问："一大车吗？"

萧长春又笑着点点头。

小石头咧着嘴，拍着手满院子跳跃："嗨，一大车，一大车，要吃包饺子、大烙饼啰！"

萧老大也掩饰不住从他心里边发出来的喜悦。这种喜悦，跟所有在场的庄稼人的喜悦都不同。他除了默默地为农业社祝贺，为乡亲们祝贺，特别为自己这个当支部书记的儿子祝贺。他觉得那张吸引着人、鼓舞着人的"红榜"，是农业社给儿子的一张奖状。这会儿，他特别感到当一个好党员的爸爸很光荣！

他乐呵呵地说："长春，这回行了，我把心放回肚子里了。"

萧长春了解爸爸此刻的心情，清楚老人家这句话的分量。可是萧长春在警告自己：东山坞的重要问题还没有彻底解决,弯弯绕这些人倒卖粮食的事儿还没了结,马之悦的问题更没有搞清,……可不能再盲目乐观了,要警惕,要冷静!他笑着对爸爸说:"咱们大伙都不能松劲儿,这不过是刚刚开头!"

萧老大说:"一开了头,往后的事就好办了。长春,这回你可以抽点空了吧?"

萧长春问:"您有什么事儿呀?"

萧老大说:"我有什么事儿?你自己的事儿。工作全安排好了,你该赶快去相亲,再推脱,我可要生气了!"

萧长春沉默了:唉,又是一件难办的事情!

其实,年轻的支部书记没有全料到,前边还有更多更难办的事儿等着他。

生活,就是战场啊!

（第一卷完）

此卷 1964 年 4 月 30 日第三次重写稿完于西山

7 月 17 日零时改毕

9 月 9 日再次改毕

新中国 70 年 70 部
长篇小说典藏

新中国 70 年 70 部
长篇小说典藏

艳阳天

二

浩　然————著

学习出版社

人民文学出版社

第五十二章

东山坞农业社公布了小麦预分方案,就像擂起了得胜鼓,吹起了冲锋号;社员们说起话儿来眉开眼笑,干起活儿来浑身长力气。

就拿锄地说吧,原来计划十天左右把全部的春苗地锄一遍,这才过三天,就光剩下个零头没有锄完了。再拿积肥说吧,社委会一号召社员投肥,哗啦一下子,村西口和村南口就堆起了两座小山……

斗争给东山坞的社员们带来了胜利,也给他们带来了生活的愉快和劳动的劲头。

支部书记的爸爸萧老大是最高兴的一个人;一高兴,一松心,免不了又想起儿子的婚事。贴红榜那天提个头儿,儿子没动心思,还是那么冷冷淡淡的样子,他心里边就不住地嘀咕;遇上对劲儿的人,又唠叨起好些日子没有唠叨的话儿:"筷子夹骨头,三条光棍儿。不像个过日子的人家呀! 就是这一件事情,我总是不随心,你们大伙儿得撺掇撺掇他!"

听他唠叨的人说:"光您着急不行,人家支书心里边没有装着这个。"

萧老大说:"没装这个装什么呀? 预分方案订出来了,土地分红的歪风没影儿了,大忙的日子还没到,这会儿不办办自己的事儿,要得等什么时候办呀? 他甘心情愿打一辈子光棍儿,我还不干哪!"

这一天,老头子做好了午饭,打发孙子小石头先吃,自己坐在前门槛子上,一边抽烟,一边等儿子。等啊等啊,日头都偏西了,还

1

不见儿子回来,只好到街上去找了。他刚出门口,迎面走来一个人。

这个人是马之悦。这家伙不见棺材不掉泪,不到黄河不死心!他把一切全安排好了,像一只鼓肚子苍蝇,到处飞,到处撞,专门找空子下蛆;这几天总是屁股后边追着萧长春,察言观色,好按着风向办事儿。

"老大,萧支书还没回来吗?"

"没。"

"他到哪儿去也没跟你说一声吗?"

"没。"

马之悦走了,到焦淑红家里找焦振茂"聊天"去了。

萧老大随手带上了栅栏门,穿过小胡同,又下了沟,抬头一看,北坎子上站着一个人。

这个人是马凤兰。这个胖女人也是心怀诡计,不办成了不甘心!她把办法都想尽想绝了,像一个打猎的人,两只贼眼溜溜转,专找目标下家伙;这几天,随时随地都能在坎子上看到她的影子,表面上挺悠闲,心里边却又是锣又是鼓。

"大姐夫,吃了吗?"

"嗯。"

"又找萧支书哪?"

"嗯。"

马凤兰走了,到马连福家里找孙桂英"聊天"去了。

萧老大走了几个门口,没有找到儿子,转身上了坎子,正要回家,忽听远处传来一片声音。他停住脚,用手遮着阳光朝西南边一看,桥头的水坑子旁边站着好多的人,里边正好有他的儿子萧长春。

老头子斜着身,小心地下了坡坎,老远就听到那边的人正在争论什么，瞧见儿子正在弯腰扒鞋；接着，又看见儿子要脱外边的长裤子，旁边的几个人还在拦挡他。

老头子心里怪纳闷儿："这是干什么哪？"就加快步子奔过来，只见儿子一纵身，"扑通"一声，跳到水坑里去了；老头子急忙跑到坑边上，还没容他说出话来，儿子把脑袋往水里一缩，没有影子了。

围在坑边上的人，眼睛都紧紧地盯着坑里边那泛着波环的清水，小声地议论着。

沟北边那位老烈属王大爷用拐杖拄着地，感叹地说："长春这孩子，真是的，我是随口跟他说说，他就当大事儿办了！"

车把式焦振丛拧了拧手里的鞭子，说："咱们支书，嘎巴干脆，什么事儿说干就干！"

有个老头叫起来了："哎呀，怎么还不上来呀？真是好水性！"

旁边一个壮年人说："当过兵的人都会水。"

刚刚平静下来的水面，又爆开了浪花儿，萧长春的脑袋顶出水皮，使劲儿一透气，鼻子、耳朵、眼睛一齐朝外边冒水；他一边用两脚踩着水，不让身子沉下去，抬起一只手，撸了一把脸，又朝着正要脱鞋下坑的韩百仲说："百仲大舅，不用下来了！快扔给我一根棍子，我试试这底下的淤泥到底儿有多深。"

王大爷赶忙朝前边跨了一步，把手里的拐杖甩到坑里去了。

木拐杖像一只小船似的在水面上漂浮着；萧长春凫过去，一把抓住拐杖，憋了一口气，又潜到水里去了。

萧老大急着问："你们这是搞什么名堂啊？"

韩百仲两眼盯着水面，说："种麦茬棒子①的肥料还不够，请老农出出主意，说这坑里有淤泥。"

萧老大说："这么深的水，就是有大馒头也捞不着哇！"

韩百仲说："要是有泥，咱们就放水，放干了挖呀！"

---

① 即玉米。

3

萧老大说:"工程可不小。"

韩百仲说:"农业社就是有力气……"

坑里的水"哗啦"一声响,萧长春又蹿出来了,一只手举着沾了黑泥的拐杖,一只手划拉着水,朝坑边上凫。

韩百仲急忙一探身子一伸手,就把刚凫到离坑边上还有一步远的萧长春给拉上来了。

萧长春举着棍子,指点沾在上边的泥印儿,笑呵呵地说:"好家伙,淤泥真不浅哪!你们看看,这么深!"

王大爷埋怨他说:"唉,里边有这么深的泥,你怎么还愣往下跳呀?"

萧长春说:"不实际摸摸底儿就动手放水,要是没有泥,多浪费功夫!"

焦振丛说:"太险了,陷进淤泥里去,任你有多大的劲儿也不用想上来了。你胆子真大。"

萧长春说:"一个人没劲儿,大伙儿就有劲儿了。坑边上这么多人给我壮胆子,我还怕什么呀!你们能看着我上不来,不下去捞一把呀!"

大伙儿全都笑了。

韩百仲说:"咱们趁热打铁,马上集合人放水呀。放假前的这两天,把它挖出来。"

…………

萧老大看着这里的情景,听着人们的议论,哪还能够把儿子叫回去呢?只好独自回家了。

回到家里,一边扫院子,收拾家具,一边等着儿子。等到太阳落山,等到星星出来,等到东邻西舍已经响起圈猪赶鸡和关门闭户的声音,也没把儿子等回家。他只好叹口气,哄着孙子上炕睡了。

他躺在炕上,想着在这一段日子里,儿子为大伙儿的事情辛苦操劳，想着儿子跟人斗、跟地斗的情景，那一宗一件，一事一码，真有点像"过五关，斩六将"一般。每一道难关刚横在眼前的时候，老头子的心里总是没有底儿，替儿子担惊受怕；紧跟着，眼睛渐渐地亮堂了，心里渐渐地明白了；最后，他又跟儿子和儿子周围那一伙子人，一块儿分享着胜利的喜悦。闯过一道一道的关，经历了一件一件的事儿，老头子越来越感觉到，这儿子不光是自己一个人的了，是大伙儿的；儿子所作所为，都是关系着全东山坞大人孩子的命运和前途，于是越发感到，自己这个当老人的，应当替儿子多操点心，替他把亲事订下来，家里有个帮手，让儿子能够更踏踏实实地搞工作。

夜已经很静了，凉飕飕的小风，一股儿一股儿地从支开的窗子上吹进来。那风，带着露水的潮气，也带着麦熟的香味儿，吹在庄稼人的心坎上，比含着一块冰糖还甜呀！

萧老大深深地呼吸一下，翻个身，拉过绿军毯，给孙子盖上肚子，刚要闭上眼睛睡觉，忽听小栅栏门儿"吱哑"一声响。那是儿子回来了。他爬起来摸着火柴要点灯，又听见有人跟儿子说话儿，就停住了。

"萧支书，有件事儿，我觉着挺重要，跟你说一声。"

"屋里说吧。"

"我还得查岗去哪。"

"到院里说。"

跟儿子说话的人像是焦克礼，他们一块儿走到屋门口。

"刚才马长山在麦子地里跟我说的。他说傍晚到大湾买灯油，邮局代办所的人让他给马之悦带一封信。信封上地点写的是北京，看笔体像是瘸老五写的。马长山还说，马之悦接过信，急忙揣到兜里了，都没当着人拆开看。"

外边沉默了一会儿，又从街上进来一个人。

5

这回是焦淑红的声音:"克礼,你不看麦子去,怎么跑到这儿来了?"

焦克礼说:"有件重要事儿,找支书报告嘛!"

焦淑红说:"我也有个重要事儿报告。马立本这个家伙是怎么搞的!刚才我到办公室去,他正偷着写信。我一进去,他赶紧捂着,光盖上信瓤,没有盖上信封,上边写的是范占山……"

焦克礼说:"瞧瞧,多巧!"

萧长春问:"还有什么?"

焦淑红说:"我问他跟范占山是什么关系。他当我不知道这块料哪,说是他的同学。我说,骗鬼去吧,范占山多大岁数,你多大岁数,你们哪一辈子同学呀?"

焦克礼急着问:"他又怎么回答的?"

焦淑红说:"他说:你认识的那个范占山跟我认识的那个范占山不是一个人,重名的人多着哪!我问他为什么地点是一个,他没话说了;后来又嬉皮笑脸地说,去年在范占山那儿落过脚,见过一面,不熟;耳机子坏个零件儿,想托范占山给配一个。"

焦克礼说:"全是他妈的鬼话!"

焦淑红说:"我批评他太不诚实……"

萧长春说:"唉,看这样子,这个人已经不是什么诚实不诚实的事儿了!"

两个年轻人几乎同时问:"怎么啦?"

萧长春说:"把他这一程子的行动坐卧都摆出来看看,还不明白吗?他早跟马之悦穿上一条裤子了!看一个人,瞧一件事儿,得用点阶级眼光,不能简单呀!"

沉默了一阵儿以后,焦淑红说:"真想不到这个人这么坏!"

焦克礼说:"烂透底儿了!"

萧长春说:"你们看看三星,快半夜了,先回去休息吧,这些事儿,咱们明天再仔细地研究研究。"

接着,外边的脚步声,关门声,又是脚步声。

萧老大听到这些,虽然还没有摸着头脑,心里边也有点儿嘀咕了;赶快点上灯,冲着外边说:"长春,锅里有饭,自己加把火热热吃吧。"

萧长春关上了堂屋的门,说:"我在百仲大舅那儿喝了一碗粥,不吃啦。"随着声音,走了进来。

萧老大借着灯光,察看着儿子的脸色。那张英俊的脸,比过去消瘦了,头发该剃了,胡子该刮了;眼睛虽说还是明明亮亮的挺有精神,却带着一点儿疲劳的神色——这种不易察觉的神色,是他用一个爸爸的心境体会出来的。儿子的衣裳也该换换、洗洗了,那白褂子的袖口,蓝背心的胸前,还有青咔叽布的裤脚上,都沾着好多干了的泥点子……老头子看着看着,心里怪疼得慌,爬起来就要下炕。

萧长春脱下白褂子,抖落一下,搭在吊竿上,问:"您起来干什么呀?"

萧老大两只脚在炕沿底下摸着鞋,说:"你不爱动,我给你热热饭。"

萧长春说:"要饿我自己就热了,还用您起来呀! 不饿。"

萧老大看了儿子一眼,回到炕上,又说:"不吃,就洗洗睡吧。"

萧长春故作轻松地答应着,从缸里舀了多半盆子凉水,就蹲在炕沿下边洗起来了。他怎么能够轻松呢? 洗着洗着,两只手按在水盆子里,又想开心事了。

萧老大朝儿子看一眼,说:"长春哪,我心里边有多少事儿要提,也要压下去,这会儿,就跟你说一宗……"

萧长春抬起头来,说:"还留一点儿干什么,您有什么话儿,全都跟我说吧。"

萧老大说:"你可得把心膛放宽点儿,千万别把脑筋累坏了哇!"

萧长春说:"您放心吧,没事儿。"

萧老大叹了口气:"唉,当爸爸的心糙,顾不全;你要是有个妈,关照关照你,多好呀!"

萧长春听到这句话,心里发烫,笑了笑说:"爸爸,您怎么这样说呀!渴了您给我烧水,饿了您给我做饭,睡觉了,您把被窝都铺上等我,有妈也不过这样呀!其实,您比当妈的对我关照得还周到。我不是小孩子了,您不用光在我身上操心。按理说,我应当多关照您,顾不上啊!您自己也要多注意保养身子,结实一点儿,好过一过咱们社会主义的幸福生活。"

"我看哪,等别的村到了站,咱们东山坞这辆车,闹好了,才能走在半路上。"

"咱们会赶上的。是快是慢,全由咱们自己做主。"

"快点儿慢点儿倒不打紧,就怕翻了车呀!"

"这也由咱们做主。"

"不好说。"

"您想想,去年秋天要翻车,咱们不是把它赶起来了吗?前几天又要翻车,咱们不是又把它赶起来了吗?往后不管再出来什么样的坡坎,咱们也不准它翻车,照样儿要往前赶!"

"倒也是。只要你别把身子累趴架,就好好地干吧,党把这么一个担子交给你了,咋能不干呢!"

萧老大今夜动了情感,本来有好多的话要对儿子说。可是,当他看着儿子洗了脸,擦了身子,又泼了水,上了炕,想让儿子早点儿歇着,就翻过身去,闭上眼睛,不吭声了。

萧长春怎么能够"早点儿歇着"呢?从打预分方案公布以后,他就没有一时一刻松过心;本来心里边就在纠缠着马之悦、范占山和那些没有了结的倒卖粮食事件，刚才又让焦克礼、焦淑红两个人报告的情况一搅和，心里边就更沉重了。他躺在炕上，东想想、西虑虑，好久才睡着。过了一会儿，他的儿子小石头翻了个身，说了一句梦话，又把他惊醒了；这一来，困劲儿全没，乏劲儿全消，浑身上下反而显得很清爽。在这种情况下，再想睡一觉是办不到了。不能睡就不睡。他从来都没有把睡觉看成是享受，有时候当成任务执行，有时候又觉着是个负担。他常常想：如果一个人不睡觉也不困，从白天到黑夜，连轴转地工作、劳动，那该多好哇！

他爬起来，举举胳膊，伸伸腰；看看窗户纸儿还是发白的颜色，就从吊竿上拉下小白褂子披在背上，蹲在炕沿上，卷了一支烟抽了起来。

发香的烟味儿，在这有点清凉的小屋子里散开了。

这些日子里在东山坞发生的一切事情，又一件一件地在他脑袋里翻腾起来：富裕中农聚起一股子歪风，闹土地分红；马连福在干部会上成了坏人的枪，骂农业社和干部；弯弯绕一伙子人暗地里倒卖粮食；特别是那个阴阳两面的马之悦，跟村里那些不三不四的人明来，又跟外地那些不三不四的人暗往；打从倒卖粮食的事件一揭发，马之悦又忽然变得很老实，很积极，也就在这个时候，跟他最对劲儿的瘸老五忽然不见了，如今又从北京寄信来了；紧接着马立本又给范占山写信去了。……一件跟着一件，一件又套着一件，这是多么复杂的问题呀！马之悦到底是怎么样一个人，他这会儿又在打什么鬼算盘；城里对范占山的事儿弄出头绪没有，两个人之间到底儿有什么性质的勾结？还有那个马立本，也是个应当特别留神的人；从最近发生的许多事情看，对他身上的坏东西显然是估计少了、低了，给范占山这封信，一定是马之悦让他写的。……这一连串的问题，一个都没有彻底解决，有的需要再多看看，才能下结论，有的要等上级的指示才能处理。可是，也有一些事儿，线索摸着了,狠狠地往下追,是能够弄清楚的。比方说富裕中农倒动粮食的事儿,有必要再看再等吗?……

烟卷儿燃烧着,冒着烟,越烧越短,直到烧疼了手指头,他才想到它,赶忙甩掉。

窗户纸儿已经发灰,村西头公鸡叫起了第一声,村东头公鸡马上响应似的也叫一声;南头北头,一声连一声地跟着叫起来了。

萧长春急着想找韩百仲,把自己想的事情,跟他说说,一块儿拿拿主意。明天再忙一阵儿,后天就要放假,再过三天就要动镰收割麦子,这许多重要的问题,都得弄出个头绪来,免得再有什么事情临到跟前又措手不及。

他跳下炕,一边系着纽扣,又一边想:这么早就把他喊起来吗?这一程子同志们都累得够呛,昨天淘了半天水,晚上又睡得迟,还是让他多睡一会儿吧;他年纪大了,比不上自己,要是累坏了身子,等到大忙时节,再遇上斗争,他能坚持吗?可是,既然已经起来了,总得做点事情呀!

他在屋地下转了一个圈儿,觉着又没有什么可做的。做饭吧,早一点儿,喂猪吧,更早;到堂屋摸了摸缸沿儿,这下可找到活儿了,对,帮爸爸挑几趟水。

他轻轻打开屋门,挑起水桶,奔了官井沿儿。黎明之前,照例要黑一阵子;挑着一担水,扑通扑通地放步子,连路也看不清。他挑了一担,又挑一担;最后一担挑回来,才倒进一只桶,那个大水缸就满满当当的了。他把剩下的倒在锅里,留着早上熬粥用;锅满了,倒在盆子里,留着刷洗东西用;还有一点儿,倒在大海碗里吧。一个碗能盛多少水呢,还没倒似的,它就满了,从碗边朝外流——这个海碗,在萧长春的眼前忽然变成了一个大坑。他猛地想起那个要挖泥的坑:昨天把里边的水放干了,这一夜之间,会不会又从埝子上边漫进水来,会不会从埝子下边渗进水来?要是积了水,等社员吃过饭一集齐，就得先由一两个人临时往外淘，多数的人全得站在岸上等着，这多窝工呀！时间已经很紧了，应当在放假之前，把挖泥的事儿结束……

他这么想着，自己也不知道怎么离开的家，又怎么走出了村口，更没有感觉到肩上的水桶还挑着，直到路边白杨树上的一只鸟儿被他惊动，抖落着翅膀一飞，他才猛醒过来。他疾步走到坑沿上，朝下一看，吓了一跳：糟糕，真的积了水。

他一抬脚扒下一只鞋，又一抬脚扒下另一只鞋，随后弯腰卷上裤脚，提起一只水桶，"通"的一声跳到泥水里了。真像谚语说的，"半夜的春水凉如冰"，那股子透骨的阴凉，从萧长春的脚板子一直凉到脑瓜皮上。凉怕什么，一使劲儿就要热了。他一只手提着桶梁，一只手扳着桶底儿，就像端着一个瓢儿似的，往泥水里一舀，朝起一提，往埝子外边一泼——"哗——啦，哗——啦，"有板有眼儿地响起来了。泥浆就像爆炸的手榴弹似的，在小埝子外边开了花！

这工夫，村口又移动出一个黑糊糊的影子。那是韩百仲。他扛着一把小铁锨，走几步，揉揉眼睛，走几步，又使劲儿咳嗽几声——不是因为嗓子眼里有东西才咳嗽，这是他的一种卫生的习惯，好比有人早起要刷牙；这也是他的一种运动的方式，好比有人早起要打太极拳。出了村口，他就听到水坑子里边的泼水的声音了；一上小桥子，从那矫健的身形、灵活的动作，他就认出是谁了。他几步走过来，站在坑岸上，不知是打招呼，还是埋怨人似的说："嗨，你怎么也起这么早哇？"

萧长春的头上已经出了汗，连小褂子也扒下去甩到岸边上了；褐色的肩头和胳膊，跟浑浊的黄泥水不能分别。他见韩百仲走过来打招呼，就喘着粗气，"嗯"了一声，算作回答。

韩百仲说："我明知道要积水的，怕你起早，都没敢跟你说，可你……"

萧长春说:"不说我也来了。"

"这水凉不凉啊?"

"不凉,热被窝一样。"

韩百仲扔下小铁锨,甩掉了鞋,提起萧长春放在岸上的另一只水桶。

萧长春连忙说:"您就在上边挡挡埝子,别让它往里边跑水就行了。"

韩百仲说:"你一个人哪就淘干了!"说着,就试探着朝坑下边迈脚。

萧长春急了,忙喊:"嗨,嗨,别下来,水凉,您受不了!"

韩百仲用手指头点着他说:"瞧瞧,刚才还说跟热被窝一样,一眨巴眼的工夫又凉啦! 你呀!"

萧长春像小孩子似的嘻嘻地笑了。

韩百仲两只脚迈到泥水里,冰得他浑身打哆嗦。

萧长春很心疼地看着他,问:"够凉的吧?"

韩百仲咬着牙说:"不凉。"

萧长春说:"我看您直哆嗦……"

韩百仲说:"哆嗦也不凉!"

萧长春推着他说:"别硬挺着了,快上去吧,我一个人满行。"

韩百仲躲闪着说:"一个人满行,你干吗老早就给我准备下一只桶啊? 真是的!"

两个人并排站在泥水里,一桶一桶地往外淘着。形容这种淘水的声音,得借用音乐家的一句术语:刚才是独奏,这会儿是合奏了。

天空渐渐地变成了灰白色。那些闪动着的小星星,一会儿这颗灭了,一会儿那颗灭了;东山梁上,泛起一溜儿白中透黄的亮光;小麻雀开始在河边的树林子里跳跃、啼叫;村子里,这一头,那一头,不断地响起开门声……

萧长春一边淘着水,一边把瘸老五给马之悦来信,马立本给范占山写信的事儿告诉了韩百仲。

韩百仲听了,停住手,哼了一声说:"那是马之悦的两条狗腿子,马立本是地道的小狗腿子!"说着,把一桶水"哗"的一声泼到埝子外边去了。

萧长春说:"他们急着来往写信,要搞什么花样儿呢?"

韩百仲又哼了一声说:"订攻守同盟、传递消息呗!"说着,又把一桶水"哗"地一下子泼到埝子外边去了。

萧长春说:"要是光为订攻守同盟、传递消息,问题就不大了。"

"还能有什么新鲜的呀?"

"我也猜不透。咱们不能光等着、看着,得设法摸透他们,得对他们有准备呀!"

"让他们撒开巴掌闹去,兵来将挡,水来土屯,一个跟头十万八千里,也跳不出如来佛的手心儿去!"

"嗬,您倒想得开。"

"有什么想不开的,别的不说,你就瞧瞧咱东山坞社员的生产劲头吧。"

"劲头是越来越足啦……"

"是呀!连弯弯绕这几个家伙,这一程子都没有再跳槽子、咬群儿。"

"他那是害怕了,有点风吹草动,还得犯老毛病,不信您瞧着,决不会老实下去!"

从打东山坞这场斗争取得了第一个回合的胜利以后,社员的热情很高,韩百仲确实尽往好处想了,所以他一时不能把萧长春这会儿的心思弄明白,就又说:"你怎么见得他们不会老实下去呢?有把的烧饼咱们给抓住了,他们还敢闹吗?"

萧长春停住手说:"我是根据两条这么想的:第一条,弯弯绕他们闹事儿不是单枪匹马的,跟马之悦的活动连在一块儿;马之悦没有死心,他们能老实吗? 第二条,咱们对弯弯绕这些人倒动粮食这件事儿的处理根本没有彻底,他们又怎么能够老实呢?"

"依着我,快点儿把马之悦一撸到底得了,省得他总在背后倒动是非!"

"他的问题不光是这一件,得等等县里的指示。"

"一边等着,一边撤了他不行吗?"

"那也得等上级决定。最重要的是让他脱下裤子来,让大伙儿看清他的真面目,给那些迷信他的人消消毒,弯弯绕这些人也容易往好处转转弯儿了。"

两个人商量过来商量过去,觉着要弄清马之悦的问题,非得上下一齐动手,特别是范占山那边的情况,要是弄清了,马之悦的大盖子揭了,富裕中农投机贩卖粮食的事儿才能弄明白。

萧长春立刻想起了正在县里开会的乡党委书记王国忠,心里一动,停住手说:"哎,得找王书记! 一转眼似的,他走了五六天啦。他走那会儿,村里的风向刚刚转弯儿,后来什么样了,他不知道,心里一定很惦着。跟他打听一下范占山那里的情形,再汇报汇报咱们这边的情况;咱们拿不定主意的事儿,再求他指点指点。您看呢?"

韩百仲说:"好! 跟他讨个底儿,顺便问问城里的大鸣大放怎么着了。"

萧长春说:"马连福要上工地了,第一队的领头人,让谁干合适,也得听听他的意见。"

韩百仲说急就急起来了:"你想得对! 这么多的事儿,真够咱们抓挠的,还是跟王书记请示一下好。我看哪,你干脆到县里去一趟吧!"

萧长春说："我可不能离开东山坞！"

"我去！"

"您走了，我有事儿找哪个决定去呀？"

"怎么办呢？"

"到乡里打个电话。"

"好！马上去吧！"

"这么早把他吵起来多不好。"

"你呀，就会替别人想！"

坑边上忽然有人答话了："什么替别人想！事情不够你们干的了？简直成了包办代替的官僚主义！"

两个人抬头一看，原来是马翠清和焦淑红两个来了。她们每个人手里拿着一只柳罐。那句话是从马翠清的嘴里蹦出来的。

萧长春对韩百仲说："您听见没有，积极还挨批评哪！"

韩百仲说："积极挨批评跟消极挨批评味道不一样。"

马翠清咕嘟着嘴又插一杠子："得了吧，像你们这样的积极人要是再多几个，我们都得失业啦，一天什么不用干，躺着睡大觉就行了！"

韩百仲说："你这丫头，大清早起来，风风火火的，哪儿来的这么大的气呀？"

马翠清两只手叉着腰，朝下探着身子说："哪儿来的气还不清楚吗！这坑水用得着你们淘呀？昨晚上我们就商量好了，起早儿来。做梦也没有想到，又让你们给抢先占下了。这不是包办代替是什么呀？"

焦淑红捅了马翠清一下子说："猴丫头，你还用愁没有事儿干哪，等割麦子见！"

这工夫，又来了两个小伙子，一个是焦克礼，一个是韩小乐。

萧长春逗笑说："翠清，你要是光在那儿生气，我们全干完了，

15

你可一点儿都摸不着了!"

马翠清说:"该换班了,你要是不快上来,我就往你身上甩泥,反正衣裳脏了,没有人洗!"

说笑间,几个年轻人呼呼啦啦地都下了坑,全淘起水来。

满坑里泥飞水溅,"哗哗"地响成了一片。

萧长春被挤在一个角上,根本不能动了,只好爬上坑岸。他看看东方升起了彩霞,就说:"你们干吧,我走啦!"

他要给王国忠去打电话,要找领导,找方向,找办法。同时又很担心扑了空,心里不由得紧张起来。

第五十三章

萧长春一路上并没有跑,早晨也很凉快,可是当他来到大湾乡政府院子里的时候,却闹了个满头大汗。

这是因为心里急呀!

电话打通了,人也找到了,真叫凑巧!

萧长春两只手紧紧地抓住那个老式的电话筒,像是抓住了乡党委书记的手。那话筒又好比一根通气的管子,暖暖的热流,从耳朵一直流到他的胸膛。

"老王,老王,嘿嘿嘿,可找到你了!我是长春。对啦,在乡里哪,就我自己,百仲同志领着大伙儿正在坑里挖泥哪!种棒子当粪使呀!一亩地一万斤,多给它点肉吃,我们还要追化肥哪!"

他的嘴巴紧挨着发话筒,大声地喊着,开怀地笑着。他的话音和笑声在墙壁和窗棂上撞着,嗡嗡地回响。他那喜形于色的神态好有一比:像一个到大野山上打草或者拾柴火的小孩子,又渴又累地回到家,一见门锁着,又一回头,见妈妈提着水桶,或者端着什么

好吃的东西,从老远的地方走来了。真的,如饥似渴的年轻人,这
会儿找到了领导,而且是个知心的、可以信赖的领导,该是多么高
兴啊!

他喊着:"你们这个会还不散呀?我们想你着哪!"积了满肚子
的话要说,蓄了满肚子的问题要问,这会儿,他简直不知道先说哪
一句,先问哪一件好了。

他靠在桌子边上,稳一稳心,想要舒舒服服地跟领导聊一阵
子;又伸脚一踢,把门关上了,怕的是自己说的话,被走进院子里的
闲人听见。

他开始汇报。他恨不能长出三张嘴,再有三只话筒,一齐对着
王国忠说。王国忠离开东山坞五六天,在这短短的日子里,这儿和
那儿,这个人和那个人,都发生了多么大的变化呀!这个年轻的支
部书记,面对着这千变万化的形势,又思虑了多少问题呀!所有这
一切,都应当让领导知道,都应当听听领导的意见,都需要领导帮
他拿拿主意。他一件一件地说着。每一件事情是怎么发生的,又
是怎么发展的,解决了多少,还留下多少;他自己有什么样的设想,
又有什么样的顾虑……全都说得清清楚楚。他的话一句追着一句
往外冒,就好像打机关枪一般。

正在县委参加整风的王国忠,是被招待所的人从小组会场上
找来的。他一只手拿着烟斗,一只手抓着话筒,眼神直着,耳朵伸
着,捕捉着话筒里传过来的每一个字儿;他离开了东山坞,可是还
惦着东山坞,他想知道那儿的一切,越详细越好。

他们相隔四十华里,两个人的笑模样却是一样的,心情也是一
样的。

萧长春把情况汇报完了之后,又说起他的个人的思想情况:
"老王啊,我现在什么也不怕,就怕没经验,又把问题看简单了。有
的人说我们胜利了,我可不敢想这两个字儿。明摆着嘛!坏事情

17

的盖子还没有彻底揭开,麦子还没有收上来;怎么变化,怎么发展,都还不能保险,怎么能够松一口气呢? 当然啦,经过第一个回合的斗争,社员们的政治觉悟都提高了,生产也搞得挺欢。可是,有一条,我觉着,有的人是因为看着我们这边硬气了,看着预分方案订下来了,土地分红的邪门儿堵死了,才安定下来的。光是这样,我看不牢靠;往后要是再有个云啦雨的,他们能当战士吗? 能保证不上当吗?"

王国忠会心地笑笑:"你想的对,想的对呀!"

萧长春说:"我总觉着咱们还缺少一道工作,就是说,缺少一次大张旗鼓的运动,一场大揭发,一个大斗争,大胜利!"

王国忠忍不住嘿嘿地笑了:"老兄,光搞说服教育工作不过瘾了,是不是呀?"

萧长春也嘿嘿地笑了:"倒不是不过瘾。我是想,斗争搞的火热,才能得到大的胜利。百仲同志比我还要急哪! 真的,不彻底搞一下子,对那些动摇不定的人震动不太大。就是说,得让大伙儿全看清楚坏人的嘴脸心肝,得让他们弄懂是非曲直;这样子,咱们的积极分子才能更坚强,动摇派才能一心一意地跟着我们走……"

王国忠说:"不用急。这种大张旗鼓的斗争,已经到县里了,很快就要到乡下。你看到《北京日报》这个月九号的社论没有? 没见到哪? 那是转载《人民日报》的,标题叫《这是为什么?》下边紧接着还有一篇报道,名字是《首都矿工和长辛店工厂职工怒斥背离社会主义的谬论》。工人老大哥又站在斗争的前边了……"

萧长春急着问:"啊,是不是指的大鸣大放呀?"

王国忠说:"是大鸣大放。可是,我们的大鸣大放,跟那些别有用心的人理解的不是一码子事儿。这里不方便多说,等我写封信再详详细细地告诉你。我先扼要地跟你说三点:第一,我们正在组织反击那些反党、反社会主义的言行。第二,这对我们更重要,敌人错误地估计了形势,也不会轻易低头认输,他们要挣扎、反扑;已经发现农村里一些反对社会主义的人,听到城里右派向党进攻的风声,也活动起来了。得留神呀,咱郊区离城市近,城乡之间又有千丝万缕的联系……"

萧长春激动地说:"对啦。我们村地主马小辫的儿子就在北京大学里念书,这家伙不是个好玩意儿,说不定会闻着味儿奔上来。你说吧!"

王国忠接着说:"第三,我们农村也要开展大鸣大放大辩论,这是一个非常重大的政治运动。目的是让所有的社员都明辨是非,把社会主义革命推进一步。我们要做好一切准备,迎接这个战斗。在这儿开会,一边听报告、参加讨论,我就想过东山坞的工作;这回听了你的汇报,头脑更清爽了。我觉着,这个准备,一个是思想上的,大伙儿得提高思想,统一认识;一个是组织上的,得纯洁组织,得大胆使用在斗争里边涌现出来的积极分子。怎么统一思想呢?就要做人的工作。做人的工作就是用毛泽东思想、党的政策,武装群众,教育群众,拧成一股劲儿。这工作是复杂的、艰巨的;可是,只有把这个工作搞好了,大辩论的胜利才有保证啊!"

萧长春说:"你说得太对了! 这一段我已经尝到了一点甜头儿! 我还做得很不够,今后是得抓紧。"

王国忠说:"组织问题也很重要……"

萧长春说:"哎,老王,马连福要上工地走了,那个队,你看交给谁领头儿好哇? 这也是组织问题呀! 我们商量几回了,还没定准儿。"

王国忠说:"不要把这件事儿单纯地看成是组织问题,得跟当前的斗争、跟我们的革命事业联系到一块儿看。至于具体哪一个合适,你跟百仲同志好好研究研究,你们能办好。"

他们谈着谈着,萧长春感到肩上的担子越来越沉重了,忍不住地说:"老王,你多会儿回来呀?快点儿吧,好领着我们一块儿搞哇!"

王国忠说:"这边的会议三两天就要结束了。我想就手把马之悦的问题在这里摸出一点线索。这个问题不能再拖延了。嗨,再告诉你一个好消息:范占山这边的事儿,已经有了一点儿眉目……"

萧长春又连忙接着王国忠的话说:"老王,嗨,我今天急着给你打电话,就是为这件事儿。对了,主要是为这件事儿!话儿太多,事儿太多,我都不知道先说哪个了!"

王国忠问:"怎么,那边又发现什么新的线索了吗?"

萧长春说:"昨晚上发现马立本给他写信了,我估计是马之悦支使干的。"

王国忠说:"写信他也接不着了。"

"怎么,捉起来了?"

"没有,跑了。"

"哎哟,怎么让他跑啦?"

"放心,跑不了他,有'保镖'的。估计他活动的地方主要是围着柳镇那一块地方,组织上已经有安排了。"

"那就好。我说老王,马之悦跟他的瓜葛,到底是什么样的呀,现在能定准吗?"

"我想,我们原来估计的差不离儿;起码能肯定马之悦跟他有经济来往。正在追查哪,一定能够很快地搞清楚。"

"马之悦这个人又是党员,又是干部,我们眼下应该怎么对待呢?"

"我看,在没有弄清楚他的问题之前,他也没有新的活动,就先放在那儿,可是要小心他,多注意他一些!现在没有作组织处理,一切要按原则手续办事儿。比如安排干部的时候,也要跟他商量,当然要发生分歧；这对我们了解他有好处，也不影响党支部按着多数人的意见决定问题。"

"嗳，我们一定这样做。老王，弯弯绕这伙子人怎么办呢？搞粮食投机的事儿，咱们抓住的把柄就是那两条，他们死不承认，倒也老实一点儿了。是等着范占山的问题全揭开的时候再搞他呢，还是马上搞？马上搞吧，一来连的面宽，二来他们这会儿又没再胡闹；等等再搞吧，恐怕又会有人拉他们搞坏事儿！"

"我看哪，留神观察，一发现他又搞坏事儿，马上斗斗，效果可能好一点儿。"

"我也是这样打算的。"

他们两个一来一往地又谈了好多。话是谈不完的呀！

王国忠说："从你的汇报里看，你们对阶级斗争这项工作抓得不错，生产也抓了不少，不像以前那样单打一了。对啦，以后麦收大忙时节，就一手抓斗争，一手抓生产，两下一齐来！"

萧长春笑了："嘿，'一手抓斗争，一手抓生产'，这个口号提得太好啦，又响亮，又容易传达。下边一段，我们就按着这个办法干了！老王，老王，你还有什么指示呀？"

"一句话，抓紧整顿组织队伍，跟上斗争形势，提高战斗力；遇事儿要顶得住又要放得开，当机立断，争取胜利！"

"一定！一定！胜利是我们的，我的信心足着哪！你这一指示，就更足啦！"

他们彼此说了三次再见，又继续了三次长谈。直到那边铃声响起，要到礼堂听报告去了，王国忠才放下话筒。这边的萧长春还是恋恋不舍的。话筒被他的手攥热了，被汗水浸湿了，他还是紧紧地攥着，姿势都没有变。他的胸膛里燃烧着战斗的烈火。眼前所发生的和就要发生的一切斗争，对于这个只有三十岁年纪、只有半年多经历的党支部书记来说，是个沉重的担子。敢于斗争、敢于胜

21

利的决心鼓舞着他,他一定要把这副担子挑起来。他这会儿,想得最多的,是怎么样才能把担子挑好,少走弯路,少受损失。

他跨出办公室的门槛儿,回手把门带上,又搭上了锁头。穿过一排房子,来到前院,又隔着窗子告诉电话员小张,说电话打完了,这才深深地透了一口气。

他走出大门,走到那铺着许多石头子儿的街上。他感到很兴奋,又很紧张。他猜不出就要到来的那一场大的斗争该是个什么样子;更不能肯定,东山坞那些反对社会主义的人,会怎样跟城市的右派势力呼应起来,马之悦这伙子人,是不是已经跟外边的勾结上了;他也预料不出,社会主义大辩论是怎样的一种斗争,东山坞要是经过这场暴风骤雨,最后取得了胜利,又该变成什么样,又该怎么发展?

供销社的门口停着一辆小排子车,车上放着两只大油篓。一个年轻业务员正在卸油篓,他搬下前边那个,后车一沉,立刻往下坠,车上的那个油篓就要滚下来,就会掉在地上摔坏。

萧长春一个箭步蹿上去,扶住了要滚下的油篓。

业务员叫了一声:"真险哪!"

萧长春说:"是险。"说着,把油篓搬起来了。

业务员连忙说:"您放在地下吧。"

萧长春已经搬着油篓上了台阶,一直送到柜台上。

业务员也跟进来,放下油篓,忽然说:"嗬,您是,您是东山坞的萧支书呀!"

萧长春笑笑:"上回给我往工地上带信的是您? 怎么着,回来忙了?"

业务员和气地说:"麦收了,家里的事情多一些。"

萧长春立刻感到这个屋子变了,从墙壁到房顶,都是用报纸裱糊过,比过去明亮多了;柜台也是新垒的,上边抹着一层又平又光的白灰；货架子也扩大了。他两手扶着柜台，探着身子朝里边看看，只见货物分成了三组，一组是油盐酱醋、粉条、糖果等等吃的东西；一组是针头线脑、肥皂、手巾等等日用品；另一组是锄镰锨镐等等小农具。他看着看着，乐了："嗬，不简单啦，货物搞的这么全呀！也经营小农具啦？"

业务员在一旁笑着说："我们正在试验着改进，没经验，萧支书您得多提意见。"

萧长春说："挺好。我老早就盼着你们别光卖吃的东西，也卖点生产上使用的东西。要不然，社员们买一把镰刀也要跑柳镇，太耽误时间了！"他说着，忽然又想到一件事儿，"你们挺忙的，我想再给你们添点忙。我们村再过三天就要割麦子了，社员家里用个零碎东西什么的，不一定都有空儿往供销社跑；再说，这儿新添了东西，他们也不一定都知道，你们要是能够往村里送一趟货物，那可就太带劲儿了！"

业务员连忙说："您这个意见很好，我们一定照着办，明天就去吧。"

萧长春说："要是有困难，不办也行，我是随便说说。"

业务员说："没困难，上级老早就号召我们送货下乡，就是没有下决心作。您这儿喝茶吧，我再推一点东西来。"

萧长春本来没有时间在这里坐，更没心思去喝杯茶，却一个劲儿朝里边看。他觉着，促进供销社送货下乡这件事儿还是顶重要的。农活忙起来的时候，有些社员为了请假赶集的事儿，常常发生矛盾，干部也常常为这种事情为难；要是供销社把货送到门口，又能按着大伙儿的心思进货，方便了社员，方便了农业社，对供销社也有好处。这么重要的事情，不能随便跟一个业务员说说了事，得认真负责地跟这边的领导人商量一下，马上能说定了才好。

正在打算盘的老会计，听到了萧长春的声音，推开账本子，摘

23

下老花镜,笑哈哈地迎出来了:"嗨,长春,起这么早,你可真能苦干呀!"

萧长春说:"您也苦干哪!"

老会计说:"前两天到县里开会,碰见县委书记,他还跟我打听你。我说,您放心吧,长春那小伙子棒着哪!"

萧长春摇摇头说:"不行啊,经验太少,领导上都惦着我们。要是不把工作搞好,真对不起同志们。"

老会计笑着说:"参天的大树,是一枝一杈长起来的,工作本领,是一点一滴练出来的。我打包票,你能干好。"

萧长春急着要回村,就直截了当地提起要求送货下乡的事儿,还问老会计,主任在不在家。

老会计说:"主任离职学习去了,在外边搬油篓的那个小青年代理主任了。"

萧长春说:"他不是个新手吗?"

老会计说:"你不也是个新手吗?唉,过去咱们供销社有一些业务员都是从小商小贩里吸收的,光靠他们不行。这回县社下了决心,调来一批青年人,让他们在工作里边闯一阵子,又来个大胆提拔。往后你看吧,咱们商业工作准得大变样儿!"

老会计的话,正好撞在萧长春心里想的事情上,他顾不上再说什么,就急忙出来了。

他走在铺着小石头子儿的街上。炊烟在天空中消散,棒子粥的香味儿又不断飘起来。

他一边走着,一边继续掂着王国忠那些话:"要整顿组织队伍","要提高战斗力","要当机立断"……他想更复杂的斗争,是一定会到东山坞的,应当马上按着上级的指示,把这几条做到。什么是"整顿组织队伍"呢?那就是在精神上长贫下中农的志气,灭坏人的威风;在组织上,大胆使用青年同志,把不可靠的人换下来;

这条做到了，战斗力也就提高了。

他想到这儿，不由得掏出衣兜里那个小本子，翻开前些日子跟焦淑红一块儿排的队伍名单，一个个熟悉的面孔出现在他的眼前了。他在这里边挑选着，哪一个够上党员的培养对象，哪一个是吸收团员的目标，哪一个又能立即担起一队的工作……对马之悦这个家伙，还得等一等，看一看，好来个彻底解决；可是马立本倒可以马上撤换，再不能把农业社的财政大权交给一个反动的人把着了……

他想着走着，出了胡同口。

一个上学的小学生，一边咬着饽饽，一边跑；书包的带儿太长，一颠一颠地打着胯骨。路边有一块石头他没有看见，一下子绊了一跤，饽饽摔出老远。

萧长春跑过去，对那个趴在地上、咧嘴要哭的小学生说："嗨，嗨，别哭，别哭！饽饽长腿了，要跑吧？等我给你捉住它啊！"

小学生被他说愣了。

萧长春扶起小学生，替他拍着土说："不兴哭，饽饽最不喜欢爱哭的孩子。"他说着，拾起饽饽，把沾在上边的土粒儿吹掉，"快拿着吧，这回跑不了啦。真乖，真勇敢，摔了也不哭，爬起来再跑。看着点道儿走，就不摔了。"

小学生接过饽饽，眼一挤，泪珠子下来了，嘴一咧，"嘻嘻，嘻嘻"地笑了。

萧长春已经走出村口，又回头看看那颠颠地朝前跑去的小学生。

他想起刚才那个老会计的话：参天的大树，是一枝一杈长起来的，工作本领，是在斗争里一点一滴练出来的。他又想起去年秋天在金泉河边拦车的自己；那会儿，自己有多大本事呢？本事不大，可是自己爱党，听党的话，爱社会主义，决心要作硬骨头！有了这个,才是胜利的根本。东山坞许许多多的老同志、新同志,都有这条根本,他们每个人的骨头敲起来都是"丁当"响的,都是一心为集体的;在这批积极分子群里,随便拉出一个来,也都是最能干、最有本领的人,每个人都不亚于自己,都能把重担子挑起来。他心里想:"对,让他们挑起来吧,摔了跟头,爬起来,再跑!"

他想着走着,已经进了金色的麦海里了。

太阳已经升高了,光辉灿烂,照耀着一切:那山、那水、那田野,都是多么美呀!

嘹亮的歌声,从前边的河湾里飘过来了;那太阳喷出来的金色光线,好像在歌声里颤动着。

> 我们有个金色的理想,
> 我们有个火热的胸膛;
> 锄镐是手中的刀枪,
> 田野是斗争的战场;
> 不怕乌云风雨虎豹豺狼,
> 千锤百炼要成钢!
> …………

紧接着,一片热火朝天的劳动场面,就出现在支部书记的眼前了。

好多的男女社员都聚到小河湾的水坑子旁边,坑上坑下满是人;挖泥的,装筐的,用挑子担的,用车子推的,锨飞镐舞,你来我往,非常的热闹……

萧长春绕着车子,躲着筐子,在人群里穿行着,寻找着,来到坑边上。

"萧支书,到我们这儿来吧!"

"咱俩搭伙,你给我装筐!"

萧长春朝他们笑着,拦住了挑着空筐子回来的韩百仲,说:"大舅,到那边,我跟你说句话儿。"

韩百仲把两只筐子套在一块儿,用扁担挑着扛在肩上,跟萧长春走到小桥头,问:"电话打通了?"

"打通了,真巧!"

"范占山的案子有头了吗?"

萧长春把王国忠在电话里的指示和县城那边的情况,详细地跟韩百仲说了一遍。

韩百仲听着,立刻就兴奋起来了,把筐子、扁担朝地下一扔,浑身运着劲儿说:"好极啦!"

萧长春说:"听王书记的口气,县委正在确定大政方针,要搞一次大的运动。看样子要来热闹的了!"

韩百仲说:"热闹点好,比这么不紧不慢的痛快。"

萧长春说:"咱们迎接战斗的准备是两个:一个是整顿队伍,一个是监视坏人活动。我琢磨着,咱们应当抓紧这个时机,回过头去总结总结,把闹土地分红、闹粮食这几场斗争里边的经验、教训找出来;经验咱们再用,教训就记住它,往后不再这么干。我想,这样咱们的战斗力就提高了。再斗争起来,火力也足啦。您说呢?"

韩百仲说:"好。咱们每个人都得这么来一下子,让脑袋瓜子整理得清清醒醒,好跟他们干!"

萧长春说:"对。再开个贫下中农会,让大伙帮着咱们总结总结。团支部也得总结,让青年里边的积极分子帮着他们总结。这两股子力量要是都调动起来,咱们的火力可就重了!"

最后,他们又商量安排干部;一谈到一队队长的事儿,他们的看法却不一致了。

萧长春主张在青年团员里边挑一个新人。

韩百仲主张从工地上调回一个老手。

他们各人有各人的理由。萧长春觉着工地那边的工作也很重要,怕是把马同峰抽回来,削弱了那边的领导;同时,应当按着王国忠的指示大胆地使用青年,让他们受受锻炼。韩百仲觉着已经火烧眉毛了,上来个干部就得顶一把手使用,应当把马同峰或者韩春调回一个来,好加强领导核心。

萧长春笑了:"大舅哇,您这个想法有道理,早起的时候,我也是这么想的;跟王书记通了电话,又想了一路,我觉着还是我这会儿想的这个办法最好。先不定准,咱爷俩分头找找老贫农,找找群众,让大伙儿帮着选选人,出出主意,等酝酿成熟了,再开干部会决定,您看好不好?"

韩百仲说:"好。我最后服从大多数!"

两个人立刻投入挑泥的战斗。从早晨干到中午,又从午后干到晚上。

第五十四章

就在这一天夜晚,村子里发生了一件离奇古怪的事情。

这个地方在沟北边,跟狮子院隔着一条小胡同的一座小小的院落里。

宅院的主体是三间北房,堂屋的后门通后院,后院门外是无边无际的野地;堂屋的前门通前院,院内有两间西厢房,院门通着大街。这些房子全都是坏座泥顶。房屋的主人没有心思去泥抹它,任着风吹雨打,从根到顶全是破破烂烂的,看那样子,随时都能"哗啦"一声坍了架。院子里没有一棵树木,也没有一株花草,光光秃秃,死气沉沉;只有青苔和土块中间一条丫字形的路面痕迹,说明这儿不是空闲着的地方。

北房的东屋用破席子封着窗户,西屋住着人。没有点灯,土炕上躺着一个六十多岁的老头子。北方麦熟时节的夜晚正是不太凉、也不太热的时候，他还盖着一条挺厚的油渍麻花的被窝。说他睡着了吧，还睁着眼；说他没有睡着吧，又纹丝儿不动。从窗户破洞射进来的一股子惨白的月亮光，停在他那干树皮似的瘦条子脸上；一团毛扎扎的短胡子，围着两片特别薄的嘴唇，一颗大门牙很显眼地从里边伸出来，不论怎么使劲儿也包不住……

街上的说笑声、低语声和脚步声从大到小，从近到远，慢慢地移到野外去了，接着又慢慢地消失了……

炕上这个人，眼角上那蜘蛛网似的皱纹稍微一收缩，像修脚刀子割开的一对小眼睛，一眨巴，又一眨巴，脑袋微微地动了一下；接着，又一只手按着炕，爬了起来。于是，他后脑勺上的那根像小手指头粗的小辫子，很滑稽地垂落下来，曲曲弯弯地搭在他的肩头上。

他在炕上挪着，挪到窗前，耳朵贴着窗户纸儿听听。窗户格子是七扭八歪的，糊着两层报纸，为了不让阳光随便进来打搅他，有的地方还加了一层破布。这会儿，院子里死静死静的。他又揭开玻璃上的破布帘，挤着眼睛朝外看看；见儿子和媳妇住的西厢屋也黑了灯，这才溜下炕，摸索着炕沿下边的鞋。一只老鼠，"嗖"一下子从破鞋里边跳出去了，吓得他一哆嗦。他两只手用力地端着独扇门，轻轻地打开了，又用脚尖儿沾地、踮着脚后跟，走到堂屋，把后门轻轻拉开一道缝儿，探出脑袋，东瞧瞧，西望望。

没有光的残月，已经坠落下去，让金泉河边上的树木遮住了半边，小星斗无精打采地这边闪一下子，那边跳一下子，院子里黑咕隆咚，什么都看不清楚。

他深深地透了口气，又把脑袋缩进来，回到里间屋，略微愣了片刻，摸到墙角，先搬过一个盛着破烂的筐子，又撬起一块石板。这儿是水沟眼子。他伸进手去，掏出一只锈得麻麻渣渣、看不出本来样子的铜香炉，又掏出一个盛点心的木匣子，一手托着一件，走到后院。后院有一张用石头垒起来的桌子。他把香炉摆在桌子上边，打开木匣子，掏出一个小面团，又掏出一个小面团，一个一个，并排着摆在香炉的前边。那些又黄又黑的面团，久经风干，裂开了许多小口子。细看，每个面团又是一个人的形状，有头，有胳膊，有大腿，背上写着小字儿："萧长春""韩百仲""马老四""焦淑红"等等；从土地改革时期的老贫农，到眼下的青年干部都包括在内，连狮子院的喜老头、福奶奶，也被他挑上了。另外还有两个新捏的，没裂缝、也没变黑，上边写的是"焦振茂"和"焦振丛"。每个面人胸口窝都扎着一根针，针上边长了红锈。

一切都摆好了，他又从木匣子里捏出三根草木香，因为不敢点火，只是象征性地两手平伸，三指并齐，把香高高地举过头顶，一次、又一次，举了三次之后才插进香炉里；紧接着，咕咚一声，双腿跪地，两手一合，放在胸口窝，眼睛一闭，虔诚而又低沉地祷告起来：

"天上之玉皇，地下之阎王，西天的如来佛，台湾的蒋委员长，还有南来北往的过路神仙。弟子一片赤诚，信奉各位终生，无功有劳。一不求金银财宝，二不求高官厚禄，只求诸位伸一伸万能之手，发一发慈悲之心；目下弟子有仇有恨，有苦有难，难解难消，无边无岸。祈求诸位先生，诸位长官，诸位老爷，大显神通，速降灾难——"

念到这里，他使劲儿伸出手指头指着面人，把牙齿咬得咯吱咯吱地响，继续念叨：

"这些不仁不道的人，这些不烧香不念佛的人，这些不讲忠义的人，这些不给财主磕头、不给有钱人出力气、不认命受穷的人，这些闹翻身、闹解放、闹社会主义的人，这些妖魔鬼怪，这些……反正他们都是我的仇敌，他们把我搞得落花流水，人不人，鬼不鬼，上不上，下不下，死不死，活不活，天上、人间、地狱都不应当让他们活着！快快降灾难，让他们通通死掉，死得干干净净；大鸣大放快到我乡间，农业社垮台，统购统销拉倒，共产党完蛋；大地重光，蒋先生重整基业，快变天，快让我翻身复活……"

一股子冷森森的风吹过来，吹得院外的大白杨叶子哗哗啦啦地喧叫，吹得墙头上的草叶子窸窸窣窣地怪响，阴暗的小院子，充满了恐怖的气氛。

神仙似乎真的来显圣了。来到他的身旁，扶他站起来，用手抚摸着他的头顶，安慰他，询问他的"遭遇"和"不幸"。可是，他自己也不知道为什么害起怕来，紧闭着两只眼睛，手抱着脑袋，浑身就像筛糠似的哆嗦着，好久都不敢动一动。

风吹过去了，所有的怪声音都停止了。

他慢慢地、小心地睁开眼睛，只见，草香还在那儿戳着，面人还在那儿倒着，四周围还是漆黑一片，茫茫无边；这里仍然还是他孤苦伶仃的一个人，像个幽灵，像条可怜虫。他无力地往后一靠，屁股垫在两个脚后跟上，两手按着胸口，仰面望着遥远的苍天，叹息不止。他的心里更加痛苦，更加失望，更加空虚难忍……

往时的马小辫是这个熊样子吗？东至章庄，西至森林，南起柳镇，北达水棚，谁不知道东山坞的马财主？他家土地多、粮食多、骡马多、长工多，结结实实的土财主，使得多少有钱的人家眼红！十八岁那年，花钱捐了个小小的功名，二十岁主修佛庙，博得远近有钱主儿的敬佩。民国年间修改旧县志，他是编纂委员之一，更是大大地抬高了身价。那时候，他长袍马褂一穿，一手托着个水烟袋举在胸前，一手捻着串佛珠背在身后，狮子院门口一站，谁见了，远的躲闪回避，近的点头哈腰；进城上镇，四套小轿车，前呼后拥，镇长见了都远接近迎。他把自己打扮成"慈悲善人"，满口仁义道德，一肚子男盗女娼，是个地道的吃人魔王！大旱灾，穷人饿的死走逃亡,他把囤里霉烂了的粮食倒在猪圈里,都不肯借给别人一点儿救命,年景越坏,他的囤口封的越死;佃户要饿死了,不等咽气,先派人抽房梁、摘门扇顶他的租子。土地改革那会儿,光从他家地里挖出的洋钱就是三大缸,箱子里的布匹,要是一块一块地接起来,能从东山坞铺到县城的东门脸儿……

马小辫把这一切都说成是他的"福分",是他"几辈子修好修的";实际上,谁不知道,方圆十里以内的村子,有多少穷人几辈子几辈子给他家当牛马,多少人的生命血汗给这个白眼狼换来了"福气"?多少人家绝了根断了种,把这个恶鬼养活?他是在穷人的尸骨上发达起来的呀!翻身的农民跟他算账,政府对他教育,他不光不认罪,不低头,还跟人们记下了不解的仇恨!他表面上老实,可心里边,一时一刻都没忘了要"报仇",要"重整家业",再重新骑到劳动人民的脖子上来当"土皇帝"!他那颗黑心,就像一根被烧乏了的木头,吹来一点点火星儿就能着起来;着了,又灭了,可是他不死心。蒋介石大举进攻解放区,他的心"着"了一下子;尽管那单页土纸的《冀东日报》不断地把东北胜利消息传到关里来,他都当成"胡吹";北平一解放,他的希望才破灭了。美国在朝鲜打起来了,一直打到鸭绿江边,一使劲儿就要跳过来了,他的心又"着"了一下子;尽管街上的广播喇叭不断传播胜利消息,他都当成"胡吹";板门店一谈判,他的希望才又破灭了。去年,东山坞农业社遭受了特大的灾害,人心涣散,又给他带来希望,虽然萧长春和韩百仲这几个人拼命地扶起那个要坍塌的架子,他还是不死心。可是,一个麦子大丰收,把他打了个落花流水。城市大鸣大放的邪风吹来了,他马上鼓动他的侄女婿马之悦趁火打劫,闹腾起一群人喊叫土地分红和闹粮,眼看要成事,没想到,一个预分方案,又给他一闷棍。……他盼的那日子,就像黑暗的影子,他怕那日子,就像怕艳阳的光芒;太阳升得越高,影子越消退,升得快,退得也速……

他的"出头"之日在哪儿呀？

他跪在地下，胸口窝堵得难受，放开喉咙哭一场才痛快！他不敢。他觉着，身在穷人的天地里，哭都是没有自由的，就使劲儿捂住嘴巴，嗓子眼儿一辣，噎了个倒憋气，两颗浑浊、冰凉的泪珠，从细小的眼睛里流下来，落在毛扎扎的胡子上，流到嘴里，又苦又咸……

突然，后院墙的小门"笃笃"地响了起来。

马小辫被吓得三魂离壳。他连忙扒下褂子，把石头桌子上的东西一胡噜，包在一起，跑进屋里。

外边的人低声喊："开门哪！"那声音是从门缝挤进来的，改变了本来的腔调。

马小辫把东西藏好，又仔细地检查一遍，脱下鞋子趿拉着，解下裤腰带提着裤子，稳了稳心，使劲儿拉了拉门，让门发出一点"吱呕"响声，这才懒洋洋地答话："谁叫我的门呀？哪一位呀？"

外边的人压着声音："我，我，听不出来呀！"

马小辫一听是六指马斋，这才把心放在肚子里。几步穿过小院，拉过顶着门的杠子。

马斋一推门板，闪进来，又倒背手把门掩上，说："亲家，有您一封信，是北京来的。"

马小辫一阵高兴："亲家，老二来信了？"

马斋说："立本晌午就交给我了，白天人多，看样子又挺紧，我就没敢送来。"说着，从衣袋里掏出一封折了两折的信，又小心地在手掌上按了按。

马小辫接过信，赶忙地揣在怀里。这会儿，他心里又难过，又空荡，儿子来了信，倒是一种安慰。马斋这个对劲儿的"亲家"来看看，也可以坐在一块儿聊聊，管事不管事，互相吐吐苦水，心里边痛快痛快。提到"亲家"这两个字儿，真有点儿驴唇不对马嘴。他们都姓马,虽说早就出了"五服",可是按一般庄亲论,马斋应当叫马小辫为叔。只因马斋的闺女跟马小辫的二儿子马志新是隔着两年级的初中同学,两个人很要好,据说是恋爱了,两个"同病相怜"的老头子就来了个趁水和泥,按老礼儿给他们过了小帖子,算是定了亲,而且是山盟海誓,言明将来就是一个天上一个地下,也不变心。这几年,两个小的怎么样,不知细情,两个老的倒是真把心贴在一块儿了。

马小辫非常亲热地扯住马斋的袖口说:"亲家,快屋去吧。"

马斋说:"不啦。黑更半夜的,在这儿呆久了不好;这两天村里的空气一个劲儿往坏处变,我得闻闻风去。"

马小辫说:"是呀。我不敢出门,外边的什么动静都不能马上知道。这两天凤兰没来,之悦也好多日子不照个面。你们总得生着法儿往我这儿多透透气儿啊!唉,我就像躲在棺材里一样,闷死了,闷死了!"

马斋说:"这几天,沟南边的大小孩子芽儿都美得脚后跟朝天了。听说锄完地就放假,假日三天一过就动镰。得,麦子收到场上,分到囤里,他们就更美得忘记姓甚名谁了!就苦了咱们这些背时的人了。还是您头几天说的那句话,只要让老百姓尝到这个甜头儿,管它什么大鸣大放,早来迟来也热闹不了啦!"

两个人站在黑暗里,脸对着脸叹息一回。

马斋又小声说:"老五从北京来了信,写得挺简单,说是下集回来,不知带回来的是喜帖子,还是丧条子,让人心里边怪不踏实。"

马小辫说:"估摸着好不了。要好,早该颠回来了,哪能耽搁七八天呀!等他回来,长长短短的,赶紧给我透点气儿,别总把我搁在这个干井里边。"

马斋一边往外走一边说:"行啊。有什么重要话儿,我不来,老五也要找您。"

马小辫送走了马斋，关上了后院门，又关上屋门，划着火柴点上灯；又把灯放在柜上，把小簸箕戳在灯边，挡住射到窗户那边的光；从炕席边摸出一副缺了腿的老花镜，小心地架在鼻子上，又拉过一只东扭西歪的破椅子垫在屁股底下——依照着几十年的老习惯，慢条斯理地展开二儿子的来信。

信封上写的是"马立本同学转"，转谁没写，从什么地址寄来的，也没有写，这是暗号。撕开信封，里边还有一层，上写"父亲大人亲展"。儿子的字迹，他一眼就能认出来。这个儿子在北京上大学，比西厢房那个儿子孝敬老人；他认为这个儿子才是个有"希望"、有"抱负"的人。马小辫能够有滋有味儿地活下来，跟这个"后继有人"的儿子很有关系；为了不担嫌疑，为了让儿子能够"混上去"，父子俩已经三年多没有见面了。

他打开信，前边是几句家常话，后边才是正事儿：

> 亲爱的爸爸，我再告诉您一个好消息。
>
> 共产党的整风运动，已经热热闹闹地开展起来了，各党派、各阶层的人都活跃起来，都给他们提意见，名曰：大鸣大放，帮助共产党整风。方便之门一打开，就不能限渠而流，按轨而驶，简直不可收拾。看来他们也有点慌张、有点后悔了。这全无济于事。有法请神无法送神了。您知道，知识阶层是最敏感的，也是最敢于斗争的，他们才是推动社会变革的真正力量。如今，他们对现实、对各种政策，乃至对政府——矛头指的当然是共产党——深切不满，怨声载道。很多勇士，有几位您会知道他们的大名，这会儿都当了急先锋，向共产党大举进攻。机关、学校，到处是战场，斗争如火如荼，万分激烈。我们学校也不例外。那位最赏识我的教授，也跟我们志同道合，一切有血气的青年同学，当仁不让地跟着行动起来了。我们利用了大字报这种形式，满墙满壁都贴了个严严实实。人人

愤怒填膺、杀气腾腾。真是壮烈可观！将来之形势，即使不能完全打倒共产党，也一定会是各党派轮流执政。美国自由世界的风尚，将来到北京，光明就在面前，真是福自天来，运自天来。我小时候您常常教导，让我将来替您报仇，为您争一口气。"将来"就在今天了，我们能报仇，而且报的彻底；我们能够重整基业，而且要整得宏达。我们不再当乡下的财主了，我们要搞工业，不再使唤几个长工，而是要让几千几万人给咱们马家当工人，听我们的。您就等着享受晚年之高福吧！

但是，中国毕竟是个农业国家，农民占了多数。城市的革新运动，看来，要得到工人和小市民支持不大可能，这些人血迷心窍，不听我们的，一心要什么"社会主义"；那么，我们应当借鉴共产党的一点经验，争取广大的农民的协助，让他们跟我们走。当然啦，共产党长期统治农村，农民受毒也不浅，要让他们像我们一样进攻共产党，是需要作一番努力的，甚至必要的时候，使用一点欺骗之手段。依我看，我们要想发动他们为我们效劳，就得用粮食和金钱作为诱饵，引他们上钩，而后，一起逼迫共产党解散农业社、取消统购统销，我们就算有了人民的基础，成功就算到手了。

那位教授给我一件极为重要的任务：让我设法搜集一些农村里的具体材料，广泛网罗农民对共产党怨恨之事例，行诸文字，以供他老人家在国务性的会议上为炮弹；他很希望在农村出现一些敢于闹事请愿的人，跟城市的勇士们呼应起来，再通过舆论界在全国、全世界传播开来。我勇敢地承担了这一任务。

现在我正考虑回到故乡去。可是，学校一些同学，故意跟我们为难，针锋相对地跟我们辩论，这几天忙得很，所以行期还没有定下来……

马小辫看着看着，狂喜起来了。他就像触了电似的在屋地下跑了个圈子，那根小辫也跟着一蹦一跳；而后，把他那只枯柴般的手举过头顶，带着哭腔喊叫着："我的祖宗，我的亲妈，这是真的？这不是做梦？真要变天了？共产党真要下台了？我的日子又回来了？"

他抡着胳膊，拍着胸脯子叫了一阵子，开了一道门，又开了一道门，跑到后院，往地下一趴，"咕咚咕咚"，如同鸡啄米似的磕了七八个响头；脑门子撞到地上，生疼生疼，他没有揉，沾上了几粒沙子，也没抹；又跑回屋，开了前门，跑到西厢房窗前，使劲儿敲打着窗户棂子。

他喊道："我的祈祷显灵了，我的祈祷显灵了！"

干了一天活的儿子马志德和媳妇李秀敏，被惊醒了，吓得他们打哆嗦。

儿子听出是他那个缺德的爸爸喊叫，没动窝，训斥道："黑更半夜的，你是喊叫什么呀？"

媳妇也发怒地嘟囔一声："又发疯啦！"

马小辫又敲着窗子说："共产党要垮台了！"

一说出这句话，他自己的眼前，忽地闪起一道金光。哎呀，这是多么好听的话呀！倒退五分钟，他只能这样做梦，只能在心里边咒骂，你就是打死他，也不敢让这几个字儿出口哇！

屋里的两个年轻人又被吓了一跳。

马志德"噌"地坐了起来："你说什么？我看你是找死了！"

李秀敏也跟着坐起："真是，真是活够了。"

马小辫更发狠地敲着窗子："他妈的，你们睁开眼看看，志新来信了，他寄来的喜信儿，没错儿！你们看呀！"他把手里的信纸搓的沙沙响。

小两口低声嘀咕了几句，又摸着穿上了衣裳，一个划火点灯，一个下炕开门。

马小辫听到里边拉门插关的声音，心急如火等不及，一使劲儿挤进来了。他把信在儿子的眼前一晃，说："你看，你看，是真是假，是假是真？嘿嘿，总算熬到这一天了，熬到这一天了！"

马志德二十三四岁，比他这个地主爸爸高半头，瘦长瘦长的个儿。他这会儿，皱着眉头，眨着眼睛，带着一种又怨又气又怕，外加一点儿无可奈何的神情，一边系着裤腰带，一边望着那两页信纸在他眼前摇动。

李秀敏比男人大三岁。"女大三，抱金砖"，为取这个吉利，马小辫就给儿子说了这么一个大媳妇。她十六岁过门，已经在马家熬了快十个年头的委屈日子。她怒气冲冲地坐在炕上，不说也不动。

马小辫没有把信递给儿子，只是停住摇晃，在儿子眼前展开了。

马志德端过灯来，伸着脖子看了一眼，先是一愣，跟着又皱起眉头。

马小辫在一旁指指点点，忍不住兴奋地说："擦擦眼睛看看吧，是真是假呀？整天价跟我找气生，怨我死不回头，不老实，我凭什么回头，我凭什么老实呀？还记得我怎么对你们说吧！你们大逆不孝，不信我的。不听老人言，吃亏在眼前。老子眼里有水！"

马志德摇摇头说："不会的，不会的，我看志新这些话靠不住。爸爸，你还是老实呆着吧，爱干你就干点儿，不爱干，就屋里猫着，别总是心里不出好气儿了，人得看潮流……"

马小辫气死了，把信一收，骂道："滚你妈的蛋吧！让人家的迷魂汤把你给灌糊涂啦！你小子有点心肝没有，啊？"

李秀敏见男人被骂的脖子直粗，更加不高兴了，往炕沿边挪挪，说："黑更半夜，睡挺好的觉，你这是要干什么？不兴让别人过一会儿安定日子呀？你……"

马小辫又冲着媳妇骂："放屁去吧，这里边没你的事儿！你他妈的胳膊肘儿往外扭，吃里扒外的东西！你他妈的嫌我们这个，嫌我们那个，还说跟我们背了黑锅，就不说你是个穷命鬼！到时候，你快走你的，趴在地下磕头都不要你……"

李秀敏急了："你满嘴喷的什么粪？走，咱们街上说去！"说着，下地要揪扯马小辫。

马小辫一边退着，一边跺着脚朝儿子骂："志德，你个软巴骨，我没给你做手来，你不兴给她几下子，你哪辈子没见过娘们呀！"

马志德被闹得满心冒火，又怕又急，只好当中拦挡，小声地说："你们喊叫什么？你们吃饱了撑的，不让别人活了？"

李秀敏哭着说："不行，我可受够了，不说出个丁卯来，不行……"

马小辫也怕把事情闹大，一边朝外退着，一边骂："妈的，不用美，变天以后要杀人，先拿你们这两个不忠不孝的狗杂种开头刀！"

李秀敏要追出去吵闹。

马志德一把拦住她，"嘭"的一声关了门。门板夹住了马小辫的脚后跟。

马小辫一边瘸着脚往北屋走，一边压着声音叫骂。他披上夹袄，正要再转出来，忽听前院的大门"嘭嘭"地响了起来。

"马志德，开门！"

"快开开呀！"

李秀敏停住哭啼，要去开门。

马志德把她按在炕上，小声央告："别闹了，咱摊上这么一个家，这么一个老的，诸事全得忍着……"

李秀敏说："我忍了快十年，我可忍不了啦！"

马志德说："你不顾他，还得顾咱们哪！他不是人，对不住你，你总要替我想想呀！他总有个死的时候呀！"

李秀敏见男人为了难,心有点儿软了;加上外边门又敲的急,只好停住。

马志德心惊肉跳地穿过小小的院子,打开了大门。

门口外边站着两个人,一老一少;老的弯腰驼背,一脑袋雪白的头发,少的壮壮实实,浑身散着热腾腾的气息。他们每个人提着一根木棒,睁大眼睛,在马志德的身上打转转。

马志德手扶着门板,小心地打招呼:"喜爷爷,小乐哥,还没睡哪?"

韩小乐说:"谁家这么早就睡呀?"

喜老头不吭声,一仄身子进到门里,很有经验的直奔北房,见门关得紧紧的,又走到窗户跟前听了听。

马志德要跟过来。

韩小乐有意牵住他,好让喜老头看看究竟,就又问:"你们家又闹哄什么哪?"

马志德说:"没,没,他又犯病了。"

"他"这个字儿代表他爸爸马小辫。平时有事儿要说的时候,人背后他可以管马小辫叫声爸爸,当着人,从来是"他、他"的,"爸爸"这个词儿叫不出口。

韩小乐说:"犯病了,给他看看嘛！吵什么呀?"

马志德低着头说:"不用看,离死还远着哪!"

北房西屋,这会儿已经发出"哼哼唧唧"的声音。

喜老头看了看情形,听了听动静,转回来,对马志德说:"犯什么病啦,我估摸着,又犯了心病。志德呀,今前晌我怎么跟你说了,你得提高点觉悟性儿,别总是违着自己的心思当个傻孝子。年轻人嘛,眼前有阳关大道,别走邪的,那道儿越走越黑,到头来把自己也毁了。……"

李秀敏在炕上深深地叹了口气,又低声哭了。

马小辫在北房里既没搭腔,也没害怕,哼唧几声,暗暗一笑。他心里说:"穷小子,监视我几天吧,要不,你可就管不着啦,咱们得换换班了!"

等到前院的人道别、关门的时候,他就像一个疯子似的,从后门闯了出来,奔到野地,又绕到当街……

第五十五章

马之悦家里,大门屋门都紧紧地关闭起来了。

屋里的三个人,就像等着什么似的闷声不语,那空气又沉重又紧张。

炕桌上的玻璃罩子灯放着昏暗的光,那光投到墙上,像贫血人的脸。灯捻子懒洋洋地燃烧着,一会儿"突突突"地跳几下子,黑烟子从上边那小口子一股一股地朝外冒,把罩子熏了厚厚的一层,变得像黑煤块似的。

跨在炕沿上的马凤兰和马立本,倒换着收拾这盏倒霉的灯,一会儿熄灭了,使劲儿在灯嘴子上吹几口气,再点着;一会儿又用针挑一挑灯捻子,总是亮不起来。

马之悦坐在炕里,靠着被垛,用笤帚苗儿剔着牙,一会儿望着屋顶发呆,一会儿又生气地看着这两个人无聊地拨弄着灯,哼了一声说:"活人让尿憋死,总得点它,不能换一个呀? 真是的,全是没用的东西!"

马立本苦笑了一下,朝后挪挪。

马凤兰翻白翻白眼,从外间堂屋墙上的灯窑里端过一盏老式的"省油灯",把它点着,又把那罩子灯吹灭。

屋子里仍然是黑暗的,可是那光色好看多了。

马之悦动转了一下,伸了伸坐麻了的大腿,又轻轻地嘘了口气。

从打小麦预分方案公布以后,东山坞的情况大变,好多人都是轻轻爽爽的了,惟独他们这一伙,精神上那块石头越来越沉重,一个个就像拉秧的黄瓜卸架的烟,蔫耷耷的头也抬不起来。比起十天以前,他们的烦闷和忧愁更加重了。那会儿只是因为欲望不得满足而焦急痛苦,如今,又添了一层可怕的担忧。这几天的马之悦,好像是白天黑夜加在一块儿过的;出了他这座油漆大门,就装成了人,见人故作笑脸,遇事强掏力气,说说道道,张张罗罗,好似更"积极"工作了;进了这座油漆大门,他就变成了鬼,见什么都是灰的,想什么都是暗的。马之悦比他们这伙中的哪一个都清楚,如果不设法儿把头边摆着的这些灾难化开,人家就会把他连根拔掉,就会使他从此彻底完蛋;别的人对眼前正在发生着的事儿,还抱着一点碰运气的想法,马之悦却觉着自己已经迈上了悬崖绝壁,走到了早春二月的薄冰上,随时随地都可能滚到沟里、掉到水里。麦子一天比一天黄了,再过上个几天,就要动镰刀了,紧接着,那金子一般的小麦,就要一布袋一布袋地背到每一个社员的家里去了;那会儿,喷喷香的大馒头咬在嘴里,也堵住喉咙,瞧着吧,会有更多的人站在萧长春那一边,跟萧长春合成伙儿,像垒墙似的把马之悦团团围住,连一个缝儿也不给留,往哪边动动,都能碰着,那才是上天无路,入地无门哪!

马之悦想到这里,那浑浊的灯光也变成了可以摸到的墙壁似的,朝他压了过来;他不由自主地挪了一下身子,伸手在空中虚晃了一下,又好笑又好气地叹息一声,冲着屋顶说:"真怪,老五怎么不快点儿回来呢?"他眯缝着眼睛,扳着手指头,"一、二、三……瞧,一个星期了,百八十里地,就是爬,也他妈的爬几个来回了,为什么还等下集，还要在镇上见呢？这里边到底有什么意思？"

马凤兰说："兴许没事儿，有事儿早就颠回来了。"

马之悦哼了一声："你看到哪儿去了。如今的事儿可不能光往好地方想，这要吃亏。我担心——"他担心瘸老五到那儿跟几个粮食贩子一块儿被捉住了，眼下正在审讯，很快就连上他马之悦；那可就等不到收完麦子以后了，就在明天，或许就在今天夜间，把他也一条绳子拴走。可是，他没有把这个意思说出来，改口说："这个人糊糊涂涂的，到城里喝上酒，把大事儿扔在脖子后边，可就把我们苦了。"

马立本说："那倒不会。他临走的时候，我爸爸还追出村去，千嘱咐万嘱咐的。他大概是在那儿安排好了，一扑心地购买货物哪！"

马凤兰说："别急啦，再过两天不就是大集了吗？"

马之悦说："早回来，早有个底儿，咱们也好安排下一步。那边长，咱们就得长安排，那边短，咱们就得短打算，牵扯着咱们哪！我是不见兔不撒鹰；没个底码儿在手里，我就是找到李乡长，也不能锯开大口儿呀！"

跨在炕沿上的两个人，又你望我一眼，我看你一眼，对着脸儿出了一口长气。

马之悦又朝炕边挪挪，问马立本："萧长春下午把你找去干什么了？"

马立本说："拉我跟他一块儿挑泥。"

"都跟你说什么了？"

"还不是那一套！什么让我跟家庭划清界限，彻底改造思想；还提到您……"

"提我什么了？嘿，瞧你这个人，你怎么豆干饭闷着，不早说呀！"

"也是那一套。他说，服从领导要服从正确的；越爱护一个领导，对他身上的错误越不留情。不能帮狗吃食，跟他学坏，干那种对社会主义没有好处的事儿。"

"提具体事没有哇？"

马立本摇摇头："全是他妈的老八股！"

马凤兰冷笑一声："他倒会老虎戴念珠，假充善人。你该问问他：你萧长春算不算正确的领导？你夺人家支书的位置，还不知足，还想把人家打到十八层地狱里去，眼皮底下一个能人都容不下，连人家的对象都想霸占……"

马之悦横她一眼："嘘！恶狗咬人还不露牙哪！戗他几句，伤不了筋，动不了骨，啃那个痒痒干什么！这会儿，咱们只能心里使劲儿，脸上装笑，把那账目，一笔一笔地给他记下来！"

马立本又嘻嘻一笑说："他的脸皮顶厚，还劝我对焦淑红的关系要有正确态度。"

马凤兰一愣："哟，他倒先下手了！你没问他怎么才叫态度正确吗？"

马立本说："我才不跟他纠缠那空洞词句哪！我说得过他？他一提这事儿，我就跟他来实的，我说我爱焦淑红，焦淑红也爱我，只是当中有人作梗。"

马凤兰问："他又怎么说啦？让你给问住了吧？"

马立本摇摇头："我说了这句话，也当是把他给问住了，没想到，他马上点了点头。他说：对，作梗的人不少，其中最主要的人是焦淑红自己，其次是正派的社员。焦淑红不乐意，大伙儿也不赞成，因为你们两个各方面都差得太远；简单点说，你们没有走在一条道儿上……。去他妈的，闹了半天，是让我给他躲道儿哪！我正要跟他顶，韩百仲跟马翠清来了，就打断了。他说，明天再好好跟我聊。聊吧，到时候，咱们就打开天窗说亮话，看看他敢把我怎么样？"

马之悦说："不光是让你给他躲道儿，还想让你给他帮帮忙哪！唉，天下竟有这么自私的人。古语说，夺妻灭子，不共戴天，他不觉着可耻，反而理直气壮，这叫什么理哟！一个有血气的人，能吃这个！立本，你得小心点儿，他这个人，为了自己，什么手段都能使出来呀！"

三个人叹息一阵儿，又沉默了。

马之悦嘴里说轻的，心里却想沉的，他对马立本说的这件事儿，看得很重要。在这预分方案公布后的三天里，萧长春和韩百仲两个人不停腿地往沟北边跑，差不多跟所有的中农户都个别谈了话，昨天萧长春还亲自找过弯弯绕和马大炮，也是给他们提前途，让他们跟萧长春走；今天又找上了马立本。显而易见，他的对手，想让他完全垮台完蛋，还没有跟他停止斗争，而且正在施展"走群众路线、团结大多数"的本领，正在悄悄地瓦解他的内部，想把支撑他的大小木棍全都一根一根地撤掉，给麦收后把他彻底撂倒作准备。他这边的阵势呢，比起来可就差远啦；计策安排倒安排得挺好，就是没地方下手，也不见成效。他想到这里，又不由得叹息一声，拍着自己的光头顶，仰面叫道："看样子，绳子套儿给我挂在脖子上了，不设法找到李乡长，就会越系越紧哪！"

这声音非常凄惨，旁边的两个人听了，不约而同地打了个寒战。

春凳底下的大黄狗"刷"的一下子扑出去了。

外边有人敲门："嘭嘭嘭"。

那黄狗咬不着人，发狠地啃着门槛子。

三个人交换一个眼色，又都惊恐地听着外边的动静。

大门又"嘭嘭嘭"地响起来。

马凤兰这才站起身，整了整衣襟，站在堂屋地下，朝外问一声：

"谁呀？"

门口外站着个马小辫。他从家里的后门溜出来，穿过野外的一块麦地，绕到大沟，才来到这个门口。这中间，碰到两伙子人，他都巧妙地躲闪开了；好不容易来到这里，恨不能插上翅膀飞进去。他把嘴贴在门缝上，急火火地喊："快开门，快开门，我是你大伯！"

马凤兰赶忙跑过来，拉开门栓。

马小辫紧紧地抓着儿子的信，窜进大门就问："之悦哪，在家没有？"不等回答，一阵风似的奔向屋去。

马凤兰呆住了。她看着大伯这副样子，不知道出了什么事儿，一颗心从胸膛提到嗓子眼儿。她这个可怜的大伯，从打土地改革起就失掉了元气，平时的笑容和威风，都像让一条无形的大口袋给装走了；劳改回来，就病病恹恹的，一天到晚不出门，说话像蚊子嗡嗡，今天怎么这样大的嗓门呀？前几天，出屋解手，还要扶着墙根，一挪一擦的，怎么一下子变得这么冲了？过去，就是请，他也不敢到这儿来串串门儿，怎么一下子有了这么大的胆子？

马小辫三年没有登过这个门槛子，今天突然而到，马之悦和马立本两个人都吃惊不小。

马之悦在炕上颠着屁股、拍着大腿叫着："哎呀呀，谁让你黑更半夜地往我这儿跑？你，你找死啦？"

马立本站起来，一边往外推马小辫，一边好言好语地劝说："您快回去吧，这是啥日子口，您到这儿来不好。我爸爸让我跟马主任说了，瞅个空子就看看您去。"

马小辫像着了魔症，一手扳着门框，一脚蹬着门槛子，使劲儿往里倾着身子，两只眼睛直勾勾地盯着炕上的马之悦，浑身的劲儿往嘴上运动，却一句话也说不出来。

马之悦立刻发现这个老头子今天有点异样，就溜下炕，把口气缓和一下说："有什么话，你就快说快离开这儿。"又对愣在门口外边的马凤兰说："你快到院子里听听动静。"

马小辫猛地扑过来，把儿子的信使劲儿往马之悦手里一塞，这才从嘴里挤出两句话："好，好佳女婿呀，好之悦呀，要变天了，要变天了！"

马之悦跳起脚来："你，你胡说什么？"

马小辫攥着拳头咬着牙："真，真，你看，你看信，明明白白是这么说的呀！"

马之悦越发糊涂和惊慌了。他疑疑惑惑地展开信，粗粗地看了一遍，打个寒战，又看了一遍，怔住了；把那两张薄薄的信纸从左手倒到右手，又从右手倒到左手，好像在掂着分量，又像试探真假虚实。

马立本不知啥馅儿，看看这个，又看看那个，好像戳在那儿的一根木桩。

马小辫"咕咚"一声跪倒在地，抱住马之悦的一条大腿，仰着脸，苦苦地哀求着说："我的好主任，我的大恩人！看在咱们骨肉至亲的面上，看在咱们老交情的分上，这一回，你得出力气帮帮我啦。时机到了，我要报仇，我要报仇呀！"泪水成串地从他的眼眶子里滑落下来，滴在马之悦的脚背上了。

马之悦一把将他扯起来，依旧拿出一副恼怒的样子叫道："先坐下，老老实实地坐下！再胡说，我让立本把你送到乡里去！我看你是发疯了！真是岂有此理！"

马小辫全身发软，筋骨都散了。马之悦是这个地主心目中的"神人"，是他生存的靠山，是他幻想的指望。从打事变以后闹鬼子那会儿起，他们两个就已心照不宣地相互利用、相互依存，纠合在一块儿了；马之悦在这天翻地覆的年头里所表现出来的本领，马小辫心服口服，望尘莫及；这十几年来，马之悦给那些成分不好的人谋了许多福利，也是马小辫三生难忘、感恩不尽的；这一段日子,马之悦"黑运"临身,眼看着要塌了架子,马小辫又犯了多大的忧愁,又担了多少惊怕呀!刚才他还在想,儿子这个信儿一传到马之悦的手里,就会如获至宝,会立刻大干一场;可是,马之悦这几句话和他那铁板一样的面孔,像冰雹似的泼在他那烈火燃烧的心上。他木雕泥塑般地望着马之悦:"你,你这是怎么了?你呀?"

马之悦的脸上更冷了,在屋地下来回踱了几步,又停住,低声有力地说:"我怎么,我让你老老实实,别乱说乱动!照你这样,什么事儿都得办坏!"

马小辫搓着两只空手,眼睛仍然盯着马之悦:"都到这一步了,你还怕什么呢?"

马之悦哼了一声:"我怕咱们让人家一勺烩了!"

马立本莫名其妙地看着两个人做戏,插不进话去,就从马之悦手里扯过信,展开一瞧,眉毛一挑,眼睛一亮,拍着手欢叫起来:"哟嗬,真不得了!头半个月耳机子里就大鸣大放,各党各派的人都对共产党开火了;我当是人家替咱们出出气,把章程改一改,把制度变一变,就完了,哪想到要从根子上挖起来呀!这回行了。您说天有绝人之路,这不是柳暗花明又一村嘛!"他这样说着,好多埋在心里的美妙幻想,又都浮现在眼前了。他高兴,也庆幸:自己的道路是选对了,走对了,从此,他要时来运转,一步青云;什么前途啦,生活啦,爱情啦,幸福啦,一切一切都是一伸手就可以摸着了!

在院子里闻风放哨的马凤兰,听到屋子里不平常的声音,耐不住地跑了进来。她不识字儿,也凑过来看信,信里边写的什么,她不懂,可是她从屋里三个人不同的表情里,已经敏感地体会到,一定来了一件了不起的大好消息,她让马立本把信念给她听听。

马立本顾不上全念,就把内容简要地给她说了一遍。

马凤兰一听，发了会儿愣，又往炕上一坐，捂着脸，颠着屁股，"唔唔"地哭起来了。

马小辫和马立本都被她这突然哭啼给闹傻了。

马凤兰哭着，又把两手张开，"通"的一声跳下炕，胸脯子朝前挺着，跳了跳脚，又笑起来了："哈，哈，哈！阿弥陀佛，阿弥陀佛，也有这么一天了！"

这个地主家的闺女，跟她生活的这个时代有着刻骨的仇恨。她从小没有父母，她的财产并在大伯家，大伯把她当成掌上明珠。那一年，大伯把她许配给城里刘家大财主的二东家当"填房"，嫁妆都准备齐了：一群肥羊、三箱子春夏秋冬穿用的绸缎衣服，还有一匣子金银翡翠的首饰；连坐轿的红鞋都做好了，就等着"嘀嘀嗒嗒"地喇叭一吹，她就成了少东家奶奶了。没想到，一个土地改革，把她"革"成个穷光蛋，婆家那边也坍了架，一家子逃亡到北平。可是，大伯还让她等着，等着"国军"消灭了八路，再重新给她置买。等啊，等啊，等来个大军进关。那年冬天，未婚的丈夫跟随还乡团摸黑来过一趟，吃顿饭就走了。那是个多漂亮的人物，分头光光的，站个蝇子也打滑，金牙亮亮的耀眼睛；那是多威武，身上披挂着两把盒子枪，杀人的时候，眼睛都不眨巴；那是多么有情，第一次见面，趁递水的时候，还捏了捏她的手。真可惜，大军一进关，这个小小的吃人精坐着飞机，跑台湾去了。她恨自己那会儿没有跟着跑，"一失足成千古恨"，她的一切一切和她的青春、幸福，都成了泡影。她能不恨新社会吗？她能不盼着旧时的一切再回来吗？她听到这个信儿，哭与笑之间，包含着多少酸甜苦辣呀！

她往马之悦的身上一靠，施展起她那独特的女性本领，一只手扳着马之悦的肩头，一只手拍着马之悦的大腿，娇滴滴地说："老马呀，你发哪家子呆呀？这是天上掉下来的大喜事儿。你怕什么？不变，你就是死路一条了；变了，你就算一步迈上阳关道，好日子全有了。变变好，变变好哇!"

马小辫也凑过来帮腔:"天经地义，应该是改朝换代的时候了。你想想，共产党哪点地方得人心? 让个好端端的财主像臭做活的那样卖苦力，让臭做活的掌印把子;让该富的穷了，让该穷的富了，这叫什么世道呀! 官逼民反，民不能不反，古往今来，全是这样。他们要倒戈是没跑的事儿，你别拿不定主意了。这回你就走马上阵，阵前立功吧!"

马立本想着自己的怨气的解消，想着自己的飞黄腾达，想着一变革，富农成分就吃了香，自己做的事儿就成了英雄行为，心里甜丝丝的，也在一边敲边鼓说:"马主任，我看可以保险没错儿。信是我们人写的，广播电台和报纸全是他们的，我们自己人不会骗自己，他们也不会给自己编瞎话! 咱们这个地方太偏僻，说不定世界上又发生了什么大事变哪!"

马之悦像是无动于衷地坐在炕沿上，扯了根笤帚苗儿，又剔着他那永也剔不干净的稀稀拉拉的牙齿。

马凤兰急了，冲着马之悦拍着屁股蛋子叫起来:"噢，你他妈的整天价逞英雄好汉，原来是个大草包哇!"

马小辫也来点硬的:"识时务者为俊杰，之悦，你该看得远一点儿，前怕狼后怕虎的，成不了大事呀!"

马立本随着加作料:"您常常教导我，一个人要有智谋和勇敢，这回，您也该施展施展了!"

马之悦依旧不动声色。

马凤兰又哭了。

马小辫也板起面孔生气。

马立本在一边惋惜地嗑牙花子。

马之悦拨了拨灯捻子，拍了拍衣裳襟，看看这个，又看看那个，似笑非笑地把脸上的肉皮皱了一皱，终于开口了:"你们全别急，让我再前后左右地掂掂。这不是一件小事情，要干，就得拼了命，不拼命，干到半截儿上，就等于咱们给自己刨坑，又给自己下葬。我不能干这种傻事儿。我马之悦没什么大出息，可是我吃过共产党的几年饭，对他们总比你们摸底儿。"

在马小辫进到这个屋子以后的这短短的时间里，马之悦的心里像翻江倒海一般，多少事情、多少成败忧患和利害关系，他都细细地滤了一遍。他把心里想的一切都掩藏起来，不肯全盘端给跟前这三个人。他得试探着走，他得看准了才能放脚。

马立本也是吃了几天"共产党饭"的人，让马之悦这么一说，稍微冷静了一点儿，就附和着说："马主任说得对，我们是得稳当一点儿。"

马凤兰擦了擦眼泪："怎么个稳法呢？"

马小辫也打起精神："稳不是不动啊！"

马之悦不慌不忙地说："我先提醒你们一句：这么多年，共产党拼死拼活，为的哪一宗？为夺国家的印把子；这会儿夺在手里了，能那么轻易地交出去吗？这个日子有，那得看是不是真烂透了，是不是真闹腾起来了。志新信上说的话，咱们不能不信，也不能全信，不能不照着做，也不能全照着做。就是这样。"

三个人几乎同时追问他："怎么个做法呢？"

马之悦说："第一，不要把信上的意思全揭出来，要巧妙地跟大伙儿透透风，送送信儿，让他们脑袋里印上这个，肚子里装上这个，稳不住心，安不住神，就够了。第二，设法拖延收麦子、打麦子的时间，争取干起来之前不把麦子分下去；只要不分下去，咱们就有了收买大多数人的本钱，麦子比空口许愿管事得多。志新的信上说的好，老百姓红着眼跟共产党跑，那是为了得到好处；咱们要有这个甜东西把在手里，他们也照样跟咱们跑。什么贫农、为社会主义全是假的，为麦子，为得点好处才是真的。这么多年，我算是把他们摸透了。只要让他们吃上麦子，想不跟咱们干都不行了。第三，得等等机会，看看风向。等什么机会，看什么风向呢？最要紧的是李乡长。他对上边的政策变成啥样了，形势变成啥样了，摸得最准，他的话最可信，他的行动也最可靠；我们得看他的眼神，听他的口气再动自己的大腿。另外，也得等老五，看他在城里瞧见的实在事儿，跟志新信上写的是不是一个样儿。光是听志新一个人的话，咱们就钻进脑袋不顾屁股地下家伙，那可是没有保证的！第四——"他转过脸对马小辫说："您千万不要出头，回到炕上躺着去。您急什么，十来年都熬过来了，几天就忍不住了？听见了吗？"

马小辫点点头。

马立本为难地说："什么事都好做，就是拖住收麦子、分麦子这事儿不容易。萧长春早就红眼了，等把假期一过，他就得拼命地赶着人们抢割、抢轧、抢着分，谁挡得了他呀！"

马之悦说："你是会计，设法在账目算盘上拖时间。"

马立本说："这倒好办，就怕他在屁股后边逼命！"

马凤兰拍着屁股说："他咋不嘎巴一声死喽！"

马小辫想起自己每夜的祈祷咒骂，咬牙切齿地说："他要死了，咱们的事儿算是成了一大半儿。真是好人没长寿，祸害一千年。你们还记着吧，土改那年，要不是萧老大这个狗东西眼睛尖，找到我埋银大头①的地方，这会儿我一半儿财产还保存着；要不是萧长春这小子回来带着民兵挑我的刺儿，跟我作对，我能坐两年大狱呀！甭忙，有朝一日，我非得千刀万剐了他！"

马凤兰说："要提跟他萧家那个仇，三生三世也算不清！要不是他搅和，我们老马能有今天！立本也不至于到这步田地呀！"

马立本咬了咬牙。

马之悦又看了马立本一眼，低头想了想说："咱们跟他们斗争，

---

① 即银元。

不是为了哪一家子的仇，也不是为了哪一家子的冤；咱们是给群众除害、谋福利。这是光明正大的事儿。都不要急，还是按着咱们原来安排的干吧。先给他眼里揉点沙子，心口窝楔个钉子，脑瓜门抹点屎，让他抬不起头，打不起精神；咱们再行事，就方便多了！"

马小辫不明白："有这么好的办法？"

马之悦笑笑。因为他正推行的那套计策多多少少地牵扯着马立本一点儿，事情没个眉目，不便多说，就光来虚的："这您就不用管了，看我的吧，管叫他人头落地不见血，连刀口都找不着！"

三个人听着马之悦讲的在理，又觉着挺玄乎，像是只吹过来一层烟雾，见到影子飘，伸手抓不着。

马小辫说："事情到了紧要关头了，不能够等着咱们一扑心地登坛台、斗法术，得来真的呀，之悦！"

马凤兰忙给她大伯说宽心话儿："您放心吧，老马办法是有的，我们正在找空子下手，就是不知道办成办不成。您就等着吧，要是真办成了，真是人头落地不见血，那时候，志新说的事儿，保险好办了。"

马之悦沉默着。他瞧瞧窗户，望望灯影，又把每个人看了一眼，冲着马小辫说："我得再嘱咐您几句：在我没有见到李乡长之前，老五还没有回来之前，事情还没有十拿九稳的时候，咱们越是小心谨慎越好；小心不是不干，得看看形势干……"

马小辫总想讨个实底儿，又朝前凑凑问："你仔细地说说，你看眼下是啥形势呢？"

马之悦不慌不忙地说："先说东山坞吧，从多方面看，形势是不太坏的。前些日子萧长春这伙子人跟我斗了个回合，他们是取胜了。不过，这个胜利只不过是个芝麻粒儿，他们却把它当成了大西瓜。你们仔细瞧瞧，这伙子人这几天多神气呀，又是唱，又是笑；萧老大又到处唠叨给儿子说媳妇，韩百仲又一脑袋钻到锄地、积肥里边去了;马老四又念开书本子,找什么饲养方法了;焦淑红又作诗又绣花了……你们再仔细地想想,这伙子人,这种样子,说明什么问题呢?说明他们是让胜利冲昏头脑了,又得意忘形了……"

马小辫插言说:"光他们昏不行呀,萧长春这小子掌着舵,他还醒着呀!"

马之悦摇晃着脑袋说:"他清醒个屁,您看到哪儿去了!要想讨萧长春的心底儿,您就不用找本人,里边看萧老大,外边看韩百仲,左边看马老四这伙子老家伙,右边看焦淑红这伙子小东西,他们的一举一动,比表还准,全走的是萧长春心里那个钟点儿!他们都昏了头脑,萧长春能是醒的吗?你们忘了,他刚从工地回来,不是昏昏沉沉呀?别看他小子表面上好像挺机灵,要动真的,哼,我马之悦还不能认输哪!老虎还有打瞌睡的时候,他呀,就没个眨巴眼的日子?咱们就得利用这个'冲昏头脑',表面上不沾政治的边儿,脚底下暗使绊儿。再看上边,李乡长是老干部,又是领导,县委给他的处分,他都敢提出翻案,说明气候要变样儿。你们知道他的处分是怎么挨的吗?就是挨在搞农业社和对地主、富农的关系上呀!他这回变成对的了,当然是搞农业社错了,对地富的政策也有了问题;要不然,他敢翻吗!上边变了,下边乱了,那伙子中农又得闻着风美起来,又得听咱们的指挥闹起来了……您再把这些跟志新信上说的对对号码儿看,不就明白了吗!您说,有这么好的形势,咱们的事儿还成不了吗?"

三个人让他说得张飞穿针,大眼瞪小眼,又不住地咂着嘴唇儿,赞叹他的好眼光。

春凳底下的大黄狗又"噌"地一下子蹿出去了。

马凤兰赶忙跟出来,听听街上并没有什么动静。

这时候,满天的繁星,神气地眨巴着眼睛……

第五十六章

满天空镶上了小星斗。它们尽着自己的力量，把点点滴滴的光芒交织在一块儿了；不像阳光那么刺眼，也不像月光那么清澈，却是明亮的。明亮的星光，掺上了露水，变得湿湿润润、柔柔和和，随后轻轻地挂在树梢上、搭在房檐上、铺在街道上，薄薄的一层；接触到这种光辉的一切都变得那么雅致，那么幽静，那么安详……

北方的乡村最美，每个季节、每个月份交替着它那美的姿态，就在这日夜之间也是变幻无穷的。在甘于辛劳的人看来，夜色是美中之美，也只有他们对这种美才能够享受得最多最久。

干部们在星光下开着会议，决定着方针大计……

民兵们在星光下放哨巡逻，保卫着劳动果实……

年轻的男女凑到一块儿学习，增长着本领……

饲养员在槽头前走动；羊倌在栏边守护；做豆片的人，奔走在永远也走不到尽头的磨道上……

老贫农喜老头和小伙子韩小乐，在地主马小辫的宅院旁边遛了一阵儿，又听了一阵儿；这工夫，他们踩着星光，走回狮子院的大门口。

星光把他们的身子照亮了，露水把他们的衣裳打湿了；操劳了一天，应该停止一会儿了，该是回家睡觉的时候了。

韩小乐一点儿也不困，也不管干净不干净，往地下一坐，望着满天的星斗出神儿，想着年轻人的高兴事儿；一会儿是苗圃里的树秧子，一会儿是坑边上的污泥，一会儿又想到后天放假，约上几个伴儿上柳镇逛逛集市……

喜老头没有惊动年轻人，就拄着棍子，东瞧瞧，西望望；过了会儿,才走回来说:"小乐,你回家去一趟,就手把我那件皮衩裤捎来吧。"

韩小乐抬起头来问:"您还想在外边呆着呀?"

喜老头点了点头:"嗯,再呆会儿,忙啥的。"

"不早啦,您回去睡吧。"

"今儿个得晚睡一会儿,快去吧,我觉着有点凉了。那衩裤在靠北墙的小箱子上边。"

韩小乐只好答应一声,站起来,登上台阶,轻轻地推开了黑漆门,走进院子里去了。

喜老头觉着两条腿酸麻,膝盖头像有一颗蒺藜狗子似的那么扎的疼。当年爬大山开石头,走过了劲儿,来回又蹚河涉水,落下个老寒腿病根儿,着点凉,受点风,就要犯病;犯起来,不大疼,也不小疼,丝丝拉拉的挺难受。七十多岁的人了,想要强也得限着点儿。

他退到左边那个石头狮子下边,用力地拄着棍子,试试探探地坐在石台上;深深地透了口气,用手轻轻地揉着膝盖头,耳朵注意地听着那边院子里的动静。马小辫家里突然吵闹,使他觉着有点儿怪;虽说没有发现什么大的破绽,可以断定,这吵闹里边有"点子"。没错,久经人世风尘的老贫农,眼睛是亮的,什么也瞒不住他。他要在这儿多守一个时候,守出点情况更好,守不出来,也可以断定这个地主家里出了不平常的事儿。对啦,等天一亮,就先找萧长春和韩百仲去;自己要是不爱动,就让小乐把他们两个人叫到家里来,从头到尾跟他们说一遍;随后,再跟福奶奶商量商量,在地主家的那两个年轻人身上下点功夫,探听一点儿根底。唉,这对年轻夫妻,生在这么一个人家,真是又可怜又可惜呀!话又说回来,当个什么样的人,前边的道儿明光光的,走不走,就看他们自己了;对啦,往后,也得生着法儿指引指引他们……老人家想来想去,又回想着刚才发生的事儿。开头，怎么听见马小辫家的后门响，后来，又怎么听到前院吵，再后来，他们离开了前院，转到后院，又怎么发现后院大门没有上插关，只有后屋门从外边推不动，不知道是里边真的插上了，还是下了天插关……他把这件事儿的始始末末都想了一遍，为的是记的结实一点儿，免得忘掉一些重要的细节；唉，上了年纪，记性差劲儿了。只要从头到尾跟萧长春他们一说，就行了，他们年轻，脑筋好使，他们会断出个所以然来……

深夜的凉风，习习地吹着。不知道是真这样，还是眼睛发花的关系：那星光也好似是一条一道的样子，又在风里边颤动；有一片小草叶儿，让风给卷了起来，围着右边那个石头狮子打转转，又顺着狮子的大腿旋了上去；那狮子像是抖动了一下子，树叶儿就落下来了，小风也跟着停息了……

老人家看着看着出了神。七十多年了，他亲眼看着这个狮子院的变化。七岁跟着爸爸学石匠。他们家几辈子都是石匠，他的曾祖是全县最有名儿的；那会儿，巧手的祖爷，给马小辫的祖爷卖命干活儿，从高山上开采出石头，一块一块地开下来，一锤子一锤子地凿着，又雕龙，又刻凤，凿出的狮子像活的，一连五间大道房的根基，就是那双巧手给奠起来了。可是呢，因为没钱买根檩条撑个屋顶，祖爷却带着一家老少住在石头洞里；到老来，想吃一碗面片汤都没捞着就死了；死了买不上棺材，就在他自己挖过石头的坑里下葬，上边压盖的还是沙土和碎石块儿。后来的几辈子石匠，那就更苦了，每一辈人都给马小辫家卖过命；马小辫家发达一阵子，败下来，又发达起来，可是穷石匠却是一代比一代穷。等到马小辫一当家，又往阔处变化了，狮子院越变越发达。东山坞的人穷的越多，狮子院的人富得越快。马小辫要起第二所宅院的时候，又要喜老头给他开石头奠地基。喜老头是个耿直的人，他记着几代人的仇恨，宁肯饿死，也不能再走老路。他带上女人、孩子，逃到野山上，专打猪食槽子卖——这玩意是给穷人用的，他决心要把自己的手艺、血汗交给穷人：一气就干了二十年。这二十年里边，狮子院一点一点地朝另一个方向变化，因为共产党过来了。马小辫的家产开始停滞，后来崩溃；人民当了家，狮子院回到了主人手里。马小辫能甘心吗？谁说得天地倒了个儿、木头人眨巴眼，喜老头也不会相信马小辫会对穷人低头认罪；在东山坞，没有比喜老头再了解马小辫的了，也没有比喜老头再懂得看住这么一个祸害的重要性了。他得尽自己的义务，得把这个死不回头的地主分子看守住。他想，一个人要像石头狮子那样，石头刻的，总不老，总不衰，那该多好！要那样，自己想干什么事儿，就干什么事儿，想干多少事儿，就干多少事儿，一直干到共产主义去！那会儿，农村全是楼房子，狮子院会是东山坞历史博物馆；那会儿，自己就会跟石头狮子一块儿，告诉晚辈人东山坞的千变万化，千斗万争，艰难辛苦的路程是怎么样一步一步地走过来的；还要提醒晚辈人：嗨，可千万别忘了过去呀！……

唉，可惜自己老了，就这两条腿，实在不随心，不听话；听人家说，有能人发明了机器腿，他想，自己要是换上那么一对……

喜老头想到这儿，倒被自己这股子天真的想法逗笑了："真是，七十多岁了，还孩子气儿，嘻嘻嘻……"

跨出大门口的韩小乐，被老人家的笑声闹得挺奇怪，一边朝台阶下迈，一边问："喜爷爷，您笑什么哪？"

喜老头拍了拍膝盖没回答。

韩小乐把衩裤递给喜老头，还是追问："您刚才笑什么哪？"

喜老头穿着衩裤，很严肃地说："年轻轻的，什么都打听！没笑什么！"

韩小乐赶紧闭住了嘴。

党支书萧长春号召团员和青年们跟马老四、喜老头这两个老贫农学习。韩小乐觉着，他们都是值得自己学习的榜样。可是，他对这两个人的印象不一样：马老四对晚辈人亲切和气，一见面，就会让你喜欢他，见你有点什么过错，他会像哄孩子那么教导你；可是喜老头严厉又死板，不呆久了，很难看透；特别是对跟前的年轻人，随时随地都在挑毛病，脸上不带笑模样，说出话来比石头还硬棒！这会儿，老人家不愿意把"为什么笑"说出来，韩小乐也就不敢追问了。

喜老头把衩裤穿上了，又拍了拍膝盖头，说："小乐，你动动脑筋，想想事儿行不行？"

韩小乐说："想什么事儿呀？"

喜老头使劲儿挂着手里的棍子说："瞧你这孩子，跟你死去的爸爸一个样儿，一年到头光知道干活，不会费心思！你爸爸那会儿是啥社会，这会儿是啥社会，你爸爸是让地主管的，你是管地主的！懂不懂这个理儿？"

"您说啥事儿嘛！"

"小声点儿行不行？让你比嗓门来了？我是说刚才马小辫家吵架的事儿，越想越怪！"

"家常便饭，他们家哪一天不吵呀！"

"不，不对！要我看，今天吵的，跟往天不一样！"

"还没往天吵的凶哪！"

"你怎么这么糊涂哇？你从头到尾想一想：往日他家是先小吵，后大吵，最后又小吵，今天翻了个，一开台就大吵……"

韩小乐真想笑了，心里想：一个吵架还有这么多的文章！可是他既没敢笑，也没敢把心里边的话说出来，光是嗯啊地点点头。

喜老头继续说："还有，往日里，他们是先吵后睡，今天为什么睡下了一阵儿，又吵哇？"

韩小乐动了动心：真的，为什么睡了一觉再爬起来吵呢？兴许有问题。

喜老头说:"反正这里边的鬼魔点子多了。小乐,你知道眼下是什么节骨眼儿吗?你别看没有动刀动枪,可是比开火放炮打的还凶哪!咱们对敌人一丝一毫都不可大意呀!出了娄子,咱怎么对得起党?看管马小辫差事应该由咱狮子院包着呀!你忘了,长春傍黑跟咱们说的,城市里有些仇恨咱们社会主义的坏人,正生着法儿到处煽风点火搞坏事儿。我是怀疑马志新那小子回来了……"

韩小乐一跺脚:"对,您说的对,我去叫叫门,看他到底儿回来没有!"

喜老头拍着大腿:"啧,啧,真不稳当!你瞎往里闯干什么?那小子要是真来了,来者不善,善者不来,来了就不会立时走,不搞点事儿,他来干什么?咱们的任务,就是把他的来踪去影侦察准了,跟党支部报告就行了,怎么处置,得按着上边的政策办,瞎闹还行呀!我估摸着,这小子要是来了,家里不能多呆,准是到别的人家煽风去啦,点火去啦……"

韩小乐急啦:"光在这儿坐着,人家出去了,再悄悄地回来,不就煽起来、点起来了吗?"

喜老头说:"煽起来、点起来怕什么?我们倒要看看是什么样的风什么样的火。这会儿还不是捉他们的时候。放心吧,悄悄不了。我把后门掩上了,在门扇上边夹了两块石头片儿,他要是出来进去,不使点劲儿,那门推不开;一使劲儿,响声就来了。这不等于一个人把前门后门都守了!"

韩小乐笑笑:"您真能。行了,天不早啦,您回去睡吧。"

"回去睡?这儿呢?"

"我看着,您睡去吧!"

"还是我看着保险。我给你个差事,到街里转转,到马之悦家门口听听，马志新那小子要是真回到村里，准得先拜拜他的姐夫去！"

韩小乐说："今个巡夜不该我值班。"

喜老头听了这句话，又生气地拄着棍子说："什么，值班？给自己打天下，创天下，守天下，还有值班不值班这一说呀！咱是贫农，这个天下全靠咱们撑着哪，时时刻刻都得值着班儿，什么时候伸腿瞪眼，得，那才不值班啦，才能完完全全交给别人接。你仔细想想，我这话对不对？"

韩小乐怪不好意思地说："好好好，我就去！"

"小心，留神！"

"嗳。"

小伙子提着木棍子，沿着墙根，匆匆地奔向街里去了。

喜老头望着他的背影，摇摇头，又忍不住微微一笑。他仰脸看看满天的小星斗，又朝旁边黑洞洞的小院子瞥了一眼，想站起来到后边走动一下。他用尽力气拄着棍子，棍子头儿拄进土里好深，也没站起来；那两条大腿，不像是长在自己身上的，倒像是跟自己毫没关系的两根木头棒子。他恼火了，攥着拳头，使劲儿在膝盖上捶了两下子，一咬牙，站了起来——骨节吱吱响，汗珠子也同时从脑门上冒了出来……

韩小乐倒是腿脚灵活，一会儿的工夫，他把马斋家、瘸老五家的院前院后全都转了一遍，最后又朝着马之悦那个刻着"神荼郁垒"的黑漆大门走来。他走着，想着，掂着喜老头说的那些话。他觉着，尽管喜老头说话有点硬，甚至有点让人家怕他，可是跟这样的老年人在一块儿呆着，真能学到本事。这个小伙子一九四八年土地改革才十岁，从沟南边那个半坍的土屋子搬到狮子院，就跟喜老头住在前后院。有人夸他："这孩子长的秀气，将来有出息。"喜老头却说："有出息没出息不在外表上，心里秀气才行。"妈妈想让韩小乐去学木匠,喜老头说,什么匠也不如先上几年学,识几个字儿。等韩小乐念完了初级小学的时候,要奔他哥哥那儿找个能吃香的工作,喜老头堵着门口骂他忘了本,硬把他给留下了。喜老头是狮子院的"首长",院里那些小年轻的,又怕他,又敬他,又都不知不觉地照着他的样子学;懂事理的成年人,更是愿意按着喜老头的心意行动。组织互助组那会儿,全院的人异口同声:"搞!"办初级社那会儿,全院人异口同声:"入!"卖余粮的时候,抢着多报;服义务兵役的时候,争着报名;就连开群众会,都是一呼全到;不论大大小小的事儿,狮子院都走在前边。因为这个院子里住的全是一水的翻身户,又有这位永不褪色的老"首长"啊!韩小乐就是在这样一个院子里长大成人的,他决心要按着喜老头的榜样活一辈子!

他机警地朝前走着,忽见,马之悦那个黑漆门前站着一个人。没错,是个人,正扒着门缝朝里边看哪。他赶忙平端着棍子,贴着墙根,朝前移过去;那边的人影一闪不见了,就收住步,弯下腰,用眼睛四外搜寻。糟糕,那个人跑没影了。喊叫吗?喊出乱子来可不好;对啦,傍上他,说什么也得傍上他的影子,不能让他跑掉。于是,他快步地朝前追去;才跑几步,"嘭"的一声,撞到一个人的身上了。

那人小声骂道:"你瞎跑什么呀!"

韩小乐忙说:"克礼,快,快,马之悦家门口有个人,准是坏人!"

焦克礼说:"是你呀,我还当淑红呢。"说着,他把韩小乐拉到墙根下边,压低声音说:"门口站着的是我……"

韩小乐说:"唉,你吃饱了没事儿,跑这儿站着干什么呀?我还当是坏人哪!"

焦克礼说:"马小辫到马之悦家里去了……"

韩小乐一惊:"真的,看准啦?"

焦克礼说:"一点儿不错。他从西边绕过来的,我藏在树后边没理他，故意把他放过去，看他要干什么；他往哪边走，我就往哪边跟，跟到这儿，他就敲开门进去了，在里面待了好大工夫。"

韩小乐问："就他一个人，没有马志新呀？"

焦克礼说："就一个，光杆儿。"

"你没有惊动他们呀？"

"没敢。"

"不简单。我真怕你闯进去了。"

"那还行。没经请示，要闯出错来怎么办？这会儿，咱们也得学着用用脑袋啦！"

"嘿，不简单！真是娶媳妇大汉子了！"

焦克礼给了韩小乐一拳头："小子，讽刺我！"

韩小乐也还了一拳头："表扬跟讽刺都分不清啦！人家夸你长本领了。"

焦克礼说："别胡扯了。你不来，急得我啥似的。叫门又不敢，请示领导去吧，又怕我一离开这儿，臭地主走了。这可好了，你这儿守着，我去找萧支书。"不等人家答应，就顺着墙根，颠颠地跑了。他爬上沟南坎，绕到萧家门前，伸进手去掏开了门钉锦儿，就一直走到窗前了。

萧老大在屋里问："回来啦？"

焦克礼说："是我。大姑夫，支书呢？"

萧老大说："他跟百仲、淑红他们到乡里开会去了；撂下粥碗走的，也该回来啦！"

焦克礼一听，觉着事情糟糕了，就急忙往回转。他跑到马之悦家门前，跟韩小乐一说，两个人一块儿着开了急。

韩小乐说："我有办法啦，找喜爷爷去！"

焦克礼说："嘘，我当你有什么高招儿！找喜爷爷，他又不是干部，能有什么办法，就是有办法，也当不了家呀！"

韩小乐说:"怎么也比咱们俩在这儿瞎着急强啊!"说完,就穿进小胡同,朝北跑了。

韩小乐在马小辫家门前的那棵枣树下边找到了喜老头,这般如此地说了一遍。

喜老头听罢,转身就走。

韩小乐一边追着一边问:"喜爷爷,您有主意没有哇?有,您能当家吗?"

喜老头没吭声,只是匆匆地朝前走。他的脚步是那么稳健,那么快当,像个身强力壮的小伙子。

韩小乐见老人家不吭声,着急地说:"喜爷爷,我还没跟您说清楚哪,您别走。萧支书和百仲大叔都没在家,没个主事的人,这可怎么办呀?"

喜老头还是不说话,脚步更加快了,几乎把个年轻人甩在后边;一直走到胡同口,看到马之悦那个黑洞洞的门道了,他才收住步,晃了几下,差点儿坐在地上。他一咬牙,又直竖竖地站稳了。他说:"先把克礼叫来。"

焦克礼没等叫,就凑上来了,嘟嘟囔囔地说:"哎呀,还磨蹭哪,一会儿人家把事儿全办完啦!"

喜老头看看两个年轻人。真的,村里主大事的干部全都没有在家,眼下,事到临头,就得马上决定出办法来;而且,这件事情并非小可,左了右了,都会给村里的斗争带来困难。老人家想:两个没有经过人世波折的年轻人,全看着自己啦!

两个年轻人见喜老头迟迟地不发话,一个着急,一个失望。唉,这会儿,他们才知道,离开个主事的领导真不行啊!

喜老头终于开口了:"没领导不要紧,就咱们三个人当家呗!咱们马上商量,怎么办?"

焦克礼说:"我主张马上敲门,来个追根问底!"

韩小乐说："我看哪，一敲门，人家准得把人藏起来。"

喜老头看看韩小乐，又看看焦克礼："办事儿得看准、拿稳、干狠哪！"

焦克礼说："叫门不好，咱们跳墙进去！"

喜老头说："进去了怎么办呢？他们干的坏事儿，既不是杀，也不是烧，全在脑袋里装着。他说来串串门儿，你砸开他的脑袋呀？"

两个年轻人给问的直眨巴眼。

喜老头又把胸脯子一挺说："不用急，这全是小事一宗，好办。我说呀，克礼、小乐，你们俩，一个朝后退退，退到南坎子边上，远远地朝这边看着就行了；一个马上到乡里找长春，悄悄地跟他说一说……"

两个小伙子急了："怎么叫我们退呀？"

喜老头说："有我一个人就行了。"

韩小乐说："不行，闹起来，你对付不了。"

焦克礼说："就是动嘴，马之悦也够您胡噜的！"

喜老头说："行。我们跟他们既不动手，也不动嘴，就在门口等着，等着马小辫出来。"

两个人都纳闷了。

喜老头说："眼下不要捉他，捉住不顶用；也不到讲理的时刻。马之悦跟地主马小辫暗地里勾搭的事儿，谁心里都知道，可惜总是光有影子，让马凤兰给当隐身草，咱们不摸实底，他不承认，咱们也就没办法整治他。这回正好给他记上一笔账。只要记上这笔账，就够了。他要是再胡闹什么事儿，就能拿这个作判断，拿这个跟他讲理。别的咱们全不要。为什么呢？马小辫黑更半夜地亲自出马，说明马志新那小子没有来，说明他们正在串通哪；这会儿就抓他不上算，得让他把尾巴往外边多露出一点儿来。你们说我这话在理不？"

焦克礼忍不住地问："不声不响地放跑了他,要是放出错来怎么办? 谁负这个责任?"

喜老头说:"跑了和尚还跑了寺吗? 缰绳头在咱们手里牵着哪! 我看他小子能扬多高的蹶子! 这个责任我负了! 还有句话,我不喊,你们谁也不许动!"

焦克礼又急又气,又没有办法。他想:跟这个老头子在这儿瞎磨时间,不如赶快到乡里找萧长春,就再没说什么,转身跑了。

韩小乐也不赞成,可是他更不敢多说什么,只能服从。

喜老头一个人稳稳当当地走到黑漆门前边,蹲在墙角不动了。

过了一袋烟的工夫,院子里响起了脚步声。大门"吱呕"一声打开了,伸出一颗脑袋,左右瞧瞧。

喜老头根本没动,连看都没有看一眼。

那个人退了进去,掩上了门;一会儿,门打开了,又出来一个人。

喜老头蹿了上去:"马小辫,你跑到这儿来了!"

原来,头一个出来的是探道的马凤兰,第二个出来的才是马小辫。

马小辫倒退不迭,手腕子已经被抓住了:"喜老头,喜老头,我,我没干坏事儿,我串串门儿……"

"我没说你干坏事儿,你怎么先承认啦?"

马凤兰慌得浑身发抖:"我大伯是来串门,看看我。"

喜老头说:"他是从你们家出来的,对吧?"

马之悦从后边赶出来了,压住惊慌,装模作样地说:"怎么回事儿? 嗬,喜老头,还没歇着呀?"

喜老头说:"事情这么多,歇着还行。"

"屋里坐吧。"

"不啦。我都要睡了,听见马小辫家吵架,又瞧见他从后门朝外溜,怕出什么事儿,来给你这个副主任送个信儿。他在你这儿,当然保险了,我也就放心了。立本,你也在这儿呀? 好,这我就更放心了。"

马之悦赔着笑脸说:"回去歇着吧。"又绷着脸对马小辫说:"你也回去吧。跟孩子们生气,说过去,闹过去,算了;清官难断家务事儿,你找凤兰,她有什么办法。回去吧。往后,不论有事儿没事儿,不许再迈我这门槛子!"

马小辫随机应变地说:"唉,他们俩总看我是吃闲饭的。说话就大热天了,连个短袖的褂子都不给我做,我一说,他们就跟我吵!唉,唉!"拖着"唉"声,赶忙逃跑。

喜老头说:"不早了吧?"

马之悦说:"快半夜了。"

喜老头说:"这么晚了? 没事儿啦,我走啦!"说着就慢慢吞吞地往回走。

站在坎子上的韩小乐,一见地主跑了,喜老头也走了,急得不得了,可又不敢动窝。

门道里的马立本小声地对马之悦说:"我也得回去了,不看那伙子人又来找麻烦!"

马之悦说:"找什么麻烦? 我家里不兴来个串门儿的了?"又扯了扯马立本的衣袖,扒着他的耳朵又朝北边指指说:"跟着,我在门里边等你!"

马凤兰"咣"的一声关了门,喊狗、叫鸡;马之悦也跟着咳嗽,故意把脚步放得很重。

马立本顺着墙根,傍着喜老头背影走。

喜老头仍然是慢慢吞吞地迈着步子;明知后边有人,也不回头看;上了台阶,推开门,又关上了……

马立本也连忙跟上台阶,扒着门缝瞧瞧,直到那里边的窗子上黑了灯,他才转回来。一挨近马之悦家的门口,那门就自动地开了。马之悦一把将他拉进院子,又关上了门。

马之悦问:"怎么样?"

马立本说:"回去就睡了。"

马之悦这才放下心,说:"只要他没有急火火地找姓萧的汇报,就是真的没看重这个事儿。你回去吧,一切照计而行!"

⋯⋯⋯⋯⋯

再说焦克礼。小伙子怀着焦急、不满的心情,往大湾跑,刚过石桥不远,就碰上萧长春、韩百仲和焦淑红三个人开会回来了。他就一口气把刚才发生的事情说了一遍,最后还加了一句:"萧支书,咱们快点走吧,要不然,准得让这个糊涂老头子给捅个大娄子!"

焦淑红忍不住地皱着眉头说:"我还当他们怎么也得老实一程子,没想到越来越厉害了!"

韩百仲也气哼哼地说:"咱们这个东山坞不彻底治一治这伙子人不行了,一眨眼,就出他妈的新花样!"

萧长春看他们一眼,又想了想,说:"别急,咱们先到那儿看个结果再说!"

四个人急忙赶回村里,又顺着沟挨近了马之悦家门口。韩小乐看见人影子,也就跑下来了。

韩小乐把刚才焦克礼走后发生的事情说了一遍,也加了一句:"真是怪事儿,这么重要的问题,喜爷爷一句硬话都没有说,就这么和和气气地解决了!"

韩百仲一听放走了马小辫,也有点儿着急了,搓着手说:"唉,这⋯⋯"

萧长春拍着韩百仲的肩头说:"喜老头这个事儿办得很好。摸到了线索,抓住了把柄,又没有打草惊蛇,高明啊!"

第五十七章

萧长春把焦克礼、韩小乐打发走了，又约上韩百仲和焦淑红两个人来到办公室里，继续商量着眼前的事情应当怎么处理才妥当。

他琢磨着王国忠在电话里的那几点指示，又和村子里发生的新情况加以对照，便深深地感到，对一些急需做的事情，不能不当机立断了。

头一件是安排干部的问题。萧长春的意思是让焦克礼代理一队的队长，韩小乐接管会计工作；同时，每一个生产小组也要增加一个政治上比较强的人作领导。第二件是开一个贫下中农代表会，把这一程子的工作、斗争总结一下，让大家伙儿帮着党支部找找经验，再找找教训；统一了看法，再提高了认识，好投入麦收大忙时期的紧张活动。这个期间，总的方针应当完全按着上级的指示，就是一手抓斗争，一手抓生产。

焦淑红对萧长春提到的这两件事情都赞成；韩百仲对后一条跟萧长春的意见一样，对前一条就有一点儿不相同了。

萧长春耐心地说服他："您可不能把这伙子年轻的新手估计得太低了呀！……"

韩百仲说："不管低还是高，我怎么想，克礼这小伙子也有点嫩！到那个麻烦队当队长，不光要庄稼活儿过得去，人也得压得住阵脚；别看克礼是个娶媳妇大汉子了，处处还像个孩子。会计这一摊子比当队长好办，小乐这孩子倒是合适，就是文化太低呀！那年马之悦搞小社，他当了会计，账本子搞乱了，算盘也不会打，结果没干二十天，就给换下来了。再让他搞，能行吗？"

"眼下当然是嫩一点儿，应当让他们在工作里边闯闯。"

"眼下是什么时候,乱子够多的了,再让他们闯出点乱子来,那不就乱上加乱了吗!"

"我跟您的想法不一样。总怕他们闯乱子,总不敢使用他们,总也长不了本领呀!"

"你想得是不赖呀,只是让他们搞这两摊子工作,实在有点儿悬得乎儿的!"

萧长春看这情形,韩百仲的脑袋里还拧着劲儿,一时片刻不能跟自己的意见一致起来,就不急于争论下去了。他一边摆弄着桌子上的一支蘸水钢笔,一边像是自言自语地说:"咱们干的事情,就像是党让我们在一张白纸上写出字儿、画出图来。我们白天黑夜的忙啊,忙啊,为什么呢? 为把东山坞建设成社会主义铁打江山,让这儿的人,世世代代再也受不着咱们过去受的那份苦,让这儿的人,享受到过去世世代代的人都没有享受过的福。这个任务太神圣了!"

韩百仲看了他一眼,说:"就是因为它神圣,我们才拼了命干呀!"

萧长春说:"我们拼了命干,不是哪一个人硬让我们这样,是党、是革命给的,也是我们心甘情愿这样拼命;所以我就想,安排新干部,也得找那些心甘情愿去拼命的人呀!"

韩百仲说:"从我自己的经验看,光是豁出命去还是干不好工作,得有本领。"

萧长春说:"本领得在工作里边学呀!"

韩百仲说:"眼下可是个火烧眉毛的时刻!"

转来转去,又转到刚才那个题目上,又争论起来了。

焦淑红站在一边听着,又着急,又有点儿不高兴。她觉着韩百仲太瞧不起年轻人了! 而且焦克礼这个年轻人是他们团支部的支委,韩小乐是团员里的骨干,当着团支部书记的面贬低他们,实在让人有点儿难堪，就忍不住地插了一杠子："我说两句，我反对百仲大叔的看法！"

韩百仲说："反对可以，你说说你反对的理由我听听！"

焦淑红说："当然有理由！"

萧长春捅了她一下："小声一点，这是黑夜。"

焦淑红压低嗓门儿说："您说焦克礼当队长不够格，怎么也比马连福强吧？小乐不够格儿，怎么也比马立本强吧？"

韩百仲说："我当你有什么了不起的理由，闹了半天就是这呀？我一句话就把你驳倒：我们派新队长、新会计是想着把两摊子工作搞得更好呢，还是爱搞成啥样就搞成啥样？比马连福、马立本强的人多啦，不一定都能当队长，都能当会计！"

焦淑红说："焦克礼、小乐再弱，也是咱们自己人！"

韩百仲说："得从自己人里边挑肩头硬的！"

焦淑红说："我肯定焦克礼和小乐能担起来！"

韩百仲说："他们没经验！"

萧长春又捅了韩百仲一下："您也得压着点嗓门儿！"

焦淑红说："经验又不是天生来的，萧支书刚接手那会儿，就什么都行吗？"

韩百仲说："人跟人不一样。"

焦淑红说："我看他们差不离儿！"

韩百仲说："差远啦！"

萧长春说："你们爷俩别争执了。意见不能一致，咱们等着开贫下中农会，让大伙儿讨论决定好不好呢？"

两个人同时说："好嘛！"

韩百仲又加了一句："我看贫下中农也不会赞成！"

焦淑红说："我看能赞成。咱爷俩打个赌吧！"

韩百仲说："打赌就打赌。你输什么？"

焦淑红说："大伙儿要是不赞成的话，我输给您一瓶子老白干。"

韩百仲说："行，我正馋了。大伙儿要是赞成的话，我也输给你一瓶子老白干。"

焦淑红说："我又不喝酒……"

韩百仲说："我替你喝呀！要不，等你出门子的时候，我替你赶车接新姑爷吧！"

焦淑红又羞又气，要踩韩百仲的脚。

萧长春笑着拦住他们说："你们爷俩别没完没了啦，你们不困，我可困了。散伙吧！"

焦淑红还是没完地说："您要是输了，给我们团支部买一盏小汽灯，冬天上团课好用。"

韩百仲说："本位主义又出来了。行啊！"说着，就站起身来，把那只坐热了的凳子推到桌子下边，抬腿就朝外走。

走出屋，焦淑红回手锁门的时候，问萧长春："支书，你断断，百仲大叔我们两个谁能赢？"

萧长春抬头看着满天的星斗，随口说："你们两个都能赢。"

"哟，怎么都能赢呢？"

"到不了开会的时候，百仲大舅就想通了……"

走到大门外边的韩百仲听到这句话，暗暗一笑，心里想："他倒有个老八板儿！"

萧长春和焦淑红两个人出了大院，一块儿奔南坎子上边的家里走。

萧长春并没有把韩百仲跟自己的意见不能完全一致放在心上。在这个问题上，他想得最多的，还是自己的看法正确不正确，就是说，安排焦克礼当队长合适还是不合适，有没有比焦克礼更合适的人；只要是他们俩最合适，找老贫农和积极分子们一商量，就能得到支持，韩百仲也全跟大伙儿马上统一起来了。

　　焦淑红跟在萧长春的身后，在道沟里走着。这条道沟对她是多么熟悉呀！从打一学会迈步就在这儿走，走来走去，自己长大了，伙伴们也长大了；如今，他们不是小孩子了，也不是普通的团员了，而是带领东山坞走社会主义大道的骨干。她想到那个直爽热情的焦克礼。从打刚懂事儿，焦克礼就自称是"干部"。那会儿他爸爸在村里当支部书记，每逢开会，他就自动地挨门找人。"开会去吧，光等你啦！"人家逗他："小家伙，怎么让你通知开会呀？"他把胸脯子一挺："我是干部吗！"有一回，焦淑红正在河边上帮助妈妈洗衣裳，焦克礼跑过来，往焦淑红跟前一蹲，挺神秘地说："我有个好事儿，不告诉你们！"焦淑红问："什么好事儿，快告诉我吧！"焦克礼故意摇头晃脑地说："我当共产党了！""骗人，人家共产党都是大人，不要小孩子！""谁说的，不要小孩子，我怎么是了！""要女的吗？""好样儿的，不分男女。""我入行不行呀？""你吗，等研究、研究！喂，你可别到处乱说，这是秘密，听见了吗？"幼小的焦淑红多羡慕焦克礼呀！她总觉着焦克礼说话、迈步都有一股子特殊劲儿。有一天，她在村公所门口拦住了焦克礼的爸爸焦田说："大叔，我要当共产党！"焦田摸着她的小辫，笑着说："好哇，等长大了，争取参加党。"焦淑红说："克礼跟我一般大，我还比他大一个月哪，他怎么当共产党啦？"焦田大笑起来了："你听他的，那是个小牛皮大王！"……往时的一切，回想起来还是那么清清楚楚。

　　焦淑红又想起那个安稳、有心计的韩小乐。因为他家穷，弟兄又多，都十二岁了，还不能上学。他可眼馋那些背书包的小学生啦！有一回，焦淑红下学回来，下着小雨，忽见小学校门口站着一个小孩子，让雨水浇得湿淋淋的，浑身都冻得发青了。原来是韩小乐。焦淑红问他："你怎么在这儿站着？"韩小乐说："我要找老师上学，不敢进去。"焦淑红说："你自己说不行，得让你妈领你来报名。"

"我妈不让我上学。我偏要上,我不当睁眼瞎子,长大了,我还要为人民服务哪!"焦淑红被这个好学的小弟弟感动了,就拉着他的手说:"走,我跟你妈说去。"他们一块儿来到狮子院。焦淑红说:"福奶奶,让小乐上学吧。"福奶奶说:"我们家比不了你们家,我们刚翻身,家底儿薄,吃饭还顾不上哪!"韩小乐说:"我挨饿也要上学去。"福奶奶说:"你饿着,毛驴也饿着,你上学去,谁给它打草呀?"韩小乐说:"我早起打,中午打,晚上打,反正我上学去一天也是三筐草。"妈妈被儿子的话感动了,加上喜老头又出来做主儿,韩小乐上了学。从那以后,焦淑红每早起挎上书包上学去的时候,就见韩小乐背一筐子草,从小石桥子那边走过来;晚上,当焦淑红帮妈妈收拾了家具走出来找伙伴们玩,又见他背着筐子,朝小河边走去了……往时的一切,回想起来是多么有意思呀!

多快呀,一转眼似的,都成了大人,而且,伙伴们都要跟党支部一起,撑起东山坞的天下。

他们两个朝前走着,谁也没有说话儿,脚步也是轻轻的;迈着轻轻的脚步,走上了南坎子。

一只大蛤蟆,好像一个土坷垃似的,一挪一擦地躲到墙角上去了;墙角那边,有几点玻璃的碎片片,在星光下闪耀着……

他们从两棵枝桠结连在一块儿的大枣树下边钻过去。一枝弯下来的桠儿上长满了刺儿,挂住了萧长春的褂子肩头,那儿本来就有个小口子,白天挑泥又扯大了一点儿。

焦淑红跟上说:"慢着点儿,再扯一下子就不成个儿了。"

萧长春一边撕扯着一边说:"不要紧,扯掉了就当坎肩穿。"

焦淑红替他摘开了带刺儿的树枝子,问:"挂着肉没有哇?"

萧长春一边摸着被挂破的衣裳,一边笑着说:"没有。唉,真是走一步都得小心,知道在哪儿挂住呀!"

走出胡同的时候,焦淑红说:"快把褂子脱下来我看看,扯多大个口子？"

萧长春说："不太大。"

焦淑红说："脱下来吧，让我给你缝缝。"

萧长春说："对付几天算啦。"

"也该洗洗了，一股子汗味儿；湿漉漉的，穿在身上多不舒服呀！"

"别让它占你的时间了，你也够忙的。"

"快点吧，哪这么多用不着的话呀！"

说话间，他们已经来到了前街萧家的前门口，焦家的后门口。

萧长春一边解着衣服的纽扣，一边看了焦淑红一眼，见焦淑红两只大眼睛也正看着自己，猛然想起一个有月亮的晚上。那一回他们从乡里出发，也是他们两个，也是一边走着，一边想着心事，又一边谈论着东山坞的大事情。也许是从那个难忘的月夜开始，他发觉这个姑娘跟自己的多种关系中间，又多了一层关系；他没有用心发展它，也顾不上去发展它，可是它在不知不觉中发展了……萧长春想：不管两个人中间有多少层关系，同志和同志这一层关系是最根本的。他想到这儿，就停住手说："淑红，我还有一句话，要跟你说。"

焦淑红这会儿除了高兴，还是高兴，不会想到萧长春突然间说起她没有想到的问题，就把那飘在额前的乌黑的短发甩到脑后，"嗯"了一声。

"我得对你提点高要求了。"

"越高越好。"

"你脑袋里装的事儿好像是少了一点儿。"

"怎么少啦？"

萧长春朝焦淑红的跟前凑了凑，用非常低的声音说："王书记在党委会跟咱俩说的话，你还记着吧？"

焦淑红也低声回答:"当然记着啦!"

"他说,眼下发生在咱们东山坞的事儿,归根到底是要不要社会主义的问题。你是不是把这句话记在心上了?"

"当然记在心上了!"

"不见得吧?"

"怎么?"

"我问你,咱们为什么要换队长?"

"马连福明后天不是要上工地吗?"

"又为什么换会计呢?"

"马立本死不进步呀!"

"光是个不进步的问题吗?远的不说他,就说他这半个来月里边的表现吧:我从工地回来,一进办公室,就见他在听耳机子,还喊大鸣大放真有意思,第二天一早,就有人看见他又找弯弯绕又找马大炮,还在办公室里跟马连福嘀嘀咕咕,接着干部会上就发生了那么一场乱子……"

焦淑红忽然打个愣:"哎,你一提,我也想起来了。你回来那天晚上,他就跟我说:城里正大鸣大放,放得非常厉害;还说,党要把办坏的事儿全改过来。我只当他又犯了小知识分子的毛病,还跟他争论了几句哪!"

萧长春加重口气说:"我还是头一次听到这件事儿!瞧瞧,这么重要的问题,你怎么没在脑袋里过过滤呢?"

焦淑红不好意思地低下头:"我把这几句话看得太简单了。"

萧长春说:"不光是这几句话的事儿,对这个人,我们过去也都看得简单了。他不光跟马之悦思想、行动连在一块儿,还跟马小辫、范占山有来往,这不严重吗?"

焦淑红想起王国忠在乡里说的话,连连点头,说:"对,对,他也是不要社会主义的问题!"

萧长春接着说:"我们能把农业社的财政大权交给一个不要社会主义的人执掌着吗? 我说你的脑袋里装的事儿少了点儿,就是指这个。你是团支部书记,是领导干部,不是一般青年,不论遇到什么事儿,都得用王书记教给我们的那种阶级眼光看问题;不光是你自己这样,还得帮助、领着别的团员和青年都这样!"

焦淑红抬起头来,看了萧长春一眼,小声又有力地说:"你这句话把我提醒了,真的,过去我在这点上做得太不够了。总觉着上边有你和百仲大叔,下边有焦克礼、马翠清他们一伙子,给工作就干,干个痛快,脑袋里没有主动地装点事儿,没有当好党支部的助手……"

萧长春说:"你们也干了好多工作,这会儿咱们是专找缺欠说的。"他笑了笑,"我不会打击你的积极性吧?"

"嗨,我是那么软弱吗? 别隔着门缝看人了!"

"我的用意是给你鼓劲儿的。咱们得互相鼓劲儿,好把斗争搞个棒棒的。你先把我这些话想想,等得空咱们再谈!"

像蜜汁一般甜丝丝的小风,从胡同口飘飘而来,把草垛旁边的一片鸡毛吹起,围着树干转了一圈儿,又围着人转了一圈儿,贴在乘凉坐的那块石头上不动了。

两个人站在一起,谈了好多好多;要说的话,像小风一样地不断,说出来又像鸡毛落地一般轻……

焦淑红看了看天上的繁密的星斗,说:"你把我的困劲儿给搅没了,好多话要跟你说。不说啦,睡吧。明天一早再找你,你得仔细地帮我把思想理一理,提高提高……"说罢,朝自己家的后门转去。

萧长春连忙脱下身上的小白褂子,团在一块儿,说:"哎,等等。"

"你还不想歇着呀?"

"我觉着就把你的积极性打击没了!"

"怎么见得?"

萧长春举着衣裳说:"瞧哇,撒手不管了!"

焦淑红"哼"了一声,一把将衣裳抢了过来。

萧长春说:"工作上你得帮助我,生活上呢,你也得多照顾着点儿,两方面都需要,头边那个是重点!"

焦淑红瞥了萧长春一眼,心头一热,抱着衣裳跑进院子。她闻到一股子香气,不知道是从石榴树上散发下来的,还是从衣裳上散出来的;更不知道是真的有香气,还是她的感觉……

姑娘的背后,是关排子门的声音和一串有力的脚步声,又渐渐地消失了。

第五十八章

韩百仲独自一人穿过了大街和胡同,走进了自己家的小院子。他绕过那爬满金藤花的影壁,就瞧见窗户的最下边那一格子上透出一点红绒球似的灯火;接着,又见那块小玻璃镜上贴上一张脸。

焦二菊的声音传出来了:"喂,把门插上吧。"

韩百仲赶忙转回去插上了大门,一边朝里走,一边冲着窗户问:"你还没睡哪?"

焦二菊在屋里说:"谁这么早就睡觉呀! 喂,你再摸摸鸡窝,我堵上了没有哇!"

韩百仲说:"真麻烦!"走到鸡窝跟前,伸出脚去踢了一下,"这不关得严严的吗,自己关的就忘了?"他走进屋里,见两个小儿子都在炕脚头睡着,焦二菊斜歪着身子,靠在窗台上,就着那省油的小灯,两只手捧着一个什么东西正看,就问:"看什么看得这么有劲儿呀？"

焦二菊把手里的东西往大腿底下一压，挺神秘地说："没看什么！"

韩百仲没在意，抓过笤帚扫了扫身上的尘土，就脱鞋上炕。

焦二菊说："喂，我问你一个字儿。"

韩百仲问："大丫头从学校里来信了？"

焦二菊说："没有。你说，一个耳朵的耳字，旁边搁个口字，下边再加个王字，念什么呀？"

韩百仲故意说："我听不懂你说的是什么，在哪儿写着，让我看看不就行了。"

焦二菊说："等我给你写出来看看吧。"说着，从发髻上拔下一根头发叉子，在土窗台上认真地划着那个生字儿。

韩百仲假装凑过来看，冷不防使劲儿把焦二菊一推，就从她腿底下把那件东西抢过来了；展开一看，心里不由得一动，原来是巴掌那么大的一本书，红布夹纸的皮儿，里边包着的是冀东党委编印的《党员课本》，因为经历的年限很久，本来就很粗糙的纸张，这会儿都已经发黄了。

他捧着书，问焦二菊："你怎么从柜底下把它翻上来了？"

焦二菊说："你不是说斗争复杂了，得好好学习学习吗！我想来想去，对，就学它吧！"

韩百仲说："我们支部有好多新课本，找几本给你看看，这本得好好保存着，留个纪念，可别让孩子们闹到手里给撕坏了呀！"

焦二菊说："我看完了就锁在柜里，他们谁也摸不着。我得先学这个，接着再学新的。"

韩百仲问："这为什么？新的马上学了就能用。"

焦二菊看了男人一眼说："我记着，你刚当党员那会儿，第一本书就学的这本，对不对呀？"

韩百仲胸口跳了起来,点了点头。

焦二菊说:"我也得打头里一步一步地学。"

韩百仲两只手轻轻地舒展那被揉卷了的书页,这一会儿的工夫里,多少激动心弦的回忆涌到眼前又落到心头呀!

这是他的革命思想启蒙课本,也是他这半辈,除了黄历,接触到的第一本书,那是党员焦田,在北山坡子打柴火的时候,亲手交给他的;从那以后,每天晚上,几个长工,几个贫农和几个村干部就凑到他这间小土屋里,点的也是这盏小小的省油灯;他们围在灯光下边,焦田给他们念,他们一句一句地听,一字一字地记,一点一滴地吸收和消化,又一条一条地用自己的行动去实现书本上边的要求。那时候的韩百仲懂得什么呀!只懂得财主可恨、国民党可恶,穷人这口气埋在肚子里出不来;就懂得共产党是替穷人说话的,为穷人报仇的,说怎么干就跟着怎么干!学完这个课本,他入党了。这个课本把他引上了斗争的道路,斗争道路上的坎坎坷坷,把一个扛过长活、拉过洋车的穷汉子摔打出来,把他从灾难和烽火里一步一步地引到胜利,引到社会主义时代的今天……

焦二菊并没有留神男人的情绪变化,还在纠缠着她那个疑难的字儿和问题,扯了男人一把说:"到底儿念什么,你倒告诉我呀!"

韩百仲看着妻子,渐渐地让自己平静下来,说:"嗨,这个字儿你都不认识呀?"

"废话,我认识还问你呀!"

"念圣①!"

"怎么讲呀? 连在一块儿讲讲我听。"

韩百仲翻着课本子,找到那句话,看了一遍,念道:"……实现共产主义,是我们党的最终目的,是每一个共产党员的神圣任务……"

---

① 课本上用的是"圣"的繁体"聖"。下同。

焦二菊拿过课本子，照着男人教的，结结巴巴地重念了一遍，又问："'神圣'这两个字儿怎么讲啊？"

韩百仲眨巴着眼说："神圣嘛，神圣，哎，神圣就是了不起的意思，就是最大、最高、最好、最了不起！打个比方说你就明白了。旧社会咱们受苦的庄稼人认为最了不起的是什么呢？是神仙。村村都有庙，盖不起大庙的穷村，就修小庙，顶不济的也得搭个小五道庙，河边有龙王庙，山上有山神庙；家家都供着神仙，打不起木龛的，糊纸龛，顶不济也得贴张纸儿，挂个布帘儿；多穷多苦，过年过节，也得给它烧上一炷子香。为什么呢？有的人家为了发财，有的人家为了不挨饿、不受穷，为了发财、活命，就求神仙保佑，说神仙什么本领都有，要什么有什么。多了不起！换个字眼儿，就是神圣！那当然是迷信、胡扯，共产党是不信这一套的，信共产主义！到了共产主义，人人都过幸福生活，想干什么，就能干出来，要什么，有什么；怎么走到这一步呢？不求神，不拜佛，发动群众革命、斗争、建设。你看看，为了这个，多少人送儿子当兵、送男人打仗，多少人坐大狱，多少人牺牲了；这几年，你瞧咱们东山坞，男女老少一个心眼儿，长春不顾一切，领头搞工作，马老四命不顾，带病养牲口，焦淑红书不念了，回乡生产；你呢，不是连麦子都不心疼了，要给焦庆媳妇二斗吗……"

正听得津津有味儿的焦二菊，听到后边这一句，像让针扎了一下子，一晃身子说："呸，又揭人家的短啦！"

韩百仲认真地说："不是揭你的短，我是说，你的方法不对头，用意还是好的。你为的是咱农业社，为的是将来搞成共产主义，这就很不简单，很应当表扬。你瞧瞧，共产主义能把这么多人的心都给聚到一块儿，把这么多人的劲头儿都给发动出来，把一盘散沙似的农村，变成一家人了，把那些任什么不懂、只知道出苦力、过苦日子的人锻炼得成了战士，甘心情愿朝那个大目标干一辈子、干到死了,这是多么了不起呀! 这不神圣吗?"

焦二菊的两只眼睛直放光,声音有点儿发颤地说:"哎呀! 你就挺神圣……"

韩百仲一摆手:"老天,这个词儿你可别乱用!"

"你就很了不起……"

"说不上。"

"你真自私!"

韩百仲吓一跳:"嘿,你怎么一会儿把我往天上捧,一会儿又把我往地下摔呀! 我怎么又自私啦?"

焦二菊又委屈又惋惜地说:"怎么不自私,我没有冤枉你! 当初,你要是把这套底儿全都交给我,我不是也跟你一块儿加入你们这党里边来啦!"

"当初,当初,当初我懂个屁呀! 给你交底,连我还不摸底哪,别看也学了,也念了,可没有弄明白!"

"没弄明白,你怎么一直就干得这么有劲儿呀?"

韩百仲涨红着脸,拍着大手说:"这你倒问到地方了! 告诉你,从打由北平回到家,跟共产党一沾边儿,我就认定了共产党是咱们穷人的靠山,跟他干没错儿! 对书本子上的话,明白不明白不管它,有一条根子我是把住不放了:党走到哪儿,我跟到哪儿,永远不变心!"

焦二菊也拍着手说:"哎,你这一条,跟我一样! 我也没弄明白,可是党指哪儿,就干到哪儿,没二话。别人不清楚,你总清楚,我不是吹大话吧? 这么多年,我没走到你前边去,可我也没有让你丢下,总跟着你转了! 你要是早拉我一把,说不定早跟你并上肩头了!"

韩百仲拍着妻子肩头说:"对,对,往后,你就这么干下去,没错儿。"

焦二菊推开男人的手说："不行，不行！你讲话，斗争越来越复杂了，我得加油学本事，要不可吃不开啦！"

韩百仲说："我是说，你先把脚跺在这条正道上，一步一步走，越走眼越明，越走心越亮，越明亮，干着越有劲儿，越有劲儿干，本事也就越大了！要学习，得一边干着一边学习，学了就用，那才学得透哪！"

焦二菊说："我就是学了马上用；不为用，学它干什么，不学又用什么？"她说着，拨了拨灯珠儿，又展开了《党员课本》，伸着一个手指头，戳戳点点地念下去了："每一个共产党员，为革命，为人民的利……噢，这个是'益'；为人民的利益，不怕苦，不怕难，不怕挨饿受……这个念'冻'吧？对。不怕挨饿受冻……"

韩百仲坐在一旁，一边解着衣裳纽扣，一边听着妻子念书；他那疏淡的眉毛不停地跳动，那消瘦的脸上也泛起了红光。他想起每天每时进行着的战斗，想起萧长春传达的王国忠的指示精神，想着"提高战斗力"的要求；他感觉到，在前一段斗争里，广大社员和积极分子都已经提高了战斗力，这会儿都在自觉地要求进步；支部明确了目前的形势和工作，再狠狠地一抓，大伙儿会提高得更快了。比一比，看一看，本领长得最快的人，还是那些真正热爱"神圣任务"的人；热爱这个任务，才肯为它拼命干，一拼命干，本领才能长得快。回头看看，自己这十几年，从一个连"革命"这个词儿都不懂的人，成了搞革命的人了；如今眼睛亮堂，对社会走的每一步心里都是有底儿的，这不就是证明吗？再看萧长春，那更不得了啦！半年前，他还不是跟焦克礼、焦淑红这些人差不离儿呀，可是一担起重担子，就像西河边苗圃里的树秧子，一天一节儿，眼看着往高长，眼下跟全乡的支部书记站在一块儿，也得排在前边。这是怎么一回事儿呢？萧长春那几句话又响在耳边了："本领得在工作里边学""眼下当然是嫩一点儿，应当让他们在工作里边闯闯"。对啦，萧长春就是这么闯出来的。奇怪,去年萧长春没有闯的时候,韩百仲根本没有想到他是个人才;现在萧长春也想让焦克礼他们闯一闯,自己也没有承认他们是个人才;没想到萧长春,人家闯出来了;上一次对待萧长春,证明自己的水平低,这一次对待焦克礼,又要证明自己的水平低吗?

韩百仲想到这儿,又把脱下来的小褂子穿在身上,凑到妻子跟前说:"来,咱们俩一块学吧。"

焦二菊很纳闷地看了男人一眼,说:"咦,今个的日头从哪边出来的呀?"

"怎么啦?"

"往日一回家,枕头里好像缝着一块吸铁石,吸着你那脑袋;枕头上又好像有火,你那脑袋往上边一沾就着……"

"你也别揭短。"

"是这么一回事儿嘛!"

韩百仲点了点头:"是这么一回事儿。我为什么看事儿总比长春差着一截儿,大概是因为我没有他学习得好,也没有他遇着事儿那么爱动脑筋,从这会儿起,我得带头提高'战斗力'了。"

焦二菊笑笑说:"哎,我还有个问题要问问你哪!"

韩百仲也笑笑说:"请问吧。"

焦二菊说:"刚才你说,你入党那会儿还没有把共产主义的事儿弄懂,可是一点一点地弄懂了;那个马之悦跟你前后脚入党的,他怎么就没有弄懂,好像是越弄越糊涂了?"

韩百仲想了一下说:"这个问题问的真有意思。你怎见得他没弄懂呢? 你问过他?"

"还用问哪,弄懂了共产主义的人啥样儿,没弄懂的人啥样儿,只要瞧瞧他那一行一动,全看出来了。他马之悦要是像你这样弄懂了共产主义,还能跟马凤兰成亲,还能跟马小辫来往,还能跟那些不三不四的人打连连？还能总跟上边的政策顶牛儿，还能总跟长春闹别扭？"

"要我看，他就是弄懂了，也还是这个样子。"

"这又为什么呢？"

"根子扎歪了！你看他比谁不能说，不能讲？全都不管用。人没跟党站在一条线上，心也没跟党站在一条线上呀！想事儿、看事儿、做事儿，都歪着。"

这夫妻俩边学边议，一直到过了半夜他们才躺下睡了。

睡下之后，焦二菊又告诉韩百仲一件事儿：傍晚的时候，北头那个老烈属来家里找过韩百仲，问问最近上边发下给烈军属生活补助款没有。他想在雨季之前，买点新瓦，把房檐修整一下。

韩百仲想了想说："有哇，早让会计按队发下去了。"

焦二菊说："他找会计，会计说查查再回话儿。"

韩百仲说："明天起早我找他去。"

焦二菊说："哼，这个会计呀，别看他又能写又能算，不顶用，办不出好事儿来。要我看哪，他的根子也没有扎正。身子和心眼儿，说不定站到他妈的哪儿去了！"

韩百仲再没说什么，因为他不知不觉地把刚才跟妻子随意谈论过的每一句话都跟有关安排干部的问题连到一块儿了。他想问问妻子，她对这件事儿怎么一个看法，可是，焦二菊已经发出均匀而且舒畅的呼吸声——甜甜地睡着了；就扯过被单子，替她盖在身上，然后闭上了眼睛。

那红布皮儿、发了黄的《党员课本》，在他脑袋里一页一页地掀开了……

第五十九章

血红的霞光涂抹在房脊和树梢上，各腔各调的音波，从低到高，在村庄上空飘荡起来了。圈了一夜的公鸡、母鸡，在街上撒着欢，找着、抢着被夜风从树上摇下来的小虫子。水桶里滴洒出来的水点儿，一溜一行、弯弯曲曲，从每一家门口，连到官井沿上……

昨夜晚间，曾经在办公室里争论过的三个人，都没有睡好觉，老早就起来了，又都开始了一天的工作。

韩百仲饭没吃，脸也没洗，就跑了一圈，把一队的九户比较困难的烈军属都访问了。这九户里，有六户得到了政府发下来的款子，另外三户是最困难的，却没有得到分文。他一边往回走，一边气呼呼地想："这是怎么搞的，这三户是社委会决定补助的呀，为什么没有补助他们？是改了户头，还是把钱扣在社里，还是队里给挪用了？这个会计，真是太可恶，这种事儿应当按决定办，应当立刻全部发下去呀！"

他来到这个富农家的小院子的时候，除了寨子那边的风箱"呱哒呱哒"单调地响着之外，什么动静也没有。

马立本还在裹着红花线毯子睡哪。敲门声把他从美妙的梦境里惊醒，正要发火，一听是韩百仲来了，才一翻身爬了起来，连忙不迭地打开了门。

"啊，韩主任，这么早呀！"

"早？你到街上挨门挨户看看去，有这时候还在炕上睡懒觉的人吗？"

马立本心里翻着难听的，嘴上可说着好听的："真不早啦！唉，夜里总失眠……"

韩百仲看着马立本穿着那么白的背心，那么小的三角裤衩，非常不顺眼，又哼了一声说："挑挑河泥，劳动劳动就不失眠了。我问问你，烈军属抚恤金是怎么发的？"

马立本打个愣："您问的是哪一笔呀？"

韩百仲说："最近那一笔！你到底儿都发给谁了？"

"啊，反正都发下去了……"

"发给哪几家了？"

"表册上都有，一会儿我给您查查看。"

"几家的事儿，还用得着查账本子呀！"

"让我想想……"

马立本装模作样地翻白着眼睛想；他想的不是这笔钱发给哪一家了，这些他心里全明白，最难想的是这一件有"鬼"的事儿露馅露得太突然，没有跟马之悦商量，怕应付错了，惹下乱子……

韩百仲不耐烦地等着。他看看炕上，炕上已经过早地铺上了印着花的大凉席，一对在城里才能见到的镶着边儿、绣着字儿的扁枕头，炕一头堆着好几条新被子、毯子、单子，全是成套的；墙上又挂上了一副新耳机子，又添了一个新的相片镜框；柜上放着漆皮的大日记本和一支绿杆钢笔，那笔帽闪着光……

忽然，从外边传来"吱啦"一声响。那是对面房子里，油锅烧热了，正往里放葱花和青菜之类的东西。接着，铲刀声伴着香味儿也传过来了……

马立本说："韩主任，还是等我查查账再说吧。过手的账目、钱款太多，脑袋里记不下呀！"

韩百仲说："也行。过午你找我！"

马立本连忙答应，把韩百仲送出门口，冲着这位根本不被他放在眼里的"臭扛活"出身的领导耸了耸鼻子，心里暗暗地骂了一句。

韩百仲走出屋门的时候，又朝那夹在院子中间的寨子瞥了一眼。那边的屋子里从门口滚出热气。他走出大门口,心里不由得一动:马立本家里只有他一个人有补助工分,他爸爸挣不了多少,可是,供一个上中学的,一个上小学的,五口子人吃穿花用,这个那个,还买了这么多东西,钱是从哪儿来的呢?

他叨念着,心口窝跳得非常厉害。他发现了一桩极为重要的问题,每一个真正的共产党员,面对着这类问题都会气愤得激动起来。

"这么多的钱从哪儿来的? 钱从哪儿来的?"

跟前突然响起"咯咯"的笑声。

那是焦淑红。她今天换上了一身新洗过的衣裳:合体的学生蓝的裤子,印着浅色的丁香花的半袖小衫;头发梳得很光,因为满心里都是高兴的事儿,脸蛋涨得红红的。她肩上挑着一副浅沿儿挑筐,两手勾着筐子上的八股绳,非常神秘地望着韩百仲:"大叔,算什么钱哪? 要马上给我们买个小汽灯吗?"

韩百仲说:"行,下集有合适的我就给你们买一盏来。"

焦淑红当是韩百仲说反话,仔细一看,他的表情非常严肃和诚恳,就奇怪地问:"您认输了?"

韩百仲点着头:"你跟长春的意见全对。"

"哟,还没经贫下中农会讨论,您就认了?"

"不用讨论,大伙儿的心思跟长春准是一样的。"

焦淑红高兴得直跳脚儿:"呀,太好啦! 百仲大叔,您真好,您是怎么想通的呀?"

韩百仲咧嘴一笑,摸着后脖梗子:"哎呀,这可就不好说了。"

真的,让韩百仲马上说出对安排干部问题"是怎么想通"的,那可不太容易。这种结果,是从正面得来的,还是从反面得来的? 是从历史的回忆中得来的,还是从对未来的向往中得来的? 是理智的醒悟,还是感受的启发? 这一些原因都有。可是,在他脑袋里占位子最多的,是那一本红皮的《党员课本》……

"淑红,你干什么去呀?"

"放假之前我们要把坑泥全挑完。"

"我也去,一块儿找克礼和小乐说说。"

"现在就能决定?"

"先酝酿酝酿呀!"

河边上,坑上坑下,青年们正在热热闹闹地忙着。

焦克礼挑着满筐子污泥跑。他一边跑,还一边朝后头的马翠清喊:"喂,夭了吧?"

马翠清从后头追上来,说:"英雄好汉不卖嘴,咱们干着瞧吧!"

焦克礼回来的时候,勾起四只装满污泥的筐子,又对马翠清挑战说:"敢吗?"

马翠清也勾起四只筐子说:"走!"

两个人追着跑起来,周围的年轻人起哄地喊着:

"加油,加油呀!"

"看谁先夭了啊!"

焦克礼挑着空筐子跑回来,让从村里走来的韩百仲和焦淑红给拦住了。

韩百仲很庄严地对焦克礼说:"克礼,党支部这回打算交给你一个新任务!"

焦淑红站在旁边,怀着忍不住要笑的心情,带着得意、祝贺的神气望着自己的伙伴。

焦克礼把肩上的扁担、筐子往地下一放,把胸脯子一挺,说:"听候分配!"

"不怕困难吗?"

"怕什么? 下油锅也不兴眨巴眼睛!"

"好样的,想派你到一队替马连福,代理队长……"

"啊……"

焦淑红激动地插言说:"克礼,党和领导很信任我们,把一个生产队交给你了;这个工作非常重要,这回就看你的了!"

焦克礼用手摸着后脖梗子说:"我的妈,这可不行!"

韩百仲愣了:"什么,不行?"

焦淑红还没弄明白:"什么不行?"

焦克礼皱着眉头说:"那群落后脑袋,我可玩不转。百仲大叔,给我个别的差事吧!"

焦淑红急了:"克礼,你这是怎么啦?"

韩百仲说:"刚才还他妈的充英雄呢,一下子尿了,到一队当队长,比下油锅还可怕吗?"

焦克礼急得直皱脑瓜皮:"真的,真不如下油锅好受。硬让我干,准得捅出乱子来。"

焦淑红说:"是让你去工作,不是让你去捅乱子!"

焦克礼说:"一队的工作不好干哪!"

焦淑红说:"要像吃饭那么容易,用得着让你去呀!"

韩百仲说:"要是党支部最后决定了,你服从不服从吧?"

焦克礼为难地说:"服从嘛,当然一定服从……可是,大叔,换个事儿不行吗?"

韩百仲故意找难题说:"行,代替马立本当会计!"

焦克礼又叫起来了:"哎呀,大叔,这不是赶鸭子上架吗!我识那两个半字儿,怎么能当会计管账本子打算盘呢?还是让我干力气活儿、干跑腿的工作吧。"

焦淑红赌气地一转身,哼了一声。

韩百仲今天倒沉得住气,笑着说:"当队长也不能脱离劳动,脑袋和手一齐用,都是力气活儿;当队长就是执行党的领导,贯彻党的政策,也是跑腿的工作,全符合你的要求。"

焦淑红压着火气,带着挖苦的口吻说:"真没想到,焦克礼同志对工作也是这么挑肥拣瘦！"

焦克礼苦笑着说："得了，别讽刺我了。这是大事情，不能闹着玩。真要干不好，让我怎么跟党交代呀！百仲大叔，您再跟支书商量商量吧。"

韩百仲说："你自己也再想想。你别急着走，我还有几句话，跟你说说，你一总地想想。让你当队长，不是哪个人给你的，这是党、是革命给你的任务。因为你的根子正、底子好，才把这个任务交给你了。说实话，长春乍跟我一说，我这脑袋还转不过弯儿来。我信不住你，怕你嫩！……"

焦克礼说："是嫩，是嫩！"

焦淑红又哼一声说："焦克礼同志真谦虚！"

焦克礼见焦淑红气成那个样子，有苦难言地"唉"了一声："你由着性说吧！"

韩百仲说："我信不住你是不对的。咱们哪一个农村干部是马列主义大学毕业的呀？我是吗？长春是吗？还不是一边工作一边磨炼本事、增长见识呀！我信不住你，就等于信不住我自己了！克礼，不用怕，有党、有群众支持你，放开胆子干吗！"

焦克礼说："我倒是不怕自己怎么样。我自己有什么，早把这一百多斤交出来了！"

韩百仲说："讲得好，我们都把这一百多斤交给共产主义了。只要你老老实实地听党的话，跟党走，党指到哪儿干到哪儿，就没错儿！"

焦淑红被韩百仲这股子少见的耐心感动了，本想再由着性子说焦克礼几句，发泄发泄对这个"不争气"的人的不满，也不好出口了。

焦克礼说："让我再想想吧。"

小伙子说着，挑起筐子，迈着沉重的脚步，朝泥堆那边走了。他觉着，韩百仲说的这件事儿，实在太有点突然了，过去根本就没有想过，让他想也不会想到这个上边呀！当一个队的队长，而且是中农窝子那个队,弯弯绕、马大炮在里边,地主、富农也在里边,老天,就凭自己这点本领,可怎么对付他们哪!在团里当个支委,在民兵里当个排长,领导之下,同志之间,说干就干个痛快的,说闹就闹个欢腾的,那可多带劲儿呀!……

马翠清在后边追上来了:"嘿,克礼,还敢赛不?"

焦克礼摇了摇头。

马翠清笑着大喊大叫:"嗨,克礼尿了,克礼尿了!"

愣在土堆子那边的焦淑红朝焦克礼的背后瞪了一眼,就转过身去了,刚才那股子高兴劲儿,这会儿全都没了影儿。她怎么也没想到,焦克礼会这样对待党交给的任务。心里想:你是团支委,昨天萧长春打电话回来,把上级的指示全对你说了;昨天晚上,马小辫跟马之悦、马立本勾勾搭搭,也是你亲眼看见的;这次调整干部是为了加强组织,提高战斗力,打击敌人,搞好社会主义建设,这是非常重要的一件工作任务,你不勇敢地担当起来,还畏畏缩缩的,真不嫌丢人!

焦淑红都不好意思再看韩百仲一眼了,赶忙走开。忽然又想起一件事儿,急忙放下扁担、筐子,在人群里找开韩小乐了。她一边找着,一边心里打鼓,不知道这个人会怎么对这个任务。倘若韩百仲找他一说,也来这么一下子,老天,那可真把团支部的脸给丢尽了,传扬出去,自己这个团支书可怎么见人呀!不行,得马上找到他,先给他上上课,不痛痛快快地接受党的任务就不行!

第六十章

庄稼人吃完了早饭,太阳就升高了。

寨子上粉的、蓝的喇叭花迎着太阳开放,绿叶子上的露珠儿滚落到地上；小蜜蜂迎着太阳飞舞，那抖动着的、透明的小翅膀，也抹上了光亮。

焦淑红顺着寨子根，疾步地往北走着，忽听寨子那边有人打口哨，还有洋铁桶的铁环"吱吱"响，就停住了，扯着那纠缠在一块儿的喇叭花蔓子，扒开密密的秫秸秆儿，探头一看，那边走着的正是她要找的那个韩小乐。

十九岁的小伙子，光着脊梁，裤腰带勒得紧紧的，小肚子好像一面鼓。他挑着水桶，正往官井沿那边走。

"喂，小乐，你怎么没挑泥去呀？"

韩小乐转过身来，找了半天才找到那藏在万绿丛中的一张红扑扑的脸，就说："给喜爷爷挑两趟水，挑完了这一趟我就去。"

焦淑红说："过来，过来，我跟你说一件顶重要顶重要的事儿。"

韩小乐走到寨子跟前。

焦淑红使劲儿扒着寨子，差不多把整个脑袋都伸了过来，非常严肃地说："小乐，党支部准备交给你一个非常重要也非常艰巨的工作，你一定得接受，也一定得做好！"

韩小乐被她这没头没脑的话弄得很奇怪，就笑着说："嗨，什么事儿这么重要，又这么艰巨呀？你说吧。"

焦淑红说："你知道不知道，马立本是个根本不要社会主义的人，甘心情愿要当狗腿子！"

韩小乐说："那还用说，他早就跟地主一个心眼儿了。"

焦淑红说："会计的大权不能总让他把着，领导决定马上撤了他。"

韩小乐说："好，我双手拥护！"

焦淑红看了韩小乐一眼说："撤了他，就得选一个合适可靠的人去接班儿，领导上想来想去，决定让你干！"

韩小乐眨了眨眼说："这可得好好想想。我过去干了二十天就下来了,再接过来,能行吗?"

焦淑红又着急地说:"怎么不行?你可不能推三挡四的,给咱们团支部丢人!告诉你,这差事是革命交给我们的,谁要不坚决接受,就是……哼,反正得接受!"

韩小乐见焦淑红急赤白脸,好像要吵架的样子,赶忙说:"你急什么呀!我说不接受了吗?你说我行,我就干。"

焦淑红乐了:"嗳,这还差不离儿!就算定了啊!等贫下中农代表会一通过,你就接手!还要当着支书和百仲大叔的面,说几句最有劲儿的保证话儿。你先写个提纲,多列上它几条儿,回头我看看,帮你措措词儿。这回要让群众知道,咱团员都是好样儿的,都是党的好助手,嘿!"她说着,那红脸蛋涨得更加红了。

韩小乐的脸上却一点儿笑模样都没有,又说:"淑红姐,我干是干,可是,我还有个要求。"

焦淑红问:"什么要求?可不许讲价钱!"

韩小乐说:"等大秋后我再接手行不行呀?"

焦淑红又把脸绷起来了,心想:闹了半天,一个是硬的,一个是软的呀!就问:"为什么要等秋后?"

"我的算盘不行。"

"你不会学吗!算盘有什么了不起。"

"我一定加油快学。"

"多少时间学会?"

"过了麦收吧。"

"这可不行,一天都不能让坏人把持着账本子了!"

韩小乐又眨巴着眼问:"麦收后要是不行,顶少也得给我半个月吧?"见焦淑红直摇头,又说,"你给我说个日子试试!"

焦淑红伸出三个手指头。

韩小乐吃一惊:"什么,三天就学会打算盘呀?"

焦淑红说："小乐呀！你没听支书说吗，新的运动、新的斗争说话就到跟前了，一时片刻都是金子呀！哪能等你在那儿磨蹭呀！拿出点青年人的气魄来，克服困难，鼓足劲头，三天学会它！"

韩小乐说："哪有这么快的呀！这几年光顾干活儿，不要说珠算，连字儿都扔了……"

焦淑红说："学啥样，算啥样，往后再一边工作一边学。没有爬不上的山，也没有过不去的河，怕什么！"

韩小乐又想了想说："这可不是闹着玩的事儿呀！这一回要是再干不好，干脆就不干，要干就得干好，要不更丢人了。淑红姐，你到家等我去吧。我挑水回来，咱俩好好商量商量，行不行呀？"

焦淑红说："快着点。我还等着挑泥去哪！"说完，就气鼓鼓地朝狮子院走来了。

萧长春已经比焦淑红早几步来到了狮子院。

这一段时间里，年轻的支部书记养成一个习惯，不论要决定什么事情，在开始之前，总要找找喜老头、马老四这几个上年纪的人聊一聊；只有听到了他们的意见，他搞起工作才感到踏实。

萧长春上了台阶，刚想伸手推门，大门就"吱咋"一声打开了。

走出来的是三个背着书包的小孩子，他们每个人的脖上都戴着一条鲜红鲜红的红领巾。见萧长春进来，不约而同地行了个队礼，又笑嘻嘻地跳着蹦着跑了。

萧长春穿过大门道，直奔二门，一股子很浓烈的花香扑鼻子；接着，眼前又出现一片锦绣的天地：那满树盛开的紫丁香，穿成长串的黄银翘，披散着枝条的夹竹桃，好像冒着火苗儿似的月季花，还有墙角下背阴地方碧玉簪的大叶子，窗台上大盆小盆里的青苗嫩芽，把个小院子装得满满当当，除了那条用小石子嵌成图案的小甬路，再也没有插脚的地方了。

一夜没有睡好觉的萧长春，立刻感到精神一振，那英俊的脸上闪起了光彩。他被这美妙的景致迷住了。

喜老头那只被锤凿磨得又粗又壮的大手,操着一把小小的剪刀,正给一棵桂花剪修枝条;剪一下子,蹲下瞧瞧,站着看看,剪一下子,又偏着头看看,再正着头瞧瞧,非常的认真。

老太太也在一旁不声不响地给一畦草本的小花苗松土。

萧长春不忍心打搅他们了,却又忍不住地赞叹一声:"真美呀!"

喜老头扭脸一看,得意地笑了,说:"美吧?事遂人愿,让它美,它就得美;每一片叶子,每一朵花上全是心血呀!"

萧长春走过来,左看右瞧,又赞叹一声:"嘿,您的手艺真不赖哪!"

喜老头说:"差远啦!半路出家,总不如人家养一辈子花的人。就是有这份儿兴致。眼看着一棵小苗儿出土、放叶、开花、结果,嘿,真是有意思极啦!养花草不花心血不行,没耐性不行,不摸透每一种花草的脾气也不行,跟培养人是一样的道理。"说着,放下剪刀,搓了搓手掌,摸出了烟袋,又看了萧长春一眼,说:"我估摸着你早就得找我来。克礼这小子,昨儿个黑夜找你告我的状了吧?你倒沉得住气。我当是你听到信儿就要敲我的门来哪!"

萧长春笑着说:"您能沉住气,我当然也能沉住了。"他卷了一支烟抽着,又说:"我跟百仲大舅又研究了一阵子,看情形,地主这个活动,跟王书记介绍的那个情况有点关系,起码是互通情报哪。"

喜老头说:"你看得准。马小辫这家伙一肚子脓水,早憋得要胀破肚皮了,黑夜白日削脑袋,削得尖尖的,好找空子往里钻,往外泄。我看他是要出动了。你们打算怎么办呢?"

萧长春说:"我就是找您说这个事儿来的。"于是,他把他们打算安排新干部和开会总结经验教训、制定以后的行动计划等等,跟喜老头说了一遍,又问:"您给出点主意,看看我们这个打算行不行呀?"

喜老头抽了几口烟,眨着眼,闷了会儿才开口说:"一队的事儿当然难办,一队有些人家脑袋也是不大好剃的。话说回来,越是难办,咱们越要办,越应当生着法儿把它办好。这个队还不该从根上整整吗!要我看呢,只要是脚跟能站稳的人,也容易对付。你们想从工地上把谁抽回来呀?"

萧长春说:"咱们就地取材,从青年里边挑一个干,怎么样?"

喜老头看了萧长春一眼说:"咦,你倒挺会想!挑谁呢,你们看准了没有?"

"焦克礼,您看行不?"

"克礼嘛,嗯,是一把手,看那苗头倒像个有出息的孩子。"

"就是觉着他还嫩一点儿。"

"嫩当然是嫩了。小苗乍出土的时候,还有不嫩的?你不嫩呀!"

萧长春笑了:"我也嫩。"

喜老头也笑了:"这会儿比那会儿,你就老棒多了。"

"我们想让他闯闯。"

"好,想得好。闯是得让他闯,不过,还得来个双保险的。"

"您是说,再来个副队长吗?"

"那倒不一定。"

老太太从屋里搬出两凳子,挨着摆在他们跟前。

喜老头坐在那只高凳子上,抽着烟,好久没有开口。

萧长春坐在矮凳子上,知道老人在动心思,也不急着追问。

这会儿,焦淑红走进了狮子院,朝二门里一看,喜老头在那儿,就不敢嚷嚷了,对着跟她招手的老太太做个鬼脸儿,一步跳到丁香树后边。绿叶紫花的空隙里,闪着她那两只亮亮的眼睛。

喜老头今天的心情似乎特别好,对人也特别和气。过一会儿,他又用亲切的声调对萧长春说："长春哪,这可是个开山凿洞的大问题呀! 克礼上去要是搞不好,不是丢他个人的脸,也不是丢你支书的脸,是丢咱们穷人的脸,丢咱们共产党的脸哪! 只要上去,就得让他干个棒棒的,咱们得生着法儿让他干得棒棒的。咱们一定得替他想周到一点儿,别硬给他派差事,不能扶上他去就撒手儿。这是害人,不是培养人!"

萧长春赞成地点着头:"是这么一回事儿。"

喜老头接着说:"你们组织得从大地方帮着他掌方向,再找一个农业活儿精通的人,从背后给他出点子——对啦,得找这么一个人,不用算什么副队长。"

萧长春问:"您说得对。您看让谁合适呢?"

喜老头一拍胸脯子,说:"我。"

萧长春乐了。他除了乐,还能用什么语言呢? 既不需要表扬,也无须叮咛,就算赞成了。

在喜老头说来,一切都是理所当然,用不着征求支书同意,也无须客气一番,就算决定了。

萧长春说:"您上年纪了,行动不方便,多动动嘴,给他出点主意,帮着掌握掌握火候就行了。"

喜老头摆着手说:"搞工作不能按年纪论。越是老了,越得多干点事儿,要不就没的干了。豁出我剩下的这把子年岁,扶起一个青年干部,也是我对党的一点贡献嘛!"

韩小乐挑水回来了。他跟萧长春打着招呼,肩上的扁担一颤一颤的,大步地进了北屋。

福奶奶抱柴火要做饭,听到二门里有人说话儿,就探头朝里看看,笑着说:"嗨,你们爷俩大清早跑到这儿开秘密会来了!"

喜老头说:"你过来吧,这事儿连着你哪。"

萧长春说:"对啦。福奶奶,我们想让小乐当会计。"

福奶奶好像没有听清楚："什么，当什么会计？"

喜老头说："这还用问，当社会主义的会计呗！"

萧长春说："我们要撤掉马立本，让小乐接替他。"

福奶奶说："哎呀，这个差事怕他干不了吧？就他识那两个半字儿，算盘也打不好，上一回板凳还没有坐热，就下来了，多会儿想起来，我都臊得慌，可别再丢这份人了！长春，你们再掂掂吧，不如换个能干的。"

萧长春说："眼下跟上回不一样了。那会儿，小乐才十四五岁，这会儿，他是大汉子了；那会儿，社员没经验，社里的领导也不肯帮助他，这会儿，咱们贫下中农腰板儿硬了。福奶奶，您不用担心，他能干好，他……"

喜老头"噌"一下子从凳子上站起来了，使劲儿拍着大腿，很生气地对萧长春说："你跑这儿作动员工作来了？用不着。对她这推三阻四的样子，你应当批评她！"又对福奶奶说："你说小乐不行，你给我找一个人试试，你说谁合适？啊！"

福奶奶赔笑说："我不是推三阻四，我怕小乐识字儿少，算盘又不行，再……"

喜老头说："马斋识字儿多，弯弯绕算盘好，让他们当吗？当社会主义的会计，光凭文化呀？没那事儿，得凭这儿！"他拍了拍心口窝，"还得凭这儿！"他跺了跺脚，"得有穷人的心，得有穷人的立场；没这个，光是文化高，算盘好，屁事也不顶！"

萧长春说："这话对。会计掌管着全社的财政命根子，早应当交给可靠的人，如今都办晚了。小乐可以。"

福奶奶看看喜老头，又看看萧长春，下了决心似的说："你们说他行，就让他试试……"

喜老头说："冲着你这句话，我又得批评你几句！怎么叫'试试'？拿着社会主义的事儿试着玩来啦？接过来，就得拼出命去干好!"

福奶奶笑着说:"干好,干好,我同意了还不行吗?"

喜老头说:"你今早上怎么净找着我批评你呢?不能说同意,得说赞成、拥护!干部下决心要把咱们这个司令部搞得棒棒的,强强的,这是大好的事儿。你瞧着没个会计,应当把你那儿子拉到支书跟前去,说:'长春,让咱们人干!'天下是咱们的,就得让咱们人干;长春好说咱贫下中农得有硬骨头精神,这就是!文化低怕什么,低咱们往高提!我看哪,不论克礼还是小乐,都能干好,一闯就闯出来,长春这个活样子不是在这儿摆着吗?"

萧长春听着喜老头"发脾气",想笑,又觉着不能笑。他常听人背后议论,说喜老头在东山坞、在干部跟前,特别是在狮子院里,有很严重的"家长作风",他想,东山坞农业社又多么需要再有几个这样的家长呀!

福奶奶的脸上忽然放出光芒,拍着手说:"嗳,嗳,你一比长春,我心里可就有底儿了。有志不在年高,无志空活百岁。年纪轻轻的,一下子就把这副重挑子放在肩膀子上了,走得稳稳当当。倒退一年谁敢信哪!"

喜老头说:"按理儿说,像小乐这年纪,正是在学堂里念书的时候,就是不念书,也是吃凉不管酸的时候;可眼下正是咱们创家业、保江山的关口,不能不早一点儿把重担子加在他们身上呀!你们不要把克礼当队长、小乐当会计的事儿看得那么简单,这是夺印把子的大事儿,这是咱们穷人坐天下、传宗接代的大事儿呀!一代一代往下传,不能断了根儿。"

老贫农的这一番言语、行动,深深地打动了丁香树丛那边的焦淑红,像是从她心上拨开一层无形的云雾,忽然看见了满天的霞光。她想起昨天晚上萧长春跟她说的那番话。萧长春说她"心里边搁事儿少了",说她"没有把王书记那句话放在心上",还考她"为什么要换队长和会计"。当时她也觉着萧长春批评得有道理,也服气,可是,她并没有认识到自己的毛病到底儿在什么地方;喜老头这位老贫农活生生的榜样,摆在面前了,像一面明亮的镜子,照出了她的弱点所在。喜老头说得对,"克礼上去要是搞不好,不是丢他个人的脸,也不是丢你支书的脸,是丢咱们穷人的脸,丢咱们共产党的脸哪!"因为这是"咱们穷人坐天下、传宗接代的大事儿呀!"这是多么远大的眼光呀!焦淑红自己是怎么看的呢?开口一个团支部,闭口一个团支书,好像这件重大的事儿就是为了给团支部增点光,给团支书露点脸;因此,就不像喜老头那样主张"替他们想周到一点儿",而是,除了强迫,就是讽刺;更不像喜老头那样,挺身而出,"豁出我剩下的这把子年岁,扶起一个青年干部,也是我对党的一点贡献",而是在一旁空口喊叫什么"克服困难""鼓足劲头""拿出点青年人的气魄来"……哎呀,这是哪码对哪码哟……

焦淑红想到这儿,胸口翻着热浪,脸上着了火似的发烧,差一点儿掉下泪来。她拨开丁香花的树枝子,一步迈到萧长春的跟前,声音有点儿颤抖地说:"支书,支书,这会儿我可想通了,是这么一回事儿呀!……"

院子里的人,都被姑娘这突如其来的动作、她那通红的脸蛋和潮湿的眼睛,给弄得有点儿不摸头脑了。

焦淑红接着说:"我替焦克礼和韩小乐想想,冷不防地要他们在这样的时候接手这样的工作,是有难处的,可是又不能不接手,不能不干起来,因为我们要搞社会主义呀!喜爷爷自告奋勇要帮助焦克礼,我来帮助小乐……"

福奶奶拍手说:"有你这个中学生帮着,那敢情太好了……"

焦淑红说:"眼下一大堆账本子都推到小乐手里有困难,马立本也容易打马虎眼;这样吧,让我先接过来……"

站在屋门口的韩小乐几步跨到焦淑红跟前,挺着胸脯子说:

101

"你的工作多,不能再让账本子把你缠住,还是让我接过来吧。我有不懂、不会的地方再找你。"

焦淑红说:"什么工作多啦少的,这也是工作,这是保卫社会主义的大事情,我应当干。"

韩小乐说:"我过去太迷信算盘、文化了。喜爷爷说得对:当社会主义的干部,得凭穷人的心,穷人的立场。这个我全有,不信试试!"

萧长春插言说:"文化、算盘也不是不重要,喜爷爷的意思是说心和立场得领兵挂帅!"

喜老头拍着大手说:"哎,还是长春听话听得透,难怪人家都夸你这支书越当越棒了——我老头子过去没有当着面夸过你,这算头一回吧!哈哈!"老人家笑得非常庄严,又对小乐说:"文化、算盘要是用不着,你妈和我不都抢着当会计了!"

焦淑红说:"我跟你一块儿先接过来,等你完全摸着门儿了,再全交给你,好不好呀?"

喜老头说:"嗳,淑红这一手真不赖。我赞成了,看支书的吧。长春,你说话呀!"

萧长春已经高兴地抿嘴笑着,看看两位老人,又看看两个年轻人,目光最后落在焦淑红的脸上了。他觉着,这个可爱的同志在这一夜之间,又提高了,又成长了,她的举动应当大加赞美和表扬;可是,支部书记却把喜悦压在了心里,既没赞美,也没表扬,只是点着头说:"我同意,等跟百仲大舅商量一下,听听贫下中农代表的意思,再决定吧。"

焦淑红拉住韩小乐说:"走哇,挑泥去;挑完了,咱们开个团支部扩大会,好好总结总结、提高提高……"

第六十一章

马立本这会儿已经梳洗完毕，又吃过了早饭，正隔着院子中间的寨子呼唤他的小弟弟："小臣，小臣！"

小臣背着书包，嚼着饼子，从屋里出来，冲着哥哥翻白着眼睛问："叫我干什么呀？"

马立本说："你去找找马主任，让他到咱家来一趟……"

小臣说："你自己不会去呀！"

马立本刚想说："我这会儿急着往他那儿跑不方便，"又忙改口说："我肚子有点疼，走不动道儿。你快去吧！"

小臣一拨楞脑袋："我不去！"

马立本一瞪眼："你敢不听话？"

"你跟我们又不是一家子，你管得着我呀？"

"我过去揍你一顿！"

妈妈跟出来了，推着小儿子说："没出息，不能这样跟哥哥说话。怎么不是一家子了？"

小臣又一晃脑袋："哼，我跟你们也不是一家子！老师说了，你们是富农，我是新中国的儿童！"

马立本踢开那糟朽的寨子，蹿过来了。

小臣一边朝街上跑，一边回头跟哥哥挑战："打不着，打不着，白搭！"

马立本气得直跺脚。

妈妈无可奈何地叹口气："这算什么世道，奶毛还没干的小孩子，都要跟爹妈划什么界限！"

马立本又发狠地在那倒了一溜儿的秫秸上踩了几脚："界限、

界限！什么他妈的界限！"

妈妈拉着他说："算了，还是留它几天吧。等我给你看看马主任去。"

马立本见妈妈走出去了，两只手插在裤子兜里，在小院子里转开了圈儿。

六指马斋揉着两只鸡屁眼似的红眼儿，咳嗽着，从西厢屋出来，脸上带着高兴的神气。

昨天夜里，马立本从马之悦家回来，就把马志新传来的好消息告诉他了，乐得他在炕上直拍屁股。在这个念过五经四书的富农看来，"大学生"是非常非常了不起的人物，特别是马志新，上通天，下通地，更加不简单。有大学问的人，就有大见识，有大见识的人，对国家事态就一定看得明了，看得准；信上说的那一套，保险是实在的。况且，有大见识的人，办事儿就想得周到，才敢办大事儿；敢办大事儿的人，才有大出息。马志新将来说不定是一个什么大人物哪！于是，他不光为就要到来的那场大变革高兴，也为马志新要回到东山坞高兴。马志新是他的"乘龙佳婿"，事情办得好坏，从哪一方面讲，都直接关系着他和他一家人的前程，他得设法儿从旁协助马志新把这件大事情搞成功。怎么协助，又怎么行动，他想了好多道道儿，最后他想到他的闺女。闺女今年高中毕业，也要上大学了，也将要成为了不起的大人物了。可是，这丫头这几年跟他这个爸爸关系不太亲近，那中学离这儿只有三十里路，不要说星期日什么的不肯回家来探望探望双亲，连麦假、秋假也是在学校里住，不知道是学校里给她什么限制了，还是家里人得罪了她。眼下又要放麦收假，偏巧马志新要回村，要是把闺女接回来，一方面可以使家人团聚，也可以让她跟马志新共谋大计。而闺女上初中跑校那会儿，一直在村里当夜间民校的义务教员，村里的好多人都是她的学生，连沟南边的一些人都喜欢她，也都信任她；她要是帮着马志新说几句话儿，那可顶用了。他把主意打定，就来找儿子商量。

"立本，明天社里放假了，去看看你妹妹吧。"

马立本阴沉着脸说："还看我妹妹哪，连我自己这出戏还不知道怎么唱哪！"

马斋也看出儿子的脸色不好，当是这个没有主见的人又犯了"常后悔"的毛病，就点拨他说："脑袋又转开轴儿了？唉，要不我说，没有大学问的人不行嘛！你还怕啥？还想捧着那碗烫手的馊粥喝呀！志新信上说得明明白白，你就跟他们走，往后的日子就好过了！"

马立本说："往后的日子好过，眼下的日子可怎么过？"

马斋说："忍几天嘛！"

马立本说："人家让我忍吗？看样子，要查我的账！"

马斋吓了一跳，连忙推着儿子："快，快，快到那边院子里去吧，快过去吧！"

马立本从他踢倒的寨子豁口过去了。

马斋扶着倒下的秫秸，小声地问儿子："到底又出了什么事儿呀？"

马立本也跟着扶秫秸，回答说："早起，韩百仲就堵我的被窝来了。"

于是，这父子俩一边编排着他们的"界限"，一边说着话儿，又一边发起愁来。

马之悦挑着一副筐子走进门楼。他是被马立本妈从半路上拦住的。

马斋苦笑着问："马主任，大清早挑筐子干什么呀？"

马之悦的脸上带着轻松而又安详的神气，说："挑泥呀！明天全社放假，今儿个得抢着把它挑完哪！"

"您真不简单呀！"

"快收拾一下也去吧。越是'这样'越得好好干哪!"

马立本说:"您过这边来,我跟您说个事儿。"

马之悦看马立本一眼,问了声:"什么事儿呀?"就要从那个还没有完全编好的"界限"豁口跨过去。

马斋急忙拦住他,赔着笑脸儿,指了指大门口。

马立本说:"您还是绕几步吧。"

马之悦摇摇头说:"对啦,要不然,往后就绕不着了。"

马立本把马之悦迎到窗前,把韩百仲找他的事儿,这般如此地说了一遍。

马之悦听了,根本无动于衷,见马立本急得直搓手,反而轻轻地一笑说:"唉,我看你是疑神疑鬼!"

"真的,他一定让我过晌把单子拉出来!"

"拉就拉吧!"

"我怕一拉就没头儿了。"

"我说立本,你怎么这样浅呀!这么一点儿深沉劲儿都没有,将来怎么办大事儿呀?"

"不是深浅的事儿,一拉就不得了啦……"

"比方说,公安局、法院来几个人,往你跟前一站,说:马上交代账目里的问题!你怎么着?怕是要跪到地下了吧?行了,那你就歪垮一齐来,伸着脖子让人家割吧。真不盛事。应当把胸脯子一挺:这人干净如水,两袖清风,怕你何来!交代就交代!这一来,就把他们吓住了,他们的信心就得动摇了。对这种事儿,硬来硬抗,软来软磨,就是到了只有韭菜叶儿那么宽的路,也决不把胸脯子弯下来。这才是有作有为的大丈夫,懂吗?"

这一番话,这一股子"大丈夫"的气概,把马立本给稳住了,可是他还有一点儿转不过弯儿来,试试探探地说:"话是这么讲,我一定能这样做,可是,比方说,万一挺不住呢?"

106

马之悦一摆手说："没有什么挺不住的。"

马立本说："我看韩百仲是闻出什么味儿来了。"

马之悦轻蔑地哼了一声："你别高抬他了，他有那么高的水平呀？你就是把东西塞到他的鼻子底下去，他也闻不出什么味道来。依我看哪，准是哪个烈属听说要放假了，要置买东西，又逼韩百仲要钱，他没有辙了，找你给对付几个；他这人脑袋简单，只会直着瞧，不会横着看的笨蛋，决不会从这点小事儿上想到别的！"

马立本这才稍微地安定下来，又问："您说，我给他拉单子不呢？"

马之悦说："他让你拉，你就给他拉呗，这还不是方便的事儿呀！不过，能推脱，就先推脱一下，推到马连福上工地走了，事情更好办了。万一推不脱，你那笔干什么使的，嘴干什么用的？东墙先拆块砖，西墙再揭片瓦，左右一掺。账本子那事儿，不要说他韩百仲，连萧长春算上，也能让他腾云驾雾。"

马立本听着，不住地点着头，心里立刻打开了两扇门儿。他怎能不对这位神通广大的领导五体投地呢？他忍不住地笑了："对，我上午骑您的车子去理理发，晚一点儿回来，就能推到明天。明天马连福总该走了吧？"

马之悦又隔着寨子安顿马斋几句，就离开这儿奔金泉河边来了。

这边的劳动场面更加火热了。两个队的社员差不多全都参加了挖泥、挑泥的活动，挤成了人疙瘩。人马这么齐全，在东山坞说来，过去是不常见的。特别是一队有几个富裕中农，出工的时候，队长得把嗓子喊哑，这个说腿疼，那个叫肚子痛，这个要回娘家，那个要接闺女，使什么法儿也找不齐。另外，就是找来的，也得有一帮子人迟到早退。

火热的劳动，齐全的人马，是因为斗争胜利的结果。有的人是自觉来的,有的是自愿来的,有的是被这热火劲儿吸引来的,有的是被形势逼着来的;有的是为多给集体贡献一点力量,有的是为多积粪肥,好多打粮食,过好日子,有的是为了表现一下自己,有的则是愿意今天结束这件工作,免得明天放假了让他加班,耽误私事……不论因为什么心思支配着到这儿来劳动的,都跟胜利的斗争形势沾着边儿,都挺卖劲儿。

正在坑边上专管装筐的韩百安第一个瞧见了走过来的马之悦,笑脸相迎,又挺亲近地打招呼:"马主任也来了?"

马之悦把筐子往韩百安跟前一放,说:"这两天工作少一点儿,得抓空儿多干点儿活呀!来,给我装。"

韩百安给他装了个平筐。

马之悦从韩百安手里夺过铁锨,大锨大锨地往自己的筐里边铲着,说:"装满点。干惯了活儿的人摸不着活儿,比什么都难受;工作太复杂、太多,想干活也干不成。整天整夜坐在那儿动脑筋,哪有干活儿舒坦呀!"

韩百安笑笑:"真是那样儿。我就怕开会。坐两袋烟的工夫,浑身筋骨都疼;干一天活儿,也不会这样。哎,马主任,少装点儿吧,泥土沉哪!"

马之悦丢下铁锨,挑起筐子,故意卖俏地说:"多挑点不要紧,劲头还是有的!"等到转过身的时候,他那嫩肩膀像插进一把锋利的刀儿,疼得他又龇牙又咧嘴。

正挑着土筐子从坑下边上来的弯弯绕,跟挑着空筐子回来的马之悦走个碰头。他一边躲着路,一边朝马之悦那筐子、扁担、头上、脚下瞥了一眼,心里是又吃惊,又失望。他想:"看这副样式,这个后台彻底垮了,往后再没有一个替自己这号人说话的了,伸着脑袋让人家弹吧,气算受到底儿了!"

马之悦从他的眼神里明白了他的心思,故意逗他说:"嗨,真是老黄忠啊!"

弯弯绕小声地说:"什么黄忠、绿忠的,您这个大主任都卖命了,我们还能钉个板儿把它供起来呀!"

马之悦说:"多积肥多打粮嘛!"

弯弯绕说:"多打粮食好,为人民服务。"

马之悦觉着这句名词儿从弯弯绕嘴里说出来,那是非常可笑的,就说:"嗬,进步了!"

弯弯绕说:"进步不进步的,反正往后我是行动坐卧都听干部的了,指到哪儿,干到哪儿,老老实实地度日月了。"说罢,朝前走了。

后边这句话,的确是这个顽固中农此时此地的真实心境。从打"粮食事件"发生之后,他时时刻刻都在提着心,害怕挨整。他"绕"了好几晚上,绕来绕去绕不开,看样子,别的道路是没有的,只有等着挨整了;要想减轻处分,就得老实一点儿。因此,这一段儿,他在队里再没有调皮,也没有旷工,而且在众人面前干得也算不错。

马之悦往下走了几步,又遇上了马大炮。

马大炮也把劲儿掏出来了,光着膀子光着脚,扁担压个对头儿弯,见到马之悦,抹了一把汗,咧嘴笑着,大惊小怪地喊:"嗬,日头从哪边出来呀?"

马之悦笑着说:"你呢?"

马大炮说:"我他妈是干这个的嘛!"

马之悦说:"我是干哪个的?"

马大炮看看旁边没人,小声说:"喂,主任,别光顾你自己讨个通行证就完事大吉,也得惦着我们点儿,别等事儿再闹起来,让人家把我们整个胡秃子似的呀!"

马之悦说:"好好干吧,哪有那事儿呀!"

马大炮皱眉头:"你不怕嘛,我们有你神通大呀？哥们儿,得照顾照顾!"

马之悦用亲切、多情的眼光回答了他:"放心干吧!"

后边跟上的韩德大,大喊大叫:"马大炮,你怎么堵着道儿呀？不爱挑,到岸上呆着去!"

马大炮头也没回,赶紧往上走去了。

马之悦心里一酸:"唉,多可怜的人呀! 要是过去,马大炮不上去给韩德大一脚,也得骂他个狗血喷头! 韩德大这小子这一程子也好像往萧长春那边贴上去了,要不哪敢这么神气呀! 这样子下去,东山坞还能让人待下去呀! 不要说被这伙子人整死,看着这些人扬眉吐气,束手无策,就是气也得气死了! 小子们,咱们楼上边招手,下一层儿见!"

他挑了第二筐泥土,肩疼腿酸,气力也跟不上了。退不得,也进不得,正在为难,一回身,瞧见了正要往坑子下边走的焦振茂,眼珠儿一转,办法就来了,连忙招手说:"喂,振茂大哥,过来,过来!"

焦振茂本来在大庙里修车,见这边这么热闹,实在有点儿眼馋,就拉着韩百安一块儿挑泥来了;本来想挑儿趟就回去干木匠活儿,可是一挑起来,就舍不得离开这儿了。他听见马之悦叫,就走过来,眉眼都带着笑说:"马主任,你瞧这个场面吧,这才叫社会主义的劳动!"

马之悦附和着:"真是不假!"

焦振茂说:"社员的力量大,真可以叫大河让路、高山低头,这农业社怎么能不越搞越有劲儿呢!"

马之悦拍着焦振茂的肩头说:"你说得太好了。哎,我说振茂大哥,集体劳动力量大,可是要不组织、安排得周到,也容易窝工大呀! 你得帮我领导领导。"

焦振茂说:"支书、百仲都在那儿哪!"

马之悦顺着焦振茂的手指看去，才发现萧长春和韩百仲都在坑底下跟一伙子年轻人镐飞锨舞地刨着泥，就又对焦振茂说："大伙儿的事情大伙儿干，别光等支书一个人动脑筋。他一天到晚，七事八事，脑袋里该装着多少问题呀！"

焦振茂点着头说："那倒是真的。对门住着，我最清楚。从打他由工地上回来，没睡过一夜整觉，更没按顿儿吃过一次饭。这小伙子，真是铁打的罗汉！"

马之悦说："就是钢打的，一个人也不可能把事情都做了，更不可能把问题都想周到。我是脑力劳动和体力劳动结合，同时还得利用劳动的机会做思想工作，联系群众，发现问题。你帮我想想，咱们这样干活儿有没有问题呢？"

焦振茂转着身子看看，想了一下说："要说问题，有一点儿，不大。"

"说说听。"

"到坑里挑土的，上上下下全是一条道儿；上来的得让着下来的，下来的又得让着上来的，有点儿耽误工夫……"

"说的好。怎么办才不至于这样呢？"

"这……"

马之悦用心地听着。他抓住焦振茂"谈话"，无非是想借机会歇歇，磨蹭磨蹭时间；扁担在肩膀上，这得算劳动；跟社员谈话，又是工作，劳动加工作，给社员们看看：马之悦这个主任、这个领导，该有多么能干！没想到，借棒槌连"槌木石"都带来了，不由得一阵高兴，连催焦振茂："你说，怎么解决这个问题好呢？说嘛！"

焦振茂今天对马之悦参加劳动和他说的那一番话很满意。在他这样一个厚道、上进的老中农看来，当干部的不当"甩手掌柜的"，就是好干部；另外，他那文件包里，就有好多条是指示干部别脱离劳动的。因此，在马之悦的催促之下，他真动开了脑筋；这个

111

能人的脑筋一动，办法就有了。他说："哎，再从左边开一个小便道儿，上有上道，下有下道……"

马之悦拍手说："好!"

焦振茂说："咱们试试看，我觉着费不了多少工。"

马之悦说："你去挑泥吧，我再考虑一下。要行，就指挥他们干，不行，咱们再研究。太好了，往后，你得多给我们出主意，帮助我们领导。"

出主意献计的人给甩了，焦振茂反而很得意。

马之悦是一个多么"鬼"的人呀，掠了人家的"美"，一回手就把自己打扮起来了：现趸现卖，转手得利，马上就跑到萧长春那边吆喝开了：

"支书，我想到一个问题，不知道行不行。"

萧长春正干着起劲儿，瞧见马之悦那满脸有光的样子，就停住手问："什么事儿，到那边说吗?"

马之悦连说："不用，不用，就这儿说吧。"

这家伙多滑!他怕他掠来的"美"，再转手让萧长春给掠了走，就大声地说起来了。而且说得一切一切全是他想的，连焦振茂的名儿都没有提，表面上是跟支书商量，实际上是给大伙儿听。在马之悦这样一个有"大算盘"的人说来，窃取焦振茂这一点小功小劳，实在不会为他增加多少利润，而马之悦却从来不肯轻视这些小手段。他觉得，小手段是大手段之本，大手段是小手段之积，没有小也就没有大；积小成大，为的是迷惑人的耳目，麻醉人的心灵，达到"打群众基础"之目的。

萧长春多少看出他有点儿讨好之意，既没有表现太重视，也没有表现太轻视，只是说："行，让两个人开几镐，扒个坡子也就行了。"

韩百仲心直口快地说："都要完工了，有那工夫多挑好几筐，何必多此一举！”

马之悦连忙说：“百仲，这个算盘你可没打好呀！干工作动脑筋、想办法这一方面，我不敢说比你高明，总比你灵活一点儿。开一条道儿，表面上看是多费了一点儿工，实际上是省工了。不信，咱们就试试看。”说着，从旁边一个社员手里拿过镐头，来到坑边，撸胳膊、挽袖子，又在两只手掌心上吐口唾沫，就“吭哧、吭哧”地刨开了。

有两个中年社员立刻感到马之悦的精神“可佩”，也凑过来跟着刨起来。

事情是相当简单的，转眼之间，道儿修好了。

马之悦跳到岸上，一边虚张声势地抹着脸上的汗，一边大声地朝社员们呼喊：“哎，同志们，上坑的从原来那边的老道上，下坑的从我这条新道上来！”

马翠清跟焦淑红交头接耳地说：“马主任就好像一个卖烂酸梨的，嗓门儿倒不小！”

焦淑红说：“你听听，让下坑的跟他走那条道儿，真是卖什么吆喝什么，他就是专门给人家领下坑的道儿走！”

马翠清“扑嗤”一声笑了。

人们听到喊声，也就按着指挥行动了：两条道儿，有上有下，果然不用躲让和等候，速度加快了。马之悦所要收取的效果，也就真的收到了。且听人们小声议论：

“别说，马主任道道就是不少！”

“姜是越老越辣嘛，他心里边可有算盘了！”

“要是不掖着、夹着，全都掏出来，那该多好哇！”

“那还用说，他要是跟支书拧成一股子劲儿，那就更好了，可惜，可惜……”

老庄户人韩百安佩服能干活儿的，更佩服会算计的。按着他

113

处世为人的老习惯,在这种人多的场面对谁都不肯乱加评论,好坏不多说;今儿个却破了例,一边给马子怀装筐,一边说:"瞧瞧,事儿是死的,人是活的,能人一伸手,一动嘴儿,事情就好办多了。我总是说咱马主任有本事,你说呢?"

马子怀这一程子是对马之悦"划问号"的人,对马之悦的一些举动,心里边有数儿;因为马之悦动一步都是以小好买大好,心毒手辣,自己虽说没有太多的实际经验,但是像他这样一个脑瓜比较清醒、灵活,又想跟着好人往头奔的中农,凭着他的敏感,也多少体会到一点儿了。所以他装傻充愣,敷衍着韩百安说:"那当然了,要不然怎么能当干部呢?"

"眼下支书跟他好像有点儿不大合手……"

"老哥,这话可别乱说呀!"

"对啦,对啦……"

事儿不大,韩百安的脸都吓黄了。他后悔不及地说:"真的,这话不当说,让别人听见,那还得了!"赶忙闭住嘴,又胡乱地给马子怀装上了筐子。

马子怀朝马之悦那边瞥了一眼,挑着筐子走,心里很纳闷儿:这个人真是猜不透,一会儿阴,一会儿阳,多可怕呀,千万得小心他一点儿……

马之悦没有听见别人的任何议论,更不用说人家心里边想的东西;可是他已经从每个人看他的目光里和对他说话的口气里,体会到他已取到了应当取到的"利润",心里不免很得意,急忙挑起筐子,又咬着牙挑了一趟泥。

第六十二章

唉,马之悦得意的早了一点儿。

挖完坑泥，萧长春、韩百仲两个人约他到办公室里开领导干部会。当他往凳子上边一坐，一个压根儿没有想到的难题儿，正在等着他哪。

这是一个非常重要的会议。东山坞党支部决心要按着上级的指示精神，按着斗争形势的需要，着手纯洁组织。这项工作的本身又是一场激烈、复杂的斗争，在这个会议上，两方面的人都得明来明往，见个高低上下！

萧长春挖坑泥去以前，就访问了好几位老贫农，跟那些有心数又有眼力的人讨了底儿，他对这件工作也就更有信心、更有把握了。

韩百仲经过一夜的苦思苦想，又遇到了一些具体的事情，受到启发，对这件事儿的想法完全转过弯儿来了；他又像过去一样，跟萧长春踩在一个鼓点儿上了，对解决这件事情也就变得非常急切。

两个人先在饲养场碰的头，在那儿，他们又心见心、心碰心地交换了意见。萧长春把老贫农们的看法告诉了韩百仲，特别提到了喜老头那一番使人感动的心意；韩百仲也把他在马立本家里看到的一些东西，以及从这些东西联想到的问题，全都告诉了萧长春，特别强调马立本的账目里的问题一定不少，应当马上处理。

他们朝办公室走的时候，又商量了会议的开法，也把会议上可能出现的问题，作了充分的估计。这会儿，两个人全是从容不迫地坐在了马之悦的对面。

马之悦坐在他的对手跟前，心里边还是得意的，或者说更加得意了。因为他一迈进办公室，就从这两个人的身上发现了一个非常非常突出的变化。

他用眼角瞄了萧长春一下，又用眼角瞄了韩百仲一下，心里想：自打萧长春从工地上回到东山坞以后，每逢领导干部开会，不要说是研究重要的问题，就是一个小小的碰头会，也要把团支部的几个委员请到座儿上来,起码焦淑红这个丫头是不能缺席的;有时候,萧长春还要拉上几个老头子,摆到会场上充数儿。可是今天这个会议上,就是他们三个人,而且,萧长春还口口声声地说,要在这个会上研究全社的重要问题,还郑重其事地拿出了他那个破本子,拧开了钢笔,看样子,还要做记录。这到底是怎么一回事儿呢?

他又把面前的两个人瞄了一遍,萧长春的态度是严肃的、热烈的,韩百仲脸上的表情是安静的、郑重的……。马之悦瞄着、想着,他的错觉也就越来越大。心里边暗暗地拨拉开算盘珠儿:这是怎么一回事儿呢?因为刚才自己在泥坑子那儿立了一件小小的功劳,就换取了这个对手的欢心了?不会,不会,他可不是小娃娃。是这几天自己表现了积极,使他们觉得自己回心转意了?不会,不会,他们跟我作对的目的就是要整倒我,怎么能够盼我积极呢!那是为什么呢?他们明明又把自己当一个重要人物看待了,两个人又是那么和气、沉着……马之悦心里忽地一动:噢,准是李世丹乡长回来了,昨晚上找过萧长春,给自己说了好话,或许批评了他们;再不,就是上边又有了什么新的指示,很可能跟马志新信上所说的内容有关,上边发现他们的房顶不牢靠了,想要抓底下的基石,要在农村和下边安定人心,特别是安定那些根子比较硬的村干部,而马之悦被他们划在这一栏里了,他们要转弯儿,要笼络自己,要……

马之悦真是做梦娶媳妇,光想好事儿;他越想越美,腰也挺起来了,头也仰起来了,两条腿又跟早先那样,神气地拧起来了,两只眼睛又不可一世地眯缝起来了:窗户外边飘动的柳条,"吱吱喳喳"叫唤的小鸟儿,萧长春喷出来的烟儿,组成了一片云雾,他就驾在上边了。

农业社的领导干部会,就在每一个人内心剧烈的波动下开始了。

萧长春先传达几个重要指示。这是昨天晚上乡党委在党、团支书和治保主任联席会上报告的。上级对今年麦收的要求是快割、快打、快分配、快交售；农业社要认真研究和执行这个"四快"的号召。

马之悦细心地听着。按道理说，每一年麦大两秋之前，上级都会发一次类似的指示，来提醒和督促村干部，因为麦收一过紧接着就要抓大田作物管理，又是雨季来临的时候，不能不在"快"字上充分强调。马之悦这个当过多年干部的人，对这个套套，本来应当"习以为常"，可是今天，他偏偏要往邪门歪道上联系，暗想：这个"四快"指示，是要闹大事儿的信号，要是不赶着村干部们快着点儿干，恐怕连公粮都收不上去了，更不用说统购粮了……

韩百仲接着传达上级对于麦收期间的保卫工作的指示：要抓地、抓场，要防火、防盗；农业社要对这个工作有个具体、落实的安排。

马之悦更加用心地听着。本来，不论在什么情况下，到了大秋麦月的时候，上级总是要对下边一再强调提高警惕、严防意外的；有一般农村工作知识的人都可能"习以为常"，马之悦偏要血迷心窍，又往他乐意的、盼望的事态变化的方面套，暗想：这更是要闹大乱子的信号，不加强保卫，事儿真闹起来，不要说农民会要求土地分红，说不定还会起来把麦子抢了！群众运动，抢了又该怎么样？……

三个人对这两件事情，经过讨论，很快就通过了；还决定，召开一个生产队长、小组长会议，把上级的指示具体地贯彻下去。提到队长会议，萧长春趁机会摆出了调整干部的问题。他把这个大问题搁在最后说，是完全有意的；他估计到，一提这件事儿，准要争论不休，说不定会吵起来；放在后边，就不会影响贯彻上级的麦收指示了。

马之悦开始倒没把这件事儿看重，只当一般的补缺，就接着萧长春的话音说："马连福走了以后，那个队的事情，就由我一个人兼着干也行，反正就是忙一点儿呗！少睡点觉，少歇一会儿也就有了。"

韩百仲早就估计到马之悦会来这一手，心里想：你倒会钻，"兼着"，又能揽着权，又少个跟你矛盾的人，哪有这么美的事儿呀！因为韩百仲心里有底儿，也就没有着急，反而很从容地说："别都兼着了，得多发挥大伙儿的劲头，咱们的干部力量加强了，也能让新手练练本事！"

马之悦赶忙说："也好。不过，工地上正在紧张时刻，从那边抽人回来不大好吧？本来支书一回来，那边的领导力量就有点儿薄弱了，要是再把支委马同峰往下撤，不就更弱了吗？咱们也得为工地那边想想，不能太本位，那边可是重要得很哪！支书你说呢？"

萧长春说："我跟百仲同志商量了几回，打算来一个就地取材……"

马之悦听了这句话，马上把心放下了：他最怕马同峰回来跟萧长春拧成一股劲儿，就拍着腿说："好，好，这才是近水解近渴嘛！"

萧长春接着说："咱们再商量一下，用哪一个人比较合适。咱们要多往政治条件上下心思，得把那些真正拥护社会主义的积极分子摆到领导位子上来。这是特别要紧的呀！"

马之悦这一回可就费心思了。他几乎把沟北边每一个跟他马之悦一个心眼儿，又能听他马之悦指挥的人，挨着个儿掂了一遍。他心里想：弯弯绕当然最合适，他要是当了一队的队长，有了实权，真是自己的一个大军师，可是，刚闹完一件事儿还没有了结，一提他容易担嫌疑；马大炮也可以，是一员闯将，是萧长春一个钉子，可惜他不是那块材料，准通不过；马立本干吧，会计那摊子是农业社的咽喉，不能分散他的精力，他要一当队长，会计就不能兼着了，经济实权转到旁人手里可不利;别的人,不是成分有问题,就是没有本事,拉上去对自己也没有什么大用处……他越想越急,不赶紧想出个合适的人,又怕萧、韩二人抢先提出人名儿来,对自己不利,简直不知道怎么着好了。

韩百仲偏偏沉不住气,抢了先说:"我的初步意见,想让焦克礼……"

马之悦倒吸了一口冷气,不等韩百仲把话说完,就急忙说:"焦克礼? 小孩子,力气是有,心数可不足,就怕农活安排不开;思想倒是挺好的,就怕没有领导能力,指挥不动。别把一个生产队看简单了,可不容易啦!"

萧长春对马之悦这套话也早就估计到了,心想:"你当然不能喜欢焦克礼了,他不会像马连福那样变成你的枪使嘛!"就不慌不忙地说:"这些事儿我跟百仲同志也都考虑过。我想,有党支部掌握着,再有社员、特别是贫下中农社员帮助着,克礼本人又很积极,几股劲儿合成一股儿,也能把摊子撑起来。本事可以慢慢儿练嘛!"

马之悦心里一动,马上说:"哎,我倒有个对象,看看你们的意见怎么样。"

萧长春说:"你提出来大伙儿商量商量。"

马之悦说:"马子怀挺合适!"

韩百仲倒没有猜到这一手,心里想:马之悦怎么会往这个人身上打主意呢? 马子怀不是你马之悦的亲信,好本领、坏本领都没有,他当队长对你能有什么好处? 噢,明白了,马之悦是想找一根不扎手的光把儿攥哪! 就说:"你真会找邪门儿,在中农里边,马子怀虽说不算太落后,可也不算太进步,连他自己过日子、走道儿都没有一个主心骨儿,还让他领导生产队呢? 我看,他要是一接手,不用等过麦收,就准得变成个影人儿似的让人家耍活了!"

马之悦正因为想到马子怀有这么一个特长，才提到这个名儿。他想：这个人当了队长，好了，容易拉；不好了，也容易踢开；在萧、韩两个人跟前也好通过；没想到韩百仲今天也聪明起来了，一张嘴就给捅透了。他又搜着肠子找理由说："百仲，你可别把马子怀看小了，他的农活好……"

韩百仲说："农活好的人多了，不一定都能当干部！"

马之悦说："他也老实……"

韩百仲说："要论老实人，韩百安不比他更出色吗？"

马之悦被堵在死胡同里了；可是他灵机一动，马上就转了出来，又振振有词地说："咱们安排干部，当然不能光顾农活好坏，老实还是不老实。我也不是光从这边想的。我提马子怀，这里边有一条非常重要的原则问题，就是党的统一战线……"

韩百仲忍不住地笑了："嗬，你想得倒满周到，我要听听你的高论，你说他代表哪一线呢？"

马之悦认真地说："代表中农这一阶层呀！一队的中农最多，跳槽子咬群儿的人也最多，不从他们里边选个有代表性的人物参加领导，就不大好办事儿！"

韩百仲说："你说怪不怪呀，我的看法，正好跟你的看法顶着牛儿！一队的中农多，恋着资本主义道儿的人多，更应当挑贫下中农的积极分子到那儿挂帅领兵，哪能再从他们那种人里边挑选领头儿的呢？要那样，不就等于撒开了手，由着他们性儿，爱怎么走就怎么走了吗？依靠贫下中农这条线儿还往什么地方摆呀？"

马之悦听了这几句话，忽然发觉，今天的韩百仲有点变化，好像脑瓜儿好使了，"水平"有点儿提高了，心里有点发慌，又不想承认，就要顺着路子再试一试："百仲你说，不让他们参加领导，干部全成了清一色的，他们这一层人的要求啦，意见啦，又怎么反映呢？"

韩百仲说："我们的群众路线干什么使的？贫下中农就不能反映中农的意见了？"

马之悦说："选他们的人当干部，我看才是最全面的群众路线……"

韩百仲打断他的话说："我看你那是地道的中农路线！"

马之悦假装忍着恼怒地说："你爱怎么说怎么说，反正我要坚持领导干部里的人多种多样一点儿。也应当百花齐放嘛！"

萧长春插言了："老马，我完全赞成百仲同志的意见。我们是农业社，要按着你的说法一层一层地推下去，农业社里有地主、富农，领导里边也得有他们的代表人了？要那样，咱们的农业社还是不是社会主义的？那不就成了大杂烩了！"

马之悦的脸色也变了："哎呀，这不是找着抬杠嘛！我说领导干部里得有地主、富农了？"

韩百仲用手指头敲着桌子说："你的意思，实际上就是这么一回事儿！"

萧长春依旧很沉着地说："百仲同志说得对，一队越是这种样子，我们越要依靠贫下中农，依靠贫下中农，也就得让他们参加那个队的领导，由他们领着，中农们才能走正道儿；走了正道儿，对社对中农全有好处。依靠贫下中农这一条，谁也不能够改变！"

马之悦一边听着，一边急忙寻找对策：这不是一件小事儿，得顶住；是软一点儿顶好，还是硬一点儿抗好呢？想来想去，还是来硬的好，一方面可以表现出自己理直气壮，同时还可以制造一点困难，推迟他们的决定。于是，他接着萧长春的话音说："我说要改变依靠贫下中农这一条了吗？选一个队长，根本拉不到阶级路线上去！百仲你等我把意见发表完行不行？对啦，我正是在保卫党的阶级路线，这是团结中农，你们不能把这一条路线切成几截儿，光要前边的，把后边的丢开！光从成分上着眼，把一个任什么不会的小孩子硬扶上去当队长,我坚决反对!"

韩百仲说:"你反对,我赞成! 克礼是个孩子,可是这孩子的根子扎得正,我拥护他!"

萧长春说:"看样子,咱们的意见拢不到一块儿了,这个问题等开贫下中农会再决定吧⋯⋯"

马之悦说:"队长不是光领导贫下中农的,应当开社员会选举才行!"

韩百仲说:"是代理,又不是正式的,等过了麦收,再选还晚吗?"

萧长春说:"这件事就先这样定了,下边咱们再商量一下会计的事儿!"

马之悦吓了一跳,忙问:"会计什么事儿?"

韩百仲刚要开口,见萧长春用眼神制止他,就又闭上了嘴。刚才,他们两个交换心思,肯定马立本的账目里有问题,而且不会仅仅是烈军属抚恤金这一点儿。可是,农业社的账目是很复杂的,有问题的会计又一定很能做假,不费一些时间那是找不出头绪的。他们决定先把账本接到手,再让马立本交代,最后把问题彻底弄清楚⋯⋯

萧长春回答马之悦说:"会计的工作也算暂时安排。根据马立本在斗争里的表现,我们觉着应当让他参加一段劳动,好好改造改造⋯⋯"

马之悦跳了起来:"你们想撤他呀? 是不是?"

萧长春说:"让他暂时把账目交出来,看看以后的表现再说:好,可以接着让他干;不好,就另选。"

马之悦急赤白脸地说:"立本是多少年的老会计了,干到今天可不容易,平白无故地撤他,这是什么意思呀? 你们就不兴爱护一点人才吗?"

萧长春说："他要真是个人材的话，我们当然要爱护。你说他是个什么人材呢？"

马之悦说："论写论算，他不是个百里挑一的会计吗！你跟左右邻村的会计比一比嘛！"

萧长春说："农业社会计的头一条标准，应当是政治上完全可靠……"

马之悦说："他怎么不可靠了，他是反革命分子？"

韩百仲说："他要是反革命分子，还提什么换换，早就小绳一拴，送他公安局了！"

马之悦问："他不是反革命，为什么说不可靠？"

萧长春说："因为他不拥护社会主义！"

马之悦说："不能平白无故地乱猜疑嘛！这么猜疑起来，那还有完没有？"

萧长春说："一点都不是猜疑。旁的不说，光讲闹土地分红这件事儿吧，他是会计，分红是他主管，他要是真拥护社会主义，他应当起来斗争！可是他没斗争，也不跟支部反映。我回来那天，他到处通风报信；在吵架会上，他一言不发，又跟闹事的人勾勾搭搭。咱们是共产党员，东山坞的大事业在咱们手掌握着，心里要是有党，有群众，能够再允许这么一个不可靠的人继续当会计吗？停止他的工作，考验考验他，完全正当，你应当拥护呀！"

韩百仲冲着马之悦说："再让他胡干下去，我们就对党犯罪了，你想过没有？"

萧长春说："这件事也要在贫下中农会上讨论，决定了就执行！"

马之悦瞪着两只眼睛问："你们想让谁干？"

萧长春说："先让焦淑红和韩小乐接过来……"

马之悦真的腾云驾雾了。他觉着心肝五脏都像有什么扎的一

123

样痛,软软地坐在凳子上,又用最大的劲头儿喊叫着:"我反对,我反对!"摇摇脑袋,又说:"可是,我也不跟你们争论了,你们全都安排好了,在我面前走个过场,是不是呀,啊?"

萧长春点头说:"两个党支委事先研究的,又跟一些老贫农交换了意见……"

马之悦说:"所以我不跟你们争论了,争论也是白费唾沫。反正我是坚决、彻底反对!"

韩百仲说:"你反对怕什么?从党支部说,支委可以决定,从行政说,三个主任,两个赞成,多数了!"

萧长春说:"这些事儿都要等听听贫下中农的意见再定;在定下来之前,任何人不要随便跟外人讲;定下来了,就得坚决执行,这是纪律!听见没有?"

马之悦咬了咬牙,没吭声。

下边是研究每个小组长的调整问题,马之悦根本不听了。现在他又想起马志新那封信的内容,联系萧、韩二人的行动,他明白了:事态真要有变化,上边是不稳了,他们是要"抓基石"。可是,他们要抓的"基石"不是他马之悦,他们早把马之悦当成"外秧"了,当成榨干了油的豆饼了,早就不把马之悦划在"自己人"的栏目里了。呸,你马之悦还在自作多情哪!好嘛,你们不把我当"基石",有人把我当"基石"!我要变成钢镐、炸药!

…………

第六十三章

坑里的污泥挖光了以后,焦淑红就把召开团支部会的事儿通知了大伙儿。

青年们回到家里，匆匆忙忙地吃了午饭，有的连脸都没有顾上洗，鞋袜也没有顾上换，就又集合到金泉河边的苗圃里。

这是一个扩大会议，除了十一名团员，还吸收了九名积极分子。积极分子里边有韩道满、新媳妇玉珍和马长山。二十个年轻人，在插着木牌子那个坡坎上，围了个扇子形：有的坐着，有的蹲着，还有的半躺着。长着绿茵茵马尾草的土地，像是给他们铺上了毯子。

天空蓝得透明，流云白得放光，树叶儿在微风里摆动，风儿带着野花的香味儿，带着河水的清凉，一股一股地吹过来……

只有这个时候，年轻人才是最安静、最庄严的。

焦淑红这会儿只有庄严，并不安静，这一回，她的脑袋里可"装事儿"了。她想着怎么按照萧长春的指点，用王国忠教给的"用阶级眼光"看事情、分析问题的方法，来总结自己的工作经验和教训；同时，又怎么"帮助、领着别的团员青年都这样"。她把从麦子黄梢到眼下，自己在工作里边的表现，都反复地想了一遍。她想起听到土地分红的消息之后，自己非常慌乱；想起在干部会上，一听到有人骂农业社、骂支书，自己就非常急躁；想起马之悦一主张翻粮，自己又赞成；想起对待马立本跟自己纠缠的事儿，自己不光没有用阶级眼光看他，也没有干脆地拒绝他，反而怕伤害"同志间的和气"，装着不知道，就了事啦。她又想着昨晚上，萧长春一提到让焦克礼当队长、韩小乐当会计的事儿，自己光想到团支部和个人的脸上光彩，等到两个人不愿意接受任务的时候，自己又是那么急躁和简单……在这些问题上，萧长春、韩百仲、喜老头都是自己的一面镜子呀！……

在开这个会之前，焦淑红把马翠清和焦克礼找到自己家里，先交换了意见，把团支部这一段的工作，大体上摆了摆，决定让团员、青年一块儿动心思，帮助团支部检查、总结经验和教训，好使团支委和团员、青年们,都学会用阶级斗争的眼光看问题,提高团支部的战斗力。焦淑红还表示,自己要带头谈谈感受,检查检查缺点……

马翠清觉着会议的内容和开法都合适,立刻就全同意了。焦克礼也全赞成。可是他们三个人,对这次会议的想法并不是完全一样的。

马翠清觉着,团支部要检查的事儿她都不沾边。她没有着过急,也没有害过怕,更没有纠缠过自己的事儿,真是干干净净,利利索索。她换了一身干净的衣裳:粉红半袖的小褂,月白色的瘦腿裤子;衬着她那红扑扑鸭蛋形的脸儿、两条又粗又黑的大辫子,显得格外的好看。同时,她今天又特别庄严,因为她是这次会议的主席。她这会儿坐在草地上,考虑着发言提纲。她要给焦淑红提意见,焦淑红这样要求她,当然得满足这个要求了。一来,他们是好朋友,她希望这个团支书永远正确;二来,自己最了解焦淑红,焦淑红只要发现自己身上有毛病,不改掉就受不了。特别是对马立本追焦淑红那件事儿,焦淑红没有把马立本骂个狗血喷头,马翠清的心里一直不痛快;在这种问题上,如果说,焦淑红对爱情问题处理得不干脆的话,那么,马翠清自己是最干脆的,这样,发言提意见就很有权威了。她把那红漆布皮的笔记本儿放在膝盖头上,一只手提着一支农村还不多见的圆珠笔,写一笔,扬起头,眨巴眼,想一想,再继续写下去。非常用心思。

韩道满坐在韩小乐的身边,揪了一把马兰草,编着小辫子玩。

韩小乐捧着一把旧算盘,用那又粗又壮的手指头拨拉着算盘珠儿,嘴里还小声地叨念着:"二一添作五,逢二进一十……"只念过四年书的小伙子,正像他自己说的,从书本上学来的东西,这几年早就扔个差不多了。搞初级社那会儿,村里几乎没有识字的人,才把会计工作安在他的身上了;实际上,那会儿他加法还会打,减法就不行,更不要说乘除法。眼下,又要干起来,三天的限期,得把算盘打熟练,得把簿记账的一些知识学到手,够他闹腾的了。他打着打着,打糊涂了,把算盘"哗啦"一摇,转脸看见了韩道满,就捅了他一下说:"细了,再编粗一点儿才像。"

韩道满奇怪地问:"像什么?"

韩小乐朝马翠清的大辫子努努嘴:"像不像,你看? 哈哈!"

坐在对面的焦克礼,今天也不像往时那么爱说爱笑了,心里边七上八下,翻来覆去掂着"干不干呢? 能干好吗?"这几个字儿。这样一来,他的精神就有点儿发愣,眼睛就有点儿发直。他见韩小乐逗笑话,就很严肃地制止他们说:"别逗!"

韩小乐说:"还没开会,说话你也管?"

焦克礼说:"没开会,你想想问题嘛!"因为从今以后,他很可能就是队长了,应当像个队长的样子。

新媳妇玉珍对男人"摆架子"的神气最敏感,就说:"还不知道开啥会,怎么想?"

焦克礼最怕韩小乐他们说他怕媳妇,想借机会显一点威风,就冲着媳妇说:"你是列席,没发言权。"

玉珍咕嘟着嘴不吭声了。

焦淑红说:"不管列席还是正式出席,今天都兴在会上发言,给咱们团支部提提意见,特别要多批评团支委。"

玉珍说:"这一讲,不就明白了。是检讨会呀!"

焦克礼说:"这是小整风会。"

于是,所有的人都严肃起来了。韩小乐收起他那旧算盘;韩道满赶紧把小辫子抖落开,撒在草地上。

当最后两个人赶到的时候,马翠清站了起来,一面拍打着身上的草毛毛,一面在众人的脸上扫视一下,又捧着本子看了一眼,郑重地宣布:"同志们,今天我们在这里召开了团支部扩大会;除了在工地上的十五名团员，全到齐了。按团章规定，人数不超过一半儿，不能决议什么事儿，可是呢，那十五位同志已经把临时的组织关系介绍到工地上，那里成立了临时支部，我们这儿也算是全体的了……"

韩小乐着急地说："全体不全体没啥关系，你快说说具体内容吧。"

焦克礼说："没到发言的时候，你先别打岔呀！"

马翠清倒没有跟韩小乐横眉瞪眼，只是停了一下，又继续庄重地宣布："本来，我们支委会研究，想向全体团员同志、青年同志作一次全面的工作总结报告，全面地检查我们这一段的工作，肯定成绩，指出缺点，找出解决办法，决定今后的方针大计，随后再让同志们讨论……"

这位团支部的宣传委员，今天嘴里的词儿全变了，调门也变了。有的人想笑，又不敢笑。

马翠清说："可是，现在面临着重大问题：麦收、阶级斗争，不能磨磨蹭蹭地咬文嚼字儿了。不，不，我这句话说走板儿了，全面总结工作，当然不能算咬文嚼字儿。我是说，时间来不及。因此，我们决定，先来一次初步的检查，由大伙儿来帮助团支部检查；通过这个检查、总结，咱们以后看问题都能用阶级斗争的眼光，那就提高战斗力了！"说着，扭头问焦淑红，"淑红姐，啊，淑红同志，我没丢下吧？"

焦淑红说："没有。"

马翠清继续说："今天的会上，焦淑红同志还要求带头检查自己的思想……"

好几个人听了这一项都有点儿发愣。

马翠清继续说："我要声明——这是个人的看法：淑红同志并没有犯下什么错误，比起我来，她也有些缺点……"

韩小乐低声嘟囔一句："真不谦虚。"

马翠清没有听见，继续得意地说："淑红同志跟我谈过，她的思想里边有一些不是无产阶级的东西。同志们，你们听明白了吗？无产阶级，才是最革命的，才是最拥护共产党的，才是最爱咱们东山坞农业社的，才敢跟坏人斗争，才能跟落后分子一刀两断，才是大公无私的！比如像萧支书、韩主任那样的，就是无产阶级，还有好多好多的人，像马老四、喜爷爷、哑巴，也是无产阶级。"说着，又一挺胸脯子，"我也是无产阶级！你们笑什么？小乐，你嘟囔什么？我不是无产阶级吗？我不是在这儿给自己搽胭脂抹粉，也不是来吹牛！我是个最无产最无产的阶级，我是光着身子进农业社的，我当然没有金银财宝，我没有房子，没有地，连个家，连个妈都没有。党就是我的妈，农业社就是我的家，拿炮弹轰，也不能够把我跟党、跟农业社轰开！这是真的，信不信由你们！"

姑娘说着，脸蛋更红了，两只好看的眼睛也湿润了。

她喃喃着："我心里就是这样，信不信由你们！"

团员们郑重地说开了：

"谁说不信啦！"

"谁不知道你呢！"

马翠清说："我不是说，我身上连芝麻粒儿那么一点毛病都没有，比方说，一会儿淑红同志要检查那次马连福当了坏人的枪，在干部会上骂大街的时候，她不冷静，看问题没用阶级斗争的眼光，没看到他屁股后边还有敌人，就光冲着马连福干了；其实，那一回，我也跟她差不离儿，我还搬兵想跟马连福打仗哪！淑红同志说，这一回她要检查最根本的东西，对啦，我们现在是说根本的东西，就是论根子；根子是跟党一条心的，有哪一片叶子黄了、长了虫子眼儿，把它摘下去就行了。我还得声明，她家虽说是中农，她可是党手摸着脑袋长大的。土改那会儿，女工作队长就喜欢她，给她讲刘胡兰的故事,教她打霸王鞭;上了学,女校长也喜欢她,校长也是党员;淑红姐上了九年学校,念的全是共产党的书。人家毕业了,不往大城市跑,也不闹心病,一心一意留在农村,这个呀,就跟无产阶级一个样! 马长山,你说什么,我成了表功啦? 我还没有说完呢,你可急什么呀! 同志们,我不是说淑红姐一丁点毛病都没有,要是全都没毛病,有空待着不好吗,何必要开会呢? 这一回,淑红姐主动要求在支部大会上作检查,没人强迫她;她还希望大伙儿都帮助她。咱们这个会开完,我们还要向党支委汇报,请萧支书和韩主任指导我们。"她又停顿了一下,在小本子上找了找,看看有没有漏下的东西,"我讲的可能就是这么多了。大伙儿提吧。别忙,别忙,大伙儿先说说对团支委这个决议有什么意见。把平时闹着玩、说笑话的本事都拿出来,用到正地方,别豆干饭闷着。好吧,大伙儿发言,先说第一个问题吧;一个一个来,别抢话,别打岔,小乐,你听见了没有? 就你爱打岔!"

韩小乐说:"听见了。那我就先发言吧。"他用手摆弄着算盘,看了大伙儿一眼。这个小伙子,跟焦克礼有点相似,又不一样,因为有点文化,好看书,爱动心思,在他身上,稳重多于粗鲁。他说:"我觉着,我们这个团支部从打去年秋天改选之后,工作挺不赖的……"

焦克礼说:"说缺点嘛!"

韩小乐说:"主席刚宣布不兴打岔,你又来了。讨论主要问题,成绩也在里边,要不,全是缺点,咱们这些工作成绩从哪来的,天上掉下来的呀? 既然是总结工作,就是发扬正确的,改掉不正确的,所以就不能片面! 对不?"

马长山说:"对,对,两下都说。"

韩小乐接着说:"刚才主席也说了一大堆优点哪,兴她说,怎么不兴团员说呢? 再说,团支部的工作就是有成绩的,去年冬天、今年秋天,抢种、救灾……"

　　焦克礼又忍不住了。因为团支委碰头的时候,决定这个会着重检查思想问题,他就急着想把这件事儿完成,就又说:"我再打一回岔行吧? 小乐,还是说近的吧,太远的,等麦收以后再总结。"

　　韩小乐这回也挺客气:"行,行,说近的。看守麦子,就是护秋,马之悦不让咱们看,马连福还说看麦子不记工分,咱们偏要看,不要工分,一点儿也不要,我们不是为工分活着的! 我们团支部全体出动,二十多天了,没有一个人请过假。淑红那天肚子疼,好几个人硬推,她都不回去,天天是她挨门找人,这个很不容易。不光团支部的人,我们还动员了一大群非团的青年,跟我们一块儿看麦子。好多人就是一块看麦子,思想变好了,比如马长山吧。他进步了,全是焦克礼帮助的。"他说着,见焦克礼又要张嘴,马上说:"你已经宣布打一次岔就不打了,我反对你在我没有把话说完的时候再张嘴!"

　　焦克礼连忙点头:"好,好,说你的吧。"

　　韩小乐接着说:"这会儿,马长山就要当生产小组长,不能不说是咱们这位组织委员的功劳,当然也是咱们团支部的功劳。"

　　韩道满说:"我有点进步,多亏淑红帮助……"

　　焦克礼制止他说:"别打岔!"

　　韩小乐说:"道满打岔行。道满你说吧。"

　　韩道满低着头说:"我就这么一句,实在的,我那会儿落后极啦。光知道干活儿,拿工分,淑红说,咱们青年,要为建设社会主义贡献力量,光干活不行,还得参加斗争……"

　　马翠清蔑视地盯着韩道满,那眼色好像说:你这斗争参加的怎么样呢? 你看问题用阶级斗争的眼光了吗? 还有脸在这儿说哪!因为自己是主席,不能随便打岔,只是小声地嘟囔一句:"咱们说话,都得实事求是啊!"

于是，人们都热烈地发言，大部分是摆成绩。东山坞团支部在这一阶段的工作，成绩是主要的，应当摆；而年轻人也是容易看到自己成绩的。

马翠清和焦克礼交换着眼色，心里边也很得意。

焦淑红细心地听着同志们的发言。换个时间，或者说在麦子黄梢以前，要是听到这些好话，她也会跟马翠清、焦克礼一样地得意起来，可是现在，她的心不光得意，也在冷静地思考着在以后的斗争里，怎么样才能把这些优点和成绩发扬光大。经过这场斗争，经过许多事情的周折，特别是经过萧长春一点拨，经过许多老贫农一启发，她感到自己的身上有很多缺点，团支部的工作也存在着不少的问题；迫切要求进步的心情，使得她恨不能一下子把缺点全改掉。她想：大家在这个会上都是摆成绩、论功劳，怎么能够达到"提高战斗力"的目的呢？她还想：马翠清自信心很强，焦克礼更加乐观，让他们先检查准不行，自己应当赶快起个带头，把大伙儿的思路扭一扭。

她找了个空子，马上说："同志们，我先谈一点想法。"

马翠清说："对。咱们就一二三四五六，一揽子说吧。"

焦淑红接着说："同志们说得挺对。我们这一段工作，因为大伙儿听党的话，齐心努力，成绩不小；可是，我们的缺点也不少，我们还要使劲儿提高。比如说，在眼下这场斗争里边，我们每个人都没有像两位党支委的眼光尖锐，我们有时候对事情看不透，有时候晕头转向，有时候着急，有时候又扫兴，这是因为咱们脑袋里没有把阶级斗争的旗子挂起来呀！……"

焦克礼插言说："这话对。不要说党支委，连狮子院的喜爷爷我们都比不上。就说昨晚上吧……"

韩小乐抢过来说："昨晚上的事儿，大伙都知道了。其实那类事儿多啦。萧支书没回来，村里一有土地分红的风声，他就把我们全院的人找到一块儿说:这是要破坏咱们农业社,地主富农准是插手了,咱们得警惕着点儿。这不,二十来天了,每天晚上,我们院的人轮流打更,盯着马小辫的活动。"

焦淑红接着说:"因为咱们看问题不用阶级斗争的眼光,脑袋装的事儿不少,遇到事儿,光看表面,工作当然没力量,怎么能当好党支部的助手呢? 团支部为什么是这个样子? 跟我有关系,我没引着大伙儿在参加斗争的时候也动脑筋,提高思想;更没有想到事情过后检查一下,总结一下。我有时候干工作光想表面轰轰烈烈,整整马连福出口气啦,要求一支大枪背背啦,团支部多出来几个干部显得光荣啦。这叫什么呀!"

在场的人,又都严肃起来,都盯着他们的团支书,又用她检查的问题跟自己身上的问题比较。

焦淑红列举了许多大伙儿都一块儿经历过的事实以后,声调忽然低下来说:"还有,我在处理个人的事情上,阶级观点也不明朗……"

韩小乐说:"嗨,我看你瞧问题瞧的挺准,也挺坚决……"

马翠清打断他的话说:"人家心里边想的,你钻进去看见了?"

韩小乐不服气地说:"当然看见啦! 土地分红的歪风一刮起来,淑红立刻就给支书往工地上写信,这你不知道?"

焦淑红说:"我指的是对马立本这个人的看法。我对他的看法,根本错了。他是个什么人,这一程子,这个坏蛋,不是越暴露越明白了? 他是富农的儿子,根本不想跟富农在思想上分家,还甘心情愿当马之悦和坏人的狗腿子。最近又发现他跟地主也有牵连! 可我呢,只当他觉悟不高,有点个人主义,还想团结他,培养他入团! 我的政治警惕、阶级立场跑到哪儿去了!"

听了这些话,好多人都不住地点头。

焦淑红继续说:"他总想追我,大伙儿都知道。可我呢,不坚决揭发他、制止他,还怕伤害他,怕一块儿工作,伤了和气!这是什么感情啊!"

马翠清说:"这家伙可讨厌啦!像一只绿头苍蝇,赶也赶不开。要搁在我身上呀,早就两个大嘴巴扇得他远远的了!"

让焦淑红这么一引头,大伙儿就都抢着发言,给团支部提意见。有的说,开头那段儿,不少团员、青年对阶级斗争形势不清楚,支部也没有组织大伙儿讨论讨论;有的还说,很多人上了马之悦的当,还崇拜他有"本事";有的说,很多人工作方法简单,不善于团结落后的人……

一直没有开口的新媳妇玉珍,被焦淑红的自我批评精神感动了,也被大伙儿的热烈发言鼓舞了,她举起胳膊说:"翠清,我能发言吗?"

马翠清说:"这不是废话吗!让你开会,怎么不能发言呢!开头淑红姐不就说了吗!"

玉珍说:"有人先宣布,列席的没有发言权。"

焦克礼马上抢过来说:"喂,喂,我声明一下,我光说你,没有包括别人……"

在座的人都叫起来了:

"哟,不让自己媳妇发言,这是什么思想呀!"

"团支部会上还耍大丈夫主义呀!"

"先整克礼的风吧!"

焦克礼四面"受敌",左右招架不过来:"同志们,同志们,让我说一句行不行呀!翠清,你这个主席怎么当的,乱了套你也不掌握呀!也没有我的发言权啦?"

马翠清故意让大伙儿吵,不吭声。

焦淑红大声说:"大家静静,让克礼对这个问题表示表示态度!"

134

吵嚷的声音，渐渐地停下来了。

焦克礼说："我刚才那句话没有说完全。我不是说，从头到尾没有发言权，是说，等主席讲完话再发言……等等，我还没说完哪！我是说，别乱说，要集中火力给支委提意见。"

玉珍问他："你说完了吧？"

焦克礼说："完了。你说吧。别扯用不着的，要提意见。"

玉珍说："当然提意见了。就给你提！"

人们"哗哗"地鼓起掌来：

"玉珍，撒开了提！"

"不用怕他！"

玉珍说："我怕他什么！不开会，我还要找淑红提哪！我提的是，领导让他代理队长的事儿。这个事儿可以提吧？"

焦淑红非常高兴，立刻回答说："当然可以提，今天要开这个会，就跟这件事儿有关系。同志们，对这件事儿，也得用阶级斗争眼光呀！玉珍，你就放开胆子说吧！"

玉珍说："今个早上，韩主任和淑红姐跟他一提当队长的事儿，他当时就变得愁眉苦脸。我说他几句，他还不服，回到家，饭也吃不香了，又跟弟弟发脾气，又跟妹妹耍态度，跑到屋里，瞅着房顶打愣儿。我看他愁成那个样子，就又劝他。我说，韩主任的话对，当队长这事儿，是革命交给你的任务；去年秋后——那时候我还没过门儿，可我常听人家说——萧支书是多么勇敢地担起东山坞这担子呀！我说，你应当跟萧支书学习，只要一点儿私心没有，全为社会主义，一定能干好。你们猜他说什么？他说：'干好？干好个屁吧！就一队那些老奸巨猾的家伙们，我一见他们就黑眼！让我跟他们一块儿混去，这不是给我罪受吗？'……"

人们又喊叫起来了：

"这是什么意思？当队长是受罪呀？"

"这是抗拒!"

焦克礼红着脸说:"我刚才找韩主任应下了……"

"你心里边服没服?"

焦克礼说:"我没服,今晚上开完贫下中农会就接手啦?"

玉珍说:"还有哪。我说,你不用怕困难,有党支部和领导,听说还有喜爷爷给你当参谋,怕什么。你们猜他说什么?他说:'一个糊里糊涂的老头子,当什么参谋!'"

人们又叫喊起来了:

"瞧不起老贫农!"

"嗨,真骄傲哇!"

焦克礼又红着脸说:"我那个看法,是先头的看法,心里边一琢磨,一想到昨晚上那件事儿,马上就变啦!"

"不行,得检讨!"

"深刻检讨思想!"

马翠清站起来说:"听我主席的几句。刚才支委碰头,焦克礼还说自己没啥问题,敢情你的屁股也不干净呀!同志,别羞羞答答的了,快检讨吧!"

焦克礼见人们都瞪着眼睛盯着自己,压力挺大,就站起来,咳嗽一下子,检讨开了:"我是错了。过去总愿意吃现成饭,做现成工作,不愿担沉担子。我又怕自己这个牛脾气,对付不了一队那几个捣蛋的富裕中农,惹下乱子……对喜爷爷,过去我是有点不了解他。经韩主任一教导,又想起昨晚上的事儿,我认识他了……"

没容他说完,人们又喊开了:

"不对,不对!"

"假检讨!"

焦克礼连忙说:"全算我错了,往后一定改错,还不行吗?"

"你的思想根子,就是畏难情绪,怕斗争!"

"不想当队长，就是不想参加斗争，你不承认这一条不能过关！"

焦淑红马上引着大伙儿说："咱们还得深一层看待这件事儿。你们想想，党支部为什么要选我们贫下中农的人当队长，又为什么选我们很嫩的年轻人当干部？你们听听喜爷爷是怎么说的吧！他说：这是夺印把子的大事儿，是咱们穷人坐天下、传宗接代的大事儿！你们说，我们光想自己怎么着，前怕狼后怕虎，不从心眼里接受任务，难道让那些不走社会主义道儿的人去掌印把子吗？克礼你说说！"

焦克礼低下头，连脖子全都红了。他小声说："你们说的全对，我认错！"

马翠清质问他："真认错还是假认错？"

焦克礼说："真的呗！"

韩小乐插言说："这回你挨了整，离了会场，回到家也不兴像马主任那样打击报复，给玉珍小鞋穿呀！"

玉珍说："这你们放心吧，越在人多的地方，他越逞能、显威风，回家他不敢……"

"哈，哈，哈……"

"这回揭底儿了！"

会议从开始到这会儿，第一次恢复了往日总是不断的那种大笑。

笑声一住，韩小乐又说："两个支委都引火烧身了，都得到了帮助了，就剩下咱们的宣传委员了，我得提点儿。"

马翠清挺大方地说："提吧，欢迎！"

韩小乐说："欢迎好。刚才淑红检查里边有一条，说自己处理个人的事儿不太干脆，可是我们的马翠清同志，对处理跟道满的关系，太干脆点儿了吧？……"

马翠清叫起来:"现在是淑红姐检讨,是批评克礼,你怎么往我身上拉呀?你吃饱了撑的呀!"

韩小乐说:"你刚让一揽子说,又表示欢迎,怎么我一张嘴,你又改了?"

马翠清被问得无言答对。

焦克礼笑笑说:"我觉着你也不会是干净得连土星都没有。让大伙儿批评吧,真能提高呀!"

韩小乐冲着焦克礼说:"你先别乐,这里边还有你哪。告诉大伙儿吧,对马翠清和韩道满这件事儿,克礼我们俩争论好几回。马立本跟韩道满是一个样的人吗?克礼,你同着大伙儿讲讲,是一样人不是?"

焦克礼说:"当然不是。"

韩小乐说:"不是一样的人为啥一脚踢开?翠清因为道满有点儿缺点,就一脚踢开。你们呢?支书不管,组织委员心里赞成,这对吗?这是对一个有缺点的青年的正确态度吗?这能算用阶级斗争的眼光看问题了吗?翠清你别急着要反驳我,等我把话讲完。你跟道满搞不搞对象我不管,你这样对待一个思想有问题的青年群众,我不赞成,我得说话。你们这样别别扭扭地,对整个阶级斗争肯定只有坏处,没有好处!……"

马翠清和焦克礼都要反驳。

焦淑红把他们制止住,又对韩小乐说:"小乐,批评的对,你就狠狠地批评吧。不管他们爱听不爱听,也不管他们听得进去听不进去,也得提,大伙儿可以提高认识。你一提,就把我提醒了。对翠清和道满的事儿,我不是没管,我批评过翠清,也劝过翠清,我劝她多看道满的优点。可是呢,我根本没有想到,他们的矛盾跟阶级斗争是连在一块儿的,也没有给翠清想过具体办法,更没有一块儿帮助道满克服缺点,这跟我自己思想里的毛病是一条根子。"

马翠清怒气冲冲地说："你没劝我帮助他，我可没少帮助他，我是尽到最大责任了！他是个不可救药的落后分子……"

韩小乐又喊起来："翠清同志，我的意见还没有提完哪，还得说两句。我老早想说，就是觉着一个小伙子跟一个大闺女说这话儿不方便。你们笑什么，实在的事儿嘛！在团支部会上，当然不分什么小伙子大闺女了。翠清，我问问你，你怎么帮助道满的呢？你让道满去打自己的爸爸，这是帮助吗？"

大伙儿听了，都吃了一惊："哟，还有这事儿？"

韩小乐拍着韩道满的肩头说："让本人讲，我瞎说没有？"

别人一提韩道满，他就羞得抬不起头来了，这会儿推着韩小乐的手，低声说："让大伙儿说吧，我，我……"

焦克礼也急了："翠清，你真说这样话了？"

马翠清一挺胸脯子："说了，要站稳立场嘛！"

焦克礼"噌"地跳了起来喊道："什么立场？韩百安是地主还是富农？打人是犯法的呀！我们团支委怎么能让一个青年打自己的爸爸呢？真要打了，得给咱们的斗争抹多少黑！真是无奇不有，我今天才知道这件事儿！"

人们全都嚷嚷起来了：

"翠清这可不对！对落后人，只能说服教育。"

"就是嘛，萧支书打马连福了，还是打弯弯绕了？"

"人家不打爸爸，就说人家落后，还有这么先进的？谁还敢当这样的积极分子呀！"

焦淑红说："翠清说这种话不对，道满也有缺点，斗争性不强，是非弄不清楚。你想想，这些日子，斗争这么激烈，你只是跟着帮帮，自己动了多少脑筋？别人都急的啥似的，你跟没事人一样。就说这个会吧，别人都热烈提意见，你不吭声，这也不对呀！"

焦克礼说："这会儿我也想通了，也别全怪道满，翠清对他要求的太没边儿了;我呢,一个组织委员,除了瞧不起他,挖苦他,根本没有帮助过他。咱们今个全得按着萧支书的样子对人对事儿!他对敌人狠,对自己的人从心眼里喜爱,这个大伙儿都看见了。我往后要当队长了,一定得像他那样。这就是用阶级眼光看问题。道满,在这个会上,我跟你认错!"

人们热烈地鼓掌。

韩道满抬起头来看看大伙儿,喃喃地说:"我有错,我有错。"

韩小乐说:"你是有错儿。实里求实地说,这一程子你是进步了,比过去进步多了。可是你那进步没有扎根儿!"

焦克礼补充说:"对,进步没扎根子,就是社会主义在心里边没扎根子!"

有个小伙子插了一句,提的更高:"你是真拥护社会主义,还是虚的,得想想了!"

韩道满小声地分辩说:"我是真拥护。"

韩小乐:"别这么一揽子包。你想想,你要是一心为社会主义,能因为马翠清冷你一下子,就对工作灰心丧气吗?马翠清为什么对你有意见?就因为你的进步不是为社会主义,是为了娶个媳妇呀!这是个人主义!"

焦淑红接着说:"我觉着大伙儿的意见都很好,道满应当一句一句地吃到肚子里去。过去我就跟你说过,你帮助你爸爸的办法不对头。怎么不对头呢?今天大伙儿一说,我明白了。你是用落后思想帮助落后思想。实在是这样。那天你们吵架,你怎么跟你爸爸说的?你说'全完了','您算把我毁了','您爱怎么着就怎么着吧,谁也不用管谁了',这是什么话?你为什么活着?你要真为社会主义,一个人能把你毁了吗?你爸爸要走资本主义道儿,也能谁也不管谁吗?翠清对你这些思想帮助的办法欠讲究,可是,她对你不满,全是应当的!"

韩道满又抬起头来看看众人，诚恳地说："这一回，大伙儿把我的心拨亮啦！我过去进步，是为自己，这是一道铁箍儿把我给箍住了。我也想通了，全是我的错儿，不怪翠清……"

人们又喊起来：

"别打圆场啊！这回是小整风，谁是谁非，都得弄清楚，往后好把缺点都改过来！"

"就是嘛，翠清立场坚决、干事儿积极，可是有时候太不讲政策！你是团支委，跟一个普通团员不一样！"

…………

马翠清不看谁一眼，抱着膝盖一坐，那个小嘴噘得能拴个油瓶儿。

焦淑红小声说："翠清，掌握会场。"

马翠清说："全冲我下家伙了，我还掌握什么呀！"

焦淑红笑着说："刚才你说的挺好，让大伙儿帮咱们摘摘黄叶子、摘摘虫子咬的叶子，你怎么又拦着不让摘了？"

马翠清说："摘吧，谁堵你们嘴、攥你们手啦？"

焦淑红兴奋极啦！她好像从来没有开过这样一个痛快会，批评别人的话，也像批评自己。她不计较马翠清的态度，她知道，马翠清表面上这样，心里边比自己受的震动还会大。她大声地说："同志们，在这二十多天的斗争里边，我被卷在当中，遇到的事儿不少；回过头去想一想，看一看，经验、教训更不少。咱们怎么参加往后的斗争，经过一总结，不是心明多了，眼亮多了吗？我们这一群年轻人，应当老老实实地在阶级斗争里锻炼，可不能满足。过去，我想自己能劳动，不怕吃苦，又一心为社会主义，没问题了；遇上风浪，实实在在地一试验，才明白，不行，差远啦！当一个新农民，不光要能劳动、不怕吃苦，也不是只有一个好愿望就行了，还得能够经住各种各样斗争的考验。非得有这些考验，不然，就当不了新农民!"

团支书这几句话,是她这一程子的切身体会,话儿出口,她的胸口是热乎乎的。

她接着说:"我有好多的事儿没经住考验,刚才我检讨半截儿,我再接着说……"

焦克礼说:"还是一码一码地定吧!要乱讲,我还有话说呢。昨晚上,两位党支委跟我们说——先说下,这个只在我们这个圈儿说,谁也不兴到外边讲去——咱们东山坞不光要把思想的新摊子建设起来,也要把组织上的新摊子建设起来。从今天这个团支部扩大会起,咱们团员、积极分子都要分工,每个人包一个到两个青年群众帮助;帮人家就得帮到底儿,让他们都变成咱们这样的人。还有,小乐要当会计了,明天就上任;我呢,一定跟喜爷爷一块儿,把一队的工作搞好。另外,马上还要补充干部,像小组长啦、妇女干部啦,都得有咱们的人,好多干部要从咱们团支部和青年里边挑。这可是不得了的大事儿呀!"

焦淑红接着说:"你们看看,这么大担子都放在我们身上了,带着好多黄叶子、虫子咬了的叶子,怎么能干得好哇?"

焦克礼看了马翠清一眼说:"还要小孩子脾气,不敢承认自己身上有这样的烂叶子,怎么行呢?"

马翠清跳起来说:"得了,你们别指桑说槐的了,我承认错还不行吗?"

韩小乐拍手说:"欢迎,欢迎!"

焦克礼说:"得从心里边认错。"

马翠清说:"我多会嘴跟心也是一样的!"又指着韩道满说:"他呢,他也得当众下个保证吧?"

韩道满看看马翠清,又看看大伙儿,说:"我不会说话,说漂亮话儿,同志们也不爱听。这样吧,咱们拉线瞧活儿,往后看吧,看我的行动吧！"

焦淑红拍手说："好，好！我也是这样说。今天这个会总结支部工作，也总结我们每一个人的思想；自己要真心检讨，同志们也热心帮助，还要看以后的实际行动！"

大伙儿都喊起来：

"对，看咱们行动吧！"

"一定当好党的助手！"

"先让阶级斗争的旗子在咱们脑袋里挂起来呀！"

马翠清又庄严地宣布："大家请坐好，接着开，多给团支部提意见，特别是我！"

第六十四章

东山坞农业社决定放假三天。放了假，村子里反而显得更加繁忙：人们都赶着料理家务，准备一扑心地投入收获小麦的战斗。

大街小巷都很热闹。修房的，补墙的，搭炕的，垒圈的，一两个人可以伸手搞的土木工程，都动起来了。女人们有女人们的事儿。她们趁此机会，打开箱子、柜子，拿出叠得平平整整的衣裳，穿戴起来；挎着篮子，带着孩子，骑着毛驴，或者步行，走娘家、看姐妹们去了。她们从那些挑水、和泥的男人跟前走过，给自己的丈夫留下钥匙，留下几句贴心话儿；丈夫们都用一种矜持的、多情的眼光送她们走远。

不当家不理事的年轻人，既不热心家里的小小的建设事业，也没兴趣履行世俗的礼节，除了有特殊工作的和硬被父母扣留下走不开的，全都按着自己的心思痛快地玩耍。农活忙起来之后，很少见到有人打扑克和下老虎棋，这会儿也在街头巷尾、门道里和树阴

143

下活跃起来了。争吵声和欢笑声此起彼落。勤快的老人瞪他们几眼，骂他们几句，全都不会影响他们的兴致；甚至是根本没有看见，也没有往耳朵里听。他们在忙着玩，顾不上别的事儿了！

马之悦两口子，也在为他们的目标，苦心地忙碌着。

昨天干部会上突然提出了调整干部的事儿，使得马之悦更加肯定了马志新那封信上的消息。他甚至觉得，这是萧长春作最后挣扎的一种手段。让焦克礼当队长的事儿，像扎了他一针，撤换马立本又像砍了他一刀子。他根本就没有把韩小乐放在眼里，焦淑红倒是一个敌手。现在应该怎么办呢？他想来想去，决定四条管子一齐下：第一条管子还是得打击萧长春这条根子，设法让他没有心思再抓这种事儿；第二条是铲走焦淑红，把韩小乐孤立起来；第三条是找乡长李世丹撑腰，求他止住这场"清洗"；第四条是把马志新传来的消息散布出去，让那伙子中农反对焦克礼、韩小乐上台……他想：这四条管子不论哪一条通了，都能够达到目的。

马之悦经过一番苦思苦想，渐渐地沉着起来了，还是照旧地说，照旧地笑，照旧地指手画脚，在别人面前，设法表现他的工作挺"积极"。为了不影响"士气"，撤会计那件事儿，他既没有跟马立本说，也没有跟马凤兰透，所以大伙儿还是蛮有信心地奔波着。

沟北来了个焊洋铁壶的，把摊子摆在坎子边上的小槐树下，丁丁当当的敲打声，招来了一群孩子，也把马凤兰招来了。她从家里找出一只破脸盆儿，让焊壶的人给她换个底儿，就两手抱着肩，靠在小槐树上等候；身子在这儿，两只眼睛却盯着孙桂英家的门口，心里边想着主意；脸盆修完了，她还不走。这个耐心的猎人，正守着她的猎获物哪！

大湾供销社一个下乡卖货的小车子，停在沟里的石碾子旁边了。业务员手里那个货郎鼓"丁零零，丁零零"地一响，那些做针线、哄孩子的闺女、媳妇们，立刻就你呼我叫，成群结伴地围过来了。

坐在家里替男人打点行装的孙桂英，也被这声音惊动。她把几件要洗的衣裳往盆子里一按，端着就朝外跑；到了小货车子跟前，把盆子往地下一放，又动手，又动嘴；看看这个，瞧瞧那个；问这多少钱，问那什么价；拿过来，放过去，又是品评，又是比较，闹了半天，一个小子儿的东西也没买，她却心满意足地端起盆子，要到河边洗衣裳。

萧长春从对面走过来了，脸上和脚步都带着轻松、自在的神气；打从工地上回来，人们很少见他这样安定过。昨天晚上的贫下中农代表会开得非常成功，总结了过去的工作，制定了今后的计划，通过了代理队长和撤换会计的事儿；刚才他又跟韩百仲碰了下头，把该决定的事儿决定下来，打算下午找三个团支委了解一下昨天下午团支部扩大会的情况，就要准备明天赶集的事儿了。在家里，他听说供销社那位年轻的业务员下乡来送货，心里很高兴，就赶忙跑来，想帮帮忙，再问问带没带着小农具和避暑的药物，像仁丹、十滴水之类的东西，以便买些，留给社员在收麦子时候用。

孙桂英从来不肯放过跟萧长春说几句话的机会，见他迎面来了，赶忙停住步，又收敛了轻浮的嬉笑，作出一种磊落大方而又很亲热的样子，说："大兄弟，这程子可把你累得够呛，该休息几天了。"

萧长春说："有休息的日子，等收完麦子，咬上烙饼。怎么着，听说你愿意连福走了？"

孙桂英抿着嘴笑笑："我压根儿也没有拉着他呀！"

萧长春说："那好嘛！一会儿我去看看连福，问问他还有什么事儿。"

孙桂英说："好，好，晚饭你就到我那儿吃去吧。"

萧长春没有跟她闲扯下去，就走到货郎担子跟前，跟年轻的业务员打招呼。

孙桂英也跟在后边，没话找话说："大兄弟你瞧，新社会真是样样好，供销社的同志都把东西送上门口了。你看看那条毛巾，成色、花样多漂亮啊！等到打场的时候，蒙在头上，嗨……"她一伸手，从货郎担上扯过一条葱绿地、两头印着两枝梅花的毛巾，在自己的身上、头上，比比试试，朝围着的人得意地笑着，"我想买一条，一琢磨，算了。我这脑袋要蒙上它，又该有人说闲话儿了，又该说我光想打扮了。打扮有什么不好，人没有不爱美的，大兄弟你说对吧？你这支书反对不反对打扮？"

萧长春一边问业务员喝水不，有什么需要帮忙的事情没有，一边在挑子上寻找他要买的东西；听到孙桂英这么问，就笑笑回答说："我们不主张总是讲究打扮，也不反对打扮。话说回来，人美不美不在打扮，也不在外表，心眼好，劳动好，爱社会主义，穿戴再破烂，再朴素，也是最美的。你们孩子他爷爷，就是这样美的人。我说的是闲话儿，该买你还是买，买一条手巾用，也不是什么多余的事儿。"

旁边有人插言说："对啦，萧支书说的话，句句在理。大伙儿的生活水平提高了嘛。往后，别说毛巾，还要买真丝的，透明纱的哪！"

插言的人是马凤兰。原来她早就钉着梢；假装在货车子跟前围着，帮一个小姑娘挑花丝线，耳朵伸着，眼睛斜着，专门听话音，看风向，想主意，找空子。

萧长春没有答理她，就问业务员带没带小农具和避暑药物。

业务员马上给他找出来了："您选吧，要多少？"

萧长春一看挺满意，就说："稍等一下，我到办公室取点钱来。"

孙桂英见萧长春要走，赶快叮咛一句："大兄弟，晚上你可一定去呀！"

萧长春说："就怕又有会。要是不开会，我就去看看他。"又说，"明天连福走了，你也不用惦着，那边住的吃的，都不差；家里呢，不管有什么事儿办不了，你就跟我们干部说，怎么着也不会让你们娘俩为难着。农业社的社员是一家人嘛！"

孙桂英觉着支书这些话知情知理，又特别亲切，心里边舒服极啦！就说："天底下真没有比大兄弟再好的人了。不用说真能做到，你这话到了，心到了，我也就领了情。反正往后少麻烦不了你呀！"

萧长春离开货郎担，急急忙忙地奔办公室了。

孙桂英两手摸着盆沿儿，两眼望着萧长春走远的背影儿，好久都没有动一动。这女人有个毛病：喜欢谁，放个屁也是香的，讨厌谁，出气也是臭的；对别人的话信不信、听不听的标准没有一定准稿子，全凭着对这个人喜欢还是讨厌来定。她喜欢萧长春，也尊敬萧长春；萧长春浑身上下都中看，萧长春的话儿句句都入耳。她把人家刚才说的那几句话掂了掂，瞧瞧自己这身打扮，觉着实在有点儿刺眼。支书说得对，人美不美不在打扮；支书待见的是好思想的人；过去连福落后，自己也总是往后坐坡，见了面，支书就冷冷淡淡，从打连福一转弯儿，自己也往前靠了，多会儿见了，支书都是热热乎乎的……

站在她背后的马凤兰，不住地拿眼瞄着她，心里边也是乐得不得了，"啪"地在孙桂英的后背上拍了一下说："嗨，眼珠儿掉出来了！"

孙桂英被她吓了一跳，也回敬了一巴掌："死货！"

马凤兰郑重地说："你瞧，人家支书多会心疼人。"

孙桂英说："人家才像个支书的样子，自己的事儿全不挂心上，给社员想的满周到，这样的支书能没人敬着？能没人拥护？能不把农业社搞出花来呀！"

马凤兰说:"我看他对你倒是特别特地体贴,跟对别人两股子劲儿!"

孙桂英又扬起手,可是没有打下去,眉毛一挑,抿嘴一笑,说:"农业社是一家嘛!"

马凤兰拍着手说:"对,对,你们并成一家子、两口子,倒也不赖!"

孙桂英扭住马凤兰胳膊上的肥肉:"不要皮的东西,你还敢胡说不?啊?"

马凤兰一边"哎哟"着,一边躲闪,说:"十冬腊月生的,怎么冻(动)手冻(动)脚的?我又不是萧支书那么漂亮的小伙子,又不像萧支书那么多情多意,你可勾搭我干什么呀!"

孙桂英放下手里的盆子,举起两只大巴掌,横眉立目,好像要吃人。

马凤兰见孙桂英又要动武,就招架着说:"别闹了。你不是洗衣裳去吗?我也想去,咱们就个伴儿。头边等着我吧,我回家抱衣裳。"

孙桂英一边朝小河那边走一边回过头来,酸梅假醋地说:"往后我再看你烂舌头胡说八道,撕下你一块臭肉喂小猫子!"

马凤兰见孙桂英顺着沟朝金泉河边走了,暗自一笑,也甩着两只白薯脚,扭扭地朝家走。到家,急急忙忙地收拾了几件并不该洗的衣裳,又往回折。她心里那股子高兴劲儿就没法儿提了,跑起来,特别神气,浑身的肥肉都在颠颤着。

她是安心要煽风点火,可是下了好几天的苦功夫,挖空了心思,找不到柴火摸不着灶膛,这下子可有下手的地方了。把她自己这几天搜罗、侦探到的一些情报,加在一块儿看看,觉着这把火已经点着,锅里的蒸气已经装满,快到揭锅的时候了。她得意地想:马之悦还一再担心男的这边不会搭茬儿,看起来,全都是多余的顾虑。马凤兰有亲身体会，她认定：天下没有不爱腥味儿的猫，也没有不贪女色的男子；别看表面假正派，那是没机会，不敢！萧长春这样一个壮年小伙子，又多情善感，又尝受过女人温暖滋味儿，身跟前游着一条肥鱼，能不馋？这条肥鱼不是躲闪，而是摇头摆尾引他去捕捉，心里边早看透了，早就明镜儿似的，早就有心了⋯⋯

马凤兰跑到沟里，没有先奔河边上找孙桂英，却朝另一个方向跑去了⋯⋯

这会儿，孙桂英已经坐在小河边的石头上，两只灵巧的手，正在慢慢地揉搓着衣裳。清亮亮的泉水，在她的手上跳荡着、翻着花儿，肥皂泡沫就像乳浆似的，在河水里旋转了一下，顺着水流化开了。她心里是舒畅的。不知因为什么原因，这些日子，她越来越觉着这日子过得很有意思，就像含着一颗不化的糖块儿，总有一些甜味儿。

这女人的内心世界并不复杂，她对一切事情都看得单纯，想得单纯，也追求得单纯。她自认为聪明绝世，其实最愚昧；她长了一副美的外表，却有一颗沾满黑点儿的心灵。她活了三十岁。如果说，一个人从十五岁开始懂得人生的话，那么，后边这十五年的光阴岁月是糊里糊涂度过来的。她既不往前看，也不往后想，只瞧一天一时，只求短暂的快乐和满足。任凭日出月落，风雨阴晴，任凭什么云火斗争，对她全无关，她吃的是舒心饭，过的是松心日子。她觉得这才是真正的幸福。

说起来，她也算一个受苦人出身。那是十七年前，一个暴风雪的日子里。

一个面黄肌瘦的中年妇女，拖着一个十二三岁的、瘦骨嶙峋的小闺女，随着成群结队的难民，从万里长城线上逃下来。万里长城线上遭了大难：从春花开放时节，到落叶的残秋，没有下过一场透雨，砣磃没有翻身；好不容易熬到年关，鬼子又展开了冬季"大扫荡"，在那里合庄、并村，建立无人区。成百成千的人死在铁丝网的圈子里，尸体堆成了山。人们急了，暴动起来了，不顾机枪扫射，也不顾刺刀往身上戳，冲出了"人圈"。这个女人的丈夫在乱枪里倒下，她那怀抱着的婴儿，冻死在中途路上，大闺女卖给了人贩子，只剩下她和这个小闺女了。她们跟着人流往南逃，想投奔当时繁华的北平，求得一条活路。千辛万苦地来到这个县界，就给鬼子卡住了，他们又拥进这座县城。

这母女俩跟着这一批还带着一口气的难民，住到一座关帝庙里。这女人打算找一桩能够维持生活的事情做，想挣扎着活下去。

有一天，一个六十多岁的胖老头来到庙里，看上了这中年妇女，就把她们带到他的小小的屠宰场里，让她们吃了饭，又给她们换了件旧衣服。那个中年女人就成了胖掌柜的"填房"。

那个小闺女还是按着原来的孙姓，起了个名儿叫桂英。胖掌柜喜欢这个白拣来的闺女，给她吃，给她花，给她穿戴，一切全都由着她的性子办。孙桂英十三周岁那年，她妈得了伤寒症。有一天下大雨，妈在北屋发高烧，孙桂英到前边汤锅房里去煎药。后爹正在那儿煺猪毛。这个老牲口，带着两手猪血，抓住了小小的孙桂英，把她强奸了。不久，后爹那个先头老婆撇下的儿子，一个吃喝嫖赌的浪荡汉，也奸污了孙桂英……

孙桂英十五岁那年，出落得一表人才，搽脂抹粉会打扮，像一朵妖艳的花。她学会了好多本领，能说会道，一手好针线；家里开宝局①，她端茶递水，后来还能插上一手；不光赢了钱，也赢得许多轻浮青年们的迷恋……

以后的时代变了，孙桂英也糊里糊涂、不知不觉地跟着变化了。可恶的胖掌柜一伸腿，妈妈改嫁到森林，她也跑到区政府跟霸占她的后爹的儿子离了婚，又糊糊涂涂地跟东山坞的马连福成了

---

① 赌场之一种。

两口子……

孙桂英生活在激荡的长河里,可是她没有追波逐浪,却躲进一块死水坑里,用尽心思来追求"欢乐"和"幸福"。她没有感到自己可悲,有时候苦恼也是暂时的,遇着一点点由着她的心意的事情,就可以使她满足,就可以得意忘形。

这几天,她正在"欢乐",什么事儿引起她欢乐,她不知道,反正她很欢乐……

马凤兰抱着一团衣裳,扭扭地走过来了,老远就喊叫起来:"哟,我还当你颠啦!"

孙桂英扭过头来说:"我没洗完,干吗走哇。"

"我看你们家里去个串门的呀!"

"瞎胡说!"

"嗨,真的,我刚要下坎子,就见一个人推开你家的门进去了。"

"糟糕! 听见货郎鼓响,我就慌慌张张地跑出来了,还忘了锁门。你看见是谁呀?"

"我光瞧着个背影,好像是萧支书!"

"去你的吧!"

"嘿,你们不是约会好了,傍晚碰头吗?"

孙桂英用手撩着水泼马凤兰,说:"狗嘴吐不出象牙来! 一句正经的都没有。你这一套都是跟马主任学的吧?"

马凤兰一边躲闪一边说:"得了,得了,算我瞎说。其实我也没瞧准,看那个派头,那风流的架势好像是他。不信,你回去看看,反正进去个人得了呗!"

孙桂英心里狐狐疑疑的,听马凤兰说的有鼻子有眼儿,也就信了。她想:这会马连福没在家,来了客把人家晾在院子里多不合适;要真是萧长春,更应当热乎点了,还是回去看看吧。她想到这儿,赶紧把衣裳拧了拧,把没洗的和洗过的,一件一件都拣到花瓷盆子里,一边甩着手上的水珠儿,一边说:"我去看看,要是没这档子事儿,瞧我回来整你不,你就活个结实点儿吧!"说着,端起盆子就要走。

马凤兰把衣裳往草地上一扔,追过来说:"别走,我还有句话儿要跟你讲哪!"

孙桂英停住,笑着说:"有话说,有屁放!"

马凤兰却拿出一脸正经的架势说:"桂英啊,别闹着玩了,我跟你说说正事儿。"

孙桂英瞥她一眼,说:"谁跟你说歪事了!"

马凤兰朝孙桂英跟前凑凑,又左右看看,压低嗓门说:"我本来想趁这闲空,这河边上又没有旁的人,跟你好好地摆摆;家里还有客等你,我就用不着费时间绕弯子了,咱们就挑水扁担进屋——直出直入!"

孙桂英说:"人家还急着走哪,你别卖狗皮膏药了行不行呀?"

马凤兰:"按理说,我也用不着绕,你是谁,我是谁,你有谁,我有谁?你嫁到东山坞这几年,表姨没有疼过你,热过你,没有亲过你,近过你;可我的心你知道,我没拿你当外人,把你看成我的亲妹子,这一点,你总有个体会吧?"

孙桂英见人家的确有正经事要说,也就正经起来,而马凤兰这几句话,把她这个心肠软的人也说得怪热乎。就说:"我也不是三岁两岁的娃,不知道好歹,你对我怎么着,我还不清楚吗?我也没把你当外人看呀!"

马凤兰说:"这句话全有了。咱娘俩是过心的人,没有不说的话儿,说轻了说重了,你都别放在心上。"

孙桂英说:"我是个直肠子人,搁不得好,也搁不得坏,不管什么,我也不会记在心上。"

马凤兰说:"你呀,别看透亮杯似的,没心眼儿。我也没心眼儿，可是呢，比你经的事儿多，见的人多，跟你表姨夫这几年，也学了一点儿看人心、观事态的眼力。不是我夸海口，我这一点比你强。"

孙桂英笑笑说："嘴说不绕弯子，又绕起来了。"

马凤兰也陪着一笑，声音压得更低了："我问你，你说萧支书是好人还是坏人？"

孙桂英马上回答："当然是好人啦！我见的人没你多，可是，把我见过的划拉到一堆儿比比，我还没有见过比他再好的人！"

"我知道你会这么说……"

"不是说，实在。"

"是实在的，他是个好人，长得好，待你也好。有一件，你可别忘了，他是个好男人，再好，他也是个男的；他每天吃的是五谷杂粮，不是喝圣水、钻古洞修行的，他跟旁的男人没什么两样儿！"

孙桂英眨了眨眼睛："我不懂你这是什么话？"

马凤兰叹息一声："唉，直说吧，他在你身上打了主意！"

孙桂英连忙摇头："不会，不会，他绝不是那种人！"

马凤兰拍着手说："嘘！旁观者清，这种事儿，还能瞒过人去呀！再直说吧，你对他也动心了！"

孙桂英急了："瞎说，瞎说，没这八宗事儿！"

"你急什么，有就有，没有就没有，咱们娘俩，又没旁人，这儿说，这儿了；说透了，我还能帮你拿拿主意呀！掏心窝子说，你对他真没这种意思吗？"

孙桂英低下头来，用脚尖儿蹭着地上的青草。过一会儿，才语调低沉地说："掏心窝子说，我喜爱他，我要是个男的，我就跟他磕头拜把兄弟。他像河水一样清白，好像钢铁一样硬朗，我敬着他。越跟他一块儿呆的多，说的多，越觉着他可敬，我越不能长邪心。我不敢长邪心，也不应当长邪心！就是这样，一句假的都没有！"

马凤兰在孙桂英的脸上瞥了一眼,说:"这样当然好。怕的就是,这份儿邪心,你不长,人家长呀!咱们娘俩过心,我才跟你说,说了是为着让你小心一点儿。你可要知道,这件事情,只要你这头一收不住缰绳,就算套上了。记得,前几天我跟你说过一回,那会儿我就看出一点儿苗头来了。"说着,笑笑,"行了,这儿说,这儿了,快回去看看吧。"

孙桂英忽忽悠悠地往回走。她的脚步沉重,手里的花瓷盆儿次都差一点儿滑下来;上了坎子,来到家门口,抬头一看,院门照旧虚掩着;推门进来,院子里根本没有客。她心里想:大概是人家见没人走了。她又进了屋,放下盆子,忽见柜上放着一个绿卷儿,拿过来一看,是一条毛巾——正是她刚才想在货郎担子上买的那一条——她呆住了,胸口突突地跳,抖落开看看,一点不错,正是那一条,绿地儿、两头印着两枝梅花……

她慌慌张张地往外跑。

这时候,太阳已经把院子里的最后一片光亮收走了,习习的凉风吹拂过来。

门声一响,她的丈夫马连福抱着孩子,乐呵呵地走进屋里:"喂,还没点火做饭呀?"

孙桂英慌忙把毛巾往衣襟底下一塞,满脸堆笑地应着:"就做,就做,我洗衣裳去啦,刚回来……"

第六十五章

今天马之悦专为焦淑红的亲事骑着车子出了一趟门儿,回到家里,刚端起水碗,马凤兰就乐颠颠地进来了。

马之悦一见马凤兰那副神态,就明白了几分,小声地问:"怎么样啊,有门儿吗?"

马凤兰说:"不光有了门儿,这条线算是牵上了,单等马连福一走,保管两个人得睡到一个被窝里去。"接着,就把她刚才做的事情,一五一十地说了一遍。

马之悦听完,就拍着大腿说:"你真有两下子! 这边算行了,就看姓萧的上不上钩了!"

马凤兰说:"母狗都翘尾巴了,公狗还能躲着跑呀! 你不知道姓萧的打了三年光棍儿? 你不知道孙桂英是个心里有他的人? 我敢说,她不把姓萧的勾搭上,死也不干;只要女的真动了心,什么样的男人也逃不掉!"

马之悦说:"好,不用说真勾搭上,真让咱们给抓住对儿,只要萧长春一动心,有了这番意思,名声传出去,马连福就得回来跟他砸脑袋,这杆枪就算让咱们攥住了,姓萧的在村里就得成了臭狗屎,再也不用想站住脚啦! 咱们熬到大鸣大放在村里搞起来的时候,用这个当引子,让群众跟他鸣,冲他放,不用费大事儿,就能把他收拾了。只要他一倒架,别的人顺手就扒拉倒了。那时候,变天,打旗子的是我,不变天,打旗子的也得是我。你还用得着发愁呀!"

马凤兰听了这番话,心里边就像抹了蜜一般,声音带颤地说:"老天爷保佑,但愿这一天快到门口儿,我真等急了,"又问:"你那头有门儿没有哇?"

马之悦说:"那头还用说,老早就托我给他说焦淑红,我一提,高兴得啥似的,还说要什么条件给什么条件!"

马凤兰更乐了:"那就看焦家这边了。"

马之悦说:"没问题。那两口子,怕闺女跟了马立本,恨不能立刻找个合适的主儿把闺女打发了,这个主儿多合适! 他们这种户,最贪图日子肥实、小伙子漂亮能挣钱。别的他们不管。淑红那丫头,总想往高枝上飞,一听嫁个比她高的知识分子,不乐疯了!"

马凤兰说:"那就麻利着办吧。"

马之悦把一杯白开水喝了,就往外走;一出大门口,心里忽又打个转儿,暗想:自己这么热心地给焦家提亲,这是人情往来,不会有什么不好,况且,过去也没少办这类事儿,更不会引起别人疑心;可是,这件事儿还挂着个马立本呀,这小子正血迷心窍,还没有从心坎上跟焦淑红一刀两断,要是知道自己把他心爱的人给铲走了,得罪了他,非得闹一场小矛盾!这小子别看年轻,食亲财黑,醋劲特大,很可能因为这件事儿跟自己掰了交情。他低着头,打个沉,高兴地一拍手:对,先这么办!

他想着,走着,没有先到焦家去,倒先奔马立本那个小屋子里来了。

马立本的假日是最舒服的——躺在炕上睡大觉,睡够了吃,吃完了,还是躺着,看他的《三侠剑》《啼笑因缘》;养精蓄锐,单等马志新来了,他好"时来运转"。

马之悦进屋就说:"立本哪,我看你跟焦淑红的事儿,可以一刀两断了!"

马立本一听就皱了眉头:"我真不明白,您为什么总是打破坏星!"

马之悦说:"我也不明白,你为什么不能了解我的心意。说心里话,我不愿意你赶快找个合适的人吗?问题就在于焦淑红不是合适的人。咱们走运的日子就到了,那会儿,你要什么样的没有?"

"我就看着焦淑红最理想!"

"理想不理想,咱们先不要去说它;我怕的是,闹了一遭儿,你得不到手,反而让萧长春趁火打劫,唱一出《甘露寺》。"

"不可能。他们家三口,两口全跟我一心,就是那个老头子从中捣乱,好事儿才没有成功!"

"不见得。要我看，三口子全没把你放在眼里。"

"您没看透……"

"咱们别抬杠。我这会儿找你来，想商量一下。我看哪，也别老是这么豆干饭闷着了。来个干脆的，可行则行，可止则止。你找焦振茂不方便，这会儿他没在家，你就找找淑红和她妈，是长是短，是行还是不行，来个嘎巴干脆的！"

马立本一听有门儿，精神头儿来了："对，我应当讨个底儿了，总这么晾着，长不长短不短的，心里老是放不下。我马上就去一趟！"

马之悦拦住他说："你先别急。我还有两个条件，咱们得说明白、讲清楚。第一，咱们不能卖得太贱，得拿出点大丈夫气派来！"

马立本根本不会知道，马之悦这一条是计策，想激起他的邪火，让他去捅马蜂窝、去砸锅，就点头说："当然。我要是跟他们低三下四地说好话儿，事情早就办成了，还等今天呀！第二条呢？"

马之悦说："如果真的没有挽回余地了，咱们得斩草除根，我可要给焦淑红另找个主，赶快把她铲走。要不然，端不到自己的席面上，反而给别人做了菜。你想想，自己的对象，成了人家被窝里的人，又在眼皮底下摆着，这个气好生吗？"

马立本更不会知道，这一条是马之悦给他安排下的真正结果，就又点点头说："行！留不住，我得不到，姓萧的也甭想拣个便宜！"

马之悦笑着拍拍他的肩头："好样的，一言为定，去吧。"又说："还有一条是非常重要的，这会儿我先不对你说了。快去吧，早给我个回音。"

马立本上了马之悦的圈套，怀着胜利的信心往沟南走。要是前两天，他是不敢这么硬往焦家闯的。这会儿，他怕什么！耳机子上说的话，马志新信上说的话，昨天早上他和马之悦的安排，全在鼓动着他！他已经看到自己追求的东西，就要摸到手了，他就要变成东山坞政治舞台上的"暴发户"和"胜利者"！他怕焦振茂这么一个老头子干什么！

淑红妈熬好了猪食，舀在柏木桶里，伸着手指头在里边搅搅，试一试凉热，又直起身，撩着围裙擦着手，刚要往屋里转，就瞧见有个人从前门进来了。

马立本装出一副大大方方的样子走了进来，打着招呼："大婶，忙啊？"立刻又瞧见一宗应尽的"义务劳动"，忙说："找根棍子，我跟您抬猪食桶。"

淑红妈一见马立本，就像吃了个苍蝇那么恶心。她立刻想起那天晚上老头子从地里回来的时候，跟她说的那件寒碜的事儿，也想起这个没皮没脸的人，给他们这个和睦的家里带来的各种麻烦，恨不得提起火棍子把马立本赶出去。她当然办不出这种让人不能下台的事儿，倒慌得她不知道说什么话儿合适了。

马立本见淑红妈没吭声，就弯腰抓起木桶上的梁儿，说："要不，我就给您提去吧。"

淑红妈说："不忙，猪食太热。"

马立本说："倒在槽子里一晾就凉了。"

淑红妈说："别，太热了烫坏了心！"

马立本的两只小眼珠，不住地朝里屋转。

淑红妈想找点事儿占着手，就要熏蚊子。她从碗架子底下掏出一条毛毛扎扎的粗火绳，又扒着灶膛里的灰点着了。一股带着香气的青烟，从她的手上升起。

马立本说："大婶，您这火绳是栗花的，烟好大呀！"

淑红妈一边往里屋的上门框上拴火绳，一边说："该死的蚊子，这么早的季节就出世了，这么大的烟还熏不走它哪！"

马立本说："打滴滴涕呀，那玩意儿厉害！"

淑红妈说："别忙，把我气急了，我就给它点厉害的尝尝，要不总当我老实心软！"

马立本心急如火，顾不上多扯闲篇，要往里屋走。

淑红妈转身挡住他，回手又把门扇一掩，出来了；到了院子里，又搬起一块大石板，放在鸡窝旁边。

马立本也只好跟出来了，往葡萄架桩子上一靠，说："大婶，这么早就堵鸡窝呀？"

淑红妈说："早准备着。你没听俗话讲吗，黄鼠狼给鸡拜年，没安好心眼儿。你知道它啥时候闯进来呀！"

马立本笑笑，又问："大婶，您家养几只鸡呀？"

淑红妈说："有个五六只。"

马立本说："淑红的眼睛可尖啦，最会挑鸡。小球球那么大，她就能够认出哪个是公鸡，哪个是母鸡，哪个好，哪个坏，一点儿不兴错的……"

淑红妈直起身，拍着手上的土，赌气地说："我看她眼不尖。眼睛要尖，不光会挑鸡，也得会挑人，哪能连个好人坏人都分不清楚呢！"

马立本一听话里有话，不由得一愣，问："大婶，您说什么哪？淑红怎么不会挑人了？您听到什么话儿啦？就咱们娘俩，您还有什么话不能跟我说呀！"

淑红妈没有理他，又回到屋里，提着猪食桶，偏着身子，咚咚地走到猪圈跟前。

马立本像一只赶不走的苍蝇似的跟在老太太后边，生着法儿逗话说，还没看见猪，就叫开好了："哟嗬，大婶，您这猪长得好大呀！"

淑红妈打开猪圈门子，说："长多大，也是个脏东西，挨刀的货！"

因为猪往外闯，闯得门子咣当咣当响，马立本没听清这句话，就又说了一句:"长得真好看,黑亮亮的!"

淑红妈一边舀食一边说:"外表好看,没好心不行。"

这句听清了,马立本本来已经感到气氛不佳,添上这几句,更是清清楚楚的了。这会儿他感到事情的发展,似乎有点不妙,看这样子,这个老太太也给萧长春拉过去了,在焦家又失去了自己的一根支柱,也就是说,在马立本幸福的道路上,这道难关是很难闯的!用不着跟这个没用处的老太太白费唾沫了,找当事人来个干脆的!就问:"大婶,淑红哪?"

淑红妈说:"她不在家!"

马立本问:"她到哪儿去了?"

淑红妈说:"有什么事儿,你对我说吧。"

马立本说:"我们的事儿,您不用打听……"

淑红妈翻了:"嚯,你们的事儿! 你们的什么事儿? 会计,我给你说,我们淑红可是有主的人了……"

马立本吃了一惊:糟啦,萧长春这家伙真的把焦淑红抢到手了。

淑红妈继续说:"往后,你别总是前追后拿着找她了。一个庄住着,低头不见抬头见,闹得伤了和气,多不好哇! 你要是不听我的劝,我可要找萧支书给你反映去了。"

马立本又吃了一惊:这个老太太也学会找靠家了! 他木呆呆地站了好久没有说出话。最后,他朝北屋使劲儿瞪了一眼,转身就往外走;刚走出二门,又听见屋里边传出说话的声音,心里一热,赶忙停住,靠在墙根,伸着耳朵听着。

这会儿,焦淑红高高兴兴地从后门回到家里。

"妈呀,还没喂猪哪?"

"热一点儿,凉凉吧。"

"刚才谁出去啦?"

"坏小子马立本。真叫不要脸,让我指桑骂槐地把他给戗走啦。"

"您用不着指桑骂槐!"

"怎么啦?"

"他要是再到这儿来胡缠,您就直接骂他,不用给这种人留情面!"

"你让我骂吗?"

"妈呀,您跟我爸爸过去全把我猜错了。他是癞蛤蟆想吃天鹅肉,心高妄想,我脑袋里根本就没装过这种事儿……"

"那你怎么还跟他和和气气的呢?"

"您还说哪,我的错误也在这儿呀!昨天我在团支部会上都检讨这件事儿了,大伙儿也都批评我。我那会儿是把他当个可以争取的青年,没把他当坏人看;他身上的臭毛病也看到一点儿,又只想到他有点个人主义,有点坏习气,能够慢慢地改过来;谁想,这个富农的儿子,根本不接受改造,不往好学,跟社会主义总是两条心:表面上给农业社当会计,暗地里甘心情愿地给坏人、地主当狗腿子……"

马立本听到这儿,晃了两下,差点儿摔倒。

屋里又传出声音:

"怎么又走哇?"

"我找萧支书去。一直没得空,我们开会的情况,还没跟他汇报哪。"

马立本像一只被打得落花流水的狗,抱着脑袋,逃了出来……

完了,这宗终身大事算是彻底垮了!非常的奇怪,马立本既没有悲观失望,也没有把这个当成一种打击,反而觉着这宗小事儿根本不算什么,又成了一种"推动"他"前进"的力量。他想:等那个日子到来,要跟着马之悦这些人狠狠地干一场,干出一个天下来,让

161

这些看不起自己的人,擦着眼睛看看;那时候,你焦淑红就是跪在地下哀求,老子也不要你!

他要马上找到马之悦,别的什么都不用说,就让马之悦快点想办法把焦淑红铲出东山坞!他到马之悦家里,又到办公室,全扑空了。

马之悦这会儿正坐在饲养场马老四的小屋子里跟焦振茂"谈心"。他用不着听马立本的汇报,也不用等待和打听结果,一切一切,他都推断出来了,都得按着他意料和安排的那个样子进行,这还有问题吗?他觉着,就是焦振茂这个老家伙,也在自己的手心里攥着,想让他圆就圆,想让他扁就扁!马之悦对付硬骨头的贫农束手无策,对付起中农户来,特别是玩弄那些没有狠心割尾巴的中农户,非常拿手!

他一走进小屋里,马老四便躲开伺候牲口去了。屋里边只有他和焦振茂。

他继续亲切地说着自己已经想好的那一套话儿:"振茂大哥,你知道,眼下工作这么忙,我可实在是顾不上管闲事儿。可是,一个庄住着,我愿意大伙儿都好好的,我愿意大伙儿的日子过的都舒心;别人家出了不舒心的事儿,就跟我自己摊上了一个样。我这个人,你知道吧,就是爱给别人考虑。"

焦振茂点着头,心里边揣摸着,马之悦到这儿来找他,说了许多家常话儿,还没有摸着头脑。

马之悦又小声说:"立本这孩子,实在不知道天高地厚,他怎么配得上淑红呢?可是他硬要跟淑红好。淑红这孩子,旁的事儿挺精的,惟独在这件事情上,真有点儿糊涂,偏偏就看上了立本。听说为这件事儿你们家里闹的挺不舒心,你还跟立本吵过,是吧?他这会儿还是不死心,一个劲儿找我,让我跟你说说。这点你知道,从打村里有了风言风语,我跟你提过这件事儿吗?我要是那种不替别人想的人，早劝你答应了。"

焦振茂说："谁劝我，这门亲事我也不能做。"

马之悦笑笑说："咱们哥们，我早猜透你的心了！"

焦振茂说："我是给他留着面子，他别老是想着别人怕他；再不要脸，我可要给他个好瞧的！"

马之悦说："这种事儿，邪极啦！光你自己这么想不行，你得看看淑红。亲闺女，就能知道心吗？"

焦振茂说："搞预分方案那会儿，萧支书指点我一回。后来我拿眼那么瞄着，淑红跟他好像没有什么意思，她也亲口跟我说过，她没想过。"

马之悦说："唉，年轻人，有啥主心骨儿！大哥，咱们是近人不说远话，我怕的是，将来闹出个不好来……"

一句话，触动了焦振茂的心病。他想起那一夜看麦子跟马立本闹的那场丑戏，浑身打起颤来。

马之悦说："所以我说，柳镇李家那门亲事做的了。"

焦振茂说："离着那么远，怕不摸根底嘛！"

"你不摸根底，我还不摸根底嘛！信不住别人，你还信不住我呀？"

"信得住当然信得住。您刚才说了，这不是一件小事情。春天有人跟我提过这个主儿，我回家就跟她们娘俩商量；她们娘俩全都摇头，我也就没心绪了。我看，等有了空，仔细地访访再看吧。"

"用不着三心二意的了，这个主儿，你就是打着灯笼也没处找去呀！旁的媒人说话没准稿子，我说话、办事儿，是那种没有四至儿的人吗？我这眼里有水。人家父母全在北京，铺子虽说合营了，收入还不少，日子铁桶一般；光是那个家底儿，坐着吃一辈子，也吃不空！"

"眼时的社会，家财倒是小事儿。"

"人也可心呀！高中毕业,眼下在中学代课,人家还要上大学呢！那真是聪明绝世,德才兼备,一看就知道将来是个有大造化的人物;跟立本站在一块儿,睁眼就看得出,天上一个,地下一个,差远啦！大哥我跟你说,淑红只能配这样的人,找个庄稼地的泥腿子,要文化没文化,要前途没前途,不要论过日子,就是说话也说不到一块儿,那可就把她埋没了。你的闺女,你比我清楚是不是?"

"那倒是。"

"咱们就算定了。"

"马主任你别急。等我回去跟她们娘俩商量商量再说,好不好?"

"家有千口,主事一人,你这个人在家里的威望我还不清楚,这事儿成不成,全听你一句话呀!"

"听我一句话还行！咱们得按着婚姻法办事儿。"

"行。明天集上,我绕个弯儿,跟那边订个日子,把小伙子请来,让他们两个人见见面,好不好?"

"这倒好。两个人见见,都看着合适,就做;不合适,就算了。这样又牢靠,又符合政策条文。"

"一言为定了?"

"明天您再等我一个话儿吧。"

马之悦点着头。他清楚这个中农的心理,只要是不立刻把门儿封住,就是乐意,事情已算成了;硬堵着窝儿要蛋,就兴许憋回去。于是,他马上告辞。

两个人临走出小屋子的时候,马之悦又加了一句:"大哥,可要拿定主意,别挑来挑去挑花眼,过这个村,可没有这个店啦！还有一句,我劝你清醒:女大不可留,这个意思,你那政策条文里可没有,实在事儿可出了不少!"

一点不假,焦振茂已经动心了。他是个办事周到稳重的人,就是心里愿意了，也不会马上吐口，何况，这么大的事儿，他得好好想想，还得让闺女同意了才行呢！

他们说着，走出大门口。

正在牲口槽边给青马挠毛的马老四，刚才遛牲口去的时候，碰上了喜老头，聊了一阵子重要的话儿。喜老头把他对马之悦的怀疑，把前天晚上发现马小辫到马之悦家里的事儿告诉了他，两个老人又把这些茬儿跟眼前的斗争连在一块推断了一遍。这么一提头儿，他们又想起马之悦许多可疑的事情。这会儿，马之悦又追着焦振茂嘀咕，立刻就引起老饲养员的疑心。他急忙放下手里的挠子，跟了出来："振茂，来，等一会儿再走，帮我把这担土抬进去。"

焦振茂转回来了。

马老四把他拉到里边，小声问："马之悦找你说什么了？"

焦振茂笑笑说："给丫头提件亲事。"

马老四打个愣："他是保媒来的呀？"

"对啦。不是马立本，是镇上的，一个人在镇上，家在北京，倒是不错……"

"你答应了？"

"没封口。我说，得跟她们娘俩商量商量再定准。"

"光跟她们娘俩商量不行吧？"

"还……"

"还得跟党支部的人商量！"

"这种事儿也找党支部？"

马老四认真地说："你怎么不想想，淑红是什么人？她是干部，是团支书，她是在组织的人呀！"

焦振茂愣住了："对呀！唉，我真是，怎么没想到这一节上呢！老四，你瞧瞧，这一行一动，我都跟你差一截儿，这是怎么一回事儿呢？……"

马老四平和地笑笑："怎么回事儿？就像你前几天说的,你还有个尾巴,还没有割干净,你还没有把心跟党完完全全地贴在一块儿呀!"

焦振茂喃喃地说："唉,一不留神就露尾巴。看起来,一个人要想进步,也真难呀!"

马老四鼓励他说："也不难。我给你出个主意:往后,别把你喜欢的那些政策条文,光挂在嘴上,得把它吃在心里,用在行动上。一行一动,你都要想着自己不再是旧时那个焦振茂了,已经是农业社这个大集体里边的一个社员了;一行一动都按着这个尺子量,按这个尺子走,遇着事儿,多跟党支部的人商量。这样一来,你就不会觉着进步难了。"

焦振茂点着头说："好,好,你说得真好。说一千,道一万,本不离根,这些才是根。好吧,听你的,回去,我们一家子先合计一下子,回头我找长春,让他给拿拿主意。"

马老四又拦住他,说："等等,我还有一句话说。你们一家子合计这件事儿的时候,别光合计男的那头合适不合适,也得把这个媒人合计合计。"

"合计媒人?"

"合计合计马之悦为什么对这件事儿这么热心肠。"

"你说呢?"

"我先不说,你们先合计去吧。"

"你点拨点拨我嘛!"

"我也得想想。"

"你这会儿怎么想的,先跟我说说呀!"

"我想到了一点儿。马之悦过去倒是没少保媒拉纤的,可是这一回,日子口不平常,得揣摸揣摸! 你要知道,眼下正在斗争,他马之悦跟大伙儿拧着劲儿,正是自己还顾不上自己的时候,哪还有闲心保媒,不怪吗? 你想想,马之悦给淑红保媒这件事儿,是不是也是斗争啊!"

焦振茂吃了一惊:"啊,马主任是党员,老干部,他跟咱们斗争哪家子? 就是斗争,我可碍他啥了?"

马老四想:看样子,马之悦的底细应当抽空儿跟焦振茂透透了,要不然,他将来准得上当,可是也不可操之过急,就笑着说:"振茂,别看你挺精明,对马之悦这个人你还得多花点心思,再从头认识认识他,别总让过去那个老框子框着。不说了,等你们合计完了,听了长春的话儿,咱俩再从容地聊聊。回家吧,娘俩都等你吃饭哪!"

第六十六章

太阳落山了,晚霞烧红了半边天。

焦淑红跟萧长春和韩百仲汇报完毕,高高兴兴地回到家,洗了洗手,就坐在后门槛子上,趁着这点空闲,又赶着缝做她那件心爱的东西——手榴弹袋子。她每天都要抽空做上几针,今天要最后完工了。那袋子用的是天蓝色的布,两个并排的口袋,一条长长的背襻儿。精工细作,完全由着她自己的心意。接缝的地方是对针儿䃼,沿着边又来了一趟跳三针;背襻上是线拉锁,锁成一溜不断头的盘肠;每个口袋上绣了一个大字,是金黄色的丝线,绣了一个"保"字,又绣了一个"卫"字。青春的智慧,编织着美妙的理想和神圣的献身于事业的愿望,都从她那手指间,一针一线地流露出来了。

在这虽然很短的日子里,这个庄稼地的、念过中学的姑娘,渐渐地懂得了阶级斗争的道理,也就深深地懂得了"保卫"这两个字

167

儿的意义,以及这两个字儿里边包含的内容;而且随着时间的增长、斗争的发展,她也就越懂越多。小时候,她舞动着霸王鞭,欢送过上前线的青年们;她端着热乎乎的鸡蛋,慰问过躺在担架上的伤员;她跟着庄稼人的队伍,站在大道上,迎接过风尘仆仆、从关外开过来的解放大军。以后,她在报纸上读过朝鲜前线的捷报,在文艺书籍里、电影银幕上,结识了赵一曼、刘胡兰、董存瑞……这一切,在她那纯洁如白纸的心灵里,激起过多少次爱慕和热情!又流过多少次感动的眼泪!如今,在和平建设的日子里,她同样拿起了"保卫"者的武器。她感到,自己每天每时都战斗在新的战场上,又在战斗中保卫着自己应当保卫的东西,增长着自己应当增长的本领……

焦淑红的两只手悠然自得地穿针、引线,她的心里,也跟花丝线似的,一根根、一条条,全都抽动起来。也许是因为心情忽然轻松了、愉快了的关系吧,不知怎么,又抽动了她跟萧长春连着的那一条线。她想:为了自己的婚姻事儿,闹得父母不安心,马立本不死心,有的地方是自己的责任,有的地方又不是自己的责任。自己既然真正爱上了萧长春,就应当干脆地、大大方方地挑明白;这样一来,所有的漏洞都堵上了,自己的心思也安定了,就可以一身轻松了。反正迟早是这么一回事儿了,还捂着、盖着干什么呀!明天赶集,跟萧长春一道去,把事情说一定,回来再跟爸爸妈妈一说,就算没问题了,往后再不会有这种事情纠缠了!……

像胭脂一般红殷殷的晚霞,涂在姑娘的脸上、手上,也涂在她那舒畅的心坎上。当她缝完最后一针,咬断了丝线,晚霞已经消退了,天空泛起灰黄的颜色。她捧着手榴弹袋子,翻来覆去地端详着,听到妈妈和爸爸在屋子里小声地说话儿。

妈妈说:"又翻你那些陈谷子烂芝麻的破纸片子干什么呀!那里边能有你的主意?"

爸爸说："翻翻看嘛，倘若有呢！"

"人家马老四不是让你找找长春吗？你就让长春给拿拿主意，我看这比什么都保险！"

"找谁拿主意，也得自己先想想。"

随后，是翻纸片子的哗哗啦啦的声音。

焦淑红不知道爸爸妈妈又在嘀咕什么事儿，正要站起身来，又被对门院子里的响声惊动了。

萧长春把他这一天要处理的工作全处理完毕，这会儿回到家里。

带着柴草气味的炊烟，在傍晚的街道上浮动着。从每个门口传出来的好闻的饭菜香、刀勺响，还有收拾着干水泥活的家什的撞击声，夹杂着孩子们的嬉闹和姑娘们的歌唱……

院子里没有动静。他也顾不上先到屋子里看看，就直奔小栅栏门后边，扒开一层腐烂的麦秸和泥土，搬出堆在底下的木头，抱了一抱，放在挨门口的空场子上。土改那年，他家分了马小辫祖坟上的几棵大树，伐倒之后，整材料盖了眼下住的这三间土房子，截下来的枝枝杈杈，也没舍得烧火，原想往后有了力量再翻盖砖房的时候做些零材料用。搁得久了，风蚀和潮气侵入，都有些糟朽了。

他又从屋里摘下一把小锯，顺手提了一只高腿的凳子放在木料的旁边；把一根木料放在凳子上，抬起一只脚踩住，拉开一个单腿上马的架势，两手紧握锯柄，就一拉一推地锯起来了。

愉快的锯木声，有节奏地"咔咔嗤嗤、沙沙啦啦"地响着。在这平静的夏天傍晚，显得十分动听；锯末子纷纷扬扬，像小雪花似的无声无息地落下来，把他站在地下的那只脚埋住。

焦淑红听到了锯木声，身不由己地朝院子里迈了一步，站在石榴树下，一只手扶着树身，跷起脚后跟，眼光越过两道矮矮的土墙，朝对门的院子里看着。

北方乡村的傍晚,当晚霞消退之后,天地间就变成了银灰色。乳白的炊烟和灰色的暮霭交融在一起,像是给墙头、屋脊、树顶和街口都罩上了一层薄薄的玻璃纸,使它们变得若隐若现,飘飘荡荡,很有几分奇妙的气氛。小蠓虫开始活跃,成团地嗡嗡飞旋,布谷鸟在河边的树林子里,用哑了的嗓子鸣叫着,又不知道受了什么惊动,拖着声音,朝远处飞去……

焦淑红看到对面的院子里一个结实的脊梁背。那脊梁背微微地朝下弯伏,随着锯木声一高一低,那动作又熟练又轻松。她想走过去,帮着萧长春拉拉锯,或是扶扶木头,又被南屋的声音吸引住了。

妈妈说:"马主任总不会有太坏的心眼儿吧?"

爸爸说:"这就难说了。这一程子,我看着他,总显着有点不正经;从马老四的口气听,这里边好像不是这么简单。到底怎么回事儿,他没说。"

"他不是还在党里边吗? 去年换了他的支书,没开除他的党呀!"

"我也是这么想的,可是让马老四这么一说,我又糊涂了……"

"马老四又不是党里人,他懂啥!"

"可别这么看。人家是贫农,有穷人的骨头穷人的心田,比咱们可强。人家眼光亮呀!"

"不管怎么着吧,咱们碍着马主任啥了,他跟咱作哪家子对头呀?"

"我也说不清楚了。马老四猜疑的有道理,他忽然一下子有了热心肠,要给淑红当媒人,这里边许有文章……"

焦淑红听到这儿,心里打个沉,暗想:马立本这个可恶家伙,又搬马之悦这个门子了,真不要脸哪! 马之悦跟马立本是穿着一条裤子的人,他给马立本在这种事儿上使点劲儿,拉的更紧点儿,倒是自然的。他怎么跟爸爸说的呢？爸爸又怎么回答他的呢？要是能够饿他几句才好；就怕爸爸跟马之悦还拉不开脸来。爸爸不了解马之悦，当然不会用阶级斗争的眼光看问题了，对这个"老干部"还迷信着哪。

正在姑娘想着心事的时候，街上响起了"突突"的脚步声。

萧老大嘴里叼着长杆旱烟袋，迈着欢快的步子，走进了他家的栅栏门。

他从焦二菊家来，又在大庙转了个圈子。这一天他一直忙在菜园子里，上午施肥，下午浇水，要收麦子了，社员们要改善生活了，得把青菜催催，好供给社员们吃用。做熟了饭，他就到处找儿子。这会儿，他停在儿子跟前，说："嗬，你在家呀，我还到处找你哪！"

萧长春抬一抬头说："我也刚回来。您找我有事儿？"

萧老大想说什么，又吞住了，把烟袋磕打了，往腰带上一别，说："放到地上，我跟你拉着锯吧。"

萧长春依旧是一边锯着一边说："您歇着吧，我一个人行。小石头呢？"

萧老大说："淘了一天，端着饭碗就抬不动眼皮了。我让他睡了。"

萧长春说："我想卖了木头，给你们爷俩扯点布，做两件衣服穿。"

萧老大说："别给我扯了，我穿什么不行。你自己闹上一件吧，出门开会，整齐一些好。"

萧长春说："我还有穿的。那几件汗衫，求淑红给补补，满能对付一个夏天。等钱有了富余再讲究吧。您还要什么东西，明天我赶集去，顺便给您买来。"

萧老大说："钱不多，买什么呀，算啦。"

萧长春说:"钱怎么少,您也别为难着。您放宽心,我有办法。"

萧老大说:"我看你的办法也多不了! 借给社里的钱,能拿回来吗?"

萧长春说:"拿不回来。明天两个队都要添买席子、家什,还挺紧哪!"

萧老大又问:"借咱钱那几户,也还不了吧?"

萧长春说:"您还指望要账哪? 他们都是困难户,借的时候,就是送了,还也不要,咱们比他们好对付。"

萧老大笑了:"瞧瞧,我说你办法不多吧! 行啦,什么也不用买,咱们就一块儿忍着吧。刚才连福媳妇找你,我问她什么事儿,她没说。"

萧长春:"连福明天要上工地,她想让我多跟连福聊聊,刚才我已经碰上连福了。家里没个男人,过日子总要困难些,我答应社里多照顾她。"

萧老大说:"要我看,开门立户,男人是小事,没个娘们,日子没法儿过。"

萧长春笑了:"解放军连队里都是男的,人家过得怎么着呀!"

萧老大说:"别看那个。过庄稼日子跟军队上总是不一样呗!"

沙啦沙啦的锯声,伴着父子俩的家常话儿,一齐传送到对门的院里,石榴树下的焦淑红全都听清楚了。她是多么想走过去,加进他们的谈论,像一家人那样。要是真在一块儿谈论起来,在这件事情上,焦淑红一定会站在萧老大的一边。

对门院内的锯木声里,萧老大忽然压低嗓门儿说:"真有意思。刚才听你百仲舅妈说,马立本这小子又是狗皮膏药往淑红身上贴,让淑红妈给寒碜了一顿,没脸拉撒地走了。"

萧长春说:"这种人总是缺少点自觉性儿。"

萧老大说:"就是嘛,我早知道这码事儿根本成不了。你百仲舅妈早先还抱怨淑红，说淑红在这件事儿上没眼光。怎么着，人家根本没这份心，全是剃头担子一头热！"

萧长春说："不要跟别人议论这事儿了，过去全是马立本散的烟雾，淑红在这点上还是有主见的，上不了当……"

萧老大说："那倒是。来，我给你扶着点吧。"

锯木声又继续"咔嚓咔嚓"地响着。

这边的焦淑红，听到这儿，暗暗一笑，把手榴弹袋子叠起来，想回到屋里去。

萧老大又小声说："长春。"

"嗯。您有事儿呀？"

"可有意思啦！"

"什么事儿有意思？"

"刚才我到大庙去，跟韩百旺闲唠嗑儿。说起淑红的事儿，又说起你来了……"

锯木声戛然停止了。

焦淑红的胸口"突突"地跳了起来。

萧长春问："他说什么了？"

萧老大嘻嘻一笑："我又跟他提起，家里过日子没个娘们太困难，他说，等过了麦秋，给你们提提……"

"可别跟别人乱说这个呀！"

"哎，你也别不往心里去，我先头也这么想过，就是没有开口，我看倒是挺合适的……"

"哈，哈，哈，您真会想啊！"

"就是嘛！论人品，论思想，论什么都合适。"

"您合适，还得人家合适呀！"

"我看哪，人家也没说的。她平常对咱爷俩、对小石头，多好呀！她能嫌弃咱们？"

"别乱猜啦。那是同志互相帮助嘛!"

"你不用瞒着我。让百旺这么一提,我倒醒过梦来了。我看哪,行,行。"

"爸爸,眼下不是谈论这种事情的时候……"

"谈论不谈论的,托个人过个话儿总行吧?……"

"您可千万不要张罗这个呀!"

"怎么啦?"

"我们现在得一心一意地搞工作。"

"我也没有让你三心二意地搞工作呀! 先订下,免得人家另找了主儿。"

"要是搁一搁,人家能够另找主儿,订下又顶什么用? 要是那样,也订不下来,您说对不对?"

"那倒是。"

"眼下您可别再提这宗事儿了。"

"我不提。你们两个总可以过过话儿呀!"

"别忙。眼下,她最需要的是锻炼本事,参加斗争,给集体出力气,不能让她多往个人的问题上花脑筋!"

"不用太多,你给我一个底儿,我也好放心了。她过去没跟你露过这个意思吗?"

"您让我怎么说呢?……"

儿子这句话,实际上是承认了,萧老大不光没有理会,反而有点气了:"唉,我说你是个怪人,你还不承认。你真让我想不开! 搞革命就不娶媳妇、不过日子了? 想想这种事儿,就碍着你们工作了?"

萧长春说:"搞革命的要娶媳妇,也要过日子,可是得分个时候! 不管什么时候,总是想这种事儿,他就不是真革命的,就是干工作,也是为自己!"

焦淑红听到这句话，心里边打起一个热浪头，一直涌到脸上，火辣辣的发烧。

那边院子的萧老大说："你说的这个时候，到底是个什么时候，我不明白！要是过去端着枪杆子在战场上，当然不能想这种事儿，可眼下……"

萧长春接着说："眼下也是战场！您不知道眼下东山坞正在刮邪风吗？您不知道我们两个都是干部吗？我们要是稍不小心，对这种事儿想的多了，分了心思，就会影响工作，也可能让坏人钻我们的空子。不管怎么说，这是个人的事儿，往后，就算我们两个人可能各奔前程，这有什么关系呢！我们不是永远都是一条线上的好同志吗？还有比革命同志再亲近的吗？"

这句话，深深地打动了焦淑红的心。她想起萧长春过去对自己、对青年们说的话；也想起昨天团支部会议以后，自己情绪的高涨；想到刚才自己在院子里一边缝手榴弹袋子，一边想的那一些问题，她感到一种说不出来的惭愧，也感到自己一下子找到了解除内心烦恼、正确处理这件事情的钥匙。她想：萧长春做得对，一个搞革命的人，不论遇到大事儿、小事儿，都得先想到集体，都得用阶级斗争的眼光看。对，把个人的一切都暂时放在一边去，全心全意地投入斗争，锻炼自己。以后，两个人也许能成为夫妻，也许不能成为夫妻；成了，是革命同志，成不了，也是革命同志，只有革命同志才是最亲近的关系。好好地干吧，跟大伙儿一起，把敌人的阴谋打退，把社会主义的建设搞下去，这才是自己应当泼出性命追求的目标！

姑娘一身轻爽地回到屋里。

焦振茂两口子这会儿也下了决心。他们商量好，要回掉马之悦，不论他是出于什么用心，不论男方那边好到什么程度，都得推掉；明天抽个空子，再把这事儿跟萧长春说一声，也就算过去了。

焦淑红进屋来,很大方地说:"你们又在嘀咕我的事儿吧？我求你们往后不要再嘀咕了。"

妈妈说:"唉,我们也不是爱操这个心,马主任找你爸爸,给你保媒……"

焦淑红说:"刚才咱们娘俩怎么说的？他要是再来纠缠这个,您就把他骂出去!"

妈妈说:"马主任提的不是马立本,是柳镇那个……"

焦淑红又猛地打个愣,立刻把这件事儿跟目前的斗争连在了一块儿,可是没有马上说出口。

焦振茂说:"算了,不让别人纠缠,咱们家里也别纠缠了。淑红我告诉你,只要你不跟马立本那个坏小子靠近,咱们再慢慢地另找合适的。"

焦淑红说:"不用找啦,我已经找好啦。"

妈妈吃一惊:"什么,找好了？"

焦振茂也一愣:"哪儿的？"

妈妈说:"你可不能找个天南海北的!"

焦振茂说:"你不跟我们商量商量,也得找党支部的人说说,你是在组织的人呀!"

焦淑红说:"这还是以后的事情,这会儿不用细说了。我可以告诉你们一个底儿,我将来找到的这个人,一定要让你们满意,也一定让组织上满意。眼下,正是斗争复杂的时候,谁要是总纠缠这个,他就不是个革命者!"

妈妈说:"我心里还是没底儿。"

焦振茂说:"丫头已经把话说到这儿了,放放就放放吧。还是那句话,什么时候要办了,得跟党支部说说。"

焦淑红说:"那一定。爸爸,刚才你们说到马之悦,我得给您露点底儿了。往后,您千万不能再迷信他。村里最近闹的这场斗争,您还没有看出他的狐狸尾巴吗？他还没有把您给教育过来呀？"

焦振茂思索地说："在一边儿用眼看着，这个人是有点不地道。"

焦淑红说："不是有点不地道，是很不地道。您去年在北京不是看过《画皮》那出戏吗？马之悦就是带着画皮的鬼！"

老两口子听闺女这么说，全都有点吃惊。

焦淑红说："详细的情况我还不了解。您就跟我们一块儿参加斗争，慢慢地认识他吧。"

焦振茂穿鞋下炕："我得马上回了他！"

焦淑红拉住爸爸说："别忙，先告诉我，他到底是怎么对您说的呀？"

焦振茂把马之悦跟他商量的那件事儿说了一遍。

焦淑红说："唉，这里边就是有鬼呀！"

焦振茂正解不开这个扣儿："你说，这里边有什么鬼呢？马老四一说，我想了半天想不出来。"

焦淑红说："明天您得跟萧支书汇报一下，您不说，我去！还有，这件事儿您别对外人讲啊！"

焦振茂点了点头。

第六十七章

假日的第二天，正赶上柳镇大集。这是麦收前的最后一个集日了，家家户户都有点事儿要办，就是没啥大事儿的人，也想着到集上转转，看看热闹；要不然，等到活儿一忙，哪还有工夫赶集呀！

搁在往日，焦克礼早就招呼上几个伴儿，说说笑笑、打打闹闹地到街上逛逛了，眼下他可没有这份闲心。昨个下午他接了马连福的手续,已经是东山坞农业社第一队的代理队长了。上任的第一天就赶集,像什么话?再说,他还有好多事情要处理、要安排,脑袋里边全堆满了。

金黄金黄的棒子楂粥和碧绿碧绿的羊角葱,全都摆在桌子上了,他没有顾上吃,就先挨门挨户下通知,让赶集的人晚走一会儿,或者留下一个主事的人,参加生产队的社员碰头会。他一再跟人家声明,会议很短,一见面一宣布就散,各人干各人的事儿,一点儿都不会耽误。

过去队里召集会,都是队长站在高地方一喊一叫,来不来拉倒;新队长上任第一天,就挨门挨户地"请",真显得有点新鲜。

他走了一家又一家,通知到韩道满家的时候,韩道满刚从羊栏回来,正摘墙上的扁担。

他问:"道满,吃啦?"声调十分和气。

韩道满说:"没有,还没有做哪。你是来找我的,还是我爸爸呀?"

"找谁全行。吃过饭你们别全颠了,咱们要开个碰头会,地点在沟里,你们爷俩去一个。喂,你到哪儿挑水去呀?"

"浇菜。到小河里挑方便。"

"正好,我求你个事儿,小河边等等我。"

韩道满到了河边上,刚把两桶水提上来,焦克礼也赶到了。

新队长把身上那件脏了的小褂子一扒、一团,扔在河岸的草地上,随后往水边上一蹲,两只手扶着地,把身子朝下一趴,又把脑瓜子朝下一低,就扎到水里去了。

韩道满被他闹得挺奇怪,连忙喊叫:"嗨,你这是要干什么呀?"

焦克礼摇着扎在河里的脑袋,又用一只手,往后脑勺上撩了几把水。

韩道满笑着说:"我当你要寻死哪!"

　　焦克礼从河水里抬起脑瓜子，站起身，抖落着水，走到韩道满跟前，说："只有你才想这道子事儿！来来，我手湿，你自己掏吧，在左边那个裤兜子里。先生，错了，哪边是左都不知道呀！这回对喽。"

　　韩道满当是让他给掏手巾，伸手在裤兜里摸着："没有哇！"

　　"谁说的，直碰我大腿，你硬说没有。"

　　"就这刀子呀？"

　　"什么呢！"

　　"你想让我当凶手？"

　　"不，当理发员。没别的，给咱剃剃吧。"

　　"你这人真怪。"

　　焦克礼盘起两条大腿往草地上一坐，就把湿漉漉的脑袋伸过来，说："别磨蹭，越快越好，咱们来个速成的！"

　　韩道满掰开那把老式的剃头刀子，弓起腿，在裤子上蹭了蹭刀刃子，又半蹲在焦克礼跟前，一手举着刀子，一手扳着脑袋，这么看，那么瞧，皱皱眉头说："我的爷，这头发根子这么硬，猪鬃似的……"

　　焦克礼歪过脑袋，横着眼说："哎，同志，别绕着骂人行不行呀？"

　　韩道满说："不是骂人，这头发又长又厚，好像毡子，我可从哪儿下刀子呀！"

　　"这么大个脑袋，连下刀子地方都没了？你割山柴割惯了吧？"

　　"我怕你疼的受不了。"

　　"不要紧。咱们一个忍着，一个狠着，就算剃了。"

　　于是，剃头的人咬着牙，挨剃的咧着嘴，剃开了；只见那刀刃子在又黑又厚的头发丛中一拉，"咔嚓嚓"，头顶上出现了一道子白皮；白过变青，青过又变红。

韩道满手软了,就停住刀子,察言观色地小心问:"疼不疼呀?"

焦克礼晃晃脑袋,又耸了耸肩说:"挺舒坦。你就下家伙吧。"

不一会的工夫,这位新任队长带着一个发亮的脑袋和几道子往外渗着血珠的小口子,回家吃饭了。

正往桌子上端饭的玉珍吓了一跳:"我的天,这是谁给你剃的呀?"

焦克礼笑着问:"你先说怎么回事儿吧?"

媳妇说:"像个花皮大西瓜啦!"

焦克礼说:"花皮西瓜不是好吃吗?"

坐在炕上喝粥的小妹妹喊着:"嫂子,瓜在哪儿,我吃。"

焦克礼把脑袋一伸,说:"这儿,啃吧。嘿,吃西瓜啦,沙瓤的,可口甜,五分钱一块啦!再不买可没有啦!"

端着咸菜碗进来的妈妈笑着说:"唉,都娶了媳妇的大汉子,又当队长了,还像个三岁两岁的孩子。"

放下猪食桶进来的弟弟说:"一点也不像个队长样。"

焦克礼说:"队长什么样?你别忙,早晚让你知道我的厉害。"说着,看看全家人都在这儿,就一步迈上炕,"嗳,趁着吃饭,咱们先开个家庭会怎么样啊?"

一家人围着小炕桌坐下来,"哂哂"地喝着金黄金黄的棒子楂粥。

前天的团支部会开完以后,焦克礼觉着自己变了样,从里到外全变了;自己一变,就觉着家里的气氛也跟着起了变化。这个小伙子性子直爽而又心地坦白,对一些事情,想不通就说想不通,想得通就说想得通,从不含糊;什么事情只要让他想通了,他就热起来,一竿子扎到底儿,不干好了不罢休。对于当队长这件事儿,他这会儿就想通了,也热起来了,决心就要干起来;眼下他想得最多的问题,是怎么干好!

一碗粥喝进肚子里以后，焦克礼抹了抹嘴，很郑重地说："我当了代理队长。队长就得像个队长样儿。"冲着弟弟问，"对吧？"接着说："过去我这个身子是交给公家一半儿，留在家里一半儿，从今天起，一点儿不留，就要全交给公家了。你们都赞成吧？"

弟弟妹妹先喊："赞成！"

焦克礼说："我当队长得像个队长样儿；你们呢，也得像个队长家里人那样。要不然，我在外边干好事儿，你们拆我的台，干坏事儿……"

这句话可伤众了，没等他说完，四张嘴加在一块儿反驳他：

"谁办坏事了？你怎么一开台就造谣哇？"

"你不当队长，我们就办坏事儿了？"

焦克礼连忙说："我不是这个意思。我是说，我当了队长，跟过去当一个普通社员不一样了，公事私事都得起模范作用，决不能像马连福那个熊样子。当那样的队长，要了我的命我也不干！你们呢，也得起模范带头作用，处处都得走的正、行的端，让人家口服心也服，不能让人家说闲话，更不能让别人抓住咱们的短处。这样子，我在外边说人家就能理直气壮，腰板儿就能硬。你们说我这话有道理没有？"

妈妈是当过十几年"村干部家属"的人，她懂得儿子这番话的意义，也很赞成，就点头附和说："这话一点也不错，是得这个样子。"

焦克礼一见有人响应，就更神气了："好，好。别看妈上年纪了，比年纪轻的人还精明。妈，我先嘱咐您几句。"

妈妈笑着说："你别顺着竿儿往上爬了，先嘱咐你媳妇吧，最要紧的是她。"

玉珍说："我不用他嘱咐，我知道自己是干什么的，该怎么做，还是怎么做。"

焦克礼说:"光知道不行。嘴上说是空的,咱们得求实际。依我看,咱们家的每一个人都找一个学习目标,订一个计划。拿你来说吧,你的学习目标是百仲大婶子,得学她那样支持百仲大叔……"

玉珍说:"我比的了人家呀!"

焦克礼说:"怎么比不了?你比百仲大婶优越性可多啦!第一你年轻;第二你识字儿。不跟她学,你想跟孙桂英学呀?"

玉珍"呸"地朝他唾一口,红着脸不理他了。

焦克礼又冲着弟弟说:"你呢,得学习韩小乐那样。"

弟弟说:"我又不是团员。"

焦克礼说:"不是团员,你要向团员看齐嘛!你嫂子人家还不是团员呢,人家啥工作不先进!"

弟弟妹妹同时叫起来了:"哟,哟,当着人夸媳妇,没羞,没羞!"

焦克礼说:"'没羞'什么?队长要坚持原则,赏罚严明,好就是好,不好就是不好,你们说对不对?"又冲着妹妹说:"你呢,这会儿好好念书,将来好学习人家淑红姐。"

妹妹说:"我有人家淑红姐个儿大呀!"

焦克礼"哈哈"地笑了:"又不是卖东西,让你来这儿比个儿?要学习人家热爱农村那份心。"

妹妹一歪脑袋说:"这还用你说。我长大了,还要当拖拉机手哪!"

弟弟说妹妹:"还当拖拉机手哪,天一黑连门都不敢出,拖拉机全是晚上耕地,你去哭鼻子吧。"

妹妹说弟弟:"你,你,你才哭鼻子!你想当电工,又问人家电灯使什么油?丢人去吧!"

焦克礼拦住他们说:"看看,还没有开台行动,先闹内部不团结了。"又赶忙催促妈妈:"妈,这回轮到您,没意见了吧?"

妈妈说："不用你嘱咐，我什么都知道。先头做得不周到，往后周到点儿；不光是因为你当了队长，从根上说，咱们家是贫农。"

焦克礼赞佩妈妈这句话，拍着大腿说："嗨，还是妈的觉悟性高！"

妈妈是个最和善的妈妈。年轻的时候，她就是个有名儿"安稳"的媳妇；焦田在家的时候，她是贤妻，这会儿是良母；不要说对儿媳妇，就是对儿女，都没有发过脾气。她看了儿子一眼说："你爸爸在村里当支书那会儿，东山坞的事儿在我心里装着多一半儿，上边有什么指示，贯彻到村里有什么阻挡，谁赞成，谁反对，我全知道个八九；他推不下去的事儿，我能干的，总是抢着干，我还替他搞宣传动员哪！从打他一调出去，我对公家事儿操心不多了。麦子黄了这程子，村子里这么一闹腾，我心里边也揪揪着。我看见人家福奶奶、喜老头直往头奔，直给干部帮忙，心里怪愧得慌。我就想：这天下是咱们穷人闯出来的，如今还没有安宁，不能够吃清粮抱轻柱，任什么不管，还不到蹲在屋里养老过日子的时候。你当队长，我没说的。不管代理还是正式的，搁在哪儿，就得站在哪儿。站就得站直点儿，不能歪着，不能偏着，也不能弯弯着。有长春你表兄，有百仲你大叔，他们头边领着，我也放心。多闯闯多练练也有好处。就是有一点我得嘱咐嘱咐你：你得把那股子野马倔驴的性子收收……"

焦克礼说："您不说，我也觉着这一点了。"

妈妈继续说："咱们当的是干部，不是当人家的老爷，也不是为升官发财，不是为得仁贪俩，要为那个，我就不让你当了；好好劳动，一家子仁半劳力，谁也比不上。为的是让你给大伙儿效点力儿。"

妹妹说："这叫为人民服务。"

弟弟说："不是为人民币服务。"

妈妈说:"千万别像连福你叔那样,跟几个中农户打连连,面子软,手心黏,里外不分,远近不看;学滑了,学懒了,学馋了,末后了,连屁股都坐到人家那边去了!马老四提起他来就伤心,所有的穷人都觉着脸上无光。我可不希望有这么一个儿子!"

妈妈这句话,很有劲地碰在焦克礼的心上了,就说:"妈呀,您不光觉悟性高,政治水平还不低哪!告诉您个底吧:您这个儿子,永远都不会像他那样!"

接着,妈妈又把儿子、闺女和媳妇挨个嘱咐一遍。她说的意思跟焦克礼刚才说的差不离儿,可是听话儿的人全都心服口服。

焦克礼说:"看样子,我的威信不行呀!妈,您主持这个会吧,我要走啦!"说着,丢下饭碗跳下炕。

玉珍说:"把这碗粥吃了再走哇。"

焦克礼说:"让人家把饭吃完了,在会场等我呀?你替我打扫了吧。"说着,把半碗粥倒在媳妇碗里了。

玉珍瞪他一眼说:"多不讲卫生!"

焦克礼从吊竿上拉下一件洗得白净净的布衫,往肩上一披,就走出家门,先找喜老头,好一块儿去开会。

赶早集的人都走了,没有赶集去的人家正在吃饭;街道上连孩子都不见,显得十分清静。

只有一个人,赶集没早走,饭也没早吃,为了新队长上任的第一个会议,他走了半条街,专找几个中农户,简单地谈了几句重要话;这会儿,他刚跟喜老头碰了面,从狮子院走出来,在胡同口遇上了焦克礼。

焦克礼老远就高兴地喊:"支书!"

萧长春站住了,朝焦克礼微笑着、打量着;那笑容和眼神里,隐藏着多少深情厚谊呀!

焦克礼跑到跟前说:"我还当你赶集走了哪!"

萧长春说:"我马上就走。"

"别呀,我们要开会了!"

"开队会还得让支书替你吗?"

"你就是在旁边站着,也给我壮胆呀!"

"不要怕,开不出乱子来;万一出了乱子,回来我替你收场。"

焦克礼见萧长春没有留下来的意思,也不好再勉强。

萧长春对这个新手,既没有指点什么,连嘱咐一句什么都没有,说了声"回头见",就走了。

焦克礼又急忙往狮子院走。正巧碰见喜老头从大门道里走出来。

喜老头也经过一番打扮:新洗的裤褂、腿带,还穿着一双新布鞋;换了新拐杖,背着上马子①。

"嘻,喜爷爷,打扮上了。"

"你不是也打扮上了吗?"

"我扶着您,在沟里碾子那儿开。"

"我不参加会了,我有个任务,得去赶集。你就按着咱爷俩昨晚上商量的那样做就行了。"

焦克礼急了:"嗨,支书不参加,您也不参加呀?这可让我怎么开呀!"

喜老头严肃地说:"怎么开得好,你就怎么开呗!"

焦克礼恳求着:"您不能走,不能走!"

"怎么啦?"

"你们都撒手不管怎么行呢?"

"生产队交给你了,别人只能在旁边给你出出点子,干的时候,还得你。小伙子,动动心思吧,别总靠别人扶着、拉着的走道儿,那可不能长本事呀!"

----

① 类似口袋,两头装东西;有的地方称褡裢。

焦克礼这回可真为难了。

喜老头把肩上的上马子颠了颠,把拐杖从左手倒到右手里,说了声"回头见",也走了。

焦克礼又糊涂了:这是怎么一回事儿呢?拉住喜老头吧,不敢;赌气吧,不行;把会议推迟一下吧,更不好。说不定都有好些人到会场上了,跟人家说:"因为旁边没有给我壮胆的人,这个会我不能开,改个时间吧。"哎呀,这该多丢脸呀! 这是丢穷人的脸,丢党的脸! 焦克礼决不能在马之悦、弯弯绕这些人跟前丢这份脸,就是上刀山、跳火海,他也得闯闯! 就不信闯不过去!

年轻人想到这里,那种胆怯和为难的情绪一下子消散了。他壮了壮胆子,离开了狮子院门前,顺着那缠着喇叭花的寨子朝前走。

寨子那边,也有两个小伙子,几乎跟他并排着走;寨子挡着,谁也看不见谁。

"这两天我到北边放牛去啦。刚才到河边上去看看,我的妈,这一堆肥,好像一座小山!"这是韩德大的声音。

"就是这两天挖的,农业社真是力量大呀!"这是马长山的声音。

"你说邪门不邪门,偏偏有人说农业社不好。"

"不管别人怎么说,咱们心里有底儿。要不是农业合作化,到咱俩这个岁数,早给地、富扛活去了!"

韩德大一跺脚:"去他妈的吧,让他们剥削去呀?"

马长山笑了:"嘻嘻,就你韩德大这两下子,要人力没有人力,要牲口没有牲口,死乞白赖地干几年,地卖光了,债背上了,你不去扛活,等着饿死呀!"

"要说咱们这一辈人真好。有农业社,保了险,还能干大事儿。你看焦克礼多抖哇,当队长了。他倒走运气!"

"怎么叫走运气呢？人家从小跟他爸爸学，后来又跟韩百仲和萧支书学；人家比咱们进步，你不认这个账？"

"那倒是真的。唉，我哪儿都比不上他……"

"比不上，使劲儿追呀！快走吧，要开会了。"

…………

焦克礼在寨子这边听着伙伴们的议论，抿着嘴儿一笑，庄严地迈开了大步。

这会儿，太阳刚出山，喷出火焰般的光芒；天上没有一片云，地下没有一丝儿风，好晴朗的日子呀！

焦克礼在这样的日子去上任，去挑革命的重担。他想起了他的爸爸。爸爸当年给地主马小辫扛长活。有一天在井台上挑水，过来一小队八路军，想找个人带路。爸爸扔下水桶就领着队伍走了。一去三天，回来，一进狮子院，马小辫就把他骂了一顿，还说，以后不许再干这种事儿。地主骂人，穷人是不敢还嘴的，这回爸爸还嘴了，对口骂，还冲着地主说：往后不让给八路军办事儿，这个活不扛了。马小辫说，长工辞东家，以前的活儿全白干。爸爸说：白干就白干，我要搞革命！那会儿，爸爸也跟现在的焦克礼这样的年纪，那会儿这样年纪的人，拼了性命，拿起了枪杆子打天下；现在这样年纪的人，要用自己的生命参加社会主义革命，建设美好的江山！

焦克礼越想劲头越足。他走到坎子边上，就被一种阵势震惊了：碾子旁边的大槐树下，黑压压挤了好多人，男的女的，老的少的。狮子院的人声势最大，福奶奶一家全来了，连小孙女都来了；很多压根没有参加过什么会议的老人，今天都来了。韩道满把他的爸爸韩百安拉来了。马老四和五婶也来了。焦淑红和马翠清已经站在人群里了。

所有的人都是庄严的，没有一个年轻的伙伴跟他这个新上任的队长开玩笑,他们都用热烈的眼光迎着焦克礼。

不知怎么,焦克礼倒有点害羞了。他来到人群跟前,不知道是走到人圈里去好,还是在外边好,也不知道是站着好,还是蹲着好,更不知道先说什么合适了。

马老四是第一个来到会场上的人。平时有些会议让他来,他都尽可能推脱,因为他舍不得把牲口扔下。可是今天,没有人通知他,他倒主动地找焦振茂替自己看牲口,老早就跑来了。他知道这个队的工作不好搞,他得给这个新队长助威,得给新队长帮点忙。他希望这个新队长一上任,处处都跟他的儿子马连福不一样。他眼望着焦克礼走过来,而且立刻就发现了他的紧张,忙说:"队长,你点点名吧,我看还不齐。"

焦克礼这回可有话儿说了:"噢,缺谁?"

马翠清说:"缺弯弯绕。"

焦克礼说:"我找去。"

马老四拦住他说:"派个人去吧。"

焦克礼说:"那不显得官僚啦!"

焦淑红说:"你掌握会场嘛!派个人找他快来。"

韩道满从人群里出来说:"我去找。"说罢,就朝坎上跑去了。

马翠清对他这个行动该是多满意呀!

等到弯弯绕耷拉着脑袋来到会场之后,焦淑红就大声地宣布开会了。她说:"马连福到工地去了,社领导决定由焦克礼代理队长!大伙有什么意见没有哇?"

马翠清带头鼓掌欢迎。

掌声"哗啦哗啦"地响起来了。顶属狮子院的人和韩道满、韩德大这一群年轻人的巴掌拍得响,拍得最长久。

焦克礼忽然又紧张起来了,干张嘴说不出来话,两只手都不知道往哪儿放了。粗野、直率的小伙子,这副神态该是多么反常,连他自己都觉察出来了，急得脑门上冒出了汗珠子。他像求天帮忙似的抬起头来——忽然，他发现北坎子的树丛里有一张熟悉的面孔，那是韩百仲，是自己爸爸的老战友，是自己的老领导；他又向围着他的人群扫一眼，那是老贫农马老四、五婶、福奶奶；那是年轻的伙伴焦淑红、马翠清、韩道满……他那种紧张的情绪没有了。他挺了挺腰板，鼓了鼓劲儿，就用很高的嗓门说道："同志们，咱们开个小会，短短的，不耽误大家赶集。"

马翠清说："你就撒开巴掌说吧，没关系。"

焦克礼继续说："马连福上工地了，没到年终，不能马上改选队干部，领导上让我来代理一队队长。说真的，我没啥本事。可这是个重要的革命工作，我接受了，我愿意干！"

人们又拍起巴掌。

焦克礼等人们静下来之后，接着说："我没本事不要紧，有大伙儿哪。大家捧柴火焰高，咱们大家齐心，就一定能够把一队的工作搞得棒棒的！"

又是一阵热烈的掌声。

焦克礼越说越觉着痛快，越发来劲儿了。他把麦收的准备、要求等等讲了一遍，又给社员们布置具体任务："我现在再宣布三件事儿，希望社员同志们都做到。第一件事儿，把你们手使的家具都清点清点，镰刀啦，绳子啦；缺什么，今天趁着赶集，买一买。谁要是不去赶集呢，就让别人捎着买一下。千万别等着临上轿再扎耳朵眼儿……"

人们被他逗的"哗"的一声大笑起来。

马翠清说："谁不去赶集，跟我说，我去，我给你们捎。"

焦克礼说："第二件事情，请社员们把各家的鸡鸭全都圈起来。行不行呀？"

狮子院的人全一声喊："行！"

189

旁的人也跟着喊:"行,行啊!"

福奶奶说:"我保证狮子院的鸡全关好,有一只出去糟害麦子找我说!"

豆片坊的韩百旺说:"对,我们那个大院的鸡也照着队长的话全圈起来,跑出鸡来找我。"

韩道满见马翠清给他使眼色,也说:"我们家的鸡也关好……"

焦克礼说:"好,好,大伙儿都赞成,就算决定了。这个办法只是暂时的,等麦子割完了,再撒。我们是讲民主的,再问一声,有不同意的没有哇?不论啥意见,咱们可要当面说,说错了也没关系,大伙儿帮助你认识清楚了就行啦!"

助威的人帮着新队长号召:

"这还有啥意见,大伙儿的事情嘛!"

"就是,鸡不糟害,多收一个粒儿,也是咱们的。"

弯弯绕想说什么,直了直脖子,没有说出口,把溜到嘴边上的话,使劲儿咽回去,噎得他"唉"了一声。

刚刚从坎子上跑到这儿来的焦二菊在他身后边看到了,就说:"我说队长,这边有人有意见。"

焦克礼探着身子问:"谁呀?有意见就说嘛!"

焦二菊拍着弯弯绕的肩膀说:"就是这一位。喂,队长让你说哪!"

弯弯绕白她一眼说:"你知道我有意见?你钻我心里边去了?"

焦二菊说:"我看你不出好气嘛!"

弯弯绕说:"我是惦着赶集!"

焦克礼严肃起来了:"同利大叔,不管你有没有意见,也应当注意听着点儿。因为咱队里数你家养的鸡多,你得想法儿把它们看住,你听到吗?"

弯弯绕拉着长声说:"听——到——啦。"

焦克礼明知道这个富裕中农根本没把自己放在眼里,火苗子一蹿老高,忍了忍,怎么也忍不住,心想:不管怎么着,得给这家伙一点厉害瞧瞧,就朝前凑了凑说:"同利大叔,我把话说在头里。我焦克礼本领没有多大,就是敢坚持原则;往后的事儿,不管谁违反了集体利益,就是我亲妈,也不能让我睁着一只眼,闭着一只眼!现在是全队大会,你当着众人说的,我的话你全听见了;要是不按你听见的办,鸡跑去糟害了麦子,没别的,我可得按规定罚你;到那会儿,可别说我事前没给你送信儿!"

福奶奶插了一句:"好。这第一句话,就跟马连福不一样。你们可别错认了人呀!不是他新官上任三把火,我们社员交给他的权力,让他这么做,他不这么做,我们就得批评他了!这一点,我看所有的人都应当看明白!"

焦二菊帮了一句:"对啦!全都要兴新的啦,旧毛病得改改啦,旧习惯得变变啦。咱们大伙儿都带眼看着点儿,谁家的鸡放出去,光想多下几个蛋,不管集体可不行!"

弯弯绕明知道这伙人的一些话全是冲着他来的,他是听在耳朵里,气在心口上,敢怒不敢言,耷拉着脑瓜子不住地倒憋气。

焦克礼接着宣布第三件事儿。他说:"社员同志们,趁今天、明天这两天假日,把该要吃的粮食,推碾子轧轧。别等着到了收麦子大忙的时候,再请假。今年跟往年不同,咱们的麦子要快收、快打、快入仓、快分配、快交公粮。那时候,谁请假我不批准,可别说我犯官僚架子;我官不大,僚也小。"

大伙"轰"的一声又笑了。

马老四这会儿插言道:"大伙儿别笑,队长说的全在理,三秋不如一麦忙,一个人顶三个人使;到时候,真不能随便请假。这才叫队长,想得多周到!事前全对咱们说得清清白白,要是不往耳朵里去,那就怪不上别人了。这两天谁家要是推碾子使牲口,只要队长开个二指宽的小条子,你们就到我那儿拉去吧,多会儿拉,多会儿喂得饱饱的。"

"好,好!老饲养员也来支持咱们新队长啦!"

"那倒是。队长是咱们的,咱们不支持谁支持。我先说一声:今下午我使半天,把麦收时候吃的东西全推完!"

"对,我明天上午使半天。等忙了,一定不为使碾子的事儿找队长请假!"

焦克礼见这么多人都热烈地响应自己的号召,心里非常高兴,特别是那些贴心的话儿,让他听着更是舒服。

马老四又小声说:"克礼,我昨下午跟你说的那句话儿,你也就手当着众人说说吧。"

焦克礼点点头,说:"对,还有件事儿,咱们当众宣布一声:往后,谁家借去牲口,不许打,不许乱轰;到时候就要卸,不能光为多轧一点儿,连牲口死活都不管。过去咱们队就常常发生这种事儿,我今天不指他的名儿了,希望他们往后自觉一点儿!"

马老四说:"大家听见了,这是队长宣布的,我可得按队长的话执行了。"

…………

这个社员会开得热烈、紧凑,又非常解决问题,很多人心里边都高兴。

散了会,焦克礼又跟几个新上任的生产组长交谈了几句,让大家留神检查一遍,看这三宗事儿谁家做得怎么样,没做好的要督促督促。一切料理完了,这才往家走。

媳妇玉珍在老远的坎子上等着男人,她那多情的眼光,焦克礼老远就瞧见了。

焦克礼迎上来,笑着问:"你也参加会来了?"

玉珍抿着嘴一笑:"敢不来吗?"

"不是不敢。咱贫下中农都给我助威来了，你当然也得来了。你听听怎么样，有漏洞吗？"

"没有。"

"我还行吧？"

"臭架势！"

"嗨，别打击积极性呀！"

"没事儿了，跟我去赶集吧。"

"不行。会上布置过了，我还得挨户检查检查；刚上任就赶集，那不成甩手干部啦！"

"得了，别总是教训人！我走啦，我得买件新衣裳料子。"

焦克礼两只眼珠一转，拦住媳妇说："哎，你给我捎个笔记本来吧，好作作工作日记，省得忘了事儿。"

玉珍说了声"行"，又要走。

焦克礼拦住她："再给我捎支钢笔来。"

"哟，买这个，买那个，钱全给你花了，我的衣裳还做不做呢？"

"光有本子没有笔，我拿手指头记呀？得，同志，支持支持吧，小利益服从大利益嘛！"

玉珍又好气又好笑，真想上去给他一巴掌，一来怕别人看见，二来——舍不得呀！

第六十八章

麦收前最后一个集日，开市又早，来的人又多。方圆一二十里的庄稼人匆匆地奔这儿来了，麻利地把事儿办了，又急急地从来的那条原道儿赶回去了，最恋集的人，也不像冬闲时节那样，不慌不忙地到处逛荡。

东山坞的好多人都来赶集。别人赶集是往热闹地方挤,马之悦却往背静地方溜。他从街北口进镇,仄着身子在人流里挤了一截儿,又绕着小胡同,来到街南口。

这儿是一条横贯东西的石子公路,路北是集镇,路南是平原。公路是宽宽的,靠南边有一溜棚子和土屋,一家修自行车的,一家钉牲口掌的,一家卖烟酒的,末了那家是个小茶棚子。

小茶棚很简陋,四根歪歪斜斜的榆木柱子,撑着一个高粱秸和泥巴结构起来的顶子。棚里有一个高高的灶台,几把"咕嘟咕嘟"冒热气的笨重铁壶,还有几条粗糙的长凳子和几张歪歪扭扭的方桌。天还早,不到人们想喝茶和"打尖"的时候,只见大车小辆、成伙或单行的人,急急忙忙、吵吵嚷嚷地从棚子前边走过去;不仅没有人进棚子来,也没有人朝这边看一眼。

卖茶水的老太太倒不显得着急和冷落。她坐在灶边,脸朝着公路,静静地等候着她那"红火"的时刻。呆着烦了,她就歪着身子,大声地跟左邻那个卖烟酒和猪头肉的老头儿搭上几句,或者很有点嫉妒地朝修自行车的棚子瞥一眼。那边的生意最兴隆,许多赶集的人,修车或不修车,都来到这儿存上车子,再进街里办事儿,那两个手艺人真有点应接不暇。

马之悦是这个小茶馆的头一份主顾,给卖茶的老太太带来喜气,也就显得特别热情。

她站起来,习惯地把抹布一抡,搭在肩头上,招呼说:"同志,喝茶。喝红茶,还是喝绿茶?"

马之悦在最里边那张桌子旁边坐下来,把上马子搭在长凳子的一头,又左右瞧瞧,说:"绿茶。有龙井吗?"

老太太熟练地把一壶茶泡上了,倒了一碗,就回到她的座位上,又跟隔壁那个老头子聊起他们没聊完的话儿。

茶水在马之悦的面前飘起了香味儿。他端起碗,吹了吹,喝了一口；两只眼睛盯着大道，总不见他约好的那些人到来，心里也很有点着急。

今天他到这儿赶集，有三个非常重要的任务。头一件，瘸老五来了信儿，说今天赶到柳镇，有些话在这儿说要比在家里方便；第二件，马志新信里边传来的那个重要消息，也得在这儿跟弯弯绕、马大炮这几个人透透风；第三件，一切事情办完之后，他得称上二斤细点心，再买上几盒好烟，探望探望在家里养病的乡长李世丹。这三件事儿都是有关的，像是连环套，一环套一环：瘸老五在北京住了这些日子，一定见到了马志新，一定看到了许多实在的东西，他看到的，可以印证马志新信里边说的话真假虚实；得到了证实，就能大一点胆子往几个富裕中农耳朵里多吹一点儿；把中农煽动起来之后，再见李世丹，要说的事儿，跟他好说了，要讨的底儿，也好讨了；摸准李世丹的心思，拉住这个硬拐棍儿，事情也就更好办了。在所有可以希望的门路里边，马之悦对李世丹要回乡里工作的事儿，抱着极大的希望。李世丹是马之悦的老上级，两个人有交情，相互间也摸脾气，在马之悦看来，李世丹也是一个不得志的人。论文化，不要说乡里的领导干部，就是县上的，也不见得有几个比李世丹念书念得多，他的能说善讲，心眼灵活，更不是别人可以比的；庙会上在剧场里给观众讲话，一讲三个钟点儿，连讲稿都不用，讲得头头是道。本来区、县干部一支援厂矿，他可以提拔当县里的部长了，反而连区长都没有保住，一降到底，老是蹲在那儿没有动窝。他怎么会不病呢，那是心病呀！这个人敢闹翻案，对目前的局势，也一定会有自己的看法。假定，大鸣大放的事儿能得到这样一位领导支持，再有马志新一旁助劲，那可就太保险了……

尽管马之悦越想越得意，心里边却有一股子说不出来的苦辣辛酸的味儿。他清楚，自己这一回是冒天下最大的危险，可是又不能不冒。近来，许多大大小小的事情，都是一个一个地失利，几乎还没有一件跟着他的心意走;那么,这一场最后的决斗,是时来运转呢,还是彻底砸锅呢? 反过来想,自己要是不冒着危险干,不硬着头皮闯一家伙,这个锅不就砸得更快、更彻底吗? 投机粮食的事儿,早就露了馅儿,土地分红的事儿,也显了眉眼,那伙子中农一吃到农业社的甜头,再经萧长春用软手腕一拉,能保险他们不反过来咬自己一口吗? 还有县里的范占山,这阵子越干越没顾忌了,久在江边站,哪有不湿鞋的? 那边一旦露了马脚,一条线拴着两只蚂蚱,跑不了他,也蹦不了我,转过来,转过去,还是自己砸锅! 与其坐着等死,不如拼死,也许能拼出一条活路,这二十多年里边,自己不是拼杀过好几道大关大卡吗?

一辆从北京开来的公共汽车停下了。背包的、提兜的、抱孩子、搀老人的旅客,一个个喜眉笑眼地从车子里跳出来。

卖茶的老太太和卖烟酒的老头子,还在聊着闲话儿。

老太太说:"听北边我那侄女讲,他们的麦子长得可好啦,比咱们这边的平川地还有成色。"

老头子说:"麦子长得好,咱们就有白面吃啦,我们的生意也就好啦!"

"听说这条河南边往北挖,北边往南挖,说话就要挖通了。这年头真是说什么有什么,说让河搬搬家,一下子就搬了。"

"敢想敢干嘛! 不论什么事儿只要敢下家伙,就能办成!"

"我真不想弄这个小茶馆了! 不如参加农业,好分麦子。"

"一见要分麦子,你红眼了,分完了又想弄茶馆,对不对?"

"嘻嘻。"

马之悦假装喝茶,仄着耳朵偷听着这两个小商人的议论,两只眼睛不住地朝大道上溜,心里不住地盘算着。他猜不着瘸老五会给他带来什么样的消息,瘸老五在北京亲眼看见的动向,要是能够跟马志新信上说的一个样儿,那可就太好了,马之悦就能够像两个小商人说的那样"敢想敢干"地"下家伙"了……

两只小麻雀落在马之悦面前的这张桌子角上了。好大的胆子，连人都不怕了。他一伸手，小麻雀"呼啦"一下子，又飞起来，围着他的光脑袋转悠；这边扑，那边转，怎么也扑不着，气得他端起一杯热茶水就要泼。

卖烟酒的那个老头在那边一声口哨，两只小麻雀"呼"下子，飞走了。

马之悦一扭头，只见它们落在那个老头的手心上，一手一只。他喊起来："快抓住，快抓住，别让它跑了！"

老头子嘻嘻一笑："跑不了。"说着，摸摸它们的翎毛。

马之悦奇怪了："咦，它们怎么不跑哇！"

老头子把两只小麻雀放在一个手心上，又从衣兜里掏出两根火柴，在麻雀的眼前一晃，又高高地朝上一扔。只见那两只小麻雀腾空而起，没等火柴棍儿落到地上，正好，一只叼住一根，又飞回老头儿的手心里。

马之悦看迷了："嘿，真有意思。"

老头子说："乖乖的听话。"

"怎么能这么听话呢？"

"喂的。"

"它们不敢跑？"

"不敢跑，也不想跑了，我这儿有好吃的给它。"

马之悦呆呆地望着那两只小麻雀在老头子的手心上飞起来，又落下去，心里边又有意无意地想开了。他觉着，小麻雀完全可以得到自由，它们身边不远的地方就有树林子，就有小河，就有庄稼地，就有广阔的天空；只要它们一抖翅膀，不听老头子的口哨声，那就可以想怎么飞就怎么飞，想干什么就去干什么；可是它们不敢跑。怕什么呢？怕被老头子把它们捉回来挨整吗？他怎么会把你们捉回来呢？他又没有翅膀，怎么会捉着你们呢！你们怕没吃的吗？满地的麦子，吃吧，天底下是空的，飞吧！可是你们为什么不飞走呢？傻瓜，傻瓜呀！

马之悦想到这里，心里又忽地一动，立刻换了个位子，脸朝外地坐下来，一边倒茶，一边朝那个老头子说："伙计，有好酒菜没有？嘿，来上一点儿！"

老头子放了麻雀，端过一盘子猪头肉和一壶烧酒。

马之悦轻轻松松地吃着喝着，脸上放起光来。

有一个人站到他的跟前了："嗬，自斟自饮，以酒浇愁哇！"

马之悦抬头一看，是六指马斋，就笑笑说："不是浇愁，是浇劲儿哪！坐吧！"又转过脸对那老头子招手："伙计，再来个盅子。"

马斋左右瞧瞧，问："弯弯绕他们还没来？"

马之悦说："谁知道又绕什么哪！晚来一会儿也好。喝吧，一边喝一边等着他们。"

马斋说："老五也来了。"

马之悦一听，立刻喜上眉梢，忙说："在哪儿？快让他来呀，这儿是树林子，不是老头子的手掌心了。怕什么呀！"

马斋当然不会听懂他这句话的意思，就嘻嘻一笑，又朝修车子那个小棚子点了点头，指了指凳子。

瘸老五从小棚子里钻了出来，捏灭了烟卷儿，搓着被烟卷儿熏黄了的手指头，一瘸一拐，东张西望地走进茶馆。他离家快十天了，走的时候，村里的事儿正闹得热，也正在危险时刻，他不知道发展成什么样了，也就不敢贸然地闯回村里去。

这个干了多半辈子小买卖的人，是马之悦的"财政助理"，只要沾上买卖边儿的事儿，马之悦都要找他拿主意。早先他在这个镇上跟别人合股子开个小杂货铺，杂货铺是名儿，实际上是个"宝局"。后来赔了本儿，输干了钱，就摆小摊子了。他反对搞什么合营小组,总想再搞起那投机倒把的自由营生,一直不能随心如愿,反而觉着这路越走越窄了。他又搬回东山坞,抓个靠山,抱住了马之悦这条粗腿。从打马之悦不得意起,他也跟着不得意了。买卖很不好做,不要说聚个赌、耍个钱不行,就买东西掺点假、给少点分量,村里的干部们都不依。他盼着马之悦快一点儿时来运转,好借这棵大树乘风凉。因为对马之悦"忠心耿耿",加上好喝一口,不知不觉地跟马斋就成了莫逆之交,为了他们各自的目的,也就一块儿搞起反对社会主义的勾当。

这会儿,瘸老五进了茶棚,点头哈腰地说:"马主任,几天不见,您可显得有点瘦了。"

马之悦笑笑说:"很快就要胖起来。坐呀!"

瘸老五一边落座一边问:"没闹病吧?"

马之悦说:"身上没病,全在心里边。"

瘸老五连忙点头:"这就好,这就好。只要您的身子棒棒的,也就是我们大伙儿的福气了。"

马之悦一面给他倒酒,一面察言观色,生怕这个瘸子给他带来不幸的消息。

瘸老五心里边也是七上八下的。他不知道怎么汇报才能让自己不挨撸,才能让马之悦高兴。

马之悦问:"老五,真把人急死了。你怎么去这么多日子才赶回来呀?"

瘸老五说:"在县城里没有找到老范,我……"

马之悦忙问:"老范怎么样了?"

瘸老五说:"挺好的。王掌柜说,老范这阵子忙得厉害,要上京,又要下乡;还说,过几天要转到咱这边来,他没找您吗?"

马之悦摇摇头,又说:"我让立本给他写了封信,不知道什么候才能回音。"

坐在一边的马斋插言说:"老五,你快把王掌柜嘱咐的话,对马主任说说吧。"

马之悦很留神这句话:"嘱咐什么了?"

瘸老五说:"他怕您因为出了点小差错,松了劲儿。我说不会的,马主任是宰相肚子撑开船的人,眼光可远啦!县城工商界也开始大鸣大放了,他们整天都在开会。等几天不见老范回来,我又不好在那儿多呆,就上北京走了一趟……"

"在北京看到志新了?"

"嗨,热闹着哪!志新也是整天开会,我找他几趟,就在会客室里见着一回,说一会儿就分手了……"

"他怎么样呀?"

"黑夜白天开会,大概是累得够呛,脸上蜡黄蜡黄的,头发长长的……"

"说什么了?"

"出来进去不断人,也没有多说。他说,他对这回斗争很有信心,一定要干到最后胜利。我问他多会儿回来,他说快了。还约我晚上找他,好好谈谈,结果又找几趟,都赶上他们开大会,不能会客……"

"把你见到的情形说说我们听听,眼见为真,你是亲眼见的,比刮来的风要可靠得多了。"

瘸老五左右瞧瞧,不好开口。

马之悦说:"不用这么偷偷摸摸的,这个地方保险,谁也不会想到这儿还能藏龙卧虎。哈哈!"

瘸老五说:"闹腾得可厉害了,满天下都是大字报。大字报,知道吧?就是把对共产党的意见,全都用墨笔写在纸上,哪儿人多显眼贴在哪儿……"

马之悦插言问:"你没抄点来吗?"

瘸老五说："人家不知道我是啥人，怎么能放我进去；再说，进去了，那么多大字报，我也抄不过来呀！嘿，还有哪，到处都在开会，从早到晚都开，会上说的也跟大字报是一回事儿……"

马之悦又着急地问："你听了？"

瘸老五说："人家开会怎么会让我进去呢！"

马之悦也笑了："我有点高兴糊涂了。还有呢？"

瘸老五搜着枯肠，想多找点惊人的消息，一方面可以给马之悦鼓劲儿，另外，也好跟自己这个老保护人显示自己是怎么样出色、超额地完成了任务。可怜得很，他在北京住的这几天，好像个老鼠似的，到处躲躲闪闪，只有在马路边上或是公共汽车上听到个只言片语，或者在机关、学校的大门外边朝里看看。他能知道多少东西呢？为了讨好，他只能胡编乱凑，尽量说得生动，尽量就着马之悦的要求来个顺竿儿往上爬。

马之悦想起马志新信上提到的那个大学教授，就问："后来你没有再见到志新，也没找找旁的熟人吗？志新的那位教授，你不是认识吗？"

瘸老五说："人家是进攻的主帅，忙着哪，一天到晚不回来，总是开会。我倒是从他家里那个保姆嘴里边听到一星一点的，也都靠得住。听那口气，这位教授关在屋里给共产党写意见，写了三个多月，一百多条；人家还要搞竞选，想当个总统。"

马之悦问："真有人提出轮流执政吗？"

瘸老五连忙说："提了，提了。轮流执政，就是各党各派，你当几年总统，我当几年总统，还要像美国那样，来个竞选，谁有钱有势，就能选上……"

马斋忍不住问一句："共产党会答应吗？"

瘸老五笑笑说："那可就不由他了。"

马之悦又问："你这话有根据吗？这可太重要了。"

瘸老五编不出来了:"根据,根据嘛……"

马斋捅他一下子说:"喂,你不是带来几张报纸吗,快给马主任看看吧!那不是根据吗!"

瘸老五这回可有了救,赶忙撩着衣裳襟儿,掏了半天,掏出两张叠揉得像一块发面烙饼似的报纸。这两张报纸是县城那个王掌柜给他的,让他带给马之悦,就像宝贝似的,一直揣在怀里,所以揉得很烂。他小心地把报纸抖搂开,递给马之悦。

马之悦把报纸展在桌子上,忽地,一溜画了红道的铅字,闪光灯似的照进了他的心窝里,那字儿是:"……搞得好,可以;不好,群众可以打倒你们,杀共产党人,推翻你们,这不能说不爱国,因为共产党人不为人民服务。共产党亡了,中国不会亡……"

六指马斋忙在一旁加注解:"老五听人家说,这位先生,过去就干大事儿,威风得不得了;这会儿在什么大学校里当老师,你看,《人民日报》是共产党管的,骂他们的话都不敢不登出来,这还不是根据吗? 马主任您说呢? 我这眼光比您当然是差得远着哩!"

马之悦仔细地看着,不哼不哈,心里悬着的那块石头,稳稳地落了下来。人证、物证都已俱在,还有什么可以怀疑的呢? 马小辫那句话又在他耳边响起:"要变天了,大好时机到了,可不能错过去,我要报仇啦! ……"怪不得上边允许别人大鸣大放,怪不得连乡长都要翻案,噢,是这么一回事儿呀! 马之悦看到了大好时机就在眼前,这一回到了他采取决策的时候了,要给自己找出脱身的缺口,也得给自己找到站住脚的地盘,不能坐享其成,也不能再犹犹豫豫……

瘸老五和六指马斋两个人,手里端着酒盅子,眼睛望着马之悦,等他说下文,等他决定。他们都知道,这一次茶棚里会合,对他们这一伙人的命运,是有决定意义的,必须得拨拉、拨拉最后的算盘子儿了!

马之悦把那几张报纸小心地叠起来，放进上马子里边，又端起酒盅，一仰脖子喝下去，抹了抹嘴唇，把酒盅子往桌子上一蹾说："干，这回坚决干！"

两个人同时说："对，这才是大丈夫！"又同时把苦辣的酒倒进嘴里。

马之悦夹了一口肉说："可也别忘了稳。要稳，越稳当越好。"

瘸老五说："稳不是坐在炕头不动。"

六指马斋说："房顶上不会掉肉包子。"

马之悦说："只要时机一到，咱们马上揭盖子。现在，咱们得生着法儿创造条件！"

两个人把脑袋伸过来了，眨巴着眼睛，用心听着。

马之悦扳着手指头说："杀人先砍脑袋，咱们东山坞的脑袋是姓萧的。"

瘸老五使劲儿点点头。

马斋说："对，对！不把他收拾了，什么事儿都不用想顺顺当当的，这是一块拦在咱们路上的大石头！"

马之悦还是按着自己的思路往下说："现在咱们一边等着马志新，也得一边干着了；我想四条管子一齐下！"

瘸老五问："哪四条管子？"

马斋说："你别急，听马主任往下说，一听，你就乐了。"

马之悦说："第一条跟第二条是一档子事儿，先把焦淑红这个骚丫头铲走，再整萧长春！"

马斋插一杠子："听说焦振茂又反悔了，不想去相亲，有这话儿吗？"

马之悦说："事情办成办不成，那再两说着，起码可以让这个骚丫头心神不安，让萧长春对她不满；萧长春一吃醋，心里一空，就得找点什么填填。那个破鞋孙桂英，心里的火早烧起来了，保险盯住萧长春不放。只要他们一沾边儿,瞧着吧,我让他上天无路,入地无门!"

两个人同时叫了起来:"妙,妙!"又同时端起酒盅子。

马之悦说:"第三条管子是把李世丹抓到咱们手里。"

瘸老五怀疑地问:"李世丹是共产党的乡长,他能跟咱们一块儿干吗?"

马之悦说:"我还是共产党的主任哪!"

马斋说:"嗳,这话全有了。我也看出来了,李世丹是身在曹营心在汉,他就是因为反对搞农业社才挨的整呀!"

马之悦接着说:"第四条管子,这是极重要的:抓群众!要把事闹起来,光有上边,没有群众不行!"

马斋说:"萧长春他们也使劲儿抓哪!"

马之悦说:"咱们是黄鼠狼,不走大门口,专钻水沟眼儿,各有各的路;他们抓穷鬼,咱们抓富户。一改了制度,说话最吃香的,就不是什么劳动人民了,翻了个儿——有钱能买鬼推磨,富户就成了台柱子。"说到这儿,他忽然想起,这一条管子马上就得抓,就说:"你们俩吃足了,转转去吧,我一会儿还要找弯弯绕他们,这回得撒巴掌给他灌灌米汤。"

马斋说:"我跟老五在这儿帮帮您。"

马之悦摇摇手说:"不行,不行!钓这种鱼,不能用大块肉,只能用小虫子。咱们的底儿不能完完全全地露给他,那会坏事儿的……"

瘸老五又担心地问:"不透底儿,他能跟着大干吗?"

马之悦蛮有把握地说:"能!有麦子,用分麦子、农业社这两宗事儿当引子,保险他们乖乖地上钩!瞧好吧。喝呀!"

第六十九章

一个人的身上,什么东西是最有力量的呢?

不是高大的身躯、粗壮的四肢、健康的体魄,也不是年龄最相当的青春火气。……

是被革命斗争鼓动起来的精神。

每个人身上的精神,是无形的,又是有形的;是摸不着的,又是摸得着的;是有限的,又是无限的;是微小的,又是伟大的。

说来好像奥妙,其实一点儿也不奥妙。一个人身体里蕴藏着的精神力量,一旦被崇高的理想、战斗的信心、献身的志愿鼓动起来的时候,可以使矮的变高,弱的变强;可以使没生命的变得有生命,有生命的变得更加充沛;可以使年小的变成年大的,可以使年老的变得青春焕发,老头子变成小伙子……

东山坞农业社的老贫农喜老头,不就是这样吗?

六年前,当他害了大病,躺在炕上的时候,好多人都说:"喜老头完了。咱们等着闹一块孝布戴戴吧。"可是他没完。他说:"这会儿就完,太早啦;共产党领着咱们打开了天下,我还得跟着坐几年哪!"他果然从死亡里夺回了生命。病是好了,可惜坐在炕上不能动。好多人又说:"喜老头拖个病身子,瘫在屋里,这回罪算受上了。"可是他不这样想。他说:"共产党领着咱们翻了身,是让咱们享福的,不是让咱们活着受罪的!"他果然下了炕,从里屋挪到外屋,又从外屋挪到院子,摸索这边,整理那边;栽这个,种那个,日子过得非常有情趣。人们见他惜花爱草,又说了:"这回喜老头可要享晚福了。"可是他不这样想。他说:"共产党给咱们指的方向是搞社会主义,我要享的是大福,不是这个小福!"他渐渐地活跃起来了,在狮子院里他做了许多他应当做的事情;他教育全院子的大人、孩子都听党的话,都爱社会主义,仇恨资本主义;他的工作成果又显眼,又根子深,就是从狮子院走出一个小孩子,也跟别的孩子不一样。

在东山坞麦收前这场剧烈、复杂的斗争波涛里,他那全身的精神力量又被大大地鼓动起来了。他自觉地跨出了狮子院,跟党员、积极分子们合成了一根擎天大柱!

你看他,过去到会场开会都得用人扶着才能走,这会儿,既不坐车,也不骑驴,遥遥二十里的柳镇,竟被他一步一步地走到了!

跑了六十多年的熟地方,他整整六年没有来过。这会儿,柳镇用那丰富的物品、欢乐的人群、喧闹的音响,迎接着这位老朋友的光临。

用"人山人海"这个词儿形容柳镇的集市一点儿也不算夸张。男的,女的,老的,少的,穿着各种各样的衣裳,拿着各种各样的东西,掺和在一起,揉成了一个整块儿似的;你挤我,我挤你,推来拥去;身子瘦小灵巧的人沾了光,身体胖的,块头大,再笨重一点儿的,那可就倒霉了;不要说背着筐子、挑着担子的人,不能从这条正街上通过,就是光挎着一个篮子,也得举到头顶上去。可以这样说:如果这会儿来一阵子瓢泼大雨,保险湿不着地皮。

所有的人都是快活的,被谁踩了一下子,或者撞了一下子,既不会吵闹,也不会横眉立眼儿,连理会都不理会。所有的人兴致都是那么高,碰见卖什么的都想挤到跟前看一看,买与不买,总得开开眼。所有的结着伴的人都在大声喊叫,有多大劲儿使多大劲儿;不喊叫他们就会失掉联系,不用最大的声音,扒在耳朵边说,也不用想听清楚说什么……

喜老头被裹在人流里,用不着迈步,全靠别人推着前进。他的心情也是快活的,可是又有一点儿焦急的感觉。

萧长春和韩百仲要是知道他专门为了"那件事"跑柳镇，是绝对不会答应的。可是，他不能不来。为了能够脱身，他跟好几个人都说了谎话，对老伴也只是说："我散散步、松松心去，走到哪儿，累了，就回来。"为了能够完成这件自己给自己的任务，他狠着心把焦克礼一个人扔在家里开那个社员会……

那天晚上，马小辫家里突然吵架，马小辫又忽然钻到马之悦的家里，像一个大疙瘩系在喜老头的心上；他办这件事儿，又办那件事儿，想这样的问题，又想那样的问题，可是一直没有把马小辫的鬼把戏忘到脖子后边去。他敢肯定，马之悦这伙子人一定得利用赶集来聚伙，马志新要是真能来的话，不敢先回家，也得在这个地方跟马之悦见见面儿；他得把这些人的来影去踪都摸清楚，得掌握住这些人的步数……

老人家的心情快活极啦。他挺着急地在人流里挤着，在人流里寻找东山坞的人；碰上好几个，都不是他要找的人。最后，他好不容易才挤到回民食堂门口。他估计，马之悦这几个家伙全是酒肉之交，准是又凑到这里边大吃大喝了；吃着、喝着，商量坏事儿。

他的两只脚刚一迈进门槛子，又退回来了，心想：不能直冲冲地往里闯，照了面，两头都不大方便。他在门口遛了两趟，忽然想起，这食堂南边靠着一条小胡同，有一排窗子，从那边可以看到里边的动静。于是，他又绕过几个卖食品的小摊子，绕到小胡同，扒着窗户，把每张桌子旁坐着的人，挨个儿看了一遍，一个熟人都没有。

他从胡同出来的时候想：也许这一次自己没有估计对，马之悦诡计多端，要是光找马斋啦、弯弯绕啦，找个空子就办了，不一定要到这个闹市上；要是马志新真从北京下来，东山坞有他的家，他又不会承认自己搞的是坏事儿，完全可以理直气壮地奔村子，何必在这儿集合呢？……

喜老头这么一想,也就松了劲儿。算了,他们爱干什么干什么,等着瞧,看他们有多大本事!他走回胡同口,心里又一动:马之悦这家伙可是个老滑头,什么手腕儿都能使出来,还是应当小心一点儿。自己执行的这个任务,关系着整个斗争,一时片刻都不能松劲儿。于是,他又往南挤。经过酒店、饭铺,他都设法朝里看看,可是一个马之悦的影子都没有。一直挤到了南街口,灵机一动,他忽然想到那个很少有人去的小茶棚。

这边人少了,他可以把脚步放快一点儿了,刚到那个修车铺子门口,就来个急刹车。这下子可找到了,棚子里边坐着的秃头顶,正是马之悦,旁边一个是马斋,那一个只看到一个后背,看不到脸儿,是谁呢?他想:亏了自己没有简单急躁,要不然,这个大漏洞可小不了!他又想:怎么才能看清那个人是谁呢?对,从野地绕,绕到小茶棚子东边那土岗子上,冲着脸,一下子就能看清楚那个人了。

他从修车铺子和钉牲口掌的两夹空穿到地里,刚要转弯儿,被一个人扯住了拐杖。

韩小乐扯着拐杖说:"哎呀,喜爷爷,您也赶集来了?"

喜老头绷着脸说:"我就不兴赶趟集吗?"

韩小乐笑着说:"您准是有旁的事儿!"

喜老头故意反问:"你干什么事儿来了?"

这两天,韩小乐出进都背着布兜儿。兜里装着一把算盘,走到哪儿都带着,有个空儿就拨拉;这会儿,当然也在手里拿着哪!

小伙子说:"我来有个重要事儿……"

喜老头很不高兴地说:"什么重要事儿?昨晚上我没对你说吗,克礼头一天上任,你得帮帮他呀!"

韩小乐说:"家里人挺多。这儿没有——我是找马之悦来的……"

喜老头脸上的皱纹舒展开了："噢，这还可以。"

韩小乐说："早起我去挑水，瞧见马之悦在井沿上跟弯弯绕嘀咕，回来又瞧见马凤兰跟马斋在马小辫的后门口喊喊喳喳。我觉着他们没好事儿，就跟来了。到处没找到马之悦，就跟上弯弯绕了；他走哪儿，我跟到哪儿，准能跟到老窝去！"

喜老头朝小伙子笑了："你真有主意！"

韩小乐摆摆手："您小点声！"又朝西边指指。

喜老头朝西边的十字路看一眼，只见弯弯绕跟一个正蹲在土坡上的庄稼人交头接耳地小声嘀咕，就说："你不用急了，马之悦就在那边的小茶棚子里……"

"真的，这条狐狸，真会找窝儿呀！"

"马斋也在那儿，旁边还有一个，没看脸儿，我赶快去瞧瞧，到底是个什么东西！"

"我去吧……"

"你冒冒失失的干什么去呀？我去保险，你就在这儿看着他们吧。"老人转过身去的时候，心想：这句话说得不太合乎分寸，年轻人成长得真快呀！

韩小乐靠在墙边站定，远远地盯着那边人的动静。

那边跟弯弯绕说话的人，也跟弯弯绕的年纪差不多；穿戴邋遢，却是红光满面。他既不是东山坞的，也不是本镇的，更不是带着什么煽风点火的任务来的；可是，他甘心情愿尽义务，帮助右派们扩大"市场"，找缝儿下蛆。

他是弯弯绕的妹夫。这个反动富农比东山坞的马斋还要"神通广大"。他不是那种"土富农"，上京下津是极平常的事儿。因为在天津他有个闺女，在北京他有个儿子。他的反动思想的来源也跟马斋不一样，马斋是多半来自他那反动阶级分子的本能和五经四书上的一些陈腔滥调儿；他呢，除了具备这个特点之外，又能经常接受"新思潮"的影响,什么国际国内的大事情,虽说都是一知半解的,肚子里可装着不少。前半个月,他到北京的儿子那里住了几天,天天看报纸,夜夜听广播,还溜进儿子所在的机关看了一回大字报,同时又接触了几个跟儿子相好的朋友;有关大鸣大放,以及由此而来的各种各样的荒唐言论、反动的口号,别人全是传闻,他却是亲眼所见。他从北京赶回村之后,就想鼓动一个大鸣大放;而且,他想的那个"鸣放",比城里的那种鸣放还要厉害得多;城里一些人只提到反对农业合作化、反对搞社会主义,他连土地改革都要翻案,连民主革命的政策都攻击!没有想到,刚一散风,就给村里的干部发觉了,社员们群起而攻之,把他斗争得落花流水。闹得他连今天赶集来都得请假,回去还得汇报。可是他贼心不死。这回在集市上偶然遇上了大舅子弯弯绕,两个人立刻就黏在一块儿了。

弯弯绕正有满肚子的"窝囊气",找不到沟儿找不到眼儿往外泄,可见到"知音"了,哪还肯白白地放过去呢?不要说给家里买什么东西的事儿忘没影儿了,连马之悦的约会也顾不上了。可是,当他听了妹夫的一番"变天论"之后,不知怎么,又有点不安,或者说有那么一点儿害怕。

妹夫立刻发现了他的变化:"哎,你怎么啦?"

弯弯绕琢磨着说:"要我说,这天下,还是由共产党来掌管才好……"

妹夫奇怪地叫了一声:"哟嗬,看样子,你对共产党还有点情分啊?"

弯弯绕苦笑了一下。真是奇怪的事儿。这个顽固的富裕中农平时对共产党满腹不满,或者说结下了仇,怎么忽然听说共产党要"垮台",又不安,又害怕了呢?他的心里边乱腾腾的,过了一会儿,仿佛自言自语地说:"你讲情分吗?唉,这真难说。想想打鬼子,打顽军,保护老百姓的事儿;想想不用怕挨坏人打,挨坏人骂,挨土匪

'绑票儿'、强盗杀脑袋；想想修汽车路，盖医院，发放救济粮……，这个那个的，唉，怎么说呢？只要共产党不搞合作化，不搞统购统销，我还是拥护共产党，不拥护别的什么党……"

妹夫嘲弄似的笑了："你呀，聪明一世，糊涂一时呀！共产党要不搞合作化，怎么往'共产'社会奔？要不往'共产'社会奔，它就不叫共产党了！只要共产党掌天下，就得搞农业合作化，就得搞粮食统购，这是往远处走的台阶儿呀！不走这一步，能跳过去吗？往后越走越紧，越没你的自由！你别藕断丝连的了，还是变变天好！"

弯弯绕说："我咬过旧社会的苦瓜尾巴，我受那害受够了，再回去，我真有点怕了……"

妹夫开导他说："唉，你这眼光就是不行。你得知道，共产党垮了台，别的党掌了天下，也不会再搞旧社会那个样子的社会了，完全是新的。打个比方吧，像人家美国那样……"

弯弯绕叫了一声："我的妈，变成帝国主义？"

妹夫说："看，你不懂不是！我不是说变成帝国主义，是变成完全自由的、文明的世界；那个世界没有地主、富农，可是……"

"发财也不行啦！"

"听我说呀！没有地主、富农，可是，有农场。私人可以开农场，招工人，用机器干。你瞧，要当上这样一个财主，还能参加竞选，谁有钱，有势，就可以多得票……"

"他姑夫，我……"

"听我说。你不用三心二意。这是社会潮流，你愿意，也得变，你不愿意，也得变！连共产党都拦不住，你一个人想不变就行了？大势所趋，人心所向！你为什么不来个就水和泥、顺水推舟呢？就凭你这套算计，将来当个农场场长，说不定发了大财，还闹个议员、当个官儿哪！"

"唉，总听说大鸣大放，我想是要求共产党改改制度，松松缰绳,没想到是这呀! 他姑夫,你知道我这个人,我是从来不想当什么官的,连官派,我都不沾边儿;就是想能够过个富贵日子,别的什么想头我全没有!"

妹夫继续开导他说:"没跟你说嘛,时代跟过去不是一回事儿了。不论是共产党的天下,还是变成别的社会,你想要当个土财主,不沾官派,做梦都没有那日子了。就拿你眼下说吧,你哪一点儿没有沾官派? 你哪一点不让人家管着,哪一点能够自由自在?"

弯弯绕又叹息了一声:"所以我就怕嘛!"

"真是旁观者清。我要是站在你那份上,我什么全不怕! 你是怕人家撸了你的官呢,还是怕人家剥了你的产呢? 官你没有,产早剥走了! 这会儿,你应当趁这个空子,把产业拿回来,把麦子要到手!"

弯弯绕点着头说:"哎,你这才说对了。我别的指望没有,就图把地给我,把麦子给我,让我自己随着便过日子,想怎么就怎么,全有了,别的事儿,我可管它干什么呀! 还想贪大的呢? 就这么一点小事儿,都办不到哇!"

妹夫见他开了缝儿,又小声说:"我给你保险,这点小事儿全办得到。就是看你敢不敢出头了。不论什么时代,顶数你们这种中间户头说话算话,办事顶事儿;就是怎么闹,也担不了大风险。你要再不干,错过这个机会,那可就太傻了!"

"你不知道,我们村有一大伙子人围着支书,什么事儿也不好办。"

"那是假的! 天下的人谁不想自由! 围着支书那些人全是假积极,跟你一样,也是因为怕的关系,你是躲着,人家是巴结。等那个日子一到,你再看看,这些人还围着谁? 闹起自由来,保险落不到你后边!"

弯弯绕站起来,活动活动大腿,也借机会把塞了满脑瓜子的问题摆一摆。可惜，他心里乱极啦。谁掌天下，变成啥样子，他没法儿深想，也感到这样大的事儿，自己是没本领管的；他的整个心思还是粘在最切身、离着自己也最近的问题上。他又问："别的什么我全不管，我就是想多分点麦子。你说，要是不贪别的，光奔这一宗，奔的上还是奔不上呢？"

"那要看大局势变不变啦。"

"要是不变呢？"

没容妹夫回答，从旁边闯过来一个高个儿、长瘦脸的中年妇女。她一手扯着孩子，一手提着篮子，高腔大嗓地喊开了："哟，大叔，说好了一块儿走，你怎么把我给撂下了？挤了两趟街，也没找着您，敢情是钻到这儿避风来了！"

弯弯绕一看是焦庆媳妇，赶忙迎了一步，瓮声瓮气地说："前追后拿地找我干什么呀？"

焦庆媳妇左右看看，皱着眉头，小声说："找您给我拿拿主意呀！"

弯弯绕说："咱们各人过各人的日子，我可给你拿什么主意呀？"

焦庆媳妇急了："哟，怎么又这么说啦！那件事儿是您搭的桥儿铺的道儿，我才走的；您要不是亲自找上我的门，我就是有老虎肝、豹子胆，也干不出来！"

弯弯绕也急了："瞧瞧，真是宁跟男子汉吵顿架，不跟妇道人说句话。还没怎么着，又把屎盆子扣到我的脑袋上了，你们是安心不让我过日子啦？"

焦庆媳妇说："谁让我过日子呀？卖那二斗小米子，给我找了一身病，害得我茶不思，饭不想，一天到晚，那心揪揪着，像个小酒盅似的端着……"说着，两个眼圈就红了。

从打倒卖粮食的事儿被揭发之后，这女人吓丢了魂儿，一直嘀嘀咕咕;这几天,瞧见马之悦和马凤兰又有点精神了,料想他们有了什么解脱的办法,惟恐又把她丢下,好事贪不着,又当了人家垫背的。在村里她是不敢再沾这几个人的边儿了,很想在集上讨个定心丸儿吃。

弯弯绕怕让这个女人给纠缠住,就连忙摆着手说:"算了,算了,别在这儿鸣锣打鼓的了,不是什么好听的;有话,你快找马主任说去吧。"

焦庆媳妇一乐:"他在哪儿呀?"

弯弯绕心里立刻又绕了一个圈:马之悦光通知自己和马大炮到集上跟他碰头,准是有意避着焦庆媳妇,不能跟她说实话,就指指北街说:"许是在回民食堂吃饭哪!"

焦庆媳妇说:"我看着你们一个一个都往这儿奔,断定是要集齐。怎么偏偏把我撇下,想把我做到酱缸里呀?"说罢,扯着孩子朝北街挤去了。

弯弯绕怕焦庆媳妇扑了空,又折回来,就对妹夫说:"你先逛逛集,回头路过,我到你那儿坐坐。"

妹夫说:"好,好,我到家里等你去啦。"

两个人又嘀咕几句,就分手了。

他们谁也没有看见站在小夹道口的韩小乐。韩小乐正要跟上,喜老头回来了。

喜老头朝弯弯绕的后背瞥了一眼,小声地对韩小乐说:"真是眼不受使了,坐在棚子里的那个原来是瘸老五!"

韩小乐说:"这就不会有大事儿了。"

喜老头两眼盯着街上来往的人,也小声说:"这也得留神。瘸子这程子说是进京办货,我看还得有别的差事,这个小子坏着哪!你看,刚才弯弯绕正跟他妹夫嘀咕,焦庆媳妇也凑过去了。看样子,他们也在闹矛盾。"

韩小乐笑着说："倒像开动员会。"

喜老头捅捅韩小乐，又指指北边的大道："你瞧，又来一块料！"

韩小乐扭头一看，见马大炮急急忙忙地往茶棚那边跑去了，就说："再看看还有什么人来，看看他们最后干什么。您找个地方吃点东西去吧，我到那边盯着他们去。"

喜老头说："够了。咱爷俩也找个地方改善改善生活；吃饱了，喝足了，再找他们。"

过不久，这一老一少就坐在回民食堂的八仙桌旁边，吃开了羊肉馅儿的饺子——窄边、鼓肚，一咬一冒油。

第七十章

萧长春也到柳镇赶集来了。

每个赶集的人都有自己的目标。萧长春的目标主要是到柳镇派出所打听一下搜捕范占山的消息。王国忠在电话里说，这个坏家伙正在这一带活动，也有人给他"保驾"；萧长春想把东山坞那些跟范占山有联系的人告诉派出所的同志，或许对他们的工作有用处。另外还有些小事情：卖木柴、买布，再看看大牲口的行情，瞧瞧胶皮车的货色；要是碰上工地的采购员，还可以打听打听那边的情况。据说挖河的工程进展挺快，东山坞的民工单独包下最艰难的一段，替出别的民工队，很快就要往东南伸展。等到麦子一入仓，东西两路大队就要会师了，河道就合龙了。秋后再把渠道修起来，冬小麦就能够自流灌溉。那时候，东山坞的生产，就得像六月里经过雨的高粱，节节儿往上升。

他满心高兴地挑着木柴担子，在平坦的大路上往前走，一步一颤。他的小褂子早就湿了，浓黑的眉毛上也挂起了汗珠儿，一步一滴。

又是个好晴天,没有风,没有灰土,太阳也不毒,明净、清爽。那金色的田野里,掩护着无数条小路。小路从不同的方向通往正南的柳镇。路上走着各种各样的行人。挑担的,推车的,赶驴驮子和骑自行车的,还有步行的,男女老少全都有。人们一群一伙儿,互相打招呼,开玩笑,谈论着各种各样的有趣的新闻。这里那里,不断地爆发着笑声。

到了集市附近,人们聚拢到一起,就更加热闹喧哗了。小贩的叫卖声,饭摊上的刀勺声,牲口市上骡马的嘶鸣,宣传员们的广播声,嗡嗡地汇成一片。

小百货摊五光十色的招牌啦,供销社陈列货品的橱窗啦,摆在街头的农具、水果、青菜啦;平谷过来的猪食槽子,蓟县过来的小巧铁器,从潮白河上过来的欢蹦乱跳的大鲤鱼,从古北口外边过来的牛羊啦,这个那个,充塞了好几条街道。把乡村、城镇所有特产品的精华都聚集到这里来了,像个博物竞赛会。它既显示着北方农村古老的传统,优良的习惯,丰富的资源,又显示着新农村生产的发达和朝气蓬勃的景象。

萧长春把木柴挑到集市口上,就没有勇气往里挤了,把担子一放,立刻就有人围过来。他既不贪图大价钱,也不恋集,三言两语,就卖出去了。他把人民币塞进衣兜里,把绳子缠绕在扁担头上,这才一身轻松地投入人流里。他常常碰到熟人,除了本村和邻村的,还有一些在一块儿开过会的农业社干部和县里各部门的工作人员。他简单地跟他们打过招呼,谢绝喝酒吃饭的邀请,不停步地朝里挤。有力气的庄稼汉,挤热闹是最不在行的。这一段"艰难的行程",在他的感觉里,简直比爬一趟瞪眼岭还要费力气。往少说也花了半个钟点,他才带着一头热汗,跨进柳镇派出所的门口。

整个派出所只有一个同志,而且是一个不认识的同志。

萧长春来个自我介绍，又说明了来意。

那位同志很热情，可是也很警惕，只听不说，就是说，也不接触重要的问题。

开头，萧长春很急切，恨不得一下子问出范占山的线索，后来，他才明白了：自己连个介绍信都没有带，光凭口说，人家怎么能随便把秘密事情告诉一个不认识的人呢？于是，他很抱歉地笑笑说："您把我反映的情况汇报给工作组吧，我走啦。"

那位同志说："您反映的情况对我们很有用。如果捉到了范占山，有了口供，一定会通知你们的。"

萧长春从派出所出来，想着得赶快办事儿，赶快回去。他又挤进了百货公司。

他隔着许多人，沿着柜台走着，观看货架子上的各种布匹。那些布匹的颜色和图案，闪来闪去，真使他眼花缭乱。光棍儿汉，对这些玩意儿没有多少兴趣，就赶忙往旁边挤，找到一个空地方，停在柜台跟前。这边货架子上的布匹只有黑、白、灰、蓝四种颜色。他向售货员问清一个老人和六岁男孩做一身便服所需要的布匹尺寸，便求售货员代他选一种最结实的斜纹布买下了。接着，他又挤到另一个柜台，替马连福媳妇称了一斤红糖，这是孙桂英早晨专门托他带的。

这会儿，萧长春把他急需要办的事情全办完，别的事儿只能等消闲一下再说了。

他挤出人群，走到一个人少的小角落里，心满意足地往那儿一站，搂着挂在地下的扁担，卷了一支烟；一边抽着，一边看热闹。他周围的人都在活动，都在吵嚷。在工地、山村奔波了几个月的庄稼人，偶尔来到这样繁华的闹市上，就像第一次进了北京城那么新奇，那么适意，又那么忍不住地想这想那——他那一颗火热的心，长了翅膀，飞起来了。

　　他想,过不了几年,这个集市上就会有东山坞的肥牛壮羊出售,也会有东山坞的桃子、李子挑卖;说不定还会有东山坞的苹果来增加这儿的光彩。那时候,社员们再赶集来,就不用挑着担子,或者推着车子了,起码有足够的大胶皮车接送他们,说不定还有了汽车哪!嘿,到了那个日子,大家的生活该是多美呀!

　　美妙的理想,贯注在这个庄稼人的血液里了,时时刻刻不离身。他像每一个对生活和未来充满信心的人一样,随时随地都能够吸收到鼓励自己前进的力量。

　　一支烟抽完以后,他感到有点儿饿了。昨天晚上,因为忙着工作,回来又忙着锯木头,浑身劳累,仅仅吃了一碗稀粥就吃不下了;今天早晨,还没有烧火,他就到沟北边忙了一阵子,又隔着门跟要到工地去的马连福说了几句话;为了赶时间,早到集上办了事儿,早些回村,只好空着肚走了二十里路程。

　　他隔着衣兜,摸了摸剩下的钱,打算到饭铺里吃上一顿便饭。他扛起扁担,夹着布卷儿,顺着墙根儿走到附近的一个大众饭馆。

　　新开的门面,四壁粉刷的雪白发光。三张红漆方高桌,全满着座儿。有的结伴,在一起吃着炒鲜豆角或者熘粉皮、烩豆腐,一边"吱儿哑"地喝着酒,一边无拘无束地大声说笑,有的还红着脸、伸着脖子争吵。也有单行人,闷着头喝着"愁酒",或者狼吞虎咽地啃着白面馒头;那些刚到的顾客,有的坐在位子上,悠闲地用筷子敲着桌子边儿,有的着急地喊叫着服务员快点儿上饭上菜……

　　萧长春站在门口外边看看,没有进去。他不习惯这里边的气氛,也不想在这儿多耽误工夫,就又转身朝另一个方向走来。

　　闹市的中心人更多。他好不容易才挤到一个人稀的地方。这儿正好有几家卖零食的小摊子,卖的是沾着芝麻的火烧、炸油饼,还有老豆腐和羊下水汤。

　　他在一个满是油腻的长条案子跟前坐下来,一边望着那各种各样的简单而又便宜的食品，一边盘算着吃些什么，吃多少。立刻，他感到那甜的、辣的、韭菜花、豆腐卤、芝麻酱等等混合香味儿，直扑鼻子，肚子里边也就更觉得饿了。

卖食物的小贩肩上搭着抹布，手里拿着小碟和筷子，笑吟吟地过来；扯下抹布，在萧长春面前的案子上擦了一下，又把小碟和筷子摆上，问："同志，吃点什么？"

萧长春还没有拿定主意。这会儿他甚至想：好些日子没有改善生活了，买一点油水大的东西吃。当他把手伸进衣兜里，触到那几张软软的票子、硬硬的"镚子"的时候，有两个人影儿，跳到了他的眼前：一个是黄瘦脸的马老四，捧着一只没油少米的野菜碗；另一个是圆脸的小石头。……

卖食物的还在兜揽生意："同志，来一碗下水汤，来一斤油饼？"

萧长春又在那些熟食上望了一眼，抱歉地笑笑说："不吃了。"便站起身，扛着扁担、夹着布卷儿，走开了。

远道的人正在上集，人数还有大大增加的趋势。萧长春觉得这会儿比刚才更难挤了，好不容易才挤到一个小土门楼跟前，朝里边看看，就直着走进去了。

这儿是韩百仲的妹子家。姑奶奶一上年纪，就不大走娘家了，平时也极少来往。

萧长春朝里喊："老姨！"

出来一个年轻的小媳妇，穿得干干净净。她上下打量萧长春，不认识，就问："您是哪的客呀？"

萧长春说："我是东山坞的。"

小媳妇一听是老亲戚，马上亲热地往屋里让："您快屋里坐。我婆婆到街上买东西去了，一会就回来。"

萧长春说："不啦。麻烦一下，有油瓶借我一个使，下集再捎回来。"

小媳妇连忙答应,从屋里拿出一只小油瓶,一边递给萧长春,一边说:"哪有到院子都不进屋的呢!"

萧长春说:"我还得忙着赶回去。你告诉老姨,我姓萧,有空再来看她吧。"

小媳妇一直把萧长春送到大门外边。

萧长春又挤到供销社,打了半斤花生油,刚接过油瓶子,一转身,碰见了大湾供销社的老会计,说了几句家常话,就问:"老会计,您知道哪儿有卖小鸟笼子的吗?"

老会计奇怪地笑着问:"哟嗬,萧支书还要养鸟?"

萧长春说:"有个凤凰我也没有工夫养它。给孩子买个拿着玩。"

老会计说:"这得碰巧。你到牲口市前边的破烂摊上看看吧,那儿兴有。"

萧长春跟老会计告别出来,又挤到牲口市前边的一条小胡同里。这边全是地摊,卖着各种估衣或破旧家具。他来回走了两趟,最后果真在一个小摊子上找到一个小鸟笼。它是用木棍和竹签子编成的,四四方方,有个往上一提就开的小门子,当中还横着一根小棍儿。

他喜欢这个玩意了,蹲下身,摆弄着看了看,就问:"掌柜的,这个要多少钱?"

那个卖破烂的瘦老头朝萧长春瞟一眼,大概看出他不像真买的顾客,就敷衍地说:"五角。"

萧长春也不还价,把兜里的钱全部掏出来,凑了凑,正好,还多余二分钱。

他交了钱,拿了鸟笼子,像办完了两件重大的事情似的,一阵轻松,开始往外挤。

现在他该回东山坞了。家里边还有许多事情要办,他不能在外边呆的太久。况且，焦克礼那个会到底开得怎么样？他心里也一直惦记着。现在仅仅剩下两分钱，连一碗豆腐汤都喝不成了。

他把手里的东西全部放在地下，紧了紧裤腰带；把布卷往衣裳兜里一塞，把油瓶子和鸟笼子拴在扁担的一头，随后又把扁担一扛，急忙往回走。那刀勺的响声，那诱惑人的叫卖声，那冒着热气、散着香味儿的东西，他都不去听，都不去看了。他眼前出现的是：饲养员马老四的碗里飘动的油珠子和小石头提起鸟笼子时候的笑脸。

一股子满足的情绪，荡漾在他的心头。

太阳已经有点毒了。街里的人更加拥挤。他赶忙离开闹市，顺着后街的石板路朝北走。他心里边盘算：到家里吃了饭，就找马立本，让他把账本子交给焦淑红和韩小乐；还要对他做点工作，给他指出道路，让他在麦收的时候，好好地参加劳动，好好地改造；回头就再跟韩百仲碰碰头，凑凑情况，看看还有什么急需安排的事情，丢下什么没有。明天是假日的最后一天了。后天，那更加紧张和繁忙的日子就到了，一切事情都得考虑周到呀……

他这样想着，走着，不知不觉中已经走出了街口。

一棵白杨树下边停着一辆大胶皮车，车上坐着一个二十六七岁的庄稼人；赤红脸，大高个儿，壮壮实实。他见萧长春走过，"通"的一声从车上跳下来，蹿到萧长春的背后，先拍了一巴掌，然后喊道："喂，老萧！"

萧长春猛回头一看，笑了："嗨，王来泉！嗨，碰上你了！"

王来泉又用一只带着厚茧的大手使劲儿抓住了萧长春的胳膊："同志，走路奔拉个脑袋，想什么心事哪？想着回家没个人做现成饭等你吧？"

萧长春笑着，轻轻地打他一拳头说："这工夫，满肚子、满脑袋都塞得严严的，哪有想它的地盘呀！"

"嗨,你们那个破村呀,真够你招架的!"

"别这么说呀,我们那个村子是不简单。有几个坏人,整个村子就不好了吗? 看问题太片面了吧?"

王来泉"呵呵"地笑了:"真是支书水平高哇!"

萧长春看看车上的新麻袋,又问:"你们多会儿动手收割麦子?"

王来泉说:"明天。你们呢?"

萧长春说:"我们比你们晚一天。"

王来泉又拉着萧长春说:"来,坐车上聊聊。怎么着,你们那儿最近没出什么事儿吧?"

萧长春一边跟着走,一边说:"工作就是斗争嘛,还有没事儿的时候! 大事没出,小事不断。"

王来泉抽出烟卷:"来一支,别抽你那自来造了。老萧,我那位老泰山最近表现怎么样啊?"

萧长春一边点烟,一边笑笑说:"你问你那老丈人呀? 他这一程子表现挺好,全是你的功劳。刚我瞧见他赶集来了,你没见着?"

王来泉说:"见着了。我看他那股子情绪蛮不错,可比过去精神多了,把你这个支书夸了个流油光,口口声声说往后的日子过着有底了。我拉他到家里呆呆,他就去买东西,说是第一次走新亲,空着手不好。瞧瞧,你们东山坞的人多讲礼节呀! 得,你也跟着一块儿坐坐吧。"

萧长春打趣说:"不去,不去,我既不是老丈人,又不是新姑爷,我算赶哪辆车的呀?"

王来泉说:"你要想在我们村找个老丈人,那还不好办,就怕你不干。喂,听说,你找到一个好对象? 真的吗? 可别偷偷摸摸地把事儿办了,得请我喝喜酒!"

萧长春说:"别胡扯啦! 说点正经的吧。你套着车往镇里拉什么来了？"

王来泉说："我们往北京送谷草去啦。"

萧长春高兴地说："上北京去了吗？太好了，快给我介绍介绍你的见闻。"

王来泉抽了口烟，兴奋地说："嘿，见闻可多啦，就跟你说说大鸣大放大辩论的事儿吧！"

"我就是想听听这件事儿。情况到底儿怎么样？"

"怎么样？好极啦！这一回我可摸着一条非常非常重要的规律……"

"什么规律这么重要呀？"

"不论城里的，还是乡下的，只要是反对社会主义的人，全都是死心烂肺瞎眼睛；明明是白的东西，他偏说成是黑的，明明是好的，他偏看成坏的，明明是此路不通的泥沟，他偏当成是溜光的大道。党一整风，那些牛鬼蛇神全都还阳了，想钻空子放毒水；这也不好了，那也搞糟了，什么好呢？资本主义好。他们这一冒头不要紧，机关里冒出来的，让干部们给围上了；学校里冒出来的，让学生们、老师们给围上了；工厂里冒出来的，让工人们给围上了。你没见那大字报哪！安坏心的人往西墙上贴一张，群众就往东墙上贴一百张，针锋相对。墙上贴不下了，就往地下铺；连家属都写大字报，跟坏人说理斗争……"

萧长春听着，脸上放起光芒："让你这一说，还得有一条非常非常重要的规律！"

王来泉问："什么规律？"

萧长春说："不论城里，还是乡下，广大群众都是拥护党、爱社会主义的，都是心明眼亮敢斗争的！你看对不对？"

王来泉拍着手说："对极啦！参加参加人家的斗争，真是又开心窍又痛快。我在王府井百货大楼碰见我们村一个学生。这个小伙子在北京上大学,过去光知道啃书本子,放假回来,求他给写个黑板报都嫌麻烦。这回参加斗争,一下子变了,光他一个人就写了一百多张大字报,专门批驳一个过去对他很好的教授。他见着我以后,回去跟他们学生会一说,第二天,总支书记、学生会主席亲自到店里找我,让我参加他们的辩论会。他们说,那个坏教授在学校里散布说农业社搞糟了,农民要饿死了。学生们给他讲理他不服,说学生不了解实情。我一听,火顶脑门子,跟我们车把式两个人就去了。我们那车把式可真有两下子,到台上没说三句话,跳下来了,到了那个横眉溜眼的教授跟前,啪啪两下子,从兜里掏出两个大白面馒头,摔在桌子上了。他说:'我从娘肚子一落生,活了五十岁,一直到搞起农业社,才见着白面馒头。如今我们出门带干粮,不是饼子,就是馒头!'又抖抖白褂子、斜纹布裤子,说,'你看看我穿的是什么?旧社会,我十冬腊月光脚丫子,这会儿我穿的是胶底鞋!你怎么胡说八道?农业社搞糟了吗?庄稼人要饿死了吗?你安的什么心呀!'把那个老家伙问得干张嘴,半个字儿说不出来。正在这时候,你们村的那小子站出来了……"

萧长春忙问:"我们村的谁去了?"

王来泉笑着说:"你听着呀!我不认识他。我们车把式仔细一瞧,眼珠子瞪起来了:'你是地主马小辫的儿子!我们一家人给你家当了三辈子牛马,我穷、我苦,是你爸爸剥削的!闹了半天,骂农业社、骂社会主义的是你们这号人呀!你想着让旧社会再回来,再剥削我们哪!死了心吧,永世千年没那日子了!'你瞧会场上那个鼓掌呀,那个喊口号呀,像打起大雷,像发了山洪……"

萧长春的眼前,立刻出现了一片沸腾的人群,排山倒海一般地朝他拥过来。好动感情的庄稼人哪,两只眼睛红了,两只手攥得出了汗。

王来泉快活地摇晃着两只大手说:"真是棒极啦!老鼠过街,

人人喊打，哪儿有说社会主义一个坏词儿的人，哪儿就有成百成千的人跟他讲理。看到这种景象，只能得出一条结论！"

萧长春问："什么结论？"

王来泉庄严地说："社会主义的根子，扎到全中国人民的心里边去了，谁要想拔它，那是妄想！"

萧长春使劲儿抓住了王来泉的一只胳膊，摇着说："你说得真对呀！真对呀！"

这当儿，马子怀提着一个粉红纸的包儿，慢慢吞吞地走来了。他老远见到萧长春，强笑了一下，打招呼说："萧支书，你们碰上了？"

萧长春说："运气好，搭截儿车。"

王来泉这个小伙子非常精明，一眼就看出老丈人的神情变了，跟刚才根本不一样。这是怎么回事儿呢？莫非说对他们支书有什么意见？不对呀，刚才还夸哪！他只是想了想，也没马上追究，就问："您怎么去这么半天呀？"

马子怀支支吾吾地说："嗨，嗨，碰上个熟人，硬把我给拦下了。咱们走吧。你们哥俩坐上去，我来赶。"

萧长春还要争让。王来泉一步跳上车去，又拉萧长春说："这还客气什么，上来吧！"

两个年轻人坐在两边车帮上了。

马子怀顺过牲口，一摇鞭子，大车上了大道，他也把身子一蹿，跨在了车辕子上。

大车在行人稀少的路上，快跑了一阵儿。

萧长春还在激动着，好久才平静下来。他的两只眼睛在阳光的照耀下眯缝着，结实的身子随着大车的颠簸，一摇一晃，心里边又翻腾起王来泉刚才讲的话。半个多月来，他听到许多有关大鸣大放的传言，多少有点儿担心这个运动下达到农村。这会儿，他倒觉着,东山坞是非常非常需要这样一场大辩论的。那样,坏人暴露得就能彻底了,那些落后的中农转变就快了,积极分子们呢,提高也就更快了。他又想起,前几天王国忠在电话上给他讲的那些话,正是这个意思呀!因为上级没有讲得很具体,自己体会得也就不深刻;往后,对上级的指示一定得反复想才行啊!……

王来泉心里边还在转着他的老丈人。他怕当着他们支书单刀直入地问,老丈人不肯说实话,又忍不住想要刨刨根,就朝车辕子那边凑凑,问:"刚才您到街里碰见什么人了?又听到什么话儿了吧?"

马子怀的脸"腾"的一红:"没,没!"

王来泉说:"不对,我一看您这脸色就不对。唉,我怎么跟您说的,不论碰上什么事儿,别掩别盖,掩着盖着,害别人、也害自己。这就是中农户的坏根子,得拔掉它!您没见我家里挂着那幅战斗英雄的四扇屏吗!枪子儿从碉堡的枪口往外喷,人家黄继光硬要往枪口堵,您能遇上多大的事儿,可有什么怕的呢?"

萧长春也注意到马子怀的情绪,就和蔼地对马子怀说:"我估计,他们这几天会找你的;有什么坏主意,就是不敢明说,也得往你耳朵里吹点风,对不对?"

马子怀"唉"了一声说:"这些人哪,我也没有办法他们。这不,咱们把话说到这儿了,反正这儿也没有外人,我就跟你当支书的说说。刚才我回到街上买东西,碰见瘸老五和马斋两个人从南边过来了。见他们我就躲,怕惹是非;他们偏拉住我不放!两个人全都喝个醉猫子似的,半吐半咽地说:土地分红那事儿,大概还有指望。我说,不是让党支部和乡里王书记给驳了吗?他们说:一大鸣大放,谁驳也不顶用;还说,有一个重要人物要来给中农撑腰……"

萧长春不动声色地追问:"他说什么人了吗?"

马子怀说:"他们说,那个人来了我准认识,不肯露姓名。我们正说着，马之悦提着一包子点心也来了。他也跟我说：往后不用走一步看一步，提着心、吊着胆了，就要让我们这号人过踏实日子了……"

萧长春马上追问："他的原话怎么讲的？"

马子怀吞吞吐吐："他……我也没听清。"

王来泉说："唉，他怎么说的，您就怎么说，支书还能把您撂在里头呀！"

萧长春说："没什么了不起，我们早估计到他要说这种话。"

马子怀说："我真怕再闹乱子。"

萧长春说："那只有我们全都觉悟了，全都真正听党的话，全都一心走社会主义大道，才能不闹乱子呀！"

王来泉挺胸摆手地说："闹乱子，闹什么乱子？那是他们做梦！等到家里，听我给您讲讲北京城的好消息吧！"

萧长春接着王来泉的话音，高声有力地说："对，全中国不论城市、乡村，大地方、小地方，全都是保卫社会主义的战场，人人都是硬骨头战士！让他们闹吧，越闹腾得快，我们越能很快地把他们彻底消灭！"

…………

丈人和女婿硬要拉萧长春跟他们一块儿到家里吃饭。萧长春说什么也不肯去，答应麦收以后，一定要专程来串一回门儿。

年轻的支部书记把拴在扁担上的油瓶子、鸟笼子又检点一下，抬头一看，在那如云如波的麦地里，远远地有一团火似的人影儿在飘荡、移动。他的眼睛闪起光来，没等车停住，一手扶着车帮，两条腿一悠，跳下来了，跟王来泉说了声"回头见"，就朝那红色的人影走去了……

第七十一章

南风吹过来了,像一个调皮的娃娃,在麦子梢上打着滚儿。

土地盖上了盖儿。冷眼看去很单调,左一片黄,右一片金;可是这黄金的盖子下边又隐藏着多少种秘密呢?谁也数不清。有青青的小春苗,蓝蓝的小花朵,蹦跳的大蛤蟆,打盹儿的野兔子,还有"打猎"的小孩子和行人的脚步……

萧长春从大车道上拐进了一条神秘的小路上,麦浪立刻就把他的身体给掩藏起来了。他走得很急,急着要把从王来泉那儿听到的东西告诉给他的同志们;他把两只手合成一个圈儿,套在嘴上,大声地喊:"嗨——嗨——淑红啊!"

喊声惊起一群小鸟儿,小鸟儿又像雨点儿似的,在远处跌落下来,不见了。

在如云如波的麦地里游动着的红火球,随着这喊声,立刻停在那儿。

这个庄稼地的姑娘,走亲戚刚回来,去得快,回来得也急。她按照风俗,作了一番打扮:红色的半袖小褂,白斜纹布的裤子,新做成的、带襻儿的方口鞋;背上吊着一个涂着红五角星的大草帽,胳膊上挎着一只柳条编的小篮子,篮子上还搭着一条花毛巾,两头从篮子边沿垂下来,一飘一动,好像故意挂上的穗儿。

她看见的第一件东西,是萧长春扁担头上吊着的小鸟笼子,眉毛一挑,笑了:"哟,给小石头买来了?"

萧长春已经来到跟前了,也笑着问:"不赖吧?"

焦淑红说:"这还有一点当爸爸的味儿!"又问:"给他们爷俩扯的布呢?"

萧长春拍拍插在衣兜里的布卷儿，又奇怪地问："你怎么知道我去买布呢？"

焦淑红又抿嘴一笑："我当然知道啦。早起我就找你，你干吗走那么早哇？"

萧长春说："走的倒是不太早，起来到沟北边转了一圈儿才动身。"他嘴上说着，两只眼睛却盯着焦淑红那只小柳条篮子："那里边有吃的东西没有哇？"

焦淑红把篮子从这只胳膊换到那只胳膊上，说："有也碍不着你呀！"

萧长春拍拍肚子说："可把我饿坏了，快修修好吧。"真的，他这会儿又觉着饿了，好像不马上吃点东西，就不能走回村里去。

焦淑红一边揭开篮子上的毛巾，一边说："街上有那么多的饭馆子，还让它饿着呀！"

萧长春迈过隔着他的一垅麦子，凑过来说："饭馆子对我有意见，贴着条儿：只卖给别人，不卖给我。"他看到篮子里边有两个大烙合子，还有两本子旧书。

焦淑红看他伸手抓烙合子，就连忙说："你只能吃一个，那个得留给小石头；本来都是他的，没想到半路遇上你这个打杠子的！"

萧长春哪里还顾得多说话儿，把烙合子一叠，第一口咬成个月牙儿，第二口就变成秃镰刀了。

焦淑红看着他吃得那么香甜，心里很满意，随口问："馅有点咸了吧？"

萧长春故意打个愣："啊，还有馅哪？"

焦淑红笑得都直不起腰来了。

他们顺着被麦穗儿遮掩着的小路往前走。

萧长春这才顾上问："你到哪儿去了，这么早就回来啦？"

焦淑红说："姥姥家，借来两本书。还是我表妹去年当会计那会儿,我哥哥从北京给她买来的,这会儿她用不着了。"

萧长春一看,一本是《农业社会计基本知识讲话》,一本是《珠算入门》,就说:"专门给小乐拿来的?又搞本位哪!"

焦淑红说:"别犯官僚,事情是给本位办的,办事情的思想可带着阶级斗争观点哪!"

"哈,哈,不简单了!"

顶多不过五六口,一张大烙合子就被萧长春给"消灭"个干干净净。

焦淑红想把另一张拿出来,掂了掂又放下了。她后悔没有多带几张来。

萧长春把肚子安慰住,精神劲儿又上来了,想说什么还没有说出来,眉眼都在笑。

焦淑红立刻就觉察到了:"你好像挺高兴?"

萧长春点着头:"我在集上碰见王来泉,跟他走一道……"

"碰见他也值得你这么高兴?"

"嘿,他刚从北京回来,他亲眼看见的,那边的运动搞得可棒啦!"

"是吗?他倒美,能亲眼看看。到底怎么样呀?"

"正像王书记电话上说的,一片大好形势!"

萧长春把王来泉给他讲的那些话,又原原本本地跟焦淑红讲了一遍。他讲的,比王来泉讲的更加深刻,更加生动。这是因为,王来泉给他传达的情况,跟他特殊的心情碰在一块儿了,跟王国忠在乡党委会给他看的文件和前几天在电话里的指示碰在一块儿了,也跟一些心怀不善的人的反映成了对比。这就是说,萧长春把他自己的理解、感受和斗争的愿望、胜利的信心都融入这些话里,能够不更深刻、更生动吗?

焦淑红立刻受到了感染,两只手有节奏地划拉着麦子,好半晌说不出话来。要是换成马翠清,准得跳起脚儿喊;要是换成焦克礼,准得高兴地在地下翻个跟头;可是团支部书记,特别是在一个党支部书记、又是这样一个人的面前,总得尽量保持一点儿安稳老练的样子。

走了一截儿,她说:"那群坏家伙还盼神仙似的盼着大鸣大放哪,盼了来,他们不就完蛋得更快了吗?"

"谁说不是呢!这回我才明白了王书记两次跟我讲的话:大鸣大放就是要保卫真理,保卫社会主义!"

"他们说大鸣大放是替他们出冤气的!"

"那是按他们自己的美梦,从歪道儿上想的——一个人心偏了,看问题还正的了哇!"

"这回我可完全踏实了。"

"咱们早就该踏实。上次在乡党委会上,王书记就跟我传达过上级的指示,唉,那会儿对没经过的事儿领会得太浅了。王来泉说了一句话非常对。他说:社会主义的根子,扎到全中国人民的心里边去了,谁要想拔它,那是妄想!"

焦淑红点着头:"真是这样。不论到哪个村,人们全是一个心眼儿,全都恨破坏社会主义的坏人。"她说着,忽然想起一件事儿:"我姥姥家他们那个村,昨天晚上就捉住一个坏蛋!"

"什么样的坏蛋?"

"说是过去在炮楼上干过坏事儿的汉奸……"

"真的? 叫什么名字?"

"不知道叫什么。我听我姥姥说的。村干部都赶集去了,也不好跟别人乱打听。"

"会不会是范占山呀?"

"我听着倒挺像。"

"要是把他捉住了,我们很快就能听到信儿。"

他们猜对了,被捉着的,正是范占山这个大坏蛋。

可是,他们没有想到,当然也不会想到:这个捉住的坏蛋本想在昨天夜晚潜入东山坞,可是离村还有二里路,就被村里的灯火、欢笑声和麦地里游动的人吓坏了,赶紧来了个向后转;要不然,这个胜利就是东山坞社员的了。话说回来,胜利属于哪个村的都是一样,事情的发展反正是有一定之规的,正像刚才萧长春跟王来泉说的那样:全中国不论城市、乡村,大地方、小地方,全都是保卫社会主义的战场……范占山这个坏家伙,不正是在这个大战场上挣扎着的可怜虫吗?——他在东山坞没办法钻进来,在别的地方也没办法逃出去!

说话之间,他们已经走到自己的地界里了。

焦淑红又说:"我姥姥那村有个富农家庭的青年,那才棒哪!"

"怎么棒啦?"

"那个坏蛋,就是在他家里捉住的。本来他们是亲戚,那个坏蛋哄他、骗他,还给他钱;说,只要留他藏几天,把风头过过,要什么给什么。那个青年说:'我什么都不要,就要社会主义!'你听,不棒吗!哪像咱们那位马立本先生啊!他是'我什么都不要,就要资本主义'!一样的出身,一个天上,一个地下,差多远!"

"道儿走的不对嘛!马立本要是走正道儿,不是很有前途吗?偏偏死心往茅房坑子里扎脑袋!"

提到了马立本,焦淑红立刻又想起一件急需跟萧长春说的事儿,就是为这事儿,她早起找过支书,可是没有找到。她没说正题儿,先作个声明:"我是给你汇报,我觉着这件事儿挺重要,可不是在眼下这样的时候跟你纠缠这个,不许在心里边给我扣帽子!"

萧长春冷不防倒给她说糊涂了:"你这是哪头话呀?"

焦淑红脸蛋红了一阵儿,说:"马之悦这个坏家伙,不知道又起了什么坏心,前追后拿地找我爸爸,要给我当媒人……"

"给马立本提？"

"要是给他提，我还不至于起疑心哪！"

于是，焦淑红把马之悦要保媒的事儿，从头到尾跟萧长春说了一遍。

萧长春很重视这件事，立刻想到好多问题，可是他没有马上全都说出来；又走了几步，看了焦淑红一眼，才说："保媒说亲，当个中保人，为的是讨点好，拉拢拉拢人，再抄边吃点儿、喝点儿，全是马之悦的老毛病，你说对不对呀？"

焦淑红一翻白眼："你不用故意考人。告诉你，今天的焦淑红跟过去可不一样了，你得放个大秤砣！"

"口气不小！ 我说的不对，你说呢？"

"我们也学会脑袋里装事儿了，不能那么看问题，得用用阶级眼光！"

"哈，真不简单了！"

"你才知道人家不简单呀！"

"你说说你的看法嘛！"

"他是安着心想把我铲出东山坞，拔了他的眼中钉！"

萧长春高声说："淑红，嘿，看的准！ 是不简单了！"

年轻的支部书记今天本来就够高兴的了，这会儿更是高兴上边又加高兴。尽管是简单的几句话，尽管是跟许多大问题比较起来，这是一件小问题，可是他从自己的同志身上，看到党的教育、斗争的磨炼，像阳光甘露那样，滋润着年轻人的心田，使他们像经过六月连天雨的高粱苗儿那样飞长……

他说："我觉着，你还应当想得再深一点儿，或者说，再扎实一点儿。"

"还怎么想呢？"

"比方说，马之悦为什么在这种时候，急急忙忙地要往外推你呢?"

"他是不是知道我们开了团支部会,大伙儿都提高思想了?"

"许有这一条。要我看,最重要的还是跟撤马立本那件事儿连着。"

"啊……对啦! 对啦!"

"他知道韩小乐这会儿接手有困难,想拆了桥,让韩小乐过不来,上不去!"

焦淑红咬牙切齿地说:"真是做梦! 本来早起跟小乐商量,明天再接账,这回呀,回家我就找小乐,马上接账,让他看看厉害的。不把账里的问题查清楚,不把这摊子事情搞好,我就不姓焦了!"

萧长春赞成地点着头:"对,就是要有这么一股子硬骨头精神!"又说,"对问题想深一点儿,才能鼓起劲儿来吧?"

焦淑红说:"要不人家有事就找你支书了? 就是比别人强!"

萧长春感慨地说:"那是因为上有上级党,中有党团员,下有贫下中农群众;我要是水平高一点儿,对党的指示领会得快一些、透一些,那就真强了。可是每一件事儿来了,干着,好像是差不离了,等过后仔细一想呢,自己干得太差了,特别是对上级的指示,领会得总是不深不透。"

"你对自己的要求越来越高了。"

"因为我跟不上斗争要求哇!"

"你会跟上的,我们大伙儿都会跟上。"

"千万别自满哪!"

"那当然啦!"

小南风真像个娃娃躺在黄毯子上了,嘻嘻地笑着,从这一边,滚到那一边;跌下去了,在小河的水面上翻翻身,在草坡子上蹿个蹦儿,又躺到黄毯子上,又从那一边,滚到这一边……

土地真盖上盖儿了,隐藏着无数的秘密……

可是,有谁知道,在这一眼望不到边的麦海里,有一颗火热的心,在那儿跳动呢?

那是党支部委员、副主任韩百仲。

他光着古铜色的肩膀,肩膀上搭着一件小灰褂子;也光着两只大脚丫子,一双胶底鞋合在一起,掖在后腰的裤带上了;一只手托着一个小本子,另一只手的两根粗粗的手指头捉着一根秃秃的铅笔头……

他顺着麦垄走着,又横穿到另一条垅里去,看看麦子,舔舔铅笔头,在本子上画了画,又把笔夹在耳朵上,腾出一只手来,捏捏麦穗儿;又拿下笔,又看,又画,又走……

他在做着一件重要的事儿。这件事儿,支部书记还没有来得及考虑到,别的人,更不会考虑到,只有他想到了,又不声不响地到这儿做起来了。

他的老爱人焦二菊,今天特意"犒劳"他,老早就起来,给他烙了一张饼,像草帽子圈那么大,还煮了三个腌鸡蛋,几乎是用"强迫命令"的方式让他全吃个干干净净。本来他打算今天歇着,泡一壶茶喝喝,也不赖嘛!可是他刚坐在炕上,脑袋里一捋工作,忽然想到这件事情,就转到地里,而且越转越远,越转越久,加上太阳一毒,可就把他害苦了:嗓子眼干得直冒烟儿。他得忍着,得把事情办完了再回去呀!

…………

走在前头的焦淑红第一个发现远远的麦地里有一个人。因为只露着一个黑脑瓜,既看不到身影,也看不到步伐,认不出是哪一个。

她回头对萧长春说:"你看,那边地里有个人!"

萧长春顺着焦淑红手指的方向看去:"真是。干什么的呢? 不像干活儿的。"

"那是一队的地,一队哪有放假还干活儿的人!"

"是不是克礼呀?"

"他跟保管清理工具哪,都忙的脚丫子朝天,哪还有工夫到地里转悠!"

从这地里到那边地里,当中隔着一道大沟。他们下了坡坎,那坡坎被长年雨水冲刷,变得很陡;又穿过沟心,沟心里长着拉拉蔓和小树棵子,小石块中间有点点羊粪蛋子;等到爬上另一边高坎的时候,才看清地里那个人是韩百仲。

"百仲大叔!"

"大舅!"

喊声传给了韩百仲,因为冲着强烈的中午阳光,得用手搭个遮阳才能朝这边看;等他看清这两个人的时候,就答应一声,走过来了。

他那两只大脚板,踩倒了地上的荠荠芽和苦菜花。

焦淑红笑着说:"看看大叔多财迷呀,背着新鞋,光着脚丫子!"

韩百仲说:"不是心疼鞋,是心疼我这双小脚! 地板子热,那胶底特烫,还不如光着舒坦哪!"

萧长春却留神地看着韩百仲那冒着汗珠子的脸和那两片干皱的嘴唇儿:"这么热的晌午,怎么还在地里转呀?"

韩百仲说:"我查查地块儿,看看到底儿哪块熟的透;后天就动镰,到时候,人都到了地里,还得现找地、现分派活儿,那不就窝工了!"

萧长春心一动,忙说:"我对这事儿马虎了,亏您想到了!"

焦淑红说:"要不人家就当主任啦,对庄稼活儿心里就是有算盘。哟,哟,还记账哪,主任的这杆大笔,这下可有用啦!"

韩百仲笑着说:"中学生不兴笑话我这大文盲!"

"谁笑话您哪? 连表扬都听不出来!"

"事情逼着，这杆大笔搬不动也得搬，你就是笑话，我也得搬！"

萧长春还顺着自己的思路，想着另一个问题，说："领导一再教育咱们不要独断专行，要集体领导，这样子就是有好处。一个人的本事总是小的，就是有大本事的人也不行，顾了翻锅，就忘了烧火，一处不到，就一处乱。"

焦淑红说："百仲大叔，我看看您都写的什么呀？"

韩百仲大大方方地把本子交过去了，说："不用看，你也不认识我这洋文；看个书啦报的，连蒙带猜地还对付事儿，一动笔，那算嗑瘪子了！"

焦淑红捧着本子看着，只见大大小小、斜斜扭扭的字里行间，还画着一些叉叉杠杠、圈圈点点，好像搬来了韩家的大门板，拍了一下说："真是洋文！"

韩百仲凑过来说："说你不认识，偏要逞强。"又指点着说，"听我给你讲讲课吧：这种记号是品种，这是碧蚂五号，这是小麦王，这是葫芦头。马连福这家伙，一点儿计划也没有，瞎种，这儿一点这个种，那儿一点那个种，收的时候得单收单轧，不能混了。这种记号是留种子的地，这是一等种子，这是二等种子，这是三等的。这种记号是后天要赶快割的，这种记号是要等几天再割，还可以壮壮粮食……这是东条子地，这是北岗地，这是刀把地……"

"怎么都是人家一队的呀！您想连人家的都给割走哇！"

韩百仲夺过本子说："我这是给克礼查地块哪，不是一队的，还是几队的呢？一队的地块这么乱，种得又这么杂，克礼带着一群人来了，能摸着头脑？我先自个来个调查研究，下午再带上他复查一遍，心里就都有谱了……"

焦淑红乐了："噢，百仲大叔也在帮我们新队长哪？"

韩百仲故意绷起脸来："怎么着，你以为我得拆他的台是怎么着？"

焦淑红说:"我是说,您真了不起呀!"

韩百仲说:"你这丫头,别气我了,这有什么了不起的! 安排他当队长那会儿我不赞成,是为集体想的;等到赞成了,也是为集体想的;往后,怎么生着法儿让大伙儿都伸手帮助他,让他这个队长当个棒棒的,还是为集体想的——大叔我本事不大,这是实在的,心眼里可就是不掺一点儿脏的!"

萧长春更加兴奋地说:"一点不错,一点不错呀!"

年轻的支部书记今天本来已经是高兴上边加高兴了,这会儿又加上了一层。尽管这是很小的一件事儿,可是他从这样一位老同志的身上,看到了阶级的感情,党的力量;看到了给青庄稼苗耕云播雨的秘密,和那"万紫千红结队来"的远景风光……

第七十二章

这一天下午,东山坞农业社在同一时间里发生了两件非常重要的事情:

第一件事情,队长马连福要上工地;第二件事情,会计马立本要下台!

冷眼一看,这两件事情好像是一样的,其实这里边差别不小。现在得一件一件地来说。

真的,马连福真要走了,真要上工地。他把工作手续全部都交给了焦克礼;行李也打上了,干粮也包上了,连出门穿的衣服也换上了;这会儿,他到饲养场,跟他爸爸马老四来告别。

这一阵子的马连福,比任何时候都平静,又比任何时候都不平静;他是故作平静,追求平静,可又平静不下来。几天里,他吃饱了睡,睡醒了忙,忙着交代手续,忙着安排老婆、孩子,忙着准备动身,除此之外的事情，他全都不闻不问，全都不去想它。他一心惦着走，惦着快快地离开这个是非之地，到工地上老老实实地干一阵子，等到村里的麦收时节过了，风也平了，浪也静了，他再回来，闹一个重打锣鼓另开张——那时候，马连福处处都要来个"新的开始"。想到这些，他的心里是平静的。可是，马连福在这个队长的岗位上站了好几年，不论怎么着，对自己的工作还是付过一点辛苦的，也还是有一点感情的；干了好几年，工没少搭，累没少挨，苦没少吃，到头来，队里的工作没搞好，自己的日子没过好，没有功劳，没有成绩，连一个正经的人都没有当上，里里外外全都不是人——真有点"夹着尾巴逃跑了"的样子。唉，这几年白活了，白干了，白他妈的……说什么呀！

马连福站在沟北坎子上左右看看，只能用一句话来安慰自己："回来见，不干出一点名堂来，我就不站着见人了！"

他这会儿本来是不想多见人的，临要动身，却想起他的老父亲。

在饲养场门口的空场子上，这父子俩见了面。

"爸爸，我要上工地去啦！"

正在给牲口挠毛的马老四，听了这句话，看了儿子一眼，那只枯瘦的大手不由得抖了一下。在这个时候，一个慈父的心情也是复杂的。他是一个有骨气的老人，却有这么一个不争气的儿子。这两年他常常想：有这么一个儿子，只当是绝户了，反正有农业社，有社会主义，也用不着靠着哪一个人养老送终，就跟儿子分了家。这一程子的斗争，老饲养员渐渐地改变了自己的看法，事实告诉他，光想没有这个儿子是不行的，儿子活着，不管好歹，还是自己的儿子；冲着农业社，冲着社会主义，他不能不承认马连福是自己的儿子，也不能不承认马连福是穷人里边的一个；就像每一个社员都应当全心全意地给社里掏劲儿劳动一样，他也得尽力来帮助教育自己的儿子。可是在每一次见面之前，他有满肚子话要说，可一见了儿子的面，他就气恼得把要说的话给冲散了。现在要分别，他得利用这个机会开导儿子几句。

他把要说的话在心里掂了掂，低声问："你上工地的事儿，跟小子他妈商量好了？"

马连福说："商量好了，她愿意让我去。"

"她愿意总比不愿意强。"

"您还有什么事儿吗？"

马老四又看了儿子一眼。他见儿子的脸上今天有一种少见的喜气，就说："长春前两天跟我商量，我觉着，你到工地上去，钻进好人堆里多呆一程子，也有益处。"

马连福点着头："那是。"

"人去了，心也要跟着去。社会主义是咱们穷人的靠山，没有它，没有咱们的好，也没有后辈儿孙们的好；咱们得出力气把它建设得好好的、牢牢靠靠的，挖河工程正是给儿孙造福的大事情。有了水，每年的收成就打了保票；有了收成，咱们的社会主义才能建设呀！"

"那是。"

"到那儿要多听马同峰和韩春他们的话，他们是党员，一行一动都是照着党的指示办事儿；人家都是心里心外一个样的干净，说的跟做的全是一个样的正当。你照他们的话办事儿，就没错儿。"

"那是。"

"你也别惦着家里。比起大日子来，一个家又算得什么呀！没有富足的大日子，也不会有美满的小日子；像人家长春那样，心里边时时刻刻都装着大日子的人，才是最好的人哪！她们娘俩在家里也为难不着，有什么事儿，长春他们比你想的还要周到。"

"那是。您也多留神点身子。"

"我不要紧。只要你能够回心转意，改邪归正，跟长春他们步步往高走，我就是再累着点儿，心里边也是痛快的，一痛快，也就结实了。"

"您放心，从今以后，我连福一定改邪归正，再不沾那些破坏党的边儿了。"

马老四听到儿子这几句有劲儿的话，满是皱纹的脸上，露出了笑模样，就又说："会说的，不如会做的，做的跟说的要是两岔着的事儿，那话能值几个钱呢？好，还是坏，用不着挂在嘴上，走路怎么迈步子，就是自己看不见，旁人也瞅得清楚。我得冲着你的脚印儿点头。"

马连福说："那当然啦。不信您就往后瞧。我要是再跟老萧闹矛盾，再跟农业社当对头，再给别人当枪使，不用说您，连祖宗我都对不住了。还是那句话，从今以后，我要重打锣鼓另开张。"

父子俩一对一句地谈着，越谈越亲热。几年来，他们还没有这样心平气和地谈过一次话；过去，他们的心，被一层又一层的罗网隔着，看不清这边，也瞅不准那边，两边总也挨不上，经历了这一场如火如荼的斗争，起码有不少层罗网断了线儿，或许已经被揭走了吧？

谈着谈着，马老四忽然想起什么，说："你替我挠一会儿，我办一点事情去。"说着，把手里的挠子交给了儿子，就搓着两只大手，走到院子里去了。

马连福不知道爸爸要办什么事儿，一边挠着牲口毛，一边朝院子里看着；他看到他的爸爸又里里外外地忙着，一会儿抱柴火，一会儿又舀水，接着，又见小屋子的门口飘出了白色的烟雾；他爸爸刚才跟他说的那些话，还有这几天说过的几次话，不知怎，听时不怎么动心，这会儿倒像很动心地在脑袋里翻腾起来了。他觉着，爸爸终归是爸爸，还是疼儿子的……

这会儿，萧长春正到处找马连福。他本想到家里找他，路过队部一打听，正在跟保管收拾工具的焦克礼说：马连福要搭焦振<u>丛</u>的大车走一截儿，就又到焦振丛家里来了。

焦振<u>丛</u>正在吃饭。他刚出车回来，马上还要走。他是个忙人，也是一个乐意忙的人。

焦家两口子，还有几个孩子，硬拉萧长春在这儿吃一点，非常诚恳。

萧长春有急事在身，再说，在那些不是有深交的社员家里，他从不习惯乱吃人家的饭或乱用人家的东西；他觉得，这是每一个村干部起码的生活纪律；这一条，也许是从军队带来的好作风。他说了好多话，才算把这场"拉扯"平息了。

焦振<u>丛</u>的女人说："支书是不大到我们这儿串门来的。"

焦振<u>丛</u>说："支书忙啊！"

萧长春笑了："这是批评我哪，您别替我找借口了。"

焦振<u>丛</u>说："不是替你找借口，实情理嘛，你一天有多少工作，我还不摸底儿呀！我不是干部，又不是积极分子，你哪得空跑这儿跟我聊家常来呀！"

萧长春说："您不是干部，要论积极分子吗，说真的，我们是把您当成积极分子看的。"

焦振<u>丛</u>不好意思地摇摇头说："积极什么呀，比人家，可差天上地下了。"

萧长春说："这要看怎么比了。有一些人，解放前受苦，解放后还有一点苦，要是不走合作化的道路，那就永远摆不开苦了，比这些人，您是差的。还有一种人，解放前不大受苦，解放后更不受苦了，要是不走合作化的道路，很可能变成富农，剥削人过日子，比这种人，您是积极分子……"

这个比法，焦振<u>丛</u>是不大爱听的，好像比挨了骂还不好受，脸上没有露出来，嘴上也没让它全露出来。他带着笑容，把正经话儿当成玩笑说："哎呀，让你这一比，我不就成了中间派啦！"

萧长春也来了个顺水推舟，用玩笑话儿带出他的真正意思说："大概有这么一点味儿吧？揭发弯弯绕他们倒动粮食的事儿，您的行为是穷人的样子，证明您身上穷人的东西还不少；可是您揭得晚了一点儿，要我看，要不是事儿逼到那儿，不揭不行了，您可能还得押一押哪？我估计错了吧？"

焦振丛的脸红了，像一鞭子抽到心口上。暗想：支书哇，你还不知道我还没有敢全揭开哪，要是知道了，你，唉……他不由自主地叹了口气。

萧长春笑了："我把话说重了是不是呀？反正您不会怪我，说错了，就算没说。"

焦振丛摇摇头："唉，不是说轻说重的事儿。支书呀，你说怪不怪呢，对社，我冲着日头说话，我是越来越没有二心了；不知怎么，就是焊不到一块儿。"

萧长春说："跟社一心，不是焊的。应当像，哎，打个比方吧，好像您吃的这个饼子，原来是面，又掺上了水，面和水揉到一块儿，成了一个，等做熟了，您根本分不出哪一半是面，哪一半是水了……"

焦振丛笑了："哈哈，支书，你的心力，嘿，我真是佩服到家了！说一遭儿，大概是像马老四说的，我缺少穷人的骨头和穷人的心田吧？"

萧长春说："这些您都有，原来就有。后来呢，变化了，再后来，您想变回来，不费点劲儿，那是不容易的了。"他又看了焦振丛一眼，说："反正我今天也把您打击了，好，咱们干脆就一锤子到底儿吧：依我看，一个人要是有了家产，就有了私心；有了私心，就……"

焦振丛说："我替你说了吧：就没有了良心。对不？"

萧长春说："我可不敢用这个词儿。我是说：穷人的骨气、心田也就变了。"

焦振丛说："一样。变了，不就是忘本嘛！忘本，不就是没有良心了嘛！支书，我跟你说吧，这一程子，我也没有脑袋一沾枕头就睡觉。你们干什么了，你前边那些人干什么了，你后边那些人干什么了，我全看得清清楚楚，也都翻过来倒过去地想过。我觉着，按理儿说，我应当跟你，起码得跟喜老头、马老四一个样；再不济，我总不能跟克礼他妈这样一个老娘们差太远吧？实际上呢，比起他们来，你就是当群众的面宣布我是个中间派，再不，说我是个落后分子，我也不会说你扣帽子。这是实情理儿嘛！"

萧长春说："别人忘本，咱们这色的人可不能忘本。拿您说吧，要不是新社会，您能住上这大瓦房，您能又是铺的又是盖的垛半炕？又能屋里放着自行车？您能家里出去一个工人，又供着两个上中学的？旧社会能吗？做梦吧！这些好处，不是靠哪个人帮忙来的。是党，是社会主义给的。这一点您得看清楚！"

焦振丛对这几句话能品出味儿来，连连点头说："一点不假，一点不假！……"

他们谈了一阵子，仍不见马连福到这儿来，萧长春就离开了焦家，奔饲养场了。他一定得找到马连福。在马连福走之前，也得再跟他做一次思想工作，同时，还有一件非常重要的事情要在这一次谈话里跟马连福挑透。

在饲养场门口，两个人见面了。

萧长春问了问交代手续的情况，又说："连福，你晚一天走不行吗？"

马连福连忙摇头说："不啦，急得要命，早到工地，心就踏实了。"

"除了交代那些权子、扫帚之类的事儿，最好再给克礼介绍一点经验……"

"唉,老萧,你别砢碜我了,我可有什么经验哪,全是他妈的教训!"

萧长春认真地说:"教训也好嘛! 给他介绍一些,好防备着不小心走到老辙上去。"

马连福很惭愧地一摆手:"算了吧,我那点底子,不全在你手心上托着、心里边装着哪!"

"你自己更清楚自己。"

"清楚什么,一盆糨子!"

萧长春撕着纸,卷了一支烟,递给马连福,自己也卷了一支。等到点着抽了几口,他又一次亲切地叮咛马连福说:"连福,你再想想,还有没弄利索的事儿没有哇?"

马连福立刻摇头:"没有啦。"

萧长春说:"我再告诉你一件事儿:咱们决定暂时换换会计!"

马连福打个愣:"换会计?"

萧长春点着头,观察着马连福的气色变化,说:"马上就要换,马上就要他把全部的账目都交出来……"

"噢……我才听说。"

"讨论了几次,意见不一致。可是不能不换,党支部和社委会决定了。"

"马主任呢,他……"

"只有他一个人反对。党支部决定了,他一个人不同意也不行。因为许多贫下中农社员都拥护这么办。"

"是呀……"

萧长春朝马连福跟前靠近了一步,低声说:"连福哇,我们这一程子谈了好几回了,我把自己的心里话也全掏给你了。我不说,你自己也能体会出来,不管你有多大的缺点和错误,组织上没有一个人把你当外人看待。同志们都为你有一点转变的样子高兴。大伙

245

儿这样对待你,你也高兴吧?”

马连福胡乱地在牲口的后胯上挠了几下子说:“那当然。你对我是啥样,嘴不说,我心里也有个数儿。往后你看吧,从工地上回来的那个马连福,保险跟走的这个不是一个人了。”

“盼着你把这些话变成你的行动。”

“那当然。”

萧长春开始卷起第二支烟。他的眼睛紧紧地盯着马连福。在地里,他跟韩百仲、焦淑红又谈起今天要换会计的事情,他们忽然想到了马连福;他要急着赶回村子给马连福送行,一方面是希望马连福在清查账目这件复杂的工作上,帮助他们提供一些线索;他们觉着马连福是老队长,过去跟马立本很对劲儿,有些事情摸底儿。另一方面是希望马连福能跟马立本把问题撕扯清楚,割掉尾巴;他们考虑到这样一个问题:一个人思想糊涂,立场不稳,经济上就很容易不清楚。如果是这样,党支部应当尽力把工作做到家,不让马连福背着包袱走,这对他的转变、提高都是有利的。

他慢慢地抽着烟,望着马连福的脸说:“连福,我再告诉你一个底儿,这回我们要撤换马立本,跟你上工地、焦克礼接你的手可不是一回事儿……”

“我知道。”

“你是我们的同志,是个有错误的同志,这一阵儿,不管怎么着,你是有转机的,组织上有决心帮助你彻底改正错误。马立本呢? 他死不跟地富分子划清界限,死不跟贫下中农一条心,他对社会主义没有一点儿感情……”

“这小子总想升官发财,可他妈的会拍马屁啦!”

“还有一条,我估计他的账本子里也有问题……”

“这……这可能,这可能。”

“账本接过来以后,我们是要跟他彻底清算的!”

马连福眨巴着眼，点了点头。

萧长春又接着说："既然组织上没有把你们看成是一回事儿，那么你自己也别硬要往一块儿沾，要跟他划清界限……"

马连福连忙说："一定一定，你瞧我以后再要理他，你们就不要理我了！"

萧长春进一步说："要想思想划清界限，头一条儿要在经济上划清楚；经济上不清楚，思想上就清楚不了——咱们遇到过的那些犯了错误的人，还不都是这么一回事儿吗？"

马连福说："我这一回是一刀两断，任什么地方也不沾他们的边儿了。"

萧长春趁机挑开了说："连福，我想问问你，过去你是不是知道他有什么不干净的问题？"

马连福急了："老萧，唉，瞧你说的，我又没管过这摊子工作，除了开会、有事儿，很少登那个门儿，我怎么会知道他干净不干净呢？"

萧长春尽力把口气变得轻松一些说："刚才说了，你们过去比较对劲儿嘛！"

马连福更加着急地说："对劲儿嘛，也可以这么说；不过，你得想想，我是个斗大的字儿认不得几口袋的人，他那么一个文化高的人，要是有什么不干净的东西，能让我看出来吗？真是笑话！"

两个人就这样一推一挡地谈起来了。从表面看，他们站的很近，脸色都是平静的，说话的声调也不算太高，好像谈家常话儿似的；可实际上，站得近，隔着心，脸色平静，心里可翻腾，声调不高，却是斗争啊！

萧长春是实心实意，满怀着热情和希望。他从马连福那故作镇静的脸上，肯定了自己跟韩百仲对他的猜疑。他希望马连福能够彻底地跟他们站到一块儿，跟马立本斗争；这样会减少焦淑红、韩小乐许多困难,会使问题更快、更彻底地得到揭发和解决;同时,这也是帮助马连福提高的机会,更是马连福立功的机会呀!可是,他同时也从马连福那故作镇静的脸上看出来,这个人现在的觉悟和认识,离着组织要求的那一步还相差很远,即使有问题,也还没有到不顾个人得失彻底揭发别人的火候;也看出,自己跟他又一次心对心地谈话,不可能收到实效……

想到这些,支部书记的心里忍不住地升起一股子怒火:我们是怎么对待你的?宽让你,帮助你,一次又一次地跟你谈,把心都掏给你了,你就是一块石头,也得热了呀!你想想你办的那些事儿吧,你给东山坞造成了多少困难,你给集体带来多少损失;你就是一个木头人,也得红红脸了呀!给你留路子你不走,给你指出前途你不奔,使劲儿拉着你,偏偏打坠坠!得了,作为一个党支部书记对待一个同志,作为一个穷哥们对穷哥们,我萧长春已经尽到责任了,爱怎么着你瞧着办好了,一切由你自己决定!不用你揭发,我们也会把账目弄清楚,不用你承认,只要你有牵扯,我们也能把你揪出来。那时候,你可要自作自受了!

这是一个年轻的庄稼人的怒火,这怒火带着硬朗朗的正义感,可也带着一点儿失望情绪。

马连福的确在敷衍搪塞,心里又忐忑不安。他从萧长春的口气里,看出对自己的怀疑;可是看表情,又不像很严重很着急,更不像是很生气的样子;这就是说,他们对自己仅仅是个怀疑,根本还不摸底儿。唉,我马连福过去办的事情实在是太不好了,跟马之悦和马立本这伙子人吃喝不分、花用不分,脑瓜子里边的东西也不分,纠纠缠缠地弄到一块儿了;这会儿,不要说别人,连自己也成了择不顺当的烂韭菜了。唉,这是怎闹的呀!马之悦不是个可依靠、可亲近的人,太个人主义,太爱揽权;他给我马连福一些"恩惠",就是光从他本人想的,想让马连福跟他一条心,给他保驾!马立本油腔滑调、好吃懒做，一脑袋名啊利的，不是个好东西；他是冲着马之悦，也为他本身打地盘儿，才不顾一切地周全我马连福，我是个穷人，是个"老革命"，这会儿又要往远走、往高飞了，非常应当跟他们一刀两断，从此各奔前程……

想到这里，糊涂的马连福胸口一热：全说出来，全说出来，抖落个干干净净、利利索索，从此新打锣鼓另开张，重新做人！我马连福要立点大志！

忽然，糊涂的马连福胸口又一冷：不能说，不能说！说了这个不要紧，可这个跟老账连着藤哪，扯着蔓儿哪！一提这个新的，老的也得动，那可就揪扯不清了，问题也大了；何况，那三十块钱，花了一点儿，留给孙桂英一点儿，自己兜里也只剩下一点儿了；花了的，吐不出来，早变成吃的、用的东西了；留下的，要不回来，孙桂英刚刚愿意自己走，一提这个，保险又扯后腿，工地去不成了，日子也没法儿过了，这不又砸了锅吗！不能随便说出来，马立本那个人"能"着哪，最会做假，从账本上不容易找出娄子来；找不出来，自己走了，回来的时候全都过去了，什么事儿也就没有了；反正都是过去的事情了，往后你就是把票子堆在马连福眼皮底下，不该拿的，决不伸手了……

糊涂人算着糊涂账，自己倒觉着这是一种保护自己过关的聪明办法。

这工夫，萧长春甩掉了烟根儿，就要转身走了；他的眼光又不知不觉地停在马连福的脸上了。忽然间，多少刚刚过去的事情又动荡在他的脑海里，又冲激在他的心头。他想起那一天，在乡党委会，王国忠跟他谈的话："要懂得顾全大局，不能任着性子，想怎么就怎么，应当有点忍耐精神。忍耐本身有时候不是退却，而是进攻……"这句话说得多好呀！这会儿，自己犯了年轻人的"庄稼火"，任着性子了，不耐心了，这是进攻，还是退却？这是硬，还是软？他又想起前几天王国忠在电话里给他的指示："做人的工作是党的群众路线……又复杂、又曲折、又艰难；可是，只有把这个工作搞好了，我们的胜利才有保证啊！"这个指示是多么正确呀！这会儿，自己怕复杂、怕曲折、怕艰难了。他也想起喜老头，想起韩百仲，想起那个开得非常成功的团支部会……

年轻的支部书记又把热劲儿鼓起来了。他得继续耐心说服马连福，也许说不通，但是要耐心等待，要给他开通道路，决不能用粗暴态度和急躁的言语把路子给他堵上。

"连福哇，说心里话，这会儿，我最担心你在金钱上跟马立本他们有牵扯……"

"没有，没有！"

"连福哇，你要是有这类问题的话，不论大还是小，不论是什么样儿的，只要你交代出来，认清了是非，我代表组织向你保证，决不会让你走不过去；弄清楚了，对你，对咱们农业社，对我们这场斗争，只有好处，没有坏处。你仔细地想想，是不是这么一回事儿？"

"没有，没有。"

"连福哇，刚才我们两个支委谈过你的事儿。我们觉着，你这一程子是往朝阳的方向转了，可是你的立脚的地方还不结实。你口口声声地保证要'新打锣鼓另开张'，这是你心里话，我们相信你。可有一件，你要是不跟你的过去彻底割开，藕断丝连地夹着尾巴走了，那是非常危险的，那你就永远也打不起锣鼓，也开不了新张呀！连福哇，现在还不迟，你可得想透了呀！"

"没有，没有……"

萧长春心热口冷，耐着性子启发、警告面前这个同志，声音一句比一句高，话一句比一句沉重。

马连福心软口硬，生着法儿麻痹和欺骗面前这个同志，声音却一句比一句低，话一句比一句没劲儿。

一个问，一个答，一个揭，一个盖……

萧长春现在的力量也只有这么大，全尽了。

马连福现在的办法也只有这么多，全钉死了。

萧长春只能等待。

马连福求之不得。

萧长春最后说了一句："连福哇，这样好不好，你晚走两天，好好想想……"

马连福一听要把他扣下，急眼了，也说出最后一句："老萧，你放心，我要是真没说实话，你砍我的脑袋！"

萧长春瞥他一眼，不以为然地苦笑了一下。

马连福那只插在衣兜里的手触到了几张人民币，浑身打了个颤。

马老四捧着几个刚刚煮熟的热鸡蛋走出来了："长春，来一个吧。"

萧长春笑着说："不啦，这是给连福带的呀？"

马老四说："唉，不管怎么着，该惦着他们，还是惦着他们。贱骨头嘛！"

萧长春接着老人的话音，语重心长地说："不，这是我们的阶级感情——您给他带上了鸡蛋，我给他带上了组织上的几句话，全是这个意思……"

他的背后忽然有人插言说："是这个意思，是这个意思！刚才你给我撂下的那几句话，也是这个意思吧？支书哇，你好像带在身上的一大串钥匙，到处给人家心上开锁，唉……"

这个插言的是焦振丛。他拿着一把长柄的红缨鞭子，眼睛里放着光，这光是非常复杂的。

萧长春笑笑。他觉着，自己在这一会儿的时间里，跟两个人谈了心思，看样子都有了好的效果；大小不会一样，只要自己能够按着王国忠的指示坚持这么做下去,总会有成功的那一天。他又对马连福说:"连福唯,一切由你决定了,走,还是留,怎么走,又怎么留……"

马连福从他爸爸手里接过烫手的鸡蛋,说:"走,坚决地走啦!"

其实,这个"走"字,应当改成"躲"或者是"逃"字。

…………

马连福就是怀着一种"避难"的心情,坐着焦振丛的大车,离开了东山坞,奔工地了。

第七十三章

会计马立本要下台的事儿,在他本身说来,可是万万没有想到的。

从办初级社那会儿起,马立本就像一棵幼小的藤萝,东攀西扯,缠绕在马之悦这棵大树上了;大树摇,他也摇,大树摆,他也摆;摇来摆去,干了好几年。这好几年里边,马立本的确是长了不少的本领,歪门邪道的事儿真干了不少。像他这样一个虽然出身不好,土改那会儿还没有成人的青年,这几年里边,经过马之悦和马斋的"苦心经营",把一整套旧思想扩展到他的全身,渗进了每一根血管,使他成了死心塌地的资本主义继承人,这个"成果"还小吗?他当然也掌握了另一种本领。因为他一天到晚没有事儿,总是鼓捣那几本子账和那把算盘,工作起来,业务水平的确很高,账本子干干净净,字儿写得漂漂亮亮,算盘打得又快又准;处理起眼跟前那些会计事务,应付一些社员的"官差",也非常熟练。这么一来,马立本觉得自己这个老会计,不论是"政治上",还是业务上,都是当当响的高手。他以东山坞农业社的"高级知识分子""特殊技术人才"自居,并有很足的洋洋得意的味儿。

他常常想:东山坞农业社离开我马立本,那就等于抽了大梁,扳了大柱,"哗啦"一下子就得垮!只要我马立本甩手不干,这个席就开不成了!想想嘛,东山坞哪一个比得上马立本?哪一个又能接手会计?这几年东山坞的中学生是不少,可是都在学校里,一心奔着上大学;回来的那一个半个,也都当了干部,让谁扔掉别的干部不当,坐到办公室来打算盘,谁也不会干;除了这些人哪,那还用说,连边也沾不上。所以他一向认为自己的位子保险得很,没有一点儿怀疑。前两天韩百仲突然问起烈军属补助款的事儿,他是紧张了一阵子。他想,大娄子要是真让他们给揪出来,萧长春那小子也一定会使绝的。马之悦安慰了他;他自己呢,也连着花了两个晚上时间,又重新修补了一下漏口裂缝儿;马立本对账本有一种一手翻天一手覆地的本领,只要他这么一修一堵,就能面面光滑,任凭你怎么追究,也不用想看出什么破绽来。

这天下午,马立本又来到办公室,要作一番最后的修补工作,明天好到中学看看妹妹,回来就专门等候他的要好的朋友、又是近亲的马志新来临,好一块儿干起他们的"大事业"。

看他多神气、多惬意!往那铺着布垫的椅子上一坐,伸在桌子底下的两条腿,不住地抖动着打着点儿;一只胳膊肘拄着桌子,手托着腮帮子,另一只手悠然地拨拉着算盘珠儿;一会儿,又推开算盘,望着玻璃板底下压着的照片、纪念邮票出会儿神,在账本子上划两笔;一会儿,又离开座位,把耳机子套在头上,听一阵子音乐;一会儿,又提过暖壶,往那个花瓷的茶杯里兑一点开水,"咝咝"地喝了一口,心满意足地抹了抹嘴唇儿……

一个人走进来了,非常轻、非常轻地走进来了。

马立本回头一看,是韩小乐。他哪里会想到,这个人就是要等着把他"赶下台"之后的接手人?哪里会想到,这个人就是他的"对头冤家"呀！所以，他既没看出来，也不会留神到这个人今天的神情多么特别，没有，一点也没有。他又跟往常一样，不打招呼，就低下头，照旧拨拉着算盘珠儿。

韩小乐刚从集市上来。他一迈进狮子院门口，妈妈就告诉他，焦淑红已经找了他三趟，说是把明天接手续的事改在今天了，非常着急，所以，他连屋也没进，把买来的东西往妈妈手里一塞，就急急匆匆地奔到这儿来了。

一个农业社的办公室，社员们常来常往，每个人都是熟悉的，到了这儿，都不会有什么特别的感觉；可是，对韩小乐来说，差不多每一次来到这儿，心里边都要不知不觉地动一动，今天这一次登门，他的情绪当然动得更要厉害一点儿了。

他曾经是这儿的主人。当时他只有十四岁多一点儿。一个十四岁的、跳了两级初小才毕业的孩子，又懂得什么呢？可是他喜欢这个工作，他接过了那本用毛边纸订成的账本子，拿起了没有摸过的算盘，也使起那个根本使不习惯的毛笔。会计当然要管账，也当然要打算盘，可是那会儿的账本子跟历来村公所老先生使用的那种账本子是一个格式，当然也要使毛笔了；还有别扭的，写字儿不能横着写，要竖着写，不能用他会写的那种阿拉伯字码儿，也不能简写，要写"壹、贰、叁、肆"，就是"五"字，也得加个单立人儿。十四岁的孩子，正是贪玩的时候呀！白天，他被关在办公室里了，弄个立户账，光写写姓名、人口和投入的土地、牲口、农具数，就忙了整整两天，屁股都坐疼了。十四岁的孩子，正是贪睡的时候呀！晚上，他也被关在办公室里了，搞个生产计划，开了两晚上会，眼睛就熬红了。社员们催他干这个干那个，干部逼他找这个找那个，马之悦动不动就跟他吹胡子瞪眼……没有二十天，韩小乐被磨瘦了，账本子被弄乱了，马之悦也给怄烦了；一声令下："你先到副业组帮着看看牲口去吧。"韩小乐就从此结束了这份挨骂受气、又受累的会计工作。

现在，韩小乐又将是这儿的主人了。这一回，为什么要搞会计，他心里明白；怎么搞会计，他心里有数；能不能搞好，他心里有底儿——他搞会计，是为了社会主义革命和社会主义建设；他的背后，是党支部、老贫农和年轻的伙伴。他下了最大的决心，立了最大的志气，要本着"用阶级斗争眼光看问题"的态度对待这个工作，要按着萧长春常说的"硬骨头精神"迎接一切困难和考验！

他看看窗户，今天的窗户显得特别明亮，他瞧瞧墙壁，墙壁今天显得特别白；那桌子、椅子跟悬挂在柱子上的奖旗全都鲜红耀眼——他看到毛主席的像了，老人家用慈祥的、鼓励的眼光望着他，好像说："小伙子，你要好好干哪，会计工作是农业社的命根子！"他忍不住地说："您放心，我要在这儿干一辈子，干到白头！"

马立本没有听清韩小乐嘟囔一句什么，见他还不走，就说："喂，我这儿算账哪！"

韩小乐笑了笑，又伸手摸了摸账本子；他觉得，那账本子好像热得烫手。

马立本喊起来了："你怎么乱摸呀！"

韩小乐自言自语："这么多的账本子呀，这么多……"

马立本喊着："我说话你听见没有哇？"

韩小乐还在自言自语："全是新式簿记账了，全是新式的……"

"你怎么还动呀！"

"真好……"

"同志，这不是小人书！"

"是呀，比小人书可难啃多了。"

"你跑到这儿啃烙饼来了？"

"不，我来啃困难！"

马立本摔着算盘说："你到这儿捣乱，我要弄出错来，你可要负责任!"

韩小乐看了他一眼,把算盘往桌子中间推推:"小心把算盘摔坏了。"又说:"错了的,全得你负责,我是不会出错的!"

马立本瞪起眼珠子:"走开,这儿不是你呆的地方!"

韩小乐笑笑:"谁走开? 这儿正是我永久呆的地方!"

马立本要动手了:"你安的什么心呀! 啊?"

韩小乐并不发火:"安的好心呗! 这还用问吗!"

外边有人插话了:"怎么吵起来了?"

随着声音走进来的是党支部书记、社主任萧长春。

这位农业社的领导给会计马立本带来了意外的"不幸"和"灾难"! 这下子可把他给震惊了。

萧长春让他们两个人全坐好,就用平静的语气、坚定的态度宣布了农业社领导的决议:暂时停止马立本的会计工作,待到麦收之后,再让社员们充分地讨论决定。

不用说,问题刚一开始,就谈"崩"了弦儿。

马立本又喊又叫,拍桌子、打板凳,气势之凶,声音之大,好像他受到了天大的不白之"冤"。

萧长春面对着这个张牙舞爪的马立本,非常气愤,也非常沉着。他想:我们的决定是最正确的,我们的胜利是最有把握的,为什么要着急? 为什么要生气呢? 自己这是代表党组织跟他说话哪,得拿出党组织那种气度来。所以,尽管马立本胡搅蛮缠,横不讲理,他没有暴躁;尽管那马立本已经到了死不悔悟、不可救药地步,他还是按着党的"治病救人"的精神,争取马立本,给马立本指出一条出路。他说:"立本,等把工作交给小乐之后,好好地参加劳动,把自己做过的事情都反省反省,再跟贫下中农的行为比较比较,改造改造思想。只要你有了觉悟,把是非认识清楚了,决心回头了,我们还会信任你;领导上这个安排,是为集体好,也是为你好……"

马立本脸色煞白，浑身发抖，喊道："为我好？把我撤了，还是为我好？你们这是什么理论！"

萧长春说："我们的理论，首先要把农业社的财务掌握在称职的人手里，你要是真的拥护社会主义，就该赞成这个决定……"

"我怎么不称职了？我一没贪污，二没倒把，账本子一清如水！"

"你是贪污，还是没贪污，是一清如水，还是浑泥汤，眼下你比我们清楚；等我们接过账本子以后，也会弄清楚的，你就放心好了。"

"针尖大的把柄都没有抓住我的，凭什么撤我的职？"

"刚才说了，撤你，是因为你不配当农业社的会计；说你不配，不光是指账本子，主要是指你不可靠。你没有把屁股坐到社会主义这一边来，没有跟农业社一条心；你站在反动地富那一边了，专跟贫下中农唱对台戏，这是最根本的！"

马立本又叫喊起来了："不错，我是富农家庭出身！出身不好，就不许我革命？"

萧长春冷冷地一笑，依旧是不慌不忙地说："马立本，告诉你吧，这个空子你永远也钻不了！我们要是不让你革命，为什么让你当了好几年会计？起码在去年处分马之悦的时候就把你撤掉了。我们没有这样做，就是想着让你跟大伙儿一道搞革命！"

马立本没理搅理地说："反正你们没有理由撤我，我不服！"又用一种威胁的口吻说："说穿了吧，要撤我，就得拿出你心里那个理由来，看你敢拿不敢拿！"

萧长春早把马立本这个小滑头的心思猜透了八九分，就说："我们共产党，嘴上怎么说的，心里就是怎么想的，没有见不得人的阴阳两面儿。胡搅蛮缠，吓不住我们！现在你回答我三个问题。

第一,你是专管分配的,富裕中农闹土地分红,你扮了什么角色?你为什么不反对,不斗争,也不请示报告,反而在背后煽风点火?你别急,我们当然有事实。我回来第二天早上,你找过马子怀没有?你找过韩百安没有?你找过弯弯绕、马大炮没有?咱们可以对证!第二,你跟地主马小辫、奸商范占山有什么勾搭?你等我说完嘛!挖坑泥的那天晚上,你在马之悦家,关上大门跟马小辫嘀咕什么?喜老头发现了,你跟踪喜老头是什么意思?这是一个农业社的会计应当做的事情吗?这件事儿的头天,你给奸商范占山写了什么信?第三,再把你对大鸣大放的想法当我面抖搂抖搂?这就是我们心里边的理由,你回答吧!"

马立本被问得心发紧、眼发呆,从脚心往上发凉,再也张不开嘴了。

萧长春说:"现在的问题不是让不让你革命的事儿,是你自己革命还是不革命的事儿;也不是撤你有没有理由的事儿,理由太多了;是我们等待得太久,太麻痹,太心软了!为了保卫农业社,纯洁队伍,也为给你一个锻炼改造的机会,我代表社委会,宣布停止你的会计职务,一天之内,把账目全部交清。就是这样!"

支部书记的态度是坚定的,语气是有力的,马立本这会儿可真怕了;忽然又打起精神:"光你说撤我不行。我得听听马主任怎么说才为准!"

萧长春说:"让你当会计,是党支部、社委会决定的;停止你的工作,也是党支部、社委会决定的!"

"社委会决定的?马主任他能赞成你们这么办吗?他怎么说的?"

"你不用打听这些,我们是集体领导,不由哪一个人决定问题……"

"你为什么不敢把你们的矛盾意见告诉我?"

"笑话。这是我们的纪律，跟敢不敢沾什么边儿呢？我再把社委会的决议给你宣布一遍……"

马立本看着大局已定，再没挣扎的可能，也没有赖下去的余地；他有点儿"委屈"，有点儿"难受"，有点儿……他想哭，又觉得这样不够"大丈夫气魄"；他想骂，又不敢，就把牙一咬，心一横，立刻用一种仇恨的眼光朝对面两个人看了一眼，用一种不以为然的口气说："好嘛！交就交吧，反正我还是要革命的！"

萧长春说："我希望你这句话是从心里边说出来的。还有一条，我得跟你讲清楚：你要革命，革谁的命？是站在大多数人这一边，革资本主义的命呢，还是站在几个可怜虫那边，妄想革社会主义的命？这两条道儿全摆在眼前了，你自己选择吧！我们希望你走前边那一条！"

马立本没吭声，仇恨的怒火，在心胸里燃烧起来了。他心里骂："好哇，萧长春，你真是斩尽杀绝；夺走了我的对象，你还觉着不够本儿，还要给我一个连根拔，你好毒哇！你要有权力，敢一枪把我崩了！咱们走着瞧吧，有朝一日老子得了势，我宰了你！"

坐在一旁的韩小乐注意地听着。因为支书是代表组织跟马立本谈话，他不便多嘴，可是越听越带劲儿，心里边痛快极啦。他见马立本已经让支书给整得软了下来，才插言说："萧支书，现在就开始交代好不好？我去找淑红姐。"

焦淑红在他背后说："瞎子，我不是在这儿吗？"

韩小乐回头一看，笑了。

焦淑红好像刚刚干了一阵子力气活儿回来，满脸通红，又好像刚刚洗了脸，脑门的头发梢上还湿着。她走过来，推了韩小乐一把，说："往那边一点儿，这条凳子咱俩坐。"说着，就跟韩小乐坐在一条凳子上了。

萧长春看看韩小乐和焦淑红，又对马立本说："马上就开始交代吧。"

马立本还没有全弄明白,问:"你让我交给谁呀?"

韩小乐说:"交给我呗!"

马立本又一愣:"你?"

韩小乐挺了挺胸脯子:"对啦!"

萧长春说:"社委会决定,由韩小乐暂时代理你的工作,你就跟他交代吧。"

马立本藐视地看了韩小乐一眼,鼻子里"哼"了一声。

这恶毒的眼光、狡诈的声音,使得韩小乐全身一热;他觉得自己受了最不可容忍的侮辱!他"噌"地跳了起来,大声喊:"马立本,你这是什么意思?"

马立本死皮赖脸地说:"我敢有什么意思?咱马立本智浅才疏,没有本事,甘心情愿交给高明的……"

韩小乐拍着桌子:"你不要转着弯儿骂人!"

马立本嘟嘟囔囔地把大账本、小账本,一堆一摊地全都搬到桌子上;又把大条子、小单据,一把一叠地放在账本子旁边,随后往椅上一坐,对韩小乐说:"全在这儿,交给你吧,没有我的事儿啦!"

韩小乐看看这满桌子本子和纸片,真不知道从哪儿插手了,就说:"你倒省事,这样就算交了?"

马立本故意问:"怎么交,你说说?"

韩小乐有点发慌,坐在长凳子上,不住地摸着本子,说:"反正不能这么交代。这么乱七八糟的,我怎么摸头?你得一笔一笔地交给我。不清楚,我是不收的!"

萧长春一宣布让马立本交代工作,也犯了心思。他发觉自己对这件工作安排得又欠周到,事前只是估计马立本一听说撤他会发火,却没有料到把他降服之后还会"拿糖"。支部书记对于账本子是外行的,只想让马立本交出账本子以后再找问题,却不知会计这种工作,跟马连福向焦克礼交代的那种工作不一样,全一揽子接过来呢,还是一宗一宗地接呢?马立本肯定不会好好交代,或许还要使一点坏;这样一搅和,乱上加乱,马立本就会浑水摸鱼,借机会逃脱。这样一来,不光要给农业社的经济造成大的损失,也会给当前的斗争带来大的损失,同时也要给韩小乐的工作增加困难。焦淑红在这里,这使他稍微松了一点心,可是并没有完全松开。他知道,焦淑红的文化是比自己、比韩小乐高一些,过去也经常帮助会计工作,可是她毕竟没有具体地干过这一行,没有实际经验,又怎么能从根本上帮助他们克服这个逼到眼前的困难,扭转这个就要出现的难堪局面呢?萧长春本想问焦淑红怎么办,又怕问空了,等于当着马立本将了焦淑红的军;不问吧,一则没有法儿解决,再者也怕马立本再一催促,把问题弄得更僵。他想来想去,觉着还是稍微缓一缓好,比方说,把交账目的时间延长一些,先摸摸办法,再设法找旁人讨教讨教经验……

在这三个人里边,焦淑红是最安静、最沉着的,因为她心里边最有底儿。她不慌不忙地把桌子上的账本子简单地归置了一下,就冲着马立本问:"马立本,为什么把这么多乱七八糟的东西都摆在桌子上呀?"

马立本瞥她一眼,心里骂道:他妈的,你也凑到这儿看我的热闹来了?你想给他们助助威风吗?哼,可惜,这盘死棋,你也走不活呀!骂着,心里非常得意,好像取到一个非常难得的胜利。

焦淑红又对他催问一句。

马立本说:"你还不知道!把我撸了嘛,不摆在桌子上怎么办?这会儿一交,抬起腿一走,我就是一个干净利索的社员了。"

焦淑红说:"你不能这么交手续!"

马立本紧追:"你说怎么交法?你说呀!"

萧长春怕再僵住,马上接过来说:"这样吧,先让马立本把所有账目一条一件地都整理好,再一宗一宗地交。从现在开始,不能急着抽手走;什么时候交代清楚,什么时候结束。我跟你们一块儿搞……"

马立本又追过来了:"账是一本一本的,条子是一张一张的,全在这儿摆着哪,还让我怎么整理好呢?"

萧长春说:"从老账,到新账,从头到尾,一点一点地整理,什么时候弄出头来,什么时候才算完。"

马立本又在心里骂:这个家伙真奸,本来没了办法,又转出办法来了;这么一种交法,整得时间一定很长,终归也会露了馅子,不能由着他,就说:"我不会这么交,让韩小乐先接过去,弄不清楚的地方再找我。交账就应当是这个交法!"

焦淑红看出马立本的用心,对马立本说:"支书只能原则指导,具体业务怎么交代得清楚,那是你的事儿! 你想推出门去不管换,办不到!"

马立本说:"从打我干会计这个工作起,还是头一次给别人交代手续,我没经验,自然也就没法办了! 应当由接手的人提要求,他要求我怎么做,我就怎么做,保证负责到底还不行吗?"

焦淑红叮问:"这话是你说的?"

马立本说:"当然,说到哪儿办到哪儿! 可有一件,要求得合理!"

焦淑红笑笑:"好吧。这次接你的手续,主要的人是韩小乐,次要的人是我……"

"你……"

"对啦,我也是会计啦。现在我要提合理的要求啦,你仔细地听着啊!"

马立本当然不会知道这是怎么一回事儿,心里仍是很得意:你比谁多几手? 连萧长春都给我治得转了弯儿,不敢喊"一天交清"

了,我看你也没啥新鲜的!

焦淑红又对萧长春说:"我先提,不周到的地方,支书你再原则指导。"

萧长春从焦淑红那安然自若的神态看,料定她有一些办法;心想:反正不行再另来,闯闯试试看吧! 就说:"你就提吧,咱们是长长的工夫、耐耐的性儿,反正要弄清楚。交出账目,这是根本,怎么交法,可以多找几个方案。"

焦淑红从衣兜里掏出一张叠着的单子,小心地展开,站起身,往马立本面前的桌子上一放,又使劲儿拍了一下,说:"就按着上边写的条目交代,这就是我们的要求,请你仔细地看一看吧!"

马立本先看了焦淑红一眼,才不以为然地把那张写着红钢笔字儿的单子瞥了一眼;这一眼,把他吓了一跳,接着,就哑口无言了。

焦淑红说:"我们怎么要求,你就得怎么交代,这没旁的说了,交吧!"见马立本盯着单子不吭声,就又扯过来,"你是看不明白呀? 等我给你念一遍听:第一条,清点所有库存现金,立刻冻结起来;第二条,收入、支出、余存的账目,由交代一方列出清单;第三条,由近到远地交代,先交清去年决算后的收支情况;第四条,一切单据,要随着每一个项目的清理,点清、核实、查封……"

团支部书记大声地念着,整个办公室内回响着她那动听的声音。

马立本听到这个声音脸色越来越黄。

韩小乐听到这个声音脸色越来越红。

萧长春听到这个声音满脸放起了光芒,忍不住兴奋地说:"好,好! 就是这么交代!"

韩小乐说:"这一下子就有头了,心里真豁亮!"

马立本连着摇头:"这样我交代不了……"

萧长春这一回更加理直气壮,问他:"你怎么交代不了?"

马立本说:"我没见过有这么交代账的!"

焦淑红接过来说:"怎么没有这么交代账的? 马立本,你以为这个单子是我焦淑红凭空想出来的吗?"

马立本反问:"哪儿有明文规定?"

焦淑红说:"我表妹接手会计工作的时候,就是这么办的,没有明文规定,可是有实在的先例! 我是专门到她那儿讨教来的! 只有这么办,才能把账目交代清楚!"

马立本又没话可说了。

韩小乐心里更有底了。

萧长春胸腔里滚动着一句话:多么热情,多么有心数、有思想的同志,她真的提高了,提高得好快呀! 这位心情激动的年轻的庄稼人,真想过去紧紧地握住姑娘的手……

支部书记当然不会这样任着自己的性子做了。

第七十四章

孙桂英送走了马连福以后,出来进去的,总是有点儿不定神。往后,饭要自己做了,水要自己提了,为难着急的事儿要自己解了。结婚两三年,好像头一次自己顶门立户,真有些四面不着地的感觉。

天一擦黑,她就把后门关上了,把鸡窝堵上了;跟一个不懂事儿的孩子有什么话说,早上炕早睡觉得啦! 她正要关前院大门,从外边闪进来一个人。

那是心怀鬼胎的马凤兰。她一只手叉在裤带上,一只手托着一个小纸盒子,像一只肥鸭子似的,扭到孙桂英跟前:"哟,这么晚了,还要到哪儿串去呀?"

孙桂英说:"谁到哪儿串去? 我要关门睡觉了!"

马凤兰说:"这么早就睡? 自己孤零零地呆着没意思吧?"说着,扭到屋里,把小纸盒子往炕上的小孩子手里一塞,说:"拿着,这是藕粉,纯的。"

孙桂英说:"瞧瞧,又要你的东西。"

马凤兰说:"什么你的,我的,别废话,快给孩子冲点喝吧。"

孙桂英说:"刚吃饱饱的,明天一早再给他冲。"

马凤兰说:"还等明早上干什么,看这孩子瘦的,奶不够吃吧? 又有啦?"

孙桂英推她一把:"去你的吧。"

马凤兰说:"我给他冲。让萧支书给你捎来的糖呢?"

孙桂英说:"我还没去拿。"

马凤兰把两只小眼一眯:"唉,他给你捎红糖,用得着你拿,还不给你送来呀!"

孙桂英说:"还麻烦人家送来,人家支书多忙。"

马凤兰说:"多忙,该照顾的地方也得照顾照顾嘛! 找人捎个话儿,让他送来!"又问:"就你们娘俩,也不找个做伴儿的?"

孙桂英说:"我不害怕。"

马凤兰用挑逗的眼光瞥了孙桂英一眼:"不害怕,也不闷吗?"

孙桂英说:"闷,你来吧?"

马凤兰更加轻薄得露骨了:"我给你做伴儿,谁跟我们那口子做伴儿呀! 我大伯病了,我要去伺候几天,还没等天黑,他就把被子给我抢回来了,我们俩可离不开!"

孙桂英羞着她:"真没脸,真没脸!"

马凤兰假装叹气:"唉,男人全是他妈的一个样儿! 你说,萧支书打了三年光棍儿,那日子可怎么熬过来的呀,我都替他发愁! 笑什么,真事儿嘛!"又怪声怪气地笑笑,"你表姨夫赶集去还没有回来,我得回家等着他去了。"说罢,就甩着两只白薯脚走出了院子。

孙桂英把马凤兰送出大门口,就关了排子门,回到屋里。不知怎么,马凤兰这么一来,话儿不多,劲儿可不小,使得孙桂英越发不能安静。她在屋地下转了个圈儿,也找不到什么事情要做,不由自主地把那条绿地儿、印着两枝梅花的手巾从柜子里掏出来,抖搂看看,叠得平平整整压在枕头底下;又抽出来,团在两个手心里,胸口窝忍不住地跳动,左一声"唉",右一声"唉",像是遇见了发愁的事儿。

前些日子,阴险、狡猾的地主闺女马凤兰,在孙桂英的心里塞了一团"柴火",昨天在河边上的一片话,又像往这"柴火"上浇了一桶子棉籽油;回到家,这条没有翅膀就飞到手里的毛巾,给这把"柴火"加了热,烘干了,刚才她一番露骨的精神挑逗和引诱,像一根火柴似的把"柴火""腾"下子点着了。烧得孙桂英神魂颠倒,血迷了心窍。

说实在的,这几年尽管孙桂英没有从心里边改邪归正,可是她一直没有敢放任地点这把火。东山坞是个正派的村子,劳动群众对男女之间的淫荡事儿,一向是嫉恶如仇的,这种风气促使她懂得了一点"羞耻";再说,马连福对她体贴入微、百依百顺,又有了自己的骨肉,她也就有意地收敛着那股子野性儿。尽管马之悦不断地对她眉来眼去,她没有理茬儿;尽管那个心爱的人花插着就能够见着面,她没有敢起过邪念。有时候,她甚至于有意无意地以"正派人"自居,对那些瞧不起她的人,抱着一点隐隐约约的仇视和委屈的心情。孙桂英哪里知道,毒疮长在身上,存在肚子里,没有下过决心把它挖掉,光是掩掩盖盖、装模作样是不行的。瞧瞧,马凤兰那两只贼眼睛,就像大医院里的那个照透视的机器,瞅准了她心窝里的秘密,又一伸手把它抓住了;牵着孙桂英顺顺溜溜地重新迈上那条肮脏的道儿上。

她捧着那条花手巾，翻来覆去地观看着。那个心爱人的身材体态，音容笑貌；眉毛一挑，嘴唇一动，以至于那个潇洒自如的卷烟姿势，全都真真切切地显现在孙桂英的眼前了。马凤兰的那些话，也跟着这个影子活动起来，字字句句都在她心坎上撞击着……她想来想去，得出一条结论：萧长春对自己是有情的；他有情，自己有意，从此两个人花插着坐在一块儿，说说笑笑，那日子过得可就有意思了……

天色完全黑了。她把孩子哄睡了，把那件穿脏的小褂子脱下来，换了一件干净的，系着纽扣，抻抻衣裳襟儿，又一次走出屋，到大门口张望。她想，萧长春心里边是搁事的人，人家托他捎的东西，不会忘了买，也不会忘了送，大概是忙得没顾上；这会儿吃完晚饭了，他会想起来，会给她送到家里。街上行人很少，更不见来送红糖的萧长春。找去吧，把个睡着了的孩子丢在家里不放心，怕在萧家碰见萧老大，又怕在办公室碰见马立本，让他们起疑心；等着吧，怕的是错过今晚上这大好的机会；不跟那个人见见面，说几句话儿，实在闷得慌。正在她心里边干着急，没办法可想的时候，忽听东隔壁有人说话儿，不由一喜，计上心头。

东邻的小伙子韩德大，丢下饭碗就往外走。

年老的妈妈追出屋。

在这三间破旧的土房里，只有母子两个人过日子。寡妇的儿子，再穷再苦，也是娇哥哥，韩德大几乎是从打一会说话，就成了"一家之主"了，说什么是什么，妈妈全都依着他；可是，穿的，用的，又都得让妈妈替他操持，什么都不大管，十八九岁了，还像个小孩子，任性、粗野，心里边不搁事儿。

妈妈站在门口问："德大，吃了饭，也不喘喘气，又干吗去呀？"

韩德大停在院子里说："看麦子去。"

"怎么昨天是你的班,今天又是你的班呀?"

"今天不该我的班。"

"克礼派你去了?"

"自觉自愿,还等着人家派呀!"

"你倒积极!"

"妈,往后我真要积极了。您看,人家焦克礼又是团支委,又当了队长,多棒呀!"

"你呀,我看你连个棱角都比不上人家!"

"怎么,我比他缺鼻子还是少眼睛哪? 您瞧着吧!"

韩德大出了门,刚要下坎子,听孙桂英叫,就转回来,凑到跟前,挤了挤眼,耸了耸鼻子,说:"哟,好香啊! 嫂子,串亲戚去刚回来呀?"

孙桂英往门框上一靠,抱着肩头说:"我到哪国串亲戚去!"

韩德大转圈儿端详她:"打扮得这么漂亮啊,连福大哥不是走了吗?"

"他死了!"

"那你不成了小寡妇呀?"

"别闹了,我求你个事儿。"

"哎呀,我可不敢当。"

"跟你说正经的,你总是扯淡! 你知道萧支书这会儿在哪儿吗?"

"大概在办公室里。"

"你把他叫来。"

"叫他干什么呀?"

"他给我从集上捎东西来了,叫他送给我。"

"他给你捎的什么东西呀?"

"哎呀,真贫嘴! 糖,糖,听见了吗!"

韩德大挤着眼说："好好，这个信儿，马上给你送到。你就等着吧。"

孙桂英见他转身走了，在后边喊他："回来，回来。"

韩德大停住问："还说啥？"

孙桂英小声说："你别纸糊的驴大嗓门儿乱喊乱叫，到那儿，把他叫到门外边再说。"

韩德大吐舌头做鬼脸儿："还秘密呀？行行！"说罢又走。

孙桂英又喊住他："回来，回来。"

"真啰嗦！"

"你就说我病了，不能拿去，麻烦他送来。"

"得令！"

牛倌韩德大，朝办公室这边走，脑袋可就嘀咕开了。孙桂英刚开始求他找萧长春，他回答的那些话全出于玩笑，等到孙桂英两次喊他回去，又加了那么几句，他可就起了疑心；暗想，萧支书平时老老实实、正正经经，原来背着人干这种事呀！这个支书倒是当的，看见大姑娘好，就谈恋爱；看上人家的老婆，就把人家男的支配走，睡个安稳的。好哇，别"纸糊的驴大嗓门儿"，到办公室我就给你嚷嚷去，让他妈的全村人都知道知道！我打几下牛，你就当天大的事批评我，一点面子都不留，你自己干这种事儿，又该怎么办呢？

他走下坡坎，心里边又转了个弯儿：萧支书不会是这种人，大概是自己多心了。虽说他的媳妇死了好几年，在东山坞可是走得正，行得端，没听到过什么闲言碎语，也没见他跟妇女有过出圈离格的地方，更没见他往孙桂英家钻过。大概是孙桂英这个浪荡女人故意要跟他靠近，其实就是捎点糖，根本没有旁的事儿。他又想：这种事儿也难说，要是没有旁的打算，孙桂英大黑天还打扮哪家子呀？让人家捎话儿，还三番五次地嘱咐干什么呀？对啦，她要勾搭萧长春，她早就有这份心思了；连福不在家，女人又上赶着巴结,还能不搞起来呀?不管怎么回事儿,要看个究竟。

他心里边嘀嘀咕咕地走进办公室大院。

这工夫,办公室里的那一场斗争,已经没有刚才那么激烈了。

马立本顺了垅,按着焦淑红提出的方案,一条一条地给两个人交代,这会,正清点库存现款。

韩德大进了屋,开口就说:"支书,连福大嫂子让你把东西给她送去!"

萧长春一边看马立本摔摔打打地数票子,一边随口说:"糖包在墙上挂着,你回家的时候给捎去吧。"

韩德大说:"病啦!"

萧长春转过身问:"重不重呀?不会是急症儿吧?"

韩德大冷冷地说:"看样子不轻。"

萧长春听罢,立刻引起不安。他想:马连福刚离开家,孙桂英一个人带着小孩子,要是真病倒了,那可就麻烦啦;下午送马连福的时候,不如到他家走一趟了;对,反正这儿已经安排就绪,绕个弯儿看看,要是病得很重,赶紧请医生或是送医院。他想到这儿,从墙上摘下糖包,叮嘱焦淑红和韩小乐几句,便走出办公室。

天刚黑,村里大多数人家还没有吃完晚饭,街上还没有乘凉的闲谈的人,只有赶晚从集上或者亲戚家回来的人,匆匆地进了村,往家里走。

萧长春在街上走了一截儿,心里又想:孙桂英不一定是真有重病,大概是对马连福上工地不是出于本心自愿,又有人背后调唆她胡闹。这个女人思想落后,又好虚荣、贪享受,坏人会利用她,她也很容易上当,应当借机会教育教育她,再顺便劝劝她,等到后天动了镰,也参加干活儿;一个人只有劳动,只有跟大伙儿、跟集体生活在一块儿,才会减少毛病,才会往高处迈脚步,生活才能有意义……

在他通过大沟迈上北坎子的时候,惊动了一个人。

这个人原是往办公室方向走的,见了萧长春,就停在碾子旁边的大槐树下边,又用树桩隐住身子,伸着脑袋盯着萧长春;见萧长春走到马连福家的门口,就连忙不迭地跟了过来。他弯着腰,憋着气,摸进了马连福家的大门,整个身子贴在墙上不动了。

屋子里边点着灯,很明亮,灯光透过窗户纸,照得院子里像落了一片霜。

萧长春走到院心就朝里边大声叫着:"连福大嫂子,怎么啦?"

屋里没人应声。

萧长春心里纳闷儿:要是病了,怎么还去串门呢? 就又喊了一声。

屋里有翻身和抖搂被窝的响声。

萧长春心里想,她也许真病得不轻;走到堂屋,在门帘子外边又叫了一声:"大嫂子,听说你病啦?"

孙桂英假装躺在炕上,低声说:"进来坐吧。"

萧长春走进屋,一看孙桂英的脸色和眼神,心里就有一点儿犯疑。他把红糖包往炕上一放,说:"你要是有病的话,就告诉我。马连福不在家,不论从同志这边说,还是从乡亲这边说,我们都应当帮忙。要不要派个人给你请医生看看呢?"

孙桂英仄歪在炕上,娇态媚气地小声说:"大兄弟,不用请医生,你还不会治我的病吗?"

萧长春立刻就把这个女人的心思看穿了。他气恼,又觉得这个人庸俗可笑;后边这句话,他故作没有听见,一面转身朝外边走,一面说:"你休息吧,我找百仲舅妈去,有什么事儿,你跟她说吧。"

孙桂英"噌"地从炕上坐起来:"别走,我就要跟你说!"

萧长春又转回身,看着女人的怪样子,满心冒火,以一种不可侵犯的口吻说:"有话明天再说,我还有事情!"

孙桂英一步跳到门口,拦住去路:"急什么,连福不在家,嫂子这屋你就不能多坐一会儿了?"

萧长春极力忍住受辱的怒气,心里打转,就停住了。他磊落大方地走了回来,说道:"对了,我也有几句话想对你讲讲。我要讲得不周到,大嫂你不要生气。"

孙桂英一见有门儿,心里很高兴,连忙说:"我就愿意听你说话,有什么周到不周到的。快坐吧。"

萧长春坐在凳子上,卷着纸烟,极力地镇定自己;纸烟抽着以后,他问:"大嫂,你今年多大岁数了?"

孙桂英把油头一歪,弯眉一挑说:"比你小一岁,二十九了。"

"你打算活多大年纪呢?"

"嘻嘻,你真会问。咋说呢?照我这身子骨儿,还不活个六七十呀!"

"就算活六十吧,往后还有三十年,对吧?日子还长着哪!大嫂,我再问问你,下边那三十年你打算怎么过呢?"

"哟,大兄弟,我可猜不着你这谜语儿。"

"不是谜语儿,实实在在!往后三十年,你还想像过去的三十年那么过呢,还是来个新的三十年?"

"我更听不清了。"

"那天晌午我来找马连福,你对我说,好多人瞧不起你,你心里很委屈,很不平。你想没想,人家为什么瞧不起你呢?很明白,直截了当说,你过去那三十年过的不体面,不光彩。"

"你别听别人胡说,烂舌头的货!"

"你过去啥样子我全知道,你今天的举动,就证明别人不是胡说。敞开说吧,你今天安的什么心,我很清楚。"

孙桂英捂着嘴笑:"嘻嘻,你知道好嘛,大嫂子就是喜欢你……"

萧长春高声宣布："你把心安错了，萧长春不是这种人！"

孙桂英心里一阵冰凉。他说的哪种人呢？天下还有把送上门的女人往外推的男人吗？她抬起眼来，立刻碰上一对郑重而又严厉的目光，赶忙避开了；胸口"突突"地乱跳。

萧长春缓了缓口气说："大嫂，你静下心来想想吧。你过去的三十年，过得不体面，多半是不由自己的，是旧社会硬加给你的，你是受害的人。如今是新社会，跟过去不一样了，怎么走，怎么行，全靠自己安排；你应当走光明大道，来一个新三十年，站起来，改头换面，当一个劳动妇女，不该再往脏水坑子里边爬。你想没想这样一个问题：你有家，有男人，有孩子；你要安分过，跟着大伙儿出点力气劳动，将来的日子美不美？你过门几年了，连福对你好不好？这个孩子是不是你的亲骨肉？你血迷心窍，不跟咱们贫下中农走正道儿，心里不装着社会主义，光跟那些走歪门邪道的人靠近，光听坏人调唆，你自己不替农业社干点好事儿，连福也受你不少的牵连！这会儿，你还想干丢人的勾当？你拍着胸口窝想想，你对得起共产党吗？对得起这个好时代吗？连福回来，你拿什么脸见他？孩子长大了，你当了婆婆，你拿什么脸去见晚辈人？你再看看，你今天的思想，今天的行为，像一个新社会妇女的样子吗？你就这个样子进社会主义吗？你总想过个快活的日子，你懂得什么叫真快活吗？只有跟大伙儿一起劳动，只有给集体出力气，把东山坞建设好，那才是真正的快活！像你眼下这一身毛病不改掉，你永远也快活不了！大嫂子，我对你说的就是这些，你想一想吧。"说罢，他凛然地迈出门口。

孙桂英这会儿嘴笨舌头短，头发昏，身发颤，不说拦挡拉扯，连说句话的勇气都没有了。不知是抱着一线希望，还是想试探一下那件秘密的虚实，她一把从枕头底下抽出那条印着两枝梅花的绿毛巾，小声而又使劲儿喊："萧支书，大兄弟，你回来，回来，我再跟你说一句话行不行呀？"

萧长春转回来了。他撩起门帘子,站在门槛子外边,那两只闪着怒火的眼睛,紧紧地盯着孙桂英一张苍白的脸:"什么话,大声说!"

孙桂英两只手托着毛巾,带着哭腔悲调说:"你把这东西带回去吧。"

萧长春喊着:"我要你一条毛巾干什么?我那一片苦口良言,全算白说了,你那坏心思还不收回去,啊?"

孙桂英说:"这毛巾是你的,还给你呀⋯⋯"

萧长春刚要斥责孙桂英,心里猛地一动,又在那条绿色的毛巾上瞥了一眼:"你说清楚,又打什么主意?你自己买的东西,怎么说是我的呢?"

孙桂英奇怪了:"不是你的?那,那人家说,你到我家来了⋯⋯"

萧长春追问:"谁说的?"

孙桂英说:"昨天,我跟你说要买这条毛巾,没有买,就洗衣裳去了,马凤兰告诉我的,说⋯⋯"

萧长春明白了:"她还跟你说了什么?"

孙桂英摇摇头。

萧长春说:"她一定跟你说了什么话!"

孙桂英还是摇头。

萧长春心里翻腾着:一切都清清楚楚了,马之悦走到了穷途末路,什么样肮脏手腕都使出来了!他又恼火,又觉得敌人很愚蠢,忍不住冷笑一声,说:"哼,真是瞎了眼睛,萧长春能上这种圈套吗?"停了一下,又对孙桂英说:"这会儿我也不追问你了。你把我刚才说的那些话想想,你会明白过来的。我告诉你一声:你上了当,你上了当!你要是不快点儿醒过梦来,你以后还要上当哪!"说罢,就冲冲地走了。

孙桂英直竖竖地站在屋地下,两手捧着绿毛巾,两眼盯着那摇摆飘动的门帘子,好像魂儿离了体。

…………

第七十五章

刚才韩德大从农业社办公室把萧长春叫走之后,马立本正好把现金交代完,又怒气冲冲地翻了一阵儿账本子,心里边忽地一动。

他立刻对焦淑红和韩小乐说:"你们先点着,我回家找口东西吃就回来。"说罢,把账本子、单据胡乱地收拾了,就匆匆地朝外走。他想拿条绳子,再拿根棍子,在院子里转了半天,什么顺手的东西也没有找到,又怕磨蹭太久误了事儿,赶紧往街上跑:跟头趔趄,好像后边有个拿刀子的人追他一般。

他一口气跑到马之悦家,没进门就喊:"马主任,马主任!快,快!"

马凤兰端着饭碗迎到屋门口:"怎么啦?"

马立本上气不接下气地说:"马主任哪? 快点吧,萧长春钻到孙桂英屋里去了!"

马凤兰慌了:"哎哟,老马赶集去还没回来呀! 真的,真去了?"

马立本着急地说:"这还假的了! 我就在旁边坐着,孙桂英让韩德大叫去的,说是有病啦,有他妈的病吧!"

马凤兰得意地拍了拍胖胸脯子说:"瞧瞧,这人的手腕怎么样? 不是跟你们吹,我这手指头一转,让他们怎么着,就得怎么着。"

马立本说:"别啰嗦了,不看完了事儿……"

马凤兰说:"哪有这么快当的。别急。"说着,把饭碗朝锅台上一扔,就跟马立本跑出来了。

275

马立本不知为什么，又高兴，又害怕；怕什么，他也说不清。走了一截儿，他又停住，小声说："光咱俩，要是动起手来，试的过吗？"

马凤兰想了一下，说："对，应当找个群众，免得他反咬一口赖账，也省得咱们再费事儿给他宣扬了。"

路过马大炮门口，见马子怀正在门外的大石头上坐着抽烟，两个人老远地停住，嘀咕几句。马凤兰捅了捅马立本，小声说："快去，先把他叫上！"

马立本连忙跑过来，扒在马子怀的耳边说："子怀，走，捉奸去！"

马子怀被他吓了一跳："什么，捉什么奸？"

马立本比比划划地说："嗨，萧支书搞马连福媳妇去了！"

马子怀听了打个愣，根本不信，一边推着他一边说："走，走，别在这儿瞎胡说了，多难听呀！"

马立本起誓发愿地说："谁骗你不是人养的。两个人老早就眉来眼去的，这回可勾搭上了。不信你看看，刚钻进屋里去！走哇，咱们抓住他，马上送乡！"

马子怀赶忙站起来说："我不跟你们瞎掺杂，爱送到哪儿送到哪儿去。唉，好好地过日子，一心一意地劳动，大伙儿全能安定，偏偏瞎胡闹，唉！"他说着，惋惜地咂着嘴儿，走进自己家院子里，可是没进屋，停在门口了。

马立本骂了马子怀一句，又跑进了马大炮家的院子里。

把门虎连忙堵住门："什么事儿？等我给你叫他！"

马立本明知她这个屋子外人是进不去的，只好停住说："快点，快点，有急事儿！"

把门虎从后院把马大炮找出来了。

马立本说："伙计，好事儿，捉奸去呀！"

马大炮咧开大嘴一笑："真搞上了？"

马立本说："快点找根绳子,拴一对儿,在街上游一圈儿,给他敲锣打鼓,末了再往上送!"

马大炮这个人是属耗子的,放下爪儿就忘;他要是稍微接受一点教训,也就不会信这套鬼话了。可是他信了,而且觉着很解恨、很称心。他回屋找了根粗麻绳,交给马立本提着,两个人就出了院子,跟门口外边的马凤兰一起朝东走。他们怀着报复心、胜利感,加上好奇和兴趣,洋洋得意;又好像面临大敌,紧张慌乱地朝前走。

快到马连福家门口,马凤兰心里忽然一动,把他们两个拦住了:"别硬往里闯,别硬往里闯!"

两个人不明白:"怎么啦?"

马凤兰说:"你看屋里还点着灯,这会儿准没搞上,咱们去了,不就给惊散了!"

两个人笑了:"对,对。先在外边等等吧。"

马凤兰说:"不行,一会他们准得到门口外边巡巡风,看看有人没有,得离着远点儿。"

马立本赞叹地说:"你真想的周到。"

马大炮很认真地说:"人家有经验嘛!"

马凤兰在黑暗中得意地一笑,说:"这样,咱们到坎子边上等着去,那边有石头,往上边一站,能瞧见半边窗户,只要窗户一黑,咱们再往里闯,一点也误不了事儿。"

马立本说:"要是插上大门呢?"

马凤兰说:"你不是能爬墙跳院子吗?"

马立本也得意地笑了。

三个人躲在远远的坎子边上,挤在一块大石头上,朝孙桂英院子里瞭望着,只见窗户纸上有两个人影儿。

马大炮高兴地小声说:"真的,正是两个人,一男一女。"

马立本说:"当然是真的!"

窗户上的人影在活动,凑在一起了。

马大炮说:"瞧,到一块了!"

窗户上的人影又分开了,又不见了……

这会儿,正是萧长春从马连福家出来的时候,可是三个人光顾看那半截儿窗户,没留神门口。

也就在萧长春走出门口的时候,刚才跟着他进来、又藏在窗户外边的那个人有点儿慌了。他呆呆地蹲着,心里边凉了半截儿;接着,又有一股子淫心荡起,借着酒气,什么全不顾了,什么也不怕了,"腾腾"地几步闯进堂屋,停住脚,定了定神。

孙桂英正坐在炕边上发呆。她又怕,又恨,又有点生气和懊丧。这一切都是什么原因,她一时理不清个头绪,反正心里边非常难受。特别是"怕",她有生以来,第一次懂得怕。真的,过去她没有怕过什么,什么她全都不怕,这会儿她怕得厉害……

门帘子"呼啦"一下子,进来个人,还没容她把那个人的面孔看清楚,那个人又"呼"地一口,把柜上的灯吹灭了。

屋子一片黑暗。

孙桂英"噌"地跳了起来,声音颤抖地问:"谁,谁,谁?"

那个人摸过来了,一股子酒气熏人。

孙桂英提高声音:"你,你不说话,我要喊了,你……"

那个人像一只猛虎似的扑到她身上,两只凉森森的手抓住了她的胳膊,好像跑了半天路,"呼呼"地喘气。

孙桂英挣扎着,掰那人的手:"快走,快走,你要干什么? 我喊,我喊了!"

那个人终于开口了:"宝贝儿,别喊!"

孙桂英听出声音来了,狠狠地朝那个人的肩头上咬了一口。

那个人"哎哟"一声,松开了。

孙桂英往门外闯。

那个人把门堵住了。

孙桂英跳上炕，站着："我喊，救人哪！"

那个人狠狠地说："你喊吧，你刚才的事儿，我全听见了，我也喊！"

孙桂英的魂儿都没有了，不敢喊了；这会儿，她想起远去的马连福，想起自己身边的孩子，想起马连福对她的好处，想起他们的恩情，想起孩子的乖巧伶俐；也想起马连福很快就会回来，孩子很快就长大成人……

那个人又扑上来了。

孙桂英又跳下炕。

…………

屋里的灯一灭，街上坎子边上的三个人可精神啦，疯子一般地跑了过来。马凤兰和马大炮两个人蹿进屋里；马立本堵住门，不敢先进去。

马大炮一撩门帘子："小子，你往哪儿跑！"

马凤兰里外指挥："立本，在窗户守着，别让他跳出去！"

马立本立刻跳到窗前，喊了一声："好小子，这回你是作孽到头了！撒我，哼，这回你等着挨撒吧，小子！"

孙桂英见来了人，也顾不上想是什么人了，站在炕上大声喊："快快，就在地下，抓住他！"

那个人在地下慌成一团，不知道往哪儿钻了。

马大炮喊："快点上灯、快点灯！好哇，逼奸妇女，罪上加罪！我们要多分点麦子你不答应，卖点粮食，你往死里整我们，这回我看你还神不神！"

马凤兰喊："你假装正经，满嘴仁义道德，一肚子男盗女娼，专害好人。搞社会主义，看你这回还搞不搞！大炮，堵住门，我进屋捉他们，我不信他敢动手，动手我就要了他的狗命！"

这时候,那个人从马凤兰的手下滑过,钻出屋门。

马凤兰急了:"快,快,萧长春跑了!"

马大炮一把抓住了那个人的脖领子:"跑,跑,抓住了,抓住了!"

马立本也闯进来,抓住那个人的胳膊:"好小子,跑,还想跑!"

马凤兰扑过来:"萧长春,你鬼呢? 鬼了半天,你也没有逃过这奶奶的手心吧?"她叫喊着,"啪啪"就是两个大巴掌,接着又是一脚。

那个人"哎哟"一声:"×你们妈的,放手!"

人们一听声音不对,全都愣住了。

马凤兰"扑通"往地上一坐,捂着嘴才没有哭出声来。

那个人挣脱了马大炮和马立本的揪扯,跑到院子里。

马立本和马大炮这才像大梦惊醒:那个人根本不是萧长春,而是秃头顶的马之悦。

屋子里的孙桂英,坐在炕上,"呜呜呜"地哭起来了。这回她可真哭了,动了心,动了肝,哭得非常厉害。

马之悦站在窗户外边,低声有力地警告孙桂英:"告诉你,臭娘们,你是破鞋,你拉拢支部书记啦! 你哭吧,让全村的人都知道知道! 明天瞧我整你,让你到全乡游街,给你登登报! 哭吧!"他这样叫唤几句,大模大样地走出院子。

屋里的孙桂英哭声低了。

堂屋的马凤兰也把哭止住,冲着屋子里说:"桂英,算了吧,你办的好事儿,还有脸哭哪,你觉着好看哪? 快给我把那点洗脚水收起来吧!"

孙桂英再也忍不住了,吼的一声从里面跳出屋,喊着:"你们搭伙欺负这奶奶,我跟你拼了!"

马凤兰也跳了起来:"谁欺负你了? 你勾搭我的汉子,你还要脸不要？"

"呸，你才不要脸，你个大破鞋！"

"呸，你才是大破鞋，你专门拉拢干部下水，勾搭支书，又勾搭社主任！"

孙桂英想起刚才萧长春说的话，想起这几天马凤兰往耳朵里吹的风，全明白了："噢，好你个养汉的精、母老虎，全是你下的圈套，全是你！这回我醒过梦来了，我让你害的好苦呀！这些日子，你到我家瞎喷什么粪了，这条手巾是谁放在我屋里的？全是你，全是你，全是你使的诡计……"

"是怎么样？我怎么不给别人下圈套？你根本就不安好心嘛，你是火轮船打哆嗦，浪催的嘛！"

"你是浪养汉老婆，臭地主的闺女，你欺负老娘，老娘不活了！"

孙桂英喊叫着，扑了过来。

于是，两个女人就扭打在一起了，骂出许多难以入耳的话；可是她们喊叫的时候，都尽力压着嗓门儿，她们各有各的怕处，不敢放开胆子喊。

马立本和马大炮站在旁边，拉也不是，劝也不是，不伸手也不动嘴，只能干瞪眼，瞎着急。

最后，倒是马凤兰不敢恋战，先自动地宣布停火，一边往门外边退着，一边说："我君子不跟小人一般见识，这回饶了你，再有这么一回，我不揪掉你的头发、拔了你的牙才怪哪！"又对两个发愣的人说："走，咱们走！"

孙桂英还是不依不饶："走不行，你得给我恢复名誉，明天让我挨整我不干！"

马凤兰咬牙切齿地说："我给你挂个贞节牌！美的你，瞧着办去吧！反正嚷嚷出去我不怕！"说着、退着，挪到了大门口，"嗖"下子就跑了。

马立本和马大炮，也愣愣地跟了出来。他们都是无精打采，像丢了魂儿似的。

孙桂英想追，又没敢追，两条腿一软，"扑通"一声，坐在台阶上，又"呜呜"地哭起来了。

常言说，墙有眼睛、壁有耳朵，这屋子里演的戏，有一个人听得最齐全。等这里风平浪静了，他才离开马连福家的后窗户，悄悄地绕到街上，奔大庙跑。他跑着跑着，差点撞到一个人身上，抬头一看是马之悦，狠狠地横了一眼，哼了一声，就又照直跑了；跑了一截儿，好像丢了什么东西似的，又转回来了。

马之悦没有理他，仍是慢慢地在街上走着。

这个坏家伙在柳镇的小茶棚子里开了一个流水"会"，就买了礼物去探望李世丹。可是李世丹没在家，家里人也不知他上哪儿去了。马之悦非常失望，马上就要走，李世丹家里人硬把他留下喝了会儿酒，他这才往回转，已经醉得像是一摊泥了。经过刚才意外的事情，那么一闹腾，一吓唬，酒气过去了大半儿，这会儿真有点儿后悔，后悔自己这么大年纪了，怎么还把持不住自己，还在那样的情况下干那种事儿，实在太不应该了。他倒没有什么怕的，孙桂英那边不会给他惹下什么乱子，孙桂英的有把烧饼在他手里攥着，不论给她什么味道的东西吃，她只能生吞，不敢往外吐；别看这娘们雷声大，可雨点小，早反了。马凤兰这几个人也不会给他惹下什么乱子，马立本和马大炮是自己的人，只能包着，不会抖搂；马凤兰虽说吃点醋，她会顾全大局，决不会喊叫，还会替自己掩盖掩盖。说一遭儿，还是萧长春这个家伙扎手，什么圈套他全不上，简直是个摸不透的人！一个睡了三年空被窝的二茬子光棍，一个正是年轻力壮的汉子，娘们倒在怀里了，硬是不动心，还有心有肠地劝人家。说良心话，萧长春劝孙桂英那些话，真是有劲儿，有情有义，有理有据，这小子从哪儿学来的这么一套哇？真是不可理解，不可理解呀！难道说，马之悦耍弄的这一套计谋，一番苦心，又这么完蛋了？

他很急躁，也很害怕。他这会儿根本猜不到萧长春正在想什么，正在干什么，以后又会怎么处置这件事儿。这会儿，萧长春一准又找他那伙子人去了。那边的主意包最多，真干的人也最多，他们一集齐，又会给自己摆出一个什么样的阵势呢？能掐，不灵了，会算，不准了，马之悦的浑身本领，在萧长春这样一个人跟前竟然施展不开了，这不是奇怪的事情吗？他想：得马上找李世丹这个靠山，既然能下炕干工作了，一定回到乡里；只要找到他，什么事儿都好办了……

他正走着，见前面的墙根下边停着一个人，一眼就认出是六指马斋，就左右瞧瞧，凑了上去。

马斋小声说："哎，我到处找您，急死啦！"

马之悦从声调里听出他的惊慌："又出什么岔子了？"

"唉，多啦！"

"说呀！"

"他们把立本的会计给撤了！"

"什么，这么快？"

"我刚才找立本吃饭，他正给焦淑红和狮子院的韩小乐交代账目哪，萧长春坐在一边掌握着，这还错的了呀！"

"好狠哪！"

"这么大的事儿，他们都没跟您商量商量？"

"那不过是走走过场。唉，我真没想到他们干得这么快这么绝！"

"兜根儿来了。我说马主任，您看看，上午摆上个焦克礼，下午又撤了立本，这是一套一套的，下边还得有哪！您别把他们看成是'胜利冲昏头脑'了。没有哇，清醒着哪！咱们不想点高招儿，怕是不行啦！"

马之悦稳了稳心,问:"还有什么事儿?"

马斋说:"刚才焦振茂在街上碰见韩百仲,把您给焦淑红保媒的事儿,全兜出来了。"

"他怎么说的?"

"焦振茂说要找支书汇报,就跟韩百仲说了。"

"韩百仲怎么回答的?"

"他说萧长春早知道了,这里边有阴谋……"

马之悦倒吸了一口凉气:"韩百仲这小子也会玩心眼儿了! 还说什么了?"

马斋说:"说是马上找支书,把今天发生的事儿,一总研究一下……"

"再没说别的?"

"没听见。看样子挺急。我就后边瞄着他。他到萧家转个弯儿,又找上马翠清、焦二菊一伙子回家了。过一会儿,焦克礼又到狮子院找喜老头,大概没找到,一个人回去了……"

马之悦咬着牙说:"风云多变哪!"

马斋又小声问:"眼下他们这么急着换干部,怕是里边有奥妙吧? 唉,这是怎么一回事儿呀!"

马之悦说:"看样子是闻到什么风声了。不行,这回我可不能白白让他们随了心愿!"

马斋问:"志新要是还不来,您再没别的门路了?"

马之悦想了想说:"怎么会没有门路呢? 放着一个大门口,咱还没迈哪! 这是一张大牌,揭开能顶大用,你就等好信儿吧!"

"马主任,我看要有门路得赶快走了,能走就走,走不通再说。马主任,这可是到了火烧眉毛的节骨眼儿了!"

"我比你清楚哇! 你还去街上闻闻风,回头告诉我;让我静一静,想想办法,今天一定得找到他!"

马斋本想问个底儿："找到他"，那个他是谁？见马之悦急着要走，就没有问出来，叹了口气，就又朝街里挪动。

马之悦正要往村外走，沟里边突然的笑声，把他吓了一大跳。

第七十六章

今儿晚上，在街头乘凉的人比哪一天都多，比哪一天都说笑得热闹；差不多每一个门口都有一堆人，差不多每个人都能说出一点新闻趣事。

人们从集市上的那些卖葱的、卖肉的，认识和不认识人的嘴里，听到只言片语，就添油加醋地在这儿传播开了。特别是妇女们，她们趁假日走亲戚了，从七大姑、八大姨那儿得来一些有趣儿或者根本没有什么味道的事儿，也拿到这儿凑热闹。像是很有节奏的，一会儿，这堆人笑了，一会儿，那堆人又笑了，一堆一堆，笑声总不断头。

有一堆人正在谈论焦家发生的事儿：

"咱们团支书要找婆家了！"

"瞎说吧？"

"马主任当了大媒人嘛！"

"我看没那事儿！"

"不信你看着呀，焦振茂明天就去相亲啦！老家伙急着要当老丈人！"

于是，这儿爆起一阵大笑。

有一堆人谈着马立本下台、韩小乐接手当会计的事儿：

"这回那小子可不能神气了，老老实实地往外交账本子哪！"

"早就该换换。他哪像个会计，分明是个大少爷。"

"韩小乐行吗？听说有淑红帮着他,那倒保险点儿。"

"这会儿的韩小乐跟头几年可不一样了。"

还有一堆人正在谈论马家发生的事儿:

"刚才不知道怎么啦,孙桂英又哭又闹。"

"想连福了。"

"唉,刚走就想得哭,太没出息了。"

"马主任的内当家也陪着。"

"劝架去了吧?"

"听说也哭了。"

"哟,这是怎么回事儿? 听错了吧?"

"韩德大他妈隔着院子,听得清清楚楚的。"

这边没有任何人替孙桂英解释。那些逼着她啼哭的人,那些看着她啼哭的人,早就像没有这档子事儿一样,都一心一意地干自己的事情去了。

只有一个人,这会儿还在为这件事情纠缠着。

那个人是马连福家的东邻韩德大。他替孙桂英把萧长春叫出来之后,就随着回到家,从后院的寨子钻到马连福家的后院,站在后窗户下边,把屋子里发生的一切事情都听得清清楚楚。他毕竟是个没经过事儿的青年,真不知道怎办了。事后,他慌慌张张跑到街上,撞到马之悦之后,他又犹犹豫豫地转回家。没点灯就钻进自己睡觉的东屋里,倒在炕上,胸口还"突突"地跳。就好像他自己做了什么坏事似的那么害怕,又好像他自己受了别人欺负似的那么生气,又好像他自己得到什么人的大好处那么感动;害怕、生气、感动,三股子情绪搅在一起,在他的胸膛里翻腾着。

他没有经过事儿,遇到事儿就慌了。他从后院跑到街上,本想去找萧长春,可是,不敢惹事儿的伯伯韩百旺,不知不觉地影响着这个小伙子,使得他那粗野性子里,总要带一点儿世故。所以他在街上碰到马之悦就没有勇气再到街上去。他把刚才发生的事情，从头到尾地捋了一遍，又把这一程子他看到、听到的事情，前前后后又捋了一遍；越捋，他就越怕、越气、越感动。他哪里还躺得住呢？这会儿，有两个人不住地在他眼前晃荡：一个是马之悦，马之悦见了他的面，就夸他好："不错，你把牛放的膘满肉肥，真是难得的好牛倌。唉，团支部硬不吸收你入团，怪不怪呀！等我到上边给你说说去！"一个是萧长春，萧长春见了他的面，就把牛群一个个看个遍："往后不兴再打牛。你甭不承认，谁在背后干了什么，总会有人知道。这是社里的牛，打坏了，大伙儿受损失，不许你再打它们！"马之悦带头搞商业，放下庄稼不种，一闹灾，放下农业社也不搞了，害得他一年牛白放了，害得他们娘两个吃粮食接不上，眼看着锅都揭不开了。这时候，萧长春带头拾起破烂摊子，搞自救，种小麦，闹了个大丰收，日子又缓上来了，他们母子也跟着沾了光。马之悦嘴里喷香的，手上干臭的，一丰收，他就闹土地分红，还跟着富户投机卖粮食。萧长春说干就干，兢兢业业，白天黑夜忙工作，家也顾不上；可是呢，他处处受马之悦的害，马之悦总想给他空桥走，总想把他推到泥坑子里去……

不懂事的小伙子，好坏还是能够分辨出来的。他想着想着，忽地懂事了。他又一次跳下炕，跑出屋，蹿到街上。

街上的乘凉人，谈笑得正热闹。

他跑到南街，兜了个圈子，没有找到一个干部。到办公室去，准得碰上马立本。马立本这家伙真坏，抓住马之悦了，连个屁都不放，乖乖地把他给撒开了。对啦，他跟马之悦是穿一条裤子的人，韩德大这会儿不能到办公室去。他想来想去，还是先到大庙里去一趟好，到那儿再跟大伯商量商量。韩德大从小没爸爸，大伯当他们半个家，做这么大的事儿不可不跟大伯说一声，因为这件事儿牵扯着大伯，将来挨他的骂可受不了；再说，这件事儿到底儿该怎么办,也得让大伯给拿拿主意。

他朝大庙奔,刚下沟,忽听前边一阵车轮响;明知道是哪个,还问了一声:"谁呀?"

那边一个响鞭儿,回答:"我。"

韩德大猛地跳到车跟前,说:"振丛大叔!"

长套的骡子被这个愣小伙子吓得蹿起老高。

焦振丛赶紧扯住套绳,说:"瞧你这孩子,毛毛躁躁的,一点儿稳当劲儿也没有。"

韩德大不顾别的了,扯了焦振丛一下,小声说:"我跟您说个事儿,您得帮我拿拿主意。"

焦振丛是常出门的人,比韩德大经的多,见的广。他又跟韩百旺是相好的,好了多半辈子。韩德大信得住他,遇到什么想不通或是为难的事儿,只要跟他说,他也会真心实意地给韩德大想办法。

"什么事儿,说吧,这儿不方便,咱们回家。"

"别,我还急着哪!"

于是,韩德大把刚才在孙桂英家发生的事情,有声有色地说了一遍。

焦振丛大吃一惊:"你这话是真是假?"

"撒谎您就往死里揍我!"

"你全听清楚了?"

"一分一毫全不兴差的!"

"哎呀,这事儿……"

"得揭发吧?"

"要是真的话……"

"没错儿,就跟您看到他倒动粮食是一样的,证据确凿。"

"这是怎么说的? 连福坐着我的车往工地上走,还叨叨念念地对他媳妇不放心呢! 这可好,刚迈出一只脚,就出事儿了。真怪呀！"

"不信咱们问孙桂英去。"

焦振丛拧着鞭杆子："我是说，马主任这个人怎么越来越不像话啦……"

韩德大跺着脚说："坏家伙，大坏家伙，他总是生着法儿害咱们大伙儿！我这回算把他看清楚了，可不能再给他包着了，我这回可把眼睛擦亮了！"

饱经世故的焦振丛，这会儿也有点儿沉不住气了。他还在那儿感叹地咂着嘴："真是知人知面不知心哪！"

突然间懂了事儿的鲁莽小伙子，从他身上升起一股子非常强烈的正义感。他着急地说："您倒是快给我拿主意呀，我怎么办好哇？"

焦振丛说："德大，你这儿等等，我把车卸了，咱俩一块儿上大庙，跟你大伯再磋商磋商！"

韩德大说："我看呀，这回得像振茂大伯说的，您的尾巴也得割下去了！"

焦振丛假装生气地用鞭杆子杵了韩德大一下说："小子没大没小的！我的尾巴早割掉了。这儿等我啊！"

韩德大答应着："哎，快着点呀！"

焦振丛摇了摇鞭子，辕套上的牲口一使劲儿，大车朝前移动了。

车轮是沉重的，跟这个新中农的心情一样地沉重。他也觉着自己挺怪，办事儿总是这么看前顾后，总是怕断了车轴、陷了车轮子……他发现韩德大这个小伙子一下子变了，变得非常的快。在东山坞这云火涌动的时刻，促进着多少幼稚的人早熟，落后的人前进哪！其实呢，他自己也被卷进这场云火里了，也在被猛进的形势推着、涌着、变化着。

289

他把车停在饲养场的大门口,歪着脖子朝里看一眼,见窗户上闪动着两个人头影儿,一个是马老四,一个是焦振茂,心里边又是一动。不由得勾起了上午萧长春给他"撂"下的那几句话,暗想:过去过穷日子的时候,自己跟这个马老四一样,心里边干干净净,什么全不怕,敢说敢做,敢往头奔,没啥私心;可是后来,日子越来越上升了,人家说自己是新中农了,心思也就跟过去不一样啦!年纪大了,办事儿是应当稳一些了,可是叔伯哥哥焦振茂,倒像跟自己走了两条道儿,他越老胆子越大了,这是怎么一回事儿呢? 财迷心窍,看不清是非了? 不对,从打去年一闹灾,自己也看出,除了农业社,单干是扛不住天灾人祸的,自己也认定了萧长春是个好干部,拥护萧长春,处处听他的调遣,就是没有像好多人那样,跟萧长春完全贴上心。从打弯弯绕他们倒动粮食的事儿揭发以后,自己也看出马之悦不是个好干部,讨厌他,反对他,躲着他,也盼着有人把他收拾一下子;可是自己呢,也没有像别人那样,挺起胸脯子跟他斗争,反而丝丝拉拉地怀念着他那一点儿小恩小惠,还碍着一点儿什么面子,替他夹着一条尾巴……

焦振丛这么想着,摸摸索索地卸着车,心里像是堵了一块石头那么难受。

这工夫,焦振茂在屋子里跟马老四说了一阵子话儿,告辞要走;一边下炕一边说:"好哇,老四,你今晚上这片话,算是把我的心拨亮了。"

马老四说:"我那些话,全是一个人的想法,你再仔细地琢磨琢磨。"

焦振茂说:"甭想,全对!"

两个人说着走到院子里。天空上又长了云彩,外边黑洞洞的。

马老四说:"我是拿你当积极分子,当自己人看的,要是旁人,我犯不上说这个;对你嘛,也就得按个积极分子的尺子量啦!"

焦振茂说："当然，当然。我哪儿有毛病，你尽管提，我懂得批评跟自我批评。"

马老四说："振茂，说一遭，我是盼着你把心思多花在咱们生产上，你有办法，能帮干部的忙，别总想自己的事儿。你为什么那么着急地要把淑红打发走呢？她年岁大得不行了？"

"按新礼说，不大，再过几年也不算大；这个社会，兴晚婚。"

"这不结了。你不赞成她干工作？"

"嗨，你还不清楚我呀！她越积极，我越高兴。为人民服务嘛，我还要积极哪！"

"她是团支书，顶着一面墙，在这个节骨眼上走了她，就是撤了咱们东山坞农业社的一根柱子。不论办啥事儿，都得想着社，想着社会主义，别光想着自己的针尖小事，把大事儿忘个没影儿！"

焦振茂说："你说的一点不差，一点不差。唉，都是让马立本那小子把我气糊涂的。这一程子，我就光想自己，怕淑红找个不称心的女婿，怕自己找气生，没想到，把她打发走了，就是拆农业社的台！"

马老四说："嘿嘿，就是有那么一伙人，安下坏心眼儿要拆咱们农业社的台，见缝儿就钻，见洞儿就入，什么手腕儿都使得出来！有的人，见着别人拆台，就拼命斗；有的人，怕拆台的时候掉下砖头砸着，躲到一边儿去了；有的人呢，糊里糊涂地帮人家使劲儿！这种人不是没有哇！你挨着门口数数看！"

焦振丛在黑暗中打了个哆嗦。暗想：自己是"躲"着的人呢，还是帮着"使劲"的人呢？他自己也说不清楚了……

焦振茂说："经一事长一智呀，一点不错。"

马老四说："对啦，这一程子，我也长了不少的智。"他又往焦振茂的跟前凑凑，低声说："我再跟你说深一点儿吧，往后呀，这个地方得挂点帅啦！"他指着自己的脑门说，"不能光凭好心肠，把什么人都当好人,好赖不分,那可要上大当、吃大亏!"

焦振茂说:"我先头可不就是这样,咋呢?"

马老四又用非常低的声音却又非常有力的口气说:"我再跟你说透点儿,往后,你千万可别把马之悦当好人看!"

"他……"

"你说他是党员吧? 他是啥党员,我心里早明白,先头咱不说就是了。依我看哪,他是假拥护党,想沾光、升官才钻进来的;升不了官,发不了财,就要分家了,就不想在一个车上坐着了,总想往下跳,往别处走;这还不算,还要瞅冷子往车轱辘底下扔石头,让咱们大车翻了……"

黑暗里的焦振丛伸着脖子朝这边听,可惜,马老四的声音低得厉害,怎么也听不清楚,急得他脑瓜门上直冒热汗。

那边嘁喳了好久,只听得焦振茂叫了一声:"哎呀,这还了得呀! 昨天淑红跟我讲,我还半信半疑哪!"

马老四说:"您别急。这些个呀,我敢说,长春他们早都给他记上账了。刚才我还找长春了,他们正商量哪……"

辕骡子蹬了一下蹄子,把焦振丛吓了一跳。

院子里的两个人也被惊动,他们的谈话就停止了。

他们打过招呼之后,马老四赶忙过来拉牲口;焦振丛收拾了鞍套,就跟着叔伯哥哥一块儿朝家走。

焦振茂临要走出饲养场那个小屋子的时候,心里还是像卸了担子似的那么轻松;听了马老四在院子里说的那一片话,又接着茬儿沉重起来了。他用马老四的话,跟他这么多年的所闻所见一比较,可不是嘛,马之悦真是个坏家伙。唉,自己真没眼光呀!

焦振丛想把马老四说过的话,再从焦振茂嘴里掏出来,可是他没有直问,拉住焦振茂说:"大哥,你比我进步,比我懂得政策,我有个事儿,得跟你讨教讨教。咱们是弟兄,我说错了也没事儿,所以我得找你。"

焦振茂说："唉，能算个进步的人？不行，差远啦！"

焦振丛问："你说，干部要是偷偷地领着社员搞粮食投机，得判个什么罪呀？"

焦振茂说："我看哪，党员得开除，干部得撤职；共产党办事儿，从来不护着自己人，真是王子犯法，庶民同罪，全都一律对待！"

"会不会批评批评，检讨检讨，往后还是外甥打灯笼照舅（旧）呢？比方说，人家又挺会检讨，还说一定改正，也得开除、撤职吗？"

"条文上倒是规定：坦白从宽，抗拒从严。"

"不知道他那检讨是真是假的话，也这样吗？"

这个界限，焦振茂也划不清了。他沉默了一下，想起了马老四常跟他说的那句话，就借来用了："政策条文是死的，实际是活的，两个一结合，才能眼明心亮。我这么一说，你心里边有底儿了吗？"

焦振丛摇了摇头，又说："我再提个问题，一个干部强奸人家的老婆，该当何罪呢？"

"法办！"

"没强奸上呢？"

"不管强奸上没有强奸上，都得受到法律制裁。当然比强奸上罪过要轻一点儿了。"

"女的要是不承认呢？"

"没有这回事儿！女的让人家强奸了，这口气最难出，还有不告状的！"

"就是说，这个挨人家强奸的万一不承认，光别人揭发，行不行呢？"

这个题目又把焦振茂给难住了："哎呀，女的要是不承认，男的更不会认这个账了，都不认账……这个，这个，对啦，揭发的人总是捉住对儿了吧？"

焦振丛拍着大腿说:"捉住对儿的人,也不认账……"

"你把我给说糊涂了。他不认账,还揭发什么呀!他也不会揭发啦!"

"没捉住对儿的揭发行不行呢?"

焦振茂觉着堂兄弟的话非常离奇古怪,就说:"你就别转了,到底儿是怎么一回事儿呀?咱们哥俩,有事你还瞒着我?咱们隔心?"

焦振丛承认说:"对啦,我是瞒着你哪,这件事儿太紧要了!过去,我是碍着面子,讲一点小义气,眼下我把他看清楚一点儿了;可是,我又怕打不住黄鼬惹一股子骚。"

焦振茂鼓励他说:"怕什么?咱们得跟人家贫农学习呀!你才几年不是贫农,就把贫农的东西抖搂得干干净净了?你就把实情话儿跟我说说嘛!"

焦振丛说:"得说,不说也不行了。大哥,你先给我透个底儿:马之悦到底是个什么人?你不用瞒着我,我知道有人给你透底儿了!"

这句话正好问到地方,多少往事,都顶着牛儿、搭着权儿跳动在焦振茂的眼前了。用一个庄稼人眼光看,焦振茂压根儿就不佩服马之悦。发家致富的心气是好的,可是不该总找邪门儿走;后来,马之悦扔了大车,干起公家事儿来,就跟他这个看法顶上牛儿了。过一个时候,他又觉着,马之悦为大伙儿跑腿操心是好的,可是不该跟炮楼的人掏真心,办真事儿,这是不忠不义的;后来,跟马之悦赶着小毛驴往山里送了一回受伤的抗日干部,跟原来的看法又顶上牛儿了。这中间,还有一件事儿,在焦振茂的脑袋里边也是顶着牛儿的。马之悦对什么样的人,不分青红皂白,全联络,跟马小辫过于亲近。那时候的焦振茂并不懂得地主是革命的敌人,可是知道马小辫太坏,逼得韩百安家败人亡,东山坞的人哪一个不知道呢？马之悦跟这个地主一个桌子上吃，一个桌子上喝，还跟他的侄女不干不净；到了土地改革的时候，开始那阵儿，老实巴交的庄稼人都还不十分摸底儿，还不敢动真的，马之悦却第一个提出来斗马小辫，还当着众人把马小辫踢了个半死。这不怪吗？去年闹了大灾，马之悦不守本分，不务正业，焦振茂是最不满意的，可是又觉着人家辛辛苦苦为的是大伙儿……诸如此类的顶牛儿、搭杈儿的事情很多，焦振茂心里是有数儿的。他却把一切都颠倒过来看，还是把马之悦看成是一个好人。……想到这些，他感慨地说："你问马之悦到底是什么人，唉，我不说，你也能想明白，我不告诉你，你很快也会知道的。咱们打个比方吧，这十几年，马之悦就好像一尊泥佛爷似的在我心里边竖起来了，我给他烧香、磕头，连一把土都当仙丹妙药吃。去年秋天那一场大风雨，虽说把他的颜色冲没了，可是那泥堆子还在那儿立着，还镇着我；经过这一程子这个那个的乱事儿一折腾，他就哗啦一声坍了，我才看清楚，原来是一堆粪土！"

焦振丛点着头："你这个比方打得好。他是一堆粪土！这么多年，我没有看透他。"

焦振茂接着说："这个人，人面兽心，什么坏事都想得出来。我们淑红碍他什么了，硬要生着法儿给铲走，还要把我给烩在里边，我差一点儿上了他的当。真坏呀！他不想坐共产党这辆车了，要往下跳，还往车沟里扔石头，让这车轧上去翻了！你想想，咱们也是在这车上坐着的人，要是真翻了，咱们不就都摔在底下了吗！"

"就是，就是……真没有想到他是这种人！"

"振丛，我看哪，你有什么话儿，也不用藏着掖着的了，这样子没好处，光有害处。你要是觉着跟我说不大方便，你就找党支部的人去，让他们给你拿拿主意。这回我可明白了，不论什么事儿，都得找党支部汇报，都得找人家贫农交心思，人家比咱们眼明心亮啊!"

焦振丛听着哥哥发表议论,不住地点头,最后,他像是下了最后的决心,说:"大哥,咱们话说到这儿了,我就全告诉你吧,弯弯绕他们倒动粮食的事儿,马之悦也跟着干了……"

焦振茂真没有想到马之悦还干了这件事儿,也没有想到焦振丛这会儿才说出来:"真的?"

"那一回,我在河边上亲眼看见的嘛!"

"哎呀,我说振丛,你怎么还给他盖着呀?你不知道干这种事儿最违犯大政策、大条文的,干这种事儿的人,就是不拥护社会主义,要是干部干这种事儿,也在毁咱们呀!"

"你听着,还有,今晚上,他强奸马连福的媳妇去了……"

"啊?"

焦振丛把韩德大说的事儿转说了一遍,又叮问:"你说说,要是把这两宗事儿都给他揭出来,能把他搞倒吗?"

焦振茂吃惊地说:"噢!说了半天,你给他盖着,是怕他倒不了台呀?唉,咱们是积极分子,总得想着对咱们社,对社会主义有利没利,不能光想自己呀!他干这种伤天害理的事儿,还像个什么干部,哪还有党员味儿呀?你还怕他什么?怕他往后不能再为非作歹呀!"

焦振丛痛苦、羞愧地摇了摇头:"唉,我这个人,就是有点爱面子,想自己想得太多了。你不知道我这一程子心里边多难过哪!萧长春说得对呀,人一有了家产,就有了私心,有了私心,就没有了良心。我算想透了,也认账了,我没有把心跟农业社揉在一块儿,只是焊在一块儿;焊在一块儿的东西,总是有缝儿,总会裂开的。唉,这件事儿折磨我这么多日子,见着支书、百仲他们,就像欠了债!我给一个坏蛋夹着尾巴干什么呀!我跟一个坏人还论什么义气讲什么面子呀!我成了坏人的防空洞、挡箭牌了!刚才马之悦强奸连福媳妇,把德大这个小伙子气急眼了,非要揭发他不可!"

他说到这儿,忽然想起在沟里等着他的韩德大,就说:"先聊到这儿,我得找找韩百旺去了,还得好好地动员动员他,我们一块儿找萧支书去揭。一定,一定!"

焦振茂心里边开了锅。当家子兄弟揭开的这两件实在事儿,正好给马老四刚才对他讲的话作了补充的证明;马之悦在这个讲求实际而又一心向上的中农面前,彻底现了原形,马之悦留在他心里边的砖石瓦块都一下子抖搂净啦!他拦住焦振丛激动地说:"别忙,再聊会儿,今晚上,我这心里边可亮堂极啦!"

焦振丛却强笑了一下说:"我跟你不一样,心里边乱腾极啦!"

焦振茂说:"不用乱。往后,咱们这样的人,就得老老实实地跟着长春他们这伙人走,跟他们贴上心,他们的道儿永远也走不绝呀!"

…………

第七十七章

韩德大站在道沟里,左等右等不见焦振丛回来,急得他火顶脑瓜门子,就先一步来到大庙里;到这儿以后,没说上几句话,就跟大伯吵起来了。

他站在门里,两只手叉着腰,愤愤地说:"您爱怎么着就怎么着,反正我这回是要揭他狗日的底子了!还给他瞒着,您还想让他给东山坞办点好事儿呀?没那日子啦!您看看人家焦克礼,人家韩小乐,人家一个个入了团;这会儿,一个当了队长,一个又要当会计!他们比我多点什么?人家克礼有个好爸爸,小乐有喜老头!我呢?"小伙子说到这儿,看看他的大伯,又看看自己的脚尖儿,心里边不由得一热,声音也就低了,"没有人指点我进步,还指点我当落后分子。我不是三岁小孩子了,我将来变成什么人呀!"

小毛驴被捂着两只眼睛,甩着四只蹄子,围着石磨,一圈儿一圈儿地转着,走着它那永远也走不完的路。

韩百旺听到侄子最后这句话,猛地一震,手发抖地端起瓢子,把豆瓣儿注到磨眼里去。那一条一股的乳白色的浆汤,便从磨扇的缝隙里流下来,在磨盘上汇合在一起,从窟窿眼流到摆在下边的那只桶里。他转了半辈子磨,吃了半辈子豆渣,今天倒好像第一次见到这玩意那么新奇似的,两只眼睛盯着磨眼儿、磨盘子和浆汤,任凭侄子喊叫,他头不抬,身不动,一声儿都不吭。

可是,韩百旺心里边可难受极啦!那一天早上,为了换队长和撤会计的事儿,萧长春跟他谈过心,午后又参加了贫下中农代表会。参加会的人,互相交换着心思,都看清了马之悦,都把自己知道的事儿,一点都不留地跟大家提出来了;只有他,夹着一条尾巴,这是多么苦的事儿呀!本来就难受,让侄子这么一闹,就更难受了。"没有人指点我进步,还指点我当落后分子。我不是三岁小孩子了,我将来变成什么人呀!"这些话,仿佛是一根针似的刺在他的心坎上。这是一个晚辈人对长辈人提出的抗议和呼吁,是兜着韩百旺的老底儿来的。在侄子面前,他觉着自己的舌头短了。

韩百旺老哥仨,就是韩德大这么一个男孩子,这是一根独苗儿。韩德大的爸爸是老二,那一年三伏天到北山割荆条,起大早饿着肚子去的,爬到山崖上,眼花、腿软,滚了坡,把脊梁骨摔断了,韩百旺把他背到家里,还剩下一口气。他把女人叫到跟前,又把韩德大叫到跟前,拉住韩百旺的手说:"大哥,我把这娘俩托靠你了。我穷一辈子,苦一辈子,什么也没有得到,连自己的肚子都没有饱过一回,就得到这么一根苗儿,你千万把他拉扯大,让他成个人。我不怕死,活着可有什么意思!就是不放心他呀!我怕他长不大,就……"兄弟死了，韩百旺把韩德大当自己的骨肉看待。可是，在旧社会，穷人连自己的命都顾不上，还怎么顾别人呢？韩德大母子俩大年三十还到山里要饭吃，回来赶上了大风雪，狂风把他们掀到雪盖住的大沟里，差一点儿全送了命。那一回韩百旺悔恨得哭了。他恨自己没本事，养不了这母子俩，对不起自己的亲兄弟。从那一回起，只要他一想起这件事儿，他就悔恨，就惭愧，觉得对不起死去的，也对不起活着的，一直到农业合作化，全都过上了温饱的日子，他这股子心情才渐渐地消退了。可是今天，侄子的几句话，又勾起了他的心病，让他想起一个从来没有想过的问题：德大这会儿是社员了，吃的穿的是不用自己操心了，可是他还没有长大，他还是一棵苗子，将来，是当个好人呢，还是当个坏人呢？是当个什么样的好人，是像马老四、萧长春这样的？还是像自己，像马连福，或者马立本这样的呢？韩百旺不敢想下去了，可是侄子已经把题目给他提出来了，他得马上回答，不是用嘴，而是用行动……

　　韩德大不会理解他大伯这会儿的心情。他也不会理解他大伯这个贫农跟马老四、喜老头、五婶这样的贫农有什么不一样；也不会理解他大伯这个贫农跟马连福、孙桂英这样的贫农又有什么不同；因为他过去没有想过这一些，也没有比较过。他还在诉着自己的委屈，埋怨着大伯："咱们这个贫农太差劲儿了，得追上去啦！再给坏人当防空洞，还有点人心没有？对得起农业社、对得起党吗？您不用在一边观察了，人家萧支书才真是个好家伙呀！您别在马之悦身上做梦了，他是个脑瓜顶长疮脚后跟流脓——坏到底儿的家伙呀！"

　　韩百旺看了侄子一眼，又往磨眼里注了一瓢子豆瓣儿；侄子的话又在他那痛苦的心上重重地敲了一下子，拿着瓢子的手不住地颤抖。看了半辈子磨的庄稼人，他的整个财产就是那一挑子，一挑子的东西卖不出去，或是赔了本，他就会歇了毛驴停了磨。他得想

299

尽办法,挖空心思保住这个挑子。所以他胆小,又巧于给自己盘算。而且一个"转磨"的人,一天到晚要跟各色各样的人打交道,看了多少白眼珠,受了多少窝囊气,所以他懂得世故,也善于应付。但是,在他的身上并不是没有穷人的气质。他了解马之悦,也敬着马之悦,可是跟焦振丛这些人敬着不一样;焦振丛多半出于感激和情面,一个上升的庄稼户,都是要抱粗腿的。韩百旺土改以后也没上升过,他对马之悦完全出于怕;他怕的不光是马之悦的毒辣手腕儿,更怕马之悦的"上边人",或者说是马之悦的靠山。早先,区长李世丹一来就住在大庙的西耳房里,韩百旺知道这两个人的关系是怎样的密切。去年撤马之悦的时候,李世丹去休养,眼下呢,听说已经好了。他要是一回来,能不给马之悦撑腰吗?因此,他怕。这一程子村里的风云变幻,震动了他;那么多的人跟萧长春结成一条阵线,团结得那么紧,干得又坚决,也冲激着他。现在,在一个义愤的年轻晚辈面前,他感到有点说不出来的惭愧……

韩德大被沉默激恼了,又大声地喊起来:"您倒说话呀,该怎么办?"

韩百旺又端了半瓢子豆瓣儿,注到磨眼里去,脸色仍是阴沉着,不肯开口。

"我马上报告去。"

"德大,等等。"

"还等什么呀?"

"等等。"

"您还怕他什么呀?怕他咬你一口呀?"

"再想想……"

"你想吧,我可早就想好了。他干的事儿,就是想搞散农业社。你知道不知道呀?"

"那倒是。"

"搞散了农业社，别人活得下去，我可活不下去。让我给地主富农扛活去，我不干，谁也不用想往那条路上打发我！你就不能替我想一想吗？"

韩百旺痛苦地说："德大，你放心，这一回，我一定要对得起你，我也不能再留一块悔恨的病根儿了，也不应当留了……"

韩德大说："那就干脆点儿吧！"

韩百旺说："全想好了，才能干脆……"

韩德大跺着脚："你等哪一天才能全想好呀？你说说，我也有个底儿！"

门口有人插一句："唉，别这么硬逼你大伯，过去谁不怕他马之悦呢？"

爷俩扭头一看，进来的是焦振丛。

韩德大说："你们都怕吧，我什么也不怕啦！我得走我自己应当走的道儿了！"

焦振丛说："我过去是怕伤面子，觉着他对我有点好处。谁想得到呢，他给别人好处，全是有打算的。你由着他，他就给你点甜的；你不由着他，他就给你苦的，全是为了圈着你，拢住你，给他拉套。这种人多坏！刚才呢，我听德大一说，还是有点怕，怕我们打不倒他，将来咱们要受他的制。这回不怕伤什么面子了……"

韩德大说："打不倒他？我要看看，谁还能受他的骗？过去李乡长跟他好，是不知道他的底儿。只要咱们一揭，李乡长马上就要跟咱们一块儿斗争他。你们放心，这回要打不倒他我就告到中央去。我看哪，咱们这边的人也不软，咱们农业社的人不是好欺负的，县里的、乡里的全支持萧支书，王书记就跟萧支书一个心眼儿，怕什么？"

焦振丛看看韩百旺，小声说："百旺，我这会儿想，不能再怕了，什么也不用怕了。刚才振茂一句话把我提醒了。他问我：你是怕农业社垮台呢,还是怕一个人呢?哪个怕重要呢?哪一头是根子呢?保住哪一头,才能保住咱们的根子呢?你听听,这话说得多好!"

小毛驴还在那儿不停地转动着;石磨"嗡嗡"地响;一只小飞蛾投到灯里,灯珠儿暗了一下……

韩百旺又往磨眼里加了半瓢子豆瓣儿。

焦振丛继续小声地说:"百旺,咱们不能忘本哪,没有共产党能有咱们今天吗?没有社会主义,没有农业社,能有往后的好日子吗?咱们得把心跟农业社揉在一块儿,得奔大目标。嘿,奔大目标活着才有意思呀!"

韩德大见大伯还是不哼不哈,急得不知道该怎么办了:"哎呀,你看看,都醒过梦来了,东山坞的人都觉悟了。就是你,光顾自己,连农业社都不顾,你算哪个阶级的人呀!"

韩百旺说:"我压根儿没忘记我是穷人……"

韩德大说:"穷人?穷人就没有一个见着真正的坏人不红眼的!"

焦振丛觉着小伙子这句话也是说自己哪。他又耐心地说服他的老朋友:"唉,先头,我想着马之悦跟着倒腾点粮食,无非是想得点外快,弄点钱花,没想到他安着这么一份坏心,一套一套的。百旺,你过去也说过,马之悦好使手腕,就是想保住自己的干部位子,你也没有看透他吧?他想从社会主义这辆车上往下跳,还要往车沟眼里加石头,让车翻了,把咱们全砸在底下,他安的是这么一个大坏心呀!咱们可不能再这样下去了,百旺!"

韩百旺又舀了半瓢子豆瓣儿,看看焦振丛,又看看韩德大,"啪"的一声,把瓢子扣在豆瓣盆子里:"走,揭他去!他想把咱们的大车赶翻哪?做梦!"

韩德大跳着说:"哎,这还不赖!"

韩百旺说："别看平时咱们老实，要动真的，没有一个好惹的，不信就让他们试一试看！德大，去叫你妈来，替咱们看着磨，咱们都去！"

第七十八章

乡里的交通员把一封急信送到东山坞农业社办公室，交给了正在算账的焦淑红。

他说："这是县里来的，有要紧的事儿，快点交到萧支书手！"话音未了，推上车子又奔别的村了。

焦淑红见那信封上写着"特急"两个红字儿；捏了捏，又觉着很厚，就对韩小乐说："你一边弄着一边等马立本吧，我赶快把这封信给萧支书送去，这是王书记写来的！"

韩小乐说："有啥好消息，快回来告诉我一声，我也早点高兴高兴！"

焦淑红笑笑，急忙走出办公室大院，在街上，碰上了刚从大庙出来的韩德大。

韩德大停住，"嘿嘿"地笑了一阵儿说："淑红姐……"

焦淑红挺奇怪：这个小伙子从来没有这么嘴甜过，对人更没有这么热乎过，今天怎么啦？就问："德大，你干什么去呀？"

韩德大还是笑嘻嘻地说："淑红姐，嘿嘿……"

焦淑红问："孙桂英到底是什么病，重不重？"

韩德大还是傻笑着说："淑红姐，嘿，你真有眼光呀！"

焦淑红并不知道这个小伙子了解她的秘密，就说："没头没脑，你说的是什么呀？"

韩德大又笑了一阵儿："淑红姐，嘿，萧支书真是好样儿的！"

焦淑红见他颠三倒四的,就郑重地说:"德大呀,我老早就想找你谈谈,总没得空儿。德大呀,你也老大不小了,心里该装点事儿了,别总是孩子气儿的!"

韩德大说:"你看着,往后我就变成大人了,跟你们一块儿搞工作。真的,说假话不是人!"

焦淑红高兴地说:"太好了! 团支部有什么活动一定找上你……"

"淑红姐,你真有眼光……"

"你说什么哪?"

"淑红姐,萧支书真是好样儿的!"

"又耍孩子气了!"

韩德大左右看看,小声说:"真的,刚才孙桂英是装病,想让萧支书跟她……嘿,萧支书才不是那种人呢,几句话就把她给打回去了……"

焦淑红的心口"突突"地跳起来了:"快说,怎么回事儿?"

韩德大说:"等一会儿咱们找萧支书一块儿说,我还得叫我妈去看磨哪! 淑红姐,嘿嘿……"他拖着笑声跑了,立刻消失在夜色里。

焦淑红听到这个意外的消息,十分愤怒。她脚步慌乱地上了南坎,见萧家屋里没有灯火,又一溜小跑地来到韩百仲家;刚刚绕过影壁,就听焦二菊和马翠清高腔大嗓门地吵吵着:

"我看应当马上开大会斗争她!"

"让她游街!"

"这个臭娘们,自己不要脸,还想害好人,这一回说什么也不能饶她!"

"你还给她留后路哪? 嚷嚷出去,多难听呀! 得让她给你恢复名誉!"

焦淑红几步迈进屋里，见萧长春和韩百仲两个人脸对脸地坐在炕上抽烟，看那样子，都是刚刚压住激动，才平静下来的。焦二菊和马翠清站在地下，一副恼火的样子，好像随时都准备冲出屋去，找孙桂英打起来。

萧长春勉强地笑着说："你们娘儿俩快消消气吧，事情不像你们想的那么简单呀！别急，这件事一定得处理，可是不能照着你们娘儿俩的想法办。顾全我的面子，也得顾全她的面子；她自己不要脸，咱们不能由着她，得让她要脸。再说，她这个举动，也不光是要脸不要脸的事儿呀！"

韩百仲也说："就按着长春的意见办吧。我看哪，这娘儿们兴许跟马连福犯了一样的病。"

焦二菊正要说什么，瞧见了焦淑红，就改口说："又来一个，让她评评谁的办法对吧！"

马翠清说："淑红姐，你还不知道吧？孙桂英这个大破鞋……唉，她有脸做，我都没脸说她！"

焦淑红进门之后听了支书和主任的两句话，已经把那刚刚冒上来的怒气压下去了；她看了萧长春一眼，韩德大刚才说的那几句话，又在耳边响了起来："你真有眼光""萧支书真是个好样儿的"……她觉着，不论对待什么事情，都应当无保留地信任萧长春，都应当跟支部书记一个心思。于是，她走过来，平静地说："那件事儿我知道了，支书说怎么办，咱们就怎么办吧。"

焦二菊一愣："嗨，我当你听了比我们的火还大哪，敢情点都点不起来呀！"

马翠清赌气地说："我不管别人，反正，我不能让她平白无故地欺负人！"

焦淑红没说什么，就把那封信递给萧长春了。

萧长春急忙打开了信封，只见几页信纸写得密密麻麻：

长春
百仲　二位同志：

　　你们实在是辛苦了。因为我还不能马上回乡,只能在信上对你们和东山坞的同志们表示慰问。

　　我刚刚列席了县委会议,心情非常兴奋。

　　这次会上,县委按照毛主席的指示,研究了当前的斗争形势,讨论了许多重要的方针、政策问题,其中还谈到了你们村的工作。我把自己知道的一些情况,还有那天长春在电话里给我讲的一些问题,向县委作了汇报。因为我离开东山坞一段时间,情况了解得不全面,一定会有不少的遗漏,好在县委李书记去年冬天曾在东山坞住过一些时候,我提到的一些人,他都记得,比我看得还要清楚一些。同时,我也把自己没有把握的想法提出来了,请县委指示。县委们听了汇报,对东山坞党支部的工作很满意,大家讨论得非常热烈。

　　这个会议还要进行两三天,很多较大的问题,要等会议临结束的时候才能定下来。李书记要我马上写信给你们,把一些基本精神告诉你们。现在我就简要地提几点,供你们研究考虑。

　　关于整个斗争形势,县委要求各级党组织要站得高,看得远,要善于把一个社里的阶级斗争跟全乡、全县、全国的阶级斗争联系起来看;又要把我们国内的阶级斗争跟国际上的阶级斗争联系起来看;同时,还要把当前的斗争跟过去的历史和将来的发展联系起来看;看一个社、一个村、一个人,都应当这样。只有这样看待问题,我们对目前斗争的性质才会得出一个正确的、具体的结论。

　　当前全县的斗争情况,生动地证明了我们党的这样一个论点:虽然经过土地改革,经过社会主义三大改造,但是,被推翻的地主买办阶级的残余还是存在,资产阶级还是存在,小资产阶级刚刚在改造,阶级斗争还远没有结束(我想,东山坞的情况也恰恰证明了这一点),只是斗争的形式跟战争和土改的时候不同了。从去年起,国际上一股反共的浪潮掀起来了,影响到我们中国,那些不接受改造、不拥护社会主义的资产阶级右派分子,觉着时机已到,立即起来响应,借着我们党整风的机会,向我们进攻,诋毁社会主义,企图搞资本主义复辟;于是在那些资产阶级分子比较集中的城市里,就刮起了一股子黑风;这股子黑风又波及到正在前进着的农村。农村里那些留恋资本主义道路的富裕中农,那些不甘心失败的地主、富农,那些投机分子,就自觉和不自觉地闻风而起,有的地方还会结成暂时的联盟,企图搞垮农业社,取消粮食政策,把我们拉回去! 这样,人民内部矛盾和敌我矛盾,就很复杂地搅和在一起了。

以上这些,就是我参加了县委会议之后,对当前阶级斗争形势的进一步理解。

那么,我们应当怎么办呢? 县委认为:东山坞已经作过的和正在进行的工作,是正确的。县委对此给予高度的评价。当然,也还有一些问题需要进一步明确和端正。

第一,闹起这样的矛盾斗争,是好事还是坏事? 县委认为,从我汇报的情况看,我们大家的态度还不是十分明朗。我个人觉得,县委这个估计是对的。长春同志在电话里流露出焦急和担心,就是这种不十分明朗的表现。县委认为,这种矛盾斗争,是坏事,也是好事。说它是坏事,因为它的确会给我们的工作带来一定的困难;说它是好事,因为经过这一闹,可以让敌人暴露出来,便于战胜他们,并肃清他们的影响,同时可以让广大群众受到教育,可以锻炼、提高我们的积极分子,坏事就变成了好事。

第二,这场斗争我们能不能得到胜利呢?县委认为,一定能胜利,因为我们有党的正确领导,真理在我们这边,人民在我们这边;只要把群众发动起来,斗争很快就要得到胜利。县委指示,你们要继续深入地贯彻党的阶级路线和群众路线,团结一切可以团结的力量,化消极因素为积极因素;继续深入地坚持一手抓阶级斗争,一手抓生产斗争的方针,发扬敢于斗争、敢于胜利的精神。

第三,县委指示,要戒骄戒躁,要认识到敌人是不会甘心失败的,因为他们总是按着他们的立场和世界观,错误地估计形势,所以他们要作最后的挣扎,他们是什么阴谋手段都可以使出来的。我们要经得起这场斗争的考验,要踏踏实实地做很多细致、复杂而又艰巨的工作。

以上这些,请支部很好地研究,并传达给我们的基本群众。

我很快就要回来,跟同志们一同参加斗争,等到大辩论开始时,李书记也可能到东山坞蹲点。这中间,有什么新的情况,要及时向县委汇报。

另外,再告诉你们一个好消息:范占山已落网,正在审讯中。据初步供认,他跟东山坞的一些人有投机倒把的来往。目前还在继续追查。我估计,很快就可以揭盖子了。

…………

萧长春看着信,千层热浪心头滚,万句话儿涌到嗓门儿。他使劲儿一拍膝盖,说:"嗨,党真英明!"

他今天才认识到"党真英明"吗?当然不是。他时时刻刻地听党的话,每逢听完,他就觉着"党真英明";他处处按着党的话办事儿,每逢办完了,他更觉着"党真英明"。上级像准确的钟表、及时的雨水,总是在年轻的支部书记急需指点、急需要鼓劲的时候,恰恰就来到他的跟前了,就把他需要的东西送来了;像清泉流在泥土上,一滴一滴都渗进他的心里;像行船遇到顺路风,一步一步地推着他前进……

这工夫,喜老头跟焦克礼一块儿来了;福奶奶跟五婶一块儿来了。

一群一伙,立刻就挤满了一屋子人。

韩百仲把两个睡着了的孩子推到炕梢上,又搬来几只凳子。

焦二菊听了信上的话,神气立刻大变化,急忙换了一盏大罩子灯,又洗碗,又烧水;还把干闺女马翠清拉到外屋劝了几句。

马翠清早让高兴事儿把火气压下去了。

这里又沸腾起来。

所有问题的毛渠都汇集到这条大干渠里来了:喜老头把马之悦和马斋、瘸老五,又跟几个富裕中农在镇上分别碰头开会的消息带到这儿;韩百仲把马之悦利用孙桂英搞美人计的圈套告诉了大伙儿;萧长春刚刚报告了马之悦给焦淑红提亲的事儿,焦振茂又悄悄地走进来,说焦振丛就要揭发马之悦参加搞粮食投机和强奸孙桂英的事儿;紧接着,有的积极分子反映,听到一些人嘀咕地主的儿子马志新要回东山坞,还说他们学校里有人支持东山坞中农闹土地分红……

没有一个人在听到这些消息的时候过分紧张,好像这一切都是意料之内的事儿,也是理所当然的。大伙儿倒是都很兴奋,觉着一直没有头脑的问题这下子有了头脑,觉着很难解决的疙瘩这下子能够解决了。

战斗的渴望,胜利的信心,鼓动在每一个人的胸膛里,洋溢在每一个人的脸上……

韩百旺、焦振丛、韩德大三个人一迈进屋门槛子,就感到一股子火热的劲头扑脸,一股子战斗的气势逼人。

屋子里炕上、地下全是人,都围在一块儿,把萧长春夹在中间,每个人的脸色都是红涨着,连喜老头那皱纹纵横的脸上都放着光。

这三个人,年纪不一样,经历不一样,性气也不一样;可是,当他们靠近了这伙人的时候,却有一个同样的感觉:他们这一回才算真正地参加到自己的队伍里,才算真正跟自己从心里拥护的党支部书记贴了心。焦振丛甚至感到,自己这个出身贫农的新中农,开了一阵子小差,又自觉地归队了……

韩德大开台就说:"萧支书,我们来揭发马之悦这个大坏蛋来了!他是个头号的大坏蛋!"

韩百旺说:"不假,我算把他看透了;我从今天起,不当老好人了,得当个好贫农、好社员!"

焦振丛说:"我是彻底割尾巴,跟长春你们一块儿赶这辆车,不能让它翻了!"

萧长春看着他们那着急而又兴奋的样子,连忙说:"欢迎,欢迎,有话快坐下来说。"

坐在炕上的、凳子上的人往一边挤挤,让出地方,韩百旺和焦振丛就坐下了。

韩德大没有坐,他几乎是一口气儿把马之悦怎么领着弯弯绕他们倒动粮食和马之悦怎样想强奸孙桂英,马立本他们又怎么"捉奸"这几件事儿,详详细细地说了一遍。

喜老头拍着大腿说:"瞧瞧,怎么着,咱们估计的一点儿都不错呀!长春,你说得对。这是阴谋,一整套的,一个连着一个。好小子,真是狗急了跳墙啊!东山坞的坏根子就在马之悦的身上,不把他拔掉了,怎么能够过太平日子呀!百旺、振丛,有你们的。你们给他瞒得真严实呀!"

韩百旺和焦振丛都不好意思地苦笑着。

　　萧长春说："喜爷爷您就不要埋怨他们了，他们到底儿醒悟过来，这就好。斗争把咱们全教育啦。等着吧，咱们东山坞，还要有更多更多的人都得醒悟过来呀！咱们要按着县委的指示，加油使劲儿，把这个坏事儿变成好事儿。只要咱们多数人都觉悟高了，都成了硬骨头，农业社的根子才扎的越加结实，往后的斗争才能越加顺利，胜利也就更保险了！"

　　焦二菊正在外屋专门给大伙烧水喝。她手里提着火棍子，撩着门帘子，伸进脑袋，咬牙切齿地骂道："狗杂种，到底儿露馅了！他要在跟前，我真给他几棍子，解解我这心头恨！"

　　韩百仲笑着说："快烧你的水吧，到打的时候，我招呼你就是了。"

　　紧张、严肃时候的一句笑话，今天例外地没有引起大笑，连焦克礼和马翠清也只是咧了咧嘴。人们的整个心思，都被发生的这一大堆新问题占据了，本来已经掌握的情况就已经够他们深思的了，这会儿又来了三个人，对他们分析、判断的问题提供了根据。你一言，我一语；这个出个主意，那个想个办法，谈得非常热烈。

　　萧长春听着人们的议论，心里也翻江滚浪一般。一切问题都摆开了，他拿这些问题跟县委的指示一对照，就觉着，坏人这么胡闹，的确是坏事儿，也是好事儿；同时，年轻的支部书记，对县委"一定能胜利"的估计，更充满信心了。眼下需要他拿出"当机立断"的劲头来。

　　这当儿，在外屋烧水的焦二菊发现院子里走进来一个人，赶忙迎出去了："谁呀？"

　　那边的人站住了："我。"

　　焦二菊走到跟前一看，是沟北边的马子怀，也没往屋让，就问："有什么事呀？"

　　马子怀左右瞧瞧，小声问："都在这儿哪？"

焦二菊说:"你找萧支书,我给你叫出来。"

马子怀连忙说:"别,别,你叫百仲出来一下,我跟他说句话儿。"

焦二菊说:"人家屋里开会,我就不让你屋坐了。这儿等着啊!"说着,赶忙进屋,隔着门朝韩百仲招手:"喂,出来一下,有人找你!"

韩百仲跳下炕,迎出来:"噢,子怀,啥事儿?"

马子怀拉着韩百仲到靠墙根的地方,声音小得像蚊子叫:"百仲,有件事儿,我想来想去,得跟你报告一声。"

韩百仲说:"你就讲吧。"

马子怀说:"唉,今个下午,我那女婿把我狠狠地教训了一顿,又给我讲了好多的新闻,给我开了脑筋;往后呢,当然啦,什么都得慢慢来……"

韩百仲急着要进屋商量事儿,打断他的话说:"就这呀,子怀,得空,咱们再慢慢聊,好不好?"

马子怀拦住他说:"别,别走,我还有个事儿。我想来想去,是顶重要。我跟你说了,你也别直打直地就告诉萧支书,也别对外人讲,不好听……"

韩百仲听出有重要事儿,就耐心地听下去。

马子怀说:"刚才,马立本找我,说是要去捉奸……真是胡说八道!"

韩百仲在黑暗中笑了:"就这呀,我知道了。"

马子怀一愣:"你知道了?"

韩百仲说:"不管知道不知道,你告诉我一声是对的。子怀,你就朝着这边使劲儿吧。"

马子怀说:"是呀。我敢断定萧支书不是那种人。"

韩百仲说:"全是坏人的阴谋! 子怀,刚才你说了,这件事儿不要对外人讲。传出去，孙桂英的日子就不好过了，刮到连福耳朵里，他在工地上也不能安心。这件事儿是'人民内部矛盾跟敌我矛盾搅和在一起的'，复杂呀！先在舌头底下压压吧。"

马子怀听了这句话很高兴。他觉着韩百仲并不粗，很细，也很高明。他当然不会知道，韩百仲这个思想，是县委刚刚灌在他的脑袋里的，就说："对啦，除了跟你报告一声，对谁也不能说。百仲，你们得小心一点儿呀！我走啦。"

送走了马子怀，韩百仲回到屋里。

萧长春正在给大伙儿讲解信上的指示，同时又把他从王来泉那儿听来的有关城里大鸣大放的消息说了一遍。

这封信，这个消息，给所有的人带来了更加火热的力量，每个人眼里都放光，感到胜利就在眼前了。

萧长春说："同志们，这些日子，因为我们正确地执行党的政策，坚决保卫社会主义，做了许多工作，我们的队伍越来越大，越来越强；敌人呢，他们的坏东西越来越暴露的明白。从这两天发生的事情看，敌人不是越来越老实，倒是越来越毒狠，他们又给我们摆下了阵势，要跟我们较量。我们要坚决按着县委的指示办事儿，要狠狠地斗争，又要时刻提高警惕呀！"

喜老头说："对喽，狗急跳墙，他们越是临到死，越不甘心，说不定还要干出什么坏勾当。"

焦克礼说："只要王书记一回来，范占山一供认，咱们就胜利了！"

韩百仲说："长春，要我说，还是我那个老主意，不管王书记来不来，不管范占山认不认，咱们得先敲马之悦这家伙一棒子，让他知道知道我们的厉害！"

萧长春大声说："对。王书记要我们当机立断，我看，今天就到了当机立断的时候了！"

人们都觉着他们俩说得对,纷纷地表示意见:

"对,先撤马之悦的职!"

"明天开个大会,先斗斗他!"

"不用等着起火了再扑,马上就干起来吧!"

…………

萧长春又在炕上站起来,摆着手,大声地说:"同志们,全都坐下,咱们仔细地商量商量,再决定怎么对待马之悦……"

支部书记的态度又变得非常镇静,大伙儿立刻感觉到了,又都从不同的角度猜测了这种变化:

"长春,还商量什么,事情不是在这儿明摆着了吗?"

"你怕这些事儿还不属实是怎么着?我说的,我用脑袋保险没错儿!"

"你还想给他马之悦留一条后路?有他的后路可就没有咱们的前路啦!"

"斗争吧,狠狠地斗,还怕他什么?我们全拥护,没问题!"

…………

这一回,韩百仲是例外的,他没有因为萧长春"软"下来生气,反倒低头不语地动开了脑筋,猜想萧长春到底是想到了哪一节儿。

除了韩百仲,喜老头也没有吭声,只是看着发火的人,好像还带着一点儿笑模样。

萧长春等大伙儿吵吵了一阵子,才说:"同志们,我这样说,不是信不住这些事实,好多都是我自己经历的,我还能信不住吗?也不是还想迁就马之悦,要那样,我这立场不就成问题了!更不是怕他,怕他什么,大伙儿都醒悟了,都一条心了,我还有什么可怕的呢?"

"那就斗争吧!"

"嘎巴干脆,斗哇!"

萧长春说："我想的是这么一回事儿:不论怎么着,马之悦还是个党员,还是个副主任……"

"开除他,撤了他,不就行了吗?"

萧长春说："开除、撤职,要通过组织手续,要请示上级,还要支部讨论;刚才,我的脑袋热了一下子,差点儿把这个忘了。"

激起来的劲头是不大容易压下去的,支部书记能用组织观念克制,韩百仲也能忍耐,可是韩德大、马翠清这伙子年轻人,还有那几个热情刚刚抬头的老人,"克制"这个东西,对他们说来是非常困难的呀!

韩百仲想通了,他帮着萧长春说服大伙儿,他说:支书的意见对,让大伙儿忍耐一时。他说："掏心窝子说,我真受不了啦,可我是党员,我得忍受!"

喜老头也想通了,他也帮助萧长春开导众人:"家有家法,国有国法,党里有党里的法——你们忘了去年冬天整党上党课,县委李书记的话? 他说,党的纪律是铁的纪律。我是石匠,我知道铁有多厉害;不要说你脑袋热,石头热吧,也抵不住铁!"

人们被他说笑了。连萧长春都笑了。

大伙儿你一言我一语地又议论了一阵子,才渐渐地把那火暴爆的心气收住。

萧长春透了一口气,心里暗暗地想:一个领头的人,真得时时刻刻都要小心谨慎哪,稍一任性,就会把大伙儿领到岔股道上去。他带着一点开玩笑的意思问大伙儿:"我说,我没有给大伙儿泼了冷水吧?"

"没有,劲儿足着哪!"

"就是时间晚一点儿,又不是不干。"

马翠清冒了一句愣话:"你别把我们看的那么水平低,当支书的真要给我们泼冷水,照样儿斗争你!"

众人又是一阵大笑。

喜老头又提醒萧长春说："长春哪,事不宜迟,要怎么走手续,你们就赶快走,大伙儿再耐着性子等一等。反正上级一定会给咱们撑腰的,那还有错儿!"

萧长春说："对。淑红、克礼,你俩跟喜爷爷一块儿,连夜赶着整理一份材料,把咱们这一段摸到的情况全写上,越详细越好;随后抄两份,一份留底儿,一份给王书记送去。我跟百仲大舅把问题捋一捋,明天起早跟乡党委作个口头汇报,再顺便给王书记打个电话,让他给斟酌斟酌咱们这么办行不行,请他马上指示。别的同志,该干什么还干什么,特别是麦收准备,可不能放松。这回呀,咱们更不能单打一了,要按着县委的话办:一边收麦子,一边跟他们斗;麦子得收好,斗争得有利,不弄个水落石出,决不收兵!"

第七十九章

大湾乡政府的大门从来是通宵不关的,对着门口那间屋里的灯火也要过了后半夜才熄灭;有事没事,电话员小张都要守在那儿。这会儿,灯光很亮,光影从门帘子缝儿射出来,一直洒到大门口外边的街道上。乡里的干部没有太多的时间坐办公室,到外边开会的开会,下村的下村,休养的休养,只有一两个人看着院子,显得很不红火。

做饭的老头姓孔,是本村的人;做饭来,刷完家伙走。这会儿,他把自己分内的事情料理完毕,想到小学校听听收音机的广播评书去,跟电话员小张说了一声,撩着他那一天到晚不解下来的白布围裙擦着手,刚穿过院心,就见一道子贼亮贼亮的灯光从大门外边晃晃荡荡地射了进来,接着又是一串非常响的车铃声。他一边挤着眼看，一边朝后边躲闪。

那个人骑自行车的水平是相当高的，他一只手提着一个瓶子，一只手扶着车把，从街上拐进院子里，还有个小上坡，根本没费事，上来了；又一转弯，就已经骑到北边这排房子的窗跟前了；接着又一拐，车子正好顺过来，稍微一斜，一只脚蹬在台阶上，停住了。

孔老头根本没看清骑车子进来的这个人的脸，却从车灯、车铃和那熟练的车技、潇洒的动作认出是谁，赶忙迎过来打招呼："嗨，李乡长吗？还赶黑路了？"

乡长李世丹从车子上迈下另一只大腿，说："半路上碰个熟人，一聊就黑了。"他的声音完全是北京腔调，虽然他的老家离北京一百多里，别人根本听不出一点乡音土语。他说着，顺势一松车子把儿。

孔老头一伸手接过车子，要往办公室里搬。

李世丹跟着走进来说："该下点雨了，路上尘土真大呀！"

孔老头会意，就停下说："先支在外边吧，一会儿我给您把车子上的土擦一擦。"

李世丹一边用手绢轻轻地掸着裤脚上的土，一边说："先帮我把行李卸下来。小心点儿，车把上那个兜里有个药锅子，可别给我打碎了。"

孔老头摸进屋里，点上了灯，又把空着的铺板收拾一下，这才出来，小心地把车子上的东西一趟一趟地搬进屋子里，随后又找来一块旧布要擦车子。

李世丹说："老孔，还有剩饭没有哇？"

"您还没有吃饭哪？有剩饭，菜也现成。"

"唉，本来这病就没有彻底养好，这几天工作一忙，胃口又不大开，刚那会儿还不想吃。"

"好，好，我给您做点顺口的吧。吃什么呀？"

"随便吃点剩的就行了。你这一天到晚辛辛苦苦的,可千万别再费事呀!"

"不费事,不费事。"

"做什么,你就瞧着办吧,可要搞的软一点儿。"

"好。"

孔老头把破布搭在车后架上,急忙回到伙房给李乡长做饭去了。

李世丹走进他那离别好多日子的屋里,把灯亮捻大一点儿,到处看看。灯光中可以看清,他是个不到四十岁的壮年汉子,清瘦的脸,头发很绵软地朝后梳着,一副度数不深的半黄色架子的眼镜,花格子府绸的旧汗衫,灰斜纹布裤子也旧了,白袜子,青布薄底鞋。整个看去,显得文雅而又朴素,很像一个知识分子出身又经过长期实际锻炼的老同志。平时他不大讲究穿戴,只是愿意骑好车子、使好笔,这是为了工作方便;另外,也喜欢吃一点可口的,这又为的身体健康——他的身体不算不健康,却又不断地闹点病,药瓶子、药包儿常年不离身,一年得有半年在家里休养。

他在这个冷清的屋子里兜了个圈子,就冲着窗户喊了一声:"小张!"

看电话的小张,一个十八九岁的高小毕业的学生,应声跑了过来,一撩门帘子,就满脸喜气地说:"嚯,您回来啦? 不是说等过了麦收才能工作吗? 治好了?"

李世丹说:"机关没有人,又是紧张的时刻,治好没治好的,在家里我哪能呆得住呀! 唉,其实我早在家里住烦了,那个乡的工作搞得真是糟糕透顶,从打开苗,没有放过一天正式的假,家里连个做饭的老娘们都不留,全赶着下地,意见一大堆;让我把村干部训了一顿,他们还有点不高兴。其实我是爱管闲事,照他们这么搞下去,哼,早晚得把社员逼死。生产、工作得有紧有慢、有松有弛,老是绷得紧紧的，谁受得了。这一程子乡里没什么大事吧？"

小张说："事情还少的了？ 您先歇歇吧，等吃过饭，我再跟您说。"

李世丹抹了抹头发，说："惦着工作，一路猛骑，闹得我满脸都是汗。"

小张马上就明白了："我给您打盆水洗洗。"

李世丹说："没热水，你就不用费事再烧，舀盆凉的，擦一把算了。"

一会儿，小张端来一盆不凉不热的水。

李世丹很细致地洗了脸，又擦着前胸后背，问小张："我打电话让你到金马庄去一趟，你去了没有哇？"

小张说："我去了，把您的意思跟王来泉他们说了，看样子，他们不愿意翻老账。"

李世丹说："整风就是总结缺点、教训，不翻老账，不甄别是非，怎么整风呢！ 催他快点搞！"

小张说："王来泉还说，让您亲自搞去！"

李世丹气得皱眉头，说："这是将我的军哪！这事情跟我有点关联，我怎么能够主持搞呢！ 真是岂有此理。"缓了缓口气，又问："咱们乡里座谈了没有哇？"

小张胆怯地说："还没有顾上……"

李世丹说："得积极点呀！这回是帮助党整风，人人都得打消顾虑、解放思想，不论什么意见，不论是对的还是错误的，不论是大事小事，大到国家政策，小到生活细节，都可以提，提出来才能改，不提怎么改？ 眼下是先给县里提，过不久，咱们乡里也要整风鸣放了，那时候，你们更得主动、积极地提，特别是对我和王书记这几个领导。多给我提，只要你们提出来，不管正确不正确，我全部都接受，决不会打击报复；眼下跟过去不同，要放手发动群众鸣放，彻底民主,谁也不敢报复。"

小张说:"提意见倒好办,反正有什么讲什么。就是咱们这儿事情太多,人总下村,不好集齐。"

李世丹梳洗完毕,一边穿着背心一边说:"怎么不好集齐? 等正式整风鸣放了,一切工作全停止,都回来,日夜开会;眼下压倒一切的中心任务是整风。还是早一点儿酝酿酝酿吧,别等到了那时候,再临时准备。你这青年团员,更得解放思想,大胆向领导开火,立个大功,好创造入党条件嘛!"

小张咧嘴笑笑,端着泥汤似的一盆子水泼出去了。

孔老头又端进一碗热腾腾的面片汤,漂着一层油珠,卧着两个鸡子儿。

李世丹细嚼慢咽地吃着,问孔老头:"你那工分补助的事儿,社里解决没有?"

孔老头说:"我又找社主任一回,他说我在乡里领了工资,家里就不能再要补助了。"

李世丹说:"你是低薪嘛,工资够你一个人用,家里的人呢? 用绳儿把脖子勒起来呀?"

孔老头说:"他说上边有规定,又请示王书记了。"

李世丹"啪"地把筷子一摔:"嗬,我说话就狗屁不如啦! 规定? 规定是死的,人是活的;要是所有的规定全正确,还用得着整风吗! 一个炊事员跟一个乡长、党委书记的劳动量比,是大是小? 我看只能大,不会小,可是工资差一大截儿。应当多为下边人想想嘛! 回头我要往上反映。"

孔老头说:"李乡长,快别为这点小事兴师动众啦。我在家也是个半劳力,挣不了多少工分,这就蛮不错。家里呢,两个人在社里干活儿,也少分不了,够吃够用就行嘛!"

李世丹无可奈何地摇摇头说:"这不是小事儿,这关系着党群关系、上下关系正常不正常的原则问题。唉，眼下沟太多了，不下决心是填不平啦！"

孔老头没有想过"正常不正常"，也不懂什么是"沟"，就敷衍了几句闲话儿，回去封火了。

小张对李乡长这一套话更是没有多大的兴趣，也转回去看守电话。

李世丹打着饱嗝，坐在办公桌旁，翻开了新来的邮包和信件。这些东西有县委来的，有县人委来的，也有文教科、卫生局或者扫盲办公室来的，大大小小，长长短短，堆了半桌子。他先拣县委来的打开看，撕开信封，抽开一瞧，是《关于麦收保卫工作的几点指示》，扔到一边了。又打开一个，是《集中全力，迅速完成麦收任务的意见》。左一个麦收，右一个麦收，关于乡以下的机关、学校、农村整风问题的指示文件，一点也没有。于是，他把拆开的和没拆开的归集在一起，推到办公桌一角，站起身，伸了伸腰，从抽屉里拿出个药瓶，倒出两片白药片放在嘴里，喝口白开水送下去，又一只手弯到后边，轻轻地捶着后背，在屋子里走来走去。

这一程子李世丹思想上的"病"，实在有点儿重于他那身体上的"病"。他是犯过严重错误的人，虽说过去几年了，可是仍然像一个沉重的包袱压在他的身上，多会儿想起来都非常痛苦。如今，他正像每天吃药打针驱赶身上的病魔一样，也在求方设法地要甩掉思想上的病魔。

李世丹出身一个贫寒的知识分子家庭，在北平上中学的时候，受到地下党的教育和革命的感召，曾经是一个很有爱国热情又有斗争精神的青年。因为参加学生运动，安全受到了威胁，就逃到冀东解放区，参加了工作。那会儿，地方上的干部多半是从农村劳动群众里提拔出来的，识字的人不多，县、区都把李世丹这个文化人当宝贝；李世丹思想活泼，对什么事儿都敢想敢干，在随心如意的时候,工作也挺卖劲儿。从县政府办公室调到区里当文教助理,赶上大军进关,干部南下,又提拔他当了区长。他的积极性更高了,每天车子一骑,这个村,那个村,到处跑,到处忙,那股子精神劲儿,这会儿他自己想起来都有些吃惊。他的脑瓜聪明,自信心、自尊心都非常强,只要别的区有某一点地方赶过他这个区去,他要是不追上,连觉也睡不着。一九五〇年发展种棉花,四区出现一个植棉能手,给人家全区带来了光荣。没几天,李世丹就发现了韩百安那块棉花地,又搞出马之悦这样一个更能的"种棉能手"。一九五三年冬天贯彻社会主义过渡时期总路线,二区入社农户发展到百分之六十,那边的区长大出"风头"。李世丹开会回来,连夜召开他负责的那一片的村干部会,一天一夜间,入社农户从原来的百分之三十,发展到百分之八十以上。可是,第二年秋后,听一些人说"合作化走快了",又听说要"稳步前进",他立刻就"砍倒"了五个农业社,还强迫三个农业社转成互助组,惹得村里的党员和贫下中农"怨声载道"。就在这一年,他在金马庄蹲点想搞出一些"名堂"来,专门扶植一个中农富社,还把一个漏网的富农分子拉出来当了社主任;这个主任为非作歹,诬赖一个贫农社员偷了社里的钱,吊起来拷打。李世丹不光不主持正义,还把挨打的社员批评一通,让那社员向这个坏干部赔礼道歉。这下子可惹起群众的不满,贫农们联名告到县里的监察委员会,接着又有几个村写来同类的检举信,李世丹"倒了霉",挨了重大处分:党内留党察看两年,行政上撤了职;要不是当时"决心"表示的"好",就开除党籍了。实际上,李世丹心里并没有服气,或者说非常"委屈"。他嘴上说:"我的立场没站稳。"心里却说:"我是一心为革命,忠实地执行党的政策,只是工作作风有点儿不深入。"他嘴上说:"这次党对我的处分,是对我很大的教育。"心里却说:"真倒霉,赶上风头,让县委抓了典型。"他这几年背着沉重的包袱工作着,多会儿想起自己从一个区长降到一个乡长，从扶摇直上的前进，一下子猛跌下来，都是伤心得不得了。这一程子城里的大鸣大放一开始，他听到一些攻击农业合作化和攻击党的阶级路线的言论。他觉着上级党让这些人随便放，说明过去的政策一定是有错误的，一定要改进改进，由此，他就认为给自己"翻案"的日子到了，形势发展，就要证明自己是正确的。

这一次，李世丹放弃了"休养"，主动回乡抓工作，而且，要在"纠正我们错误"的运动里立一功。他在屋子里来回地踱了几个圈儿，觉着心里边挺舒畅，又有点儿不踏实，就朝外喊："小张！"

小张跑过来了。

李世丹问："你干什么哪？"

小张说："看着电话机。"

李世丹说："你让老孔替会儿，咱俩杀一盘，试试你这些日子进步如何。"

小张笑着说一声"反正比您还差老远呢"，就跑出去，一会儿又跑回来，放好棋盘，摆好棋子儿，坐下。

李世丹也坐下来，很老练地布置好阵势。

小张下棋技术不高明，兴趣也不大，第一盘输个一塌糊涂，第二盘刚走开，就给"将"上了。

这当儿，小张背后忽然有个人插言说："跳马，跳马，这是一条活路！"

两个人抬头一看，原来是东山坞农业社的副主任马之悦。

李世丹立刻就满脸带笑地问："嘿，你从哪儿钻出来的？"

马之悦说："我找您好几趟，门槛子都让我踢破了！来了，不在，来了，又不在，把我想得啥似的。"

李世丹说："今天算你走字儿，要是明天来呀，我又走啦。怎么这么晚还出来呀？"

马之悦说："别提啦。都是您那爱人把我害的！今个在集上遇上几个老朋友,一定拉我喝酒。您知道,我能有多大量,一下子喝醉了。顺路去看看您,您那爱人又是热情招待,酒上加酒,回到家,又吐又泻。我怕折腾坏了,到这儿找医生要点药吃。路过这儿,想看看您在家不,巧劲儿,真在!"

小张说:"来高手了,马主任跟李乡长杀一盘吧。"

马之悦也不推让,就着小张的热窝就坐下了。

这一回是棋逢对手,李世丹虽然开手就输了一盘,反而兴头极高,到第三盘,果然局势大转,一下子连着赢了两盘,得意极啦。他全神贯注,一个半小时,连窝没动。他两只眼睛盯着棋子儿,一只手伸到桌子上摸。

马之悦知道他在摸烟,连忙从兜里掏出一包"恒大",放在李世丹手上了。

李世丹根本没顾看看,抽出一根就叼在嘴上。

马之悦赶忙划火给李世丹点着了,自己也点上一根,这才说:"李乡长,您怎么好久不到我们村去啦?"

李世丹移动着棋子儿说:"忙啊!"

马之悦也动了一步子儿:"怎么忙吧,打个卯的工夫也总还是有哇!"

"你别看一个小乡,事情还是真够胡噜的。"

"得了,您那身本事,瞒了别人,还能瞒了我呀?慢说一个小乡,过去一个区您怎么领导的?就算给您一个县,您也得把它走得像这一盘棋似的。"

"唉,眼下不行了,身体不当家。"

"您身体当然是差点劲儿,您精神还满好嘛!"

"精神好什么?你只看到表,没看到里儿。"

"不管怎么说,就算您躺在床上,合着眼睛,这么一点工作,您也能支配得溜溜转。"

"不见得吧？"

"您那身本事是真的！"

"嗨，英雄没用武之地了。嗨，该你走啦！"

马之悦的"车"被李世丹的"马"踩了去，又随便动了动棋子儿，说："大伙儿都想您，都盼您多到东山坞去。这回我是代表群众请您来的，您一定得赏个脸。"

李世丹说："过几天再说吧。"

"您明天就去嘛！"

"不行。"

"您对我们有意见是怎么着？"

"有什么意见呀！"

"马之悦得罪您啦？就算得罪您啦，看在是您个老部下的面上，也总可以原谅一二吧？您知道，东山坞是多么需要您这样一个得力的领导去呀！"

李世丹把手里的棋子儿使劲儿一放："我干什么去，那儿是王书记的重点嘛，我伸哪家子手！"

马之悦朝李世丹的脸上瞥了一眼，试探地说："王书记的重点，也是乡里的重点，王书记不在，您去不是一样嘛！"

"不一样，不一样呀……"

"是不一样。您去了，保证能搞好！"

李世丹听了这句话，就像咬了一口苦瓜尾巴似的咧了咧嘴。他满肚子怨气，这回可找到一个发泄的罐子了，忍不住地说："搞好什么呀，我才不去给他擦那个屁股哪！告诉你吧，王书记走那天，就有同志到家找我，劝我到你们村看看去，我都要动身了，又一想，得了吧，我呀，老老实实地养我的病吧，多一事不如少一事。"

马之悦日夜盼望的亲人、靠山可抓到了，心里有一股子说不出来的高兴。当他动身之前，听到马斋、马立本和自己的那些人传来的风言风语,把他慌得不得了;他曾决定,如果今天在这儿找不到李世丹,就是到天边,也得把李世丹找到。那会儿,他的希望不小,把握性并不那么大;心想,不费点事儿,很难把李世丹整个拉过来,所以一路走一路想,搜空了肠子想圈套,找锁头;没想到,李世丹跟自己完全是害的一种病,而且是"同病相怜"!"精明"的马之悦,几句交谈,几个眼神,他就把李世丹看透了,他的希望也就跟着大起来了。这会儿,他朝前探着身子,故意小声地问:"李乡长,您对我们村到底儿有什么看法? 要不是秘密的话,就跟我透透;要是秘密呢,我就不问了。"

李世丹说:"也没有什么太秘密的。眼下的形势你还不清楚吗? 合作化搞了好几年,该总结总结经验教训了;要不然,光是凭着脑瓜子一热办事儿,怎么会不伤害干部的积极性,又怎么会不使革命事业受损失! 咱们是老同志,别人不了解我,你是最摸我的底的。我过去是怎么工作的? 命全不顾! 结果呢,背了一身处分。我不是说,我没有错误。那得怎么看! 错误的,还是正确的,不是马上可以肯定的,要等历史来下结论,所以也就不要忙着给人家处分。可好,到哪个村,所有的干部都知道我是犯过错误的乡长,我说话还能顶用吗?"

马之悦顺着竿儿往上爬:"说话顶用不顶用,得看群众的行动;您到东山坞下个命令试试,保管是一呼百应,这才是真正的威信。其实,下边跟上边是一个样。我不是也跟驴皮影人一样,任着别人耍呀,什么事儿也当不了家。先头光是当不了家,这会儿,连过目、点头的权利都给剥夺了。"

李世丹认真地问:"这么严重?"

马之悦也认真地说:"本来,我瞧您身体不大好,不想打搅您,可是事关紧要,不说不行了。告诉您吧,萧长春这两天正在东山坞大清洗,只要是不顺着他的人,全撸……"

"真有这种事儿？"

"您听我说呀！昨天他让一个乳毛没干的半大小子当队长，今天又把一个有群众威信的老练会计给撤了，换成一个连二百钱都数不清楚的孩子；这么大的事儿，我一点儿决定权都没有啦！快了，不信您瞧着，明天就得清洗我，准的。"

李世丹吃了一惊："萧长春骄傲到这个地步了？真没有想到，真没有想到。"

马之悦说："您想不到的事儿多了。不信您到东山坞访访去呀！李乡长，我跟您说吧，东山坞这会儿真是乌烟瘴气。您知道萧长春为什么要把马立本撤了？因为他家是富农，不论人家进步不进步，只要是成分不好，就推出午门问斩！你看人家萧长春的立场多稳哪，就是有人到县监委告他去，保险也不会挨处分！"

马之悦这句话完全是对着李世丹的心病下的针。

李世丹听着，皱了皱眉头。

马之悦又说："您知道为什么排斥我？就是因为我去年犯了点错误。谁不兴犯点错误呢？犯了错误的人，一辈子卖命也吃不了香啦？"

这句话更是冲着李世丹的疮疤上下的刀子。

李世丹的眉头皱得更紧了；停了一下，说："话说到这儿了，我就把底子全揭给你吧。去年处理东山坞的问题是有点急了，也不一定很正确。那会儿我对他讲：你刚来，不了解底细，看人得从根子上看；咱们打天下那会儿，人家老同志流血、卖命，别过河拆桥、卸磨杀驴，让人家寒心。他怎么能领会我的意思呢？我参加革命那会儿，他还在村里当个小民兵哪！当然啦，对新生力量是要扶植的。公平地说，萧长春也是个很有前途的干部，可是，不能为了扶一个新的，就把旧的哗啦一下子全踢开呀！"

马之悦难过地摇摇头："萧支书干工作那可是真卖劲儿，那劲儿到了让人听了不敢相信的程度。看问题咱们不能光看表面。我觉着，他为什么这么卖劲儿，领导上不一定摸底儿！这人，毒着哪！处处争权夺势，眼里谁都放不下，为了自己在上边买点好，打击同志，压制群众。什么民主，全让他扔到脖子后边啦！东山坞的老百姓谁敢抬头？依靠贫下中农是对的，可是咱们农业社并不是贫下中农的农业社，贫农比起中农是少数；用少数服从多数来说，也应当听听中农对一些大政方针的意见。可是只许州官放火，不许百姓点灯，什么会全是贫农商量决定，中农只能跟着干，这样又怎么能算群众路线呢？就拿今天晚上发生的一件小事儿说吧。您知道，萧支书这会儿打着光棍。想老婆，你就说个嘛！他不，在村里总是跟大姑娘小媳妇亲近。偏偏我们村有个破鞋，提起来，您大概知道，就是马连福家的……"马之悦的这段话，才是他急着找李世丹的主要目的——先下手为强，后下手遭殃，管你孙桂英怎么着，管你萧长春能不能知道那件事儿，全不怕啦！

李世丹很有兴趣地听着，插言说："叫孙桂英，森林的娘家，对吧？我当区长那会儿，处理过她的离婚案件。不是个好东西！"

"是呀，今天晚上，两个人勾搭上了……"

"什么，萧长春还搞男女关系？"

"听我说呀！我看着他黑天半夜地往孙桂英家钻，就没好事儿，我就后边跟上了。大概他有点发觉，坐一会走了。我进屋去想教训教训这个破鞋，他妈的，这个臭娘们还要勾搭我——嘻嘻，就我这把岁数，真不长眼，简直成了不挑不拣，剜到篮子里就是菜啦……"

李世丹摊开两只手说："你瞧瞧，我没把话说在后吧？对这么一个年轻干部，不能光一味地宠着，得教育；把他宠坏了，不是他一个人的事儿，引起民愤，人家要反对咱们整个领导！"

马之悦说："所以我希望您去，把我们干部整顿整顿。"

李世丹冷冷地一笑说："我去整顿？给王书记留着吧。等整风鸣放的时候，也让王书记去，看看群众会怎么对待这种事儿。不相信群众，不畏惧群众怎么行？把群众惹翻了，什么事儿都干得出来的！"

马之悦觉着自己的任务已经完成，而且已经脱离了危险，不宜再纠缠孙桂英那件"奸情"的事儿。于是，他的神情一转，似乎，他真的把这个看成是一件小事情，就平平静静地顺着李世丹的思路，接着李世丹的话音说："您这句话真是至理名言。这一年东山坞让萧支书搞的，乱极啦，乱极啦！意见堆成了山，不满情绪装满了肚子；再这样闹腾下去，不讲点民主，不让让步，非得出个大乱子不可！"

李世丹说："出点乱子也不错，好给那些官僚主义者敲敲警钟，照照镜子。让他们知道，好大喜功，蒙着眼睛蛮干，会给革命事业带来什么。也可以给上级看看，清醒清醒，谁是好干部，谁是坏干部，这不全清楚了吗？"说着，又笑了笑，"这些当然都是一时的气话，我们还是尽量地起到我们的作用，不能让群众闹起来；这样，不光是经济上的损失，也会带来政治上的损失！"

马之悦咧了咧嘴说："唉，我就好像压在磨扇里，这当中间的罪可不好受！"

李世丹说："你可不能这样想，这是党性不纯的表现。"

马之悦继续诉苦："遇上不合理的事儿，不说吧，咱总得有点党性，觉着闭着眼睛装傻子，实在对不起党；说吧，不顶个屁用倒还是小事儿，还得给自己找点病，添点罪，真有点怕！"

李世丹听着他的下级诉苦，心里反而很满意。这几年，很多村干部都不跟李世丹说心里话了，只有马之悦是最信赖自己的，所以才能把埋在心里的怨言无保留地跟自己掏出来。他想：不管这些想法对与不对，只要他敢于说出来，就证明他对党是忠实的。所以李世丹更加器重他这个"受了委屈"的下级了,继续开导说:"不要怕。干革命,就不能怕委屈,也不能不担一点风险。"

马之悦本来就是找靠山的,听了这番话,果真鼓了劲儿,更坚定了信心;可是,他还觉着讨到的东西不够,生着法儿要引话。他摊开两只手说:"您说要放手发扬民主,要听听群众的意见,要纠偏,这是上边的指示呢,还是您个人的想法?您把这个底儿告诉我不行吗?"

李世丹说:"当然是上边的指示啦!目前的政治气候你还没有觉察出来吗?整风、鸣放,就是为这个呀!"

马之悦心里乐,却不露在脸上,又问:"什么时候才能有这么一天呢?"

李世丹说:"你别急嘛,眼下这样的现状不会维持太久了。冰河总得解冻,春风总得吹来,等到农村一开始整风鸣放,是非全能弄清楚……"

"我是问咱们农村啥时候整风鸣放?"

"快了。你听我的话,老老实实地干工作,诸事忍着点儿。在一定情况下,我们党员干部,要能忍受一点个人的委屈才行啊!"

马之悦立刻就"委屈"地说:"我的好乡长啊,还说忍受一点小委屈哪,大委屈我不是全忍了吗?问题不在我个人身上,全在群众里边;我能忍,群众可不能忍哪!您讲话,'把群众惹翻了,什么事儿都干得出来',这是高水平的话,也是有经验的话;您虽然没到东山坞去,这几句全是针对东山坞的实际事儿提出来的。现在东山坞的群众,就好像蘸了汽油的柴火,一点就着,一着就没法儿扑了!……"

李世丹说:"只能把汽油给他们冲掉,不能让它着起来!"

马之悦说:"这我有什么办法?反正我是跟您汇报了,怎么处理,就看您的了……"这句话软里有硬,带着十分严重的威胁味儿。

李世丹果然有点紧张了："老马，你怎么又说开气话了？你是老干部，老党员，在东山坞工作的时间长，群众听你的话……"

"群众听我话的时候，因为有上级撑腰哇！老实说，那会儿要是没有上级、没有您扶着我，群众怎么会完全听我的呢？唉，挑水的回头，过井（景）了！"

"瞧你说的，怎么叫过景呢？"

"您撒开手不管我了！"

"你倒像个小孩子！我怎么不管你啦？"

"您为什么不跟我到东山坞走一趟呢？"

李世丹笑了，拍着马之悦的手背说："老马呀，不是我不管你，这几天实在有件重要的事儿缠着我；东山坞不是还没有闹大乱子吗？你不是还有办法安置吗？真要出了事儿，真要没了办法，你不让我去，我也得去；我得对革命负责，也得对自己负责呀！我能拿自己的党籍开玩笑吗？"

马之悦装出一副很受感动的样子，点了点头说："这倒是真心话；只有您这样的领导，才肯跟下级交心。王书记不在家，您是掌舵的，在您管辖下边的村子闹了大乱子，上边来人一追查，就不好交差。"

李世丹又急忙掩盖着说："我倒不是完全为个人想的。有问题，有矛盾，放着整风鸣放这个和平办法不用，为什么一定看着他们用闹事儿的办法来解决呢？这样，对革命，对我们个人，都没有好处哇！老马呀，你得利用自己的条件，多发挥作用；现在，对那些反对农业合作化的人，要好言相劝，要安慰他们、开导他们，不要让他们闹起事儿来；等运动到了，又要启发、动员他们把不敢说的话说出来，好帮助我们改正错误——这是对你这样的一个老同志的考验！我们得保卫我们的胜利果实，保卫我们的政权呀！"

马之悦听到"保卫我们的政权"这七个字儿，立刻跟马志新信上说的,瘸老五眼睛看的,碰到一块儿了;全部的真底儿都讨到手里,马之悦真的要走运了! 他又故意吃惊地说:"哎呀,闹了半天,我的担子还这么重呀! 这一回,您可开导我了。李乡长,您给我的任务,我一定尽力执行。可是,唉,老萧把弦儿上得紧紧的,我不好插手呀!"

李世丹对马之悦的表示很满意,就说:"他上弦,您就帮他松松,特别是对中农,千万别太紧了。刚才我们说怕群众闹事儿,实际上就是怕他们。因为对他们的政策是团结呀!"

马之悦马上讨令箭:"要是松出错来呢?"

李世丹笑着说:"我给你兜着。等乡里的事儿弄出个头绪,我到你们那儿住几天,咱们一块儿松去。"

马之悦拍着手说:"阿弥陀佛,这可好极啦!"

这两个上下级谈得十分亲切、合拍。谈了多久,不知道,只见那一壶灯油都熬干了,灯珠越来越小,由黄变红,在他们没有留神的时候,忽地一下子灭了。

屋子里一片黑暗。……

第 八 十 章

一夜没睡觉的萧长春,两只眼睛都熬红了。

天一亮,他蹲在小河边撩着水洗了一把脸,就往乡里跑。他要把连夜赶写出来的报告材料,通过内部交通,立刻转到县委去;就地再给王国忠挂个电话,把支部的安排作个详细汇报,听听领导上的具体指示;如果他们的打算被批准了,那么,趁着假日,先党内、后党外,对马之悦作一个初步处理。然后,再一边搞麦收,一边发动群众,对他做彻底的揭发和斗争。

他一边小跑着，一边想：不论怎么掂分量，也得来个面对面的斗争了；先把盖子打开，把马之悦的脏东西先初步地晾出来，让大伙儿看看，就会鼓舞积极分子，坚定中间分子，瓦解那些跟在马之悦后边的人，打击那些安坏心做坏事的家伙们！这场斗争搞得好，一定能够推动麦收的顺利进行，对麦收后的社会主义大辩论，也一定会发生重要影响。对啦，这一次当机立断地下了决策，是非常及时又非常正确的，年轻的支部书记信心非常足！

二里路，他一袋烟的工夫就跑到了。平时他打电话来，总不大好意思惊动晚睡的电话员，可是今天这件事儿，不能不惊动他了。他敲着电话室的门板："小张同志，小张同志，又来麻烦你了！"

叫了好几声，熟睡的小张才被惊醒："谁呀？"

"我，萧长春。"

"噢，萧支书呀！等我给你开门。"

"我这儿有封信，顶重要顶重要的。今天县里交通来吗？你千万让他给带走，交给王书记，再转给县委。"

小张打开了房门，接过信，说："屋坐吧。"

萧长春还在叮咛："千万别寄，要交给内部交通，让他交给王书记。对啦，我再给王书记挂个电话。"

小张放下信，要摇电话。

萧长春笑着说："我再到党委会打去，你给我挂上，还接着睡吧。"他说着，就匆匆忙忙地奔后院了。

神经衰弱的李世丹被声音惊动。他住这间房子跟电话室是一排，只隔一间小会议室，那边两个人说的话儿，他全都听到。开始他倒没有怎么往心里去，听到萧长春一再叮咛，又要去打电话，这才犯了疑。

夜里马之悦到乡里来，他知道了许多过去没有听到过的情况，觉得下边的干部和群众的情形很乱，心里郁郁闷闷，好久睡不着，吃了两片安眠药也没有顶用。他想马上给县委打个报告,呼吁一下,又想王国忠这会儿正在县里参加整风,这报告一定很快就会让王国忠见到。王国忠是个"红人",县委对王国忠有言必信,有计必从,而萧长春又是王国忠的"红人",怎么看着怎么好,没有丁点毛病。这样,报告写去了,不光不会解决问题,说不定还要惹下一些麻烦。况且,现在农村里既没有整风,也还没有鸣放,很多事情不是一下子就可以弄个水落石出的。如果县委接到报告,让自己去处理,那可怎么办呢?轻了不行,重了也不行,万一偏了,跟上边的政策弄拧了,赶在浪头上,不是又要犯错误吗?得接受过去的教训了。……他想来想去,还是暂时压下、"挂"起来,对自己对运动都有利。

他听到萧长春写了材料,又要打电话,心想:要是让萧长春跑在前边,对自己是极为不利的,不能不过问。他又觉着这个萧长春真可恶:自己的作风不正派,把东山坞搞成一团糟,一点自觉没有,还要找靠山,给别人走黑信;而且,刚刚当半年支部书记,眼睛就长到脑门子上去了,出来进去地找王国忠,自己这个乡长,他都没有用眼晱一晱,难怪马之悦说他骄傲自满,目空一切,真是不假!

他想到这儿,翻身下床,衣服都没穿,拖着鞋,打开门,走进电话室。

小张刚睡着又被惊醒了,睁眼一看,是李世丹,一边往起爬,一边问:"李乡长,这么早就起来啦?"

李世丹转着身子在桌子上、信袋子里搜查着问:"萧长春给你那信呢?"

小张说:"他说顶重要的,我锁在抽屉里了。"

李世丹说:"快拿出来给我看看。"

小张打开抽屉,拿出信来,递给李世丹。

李世丹扯开牛皮纸信封,抽出来,里边还有一层报纸信封,又扯开了，里边还有一封牛皮纸包着。他展开厚厚的一沓子材料，只见标题写的是"关于马之悦反党反社会主义的活动情况报告"，吓了一跳。瞧瞧，这位同志够多么厉害，给一个老干部扣这么大一个帽子，这未免太不像话了。幸亏让自己发觉了，不然，到了县里，立刻批下来让自己去处理，这可怎么掌握分寸？这不明明摆着又要把我李世丹做到里边吗？他这样想着，装出一副不以为然的神态，把信封、材料往手里一卷，笑了笑，对小张说："啥大事儿，就是麦收准备情况，也值得这么郑重其事的。我正要了解了解东山坞的情况呢，先放下我看看再给他转。你不用对他说，小伙子急性子，又该逼我快看了，我可不会一目十行。嘻嘻！"

小张也没有把这事儿往心里去，就又要上床。

李世丹又说："你这孩子，怎么什么事儿也不懂呀？县里整风是多紧张，让他用这种小事情打搅王书记干什么呀？快，快给他把电话掐断！"

小张说："刚打通，还没人接哪！"

李世丹说："你就给他掐了吧。叫他到我屋去，有什么事儿，找我说说不行呀？我办不了，再找王书记也不晚哪。"说罢，双手抱着被晨风吹凉了的肩膀子，回自己的屋子里去了。

这会儿，萧长春正紧张地抓着电话喊："喂，喂，我找大湾乡的党委书记王国忠同志！"

那边回话说："开会去了！"

"什么，这么早就走了？"

"昨晚上就走了，到北京……"

"多会回来？喂，县委有人吗？"

"嘎噔"一声，电话断了。

萧长春使劲儿地摇了摇，又喊了几声，一点儿响声也没有，急得他满脸通红；把电话筒一放，就要往电话室跑。

小张迎住他了："萧支书，李乡长让你到他那儿去。"

萧长春一乐："噢,李乡长在家呀? 他不是休养去了吗?"

小张一边往回走一边说："昨晚上回来的。"

萧长春心里挺高兴。这会儿,正是自己需要领导点拨,需要上级支持的紧张时刻,自己的领导就在跟前,马上就可以谈谈心思,摆摆情况,一块儿拿拿主意,想想办法,这是多可心的事情啊! 他三步两步地迈到前院,连招呼都忘了打,一撩门帘子进了屋,兴冲冲地说："哎呀,李乡长,我当您不在家哪!"

李世丹在那绣花的方枕头上动了动脑袋,带着笑容说："嗬,你好早哇? 今天怎么想起往乡里走走啦?"这话里多少带一点刺儿。

萧长春并没在意地说："要不是有要紧的事儿,还没空来哪。李乡长,有一件重要的事儿,跟您汇报汇报,快帮我们拿拿主意……"

李世丹拉着长声说："什么事等王书记回来再说吧!"

萧长春着急地说："王书记不在家,巧巧碰见您,正好。咱们一边等王书记的意见,一边先商量着吧。"

李世丹慢悠悠地爬起来穿衣服,细声细语地说："东山坞是王书记的重点,什么事情他摸头;他也愿意亲手处理,就等等吧。这一程子,我是抱着病在这儿撑着,忙得简直不可开交,有些小事情,能拖拖,就拖拖。"

萧长春说："这个事非常紧急。"说着,拉过一把椅子,往李世丹的床跟前一放,往上一蹲,就准备长篇大论地汇报了,"我从头给您说说。从打去年秋后……"

李世丹笑着打断萧长春的话："那会儿的事儿,我虽没插手,情况倒还知道一点儿,别扯那么远了,扯远了扯不清;许多事情,用今天的眼光看看,用今天的政策量量,都有重新研究的必要,还是挂着它吧。"

萧长春说："我从麦子黄梢以后说……"

李世丹又打断萧长春的话："这件事，王书记不是在你们那儿帮助处理了吗？详细情况我不摸底儿，可是他回来汇报说，处理得很好，问题全解决了……"

萧长春说："哪解决了？王书记临走还再三嘱咐我们，说问题一件也没有根本解决，得留心观察，多摸情况；还说要从乡里派人帮助我们，他不会汇报说解决了吧？"

李世丹又笑笑："我好像听他这么说了。不要紧，这不是原则问题。生活里总是有矛盾的，问题总是要反复的，特别是没有从根子上挖，处理的不当，更要反复……"

萧长春说："对啦，我们支委会研究，这一回得下这个决心，一定要从根子上挖挖了；不然，工作都不能顺顺当当地开展，还会出大岔子……"

李世丹故意一愣："噢，你也知道会要出大岔子？有什么根据呢？"

萧长春说："两条道路的斗争，在我们村可厉害啦！事情复杂得很……"

李世丹注意地听着，说："具体点儿。"

萧长春就把东山坞闹土地分红、闹粮之后，马之悦如何拉拢中农搞投机倒把，如何串通地富散布变天谣言，如何阴谋打击干部这些事情，一件一件地讲出来；除了摆情况，还加上他和韩百仲、喜老头等人的看法。他说得很清楚，很激动，到后来粗脖子红脸，好像这会儿就面对着那些兴风作浪的人，正在开展着斗争。

李世丹光穿着背心，披着汗衫，拖着鞋，一面听着，一面在屋地下来回地踱着步子；一会儿点着一支烟，仰着脸吐着烟圈儿，一会儿又用手指头捋一捋松散的头发。他在思索着、分辨着萧长春的话，想用自己的观点来肯定一些，否定一些，而且想尽可能地看得

"高一些、深一些、正确一些"。可是,无论如何,他也不能把萧长春列举的这些罪恶事例跟他心里边的那个马之悦联系起来。他想:马之悦既没有过多的土地,也没有囤积着粮食,他怎么能够主张土地分红,怎么能够搞投机呢?马之悦是一个曾经为革命出生入死的人,又怎么可能盼望变天呢?这是万万不可能的事儿,也是不可理解的事儿。"打击干部"嘛,倒可以沾边儿,但是,又要看从什么角度来认识……

萧长春结束了他的汇报后,末了又强调一句:"我们几个人一研究,觉着这个问题非马上处理不可了,马上处理比推到麦收以后好处多,可以打击坏人阴谋活动,还可以教育我们的人,准能推动麦收,巩固农业社;特别符合县委的指示……"

李世丹又来回踱了几步,不慌不忙地说:"你有一些想法,不论对与不对,能够及时向上级汇报,这是很好的。经你这一汇报,证明我的估计不错。东山坞存在着严重的问题,是要解决。形势所迫,不开展一个整风运动,不把一切是非曲直明确了,是不行了。"

萧长春仔细地听着李世丹的"高谈阔论",使劲儿捕捉着每一个字儿,想从这里边得到办法,得到力量。他不很了解李世丹的详细底码,只是从别人嘴里听到一些散言碎语,知道李世丹的作风不好,看问题不如王国忠稳当、准确,处理起事情来,常常出差错。可是,他想着李世丹是个领导干部,是个老同志,在大是大非面前总是能够坚定的;况且,这会儿李世丹是乡里的惟一负责人,是自己直接的上级,处理这件事情又非得通过他批准决定不可。所以他对李世丹有点说不出来的担心,又抱着极大的希望。当他听了李世丹肯定了自己汇报的情况,悬着的心才稍微稳定了一些。

李世丹又喷了一口烟圈儿,说:"不过,看问题不能站在狭隘的立场上,要站得高,要跟全国总的形势联系起来,这才不至于作出错误的判断。"

萧长春蹲在椅子上，一边卷着烟一边说："就是呀，先头我们看问题就是窄多了。您不知道我刚从工地上回来的时候哪，把什么事都想得挺简单，结果碰了钉子。后来跟王书记一块儿处理矛盾，心里才开了缝儿。那会儿觉着自己思想水平提高了，其实，还差得远哪！这几天的事儿，又把我的眼睛擦亮了；特别是又经县委一指点，才懂得看问题得跟全国的形势联系到一块儿想。"

李世丹接着自己话茬儿说："我相信你刚才讲的情况都是真实的……"

"群众眼光亮，群众帮了我们……"

"对真实的情况作出正确的判断也是不容易的。因为一个人立场不同，那就不用说了，水平不一样也不去讲了；就是稍微有点个人打算，也会差之毫厘，失之千里。从你反映的情况看，真实，还是不真实，我现在还不能马上下结论，有一点，我可以肯定，你对一些问题并没有判断对……"

萧长春听到这句话，猛地打个愣："怎么不对？您说说我听听。"

李世丹武断地说："这里首先不存在什么两条道路的斗争……"

"怎么不是两条道路的斗争呢？"

"不要把经济问题硬跟政治问题拉扯到一块儿！"

"唉，我过去就是这么想的，觉着这些闹事的人不过是自私自利，想多分点麦子，想争权。虽说不是那么明明白白地认为没有两条道路斗争，实际上是这么一回事儿；等到王书记一提醒，我又把村里发生的事儿一掂，可不是嘛，全是两条道路斗争，是要不要社会主义的事儿。"

"依我看，主要是关系问题：是党群之间的关系，是干部与干部之间的关系，也包含着上下级之间的关系，这些关系不正常了；不正常之后，就产生了不正常的矛盾，这是辩证的矛盾论……"

萧长春弄不懂他的这套"妙论"，可是他已经听出，或者是感觉到，他们之间的认识存在着很大的差别，不仅没有对上码，而且从根子上不一样。年轻的支部书记对待他接触过的领导，一向都是无保留地信赖，又是毫不讲价钱的服从。因为他们彼此的心思总是一样的，虽说水平高低有所不同，却是朝着一个方向，没有拧着过，更没有反着过。现在这位领导，看的、想的全都跟他拧着、反着，也跟东山坞的实际情况拧着、反着。这就摆在这个只有不到一年历史的支部书记面前一个新问题：跟李世丹顶吗？这会不会伤害领导，犯反对领导的错误？老实说，同领导吵起来，跟他的感情、习惯都是不合的，会使他感到痛苦。那么，对李世丹唯唯诺诺地应付一下完事儿吗？萧长春不是这样一种人，他不能违背自己的思想说话，也不能违背他的党性……他想起了韩百仲这位老同志，想起喜老头这一伙儿老贫农，也想起焦淑红、焦克礼，甚至韩德大这一群年轻人。他问自己："你是干什么来的？"自己回答："保卫真理，保卫社会主义！"他又问自己："你是代表谁来的？"自己又回答："代表东山坞的党组织，东山坞的广大群众！"……年轻的支部书记想到这里，立刻鼓足了勇气。他又对自己说："我跟李世丹虽是上下级，我们又是同志，对自己的上级、自己的同志，为什么不可以争论呢？"他开口了："李乡长，您的话我没有懂。直说吧，我不赞成。您说不是两条道路斗争的问题，这话不对。他们闹粮、闹土地分红，跟奸商勾结，跟地富扯伙，枪口全对着农业社，对着粮食统购统销，黑着心要搞垮社会主义，让资本主义死而复生；您说，这不是两条道路斗争是什么？您还说这是关系问题。是他们不跟咱们搞社会主义，不让咱们搞社会主义呀！只有他们向咱们投降了，才能搞好关系呀！要不然，这个关系怎么个搞法呢？"他越说越激动，满脸涨红，脖子上的青筋不住地暴跳。

李世丹被萧长春这几句嘎巴响的抢白和质问弄得张口结舌；他的"尊严"受到侵犯，怒火顶了脑门子；他要发作，又忍住了，依旧拿出一副"大人不把小人怪"的神态，走过来，一手扶着萧长春肩头，用一种亲切而又耐心的语调说："同志，你想想，社员们为什么都闹土地分红……"

"不是都闹，是少数几户富裕中农闹的。"

"就算是少数的富裕中农，他们是我们应当团结的力量吧？搞生产，没有他们的积极性不成吧？就东山坞来说，这样的户不是一家两家吧？这就是群众！群众闹土地分红，很可能是我们的工作上有缺点，我们的制度方面有不太合理的部分。我们应当虚心、冷静……"

萧长春又一次打断李世丹的话，说："李乡长，您别说了。对两条道路斗争还要虚心，还要冷静？那我们就该让他们拉着退回去了！"

李世丹冷笑着，摇了摇头，说："没那么严重，不应当用教条主义方法硬套，硬套就套错了。所谓两条道路的斗争，是阶级对立的矛盾，懂吗？可是现在有意见的，都是劳动群众，都是庄稼人。哪一个地主、富农站出来向我们进攻了？你别急，等我说完嘛！当然，你可以怀疑后边有地富坏人鼓动，怀疑总是怀疑，不能把怀疑当成事实来处理问题。老萧哇，眼下，我们比任何时候都需要实事求是呀！"

萧长春从椅子上跳下来说："我看李乡长您把问题全弄颠倒了。用您这套理论一量，我们以前的做法全错了是不是？连他们骂我们农业社搞错了，社会主义也搞错了这些话，也算对的了，是不是呀？"

李世丹说："我是跟你探讨问题，不是抬杠，也不忙着下什么结论。结论要等整风的时候，由群众来下；群众的意见，是一切真理的试金石,听群众的没有错儿。"

萧长春又蹲到椅子上说:"我是坚决不能赞成您这些说法。群众,群众,得看什么样的群众嘛!不拥护社会主义的人,成不了群众;让他们下结论,社会主义不搞才合适。我们决不能听他们的!"

李世丹苦笑一下说:"你可以保留,我也可以保留,行吧?你坐下,我的意见还没有讲完哪!关于个人的生活作风问题,我不想去追究,这不是原则问题,有点问题,也不一定影响他革命。我劝你心胸开阔一点儿,照顾一点大局,特别是要注意团结。现在你支书也当上了,还想怎么样呢?……"

萧长春在李世丹的脸上瞥了一眼,觉出李世丹这几句话里别有用意,就又跳起来了,用更加坚定的口气质问李世丹:"嗨,李乡长,您这话是什么意思?"

李世丹说:"你不要着急嘛!事情的真相怎么样,我要去调查研究,真理总是真理。眼下,我是作为同志劝你,不是作为组织批评你。咱们打开天窗说亮话吧,马之悦同志是有些毛病,可是你要看到他主导的一面……"

萧长春马上问:"他的主导面,您说是什么?"

李世丹说:"我了解他,也没有忘了他;我了解他的过去,也没有忘记他的过去。他就是变化了,也不至于变到像你说的那步田地。具体地说,我认为他对党、对革命事业,还是忠心耿耿的……"

萧长春喊叫起来了:"他领头闹土地分红,搞投机倒把破坏粮食统购政策,跟地富奸商勾搭,处处陷害同志,挖社会主义墙脚,这一大堆事情全算对革命事业忠心耿耿了?您说的是哪一家子的革命呀?"

李世丹既感到对面这个"小干部"的傲气逼人,又觉察到此人不好对付;为了不让自己没个台阶下,他还是用软和的口气说:"刚才不是说了吗,你不同意我的看法,可以保留嘛!"

"事实明明白白地在这儿摆着呀，这根本不是保留不保留的事儿！咱们得弄清楚是非，不能鱼目混珠……"

"着急发火顶什么用，由着性子办事儿怎么行呢？马之悦是个老干部，是县里管理的干部，懂吗？动他的工作，特别是给他处分，得通过组织手续，请示县委和监察委员会调查、研究、批准之后，才能决定，不是你萧长春一句话就能处理，也不是我李世丹或某一位乡里领导同志可以随意处理的。"

萧长春愤怒而又痛苦地沉默着。他看出：李世丹是有意包庇马之悦，又抬出县委和监委来压自己，这是不能忍受的；可是，他也觉着，李世丹要请示县领导这个思想还是对的。他想：自己既不能在原则问题上迁就让步，也不能不顾组织手续。于是他把要说的几句话掂了掂沉重，很有分寸地说："好吧，我同意请示县委，等领导批准之后，再对马之悦作组织处理。您马上就请示吧。可有一件：您得把我们支委的意见和您个人的意见分着写，一条一条地写清楚！"

李世丹忍住心里的火气，说："当然要写清楚。连我对你了解的情况，包括你今天对我的态度，全要写清楚！"

萧长春明白李世丹这句话是吓唬人。他根本不在乎，就笑了笑说："好哇，越写全了越好。"

这个笑和这句话，使李世丹更加恼火。

萧长春沉默着。他对这位领导，又失望，又惋惜，又没有办法。他发觉自己竟然冒了一汗，用手背在脸上抹了一把，缓和一下口气说："李乡长，从行政上说，我们是上级对下级，可是从党内说，我们是同志。我得给您提个意见：我觉着，您对东山坞的看法，从根子上错了，这很危险；我建议您到东山坞去一趟，住下来，站在贫下中农的这一边，把真实情况摸透了再下结论。还有，李乡长，眼下正是斗争的火头上，每一个真正的党员，都得拿出脑袋来保卫党，您可得留神呀!"

李世丹哼了一声,说:"长春同志,我的水平再低,也总不会低到你所想像的那个地步! 东山坞的情形我没有你知道的多,可是,我不一定没有你看得准。作为同志,我也要再具体地诚恳地给你提个意见:如今是整风,是大鸣大放,这是党的压倒一切的政治运动,我们可不能阻碍鸣放,成了运动的绊脚石,这可最危险哪!"

萧长春扔掉了烟头,说:"我走啦!"

李世丹看着这个年轻的党支部书记气呼呼地走出去,又在背后加了一句:"等等,我再重复一遍:在上级党委没作最后处理的时候,要好好团结合作地搞工作,不能再乱闹,更不能对任何人采取组织处理手段,这是纪律!"

萧长春没吭声,头也没回,他气冲冲地走着,脚步却有几分慌乱。

李世丹回到屋子里,兜了个圈子,心里边气恼得不得了。他遇到过一些不听话的下级,可是还没有遇到过这么敢抗上的人。他受过下级的轻视,还没有遇到过这样一个敢于大胆损伤自己的人。他想马之悦说得不错,萧长春这个家伙真是高傲自大,目空一切,无组织无纪律,没有上级领导;跟一个一乡之长都敢这样粗暴无礼,对群众,对被他领导的同志什么样子,那还不是可想而知吗! 群众怎么可能对他没有意见呢? 东山坞的工作怎么可能搞好呢? 这样的人,怎么能够当一个大村子的党支部书记呢? 公平地说,这个同志还是有两下子的,要是有点理论水平,再虚心一些,将来也能成为一把好手。真是可惜。这不能不怪领导,特别是王国忠,对下边光使用,不教育,光宠着,不批评,多好的干部,也会变坏。照这个支部书记的样子,大鸣大放到了农村,他一定会干出压制民主、阻碍鸣放的事儿,一定会犯错误。不行,不能眼看着一个有前途的下级干部就这样倒下去,得抓紧帮助他。

李世丹想到这儿,心里一动,伸手从抽屉里拿出萧长春带来的那份材料,在手上掂了掂,又想:按说,这个材料等自己摸摸情况,再往上转为好,可是,萧长春这个同志太任性了,看样子没有让自己说服,也不会一下子把他说服,他要知道他的材料被扣住了,一定又得胡闹。……他想来想去,最后决定赶快写一个材料,先送到县委,把萧长春这份推迟一天。自己要写这样一个重要材料,照理说,应当马上到东山坞去一趟了,把情况调查得更清楚一些,回来再动笔,不然,真要有点出入,自己又得负责任。只是自己那个翻案材料还没搞完,乡里的整风准备工作也没搞妥当,实在脱不开手,还是先往县委报告,过后再到东山坞去证实一下就是了。他冲着窗户喊:"小张!"

电话员小张跑进来了:"吃饭吗?"

李世丹说:"我哪有工夫吃饭哪!你先帮着我搞一份材料,我说你记,赶快抄清楚。下午再通知下乡的同志,马上搜集各村干部和群众的关系情况,三天后回乡开会。"

小张问:"怎么通知呢? 说开什么会呢? 是传达什么,还是汇报?"

李世丹想了想说:"就说整风预备会吧。"又朝窗户喊,"老孔,弄点吃的呀!"

萧长春气愤地离开乡政府,沿着金泉河边,顺着金黄的麦子垅往东山坞走。

傍晌午的时候,天气已经很热了,从麦地里蒸发出来的热气,不住地朝人扑过来。

他脱下小褂子,褐色的脊梁背上往下流着汗水。他像喝多了白干酒,两只眼睛发红,水汪汪的,又有点发直。刚才乡长李世丹的那一套话,如同朝他身上泼了一盆子冰水,又像在他身边打了一阵子乱枪,在那片刻之间,他真有点茫然了。从打麦子黄梢,村子里起了那场波动起,这个年轻的支部书记跟上级、同志和贫下中农一起,作了多少复杂而又艰巨的工作呀!如今已经把乱麻一团的东山坞搞出一点头绪,认清了贯穿所有问题的一条黑线,又找到了解决问题的办法;同时,在这个过程里边,他跟东山坞的领导骨干、贫下中农的积极分子们,全都提高了认识,鼓起了劲头,也团结成一体了。可是,乡长李世丹,一点都不把这些放在眼里,还来了一顿乱棒子,把他们的斗争成果给敲了个七零八碎,把一切都给否定了。这是怎么回事呢?难道说,仅仅因为李世丹不了解下情,官僚主义作风在作怪吗?他立刻又否定了自己的想法,不对,问题不会是这么简单……

尽管萧长春对这道突然横到面前的"关卡"还不能完全看透,可是,有一点他是不能动摇的:乡长对东山坞问题的结论,对马之悦的看法,都是完全错误的。他想:自己跟领导争论的时候,虽然态度有点生硬,火气有点大了,可是自己坚持的问题是对的,是正确的;东山坞的斗争结果,不是自己一个人争取来的,是同志们,是贫下中农积极分子们的心血,是上级指导的结果;自己要是软弱了,动摇了,就等于把同志们、把上级全给否定了。不能,无论在什么情况下,对原则问题寸步也不能让!不论李世丹这个领导对自己会有什么样的印象,要往自己身上施加什么压力,再给自己多少委屈,也不要怕!乌云遮不住太阳,真金不怕火炼,真理是谁也掩盖不住的!

他想到这里,心里边豁亮了许多。他停下来,抬头看看碧蓝色的天空,低头看看黄金般的麦地,心里又想:下一步到底怎么走呢?半路上又杀进来一个李世丹,斗争更要复杂了。得赶快回去,赶快找韩百仲拿拿主意!

第八十一章

萧长春进村就找韩百仲。

韩家的大门虚掩着，喊了几声没人应；他对门板上那横七竖八的白粉笔道道，是擀面杖吹火一窍不通的。

他停在门口，卷了一支烟抽着，镇定了一下，心里想：事情已经这样摆在那儿了，急急忙忙地去找同志们，很容易给他们心里增添负担，影响他们的斗争热情；不如等自己稍微冷静一点儿，以后再告诉他们。……

正在他左思右想的时候，韩百安跑过来了。

这个老头子面黄如土，气喘吁吁，离着很远就拍着手喊："萧支书，可，可不好啦，可不好啦！"

萧长春被他这副怪样子闹得一愣，急忙迎过来问："出了什么事儿呀？"

"羊栏，羊栏，唉……"

"羊栏怎么啦？"

"哎呀呀，哎呀呀！……"

"您别慌，慢点儿说。"

韩百安伸着脖子，使劲儿咽了口唾沫，定了定神儿，才把话说出口："往日里，哑巴早到山上转半天了，可今天，都半晌午了，连羊还没有撒哪……"

萧长春倒让他给闹蒙了。心想：这个中农一向既不关心集体，也不关心两姓旁人，怎么今天羊没撒，就急成这个样子？进步也不会这么快吧？就问："哑巴干什么去了？"

韩百安一拍大腿说："还没起来！"

萧长春一惊:"病了?"

韩百安说:"病了,叫门也得知道哇。我敲打半天门,没人应声,可把我吓死了。啧,啧……我们道满跟他一屋睡哪!"

萧长春这才明白韩百安着急的原因,自己也跟着急起来。他慌忙地迈着大步走,心里边猜想着到底又出了什么事儿,胸口忍不住"突突"地跳。他想:这个哑巴社员,一年三百六十天总守着羊群,到时候就出,到时候就归,从来没有迟误过,今天怎么突然不撒羊了呢? 还有,这个哑巴社员除了不会说话,比一般的好人还要精明,睡觉也特别容易惊醒,怎么门也叫不开? 他又埋怨自己:这几天光顾忙了,也没有看看哑巴,跟哑巴谈谈心,问问他有什么困难,有什么要求,身子有没有不合适? 对这样一个社员,应当格外地照顾和关心呀!

他这么想着,走进了羊栏,一直奔那小屋子。小屋子的单扇木板门紧紧地关闭着,用力推推,吱吱响。

跟在后边的韩百安,带着哭腔说:"瞧瞧,出了什么事儿呀! 我把饭吃了,不见他回来,就干活儿去了;我想,放假的日子,多睡会儿就让他多睡会儿,谁想,唉,我那道满……"

萧长春一边用力推着门,一边给韩百安说宽心话儿:"别急,别急,屋里又没电,又没生炉子,不会有什么事儿。"说是这么说,他自己也急得不得了,连声调都有点儿变了。

韩百安说:"你推就行了? 我敲都敲不开呀!"

萧长春说:"别喊,别喊,让我听听。"他把耳朵贴在门板上,门板上有个小缝儿,往里看不见东西,却能听到声音。他听着听着,忽然笑了。

韩百安莫名其妙:"怎么啦?"

萧长春躲开,又拉拉韩百安说:"您把耳朵贴在门缝上,听听就明白了。"

韩百安把耳朵贴在门缝上，也咧开了嘴唇。

屋子里，有两种呼噜声拧在一块儿响，一个像六月里的闷雷——轰，轰；一个像冬天的西北风——丝儿，丝儿……

萧长春笑着说："这两个家伙，睡得可真结实呀！"

韩百安哼了一声，说："他们舒舒坦坦地睡大觉，可把我老头子吓坏了。"

"道满，起来呀！"

"开门，开门！"

任凭两个人怎么叫，也叫不应，恐怕架一个大炮来也轰不醒他们。

萧长春不再喊叫了，就用手轻轻地摇晃着门板儿。里边的顶门棍子动摇了，滑落了，门儿打开了。

哑巴和韩道满两个人睡在炕上，都没有脱衣裳，一个横躺着，一个竖卧着，胸脯子一起一伏，鼻子眼儿一扇一合，睡得可真叫香。

萧长春倒有点不忍心叫醒他们了。

韩百安惊后转喜，喜后转气，顾不上许多，上去就朝儿子的大腿上拧了一把："妈的，我当你死了！"

韩道满一个鱼打挺似的坐起来了，使劲儿睁开眼睛一看："呀，这时候了！"

哑巴也被惊动了，翻个身，瞧见地下的萧长春，"蹬巴"一下子跳下炕，扯住萧长春的袖口就朝外走。

韩道满不顾搭理他爸爸，也跟着走出来。

韩百安不知道啥馅儿，一边跟着，一边数叨儿子："你呀，越活越回去了。缺心眼儿的残废人不知道醒，你也不知道醒啦？半晌午睡大觉，像什么话哟！"

哑巴把萧长春拉到羊栏里。肥壮的羊儿拥挤过来，伸着脖子，扬起嘴巴，朝他们"咩咩"地叫唤。哑巴把它们拨拉开，把萧长春拉进去,用脚尖蹬着地,"啊妈,啊妈"地叫。

地上,铺上了新的黄土,上边只有稀稀拉拉的几颗羊粪蛋儿。整个羊栏给人一种崭新的感觉。

萧长春明白了哑巴的意思,伸出大拇指,说:"好,好,垫上新土了!"

哑巴又把萧长春拉出羊栏,拉到羊栏的后边,两只手比划着刨地,比划着抬土,比划这比划那。他那睡意还没有完全退去的脸上,洋溢起喜悦的光彩。

羊栏后边出现一堆乌黑的粪土,高高尖尖的两大堆,粗粗地估摸一下,最少也有十车。

萧长春这下才明白了。

原来,那天上午哑巴赶羊出来,看见人们正在金泉河边的泥坑里挖泥。他就问马翠清,挖泥干什么。马翠清跟他比划,说社里种晚棒子粪肥不够,大伙儿想出这么一个办法。这哑巴立刻就想到了他的羊栏。羊栏虽说每隔一天就起一回,只是把浮层的东西起掉完事儿,土地常年被羊尿浸泡,也是顶好的肥料。昨晚上韩道满来睡觉的时候,他就一定让韩道满帮他起地下的肥土。韩道满说明天再干,他比划明天还要去放羊;韩道满比划:哑巴放羊走了,他自己来起;哑巴比划不放心,还把门儿倒扣上,把灯藏起来,不让韩道满进屋;还比划着对韩道满作了一番爱社如家的说服教育工作。韩道满只好跟他干了。那么大的羊栏,刨下一尺多深,再把刨下的肥土抬出来,还要把新土抬进去垫上,多大工程啊!两个人足足干了一整夜。一个爬了一天山,放了一天羊,一个跟他爸爸浇了半天园子,挑了半天水,又这么连轴转干一夜,怎么能不累呀!干完了活,两个人商量,到屋里闭闭眼睛,再起来各干各的事情去,哪想到,身子一沾炕,就成了一摊泥,再也起不来了。

萧长春看了哑巴的比划,又听韩道满一说,从乡里带回来的一点不愉快的心情,立刻跑光,胸膛里腾下子又热了起来。他一伸胳膊把哑巴搂到自己的怀里,又用另一只手拍着他的肩头,竟不知说什么好了。

哑巴又跟萧长春比划:这粪肥很有劲儿,使在棒子地里,那棒子能长棒槌那么大……

萧长春激动地比划着说:"好,好,你真是个好社员! 你不声不响地给咱们农业社使劲儿,给咱们的社会主义使劲儿。我们社有这么多的好社员,慢说想破坏农业社的人只有一小撮儿,就是再多上几倍,我们也不怕! 我要告诉大伙儿,都向你学习!"

哑巴害羞似的笑笑,好像谦逊似的摇摇头;接着,又把韩道满拉到跟前,朝萧长春身边推推,拍拍韩道满的肩头,又拍拍韩道满的胸脯子,伸出手指头比划。他的意思是说:韩道满现在可进步了,也变成了好样儿的,你也表扬表扬他吧;他人好,心好,能入团了。

萧长春笑着点点头,又对韩道满说:"看看,你入团的事儿,团支部还没决定,群众先通过了;看起来,我们这个时代,最受人尊敬的人是爱集体、爱农业社、爱社会主义的人,这是好人的标准,连哑巴都喜欢这种人呀!"支书说这番话的意思,不仅仅是一种兴奋心情的流露,也想借机会教育韩家父子,特别是韩百安老头子。一个支部书记,一个身挑重担的人,他随时随地都在工作,都在启发人、帮助人,而这一切又是那么自然而然,因为他心里边只有工作。

这工夫,哑巴转过身,用他那大而有力的手,在韩百安的肩头上拍打几下。

韩百安正听支书讲话,被拍的不明不白:"干什么呀?"

哑巴又拍了拍韩百安的胸口。

韩百安更奇怪了:"怎么啦?"

哑巴冲着他装出一种愁苦的样子,耷拉着脑袋,倒背着双手皱皱眉,咧咧嘴,摇摇头,叹口气,又拍了拍自己的衣裳兜儿……

韩百安给闹糊涂了:"这是哪码对哪码呀!"

韩道满在一旁说:"这还不明白呀!哑巴批评您哪!"

"什么,批评我?"

"就是嘛!说您入了社以后,总是耷拉着脑袋发愁,干活没劲儿,总给自己打小算盘……"

韩百安惊呆了。大概是,一个上年纪的人都应当有的尊严受了损害;再不,就是自己的短处和心病,在没有防备的情况下,被人家给刺了一下子;他又酸又疼,又羞又愧又恼怒,可是又不能发作——本来,韩百安再胆小,也犯不上怕一个哑巴的,可是他自己也不知道为什么,他在那些热心爱社的人面前,不论这个人年纪大还是年纪小,地位高还是地位低,甚至于在一个哑巴面前,自己总是有一种理亏、气短的感觉——这种亏和短,实际上,是在这整个潮流向前推进、大多数人的精神向上升华的时候,一些自私的、退坡的人常有的心理状态,只是他们自欺欺人地不敢承认而已。在韩百安来说,还有另外一层感觉:这个挨批评的场合特别,这个批评他的人更特别。儿子批评过他,焦振茂、马翠清批评过他,那是在自己的小院子里,家丑可以不外扬。现在呢?挨批评的地方在羊栏里,尤其在一个掌着东山坞大权的党支书面前。儿子批评他,因为儿子毕竟摸自己的底儿,怎么连一个又聋又哑的残废人也摸自己的底儿呀!

韩百安木柴棒子似的站了一会儿,觉着这个地方万不可久呆了,就使上一点小小的威风,冲着哑巴翻了翻眼,说:"嘘,嘘,真是的,你个哑巴蛋子!"就要走。

哑巴一蹿,蹿到他的前边,把他拦住了,又非常严肃地比划开了,"啊妈,啊妈"地叫着,挺了挺胸脯子,两条粗壮的胳膊一圈……

韩百安叫着:"你这是干什么呀!"

萧长春和蔼地说："百安大舅，哑巴是出于好心，劝你打起精神，挺起胸膛，跟个人的小算盘分家，跟大伙儿一条心、一股劲儿走社会主义道路。您看他多懂事呀！"

韩百安脸色白了，不知道是走好，还是站着好。

哑巴"哈、哈、哈"地笑了一阵子，跑了。

萧长春为了缓和一下空气，掏出烟荷包："百安大舅，带着烟袋吗？来，抽一袋。"说着，倒在自己手心上一点儿，把荷包递过去。

韩百安心里边难受极啦。他机械地接过来，摸出烟袋，拧了一锅子，叼在嘴上，连着划了几根火柴都没有划着。

萧长春已经把一支烟卷上，划着火，先替韩百安点上，自己也点上了，轻松自如地喷了一口白烟，岔开话头说："百安大舅，您说，这羊粪是上追肥好呢，还是使底肥好？"

韩百安低声说："使底肥好。"

"噢。为什么呀？"

"羊粪是慢劲儿。"

"坑泥呢？"

"也是慢劲儿。"

"好，咱们全使底肥，追肥再另外想办法。"

这样几句岔开的话，把空气缓和了。

萧长春又说："哑巴真能想主意，这下子，四、五亩地的底肥有了。百安大舅哇，您瞧哑巴不赖吧？"

韩百安点点头："要说嘛，他是个好庄稼人。"

萧长春说："不，不光是个好庄稼人，头一条，他是个好社员！"

韩道满在一旁插言说："对啦。振茂大伯就讲过，他说，我们东山坞许多会说话的人，都不如哑巴知道好歹，更不如哑巴知道爱社。"

韩百安白了儿子一眼。

萧长春想按着韩百安的特点来开导他,就接着韩道满的话说:"实在是这样。'好庄稼人'这句话是没谱儿的,因为什么样儿的社会有什么样儿的标准。旧社会,能勤能俭,会盘算,不惹是非,就算好庄稼人;其实,想当这样的好庄稼人,也是当不成的。您在旧社会,这几条全行,可是您走通了吗?吃多少苦,受多少气?那时候的庄稼人,不是生着法儿剥削别人,就是挨别人的剥削。不想惹是非,是非偏往你头上撞,多少人被糊里糊涂地撞个头破血流呀。您说对不对?"

这些话真是说到韩百安的心坎上了:自己在旧社会就是好庄稼人呀!可是"糊里糊涂"地给撞个家败人亡;说一遭儿,还是新社会比旧社会好。

萧长春继续说:"新社会的好庄稼人的标准,就是爱社、爱集体、爱社会主义。只有这样了,才能对大伙儿好,对自己也好;对今天好,对下代人都好。谁要是总守着旧社会那几条标准不放手,就不算好庄稼人了。当好社员这条道儿,是阳关大道,永远走得通,步步登天。为什么这样说呢?你们老农民好讲随潮流。什么是今天的潮流?奔社会主义。您看看,万众一心,贫下中农当然这样,好多中农也这样了,比方说焦振茂这些人,连哑巴这样的残废人都这样了,这不是潮流嘛!您说,万众一心的事儿,谁还挡得了吗?"

韩百安不由自主地点了点头。他的头在点着,心也在动着:真是不假,连个哑巴都觉着社会主义好……

韩道满在一边气得嘟囔着说:"有的人不追潮流,偏往臭水沟子里跳!"

萧长春说:"对啦,我们这个时代里,还有旧社会留下的臭水沟子没有挖干净,他们总想翻起大浪头,拦住潮流;其实,那是妄想!少数几个人,怎么能挡住多数人呢?日头从西边出来也办不到哇!可惜,你怎么跟他们说,他们也不信,总是按着自己的心意把一些事情看得颠倒过来,不让他妄想,他们偏偏要妄想,背后使坏水,说坏话,还拉别人跟着蹚浑水!"

韩百安看了萧长春一眼,赶紧又低下了头。

萧长春又朝韩百安身边凑了一下,语气亲切地说:"百安大舅,我有一句心里话,想对您说。"

韩百安说:"你说吧。"

萧长春说:"我总替您担着一份心……"

韩百安的胸口跳了起来:"我? 我……"

萧长春说:"说心里话吧。您在旧社会过的时间太长了,吃的苦也太多了,走到新社会,一时对新事儿认识不清楚,跟不上趟,或者说,落后一点儿,这全能原谅,也不要紧……"

韩百安眨巴着眼,不由自主地问:"不要紧?"

萧长春肯定地点着头:"对,不要紧。我们可以等着您,等着您慢慢认识,慢慢提高,慢慢地跟上趟。您会跟上的,我们有这个信心!"

韩百安喃喃地说:"是呀,看样子,总得跟上呀……"

萧长春说:"实话对您说吧,我最害怕、最担心的是,恐怕您上坏人的当!"

"上当? 上当?"

"对。坏人都是白眼狼,又把自己打扮成善心的菩萨、红脸的关公;满嘴为别人办好事儿,实际上,是要拿别人当他们过河的桥,上房的梯子,杀人的刀!"

韩百安连忙摇头:"不,我不上当……"

萧长春笑笑:"这难说。照您这样子,就是上了人家的当,您也不会知道,还觉着占了便宜。大舅,还有一条:坏人要拉垫背的,决不会找我,也不会找马老四、喜老头,也不会找哑巴,因为这些人跟农业社一条心,没缝儿可钻;他们专门要找马连福这类人,也会专门找您这样的人,因为你们跟农业社还没有一条心,有缝儿让他们钻——大舅,这全是我心里的话,您千万不要在心里结上疙瘩,对我生气呀!"

韩百安接着说:"不,不。你说的话,是为我好。"

韩道满在一旁说:"您知道是好话,就得吃到心里去才行,别嘴跟心不一样!"

萧长春说:"咱们再说透一点儿吧。土地分红、闹粮食的坏事儿让我们给顶回去了,可是坏人不甘心,又在生着法儿干坏事儿。您得小心,他们会拉您的!"

韩百安又使劲儿摇着头,说:"不,不!"他忽然想起,昨天马斋从集上回来,偷着跟他嘀咕"土地分红"的事儿可能还有希望,心里边不由得又一紧。

萧长春说:"我再告诉您一个分辨好坏的窍门儿:只要党号召干的,全是好事;只要谁说的话跟党说的是一样的,全是好话;您就多跟马老四、喜老头、哑巴、五婶这些贫下中农靠近,学他们的样子。他们做的,全是好事儿。"

这工夫,哑巴赶着羊群出来了。

萧长春不得不结束自己的话:"百安大舅,我刚才说的,您不要一古脑全兜起来。您再慢慢想想,仔细看看,一点一点地接受。得空,咱们爷俩再聊。您有啥想不通的事儿,随时可以找我们。我们没有经验,眼下干的事儿,又是咱们东山坞从来没干过的事儿,缺点一定少不了。可是有一条:我们所干的,全是为大伙儿好,不光是为贫农好,也为中农好,这一点您可得认识清楚!"

哑巴把羊群赶过来。肥壮的羊,像河里滚着的浪头,把这边的三个人挤到墙根下。

萧长春拦住哑巴,比划着说:"今个上午你歇班吧,我替你放一会儿,过晌你再接。"

哑巴不肯，摇头摆手。

萧长春说："你信不住我呀？"他从哑巴手里夺过羊铲子，铲了一个石头子儿，轻轻地朝前一抛，不偏不倚，正好落在远去的头羊脑袋前边了。

哑巴拍手大笑，称赞萧长春有本事。

萧长春说："我可以替你一会了吧？"

哑巴点了点头。

萧长春赶着羊群，跟韩家父子说着话儿，走出了羊栏。他们刚下沟，又见哑巴挑着一副筐子出来，朝北走了。

萧长春说："道满，把他拦住，让他回去歇着。"

韩道满跑过去拦哑巴，两个挣扯起来了。

萧长春朝那边喊着问："怎么，他要干什么去？"

韩道满朝这边喊着回答："他说山上羊打盘①的地方有羊粪，他要拾来。"

萧长春听了，心想：对哑巴这个社员，硬强着留他大概是不行的，可是，这么远，再挑回来，太累了，就又喊："道满，你跟他说，我同意他去，可有一件，别挑筐子，让他到饲养场拉一头毛驴驮去。"

韩道满跟哑巴比划一遍。

哑巴点点头，立刻就把筐子、扁担交给韩道满，乐颠颠地走了。

萧长春朝他的背影笑笑，说："百安大舅，您看，这哑巴行吧？"

韩百安点着头，说："嗯，是个好……好社员。"

第八十二章

哑巴颠颠地来到饲养场牵牲口，一进大排子门，就大声地笑起

---

① 羊群在深山牧放，午间歇息称打盘。

来了:

"哈哈哈,哈哈哈!"

他一边笑着,一边跑到里边,猫着腰,仰着脸,转着圈儿看马老四。

马老四今天打扮得像个医生:头上箍着手巾,嘴上戴着口罩,腰上系着围裙;一手提着一只小铁桶,一手攥着一把短柄的筲帚;桶子里盛着石灰水,用筲帚蘸着石灰水,满墙壁上刷抹。他的身上、眉毛上,全是白灰点子。

饲养场也变样了。从院子到棚里,全都铺上了一层很干净的黄沙土。草池子新抹过,水缸才刷过。特别是房山、墙壁全都刷了白灰,有的地方干了,白得晃眼,有的地方还没干,往墙根下滴着白浆水。满院子飘着一股子潮乎乎的石灰水味道。

哑巴把马老四上上下下看了一阵子,又在院子里转了一遭儿,回来就比划着问:"啊妈妈?啊妈妈?"意思是,你这是干什么呢?

马老四拉下口罩儿,一边比划,一边笑着说:"消消毒,牲口不爱生病啊!"

哑巴觉着挺新鲜,又比划着问:为什么刷了灰牲口就不生病呢?

马老四这下可为难了。因为焦淑红给他那本《饲养手册》上说,刷灰起消毒作用,可以消灭细菌;这细菌可怎么比划呢?他比小虫子,比吐痰,比苍蝇下蛆,比最脏最脏的东西;这个那个地比了一大堆,连自己都比划糊涂了。

哑巴倒像看明白了,而且被他说服,又比划着问:羊栏刷灰顶不顶用?

马老四比划着:"好,好,顶用。"

哑巴点点头,比划说:明天他也要在羊栏刷刷,还要借这小铁桶使使;随后才提到拉毛驴的事儿。

马老四不明白一个放羊的拉毛驴干什么用,是使碾子使磨？全不是,问了半天,哑巴比划了半天,他也没弄明白,只好糊糊涂涂地答应了;就放下灰桶,领哑巴牵牲口。

所有的牲口都拴在门口外边的大树下了,一个个皮光毛亮,膘满肉肥,全都透着精神劲儿。

哑巴看看牲口,赞美地直咂嘴唇。

马老四让哑巴随便挑。这是一种特殊的信任,除了他,就是生产队长来,马老四也不会给他随便挑的权利。

哑巴挑了一头灰毛的小叫驴,鞴上鞍屉,搭上驮篓,非常得意地拍了拍毛驴的屁股蛋,赶着走了。

哑巴拉着毛驴走了之后,马老四又回到院子里,接着刷那半截子墙壁。那一把用乱麻绑起来的刷子,在马老四的手里舞动着,"沙沙沙"地响,黄泥皮的墙壁,先变成灰色,风一吹干,转眼又变成雪白色。

老饲养员这几天真是挖空了心思伺候牲口。公布预分方案那天,支部书记来串门儿,说了好半天,只有一句话提到牲口。他说:"就要收麦子了,牲口当紧啦。"老饲养员却把这句话当成一道严重的命令接受下来。等收割一开始,拉运打轧全要靠牲口力量;往后,秸青耘草,也得靠牲口力量,牲口真是"当紧"了。他得把每一头牲口都闹得壮壮实实的,不让它们因为活儿重掉了膘,也不能让它们因为天热闹灾病。人强马壮,马壮人强,这是过农业社大日子缺一不可的。只要牲口肥壮,没灾没病,不耽误使用,就是他马老四最大的快乐和满足。他时时刻刻都在这样小心谨慎、兢兢业业地执行着自己神圣的职责。有关村子里的事儿,他也打听也想。他这儿的消息还是灵通的,干部们常来看看,社员们也常来串门;从打闹粮食事件之后,好多人都爱跟他靠近,焦振茂几乎每天晚上都得在这儿坐够了才肯走。他能得到消息,也能听到反映。他知道,目前东山坞的那股子黑水虽然还在流,可是,党支部已经找到了它的来源,也看出了它的去向。党支部一方面作了许多艰苦工作,把贫下中农调动起来了,把许多中农团结起来了,这个队伍如今正在扩展,人们的心界也正在一步一步地提高……这一切一切,都让老饲养员心里有了底数。他也知道,东山坞很快就要开展一场轰轰烈烈的斗争。于是他想,自己尽力把分内的事干好,也是对党支部的支持了。

等到老饲养员把墙壁全都刷完,又把牲口拉进来喂上的时候,日头影儿已经进了门槛子。

马老四应当洗洗手做饭吃了,想到早起马大炮家的借了一头牲口去推碾子,说定傍晌午卸,日头影都正了,怎么还不送来?那牲口还怀着驹,不能使过力,也该喂了。他这么想着,拍着手上的石灰末子,走出饲养场。

马老四在沟里扑了空,在马大炮家里也没有找到。因为马大炮两口子不愿意在沟里那个露天碾子上推,他们推的是"贴己"粮食,怕人家看见招眼,就多跑几步路,到饲养场南边离焦二菊家比较近、又比较背静的碾棚里去了。

他们一共推了多少,没人知道,反正从早上把牲口套上,到这会儿还没有让牲口停一步,就这样,把门虎女人还觉着不上算。

她跟男人说:"再轧一点儿吧,好不好呀?"

马大炮说:"转了这么半天,我可累了。"

把门虎说:"明天就要割麦子,哪还有空再使碾子呀?多轧点吧。"

"马老四让到晌就卸哪!"

"他说什么让他说去吧。反正是大伙儿的牲口,不使白不使!"

马大炮觉着也在理,就又悄悄地回到家,扛了多半口袋棒子来了。

把门虎一见男人又背来这么多，心里很高兴。"见便宜就捡，有好处就干"，这是他们对农业社的一条根本方针。她把新弄来的棒子摊在碾子上边一底儿，又说："你再把那一斗高粱弄来，全轧完它得了。"见男人应声走了，就拼命地吆喝、喊叫，举起笤帚把儿就朝白马的后胯上打。

马老四正好来到门口，连声喊："住手，住手！"

把门虎赶忙收了笤帚，赔着笑脸说："哟，四叔呀！"

马老四心里非常疼，那笤帚比打在自己的身上还要疼。他说："哑巴牲口懂得什么；吆喝几声，吓唬一下子就行了，怎么还真打呀？"

把门虎说："光吆喝，它不快走。"

马老四说："还快走哪！你看看啥时候了！人还有个歇歇的工夫，牲口就不歇歇了？"

"行，不打啦。"

"卸吧！"

"哟，得让我们轧完了啊！"

"规定近晌就卸，没轧完，再跟队长打条子，另借。"

"就这一底儿轧完了还不行呀？"

"这牲口怀着驹，不能使过劲儿，半底儿也别轧了。"

这工夫，五婶端着一簸箕棒子跑进来了："真巧，真巧，就手给我轧一底儿吧。"

把门虎说："还给您轧哪，四叔是来卸马的，我们就剩下一点儿，他都不让轧完。"

五婶说："卸不卸的，我就这么一点儿，转两圈就完了，还不好办。"

马老四说："过晌再轧不行吗？"

五婶说："晌午还没面子下锅哪！小子去上学，回来饭不熟，又

361

得喊叫。翠清丫头哇,放假了,我说你借个驴,轧一点儿,她可倒好,还是忙她的,浇了半天树苗子,又找人开会,多会儿能拨一点工夫给我呀! 快给我轧一点儿吧。"

马老四心里犯难,可是,他不能从自己这儿违反规定。他一边拦住白马,一边说:"这牲口怀着驹,使了半天,太累了;说话就要收麦子,还得靠它驾辕拉车哪!"

五婶连忙说:"好,好,我不轧啦。"

马大炮又背着一斗高粱进来,一看这边的情形,就问女人:"停住干什么呀?"

把门虎说:"四叔要卸牲口。"

马大炮说:"卸牲口也得等我轧完了哇!"

把门虎说:"人家说规定的嘛!"

马大炮一进来,马老四就知道要闹事儿了。马大炮这家伙混搅蛮缠不讲理,谁不知道? 遇到他不顺心的事儿,不管对谁,都大吵大闹,谁不知道? 过去为了使牲口的事儿,少打架吵翻天了吗? 可是马老四已经准备着,根本不怕这一套,就说:"这是社里规定的,你们已经超过时间了。牲口是集体的,大伙儿都得爱护着点儿。"

马老四这一回可没有把马大炮全猜对。在斗争的风暴里,所有的人都在矛盾着,都在千变万化,马大炮也在矛盾和变化。他昨天在小茶棚里一听马之悦那含糊其辞的话,立刻就跳起来了:"干、干、干!"他都有点儿等不得了。回到家,他就找空子,想要闹闹事儿、找找麻烦,出出怨气;可是,昨天晚上"捉奸"那事儿,又把他弄了个晕头转向。这会儿,他眼睛瞪着,心里烧着,一时不知道是闹好,还是不闹好了。

把门虎见男人要暴跳,心里边也犯嘀咕。她怕男人一闹,像上回闹粮食那样,又给大伙儿捅个娄子,就把心头的怒火使劲儿压一压,对男人说:"卸就卸吧!"

马大炮说:"轧完了再卸!"

把门虎赶紧把碾盘子上边的棒子面扫下来,说:"卸,卸,不轧啦。"

马大炮说:"为什么不轧完了?"

把门虎心里边有气,还是忍不住地冒了一句:"谁让咱们没有牲口呢!"

马大炮说:"有? 有一百头,也得让人家抢走!"

五婶火了:"哎,你这是啥话? 牲口入社是抢的?"

马大炮说:"依我看呀,跟抢差不了啥。"

马老四严厉地说:"连升,你这个话儿可是不对呀! 乡里乡亲的,谁都知道谁,我长这么大没跟谁红过脸,你要是说农业社这样的坏话,我可不能留情面!"

马大炮的脸蛋子红得像猪肝,冲着马老四就要吵。

把门虎拦着男人说:"唉,别多嘴多舌啦! 你怕别人当哑巴把你卖了哇! 快走吧。"

马大炮说:"不用你美,很快我就让你知道我这马王爷三只眼!"

两口子一个背着口袋,一个端着簸箕、箩子,气哼哼地走出了碾棚。

马大炮哪是那种能压住火的人呀,一出碾棚,气头子更大了。他越想越不是滋味儿。他觉着,今天让马老四把他"撅"得好厉害。堂堂的马连升,有名儿的大炮,连多使会儿牲口都不行,这气可怎么受哇! 我的牲口拴在你们的槽上了,要是单干,就算拉脚去,大车一赶,一天起码也得弄个三块两块,一年就是千数块,一家人吃穿花用全有了;眼下,牲口不是自己的了,连多使一会都受限制!

把门虎走了一截儿,回过头来看看,见碾棚里的两个人谁也没有出来,就挤眼撇嘴地小声对男人说:"你瞧,他们又搞什么鬼把戏哪?"

马大炮听老婆这么说,也回头看看:"是呀,又他妈的干什么呢?"

把门虎说:"哼,要我看哪,准是把咱们轰出来,给那烂眼五婶轧上了。"

马大炮跺着脚喊起来了:"真的? 他妈的! 都是你硬拦着我;要不,掉了脑袋,我也不能白白地让他们欺负!"说着,要往回走。

把门虎又急忙拦住他说:"算了吧,多一事不如少一事,病还没有去掉,别再找病啦!"

马大炮说:"什么他妈的病,全没了,我还要跟他们算账哪!"话是这么说,他还是停住了。"唉,这种受气的日子,我他妈的真过不了啦!"

这工夫,富农六指马斋背个粪筐上马子,贼眉鼠眼地走过来了,耸着鼻子、晃着脑袋说:"哟嗬,这两口子,热辣辣的晌午,怎么在这儿愣着呀?"

马大炮说:"别提了。咱们这会儿是把一颗脑袋伸给人家,让人家捏,要圆就圆,要扁就扁,要长就长,要短就短,全都由着人家的性儿!"

马斋又瞧瞧这两口子的神态,又品品马大炮这片话的味道,立刻就感到这里边准又有了摩擦,就很有兴趣地凑过来问:"怎么回事儿? 看把你气成这个样子!"

马大炮堵着一口气,正找不着对劲的人发泄发泄,就抢着把刚才的事情说了一遍。

马斋听罢,起心眼里乐,左右瞧瞧没人,就故作吃惊地说:"天哪,这还得了,这不是骑着人的脖子拉屎吗! 多使一会儿牲口算什么? 怀着驹,就是使掉了,又能值几个钱? 比一个人的脸面还值

钱、还贵重呀？就算对地主也不能这么着呀！这个亏可不能
吃呀！"

把门虎说："算了，您别拱他的火了，谁让咱们的短处让人家抓
住了呢！"

马斋又耸着鼻子、撇着嘴说："什么短处？就是卖那丁点粮食
呀？你那粮食是偷来的，还是抢来的呀？有买有卖，古之常情，够
杀头的罪不？他们能杀了你呀！"

马大炮一跺脚："敢！"

马斋说："这不结了！不敢杀头，你怕什么！"

马大炮说："什么也不怕！这爷怕过谁呀？"这句话，在一天半
之前，他是没有胆子说的。

马斋说："是嘛。地归公了，产业归公了，人也套上夹板子了，
你才是真正的无产阶级了，怕什么！他们不是口口声声地喊叫团
结中农吗？就这么一个团结法儿呀？为一头牲口，一个牲口驹子，
就撕了团结章程，这章程也太没保证了！要我说呀，有理不让人，
得给他瞧瞧真的！"

马大炮说："这话对，我也不想吃这个，她偏说多一事不如少
一事。"

马斋说："哟，哟，少一事？少的了吗？这样让人家欺负，一个
养牲口的糟老头子都敢欺负你，你连个屁都不敢放，将来还有活路
吗？真是的！"

几句话，把马大炮那股子天不怕地不怕的火给引着了，他把肩
上的口袋"嘭"地往地上一放，捋胳膊、挽袖子，吹胡子、瞪眼睛地骂
开了："我找狗日的去，欺负我，拼了！"

把门虎说："别急，别急，等我再看看去。"说着，就转回来，老远
就听见碾棚里轧轧的声音，那是棒子粒儿在碾砣子的挤压下发出
来的；同时听到碾棚里的两个人正大声地说话儿。

"行了。"五婶说。

"全轧了吧。"马老四说。

"怪累的,让我心里多过意不去呀!"

"咱们谁对谁呀!咱们才是真正的一家人,你还跟我讲这一套哇!"

把门虎气得浑身发软,连忙往回跑。

马大炮老远就问:"怎么样?"

把门虎说:"正轧哪!五婶说不轧了,马老四还硬要给她全轧完;还说他们贫农是一家子,咱们中农是外秧子!真气死人不偿命啊!"

马大炮说:"好!有理讲倒人,这回老爷有理了吧?不闹个青是青、黄是黄,咱们就没完!我看他们有几个脑袋,敢把我怎么样!"

马斋给他鼓劲儿:"对,干吧,没错儿。顶不济,也能让他们的后台老板难看难看。"

马大炮正要转身,把门虎又急忙拉住他:"别慌,你瞧瞧。"说着朝北边努努嘴。

北边走来了萧长春。他替哑巴放了一会儿羊,想了一阵子事儿,又遇上几个人聊了聊,就把羊赶回羊栏。他正要找韩百仲去,老远看见马斋跟马大炮两口子站在那儿嘀咕;一看他们那种气势、姿态,就断定他们又在一块儿串通坏事儿。这位支部书记从来都是不躲事儿的,遇上了,一定得弄个明白。于是,他就不动声色地朝这边走过来。

马斋小声说:"妙,头来了,捉头呀,先给他个下不来台!"说着,就假装疯魔地劝开架啦:"算了,算了,全都是小事儿,不用往心里去;一个庄住着,低头不见抬头见;忍为贵,和为高,一忍一和全过去了。"

萧长春走到跟前,先开口了:"连升,又背口袋、又端簸箕的干什么呀?"

马大炮一见萧长春,脸更红了,脖子更粗了,也没顾听萧长春问的是什么话,开台就质问:"嗳,我说萧支书,眼下还兴我们中农提意见不?"

萧长春一边打量着这三块料,一边说:"这是奇怪的话,所有的社员都能提意见,怎么不兴你提意见。过去兴中农提意见,眼下也兴中农提意见,今后永远都兴中农提意见;提意见,不光允许,要是提的正确,提的好,我们还要接受!"

"那就好说了。你说社员们都是平等的,没大没小,没有近枝,没有远蔓儿,是一句实在的话呢,还是光在嘴巴上说说就算了?"

"你提的这个问题,我看用不着我多费唇舌给你解答,只要你把心摆正了,把眼睛睁开看看实际,全清楚了!"

"谁没把心摆正呀? 没把心摆正的全是你们贫农,你们贫农没一个心正的!"

"马连升,你不要在这儿胡言乱语侮蔑贫农,你说这话的根据在哪儿?"

"当然有根据啦! 你嘴头上喊团结中农,社员平等,这全是骗人的谎话,说说好听。我看你们早把团结中农的政策当擦屁股纸撕了!"

"不对,你说的这些才是骗人的谎话! 我们从来都是言行一致,说得到就做得到,我们每时每刻都在执行团结中农的政策。我站在这儿,心平气和地跟你谈话,这本身就是在执行这个政策;要不,我决不能允许你在这儿胡说八道侮蔑我们! 马连升你不用倒打一耙! 安心要破坏这个团结政策的首先是马小辫、马斋这样的人……"

站在一旁的马斋,哆嗦一下,装出一副可怜相说:"支书,这里刀没我的,铲没我的,我可没说什么呀!我……"

萧长春一摆手,严厉地打断他的话,说:"现在没你说话的地方。"又对马大炮说:"还有,想撕毁这个团结政策,想跳槽子的,偏偏就是你们这几个人!"

马大炮抓住理了,还怕什么?他喊起来了:"你们贫农骑在我们中农脖子上拉屎,这也是团结吗?"

萧长春说:"想骑在农业社脖子上拉屎的,也是你们自己。闹土地分红、闹粮、搞投机,不是证明吗?东山坞的那些贫农,只要是走得正、行得端的,没有一个这样的人,我可以当着你的面夸下海口:你这一辈子永远抓不到这个把柄!"

马大炮说:"巧啦,我已经抓住了。"

把门虎帮腔说:"支书你看看,我轧半截儿碾子,马老四硬让我们扫下来,说是到点了,有规定,一定要卸;我们乖乖地听他的,让卸就卸,让怎么就怎么;我们一走,他又给五婶轧,五婶是贫农呀,你们是一家子,你们……"

萧长春冷笑一声,说:"连升嫂子,你不要大白天说梦话吧,这是不可能的事儿!"

马大炮又甩手、又跺脚:"瞧瞧,还包庇哪!你看看去呀,正轧哪!"

萧长春毫不迟疑地说:"不用看,我们的老饲养员决不会干出这种事儿来。他执行的是他的职务,他是个大公无私的好社员,你们都应当跟他学习;不要说学到他那一步,就是跟着他的脚印走,你马连升也不会是今天这个样子了,咱们东山坞的一切事情都能一帆风顺了!"

"走,你不信咱们看看去!"

"当然要看看啦!我不能让你随随便便给老饲养员的脸上抹黑!"

经过几句争论，萧长春把自己的猜测肯定了。他想：马大炮被揭了卖粮食的事儿之后，老实了好几天，突然变得这么猖狂，证明坏人又给他加了油，点了火，得赶快找韩百仲，一总研究一下。

他们三个人冲冲地朝碾棚走，马斋是稳在脸上，乐在心里，紧紧地跟在后边。

远远地就听到碾棚里棒子粒儿爆破的"轧轧"声了。

马大炮两口子傲慢而又得意地朝萧长春的脸上瞥一眼。

萧长春泰然自若，不动声色。

他们还没走到碾棚的跟前，就呆住了：那匹白马拴在碾棚外边的树阴里，正在地下打滚儿。把门虎歪着脖子朝碾棚里一看，吓了一跳：马老四和五婶两个人，正抱着碾棍，在推着那沉重的碾砣子……

马大炮转身就走，一下子撞到马斋的身上了。

萧长春轻蔑地微微一笑，没有追他们，也没有理他们，就进了碾棚，帮着这两位老人推起碾子。

五婶说："支书，瞧你那头汗，快歇歇去吧。"

马老四说："就完了，这儿用不着你啦！"

年轻的支部书记使劲儿推着。他一边转着圈儿，心里边非常感慨地想：斗争就在身边，每时每刻都在斗争；在斗争中，正确地执行党的政策才能取得胜利；而执行党的政策的人，除了一定要立得稳、站得牢，还得做到一个芝麻粒那么小的偏心眼儿都没有，才能使政策发挥它应有的威力……

他把刚才的事儿跟两位老贫农说了。

五婶气得直哼哼。

马老四只是深沉地微微一笑。

第八十三章

东山坞的积极分子们,一边等着萧长春来传达上级党组织的指示和决定,一边照着"一手抓斗争,一手抓生产"的精神,按部就班地忙着自己的工作。

工作最忙的人,要算那位新任队长焦克礼了。

前天,马连福张开两只空手丫子,只是三言两语,就算把第一生产队的工作交代了,昨天又拍了拍屁股"溜之乎也"。丢下这一个乱摊子,全得这位新队长给他收拾。新队长跟他的"老参谋"喜老头坐在狮子院里稍稍一理,还有多少事情急等着做呀!可是,明天就要动镰收割,好多问题要是不马上解决的话,一定要影响麦收。

焦克礼挠了脑袋:"我的老天,这么多的事儿,咱爷俩就是劈成八瓣儿,也够呛!"

喜老头也挺急,却故作轻松地给新队长开心丸吃:"饭要一口一口地吃,事儿要一件一件地做;不怕慢,就怕站,只要大伙儿一伸手,就算有头脑了。依我说……"

焦克礼说:"就是没头脑也得干啦,比人家二队,咱给丢下多远哪!我看怎么追也追不上了。这样吧,咱爷俩也别在一块儿捆着了,分分工吧。"

喜老头这两天变得特别和气,尤其对待新队长,那种随和、亲切的样子跟马老四差不离儿了;话被打断了,也没急没气,就说:"好主意,怎么个分法呢?"

焦克礼说:"您干坐着的事儿,我干跑腿的事儿。"

喜老头说:"你的意思是让我跟保管清点工具,对不对呢? 行,这个活儿，我还摸门儿。你呢？"

焦克礼说："百仲大叔说，麦熟一晌，昨天虽说都挨块看了，还要再看一遍。我去踩踩地边子，看看哪块地先动镰，哪块地分给哪一组干；还有场上的人也没有选定，还得跟小组长们凑凑名单儿；新记工册子，也得发下去；哪几辆车给咱队拉麦子，也得找运输组商量；重要的是场上……"

喜老头笑了，接着他刚才被打断的那句话的意思说："这么多的事情，不要说咱爷俩分成八瓣儿，就是分十六瓣儿，也干不完哪？"

焦克礼说："您讲的话，一口口吃，一件件做呗！白天干不完，还有黑夜哪！"

喜老头说："依我说呀，你不如走走群众路线，多找几个人，把这件事儿分给他们，帮着咱们干。大伙儿一齐动手，那可就快多了。"

焦克礼说："那不成了甩手干部了？"

喜老头说："你给他们布置，你也跟着一样儿干，回过头来再检查，这不是没有甩手吗？"

焦克礼乐了。

这当儿，从外边走进来两个人，一个是小组长马长山，一个是韩道满。

马长山也是新任的小组长，跟焦克礼的年纪差不离儿，是个老实厚道的大老蔫；蔫是蔫一点儿，过去对村里的事儿从来不多管多问，可是心里有数儿，办事儿稳当认真，比韩道满可精神多啦。

喜老头一见他俩，马上就有了主意："嗨，克礼，这不送上门来了吗？踩地边子的事儿，让长山干吧！"

马长山没听明白："踩什么地边子？"

焦克礼说："找找地块，哪边麦子熟得透，明早好先动手割。对啦,你就替我干干吧。你先初步踩一下,回头我再看看也就行了。"

马长山说:"我是给你送名单来的。打麦子的时候,派到场上干活的人,我选了几个,你看行不行?"说着,把一个纸条儿递给焦克礼了。

喜老头说:"好,这办法好。先让每个小组都自己选一下,名单都交上来,咱们往一块儿一凑,该换的换,该补的补,省得一个组一个组跑,也免得临时凑人不妥当。"说着,又一眨眼,"对啦,克礼,我一会儿跟长山找道满他爸爸去,让他跟长山辛苦一趟,踩地边子这个活儿,他可比年轻人有经验啦。"

韩道满在一旁插言说:"不用您去了,我动员动员他,一定去。"又对焦克礼说:"淑红姐叫我来的,问你们这儿有什么事儿,给我一点儿做。"

焦克礼说:"真巧,正有个合适的差事。你替咱发发记工册子吧,按组发。还有,就手辛苦一下,把名儿替小组长填上,也省他们费事了。"

写写画画的工作韩道满是最乐意干的,就答应了。

马长山对韩道满说:"你忙你的吧,我自己找你爸爸去,多说几句好话,总得赏我一点脸吧。"说完,两个小伙子就相跟着走了。

这一来,新队长身上的差事已经减去了一半儿。

喜老头说:"你瞧多干脆。当队长会动手,也得会动心思,会支配人力。全安排个差不离了吧?你去联系车,回头找几个人,就专门到场上干去吧,那边才是最重要的。事儿完了,再跟长山他们碰碰头,把他们踩的地块儿查一查、定下来,今天的事儿,算是全干完了。"

焦克礼从狮子院出来,比进去的时候可轻松的多了。他得马上找人挑水泼场,还得找人拉牲口轧;人家二队的场已经做了两遍,可是一队的做一遍还做得很粗糙。明天一动镰刀,麦子就上来了,不把场做好,往哪儿放呀?

前边跑来一大群男女青年,有的扛着锄,有的挑着桶,有一队的人,也有二队的人,嘻嘻哈哈,又是说又是笑,在这些声音里,马翠清的嗓门儿最高。

焦克礼想靠边儿让让路。

马翠清一把揪住他了:"队长,架子不小哇! 怎么一见了我们就把眼睛长到头顶上,躲着走?"

焦克礼说:"我忙着哪!"

马翠清说:"怎么忙,也把我们安排下再走哇,别把我们像放冻柿子似的摆在这儿呀!"

焦克礼没弄明白:"我安排什么?"

好多人也愣了:

"哟,淑红姐说让我们找你就行了,你还不知道呀?"

"不是你们让我们来的呀?"

焦克礼更糊涂了:"让你们来干什么?"

马翠清说:"淑红姐说,放假的日子,大伙儿没事儿,少玩一会儿,帮你们做场,你不欢迎呀?"

焦克礼乐了,连忙说:"欢迎,欢迎,谁说不欢迎啦? 唉,怎么不先跟我说一声呢,差一点儿把财神爷往外打发。对不起,对不起……"

"哈哈,瞧队长多客气呀! 对不起,对不起!"

马翠清说:"刚一见我们,当是来吃饭的,眉头皱个锤似的;一听说是来干活儿的,嘴又咧个瓢似的!"

"哈,哈,哈!"

焦克礼让这群伙伴闹得怪不好意思,就说:"翠清同志,借光,你先带大伙到场上去,我去牵牲口。"

马翠清嘴一撇说:"别借筐了,借扁担吧! 从哪学来这么多酸文假醋的!"又招呼伙伴,"走哇! 跟我走!"

焦克礼一见媳妇玉珍也在人群里,就说:"你是咱队的,帮着指点指点,照顾照顾!"

玉珍白他一眼:"废话!"

大伙儿"轰"的一声又笑了。

焦克礼得"逃"了,不然,说不一定又会引出什么更让他招架不了的笑话来。

他在人们的笑声里跑下沟,正往饲养场里边跑,差一点儿撞到一个人身上。

从里边走出来的是焦淑红。她一只手抓着草帽子扇着风,一只手背在后边,牵着一头大骡子,笑着说:"慌慌张张地干什么? 看你乐的!"

焦克礼憨笑着:"怎么不乐! 你在旁边给我助劲儿哪! 团支书真不赖!"

焦淑红说:"百仲大叔刚才还为这个骂我本位主义!"

焦克礼说:"你帮我们一队,哪算本位呢?"

"他说,你怎么不多给我这个队长使使劲儿呢?"

"这个呀? 那你就本位主义一点儿吧! 越本位越好!"

"嘻嘻! 不知怎么回事儿,刚才我跟翠清还说了一阵子,第一队好像不是交给你一个人了,倒像交给团支部了,团支部和好多青年都挺惦着你。"

"我是团支部送出来的干部嘛,我要是干不好,不就丢了你们大伙儿的人了!"

"你别揭我的短了,我可没有光想团支部丢脸还是不丢脸。"

"反正是一回事儿,帮我就好。"

两个人说着话儿往回走。

焦淑红问:"翠清他们去了?"

焦克礼说："去了，一大群。你真想得周到。"

"我们在一块儿商量帮帮你，可又伸不上手。开始我也没有想到帮你做场，倒是我爸爸信口一提，把我提醒了。他说你们那场做得不好。"

"刚才我跟喜老头也商量这个事儿了。"

"我估计着，今天是放假的日子，你要是在一队现派人准得麻烦。"

"还说哪！"

"往后，有啥事儿，只要我们能伸手的，你就说话。你千万可别急躁。一队的工作，得慢慢地扭转，不是一急一躁就能好起来的。"

"上边有萧支书、百仲大叔，那边有狮子院的人，这边有你们，都给我撑腰，我还急躁什么！"

两个人越说越高兴。

可是，他们没有料到，有一件"不高兴"的事儿，正在场上等着他们哪！

你听，那边吵得多厉害呀！

"这家伙真可恶，好像比过去更厉害了！"

"这是安心拆咱们的台！"

"早不干这事儿，晚不干这事儿，为什么偏偏等到要动镰刀了干？"

"不行，找他说理去！"

"等等，先找克礼！"

焦淑红和焦克礼两个人没听出头脑来，只见人们站在一起，一个个粗脖子涨脸，又是跳脚，又是喊叫。

"队长，马大炮把木头抽走啦！"

"是他，长山妈亲眼看见的！"

"这可不能放过他去呀！"

原来是这么一回事儿：每逢麦子或大田庄稼登了场，白天晚上总要有人看守，家具也得有个地方存放，所以就在场边上盖几间简单屋子，叫做场房。东山坞一队的队长马连福，根本不是过大日子的人，当然也不会有长远打算，一直没有盖屋子，只是到了收割时节，临时搭个棚子，对付事儿。去年麦收又搭棚子，因为没有木料，就借了马大炮两根细檩条，麦收过后，大秋又用了一些日子，一直没有拆。马连福前天交代手续的时候，提到这件事儿，焦克礼就跟喜老头商量：事到临头，再盖屋子是来不及了，反正麦收比大秋日子短，就用原来的材料重搭一下，泥泥顶子，对付下来得了；没想到，马大炮今天怎么想起这件事儿，也没跟谁说，到这儿就把檩条给拆走了……

焦克礼一听，气得不得了："这家伙真可恶，这是故意给我们为难。不行，他怎么扛走的，得怎么给我扛回来！"说着，就气冲冲地转身要走。

焦淑红还没有完全弄明白，就喊："克礼，你等一等！"

焦克礼说："你们干你们的吧，把场做完了，就手帮我把棚子搭起来。"

焦淑红跑到前边拦住他问："到底是怎么一回事儿，跟大伙儿说说，大伙儿好帮你想想，怎么做最妥当。"

焦克礼说："这还想什么？让他给我扛回来，这么办就最妥当！"

马翠清和一伙子年轻人齐着声喊："对，对，让他扛回来没事儿，不然咱们就一块找他讲理！"

焦淑红心里掂着这件事，非常紧张地想：支书没在家，主任没在跟前，马大炮既然敢拆走木头，就是打定主意要吵的；焦克礼又在火头子上，跑了去，保管要吵起来。他一个人能招架的了吗？去的人多了，会不会引起麻烦？就问焦克礼："你说清楚，那木头去年是咱们买他的,还是借的?"

焦克礼说:"借的。"

焦淑红问:"当时说定借多长时间没有哇?"

焦克礼说:"说定借一个麦收。"

焦淑红又问:"想再接着用,你跟他说过没有?"

焦克礼说:"还没等我说,他就先下手了!"

焦淑红说:"要这样,你不能去找他……"

焦克礼一愣:"为什么?"

焦淑红说:"既然那会儿说借一个麦收,已经大大超过了时间……"

年轻人喊起来了:

"超过时间,不说一声,随便拆走了就行呀?"

"生产队是大伙儿的,再用一个麦收怎么着?"

"不怕他!"

在这群人里边,马翠清喊得最厉害:"这是安心破坏咱们的麦收,也是安心给新队长一点颜色看,可不能饶了他! 走,走,咱们一块儿找他说理去!"

焦淑红大声说:"同志们,别吵吵,听我慢慢说。咱们得想想,要找的那个人是个什么样的人,是讲理的呢,还是不讲理的? 这件事儿,马大炮当然不对,可是他一跟你搅起来,他又占了理……"

马翠清又喊起来了:"同志,团支部会上咱们怎么总结经验教训了,得用阶级斗争眼光看问题!"

焦淑红说:"今天在这儿的,好多人都参加了前天的团支部扩大会,我们检查了过去对好多事儿没用阶级斗争眼光看问题;这一回,我们就应当用这个眼光看看。马大炮敢拆木料,又一声不吭,又是在这个节骨眼上干的,我看这是有来历的,就是安心要跟我们斗一斗……"

"斗就斗!"

"怕他什么!"

"走,咱们人多!"

"不扛回来不行!"

焦克礼倒是让焦淑红的几句话给提醒了,摆着手说:"同志们,静一静,淑红同志说的有道理。大家忘了,那一次马连福在干部会上骂大街,马之悦主张我们翻粮食,都是安心要挑拨我们打架,好乱成一锅粥哇!团支部会上,大伙儿也讨论过,要当个教训记下来,往后对待问题要看火候,要讲策略……"

"怕打架,就不斗争了?"

"你让着他,明天什么都敢干了!"

焦淑红说:"我们不怕斗争,可是得看看具体情况,也得讲究方式。这件事儿,马大炮是占着理。他可以说,我的木头,已经用过了时间,为什么不许扛回来?你说他没通知队长,批评他方法不对,顶多算他做得不周,能有什么了不起的呢?你们看看克礼的样子,再看看我们大伙儿的火气,到那儿准得硬跟他吵;克礼当了队长,好多人都睁着眼睛看着他,他处理的第一件事儿就没有处理响亮,这影响多不好哇!"

这几句话,把大伙儿给说静下来了。

玉珍一直没开口,可是一直替丈夫的冒失行动担着心,这会儿才松了口气说:"还是淑红姐想得周到。"

马翠清也乐了:"小整风会没白开,战斗力真提高了!"

有人说:"也好,不用吵,就动员他借咱们使使。"

又有人接着说:"对,咱们自己扛去!"

马翠清眼一瞪:"哼,犯不上求他!"

焦淑红说:"翠清说得对,他想用几根木头难难咱们,咱们偏不求他!"

玉珍看看愣在一边的男人，正咬着牙，瞪着眼，两只手攥着拳头，攥得"咯吱咯吱"响，就小声地说："别急，大伙儿再想想办法，这个棚子一定得搭呀！"

焦克礼说："当然要搭啦，搭个好的，让他们瞧瞧！"

焦淑红说："对。咱们想办法弄木头！"

焦克礼一跺脚，从媳妇手里夺过锄头，说："淑红姐，你带着大伙儿做场吧，我找木头去。"

玉珍急忙抓住锄把，不放心地问："嗨，找木头去，你还拿锄头干什么呀？"

焦克礼说："这你就不用管了，反正我不去打架。"

焦淑红看着焦克礼，觉着他虽然认识到自己不能冒失，可是，火气并没有完全消下去，似乎更冲了，就温和地说："克礼，你到底要想什么法子找木头？"

焦克礼说："反正我不会去侵犯他们中农的利益，也不找影响不好的办法，这个你们就放心吧。"

焦淑红说："这对。可是你为什么不把办法跟大伙儿说说呢？说说嘛！"

"说说，不行的话，我们大伙儿帮你想办法！"

"眼下正是要紧的时候，小心一点儿不为过分！"

焦克礼说："我回去扒我家那个小棚子去……"

"哎呀，这可不行！"

"办法多得很，怎么能让你扒棚子呢！"

焦克礼说："用完了我再搭嘛，顶多费点事儿！"

焦淑红说："你这精神好，可是，我们尽可能想出别的办法，不要扒你家的棚子。"

焦克礼说："怕什么？只要把咱们的社会主义搞好，不让那些总想拆我们台的人看到笑话，就是割下我的脑袋来，我也干！这个硬骨头我还有!"

伙伴们都被新队长的精神感动了。

玉珍说:"走,我跟你扒去!"

马翠清说:"别忙,听淑红姐的!"

焦淑红心里是热的,朝焦克礼跟前走近一步,扶着小伙子的肩头说:"克礼呀,你别急,到了该让你拆棚子的时候,一定让你拆。可是现在用不着……"

焦克礼说:"明天就要割麦子了!"

焦淑红说:"今天我们一定要把棚子搭起来!"

焦克礼说:"木头呢? 就是开会动员也来不及了!"

焦淑红说:"我家有一根檩条没用,扛来……"

马翠清手一拍:"嗳,对啦! 我家河边上那块自留地边上有一棵树,放了它!"

焦淑红说:"还是借现成的吧。"

马翠清:"我正嫌它遮太阳,不发苗子哪!"

焦淑红说:"前天你不说,要等它长粗壮一点儿再放吗?"

马翠清一跺脚说:"唉,这不是等着用吗,谁请你跑这儿揭底儿来的!"

"哈哈……"

年轻人全都开怀地大笑起来了。

这当儿,喜老头跟老保管来到场上。

老保管问:"怎么这样高兴呀?"

喜老头说:"年轻人到一块儿,还断得了笑!"

焦克礼说:"喜爷爷,刚才差一点儿让我捅了娄子!"

喜老头倒挺大方:"捅娄子怕什么,捅了咱们再堵,只要是干工作,一点儿不捅娄子,没那回事儿。"

于是,年轻人七嘴八舌地把刚发生的风波,跟喜老头讲了一遍。

喜老头听着，忽然仰起头，又挺起胸，看看焦克礼，看看焦淑红，又把所有的人都看了一眼，使劲儿拄着手里的拐杖说："对，对，办的对！该斗的时候，咱们就得斗，狠狠地斗，咬住不撒嘴。觉着斗着对咱们没利益，好，咱们变化个样儿斗。把棚子搭起来，马上搭起来，让他们看看，这也是斗了！"

…………

两个老人临走出场院的时候，老保管说："小青年们真不简单呀！"

喜老头乐得身子直颤："长得快，长得快！这是锻炼人才的年头儿嘛！"

第八十四章

焦二菊也是最忙的一个。她的任务是召开一个妇女会，动员妇女们参加麦收，还有成立托儿组的事儿。这个任务可是不轻的。昨天集上，她就托人给那个挂牌子妇女主任娘家捎话去了，让她赶快回来抓工作，到现在，人不来，信不回，把她急得不得了。她跑到沟北狮子院，找帮忙的人。

志泉媳妇和福奶奶两个人正往家里抬水。

焦二菊往门口外边一站说："哟，放着小伙子不使，怎么你们娘俩抬水呀？"

福奶奶说："人家小乐当会计了，连行李都搬到办公室，还管挑水！"

焦二菊拍着手说："瞧人家团支部的人，多棒，会也开了，任也上了，人人都变样儿了，哪像咱们这个妇联会，半死不活的，连窝都没动。"

志泉媳妇说:"昨晚上萧支书不是说过了麦收就重选主任吗?反正也跑不了您,您就领着干算了。"

焦二菊说:"领着干倒没啥,就是想起来怪叫人生气的!"

福奶奶说:"上回选主任时候,我看闺女去了,不知道那个会是怎么开的,就是合着两只眼睛瞎摸,也不该选她呀!"

焦二菊说:"谁选她了? 那还不是马之悦一手包办,给她硬安的头衔呀!"

志泉媳妇说:"那天一百张票里就有九十九张是选二菊的,马主任说一家两个当干部,不好办事儿,换个吧。他就给找了这么一个挂名儿的。"

焦二菊说:"甭管是谁了,咱们得抓抓了。先召开个会,说道说道,动员大伙儿把心弄齐一点儿,要不我没法儿跟长春交差呀! 咱们虽然不是党员,可是念的是党的书,办的是党的事儿,就得像个党员的样子。你们知道吗:每一个党员都要无条件服从党的决议!"

志泉媳妇和福奶奶两个虽说没有念过那个《党员课本》,"服从党的决议"这词儿的意思还是懂的。

福奶奶附和说:"党怎么安排的,咱们就怎么做,好吧?"

志泉媳妇说:"对啦,干脆改选,等她回来,告诉她改选掉了,她一定美不颠的。"

焦二菊说:"让她听听大伙儿的意见吧,选掉了,能让她心服口服才行。我们也得像支部那样讲究民主集中制。这样吧,咱们两条道儿一齐走,你们娘俩辛苦辛苦,挨门找找人,不管有孩子的,没孩子的,年纪大的,年纪小的,只要是收麦的时候能够伸伸手的人,全把她们动员去,别又光耍咱们几个人。你们召集你们的会,我马上跑一趟,把主任请回来,反正顶多也就是这一回了。"

福奶奶说："哟，来回六七里地，哪还来得及呀！"

焦二菊把脚一伸："你瞧，六七里该老儿！保管你们没把人找齐，我就跑回来了！别抬了，快找人吧。"

志泉媳妇说："行，开完会再抬，把缸都抬得满满的，明天好一扑纳心儿收麦子。"

焦二菊离开狮子院就往村外跑。她没有一般女人家那么多的啰嗦事儿：出个门，还要梳梳头，洗洗脸，换件新衣裳，看看鸡、瞧瞧猪，嘱咐一声孩子，关照一下邻居；这些事儿她根本没往心里装，也不去想它，看见别人这样，还讨厌哪！说实话吧，这会儿，她家里一个人都没有，可是从屋门到院门，全都是四敞大开的；又没有见不得人的事儿，怕哪家子人呀？更没有金银财宝，谁还能把家给搬走哇？她把充沛的精力全都投到工作、劳动上，投到为别人、为农业社的奔波上。她自称是"打杂的"，她干的就是一些别人不大留神的事儿。过去呢，全是凭着热情干，如今，她是有学问、懂政策的人了。她已经四十多岁，倒有一颗十八九岁大闺女的心；她那心是火热的，她乐意东山坞的工作在全县数第一，她乐意东山坞一跳脚就跑到共产主义去。那个社会到底儿什么样，她不太清楚，可是，她敢对任何人肯定它"好"。怎么个好法呢？旧社会给人家当使唤丫头那会的日子当然比不上它好，今天农业社的日子也不会比上它，反正共产党说好，在她家住过的县委书记说好，萧长春说好，跟她一条枕头枕了几十年的韩百仲说好，当然就好了；谁敢说共产主义不好，你试试，焦二菊会用什么办法对付你！

她大步流星地往村外走。才过小桥子，见远远的麦地里有两个人脸对脸地站着说话儿哪。冲这边那个是韩百旺，冲那边那个，焦二菊光从后背就一眼认出来了，扯开嗓子喊："喂，喂，我说，你在这儿站着干什么哪？"

韩百仲扭过脸来，也冲着她喊："喂，喂！忙忙匆匆地你干什么去呀?"

焦二菊说:"我请咱们妇女主任去!"

韩百仲摆着手说:"算了吧!来,来,我就手跟你说一声。"

焦二菊走过来,她立刻看出,韩百仲的气色不太好,就问:"长春回来了?"

韩百仲摇摇头:"我到山坡子上转了个圈儿刚回来,还没有见着他。看样子,这回要糟心。"

焦二菊没听出头脑:"怎么啦?"

韩百仲说:"刚才百旺大哥到大湾卖豆片去,听老孔说李乡长回来了,马之悦昨晚上在那儿跟李乡长一边下着棋,一边聊,到半夜才回来……"

焦二菊说:"这有什么糟心的呀!"

站在一旁的韩百旺愁眉苦脸地说:"这里面的奥妙,不要说你不知道,连萧支书也不大摸底儿。他们俩是吃喝不分家的老交情啦,李乡长能不护着马之悦!"

韩百仲说:"看样子,又得节外生枝了。"

焦二菊拍着手说:"妈的,怎么这样多七股子八杈的,真烦死人了!"

韩百仲说:"同志,可别发烦,不复杂就不叫斗争了。你先别远去,等我找到长春,听听消息,咱们再行动。"

焦二菊问:"会还开不开呢?"

韩百仲说:"照旧开。昨晚上不是说了吗,你主持,我跟长春要是脱得开手,也去听听。我们助威,你办事儿!"

"哟,你们在跟前,我还敢说话呀,说错了呢?"

"我们不在跟前,你说错了就行吗?"

焦二菊笑了:"不找就不找。丑媳妇难免见公婆,干好干赖,我先干着瞧!"

韩百仲也笑了："哎,这才像个积极分子的样儿!"又对韩百旺说:"你不用把心眼儿攥得小酒盅似的,只要咱们不急躁,不发烦,不怕斗争,没有过不去的河沟子。你忙事情去吧,我到街里找找长春去。"

焦二菊见他们过了桥,刚要转身往回走,见小桥子南边有个女人洗衣裳,就朝那边喊:"子怀家!"

马子怀女人答应着:"哎!"

焦二菊说:"吃了晌午饭,咱们在大庙里开妇女会。"

"哎。"

"你顺便催着大炮家的那个。"

"我催不动吧?"

"别强迫命令,多来点说服动员嘛!"

"反正我把话捎到,她要不去,你可别怪我呀!"

"她凭什么不去? 你告诉她,就说我下的请帖,她要是不去,我就亲自去请啦。"

焦二菊说罢,又要转身往回走,忽听桥那边一声"喔喔"叫。她跳到石头上登高一看,那叫声从麦子地里来的:"嗨,这是谁家的鸡呀?"

马子怀女人左右看看,小声地说:"别人谁敢办这种事儿呀,弯弯绕家的呗。"

焦二菊想起昨天早上焦克礼召集的那个会,就说:"队长让他把鸡圈上,他乖乖圈上了,怎么又撒出来啦?"

"就圈了半天,从集上回来,就又撒开了!"

"可恶。我找他去!"

焦二菊气呼呼地跑了几步,从快到慢,从慢到停,暗想:自己干事情可不能再简单盲目了,得好好地动脑筋琢磨琢磨;弯弯绕这个家伙最会绕,空口无凭地去找他,他准不承认;鸡是有腿的,一会儿跑了,倒给他反咬一口,不如捉住一个,作为证据,再把他拉到地里,当面教训他一顿。焦二菊想到这儿,就朝麦地里跑来。

一只大芦花公鸡正伸着脖子叫唤,叫一声,抖着翅膀一跳,用它那尖嘴叼住一只大麦穗子,左一摇,右一摔,肥饱的麦粒儿就给抖落在地上,拣了几个粒儿吃,又去叼另一个麦穗儿了,好像要把每一个麦穗儿什么味道都要尝一尝。

焦二菊看着,心疼极啦,骂道:"死玩意儿,叫你糟害庄稼!"拾起一块土坷垃就投了过去。

那公鸡惊叫一声,又有好几只老母鸡从麦地垄里蹿出来,一见有人追赶过来,全都钻到麦垄里去了。

焦二菊认准了那只芦花公鸡,又投了几块土坷垃,没有砸着,也不顾砸了,开腿就追。

那只芦花公鸡被追得拼命地跑来跑去,因为麦子太密,钻不了,就嘎嘎地乱叫,抖着翅膀,擦着麦梢儿拼命地飞逃。

那鸡飞过一条垄,焦二菊追过一条垄;那鸡飞到河边上,焦二菊追到河边上。

马子怀女人看得出了神儿,两只手抓着湿淋淋的衣裳,水珠儿滴滴答答的。她看着焦二菊差一点跌一跤,就喊:"嗨,别追了,人能追得上有翅膀的鸡呀!"

焦二菊好像没听见,还是追。她腿长脚大,那鸡飞多远,她也跳多远。

那芦花公鸡已经有点精疲力竭了,还是顺着河边拼命地跑;焦二菊面不改色,一步不放,也顺着河边追。

马子怀女人说:"大热的天头,别累坏了,追不上!"

越有人喊追不上,焦二菊越要追。倒不完全是逞强,因为她恨透了阳奉阴违的弯弯绕,太心疼落在地上的麦粒儿,就是累坏了,也得捉住。真不愧是大脚,一鼓劲儿蹿了几步,赶到公鸡的前边,一扑一按,那只已经丢了魂儿、落了魄的芦花公鸡就在她的手下"嘎嘎"地叫唤起来了。

马子怀女人乐了:"哈,你真有两下子!"她对焦二菊这一手不光佩服,而且觉得解恨——她心里边一直是恨着弯弯绕、马大炮的。

焦二菊没有流汗,也不带喘嘘,很得意地抿嘴笑笑,又冲那鸡狠狠地唾了一口,伸手扯过一根柳条儿,把鸡的翅膀、大腿全拴住,又"呸"地朝鸡的脸上唾了一口:"坏了心的家伙,跟你那主子一样,专门跟集体作对。这一回,我要让你知道知道,农业社不是好欺负的!"又说:"子怀家的,我把鸡存在这儿,劳驾给我看一会儿。"

马子怀女人说:"你可快点回来,要不让弯弯绕看见,该赖我了。"

焦二菊说:"瞧你胆小的,赖你又该怎么样? 他违反队里的规章,偷着把鸡放出来糟害集体的粮食,这是最坏最坏的事儿,我不来这儿,你还应当主动点儿把它们捉住哪!"说完,就又冲冲地往村里走,心里气愤极啦! 她要马上找到弯弯绕,问问他的鸡在哪儿,他准得说在家里圈着,好,拉他到地里看,看看这片糟蹋了的麦子,再让他看看这只鸡,看他认账不认账;认了账好,糟蹋了麦子怎么办,不赔偿是不行的。

焦二菊走进村口的时候,碰见了马长山媳妇,挎着一个红包裹从村里走出来。小媳妇打扮得漂漂亮亮,老远就朝焦二菊笑着打招呼:"您吃啦?"

焦二菊立刻用笑脸相迎:"早上的吃了,晌午的还没影儿。干什么去呀?"

马长山媳妇说:"走亲戚去。"

"昨天你不是刚从娘家回来吗?"

"我今个看姐姐去。"

"咱们过晌要开妇女会了,你就别去了。"

小媳妇有点为难地苦笑着:"好不容易有了闲日子,我不参加会了。"

焦二菊心里不高兴,脸上没有带出来;因为她跟男人下过保证:永远不对社员强迫命令。她扳着新媳妇的肩头,说:"才二十几岁的人,日子长着哪,姐姐就在跟前,多会儿看不了? 哪在今天明天的呢。你又是新来乍到,头一次妇女会都不参加,人家笑话。"

小媳妇说:"您也没早通知我……"

焦二菊说:"瞧你说的,我早通知你,谁早通知我呀! 我也不是当家做主的干部,我是听支书的。咱们都得听党支部的话。你不知道,你们沟北边可落后了,你住在沟北,得起个模范带头作用。再说,长山这会儿又当了小组长,别让外人咬他呀! 你看,你大叔在前边当干部,我就在后头积极,咱们干部家的人不积极,不就给他脸上抹灰了,他也不好说别人了。"

小媳妇被说得犹豫起来:"今个我不去,您改日替我请一天假,行不?"

焦二菊想起上一次说服焦庆媳妇和韩百安,男人批评自己用落后思想迁就了落后思想,这一回说服马长山这个小媳妇,再不能"迁就"了,就说:"这个愿我可不能许,队里开会,每个人都应当参加。参加会,开脑筋,对你自己有好处。队长应准你的假,用不着别人替请,自然就准了。婶子就跟你打这一回交道,你也得给婶子一点脸呀!"

马长山媳妇笑了:"人家都说婶子爱发火,您这回怎么不跟我发火啦?"

焦二菊说:"婶子爱发火不假,那得分跟谁。跟外人,我是铁棍子;跟咱们自己人,我是面条儿。硬的软的我全有,可不能乱来。得,侄媳妇留下开会吧!"

马长山媳妇说："行，您忙去吧！"

焦二菊不放心地说："你可别支走我呀！"

马长山媳妇说："瞧您说的，我是那种落后人吗？硬要走了，也对不起您这一番话呀！"

焦二菊说："好，侄媳妇真干脆，得空咱们娘俩得好好聊聊。听说你娘家爸爸也是干部，对吧？干部家里出来的人，跟一般的人就是两路！"

马长山媳妇高高兴兴地转回去了。

焦二菊也高高兴兴地往街里走，到了南坎上，就瞧见弯弯绕正在门口捣粪。她的脸色一下子就阴沉下来，高腔大嗓地朝那边喊了一声："嗨，我说弯弯绕，你家的鸡呢？"

弯弯绕正在一边端着铁锨干活儿，一边想心思，想着昨天集上听到的那些话儿，想着自己怎么迈脚步；他被焦二菊这突然的喊声弄得一愣，转过脸来，皱了皱眉头，挤了挤小圆眼，冷冷地问："你喊叫干什么？"

焦二菊下了沟，说："我问你，你家的鸡在哪儿？"

弯弯绕不以为然地说："我的鸡在哪儿碍着你什么呀！"

焦二菊蹿上北坎子："我问你当然是有碍着我的事儿。在哪儿，你抵赖不行！"

弯弯绕"噌"地转过身，瞪起了眼珠子。

这倒很让焦二菊意外。她原来想：等自己找上门来，弯弯绕顶厉害也不过是绕绕弯子、耍耍赖，全得来软的；因为，从打搞投机粮食的事儿给揭了底儿之后，弯弯绕对谁都不敢随便来硬的了。没想到，弯弯绕又犯了老毛病。

真的，弯弯绕的老毛病又犯了。他昨天从集上回来就撒了鸡，说话声音也高了，走路脚步也冲了，满肚子的窝囊气又一股一股地冒起来了；不用说，胆子也就更大了。他冲着焦二菊，理直气壮地说:"我家的鸡找食吃去了,怎么着?"

焦二菊才不怕他哪!他气壮,比他还气壮,他嗓门高,比他嗓门还高:"你说,到哪儿找食吃去了?说!"

弯弯绕说:"能在炕头上吗?地里!"

"曜,你还挺有理呀!为什么不圈住?"

"哼,圈住?把人圈住了,连小鸡子也没点自由呀,你们也太不像话了!"

"你旗杆上绑鸡毛,好大的掸(胆)子呀!你还不老实,还说破坏话呀!啊?"

"我还老实?再老实下去,还有活命吗?我这样的话还多着哪,再这么逼着哑巴说话,我全得给你们抖搂出来!不要把别人都看成是泥捏的!"

"别的先放下,马上把你的鸡给我赶回来!"

"我没那么听过话,有法儿你就瞧着变去吧!"

"弯弯绕我告诉你,你不赶回来,别怪我手狠!"

"你想怎么着?"

"我给你一个个砸巴死!"

弯弯绕冷冷一笑:"砸巴死?我看你没那份胆量,砸死一只,你得赔我五只,不信就试试!"

焦二菊转身往回走。她一边走,一边弯腰沿路拣石头蛋。一手提起衣裳大襟儿,一手拣,到了河边上,已经拣了满满一兜大大小小的石块。

苗圃北边,这会儿有一伙子年轻人放树哪。树放倒了,枝子也卸下来了,正想歇一歇好往回抬。放牛的韩德大也凑到人群里,跟他们议论起刚才在场院发生的那件事儿。年轻人说一阵子,气一阵子,又笑一阵子;手不停,嘴不停,非常热闹。

焦淑红想到河里洗洗手,一直腰,老远看见了焦二菊,就跳到一个土堆子上喊："大婶子！"

焦二菊抬头一看，河边上忙着的全是自己的人，好像到了这会儿才想起生气似的，浑身发抖，声音打颤："可他妈的反天了！反天了！"

年轻人一听这话，不知出了什么事儿，互相望了一眼，就都呼呼啦啦地跑过来，围上了焦二菊。

马翠清奇怪地问："哟，您这是拣的什么呀？"

焦二菊说："机枪、大炮、手榴弹！"

焦淑红看出焦二菊的神色不好，就问："又出了什么事儿了？"

焦二菊用下巴指一指麦地说："你们看那麦子，全让弯弯绕的鸡给糟害了！"

年轻人跑过去一看，可不是嘛，地边上好多麦穗子全成了光杆儿，落了一地麦鱼子和麦粒子。他们都气得不得了。

韩德大说："是弯弯绕家的鸡吗？"

焦二菊说："那还有错！"

马翠清说："昨个开完了会，焦克礼到他家检查鸡圈住没有，他说的可好听啦：一定圈住，一定圈住，放心吧！才过一晚上又不是他了！"

焦二菊说："又放开了！"

韩德大说："昨天过晌我从他家门口过，还见他那群鸡圈得好好的呀！克礼告诉他老婆把门子关紧点儿，别让鸡飞出来，她也满口答应。"

焦二菊说："不知道从哪儿神气的，像领了皇上的圣旨似的，声也高了，气也粗了，说那话，听了得把你们气死！"

于是，她简短扼要地把刚才跟弯弯绕斗争的经过说了一遍。

年轻人听了全都跳脚大骂。

马翠清说："鸡在哪儿？全给他砸死！"

韩德大说:"砸,我手准着哪!"

马翠清好像也变得心细了一点儿,瞅了瞅发愣的焦淑红问:"淑红姐,你说,这回该斗不该斗?"

焦淑红正在把刚才发生的那件事儿跟这边这件事儿联在一块儿想,越想,越觉着不是味儿,气得她脸也红了,就说:"这两件事儿是一档子,看样子,这几个家伙又要进攻了!这件事儿咱们有理有据,攥着有把儿的烧饼,当然可以反攻!斗,斗!"

年轻人更有劲儿了:

"对,有理不让人,不跟他绕了,斗,斗!"

"这回要让他认识认识咱们的厉害!"

马子怀的女人见这边人多、气壮,也提着那只芦花公鸡跑过来,说:"快给你吧,快给你吧。"

焦二菊一把接过鸡,举起来就要摔。

焦淑红拦住她说:"别摔别摔,咱们把它交到领导那儿去,当着群众揭他,好让别人也受受教育!"

马翠清忽然喊了一声:"嗨,这么多的鸡呀,都在那边地里边哪!快,快赶!"

大伙儿回头一看,成群结队的鸡正在另一片麦地边上由着性儿胡作非为,就都追过去了。

焦淑红一边跟着往麦地里跑,一边喊:"同志们,千万不要砸,不要砸!"

小石桥子那边忽然有人吼叫一声:"我看你们敢!"

大伙儿停住一看,不是别人,正是鸡队的主人弯弯绕夫妻两个。他们一边颠颠地跑着,一边不干不净地骂着。

年轻人又转了回来,又喊又嚷,把他们围上了:

"队长当众宣布各户要把鸡管住,你为什么又放出来?"

"你让鸡糟害社里的麦子,你还有理了!"

"你安心破坏生产是怎么着？"

弯弯绕左右招架："你们要干什么？要吃人呀！"

"你为什么破坏生产？"

弯弯绕说："你们为什么不让我们过日子？"

"你要过什么日子？"

弯弯绕说："过我的日子！"

焦淑红大声喊："全静静，全静静，咱们有理讲倒人。马同利，你犯法的事儿还没了结，怎么又犯？"

弯弯绕拍着胸脯子说："我犯什么法了？这人行的正，走的端，没偷过谁，没抢过谁，犯你们什么法？你说说，我也好开开脑筋！"

焦淑红说："你勾结奸商，贩卖粮食搞投机，不犯法吗？你想赖啦？"

弯弯绕说："赖什么？好汉做事好汉当，粮食是我种出来的，不是打杠子抢来的。慢说卖了，我就是扔到河里，抛在坑里，谁管得着？告诉你们，这人怕不着你们啦！"

焦淑红说："政府有明文规定……"

弯弯绕说："好嘛，把你爸爸那个政策条文包包打开，看看有没有不让人家过日子的规定！"

焦淑红说："让你过社会主义的日子，不让你过资本主义的日子！"

弯弯绕摆了摆手，说："算了吧，我不跟你们兜底儿就是了。咱们虽说没有多深的情义，可也没有多深的仇恨，总算一块儿混了好几年。我给你们留着面子，别不识抬举！再逼我，我们就分手，别的不要，就要自由，想过什么日子，就过什么日子！"

大伙儿都感觉到：今天的弯弯绕不光跟昨天不同，比起过去来，也厉害多了。就都气愤地嚷嚷开了：

"你要兜什么底儿？我们农业社光明磊落！"

"什么自由？在社会主义这个圈里兴自由，出这个圈就不行！"

"总想走回头路，就是不允许！"

焦淑红说："马同利我告诉你，你想有破坏农业社的自由，我们就有反破坏的自由！"

焦二菊说："别白磨嘴皮子了，咱们反破坏，把糟蹋麦子的鸡全砸扁它！"

弯弯绕把眼一立："你们敢！"

马翠清早忍不住："怎么不敢？砸！"

韩德大几个小伙子，从地上拾起焦二菊抖搂下去的石头就要砸。连一向老实怕事的韩道满都拾起一块大石头。

焦淑红拦住他们："别砸，别砸！"

马翠清急赤白脸地说："嗨，前天支部会怎么开的，你怎么又拿出小资产阶级劲儿来了？"

焦淑红说："你忘了支书说的话啦。坚决斗争，也得讲政策。他不讲理，咱们不能不讲理，一定得按党的指示办事情。这样吧，咱们把这鸡全给他捉住，放到大庙去，他多会儿承认错误，负责包赔损失，咱们就还给他。"

焦二菊说："对，淑红这个主意好，捉呀！"

焦淑红说："一头一个人，按垅捉！"

于是，一群年轻人，呼啦啦地撒到地里捉开鸡了。满地里鸡飞人喊，乱成一团。

弯弯绕跳着脚："反了，反了，你们连大鸣大放都不怕了！真反了！"

一直愣在男人屁股后边的瓦刀脸女人，看着自己的威风一点儿都施展不开，两条腿一软，"扑通"一声坐在地下，两只手拍打着地皮，哭起来了："唉，这年头可没法儿活了，可没人走的路了哇！我的天呀，我的地呀……"

谁都不理他们，一心光顾捉鸡。

只有马子怀女人站在远远的地方看着，心里边又是解恨，又是好笑，心里想：还是农业社这边的人硬……

弯弯绕对女人说："哭什么？不怕他们了！怎么给我捉住，怎么给我撒开，碰掉一根翎毛都得给我长上！你这儿看着，我找人说理！"说着，气冲冲地回村了。

马子怀女人听到这句话，猜想他准是找后台去了；脸色立刻改变，绕着弯儿凑到焦二菊跟前，小声说："百仲大婶子，弯弯绕回村找干部去了。"

焦二菊说："找干部怕什么，都是咱们的人了！你们捉你们的，我一个人回去跟他打官司！"

第八十五章

弯弯绕像一只气蛤蟆似的，嘟嘟囔囔地往村里走。

这个富裕中农这会儿什么全不顾了，什么也不怕了。他得出一出自己的闷气儿，他得为自己的"富贵日子"斗一斗；他不能再当"傻子"，也不能再让人家由着性儿"欺负"了。他一边走一边问自己：还顾什么？连几只鸡都不让你养，你还顾哪！还怕什么？整个天下都要大变样子，东山坞不变啦？你想不变也不行呀！

他走过小石桥子，心里边又有点犯嘀咕：找谁去呢？找萧长春说理吗？这个人可不是个好惹的，说不定又得闹个炒豆没吃上，还炸了锅。找新上任的队长焦克礼吗？这小子来势就不妙，说不一定也得闹个河没过去，还呛口浑水儿。对啦，找马之悦去。马之悦昨天在小茶棚里坐着那么神气，说话那么气粗，全是贺喜的帖子，保险的单子，这回遇到让他使劲儿的事情了，他不能不卖一把子力气吧？

于是，弯弯绕没有奔大庙，也没有奔办公室，一直奔了马之悦的黑漆大门。刚到沟里，迎面碰上了马大炮。

"同利大叔，怎么这么慌呀？"

"唉，又让人家欺负了！"

"妈的，为什么？"

"就是我的鸡到地里吃了一丁点儿麦粒子，他们端窝儿来了跟我干，又要砸鸡，又要罚款！"

马大炮这会儿跟弯弯绕一样，被闹得迷迷糊糊，一会儿阴，一会儿阳，一时片刻，还不好全转过弯儿来。他听了弯弯绕这句话，脱口说："瞧你，人家明明规定让把鸡圈住，你怎么又把它们撒出来呀？"

弯弯绕对这句话非常气恼，眼珠子一瞪："呸，什么规定，那是给咱们中农戴在脑袋上的紧箍咒，你还想把它戴着进棺材呀！"

马大炮好像故意地问："您不是说，看看风向再抬腿吗？"

弯弯绕说："看看，看看，再看下去，连放个屁也得有人管，这口气我可受不了！"

马大炮听了这几句，咧开嘴乐了。这个人，在家里，靠着把门虎办事儿，在门口外边，傍着弯弯绕办事儿。刚才因为使碾子那件事儿，他窝着一肚子火没消；想用拆场房挑起一点小争吵解解气，又没有挑起来，心里边怪不自在。这会儿，他看着弯弯绕眉眼都变了样儿，就又把大嗓门扯开喊："真是骑着脖子拉屎呀！对，对，跟他们干，别吃这个！走，我跟你找他们去！"

弯弯绕拦住他说："光咱俩去不行……"

"怎么不行，不就那一群毛孩子吗？"

"毛孩子更不好斗……"

"嗨，根本用不着怕他们了。刚才我把场上的木头拆回家，他们连个屁都没敢放,焦克礼要是敢找我的麻烦,我要不给他个好看才怪! 我让他吃不了兜着走!"

"我这事儿跟那不一样呀。那个他们没理儿可说,我这个,怎么说呢? 唉,我就找马主任去!"

马大炮的神情又一转,说:"找他去怕不行吧?"

弯弯绕说:"怎么不行? 他还像过去那样光说光溜话,不办光溜事儿呀?"

马大炮说:"你不知道,两口子正为那件丢人的事儿生气哪。"

弯弯绕没有听说昨晚发生的事儿,就问:"又出了什么丢人的事儿呀?"

马大炮小声说:"昨晚上马立本找我去捉萧长春,说萧长春搞孙桂英去了……"

"听他瞎说,没那事儿!"

"我哪想得到萧长春不干这事儿呀! 就跟着去了,没想到,抓住的是马主任!"

"真的?"

"两口子就为这个吵嘛!"

"不要脸,这回我更得找他去了。走吧。"

"我可不去,他不害臊,我见了他倒有点不好意思。你去吧,我在这儿等着。"

弯弯绕撇开马大炮往东走着,心里边又绕开了。

他没有因为听到这件意外的丑事有所震动,也没有感到意外;马之悦这个花花公子,过去少搞破鞋啦? 弯弯绕也不会因为马之悦的品德缺欠就在感情上有所疏远。没这号事儿! 他们能够拉扯在一起,根本不是什么彼此尊敬的结果,而是因为歪心邪气相投,是互相利用的联盟。既然是互相利用,越是对方身上发臭的坏东西,见不得人的脏东西,越有价值。不是吗,弯弯绕正是利用了马之悦那反党反社会主义、想独霸称王的坏东西,才得到了一些好处呀! 搞马连福老婆这件事儿,弯弯绕当然不会给他传扬,但是他要利用:好小子,真是六亲不认呀! 马连福平时跟你多好,多听你的;他刚迈出门槛子,你就搞他的娘们! 你是什么东西? 这回你不给我办点好事儿,我要再理你,把"马"字儿倒过来!

马之悦后半夜从乡里回到家,一场家庭风波就开始了。马凤兰扳倒了醋缸,一声连着一声骂马之悦是个没有良心的贼。她坐在炕上,又颠屁股又拍腿;那张胖脸上又流鼻涕又淌泪,好像一只烂柿子,又让谁给踩了一脚,四处冒水儿。马之悦根本没往心里装这个,因为他有降服这个胖女人的办法;天一亮,这里的一切风波果然都云消雾散了。

这会儿,马之悦吃饱了,喝足了,靠在被窝垛上,一边剔着牙,一边看房顶出神儿。

马凤兰眉开眼笑,泡了一杯浓茶放在马之悦跟前的炕桌上,朝马之悦的脸上瞥了一眼,问:"哟,又想什么哪?"

马之悦回了个多情的眼色,说:"快去收拾家具吧,让我静下来琢磨琢磨。"

马凤兰偏不走:"你告诉我想什么,要不,我不让你想!"

马之悦郑重地说:"我想,李世丹乡长像谁……"

马凤兰"扑嗤"一声笑了:"傻瓜,李世丹像李世丹呗。天下边没有同一个模样的人。"

马之悦说:"我说的不是长相。"

马凤兰说:"除了长相,哪还有像和不像的地方呀!"

马之悦说:"天下边的人,长相没有一个相同的,心思可有一样儿的。"

"噢,你是猜他的心思哪?"

"对啦!"

马之悦正在费心思猜着李世丹的心思。一会儿，他觉着李世丹像马连福；仔细比比，又不一个样儿。一会儿，他觉着李世丹像弯弯绕；仔细一比，也不是一个样儿。像马斋和马小辫吗？更不一样儿了。也许是像自己，像他马之悦。他抓住这条线想开了，前边比，后边比，用现在比，又用过去比，似乎像的地方多，不像的地方少；又觉着，不像的地方多，像的地方少，这也或许是因为李世丹还没有完全走到自己这一步田地的关系吧？慢慢地，也就会跟自己完完全全一个样了。他想：不管怎么，摸到了李世丹的底儿，自己心里边也有了底儿了，这是一件大喜事，得抓住不放……

马凤兰在一旁总是不肯闲着嘴，搅得马之悦不能安安静静地想下去。马之悦又觉着不能总在屋里蹲着，得到外边闻闻风声，就溜下炕，穿好鞋，大摇大摆地走出黑漆大门。他那副神气十足的样子，跟一天前根本不同，倒跟半个月以前差不离儿。他仰着脸，挺着胸，迈着高傲的步子，真像不可一世！

弯弯绕正好走过来，看了他一眼，倒有几分吃惊，一时不知道说什么好了。

马之悦冲他微笑着说："同利嘛，放假没事儿，屋里喝茶，聊聊天吧。"

弯弯绕说："我的主任，我还顾得上喝茶聊天呀！"

马之悦说："进我这个门口不要紧的啦！"

弯弯绕说："我来找你解决问题。"

马之悦问："什么事儿这么急呀？"

弯弯绕说："我得先把话说在前头，如今我摊上真事儿了，你可不能黄花鱼溜边儿呀！"

马之悦说："咱们哥们还过这个呀？不论什么事儿，你求到我的头上，我推辞过？马之悦为朋友两肋插刀！"

"行，我信你这句话。那就把鸡给我要回来吧！"

"什么鸡呀狗的?"

弯弯绕喊起来:"你们农业社连鸡都不让老百姓养了,你知道不知道呀!"

马之悦说:"没有这号事儿。过几天兽医站就要来人,专门给社员的鸡打针。哪个敢说不让社员养鸡?"

弯弯绕说:"让贫农养,不让我们中农养了!"

"不会吧?"

"我的鸡都给人家抓走了!"

马之悦听了又惊又喜,一把抓住弯弯绕的胳膊,问:"快说,快说,谁带着到你家里抓的? 都说什么了? 不行,坚决不行,我不能允许别人这样随便侵犯中农的利益!"

弯弯绕一听有门儿,就连吵带骂地把刚才的事儿说了一遍。

马之悦听着,心里刚刚冒起的热劲儿,立刻又冷了。他想:小小的一件事儿,也值得这么闹呀。弯弯绕这个家伙,真是食亲财黑,连针尖沙子粒儿都不让人的自私鬼。昨天在茶棚里跟他一说要变天,他还装模作样,还藕断丝连,还喊什么除了农业社这一招儿,他还拥护共产党,闹了半天全是他妈的假的。就为几只鸡的事儿,样子也不装了,丝也不连了;敢情是合着你那自私心,就好,不合你那自私心,就吹,你那自私心是转轴儿的。这个家伙,真难交,真歹斗,往后得小心他,可别让他吃亏,吃了亏,他是翻脸不认人的。马之悦又想:对呀,李世丹昨天给自己布置了任务,让自己发挥便利条件,要对中农"好言相劝,安慰他们,开导他们";得利用这个机会,开导他们跟自己一心一意,跟萧长春那伙人把仇疙瘩系结实一点儿。他又想:对这件事儿,一定得出面,要不然,就把这个有大用的中农得罪了,自己的威风也扫地了;几只鸡,吃了几颗麦子,不过是小事一件,出面打个圆场,几句话就把问题解决了,担不了什么沉重,却可以在中农里边讨个大好,让他们看看自己的硬腰杆,对自己抱定信心。昨天通了乡上的"天",今天又钻透了中农的"地";等到机会成熟,自己上下有靠,什么事都好办了。到那儿替弯弯绕说说看,弄好了便罢,万一弄不好,就往李乡长身上一推,这是乡长指示我这么干的,有胆子,你们找乡长去打官司。李乡长不怕农业社垮不垮,就怕群众闹事儿。只要有了群众,就能拉住李乡长;只要群众闹起来,还能制服李乡长——这样两全其美的好机会,可不要放过去。马之悦想到这儿,仰面哈哈大笑。东山坞的人起码有半个月没有听到他这样的大笑了。

弯弯绕被他笑得挺生气:"你笑什么呀,这回得办真事儿,得把鸡给我要回来。"

马之悦说:"把鸡要回来? 那么简单呀!"

弯弯绕急了:"怎么样,我没说在后边吧? 一遇上真事儿,又软了? 我算看透了,靠你屁用不顶,干受气,干吃亏,说不定……"下边他想刺马之悦一下子,"说不定,我不在家的时候,连我老婆你也敢搞。"

在弯弯绕迟迟疑疑还没有说出口的时候,机灵的马之悦抢先了:"同利呀,我可是把你当成知心知己的人对待,往后咱们不要再说掰交情话好不好呢?"

弯弯绕说:"不是我愿意说,是你光顾自己,不真心给我们办好事儿。"

马之悦说:"不是良心话吧? 我要是没给你们办好事儿,你们早让人家整垮了,你也早把我一脚踢开了。你不用翻白眼,你一撅屁股,我就知道你要拉啥屎!"

弯弯绕让马之悦这句话揭到疼地方,忙岔开说:"别的先不用说,你把鸡给我要回来才算真的。"

马之悦说:"当然得把鸡要回来,不光要回来,还得让他们给咱们哥们赔情道歉!"

弯弯绕又吃了一惊:"嗬,好大的口气呀!"

马之悦说:"这不是光讲口气的事儿。我是一口唾沫一个钉,说到哪儿就办到哪儿的人。他们在什么地方? 走,咱们瞧瞧去。"

弯弯绕不放心地说:"到那儿,你可不能光把我推到前边去,你自己往后退。"

马之悦说:"走吧! 到那儿,我一句话都不让你说。你不要那么鼠目寸光,马之悦船破有底儿,谁敢把我怎么样? 东山坞由着别人随心鼓捣的日子还远着哪!"

弯弯绕不会明白今天的马之悦。正像有的人不会明白今天弯弯绕一行一动的真实动力一样,这是微妙的。他还以为马之悦真是为他"两肋插刀",为他热心办事儿哪!

马之悦也看出自己的几句话把弯弯绕给骗住了,心里挺好笑。马之悦要钓大鱼,弯弯绕不过是挂在钓钩上的一条小虫子,临时抓来用用而已。马之悦找到了精神上的和行动上的靠山,这个靠山,比起弯弯绕来不知道要牢靠多少倍。干什么都得花本钱,要真正拉住李世丹一块儿下水,更得花大本钱;再说,光为几只鸡这个芝麻大的小事儿,出点头,露点面,又有什么可怕的呢? 马之悦是副主任,是处理这种事的当然主管,对一群妇女、毛孩子,软一点儿,硬一点儿,也出不了问题,也不会让姓萧的抓住什么小辫子;还可以借机会显显自己的威风,鼓鼓自己这伙人的斗志,镇镇那伙人的气焰,一箭三雕,只有好处,没有损失,马之悦何乐而不为?

也许是经受过的教训,在弯弯绕的身上不知不觉地起了一点作用,现在他把靠山找来了,而且是个很硬气的靠山,他本来可以劲头更足、火气更冲,可是,他相反地倒有一点忐忑不安,有点提着心吊着胆,四下里不着边儿。他在心里边"绕"着,不知道这样做会得到什么样的结果,简直想都不敢想。他还是得硬着头皮闯,不闯气难出,不闯也没办法儿收场。

站在沟里的马大炮刚刚拦下韩百安和自己的哥哥,正对他们加油添醋地讲述刚才发生的事儿,见弯弯绕真把马之悦给搬来了,身上那股劲儿立刻鼓得比弯弯绕还要足。

他两只手叉着腰,大声说:"怎么着,我没吹吧?马主任就是向着咱们说话呀!"

他哥哥说:"你知道人家到那儿怎么说,就说替咱们说话了?"

跟马长山踩地块回来的韩百安,这会儿本来不大愿意贪事儿的,可是庄户人家都养着鸡,他家里的鸡也圈着,弯弯绕这事儿到底怎么处置跟他有点拐弯的关系,所以才停在这儿跟马大炮打听一下。他也接着马大炮哥哥的话音小声地说:"我琢磨着,马主任也不一定让咱们往外撒鸡……"

马大炮说:"只要我们要求撒,他就得让撒。不信你就试试。"

他哥哥说:"这会儿要是让鸡多在外边跑跑,可真爱下蛋呀!"

韩百安又小声地说了一句:"粮食到嘴边上了,糟蹋了是可惜……"

马大炮说:"可惜?去他妈的吧,一个粒儿不糟蹋能分到我名下多少!"

正往沟下走的马之悦远远地看到沟里停着一群人,好多人家门口有人往外探脑袋,心里又想:这件小事情,应当设法儿让它发挥大作用;自己这次去是抖威风的事儿,应当让多一点人看看,就小声对弯弯绕说:"同利,叫上他们,越多越好,给咱们助助威。"

这话正合弯弯绕的心意,就冲着马大炮喊:"嗨,走哇!要鸡去呀!"

"要鸡去呀!"

"要鸡去啦!"

在沟北边,这儿那儿,立刻传开了这样的喊声;好多人并不知道要的是什么鸡,也不知道跟谁去要鸡,反正见人家都往西边走,他们也跟着往西边走。

马之悦见人越来越多，而且都用赞赏的眼光看自己，十分得意。

弯弯绕见这些人大部分是沟北边的，更壮了胆子，非常神气。

这两个人，一个吹牛的，一个将军的，边走边说，直奔小河边。

第八十六章

小河边上的那伙子年轻人，正满地里捉鸡。

他们一个个都跑得汗流浃背，气喘吁吁；追了好半天，总算把弯弯绕放出来的鸡全部"俘虏"了。有提着一只的，有提着两只的，全都带着得胜者的喜悦心情，说说笑笑、打打闹闹地往回走。正好走到了小桥子那边，见弯弯绕回来了，旁边还跟着一个马之悦，立刻停住说，止着笑，一个个虎视眈眈地站在那儿了。

弯弯绕的女人，后边跟来看热闹的马大炮一伙人，也赶紧着跑过石桥，站在马之悦的旁边，有的人也跟着神气起来，有的人怯生生地看看这个，又看看那个。

于是，桥这边一队人马，桥那边一队人马，对着脸儿愣了片刻，就交锋开火了。

这边的马之悦，在那群年轻人的脸上扫一眼。他看到的只是他们手里的鸡，没有看到人；实在，这些人从来没有放在他的眼里，今天更不能放在眼里了。一群黄毛丫头、半头小子，哪里是马之悦的对手？就是捂着半边嘴也够跟他们说的；况且，堂堂的副主任，这点小事儿，只要一句话，解决了；他甚至觉着，少费闲话，让他们把鸡撒了拉倒。他想到这儿，一步跨上石桥，摆出一副领导者的姿态，冲着年轻人说："喂，瞧你们这群孩子，放着假不休，活不干，跑到麦地里胡闹什么呀……”

没有容他把一句话说完，马翠清就喊起来了："谁是孩子？谁胡闹啦？把舌头伸直一点儿再说话！"

马之悦对马翠清翻了翻眼，口气还是那个样："不是胡闹，又是干什么？大人能搞这种捉鸡追狗的事儿？"

年轻人都忍不住了：

"弯弯绕的鸡把社里的麦子糟蹋了，你知道不？"

"我们这是跟资本主义思想斗争！"

"你当主任的，把情况弄清楚再说话！"

"马主任，你心里想着来干什么，快直着来吧！"

马之悦让他们吵得耳朵都聋了："别乱嚷嚷，别乱嚷！我问你们，这件事儿是哪一个领头干的？"

焦淑红的两只眼睛紧紧地盯着马之悦，一直没说话，心里边猜想他会说出什么来，干出什么来，自己又应当怎么对待；听他点名了，就一步登上石桥，挺着胸脯子说："我！我是领头的，你要怎么样，说吧！"

她的背后，那伙子年轻人也跟着喊："我们都是领头的，怎么样？"

马之悦轻轻地把手一摆说："淑红，快让他们把马同利家的鸡给放开！"

焦淑红也使劲儿一摆手："放开？他的鸡糟害了社里的麦子，你说怎么处理？"

马之悦说："这事你们就用不着管了……"

年轻人喊起来了：

"我们不管谁管？"

"你当主任的得按制度办事儿！"

"不处理，坚决不放开！"

弯弯绕、马大炮和瓦刀脸女人也都叫了起来：

"瞧瞧，这群人多厉害，连主任都敢顶！"

"无法无天了！"

"不给人留活路了！"

马之悦冲着他背后的人大声地喊着："嗨，嗨，都不要吵，都不要吵，你们挺大的人，跟一些小孩子家吵什么呀！"

他背后的人觉着有了撑腰的，劲儿来了；年轻人呢，听出马之悦是话里套话地骂人，更气得不得了，全都不听他的，吵得更凶了。

焦淑红对伙伴们说："别吵，咱们有理跟他们讲，看他有什么花样儿耍！"

年轻人这才静了下来。

马之悦说："这类的纠纷，用不着你们管，应当交给领导解决。你们团支部有权处理吗？"

焦淑红说："这就用不着你指手画脚了，我们当然要交给领导处理！"

马之悦说："好嘛，交给我吧！"

焦淑红不屑地一撇嘴："你呀，你得说清楚怎么处理，说说领导应当说的话，我们才听你的。"

马之悦急了："焦淑红，你当团支部书记的总得有点组织观念吧？你说说，咱们俩谁是这里的行政领导？"

他的背后忽然有人插言了："我，我是！"

马之悦回头一看，搭话的人是焦克礼。

刚才焦克礼正在跟几个小组长安排打麦场的事儿，焦二菊火冲冲地跑去找他。

焦克礼一听这件事儿，气得跳脚，扔下手里的家具就跑。跑出场边，他又停住了，对焦二菊说："大婶子，这是一件大事儿，得跟喜老头商量商量。"不等回话，马上又转弯跑到队部。

喜老头听焦二菊一说,就问焦克礼:"你说说,这件事儿应当怎么看呢?"

焦克礼说:"当然得用阶级斗争的眼光看啦!"

喜老头又问:"怎么处理合适呢?"

焦克礼说:"把鸡全给他捉起来,不认罚就不放给他。"

"刚才马大炮抽木头……"

"这件事儿跟那件事儿全是有意要捣乱,用这一件整他们,比用那一件对咱们有力量……"

喜老头一拍手说:"好,看得准,说得对! 对这种人不能光讲团结,得斗了。去吧,狠狠地斗,拿出咱们农业社的气魄来!"

新队长鼓足了劲儿,领着焦二菊赶到这里。

年轻人一见自己的队长来了,更长了精神。

焦克礼威风凛凛地跨上桥头,先看了焦淑红和马翠清她们一眼;从眼神里,他得到了鼓励和支持;随后又往马之悦跟前一站,说:"马主任,你找我哪? 有话就说吧。"

马之悦说:"你这团支部组织委员,得教育青年们懂得组织纪律,服从领导!"

焦克礼说:"我还得教育他们擦亮眼睛,坚持真理,敢跟坏人坏事斗争,不让要威风的人吓住,也不让玩阴谋的人骗住,明白吗?"

马之悦说:"克礼,你怎么也学会了说这一套阴阳话儿了? 这是应当学的本领吗? 服从领导,听从指挥,把自己的事情做好,比什么不强啊! 以后有空真得给你们开开会,好好地教训教训你们。太不像话了! 赶快把鸡放开吧!"

焦克礼大声说:"我现在就有工夫教训你。从你这些话里一点儿领导味儿都闻不着了,你包庇不遵守制度的人,还让大伙儿服从你的'领导',你想把大家往哪条路上领啊?"又转脸看看弯弯绕这伙子人,一语双关地说:"我再宣布一声:谁想浑水摸鱼,挑拨是非,那是办不到的。对不起,这是发生在第一生产队的事儿,得由我处理。"

身后的焦二菊帮一句:"对啦,克礼又是县官,又是现管,我们得听他的!"

马之悦朝这儿走过来的时候,一直认为这么一件小事儿,来到这儿,说几句,道几句,鸡撒了,人散了,威风显了,好人当了,两边只能暗地结仇,湿不了自己的袜子,也泥不了自己的鞋;没料到,一插手又这么难缠,而且还有点要把小事儿闹大的趋势。他想:看样子,退是不行了,这伙子中农不会让自己退,这伙子孩子、女人也不会让自己退,干脆,闹到乡里去,把李世丹扯进来得啦!他听到焦克礼说的那些话,觉着这个毛小子的气焰实在让他难忍,一股子无名的怒火就冲上来了。他朝四周看看,没看到一个顶事儿的干部,也没一个心眼儿多的老贫农,胆子更大了,就用一种外软内硬的口气问焦克礼:"克礼,你开口一个行政领导,闭口一个有话对你说,你都把我给闹糊涂了。你到底是当了什么干部呀?"

焦克礼一愣:"你这话是什么意思?"又用手一拍胸膛:"东山坞第一生产队代理队长!"

马之悦故作惊讶地点了点头:"噢,已经选了? 瞧,我还不知道哪。我真有点儿官僚主义了。"他说这句话的时候,两只眼睛使劲儿撩拨弯弯绕这伙子人。

弯弯绕立刻插上来说:"多会儿选的? 反正我没有投票。"

马大炮也喊了一声:"我也没投票! 焦克礼,是谁封的你呀?"

焦克礼说:"党、群众!"

焦二菊马上带着大伙儿喊:"我们!"

"对啦,我们大伙儿!"

"谁敢不承认!"

弯弯绕说:"你们封的他,就让他管你们去吧,管不着我们!"

马大炮说："对，他就管不着我们中农户！"

马之悦假装为难地摊开两只手说："瞧瞧，我们的工作真有点不周到……"

焦淑红朝马之悦跟前逼近了一步，质问他说："克礼代理队长，党支委讨论过，社委会研究过，贫下中农代表会通过的，还不周到？你说怎么才算周到？你是安心挑拨事儿是怎么着？"

马之悦这下真火了，再也顾不上装腔作势了，冷冷一笑说："你们瞎吵吵什么？这是我们党内的分歧，你们了解吗？独断专行的事儿就不能算数！……"

年轻人一齐喊了起来：

"你说清楚，谁独断专行了？"

"党支委和社员说的话不算数，你一个人说话算数吗？"

马之悦也大声喊叫："你们还瞎吵吵哪？我看你们全都让人家拉进了小集团。这次东山坞的清洗，上级很快就要处理。你们明白吗？"

"谁搞小集团？我们搞的是大集体！"

"我们清洗的是坏蛋、狗腿子！"

…………

这边一开始吵闹的时候，河边的南坎上就出现了两个人。一个是萧长春，一个是韩百仲。他们是在村南口碰上的。两个人边走边说，不知不觉地来到了小菜园子里；因为外边日头很毒，他们就到萧老大那个看菜的小棚子里商量开了。萧长春把李世丹对待东山坞问题的态度、说法，详细地传达了一遍；韩百仲听了，不光没有急躁，反而一点也没觉着意外，也把韩百旺的顾虑跟萧长春说了。他们开始商量下一步怎么办，办法有几个，可是拿不定主意用哪个更有利。韩百仲主张再写信催县委快决定，或者亲自跑一趟；萧长春觉着，材料刚送走，应当让县委从容地研究一下，不要催得太紧。韩百仲又提出暂时不撤马之悦,但是应当把他的坏事儿揭揭,斗争他一下;萧长春觉着,县委没批下来,还是应当按组织手续办事。两个人正为找不出更妥当的办法犯愁的时候,小桥头上就吵起来了。他们赶忙从小棚子里跑出来,站在南坎子上观战。

韩百仲听了马之悦这句挑战的话,就要往下闯。

萧长春拉住他说:"等等,再看看。"

韩百仲说:"还看哪,蛮横的没边儿了!"

萧长春点着头说:"好像一点顾忌都没有了。"

韩百仲说:"看他那神气,肯定是跟李乡长通了气儿,要是没有撑腰的,心里没那个底儿,他这会儿敢公开这么叫唤吗?"

萧长春说:"可能。"

韩百仲说:"咱们要是服了李乡长,正好给他长了精神,减了咱们的威风呀!"

萧长春胸有成竹地说:"不,决不能这样。我们既要不违反组织手续,也不能放松原则斗争。"

韩百仲问:"怎么办?"

是呀,怎么办呢? 在这紧要关头,就需要党支部书记当机立断了;是忍让,还是斗争,是退守,还是进攻,全在一句话决定了!

萧长春的心里翻江滚浪一般。他把马之悦在这一阶段所犯下的反党反社会主义的罪恶,一件一件地捋了捋,越捋越气愤;他也把昨晚上那个贫下中农会议上所谈的事情,一点一点地想了想,越想心越热。一个共产党员,面对着马之悦这个坏蛋的反扑和挑战,还能忍耐吗? 如果不采取有效措施,打下他的气焰,说不定还会给农业社带来多么大的损失! 他考虑到这儿,又想起昨天马之悦在集市上跟富裕中农煽风点火的事儿;看样子,这风是煽起来了,这火是点起来了,弯弯绕头两天还夹着尾巴,一下子又翘起这么高;马大炮更是这样,从打投机倒把那件事儿揭开,他就"闷"着,今天为了使碾子,老毛病又犯了。事情明明白白地摆在这儿了,反击马之悦,就能使落后的富裕中农收敛一点,不然就要大抬头……对,不能犹豫了!

他坚决地对韩百仲说:"这样办:不宣布撤他的职,也不在会上公开揭发他,咱们先开党内的会,狠狠地敲他一顿!"

韩百仲拍着手说:"好! 长春,你不怕李乡长知道了批评咱们抗拒他呀?"

萧长春说:"不怕。只要我们一心为革命,没有一点儿私念,还有什么怕的? 处理一个干部,要经过上级批准,在什么样的情况下,我们也得遵守;可是我们掌握确实的材料之后,开展党内批评斗争,这是组织生活,我们支部完全有权力决定,这不会违反什么!"

韩百仲高兴地要冲上去:"对,对! 斗争吧!"

萧长春拦住他,又把自己刚才想到的问题简要地说了一遍:"您看,事实又把我们教育了:对中农光团结不斗争,真是团结不住呀!"

韩百仲说:"你想得对。我看哪,咱们就一块儿敲敲他们!"

萧长春说:"这不是一回事儿,得分开进行。这样吧,另外召集一个小会,专门整弯弯绕……"

韩百仲说:"行,这个会就交给克礼他们开吧。让喜老头给他们掌掌舵,一定能开好。"

…………

这时候,小桥头上的斗争更加激烈了。

马之悦高声喊着:"焦克礼,我告诉你,你怂恿无知的青年,反抗领导,歧视中农,你的罪可不小! 你不用屎壳郎跟着屁哄哄,有你的苦吃!"

年轻人一齐朝他开火:

"谁反抗领导？谁歧视中农了？他放鸡糟害集体财产,还要给他磕头吗?"

"不许你侮辱我们,你才跟着屁哄哄!"

"你的罪够用筐抬了,还不老实点呀!"

焦二菊说:"算了,没工夫跟他磨嘴皮子,克礼,该怎么处理怎么处理,有法儿让他变去吧!"

焦克礼说:"对! 弯弯绕放鸡破坏生产,有意闹纠纷,不能不处置。把鸡全都给我送到大庙关起来……"

马之悦叫喊:"敢! 我看你们谁敢动? 给我放开,马上放开,向马同利赔情道歉!"

焦克礼说:"做梦去吧! 走,把鸡送大庙去。弯弯绕,告诉你,今天你不认错,不包赔农业社的损失,不向社员赔情道歉,不能饶了你!"

年轻人提着鸡,拥过桥头。

弯弯绕和瓦刀脸女人一见马之悦压不住阵脚,反而把事情闹大了,就死皮赖脸地发起疯来:男的叫唤,女的哭嚎,闹成了一团。

马之悦这回让人家给一撅两截儿,更觉得下不来台,追上焦克礼,一把扯住领口:"走,上乡!"

萧长春已经跳下南坎,奔了过来,冲着马之悦喊:"放手,别在这儿耍流氓!"

马之悦吓了一跳,不由得松开了手,心里的怒火一下子就灭了,变成了一个"怕"字。他故意装作生气地对萧长春说:"萧支书,你看看,这些年轻人太任性了,太不照顾影响了,你得说说他们呀……"

萧长春冷笑一声:"你不用倒打一耙!"又冲着年轻人说:"你们做得很好。对那些破坏集体,破坏农业社,死心要走资本主义的人,就是得坚决斗争;对错误的东西一定得抵制,在反对派进攻的时候,必须挺起胸膛来。同志们,看到了吧,斗争真尖锐,真复杂呀! 咱们大伙儿还得提高警惕呀!"

当事的年轻人和看热闹来的社员们,从支部书记这些话里得到多么大的鼓励呀!

马之悦气急败坏地喊着:"好,好,你这支书简直是不分是非了。咱们一块儿到乡里找领导,找李乡长,我不能让你们破坏党的政策,不能……"

萧长春说:"上哪儿都行,咱们得先把支部这道手续走完。"

韩百仲说:"你吓不住人,也逃脱不了!"

马之悦又喊着:"你们不敢去也不行,我去!"喊着,就要走。

萧长春大喝一声:"站住!"

马之悦停住了:"你要怎么样?"

萧长春蔑视地哼了一声:"快收起你的威风吧。"又宣布说:"我们马上开支部会!"

马之悦蒙头蒙脑地问:"开,开什么会?"

萧长春回答得直截了当:"开批评你的会!"

"我不参加!"

"强迫你参加! 你就是宣布从这会儿起退出共产党,这个会也得开!"

马之悦急眼了,一跳老高:"我不服,我要上告!"

萧长春说:"开完会,你随便上哪去告。我们给你开介绍信!"

马之悦像一根木桩子似的钉在那儿了。

萧长春把焦淑红叫到跟前,吩咐了几句话儿。

韩百仲也把焦克礼叫到跟前,小声地说了些什么,又大声宣布说:"克礼,马同利放鸡糟害社里的庄稼,还无理取闹,也得开个批评会。这件事情,由你处理,马上就处理!"

焦克礼响亮地答应一声,又对焦二菊、韩德大他们说:"把这些鸡暂时都送到大庙去。"又转过脸冲着弯弯绕说:"同利大伯,你先回去想想,一会儿我就要找你,认错了,好办,不认错,开全队的大会批评!"

第八十七章

东山坞的三个党员,一齐走进河边小菜园的棚子里,每人又找到每人的合适地方坐下了。

他们就像都在作战前准备那样,望着棚子外边的翠绿的蔬菜、金黄的菜花、飞舞的蜜蜂、噪叫的小鸟,都没有动,也没有说话儿。于是,这儿就出现了短暂的沉默。

萧长春要在纷纭的思绪里理出一条线来。他想:这场斗争,不是为了帮助马之悦改变什么错误的问题,这个人铁了心,坚决跟党为敌,已经到了不可救药的地步了。萧长春再不能对他抱什么幻想和希望;这是有他没党,有党没他的斗争,一定要斗倒他,狠狠地把他那反党的气焰打下去。因此,也就需要干干脆脆,速战速胜,不必跟他纠缠皮毛细节……

马之悦也要在杂乱的思绪里理出一条线来。他想:看样子,萧长春这小子要跟自己动真的;这样突然而来,很明显不光是因为昨天孙桂英的事儿,也不是今天捉鸡这件事儿,而是在乡里挨了李世丹的碰,跑这儿往自己身上撒气来了。不能给他软的,也用不着跟他绕了,就跟他刀对刀、枪对枪干一家伙,让他有法儿开台,没法儿收场……

韩百仲也像闪电般地想着一些他认为是最重要的问题,好开台揭发马之悦。

马之悦忽然抖了抖精神,故意问:"我说支书,咱们这个会,是什么内容？"

萧长春也大声说："就是一个内容：对你开展批评，你对自己要自我批评！"

马之悦说："好吧。我说支书，我可有好多问题，你得让我先提，你也得马上回答我！"

萧长春冷冷一笑说："这是党的会议，每个党员都有发言权，对你也一样。你就放开提吧，全抖搂出来；我们都准备好了，正要回答你！"

马之悦被他那不动声色的神气，闹了个倒憋气，声音不知不觉中减了几分锐气，说："依我看，咱们东山坞党支部的问题不容易弄清楚……"

萧长春说："能弄清楚。下午开不完，咱们晚上接着开，一天不行，两天，一定开个彻底！"

河水在桥下奔流，麦浪在河边翻滚，六月里火红的太阳，高高地悬挂在明净的天空，把那金黄色的光芒从棚子门口投进来……

东山坞两种对立势力的代表人物，经过长时间的周旋和酝酿，这会儿开始了第一次面对面的斗争；流水、麦浪和阳光，将把它记载下来，永不磨灭地传给这块土地上的后辈子孙们，让他们作为宝贵的经验、沉痛的教训保存着，经常记住长辈们的光辉的斗争历史……

萧长春蹲在用土坯垒的火炕上边，两只愤怒的眼睛，紧紧地盯着马之悦。那个秃头顶，那双小眼睛，那个能把木头人说活、能把晴天说下雨来的万能的嘴巴，他是多么熟悉呀！这个秃头顶的马之悦迷惑过他，就像迷惑过东山坞的许多人一样；这个秃头顶的马之悦玩弄过他，就像玩弄过东山坞的革命事业一样。他痛苦地想：这是一件多么奇怪的事情！这个投机分子竟然在自己的队伍里鬼混了这么多年，如今还有人闭着眼睛，甘心情愿地受着他的迷惑和玩弄,这些人里边,甚至还有一个领导人物李世丹!这是一件奇怪的事情!你马之悦参加革命那会儿动机不纯,或者你过去干过反党的勾当,那么,十几年革命的斗争,斗争的胜利,胜利的前途,都不能给你马之悦一点教育,一点影响吗?你不光没有痛改前非,反而越来越猖狂,从暗搞到明干,如今已经赤裸裸地站在反党、反社会主义那一边了!阳关大道你不走,死心要往绝路奔,党和同志们已经尽到责任了,一切全是你自作自受!

马之悦坐在炕沿下一块圆滑的石头上,两只仇视的眼睛,不停地在萧长春身上溜。在这转瞬之间,他那肮脏的胸怀里,也泛起了一层层浑波浊浪。当年,他看出投靠共产党有利可图、有势可贪的时候,他钻进来了;这十年里边,他就像唱古装戏的演员那样,场场都要描眉画脸儿;又像一个剃头匠那样,回回都要磨蹭着刀刃儿;可以说,他是夹着尾巴,"老老实实"地干了这么多年,付出了他认为应当付出的"本钱";于是,他得到了要得到的东西,钻进了党内,还"抖"了几天。使他伤脑筋的是,他想独霸东山坞,想在这个地盘为王的计划一开始,对手就不断地出现。先是焦克礼的爸爸焦田,马之悦耐着性子把焦田磨走了;后是韩百仲,马之悦用他那有软有硬的手段,把这个石头般的硬汉子磨烦了;又从地里钻出一个萧长春。他真不明白,就这么一个小小的萧长春,竟逼得他走投无路,逼得他不能不大现原形,不能不最后跟共产党分手了!他想:你萧长春不就是个穷要饭的出身吗?你不就是个扛过枪杆子的吗?你不就是个赤手空拳上阵,抢到支部书记这个牌子的吗?你到底儿有多大本事,想把我马之悦置于死地?请问,大鸣大放的事儿你真不知道吗?要变天的消息,你就一点儿也没有闻到吗?马之悦估计:萧长春对这一切都知道了,萧长春这么硬拼,是想抱住农业社这棵死树不放,还想让它长出果子来;他知道,他们那号人一变了天,离开了共产党,是吃不着香甜的了,他们在作垂死的挣扎!是这么一回事儿，小子，你的命运注定了！

萧长春经过几秒钟的思索之后，立刻又抖起精神。他见韩百仲坐在他的身边，在等他开口，就庄严地宣布说："我们现在开会了！这是一个极不平常的会，这是一个保卫社会主义的会。这个会，其实已经开了好久，从马连福这杆枪，在干部会上放出第一颗子弹那天开始，我们这个会就在进行着，到了今天，只能说是一次小小的阶段总结，我们还得开下去！……"

马之悦听到这几句话，觉出来势不善；可是他心里又往好地方盘算：别看萧长春叫嚷，他没有抓住什么把柄，顶多不过他们对土地分红、倒动粮食的事儿有点怀疑；加上昨晚上孙桂英那边露一点风声；前一个，只能是怀疑，后一个，只能是生活作风问题，怕不着他。……马之悦这么想着，没等萧长春说完最后一句话，马上就开口，要来个先发制人："萧支书，刚才我说了，你得先回答我的问题！你得……"

韩百仲一摆手，打断他的话说："马之悦，你忙什么？你是这个会议上被批评的对象，你得听我们的！"

萧长春说："我看哪，这样子开始咱们的会议也好。就先让他说吧。马之悦，你撒开了往外抖搂，别留着。留下来，对你可不利呀！百仲同志，咱们都耐心一点儿，听听反面的东西，也是有好处的！"

马之悦想，得找一个萧长春最没法儿回答的问题先扔出来，把萧长春拿下马，随后再乱打一气，搅乱他的部署。他心里转了个圈儿，就跳着脚，有多大劲儿使多大劲儿地喊道："我先问问你们二位，是经过乡党委，还是经过县委批准的，撤了我的职？你说，你说呀！"

萧长春也陡地站起，马上回答："这个手续还没办，哪儿也没批准。我倒要问问你，你自己把你自己撤了没有呢？"

"你这是什么意思?"

"农业社的副主任是搞社会主义的,你马之悦这个副主任搞的是什么主义? 这一段你都干了多少是跟搞社会主义沾边儿的工作,你汇报汇报!"

这句话像在马之悦嗓子眼噎了一块干饽饽,他使劲咽了一口唾沫说:"我,我干的工作多啦。你先别问我,我还有一大堆问题让你回答哪!"一枪臭火了,又换了一把:"为什么你们撤换会计、安排队长不经过最后决定,不等每一个领导都赞成,就偷偷摸摸地换了? 这是什么问题?"

韩百仲说:"谁偷偷摸摸了? 这是党、团支部、社管委的多数研究的,又跟贫下中农代表一块儿决定的,是在社员会上宣布的。你怎么胡说八道?"

萧长春说:"百仲同志,您用不着跟他说这些,他要钻的空子根本也不在这儿。"又转脸对马之悦说:"你说说,社管委讨论干部安排的会议,你参加了没有?"

"参加是参加了,可我反对呀!"

"你一个人反对,支委会和多数人就不能决议吗?"

"什么多数人,什么决议? 我看是独断专行!"

"马之悦,你说轻了吧?"

"什么说轻了?"

"刚才你跟一伙子年轻人都敢说我们搞了一场'清洗',为什么在党的会议上又不敢说了呢?"

马之悦在会议一开始是想要这么说的,因为前一个问题碰回来之后,他不得不讲一点儿分寸;既已点破,也只能说了:"怎,怎,怎么不敢说,就是有清洗嫌疑……"

萧长春冷笑一声说:"你还用'嫌疑'这个词儿干什么呀? 告诉你,我们这叫纯洁组织,我们要把我们的组织搞得干干净净的……"

马之悦这下子可抓住了，大声说："不管你用什么词儿，反正你搞清洗了！好哇，你是什么党的支部书记，敢搞清洗，你好大的胆子呀！"

萧长春一挺胸脯子说："中国共产党的支部书记，真真切切，一点儿假都不掺；真理在手里，一切按着组织手续办事儿，没有什么藏着的、掖着的，所以胆子也就大！"

"共产党兴搞清洗吗？"

"纯洁组织也叫'清洗'吗？你说说，我们要是任凭那些坏东西乱钻、乱搞、乱破坏，不就亡党亡国了吗？"

"我不明白你的意思！"

"这就奇怪了！你怎么会不明白这个呢？我们党是要纯洁的，我们的组织是要纯洁的，不容许乱七八糟的东西往里混；混进来了，就要坚决彻底地铲出去，一丁点儿也不留。还有没铲出去的，那是因为我们一时半刻没有把他看清楚，并不是说我们允许他们在里边混下去。总有一天，把所有乱七八糟的东西全得铲个干干净净！"

马之悦觉着再纠缠这个题目对自己没有好处，就改变腔调儿说："不论怎么着吧，我总是一个老党员，总应当给我留一个站脚的地方呀！可倒好，连处理几只鸡的权利都没有了。当着那么多的人，又是批评，又是斗争，往后我还怎么在东山坞站脚呢？你们说句良心话，我马之悦这十几年，是抱着枕头睡大觉了，还是端着脑袋革命了？"

萧长春说："你是个老党员不假。老党员更应当懂得党的利益高于一切吧？你怎么不想想，照你这样闹，党又怎么在东山坞站脚呢？社会主义又怎么在东山坞站脚呢？富裕中农不遵守社里的规章制度，你不跟他斗争，反而给他撑腰；你把党内的分歧随便在外边乱说,光为这个,不就更应当狠狠地批评吗?你要组织讲良心话,我看,你自己要是讲良心的话,这个问题不是比别人更清楚吗?十几天以前,王书记让你从根子上想一想自己,你没想吗?"

马之悦被萧长春这一连串问题问得无言答对,又接着他刚才的话进攻了:"我马之悦把脑袋掖在裤带上,出生入死,跟党搞工作;党能有今天,我马之悦没有功劳,也有苦劳。可是你们现在这样过河拆桥,卸磨杀驴。萧长春,你这么挤我,打击我,你就不觉着惭愧吗?"

萧长春打断了他的叫唤:"有功有罪,咱们要算的。就凭你这一套话,就是向党进攻,就是造罪!你说对了,我是有点惭愧,惭愧的是没有及早看清你,没有及早把你这个反党、反社会主义的分子揭开!"

马之悦又拍屁股又跳脚:"什么,什么,谁反党、谁反社会主义?"

韩百仲也跳起来说:"马之悦,我告诉你,你别总把组织当瞎子,把别人当傻子。我们早就把你看透了:反党、反社会主义的就是你! 今天就是要给你脱裤子,才开这个会,你叫唤就拦住了?"

萧长春继续说:"我们团结贫下中农和积极分子,为的是把队伍组织得更坚强,保卫社会主义,打退你们的进攻,我们搞的是大集体,这是光明磊落的。你想倒打一耙,用一些歪词儿、邪理儿,就能把我们吓住吗?咱们较量的回数不少了,别再迷着心了,快快收起你这一套把戏吧!"

马之悦满脸一点儿血色都没有,又挣扎地叫喊:"我也不会让你们吓住!我马之悦是久经大海难为水的人,比你们厉害的人我经的多了!"

萧长春说:"算了吧!你能混进来,是因为你会描眉画脸儿,会耍阴阳手腕儿,大家一直还没有把你认清楚;这一回,你的尾巴全露出来了,再也混不过去了!"

韩百仲说:"你露了尾巴,大伙儿也擦亮了眼睛,这回你算混到头儿了!"

马之悦把这两个对手看了一眼,稳了稳心,鼓了鼓劲儿,说:"是白的,黑不了,是黑的,白不了;再多几张嘴,我也不怕!"说着,伸出一只颤抖的手:"拿来,拿来! 你说我反党也罢,说我反社会主义也罢,你得拿出真凭实据来! 这一回,你要是不来真的,萧长春,咱俩没完!"

韩百仲说:"真凭实据多得很,你别当我们这是诈唬你。支书,给他摆摆!"

萧长春说:"他不是说有好多的问题要提吗? 提得太少了,还是让他提问题吧。"

韩百仲命令马之悦:"提吧,别存在肚子里变了蛆。快点!"

马之悦气急败坏地摇晃着脑袋:"我不提了,我全都看透了……"

萧长春哼了一声,说:"我看你是没有说的了!"

马之悦说:"有,我也不说了。说顶个屁用? 你们是串通一气,要整我!"

萧长春说:"对,正是要整你! 你逼着我们下了决心,再不跟你斗争就要犯罪了。你不说就不说,不是我们不让你说,是你不敢说了。"

韩百仲说:"他不说,咱们说!"

萧长春从炕上跳下来,朝前跨了一步说:"马之悦,我现在要对你提问题了:弯弯绕这几个富裕中农闹土地分红,全是你主使的。你现在坦白交代!"

"胡说! 拿证据来!"

"当然有证据。我从工地上回来的头一天晚上,你把富裕中农

421

找到马连福家,专门商量土地分红,你还亲自找过马子怀,是不是事实?就在马连福家开会的那一天,你写信给我,闹土地分红的事儿,你只字不提,想把我稳在工地上。是事实不是?你说话呀!"

"你说吧!"

"当然要说。你勾结奸商,私贩粮食,破坏国家的统购统销政策,坦白吧?"

"谁证明?跟谁勾结了?"

"证明人多得很!焦振丛在小河边上亲眼见到你!跟谁勾结?跟县城里的汉奸范占山!"

马之悦打了个寒战。

萧长春继续质问他:"放假的头天晚上,地主马小辫到你家干什么去了?你把富农马斋、商贩瘤老五,还有一伙子富裕中农召集到柳镇小茶棚里,又策划什么阴谋?"

马之悦又打了个寒战。

韩百仲插了一句:"你摆下美人计,怂恿孙桂英拖干部下水,反过来又要强奸孙桂英,你们弄巧成拙,让马立本把你捉住了,你反过来又吓唬孙桂英,这叫什么玩意儿呀?"

马之悦叫起来了:"没这种事儿!"

韩百仲说:"你想把焦淑红铲走,有这种事儿没有?"

马之悦说:"天哪,这是从哪儿说起哟!"

韩百仲说:"你全不认账呀?我把焦振茂叫来跟你当面对词儿!"说着就要往外走。

萧长春拦住他说:"等等。我们还是先在党内进行,给他留点转变的余地。马之悦,告诉你,你的一切阴谋诡计都是瞒不住人的,早有一本子账给你记着。你的所作所为,实实在在地证明了你不光不像个共产党员,不像个干部,已经完全堕落成反党、反社会主义的罪人!"

马之悦仰面朝天嘶喊："陷害人呀，陷害人呀！"

萧长春说："你不用再拿着尿片子遮着脸了，赶快扯下来吧。告诉你，现在就低头认罪还不晚。好好坦白，好好交代，低头认错，重新做人，我们还是欢迎的，你还是有前途的。往上走，还是往下溜，全由你自己挑选！"

韩百仲说："坦白从宽，抗拒从严，这是你常说的，这回你得冲着它想想自己该怎么办了。"

马之悦拍着胸膛说："哎呀呀，越说越玄了，你们也不睁眼睛看看，拍着胸口想想，我马之悦堂堂的老党员，能办出这种事儿吗？"

萧长春说："你已经办了！"

"我，我为什么要办这种事呢，我疯了吗？"

"你没疯。再给你剥开说吧！这几年我们在农村一搞社会主义，你就觉着在共产党再混下去，对你升官、发财、在东山坞继续钻空子不行了，再为非作歹吃不开了，你就想拖住东山坞的后腿，把这辆大车陷在泥沟里不动窝，你好稳稳地坐在上边等机会。今年麦子一丰收，农业社越来越巩固了，你觉着拖住大车也不行了，就生着法儿往辘轳底下塞石头，一块一块地塞，想让这辆大车翻了。刚才你提到'清洗'，实际上是你在那儿挖空心思、绞尽脑汁搞清洗，想把所有拥护社会主义的人都洗掉，这就是你所作所为的目的。告诉你吧，马之悦，你那美梦成不了！社会主义的根子在农村扎到每一个贫下中农的心里边去了，谁也拔不掉它；共产党跟人民是血肉相连的，谁也分不开它！不信，你到东山坞街上喊一声'打倒共产党'，我可以说，连三岁的娃娃都得起来跟你拼命！不论城市、乡村，到处都是保卫社会主义的战场，所有人都是战士！我说呀，你还是快收回你的野心吧。这样胡干下去，只能是自找苦吃，毁掉的是你自己！"

马之悦感到头昏脑涨，从脚心往上凉着；那冰凉的汗珠儿，从头顶上往下滚。他还在叫喊:"告诉你,你说的这套话,跟我边都不沾,鬼都不会信!我看透了,东山坞我是呆不成了,你们把我看成是眼中刺肉中钉。从哪儿打扫这么多屎盆子、尿盆子、裹脚条子、臭袜子,全都往我身上扣!真毒哇,真厉害呀!不让我呆我不呆,惹不起你们,我还躲不起吗?我情愿含一辈子冤枉,总有一天会见天日的!"

萧长春说:"你对党犯下罪,你得偿还!想不呆在东山坞了,这不是你心里话,吓不倒我们;就算是真的,你想逃避应得的惩罚,那是办不到的!"

韩百仲说:"对啦,你想闹一闹,躲一躲,就逃过去了,过后再接着干坏事儿,是不是?没那日子了。我们要是再不跟你斗争到底,对党就犯罪了!"

马之悦像霜打倭瓜秧。他这会儿想,如果手里边有一颗手榴弹,一拉弦,咱们一块儿全完蛋!他没有手榴弹,就是有的话,他也不会真干。他想:自己的出头之日并不远,李世丹已经完全站在自己这一边了,为什么死呢?小子们,等着有一天,老爷收拾你们吧!

萧长春又蹲在炕沿上,说:"不管他听不听,咱们一定要说。都坐下,接着开!"

党支部的批评斗争会在菜园的小棚子里继续着。

第八十八章

焦克礼、焦淑红和马翠清三个伙伴儿,离开了桥头,商商量量地往村里走。他们又生气,又解气,又高兴,又有点儿说不出来的沉重。党支部交给他们的任务是很不好办的:又要斗争,又要团结;又要坚决,又不能过火,这是多么复杂呀!

他们按着韩百仲的指示去找喜老头,让老人家帮他们出主意,处理弯弯绕掀起的问题到底应当怎么掌握火候。

喜老头正急匆匆地往这边走。他的后边跟一群人,有狮子院的福奶奶、志泉媳妇,还有马长山这一伙小组长。他迎着三个年轻人,看着他们的脸色,问:"怎么,收场了?"

焦克礼说:"也没算全收。您知道了?"

喜老头笑笑说:"我家里有电话,你们跟马之悦一吵起来,我就听见了。"

福奶奶说:"你们看怪不怪,这一回是马子怀的媳妇跑到狮子院送的信儿。"

三个年轻人互相看一眼,胆小怕事的马子怀媳妇这个行动,确实出乎他们的预料。

喜老头说:"这一点儿也不怪,证明咱们一抓斗争,跟坏人跑的越来越少,跟好人跑的越来越多。快说说,怎么收的?"

三个年轻人又把那场"鸡的风波",从头到尾地跟喜老头讲了一遍。

焦淑红说:"百仲大叔把处理这件事儿的权力全交给克礼了,您看怎么办好呀?"

马翠清也得意地说:"这回咱们队长可抖了威风,我看还得使劲儿抖抖,喜爷爷您说呢?"

喜老头说:"对,咱们也趁热干! 克礼呀,你先说说,怎么一个干法好呢?"

没容焦克礼开口,从后边跟过来的几个小组长就怒气不息地嚷嚷开了:

"要干就大干!"

"开群众会,斗争他!"

"咱们这个队数弯弯绕这几户调皮,有个机会还不整整他等什么呀!"

马翠清说:"你们别乱动嘴,让队长说,他怎么说就怎么办。咱们听队长的。"

焦克礼摸着后脖梗子说:"大干好还是小干好,我也拿不定主意了,还是喜爷爷您定弦吧。"

喜老头想了想:"哎,克礼,你看这样行不行:咱们先小干,后大干……"

焦克礼问:"怎么样小干,又怎么样大干呢?"

喜老头说:"我估摸着,弯弯绕这个家伙气没出,也许因为马之悦在支部一挨整,他又收起一点儿来;也许来个破罐子破摔,还跟我们拼。咱们先开个干部和社员代表会,让他检讨,他要低了头,就罢了,这是小干;他要是不服软,咱们再召开社员大会,让大伙儿评理,这就是大干。"

焦克礼说:"好,好,就先小干一下子试试吧。"

这伙子年轻人也觉着喜老头的主意好,也都很赞成。

焦克礼说:"我还有一个想法,也让那些落后人旁听一下,受点教育。我先去通知弯弯绕,马上就开。"

焦淑红拦住他:"你亲自去好像给他下气去了,派个人叫上他就行了。"

好几个年轻人抢着要去。

焦克礼看看这个,又看看那个,说:"我看哪,还是让马翠清去合适。"

马翠清问他:"我怎么合适了?"

焦克礼说:"百仲大叔说,对这样的中农,要又团结又斗争。搞团结,马长山去妥当。搞斗争,你出马妥当,因为你厉害!"

马翠清"呸"地唾了一口,转身就跑了。

这工夫东山坞又热闹啦。人们不光知道了"鸡的风波",也知道了新队长要开会斗争弯弯绕。村子里好多人家的门口外边都有一堆人，都在议论着这件事儿。焦二菊的勇敢，焦克礼的威风，年轻人的气势，成了人们最感兴趣的话题。甚至于那个胆小自私的韩百安，今天都受到这件事儿的波动，表现也有一点儿反常。

他正在焦淑红家的屋子里，跟焦振茂老头子议论着这件事儿："同利往外放鸡，是不大相当……"

正在翻"文件"包儿的焦振茂，一边翻着一边说："不是不大相当，是太不相当！"

韩百安说："我也是这么说。庄稼长这么好，粮食都到了嘴边上，让鸡祸害，也造孽呀！"

焦振茂说："这是安心破坏集体。你等我找一找，看看政策条文上规定着这是什么错误，得给他个什么处罚。"

韩百安说："马主任总是懂得政策条条呀？我还当他得说说同利呢！唉……这一手又没办对。"

焦振茂说："他不对的地方可多啦！就拿……"

韩道满不声不响地进来了："爸爸，队长让您去参加会哪！"

韩百安问："又开什么会呀？"

韩道满说："要批评弯弯绕！"

韩百安说："你去得了。"

韩道满说："不行，这个会我可不能代替您。您快点儿去吧，在大庙里。"说完就走出去了。

焦振茂说："让你去就去吧，到那儿说点公道话，把刚才你说的，再重复一遍就行了。"

韩百安赶紧摇头："这话我只能对你说。"

焦振茂说："哎呀，你怎么连公道话都不敢说呀？"

韩百安叹口气，想起刚才在羊栏里萧长春对他讲的那一套话："唉，当一个好庄稼人真不易呀！"

焦振茂说:"别唉声叹气的了,咱们两个一块儿去;你不敢说,我替你说。"说着,下地穿鞋,拉着韩百安往外走。

出了大门口,韩百安嘱咐焦振茂:"大哥,到会上,咱们还是各人说各人的吧,你别替我提,好不好?"

焦振茂笑了:"瞧你怕的。我还能拿你当垫背的呀!"

他们穿过胡同一下沟,就见碾子那儿好多妇女围着马子怀的女人。那边响着妇女们特有的那种"唉"啦、"哟"啦的声音。

马子怀女人是这件事情经过的目睹者,人们当然都要跟她打听消息。她乐意,说得简单,也不加过多的评论。

她说:"人家都说女人胆子小,焦二菊胆子可真大。什么也不怕。"

五婶说:"谁说女人胆小,得分对什么事儿。弯弯绕的鸡吃社里的麦子,就是让我这老太太遇上,我也得这么跟他干。我不一只一只地都给敲死才怪哪!"

马子怀女人说:"我在一边看着,都吓得直哆嗦——嘻嘻!"

五婶说:"你心里边要是搁着农业社,胆子也就大了。不信就试试。"

马子怀女人觉着这句话是说到自己的病上了,马上扭转题目:"唉,光胆子大也不行。你们没瞧见人家二菊那股子冲劲儿。那只长着翅膀的大公鸡都跑不过她。"

接着,她把焦二菊怎么追鸡,怎么赶鸡,又怎么在河边上把那鸡按住的,说了一遍。

又是一阵"哟,哟""啧,啧"的赞叹声。

淑红妈说:"二菊真像一个独战天门阵的穆桂英!"

五婶说:"哎,要我看哪,就是穆桂英见了咱们女社员,也得甘拜下风!"

马长山的小媳妇一向不多言多语,也插了一句:"咱们东山坞的青年真叫棒！"

马子怀的女人说："嘿，威风极啦！"

淑红妈问："听说克礼也挺勇的？"

马子怀的女人说："他去了，我就走了……"

五婶说："把你吓跑了？"

马子怀的女人笑笑。她不敢当着众人说自己去给喜老头送信儿去了，甘心当一个无名英雄吧。

福奶奶走过来了："大嫂子，侄媳妇，你们都是开妇女会的吧？走吧，还要开。"

五婶问："不是说要整弯弯绕吗？"

福奶奶说："那是两码子事儿。咱们还是开咱们的会。"

五婶说："哟，我想参加整的会呀！"

福奶奶说："都在大庙里，能听见。"

于是，妇女们又议论起弯弯绕。

"唉，那个外号是谁给他起的呀，一点儿都不差，真会绕！"

"还死心绕！绕不出去也要绕！"

"这回看他还绕不绕！"

…………

这当儿，弯弯绕正坐在他家院子里的菜畦埂子上"绕"哪。这一回他"绕"得非常苦。

瓦刀脸女人站在一边陪绑。

鸡全让人家给捉走了，院子里显得挺空，心里也显得挺空，唉一声，叹一声，又顶什么用呢？

弯弯绕这会儿又是气，又是怕；气的是马之悦逞能也没把鸡要回来，怕的是自己这回可能"绕"不出来，还可能给"绕"进去了。马之悦给拉去开党支部会了，不用说，萧长春和韩百仲一定要猛整他；韩百仲把自己交给焦克礼了，不用说，也得猛整。马之悦这个家伙,往回缩脑袋的时候是为自己,往外露的时候也是为自己;为他自己,什么事儿都能干出来,连跟他相好的马连福老婆都能强奸,他就不会拿我马同利当靶子了? 没那事儿! 让萧长春、韩百仲两个人一整,保险他又要缩回去,得,这就把我马同利搁在浮面上了。焦克礼这伙子小青年,正跟自己窝着一肚子火,可找到机会了,还能轻轻放过去吗? 这些人不懂得什么人情世故,更不会讲究什么团结中农的政策,也不会怕大鸣大放,更不会想到马志新还要来⋯⋯

瓦刀脸女人见弯弯绕不吭声,就忍不住地问:"当家的,我都糊涂了,这是怎么一回事儿呀?"

弯弯绕白了她一眼:"什么怎么一回事儿呀!"

"你昨个从集上回来,不是说他们这伙人要老实一点儿了吗?他们好像比先那会儿更硬了。这不叫人糊涂吗?"

"唉,你糊涂,我就清楚啦?"

"马主任,还有咱们妹夫说的那件事儿,怕是瞎嘀咕,没有影儿吧?"

"那倒不会。"

"要是真的,熬几天也就过去了。"

"还熬几天哪,怕是今天晚上就得把我整出屎来了!"

"妈呀,这可怎么办呀!"

"别急,让我再想想。退呢,进呢,还是一脚门里一脚门外呢?"

马翠清一脚门里一脚门外地站在那儿了:"喂,你们二位,马上到大庙开会去!"

弯弯绕抬起头来,瞥了马翠清一眼,又对瓦刀脸女人说:"快去开会吧⋯⋯"

马翠清说:"你也得去!"

弯弯绕问:"不是开妇女会吗? 我还去呀!"

马翠清说："你参加的这个会是专门为你开的,你不去,这出戏还怎么唱!"

弯弯绕说："唉,累极啦,一步也不想迈。"

马翠清说："不想迈步,让大婶子背着你去。"

弯弯绕说："瞧你这丫头,怎么跟我闹笑话呀? 替我请个假吧。"

马翠清说："请假? 你到大庙里跟队长请去,他派我来通知你的。我是公事公办,没闲工夫跟你闹笑话。快点儿去吧。我还有别的事儿,别再等着请了。"说到这儿,忽然觉着自己的"厉害"劲儿还不大够,又加了一句:"我跟你说,你可要知道我们的队长焦克礼跟马连福不是一个样儿。这个你是尝到滋味儿了;不痛痛快快地去参加会,还有厉害的哪!"说罢,一转身走了。

瓦刀脸女人小声对男人说："你瞧,多硬气!"

弯弯绕叹了口气:"可怕!"

"那你就去开会吧。"

"什么开会,要整我!"

"你就别去了。"

"不去? 那不得整得更厉害了。"

"去也不行,不去也不行,怎么好?"

弯弯绕耷拉着脑袋想了一阵,猛地一拍大腿:"嘿,有道儿走了!"

瓦刀脸女人一见男人神气突然大变,急问:"什么道儿呀? 你快说说。"

弯弯绕说："韩百仲把我交给焦克礼了……"

"那小子真厉害!"

"厉害是厉害,他可是很孝敬他妈呀!"

"你说他妈……"

"对,我走走这条道儿,准行。庄里庄亲的,谁愿意让儿子在外边得罪人呀!"

"对啦,他妈最老实,最不贪事儿。"

这才叫病急乱投医,投到一个就是救命的活菩萨。弯弯绕赶紧拍拍屁股,颠颠地奔焦克礼家去了。

第八十九章

新媳妇玉珍一直留在场上搭棚子,河边那场"鸡的风波",很晚才听到别人说;当她赶到小桥子上,这里一个人影儿都没有了。她急忙回到家里,把这件事儿告诉了婆婆。

克礼妈听到半截儿,就变了脸色,截住儿媳妇的话问:"闹腾了那么半天,你一直都没在跟前吗?"

玉珍说:"他把我留在场上了。"

克礼妈问:"你说的这些个,都是谁告诉你的呀?"

玉珍说:"马子怀媳妇,还有韩德大。"

克礼妈说:"这两个人说的话,可就不太牢靠了。"

玉珍说:"我再出去打听打听吧。"

克礼妈说:"猪食熬熟了,一会儿你把它舀出来,凉一凉,就喂吧。我去看看。"说着,就朝外走。

玉珍追了一步:"妈……"

克礼妈说:"我一会儿就回来。喂完了猪,你就干你自己的事儿去,把门掩上一点儿就行了。"

玉珍只好停住,可是心里翻上翻下地嘀咕开了。刚才她乍听到这件事儿的时候,心里边乱了一阵子,怕男人一冒失,处理得不妥当,给农业社、给支部书记惹下乱子;后来又听说一切都平息下来了,还有人当她面夸奖焦克礼如何如何有办法,她也就安定下来了。这会儿,看见婆婆听了这个消息以后的脸色变化,就又紧张起来。刚过门几个月的新媳妇,跟婆婆熟是熟了,可是对婆婆的为人和心思还没有完全摸清底儿,还不能像对男人那样,眉眼一动,就能猜透对方心里边正在想什么。婆婆知道了这件事儿就急着往外跑,是当成儿子在外边惹下了祸,去教训儿子呢,还是当成儿子在外边受了委屈,去替儿子鸣不平呢?

玉珍越想越待不住了,打算赶紧喂完猪,赶紧追上婆婆,看看到底儿是怎么回事儿。她舀出猪食,也不管凉热,就倒了半槽子,接着又放了猪。那猪把大嘴往食里一扎,烫得"吱吱"乱叫。

这当儿,克礼妈已经走出了胡同口。

她家住在沟北边的最东头,出了胡同,经过农业社的办公室才能到大庙里。东山坞有个特点,不论什么时候,村东头总比村西头安静,村东头也比村西头闭塞,什么事情在西头都乱起来了,东头还不知道个信儿。

克礼妈走过农业社办公室的大院子门口,才看见成堆说话的人和结伙往大庙里走的人。

大庙里闯出了焦二菊,两只大脚一扇一扇的,转眼间就到了跟前。

克礼妈招呼她:"他婶子!"

焦二菊脸上带笑,从眼珠里闪出心里边的得意劲儿,停住应声:"嗳,大嫂子,你……"

克礼妈急忙问:"你们捉的鸡呢?"

焦二菊回手一指:"圈在大庙的西耳房里了。"

"啊,没撒呀?"

"撒? 嘿,你说得倒容易,弯弯绕没低头认错就给他撒了? 哪有这么便宜的事儿呀!"

"没撒就好了。他婶子,你跟我说说,到底是怎么一回事儿呀?"

"弯弯绕故意反抗领导,存心破坏农业社的生产。昨个,队长明明在会上宣布了让大伙儿把鸡都圈起来,大伙儿全都点头赞成了,他今天偏偏把鸡放出来;捉住他的手腕子了,还胡搅蛮缠……"

焦二菊把刚才在河边上发生过的那场"鸡的风波",一五一十、绘声绘色地告诉了克礼妈。

克礼妈听罢,心里安稳了一点儿,又急着问:"弯弯绕在那儿借由头骂咱们农业社,克礼没有白让他骂吧?"

焦二菊更神气了:"白让他骂? 他一张嘴,我们十张嘴,他骂一句,我们回他十句!"

"我不是问这个。我是说,揭他的底儿没有?"

"揭了。当时焦克礼就指出他这是破坏农业社生产,有意捣乱。"

"马之悦不承认克礼是队长,他怎么说了?"

"他不承认就行呀? 我们社员都承认!"

"我是问你,克礼怎么回答他的!"

"回答得可有劲儿了。马之悦那伙人问他:你这队长是谁封的? 克礼把胸脯子一拍:党、群众!"

克礼妈听到这句话,点了点头;喜悦的笑容,立刻出现在一个当妈妈的脸上。

焦二菊完全懂得克礼妈这时候的心情,因为她们都是村干部的老爱人呀!

克礼妈又问:"后来要开会批评弯弯绕,是他自己做的主儿,还是跟长春、百仲他们商量了?"

焦二菊说:"你大兄弟当场就说了,完全由克礼处理这件事儿。"

"怎么一个开法,他就自己决定了?"

"没有。又跟淑红、翠清她们一块儿找喜老头商量老半天才定下来的。"

克礼妈轻松下来了:"这还差不离儿。"

焦二菊说:"大嫂子,看你这副样子,又是刨根儿,又是问底儿,是有点对克礼不放心吧?"

克礼妈点着头说:"百仲大兄弟讲话,他太嫩哪,当妈的怎么能放心呢。"

焦二菊劝她说:"我看克礼可以保险,你快别总在心里边嘀嘀咕咕的了。"

"唉,咱们都是老干部家属了,都知道一个人在外边办公事,全家人怎么惦记着哪。"

"谁说不是呢! 从打长春当了支书,我算省心多了。先那会儿,只要你大兄弟跟马之悦往一块儿一站,我就伸着耳朵听,总怕他们又吵起来!"

"人家还说村干部的女人都拖后腿哪。"

"哼,睁眼说瞎话! 谁要当我面说,我不踢他两脚算他走运气!"

克礼妈笑了。

这当儿,一伙子妇女说说笑笑地从她们身后走过来了,又都停了一下,跟克礼妈打招呼:

"大娘,也参加会来了?"

克礼妈点头笑笑。

"大妹子,怪热的,怎么站在太阳地晒着呀!"

克礼妈又抿嘴儿笑笑。

人们跟这位新队长的妈妈说的全是家常话儿,可是,她们又都带着一种不平常的表情。这个对一位"老干部家属"来说,立刻就可以觉察到。克礼妈从自己和别人的经历中得到一条经验:干部在外边受到群众拥护,家里的人也跟着受尊敬;要是干部在外边遭到群众反对,家里的人也照样跟着背黑锅。

焦二菊说:"大嫂子,你快到里边凉快凉快去吧,我还要去找人开会哪!"

克礼妈说:"我先回家去喂猪,换下玉珍,让她早点来开会吧。"

焦二菊说:"你也来助助威嘛!"

克礼妈说:"行。其实,我来不来一个样儿。"她说着,转身往回走。这会儿,这位和善、安稳半辈子的老大娘,才又恢复了常态,不用说那脸色跟刚才大不相同了,就连走路的速度,也比刚才减慢了一半儿。

玉珍哪,你还年轻,你才当了几天"干部家属",你才遇到过几场风波?你哪里会明白这样一个既是革命者的妻子,又是革命者的妈妈的胸怀的深度呢?你也不会懂得,每一个革命家为革命做出的一点一滴的贡献里,都是群众的力量,而这群众之中,就有他们的家属。他们家属,把私人的感情和对党对集体事业的感情搀和在一块儿,贯注在我们广大基层干部的行动里。他们的崇高的自我牺牲精神,是革命力量的一股重要的源泉呀!

克礼妈不慌不忙地走回来,离着家门口还有几步远,就听见院子里有人说话儿。

"你婆婆到哪儿去了,你能不知道?"这是弯弯绕的声音。

"我没问她上哪儿去。您有事就跟我说吧!"这是儿媳妇玉珍的声音。

克礼妈很纳闷儿:在这个当口,弯弯绕跑到这儿来找我干什么呢?

"侄媳妇,我有要紧的事儿,一定得跟你婆婆说,你替我找找她吧。"

"有要紧的事儿您自己不会找去？"

"我不方便……"

"我更不方便。"

"我替你喂猪，行吧？"

"我们家的猪认人，要是咬着您，我可负不了这个责任！"

"咬不着我。"

"不行。您正锯锅戴眼镜到处找茬儿，要是咬了您，光跟我一个人闹倒是不要紧，我怕您又把这件事儿跟办农业社好不好联在一块儿……"

"哎，你这当媳妇的，怎么没大没小哇？"

"这您可别怪我。上梁不正下梁歪嘛！"

"真是，真是……"

克礼妈紧走两步进了院子，大声说："哟，他大伯，今天怎么有闲空儿串门了？"

正在被新媳妇给"撅"得出不来进不去的弯弯绕，这下可找到"医生"了，连忙迎过来，笑容可掬地说："放假嘛，没事儿，走走。好久没来这个院子了。"

克礼妈对儿媳妇说："你怎么不让你大伯到屋里坐坐呀？真是的。"

玉珍噘着嘴，说："您不在家，我让大伯到屋里坐，谁陪着呀！"

克礼妈说："你不兴陪着大伯说说话儿？"

玉珍说："我们不是一家的人，也没有一家人的话儿，我还是留着跟能听懂的人说吧。"

弯弯绕的脸色刚刚转过来，又红了："他婶子，你听听，听听你这媳妇多会说话儿呀！"

克礼妈说："玉珍，不兴没大没小的。怎么不是一家子人了？我看是一家子，应当是一家子。"那声调，那笑容，说是怪媳妇，不如

437

说鼓励媳妇更恰当。

弯弯绕说:"本来嘛,从小我就跟你公爹相好……"那语气,那神态,说是找台阶下,不如说顺梯子往上爬更合适。

玉珍用鼻子哼了一声。

克礼妈带着和善的老人常有的笑模样继续说:"斗地主那年头,你大伯天天都坐在咱家炕头上,门槛子都让你大伯踢破了。"

玉珍很奇怪:"哟,大伯还参加过斗地主哪?"

克礼妈说:"不是斗地主。那会儿,你爸爸不是党里的负责人嘛!你大伯怕你百仲叔闹过火,又怕你爸爸跟你百仲叔一个样儿,找我给你爸爸吹点枕边风……"

弯弯绕连忙打岔:"我说他婶子……"

克礼妈还接着说:"那会儿,你大伯跟咱们这样的人可亲近啦……"

弯弯绕赶紧说:"对,对,咱们两家就是老交情嘛,这还有错儿。焦田要是在家,保管克礼不会……"

克礼妈有意不让弯弯绕把话打断,又说:"那会儿有坏人背后煽歪风说,耍了大纲(缸)耍大碗,斗了地主斗中农,你大伯听了地主富农的谣言……"

玉珍蔑视地笑了:"怪不得,那会儿大伯就爱听地主富农的话,老毛病还没去根儿哪!"

弯弯绕又要打岔:"他婶子,我说……"

克礼妈还是不让他把话打断:"你大伯耳朵软,爱听没影儿的话。"

玉珍说:"不光耳朵软,跟心里太自私也有关系吧?"

克礼妈说:"你爸爸告诉你大伯:咱们是一家人,你不要偏听外人的,硬跟自己人掰着走。"

玉珍拍着手说:"真有眼光,这句话连现在的事儿都说上了。

可惜没往耳朵里听。"

克礼妈说："听是听进去了。当时你大伯就是坐在咱家炕上，跟你爸爸脸对着脸说的：'焦田大兄弟，只要你们不斗争我，从此以后，我要跟地主、富农一刀两断。'你大伯还跟你百仲大叔说：'我要跟着共产党走到死，儿子、孙子都拥护共产党，跟共产党走。'……"

玉珍叫起来："哎呀，说得多好听，才几年，就全都抹了，也不一刀两断了，也不拥护了；不用说儿子、孙子，连自己都在变着法闹分裂！"

弯弯绕被这婆媳俩一对一口夹在中间，更加出不来，进不去了，就跺着脚，使着劲儿喊："他婶子，我找你有一件重要事儿说道说道，你让我张张嘴好不好呀？"

克礼妈赔笑说："有话咱们屋里说。他大伯，屋里坐，咱们还是一家人哪！"

进了北屋，弯弯绕的屁股一沾炕，就急着抢着地说："他婶子，刚才闹的事儿，你大概是听别人说了吧？"

克礼妈说："听说了，听说了。他大伯对孩子办的事儿兴许不随心，对孩子说的话兴许不入耳，是不是呀？"

弯弯绕深深地叹了口气："唉，他婶子，针尖麦芒那么丁点小事儿，闹得满世界风沙冰雹，哪值得呀！我说他婶子，你别多心，我可是不跟孩子一般见识。他对我怎么样，看在焦田和你的面上，我还能吃得轻担得重。可是，干什么事儿，得适可而止，到劲儿上就要松一松，别欺负人太过分了。一个庄住着，谁啥样儿，全都知道。"

克礼妈胸有成竹，一进门就看出了弯弯绕的来意；这句话的"吓唬"人的味儿，她也闻到了。和善的老大娘是不会发火耍脾气的，在这一点上，儿子可一点也不像她。不过，她的心地除了善良之外，还有明亮和坚强，这方面母子倒是一样的。她故意不把话儿挤在一块儿说，就冲着外屋喊："玉珍哪，给你大伯端碗水喝吧，快着点儿呀!"

玉珍从自己屋里提着一只新暖壶进来,递给婆婆又退出去了。

弯弯绕继续用软里带硬的口气,朝这位队长的妈妈进攻:"他婶子,咱们是一个庄的老庄亲,不是一块儿搭一截儿车,一块儿住一夜店,拍拍土,洗洗脸,就各奔前程。所以说,看事儿,不能光看脚尖上那么一点儿,得往远看,都还不老不小,往后的日子不是还长着吗?"

克礼妈仍然带着笑模样。她一边往杯子里倒着水,一边说:"他大伯,你是男子汉,又是能人,比我这个妇道人家精明得多。我懂那么一点半点道理,说出来你听不进去,还会笑话我,我也就不多说了。咱就说浅的吧。克礼是个孩子,革命的事儿用上他了,党支部和穷爷们,把他扶上去了,我这当妈的,不图沾大光,倒也想贪一点小面子。其实呢,他经没经过,见没见过,可有什么大本事呢?这个别人不摸底儿,我当妈的从小把他抱大的,心里边,多少也还有个数儿。"

弯弯绕说:"本事大小,不算个什么;本事大办大事儿,本事小呢,咱们就办小事儿,庄亲爷们都有个担待;最要紧的是得设法儿掌分寸、掂斤两,不要得罪人。这可是一个刚出茅庐的人的根本!"

克礼妈把放下的水杯又端了起来,举到弯弯绕的眼前说:"当干部,办公事,就好像替大伙端着一碗水,不能偏,也不能斜,得端个平平的、稳稳的。"

弯弯绕拍着手说:"这句话全有了。应当劝孩子前后左右都照顾着点儿,不能光顾前,不顾后,光管左,不管右,光想着水,忘了碗,要那样,还不得罪人等什么!"

克礼妈说:"要我看,前后左右照顾着点儿,就是对好的事坏的事都得留点神,都得能分能辨,不能葫芦、茄子一齐数,分不清,捋不明。打个比方说,他当队长的,要是看着有人安心拉农业社的后腿,安心破坏集体的东西,他都不敢说公道话,不能办挺腰的事儿,怎么能不把大伙儿得罪了呢? 我的儿子要是那个样子,连我这当妈的也得罪了!"

弯弯绕听出这话不投机,就又从另一边绕了:"果子离不开枝子,瓜儿离不开蔓儿;他婶子,依着我看,什么人,走到什么地步,忘了自己的根本总是不好吧?"

"他大伯,你这句话,真说到我心里去了。当干部的,当的是哪家子干部呢? 共产党的干部;办的是哪家子的事儿呢? 社会主义的事儿,这就是根本。我的儿子,要是把这条根本忘了,别看我老实,长这么大我也没有捅过他一个手指头,哼,我不会答应他!"

"我的看法不这样。咱们庄稼人头一条是过日子,不能跟人家吃薪金的干部比;搞什么主义,不把日子过好一点儿,一家老小扎上脖子活不了。千条万条,过好日子是头一条,旁的呀,顶不了饭吃,也顶不了钱花。对孩子,得规劝他把心扑在日子上才行。"

"你说的不对! 咱们庄稼人苦也挨过,罪也受过;你大兄弟给人家扛活那会儿,一年拼命干,连克礼我们娘俩都养不了。从这苦里罪里,我懂得咱庄稼人的根本是社会主义了。有人觉着这个社会主义可以要,也可以不要;我们一家六口,都是从心眼儿里觉着这个社会主义不要的话,我们就活不成。千条万条,过好日子是头一条。过好什么日子呢? 得过好农业社的大日子。不用说我们这种人家了,就是他大伯你,一解放,先说没有人欺负你,也用不着跑反闹乱,整天担心死活了;就凭这一点儿,你就应该把心扑在大日子上……"

弯弯绕觉着话儿越说越远了,也越说越没希望了,就加重了口气说:"我是说,活一辈子,伤一个人容易,为一个人可难,当干部的呢,千万留神,别把路子走绝了!"

克礼妈还是那么不紧不慢的,可是态度更加坚决:"是呀,像马连福那样当干部的,不听党的话,不办党的事儿,伤了好人,为了小人,不就把路子走绝了!"

"我是近人不说远话,要我看,照克礼这种走法,哼,长远的了吗?"

"在咱们这个队,他走长走不长,得看您了。"

"看我?"

"我也是近人不说远话。他大伯,只要你能照顾照顾克礼,我看他能走长。"

"我照顾? 他听我的吗?"

"我让他听你的,他还敢不听我的话吗?"

弯弯绕乐了。心想:女人终归是女人,一通"绕",把她吓住了,就说:"行! 你把话说到这儿了,不看克礼,我还得念跟焦田的交情哪。我一定好好地照顾他。你就把他找回家来吧,我们爷俩好好唠唠。你可得保证他听我的呀!"

克礼妈说:"他听,我保证他听就是了。"又冲外边喊:"玉珍哪!"

玉珍捂着嘴,忍住笑应了一声:"这儿哪!"

克礼妈说:"跟你大伯走一趟。"

玉珍连忙答应:"嗳。"进来了。

弯弯绕连忙说:"我看还是把他找到家里来吧。侄媳妇,辛苦一趟,辛苦一趟。"

克礼妈说:"你们爷俩一块儿到大庙去吧。"

弯弯绕急着说:"唉,那儿人多眼多耳朵多,说话多不方便呀!"

克礼妈说:"他大伯好心好意地要照顾照顾克礼,不是人越多,照顾就越显眼了吗? 你到那儿,当着克礼,当着大伙儿,把放鸡吃麦子,把说农业社的坏话,一总来个认错儿,克礼准听你的……"

弯弯绕打个寒战:"啊!"

克礼妈接着说："克礼一听你的,办了好事儿,群众拥护他了,领导也器重他了,他的道儿长了,你的道儿也长了……"

弯弯绕跳起来说："闹了半天,我倒让你给绕到里边啦？这是哪码对哪码呀!"

克礼妈说："他大伯不是真心实意要照顾克礼呀?"

弯弯绕又气急败坏地坐在炕上。

玉珍从婆婆手里接过水杯,挺郑重地说："这一回大伯还不赖,知错认错,往后跟农业社一条心,跟大伙儿走一条路,多好呀! 我敬大伯一杯水!"

弯弯绕瞪她一眼。

玉珍说："润润嗓子,到会上检讨起来,声音高一点儿,大伙儿好听得清楚。"

弯弯绕跳起来,嘟嘟囔囔地跑了。

他投错了"医生"吗？ 没有,这个医生不错,可惜弯弯绕不能"恨病吃药"!

婆媳俩跟出大门口,只见弯弯绕踉踉跄跄地朝大庙那边走去了。

玉珍笑弯了腰。过一会儿,她停住笑,哼了一声说："这个人真会绕,想从后门给克礼使绊儿,做梦去吧!"又扯住婆婆的胳膊,"妈,您可真有两手!"

克礼妈慈祥地一笑："妈要是没有两手,这个干部家属不就算白当了吗!"

第 九 十 章

社员代表会的会场安在庙里的北大殿。

这一层高大、宽敞的大殿,经过老保管带着几个会木匠活的、泥水活的社员三天修整和打扫,变得面貌一新了。墙上刷了灰,雪一样的白;大柁啦、柱子啦,都擦抹过,连一点儿尘土都没有;窗户上缺的、短的格子全都修补好了,还糊了新纸,亮堂堂的。

　　韩百旺既是社员代表,又是这儿的主人,加上心里边有一股子说不出来的高兴,显得特别的活跃。你看他,腰上扎着围裙,肩上搭着抹布,一会儿搬桌子,一会儿又扛板凳,出来进去,活像饭店里的服务员。

　　院子里到处都是人了,因为妇女会要在柏树下边开,人还没有齐全,都是成堆成伙地说笑着。好多人挤在西耳房的窗前,扒着窗缝儿观看弯弯绕那一大群又肥又大的公鸡和母鸡。人们指指点点,说出许多逗趣的话。还有一伙人挤在豆片坊,参观那一盘新修好的旱磨,从磨盘谈到就要收割的小麦,就要磨成的白面,就要吃到嘴的大烙饼和过水面。门口那边一伙子人正在交谈哪个人还没有来到会场,又怎么去动员。更多的人挤在大殿里了:不论是不是这个会议的当然参加者,都来了,因为这边要开始的事情是特别吸引人的。

　　社员代表们到的差不离儿了,各人找到自己合适的座位之后,就跟可以说到一起的人闲谈起来。

　　焦克礼坐在靠东头的那张大八仙桌的正位,喜老头坐在他的左边,焦淑红坐在他的右边。三个人刚刚开了个小会,会议的程序安排定了,会出现什么局面,也都作了一些估计;这会儿,都在那儿庄严地坐着,等着几个还没有来到的人,耳朵却在注意地听着窗里窗外人们的议论。

　　"弯弯绕到底是怎么回事儿呀! 也不知道他安的什么心!"

　　"安的是'一二三 ,农业社解散'的心呗!"

　　"要是再光团结不斗争斗争,准得反了天!"

“把人逼的再不能忍了！”

…………

新队长焦克礼这会儿心里边倒是很安定，反正他跟那个弯弯绕是较量过了，没什么好怕的；拿到正式会上，旁边有这么多的人，他就更不怕了。对弯弯绕只能是往好处争取，再往坏处准备；能把他批评得老实一点儿，更好，要是还胡搅蛮缠到底儿呢，也不要紧，目的是教育大伙儿，不光为了争取他一个人——说一遭儿，焦克礼对这个顽固的富裕中农是不抱什么希望的。

焦淑红跟焦克礼想的差不多，另外她还想到另一点：通过这样一个会议，能给新队长正式地扬扬威风、长长勇气、立立威信。她不是行政干部，也不是社员代表，这个会她不便多说话，可是又不能不参加，她找了个差事：记录。

喜老头想得最多的是怎么帮助新队长掌握火候。他把韩百仲跟焦克礼说的话又都仔细地想了想，又把萧长春主张开这么一个会议的用心仔细地揣摩了一番。他见几个后到的代表找地方坐下了，就说：“克礼，差不多了吧？”

焦克礼站起来，在人群里扫了一眼：“我说同志们，不参加这个会的人，请到外边去好不好？”

“我们旁听一下还不行吗？”

“是呀，我们光用耳朵不用嘴。”

这一来，站在院子里和窗外边的人也挤进来了。

焦克礼说：“我们开的是小会，是代表会。”

“又没啥秘密的，撵我们干什么呀！”

“就是嘛，反正我们全都知道了，怕啥的！”

接着，一些不好意思进来的人也跟着进来了。

喜老头说：“我看你别赶他们了，越赶越多，一会儿连你呆的地方也不保险了。”

焦克礼无可奈何地笑笑,说:"我是真拿你们没办法,这种软磨硬赖敢情更难对付!"

焦淑红说:"快开吧,要不连人家妇女会也开不成了。队长,先点点名,看看重要角儿到了没有。"

焦克礼一边在人群里找着,一边喊:"韩百安大伯来了没有哇?"

靠西边的窗户那边的焦振茂替他答腔了:"来了,在这儿。"

焦克礼又喊:"百安大伯来了吗?"

韩百安只好回答:"来了。"

焦克礼又喊:"马子怀大叔呢?"

"在这儿。"

焦克礼刚要往下点,忽然一个人把他的话打断了:

"我说,克礼大侄子,让我先说一声行不行?"

焦克礼一见说话的是弯弯绕,他怕弯弯绕在一开场的时候就大吵大闹,影响了会议的程序和效果,就说:"您别急,一会儿给您充分的时间,让您发言……"

弯弯绕想挤过来,不知道因为前边坐着的、站着的人太多,不好行动呢,还是忽然想到挤到前边太显眼,还不如靠这个挡着阳光的柱子遮遮羞,反正他活动一下,又靠在柱子上了。他朝焦克礼喊:"队长,队长……"

几乎每个人都跟旁边的人交头接耳地议论着,那声音"嗡嗡"的,弯弯绕喊了两声还是没人听见。

弯弯绕放开了嗓门儿:"我说队长大侄子,我认错了行不行呀?"

焦克礼使劲儿摆着手:"同志们静一静,静一静呀!不让你们旁听,你们偏要听;让你们听了,又吵!百仲大婶子,快把你们的人叫出去开会吧!"等人们静下来之后,又问弯弯绕:"您刚才说句什么，我没有听见，您大点声，再说一遍。"

队长的确没有听见，因为他没有一点儿这方面的精神准备，可是弯弯绕却当成队长有意让自己再难堪一点儿。唉，有什么办法呢！弯弯绕把所有的办法都想绝了，没有别的路可走，只能是"光棍不吃眼前亏"，认个错，敷衍过去，往后怎么办，看情形再说。

"我，我办错了事儿……"

要说这句话的时候，在肚子里就使劲了，到嗓子眼劲儿减了一半儿，出了嘴，已经没有多大力量了。

所有在大殿里边的人都感到十分意外，刚刚停下来的"嗡嗡"声，又响起来了。

新队长见弯弯绕来了这意外的一手，一时倒不知道怎么办好了。他愣了一下，才问："你说你办错了事儿，到底是办错了什么事儿呢？说清楚点呀！"

弯弯绕像个害羞的小姑娘，红着脸，一只手抱着柱子，一只手抠着柱子上的裂缝儿，嘴里好像含着一块热豆腐似的说："我那鸡不该跑出去……"

人们"轰"的一声笑起来了。

焦克礼高声喊："噢，说了半天过错是在你那鸡身上呀？"

弯弯绕连忙说："怪我那门不严实……"

又是一片大笑。

焦克礼不耐烦地摆着手说："算了，算了。您还是先坐下听听大伙儿的批评吧。"

弯弯绕抢着说："哎，哎，队长，你让我把话说完呀！全怪我，全怪我，我把门打开了，鸡跑出去了，吃了几颗麦子……"

每个人都被弯弯绕这种不高明的"绕"法儿闹得哭笑不得，忍不住气愤地喊起来；这边一片喊声，那边一片喊声，乱乱哄哄：

"要检讨就把舌头伸开！"

"别害臊了,快拉开脸儿说吧!"

"还是让我们给他脱裤子吧!"

"队长,我先来几句儿!"

弯弯绕大声地喊:"听我往下讲,听我往下讲!"又像咬了一口苦瓜尾巴似的咧咧嘴,脑袋在胸前绕了半个圈子:"全说了吧! 我是想,满地的麦子都熟了,正是鸡爱下蛋的时候,瞅个冷子,把鸡放出去,吃个饱,也不一定就能让人家看见。我心里没有集体,让鸡把集体的财产糟害了,全是我的错,我认打认罚。各位瞧着怎么处罚我合适,就怎么处罚我,我全都接受,行了吧?"

焦克礼问他:"再跟大伙儿说说,往后你还干这种损害集体的事儿不?"

弯弯绕看着就要下台阶了,连忙回答:"不了,不了。从今以后,这种事儿我是一丁点儿都不沾了!"

社员们又喊起来:

"让他写个保证书!"

"按上手印儿!"

弯弯绕说:"行,行。这一回我全遵照大伙的意见办,行了吧?"

行了吧? 行了吧? 口口声声"行了吧",因为弯弯绕急不可待地要过关。

新队长到底是没经验的。到了这一步,他觉着犯错误的人低头了,大伙儿出气了,可以说要"胜利结束"了。

几个社员代表不干:

"这么检讨太简单了!"

"谁保险他出了这个门口,不把他说的话一笔勾销?"

"我看这个检讨也是跟咱们绕哪!"

喜老头开口了:"我说两句。马同利没等大家伙儿多费唇舌,开台就检讨,表现很好,咱们都欢迎。"又对弯弯绕说:"你就顺着这条路子往前走就对了,再深一点儿检讨检讨吧！刚才,你检讨放鸡吃麦子不对了,你也认罚了。不赖。我再给你提一个小问题儿,帮着你想想。咱们一队的社员会是昨天早上开的吧？队长在会上宣布让大伙儿把鸡都圈好,你听见了没有呢？"

弯弯绕说:"听了,听了。回到家我就把门板子堵上了。不信问队长,他还亲自到我家检查过哪！"

喜老头说:"不用问,我从你家门口过,也看见了。妙就妙在这儿:昨天上午你还挺服从领导,怎么赶一趟集回来,你就变了呢？"

弯弯绕只感到从背后冒上一股子凉气:"我,我,昨天心里边没想通。我自私,自私,总想多下几个蛋,就糊涂了。真是不对,真是不对,往后一定不这么办了……"

喜老头厉声质问:"不会这么简单吧？依我这个年迈人看,你这个变化是别有原因的。对不对呀？"

弯弯绕使劲儿摇着头:"没有,没有。还是我的老毛病,还是我的老毛病。"

喜老头说:"老毛病倒是老毛病。从打那回把你们倒动粮食的事儿一揭开,老毛病可就消下去一些了。怎么忽一下子又犯了,反而犯得更厉害了呢？这里边总有一点什么过节儿吧？别吐出半截儿,又吞着半截儿了,这对你去掉病根儿可没好处！"

弯弯绕连声否认:"没厉害,没厉害。没过节儿,没过节儿。真的,真的……"

喜老头对一伙子年轻人说:"刚才的事儿我没有在场,不能随便说。你们不是都在跟前看着吗？你们的同利大伯在麦子地里到底怎么说咱们农业社来着？"

马翠清说:"他在河边上口口声声说:怕不着你们了,怕不着你们了！"

韩德大说:"他还说要跟农业社分手,想过什么日子就过什么日子!"

焦二菊也挤过来揭发:"弯弯绕还说,农业社把人都圈住了,连小鸡子都不给点自由;还说再老实下去就没有活命了。说了好多农业社的坏话!"

这下可把新队长焦克礼提醒了,大声地对弯弯绕说:"对啦,对啦!这回开你的批评会,不光是为了鸡吃麦子,最要紧的是你总是跟农业社两条心,总是跟大伙儿掰着劲儿。你得把你骂农业社那些坏话,全都检讨检讨!"

弯弯绕觉着自己这一回是越翻越深了,说不定要像上一回那样,又要给马之悦捅个大娄子。他心想:集市上那事儿,说什么也不能讲出来,只要一吐口,他们一定会刨根问底儿,不光要连成一大串,自己干的事儿也算是出了"圈儿";任凭无数张嘴追问,他总是抱住那个"鸡"字不放:"我错了就是了。我不该自私,不该让鸡吃社里的麦子,不该跟大伙儿发脾气。我错了,错了,真该死,真该死!"

焦克礼打断他这连轴儿的话:"您的事儿不光是鸡吃麦子,这是小事一件,好说好散。我们要批评您,是因为您总不跟大伙儿走正道儿,总恨农业社;这样下去,对大伙儿有坏处,对您自己也没有好处。同利大伯,您得挖挖您这坏思想是从什么地方来的,找找根子,好下狠心刨掉它!"

弯弯绕说:"我不该放鸡!"

焦克礼说:"您别总说鸡、鸡的,说说您骂农业社那些话!您到底骂没骂呢?"

弯弯绕说:"骂了,骂了。"

焦克礼追问:"为什么骂?"

弯弯绕一跺脚:"只当我放屁了!"

"轰"的一声,整个大殿都给这一片大笑声抬起来了。

窗户外边的妇女们笑得最厉害，不知道多少人抱着肚子，流了眼泪。

"弯弯绕这一下子可绕不出去了！"

"把自己绕到了里边，还想着绕哪！"

大殿里边的人给弯弯绕提意见，这个一条，那个一条，提得非常热烈。

大殿外边的人议论着，这个一句，那个一句，议论话，比会上说的可厉害多了。

正记录的焦淑红想起萧长春吩咐她的那件事儿，就合上了本子，说："队长，我提个建议，行不？"

焦克礼说："当然行，你就提吧。"

弯弯绕伸着耳朵听着，心里更加发紧，不知道这个丫头又要给他端出什么来。

焦淑红说："要我看，同利大伯今天检讨的不全是真心实意……"

弯弯绕连忙说："全是真的，一点儿不假。不信你们看着，我再要往外撒鸡，你们全给我没收！"

焦淑红说："您要是真心认错改错，就应当从根子上挖；队长这么让您挖，您总是躲躲闪闪的，这怎么能说您是真心呢？"

弯弯绕装作为难地说："硬问我为什么变了，就是自私嘛，还有什么呀？编瞎话总是不行呀！说话得凭良心！"

焦淑红说："凭良心说话，上一次您往外边倒动过小米子没有？"

弯弯绕打个冷战。

人们喊起来了：

"对呀，这件事儿他还一直没承认哪！"

"事实都摆在那儿，还赖！"

"开群众会的时候,他也是含含糊糊的。"

弯弯绕觉着那件事儿已经挺到今天了,可不能松口,再挺一挺就兴许过去了,连忙说:"真的,我根本没有干那种事儿,没有,没有。"

"赃证都摆在那儿了,还不承认!"

弯弯绕说:"那绳子是我打草丢的嘛!"

"打草还背小米子口袋呀?"

弯弯绕说:"兴许是别人弄的,焦振丛把人看错了,偏巧拣着那条绳子,就安在我头上了……"

大伙儿听了,气得一齐叫起来:

"你们看他多会编呀!"

"全东山坞的人没有一个不说你倒动了粮食,只有你自己不认账!"

"你不认,这个账也是你的了。"

喜老头说:"马同利,我看你这会儿可真到了认账的时候了。不然,等我们把买主抓到了,那时候当面一对,可就更没有台阶下了。"

焦克礼说:"同利大伯,您别以为喜爷爷这句话是吓唬您,买粮食的奸商早掌握在政府手里了,纸包不住火,很快就要露出来了。"

弯弯绕低下头说:"反正我是没办什么缺德的事儿。我全错了,还不行吗?"

焦淑红说:"瞧瞧,又是活动话儿,总留着反咬一口的地方,等着过后下嘴!"

焦克礼也气愤极了:"这么多的事儿加在一块儿,真是把咱们农业社欺负苦了。这一回得算个总账!"

弯弯绕嘟嘟囔囔地说:"反正,我没有干那种事儿,就是给我压杠子、灌凉水,我也不能胡说。就是放鸡吃麦子这一件事儿,我是错了……"

焦淑红又往深处揭一下子："您家里的粮食吃不了,用不完,往外倒动投机,又故意打孩子,骂干部,闹干部会,吵着断了顿,这是为什么?"

弯弯绕顺势朝地下一坐,拍打着大腿,又喊又叫："唉,唉,我怎么这么自私呀,我怎么这么自私呀!这些事儿办得多对不住人呀!错了,错了,是我错了!行了吧?克礼你怎么罚我,怎么处置我,我全认了,全认了……"

大殿内外,又"嗡嗡"地乱起来了。

焦克礼又跟喜老头和焦淑红低声交换了意见,他们觉着,对弯弯绕斗争了,把他的错处也抖搂出来了,对大伙儿也教育了,这个会的任务就算完成了;想开一个会就能让这个顽固的富裕中农真正低头认错也不可能;就决定这个会暂时结束,可是不封门儿,让他回去好好检讨,等听听支部的意见再走下一步。

新队长站起来,大声地喊着,可是怎么也不能把人们的吵嚷、议论的声音压住,只好等一等了。

过了好大一阵儿,提意见的声音和议论的声音忽然停止了。

原来,马翠清把饲养员马老四找来了。他说他有个意见要提。

老饲养员平日在人多的场面是不大讲话的,大伙儿停住声音,表示一点"优待"的意思。

弯弯绕不由得浑身冒凉汗,不知道又有什么不妙的事儿落在自己的头上。

马老四走过来问:"我说队长,咱们这个会算是开始了?"

焦克礼说:"就算开始了,您对同利大伯有什么意见,提吧,多提是对他的帮助。"

马老四一边在人头里面寻找着,一边问:"咱们会场上还缺个人吧?"

焦克礼问:"缺谁呀?"

马老四说:"连升好像没有来?"

焦克礼朝外喊:"马连升来了没有哇?"

把门虎在窗户外边连忙搭腔:"来了。"

焦克礼说:"我找的是大哥,不是大嫂子。"

把门虎一边朝门口挤,一边说:"他肚子疼,请个假,有啥事儿跟我说吧。"

焦克礼问:"你能代表他吗?"

把门虎已经到了门口:"能。"

马老四说:"那你就进来吧。"说着,又看看大伙儿,"这会儿,我要插一杠子,提一点题外的话。队长你说行不行呢?"

焦克礼说:"咱们是自由讨论,您就说吧。"

马老四说:"我得给连升两口子提点意见。"

会场上又"嗡嗡"起来了。

焦克礼站起来喊:"同志们,全静一静,听老饲养员发表意见。"

马老四等到人们静下来之后,接着说:"远的咱们就不用这会儿一古脑全说了,说说晌午头的一件事儿吧。他家使碾子,明明规定半晌午就得卸,可是晌午都偏了,他们还不卸,还乱打怀着驹子的马!"

旁边有人说:"这还不是常有的事儿。"

另一个人说:"在他身上这是小事一宗。"

马老四说:"不是小事儿,我看不是小事儿。冷眼一看像是一件小事儿,细一琢磨,是大事儿。我让他卸,他倒是痛快地卸了……"

旁边有人又插了一句:"这一回还可以。"

另一个人说:"心里准得窝着火。"

马老四说:"就是呀!后边还拖着一个尾巴——说农业社使牲

口都没有自由……"

"嗨，还要有往死里使的自由，乱打牲口的自由呀！"

"真是偏心人想偏心事儿！"

马老四说："还说我们农业社抢了他的牲口……"

"什么，农业社抢了他的牲口？"

"大伙儿的牲口都入社了，都是集体的，也有他一份，怎么叫抢呢？"

"不行，得把他找来说清楚！"

"找去！"

把门虎连忙朝里挤着说："别找他啦，这些事儿全是我办的，这些话全是我说的。"

"话也是你说的，你倒会包办代替！"

"你的嘴长到他身上了？"

马老四说："还有邪的哪。他出了碾棚，跟富农马斋一嘀咕，就拦住支书，说我们贫农欺负中农，说我们把团结中农的政策当擦屁股纸撕了……"

这一回，人们又愤怒起来了：

"谁欺负你们了？是你们欺负集体，还是集体欺负你们？你当着大伙儿说清楚！"

"专心破坏团结的是你们！你们把自己办的事儿全都摆出来见见天日！"

"你们专爱听富农的挑拨，跟大伙儿唱对台戏！"

"把马斋找来！"

"找马斋！"

韩德大、马长山这几个小伙子，马上就要行动。

焦克礼跟喜老头和焦淑红低声商量了几句，大声说："同志们，这个会是我们家里的会，是解决内部矛盾，不能让富农来。处理他们的事儿,跟处理咱们自己的事儿办法、方式都不能一样。一会儿我们去专门整他!"

"得狠狠地整!"

"这个富农这一阵子可坏啦!"

"连马同利都跟他们嘀嘀咕咕的!"

"弯弯绕,快检讨你们跟富农的勾搭!"

"说呀!"

于是,批评斗争会又掀起一个新的高潮,集中火力批判弯弯绕和马大炮跟地富分子的关系问题了。对这一点,社员们是最生气的,也是最痛恨的。

…………

焦淑红看着会议已经进入正轨,就挤出来对焦二菊说:"大婶,咱们的妇女会开吧,要不然该天黑了。"

焦二菊这会儿才想到自己身上的重责,一拍手说:"瞧瞧,还有大事儿搁在那儿哪! 开吧。"

焦淑红说:"我看在这个院子里开不成了,还是搬搬家吧。"

焦二菊说:"对,咱们到办公室大院里去。"又转着身子朝众人喊:"妇女同志们,不是社员代表的,全都跟我走,开咱们的会去呀! 走哇,还没听过瘾呀!"

这儿的会议强烈地吸引着每一个人,不论是什么心思的,对这样的会都觉得很不平常。很多的人对新队长心服口服,对于整一整弯弯绕觉得特别解气。

站在靠门口的韩德大又冒了一句:"百仲大婶先别走吧!"

焦二菊说:"我不走那边的会怎么开?"

韩德大说:"这个鸡的事儿,跟您关系大呀!"

马翠清挤过来说:"我再提个意见,队长!"

焦克礼说:"你讲吧。"

马翠清说："弯弯绕为鸡的事儿不光骂了农业社，还骂了检举他的人。他得跟人家赔情道歉！"

韩德大说："我也是这个意思。"

焦二菊连忙摆手："不用了，不用了。骂我两句，我也少不了一块肉，不算什么；只要他弯弯绕能够接受大伙儿的批评，往后回心转意，别再跟着富农走，别再骂农业社，骂我的那些话算我没有听见，完了。"

不知道哪个人带头鼓起巴掌，整个大殿"哗哗"地像是来了一场暴风雨。

第九十一章

党支部的批评斗争会一直开到日头大平西还不能结束。烟雾和热气在这个菜园的小棚子里弥漫着。

萧长春心里想：有关马之悦的错误和罪恶，能够摆的，利用这个会议全都摆出来了，揭开了党内问题的盖子，他们跟马之悦的矛盾摊了牌，这就是个不小的胜利；至于马之悦本人怎么对待大伙儿的批评和揭发，那就是他自己的事了。

韩百仲心里边很痛快，又有点儿不过瘾。他想：要是李世丹不插这么一杠子，或者支持东山坞党支部的这场斗争，跟县委挂个电话，就可以让马之悦停职反省，就可以在群众里边大揭发、大批判；那时候东山坞将会出现一个更好的新局面。可是眼下只能忍一忍了。

马之悦也有他自己的看法和想法。尽管萧长春和韩百仲给他揭发的问题都是事实，他半点都不接受，也不正眼看一看；他不承认一切，而且觉着是理直气壮的。他从萧、韩二人对他的态度里猜测出李世丹对他的态度,而且肯定了萧、韩二人一时半刻还不会把会上揭出来的这一切给他拿到群众里边去公开,当然也不敢给他什么处分。于是,他觉着这就是他的没有倒台,也不能倒台的证明。

萧长春看看棚子外边的阳光越变越柔和,地边上的树影也长长地倒过来,料定时间不早了。他惦着那个批评弯弯绕的会,急于要看看那边的情形,就说:"今天的党支部会就开到这里,让老马回去再好好想一想,改日再开。有必要的话,我们把工地上的同志找回来,大家坐在一块儿,把问题彻底弄清楚。百仲同志你看怎么样?"

韩百仲说:"同意。会议开多大,开多长,又怎么开,全让马之悦自己决定了。我陪着啦!"

萧长春又问马之悦:"你还有什么意见?"

马之悦说:"我没有旁的可说,也不想再跟你们磨嘴皮子了。哼,我总算是认识了你们。想把我置于死地?不行!我不服,我要上告!"

萧长春说:"可以。散会!"

三个人一走出那热气腾腾的小棚子,就各奔各的路了。

萧长春和韩百仲一边猜测着处理弯弯绕那个会的种种可能,一边赶紧往大庙走。

大庙里的社员代表会也散了,这会儿非常安静。韩百旺满脸喜气地打扫着大殿,收拾着凳子。焦振茂、韩百安和焦振丛、马子怀四个人,站在柏树下边小声地谈论着刚发生的事情。

萧长春从人们的脸色上已经看出,刚才那个事情处理得不错,这才放下心来。

韩百仲问:"把会开完了?"

焦振茂说:"嘎巴干脆,痛快得不得了!"

韩百仲又问："开什么会处理的呀？"

焦振茂说："社员代表会，列席的社员也不少。弯弯绕开台就认错，真没想到。连百安都服气了。"

韩百仲拍了拍韩百安的肩头，笑着问："真的吗？"

韩百安不好意思地说："同利办事儿是有点不像话，照他那样，谁也不用想过日子了。"

韩百仲又问马子怀："你呢，有点收获没有？"

马子怀说："百仲你别说了。我光顾割一担草，把个重要会耽误了。"

焦振丛说："我也是开半截儿才来的，怎么不早给我们一个信儿呢？"

韩百仲说："我早给你个信儿，谁早给我一个信儿呀？"

萧长春说："我们多会儿也没有安着心要整谁，都是让他们逼的再没路可走了，才这么走的。"

焦振茂说："谁也没料到好好的日子，猛孤丁地来了这么一档子事。"

韩百仲说："他弯弯绕猛孤丁地给农业社来这么一下子，农业社又猛孤丁地给他来这么一下子，都没有开个筹备会……"

众人都笑了。

韩百仲四处看看，问："弯弯绕那一大群鸡呢？"

站在远处的韩百旺回答说："让他拿回去了。"

马子怀问："没处罚他呀？"

焦振茂说："人家焦克礼说：认错了，就不用罚了。好多人不同意。喜老头说：让他这一回，下次再犯，一定重罚。瞧瞧，人家办事儿全是按着政策条文，又有斗争，又有团结；让中农走哪条道儿，不让中农走哪条道儿，全都是小葱拌豆腐，一清二白的！"

韩百安忍不住赞叹地咂了咂嘴儿。

马子怀说:"我看他们往后再不敢一会儿锣一会儿鼓地乱敲了。"

萧长春插言说:"不是那么容易的事儿呀!要想不让他们乱敲乱闹,就得靠我们多数人都团结成一股劲儿。走正道的人多了,听歪话的人少了,脚跟稳的人多了,摇摇摆摆的人少了,这就成了铜墙铁壁。谁想碰我们,就好像鸡蛋往石头上碰,碍不着咱们一根毫毛,他自己得闹个浑身稀巴烂。其实,只要这边的人劲头一大,他们那边说话、办事儿,就得多想想,也就不敢大闹了。"

这儿的几个中农,都觉着支部书记这几句话很能代表他们这会儿的心境,都不住地点头。

…………

马之悦离开菜园子,一边往回走,心里一边打主意。萧长春和韩百仲两个人手里竟然攥着他这么多的东西,太出乎他的意料之外了。他想:这说明自己的处境完全到了最危险的关头。怎么办呢?是马上到乡里找找李世丹呢,还是看看风向再说呢?萧长春整自己的计划要是很大,接着还有别的手段,自己马上去找李世丹就有好处,起码起到"先下手为强"的作用。萧长春整自己的计划要是搞个党内批评完事了,还是迟一迟再找李世丹为妥当;要不然,自己主动着到那儿去说,很可能引起李世丹的多心,县委知道了,再派人来调查,事情的目标就转移了,那就等于引火烧身,自投罗网。他想来想去,觉着不如闷一闷好。大丈夫能屈能伸,这口气先压在肚子里,看看风向再转舵吧!

他这会儿想到了弯弯绕,不知道焦克礼这伙子人是怎么处置他的。他又烦又躁,又窝囊又气愤地走回家。一进那油漆大门,故意放重脚步,都到了屋门口,也没有人应声,心里骂道:"狗日的,我在那儿让人家欺负个八分死了,你在家里跟没事的人一样!"撩开门帘子一看,马凤兰不在;只见桌子在炕上放着,桌子上有一个大碗,上边还扣着盘子;揭开盘子一看,是一碗炒鸡蛋;又见桌子下边放着一瓶子酒,一个玻璃酒杯套在瓶子嘴上。他那难看的脸上,忍不住地露出一丝微笑。他想:马凤兰可能是让人家找去开会了,也许为了自己让人家拉去斗争,正在慌乱地四处打听消息。

马之悦这么想着,甩了鞋子上了炕,拿下酒杯,拔下瓶子塞儿,倒了满满一杯,仰脖喝了一口;又夹了一筷子鸡蛋嚼着,忍不住感叹地自语:天下什么东西最好呢? 钱;天下什么人最好呢? 媳妇。

马立本试试探探地走进来了。

马之悦抬头看他一眼,没吭声。

马立本两只眼睛紧紧地盯着马之悦的脸:“马主任。”

马之悦又往嘴里倒了一口酒:“立本,坐吧。”

“您……”

“我不是好好的吗?”

“把我吓坏了。”

“有什么怕的呀? 不过如此。自己找个杯子上炕喝酒。该喝得喝,该乐得乐,不让损了身子。留得青山在,不愁没柴烧哇!”

“还喝酒哪! 您不知道吧,弯弯绕这个没骨头的东西,一到会上就承认错误……”

“真的?”

“我妈开妇女会去,在窗户外边听得清清楚楚。他不光认错,还把自己臭骂了一顿!”

“他都认什么错了?”

马立本把自己听到的一些重要枝节说了遍。

马之悦忽然笑了:“这家伙,真是能绕哇!”

马立本气愤地说:“把自己绕到里边了,把咱们的威风全给杀下去了。”

马之悦自言自语："看来,我没有马上到乡里去对了。"

马立本哭丧着脸说:"他一认错,把我爸爸也给扯进去了。"

"怎么扯进去了?"

"妈的,把使碾子、撒小鸡子的事儿都说成是富农煽动的,这不是天大的笑话呀!"

"笑话事儿多着哪,等着看吧。"

"焦克礼那小子把我爸爸找到队部去了,正整哪!"

"多挨点他们的整好哇!"

"挨整还好?"

"你想想,我要是不挨整,不是还得像傻子似的给他们卖命吗?你要是不挨整,你不是还得跟你爸爸'划清界限'吗?"

"哼,他们把我的仇整大了!"

"对,对! 弯弯绕认错,那是缓兵之计,软里边藏着硬哪! 你爸爸让他们整整,也会硬起来。"

马立本一拍桌子说:"这口气不出,死不罢休!"

马之悦满满地斟了一杯酒:"这话好,有志气。我得敬你一杯。"

马立本端过酒杯,一仰脖就喝了。

马之悦说:"我们的目标不是出一口气完事儿。天下什么东西最好,什么人最好? 我算看透了,不是一口气,也不是一个虚名儿。咱们也来个'化悲痛为力量'吧。喝呀!"

…………

东山坞的三天假日里,数这一天最紧张,成绩也最大。党支部会开得有成果,社员代表会开得有收获,妇女会开得也不错:全社百分之九十的妇女都报名参加麦收了,一些有小孩子又想不出办法找人带的妇女,同意把孩子交给五婶照顾,那个农忙托儿组就算成立起来了。在这个会议上,妇女们一致通过让焦二菊代理妇女主任,言定过了麦收就正式改选,这个角色当然也是焦二菊的了。

晚霞像是加重了色彩,涂红了整个天空。

在东山坞的每一个院子里,都有人议论着今天发生的几件事情,都有人忙着做收割小麦的准备;这里那里,响起一片"嚓嚓嚓"的磨镰刀的声音。

党、团支委又开了个碰头会,把这三天的工作简单地总结了一下,把要开始的事情也作了具体的安排。萧长春舒了口气,轻松地走回家里。

一群小孩子正在院子里吵嚷着。这里边除了小石头,还有韩百仲的儿子拴柱,韩百旺的小闺女兰兰,还有焦振丛和焦庆家的几个孩子。

小石头跑过来,扯住了萧长春的衣裳襟:"爸爸,他们找我来了。我们也要跟你们一块儿割麦子。"

萧长春摸着儿子的小脑袋,笑着问:"你会使镰刀吗?"

小石头挺着小胸脯说:"会!"

萧长春说:"割麦子是大人的事儿,你们好好玩就行了。"

拴柱说:"表哥,收麦子的时候我们不玩了,要帮助大人干事情。我妈说,让我们专门看鸡。"

兰兰说:"谁都不撒鸡了,还看什么呀?"

小石头说:"弯弯绕要是再撒呢?"

兰兰说:"他敢! 刚才开会,他说不敢了!"

这会儿,萧老大端着一簸箕棒子面走进来了,问儿子:"你们的事儿全完了?"

萧长春说:"今天的事儿是完了。"

萧老大说:"明天收麦子了,我干什么呢?"

萧长春说:"您还在菜园里,每天给大伙儿分一回菜,也够忙的了。"

萧老大说:"这么好的麦子,我活一辈子没有遇见过,熬到这一步上,可也真不容易。我想着到地里拼拼我这老力气,就是让菜园子拴着手。唉,帮不上你们的忙呀!"

萧长春说:"您把队里的菜园子搞个棒棒的,就是帮我们的忙了,也是帮农业社的忙了。"

萧老大一边朝屋走一边说:"我帮你修理了一把镰刀,你看看行不行。"说着,走进屋里,放下簸箕,拿出一把新镰刀。

萧长春接过镰刀,摆弄着看看说:"不赖。"

萧老大说:"就是把儿新安的,不太光溜。"

萧长春说:"使一使也就光了。"

"刃子不太快吧?"

"我再磨磨。"

小石头跑过来说:"爸爸,这镰刀爷爷说是给我安的。"

萧老大哄着他说:"先让你爸爸使,使完了再给你。"

小石头说:"不,我还玩哪!"

萧长春举着镰刀说:"这可不是玩物呀,这是武器!"

几个小孩子全都围上了萧长春。

"镰刀是割麦子用的,又不能装子弹,怎么是武器呢?"

"武器是打敌人的,镰刀能拿到战场上用吗?"

萧长春摸摸这个孩子的脑袋,又摸摸那个孩子的脑袋,笑着说:"是武器。你们长大了,就懂啦!"说着,舀了半盆子清亮亮的水,放在窗前那个像月牙儿似的磨石旁边,把镰刀在盆子里边蘸蘸,拉开一个骑马蹲裆式,就"嚓嚓、嚓嚓"地磨开了。

金色的锈水和黄色的石粉泡沫,在支部书记那灵巧有力的动作里,和那优美、好听的"嚓嚓"声里,流了下来,又好像摊煎饼似的摊在地上。

这儿的磨镰刀的声音,跟整个东山坞每一个小院子里边的同样声音,汇合在一起了。

磨吧,把武器磨得锋利些,准备战斗啊!

（第二卷完）

1964 年 10 月第三次重写稿完毕

1965 年 9 月 29 日第三次修改完于北京豆谷

新中国 70 年 70 部
长篇小说典藏

新中国 70 年 70 部
长篇小说典藏

艳阳天

三

浩 然———著

学习出版社

人民文学出版社

第九十二章

社员们日日夜夜盼望的那个日子,终于来到了。

开镰,收割!

收割,开镰!

好多人从假日的第三天下午,就摩拳擦掌地待不住了。他们都知道,麦子收割、登场、打轧、入仓,每一节儿都是一个胜利;等到公粮交上去,口粮分下来,那就算把最后的胜利拿到手里啦!在这个日子口上,谁还能够安静呢? 特别是年轻人,好像要过年似的,高兴得睡不着觉;一直到了半夜,还能听见街上有人说笑,院子里有磨镰刀的声音。

当然啦,东山坞也有少数人愁的睡不着觉,恨的睡不着觉;天不黑,他们就钻到屋子里,往炕上一躺,唉声叹气。马之悦、马斋、马小辫这一伙子人,热油煎心似的等着马志新和李世丹快点儿来。因为他们已经看出,事态的变化,离着他们追求的目标越来越远了,横在前边的关口越来越多了,心里边怎么能够消停呢……

高兴也罢,发愁也罢,仇恨也罢,丰茂的麦子还是遵循着大自然的规律,响应着流过汗水的人给它提出来的号召,按照时令成熟了!

东方泛起鱼肚白,月儿坠到西天边,风儿不吹,树叶不摇,鸡不啼,马不叫。

北方的乡村,静极啦!

每一个农家的门儿:大排子门、木板门、小栅栏门,都轻轻地、轻轻地打开了,"嘎吱吱""吱纽纽",一片响声。

男男女女,老老少少,一个跟着一个地走出来。他们每个人胳肢窝都夹着一把长柄的镰刀;镰刀都磨得飞快,在月光中闪着亮儿;有的人揉着眼睛,有的人系着纽扣,跟走到一块儿的人小声地说几句什么,又朝着村西头的金泉河边上走。

小石桥那儿汇集了一大群人,奔麦地里去了;又汇集了一大群人,也奔麦地里去了……

人群先奔山坡下早熟的麦地里去。在田间的小路上,形成了长长的、一串串的队伍。

脚步声、低语声,惊醒了沉睡的田野。

在月光的斜射下,金灿灿的麦浪上,笼罩着一层稀薄的雾气,更增加了它那离奇神秘的色调。成饱的麦穗儿,像是就要出嫁的闺女,含羞地低着头,又忍不住地发出微笑。

社员们一个个站在地头上,望着麦浪,闻着清新的香味儿,听着低声细语,真如同小伙子见了新媳妇,心都醉了……

韩百仲,这个老庄稼把式,从打记事儿起,经过了多少个春种秋收,经过了多少个这样的夜晚哪!可是他从来都没有像今天这次收获,今天这个夜晚这般高兴过。他挽了挽袖子,弯下腰去,开了第一镰;一簇麦子倒在他的怀里,麦芒儿吻着他那围着胡子茬儿的嘴,好似有一股蜜水,流进他的心里。接着,"咔嚓"一声,那一簇麦子,就让他给割下来了。

这是一声进军号,霎时间,银镰遍地飞舞,"咔嚓咔嚓",响声一片,多么动听,多么美呀,这又好似迎娶新娘入门的乐队……

天色由黄变成银灰,又变成乳白,在人们不知不觉的时候,东山梁吐出了一缕嫩红。

鲜亮亮的太阳跳了出来,笑嘻嘻地朝着人们问好。

这时候,每个人的脸上都挂满了汗珠子,麦个儿也倒了一大片,一垄一排,齐齐整整。

随着阳光升起，年轻人唱起欢乐的歌子，这边那边，一边刚落下去，一边又响了起来：

> 五月端阳好风光，
> 石榴花红麦子黄。
> 忙收割呀收割忙，
> 快打快轧快入仓，
> 快快交售爱国粮。
> ⋯⋯⋯⋯
> ⋯⋯⋯⋯

在歌声中，人们更加飞快地挥动着镰刀。在他们行走之间，那麦海的波涛没影儿了；身后却出现了一个挨着一个的麦个儿，静静地枕着麦茬，躺在垄沟里，好似为了铺铁轨摆下的枕木，又整齐，又壮观⋯⋯

这会儿，有人发现了一个快手，大声喊："嗨，割到前边的那个人是谁呀？"

"哟，他割得可真快呀！"

"那不是咱们支书吗？"

"好家伙，他一个顶俩！"

萧长春没直腰，转过头来，朝着喊叫的人笑笑；又拧了拧镰刀把，运了运劲儿，接着割起来。

他那割麦子办法挺特别，从地头上插镰起，割到另一头的最后一镰，一次腰都不直，割的时候不直，捆的时候也不直。别人割够了一把，就直起腰，转回身，放在地下，再割第二把，他是一把一把地揽在胳膊上，好像抱着似的；别人割够了一捆，再割一小把，打个"要子"①，再捆上，他是割一把，抓着头一拧、一分，再把胳膊上揽着

---

① 把两小把麦秸连接在一起，捆麦个儿用，俗称"要子"。

3

的麦子往下一溜，拦腰一扭，再一扭，顺着两条腿中间朝后一丢，嘿，就是一个麦捆儿啦！

有个小伙子看着又眼馋，又嫉妒，就大声说："嗨！你们看，支书好像下蛋哪！"

"哈、哈、哈……"

整个地里都响起了笑声。

萧长春拾起一块土坷垃朝那个小伙子投过去了，咧着嘴笑着，抬起拿镰刀的那只手腕子抹了抹脑门上的汗水。

昨天傍晚，他求焦振茂给他剃个头。青白的头皮，衬托着他那俊气的红脸膛，脑门和眼睛都在太阳下边闪着光。他换上了焦淑红给他新补好的汗衫，那是从军队上带回来的；洗得白净，补得细密，穿着可体；敞着怀，露出结实的胸膛。他下身穿着青布裤子，系着一条皮带。脚上穿着一双蓝帆布球鞋，还扎着一双袜苦。在这金黄无际的田野里，这个年轻的庄稼汉子，显得特别威武，透着一股子蓬蓬勃勃的气势。

周围的人议论着丰收，交流着喜悦，不断地朝他这边投过敬佩、感激的目光。

"我长这么大，都没见过这么好的麦子！"

"农业社就是出奇事儿嘛！"

"不是社会主义，去年那场大灾，不要说收麦子，这会儿咱们说不定在什么地方逃荒要饭哪！"

"我头三天就高兴得睡不着觉。要不是跟那伙子坏蛋斗了一家伙，按着他们的心思来个土地分红，麦子全成他们的了，我们不就干瞪眼啦！"

"要我看哪，要没有马主任给他们撑腰，他们也不敢闹得这么冲！"

"从打去年秋天起，我光知道他坏，没想到他这么坏！"

4

"看样子，昨天的党支部会上把他整得不轻，从小窝棚出来的时候，就像卸架的黄烟叶儿——蔫了。"

"昨天把弯弯绕一斗争，一揭发，一臭，包管很多人都擦亮眼睛，他也得老实一阵子了。"

…………

人们在随随便便地谈论，萧长春听到了，却觉得这是群众对党支部领导的这一段工作的鉴定；是提醒自己别再脑袋发热，得多想想问题，也是给自己鼓劲儿。

昨天晚上临睡之前，党、团支委又在狮子院开过碰头会。他们把马之悦这一伙人研究了一遍，推测他们在党支部斗争了马之悦，社员代表会斗争了弯弯绕之后，会发生什么样的变化，又会对动摇的中间派起到什么样的影响。他们还猜想乡长李世丹听到斗争了马之悦的信儿会有什么反应，会不会立刻到东山坞来；县委什么时候会讨论他们的请示，什么时候会批下来……萧长春又亲自执笔写了两封很长的信。一封是向王国忠汇报李世丹对东山坞这场斗争的态度，汇报支部没有完全按着李世丹的意见行事，而在支部内部把马之悦斗了一下子；他们肯定县委会支持他们这个作法。另一封信是写给挖河工地上的临时党支部的，把萧长春回村后发生的一切问题，都作了详细介绍，也谈到他们对以后形势发展的估计；他们让工地的党支部告诉那儿的全体社员：不论在什么情况下，不论还会发生什么变故，家里的人都会坚决保卫农业社，保卫总路线，保卫社会主义，永远做硬骨头！最后，他们又重新研究了干部的分工问题。决定让焦淑红协助萧长春专管两个场院和处理日常事务；焦克礼协助韩百仲专管地里的收割。在安排马之悦这个"特殊"干部的时候，他们还发生了一点小分歧。几个年轻人主张把马之悦打发到地里去，不让他沾打麦场的边儿。萧长春和韩百仲觉着，地里的地方大，干活分散，不可靠的人全在地里，也显得杂;把马之悦打发到地里去,反而不如场院里容易监视。萧长春给几个年轻人解释说:"马之悦要想发坏,放在哪儿,也会发坏,怕是没用的,也用不着怕他。一队的场上有喜老头,有贫下中农,人多,眼多,我们还怕他什么!马之悦的问题,要等着上级的决定,我们心里得有个数儿就行了。"年轻人听萧长春这么说,只好同意。这样,麦收前的最后一道准备工作,才算结束……

收获时节开始了,复杂的斗争时代,风云多变呀!年轻的党支部书记,还要领着你的同志闯过多少关口?闯过什么样的关口?这是不容易推想到的。但是,他满怀着胜利的信心,浑身是劲,迎接着雷雨的来临!

…………

太阳高高地升起,红光已经普照大地了。

韩德大挑来一担白开水,从麦地中间横插过来。

韩百仲吹开了哨子,摇着胳膊朝大伙儿喊:"嗨,休息了,喝水了!"

随着他的喊声,人们停住手,喊着,笑着,又抢碗,又舀水,大口地喝着;有的奔向地边的树阴,有的钻进用麦个儿搭起来的小窝棚里。

忽然有人喊了一声:"嗨,你们看,来队伍了!"

大伙儿扭头看去,只见一群小孩子,排着队,迈着大步,摇摆着胳膊朝这边走过来。有的光着小脊梁,有的光着屁股,一丝不挂。他们全都带着家具,不是背筐子,就是挎篮子。萧长春的儿子小石头也在队伍里边,他把那个小荆条篮子当帽子戴在头上,空着两只小手,向两边张开,挺着圆鼓鼓的肚子,扭哇扭地朝前走。

有个大点的男孩子是韩百仲的小儿子拴柱。他跟着队伍一边走着,喊着口令:"一二一、一二一、一二三四!"

小家伙们全都直起脖子、咧着嘴喊起来:"一二三四!"

拴柱又喊一声："立正！"

小家伙们全都站在地头上了。

他们小声地喊喳什么有趣的话儿。

一个孩子叫了一声："嗨，大蚂蚁！"趴在地下扑打。

拴柱喊："喂，要遵守纪律，不许乱动！"

那个孩子乖乖地回到队伍里去了。

又一个孩子叫起来："嗨，麦黄鸟！"摇着胳膊去追赶。

拴柱喊："喂，不许乱动！"

那个孩子也乖乖地回到队伍里去了。

小石头也跑出队伍："爸爸，爸爸！"

拴柱喊："小石头，不许乱动！"

小石头一看见爸爸，就顾不上听"指挥"了，撒开小腿就跑，一口气跑到大柳树下边，扑到爸爸的怀里："爸爸，我们拾麦穗来啦！"

萧长春摸着孩子的脑袋，故意逗着他玩："拾了麦穗儿给谁呢？"

小石头仰着脸，顽皮地笑着："你猜吧？"

萧长春说："给爷爷？"

小石头摇摇头："不是。"

萧长春说："给爸爸？"

小石头又摇摇头："也不是，再猜。"

萧长春说："给饲养场的马四爷？"

小石头还是摇头："更不是，再猜。"

萧长春说："给淑红姑姑？"

小石头依旧摇头："不是，不是，再猜。"

萧长春也摇摇头说："我猜不着啦。"

小石头两只乌黑的小眼珠一转悠说："告诉你吧，给农业社！送到场里去！"

萧长春假装认真地说:"这麦穗儿是丢下的,又是你们自己拾的,怎么送给农业社呢?"

小石头知道爸爸在考自己,就挺了挺胸脯子说:"你跟我说的,小孩子要从小学着爱社,一个柴火节儿也不能白拿集体的,拾了都得交农业社,对不对呀?"

萧长春一弯腰把小家伙抱住,一边亲他的小脸蛋一边说:"好孩子,小石头真是个好孩子!从小爱农业社,长大了更爱农业社,当个好社员,对吗? 好好,快去跟小朋友们一块儿拾麦子去吧,看谁拾得多;别乱跑,别打架,啊!"

小石头答应着,乐颠颠地朝队伍那边跑去了。

韩德大这会儿抱着扁担凑过来,小声问:"萧支书,上边得什么时候批下来呀?"

萧长春只顾乐,没有听清楚:"你说什么批下来呀?"

韩德大说:"撤马之悦呀!"

萧长春笑了:"好急的性子! 就是打个电话,还得摇摇铃、找找人哪,报告材料哪会走那么快? 送到了,县委还得讨论决定,回头再通知下来,往少算,也总得个五六天时间。"

韩德大说:"真慢呀! 急死个人。"

萧长春开导这个愣小伙子说:"别急。只要上级决定了,组织处理好办,一个通知,一个会议,就解决问题了。最要紧的是,除了咱们真正地认识了他,还得让更多的人认清他,也敢跟他斗到底儿。要不然,光是我们这些人跟他斗,好些人还都是非不清,还迷信他,还不愿意走社会主义道儿,把一两个人斗争倒了,又该怎么样呢!"

韩德大也笑了:"马之悦这家伙就是软的欺,硬的怕,昨个你们把他一斗,蔫啦。今个早起,假充积极,到处横张罗,干这个,干那个,还嘱咐我:'德大,给地里送水去吧,多带上几个碗。'我用得着你指使,跟你说话我都嫌脏。我说:'快好好地想你自己的事儿去吧,这比什么都实在。'说得他干翻白眼,屁也没放。嘻嘻!"

萧长春说:"支部批评马之悦,还是党内的事儿,你不要到处乱讲。"

韩德大说:"那当然啦!我是怕不早点把他撂倒,他又使别的坏水儿;这个人肚子里没有别的,全是坏水儿!"

萧长春说:"现在两条道儿都给他马之悦摆好了,一条是彻底坦白悔改前非,一条是坏到底儿,随他挑吧。看眼时的情形,他是假老实,真不认罪。他的鬼道道多啦。还有,要在我们农业社兴风起浪的也不是马之悦一个人,他左右前后,上上下下,都能找到扶手,斗争复杂也就复杂在这儿。我们得加倍警惕呀!你这一阵子做的事情都挺对,不愧是咱们贫下中农家门口出来的青年。往后,你好好跟克礼他们一块儿工作;不光工作,还得在工作里学本领、长知识,争取当个青年团员。"

韩德大让支书一夸,非常得意,刚想表示表示决心,又被村子那边的一片响声惊动了。

拉麦子的大车冲出村子,一辆、两辆、三辆……车后边卷起一股子黄色的烟尘。铃声叮叮,马蹄哒哒,红缨鞭子劈啪响;赶车人唱着河北小调儿,男子汉捏着嗓子唱女腔,招笑极啦!

不一会儿,大车开进了麦地里,跟车的社员们,手里拿着绳子和木杈,一个个从车上跳下来;有一个人跳下来没有站稳,闹了个屁股蹲儿。

割麦子和拉麦子的人互相喊着话儿,开着玩笑:

"按垅拉,可别丢下麦子呀!"

"放心吧,丢不下;这是汗珠子,丢下还行!"

"嗨,都归归堆,别羊拉拉屎似的,这儿一捆、那儿一捆的行不行?"

"那是你们孩子妈拉拉的!"

"振<u>丛</u>那个胶皮轮怎么没来呀?"

"上西地给一队拉去了。"

"拉到场上就铡吗?"

"不光铡,还拣干的轧哪!"

"嗨,真是边收、边打、边入仓啊!"

在这收获的季节,在这喜悦的日子里,人们都变得爱说爱笑、爱管闲事儿,也变得特别和气。

刚刚停下镰刀的社员们,都自动地跑过来,帮着搬麦子、归堆和装车。

有的用杈子挑,有的用手抓着,抡起麦个儿往车上扔。不一会儿,每辆车都装得像一座小山,上去几个人在上边摆,下边几个有力气的小伙子,喊着号子摇着"绞杆",那小胳膊一般粗的绳索,把麦个子紧紧地缆住……

一辆辆大车装完了,装得满满的,高高的,跟车的小伙子先把杈子从车下扔上去,人也爬上去,趴在车顶上,还在上边打了个滚儿,跟割麦子的人嘻嘻哈哈地说着笑话。车把式庄严而又高傲地摇着鞭子,顺过长套里的牲口,又靠在车辕子上,"驾哦"地一吆喝,大车便带着响声,顺着大路往回走,晃晃荡荡的,像一个吃饱了粳米干饭大炖肉的胖子。

打麦场上比地里还要热闹。

这里边大部分都是妇女。常年不出工的病号、孩子多的和使上了几房儿媳妇的老太太,也都到场上来了,跟大伙儿一起分享丰收的快乐。

喜老头和焦振茂是场头,分别负责一、二队打麦场的全面指挥。焦振茂管的二队这个场,在村南边,四面没遮挡,风溜非常好。

两盘大铡刀绑在两条又宽又长的凳子上,焦淑红和马翠清一个人把着一盘刀，并排安放在场中间。她们站在凳子上，一只脚蹬着凳子，一只脚蹬着铡刀床子，一手叉腰，一手提着铡刀把儿。妇女们排着队，把车上卸下来的麦个子抱起来，在怀里把头顺好，把"要子"拧松，放在刀床上；掌刀的人把刀一按一提，"咔嚓"一声，麦穗头跌落下去；早有人拿杈子等候，麦穗一落，她们便用力挑开，摊晒在那平如镜面的场板上。只听得"咔嚓咔嚓""咔嚓咔嚓"的一片切麦子的响声。焦淑红的短发像翅膀，随着她那秀丽的身子灵巧地起伏，一扇一掀；马翠清的大辫子，一会儿跳到胸前，一会儿又蹦到背后，两个闺女真像登台跳舞似的。

那个挂牌子的妇女主任，从打村里发生了事儿，她就住娘家躲清静去了，昨晚上才回来，也挺热心地参加了麦收打场。她抱着一个大麦个子，移动着不太方便的胖身子，摇摇晃晃地朝铡刀那边走；刚走两步，垛坍了，滚下两个大麦个子，把她绊了个仰八叉。

跟车回来的小伙子拍着手喊："快来看哪，大肚弥勒佛钻被窝了！"

妇女主任赶忙从地上爬起来，瞪他一眼，骂道："烂嘴的货，你媳妇瘦得像秋秸秆儿扎的！"

妇女们都嘻嘻哈哈地笑开了。

大脚焦二菊抱着个麦个子跟过来，说："你甭不爱听，你是胖得够瞧的了。人不费心思，当然得长膘啦！"

妇女主任不高兴地说："我没你费心思，我死心瞎肺半个肝，办不了什么大事儿，过了麦收，咱们改选，这个主任的牌子我要摘了，得你挂上了。"

焦二菊呵呵地笑了起来："这个现成，你什么时候摘，我就什么时候接着；接过来，我就不挂着，卖什么，吆喝什么，干什么得像什么。"

妇女主任说："那好哇，我早干够了。"

焦二菊说:"你干够了,我们也看够了。快抱麦子吧,别的事儿,先别摆在这张桌子面上。"

焦庆媳妇不知怎么也插上一句:"别怪主任摔跟头,今年的麦子个儿分量就是重。"

焦二菊故意刺她说:"是吗?我怎么没觉出来呢?"

焦庆媳妇说:"从我懂事起,哪年也比不上今年的麦子好,真是怪事儿!"

焦二菊又呵呵地笑起来,摇晃着胳膊对大伙儿喊:"你们听见没有,这位先生也说良心话了!"又转脸对焦庆媳妇说:"这是农业社的优越性嘛,怪什么呀!"

焦庆媳妇不好意思地笑笑:"真没想到……"

焦二菊哼了一声说:"你没想到的事儿还多着哪。往后再遇见事儿,把心眼摆正一点儿,别夹在胳肢窝,多寻思寻思,也就不觉着怪了。"

焦庆媳妇赶忙去抱麦子,躲开了。

站在凳子上的马翠清跟站在凳子上的焦淑红挤眉弄眼,又忍不住"嗤嗤"地笑。

焦淑红也抿着嘴儿笑笑,又使劲儿按着铡刀。

…………

老饲养员马老四牵来两头壮壮实实的大骡子:"振茂,趁着脆,快轧吧!"

焦振茂应声跑过来,一边接缰绳,一边笑嘻嘻地说:"老四,你这是给我们送脱谷机来了。"

马老四也笑着说:"甭忙,迟早有一天,买个真脱谷机摆在场上,归你管。"

焦振茂说:"那敢情好呢!老四你没见哪,脱谷机那玩意可棒啦!一个就顶百八十人。机器一开,粮食粒是粮食粒,糠皮是糠皮,分得一清二楚,连口袋都替你装上,更不用做场了,在地里一走,全完!"

从地里回来开碰头会的韩百仲听见焦振茂正假充内行地谈论脱谷机,就打趣说:"听听振茂这一套,说得有鼻子有眼儿,我倒怀疑你见过什么脱谷机没有。"

焦振茂直着脖子说:"谁说我没见过?"

"你见过什么样?"

"就跟汽车那么大,跟,跟这场房这么高,上边还有个大烟筒……"

"那不把麦子都烧着了?"

"又不烧火,着哪家子,全是汽油,坐在那上边,跟坐在炕头上一样稳,上边还有个篷子,日头都晒不着……"

"越说越神,请问你在哪儿看见的?"

"哪儿? 画报上呗!"

"哈哈哈!"

整个打麦场上的人都笑了。

韩百仲指点着焦振茂说:"好个牛皮大王,这回可吹破了,快缝缝去吧。"

焦振茂并没有觉着不好意思,反而挺得意地说:"过了麦收,我就跟百安搭伙,到双桥农场参观参观去!"

在说笑声里,两头大骡子套上了碌碡,在那摊着金铺着银的场板上,转着圈圈儿奔跑起来;堆得厚厚的麦穗儿,在"吱吱咽咽"的响声里跳动着,越变越薄,越薄越平滑;麦粒儿在碌碡的滚轧之下,从穗子上脱落下来,漏到最底层……

碌碡声一止,几十个拿着杈子和木板耙的人冲过来,起花秸,推麦粒儿。

第一场麦子打下来了。

焦振茂和韩百仲两个人,分别站在两个麦粒堆旁边,开始扬场了。

　　焦振茂对这种活儿当然很拿手。他两条腿分开站着,前腿弓,后腿绷,两手把着簸箕边儿,两眼沉着而又自得地望着天空;先铲一点儿麦粒儿,簸了几下子,看看风向,找找地势,簸箕朝后一伸,随后说了声"开始吧",站在他背后的焦二菊铲起满满一木锨麦粒儿,扣在他手上的簸箕里,他便轻轻地一颠,顺势朝上一扬。

　　麦粒儿飞到天空,又洒落下来,微风把麦鱼子、土屑和麦粒儿分得清清楚楚。

　　老把式的手艺高超,拿着杈子等着再摊第二场的社员们,站在场边上,不住地喝彩、叫好。别人越夸,焦振茂越扬得起劲儿,汗水不住地顺着脖子往下流。好多人劝他歇一歇,他偏不肯住手。

　　萧长春跟着拉麦子的大车回来了,站在一边,笑眯眯地看了一会儿,说:"换换班吧! 来,我试几下子,谁给我供锨?"

　　正在一边拣麦粒儿的萧老大丢下小簸箕,走过来说:"我给你供。"

　　刚刚停下铡刀的焦淑红,抢先从焦二菊手里拿过木锨,说:"这是重活儿,我来吧。"

　　萧长春也拉开了架势,一簸箕一簸箕地扬着。他这扬场的风格跟焦振茂完全不同,焦振茂把麦子扬上去是弧圈形的,轻轻地落下来;他扬上去好像一把刺刀那么锋利,落下来也特别有气势。支部书记的眼前像是一片金色的汗珠在降落,像是理想的火光在燃烧,像是斗争的云雾在翻滚。他陶醉了……

　　世界上最美的情景,并不是在舞台上、绘画内,也不在文章描写的字里行间,而在劳动里。劳动是美的,百花齐放、丰富多彩,同时又变幻无穷。只有在劳动里,才能显示出人的美和我们今天国家的美。这是因为劳动不仅直接创造物质财富,也直接创造精神财富。劳动是一切美和艺术的源泉，劳动者是艺术家。我们五亿农民都投身在驱赶灾难、争夺社会主义革命胜利的集体劳动，这不是世界上最美妙、最伟大的情景和形象吗？

一场轧完了，另一场又摊上了。

大车还在往场上拉着麦个子；铡刀也跟着响起来了。

欢乐的说笑声，一直没有停止过。

焦淑红心里特别高兴。这个念过中学的庄稼地的闺女，在团支部会议上，自己教育了自己；昨天跟马之悦和弯弯绕那一场面对面的斗争，对她的影响也是相当大的。她觉着自己思想境界又提高了一步。胜利鼓动着她，斗争召唤着她，热烈而又欢乐的劳动场景，忽然激起她要写一首诗的冲动。一边干着活儿，句子就一个一个地从心里朝外蹦；不一会儿的工夫，一首诗酝酿个差不离了。休息的时候，她把马翠清拉到大麦垛的阴凉里，两个人就地一坐，就一边叨念着，一边修改起来了。

萧长春带着一脸汗痕，披着一身黄尘土，转到垛后边来找她们："嗨，钻到这儿躲清静来了？"

马翠清咕嘟着嘴说："谁躲清静？我们作诗哪！"

萧长春笑着逗她说："什么，作诗？太湿了，麦子怎么轧呀！你可别在这里呼风唤雨啦，麦子要是淋了雨，发了霉，你可得负责任呀！"

马翠清跳起来，使劲儿推着他说："你懂得什么叫诗呀！快去吧，一会儿，我们作出来，给你一念，保证把你吓一跳。"

萧长春说："别那么有心有肠地作诗了，还得给你们布置一件任务。昨天妇女会开的不错，要建立一个临时托儿组，好动员百分之九十的妇女参加麦收。你们知道了吧？这件事儿都推给百仲舅妈一个人不行，团支部也得协助。你们两个帮五婶先把摊子摆起来；除了这件事，还得帮助妇联动员妇女。得抢难的事儿干，谁难动员,你们就包谁。"

马翠清故意说:"哟,你这支书,真会见缝插针,一个喘气的空儿也不给人家呀?"

萧长春说:"我们活一辈子,就得忙一辈子,生活就是斗争嘛!别等着喘气的时候。"

焦淑红笑笑说:"行啦,这件事儿包给我们得了,下午我们找小组长们问问,都有哪些人没出来干活儿,再跟百仲大婶商量商量,分头包人动员,行吧?"

萧长春点点头,又朝马翠清耸了耸鼻子,赶快忙别的事情去了。

两个姑娘又争论一阵儿,打闹一阵儿,一首纪事诗就写成了。焦淑红往起一站,大声地朗诵起来:

> 劈啪啪,
> 路上的鞭儿响,
> 赶车的小伙子,
> 扬眉吐气挺胸膛。
> 超载的大车,
> 在他身边,
> 摇摇晃晃;
> 它装着满车的金子,
> 满车的欢笑和希望——
> 一车车麦个儿拉进场。
>
> 吱咻咻
> 场里的碌碡响,
> 蒙着眼的骡子转着圈儿,
> 脖子下的铜铃儿叮叮当当。

大嫂们是翻场的快手，
汗水却湿透了衣裳。
别怪她们没力气，
是这麦子比往年增加了分量。

笑声朗朗舞南风，
男男女女起场忙，
杈子挑，
簸箕扬，
扬场的把式，
要算老队长。
他弓腿挺胸，
一锨一个金波浪；
扬到天上一条线，
落到地下弓一张；
左扬一个银燕单展翅，
右扬一个蛟龙出海闹长江。
糠皮舞，
麦粒儿跳，
像雨点儿，不，
是颗颗珍珠，
落在社员的心坎上。

麦粒儿堆成了大堆，
麦秸儿垛在一旁，
一转眼，
平地立起两座山冈：

这边超过了古庙的高墙，

那边遮住了千年的白杨，

支书擦着汗，笑对大伙讲：

站在垛顶上，

就能摸太阳。

社会主义的光芒啊，

闪耀在这能摸太阳的垛顶上。

焦淑红朗诵完毕，激动得好久都没有动一下。

马翠清听完朗诵，也激动地说："淑红姐，后边还得加一句。"

焦淑红问："加句什么，你说吧。"

马翠清拉开一个演员式的架子，仰着脸说："加一句：社会主义的光芒，闪耀在每个社员的心口窝……"

焦淑红说："这个窝字不押韵了。"

马翠清说："管它韵不韵的，实情理是这样嘛。不信你摸摸！"说着，一把拉过焦淑红的手，按在自己的胸口上。

焦淑红立刻就觉到了——马翠清那年轻的胸膛热乎乎地跳动着……

第九十三章

萧长春从二队的打麦场上，来到一队的打麦场上。

村里、村外，到处都是麦子的世界，到处都标上了收获的签记。被大车摇下来的麦秸子，有的零散在路上，被行人踩扁了，有的搭在豆角架和喇叭花秧子上，有的还挂在树枝上，摇摇摆摆；麦糠和灰尘掺在一块儿，在空中飞腾，落在一切可以着落的地方，那屋脊、墙头、青菜叶子，以及人们乘凉坐的石头上，没有一个地方不被罩上一层麦糠和麦鱼子，连那来往的行人身上、头上、眉毛上也不例外。

喜老头在打麦场外边迎住了萧长春："哎，长春，那边场上也歇间了？"他说话的时候，从那花白的头顶上滑下两片麦鱼子。

萧长春说："歇着哪。就要吃午饭了。"他拍了拍肩头，抖落下一股子烟尘。

喜老头说："刚才点了点名，这个队参加干活儿的人有点不大整齐。"

萧长春说："得设法找他们出来呀。"

喜老头说："我也是这么想。收麦子时节，一刻千金，不像平常日子。依我说，有的要挨门说服动员，有的就得给他们下命令了！"

萧长春说："就这么办。我也跟你们一块儿找。"

喜老头说："你别啥事儿都亲自出马啦，拨出一点空儿，多想想大问题吧。指挥这一场麦收，就跟指挥千军万马夺城一个样；你可别光出力气干活儿，把脑袋闲住呀！"

萧长春觉着老人想得有理，说得也有趣，咧开嘴笑了。

喜老头又非常郑重地说："我讲的都是实话。要论干活儿，多你一个，少你一个，算什么？动心思想事儿，多你一个啥成色，少你一个啥成色？明摆着嘛！事儿太多了，好多还没插手呀！那天晚上，王书记来那封信，说县委怎么指示啦？哦，对啦，化消极为积极，对吧？克礼正在场上跟那伙子地主富农开小会哪，把这些东西们都揪出来，让他们给农业社劳动劳动，出点力气，对咱们有好处，对他们自己也有好处，还省得他们闲着没事儿，闷得慌，坐在炕上光想坏事儿。我看这就算把消极变成积极了。还有那些好吃懒做的娘们，也应该'化消极'。你说我这个看法有点门道没有哇？"

萧长春笑笑，点着头说："有门道。强迫这些家伙们劳动，增加了人手，也好看管。麦子打到场上了，得特别地加小心才行；妇女劳力也别剩下,不管干多干少,能添上几只手总比没有强。"

喜老头说:"那就列个人名单儿,挨个儿找,一个也别剩下他们。我让福奶奶找咱们马主任的太太去;总让她坐在凉快地方等着吃现成的还行呀! 我马上去瞧瞧这个'大将'好搬不好搬吧。"

老人家把这番意思说完了,这才心满意足地走了。

萧长春望望老人的背影,一边往场上走,一边想:如今为农业社操心的并不是几个干部,已经是大多数社员;过去,他们都是往生产上操心,怕地种不好,收不来。因为他们把农业社的生产跟他们生活、命运连在一块儿了;农业社的生产搞得好,他们生活就有了保障,就会过得幸福,所以他们都随时随地的想着农业社的生产。现在呢,社员们又往阶级斗争上边操心了,他们防备着坏人再搞坏事儿,担心干部对坏人斗争得不坚决,怕斗争失败。因为他们把阶级斗争跟农业社的生产,跟他们自己的幸福和前途连在一块儿了;斗争胜利了,农业社就能发展下去,他们的日子就会跟大伙儿一起步步高升。在这个问题上操心的,不光有喜老头这样的老贫农,也有焦振茂、马子怀这样的中农了,还有韩德大那种吃凉不管酸的小青年了……这些个,都是这场斗争的成果呀!

年轻的支部书记在心里掂着韩德大早晨在麦田里跟他说的那些话。他想,党支部虽然把马之悦斗争了一通,可是马之悦并没有真正低头。这回,马之悦知道党支部掌握他那么多的反党反社会主义的材料,心里会怎么想呢,又会怎么打算呢? 是悬崖勒马呢,还是觉着反正也完了,干脆一锤子捣呢? 支部书记又把喜老头刚才说的话掂了掂。"化消极为积极",是这一场斗争的目的,县委给了东山坞农业社非常明确的指示;怎么"化"法儿,就要看党支部的领导了。那么,现在什么是东山坞最消极的东西呢? 昨天晚上,党、团支委也作了一番研究。大伙儿认为,除了那些坏分子,像孙桂英那样一些游手好闲的人也是一种消极因素。他们不办一点儿对农业社有好处的事儿，还当坏人的刀枪伤害干部。会上有人主张，也像斗争弯弯绕那样，把孙桂英斗争一番。支部书记却觉着孙桂英跟弯弯绕不是一回事儿。大伙儿还认为，地富家里的那些儿女们，也是应注意的；马立本成了"腿子"，马凤兰成了"主将"，其余的人呢，差不多都在斗争的外边。这些站在岸上看戏的人，现在没下水，很难保险以后不下水。"化消极为积极"，应当把这伙人化过来。现在，新队长焦克礼正在执行昨天晚上的决议，正在着手这件重要的工作；要是在这件事情上也取得胜利，就算提高了农业社的战斗力了。……他这么想着，觉得自己应当特别重视这个工作。

一队场上同样是火热的。早上还是空荡荡的场板，这会儿已经堆起好几大垛麦子。人们跑来跑去地忙着，铡刀声和呼喊声响成了一片。

萧长春走过来，见焦克礼正在场房前边跟一伙子人大声谈着话，怕插进去给打断，就停在麦垛这边，一边跟几个妇女垛麦子，一边听着那边的声音。

焦克礼正喊马志德："你早起下地，怎么不把你爸爸叫上呢？"

马志德在马斋、瘸老五这伙子人后边站着，答应一声说："我爬起来就走了，见他那屋子里没动静，当是他也起来走了呢。"

焦克礼说："你们是一个小组，在地里干活儿，你就没瞧见他不在呀？"

马志德红着脸不吭声了。

焦克礼又说："快回家把他找来吧！"

马长山从场房后边大步走了过来，说："我把他找来了。"又回头喊，"快着点呀！"

地主马小辫黄着脸、塌着肩，无精打采地走到马斋的身后、儿子的旁边——钻了人堆儿。

焦克礼冲着他喊："马小辫！"

21

马长山站在一边说:"队长叫你哪,听见没有?"

马小辫这才答应:"听见了。"

焦克礼说:"站到前边来!"

马小辫瞥了焦克礼一眼,只好走到马斋的前面。

焦克礼厉声地问:"马小辫,你为什么不出工?"

马小辫说:"公布预分方案那会儿,韩主任给我们这号的人开会,宣布说,在麦收的时候,不让我们乱说乱动……"

焦克礼打断他的话:"喝,你倒挺会钻空子? 你再说一遍我听听! 哼,不让你们乱说乱动,是让你们规规矩矩地干活儿,你想罢工是怎么着?"

"哪位也没有找我……"

"小组长挨户通知过,能干活的全下地;噢,你还等着单个儿请啊?"

"往年麦秋都没让我出来过……"

"今年是往年吗? 你也没有睁开眼睛看一看,在前边指挥你的是什么人了吗? 还想当老爷子? 没那日子了! 告诉你,马上给我上工,老老实实地听马长山指挥,要是不听调儿,瞧我怎么整你! 听见没有哇?"

马小辫又瞥了焦克礼一眼,低下了头。

焦克礼朝他跟前跨了一步:"我问你听见没有?"

萧长春这会儿从麦垛那边闪出来,站到焦克礼跟前了。

马小辫好像头顶上有眼睛,看也没看,立刻知道萧长春来到,连忙回答说:"听见了,听见了。"

焦克礼说:"听见了,你为什么装哑巴? 你想试试我这个当队长的厉害不厉害吧? 告诉你,不用试! 我是代表东山坞群众向你这个反动地主专政的! 你要清楚这一点儿,就明白我是厉害还是不厉害了。懂没懂?"

马小辫连忙点头："懂，懂……"

焦克礼又转向六指马斋："马斋……"

马斋急着回答："在这儿，在这儿，我说队长，昨个下午你教训我以后，我就磨镰刀，磨得快着哪。早上，窗户纸儿还是黑的，我就起来了，没等人叫，我就往外跑。不信你问我们马长山组长，真的，我刚回来吃饭。"

焦克礼说："我问你，你们家的妇女为什么不出来割麦子？出来一个人应付差事就行了？"

马斋说："家里总得留个做饭的呀？"

焦克礼说："开社员会那天就宣布了，做饭的妇女可以提前一点收工，怎么你家里就得搁个整人，你比别的社员特殊是怎么着？"

马斋说："我听调儿。"

焦克礼说："你想不听调儿也不行。回去吃饭，一会儿把你家里的叫上，一块儿下地！"他见马斋退回人堆，就又严肃、大声地朝这伙子地富坏分子宣布说："告诉你们，你们是地富分子，是我们的敌人，我们要强迫你们这些人劳动；就是说，想不劳动、吃现成的，不允许。为什么呢？因为劳动能够改造你们。为什么劳动就能够改造你们呢？因为一劳动，腰也疼，腿也酸，手上起泡了，头上冒汗了，回家吃饭也香甜了；端起饭碗一琢磨：唉，这粮食从土坷垃里种出来，捣动到嘴边上，那可真不容易呀！真是一个汗珠子一个汗珠子换来的，不是什么财神爷送来的，也不是什么命好、前世修下的福气，不应当白吃白拿的呀！这一来，你们就能够把心摆正一点儿，你们就知道什么是剥削了，也知道剥削人是最缺德的事儿了。马小辫，我说话，你要注意听着，我这话主要是对着你说的，懂不懂呀？"

马小辫又连忙点头："懂，懂。"

焦克礼接着说："我知道你不爱听。不爱听，我也得说。为什

23

么呢？得强迫你听。你过去昧着良心，把我们穷人欺负成什么样儿？我爸爸从打会走道儿就给你家扛活，一个人管三十多亩地，耕、种、锄、耪、浇水、收割、打轧，全是他干；三十多亩地一年麦、大两秋，往少说，也能收四千斤粮食，一年的工钱，才抵二百斤粮食，你把好的留下，专给我们让虫子咬空了的棒子；过手的时候，还不拿秤称，光用斗量，二百斤顶不了一百斤吃，剩下那三千九百斤，不就全归到你的囤里了？一年三千九——我这是往最少里说哪，给你割柴火烧、打荆梢沤肥、编筐子卖钱，那就更多了——一年三千九，我爸爸给你家干了十八年，计算起来，就有六七万斤，要是按道理谁劳谁得的话，我们一家人吃一辈子也够了；可是我们连糠都吃不上，不是都让你给剥削走了吗？饲养员马四爷呢，给你养得骡马成群，把他使病了，你一脚把他踢开，差点儿送了命。五婶呢，人家从打年轻轻的进了你那门口，一天到晚地给你干活、流汗，一直干到头发白，你连一个小子儿工钱不给人家；人家眼睛坏了、不能干了，你要撵人家走，人家跟你算账，你说你养活了人家，还跟人家要饭钱……哎呀呀，这是多厉害的剥削！可是你不认这个剥削账，到今天还不死心。你说说，不让你好好劳动改造，成吗？就是这个理儿！你们要好好劳动，好好改造，好好低头认罪。好啦，都回家吃饭，吃完了，下地呀！"

萧长春在一旁听着这位年轻的同志大发议论，句句字字落在心里，他都有点听迷了。同时又使他联想起好多好多的事儿。他想：这个农业社一定得搞下去，一定得搞得好好的；要不然，东山坞的多数乡亲，迟早又得回到焦克礼说的这样的日子里去呀！……他想着，见到人们要散，就插言说："喂，志德，你等一下再走！"

马志德停住了，察看着萧长春的脸色问："支书有事儿吗？"

萧长春点着头："有事儿，等一下你们队长告诉你。"说着，扳着焦克礼的肩头，把他拉到垛那边，两只眼睛深情地盯着焦克礼的脸，竟好久说不出话来了。

焦克礼说话说得特别兴奋，那长形的脸红涨着，沸腾的血液好久没有消下去。他见支书这么看自己，有点儿不安地问："支书，刚才我一开口就关不住了，说得对不对呀？"

萧长春使劲儿捏了捏小伙子的宽肩头，说："说得很对，说得很好！"

焦克礼不好意思地笑了："我本来想骂他一顿，话都到了嗓子眼儿，硬让我给压回去，再转出来，就变成这个啦！"

萧长春很有趣儿地问："怎么压回去就变了呢？"

焦克礼说："我想，光骂也不顶用。骂，就能把他骂老实吗？从打土改，马连福没少骂地富，骂的要多难听，有多难听，可是屁事也没顶。再说，我这会儿不是一个普通社员了，我是干部，是行政干部，我的一行一动都要执行党对地富的改造政策，得说政策话呀！"

萧长春说："你想得很对，也想得很好。哎呀呀，你进步得真快呀！"

焦克礼说："你别光鼓励我呀。不对的地方，你得多指点着点儿，就像王书记指点你那样……"

萧长春说："我们同志们都应当你指点我，我指点你，互相指点着嘛。我们搞的是社会主义，好多碰到鼻子尖上的事儿，不要说我们没有做过，连我们祖宗也没有做过，全是新的事儿。干新的事儿，谁能一插手就有经验呢？得听党的话，按党的指示办；一边办着，一边琢磨党的话、党的指示，再一边长本领。这一程子，我越来越明白：要干好工作，就得靠大伙儿都动心思，都出力气。比方说，今天早上一动镰，这么多的社员，一到地里就各就各位，有条有理，跟摆棋子儿一样合适，这是怎么搞的呢？那是因为百仲同志老早就帮助咱们把地块儿全查好了，要不然，一开始总得乱一阵子呀。再拿让马立本交账那件事儿说吧，没有焦淑红，光靠我和小乐，准

25

得出点小漏子。昨天批评弯弯绕的会,你跟喜老头搞得多妥善。从这些事儿里边,我又体会到,不论大小工作,有上级的指示当方向盘儿,也得靠集体领导,特别得靠同志们一齐动手,互相帮扶着干。干社会主义的事儿,就得这个样子。你说对吗?"

焦克礼点着头:"一点儿不错。这一程子,一队工作没出乱子,好多事情都是喜老头他们和团支部的同志帮助我干的,要没他们在背后边站着,我的腰板怎么会硬呢? 又怎么会不出乱子呢? 自己有多大本事,还不摸底儿吗?"

"你说到这儿了,好,我也帮助你一下吧。"

"好哇!"

"你刚才的事情做得很好,只有一条有点大意……"

"哪一条呢?"

"不应当把马志德放在地富一块儿训。"

"他是地主的儿子呀!"

"地主的儿子,不一定都是地主分子。他才二十多岁,土改那会儿他不过十几岁,没有直接干过坏事儿,也不像地主分子那么仇恨新社会。你刚才给马小辫列的那一大堆罪状,马志德就没有份儿吧?……"

"他一点也不恨他爸爸!"

"这也难怪,他爸爸过去干的坏事儿,有人跟你说,不一定有人跟他说。马小辫能跟他说吗?"

"屁! 跟他说怎么反对共产党!"

"对啦。越是这样,咱们越要记住党对这种事儿的指示。你想想,在马志德这个人身上,能不能来一个'化消极为积极'呢? 马立本让他们给化过去了,咱们不能再化过一个来吗?"

焦克礼听到这儿,眨了眨眼,忽地又一拍手:"对呀! 这小子比马立本可老实多了。我去化他!"

萧长春笑着拦住他说："别急呀！这个事情跟你们帮助韩道满又不是一回事儿了，得慢慢来。我看哪，先从外表上把他分出来，再慢慢地从心里边把他分出来。克礼呀，人的工作，得一点一点地做，能做就得设法儿做；争取过来一个，拥护我们的就多一个，反对我们的就少一个，我们得随时随地做呀！"

…………

焦克礼让支书把一股"化"人的劲儿给鼓起来了，转身来到马志德的跟前。

马志德正在麦垛那一边等着。他低着头，两只手无目的地撕扯着一根麦秸子，心里猜测着支部书记要对他说什么，自己是不是干错了什么事儿。

焦克礼愣冲冲地对他说："马志德，刚才我把你给放错位置了！"

马志德听了这句没头没脑的话愣住了，忙问："放错了，什么放错了？"

这会儿，马之悦在麦子垛那边露了一下头，看了焦克礼一眼，又缩回去了。

焦克礼说："是放错了！我不应该把你放在地主、富农那一边儿。"

马志德听了这句话，才放下心，说："这没啥……"

焦克礼说："嗨，可不能把这当成小事儿。你不是地主富农分子，不能跟他们站在一边儿。你应当跟农业社、跟我们站在一边儿，从身子上到脑袋里都应当跟我们站在一边儿。你明白吗？"

马志德点了点头，说："明白了。"

焦克礼说："哪有这么简单的，我一说你就明白了？你又应付我呢吧？"

马志德连忙说："真的，我早跟他划清界限了；我干我的，他干他的,我们全是两回事儿。"

焦克礼说:"界限得从心眼里划,得小葱拌豆腐,划个一清二白的才行。可不能学马立本的样子。那家伙表面上又挖沟、又夹寨子,其实呢,沟挡不住,寨子也没有隔开,还是跟富农一个肺叶扇扇子,一个鼻子眼儿出气儿。"

马志德说:"我保证跟他不一样。"

焦克礼说:"你别光用嘴保证了,我看光用嘴危险。马志德,从这会儿起,你不再跟那些地主富农一个组了,到场上来干吧,跟喜爷爷我们一块儿干。"

马志德吃了一惊。因为前几天,他爸回家说过,队长跟他们这伙人宣布,任何地富坏分子都不能到场上干活儿;还说,场上发生火啦灾的,要由他们负责。他想到这儿,就小心地问:"把我放在场上,要是出了事儿可怎么办呢?"

焦克礼说:"干吗出事儿呀!我们大伙儿保护着它,还能出事儿吗?"

马志德问:"你一个人说了,人家没意见呀?"

焦克礼说:"刚才萧支书亲口跟我说的,要我们把你当自己人看待。你也别跟我们隔心才行。往后,我们大伙儿还要帮助你,让你跟地主真正划清界限。你可得自己多使劲儿,别光等着别人拉着走哇!"

马志德连忙点着头,正要说什么,忽听身后边传来一阵响声,就把话收住了。

焦振丛赶着一大车麦个子上了场,后边又跟上一大串车马,稀里哗啦,闯到大麦垛跟前。

"卸麦子啦!"

"卸了车好开饭呀!"

场上所有的人都放下别的活儿,走过来帮忙。有的解绳子,有的爬到车上往下扔麦个子，有的往垛上搬，又是一阵热热闹闹的忙乱。

萧长春跟着一伙子妇女卸最后那一辆车，他爬到车上，见焦克礼带着马志德在前边那辆车上卸麦个子，心里想：应当让马志德跟着大伙儿走社会主义道路，东山坞的贫下中农有这个信心，也有这个力量。

第九十四章

马之悦早晨从炕上爬起来，喝了一碗凉茶，饭也没吃，就按着韩百仲半夜后给他下的"通知"，急急忙忙地来到一队的打麦场上。他不是忙得顾不上吃饭，也不是不想吃饭，因为一整夜地失眠，口干舌枯，不开胃。更不是他非常急着这么早就来劳动，劳动，既不是他的习惯，更不是他感兴趣的事儿。但是，他一定得来，而且一定得早到。他估计，萧长春已经把昨天那个党内斗争会的内容，在群众里边"传达"了，他马之悦"犯了"什么"错误"，这会儿成了人所共知的事儿。因此，他得强打精神，得积极，比过去更积极，好让大伙儿看看，他是"心地坦然"的。同时，再拿出一种"沉静"的劲头来，让一些人感到，他是挨了"压制"和受了"委屈"的人。他这么早就来"劳动"，还有另一个打算。他想：麦收是最忙最乱的时刻，随时都会出岔子，他不能让萧长春为所欲为地、顺顺当当地把麦子打到场上、装到仓里，最后分到每一个社员的手内；他得找空子，看风向，作一番挽回局势的努力，不能成为"瓮中之鳖"，最后由着人家一伸手就抓起来……

他来到场上了。他跟着扫场板，跟着卸车，跟着搬麦个儿，来来往往地忙着，很少说话；可是他的耳朵，他的心，一时片刻也没有得闲儿。

一垛一垛的麦子垛起来了,好像压在他的身上。今年的麦子长得好,他早知道,可是往场上一垛,好得这么出奇,他是没有想到的。他心里越发沉重地盘算起来了:过不了几天,头场打完了,就得先分配,那些等着麦子下锅的穷小子们,会美得拍屁股乐,会给农业社烧高香、磕响头;恐怕那些地亩多的户,和那些心里计算着入社吃了亏的户,等把麦子分到手里,再一盘算总账,也会因为尝到了甜头儿,觉着农业社还差不离吧?这一来,萧长春可真像小孩子坐飞机抖起来了,真在这伙子老百姓里买下好了,反对他的人也就会越来越少。再等到大车小辆的麦子往国家仓库一送,"超额完成"交售任务的条子开下来;红旗啦,奖状啦,往办公室一挂,得,萧长春又在上边买了好,他的站脚地基又砸结实了,更不好把他撂倒了。马之悦自己呢?就算李世丹和马志新来了,运动到了,敢鸣放和想鸣放的人也会变得少了,还鸣得起来,放得起来吗?就算闹起来,萧长春把支部会上说的事儿在大庭广众里一揭,自己可就在老百姓的心里边臭了;就算变了天,没有多数老百姓的拥护,没有了足够的根基和本钱,谁还重用马之悦呢?十五年前,马之悦光着身子进了"政界",那时候,手心朝地,又手心朝天,上下一翻,左右一耍,江山就打出来了。如今呢,自己身上带着的伤痕和黑点儿太多了;老百姓也不是过去那些老百姓了,他们脑袋瓜里的玩意儿多了;自己不容易翻,也容易耍了。真要到了那一天,共产党这边靠不上了,新换的政府再贴不上去,那不就竹篮打水一场空,接着又踩了一脚,那散了的篮子再也编不上了!那是多么可怕的一个结果呀!保着共产党不垮台吧?慢说大势所趋,自己没力量保,就是有力量保,保住了对马之悦更可怕啦!共产党一垮,就等于打倒了"旧债",什么罪过啦,错误啦,全都一笔勾销;顶多爬不上去,可也不会掉下来。说一遭儿,自己还得往那个"变"字儿上边使劲儿。

马之悦越想越没路，想得头昏脑涨，忽见焦克礼教训地主富农，心里边又难受，又有点儿宽慰。暗自叫苦道：看看，一个奶毛没干的娃娃，竟敢跟这几位上年纪的人吹胡子瞪眼。这叫什么世道呀！就算马小辫是地主，过去当地主那会儿刻薄了一点儿，对你们有一些亏待，土改的时候也斗争了，家财也给铲光了，人也捕过、押过，总也抵上了吧？如今胡子落地、半截儿入土的人了，还是没完没了的，还要"赶尽杀绝"，难道一点儿恻隐之心都没有？我马之悦有一天要是倒在你们脚底下，你小子也会这么对待我吧？他反过来又想，这伙子人这般胡搞，这样对人没情，对马小辫、马斋、瘸老五这些人是个教训，对马立本、马志德这些人也是个教训，仇疙瘩会系得紧一点儿。就是对弯弯绕、马子怀这些人，也不能不起一点儿"打骡子马也惊"的影响吧？昨天斗争我这党员，接着斗争弯弯绕这个中农，今天又整治地富，明天呢？你们想想吧，再接着来，再从地富的儿女，地富的老婆，中农的家里人，把大伙儿轮着个儿整吧！好哇，你们越整越斗，仇人越会多，这对我马之悦也没有坏处呀？无形中，你们是帮倒忙，往我马之悦这边儿赶人哪！

马之悦越想越得意，想得脑袋开了缝儿，又见焦克礼训马斋，让马斋赶他老婆下地，心里边解恨、高兴，猛然间想起了孙桂英。这个娘们那天晚上让马之悦给得罪了，她也把萧长春给寒碜了，萧长春对她不会善罢甘休吧？就算萧长春忍了，他跟前那伙子人也不会忍吧？要是能够借焦克礼这只手使一使，把孙桂英整一整，让焦克礼逼她下地"劳改"，那娘们把干活儿看成是受罪，把逼她干活儿的人准当仇人，准当成是萧长春给她穿小鞋儿；那时候，再让马凤兰趁机拉她一把，不用费劲儿，又拉过来了，她还得是马之悦手里的人；她是马之悦的人了，马连福更跑不了啦！哎，也怪呀，萧长春怎么还不动手整孙桂英呀？因为昨天事儿太多，今天又动了镰，顾不上吗？他不会白放过去。他是个处处都想露一手的人，捞着这么一个机会,准得嚷嚷一下子,好让社员们给他挂个"正人君子"的牌子呀! 对啦,这场戏,一定还能看上,得想办法给他们搭桥,让他们闹起来……

这当儿,萧长春把马志德留下了;过一会儿,焦克礼又回来跟马志德说开了什么"划清界限",什么"跟地富不是一样的人",马之悦听到这些话,脑袋又轰了一下子:糟,萧长春这小子真是无孔不入,又往这边下笊篱了,想把马志德捞过去,想从内部打乱阵营,这可不是一件小事儿……

成串的大车赶到场上来了。马之悦跟着卸车。他的脑袋里乱极啦,一忽儿这样,一忽儿那样,像大杂烩,什么全有,又觉着什么都不牢靠……

这会儿,大车把式焦振丛跟马子怀两个人正一对一嘴地"抬杠"。

焦振丛站在车上,一边往下扔着麦个子一边喊:"子怀,你呀,你还是个有算计的人哪,我看你这眼力太不行了,差远啦!"他眉飞色舞,洋洋得意,好像新选上的劳模,有人鼓巴掌欢迎他上台讲话那样。

马子怀在车下边,一边搬麦子往远处扔,一边说:"你呀,看个车啦,瞧个牲口走头、口齿啦,我承认不如你,要看个庄稼呀,我还是比你有把握一点儿呀!"他也是满脸的喜气,好像发了大财,升了官儿,出来迎接贺喜的客人那样。

焦振丛说:"你不用瞎胡吹,我看哪,一亩地二百斤要往里才怪哪!"

马子怀说:"你太不知足啦。我估它一亩地产一百五,那就是壮着胆子估的!"

"你的胆子可太小了!"

"不能大的没边儿呀! 一百五,就比往年增加四五十斤呀! 一年提高了四五十斤，这是开天辟地也没见过的事儿呀！"

"开天辟地没见着过的事儿多了，你不是一件一件地全都见着了。那年我跟你说机器能耕地，你还跟我抬杠，说我做梦哪，这会儿，你也见过了吧？"

马子怀不好意思地笑笑，把滚到脚边的几捆又大又沉的麦个子抱起来，扔出去了，接着说："那事儿跟这事儿不能比，那事儿，你光用嘴说，我还没见着真的……"

焦振丛使劲儿往下推着麦个儿，使劲猛了，整排麦子坍下去，把他闹了个屁股蹲儿，一边往起爬一边说："得了吧，麦子都摆你眼前了，你还不认账哪，真是顽固不化的家伙！"

"不管你怎说，一亩地要能打二百斤，你割我的脑袋瓜子！"

"留着你的吧。你有几个脑袋瓜子呀？"

"一个还不够吗？"

"割下去怎么咬烙饼呀？从脖腔子往里塞怎么着？"

车上车下的人全都笑起来了。

马之悦听着这种争论，心里犯嘀咕，忽然又一动，暗暗一笑，就奔到另一辆车跟前搬麦子。他一下搬了三捆，往远处的垛上走；半路上，迎面碰上了弯弯绕。

弯弯绕刚放下麦子，空着手走过来，看了马之悦一眼——那眼神是无可奈何的，就又急忙奔大车跟前搬麦个儿去了。

马之悦把麦个儿摆在垛上，急转回来，又抱了三捆，跟弯弯绕并排走；左右看看没人留神，就小声招呼："同利……"

弯弯绕恐怕马之悦问他昨天会上那件挨批评、做检讨的事儿，不好开口回答，就有意躲闪。唉，那是不露脸的事儿，也是窝囊的事儿，为这个会，他一夜都没有睡好，在炕上翻来覆去折饼，褥子可费了。

马之悦偏追他："同利，你估计这麦子一亩地能打多少斤呢？"

33

弯弯绕听他问这个,也就不再躲闪了:"这还用估,少不了。"

马之悦说:"人家焦振丛说要顶破二百斤哪,你听见了吧?你看他这眼力怎么样啊?"

弯弯绕说:"我看差不离儿。"

马之悦狡猾地笑笑:"好事儿,好事儿。"

弯弯绕不摸头脑地跟着咧了咧嘴儿,说:"不论怎么着,收来,总比没收来强。"

"那是。"

"真的。"

"嘻嘻!"

"马主任你又怎么啦?"

马之悦故意摇摇头:"没怎么呀!"

弯弯绕更加不放心了,瞥了马之悦一眼,问:"我听你好像话里有话儿!"

马之悦装腔作势地摇摇头,紧走几步,把麦子摆在垛上,又转回来了。

弯弯绕嘀嘀咕咕地跟在屁股后边,想追根底儿,又不方便,心里着急。

车上的焦振丛跟车下边的马子怀还在"抬杠"。车卸完了,焦振丛跳下来,还接着"抬";而且,好多人都参加了,一堆一伙的全在"抬杠"。

"还是振丛估得沾边儿。"

"我看他没谱。"

"一百五十斤就顶天了?"

"顶不了天,挨上二百斤可也玄乎。"

"我看人家二队的一定得顶破这个数儿!"

"那有啥准儿,眼睛这东西比不了秤。"

"嗨,人家焦振茂跟韩百仲刚才试过了,专门留下一亩的麦子,打下来,立刻就称了——不是顶好的地,也不是坏的,中溜儿的,还二百〇一斤哪!"

"真的?"

"你问问去呀!"

"咱们这队的麦子虽说成色不如他们,怎么也能顶上他们中溜的,也少不了这个数啦!"

"要那样,可就老鼻子啦!"

"美的你!"

马之悦听着,又抱起几个麦个儿。

弯弯绕赶忙追上。

马之悦小声地对他说:"你听见没有,今年二百斤的亩产是肯定了。"

弯弯绕说:"我早看出来了,差不离儿。"

"我看这一来,咱社的大车是不够用了。"

"车?"

"多卖余粮,光车拉哪就拉完啦!"

"多卖?"

"多打了,还不多卖吗?"

"预分方案不是定下一百五十斤吗?"

"搁着你那一百五十斤去吧!"

"怎么的?"

"你没听二队都试打了吗?"

"那是摸摸底儿呀! 这个底儿还能往上透哇?"

"怎么不能透?"

"应当有两本账呀,一本社的,一本上报呀!"

马之悦笑笑,没回答,摆好麦个儿,又折回来了。

弯弯绕这一回心里可就嘀咕开了。

刚刚跳下车的焦振丛正跟焦克礼喊:"队长,你给评评,我跟马子怀谁估得沾谱儿?"

焦克礼正挥舞着杈子往场中间挑散开的麦子,笑着说:"你让我评呀? 我看你们两个谁都不沾谱儿!"

"怎么呢?"

"子怀估少了……"

"我……"

"你呀,你也估少了!"

"哈哈,我这脑瓜子也差点儿输了哇!"

人们又都笑了起来。

只有弯弯绕没有笑。他看看这个,又瞧瞧那个,好像个傻子进了县城。

焦振丛挤到萧长春这边来,说:"还是听听咱们支书的吧,他心里准有个谱儿。"

马子怀说:"对啦,支书,你估估,我们一队的麦子一亩地能产多少斤?"

萧长春停住手,擦着头上的汗水,笑着说:"我不说数。"

两个人都奇怪:"你怎么不说呀?"

萧长春说:"你们两个争得这么厉害,连脑瓜子都赌上了,我就是怎么说,也总得出一条人命啊!"

"轰"的一声,全场几乎都笑了。

等人们笑过之后,萧长春说:"都别急,那几垛单打,单轧,摸摸底儿,咱们要实事求是嘛!"

…………

车卸完了。一辆一辆地赶出场院。除了留在场上的几个做零活的妇女,社员们都散了;她们要回家吃饭,回来好继续下午的

36

战斗。

弯弯绕从麦垛边一棵小树杈上拿下了小褂子，一边走，一边心里"绕"。他又一次"醒悟"了：自己这样的人，跟萧长春这伙子人是捆不到一块儿，也走不到一条路上去的；自己真老实也罢，假老实也罢，想沾农业社一点光是办不到的，连少吃一点亏也办不到；受灾了，要跟着吃大亏，丰收了，也要跟着吃大亏。这怎么能够让肠子顺顺地过日子呢？要想肠子顺，除非让自己变得像萧长春、韩百仲、马老四这色人一样，把吃穿花用这些个人的事儿全抛到九霄云外，合着眼瞎干，干了今天，明天拉棍子要饭吃，也干。……弯弯绕能当这种人吗？人生在世，生儿养女，不就是为了过个富贵日子吗？哪一个人是为了白受罪、光受穷、处处吃亏活着的呀？萧长春哪，萧长春，你真就算不过这笔账来吗？你要想法儿顾顾东山坞的老百姓，少往外卖点粮食，多给大伙儿分点；别人多了，你也多了，多吃总比少吃肚子好受；吃白面，总比吃野菜下去顺当，家里存着几年的陈粮，总比一年吃光用光，过日子踏实吧？你不照顾我们这些户，总得照顾马老四这些户吧？你们是一个心眼儿、一副肠子的人哪！你让那些积极分子们口袋满得扎不上嘴儿，缸里顶着盖儿，吃今年的，留明年的，他们不是照样可以跟你"积极"吗？你真傻呀，真傻呀！国家这么大，东山坞再多卖，再多交，放到大仓库里，不过是像一个沙子粒儿扔在地里，显不了眼，也富不了多少；再少交，就是一个粒儿不往国家交，大仓库还是大仓库，国家照样儿搞建设。你真傻呀，真傻呀！你要是像马之悦那样，生着法儿多给中农一点甜吃，你的生活跟着富了，灾啦难的没了，跟你闹别扭的人少了，日子也好过了，地位也牢靠了；你就是有马之悦身上的一丁点儿，也不会累成这个样子了，东山坞也就安定了。……照你这样，一点儿"私"都不走，一点儿都不顺着中农心意办事儿，也一点儿不顾自己，有你罪受呀！反正我马同利永远不能跟你一个心眼儿,永远不能跟你们一块儿走这样的集体道路,我看你们也走不长!

这个中农,沉痛地想着,走到了场边上,又不由自主地回过头来看一眼;收在他眼里的,是闪着金光的大垛,是发着香味儿的麦子,是活动着的男女人群,是停在那儿的大车,是拴在碌碡上的高头骡马。他的眼花了,心醉了;忽然觉着,这个情景,非常的熟悉。他眨巴着眼睛想:怎么这么熟呢?这场景,过去自己家里有过吗?没有。那会儿自己家的场院最多不过顶住这个场院的一个零头;垛呢,就一个,也用不着搬梯子往上爬,一迈腿就上去了。那么,过去在地主家看过吗?也没有。那会儿,地主家的场院大得惊人了,也只不过顶住这个场院的一个角儿;垛呢,最多三个五个,登个小凳子,也就上去了。那么,过去在初级社看过吗?更没有。那会儿,初级社的场院挺吓人了,也只不过顶住这个场院的少一半儿;垛呢,最多十几个;大凳子上再加个小凳子,也就上去了。……到底儿是在哪儿看到过这样壮观、这样醉人的场景呢?喔,对啦,在梦里,在弯弯绕自己的梦里梦见过。梦是心中想,弯弯绕心里边有一个"宏图大志",梦想将来自己家能有这么一个场院,这么多的大垛是他的,这么多的麦子是他的,这么多的人,也是他的——儿子、媳妇、孙子,还有长工、小半活、车把式,说不定还有他的护院的、做饭的;那时候,他是老太爷子,往场上一站,摇着芭蕉扇子,捋着嘴上的胡子,就可以非常自豪地、自得其乐地说:"哼,孩子们,这家业,这财富,全是我给你们创出来的,好好地过吧,美美地过吧,别忘了我……"

弯弯绕神魂颠倒地想着,那只带着厚茧的手,不知不觉地伸到嘴边——接了两滴口水。

马之悦走过来了,一边往头上戴草帽子,一边看了弯弯绕一眼,低声说:"听见支书说了没有,实、事、求、是呀!"说罢,阴险、奸诈地嘿嘿一笑,又轻轻松松地走了。

弯弯绕一边往袖口里伸胳膊,那脸黄的像垛上的麦秸⋯⋯

第九十五章

马之悦顺着寨子朝前走,心里边非常得意。他觉着自己这个空子钻得不错,就好像埋下一个拉弦的地雷,手里把着那绳子,什么时候想让它炸开,它就得炸开。对啦,弯弯绕还是自己手上的人,自己真是把这伙子中农心眼儿摸透了,乖乖的吧!

前边,也就是寨子那边,有人吵,吵声越来越近了。

"怎么着,想欺负我呀?"这是马凤兰的声音。

"叫你干活儿,就是欺负你啦?"这是福奶奶的声音。

"我长这么大都没干过这种活儿!"马凤兰又喊。

"没干过,学着点呗,一学就会干了。"这是喜老头的声音。

马之悦听到这几句话,心里火苗子往上蹿,暗骂:妈的,真是太岁头上动土,朝我身上下药捻儿来了!

那边还在吵。

马凤兰扯着嗓子喊:"你们除了拿绳儿把我拴上,要不,不用想让我到地里晒着去!"

福奶奶质问马凤兰:"你怎么这么特别呢? 人家都劳动,你就在家里等着吃现成的呀?"

喜老头在旁边加一句:"你要吃饭,就得干活儿。不劳动不得食,这是新社会的章程,也是天经地义的道理。"

马凤兰说:"我跟你们说不上,我找你们队长去,看他敢把我圆了,还是敢把我扁了!"

福奶奶说:"队长就在场上找你哪。快点去吧,他有好听的话,专门给你留着哪。"

喜老头说:"他也不圆你,也不扁你,就是让你吃饭干活儿、干活儿吃饭,出不了边,也过不了界。"

马之悦听到这儿,心里边打个转儿,赶紧退回来,退到寨子豁口,抬腿一迈,就过去了。

马凤兰甩开了两个老人,正扭着胖身子,费劲吃力地往场院的方向跑。

马之悦紧走几步,把马凤兰给拦住了,假装不知道地问:"站住,站住,到底是怎么回事儿,值得这么闹、这么吵呀?"

马凤兰一见自己的男人,冤枉、委屈全都一古脑儿来了,急赤白脸地喊:"天哪,你还问怎么回事儿哪,家都让人家抄了!这还得了吗!"

马之悦故意绷着脸说:"你在大街上喊叫什么呀。有话慢慢说,有什么过不去的呢?"

马凤兰又拍屁股又跺脚地说:"过不去了,过不去了,再也没有人的活路可走啦!"

这工夫,喜老头和福奶奶也赶上来,准备接着跟马凤兰"舌战"。

为了动员这个胖女人参加劳动,整整蘑菇了好半天,先是福奶奶,后来又搬去了喜老头。这个胖女人横竖不讲理,把两个老人气得没办法,就拉她到场上找干部说理。开头,马凤兰凶得像一只母老虎,走出门口的时候稍微老实了一下;快到场院,她就又凶起来了。这一会儿三变,说明这女人是真夙假刁,想闯一下子试试,又怕闯不成。

喜老头看见了马之悦,劲头就更大了。这位老人从来都不会怕什么歪门邪道儿的;有理在手把着,他倒要看看马之悦怎么着。他一步上前,直接冲着马之悦说:"我说主任,社员是不是都得劳动？"

马之悦忍着火，说："当然啦！"

喜老头说："干部家的人更不能例外吧？"

马之悦压住气，说："那当然！"

福奶奶插一句说："我们找你家里人出来干活儿，她说我们欺负她。你当主任的说说，这话有根有襻儿吗？"

马凤兰叫起来了："怎么不是欺负我呀，你们狮子院的人把别人都欺负苦了！"

喜老头厉声地问她："你别咬着舌头、夹着心肝说话，你说说，我们狮子院的人怎么欺负人了？又都欺负谁了？啊？"

福奶奶也追问她："你指指地方，点点名儿，我们在哪儿欺负了人？又都欺负了谁？不说清楚就不行！"

马之悦朝两个老人瞥了一下子，又对自己的女人瞪着眼珠子说："我看你是个天生的混蛋！"

马凤兰在气头子上，根本没有弄清马之悦骂的桑，还是骂的槐，脑袋一歪，也回骂了马之悦一句："你才是混蛋！你自己让人家欺负还不够，把娘们也搭上了，连一句给我撑门面的话你都不敢说！你不混蛋吗？"

喜老头和福奶奶几乎同时一笑。他们心里边也想到一个地方去了：骂得真恰当，一对儿混蛋。

马之悦怕吵起来没个完，就对两个老人说："你们别争吵了，咱们自己家的事儿，还不好说好道吗？常言说，三秋不如一麦忙，在这样的日子口，不论是谁，都得下地干活儿；不劳动，光在家等着别人送到手上再吃，那是不行的。还有，咱们对这件事儿，应当没里没外，没远没近——狮子院的人都是贫农，这一点儿当然能做到。"

也就在这个时候，萧长春从场上出来，正走到寨子那边了。

喜老头说："我说主任，你这话里边，好像有点别的意思吧？"

41

马之悦假笑着说："唉,你怎么这样爱多心呢,我跟你谈的是工作,用得着在话外边挂点什么意思吗?"

喜老头质问他说:"我们要是真有里外远近的事儿,你当主任的,应当明说才对呀!"

马之悦说:"我是说,你就照着动员我家人这样,把所有干部家的人全动员出来才对;要不然,我们干部不好对自己家的人说话儿,也不好对旁人说话儿,你们也不一定好说吧?"

福奶奶插言问:"干部家的人我们也找遍了;其实,除了你家的,没有一个没下地干活儿的。"

马之悦说:"咱一队总共这么几个干部,秃脑袋上的虱子——明摆着的事儿呀! 你们回到场上,跟支书、队长汇报汇报,看看还有没出来的没有。我家的人呢,由我负责动员就是了。"

福奶奶还不大放心地说:"你可别把我们支走,她又藏到屋里不动呀!"

马之悦说:"这点小事儿,用得着这样吗? 有别人有我们,只要干部家的人都出来了,她敢不出来,你们朝我说。"他指了指围上来的女人们说,"这不,大伙儿都在这儿,看看我的话算话不。可有一件,别丢下人。丢下了人,影响可不好。"又对马凤兰说,"走,回家吃饭,下午干活儿。"

马之悦和马凤兰往家里走了,喜老头和福奶奶走进了场院,这儿留下了几个刚刚从场上出来的妇女。

这儿成了妇女们的天地了,里边有把门虎、瓦刀脸、马大炮的嫂子,还有瘸老五的女人。她们放肆的又是小声地议论起刚才那件事儿。

把门虎冲着那两口子的背影儿,挤眉弄眼地说:"马凤兰是呆惯了,吃惯了,细皮嫩肉的,让她到地里边晒着去,她要干才怪哪!"

瓦刀脸接过来说了句反话:"她不干就行啦? 你没听见队长在

场上说呀,不下地干活儿,谁也不行!"

把门虎心里有数儿,又点了一句:"听那个呢,有的人不下地,看他能把人家怎么样?"

瘸老五的女人不摸底细,说开了公道话:"谁呀? 我看除了马凤兰和六指家里的,没有一个不爱下地的,大秋麦月,多娇贵的人也不会闲着。"

把门虎忙说:"有。你没听马主任刚才说吗? 那话里是有话呀!"

瘸老五女人问:"谁呢?"

把门虎嘲笑地说:"谁? 马连福屋里的那个大花瓶、美人儿呗!"

马大炮的嫂子被提醒了,大惊小怪地说:"哎呀,真的,怎么把她忘了? 咱们忘了,队长怎么也忘了呢?"

把门虎说:"忘倒不一定忘,不敢捅那个马蜂窝倒是真的。"

瓦刀脸又说一句反话:"怎么不敢捅,这个队长可不搞私情。"

把门虎说:"算了吧。还说办农业社依靠贫下中农,就依靠这样的人呀。"

瘸老五女人说:"像孙桂英这样的人有几个呢?"

把门虎说:"有一个还不够呀! 听说她还是从北口外逃荒过来的,那两口子全是无产阶级,多值得依靠呀!"

好几个人一齐嘻嘻地笑了。

瓦刀脸下结论说:"甭笑。不论什么农,好人总是好人。"

把门虎很有感叹地说:"真是,说一遭儿,还是咱们中农老实、听话。"

瓦刀脸生气地说:"唉,不老实,不听话行吗? 刚在场上干半天,又让我下地,好像烧火棍子,想往哪儿扔就往哪儿扔。"

……………

43

站在寨子那边的萧长春,听到这些议论,心里边很难受。人们背后嘲笑孙桂英,而且是把她作为贫下中农来嘲笑的,使得支部书记又痛苦又恼火,可是他不能过去插言。这里边的确有点儿理不直气不壮。他觉着,这件事情是不能容忍的,应当马上解决。

　　他想到这儿,就又转过身子,一边卷着烟,一边朝场院走。

　　这会儿,马之悦两口子已经走到了没有人的胡同口。

　　马之悦对马凤兰"规劝"了几句,又说:"让你下地,就下地吧,反正是几天的事儿,一应付就过去了,何必呢!"

　　马凤兰说:"我怕给他们开了斋,没头儿!"

　　马之悦说:"这日子总这样了? 要是总这样,你不想开斋也得开斋了。"

　　马凤兰眼一瞪:"怎么着呢?"

　　马之悦叹了口气:"咱这三分天下也保不住的话,有你好受的呀?"

　　马凤兰说:"这种憋气的日子一天我也过不下去了。"

　　马之悦一边左右看着,一边说:"还有憋气的事儿在那边等着你哪!"

　　马凤兰看出男人又有新的心事,就问:"到底儿又出啥咕咕鸟儿了?"

　　马之悦背过手去,捶着酸痛的后背说:"看样子,萧长春他们正一层一层地往怀里拉人哪!"

　　"又拉谁啦?"

　　"先拉贫下中农……"

　　"还用拉,都是跟他一道肠子的货!"

　　"又拉中农……"

　　"他能把弯弯绕、马大炮、韩百安这样的中农拉过去吗?"

　　"马子怀啦,焦振丛啦,还有一大群中农,不是都往那边靠

44

了吗？"

"一转天还得靠过来，不信你就看着。"

"人家正拼命地扳着，不让这天转过来呀！这会儿，又朝着地主富农家的人下手了。"

"去你的吧！把人家会计撤了，又逼人家娘们下地出苦力，这样就拉过去啦？"

"朝你那兄弟、兄弟媳妇下手了，你还捂着耳朵装没听见哪！"

马凤兰这才动了心："妈呀，真的？"

马之悦说："我这眼睛可有水儿，一定是这么一回事儿。咱们得马上动手，跟他们夺人！"

马凤兰说："就是得夺。志德我保险，几句话就给他封上门儿；那个娘们，也不要紧，她跟志德好着哪，志德不动，她也不敢。"

马之悦说："除了他们，咱俩还得跟他们夺孙桂英……"

一提这三个字儿，马凤兰又上了醋劲儿，皱眉撇嘴地说："滚开吧，还偏心哪！"

马之悦皱着眉头说："别总是用你们老娘们那一套小肚鸡肠的劲儿，顾点大局好不好呀？"

马凤兰说："我没法儿顾，她见了我都跟见仇人一般；要是见了你呀，不咬你一口才怪哪！"

马之悦低声说："这回我瞄见一个小空子，能够让她见了你当亲人，见了我也不会咬一口了……"

马凤兰又瞪了男人一眼，说："不咬你一口，还亲你一口呀！"

马之悦郑重地说："我说的是正经事儿，你别扯闲篇啦。刚才你没见，我当着好多妇女给喜老头捎话儿吗？他们要是不逼着孙桂英下地干活儿，社员意见还小得了？他们要是一逼，孙桂英尝到苦的辣的，就知道哪一头炕热了，咱们再顺着劲儿拉她一把……"

马凤兰不等男人说完，就摇了摇头："三服汤药不管用，我对你医生的手艺也不敢全信了。"

马之悦也叹了口气："唉，事到如今，讲不起，只能死马当成活马治，走到哪儿算到哪儿，反正不能坐着不动，光等着挨他们的收拾，拼一拼总是好一点儿。"

别听马凤兰嘴上说，她对马之悦的手段儿还是信服的；低头想了想，就扭着胖身子朝场院转去。

马之悦追着女人，又小声地嘱咐几句，让女人只点火，别加柴，适可而止；随后，好像一个胜利在手心里攥着的将军，倒背着手，不慌不忙地回家去了。

寨子那边的妇女们停住议论，互相用手势、递眼色送了信儿，又接着议论起来。

把门虎说："我没把话说在后边吧！瞧，回来了。"

瓦刀脸说："这回看她有几下子吧？"

瘸老五女人说："我看有几下子，她不干活也不准行。"

马大炮嫂子说："她可不是个凡人！"

马凤兰一见这边站着一群自己的"同情者"，又都是她着意要煽动的人，立刻又把劲头鼓了鼓，显得更加怒气，更加"理直气壮"；同时，脖子挺着，眼睛瞪着，就好像根本没看见旁边这伙人似的，滚动着两只白薯脚，一直走过去了。

女人们又互相递了个眼色，跟在马凤兰的后边，卷了回来。

萧长春刚到场边上，正跟福奶奶说道刚才妇女们议论的事儿，忽听场院的另一头吵起来了；转过麦子垛一看，是那伙子妇女，里边还有马凤兰，心里就明白了几分。

福奶奶皱着脑门子对萧长春说："真让你给猜着了，臭老婆们，安心要钻空子。你快去看看吧，克礼可对付不了这群刀子嘴。"

萧长春愤怒地盯着那一边，对福奶奶说："您放心，她们白起哄，钻不了。"

福奶奶说："连福家要是不出来,咱们是有点不大好说话儿呀!"

萧长春说："一定得让她出来。"

"这娘们更难对付!"

"多难对付,也得让她出来干活儿!"

那一边,新队长焦克礼和喜老头已经被女人们围上了,说话的不多,用劲儿的不少。

马凤兰的声调不高,劲头儿可挺大,她软里带硬地给新队长拱火儿说："队长,你让我干活儿,我就干活儿去;让我动手,也不能捂着我的嘴!"

焦克礼两眼盯着胖女人说："你就是吃人,我们也不捂着你。要看看你这嘴有多大,有多尖!"

马凤兰说："我们要给你这队长提个建议,你爱怎么办,就怎么办,反正我的话说到了。"

把门虎小声加一句："光指派我们,不动别人,我们都有意见;我看这意见一点儿也不过分!"

瓦刀脸也嘟囔一句："这就看你队长大公无私啦,反正我们是碾道的驴,听喝!"

因为事情又多又急,新队长刚才真把孙桂英给忘了;让这伙子妇女一将军,不光想起这个没出工的劳动力,同时也想起这个可恶的女人对支部书记的污辱。两股火并在一块儿,他跳了起来,喊道："你们都回家吃饭,我去找孙桂英! 她敢不出来干活儿,看我怎么整她!"

马凤兰高兴地说："说一遭儿,还是克礼办公道事儿。"

把门虎说："不公道着点儿,往后还怎么说别人呀。"

焦克礼从女人们包围圈里挤出来,火冲冲地往场外边走。

一直只看景,不说话儿的喜老头,追出几步之后,才叫住焦克礼:"等一等,等一等。"

焦克礼说:"刚才咱们把她给忘了,这回……"

喜老头打断他的话:"没忘了她,你忘了,我可没忘。"

焦克礼说:"忘没忘是小事儿,得马上把她找出来给我干活儿去。"

喜老头说:"要找,得想点办法……"

马凤兰后边跟上来,插一句说:"是得想点儿办法,这个人可不是个省油灯。"

把门虎也帮腔说:"对嘛,她可不像我们这些人这么好说话儿啦。"

焦克礼喊着:"她不是省油灯,我也不是半截儿蜡,不干活,瞧我整她不整她!"

马凤兰说:"调皮的人,不整就不会老实。"

瓦刀脸嘟囔一句:"那当然。"

焦克礼朝这几个女人瞪了一眼:"你们不用在这儿看我们的哈哈笑,你们看不着!"说着又要走。

喜老头扯他一下:"等等,咱们商量商量……"

焦克礼说:"这还商量什么,我去了,她就得乖乖地下地干活儿。"

喜老头说:"不这么容易呀。"

焦克礼朝前走着:"我就不听这份邪的!"

喜老头吼起来了:"你给我站住!"

焦克礼吓了一跳。他一转身,看到一张非常气愤、非常可怕的脸孔:"怎么啦?"

喜老头一字一句地说:"我看你要上当!"

"上当?"

"上当!"

"上什么当呀？"

"你们团支部会上讨论什么了？要用什么眼光看事儿呀？你说一遍我听听！"

"用什么眼光看事儿？这……"

萧长春大步地走过来，接着话音说："要用阶级斗争的眼光看事儿！克礼，你忘了吗？要是忘了，你看你身边的这伙人，不就能够想起来了吗？"

年轻的队长，一时转不过弯来了，压着火，摇了摇头。

萧长春问马凤兰："咬孙桂英的是你，对吧？"

马凤兰喊道："嗨，怎么叫咬呢，这是提意见！"

萧长春两眼盯着马凤兰不放："就算提意见吧。提意见的是你？"

马凤兰指指背后的人说："是大伙儿！"

萧长春说："就算是大伙儿吧。你们是提意见的人，有嘴说人家，也得有嘴说自己吧？"

马凤兰说："那当然啦。"

萧长春说："刚才你说，'调皮的人，不整就不会老实'，我很赞成，这句话是你说的吧？"

马凤兰心里突突跳："是我，怎么的？"

萧长春说："你们是出主意、拿办法的人，要是不老实呢，怎么办？也得整吧？"

马凤兰看出萧长春要抓小辫子，就说："让我们干活儿，我们就干活儿，整我们干什么？"

萧长春说："让你们干活儿，就干活儿，好嘛。那就快去吃饭，回头下地吧。"

马凤兰说："意见白提了？"

把门虎说："是呀，还是光让我替她干呀？"

瓦刀脸也来了一句："我觉着就是馅饼抹油，白搭。"

萧长春说："不白搭。谁都得干活儿，谁不劳动也不行；动员孙桂英下地的事儿，我包了，朝我说。你们走吧。"

喜老头朝外赶她们："走吧，走吧！出主意要整别人的人，自己可别挨了整，我告诉你们！"

马凤兰冲着萧长春说："你说话可得算数呀！"

萧长春说："全算数，孙桂英不出来劳动要挨整，算数；你出了主意，再不好好劳动，要挨整，也算数。你要是不凭信，试试看吧！"

马凤兰觉着任务完成，呆久了没好处，就虚张声势地说："咱们走，咱们走；反正，他们说话要是不算数儿，咱们不能答应，有把儿的烧饼在这儿把着哪。"

女人们饿饿着走了。

萧长春朝她们的肩后看了一阵儿，又转过身，看一眼发呆的焦克礼，轻轻地拍着他的肩头，问："同志，想明白了没哇？"

焦克礼发愣地说："这娘们是没安好心！"

萧长春笑笑，又转向正生气的喜老头，说："刚才，我也把事儿看得简单了。"

喜老头摇着头说："真是一处不到一处迷。"

萧长春接着说："刚才，我只想到让别人在背后议论自己的人，脸上不好瞧，没想到这是个空子。"

喜老头说："得堵住。得生法儿把孙桂英搬出来。"

焦克礼气愤地说："不把她搬出来，我们还怎么指挥别人呀，咱们把话都说出去了。"

喜老头哼一声："真是孩子气！我看你啥时候能够像个大人的样子！"

萧长春沉思地说："这会儿我明白了，动员孙桂英参加劳动，不光是面子上过得去的事儿，近着说，不让坏人钻咱们的空子；远着说,趁机会,早下手,让她变成一块有用的材料,别再当坏人的手中枪!"

喜老头说:"长春哪,你还得想到这一步:动员,也许好动员;可是她出来了,要是不好好干,还是得出乱子呀!"

萧长春点了点头。

焦克礼气得直跺脚。

第九十六章

天到晌午,东山坞出现了一阵儿暂时的安静。

地里割麦子的社员有的回家吃饭,有的让家里人把干粮和稀饭送到地里,钻进临时用麦个儿搭起来的小窝棚里,一边吃,一边休息和说笑。场上的人把场板扫干净,也摊晒上了,焦淑红和萧长春站在垛边上说了一阵子话儿,就跑到场房门口找马翠清。

马翠清正跟几个小媳妇学习编草帽子辫儿,见焦淑红朝她招手,就扔了手里的麦茎秆,跑过来说:"萧支书又跟你嘀咕什么事儿了?"

焦淑红骂道:"死丫头,怎么叫嘀咕事儿?"又郑重地说,"支部又要给咱们一件任务。"

"什么任务?"

"别急着问什么任务。他一布置,我就发憷,觉着任务太多了……"

"嗨,多怕啥呀!没任务,咱这团员也不用当了。昨晚上我跑了半条街,拜了十几家门子,帮我妈动员妇女送孩子,今早上又多了两个!"

"我也这样说,多不怕,就是这个任务难一点儿。"

"唉,难怕啥的。要不难,跟吃面条儿似的,一'秃噜',完了,还叫什么任务呀!"

"我说,我能接受,就怕翠清不干……"

"你真会糟改人,我没你积极是不是?"

焦淑红故意卖关子:"不是积极不积极的事儿,这个任务实在不好完成。"

马翠清着急地说:"别在这儿卖狗皮膏药好不好,到底是什么事呀?"

"萧支书说,眼下的斗争还在明里暗里进行着,咱们在团结人,坏人也在拉拢人;他说,有几个人很容易上坏人的当,将来有一天,说不定还要当人家的炮灰。里边有一个人,咱们得赶快把她动员出来干活儿;一边干活儿,一边帮助她进步。"

"就这芝麻粒大的事儿呀,值得吗?动员谁?我一个人去就行了。"

"别忙。这个人可是太落后了。"

"不落后不早跑来跟咱们一块儿干啦!"

"萧支书说:看一个人,得全面看,得从根子上看,还要活动着看,别看死了;这个人,好像是一大摊沙子,可是这沙子里就许有金子,虽说少,是金子;咱们得帮她把沙子清出去,把金子淘出来,让它放光!"

"没问题,你说谁吧?"

"孙桂英!"

马翠清叫起来了:"大懒婆、大破鞋呀! 快让她远点儿,我怕她的臭气熏了我!"

焦淑红笑着说:"瞧瞧,我没把话说在后边吧? 不说我小瞧你了吧? 翠清,萧支书说:不管她现在什么样,她是穷人出身,是穷人堆里出来的,让什么坏影响给埋住了,她身上总会带着一点穷人的东西,这个条件非常重要,也非常宝贵;咱们不能嫌弃她,不能看着她往坏人那边挤;得说服她,帮助她,把她拉过来……"

马翠清咬牙切齿地说:"说服、帮助? 去她妈的吧,不拉出她来斗争,就便宜她了!"

焦淑红说:"翠清,团支部会上,大伙儿给你提的意见,你还记得不?"

"当然记得。我又不是属老鼠的,撂下爪子就忘!"

"你表示的决心,还算不算数呀?"

"当然算数。我又不是三岁孩子,跟你们藏猫猫玩!"

"参加党支部会的时候,支书让咱们用什么办法对待落后分子呀?"

"批评斗争,还得团结争取呗!"

"为什么还要团结争取呢?"

"老是坏下去,咱们不管,敌人就拉他们呗!"

焦淑红挽住马翠清的胳膊:"记得清楚,说得全对,咱们两个快去争取孙桂英吧!"

马翠清一边打着坠一边说:"不是我不听党的话,也不是怕困难,这个人,我看透了,根本争取不过来。"

"支书说,这会儿正是火候,一说保证能说动她,咱们试试去,行不行?"

"不用试,过去咱们少动员她了? 一提下地干活儿,她不是屁股疼,就是脑袋疼,再不就跟你胡搅蛮缠。"

焦淑红松开了手:"噢,闹了半天,你是让孙桂英给吓住了? 你是怕她呀? 好吧,你不愿意去,就不去吧,我去。我得执行任务,我领下来的嘛。"说着,就装出一副满不在乎的样子,朝场外走去了。

马翠清愣了一下,赶忙追了一步,喊着:"嗨,嗨,等等,咱们再商量商量行不行?"

焦淑红头也没回地说:"这还商量什么,又不是买什么东西,讲讲价钱,争争斤两,任务就是任务,就得完成。你别耽误我了,反正你也不干这件事儿!"

马翠清几步跑到前边,拦住她说:"谁说不干了?"

焦淑红说:"你说的!"

马翠清伸出手:"拿纸来,拿字来,哪儿写着哪?"

焦淑红"啪"地给了马翠清一巴掌:"疯子!"

于是,两姐妹手挽着手,像一双燕子似的,飞出场院,穿过街,下了坎,奔向沟北边。

别看焦淑红挺坚决的,她跟马翠清的想法几乎是一个样儿。她对孙桂英没信心,也没热情。可是,刚才萧长春的一片话鼓励着她,萧长春这个活生生的榜样鼓励着她,一种"任务观点"也在支使着她,不管怎么样,她也得走一趟,试一试。用什么办法说服孙桂英呢? 她会不会耍赖皮呢? 真要胡扯瞎闹起来,两个人应付得了吗? 可是焦淑红得挺着干,还得给马翠清加油鼓劲儿。

她们的顾虑多余了,孙桂英这两天比谁都老实。

早晨起来,她头也不愿梳,脸也不愿洗,都到了晌午,饭也不想做;坐在炕上,一边奶孩子,一边唉声叹气。

在她邪念上升的时候,萧长春的那些话,她听是听到了,没进耳朵也没进心;等到事情过去,发热的脑袋清醒过来,特别是当她认识到自己上了马之悦"美人计"圈套的时候,她才平心静气地想了。她把萧长春那天晚上跟她说的话,想过来,想过去,一字一句都觉得很有力量,像鞭子似的抽打着她。

她越想越痛心,又悔,又恨,又怕。

马连福刚离开家门,就闹了这么一场丑事,要是传到马连福的耳朵里去可怎么办呢? 他是最计较这种事情的。孙桂英和马连福过了三年最美满的日子,在她接触过的男人里边,谁也比不上马连福对她真心实意。他们吵过，他们闹过，吵啦，闹啦，从来没有妨碍过他们两个的感情。经过这样一件事，经过了这一场自找的灾难和折磨，她觉得马连福身上全是好处，没有一丁点儿缺欠，她既不能失去这个人，更不能失去他的真心和温存。别看马连福在过日子的事情上全都由着自己的性儿，他那脾气要是真上来的话，也不是个省油灯！真要为这件事儿砸了锅，散了伙，孙桂英实在没路可走了。自己已经是孩子妈了，孩子已经一岁半，说话就长大成人，等他到了懂得事情的时候，知道妈妈是这样一种人，他会多伤心，多生气！

孙桂英活了将近三十年，第一次懂得了羞耻。唉，怎么就像魔鬼缠身，狐狸精附体，又办出这种事儿呢？后悔药难吃呀！

马之悦真是个白眼狼。他压根就没有对别人安过好心。平时一手往怀里送粮食，一手又挑拨孙桂英跟马连福怄气闹没吃。马连福刚离开家，他就钻空子。马凤兰是一条母狐狸，她一定是受了马之悦这家伙的支使，搭着伙欺负人。马立本是他的一条狗腿，为什么还来捉他？捉住了怎么连个屁都不放，就拉倒了？莫非说，这跟闹粮食的事儿一样，也是为了拆萧长春的台？他们转着弯儿下圈套，想把我孙桂英当成逗猫的一条鱼，把萧长春逗上手，好整治，好让他在东山坞站不住脚？一定是这么一回事。马之悦总是把萧长春当成眼中钉、肉中刺的，总想把萧长春推倒了看热闹。好毒辣呀！马之悦是个大坏蛋，是个杀人不眨眼的刽子手，将来得不到好死！

孙桂英过了将近三十年的糊涂生活，第一次懂得了什么是仇恨。尽管这种仇恨不见得有多么大的力量，仇恨的本身也许就包含着糊涂；但她毕竟是知道恨人了，恨不能跑过去咬马之悦一口。

孙桂英想着想着，萧长春又闪光发亮地站在她的面前了。她活这么大，好人坏人见过无其数，萧长春是她遇见的第一个与众不同的男子。萧长春在人前、人后，表面、心里，全是一个样儿的光明正大；萧长春是个好人里边最好的人。孙桂英觉着自己对萧长春有罪，一生一世也洗不去这一回的罪过。萧长春能够就此善罢甘休吗？萧长春是个天不怕地不怕的硬汉子，是个有权力、有威望的干部，他会不会开个大会斗争孙桂英，会不会给孙桂英戴个大纸帽子去游街？将人比己，要是自己遇到这种事情，这口气也不会白白咽下去，也要报报这个仇。萧长春要整我孙桂英，比吹灰还容易，只要一句话，就有人替他下手了。……要是那样，自己在东山坞又臭得难闻了，这个家、马连福，全都完了。

悔、恨和怕交织在一起，折磨着孙桂英，越想越是没路走。一向自以为强悍，如今露了底儿，成了一个最软弱无能的笨蛋。她一向以为有人帮助她，有人关心她，没想到，在东山坞一个有用的人也没有为下；如今成了掉在井里没人问，丢在道上没人拣，谁是自己知心至近的人哪，谁能救救自己呀！她只有哭啼，没有别的脱身之计；她想着想着，泪水又扑簌簌地落下来了。

门外有脚步声，她心惊肉跳；连忙擦去眼泪，放下孩子，系着衣服纽扣，想出去，又不敢出去，想坐着，又不敢坐着，在屋地下慌乱地兜着圈子。

"孙桂英，还没起来呀？"

"连福大嫂子，在屋没有？"

从院子里传来两个姑娘的喊声，接着走进屋里。

孙桂英一看来人是焦淑红和马翠清，更加慌了神，连忙不迭地说："你们，你们有什么事儿？"

马翠清一迈门槛子就没头没脑地喊："孙桂英，快走吧！"

孙桂英说："我们孩子还睡呢，让我上哪儿去呀？"

马翠清接着又来一句："孩子不要紧，支书说给你想办法，舍不得送托儿组的话，找个人给你看着。"

孙桂英更慌了。她听着马翠清的口气，不光是斗争一下，大概还有别的处罚，两条腿也颤了，带着几分哭腔说："我这孩子，一天也没有离开过我呀！"

马翠清说："这更好办，一习惯就好了。"

孙桂英无力地靠在门框上，又掉了泪水。

马翠清一见她这副架势，就起心里讨厌，焦淑红在一路上给她鼓起来的热情和信心，早就烟消雾散了。她往孙桂英跟前一站，绷着脸蛋子，活像个瘟神爷。

焦淑红看着孙桂英这副样子，也有几分厌恶，同时心里边也有些惋惜。她想：大伙儿都是这个时代的妇女，别人是另个样子，她是这个样子，她被丢下多远啦！她不劳动，不开会，不跟先进的人来往；进了家，是马连福这样一个男人守着，出了门，又是马凤兰这一伙子人围着。她怎么会不落后，又怎么会不上当呢？这一场风波，对她震动能有多大，是震动好了，还是震得更坏了？要是没有人引导她，帮助她，往后马之悦再耍什么阴谋，她能不落圈套吗？唉，可惜她空长一副好看的外表，空长一双巧手，在她身上，全成了废物。萧长春刚才几句简短的话，提醒了焦淑红，见了这副可怜样子，更加强了她的决心；作为一个团支部书记，过去对这样一个落后的妇女帮助太少了，睁着眼看她落后，有时候还拿她当笑话说；有事非找她不行，也很少和颜悦色，难怪她见了自己就回避……

焦淑红想到这儿，就走过来要拉孙桂英的手，想让她坐下，从容地谈谈心。

孙桂英一见焦淑红要拉她走，更怕了，连忙往后退，压的门扇子吱吱响，语不成句地说："不不，拉我也不走。怎么也得等我们孩子爸爸回来，我得跟他说一声。"

焦淑红莫名其妙，也不好再拉她了。

马翠清跺着脚说："孙桂英，你瞧你像个什么样子？好像要拉

57

你进屠宰场!”

焦淑红也说:“你看你,又不老,又不小,又不残,又没什么病,为什么总是这样子马马虎虎地打发日子呢?妇女提高地位,不能光在屋子里提高;你看看,哪个妇女不是积极劳动?劳动已经是最起码的事儿了,你连这点儿都做不到。新社会给我们妇女指出这么光明的道路,你再不好好走,还能怨谁!你想想,你还有几个三十岁呀?”

孙桂英哀求地说:“就这一回,你们打听打听,到了东山坞,我多会儿不是安分守己的呀!大妹子,我上当了,你们原谅我这一回吧!”

焦淑红说:“一个人活着光安分守己不行,还得做些对大伙儿有益的事情。大伙儿都是热火朝天地劳动、建设,给咱们自己、给后代创造好日子,你往家里一蹲,不觉着害羞吗?只有参加劳动,才能改造思想,提高觉悟;要不然,这一回上当,往后还得上当哪!早晚你得自己把自己毁了!”

马翠清气得真想开台骂了;往炕上一坐,噘着嘴,皱着眉,呼呼地出粗气。

焦淑红又说:“孙桂英,从今天起,咱们从头来,过去的事儿全不要提了;支书嘱咐我们大伙,都不揭你的短,只要你改过自新,跟我们一块儿走,我们一定不把你当外人看。”

孙桂英听了这句话,如同死犯得了大赦令,一连声地说:“谢谢,谢谢!往后我一定改过,一定重新做人。”

马翠清的脸上露出了笑容:“这还像人话。平时你嘴尖皮厚,八个人捆一块儿也说不过你,一让你干正经事儿,你就变成个受气的童养媳了。干活劳动就是这么可怕呀!”

焦淑红说:“孙桂英已经明白过来了,愿意参加劳动,很好嘛,我们都欢迎你!你自己挑,愿意跟谁一组,就跟谁一组。我给你打保票,保证没有人瞧不起你。"

孙桂英听着听着,慢慢地弄明白了一点,这两个人来这儿的用意,跟她想的岔道儿了,闹了一场虚惊。她连忙撩着衣襟擦擦脸,露出笑容说:"你们让我去劳动啊?"

马翠清说:"你当是让你下油锅呀!"

焦淑红说:"翠清你别逗她了。开头参加劳动,谁都有一些不习惯;只要你能咬牙把头一关闯过去,慢慢地也就轻松愉快了。"

孙桂英这下来劲儿了,拍着手说:"咳,大妹子,要让我干活儿,我可是有力气的人。那工夫在屠宰场里,来了大车要卸,挺大的生猪,我扛起就走。别看我是娘们,我还会使牲口,多烈性的马,我也敢骑它!"

马翠清忍不住笑道:"你真是个怪物,一会儿像条狗熊,一会儿又变成英雄了。"

焦淑红用胳膊肘捅捅马翠清,又对孙桂英说:"要我看,不管怎么说,只要你往后能好好干下去,把心全搁在劳动和集体的事儿上,一定是把好手。"

孙桂英说:"你们怨我过去不积极,不劳动,也不能全怪我。全是马凤兰这个骚货把我戳戳坏的。你嫂子我满身上都是毛病,我也是个热脸子人,最怕人瞧不起。你瞧不起我,我还瞧不起你哪!"

焦淑红说:"人家瞧不起你,能怨人家吗?你想想,瞧得起你的人都是什么样的人?"

孙桂英一拍大腿说:"全是他妈的狼心狗肺!"

马翠清接着问:"瞧不起你的又是什么人?你拍着心口窝想想。"

孙桂英叹了一口气:"唉,都是正经人……"

马翠清说:"对啦!我就瞧不起你!"

焦淑红说:"你看看你身上那毛病吧!好吃,懒做,爱虚荣,追享受,只认票子,不认人心;结果呢,连福受了你的牵累,成了坏人的枪,你呢,也让人家耍了,这是多危险哪!"

孙桂英咬着嘴摇摇头:"我呀,空活了二十九,有嘴没心……"

马翠清哼一声:"你怎么没心?没好心!"

焦淑红赶忙接着说:"翠清说你没有好心,不是说你跟马之悦、马凤兰一样,是说你心里不干净。你心里要是干净,能上这种圈套吗?"

孙桂英用手揉着衣裳襟儿,低下头说:"这两个晚上,我也反省了。萧支书说的那些话有情有理,全都对。我是白活了,活的不像个人样子……"

马翠清说:"马上来个脱胎换骨,往后别再这么活着了,不就行了吗!"

焦淑红说:"你再这么活下去,前边还有险道儿等着你哪。好多道理,我们一下子也不能给你讲清楚,只要你真心实意地往正道上奔,你自己就会慢慢地明白过来了。支书盼着你败家子回头,他让我们动员你,让……"

孙桂英打个愣:"噢,萧支书让你们来找我的呀?"

马翠清说:"全对你揭底儿吧,要不是他让我们来,我一辈子都要拿你当个坏蛋对待!"

孙桂英一阵欢喜,这种喜悦是很复杂的。她轻轻地推了马翠清一把说:"坏蛋,好蛋,咱们孵出小鸡来算。你们瞧着,这一回,我更得好好干了。"

焦淑红说:"空口无凭,我们可要看你的行动。"

马翠清说:"可不能天桥的把式,光说不练!"

孙桂英一挺胸脯子说:"当然啦!我不干是不干,要干就得干个厉害的给大伙儿瞧瞧!唉,说心里话,这几年闷在家里,也够我熬的。除了你们姐俩跟我说个话儿,萧支书更是实心实意地为我好,其余的好人不上我这儿来。"说着,又咬牙又切齿地骂开了:"马凤兰这个狗日的,没一点儿好下水,跟马之悦是一道种,我恨死她了,恨不能扒了她的皮用火烧,抽了她的筋用刀剁,剜了她的眼睛当泡儿踩！这个浪养汉老婆啊！"

马翠清说:"真没正形,说着说着,你就上开荤的了。"

孙桂英气愤地喊着:"上荤的？唉,我要是在你们姐俩这个地步上,我堵着门口骂他八辈子祖宗。把我当成傻子,往我眼里揉沙子！我要给他们干个样瞧瞧！看我孙桂英是泥捏的,纸糊的,还是金银铜铁锡铸的。谁有脂粉不往脸上搽,往屁股蛋子上抹呀？大妹子,只要你们不嫌弃我,拉我一把,我就干。别看我的性气不好,我可是个好使的枪,受使的棒,指到哪儿打到哪儿,一下是一下的！"

焦淑红说:"刚参加劳动,困难的地方还是有的。什么时候要我们帮忙,你就说。"

马翠清说:"你别光卖膏药,说到哪儿得办到哪儿。"

孙桂英说:"大妹子,咱们老太太找飞机,往远瞧。"说着站起身,"等着,我给你们姐俩泡一壶红糖水喝。"

两个人忙拉她:"不用,不用。"

孙桂英已经跑出去了。

马翠清吐了吐舌头说:"淑红姐,你瞧这家伙真是一个大怪物！"

焦淑红沉思地说:"她身上是有值钱的金子,过去好像埋在沙土里,埋得挺深。我们不能光看沙土,不看金子;看到了,还得有信心把它挖出来。我过去看她,就光看到沙土了。"

马翠清也感慨地说:"支书真有两下子,什么事儿,他都想得到,又看得准,真了不起。"

焦淑红意味深长地说:"他了不起,是因为眼光亮,他总能站在贫下中农的立场上看问题,他看得远,看得深;他总能顾大局,不想个人,我们在这点上可比他差远啦……"

第九十七章

开镰收割的第二天大清早,离东山坞十里远的森林镇北街东头、坐北朝南的土门楼外边,走来了两个外村人。

一个是东山坞的党支部书记萧长春,一个是青年社员韩道满。他们每个人牵着一头毛驴,驴上备着鞍子,鞍子上搭着几条空口袋。他们是到镇上的粮站归还去年借贷的麦种,萧长春亲自跟来,一方面是联系交送公粮的日期、地点和手续,另外,他还要随手办一件重要的事情。

萧长春把小毛驴拴在门口的一棵小柳树上,告诉韩道满到阴凉地方稍等一等,就上了台阶,推开了虚掩的木板门,走进这小小的院子里。

"大娘在家吗?"

"在呀!"

随着声音,走出一个五十多岁的老太太。她细高个子,那久经风霜的脸上刻上了条条皱纹,两只眼睛和善又很有精神。她一边迎过来,一边上上下下地打量着这个不认识的客人。

萧长春很和气地问:"您是孙桂英的母亲吗?"

老太太点着头:"是呀,您是哪庄的呀?"

萧长春说:"东山坞的。"

老太太一听立刻就慌了,钉在屋门口,脸上变了颜色。她当是闺女家出了什么意外的事儿。因为在农村里除了突然发生不吉祥的事情,是不习惯托村里的生人给亲戚送口信的;何况,老太太又知道自己的闺女孙桂英是个不安分守己的人呢。于是,她一边往屋里让萧长春,一边想追根问底儿,可又怕人家说出口似的问:"出什么事儿了吗？不会吧？"

萧长春说:"没有旁的事儿。我们来粮站还麦种,顺便接您到闺女家住几天。"

老太太这才放下心,脸上露出了笑容:"麻烦了。同志贵姓呀？"

"姓萧。"

"噢,跟我闺女家住隔壁呀？"

"不,前后街。"

"快屋里凉快凉快吧。"

"不啦,外边还有牲口,您骑着去,我给您赶脚。"

"哎呀,她也没先来个信儿,我这几天离不开呀！"

"怎么离不开呀,大爷到挖河工地做饭去了,肥猪刚卖了,有两只鸡,您西院的侄媳妇就给您照看了……"

老太太没有听完,就奇怪地笑着问:"哟,同志,你怎么把我的家底儿调查得这么清楚哇,你在这村里有亲戚吧？"

萧长春也笑着摇摇头:"没有,全是路上和交粮食的时候跟这村的人打听的。您收拾一下,咱们走吧。"

老太太觉着这个年轻人替别人办事儿挺热心,也不好推辞了:"要说事是没啥大事。唉,穷家破业,离开总是不放心。"

萧长春见老太太愿意去,心里十分高兴,就又动员说:"您还是去一趟好。连福上工地了,您闺女要参加劳动,把孩子送托儿组,她好像有点不放心；您去了帮她看看孩子,让她把这头三脚踢出去,以后就好办了。住久了不行,您就少住几天嘛！"

"噢,她还想起干活儿啦？"

"是呀,这回是下了决心,今个就要下地。"

"那敢情好。"

萧长春昨天晚上,对这件事情想了好久。他觉得,在沟北有两个人应当利用一切机会赶快拉过来,也容易拉过来;不然,一有风吹草动,他们是最可能上坏人当的。这两个人就是孙桂英和韩百安。他想把这位老太太接去,不独是让她帮助孙桂英照看孩子,也想通过这个受过苦难的老人趁孙桂英正在动摇的火候上给使把子劲儿,把孙桂英稳在正道上。他从老人的说话和神态里,已经看出,老人家是关心闺女的,也很精明,觉着这条道儿没找错,就又耐心地用家常话劝老太太去一趟。

老太太心里已经有点活动了:"要说是去几天合适,也好多日子没看见他们了。那孩子还胖吧?"

萧长春说:"孩子、大人都好。最要紧的,还是您那闺女参加劳动的事儿。咱们都是劳动人家,一说全明白,过日子不劳动,怎么能够过好呢?"

老太太说:"就是嘛。自己过不好,对农业社也不好哇。别看我这大年纪,抽空摸空地还活动着点呢;干不多,还干不少嘛,总比吃饱了呆着强。赶上这个好社会不容易,得生着法儿多出点力气。"

萧长春说:"我知道您很进步。"

老太太说:"唉,进步什么哪,老了,追也追不上了。"

萧长春说:"您别光顾自己进步,也得关心点儿女。闺女虽说嫁出去了,她进步,娘家人光彩;她落后,娘家人脸上也不好瞧。咱们都是穷人出身,穷人还当落后分子,大伙儿都担心,都不光彩呀!"

老太太笑了:"谁说不是呢?你这个同志真会说话儿,都说到我心里边去了。唉,不怕同志你见笑,这丫头实在不给我作脸呀!要不,就这么一个亲骨肉,我哪能年八月地不去一趟呢,就是觉着不光彩。"

萧长春说："光彩不光彩，总是自己的骨肉，不能嫁出的女，泼出的水，得尽力量帮助她进步才对。您就她这么一个亲人，她也只有您这儿一个亲人，您说话，她还是肯听的。"

老太太说："头好几年前我就劝她，总是当耳旁风，那孩子，从小就浪荡惯了。唉！"

萧长春说："这回我们社里也下决心要帮助她，她也表示要重打锣鼓另开张。刚插手参加干活儿，总有些不习惯的地方，等入了门也就好了。社里成立一个托儿组，她舍不得把孩子送去，我们也没有硬强着。这一回您去了，帮她照看照看孩子，也帮她过了关；帮了她，也就算帮了我们社。您还是去一趟吧。"

老太太说："去，一定去，冲同志这几句话儿、这一片心，我也得去。这样吧，我明天早上去。"

萧长春说："您把东西收拾进去，再把门一锁就行了，还有什么事儿没有办完吗？"

老太太说："门楼子该抹抹泥了，我求下人，今晌午帮我抹来；要不，我离开家，来一场雨，就坍啦！"

萧长春扭头看看那个土门楼子说："加上一层泥就行了吧？好办，我给您抹，抹完了，咱们一块儿走。我带来牲口了，顺便骑上，免得您明天起早自己走道儿。"

老太太连忙推辞说："这同志真会心疼人，这怎么行呢？不用，不用！"

萧长春说："我年轻力壮的，干点活儿不算什么，您就不用客气了。找副水桶，找把锨，再找把抹子；我抹，您给我供作，一会儿工夫就完了。"

老太太见萧长春说得诚恳实在，也就不好再拦挡了，嘴里不住地啧啧着："你这同志，真是个热心肠的人呀。"说着，就进屋找家具去了。

萧长春走出门口,冲外边等他的韩道满说:"你先牵个牲口回去吧。"

韩道满说:"我等一等,咱们一块儿走吧,我还没跟你把话说完哪。"

萧长春说:"家里正忙,别让两个人都在这儿耽误着了。你的事儿,今晚上,咱俩守场的时候再好好谈,行吧?"

韩道满只好听从,就收整牲口的鞍屉,想动身,又停住说:"我走回去,把这两个牲口都给你留下吧,一会儿你们一人骑一个走。"

萧长春说:"不用,你骑一个走吧,快当点儿,到家,好再干一阵子活儿。"又从兜里掏出一张纸条儿递给韩道满,"这是粮站给咱开的种子收条,回到家就交给小乐,让他马上下账,写清楚。别忘了啊!"

韩道满答应着,把纸条卷了卷,塞进衣兜里。

萧长春又嘱咐他说:"道满,刚才我跟你说的那些话,你回去再跟翠清谈谈,最要紧的是你自己多想想。我说的那片话,千句归一,就是希望你们趁热打铁,帮助你爸爸转转脑筋。眼下咱们村这场斗争,表面上看是坏事情,仔细一琢磨,又是好事情,坏事情也能教训人。可是,你要不趁机会帮他,也许就变成更坏的事情了。你看看,这一程子,咱们村多少人都变了,我越来越有信心啦。孙桂英能变好,你爸爸能变好,好多人都能变,就要看咱们使劲不使劲了。你说我这话对不对呀?"

韩道满两只手揉着缰绳头说:"全对。就是,你让我马上搬回去,我觉着不大好办……"

萧长春笑了:"有什么不好办的呢?这是为工作,为集体嘛。我跟翠清谈过了,也跟你振茂大伯谈过了,三股劲儿拧成一股儿,还拉不住他一股劲儿呀!先把思想搞通,搬家的事儿也就好办了。

这回可是对你的考验呀,有信心没有?"

韩道满看看萧长春,大声说:"有。"

萧长春说:"好,我相信你,骑上走吧。"

韩道满骑上毛驴,缰绳一摇,小毛驴放开四个蹄子,欢快地跑起来了。

萧长春望着他走远,这才转回来。

年轻的支部书记,面临着复杂的阶级斗争,决心要做好"人"的工作,抓人,抓思想,抓自己的队伍——战斗了几个回合,使他深深地认识到,群众的力量是决定一切的力量,有了眼睛明亮、警惕性高而又敢于斗争的群众,就有了东山坞的农业社,就有了今年的小麦丰收,就打退了资本主义的一切进攻,就揭露了坏人的阴谋。要想让社会主义的队伍成群成众,天天壮大,不是在大街上敲着锣,吆喝一阵子就能办到的,也不能靠光着急或是不慌不忙地等着,就可以集齐的,更不会做一次工作,就能成批跟过来,而是要一个一个地教育、团结,一点一滴地工作,要用各种不同的办法,争取各种不同的人。他对孙桂英早就有了一定的认识,并没因孙桂英污辱了他而改变,经过这件事儿,反而更加强了他的信心。他甚至有这样一个大胆的设想:在不长的几年之内,让东山坞的劳动人的名字,都列到他衣兜里的那张表格上,都成为积极分子;那时候,东山坞的天地该是什么样呢? 那时候,不论再有什么样的狂风暴雨,东山坞也像铁打的一样坚不可摧了!

老太太已经在门口等着他,预备了水桶、铁锹和抹子,还给那头拴在门外小树上的毛驴抱了一堆干草吃。

"同志,先到屋歇歇再做活吧。"

"不累,干完了,咱娘俩好走哇!"萧长春挑起水桶:"大娘,井在哪边?"

老太太头前跑几步:"东边,东边,我领着你去。"

萧长春扳着辘轳把打水,辘轳在他手里转成一朵花,那"吱咄"的响声,就像拉胡琴。

老太太跟在后边往回走:"慢着点儿,路滑。"

萧长春挑起水桶,他的脚步潇洒、稳当,扁担在他肩上颤颤悠悠,活像一对抖动的翅膀。

老太太说:"土现成,昨个求人推来的。"

萧长春拿过铁锹,几下子就把土堆扒成个小盆子形。他把桶里的水倒到里边,又挑了一趟,又倒在里边,转眼间,黄土变成了泥浆。

老太太从屋里搬出一只高凳子。

萧长春用锹端着泥,又高高举起,一锹一锹,扔到门楼的顶上。随后,他又登着凳子,很灵巧地爬了上去。他把门楼顶上的旧土铲掉,把歪了的砖头摆正,就用抹子抹弄着泥浆,一片连着一片地抹。

老太太仰着脸,不住夸奖:"这同志什么活都会,你真是个巧手的庄稼人!"

萧长春笑笑:"这是粗活。"

转眼之间,他把一面抹完了,一转眼,另一面也抹完了。新泥抹过的门楼顶,那褐色的湿泥,平得像是镜子面儿,在太阳照耀下,放起光来。

老太太又忍不住地赞美:"哎呀,多快当,你真是个能干的把式!"

萧长春笑笑:"这是简单的活儿。"

总共不到一顿饭的时间,连家具都收拾好了。

老太太说:"快放下,我收拾吧。"

萧长春说:"这锹得洗洗,不然泥糊住,长了锈,就没法儿使了。"

一切收拾停当,年轻的支部书记,一边卷着烟,一边仰着脸瞧瞧自己干过的活儿。他那俊气的脸上，不知道什么时候沾了一个小泥点儿，同时又洋溢着一种掩饰不住的欢乐情绪。每当他替别人办完了一件事儿，都有这种情绪激动在自己的心里；有机会就替别人办事儿的习惯，是他在军队上养成的。人民的军队，是人民的子弟兵，处处帮助群众是他们的优良传统，年轻人把这个好习惯，当法宝带在自己的身上。他经常助人，也就经常享受这种欢乐。

"大娘，咱们走吧！"

"哎呀，连口水都不喝？"

"到您这儿喝水的日子多着哪！"

"唉，怪让人过意不去呀！"

"您说远了。天下农民是一家嘛！特别是咱们这些穷人出身的，更是一家了。"

"那倒是。往后你也别见外，赶集来了，渴了，饿了，只管找大娘来，可别从门口迈过去！"

萧长春笑着，扶着老太太骑上驴，在后边赶着，跟着，在那金黄色的麦地中间和树林里的沙土路上走着。

一路走，萧长春借题发挥，畅谈他们东山坞的社会主义建设远景。

老太太说："我家老头到工地上去了三个月，再过十几天，就要回来了。"

萧长春说："那会儿，河就修通了。那河要从我们村后边绕过去，我们要修一个大扬水站——我们那边地高，泉水小，引不上去，全是旱地；有了扬水站，起码有一半地水浇了，就是说，往后要有一半地旱涝保收。我们还要试着开几十亩稻田，让咱这穷山坡子产大米，那可多来劲儿呀！来个亲戚，就不用愁没细粮了。"

老太太说："听说那条新河的水大着哪，还能发电？"

萧长春说："当然能发电。过几年，农业社的力量大了，几个社伙着干,修小发电站,不光使电灯,还用电碾米、磨面,用电开机器,那时候的妇女再不用抱着碾棍推碾子了,再不用怕费油,摸瞎做饭了。"

老太太远远地看到了桃行山、新春山,说:"快到了吧?"

萧长春说:"那两座山全是我们村的,桃行山就在村后边,我们秋天就要把它封上了,全种果树;过几年,苹果、鸭梨,我们这儿全产,妇女们走娘家,就有礼物带了。"

老太太认出了从畔庄拐向东山坞的道儿,指点着说:"北边这股是吧?"

萧长春说:"对啦,过几年,这儿要修一条大公路,通汽车,您再来,就不用骑毛驴了,往汽车上一坐,呜一下子,到了!"

走一路,谈一路,萧长春后来道出了目的:"大娘啊,到了家,您把我们东山坞的前途给您那闺女多讲讲,为这个日子奔,活着才有意思呀!"

走一路,谈一路,他们谈得非常亲切。

路上遇到的行人,都错以为是儿子从什么地方接回自己的妈妈。

第九十八章

太阳从西边出,月儿往东边落,开天辟地头一遭儿——孙桂英要到农业社的地里劳动了。

窗户纸还是黑的,焦淑红就来敲门了:"连福大嫂子,该起来点火做饭了。我要到场上干活儿,别等着再叫你啦!"

孙桂英一连声地答应着,听见焦淑红走了,就赶忙坐起来,围着被单子,打呵欠、伸懒腰、揉眼睛,真想再躺下睡个回笼觉,又想起一会儿还要下地干活儿，只好打起精神穿衣服下了炕，接着又抱柴火点火。

锅里粥刚熬熟，马翠清跑进来了："孙桂英，快吃饭，给你编好组啦，跟福奶奶、志泉大嫂子一块儿，别像上轿似的踱八字步儿，快着点吧！不快出窝儿，一会儿我再来揪你！"

孙桂英又一连声地答应着，见马翠清带着一串笑跑了，急忙从锅里往外舀粥，又放桌子，又拿碟子，忽然又觉着这么斯斯文文的不像个干活人的样儿，就盛了一碗粥，夹了几根咸菜坐在锅台上吃起来。

焦克礼的新媳妇玉珍跑进来了："大嫂子，走哇，咱们在一组。"

孙桂英答应着，把筷子碗丢在锅里，从墙上摘下镰刀，刚要开腿，又想起屋里还睡着她的心肝儿，就对玉珍说："你先走一步吧，我把孩子安置一下就跟上。"

玉珍说："你怎么不把他送托儿组去呀？"

孙桂英说："我那孩子认人儿。"

"带个孩子不能下地呀？"

"我把他托给德大妈了。我一会儿，喂饱了他，就送过去。"

"快着点，我先找李秀敏去，回头咱们一块儿走。"

孙桂英见玉珍走了，就回到里屋。她的小儿子睡得正香甜，想叫他，舍不得，不叫他，又不能脱身，真让人为难。

窗外边又响起脚步声。

孙桂英连忙说："我就走！我就走！"

外边的人搭腔了："你往哪儿走哇？"

孙桂英听到那声音，吓了一哆嗦；接着，"腾"地一步跳出屋，像一根顶门棍似的竖在前门口了。

站在院子里的那个人是马凤兰。她头发乱着，衣裳襟儿敞着，眼角上带着眵目糊，一边朝里走，一边在脸上做功夫——她想做出各种各样的笑模样来，一种一种地试着来，哪一种最能打动人，就使哪一种。她先来个眉眼带笑地说："哟，桂英，这么早你就起来了？"

孙桂英眉毛拧着，说："我早起晚起碍着你什么了？我就是挺在炕上，皮肉化成水，骨头烂成泥，又跟你有什么关系呀？"

马凤兰朝里走几步，来了个龇牙儿笑："桂英，表姨给你赔不是来了。你有什么冤，有什么气，你就朝着表姨我撒吧。我全兜了！"

孙桂英咬着牙，说："我姓孙，你姓马，赵钱孙李，我在头一行；谁知道你那马字儿在棚里还是在圈里呀？咱们谁也碍不着谁，我可跟你撒的哪家子冤，又泄的哪家子气呀！这不是八杆子都打不着的事儿吗？"

马凤兰走到屋门口。她又拿出一副咧嘴的苦笑："说起那天晚上的冲撞，唉，全怪表姨我。谁想到冷不防地从天上掉下这种事儿呀？我一急一火，急追着急，火赶着火，嘴巴打开，关不住门儿了，说了几句没深没浅的话。过后悔得我啥似的，几晚上都没有睡好觉。桂英啊，星星出来月亮落，咱们娘两个一块儿混的岁月长啦，千万别光看狗吃日头那小阵儿呀！"

孙桂英痛苦得心发疼，说："我是就着星星喝的迷魂汤，趁着月亮吃的糊涂药，狗吃日头那会儿，我把白天当黑夜。回头一想啊，我惊了梦，醒了魂，一宗一件全都明明白白，我算睁开了双眼认识了你！"

马凤兰又做出一副无可奈何的干笑："唉，说起来，那天也怪你表姨夫，喝了几杯猫尿，糊糊涂涂地走错了门儿，把你家当成我家，把张三当成李四了。过后他也是直骂自己。说一遭儿，全是误会。桂英啊，办事儿不回头想，也得往远处看，不顾昨天，也得盼明天，不要为跑了个跳蚤就烧了金砖银瓦的大屋子，这可不上算呀！"

孙桂英烦了："往回想也罢，往远看也罢，越想越清楚，越看越透亮；没玻璃的眼镜框子，再也盖不住烂眼边儿了。你别在这儿跟我摆三国，我可没有工夫跟你闲磨牙儿。你闲着屁股疼，我可是有忙事儿的人！"

马凤兰把所有可以用的笑，全收起来了："我看你这会儿是中了风的老寒腿，不转转天气，是回不过弯儿来了，我也不能强着你。我是长长的工夫，耐耐的性儿，有多少热乎的，给多少热乎的，等着你回心转意。早晚有一天，咱娘俩还会破镜重圆，还得好成一个人儿！"

这回轮到孙桂英笑了。她冷笑一声，说："你别做梦挖元宝，想偏心啦。咱们是打碎的盘子敲烂的碗，扔到坑里，撒在道上，你捡不回来，也对不到一块儿；咱们是井水不把河水犯，后脊梁对着后脊梁，各走各的路，各投各的店儿！"

马凤兰看着自己的法宝全都施展不开了，只好掏底儿。她的神情一转，低声问："桂英，听说有人硬逼着你下地干活儿？"

孙桂英大声喊："哎，逼字儿怎么讲，这老太太呆烦了，坐闷了，兴头来了，想到地里劳动劳动，活活身子，散散心，你管得着吗？"

"割麦子这差事，可是苦庄稼活儿里的最苦的庄稼活儿，我怕你受不了哇！"

"我孙桂英不是糖人气吹的，不是纸人浆子粘的；这一百多斤，实实在在，除了骨头就是肉！告诉你，谁想小瞧我也不行，我不干是不干，干就干出个样儿来！"

"我是说，你愿意干，就跟队长要求一声，留在场里，那边活儿轻点儿，有空子到树下边凉快凉快。大五月天，日头在脑瓜顶上挂着，烫土热麦子在身子上边烤着，没处儿躲，没处儿藏，你真受得了吗？我不信！"

"你这不是胸脯子带笊篱捞心吗？……"

"我是心疼你。其实呢，这种事儿，他们当干部的应当先想到。

你压根儿没有劳动过,细皮嫩肉,硬把你打发到日头地里去,不用说还干活儿,就是让你站在那儿晒半天,也得把你晒坏喽。他们干部要是真为别人好,就该照顾一点儿,哪能像劳改犯那样支使,这不是安心变样儿地整人吗?……"

"你别在这胡呲了!"

"我是觉着,事儿不公,有话不说心里边憋得慌。明摆着嘛,连福在家的时候,怎么没人逼你;连福才抬腿,就给家里人套枷板儿……"

孙桂英吼起来了:"你没完啦?"

马凤兰还是不死心,找着最能挑动人心的地方下刀子。她说:"你倒是小事,最可怜的还是你那孩子。别人不知底儿,我可知底儿。这孩子一时片刻也没有离开过娘的怀,冷不防地这么一扔,行吗?赶上这年月了,大人遭点罪就遭点罪,对孩子可不能太惨……"

孙桂英扭身回屋,想抱起孩子就走,刚要下手,又停住了,小声呼唤:"宝宝,醒醒,醒醒!"

孩子醒了,使劲儿抓着妈妈的衣裳襟儿。

孙桂英给孩子裹了个小毡子,就朝外走,到了门口,又转回头来说:"我们家没人了,要锁门了,你该干什么干什么去吧。"

马凤兰看看情形,自己的技短智穷,再也没有什么办法对付了,只好叹息一声,也跟着往外走。

孙桂英进了韩德大家。

马凤兰正要往自己的家里奔,迎面碰上了福奶奶、志泉媳妇、玉珍和李秀敏一伙人。

福奶奶说:"马凤兰,你怎么跑这儿来了,马长山到家找你去了。"

马凤兰问:"他找我干啥呀?"

福奶奶说："割麦子去呗。"

马凤兰奇怪地问："我不是妇女组吗？"

福奶奶说："队长把你分到马小辫、马斋那一组去了，快去找他们吧。"

马凤兰急了："怎么，把我跟他们划到一块儿了？"

妇女们互相看一眼，全都忍不住地嘻嘻地笑了起来。

…………

孙桂英掺在一伙子妇女里边，来到村东南的麦地里。

这会儿，一天霞光，一地露珠，处处是喊声、笑声和"嚓嚓嚓"割麦子的镰刀声。

孙桂英就像新媳妇第一天到了婆家，看看什么都很新鲜，瞧瞧什么都眼生。她又非常心眼儿多，不住地用眼角察看别人的一举一动，猜测别人对她的态度。

妇女们来到本队的麦地边上，一口气儿不想喘，就要插镰刀动手了。

"连福大嫂子，跟我来！"

"孙桂英，跟我来吧！"

好多人都拉孙桂英。孙桂英不知道跟谁去合适了。

福奶奶对她说："你刚干活儿，跟她们一块儿拼可不行，还是跟我挨肩干吧。"

孙桂英被大伙儿这么热心一拉，劲儿上来了，哪肯示弱呢？就说："我行。就她们几个，我还跟不上呀！"

福奶奶说："傻孩子，你不知道她们是一群疯子，快跟我老老实实地干吧。等待几天，磕碰出来了，再跟她们装疯去。"

在妇女们的笑声里，战斗开始了。

孙桂英忍不住要试一下，拉开架势就要下手。

福奶奶拉住孙桂英，给她比着样子说："别这样，要这样；不然，一会儿你那腰就受不了啦。"

孙桂英一手揽住麦子,一手插进镰刀,使劲儿一拉,"嚓"的一声,割下来了。

福奶奶说:"割麦子得使巧劲儿,别使笨劲儿;要不然,一会儿你那手就受不了啦。"

孙桂英照着老人指点样子,又割一下子,果真省劲儿多了,接着又来了一下子。

清早,麦野里清新极啦,空气里像是掺上了薄荷,吸一口,好像含到嘴里几粒仁丹。

孙桂英跟在福奶奶旁边,一下一下地割着,一会儿,她竟然把福奶奶给丢下了一截儿,差不多追上了前边的玉珍和李秀敏,别提心里怎么乐了。暗想:过去真傻,怎么把干活儿看得那么难、那么怕呢! 其实,没什么了不起的,一猛劲儿,把她们都能追过去;照这样干他个一年半载的,当个劳动模范又有何难? 她越想越得意,恨不能唱上几句儿,越得意干着越来劲儿,一眨巴眼睛又冲出好远了。

妇女们忽然呼喊起来了:

"二队的上来了!"

"嗨,她们干得真冲啊!"

二队的妇女在焦二菊带领下,正在肩挨肩,头并头地往前冲着。

"嗨,一队的同志,敢挑战吗?"

"来呀,割得快还得割得净哪!"

"一会儿互派代表检查!"

孙桂英看着这热闹场面,心里更乐。她觉着这比逛庙会、赶大集还有意思;跟孤孤零零地闷在屋里一比,更不是一个滋味儿了。她转回头,非常神气地喊:"福奶奶,跟她挑战,怕什么呀!"

福奶奶在她前边答话了："挑，挑！焦二菊，你们要是输了，可得给我们唱个歌子听啊！"

焦二菊也喊开了："没问题。你们要是输了，得给我们扭个秧歌舞！"

孙桂英这才发现福奶奶割到自己前边去了；别的人早就大老远了，只能看到她们一起一伏的红的、白的、花的脊梁背，再看不清谁是谁了。她忽然有点着慌，猛劲儿割了几镰，手掌心像扎了几根针。

人们全都不喊不叫了，全都闷头儿使力气，满地里除了一阵一阵飞过去飞过来的麦黄鸟儿叫，光剩下一个声——"嚓、嚓、嚓……"

孙桂英被丢在大后边了。

麦子影儿转了，太阳高了，好像一盆热火炭。

孙桂英满脸流汗了。她抹了一把，抬头看看大老远的人，低头割了一镰；心想：该歇歇了吧？怎么他娘的这么热呀，也不来点风！

风来了，一股一股的，好像揭开了锅盖，全是热气。

孙桂英直了直腰。她喘了口气，根本看不到前边的人影儿了，又弯下身割了一镰刀，心想：该打打尖，吃点什么了吧？怎么他娘的这么饿呀！

毒太阳晒着，热地皮烫着，胳膊、脸上被麦芒儿扫过，又被汗水一浸，像刀子割，像针尖儿扎，疼极啦！

孙桂英咬着牙、憋着劲儿割呀割呀，远处好像有人喊她，喊她"妈妈，妈妈"！对啦，孩子这会儿找妈吧？渴了没有，饿了没有，摔着了没有？

福奶奶从对面割回来了。

"福奶奶，您怎么割我这垅呀？"

"我接你一截儿。"

"我行,我行,一会儿就追上啦!"

"你头一天干活儿,干得这么麻利、这么快当,真叫不简单呀!"

"您不接我,我也能赶上去。"

"初学乍干,可不能硬拼。"

一伙子妇女也割回来了,分截儿帮着割孙桂英剩下的那一溜儿孤单的麦垄儿。

"休息一会儿吧!"

"哎,休息啦!"

妇女们呼喊着四散开了。有的奔地边的大树,有的奔山坡下的土坎子。年轻人不怕热,也不觉累,就满地追赶被惊起来的野兔子和鸟儿。

这会儿,就是有树叶儿那么大的一片阴凉,孙桂英也要往底下钻。

福奶奶说:"连福家,半晌午了,你回家吃点东西吧。"

孙桂英还嘴硬:"不,不,还没有收工哪。"

福奶奶说:"队长关照过,头几天让你多歇一会儿,该回家看看,就回家看看。"

"我不累,一点儿也不累!"

"你不累,也该看看孩子呀!"

"对啦。那孩子压根儿没有离开过我,准哭哪。我去看看,再回来。"

"多歇歇再回来,不用急。"

孙桂英搬动着两只木头似的大腿,绕着麦个儿、麦垄儿,往村子里走。她怕别人知道她半路上收兵,更怕别人问,就躲着走,而且假装轻松自在。

躲也没有躲过,一簇麦个子后边蹿出了焦二菊。

孙桂英这下可傻眼了:遇上别人还好说,怎么偏偏巧巧地遇上个她呀！她是个张飞的鼻子李逵的脸，舌头又比刀子厉害，她要一吵一嚷，全世界都知道了。

焦二菊已经到了跟前，好像要花钱买，眼睛带着钩子瞅孙桂英。

孙桂英着急地搜寻有劲头的词儿，好把焦二菊就要说出来的挖苦、嘲笑的话顶回去；立刻又拿出一副"早有准备，来了就干"的架势。

焦二菊开口了："哎，孙桂英，今天干得可真不赖呀！"

孙桂英没有准备"顶"这一手的材料，怎么说，又怎么答呢？

焦二菊继续说："不管干得多，还是干得少，你这个无产阶级，总算给咱们这神圣的事业贡献一点儿力气了。赶上开会，我得代表妇联会表扬表扬你。"接着，又用她在《党员课本》里学的话，给孙桂英鼓开劲儿了。

孙桂英见焦二菊说话的神态和语气，全没有藐视或者讽刺自己的意思，而是非常热情和认真，一时倒有点儿像小姑娘见了生人似的害起臊来。

焦二菊说："就这样干下去吧！不蒸包子蒸（争）口气，给咱们穷人，给咱们妇女争口气。只要是你们两口子一转变，咱们东山坞的贫下中农就全都成了摔得脆、叫得响的硬汉子了。"说着，要拉孙桂英的手，"来吧，这儿凉快，还有绿豆汤喝。"

孙桂英一皱眉，抽开手，说："我回家看看孩子，马上就回来。"

焦二菊说："你这手起泡了吧？"

孙桂英张开手掌一看，自己也吓了一跳。

焦二菊说："快回家用醋调点石灰敷上，千万别用针挑哇！"

孙桂英点着头："嗳。"

焦二菊拿过孙桂英的镰刀一看，说："怪不得，你这把镰刀太笨了。真是什么人使什么家什。快拿我这把使去吧。"

孙桂英怪不好意思:"这怎么行呢?你这镰刀这么快,换我这钝的不耽误你的活儿呀!"

焦二菊说:"我比你有劲儿,快不快的也耽误不了。快乖乖地拿着吧。"

孙桂英接过镰刀说了声:"谢谢啦。"就朝村里走。

焦二菊回到麦子垛那边,妇女们夸奖这位代理妇女主任很会心疼和照顾妇女。

焦二菊说:"心疼她、照顾她,为的是换她的真进步、真积极,可不是收买她——你们大伙儿作证,我只借给她一把干活儿的镰刀,没答应她别的。"说着,自己倒先笑了起来。

周围的人谁都不知道这句话里边的典故,对她的一番解释当然是莫名其妙了。

这工夫,孙桂英已经走进街口。这截儿路本来很短,今天却觉得非常长,迈一步都艰难;不是家里的孩子勾着她的心呀,哪管它泥还是水,找个地方躺一下再说!

马凤兰从一条小路上插过来了。她是到老坟地那边割麦子的,离这里挺近。原来她一边干活计,一边用眼瞟着孙桂英,等空子,找机会。她想:孙桂英到地里,干不了一阵儿,就得受不住,就得要赖,那伙子一定得整治孙桂英,她就可以顺水推舟了。等啊等啊,那边地里一直没吵闹,倒是孙桂英独自一个人先走了。她急忙收了镰刀,抬腿就跑。马长山问她什么事儿,她假装疯魔,说什么犯妇女的病,不能跟他们男人说,闹得马长山那脸一红一赤,也不好再问她了。

马凤兰截住了孙桂英,上下打量着说:"桂英,累坏了吧?我早起怎么说的,不让你逞能,你偏逞能!听这些人的胡话干什么,他们没好心,专给人空桥走,打发秃老婆上轿就不管了,哪还惦着你的死活呀!"

孙桂英只管往前走，不理她。

马凤兰追着说："唉，真不知道心疼人，把人家妇道人家当牲口使；要是连福知道了，得气成什么样儿呀！"

孙桂英还是不说话儿。

马凤兰说："下午请假吧，尝尝味儿得了。你不好说，我让马主任替你说一声。还装模作样的瞎逞能哪，我看你倒在炕上就爬不起来了……"

孙桂英的确感到自己有点儿支持不住了，头昏脑裂，浑身发软，两腿打颤。她想：劳动这份苦是不好吃，下午是得请个假，明天……要不，就找克礼说说，到场上去，场上总是轻快一点儿，也有个阴凉，离家近，看个孩子也方便；要不，干脆，等着过了麦秋，活儿轻点再干……

马凤兰追着她说："假好请，你就说来了月经，一遮就遮过去了。他们真敢再逼你去呀！敢逼，就敢吵！"

孙桂英用很大力气才喊出一句话："走，走，你不用理我！有腿有嘴，请假我自己会，用得着你呀！"

马凤兰说："真的，下午别来了……"

孙桂英说："下午不来？上午我也不来了，早有人准我假了。"说着，要加快脚步，差一点儿摔倒。

马凤兰捧着肚子，哈哈哈地大笑起来。早起留下来的最后一种笑，这会儿才用上；笑完之后，琢磨琢磨滋味儿，心里猛地一动，急忙转身往地里跑。

孙桂英把孩子抱回家，倒在炕上真不能动窝儿了。

院子里忽然有人喊："桂英呀，在家没有哇？"

妈妈的到来，使孙桂英吃了一惊。

她把累呀乏的全忘了，丢下孩子，连忙不迭地跑到门口迎接："妈，您来了？"

81

妈妈一边朝里走,一边端详闺女:"你好像比春天那工夫瘦了好多啦?"

孙桂英说:"马上就会胖起来的。"

"你闹病了?"

"没有。"

"日子有什么不随心的?"

"没有。"

母女俩进了屋。在撩门帘子的时候,孙桂英偷偷地揉了揉眼睛。

妈妈抱起炕上的外孙子,又是亲,又是耍,喜欢得不得了。

"妈,您怎么想起看看我们来啦?"

"要不早来了,家里的事儿脱不开手。"

"快放下他吧,怪累的,歇一歇。"

"不累,骑一道驴,到小石桥子上才下来,累什么呀。"

"哪的驴呀?"

"就是那个捎信的小伙子牵去的。"

"哟,谁给您捎什么信去了?"

"就是叫我来呀!"

"啊? 有人打我旗号叫您来的?"

"怎么,你没叫我来?"

"噢,噢,叫了,叫了。"

妈妈从小包里掏出几个隔年的胡桃、半熟的杏子,塞到外孙子的手里,忍不住夸奖起来:"捎信儿的小伙子可真好哇。真是个天下最好的人。进门就大娘长大娘短,瞧人家说的那话儿,全是家常话儿,句句都有个礼节儿,听得人心里舒坦极啦。"

孙桂英心里纳闷极了:这是谁呢? 又是什么用意呢? 跑到这么远的地方专门替自己接妈妈,还牵着驴,还说好话儿,莫非说又有人在自己身上下了什么圈套儿？这一回可得小心一点儿了，再不能当坏人的枪杆子使！

妈妈还在那儿又得意又感激地说着："我不想来，人家不慌不忙，不紧不慢地劝我，真是受人之托，办自身之事。几句话儿，就把我的心眼儿说动了。你不知道，咱家那门楼子，头几年就该抹抹了，你爸爸那个老积极，跑到工地上给大伙儿去当伙夫，我笨手笨脚，蹬梯子爬高的事儿，哪儿办得了？求人吧，人家都正大忙忙的，哪好意思开口哇。凑巧，西头你婶子西院的那个小三从工地上回来取东西，不知怎么听说了，张罗傍晌的时候帮我抹抹。好不容易找到个人，我又走了，怎么行。我一提，人家那个小伙子真热心肠呀。大娘，我帮您抹。说干就干，那个利索劲儿，就不用说啦，那个巧劲儿，更不用讲了；转眼之间，把门楼顶抹得像玻璃砖镶的。我看三里五村也找不出这么一把能手！"

老太太把那个帮她抹门楼的人从头上到脚下，从挑水和泥，到一抹子一抹子抹泥，夸了个遍。

孙桂英越听越纳闷，越怀疑，心里真是一个大疑团。

老太太还是夸："一路走，跟我说一路。过去穷人怎么苦，富人怎么坏，新社会怎么好，农业社怎么有优越性。妇女应当怎么提高啦，你们东山坞将来要建设成个什么样儿啦，这个那个，说了一大堆。真好听。听一路，我都没有听够。还说天下穷人是一家，人家办的事儿，真像是一家子人那么亲。还嘱咐我把这些话都给你讲讲。等我歇歇，再给你说……"

孙桂英忍不住问："您怎么没让他进来呀？"

妈妈拍着手说："把我扶下驴就要走，我怎么拉他到家坐坐，他也不肯来，应该管人家吃顿好饭。"

"您问他叫什么啦？"

"哟，一个庄的人，叫什么你还不知道？"

"庄大,不是一个街的,叫不出名来。"

"瞧,我也没问,就知道他姓萧。"

这个"萧"字,把孙桂英吓了一跳:"他,是他?"

妈妈也愣了:"哟,你这是怎么啦?"

孙桂英故意笑笑说:"妈,您知道他是什么人吗?"

妈妈说:"不知道,反正好人。"

"人家是支部书记。"

"啊,支部书记?真不得了,你们庄有这么个支部书记?不是马,马,就是你表姨夫吗?"

"去他妈的吧,他是个大坏蛋,去年秋天就下台了!"

"有这么个支部书记,你们可真福气。怪不得这么爱护人,敢情人家是党员哪!共产党里边是好人堆儿。"

孙桂英呆呆地站着,这一眨眼的工夫,有多少事情,带着不同声音和色彩充溢在她的心头。她两手捂着脸,"呜呜"地哭起来了。

妈妈吓了一跳:"桂英,桂英,你这是怎么啦?"

孙桂英抽抽搭搭地说:"我拿小人之心,度君子之腹了……我造了大罪、大孽呀!我对不起人家呀!连福也对不起他呀……"

"没头没脑儿,你说的是谁呀?"

"就是萧支书……"

第九十九章

党支部书记萧长春这会儿把小毛驴拴在桥边一棵小榆树上,让它啃草吃,自己爬上坎子,奔到正割麦子的人群里,找到了福奶奶。

福奶奶瞧见他,问:"哟,这么早就回来了。"

萧长春说:"早赶回来,好干点活儿。"

福奶奶见萧长春左瞧右看,又问:"你找谁哪?"

萧长春说:"孙桂英不是下地了吗?"

福奶奶说:"刚走的……"

萧长春不由得打个愣:"干半截儿就走了?"

福奶奶说:"是我让她回去的,吃口东西,看看孩子,就手歇一歇;她还咬着牙,不想回去哪。"

萧长春这才放下心,说:"头三脚难踢,咱们得生着法儿帮她闯过来呀!"

福奶奶说:"这个你就放心吧,我们娘几个捆到一块儿,怎么也管得住她。"

萧长春又问了问孙桂英都说什么了,有没有人找过她,随后,就满意地转了回来。一边走,一边想着福奶奶刚才谈的情况,想着在做孙桂英的工作上,还会出现什么问题,以及这个浪荡女人一旦回了头,将会是个什么样子。

他走着,想着,快到小桥头的时候,远远地又瞧见了马志德小跑着从街口走了出来;就想,应当抓这会这点空子,跟这个地主的儿子谈几句,摸摸他的心思,好加紧做他的工作。

马志德奉了喜老头之命,到饲养场牵马套碌碡;马老四没有在家,到河边给病牲口灌药去了。在那儿替马老四看牲口的萧老大让马志德拉上一个走,这个小伙子细心得有点儿过分,宁肯多跑几步路,也要亲自来到树林子里找到马老四说一声,回头再牵牲口。

两个人在桥头上走了个碰头。

萧长春先招呼他说:"志德,你这两天一直在场上干活儿吗?"

马志德连忙说:"是呀,队长让我在场里,喜爷爷也说,我留在场上,好替他跑跑腿。"

于是,他们从家常话谈开了,谈到村子里的斗争,谈到了国家大事。

萧长春谈得多。他的神气,可以用"泰然自若"来形容。他有信心把这棵年轻的苗子,从黑色的包围里挖出来,移植到红色的土壤上,让他为东山坞的社会主义建设事业作出他应当作出的事情。他这股子自信是惊人的。他骄傲吗?不,因为他相信党的政策的力量,他相信阶级的力量,他的信心是从这儿来的;对于这种力量,他不会有任何一点儿怀疑。

马志德说的很少。他的神态,可以用"心空胆虚"来形容。他对自己没有什么信心,对别人更没有什么信心;在生活里,他没有什么追求,更谈不到什么理想;如果硬要他说出这些,他只能告诉你,他希望平平安安地过日子。

萧长春看到了他一点心思,他把他们东山坞的前途,社会主义的前途,把他的理想和计划,全都详细地告诉了马志德;也把党组织对马志德这样人的政策、期望告诉了马志德。最后,要结束这场交谈的时候,他又说:"志德,我再告诉你一条根子。明明白白讲,我们永远不会忘记地主富农是我们的敌人,我们恨他们,要跟他们斗争到底,这是永远都不会含糊的事儿!"

马志德低声说:"这个我清楚。"

萧长春继续说:"我们把地主、富农当敌人,我们恨他们,还要跟他们斗争,倒不是单单因为他们过去剥削过我们,他们坑害过我们,他们把我们世世代代压迫得直不起腰来。不单是为这个!"

马志德看了萧长春一眼,好像说:那又为什么呢?这句话他当然不敢问出口。

萧长春说:"老仇是可以清算的。也土改了,也斗争了,他们要是低头认罪,重新做人,我们为什么还要跟他们为敌呢?问题就在这儿。他们不低头,不认罪,不甘心失败,还想再把我们拉回旧社会,再从头剥削我们、坑害我们、压迫我们,总是钻空子想跟我们较量;旧恨新仇加在一块儿,我们能不恨他们,能不跟他们斗争吗? 一句话,是他们要至死跟我们当敌人,逼着我们,非斗争不可呀!"

马志德觉着,这几句话倒是头一次听到;那么,自己的爸爸,是不是这样的地主呢? 爸爸的心里说不低头,不认罪,可是他已经老了,快要死的人了,他还能干什么坏事儿,还有什么盼头,硬要当新社会的敌人呢? 如果光是心里想,又没干出来,也不会干出来,还得当敌人看待吗? 他要是敢破坏,当然应当跟他斗争;可是,他光是嘴巴说说,谁不兴发几句牢骚呢,牢骚不等于事实呀! 对只发牢骚,没干坏事儿的地主爸爸,自己这个当儿子的,又该怎么办呢?

萧长春并没有把马志德这一点心思全看透,又说:"我再把刚才的话重复一遍。志德,我们没把你跟你爸爸划在一块儿,你呢,也不要糊糊涂涂地把自己跟他划在一块儿。他的命不长了,你的道儿还长远着哪!"

马志德喃喃地说:"我愁就愁这个。在一块儿住着,在一个锅里吃着,这个界限不好划。"

"好划,从思想划。不论办什么事儿,你总想着:我是新社会的青年,我要社会主义,我得跟贫下中农站到一块儿。这样,是非就容易清楚了。"

…………

这边两个人谈着话儿,坎子上走过马凤兰。这个胖女人转到自己干活儿的那块地边上,一想,那边全是男子汉,不好起哄,就想起另一个组,那里有把门虎、瓦刀脸这伙子人。只要告诉她们,干部答应孙桂英每天只干一阵儿活就可以收工,这些人就会吵吵起来,也得要求这样的照顾;干部要是不答应,那就成乱子了。乱子一起来,让他们结仇作恨,自己可以借机会脱身——唉,这一天多可把她晒得够呛,也累得够呛,她可不能再干了……

她沿着河边走,越想越得意,忽然瞧见自己的叔伯兄弟跟萧长春站在一块儿,而且站得那么近,说得那么热,不由得大吃一惊。昨个马之悦看到这个苗头,马上对她说了,当时她并没有往心里去;一看这情形,倒觉着事非小可,真应当留神了。她想往跟前凑凑,听听他们到底儿说些什么,又怕让萧长春看见,这个人可不是个好惹的。正在她为难的时候,身背后又传来一串笑声。

玉珍一边追着,一边笑着,一边喊:"嗨,让我挑一截儿呀,你怎么包办了!"

李秀敏一边跑着,一边笑着回过头来说:"这回让我挑,下一回再轮你!"

"下一回你又抢了,真狡猾!"

"嘻嘻……"

"别跌跟头呀!"

"跌不了。"

"跌掉下来,我可赔不起呀!"

"掉下什么来呀?"

"你肚子里长着的,你自己还不知道吗?哈、哈、哈!"

马凤兰拦住了跑在前边的李秀敏:"你怎么还不回家做饭去呀?"

李秀敏爱答不理地说:"谁这么早就做饭,疯了?"

"人家有人早就回去了……"

"我看只有你,我跟你根本不是一路!"

马凤兰心想:糟糕,这娘们也变了,不能跟她说了;玉珍是队长的媳妇,让她听见,准得找上病;想到这儿,又假惺惺地说:"你往地里挑这么重的水桶还行呀,快让玉珍挑着吧。"

李秀敏说:"谁挑着不一样!"

马凤兰:"你不是有身孕吗,这可不是闹着玩的事儿;大伙儿也得照顾着点儿,这是性命!"

李秀敏脸一红，大步地跑了。

玉珍追着李秀敏，看了马凤兰一眼，没吭声。

马凤兰心里猫儿抓地一样，又气恼，又嫉妒，又担忧。她想：这两口子真要变坏，看样子李秀敏比马志德坏得厉害；她要是坏透了，马志德还保险吗？得赶紧想办法给他们治病。她这么想着，又朝坎子边上移了几步，扒开树枝儿朝下看看，桥头上的两个人全没影儿了；又听见树林子里有人说话，萧长春在那儿。对，赶快到地里找几个人，跟他说理；昨天在场上，是他包下孙桂英的，得给他一点颜色看看……

党支部书记替马老四当家，把马志德打发走了，独自来到树林子里找到了马老四。

老饲养员马老四和放羊的哑巴正在这里忙着。一头红骡子被拴在白杨树上，哑巴用胳膊夹着骡子的脑袋，两只手掰着骡子的嘴；马老四一手提一只大海碗，一手拿一把长把的饭瓢子，用瓢子把儿的一头往骡子嘴里灌什么。

萧长春牵着毛驴走过来，问："四爷，骡子怎么了？"

马老四说："病啦，给它灌点药。"说着，把瓢子里的药给骡子灌到嘴里去了。

"挺重？"

"不轻。"

"怎么在这灌药哇？"

"就手遛遛它。"

哑巴也"哇啦，哇啦"地叫开了，好像帮助马老四回答萧长春。

马老四一回头，看见萧长春手里牵着的毛驴，问："怎么你给送回来了？"

萧长春说："我跟道满一道去的。"

马老四说："我占着手，你把鞍子给卸了，先别饮水，让它在那边光溜地方打个滚儿,在树林子里啃啃草,一会儿落落汗再让它喝水。"

萧长春照着老人的吩咐,给毛驴卸了鞍屉,又把它拉到一块空地方。

小毛驴用鼻子擦着地皮闻了闻,转了小圈子,才把四条蹄腿一弯,卧下了。它在松软的土地上舒服地打着滚儿,地上掀起一股子烟尘。

萧长春这会儿才想起来,从打那天晚上闹事儿,他还没有跟马老四单独见过面儿。孙桂英办的那宗丑事儿,老人家知道不知道呢?萧长春把所有知道这件事的人都嘱咐过了,不让告诉老人,免得他着急上火;也许瞒住了,要不然,他早就跑去跟孙桂英吵了,也会找自己说道说道,就算不得工夫,这回见了,也得跟自己闹一通。那么,总瞒着他呢,还是瞅个空子,跟他说说呢?还是自己跟他说说好,顺便也就把他劝了:别人传话,容易走板,也容易把过去了的事儿重新挑起,给这样一个正直而又体弱的老人增加精神上的负担。

他想到这儿,使劲儿抖了抖缰绳,把毛驴赶起来,牵着走到马老四跟前来。

马老四把最后的药底儿倒进骡子嘴里,跟哑巴比划,让他先别松手,等药水往下走走;又转回手,一边在围裙上蹭着手上的药沫子,看了萧长春一眼,问:"长春,你怎么好几天不上我那饲养场里去了?"

萧长春说:"过了集不就收麦子了嘛!"

马老四说:"喝,你倒装得挺像!你当我是聋子呀?"

萧长春有点儿慌了,故意问:"您又听见什么了?"

马老四说:"你还瞒着哪?我全知道啦。第二天起早,我就知道了。"

萧长春说："过去了,过去了!"边说,边等着老人家爆发怒火。

马老四却没发作,倒是嘿嘿地笑了："我知道你提防着我哪。放心吧,要吵要闹,那天我就找她个臭娘们去了,还能等今天呀?人家告诉我那会儿,我就说,我不管,长春有本事,他会处置得妥妥当当,我信得住他。"

萧长春松了口气,也陪着笑笑。

马老四说："听说她今上午到地里干活儿去了? 你还把她妈给接来啦?"

萧长春说："您都知道啦?"

马老四说："没告诉你吗,我不是聋子。长春哪,往后再有什么事儿,你不要瞒着我,我不会再发火闹脾气了。从打你跟连福闹了那场事以后,我也跟着大伙儿提高了呀。那会儿我就看出来,你有办法,你对什么样的扎手事儿,都有办法。就按着你想的那样子办吧。你们要是能把这个娘们改造好,连福也好改造了,这可是一件大功劳。这会儿,我最怕白费了你一片好心哪!"

萧长春感慨地说："四爷,我还记得我从工地上回来那天,您在河边上跟我说的那句话。您说:咱们这个社会最能感化人,不管你怎么不开窍,都能把你感化过来。咱们这个社会为什么能够感化人呢? 用什么感化人呢? 头一条,我们有党中央的政策方针,这个政策方针最英明最正确,最符合大多数人利益,也最经得住考验;第二条,在党的领导下,我们拧成一股劲儿斗争,不断地得到胜利,这是最实在的,最能让人信服的;第三条,就是我们耐心的说服动员工作。您说的感化这两个字儿,就是这个意思,对吗?"

马老四笑着点点头："对啦,我就是这么想的。"

萧长春说："我们不光可以把连福、孙桂英这些人教育过来,韩百安这类的人迟早也要被咱们教育过来,连地主家的儿子、媳妇,我们也要把他们教育过来。把消极的变积极的,壮大社会主义革命的力量。咱们眼下的工作,就是这个。"

马老四点着头:"行,四爷给你保险,你能干好!"

萧长春刚要说什么,忽然从河那边的坎子上传来一片女人们的吵嚷声。

河那边的坎子上,有一块白薯地,马凤兰领着把门虎、瓦刀脸一伙子妇女,像一群大蚂蚱似的在白薯垄里蹦蹦跳跳,想绕过这块地,奔小桥子。

福奶奶、玉珍、志泉媳妇,这一伙人,在后边追她们。

马凤兰一边蹦跳,一边纸糊的驴大嗓门儿喊叫:"这是合理要求,不答应不行! 不答应,我们也要罢工了!"

福奶奶追在后边跟她喊:"什么合理要求! 大麦收的时候,有这么早收工的吗?"

把门虎说:"兴孙桂英早收工,也得兴我们早收工! 大伙儿全是正号儿的社员,没有副号儿的,要照顾都得照顾,不能有厚有薄!"

瓦刀脸说:"她家有活儿,我家也有活儿;她有孩子,我们也没断子绝孙;全是妇女,有什么两样?"

福奶奶背后那伙子年轻妇女,都气得满脸通红,也帮着福奶奶跟这群胡搅蛮缠的人讲理:

"人家孙桂英请一会儿假,一会儿就回来!"

"孙桂英有吃奶的孩子,你们要求照顾,你们有吃奶的孩子吗?"

马凤兰说:"不用骗人,孙桂英亲口说的,每天只干一会儿,就回家歇着!"

把门虎说:"她回家歇着,我们也回家歇着。她是千金小姐的身子,我们也不是铁打的罗汉!"

瓦刀脸说:"你们能让她特殊,就不照顾我们一点儿? 你们是软的欺负硬的怕,光便宜你们贫农,这叫平等吗?"

马凤兰又加一句:"支书昨天在场上口口声声说包了她,就这样包哇? 他在树林子里,我们找他说理,看他有什么话回答我们!"

福奶奶说:"找谁说理,也有理在:一个第一天出来干活的人,家里又有小孩子,趁着休息,回去看一看,也不为过。"

玉珍说:"快让她们去吧,好让支书给她们一点厉害的尝尝!"

志泉媳妇说:"让支书把这群安心调皮捣乱的家伙整整!"

…………

萧长春已经听出了眉目,就大步地朝河边上走了过来。

马老四端着药碗,也跟出树林子。

也就在这个时候,玉珍又喊了一声:"福奶奶,您看!"

福奶奶朝小桥头那边一看,乐了,冲着马凤兰说:"说你造谣,你不承认,看你们还搅不搅吧!"

孙桂英胳肢窝夹着镰刀,高高兴兴地走过了小石桥。她没看见这边的人,也不知道这儿又掀起一场小小的风波;更不知道,这风波跟她的关系;她一直奔那块割了半截儿的麦子地了。

把门虎和瓦刀脸见势不妙,瞅冷子就来了个向后转,也赶紧奔向麦子地里。

福奶奶背后的妇女们更加理直气壮了,她们一拥而上,围上了马凤兰:

"这回你还说什么? 造谣没造谣?"

"你凭什么说孙桂英亲口跟你说她每天只干一会儿活?"

"走,找支书去,这回不能饶了你!"

马凤兰张口结舌,想要逃跑。

玉珍把她扯住了:"想跑? 没那事儿!"

"坦白!"

"不坦白斗争她!"

福奶奶说:"先让她干活去吧。看她好好干不?好好干,饶她这一回,下不为例;要不好好干,晚上收了工再跟她算总账!"

马凤兰"夹着尾巴"跑了。

萧长春看看马老四,两个人都没有说什么,又相跟着回到树林子里去了。

第一〇〇章

马小辫被派到他家老祖坟那块地里劳动了。这真是冤家路窄呀!

这八九年里边,除了遇到非要到这儿来不可的事儿,马小辫很少朝这儿迈脚步,连清明节,他都是找一个僻静的路口烧几张纸儿,略表一点心意拉倒。他不愿意这样子见他的老祖宗,也不敢这样子见他的老祖宗。从打他家起了"积福堂"这个堂号起,五代"富贵",一代比一代土地多,一代比一代长工多、放债多、囤积的粮食多;可是到了他这辈儿,"哗啦"一声,全败了!他觉着没有把祖宗留下的东西发展起来,保持下去,就是天下最大的不孝。从狮子院搬到现在住的这几间茅屋草舍的那天晚上,他冲着天上的星辰发过誓:什么时候恢复了祖传的基业,报了仇,雪了恨,再来拜见他的老祖宗。

今天,他被人家逼着来了。开头,他并没有想到,也没有发觉自己已经来到这块"禁地"。他跟在六指马斋的屁股后边,忍怒含恨,不声不响地割了一阵儿麦子,割到地边子上,忽然在一丛酸枣棵子里发现半截儿石柱子。他认识这个石柱子;上边的"堂"字儿只剩下一半儿,"茔界"二字还清楚可辨。他忍不住地直起身来,朝北边望了一眼。收到眼里的仍然是黄灿灿的麦子,那几个塌陷的土堆子已经被麦浪淹没。瞧瞧，马家的富贵、威风，真正成了一扫光！

过去的马家祖茔是东山坞的一景呀！这地方左靠青山，右傍泉水，坐落正中的那个大石碑正冲着东山坞的村北口，也跟正南边的柳镇遥遥相对。为了踩这块坟地，他家搬动了上百个风水先生，最后才选了这块地方。靠山是为了"根深蒂固"，傍水是为了"财源茂盛"；冲着东山坞的村北口，村里的人吃饭冲着它，点灯也冲着它，正中的石碑就刻上了这样两行大字："日受千桌供，夜得万盏灯"，意思是庄稼人吃饭是给他家上供，点灯是为他家增光；还有一个长远打算，将来南去二十里的柳镇都要变成他家的奴才。那时候，行人走到离村五六里地，就能看到这儿黑压压一片，就能听到这儿的松柏涛声。……那是何等的气势呀！马小辫常对他的儿女们说：他家之所以一直是地主，一直是吃香的、喝辣的、穿光的、铺软的，都因为这块坟地的风水好……

歇间的时候，马小辫趁着没有人留神他，弯着腰穿过几条麦子垅，悄悄地来到坟地里。唉，不见祖宗不难受，这一见哪，真叫惨！最刺他眼睛的，是那几个露在土皮外边的树墩子，几个积上土、又长了草的碑座儿，还有几条被犁铧刺开的、已经长了青苗的垅沟。深仇大恨，一古脑儿地涌上他的心头。

他想起那一片参天的松柏树，如今连一根杈儿、一片叶儿全没有了。土改那年，树木分给了十几家没房子住的贫农户。马小辫害怕穷人放了他的树，破坏了他家的风水，就求马之悦给他讲人情。当时马之悦威信还不小，加上分树的人家有几户姓马，怎么说也好办；惟独那个萧老大，说什么也要放树。他说："长春说话就要成家了，没个屋住不行啊！"马之悦说："这是咱东山坞一景，还是留下好。"萧老大说："观景总没有住房子要紧呀！"……就在这一天中午，萧长春带着一伙子民兵，又锯又砍；不光把他家分的那几棵砍了，还把几个没人手的穷人家分的也帮着砍了。这一下开了头儿，没几天就把整片的大树给砍了个精光。当时，马小辫听到那锯木头的声音，真想拿着刀子，跟萧长春拼一个死活。他的侄女婿马之悦把他拦住了。从此他大病了一场。他说：这是祖宗对他的警告。

他想起那三座并排而立的石碑，那碑上刻着的大字儿，如今，连个影子全没有了。去年东山坞遭了水灾，萧长春领着一伙子人在北边山口垒拦洪坝，要用大量的石头。马小辫听说他们打那几块石碑的主意，非常害怕，就托马立本转个弯儿阻止。当时正是排水、耕地的紧张时刻，人们没有工夫到山里开石头，有现成的用了，谁还舍近求远哪？特别是萧长春，还把马立本批评一顿："这边是山水口，正冲着那几块好地，不垒结实，再来一场雨水，这一片地全都得淤上沙子，就废了。你不为生产想想，怎么还有闲心琢磨这个呀！"马立本说："这碑是清代的，是古迹，应当保护。"萧长春说："那上边刻的字儿全是骂我们穷人、给地主搽胭脂抹粉的，我多会儿看见多会儿生气，早就该推倒它。眼下正好废物利用。"就在这一天下午，萧长春带着一伙子社员，把石碑全给搬倒了，抬走了。马小辫远远地看着那些抬石碑的人，真想拿起菜刀，跟萧长春拼一个死活。他的侄女马凤兰把他拦下了。他又病了一场。他说：这是祖宗对他的惩罚。

仇哇，恨呀，马小辫从九年前就跟支部书记萧长春结下了！

他围着青草铺盖的坟堆堆绕了几个圈儿，忍不住地掉下几颗伤心的眼泪。

忽然，从大坟后边走过一个人来，他一边系着裤带，一边朝这边张望。

马小辫先是吃了一惊，随后认出是瘸老五，而且断定他是刚刚拉完屎，所有的怒气全冲上来了，黄着脸，拍着两只手说："你，你，你怎么到这儿寒碜我来了？"

瘸老五连忙说："我没在这儿拉,在那边儿,从这儿路过……"

马小辫还瞪着眼睛喊："你在那边,臭味儿就不往这边刮吗? 你知道不知道,坟茔是阴宅,是我祖宗住的地方,你脏了他,就是脏了我呀!"

瘸老五说："我在北边拉的,南风,怎么能把味儿刮过来呢? 再说,我拉完了,就用脚蹚土埋上了。"

马小辫把火气稍微往下压了压,痛苦地说："不论怎么着,你也应当到远一点的地方拉去;不看死的,看活的,看在咱们的交情分上,你也别跟他们扯伙儿欺负我呀!"

瘸老五说："您越说越把话说远了。我是谁,您是谁,咱们是患难之交,同舟共济还来不及呀,哪还谈到什么欺负不欺负的。您不信去看看,我明明是拉在沟里了……"

马小辫又一愣："什么,那边还有沟啊?"

瘸老五说："就是去年支书领着排水挖的沟呀!"

马小辫叫了一声："妈呀,在我祖宗阴宅上挖沟了?"

瘸老五说："为了六月连天往金泉河里排水,连福想平上种庄稼,萧长春都不让。"

马小辫再不顾多说,踉踉跄跄地绕过老祖坟,果然瞧见一道深深的土沟横插在他的祖茔地中间了："天哪! 我这坟地是四四方方一块儿,这不割成两半了吗!"

瘸老五说："幸亏没有挖到坟……"

马小辫跺着脚："敢! 敢! 反天了? 挖坟灭祖,那还了得! 要那样,不用说之悦、凤兰,就是天老爷下来,也拦不住我,我不拼了命才怪!"

瘸老五左右看看说："您小声一点儿。"

马小辫摇着脑袋,绝望地说："唉,活着的人不给活路走,死了的人也不给死路走,连秦始皇都没这样对待过咱们这号人,他姓萧的算把事儿全干绝了!"

瘸老五陪着叹气,说:"别说你们财主,就是我这做小买卖的,不是也没有路儿走吗?亘古至今,哪有做买卖的人不赚钱的?赚钱的买卖人哪有不在分量上求点财的?又哪有不买贱卖贵和掺点假的?可好,这一套全不行?往酒里掺了半碗水,罚了我十碗酒的钱,还不让我代销了;要不是马主任疏通,我那小铺也关了。您说,我有路走吗?"

马小辫又叹息一声说:"看看走到什么地方才是一站,我要睁着眼睛看一看。"

瘸老五劝他说:"快了。您也别光为一点小事情动肝火。得忍一忍,还得往长看。"

马小辫立刻明白了瘸老五这话里边的意思,也领会了这番好心,怪自己不该因为自己人拉了一泡屎就翻脸,苦笑了一下,说:"上年纪的人了,让他们把我欺负得满腹怒火,又不敢冒,跟自己的人见了面,免不了就露出一点儿来。唉,有火不对自己人发,敢冲人家来吗?还没到那一天呀!"

两个人唉声叹气了一阵子,听见地边子那边马长山喊人们喝水,就分成两路,一个往东绕了个小弯儿,一个往西绕了个小弯儿,回到坎子上。

那些被太阳晒红了脸,又被汗水洗了身子的社员们,聚在地头上说笑着。有的蹲着,有的站着,有的躺在草坡子上了。他们见马长山把水桶放在那边,就都围过来拿碗舀水喝。

马长山一边用帽子扇着风一边说:"碗不多,大伙儿轮着使吧。哎,别使瓢子喝,那是舀水用的呀!"

"这会儿要来个大西瓜,那可就真来劲儿了。"

"美的,要来瓶子汽水不就更来劲儿啦!"

马长山忽然看见坐在地上的韩百安腿底下压着一块木头橛

子,就问:"大叔,您这是从哪儿弄来的呀?"

韩百安说:"拾的,带回家烧火使。"

旁边人讽刺他说:"真会过日子,做活儿还带着拾柴火哪!"

韩百安认真地说:"扔在那儿也是糟了,多可惜了儿的呀。顺手拾起来,有啥不好呢? 别看一根,做饭缺这一根,就开不了锅。"

马长山从韩百安腿底下抽出来一看,着急地说:"唉,这哪是什么柴火呀,有用的!"

韩百安连忙说:"是我捡的。刚才我到坟地上转个弯儿,见它在地下插着,差一点儿把我绊个跟头,我就把它拔下来了。"

马长山说:"这是萧支书挖河去之前,专门领着一伙子人插上的,怕不结实,还拿镐砸了好几下子哪。"

韩百安说:"瞧你说的,人家支书又不是孩子,还能插橛子玩呀!"

马长山说:"不信您再看看去,不光是这一根,十几步远就有一根。"

韩百安这才有点儿急了:"真的吗? 插那个干什么用呀? 你可别逗我呀?"

马长山说:"我多会儿跟您闹着玩过? 这些橛子是标记。萧支书说,等把河修过来,就在北边坎子下头,咱们要从河那边往南修个大干渠,就按着橛子插的路线挖……"

韩百安这才信了,说:"真是的,我还当……等我再把它原封地插上吧。"

马长山说:"不用啦,您交给我,我一会儿得到那儿检查检查,顺手把它插上就行啦。"

于是,人们拿木橛子当引子,热烈地谈起就要修通的河道,就要挖掘的大渠,就要改变的新天地。

"嗨,将来呀,河水一引过来,这金泉河两岸的土地全都变成稻田了,等着吃大米吧!"

"还将来干什么呀,今年冬天就动手改地,开春就种,明年秋天你就吃大米啦!"

"听萧支书说,那水浇完了稻田,流出来,还能流到下边的地里,浇棒子、高粱什么的。"

"节约用水,他可真会算计。"

"山坡子栽上果树,也得用水浇吧?"

"当然啦。咱们还要修扬水站,多高的地也能浇,这叫把河搬到山上去。"

不大开口的韩百安,也被大伙儿的热乎劲感染了,咧嘴笑着,忽然想到一个新问题,他问:"这河两边要修成了稻田,这坟地呢?"

马长山说:"坟地还不好办,谁家的,谁家选新地方,由生产队出几个人帮着搬搬家就行了呗。"

韩百安说:"我觉着不能让它泡在水里哪。"

马长山说:"那不成了水晶宫啦!"

众人一阵哈哈大笑。

笑声里,地主马小辫两条腿一软,坐在地上了,压倒了一片麦子。

幸亏人们光顾笑,没有留神他。

只有一个人早就看到了马小辫的变化,那就是小铺的瘸老五。他一边假装喝着水,一边偷着看马小辫,那眼色不能说没有一点儿"幸灾乐祸"的味儿,这当然出于一种临时的报复。他一见马小辫瘫在地上,才赶忙把脸扭到一边儿。

人们还在兴奋地议论着。

"听萧支书说,咱们还要修一个小型发电站哪!"

"嗨,那就要点电灯了。神!"

马长山冲着韩百安说:"大叔,您看看,走合作化的道路多有奔头呀。要是搞单干，您就是能买下多少房子，置下多少地，也不用想让旱地长出大米来，更不用说发电用电灯了。您说对不对？"

韩百安低着头，笑了笑说："要是真能走到那一步，真是这么一回事儿。"

马长山说："当然真能走到这一步啦。咱们农业社说到哪儿，就办到哪儿，有咱们萧支书头边领着，大伙儿跟着干，准能办得到，不信您等着，说话就要到了。"小伙子说着，不知道怎么想到地主身上了，又转了话题："嗨，如今咱们农业社能办到的事儿，不要说咱们这些小门小户办不到，就是过去专会剥削人的地主，也不用想办到。不信咱们摆摆看吧。"

人们附和着："那是真的。过去财主们生着法儿发大财，可是哪个地主让这地里长出过这么好的麦子？地还是那地，收成可不是那个收成了。"

"地主最会挖心挖肝地逼着长工给他们整治地，他们没有想到种大米；其实，他们就是想了，也办不到，多大的地主能挖来一条河呀。"

"地主最会坑害别人，自己享福，什么馊主意、鬼办法都想得出来，可是他们点过电灯吗？我们说话之间就要点上了。"

马长山说："昨天早上咱们新队长在场上给地富讲话，让他们好好劳动改造，说得句句有理。那些地主要是真认罪，真看到前途，看到真正的好日子就在前边，就应当好好地劳动改造，别尽想歪门邪道儿！"

"想歪门邪道儿也想不通啦。越想越给自己找罪。"

"你说那个不行，他们可有他们一套鬼算盘哪。"

"那全是做梦娶媳妇的事儿。"

"哈、哈、哈！"

在这放声大笑里，马小辫和马斋把牙都咬倒了。

"哈、哈、哈!"

…………

第一〇一章

休息过后,地主马小辫又跟别人膀顶膀地干了一阵儿,就再也支持不住了。不是因为腰酸,也不是因为胳膊疼,是他心里边太难受。傍晌午,他跟小组长马长山要求早一点儿回家,说是钥匙在他手里,他不回去开门,儿媳妇不能进家做饭。

他打开大门,走进来,又回手掩上了;从院子走回屋里,又转回院子,后脑勺上那根小辫子,像一条晒干的长虫,在弯塌的背上摇来摆去。

场院里的热闹声音,传了过来,硬往他耳朵里边钻;那"咔嚓咔嚓"的铡刀声,像是铡着他的肉;那"吱呕吱呕"的碌碡声,像是轧着他的心。他从衣裳兜里掏出一盒火柴,托在手上看看,又倒在另一只手上看看,牙齿咬得"吱吱"响。他心里边发狠地说:"他妈的,我一把火,把麦子全烧光,烧成灰,叫穷小子们乐去吧!"不知不觉中,火柴盒让他攥碎了。

他又长长地叹了口气,背过手去,轻轻地捶着又酸又疼的后脊梁骨,在院子里边转着圈子。

他家祖坟的那种凄惨的景象,在他眼前边摆过来,又摆过去;地边上人们那些刺心的话儿,在他耳朵里响一阵儿,又一阵儿。萧长春就要领着穷人修渠了,就要在他家那祖坟地上挖沟了,就要把他的老祖宗"扫地出门"了,就像一九四八年把他马小辫从狮子院里赶出来那样,这一回他这马家门的风水全完了,老根子都要让他们给挖断了。他冲着南边骂道:"姓萧的,你也太毒狠了,树你给放了,碑你给推了,还要挖坟掘墓搞我的老祖宗? 你还给我们地主一点活路不给呀? 这一回,你这美梦就不用想做成,有你没我,有我没你! 拼了!"

儿媳妇李秀敏回家做饭,一推门就瞧见了她的公爹。她起心发烦,又起心发火。过去,她怕这个阴森森的老家伙,最近她有了怨恨,恨这个可恶的老家伙怎么不快点儿一挺腿死了,自己好平平安安地过日子。她憋着一口气,脖子一扭,眼皮一垂,绕着走过去了。

马小辫在背后喊:"喂,志德哪?"

李秀敏眼皮不抬地说:"场里哪!"

"他死在那儿啦!"

"没收工嘛!"

"见你姐没有?"

"没。"

"你也死啦?"

"比死人强不了多少!"

"妈的!"

李秀敏抱柴火点火做饭,心里边也骂了一句。

马小辫生了会子气,又凑到厢屋门口问:"你到哪儿干活儿了?"

李秀敏一边刷锅,一边回答:"西地。"

"你怎么跑到那去啦?"

"我跳组啦。"

"跳到哪个组去啦?"

"福奶奶她们那个组……"

马小辫一愣:"嗨,你怎么不跟我们一个组,跑到那个组去啦? 啊?"

李秀敏说:"克礼让我去的,福奶奶她们要我。我又不是地主、富农,干吗跟你们一组干呀!"

马小辫被说个倒憋气,停了停问:"她们都跟你说什么了?我问你哪,跟你说什么啦?"

李秀敏赌气地说:"什么都说了!说农业社好,社会主义好,跟贫下中农走一条道儿好;让我们管着你点,老老实实地改造,别让你光想着干坏事儿!……"

马小辫一跺脚:"屁,你就跟他们说,我越改造越好了,让他们放心吧!"

李秀敏又到水缸跟前淘米。

马小辫压了压气,又凑到跟前问:"你没听见什么,也没有看见他们干什么吗?"

李秀敏蹾葫芦摔瓢地说:"当然看见啦!割麦子,拉麦子,轧麦子,人人都在干好事儿!"

马小辫火了,又耍开了地主的威风:"妈的,你这是对老人家说话哪?你是想怎么着呀?"说到这一句,又缓了口气,"别听了人家几句宣传,就糊涂了,羊皮贴不到狼身上,他们是贫农,咱们是地主,人家不会拿你当近人看;在外边说话、办事可要小心着,免得让人家绕到里边,咱一家三口都没好。"

李秀敏一转身回到屋里,把门一掩,把米往锅台上一撂,坐到炕上,就生开气了。

这个李秀敏是玉龙庄的娘家,跟马小辫死去的老婆生在一个村子。家里是个中农,从小就手巧、老实。马小辫的老婆不知道怎么看上了她,爸爸又想巴结财主,顺顺当当地就把婚事订下了;大军进关那会儿,又糊里糊涂过了门儿。那年她才十六岁,男人比她还小三岁。这将近十年间,她也是糊里糊涂过来的,一天到晚,像一头哑巴毛驴似的,只知道阿着头儿干活计,也没有什么忧愁和心事。马小辫喜欢那个在北京念书的儿子马志新，说马志德没出息，从来没个好颜色给他看，爷俩心里边总是隔着一层；儿子对老子也是满肚子怨气，又无可奈何。因此，小两口患难与共，互相体贴，感情倒还不错。李秀敏的年纪慢慢的大了，村里边这个运动那个运动，她虽然没有直接参加过，总还沾上了边儿，知道的事情也多了；特别是同村的姐妹玉珍跟焦克礼结婚之后，看看人家那日子，比着自己这日子，想着人家的前途，也琢磨着自己的前途，她开始羡慕别人的进步、向上的劲头儿了。最近发现肚子里怀了身孕，她又开始考虑起往后日子的安排。她有了苦恼和忧愁。这几天，狮子院的福奶奶故意找她到狮子院串门儿，多方面体贴她，今天又让队长把她编到自己那个小组，跟玉珍在一块儿，大家伙有意地跟她宣传了许多新道理。她对自己的处境，对自己这个生活样子更加不满；回到家里，越发觉着处处不顺心……

她没有什么觉悟，很多道理知道的也浅，却意识到自己这个家很危险，早晚会出点什么事儿，他们两口子要吃挂牵。可是，这个家她离不开，跑不脱，她把一切怨恨都归到那个阴森可怕的公爹身上。

院子里的马小辫，本想大骂儿媳妇几句，又觉着正晌午，狮子院的人也该回来了，一吵闹，准得又要惹起一场麻烦，只好忍住。他抬头看看天，天空飞跑着大块大块的云彩，就又叹了口气。自从那天二儿子马志新来了那封喜信，他的心一时一刻都没有平静过；村子里发生的任何事情都没有影响他那焦急的心情。他盼着北京的小儿子快点儿来到，快点来一场大变革。可是，一天一天地过去了，儿子的影子都没有，马之悦不光没有能力制住萧长春，也没有抓住东山坞的缰绳，反而挨了一顿整。村子里一切事情，就像天上这毒热的太阳一般，该怎么运转还是怎么运转。马小辫要是有一只长爪子，一咬牙就能把太阳抓下来，摔它个粉粉碎！

马凤兰走进院子,一句招呼没打,溜进北屋去了。

马小辫一乐,刚要跟进去,瞧见后边又来了一个人。

这个人是六指马斋,一迈门槛儿就笑嘻嘻地说:"找口水喝,真渴呀!"

马小辫说:"屋里有凉白开,管够。"

马斋转着脑袋在院子里瞧瞧,也进了北屋。

马小辫又在原地停了片刻,见厢房里的儿媳妇没有动静,才跟进北屋来。

马凤兰愁眉苦脸,马斋却喜笑颜开。

马小辫看看两个人不同的气色,心里边突突直跳,就小声问:"凤兰,怎么着啦?"

马凤兰咧了咧嘴说:"还怎么着哪,看不见吗? 三天麦子收上来一半儿了,再过三天,割完了,场一打,就分他妈的了;咱那事儿,不光没个屁的影子,还不断出岔子。"

马小辫也陪着咧咧嘴,问:"之悦怎么说的?"

马凤兰说:"他总说别慌别慌,看看风向,等等机会。什么风向、机会,我看越来越糟心啦!"

马斋嘻嘻一笑:"我跟你的看法可不一样。我看是越来越好了。"

马凤兰拍着大腿说:"怪事儿,怎么会越来越好了呢? 你别给我开心丸儿吃啦!"

马小辫说:"马斋说的有理。不是越来越糟,是会越来越好;就是太慢了,让人急得慌。"

马斋说:"这话嘛,你想想,刚开始知道这件事儿的时候,咱们光盼着志新回来,就没想到乡里还有跟咱们一路心思的人。有个李乡长,比谁都顶用啊!"

马小辫说:"对啦。如果不是真要从上往下大变革,李乡长心里就是怎么着，也不敢站出来给之悦撑这个腰。萧长春这伙子村民，知道什么。他们还把去年的黄历当今天的看哪。可人家乡长是通天的。"

马凤兰听他们说，想了想，脸色也转过来了："让你们这么一说，我心里边也开窍了。老马也说，萧长春一没上县，二没得到上边指示，还是按着王书记走那会儿留下的旧办法办，其实，上边变个啥样儿，他也不知道。老马还说，李乡长跟他的心思一个样，他估计李乡长得到上边的指示了；看样子，上边正闹的冲，到咱乡下也不会太晚。唉，我愁的还是那麦子。要是等装到仓里，让他们分下去，跟咱们走的人，觉着没啥油水了，干着也不会起劲儿；穷人们吃饱了，占了便宜，更不好对付，保萧长春驾的人更多了；志新来了一看，是这个样子，还算什么典型？他回去可怎么交代呀！"

马斋说："这倒是真的。"

马小辫咬牙切齿地说："萧长春这小子活的真结实，他也不闹上一场病；他要是趴炕上几天，打麦子、分麦子的事儿也能推迟一些呀！"

马斋说："要是下几天雨就好了。其实，这会儿是一刻千金，迟一天分麦子，志新早一天到，李世丹早一天来，大鸣大放早一天开始，诸事全好办了。"

马凤兰不由得隔着窗户镜朝外边看，说："这天气倒是挂样儿，快下一场暴雨吧！"又想说什么，看看马斋，咧着嘴，摇摇头，没有开口。

马小辫耷拉着脑袋想了想说："不能光等人，也不能光等天，咱们还得想办法干一家伙！"他也像要说句什么难开口的话，也噎住了。

屋里的人说话的时候，李秀敏悄悄地走出厢屋，站在北房窗前听了听，正好听见马小辫最后这么一句，心里打个愣。这话没头没脑,又都不说了。她正不知道怎么好的时候,她的男人马志德从外边走了进来。

马志德在小桥子上跟萧长春谈了一阵话之后,就牵着牲口回到场上,跟大伙儿一起轧场。喜老头一边干活儿,总抓机会跟马志德说话儿。这小伙子比起他弟弟马志新当然是好多了,村里人一向没有另眼看过他,可是他自己倒总是有意无意地把自己划在地主的圈子里边。他平时只是老老实实地干活儿,别的啥事儿都不贪,也不想,处处小心谨慎,惟恐走错了一步。他这种为人,别人觉着矛盾,他自己也觉着矛盾。有一回,大湾演电影《白毛女》,他看得挺起劲儿,看到黄世仁逼杨白劳卖闺女和抢喜儿的时候,他也气得咬牙切齿;看到杨白劳被害死、喜儿逃到野山上,他也掉了泪,反过来更恨黄世仁这个地主。怪也就怪在这儿:他恨的只是黄世仁这样的地主,不恨他爸爸这样的地主,他觉着他爸爸跟黄世仁根本不一样。为这个,喜老头他们好几个老贫农给他讲过许多马小辫当年残害穷人的事情,小两口也发生了好几次争论。

李秀敏瞥了男人一眼,提着脚后跟,回到厢屋。

马志德跟进来,小声问:"谁来了?"

李秀敏说:"你那姐,还有六指!"

"又干什么来了?"

"还有好事儿吗?你那姐姐,东家子出,西家子进,到处搬是非,一点活儿都不干,硬让人家掐着脖子去了,还没干一个整天,又瞎起哄。刚才在河边上又想钻人家空子,让人家给整的,唉……"

"咱俩少沾她的边儿就是了。"

"唉,我真怕……"

马志德安慰媳妇说:"怕什么呀,咱们该干活干活,该吃饭吃饭,东不说,西不道,得了。"

李秀敏两手捂着跳个不停的胸口,说:"光你那姐姐一个人还好办,我就怕咱俩吃你爸爸的挂落儿。"

马志德说:"没事儿。甭听他怒气冲天,不敢干坏事情,我有把握。"

李秀敏说:"你有什么把握? 玉珍说,村里闹土地分红、闹粮,都许有他的份儿。"

马志德摇着头说:"瞎说! 你见他到哪儿闹去啦? 是在街上摆糠饽饽、打孩子了,还是往外边运粮食了,还是把干部拦住吵啦?"

李秀敏说:"他敢那么闹呀! 人家都说他表面上装老实,背后使坏水儿。"

马志德说:"那是怀疑。他的怨气是有一点儿。他总是不开通,总心疼过去的房子、土地、产业;一想到这些东西让别人分了,他就像丢了魂、摘了心,这全是自私思想。韩百仲大叔在会上一再说,过去旧社会不合理,富的富,穷的穷,富人剥削穷人;这会儿把剥削人家的东西归还大家,就对了嘛。有什么心疼的。我听着这些话,是挺对的。爸爸就是想不通。我也劝他,地主挨斗争、挨管制,又不是你一个,全国都这样,有人家,有咱们,这是潮流,谁挡得了? 我还跟他说:就算把这些东西全归还你,你能有多少年的活头,你能带到棺材里去吗?"

李秀敏又气愤起来说:"他是黑心到底了,做梦都想再当地主剥削人,还说为咱们好。他真有好心对咱们?"

马志德说:"你管他有好心没有好心,咱们老老实实的劳动,比什么都保险。你不用担惊受怕,他也就是在咱这院子里闹闹,图个痛快,坏事儿他不敢干。他不是那种地主……"

"你总护着他,他是哪种地主呀?"

"不是我护着他,他真不是那种坏地主……"

"地主还有好坏呀? 你没见他劲头一上来,就恨天恨地要吃人哪。我看没有比他坏的了。"

"不对。有的地主就毒社里的牲口,烧社里的谷子垛,那才是坏地主。爸爸干过这个吗?没干坏事儿,怎么算是坏地主呢?"

"你还替他搽粉哪!那天晚上,他敲开咱们门,满嘴都说的什么呀!刚才我还听他说:'不能光等人,也不能光等天,咱们还得想办法干一家伙!'你听怕人不!"

"说是说,干是干,那是吹牛皮、发怨气哪,他没胆子干坏事儿。他要是真敢胡闹,不用说你不答应,我也得跟他拼命。他能活几天,咱们的日子还长着呢!"

李秀敏明知道男人比自己还要糊涂,可是她又没有更充分的理由说服男人,就又叹了口气:"唉,这种日子,我真过不下去了,哪一天,哪一日,是个头呀!"

马志德总觉得自己对地主的爸爸有底儿,也就比较轻松。他笑笑说:"别胡思乱想了,到哪节儿说哪节儿。刚才支书跟我说了半天话儿。他让咱们好好干,让咱们跟农业社一条心,从心里跟爸爸划清界限。这一点,我保证能办到。你看,没把你分配到地富那组去,还把我留在场上了——在场上干活儿的全是可靠的人。领导上对咱不错呀,你还有什么发愁的呢?"

李秀敏说:"人家大伙儿越对咱们好,我越觉着咱们家你这个爸爸要是干出坏事儿来,咱们越对不住大伙儿了。"

马志德说:"我让你放心,你就放心好了。我有底儿。九年前他就喊着要拼命,拼了几回?一回也没有拼过。萧支书刚才还说,只要他不干坏事儿,还是要给他出路的。咱们也得给他出路才对。"

李秀敏说:"我看他只要死路一条!"

马志德说:"他有几个脑袋敢玩命?他那劲儿全在嘴上哪。"

李秀敏痛苦地摇摇头:"你就这么想吧,早晚得吃点亏。"

马志德说:"咱们快做饭,吃饱了,你好歇歇,你身子重,得知道保养一点儿。"

小两口一个锅上、一个锅下做着饭,还在反复着他们永远也没个尽头的争论。

这当儿,北屋的三个人已经说到非常严重的问题上边了。

马小辫万分痛苦地把农业社有一天要挖他家的祖坟的事儿告诉了马凤兰:"我的天呀,都活到这步田地了,我还有什么活头呀!你说说,连祖宗都保不住了,活着还有什么脸,还有什么味儿呀!"

马凤兰可能是有点儿"现代化"的思想,对于祖坟不祖坟的,她没有闲工夫多想它。她又不能违背她的大伯,就陪着咬了咬牙,表示很愤慨。

马斋可能是有点儿"旁观者清",他觉着为了几堆烂骨头不值得这么伤心。他也不能够说逆着耳朵的话儿,也陪着叹了口气,表示很同情。

马小辫说:"这一回我真要跟他姓萧的拼命了,谁也不用想拦住我!"

过一会儿,马凤兰又挺神秘地把萧长春他们要拉拢马志德的事儿跟她大伯讲了一遍:"您还有心有肠的护着死的,不如花点心思管着活的。他们要从咱里边抽劲儿拉人,这可不得了呀!"

马小辫一听,全身都软了:"哎呀呀,他们真要置我死地呀!挖我的祖宗,又要挖我的后代,好狠毒呀!"

马斋觉着这件事儿倒是非常重要的,就说:"哎,这可是大问题儿。咱们争呀,斗的,为什么呢? 还不是为了后辈儿孙吗? 孩子们要是让他们戳戳坏了,真跟你划清了界限,咱们的行动坐卧全都不方便了,更没什么盼头了。"

马小辫想了想又说:"志德这小子出息没有多大,孝顺还是孝顺的,我看他们拉不动他。"说这句话的时候,他是故作镇静的,想在亲家马斋面前保持一点儿家长的尊严,其实,他心里乱极啦。

马凤兰说："这您可别大意,这年月的年轻人,脑袋瓜儿灵活着哪。说变就变。"

马斋说："那倒是。萧长春他们那伙子人,手腕多着哪,这一程子,有多少规矩人都让他们给拉过去了! 我们立本不险吗? 要不是我跟马主任眼睛盯得急,手把得紧,早就让他们给同化了。"

马凤兰说："立本是个光棍儿,我们家那个有娘们。那娘们身在曹营心在汉,胳膊肘早想朝外扭了;她要往那边一插脚儿,志德还不在屁股后边跟上! 大伯,您可千万不能大意呀!"

马斋说："这话说得有理。要管教就得早动手,晚了,更要费劲儿。这种事儿我可经历过。"

马小辫被两个人说得心里更加没底儿。怨恨、怒气,往一块儿绞,恨不能马上把儿子马志德拉过来,狠狠地踢几脚。这会儿在马斋面前,他只好忍一忍。

他们又嘀咕一阵子,两个客人告别了,先出去的是马斋,后出去的是马凤兰。每个人脸上都是一片倒霉气。

马小辫在阴暗的屋子里兜了个圈子,不住地唉声叹气。他觉着,自己这会儿让人家给挤到绝路上,再没有什么回头放脚的地方。他冲着窗户发狠地说："萧长春哪,萧长春,你想让我连根烂了? 没那日子,这回我要跟你动真的!"

儿子在窗户外边喊了一声:"饭熟了,吃吧!"

按着往日的习惯,儿子这么喊,他不是不吭声,就是骂一句:"妈的,火棍子还有个名儿呢,吆喝狗吃屎,也得有个口号儿。他妈的,妈的!"可是今天他没有这样。按着他眼下的满心愤怒,会一步跳出去,先给儿子一顿臭揍:"狗日的,我宁愿揍死你当绝户,也不能看着你沾共产党的边儿把我气死!"可是,他也没有这样做。

地主是个怪物,真是个怪物! 他一反平时,非常和气地朝外边说:"志德呀,晾会儿再吃,进来我跟你说句话儿。"

马志德慢吞吞地走进来了。他看了看他那倒霉的爸爸。那张阴森森的脸,总是让他有点儿害怕。往日里,害怕一下就过去了,今天,不知怎么,他把这脸孔一下子跟黄世仁、活阎王等等,这些电影、戏剧里的脸孔连在一块儿了。他又看了一眼,这个幻觉才被赶走,看清楚跟前这个人是他的爸爸,是一个只有"怨气",没有"破坏活动"的老实地主。他这才不害怕了。

马小辫也看了儿子一眼。往日里,他见到这个儿子,总觉着他站没个站相,坐没个坐相,怎么看都不顺眼;可是,不知怎么,今天儿子在他的眼睛里变了,不是个"没有出息"的儿子了,也不是个"窝囊废"的儿子了,而是一个很了不起,很有指望的儿子。这个地主此时此地的心境好有一比:好比一个贪心的人,手边有一件来的非常容易的东西,使久了,用惯了,烦了,厌了,扔过来,抛过去,全都不往眼里放了,就是掉在柜缝里、压在炕席底下好多日子,全都想不起它了;有一天,有一个人来找,来借,来要,说要有急用,有大用,拿走了,就不会送回来了;这时候,这件东西在它的主人心里忽然间就变成了无价之宝,开始疼,开始爱,开始珍惜……

马小辫不能骂他这个儿子,更不能打他这个儿子;打骂,等于把这"无价之宝"白白地扔给别人了;黑心的地主,哪能办这号傻事呢!他盯着儿子,呆了片刻,就和颜悦色地说:"志德呀,我在地里干活儿,不小心,把个烟袋嘴儿丢了,你再给我找一个吧。"

马志德说:"吃了饭再找。"

马小辫说:"饭后一袋烟,我还得用啊。"

"到哪儿找哇?"

"你把柜橱上那个小箱子给我搬下来,那里边兴许有。"

马志德急着应付一下,好赶快躲开这儿,就不假思索地登上凳子,从高高的柜橱上,把一只剥了漆皮的小箱子搬下来,放到炕上了。

马小辫不慌不忙地戴上了那副缺了腿儿的老花镜,又从裤带上摸出钥匙,打开了箱子上的锁头,说:"找吧。"

马志德揭开箱子盖儿一看,见里边除了破铜烂铁,就是旧照片、碎本子;同时,又有一股子说臭不是臭、说霉不是霉的怪味儿呛着鼻子。他皱了皱眉头,就翻找烟袋嘴儿。

马小辫在旁边看着,一伸手,从箱子里边拿出一个黑不溜秋的东西——巴掌那么大,像一个硬纸的烟卷盒子,黑布糊着,上边贴着一个红纸条儿;从硬套子里边抽出一条子折叠着的硬纸,硬纸上写着密密麻麻的字儿,上边还打满了图章和红手指印儿。他把这东西瞧了一遍,又举到马志德眼前,问:"你认识这个吗?"

马志德摇摇头。

马小辫说:"这叫折子,这上边全是我爷爷、你老太爷写的账。那一年,从山东逃来一伙子穷鬼,挤到咱们家的山前山后开荒,山前山后刨成地,连山顶上都种了庄稼,可是收了粮食要白捡,一个粒儿都不给咱们;你老太爷找他们要,他们就扯成伙要动武的。你老太爷跟他们打官司,他们又一起跟咱家干,这官司一打十年,你老太爷活活地给气死了。这折子上写的全是打官司送礼、请客、路费盘缠的账目。你爷爷是有志气的人,等他当家了,这官司才打赢……"

马志德听着,忽然想起一出地主迫害农民的戏;他的脸红了。

马小辫又从箱子里拿出一块锈乎乎的铁——手指头那么长细,尖尖的,从这个手掌心,放到那个手掌心,掂了掂,又举到马志德眼前,问:"你认识这个吗?"

马志德眨了眨眼。

马小辫说:"这是箭头,上边沾着你爷爷身上的血呀!那一年穷人闹义和团,聚伙要抢咱们,你爷爷领着护院的人跟他们拼,真勇啊,干掉他们好几十!有一天傍晚,他们又来了。你爷刚往墙头一站，就是这支箭，从下边飞上来，射在他的肩头上，差一点儿送了命不说，他们趁空子冲进来，把咱家的一仓粮食都给分走了。你爷爷气得没办法，疯了。直到我暗地里跟左右村的财主们联络上，请来大兵，才把这伙子穷人降住了……"

马志德听着，忽然想起一个电影，他的脸黄了。

马小辫又从箱子里拿出一张卷了边儿的破照片，抹了抹上边的土，整了整边儿，又举到儿子的眼前，说："你看看，当中间那个人是我；你看看，你爸爸那会儿是什么样子，这会儿又是什么样子……"

马志德看了一眼，黄世仁、活阎王……一大串人的影子好像在那儿动，他的脸青了。

马小辫又从箱子底翻出一把带着鞘的尖刀子。他把刀子抽出来，在手掌上掂了掂说："你爷爷在世的时候，我一出门，他就嘱咐我带上这个。他说：小心点吧，穷人跟咱们的仇可大了，咱们时时刻刻不能把刀子放下呀！这回该我嘱咐你了，你也不能把刀子放下……"

李秀敏在院子喊："还吃饭不？要下地了！"

马志德"哐"的一声，把那破箱子盖儿盖上，拔腿要走。

马小辫一把拉住儿子的手，那脸色非常可怕，那声音又非常难听地说："志德呀，你看看，你想想，咱家从前几辈子就跟穷人势不两立，就挨人家的欺负呀！……"

马志德从牙缝里迸出一句话："闹了半天，我们家的人，哎呀，让我怎么说呢！"

马小辫把儿子这句话听错了，脸上露出了一丝笑容说："对，对！咱们家的人，活着的，死去的，全受他们的欺压，咱们不能跟他们合起心来，永远不能放下刀子呀！……"

马志德又从牙缝里挤出一句话："还黑心哪！"

马小辫咧了咧嘴儿："是呀,是呀!他们一步都不给咱留。这个仇,三生再生也解不开呀!你再看我眼下让他们给整的!"

马志德瞪了眼珠子："我看,整晚了!"

马小辫一愣："什么?"

马志德眼里潮湿了："爸爸,我还把您当爸爸对待,您该低头认罪、重新做人了……"

"什么,什么?"

"今天我才明白,咱家几世几代就是恶霸呀!"

"你,你疯了?"

"不,爸爸,把这些收起来吧。只要你不干坏事儿,共产党给你出路,我们也给你出路;你当个自食其力的劳动人,比当地主好多啦……"

"我,我揍你个混蛋!"

马小辫咆哮起来,抓过扫地笤帚要动武。

马志德已经冲出屋。

第一○二章

六月的夜色,在欢乐和忧愁里扑落下来,包围了东山坞。

天上起了花花云,像鲤鱼背上的鳞;月亮在云彩缝里跑着、跳着,一会儿明,一会儿暗,明的时间长,暗的时间短。

社员们正在吃晚饭,街上很少有人活动。麦收的活儿累,人们吃过饭就坐在院子里歇着了,顾不上到街上闲谈。

这会儿,办公室里又点上了大罩子灯。韩小乐和焦淑红两个人又把马立本找了来,让他清理账目的尾巴。

韩小乐这一天除了吃饭,一直没有离开过这个小屋子。他想把接过来的账目早一点儿清理出来，早一点儿找出里边的问题，以便重新开始自己的工作。他面对着这乱糟糟的一大堆本子，越是摸着一点头脑，劲头儿越足，兴趣也越高了。

焦淑红已经在这儿陪着新会计熬过三个夜晚，每天晚上都要弄到半夜后才能结束。她的任务不仅是找出账目里的问题，还要帮助这个新会计入门，也要帮助新会计跟马立本斗心眼儿。她也是高兴的。

最难过的人，是马立本。白天干了一天活儿，晚上还得熬夜子，回到家里，他睡不好，也吃不香，三天的光景，眼看着往下掉膘子，连头发都没有过去几天那么光亮了。

韩小乐正指点着账本子质问马立本："你看看，我们核对了好几遍，问了好些人，证明一队的烈军属抚恤金里边有问题。你得把它给说明白。"

马立本挤着两只发红的眼睛抵赖说："我是过路财神。上边把钱发给我了，我就按着社委会的决议发给各队了；各队发给受款户，回头把表儿交给我，我入了账，算是完事儿，我还怎么说明白呀？"

韩小乐说："现在的问题是，你这表册上登记的，跟实际受款户不对码呀！你看，春节这一次，老吴家写着得款二十元，实际上人家才得十五元；再看最近这码儿，北头老烈属王大爷这一笔，你写着十元，人家根本一个小子儿没有得到，这样能交代吗？"

马立本说："上边按着手印儿，他说没收到就行呀？"

韩小乐说："这个手印儿是你伪造的！"

马立本说："我可没有这么大的胆子。一队的抚恤金，我全部交给了马连福，由他发的，将来得由他交代。"

焦淑红在一旁问马立本："这一笔账实情是这样吗？"

马立本说："没错！"

焦淑红说:"你立个字儿,把情况全写上,回头咱们三头对案,看看是真还是假!"

马立本瞪焦淑红一眼,没动窝。

焦淑红说:"你犯不上用卫生球眼珠看我,问题还多着哪!小乐,往下提,一条一条跟他核对,回头向社委会报告,看他这样能不能混过去!"

…………

这会儿,有个黑人影儿摸进了办公室的院子里,站在大门口,没敢往里闯。他那两只贼溜溜的眼睛死盯着窗户,一只手插在衣兜里,使劲儿攥着那个火柴盒儿。

他是地主马小辫。今晚上,他正用找儿子作掩护,到处乱撞。他到办公室里的目的,是想探听探听干部们是不是又在开会,要是开会的话,他就可以钻到大庙的仓库里去,到那儿就是一把火……

门口外边响起了脚步声。

马小辫赶忙往旁边躲了躲。

有两个扛着棍子的人,一边走着,咬着什么东西吃,一边说着话儿:

"派你到西地去呀?"

"我到南地去。"

"西地没人了?"

"不知道,那边没有割倒的麦子,也许不用看着了。"

…………

马小辫看着办公室灯光明亮,窗户上晃着人影儿,断定正开会。他便悄悄地退了出来,朝大庙那边摸着,心里想:干部一开会,非得半夜才能散;社员干一天活儿,全累得爬不起来了,趁这空儿,先溜进大庙去,等到村里安静下来,就下家伙!

大庙的门儿敞着,没有出来的人,也没有进去的人,只有豆片坊里新安上的旱磨正在"轰轰"地磨着麦子。

萧长春蹲在大殿的台阶上，跟老保管低声地说着话儿。

老保管问："支书，你刚才检查出问题没有，还行吧？"

萧长春说："我看通风口小了一点儿。"

"反正只是存放几天的事儿，不要紧。"

"森林粮库的同志说，麦子火大，不通风，两天就能红眼儿，还是把上边的窗户纸割开一点儿好。"

"行。咱们多会儿交公粮呀？"

"今年的麦子好，交售的多一些，各社都抢着先交，咱们挂号晚了，得三天以后才能送。"

"不能往前倒倒吗？"

"全一样，人家别的社也想往前倒呀！"

…………

马小辫这会儿正往庙门口移动着。这边如此之静，使他非常高兴。他想，只要溜进去，往那个西耳房一躲，瞄空划一根火柴，往那纸窗户上一扔，纸一着，松木窗格子一着，转眼之间，仓里的麦子就成了爆花儿。

他越想越得意，脚步加快了，眼看就摸着庙门儿了，忽然，一根棍子拦住他的腰。

韩德大喊了一声："干什么去？"

马小辫吓了一跳："我，我找我家志德……"

韩德大喊道："胡扯，你要来干坏事儿吧？"

"真的，真的，找志德回家吃饭呀。"

"大黑天，他能到仓库来吗？ 走开！"

"好，好！"

"不许到处乱串！"

"好，好！"

马小辫倒退着,拐过墙角,一下子又撞到一个人身上了。

焦克礼喊:"瞎撞什么!"

马小辫头上冒冷汗:"啊,啊,队长,队长……我找我家志德……"

焦克礼说:"你赶快给我回家蹲着去,仓库重地,不许你到跟前来!"

马小辫撒腿跑了几步,又慢下来,心想:哎呀,怎么这样糊涂呢?仓库装着麦子,萧长春还能不派人守着哇,这个地方哪能钻进去呢!对,到场上去。一队的场,顶多就是喜老头一个人在那儿住,他的腿脚不利索,就是点着火,让他追也追不上。对,烧它几个大麦垛,给他们一点儿颜色看看再说。

打麦场上这会儿是最安静的地方。朦胧的月色,像是给那小山头似的大麦子垛遮上了灰帆布;那扫得干干净净的场板,像一块大玻璃板,闪着白色的光;新搭起来的简单的场房,梁上吊着一盏风灯,一道子灯光,从棚子里扑出来,长长的一道子,一直伸到旁边的那个麦秸垛上,好像在麦秸垛上开了一个小窗户。

一队的马长山和狮子院附近的几个男女青年正围着喜老头说话儿。马小辫的儿子马志德也在人群里坐着。

喜老头接受了党支部书记交给他的光荣任务,要用自己亲眼看到的事实,亲身经历过的事实,对年轻人作一番阶级教育。他给年轻人讲述东山坞的历史,讲述地主的剥削账。他的主要目标是对马志德这个年轻人,让他能够认识他爸爸马小辫到底是怎么一个人物。

吃过晚饭就谈开了,谈了好久。老人家在以往日常生活中所体会到的一切,对新时代成长起来的年轻人来说,全是奇闻。

他说了一阵子,喝了口水,转过脸,对那个坐在边上的马志德说:"提起地主过去那种狠毒,不要说别人,恐怕志德你也不知道吧？"

马志德低声说："我慢慢地知道了一点儿。您这一讲，我更清楚了，地主是可恨，全是黑了心的人……"

喜老头说："所以，党让你们从心眼里跟他们分开家。他是你爸爸，又是你的敌人，这是不大好对付的事儿。你要是在父子关系这个门口儿想多了，就容易把敌人这个门口儿忘了。"

马志德说："我越来越清楚了。眼下政府对他们太宽大了，他们实在应当重新做人哪！"

马长山插言说："这样甘心认罪的地主有几个呀？他们总是钻空子搞破坏！"

马志德说："他要是敢搞破坏活动，不用说别人，我就不答应。"

喜老头说："怕就怕，他在那儿搞破坏，你睁着眼睛看不见呀！"

马志德说："他搞破坏，我还能看不见哪？要我看，他就是有这份心，也不敢。"

喜老头笑了："不能用你的心思猜度他。我们说他过去剥削我们了，他说他命好；我们说斗争他，土地还家，他说我们压迫他，抢了他的；我们让他改造，他总想变天；我们让他老老实实，他有空子就钻——这个，瞒了别人，还能瞒住我吗？"

马志德说："我是说，他只能这么想，不敢真干。"

喜老头摇摇头："这可得两说着了。"

…………

地主马小辫这会儿挪到场边上了。他停在一棵大树后边，远远地看到场房有灯光，远远地听见那边有声音，又把每个大麦垛看了一眼，心里边先"腾"一下子着了火；他马上要扑过去，只要手指头一动，那垛就着了，这一垛一着，那一垛也就着了；一会儿，整个打麦场上一片大火烧天，一片混乱，一片灰烬。这一下子，马小辫窝了几年的怨气，特别是这一天里受的怨气，才能减轻一些，他才能顺顺溜溜地出气,才能有劲儿活下去……

他掏出了火柴,运了运劲儿,就离开了大树。

一个人蹿过来,抓住了他的胳膊:"干什么?"

马小辫的魂都丢了:"我,我找志德,找志德……"

从两个大麦垛下边爬起好几个小伙子,都跑过来了。

"大黑夜,你往场上跑什么?"

"要干坏事吧?"

马小辫连忙说:"真是找我儿子,他在场房里吧? 行,行,不让我进去,我不去了,你们告诉他一声,快回家睡觉吧。……"

"告诉你,要老实一点儿!"

"你要想干坏事儿,得先睁开眼睛看看!"

马小辫赶紧转身往回溜。

这个地主想搞破坏,目标找到了,偏偏伸不出手来。他这会儿的心境又有一比,好比一个贪心人转遍了树林子,好不容易找到一个鸟窝,而且在高高的树顶上。他要把窝里的鸟儿掏出来,就拼了一切往上爬;爬呀爬呀,刚要伸手够着了,脚下的枝子折了,撕破了自己的皮肉,惊飞了窝里的鸟儿,全部的心思就都集中在一个怒字和一个仇字上了。他还要往上爬。这种冒险已经没有什么利益了,他只想捣毁那个鸟窝,以示报复,不然,他就没有办法平息怒火和仇恨,也没办法安顿他的贪心!

这会儿的地主马小辫,正是跟这个贪心人有一点儿类似。他要破坏,别人保卫,这本是理所当然的;他处处钻不进去,这也是很必然的;可是,他却把这一切全变成了怒和仇,加在他那已经塞满了的怒和仇上。今晚上要不能得逞的话,他也就没法儿活下去了。

他忽然想到了西边的麦地,想起刚才在办公室门口听到的几句闲话儿;对啦,那边没有割倒的麦子,没有人看着,点一把火,烧它个满地光,不是一样吗?

场院前边是后街宅院的后墙,那边有一块空房基,从那儿穿过去,再往西一拐,就到了小河边;再顺着河边摸到小桥子,过了小桥子就是麦地了……

他往南走,往西拐,贴近了院墙。他挪着,挪着,怎么也找不到那空地基了。妈的,盖了房,堵死了。房屋和墙壁,墙壁和房屋,全都连接在一块儿了。他摸了摸墙上的砖石,那砖石又硬又凉,好像钢铁一般牢固。他手拍着墙壁,叹息地摇摇头;又一直往西挪,顺着墙挪,想要多走几步凑到河边上。

他离开了墙壁,到了河边,弯着腰,走几步,忽然发现那边也有人。

妇女们的说笑声,在北边的麦地里吓人地传过来了,又尖又脆,好像照明弹。

"百仲大婶子,你摸摸,这边的麦子也熟透了。"

"瞎说,摸就知道熟不熟了?"

"不熟是软的,熟是硬的。"

"我手里这棍子也是硬的,难道也熟了吗?"

"哈、哈、哈……"

大北边又有人喊:"翠清,翠清,快来呀,我捉着一个!"

一个人影一边向那边跑,一边问:"捉住一个大坏蛋吗?"

"你瞧瞧。"

"老癞蛤蟆呀!"

"像马小辫不?"

"差不离儿。"

"咬手,咬手!"

"哈、哈、哈……"

马小辫趴在苗圃里,大气也不敢出。土地的潮气和阴凉,透过衣裳,跟冰一般的肚子和汗水掺在一块儿。他苦苦地想着:是退,还是进呢？进！就算让他们抓住，也认了；何况，这么一个大麦地，黑咕隆咚的，怎么也跑得开呀！

他顺着河边往南爬。爬呀爬呀，膝盖头爬肿了，两个手掌也被那尖尖的石头子儿扎破了。爬过小桥子，又爬上北坎子，过一小块白薯地，就靠近麦子地了。那刚刚伸出蔓儿的秧子，互相搭在一起，像无数条绳索，一会儿套住了他的脚，一会儿又拴住了他的手。到了，到路边了……

小桥子过来一个人，正往这边走，还抽着烟。

那边也有一个，也朝这边走，还打着口哨。

马小辫被夹在当中了。怎么办呢？白薯地是藏不住人的，在这儿让他们看到，再没有借口了，黑天到地里找哪家子儿子呀！真是"老天爷保佑"，那边道旁有一个用秫秸围成的茅房，倒是藏身之处。他滚了一下，钻进那又臊、又臭、又湿、又粘的茅房里。

东、西两个人走了个对面。

从村里边走出来的那个人问："哎，振丛吗？干啥去了？"

从村西走来的那个人说："支书让我联系联系肥田粉的事儿。哎，子怀，在麦子地里别抽烟呀。"

"嘻嘻，忘了。咱支书想得真周到哇，麦子还没收完，又想着追大田了。"

"那当然啦。人家还让我打听换稻种哪！"

"嗨，不简单。河一修通，支书就要领着咱们开稻田啦！"

"子怀，这工夫怎么还不睡，又往地里转什么？"

"看麦子。饭晚了点儿。"

"你真不简单啦！"

"你呢？"

"嘻嘻……"

"…………"

差不多到了半夜，马小辫经受了千辛万苦才爬回他的那个阴暗小屋子里。他在炕上翻来覆去地折个子，好久才睡着，还一个劲儿做噩梦，而且都是挨打的梦。一会儿他的爸爸来了，拿棍子打他的后背；一会儿他的儿子马志德来了，拿棍子打他的前胸；一会儿修渠的人来了，打他的腿；一会儿挖坟的人来了，打他的脑袋；过一会儿，是种稻田的……

等他醒来，天色已亮，人们都忙了一阵子回来做早饭了。

马志德和李秀敏两口子在厢屋说话儿。

烧火的李秀敏朝北屋努努嘴，问男人："你怎么又没叫他下地呀？"

准备挑水去的马志德一边拿水桶，一边说："你没听见他又哼哼半夜吗？"

李秀敏说："谁干活不累呢？"

马志德说："我叫他几声，不答应，我也不爱理他了。马长山问他了？"

李秀敏说："我也说他哼哼半夜，叫没起来。马长山领着大伙儿干活计，也没顾上回来叫他。"

马志德挑起水桶朝外走着，小声说："想怎么活着，就看他自己吧。"说罢，到井上挑水去了。

马小辫爬起来，爬到窗前，扒着窗户纸上的破洞朝外看看，故意哼哼着："哎哟，哎哟，志德家呀！"

李秀敏听见叫她三声，才答了一声；又停一阵儿，才从厢屋出来。

马小辫格外和气地说："志德家，早上你没给我请假吧？"

李秀敏说："你没对我讲，我怎么给你请假？"

马小辫说："我讲了，你没听见吧？"

李秀敏说："真是活见鬼，我早起连一句话没说就走了，你都不准知道,又什么时候跟我讲了?"

马小辫下了炕,出来说:"一会马长山要问,你就说你忘了。"

李秀敏说:"我凭什么撒谎呢?"

马小辫叹息着说:"唉,志德家,不用跟老人家较针尖儿。你看不见我这个样儿吗?我还有几天活头呀!志新不在家,我就眼珠儿似的你们两个,你们不疼我一点儿,我不就更可怜了。"

李秀敏说:"不是疼不疼的事儿。你太不往正道上想,害得我们两个出来进去都抬不起头来。你得想想我们,我们还年小,我们的日月还长着哪!"

马小辫说:"这会儿我有三个嘴,也不能说软了你们的心,等着有一天,你们就知道我这当老人的是为你们好、还是为你们歹了。"

李秀敏说:"还用将来干什么。你要从今天起就收了歹心,好好地改造,咱们家也会像别的家一样,欢欢乐乐的,美美满满的,这还不容易吗?"

马小辫只是叹气,没再说什么,两只小眼珠儿望着天空发着呆。

天空上飘动着大块的云彩。

马志德挑水回来了。他是个有力气的小伙子,挑着一担水,就像空行人。他放下水桶,拿过扫帚扫院子。他是个行动灵活的小伙子,抢着扫帚,"嚓嚓嚓",好像一阵风。一会儿把院子扫光了,又到厢屋帮着媳妇烧火。要是旧社会,他是个公子哥儿,是一个肩不担担、手不提篮的废物。因为劳动,给他磨炼出一副强壮的体魄,跟他爸爸完全不同,儿子根本不像他这个门口出来的人。

马小辫好像第一次发现儿子那浑身的劲儿,也好像第一次发现儿子这身劲儿的可贵。真的,儿子不是"废物",也不"窝囊",他很能干。等到变了天,让他支撑个大家业,完全行。小儿子能文,大儿子能武,一个打里,一个打外;过大日子就是不能缺少这么两把手呀！过去自己过日子，庄稼活外行，支派人力财力全外行，还得雇个管事的。有了这个能干的儿子，就用不着雇两姓旁人了。这该多可靠，又多上算哪！

马小辫望着天空，又叹息了一声：唉，萧长春这小子真绝呀！要挖我的祖坟，还要夺走我的儿子，一点儿出路也不给我。不行，这回咱们拼了，我决不能让你随了心愿，决不能眼看着让儿子成了自己的对头。我这份气受够了，再这样下去，非得让萧长春把我活活地气死！

天空上的云彩在扩大、靠拢、加紧，也在变幻着颜色。

他的小眼珠接连不断地眨巴着，脸上那干巴巴的肉在抽动着，东倒西歪的牙齿发出摩擦的响声；最后像是下了决心似的点点头，心里说："六十多了，还能再有个六十多吗？是死是活，就是这一回了，就是死了，也得死个值，死个够本儿，决不能再吞下怨气，等着人家置自己于死地；这回要是不报仇雪恨，死到阴曹地府也是个冤魂哪！拼一下子，出了自己这口气，也给儿子马志新、侄女婿马之悦扫了道儿，变天的日子就要早一点儿到这儿。"他这么想着，把窗前的那块月牙似的磨刀石摇了几下，搬起来，回到里间屋，放在地上；又登着凳子，打开了橱子上的破箱子，从里边翻出那把尖刀子；一只手攥着把儿，用另一只手的大拇指肚儿摸摸刃子。刀面上长满了锈，刃子也钝了。他端出洗脸盆子，从水缸里舀了点儿水倒在里边，就又回到屋里，掩上了门，蹲在炕沿下边，就"嚓嚓"地磨起刀来。

磨刀声惊动了厢屋里的小两口。

李秀敏朝北屋努努嘴说："听，你爸爸又干什么哪？"

马志德说："他闲着有什么事儿！"

李秀敏说："好像磨什么，你去看看。"

马志德提着火棍子走进北屋。

127

马小辫用劲儿磨着,红色的污水,从磨石上流到地上。

马志德问:"你磨它干什么?"

马小辫回过头来,看了儿子一眼,咧着嘴,凄惨地一笑,说:"使呀!"

马志德说:"不是有使的吗?"

马小辫说:"我今儿个拉了半夜肚子,倒觉着有点馋了,磨磨刀,等分了麦子,咱们也割上二斤肉,包一顿饺子吃。我老早就想这玩意吃了。早先年,我是隔一天吃一顿,全是肉丸儿的,我是光咬肚儿不吃边儿……"

马志德今天特讨厌听这个,就打断他爸爸的话说:"快别提你过去那埋汰的生活了,有什么意思呀!"

马小辫依然没发火,又苦笑一下,说:"你说埋汰,我说干净。过几天吃上肉饺子,你看看是埋汰还是干净吧!"

马志德说:"剁肉有现成的菜刀,磨它干什么?"

马小辫说:"用菜刀剁肉,叮叮当当地响,别人听见了,又找我的刺儿;用这小刀子,一点儿一点儿地切,悄悄地做着吃,他们谁也不用想知道。"

马志德本来提防着他的爸爸会为昨天下午的事儿跟他吵架的;可是,他这个爸很反常,变得很和善,那眼神,那语气,都使他感到,这个"地主"又可气,又可笑,又有那么一点儿可怜。心里想:死脑筋哪,要是老老实实地改造,有大伙儿吃的,也有你吃的,有大伙儿穿的,也有你穿的,说话又要抱孙子,日子不是挺有奔头吗?偏偏总是想不开,真是自找苦吃。他又想,等有了空,一定要按着喜老头指教的办法,好好跟爸爸谈谈,帮助爸爸开开心窍。他想到这儿,就离开北屋,回到厢屋烧火去了。

马小辫把那把尖刀磨的飞快,快的放光。他心满意足地直起身来,嘘了口气,赶忙把刀压在自己的枕头下边;又把磨刀石搬到院子里,还用笤帚扫了一簸箕浮土端回屋,垫在刚才流在地上的锈水上,这才松了一口气。

儿子又在窗户外边喊他了:"爸爸,饭熟了,吃吧。"

马小辫并没体会出儿子今天喊他的口气和声调有什么变化,就说:"嗳,你们先吃,给我剩下,该下地你们就下地。"

马志德说:"你也下地吧。"

马小辫答应:"嗳,一喊就走,误不了。"

厢房屋的小两口,闷闷地吃了饭,就急忙收拾了家具,又匆匆地离开家。他们不愿意在这个家里多呆,这儿总有一种说不出来的阴暗气氛,这气氛,跟他们平时在院子以外感到的根本不一样。他们越在院子外边活动得多,越是在这丰收的喜庆日子,跟着一伙子喜悦的人们活动得多,越觉得这个院子的气氛不能忍受,就像六月天钻进了很深的白薯井里,潮湿、阴森,又有一股子霉烂的臭味儿,呛得透不过气来。所以,他们宁肯早到地里等着,也不愿意在家里歇一会儿。

这所小院子里,只剩下马小辫一个人了。他不想吃饭,也不想躺下来歇歇。他把那把磨得发亮的尖刀子拿出来看看,又压在行李卷下边,在屋子里走溜溜。

他盘算着自己的行动,盘算着这个行动的后果。他想:眼下,惟一的大事儿就是拖住收麦子,拖到小儿子马志新来,李世丹到;拖住了这个,萧长春他们就没有工夫挖坟,也顾不上挖马小辫的后代了;要想拖住,非得出点大事不行,要闹大事儿,一定得豁出去闯一闯。

这个死不低头的地主血迷心窍了,这会儿,满心只是装着一件事儿,光往他得意的地方想,什么危险,什么后果,他全不去顾虑了,也根本不可能想了……

街上响起了上工哨。

小组长马长山大声招呼："社员们，能下地的全下地，把熟了的麦子赶紧割下来，天气预报，今天晚上可能有暴风雨！"

马小辫听到"暴风雨"这三个字儿，就像挨了一锥子，不由得浑身一抖，慌慌张张地跑出屋，关了门，跑出院子。

乌云已经布满了天空……

第一〇三章

社委会分工，韩百仲专管指挥田间的收割。他是非常忙的，除了要在前边领着割麦子，还得经常检查各小组的工作，除了管第二队的事情，对第一队那边还得挂着半个心；同时，他这个治保主任，晚上护麦、守场的任务也是相当繁重的。每天他顶着星星下地，又顶着星星回家，除了偶尔到场上打个卯，大天白日在村子里很少见着他的面。就算焦二菊都难得跟他碰碰头儿了。他们一家人全都参加了麦收，连他那二儿子小拴柱都到麦地里拾麦穗儿，吃饭是流水席，各吃各的，不能围在一张桌子上。晚上，韩百仲住在场房里，跟场头焦振茂做伴儿；不能跟他的老爱人一起看麦子，也不能一块儿坐在灯下边学习了。

这位副主任越来越爱动脑筋，也越来越显得干练。满地里男女老少将近二百口子人，让他指挥得有条不紊，三天里没有窝过一会儿工。他心里边高兴，精神格外旺盛。他觉着，这次割麦子名副其实的是收获胜利果实；用不了几天，把这胜利果实全收上来，再分下去，就会在社员里边激起更大的劲头。这一程子，他总是出入在黄色的麦田里，对金泉河边那块苗圃也特别有了兴致。过去，他总觉着种植果树和绿化荒山那是很远的事儿，眼下得生着法儿把这个不巩固的农业社圈拢住，让社员多分点粮食，把日子过得好一点儿,安定了心思,吃饱了肚子,再想那些树和山的事儿也不迟。因为萧长春的影响,青年社员们的感染,加上斗争的节节胜利,麦子好得出奇,他不知不觉地爱上了这片绿色。就好像他已经学会动脑筋思虑东山坞的阶级斗争一样,他也经常思虑起东山坞的建设远景。其实,从打他一懂事儿的时候起就爱上了绿色。那团团的榆树钱,那串串的酸枣子,曾经填满他多少次饥饿的肚皮?那发芽的香椿,那长长的山草,给他带来多少次生存的希望?满山的绿色不止一回把他和穷哥儿们从春荒的死亡里拯救过来。现在呢,这绿色成了鼓动人们为社会主义奋斗的力量了,将来要成为东山坞的聚宝盆。只要他一闭上眼睛,就好像看见了满山遍野的树木森林,就看见了成车成辆的果子,他的心口窝就像扯起一片绸子那样抖动起来……他想,只要保证这次麦收顺利完成,河水就算引到地里了,果树就算栽到山上了,社员们都会觉着集体的日子更有指望了,东山坞就要大步前进!

你看他干得多卖劲儿呀!有人怕光膀子麦芒扎肉,他不在乎,那古铜色的脊梁上好似刷了一层桐油闪着亮;有人怕光着脚热土发烫,他也不在乎,那双有力的大脚丫子,把土块块踩成窝,碾成粉……

乡里的大个子武装部长骑车子跑过来了:"百仲同志,气象站通知,傍晚有暴风雨呀!"

韩百仲直起身朝他喊着:"多大呀?"

大个子说:"多大没说,反正小不了。"

韩百仲抬头看看天:"没事儿。你来跟咱们割麦子吧!"

大个子说:"我还得到别的村通知哪,见着老萧问个好呀!"

韩百仲看着大个子走远,又弯着腰割起来了。他想把这件事儿压一压,过一会儿再通知,免得有人慌了神儿,惦着家里什么事情,耽误干活。

131

正在靠地边割麦子的弯弯绕耳朵管用,听见"暴风雨"这三个字儿,就停住手,朝这边走过来了,把想说的话掂着分量说:"我说主任,多会儿下雨呀?"

韩百仲想:这家伙,听到一个话音儿,就请假来了,说:"下雨早着哪,你家里有什么东西怕淋着哇?"

弯弯绕说:"谁跟你说这个呀! 我是说,要是有雨,就赶紧顾场上,麦子垛全晾着顶,别漏了雨呀!"

韩百仲笑了:"嗨,关心集体了? 好哇! 场上不用惦着,那边人手也不少,他们不会让麦子垛淋着。"

弯弯绕又说:"还有,这块地也得麻利快割呀。"

韩百仲说:"就是得快割。"

弯弯绕说:"这片地熟得透,雨一打,麦穗子全得掉下来。"

韩百仲见弯弯绕很认真,也就郑重地说:"你这两条建议全不赖,还有呢?"

弯弯绕摇摇头,转过身去小声地说:"我是随便一说,怎么着合适,得由你们干部定稿子,我是爱多嘴多舌的。"

身后边的韩百仲又鼓励几句什么话儿,他没有听见,也不想听见。

跟他一排垅割麦子的马大炮等他回到身边,不满地说:"你管这道闲事儿干什么呀!"

弯弯绕说:"这怎么是闲事呢,麦子糟蹋了,多造孽呀!"

马大炮带着一点挖苦人的口气说:"听见没有,韩主任表扬你爱社啦!"

弯弯绕横他一眼:"屁!"又插上镰刀割麦子,"我希图他表扬几句空话呀?"

"不图这个,你管它呢! 讨讨好,能多分给你几斤吗?"

"不管怎么分,不管是谁的,先别让它糟蹋了;都是到嘴边上的东西了,多可惜。"

马大炮不以为然地耸耸鼻子:"就算这块地一粒不丢,全收到仓里,有你我几个粒儿?"

弯弯绕叹了口气:"唉,倒也是那样。庄稼人嘛,知道粮食收来不易,怕白扔了……"

马大炮说:"这一回,咱们队卖余粮要拿红旗了。"

弯弯绕说:"咱村那几个红干部,心里边光想这个,一丁点儿也不惦着咱们的日子。"

马大炮说:"要是马主任说话算话,余粮少卖,红旗还得照样儿拿到手,人家才会办事儿,才会给咱们这色人谋福利。"

弯弯绕说:"眼下他也跟咱们一样,除唉一声,还是他妈的唉一声,有本事也施展不开了。啥法子!"

这两天,沟北边的那些中农户全在嘀咕卖余粮的事儿。他们全都不知不觉地退了一步:已经对那土地分红的事儿不敢抱太大的希望了,只要干部们能够对国家使点假,虚报一点产量,少卖点儿,就是还按劳力分,锅里多,分到碗里也就多;锅里就剩半下子了,盛到碗里还能盖住底儿呀!

不管怎么说,丰收总是比歉收给人提精神,中农也罢,贫农也罢,人人都很出力气;心思没有打到一个点儿上,满地的镰刀却是一个声地响。

"快割呀!"

"上午要把这块地收拾完哪!"

热烈、紧张,从早晨一个劲儿干到贴晌。

六月的天气,就像个刚满周岁的孩子,想哭就哭,想笑就笑;刚才,天空上只是流动着几块灰不溜秋的云彩,一会儿整齐,一会儿分散,没有多大的劲儿;后来,在人们的不知不觉中,转了风向,推到西北边的云彩又翻回来了,越聚越大,转眼间就把天给遮严了。

像屋子拉上了窗帘,一切都跟着暗淡起来……

一阵风起,刮掉了韩百仲的草帽子。他拾起帽子,抬头一看,吓了一跳。凭着他的经验推测,这场暴风雨要提前来到,而且是来之不善的。幸好这块熟透了的麦子一上午抢割完了,不至于遭受大损失;眼下最要紧的是把割下来的麦子赶快运到场上,别摊在地里。于是,他挥动着手里的镰刀,大声地喊:"嗨,同志们,不要割了,赶快把割掉了的捆起来;装车的装车,往家赶的往家赶,麻利着点儿呀!"

太阳一被遮住,凉爽多了,人们多想多干一阵子呀!

韩百仲从这段地跑到那段地,不停地喊:"嗨,听见了没有,别割了,割掉了运不回去,一下雨就糟啦!快住手吧!"

人们这才放下镰刀,回过身去捆扎割倒了的麦子。

韩百仲一只手按着草帽子,一只手拨拉着挡腿绊脚的麦子,又往前跑着。他横穿过几块麦子地,来到了一队的边界里,老远就见焦克礼领着几十个人,拉开一个扇形的队伍,挥舞着镰刀,割得正起劲儿,就大声地喊:"克礼,怎么还割呀!"

焦克礼正在使劲加油,没有听见。

韩百仲奔过来,一把扯住他:"嗨,要下雨啦!"

焦克礼只顾挥镰刀,头也没有抬:"我早知道了。"

韩百仲说:"快收拾吧!"

焦克礼说:"傍晚才有雨哪!"

韩百仲说:"你瞧瞧,北山都让雨挡住了,还傍晚哪!"

焦克礼一愣,抬头看看天,说:"北山离这儿还远着哪,再干一会儿!"

满天的乌云往下压着,麦海里掀起不平静的响声。

韩百仲说:"还干一会儿呢,雨来了再收拾就晚了。快停下镰刀,让大伙儿捆麦子,告诉车把式,把车赶的快点儿,快往回抢运。

我去通知场上的人，马上把所有的麦子都垛起来。克礼，你可是领头儿的，一麻痹就要乱套哇！快吧！"

焦克礼这才恋恋不舍地收了镰刀，按着韩百仲的指示，招呼社员们捆麦子："嗨，都别割了，捆哪！捆好了归堆儿，别散扔着，一会儿车来了不好装啦！马长山，你怎么还割呀！什么，还等一会儿，等雨来了再捆就晚了！嗨，马子怀，指挥你那组的人，帮助妇女捆，快，快！"

…………

韩百仲跑到一队的打麦场上。

场上的人在喜老头的指挥之下，正在起场、垛麦个子。搬麦个儿的搬麦个儿，上垛的上垛；用杈子挑的，用木箅推的，用簸箕端的，一个个欢欢地跑着，好像走马灯，满场的人都在打转转。

韩百仲一看这儿的情形，咧嘴乐了："好，还是你有经验。"

喜老头说："这边不用你管了，保证不让雨淋着。地里的麦子可得拉回来呀！"

韩百仲说："我正让他们捆哪。"

喜老头说："光捆不行，要紧的是运。"

韩百仲说："我去招呼车把式加油。"

喜老头说："光靠车也不行啦。我给你出个主意：动员人往回背吧……"

韩百仲没等把话听完，就拍着大腿说："好！拉的拉，挑的挑，背的背，哎呀呀，你这个主意真解决大问题了！咱们农业社要别的没有，要人，可多得很。"说着，就往沟南边跑。

焦二菊也迎面跑过来了，呼哧呼哧地直喘气。

韩百仲说："嗨，嗨，我给你个任务。"

焦二菊说："不行，不行，我有急事儿。"

韩百仲拉住老爱人的胳膊说："什么急事儿也得服从这个。赶快到地里通知,让社员把麦子捆好,除了装车的,跟车的,都往回挑、背,快!"

焦二菊笑着推开男人的手说:"嗨,我跟你干的是一码事儿。我,还有福奶奶正分头找人哪,妇女、孩子,能动的,全都让他们去背麦子。"

韩百仲也笑了:"好,自觉性都高了。快去吧,我到二队场上看看。"说罢,就又朝前跑了。

焦二菊在狮子院门口碰上了福奶奶。

福奶奶像个领兵的元帅,后边跟出一大队人马:除了志泉媳妇这几个常下地干活人之外,还有喜奶奶、小孙女这样一帮老太太和小孩子。她们每人不是扛着扁担,就是提着绳子,缕缕行行地从大门口拥出来。

焦二菊说:"真棒,福奶奶成了佘太君啦!"

福奶奶说:"佘太君不佘太君的,抢麦子要紧,抢回一捆,少糟蹋一捆,这是咱们的心血呀!"又回过头来对她的队伍说,"志泉家,你领导大伙儿快到地里运吧,我跟你百仲大婶再多招呼几个人去。"

志泉媳妇领着人朝地里跑去了。

焦二菊和福奶奶一块儿挨门挨户地喊人。

"嗨,社员们,没事儿的,都下地背麦子呀!咱们可不能让麦子烂在地里呀!"

"妇女、儿童都出来呀!能背多少背多少,背回一点儿,少糟蹋一点儿!"

"快着点呀,别磨磨蹭蹭的了,大雨可不等着人呀!"

迎面跟来了两个人,一个是马长山的小媳妇,另一个是男的,穿着白府绸汗衫,制服裤子,那一双皮鞋特别显眼。

焦二菊说:"侄媳妇,怎么要下雨了,还送客呀?"

小媳妇说："这是我娘家哥，从北京来看我。我回家拿绳子，他一定要跟着抢麦子去。"

福奶奶说："哟，你快给客人换上一双旧鞋呀！"

小媳妇的哥哥说："不要紧，湿了打打油就好了，抢麦子要紧。"又对妹子说："快领我走吧。"

福奶奶对焦二菊说："这年轻人多好呀！"

焦二菊说："听说人家是个大学生。"

福奶奶说："瞧瞧，马小辫的儿子也是大学生，完全两路。"

焦二菊说："这年头像马志新那样的坏学生有几个呀！"

她们说着，又喊开了："都背麦子去呀！"

把门虎和瓦刀脸女人抓着草帽子、提着镰刀，从村外边没命地往回跑，老远见到这边的两个人正挨门喊人，就想绕着走过去。

焦二菊几步蹿上来，拦住了把门虎："嗨，人家都往地里跑，你怎么往回跑，快背麦子去！"

把门虎说："我家的柴火还没收起来哪！"

焦二菊说："是柴火大紧，还是麦子大紧呀？"

把门虎不高兴地说："都大紧。"

焦二菊说："都大紧呀？我看麦子最大紧，没别的，你先给我背麦子去吧。"

把门虎说："哟，连组长都放我的假了，让我们回来收拾东西，你倒管得宽呀！"

焦二菊说："那天开会，选我代理妇联主任，你是女的，得由我管，去不去吧？"

把门虎气得不得了："主任就兴强迫命令呀？"

焦二菊说："你可别拿这个大帽子吓唬我，我这是为集体办事儿，也为你好。跟不良倾向作斗争，这叫坚持原则，懂吗？"

把门虎又来软的了："我到家收拾一下就来，行吧？"

焦二菊说:"先背麦子再回去收拾也晚不了。"

"我得先回家看看。"

"你得先背麦子。"

福奶奶拦住了瓦刀脸女人:"同利家,家里有什么事儿呀,怎么往回跑?"

瓦刀脸说:"有急事儿!"

福奶奶说:"什么急可也没有抢麦个子急呀!"

瓦刀脸说:"我回家一趟再去。"

福奶奶说:"老天爷可不等人啊!我也不是干部,你也不是干部,咱们都是社员呀,麦子是咱们大伙儿的,糟蹋一个穗儿也有咱的份儿呀!"

瓦刀脸说:"怎么着,家也得顾顾呀。"

福奶奶说:"咱都是过庄稼日子出身,理儿不用多讲,过去过自己的日子,要是来雨了,是顾家,还是顾地呢?准得顾地,对吧?过大伙儿的日子也不能颠倒了啊。"

瓦刀脸没话可讲,就说:"我回家把咸菜缸盖上,就出来背麦子,行了吧?"

福奶奶说:"就这点小事儿呀?你去背麦子吧,我往那边叫人,顺手给你盖上就行了。"

这个老太太语气平和,可是态度坚定,瓦刀脸女人没办法,只好往回转。

那边的把门虎一见瓦刀脸回去了,也只好转身子。

焦二菊又跟福奶奶往东奔跑着找人。

焦二菊说:"真怪,也没听您喊叫,怎么一下子就把那个刁娘们说回去了?"

福奶奶笑着说:"喊叫干什么呀?咱们图的就是把她拉出来给集体干点事儿,她来硬的,咱们得来软的,要是都来硬的,这种人,就是不干,你怎么着她? 你跟她吵,不就更耽误时间了? 不管软硬,反正她不回去背麦子不行。"

焦二菊笑了:"您真有两下子。往后选举,我看这个妇女主任得您当了。"

福奶奶说:"还是你当,我在后边给你使点劲儿。"

焦二菊说:"要不,我当正的,您当副的,行吧?"

福奶奶说:"你呀,还顾得有心有肠地安排这个哪!"

两个人正说着话儿,只见老烈属王老头两手拄着拐杖,弯腰塌背地走过来了。

焦二菊喊:"二爷,要下雨,上哪儿去呀?"

王老头说:"不是喊背麦子吗?"

焦二菊喊:"嗨,您还背麦子?"

王老头说:"添个蛤蟆还四两力哪,二爷我咋也比一个蛤蟆强啊!"

福奶奶说:"她是怕二哥你累着。"

王老头说:"累不着,我不能背,抱上一捆儿回来。"

焦二菊说:"一会儿刮了风,下了雨,滑倒了,把您摔着,我们可担不起。"

王老头笑了:"别怕,摔坏了,我就有饭吃了,到你炕上养着去!"说着,又艰难地朝前走了。

焦二菊愣了一下,追上来,喊:"二爷!"

王老头有点不高兴:"怎么,你还要打击我这积极性儿呀?"

焦二菊说:"我给您送草帽子来啦!"说着从自己头上摘下草帽子,给老烈属戴上了。

福奶奶对走回来的焦二菊说:"人家烈军属思想真好。"

焦二菊说:"要都像把门虎她们那样的人,不用说麦子,这会儿日本鬼子的炮楼还得在大湾安着。"

于是,两个人又一边跑着,一边大声喊起来:"嗨,大人、孩子,都快到地里背麦子呀!"

孙桂英披着一身尘土、带着满脸的汗道道,也从地里跑回村。娘家妈这一来,给她减轻了负担,也把那三分钟的热劲儿给安定住了。娘俩整半夜地说话儿,说的全是娘俩才能说的知心话儿。那个从苦难岁月里挣扎过来的老人,亲身经历就是对晚辈人最有效的教材,娘家妈的话,打动了孙桂英。这两天,她咬着牙挺过来了,焦克礼还在地里表扬过她。她很得意。早上下地干活的时候,换了一身旧衣服,可惜忘了换鞋和袜子;那鞋是精工细做的,黑灯芯绒的面儿,白千层底儿,鞋尖上绣着一朵很淡雅的小蓝花,鞋带上还钉着一颗闪闪发亮的白扣子;那袜子更心爱了,杏黄色,高桩儿,还是过年的时候,马连福托瘸老五从北京捎来的哪。她没有挨过雨淋,她怕那冰凉的雨水泼在身上,怕那吓人的雷电响在头上,特别怕泥水湿了她的鞋和袜子。她得赶快往家里跑哇!

焦二菊老远就瞧见她了:"嗨,孙桂英!"

孙桂英停下了:"嗳,叫我干什么呀?"

焦二菊领着福奶奶走过来,带着笑模样说:"嗨,真会问,叫你干什么,你看大伙儿干什么呢? 都奔地里抢麦子,你怎么往家跑呀!"

一句话问得孙桂英怪不好意思地说:"谁说我往家里跑啦?"

焦二菊说:"你这张嘴呀,真是石头刻的。你没往家跑,这是往哪儿跑呢?"

一句话又把孙桂英问住了,故意用开玩笑遮羞说:"往哪,往哪,反正我没跑!"

焦二菊说:"你要有啥事儿,回头再办,快背麦子;人家都去了,你不去,我怕让外人笑话你。"

福奶奶在旁边说:"这一程子,桂英干的可棒啦,真是败家子儿回头金不换。桂英是个明白人，一定知道，这麦子是咱们的心血，一个粒儿也不能让它受损失；咱们是贫农，到节骨眼上，就得起带头。我猜你是回家拿什么家什去吧？"

孙桂英心里一乐，眼珠一转说："对嘛，光用胳膊抱麦个子能抱多少哇。我回家拿绳子去，多背点儿。我可有劲儿哪。百仲大婶子，您往后可别拿旧眼光看人了。还是那句话，我孙桂英不干是不干，要干，就得干个厉害的给别人瞧瞧！"说着，很得意地奔家跑了。

焦二菊看看福奶奶，福奶奶望望焦二菊，两个人都忍不住地笑起来。

孙桂英一边往家里跑，一边心里想：说什么也不能让别人小瞧自己，对，要干就干个厉害的给他们瞧瞧，不蒸包子还蒸（争）口气哪。你们看我是落后分子，我偏当积极分子。谁不愿意当积极分子呀。当积极分子谁不会呀。只要不顾自己，不心疼自己的东西，拼出去一干，就是积极分子。干！

她进了大门，见妈妈正抱着孩子在屋门口站着，心里不由得打个转儿，就走过来说："妈，把他给我。"说着，接过孩子，噔噔地跑到东墙根儿，一步迈上了猪圈墙，朝东院喊："韩大婶，在家里吗？"

韩德大的老妈妈正往棚子里抱柴火，听见喊，答应着，走近墙根下边，问："刚从地里回来呀？"

孙桂英说："让小宝跟您玩一会儿。"

韩德大妈奇怪地问："姥姥呢？"

孙桂英笑着说："姥姥有个任务。"说着，两手托着孩子的腰，轻轻地一举，又一放，她的小宝就过了墙，到了东院。

韩德大妈赶忙蹾着柴火捆接过孩子。

孙桂英跳下猪圈墙，急忙在院子里找了一根长扁担，又到屋子里找了三条长绳子。

她妈也纳闷地跟着她转，不知道这个没有正形的闺女又要干什么怪事儿。

孙桂英说:"妈,要下雨啦!"

娘家妈抬头看看,满天乌云翻滚,说:"可不,看样子来势不小哇!"

"麦子割倒了,全在地里,那是咱们社员的心血,一个粒儿也不能叫它受损失。"

"就是嘛!"

"咱们是贫农,到节骨眼儿就得起带头。"

"说得对呀!"

"妈,您帮我当当积极分子吧。"

"当积极分子,你就积极劳动、积极爱社嘛,怎么还让妈帮呀!"

"嘿! 我得干个厉害的给他们瞧瞧。"

"给谁瞧瞧哇?"

"给瞧不起我的人瞧瞧。"

"你这样的积极可不牢靠。"

"不要紧,慢慢来,慢慢地就牢靠了,我也得给您瞧瞧。走吧,我去挑麦子,您呢,跟我一块儿背去。行不行呀?"

妈妈笑了:"行,农业社是一家,农民也是一样;要是在森林,遇上这日子,我不是早就干起来了。走吧!"

孙桂英也笑了:"这还不赖。您一出去,不用说背麦子,就是走一遭儿,那些没好心的人也得换个眼睛看看我。就要这么干下去!"

这当儿,东山坞的街上树摇地动,烟尘滚滚。

男男女女,老老少少,带着绳子、扁担、筐子,互相呼喊着,缕缕行行地拥向村口,又拥到地里;他们跟从地里背麦子回来的人走个碰头,就躲开道儿让重载的人先过去。你来我往,欢呼呐喊,十分热闹。看到这种场景,这些北方游击区的农民们一下子就想起了当年夺县城、攻炮楼那个火热的场景。这跟那时候一样,都是战斗啊!

地里的人,很快发现了孙桂英,又发现了孙桂英的妈妈,就一边忙乱着,一边当新鲜事似的议论开了。

队长焦克礼喊:"嗨,怎么客也来了?"

孙桂英一边忙着捆麦子,一边说:"麦子是咱们社员的心血,抢回去要紧呀!"

焦克礼眨巴着眼:"哟喝,你可真变样了!"

孙桂英得意地问:"你说我厉害不厉害吧?"

焦克礼说:"够厉害的!"

孙桂英抿嘴一笑,把捆好的挑子又抖落开,又加上了两个麦个儿,挑起就走;挺着胸,晃着胳膊,故意从人多的地方过。她立刻又变了,不光像个积极分子,还像个领队的干部,一路跑,一路喊:"同志们,加油哇,多挑,快跑呀!"

…………

第一○四章

街上的忙乱声惊动了托儿组的五婶。

她正带着一群小孩子在葡萄架下边捉迷藏玩。她留神地听了听街上传来的呼喊声,可是没有听出个什么道道儿来,就想马上出去看看,忙招呼孩子们说:"乖乖们,起风了,回屋吧!"

十几个小孩子真乖乖地静下来,跟五婶进了北屋里。

托儿组暂时借用了五婶前院的陈老太太家。陈老太太儿子闺女全在外边做事儿,院子大,屋子宽,还有一架遮太阳的葡萄,离五婶家又近便,这个地方挺合适。这老太太有点儿"独",平时不大招人，跟庄亲也少来往，可是跟五婶却特别要好，老姐俩好了多半辈子。那天五婶亲自登门借地方，没费事儿她就答应了。开始七八个孩子，第二天又加了五个，还有两个刚会爬的，五婶一个人忙不过来，又把陈老太太给拉上了。五婶自任组长，专管大个儿的，陈老太太招呼两个小个儿的。一天热热闹闹、忙忙乱乱，倒也挺有意思。

五婶把孩子哄进北屋，就说："大姐呀，两个小家伙吃饱了没有哇？"

陈老太太——一个白头发红脸膛的老人，正在炕上哄孩子，小声说："吃了，都睡着了。"

五婶说："好哇。把大个儿的也交给你，我到街上看看，到底儿出了什么事呀，怎么乱哄哄的呀！"

陈老太太说："跑不了是抢场吧。"

五婶说："抢场哪用得着这么乱，让人怪不放心的。我去看一眼就回来。一会儿，你打发他们回家吃饭就是了。"她又对孩子们说："外边起风了，别出去，都上炕等着，一会你们妈妈爸爸就接你们；吃了饭，再找奶奶来玩。"

孩子们像一群山雀子，呼呼啦啦地跳上炕，挤了一窗台，从玻璃镜看外边刮风，一齐喊着老掉牙的歌谣："风来了，雨来了，姥姥背着鼓来了……"

五婶出了门儿，一直跑出胡同口，就见大街上好多人急急忙忙地朝西跑，拦住了正要跑过去的马长山问："出什么事儿了？"

马长山说："招呼人往场上运麦子。"说着，还是跑。

五婶追着问："大车呢，怎么不用车拉呀？"

马长山跑出老远，回头说："光大车运不过来了，暴雨就要到，全体出动往回背。"

五婶刚要跟着跑，托儿组的孩子们又挂着心，就又急转回来，进了自己家的院子。

马翠清的小弟弟小清正烧火。

五婶问："小清，你姐呢，怎么你烧火呀？"

小清说："她到场上去了。"

五婶说："帮妈到南院看会儿孩子去吧。"

小清说："我烧着这把火还有事儿哪。"

五婶说："啥事儿也没妈这事儿打紧，妈去背麦子，要不让雨淋了，你可就吃不上烙饼了。"

小清说："我也去背麦子。"

五婶说："你人小，背不动。"

小清说："我跟兰兰抬着。"

正说着，韩百旺的小闺女兰兰抱着一条扁担，提着一团绳子，跑进来了："小清，小清，快着点儿呀，我们就等你了。"

五婶乐了："对、对、对！兰兰呀，乖丫头，替五婶看会孩子去吧，五婶去背麦子……"

兰兰说："看着什么，让他们运麦子去。"

五婶笑着说："瞎扯，小孩子还能运麦子？"

兰兰说："老师跟我们说，小孩子也要帮助农业社做事情。"

小清说："对啦，抬麦子可比看孩子打紧。走呀！"说着，像一条泥鳅，从五婶的手下溜出去了。

五婶追到门口，干着急，没办法。这当儿，马翠清风风火火地跑进来了。

五婶问："不背麦子去，往家跑什么呀？"

马翠清说："我在场上哪，拿点东西！"

五婶问："拿什么呀？我给你找。"

马翠清说："不用找，现成。"说着，跑进屋，一步迈上炕，搬起被窝、枕头就往对面的柜上扔。

五婶在门口外边叫起来了："哟,你抄家来了?"

马翠清又跳下炕,提着炕上的席角一卷,卷成一个直筒儿,抱起来,就要朝外跑。

五婶不知啥馅儿,拦住她问:"你干什么呀? 卷了席,你睡炕板呀?"

马翠清说:"苫垛的席不够用啦。"

五婶一把拉住了她:"等等!"

马翠清着急地说:"嗨,社里使使席,你就心疼啦?"

五婶说:"你把我们娘俩铺的那领席也卷去吧,光这一领顶什么用。"

马翠清乐了。她回到屋里,把两领席重着一卷,往肩上一扛,跑回场院去。

二队场院发生了一件意外的困难:苫垛的席子准备少了。其实,今年买的席子比往年多了两倍,可是麦子好得出人意料,席子再多一倍也不够用;要是好天气,轧完一场,运进来一垛,席子还能倒换过来,突然一下子全运进来了,怎么倒换呢? 场头焦振茂可遭了大难。他一边跟着垛麦子,一边跟闺女叨咕:"我看这席准不够用。不用说还一个劲儿往回运,光是场上的几个垛,也够紧了。"

焦淑红正在垛上码麦个儿,见爸爸急成那样子,就说:"快垛,苫苫看,要是不够了,再想办法。"

焦振茂说:"你总说再想办法,能有什么办法,就是坐飞机买去,也赶不上趟呀!"

焦淑红说:"刚才您还说,地里割倒的麦子要了命也运不回来呢,看看运回多少来了,差不多快运净了。"

焦振茂没话可说了。刚才天色一变,把他急得不得了:场上摊着麦子,地里躺着麦子,要是雨一到,全得和了泥。真是农业社的优越性,人多力量大,一个号召,小山似的两垛麦子,运到场上,又堆起来了。

这工夫，韩百安老头也提着两捆麦子，愁眉苦脸地凑到焦振茂跟前来了，小声说："振茂大哥，要说我是多话，没席苫，还不如单摆浮搁着丢在地里，雨停了，好翻晒；这么堆起来，漏了雨，准得烂了。"

焦振茂说："丢在地里，不烂，可是要发芽子呀！"

韩百安摇摇头："大家业真不好办。收来怎么样，离着装到囤里还早着哪！"他说着，长长地叹了口气，把手里的麦个儿举到垛上，又转了回去。

从打那天在羊棚里萧长春跟他谈过心事，接着又发生了那场"鸡的风波"，这个胆子又小、私心又重的老中农，在人们不知不觉中起了变化，比过去干活儿劲头大多啦。可是，他心里边的那片阴云，并没有完全消除，好像还是在时聚时散的，老是翻腾着。麦子打到场上，堆在一起，这使得老庄稼人吃惊不小。他长这么大也没见过这么多的麦子呀，就算过去地主马小辫家的麦子，也赶不上农业社的一个棱角。他心里想：要是平平安安的，别再出什么岔子，按着预分方案那个样儿把麦子分到手，自己兴许没有吃亏，还兴许是沾了点光。唉，如今的事谁能定准呢？这不，又要来雨。看这天气，雨势小不了，麦子要是霉了，烂了，又变成竹篮打水一场空了。他刚才忽然关心起集体，跟焦振茂进了一言，主要是出于这种心思。他有什么办法呢，搞他自己那个小院子里的事儿，条条是道，得心应手，面对着这个大家业，他只能甘拜下风、束手无策。唉，听天由命吧！

韩百仲急急忙忙跑来了，在人群里转了几个圈子，就冲着垛上喊："淑红，长春呢？"

焦淑红说："歇间的时候，给牲口抓药去了，还没回来。"

韩百仲说："支书不在，你帮着场头指挥指挥，我还得招呼背麦子。等地里的麦子快运完了，咱们就集中人力快苫垛。"

焦淑红说："我爸爸怕席不够用。"

韩百仲一愣："啊，差多少？"

焦淑红说："原来的垛都苫上了，差的就是新运来的那两垛。"

焦振茂一见韩百仲来了，可找到了主事人，就跑来说："快想办法，席是肯定差得多。"

韩百仲转着垛看看，为难地说："这下可够呛，想办法买也赶不上用啦。"

韩百安也跟着大伙儿凑过来了，看着韩百仲皱眉，心口窝扑通扑通地直跳，嘟嘟囔囔地说："得想办法，得想办法，麦子垛要是漏了雨，那可坑人了。真的，全完了……"

韩百仲想了下，说："垛高一点儿，行不？"

焦振茂说："已经够高了，再高还怎么高呀？"

韩百仲又说："把最上边的麦个子穗朝上垛行不行？"

焦振茂说："那样垛，顶一阵子暴雨行，就怕这雨下起来没个完哪！"

韩百仲没辙了。

韩百安脸儿黄黄的，叹了一口气。

韩百仲说："瞧瞧，连百安大哥也发愁了。"

韩百安摇着头躲到麦垛那边去了。跟前没有人了，他还在嘟囔："完了，完了，这回麦子算是烂了……"

人们正在为难，天色忽然变黑了，远处隐隐地响起了雷声，打起了电闪。

"雨来了！"

"快垛呀！"

"先苫！"

"一领席都没有啦！"

这会儿,马翠清扛着席跑来了。

焦振茂乐了:"嗨,哪的?"

马翠清说:"我家的,快苫吧!"

焦振茂一边接过席一边说:"你家还有闲席呀?"

马翠清说:"我们又不是开席铺的,从炕上揭的!"

韩百仲心里一亮:"对呀,这不是个好办法吗! 这下子可救急啦,可救急啦,去个人,把我家炕上的席也揭来吧!"

焦淑红说:"到我家揭去!"

焦振茂也乐了:"快叫你妈,让你妈去!"

垛麦子的社员都喊起来了:

"揭我家的!"

"揭我们的去!"

韩百仲说:"对,睡炕板咬白面馒头,也是香的呀。同志们,快回家揭席吧,保护咱们的麦子要紧呀!"

一声令下,社员们纷纷地丢下杈子,往家里奔。不一会儿,又是一个跟着一个的扛席的人转了回来。

萧老大也扛着席子来了,小石头跟在后边,抱着他爸爸从军队上带来的一块绿雨布,跑过来塞给了韩百仲。

韩百仲说:"小家伙,给我这个干什么?"

小石头说:"我爷说,苫垛用。"

萧老大说:"这不顶一领席吗?"

韩百仲说:"对呀,同志们,家里有隔雨的东西,都献出来吧,坚决保护住咱们的麦子呀!"

不一会儿,又有人抱来油布、雨衣,甚至还有人顶来了大锅盖。

够了,苫垛的东西全够了。

韩百安第一次这么大方,没有用人说服,也没有等人指使,他不声不响地把他家里一个草苫子搬来了,往地下一扔,很有劲儿地说:"振茂大哥,用这个,这个隔雨……"

焦振茂高兴得不知道说什么好了:"百安,哎,哎,这回嘛,还差不离儿。好,好,往后就这么干吧!"

韩百仲马上表扬他说:"百安真是进步了。好,好,大伙儿马上苫垛,我到一队去,那边的席要是不够的话,也用这个办法。嘿,真是人多主意多呀! 对啦,忘了表扬翠清。哎,翠清哪?"

马翠清在垛下边答应一声:"这儿!"

韩百仲说:"干爹表扬你啦!"

马翠清把大辫子一甩:"用不着!"

于是,人们呼喊着展席的、抖落雨布的、搬梯子的,又忙乱成一团了。

焦淑红抢过梯子,往另一个高高的垛上一靠,蹬着就往上爬。

马翠清紧跟着也上来了。

垛下的人把席子扔上来,她俩晃晃悠悠地扯开,按在垛上,当伸手接第二领席子的时候,第一领被狂风吹到天上,转了一个圈,翻了一个个儿,又落到垛下去了。

焦淑红喊:"翠清,按着这个,我接那个!"

马翠清把又展开的一领席按住了;可是风很大,按住这边,那边掀起来了,按住那边,这边又掀起来了。她索性往席上一趴,伸开胳膊大腿,把席按住了,朝垛下边的人喊:"嗨,快扔绳子,拴上砖头,快呀!"

焦淑红也照着马翠清的样子,把另一领席压住了。

可是,垛下边的人来不及管她们,又苫另一个垛去了。

这时候,风更大了,摇着场边的树木,掀起了碎麦秸子,呼呼地响成了一片;紧接着,铜钱大的雨点子,就噼噼啪啪地落了下来,越下越大……

第一〇五章

狂风暴雨摇撼着东山坞。

雷鸣夹着电闪，电闪带着雷鸣。

那雨，一会儿像用瓢子往外泼，一会儿又像用筛子往下筛，一会儿又像喷雾器在那儿不慌不忙喷洒——大一阵子，小一阵子；小一阵子，又大一阵子，交错、持续地进行着。

雨水从屋檐、墙头和树顶跌落下来，摊在院子里，像烧开了似的冒着泡儿，顺着门缝和水沟眼儿滚出去；千家百院的水汇在一起，在大小街道上汇成了急流，经过墙脚、树根和粪堆，涌向村西的金泉河。

金泉河失去了往时的温柔和安静，咆哮起来了，翻着黄色的波涛……

东山坞被投进一片惊天动地的轰响里。

麦子抢运完了，大垛也都苫完了，那些得胜而归的战士们，除了少数留在场房，都回到自己的家里了。有的正在洗脸洗脚，有的正在换衣裳，有的拢了一盆棒子骨头火烘烤取暖，有的已经坐在炕上围上了被窝，捧着热粥碗，香甜地喝起来了……

干部们没有回家。他们又分头到麦地检查有没有丢下的麦个儿，有没有人被风雨隔在地里。因为好多老人都自动参加背麦子了，谁也拦不住他们，这是让人不放心的事呀！

党支部书记萧长春这时候才跑进第二队的打麦场上。

他早就把小褂子脱下来了，包住了药包，紧紧地抱在怀里。地皮上撒了一层雨水，和成了稀泥，粘极啦；他甩掉了鞋子，合在一块儿，往胳肢窝里一夹，光着两只大脚板子，"啪唧、啪唧"地跑。到了场边上,他已经喘得上气不接下气,脸上白白的没有一点儿血色,浑身上下除了泥,就是水,膝盖上流出来的血,渗出了裤子……

奇迹出现在他的眼前了:高高的大麦子垛在风雨中稳稳地立着,场板上光光的,场院里静静的,一切都是有条不紊,一切都是那么干净利落,好像什么事情都没有发生过一样;那狂风,那暴雨,好似头几天就告诉了这儿的人们它要来,等到人们全准备好了,收拾好了,它才不慌不忙地来到……

年轻的支部书记望着这情景,呆住了。

他奇怪了吗?不,一个小时之前,当他刚刚把药包拿到手,从另一个抓药人嘴里听到暴风雨的消息,他没慌。他相信他的同志,相信东山坞的社员,相信农业社的力量;他预料到,同志们会想尽办法保护他们的胜利果实,而且一定能够保护住。他急着往回跑,不顾命地往回赶,是另外一些重要的事情牵扯着他,是想跟社员们一齐参加战斗……

相信的事儿,预料到的事儿,成了事实,摆在他的眼前的时候,他还是被震惊了。

他绕着弯跑进场房里,竟情不自禁地伸出两只冰凉的大手,抓住了焦振茂那一只刚刚热过来的手,激动地好久好久没有说出话来。

焦振茂是能够理解萧长春的心情的。他想着刚才抢麦子、苫麦垛的情形,心里正热着,这会儿又被年轻人给激发起来。他望着支部书记,两个眼圈一下子就红了。

萧长春说:"真不简单呀!"

焦振茂说:"神极啦!"

萧长春说:"大伙儿干得真好!"

焦振茂说:"不是亲眼看见,谁说我也不能信。"

"全都辛苦了。"

"你也不会清闲吧?"

萧长春笑了。

焦振茂把自己褂子脱下来,塞到萧长春的手上,说:"看你冷的,快坐下暖暖吧。"

萧长春推开说:"我还有事儿,要马上出去,换了又得淋湿。"

焦振茂说:"全都弄得妥妥帖帖的了,百仲到地里转转,一会儿就回来;你就在这暖和暖和,等着他吧。"

正说着,韩百仲、马翠清、焦淑红三个人跑进来了。他们每个人都像刚从水里捞出来。

马翠清进门就说:"哟,支书,您才到哇?"

萧长春说:"刚进门。"

马翠清说:"您倒挺稳当。"

萧长春说:"有什么慌的呢!"

马翠清说:"割下的麦子全泡在水里了,你还不知道哇?"

萧长春说:"那不省着再撒种了吗!"

马翠清说:"雨刚要来那会儿,我一边苦垛,心里一边骂你。可好,整天舍不得离开家,遇上事儿,你躲了!"

萧长春说:"有你们这些人包办代替,还用得着我呀? 看透了,照这样下去,我这当支书的快要没事儿干啦!"

大伙儿又说笑了一阵子,就跟萧长春汇报了刚才抢麦子的情况。

韩百仲问焦淑红:"你到南地去,没瞧见丢下麦子吧?"

焦淑红说:"没有,我挨块儿看过了。"

韩百仲又问马翠清:"你呢?"

马翠清说:"那边是您领着背的,还剩得下呀? 多余让我白跑腿儿。"

韩百仲说:"西边那个偏坡子上,剩下十几捆儿。那是哪个组背的呀?"

焦淑红说:"那是一队的。对啦,马长山那组抢那片麦子,准是几个地主、富农做的鬼!"

韩百仲说:"真可恶,别有一点缝儿,有了就钻,非得好好整治整治他们不行!"

萧长春说:"咱们去几个干部,赶快背回来。"

焦淑红和马翠清同时说:"我们去。"

韩百仲说:"我告诉你婶子了,让她找克礼,检查一下,哪个组、哪个人丢下的,再让他给背回来,不能便宜了他们。"

焦振茂插言说:"对这种人,只能用这种办法。人善有人欺,马善有人骑,不给他们一点儿厉害,总觉着我们光宽大,不严惩。"

韩百仲笑着对大伙儿说:"听听,我办的这事儿倒挺符合他的政策条文。"

萧长春看着这雨还没有停止的样子,就又想到两件要紧的事儿:北山的山洪,说不定就要下来了,得防备北岗子那个山口;有些社员的房子比较旧,恐怕经不住这场风雨,得马上想办法解决。

他没有把这两件事儿全说出来,先跑出去,把所有的麦子垛重新检查一遍,又回到场房里。他在每一个同志的脸上看了一眼,只见每个人都是水淋淋、泥糊糊的;要说话,有点不忍心开口,不说又不行,很有几分为难。

韩百仲跟他是贴心的人了,只要见他一个表情,就能猜到他的心事,便朝萧长春跟前凑凑,说:"长春,有什么事儿吗?"

萧长春说:"同志们已经累得够呛,冷得够呛了。可是,我们还有两件重要的事情要办……"

几个人同声说:"干吧,没关系!"

萧长春说:"淑红、翠清可以回去换换衣服,休息了;百仲大舅找找克礼,咱们三个人马上出发,我到地里看看,你们两个一个人分一条街,把社员家的房子检查一遍,着重检查烈军属和贫下中农家;看看谁家房子漏雨没有,柴火淋湿了没有……"

马翠清说:"这是重要事儿,干吗让我们回去休息呀?"

焦淑红说:"我们不回去,也包两条街吧!"

萧长春说:"我们三个够了,还用你们干什么?"

马翠清说:"我刚进来那会跟你说那几句话,是闹着玩哪! 当支书的这么小心眼儿,立刻就记了账,就想出个风头,表现表现。"

萧长春说:"你们瞧瞧,这丫头嘴巴有多尖,多难惹! 唉,韩道满真是个大傻瓜,偏偏没罪找罪受……"

马翠清要动武的,让焦淑红拉住了手,就不依不饶地说:"我看你是没有喝够水,我把你推到泥沟里去灌个饱! 淑红姐,你干吗总向着支书,偏拉一把呀?"

焦淑红骂道:"这个该死的,怎么抓着谁就跟谁干哪!"

"我早知道你们两个一个心眼儿了……"

"呸!"

韩百仲拉开她们,对萧长春说:"快让她们去吧,你惹她耍疯干什么呀。"

焦振茂也说:"我替支书做主了,快去吧。"

萧长春说:"我在翠清面前甘拜下风了。"

马翠清挺得意地捅了焦淑红一下:"还是我有办法吧!"

几个人又戴上了滴着水的草帽子,一块儿走出场院。韩百仲奔北街,焦淑红奔东街,马翠清到大庙那趟街去。泥水在他们的脚下飞溅着,雷电在他们的头上闪动着……

萧长春临出门的时候,把药包交给了焦振茂,嘱咐他,等雨小一点的时候,找个人给马老四送去;随后,他又找了一把小铁锹,扛在肩上,望着同志们一个个被雨烟吞没了,心里热乎乎地甩开了大步。

他往西走,往北拐,走着,盘算着,忘了淋着雨,也忘了蹚着泥水。

他想:这场暴风雨,一定要给东山坞带来很多的困难。麦子收割、打轧的时间要拖长了;如果这雨不能马上停止,麦子垛肯定要漏水,一漏水,又不能及时拆开晾晒,那就危险了。地里长着的麦子,肯定又被这风雨压倒不少,不晴天,不开风,也要霉烂。经过这场雨,地里的草籽儿又要发芽生长,不赶紧跟上锄草,早庄稼地就会打荒……

在支部书记的面前,又摆下了多少艰难的工作!可是,他一想到刚才社员们抢运麦子的情形,心里就有一种说不出来的高兴,就升起一股子坚强的信心。这场暴风雨,实际上是对他们这段工作斗争的一次测验,也好像是一场演习。事实证明了党的指示的正确,证明了这一段工作没有白干;很多社员的集体主义思想都提高了,干部的工作能力也提高了,有的社员简直变成了另一个人,连那个一向不过问集体事情的韩百安,今天的表现都跟过去大不一样了。没有这样的提高,地里割倒的麦子还得泡在水里,场上的麦子也都淋了。有了这么多人的齐心合力,再大点的暴风雨,又有什么可怕呢!

他穿着湿透了的衣服,踩着地坡子上的泥水走着。时大时小的雨水,还是不停地往他身上泼洒,雨点子敲着他的小铁锹,不断声的闷雷,高一声低一声地在他头顶上轰隆着……

他上了北岗子,就听到了一片牛叫一般的水声,山洪下来了,而且很不小。

北山口怎么样呢?去年秋后是他领着社员们在那儿修了一个小小的拦洪坝。就是在那个坝下边,奠着几块大基石,那石头就是从地主坟茔上搬去的石碑。有了这个坝,就可以把山洪挡住,不让它往东山坞的土地里灌,让它顺着干沙河流走,流到远方的潮白河里去。垒坝那会儿,是非常匆忙的,既没用仪器测量,也没有什么设计,只把老石匠喜老头搀到那儿一指点,大伙儿就干起来了。这一回是一九五七年的第一次大雨，是对拦洪坝的一次考验哪！

他想到这儿，就撒开两条腿跑起来了。他穿过一片割去麦子的土地，又爬上一道小土坎，远远地瞧见那个石坝了。雨幕里，他看到那边有几个人影活动。心想：是谁？在那儿干什么呢？于是，他没有喊，也不再跑，把手里的铁锨像步枪似的端着，弯下腰，快步地朝那边迂回过去。

忽然，坎子下边"哗啦哗啦"的水声响，焦二菊背着一大背麦子过来了："哟，长春，你干什么来了？"风雨把她说话的声音给卷没了。

萧长春大声说："那边大坝下边好像有一个人。"

焦二菊说："好几个哪！焦克礼、马长山、韩德大、韩小乐早就来了，抢完场他们就来了。"

萧长春心里一热，把脸上的雨水撸了一把，说："啊，是他们呀！那边怎么样，没出问题吧？"

焦二菊说："结实着哪，铁打的一样。"

萧长春放下心，这才顾上问："怎么您来背这麦子呀？"

焦二菊说："别提了，不知哪个组丢的，你大舅让我找克礼，我觉着，有找他们那个工夫，还不如叫上一队的几个妇女，把它背回来得啦。"

萧长春从坎子上跳下来，说："放下吧，一会儿我替您背回去；路不好走，别把您摔着。"

焦二菊说："瞧你说的，摔了别人，还能摔了我呀？"说着，也用手抹了抹脸上的雨水，朝前走了。

后边跟着又过来了几个背麦子的妇女；前边的两个，一个是玉珍，一个是狮子院的志泉媳妇。她们只望着支书笑笑，赶紧追上焦二菊。

又一个背麦子的人从萧长春身边走过的时候，他赶紧追上来，连声说:"大娘,大娘!"

孙桂英妈停住脚步一看,淌着雨水的脸上露出了笑纹儿:"萧支书……"

"大娘,给我,给我!"

"行,行,我背得了。"

"大娘,太感谢了,您也帮我们……"

"唉,萧支书,你怎么这样说呀!我这是一举两得:帮农业社,也是帮我闺女,像你帮她一样,全是一回事儿……我还得感谢你哪。连福、孩子,都得感谢你……"

萧长春还要替老大娘背麦子。

后边追过来一个人,挑着两大捆麦子艰难地跑着,当她看见萧长春的时候,又鼓了鼓劲儿,几步跑了上来,说:"大兄弟,哎,萧支书,不用抢了,这是最后一趟,全抢光了,一个小麦捆儿都没有丢在地里,老天爷白闹了!"

萧长春回头一看,不由得愣住了。他看见一个泥人,一个水人;从头上到脚下,全是泥水,那双新鞋新袜子,早变成了泥坨子。他几乎有点不相信,站到跟前的这个人就是孙桂英。从打那天晚上闹了那场"戏"之后,他只听别人谈论孙桂英,还没有再见着面;这次见面,孙桂英已经是跟过去完全不同了。他想:这个女人已经从泥沟子拔出了两只脚,已经从一个旧地方迈上新地方,她会跟着自己的阶级队伍,大步前进的。他想到这儿,心里越发激动,一时竟不知道该说什么好……

一个大雷,带着闪电,在他们头顶上爆炸了。

第一○六章

阴雨还是一阵儿松、一阵儿紧地下着。

刚吃过晚饭的时候，天色就完全黑了，像钻进炕洞，对面都不见人……

这会儿，有一个人，正在着急地等着萧长春。没有在萧家里，也没有在萧家的门口，而是在离萧家只有两三步远的一个墙角。这个墙角是萧家和焦庆家两家的。焦庆家的院子是个小缩脖，比萧家的缩进去有一尺多，于是那儿正好有个小旮旯，正好藏住一个人。只要是夜间，不用说是阴雨，就是大好的月亮，贴在墙上不动，也瞧不见；就是从旁边走过去，也甭想发现，太保险了。

这个人就选定了这个好地势。他直挺挺地站着，像一张纸似的贴在墙上，纹丝儿不动。有一把磨得明亮飞快的尖刀子，使劲儿攥在他的手里，藏在屁股后边。他那两只闪着凶光的眼珠子，瞪得一般大，盯着萧家那个小栅栏门，两只小耳朵，直竖竖地伸着，听着街上的动静。

雨水落在墙头上，又一串一串地流下来，滴在他的头顶上，灌进他的脖子里，冰凉冰凉的。可是，一种杀人行凶的毒火烧着他，他不仅忘了冷雨，也忘了一切生死的危险。他心里边暗想：萧长春今天让雨水泡了半后晌一晚上，不会老在外边呆着，准得回家来换换衣裳，睡睡热被窝儿；等他到了门口之后，一定是先伸进手去掏里边的锦儿，随后推开门——对，就在他推开门，刚往里迈进第一步的时候，自己就噌地一步子蹿上去，照着后脖子狠狠地一刀子。这一刀子一定要非常有力，让他来不及哼一声，就见了阎王爷，就一扑扑到院子里去；回头，再替他把门关上，再顺着原来的路摸回家去，躺下就睡。这下子仇全报了，祖坟你挖不成，儿子你拉不走，祸害连根除！他妈的，明天早起来，闹腾去吧，只要这件无头案一传出去，那些干部、积极分子都得吓破胆子，谁也不敢再干了；死了这个死硬派，灭了领头儿的，东山坞哗啦一下子就算散了，谁还顾上什么麦收、打场？那时候，儿子马志新回来了，李世丹再跟上，马之悦一出头,就算闹腾起来啦,东山坞就算变天啦!他还想:这个办法比什么都保险,场院有人看着,仓库有人守着,总不会有俩站岗的给你小子看门儿!大雨泡天的,谁还出门儿,早就都钻到被窝里睡大觉了。真是老天助我也!

恶毒的地主马小辫,越想越美,越美越狠,杀人的欲火统治着他的周身。他的身上、手上,全是火烧火燎的一般,往外冒着热汗,又跟雨水混在一起,发出一股子臭味儿……

这一阵子雨又小了,云彩在换班儿。还是那么黑,刮起小风来了,嗖嗖的,吹着树枝儿,摇着树叶儿,发出低沉而又悲哀的"沙沙"声;挂在树叶上的雨点儿,嘀嘀嗒嗒地往下掉,给这黑暗的夜晚,增加了恐怖气氛。

这会儿,马小辫又听到一个他不愿听、害怕听,但是又想听到的声音,这声音响在东边。他心想:妈的,真怪,萧长春不是到北场去了吗,应当从西边过来,怎么从东边过来了?谁跟他一块儿走呢?是走一截儿,不等到门口就分手呢,还是一直跟过来呢?这可有点儿糟糕……

萧长春在石坝那儿跟焦克礼、韩小乐和韩德大这六七个小伙子守护到傍晚。石坝经住了考验,不会再出什么事儿,只要花插着看一看,就行了,几个人这才一块回到村里。他又到两个场院看了看,准备再到大庙里走一趟。他一边走着,一边琢磨着雨后的工作,不知不觉中走上了坎子,穿出小胡同,忽然又想起一件事情,就拐进南边的小胡同,隔着墙头喊:"焦振丛,睡下了?"

院子里的焦振丛搭话了:"没,萧支书?进来吧,等我给你开门去。"

萧长春说:"不用啦,我问你一声……"

焦振丛披着雨衣,趿拉着雨鞋,打开了大门,见萧长春浑身湿淋淋的,就说:"屋坐,屋坐,光是孩子们睡了,别在这儿淋着呀!"

萧长春站在门口外边，说："我还有事儿，不进去了。我问你个话，柳镇的肥田粉订好了没有哇？"

焦振丛说："订是订了，人家说，货物马上就到，让咱们过一天两天再跟他们联系一下。"

"还没定准？"

"他们说，反正来了货，准给我们留下。"

"等雨一住，你就马上去一趟吧。麦地里间作的苗子，让麦子欺护着，都没长起来，麦子割了，又加这场雨，正是叫劲儿的时候，我看得赶紧追追肥，再让肥催催；要不然，坐巴死，就发不了秧子。"

"好。反正地里的麦子也拉个差不离了，抽出一辆车也没事儿。我明后天抽空子去一趟吧。"

电闪里，焦振丛看见萧长春手里的小铁锹："又干什么去，还拿着家什呀？"

萧长春说："这是武器，黑天雨夜，遇见活儿就干，碰上狼就打呀！"

焦振丛笑了笑。他明白支书话里的意思。

萧长春嘱咐他不要忘记带上钱，取货回来，也别忘了要一张使用的说明书；因为会计新上任，又在忙着整理账目，不论大小事儿，大伙儿都得替他想周到一点儿；说完了，就要走。

焦振丛说："等等，我还有个话儿问问你。"

萧长春停住，说："我知道，你问马之悦的事儿，对不？"

焦振丛在黑暗里又笑了笑："你这个人，我一张嘴，你怎么就知道我要说什么呢？"

萧长春说："那不明摆着嘛！我知道，你是咬着牙揭发他的，他到底还有多大气候，末了要奔个什么结果，你心里还没有底儿，对不对呀？"

焦振丛点点头说："你估计，他们还敢不敢闹事儿呢？"

萧长春说："敢闹,一定敢闹,也一定要闹。东山坞出个马之悦,不是光杆一个;没有一些这样的人,就没有咱们这个马之悦。开那么一个小小的斗争会就把他们斗倒啦?没那回事儿。问题不在他早倒晚倒,最要紧的,是我们都擦亮眼睛,不再上他的当。你看见没有,咱们东山坞的人可越来越齐心了。更用不着怕他们啦。我再告诉你一个底儿:我们党决不会再留着这么一个人祸害咱们,咱们一定要把他铲除!"

焦振丛说:"韩百旺告诉我说,乡里的李乡长对马之悦挺好的。昨个我见李乡长在乡里,他不会包着他吧?"

萧长春说:"这也很难说。不要紧,一个两个人包着他,党不会包着他。你放心吧!"

…………

墙角藏着的马小辫,又听到了脚步声,那声音越来越近了,他使劲儿攥着刀把儿,憋着气,紧张地辨别那边走过来的是一个人,还是两个人,会不会再碰上什么人。一直没有听到说话儿,光是脚蹚泥水声;远远的地方闪起一个亮儿,灭了,又忽地闪起一个亮儿,又灭了……

萧长春跟焦振丛借了一把旧手电,电不足,开关也不好使。他把小铁锨夹在胳肢窝,一边走着一边拧手电,心里边又在猜想着:自己给王国忠写的那份材料,最迟着昨天也送到了,王国忠收到就得有回音,人不能马上回来,信也得来,人来信到,都会给他送来明确的指示,这个指示会给东山坞彻底解决问题,也会把自己的认识提高一步。在这紧张困难时刻,他是多么需要领导,需要一个正确的领导。李世丹的另一份材料,一定会给县领导在判断这件事儿的时候带来麻烦。李世丹这个同志是怎么搞的呢?如果是因为他不了解东山坞的实情,不摸马之悦真底儿,总可以下来调查调查嘛,听听群众的,什么都可以闹明白,怎么连个影儿都不傍呢?这个同志真怪呀！只要王国忠不能马上回来，等到麦子大部分分下去之后，留下韩百仲他们在家里处理麦后的事情，自己就跑一趟县城，直接跟县委谈谈；有了县委的意见，心里就能更有底儿，工作也就更有把握。眼下自己是不能离开东山坞的，一天也不能离开。

这一边，马小辫紧张的不得了。他憋着劲儿，提着心，如果一口气上不来，立刻就可以倒下去挺腿儿。他朝东边盯着，听着，那"啪唧啪唧"踩泥踏水的脚步声，越来越近了。呀，就要到跟前了，再有几秒钟，就可以摸到门口了，自己就可以一步蹿上去，一切完事大吉……

忽然，对面的小排子门一响，走出一个人。

马小辫真想扑过去，先给这个捣乱的人一刀。

走出来的是焦振茂。他出了门口，撑开了油纸雨伞，雨点子就像敲小鼓似的，热热闹闹地响了起来。他才走几步，正好跟萧长春碰了个对面。

"噢，长春？"

"我正要找您。"

"那药包我给马老四送去了；我告诉他，下雨天不能遛，就不用灌药了，等晴天再说。我回家来给他取一点儿灯油送去，我就回到场上，百仲在那儿哪。"

"骡子怎么样？见好吗？"

"轻多了。你不歇歇，还转什么呀？"

"我想着，这天气说变就变，这场雨过去，可别松劲儿。得赶快想办法解决苫席的问题，不能雨过去，一忙起来，又把这件事儿搁下，谁敢保险没有第二场雨呢！"

"你说得一点不错，今年天气就是反常，摸不着它的准儿了。得快着点作准备，免得再来个措手不及。"

萧长春关了手电，语气亲切地说："我还想，能不能想一个又能解决问题，又能省钱的办法。您是老把式，在这种事情上，得多给咱农业社出点子。"

焦振茂听支书这么信任自己，心里挺舒坦。他想了想说："嘿，我倒有个省钱的办法，就用麦秸打草苫子。把麦秸铡长一点儿，勒成薄片片，往垛顶上一围，可隔雨啦。等用完了，拆巴拆巴，麦秸还能当柴火烧。"

萧长春高兴地说："对对，这个办法太好了，您真有点子。昨天晚上我还跟百仲大舅商量，过了麦收，咱们成立一个老农参谋部，把喜老头、马老四、马子怀、韩百安这些人全得收进来，您也参加，专门给我们出主意。"

焦振茂心里边更乐了，嘴上却说："唉，我哪是那个材料，能够当一个合格的社员，就不容易啦。你挑的那几个人倒挺合适。要我看哪，打草苫子这件事儿就交给百安这老家伙干。你没见他从家里搬到场上那个，就是他自己打的，多结实，摔打几个麦秋也坏不了。"

萧长春说："我全赞成。哎，对啦，我正要跟您说这件事儿呢。今天韩百安表现的可不错，咱们得来个趁热打铁，把他往高处拉拉。刚才我又跟翠清说了，让她今晚上就动员道满搬回去，顺便坐在一块儿谈谈心。我看哪，您也去帮一锤子。"

焦振茂一听要说服韩百安，立刻又有点犯愁地说："眼下我也摸不准他的脉窝了。早先，他肚子里有什么话，都能倒给我；我说什么，他也装得进去。这一年多，也不知道怎么啦，对我也不说十分话，我对他说点什么，也是哼哼唧唧地不想听。这到底儿是怎么一个病呢，我摸不着。"

萧长春说："他的病根，就是对集体劳动不习惯，总留恋单干，集体的好处看不到，三心二意，犹犹豫豫；加上坏人看到他的短处，就钻了这个空子，总是拉他蹚浑水。说一遭儿，是自私心把他害了……"

焦振茂说："对,对,就是自私心把他害了。振丛讲话,人一有了私心,也就没有了良心,更容不下集体了。好,好,得空我再劝劝他,从这边给他开开窍……"

这边两个人越说越热乎,可急坏了要行凶的马小辫,真恨不能一人给他们一刀。后来听到个尾声,想是他们要分手了,赶紧运了运劲儿。只要焦振茂一走,萧长春两三步就到门口了,就行了……

萧长春说："这会儿,翠清、道满他俩准在家里,晚上百仲大舅在场上,您就串趟门得啦。"

焦振茂说："把油瓶子送给老四我就去。"

萧长春说："给我,我替您送去,顺便看看那个骡子到底病得什么样了。"

焦振茂雨伞上打着鼓点儿,走了。

萧长春来到自己家门口,伸手掏着门拉锦儿。

马小辫刚要动,电闪一照,忽然瞧见萧长春另一只手上提着的铁锨,心里犯了思忖。

有两个人小跑着过来了。

一个说："黑夜在外边可冷啊。"

一个说："我都穿上了破棉袄。"

一个又说："支书刚回来。"

一个又说："他更没有白天黑夜。快走吧,棉袄要湿了。"

…………

萧长春又从家里出来了,扣门拉锦的时候,铁锨把儿撞到了墙上。

西边又走过一个人,大声问："谁?"

萧长春回答："我!"

"支书呀!"

…………

马小辫见两个人靠近了,小声地说了几句什么,又一块儿从眼前走过,听到脚步声越走越远,心全凉了。怎么办呢,改日再说?不行,可成可止,全在今天晚上了,这雨天,老天爷保了险;再说,明天要是一晴,准得闹腾晒麦子、收麦子,又美了他们啦。自己这口气怎么出?不管顶多大事儿,杀了萧长春,解解恨,闹个天下大乱再说。对,等着,反正你得回来睡觉。

他贴在墙上,纹丝儿不动;两只腿站麻了,肚子里的酒也在往上顶——为了壮胆子,今天他喝了半瓶子烧酒。

又是一阵雷声,一道闪电,雨又大了。天摇地动,满街滚着波浪……

前边,响起"啪唧啪唧"的脚步声,又有人来了,是萧长春,他回来了;他已经到了自己家的门口,停住了,在摸索,在开排子门,要进去了……

马小辫又运了运劲儿,从背后抽出那把磨得飞快的尖刀子,离开墙角,紧贴着墙根,轻轻地朝那边移动……

就在他刚刚移出一步,背后忽然蹿上来一个人,一手抱住他的腰,一手捂住他的嘴;"轰"的一声雷响,"哗"地一阵子暴雨……

这时又有一个人跑过来,跑到萧家门口,大声喊:"在家没有哇?"这是马翠清。

先一步来到门口的那个人回答说:"屋里黑灯了。"原来不是萧长春,是韩道满。

马翠清说:"不会这么早就睡,准是到场上去了。"

韩道满说:"两个场我都找了,没有。"

马翠清说:"算了吧。"

韩道满说:"别算了哇,刚说好好的,你又变卦了。"

马翠清说:"反正没个领导人跟着一块走,我不能进你家那个门儿。"

韩道满说："你不去，我也不去……"

马翠清说："你不去可不行！"

就在这个时候，两个人听见东边墙根下"啪唧""哗啦"一阵乱响。

马翠清朝那边喊了一声："谁？"

只有雷鸣雨泼，没有回音。

韩道满也喊了一声："谁在那儿干什么呀？"

只有雨泼雷鸣，还是没有人回答。

两个人跑了过来，墙根、旮旯搜索了一遍，任何东西也没有发现。

马翠清说："准是进院子里去了，我听见好像门响着。咱们进去看看。"说着，又闯到焦庆家门口，用手一推，两扇门紧紧地关着。

韩道满也跟过来，也推了推门；湿淋淋的门板，一点响声都没有，就说："是狗吧？"

马翠清说："我听着好像有人摔了个大跟头。"

韩道满说："还是说咱们的事儿吧。告诉你，从打那天开了团支部会，那天萧支书到森林去又开导我一回，我是下决心要帮助我爸爸进步了；这几天我拿眼看着，他也多少地开了点缝儿。我没你有办法，你不插手，我一个人不行啊！"

马翠清说："你下决心了，我也不是没下决心；要是这点决心都下不了，还算什么青年团员呀！就是，唉，我跟你不一样，你们是亲父子，我是两姓旁人；再说，上次我又当着他的面说了好多硬话，这么冷不防地对他赔笑脸，不就好像……好像是跟他那落后思想投降了！"

韩道满听着有理："对！你不投降，我也不去跟他投降，咱们都不去！"

马翠清急了:"这可不行。刚才萧支书亲口跟我说的,让我们马上趁热打铁,你不去,我怎么交代,又让他批评我个鼻青脸肿啊?"

韩道满一定要拉上马翠清才干。他说:"你不好交代,我也不好交代,要不咱们就一块儿去。"

马翠清想了想,为难地摇了摇脑袋,说:"唉,真没法儿,咱们还是找找萧支书吧。"

两个人争论来争论去,不能有个结果,只好又冒着雨水,朝前边摸索着走了。

又是一片电闪,一股急雨……

第一○七章

萧长春一手拿着铁锨,一手提着灯油瓶子,冒着急雨,蹚着泥水,来到饲养场。

一盏昏黄的吊灯,在槽前的风雨里不停地晃荡,那四射的光芒被雨丝和狂风割裂得支离破碎。一股子急流,带着粪草的气味,涌出大门口,从来人的脚底下流走了。

马老四站在灯下、槽前,一只胳膊搂着病骒子的脖子,一只手轻轻地抚摸着病骒子的脑门儿;雨水像一条条珠子串似的,从檐头上垂落下来,在老人家的肩头上摔碎了,跌在脚下旋转的水涡里。

萧长春走到牲口槽跟前,看了看垂着眼皮的病骒子,又看了看愁眉紧锁的马老四,说:"四爷,外边这么凉,别老在这儿站着了。"

马老四没动窝,眼睛还是盯着病骒子,说:"不凉,我得守着它。"

萧长春推着他说:"您回屋暖和暖和,我替您看一会儿,行吧?"

马老四依旧没动，说："你在雨水里泡半天了，连口气还没有喘，快去歇歇吧；明日雨一停，还得有多少大事情等着你去打发呀！"

萧长春把小铁锨放在地下，把油瓶子放在槽里，脱下自己的雨衣，给马老四披在身上。

马老四连忙揭下雨衣，往萧长春手里塞着说："嗨，你快穿上吧，别让风吹着，病了可就糟啦；反正我也是湿的了，一会儿换件干衣裳就是了。"

萧长春笑着说："您是湿的，我也不是干的；穿上吧，挡雨不挡雨的，隔点凉。"

马老四只好把雨衣披上，很痛苦地摇了摇头，又深深地叹了口气说："你瞧瞧，这是啥时候，它偏偏闹病，这全是我的过失呀！"

萧长春安慰老人说："人还免不了闹病呢，何况牲口。多好的饲养员，也不能保险牲口总不病。"

马老四连连摆手说："你别给我宽心丸吃了。我不这样看，也不能这样看。牲口在这个时候病了，不论怎么说，是饲养员的过失。你想想，雨一住，活儿全都挤在一块儿了，拉麦子啦，耘地啦，送粪啦，哪儿不得抢牲口用？眼下咱们还没有拖拉机什么的，这牲口就是拖拉机；打起仗来，这牲口就是机关枪、大炮；武器出了毛病，不怨管枪炮的人怨谁？我得想法儿快点把它修理好呀！"

萧长春感到，对这样一个老社员，光说几句宽心的话是不会使他安定下来的，也就不再说什么了。他又看看那个病骡子，心里边也很焦急。这红骡子在这群牲口里边是最拔尖儿的，驾辕、推碾子、耠青，全套的活儿，眼下正需要它出力气，一病三天不能出动，一辆车就停下来了……

马老四说："你想想，要是它好好的，不停那辆车，今天下午抢麦子，它得出多大的劲儿。险哪！要不是喜老头想出那个好办法，要不是咱们社员心齐,得有多少麦子丢在地里呀! 要是麦子这会儿在水里泡着,我这会儿就不是发愁了,我哭也哭不上韵调了。"

萧长春还有个更大的担心,怕这场病拖下来,把骡子撂倒。一头骡子从小驹子喂养大,又操练成这个样,非是一日之功,老饲养员的多少心血花在里边;买一头,抄起来就是几千块,那更是不小的损失呀! 所以今天下午,他把什么活儿都丢下了,跑到柳镇,抓了一服价钱最贵的药。可惜,来了暴雨,又不停,吃了药不能遛,有药也不能灌。

马老四转过身来说:"你来得正好,帮我一下子。"

萧长春没听明白,刚要开口问,马老四已经离开槽头,穿过泼雨的院子,跑进他的小土屋里去了。

小土屋的窗户立刻亮了,晃动着老人家那单薄而又高大的身影;门口又闪起殷红的火光,冒出缕缕白烟,传出柴火节儿"噼剥"的响声……

萧长春沿着槽头走着,朝里边打手电,照着每一头牲口。在这雷雨阴凉的夜晚,所有的牲口都显得安静了。有的卧下歇着,有的还在悠然地嚼着草料。他又举起手电,照了照棚顶,所有的棚顶都没有漏雨的地方,朝西的那个棚子,还挂上了苇草帘子;这是怕转了西风,把雨水打进来,老人家特意把自己屋的窗帘子摘下来挂在这儿的。他的手电光亮,又照到北墙上一个新开的后窗户洞,洞的四周都抹上了泥,方方正正,根本看不出是新开的,倒像原来盖棚子的时候,就已经安排好了;这是老饲养员为了让棚里空气新鲜,亲自动手开的。萧长春走着,看着,又转回来,他忽然想到一件非常非常重要的事情:得马上给老饲养员找个助手,找一个又精明、又可靠、又能干的人当他的助手。这样,一来可以跟着老人家学学技术,把他的宝贵经验接受过来;最要紧的,能够替换一下身子,给老人家减轻一点负担,让他能够结结实实地多活几年。想到这儿,他甚至感到，在农村的社会主义战线上，最辛苦的人，并不是他这个支部书记，而是饲养员。别人每天可以收工，有事可以请假，把活干完之后可以睡个踏实觉，可是饲养员不行，就算电影队到村里来演电影，他也不能去看一回，从春到冬，也不能脱个光身子睡一夜。……过去，老人家总是不声不响地干着，没有任何一点儿个人要求；没要求，并不等于没困难，作为一个支部书记，应当想到这一点儿，应当体贴他。唉，自己在这方面对他关心得太不够了。

马老四用雨衣遮着一只大海碗跑着回来，说："长春，来，把骡吊起来，咱们灌药哇！"

萧长春闻到了药味儿一愣，连忙说："四爷，不能灌，这药灌了以后，得不停地遛它；要是不遛，那药就消化不了，就不管事儿……"

马老四把雨衣揭下来搭在槽上，说："这个我知道。不遛，药存在肚子里，还会变成病……"

"是呀！你看，这雨不停，怎么到外边遛呢？"

"这雨要是下个三天两天，我们就等着呀？把牲口耽误了可怎么办？来吧，咱们先灌了它，等雨停住，我就去遛。反正不能干等着。"

萧长春想：老饲养员这话也有道理，要是雨连着下几天，这骡子就算耽误了，就是病不加重，也得更难治。他赶紧卷起袖子，搓了搓凉得发麻的手掌，把红骡子的缰绳解下来，蹬上石槽，一抬手把缰绳头穿过棚顶上的横梁，又使劲儿一扯，红骡子的脑袋就被高高地吊起来了，嘴巴正好朝上。萧长春从槽上又跳下来说："您把药碗给我吧，我给它灌。"

马老四说："你没我熟。你就管抱着它的脑袋，不让它动窝就行了。"

萧长春一只手抱着骡子的脑袋，一只手打着手电给老饲养员照着亮儿。

马老四不慌不忙地一手端碗，一手轻轻地抚着骡子的脖子、脑门；冷不防地捏住骡子的鼻子；那骡子感到呼吸困难，一张嘴，马老四端着的药碗的那一只手就跟着过来，把药水往骡子嘴里一倒，那骡子一拨愣脑袋，"咕噜"一声，咽了一下；连着三次，一碗药水全灌完，一点儿没洒。

萧长春解开缰绳，像小孩见了什么新鲜玩意儿似的笑着说："四爷，嘿，您是真有绝门儿呀！我还想用根棍子撬着它的嘴灌哪。"

马老四一边搓着手上的药末子，也一边笑着说："对牲口，就得像对小孩似的，什么事儿得哄着干，不能硬强。它可懂得好坏啦。"

萧长春说："四爷，等过几天，场里不用人看着了，我搬您这儿住来呀。"

马老四一边给牲口推着肚子一边问："你搬到我这儿住干什么呀？"

"跟您做伴儿。"

"做伴？你想着来替我看牲口是不是呀？"

"您太累了。"

"就算你们干部都搬到这儿来，我就能钻进被窝里睡踏实觉啦？得了，你千万别在我身上多花心思，够你忙的了；你老是惦着我，倒使我怪不落忍的。只要我能把牲口喂得好好的，对你们工作有点帮助，我就是累一点儿，也不算什么呀！"

"起码得找个年轻力壮的人跟您一块搞。"

"这倒行。可是得挑挑。"

"德大、道满，行不行？"

说谁谁到，韩道满和马翠清两个人摸到这儿来了。

他们两个离开萧家门口，又到韩百仲家扑个空，拐进这儿，找到了萧长春。

马翠清说："你这个支书可真难找！"

萧长春说："这不是找到了吗！有什么事儿呀？"

马翠清说："我可是照你的话办的。我让他把行李搬回去，他不干。我把他交给你啦，你想法儿吧。"

萧长春明知道这里的问题又出在马翠清身上，却故意问韩道满："怎么说得好好的，又变卦了？"

韩道满嘟嘟囔囔地说："这么不声不响地回去，他该说我向他投降了……"

萧长春说："不是让你不声不响地回去，回去得做工作：趁他这几天心里有点儿活动了，帮助他解疙瘩呀！"又转脸问马翠清："你说这能叫'投降'吗？你是不是也觉着亲自登门儿，有点失身份哪？要不就是也觉着去'投降'了，对不？"

马翠清说："你瞎胡猜，根本没有这个想法！"

萧长春："我不信。你要是没这个想法，道满的嘴里边蹦不出这个词儿来。道满，你说实话，拿出上次团支部会上的批评精神说话，'投降'这个词儿到底是从你心里出来的，还是跟别人学来的？你倒是说呀！是别人教给你的吧？"

韩道满支支吾吾地不肯说。

马翠清连忙说："你不用审案子了，反正这么闯进去不大好……"

萧长春笑了："怎么着，我没有瞎胡猜吧？"

马老四说："这儿雨拉拉的，别淋着了，有话都回屋说去吧。走哇，走哇！"

三个人跟马老四走进屋里。马老四从锅台旁边抱了一把干树枝子和棒子骨儿，一根一根地搭起来，像个小塔似的。他划火从底下点着了，那小塔先是冒了一下烟，烟后起了火苗子，那火苗子是一股子一股子,比齐了,欢快地跳跃着;从下边稳稳当当地往上边烧着,好像盆景里一棵红色的小树。

马老四又搬过几个小凳子,拉拉这个人的胳膊,又拍拍那个人的肩头,说:"都坐下吧,反正没啥事儿,好好地烤烤,这天气可真凉啊!"

马翠清说:"您别张罗了,我们还有事儿哪,哪有工夫坐着烤火玩呀!"

马老四对两个年轻人说:"看你们那衣裳湿的,老让它这么湿湿地溻着,受了寒,可不是玩的,回家换换吧。"他看看萧长春,见这位支部书记一脸的小疙瘩,两个眼皮都有点抬不起来的样子,很心疼,就说:"长春,快脱下那裤子,把鞋也脱下来,好好烤烤;你今晚上别走啦,跟我这儿住吧。该你歇歇了,明个一早上,山堆大的事儿等你哪! 坐呀,多烤烤;我不让走,你就不用走啦。"

三个人围着火堆坐下来,那热气从身上一直热到心里。在风里雨里泡了半天的人,有一堆火烤烤,这该是多么难得的享受啊!

萧长春用了很大的劲儿才把那两只又是泥又是水的球鞋扒下来,脚板泡的白胖胖的,腿肚子发青,筋骨都是疼的。当他把小裤子脱下来拧了拧,一转脸不见了马老四,就朝着窗外边喊:"四爷,您也烤烤来吧!"

马老四正在槽边上忙,他把雨衣给病骡子搭在身上,听见喊,就大声回答说:"一会儿就来,你们先烤吧。"

萧长春转过脸来对两个年轻人说:"我说二位同志,你们的事儿打算怎么办呢?"

马翠清说:"还那么办呗! 道满乖乖地搬回去,把你教给他那些话,一句一句地跟他爸爸说说,不就行了。"

韩道满说:"我看不是那么容易……"

马翠清说:"怎么不容易? 像吃饭似的,用你干什么,我一个人

174

全干了。"

萧长春想了想说："我看这样吧。今晚上雨这么大,抱行李、拿东西都不太方便,道满先不用搬家,你们两个一块到家里去看看他,说说话儿就行了……"

马翠清叫起来："哟,他去就行了,干吗卖一个还搭一个干什么呀?"

韩道满连忙说："去两个人有伴儿,好说话,我特别赞成支书这个主意。"

马翠清说："好什么? 我没脸搭搭的,跑去算干什么的? 给他下气去啦? 到那儿说什么呀? 我可找不出话来。万一我这火再上来,砸了锅怎么办?"

萧长春说："就凭我们翠清同志,快刀子一样的两片嘴,没话说,我才不信哪。为什么要砸锅? 只能锔,不能砸,砸了我要批评。翠清你不用皱眉头,反正,这个人的工作你们两个包了,早晚也得去。当然这个工作,是艰难的、细致的,可是,我们的任务光荣也是在这儿。依着我看,百安大舅不是那种专跟别人耍心眼儿、绞肠的人,比一般的中农好说服多啦,今天去,正好有引子……"

马翠清说："我看没引子!"

萧长春说："怎么没引子呢? 老头子跟大伙儿淋了半天,看受了凉没有,做饭吃没有。晚辈人嘛,他就是怎么落后,也得像晚辈人那个样子,知道关心他;这样一来,又是慰问,又是鼓励。话一引开,你们就说他今天在保护农业社麦子这件事情上,表现很好,大伙儿都看到了,你们俩也高兴,劝他往后顺着这条道儿走下去。这么一来,我保管老头子爱听,再说别的也能听进去,一定能够聊得挺亲热。今天这样开个头儿,等以后,你们的争取工作就加紧起来,一步一步地提高;好话儿说着,好道儿摆着,他能给脸不要脸? 就是石头也得渗点水。对什么样的落后人,得开什么方子治他的病;百安大舅这会儿最担心的不是分麦子吃亏不吃亏的事儿了,是怕儿子跟他不亲、翠清你跟他不近。你们两个去了,跟他一亲近,保险能开开门儿。再加上我们农业社不断地打胜仗,转变的人越来越多,落后的人越来越少,坏人越来越露底儿;他不是傻子,应当怎么行,怎么走,他自己就得动心动肝地想想了。过后,我和百仲大舅再一出面,保管能把他拉过来。"

支书这一番话,把两个年轻人都给说住了。

马翠清对韩道满说:"你听见没有,条条道儿都能走啦。你是干不干,说个干脆的吧!"

韩道满说:"不干怎么着。我多会儿都没有打过退堂鼓。你说说你干不干呀?"

马翠清噌地跳了起来:"我不干,雨拉拉地找你干什么! 玩来啦? 走吧!"

韩道满乐了:"你要早这样,多好哇!"

两个年轻人整理雨衣准备动身。萧长春也把烤得热乎乎的球鞋穿上,顺手又在火堆上加了一把柴火,跟他们走出来,说:"翠清,我还得嘱咐你一句,可不兴简单办事儿,能说多少说多少,见好就收;这种工作得慢慢来,不能一口吃个胖子。听见了没有哇?"

马翠清在大门口外边应了一声:"我又不是聋子!"又扯了一把韩道满,"走哇!"

细雨的沙沙声,把两个年轻人的说笑声淹没了……

萧长春转身朝着牲口槽前边走,想看看吃了药的骡子有什么反应,再换马老四回屋去烤烤火;抬头一看,棚顶上挂着的那盏灯的火苗眠下去了,就说:"四爷,该添油了吧?"

槽那边没人应。

"四爷,您快到屋里烤烤去吧,这边有啥事儿让我替您照看照看。"

槽那边还是没人应。

萧长春踮着脚把灯珠捻大，低头一看，棚里的那匹病骡子不在了，马老四也不在了。他慌忙地转回身，满院子呼喊："四爷，四爷！"

刚刚小了一阵子的雨，又哗啦一下大起来了。

萧长春从槽前抄起小铁锨，从屋里取出手电，也顾不上穿上那件烤着的小褂子，就朝外跑。雨水，阴凉阴凉地泼在他那结实的肩上、背上，顺着湿了的裤子，滚进鞋里。他出了大门口，又在空场上喊着，照着，依旧没人影，没回声。他的胸口突突地跳，暗想：准是自己跟马翠清他们说话的工夫，马老四见雨停了，就拉着骡子到外边遛去了，这会儿准是在村边上……这样大的雨又来了，回不来，躲不迭，年老的人，病重的牲口，全得淋坏……

他越想越觉得可怕，一边朝村外跑，一边呼喊："四爷，四爷！"

狂风急雨，把他的声音撕碎了，吞没了；"轰"的一声，又打起了响雷……

他越喊越着急，甚至有点生气了。要是碰上马老四，年轻的支部书记一定会跟老饲养员发火了，他会说出这样的话："照你这样玩命，不要当饲养员了，明天早上，我就建议社委会停止你的工作，从今以后，不让你沾牲口边儿！"发过火之后，他要后悔的，可是这会儿，他是非发火不可！

他转了一阵子，喊了一阵子，又想：漫天遍野，到哪找去呢？对啦，先叫韩百仲，两个人一齐去找。他拐回来，朝南走，绕过碾棚的时候，他忽然听到一种"得得"的声音，停下细听，却听不到了。是雨水流动的声音，还是房檐滴水的声音呢？又响起来了，细听听，不对，像是牲口走路的声音。他想：可能是雨一大，马老四牵牲口回来了。

他朝前边迎了几步，刚要喊，那种声音又在背后响起，这是怎么回事儿呀？他急转回来，原地转了一圈儿，又打开手电朝碾棚里一照——哎呀，在这儿哪！

在碾棚里，马老四倒背着手，牵着病骡子，沿着碾道，慢慢地走着、转着，走着、转着那条无尽头的路……

萧长春心里一热，钉在那儿了。

一个雷声，一片电闪……

马老四借着电闪看到了萧长春，就一边照旧走着，一边很平静地招呼他："外边淋着干什么，快进里边来吧。不老实地屋里呆着，还往外跑什么？你这个孩子呀！"

萧长春走了进来，脚下的细土立刻和了泥。他看看马老四，又看看骡子："唉，四爷，您让我说什么呢？"

马老四笑着反问："你为什么要对我说什么呢？"

"我真生气了，我想跟您发火、批评您；一见面，我又开不了口啦……"

"你没理由批评我。我做着我应当做的事情，这事情是对农业社有好处的。你批评，我也不接受！"

"我想表扬您，可是我又找不到恰当的话……"

"你更用不着表扬我。我做的，比我想做的差远啦，农业社需要我多做呀！你表扬，我倒惭愧了。"

"您把自己忘了……"

"不错。你也把自己忘了。一个人，对集体事儿着了迷，他才能忘了自己。"

"您把一切都交给了集体……"

"不错。一个人只有他能够舍得把一切都交给集体的时候，他才会迷住集体的事儿。"

"这样转着遛倒不错，您真会想办法呀……"

"只有不自私的人，才是聪明的人；往邪道上走的傻瓜蛋，都是自私的人呀!"

萧长春笑了:"哈哈哈……"

他笑得响极啦。

马老四也笑了:"哈哈哈……"

他笑得更响。

这一老一少的笑声,压住了雷鸣和电闪。……

第一〇八章

韩道满和马翠清两个人跑到家门口的时候,大雨才到。他们站在门楼子底下,跺着湿脚,对脸儿笑着,庆幸没有挨着这一场大浇大淋。

韩道满说:"进去吧。"

马翠清说:"你头走,我后边跟着。"

韩道满说:"进去了,你得先开口讲话。"

马翠清说:"我得装哑巴。说多了容易走火。"

韩道满说:"你装哑巴,跟我干什么来呢?"

马翠清说:"我给你壮胆呀! 他要是打你的话,我在旁边偏拉一把。"

两个人笑了一阵,又小声嘀咕了一阵。马翠清把那天动员孙桂英参加劳动的事儿作例子,给韩道满鼓了鼓劲儿,他们这才往里边走。

屋子里的一股热气朝他们扑过来,只见焦振茂和韩百安两个人坐在小油灯下边。看样子他们已经谈了好长一会儿了,而且谈的很不错,坐的比较近,脸色也都好看,连屋子里的空气跟往日都有点不一样似的。

他们一进屋,焦振茂就笑着捅了韩百安一下说:"你瞧瞧,来了吧?你硬说他们不会来。这时候的年轻人,可比咱们上年纪的人度量大呀!"

韩百安不好意思地朝炕里挪挪,脸儿冲着北墙,说:"炕上坐吧。"

韩道满闪到一边,让马翠清上炕。

马翠清说:"精湿的,不上炕啦。"就依着炕沿,坐在焦振茂的旁边。她的脚底下丢下两块湿湿的脚印儿。

不知怎么回事,除了韩百安,三个人,你看看我,我看看你,一时间都找不到话儿说了。

焦振茂怕僵住,就又接上刚才的话茬儿,对韩百安说:"咱们可是说定了,一晴天,咱就派人上山打葛条,打回来,你就专门管这事儿。打一趟够不够呀?"

韩百安说:"够了。别要太老的,也别要太嫩的。"

马翠清也跟着搭上一句:"打葛条干什么呀?"

焦振茂想留着让韩百安回答,见他没有回答的意思,就说:"打草苫子用,用葛条当麻绳用,又省钱,又省事,这是你百安叔出的好主意,连我都没有想到这一步上。"

马翠清说:"这个办法是不赖,葛条比麻绳还结实哪,还能给咱们农业社节约。"

焦振茂说:"你百安叔心里边的道道儿可多啦。他不光出主意,还愿意自己到山上打葛条,更不赖吧?回头,你们黑板报得表扬你百安叔呀!"

马翠清说:"当然可以啦。有错处就批评,有好处就表扬,不该不欠,没远没近。"

话说到这儿,又算结束了。

焦振茂极力施展他那"和事佬"的本领,给韩道满使眼神,见没管事儿，又用脚尖捅韩道满，急得啥似的。

韩道满看了爸爸一眼，咽口唾沫，咳嗽两声。刚才，他走一路，想一路，准备了一套话，到了爸爸跟前，就不知道从哪儿说了；一见爸爸那没有任何表情、冷如冰霜的脸，肚子里的话儿，全都跑个没影儿了。

焦振茂见韩道满开不了台，又给马翠清使眼色，意思是说，你打头炮吧，火力可别太猛，温和一点儿。眼色使完，他又有点后悔，心想：这丫头心直口快，对不合理的事儿嫉恶如仇，对落后的人恨之入骨，从她嘴里说出来的话，还柔和的了呀！别再让她几个炮弹，把个刚刚转过头来的、还没有开步走的韩百安打回去呀！

他后悔也来不及了，马翠清根本没看他，那样子，好像就要开台。她朝炕里边挪了挪，先看看韩道满，朝他咬了咬牙，意思是：商量得好好的，由你说话，你倒当起哑巴，钻到防空洞，把我推到擂台上来，真坏！接着，又在韩百安那花白的头顶上看了一眼。忽地，她的心里一动，好多忘记了的往事，不知怎么回事儿，一下子涌到了她的心头上来了。

那一年，马翠清只有七八岁。七八岁的丫头，就淘气得赛过男孩子；什么地方都敢去，什么事儿都敢办。韩百安家院子里的那棵杏树上的杏子长大了，青的发白，一嘟噜一嘟噜地压颤枝。一群孩子在街上玩，隔着墙就能看到它，都馋得从嘴角往外流酸水。有个孩子说："翠清，你总吹胆大，你敢进去给我们摘个杏子吃吗？"马翠清把小脑袋一摆："怎么不敢？ 走！"他们用秫秸棍拨拉开门插关，打开门，拥到院子里，又把门掩上了。正好石磨旁边有个凳子，马翠清搬过凳子，登上去，一跷脚尖，就够着老树杈上，一直攀到最上边，抓一把又青又大的杏子就摘，摘了就往衣兜里揣。小衣兜还没有摘满，树下边的孩子就像马蜂窝似的炸了营。原来，韩百安从地里回来了，出现在门口；孩子们一个个黄着脸，从他的胳膊下边跑了。树上的马翠清也吓得不得了。韩百安又气又心疼，脸色煞白，跺着脚骂："兔崽子们，糟害我！"看见树上的马翠清，又骂："猴丫头，我看你下来不，下来我就砸扁了你！"马翠清怕极啦。她知道韩百安是个有名儿的小气人，有一回，他的亲儿子韩道满摘了一个杏子吃，他还打韩道满一个大巴掌；马翠清亲眼看见他打的，当时还冲着他的后背骂他"小气鬼"。这会儿两姓旁人跑进来摘他的杏子，他能饶了吗？不用说别的，他要是把树下边的凳子一拿，自己就不用想下去了，下去非得摔坏了不可。马翠清越想越怕，壮着胆子往下爬。可是韩百安没有搬走凳子，当马翠清的两只小腿垂下来，够不着凳子的时候，他还跑过来，扶了马翠清一把，又把她抱起来了。马翠清不敢喊，不敢叫，一回头，就看见他那花白的头顶上直冒汗珠子。老头子把马翠清放下之后，依旧是白着脸喊："你们这不是糟害人吗？杏子不熟，正壮个儿，你这半兜，将来就是一兜呀！"马翠清怕极啦，把杏子掏出来扔在地下，就跑。她怕韩百安揪住她不放。韩百安并没揪她，只在背后喊："我找你妈去，让你妈赔我，让你妈狠狠地揍你一顿，你等着吧！"马翠清不敢回家，还是妈妈跑到河边上把她找回去的。妈妈也没提这件事儿，韩百安根本没有给她告诉妈妈；后来韩百安见了马翠清的面，也没有再骂过，只是，那个门楼上加了一把黄铜锁，杏树干上绑了一圈酸枣棵子……

马翠清常常想起老人家抱她那会儿，看到的花白头顶，再不背后骂韩百安是"小气鬼"了。

还有一回，那是马翠清的妈妈病死的头一年。麦收时节，妈妈病倒在炕上了。地里的麦子，干得往下掉穗子。那块地跟韩百安家的刀把地搭着边儿。韩百安看见了，就来到马翠清家，站在门口外边说："大嫂子，麦子得收了。"妈妈说："我收不了，孩子又干不了活儿……"韩百安说："就是叫短工，也得收哇，糟蹋在地里多可惜呀!"妈妈说:"大兄弟,你就修修好,帮我们收来,该多少工钱,从麦子里边扣。"韩百安没有伸手,他怕别人说他找人家孤寡的便宜,倒是暗地里替她们找了个短工,给收上来了。麦收以后,妈妈的病更重了,请医吃药,欠下了债,不得不把那块地卖了。写卖地文书那天,马翠清亲眼看见,韩百安在她家门口转了好几趟;转一趟想进来,又走了。马翠清跑过去招呼他:"大叔,您屋坐。"韩百安的脸色也是煞白的。他没有进来,却无力地坐在了门口的台阶上,垂下了脑袋。马翠清莫名其妙地望着老人那花白的头顶发呆。过了好半天,韩百安才叹口气说:"孩子,你还小哇,你不知道土地是咱庄稼人的命根子;把它写给人家,你们娘仁往后还怎么活呀!……"

从这以后,马翠清总觉着韩百安是个善良的好心人,从来没有讨厌过他……

这些过去的事儿在马翠清的眼前闪过之后,她猛地感到,自己对韩百安的态度是不全面:这一程子,不知不觉地讨厌他了,不光把他跟弯弯绕这些人一样看待,甚至于把他跟马斋划了等号。她想:萧支书的话对,韩百安跟弯弯绕这些人不一样,只要耐心一点,能够争取过来;把他争取过来,对敌人那边的力量就是个削弱,对自己这边的力量就是个加强。

直爽的姑娘动了心,想着想着,身上升起一股子说不出来的劲头,就朝韩百安跟前挪了一下,很诚恳地说:"大叔,萧支书批评道满啦,团支部的同志也给我提了意见,说我们过去对您帮助得不够,不耐心。这是我们的不对……"

这句话出口,不光是韩百安吃惊不小,就是焦振茂也感到非常意外。韩道满倒是很高兴。

焦振茂马上敲边鼓说:"看看,孩子们还说对咱们帮助不够哪!咱们也得检讨检讨自己,自己是不是有点儿太落后了。要不然,还用人家帮助干什么呀!"

韩道满说:"爸爸,往后,咱们可不能再生气了,应该欢欢乐乐地过日子⋯⋯"

马翠清说:"别人家都是和和美美的,为什么你们爷俩总是牛蹄子两半儿?这不是小事儿,咱是农业社的社员,一家影响着大家。为什么总闹别扭,这里边有个好坏是非,我们往后就要帮助您认清这个理儿。"

焦振茂说:"只要是心里边扭过弯来,顺了垄沟,就能欢欢乐乐的了。"

韩道满说:"要想不生气吵架,得有一条,您得进步。像今天抢麦子那样。人家一表扬您,我心里多高兴呀!"

马翠清说:"连萧支书听了都高兴得啥似的。"

焦振茂说:"我更高兴,早盼他有这么一天。"

韩道满说:"想进步,就得跟好人学,往好人这边靠近,别跟坏人扎堆儿,跟他们还能走出好来吗?您看看我振茂大伯,人家多进步,多积极呀!"

焦振茂连忙摆手说:"差远啦,差远啦,别提我吧。早先我倒是觉着自己差不离似的,这一程子,我才照了镜子洗了脸,比人家马老四,离着十万八千里。"

马翠清说:"离着远不要紧,得朝着正地方奔。我越想越觉着怪。农业社在那儿摆着,干部在那儿站着,看得见,也摸得着,就凭大叔你这么会算计,怎么总是算拧了账呢?到底儿是集体好,还是单干好;是萧支书这边人好,还是马之悦那边人好,这不清清楚楚、明明白白吗?您怎么就偏偏不正着眼睛看看,老是不开窍呢?"说到这儿,她又激动起来了,发觉自己到了"边儿",再往下说,准得过了火,就咕嘟着嘴,不吭声了。

韩道满说:"不开窍,想不通,萧支书说可以等等您,可是您得认识潮流。不认识潮流,您就要上坏人的当。今天我把话给您说透了吧：我是下决心跟潮流走，往社会主义奔，不能走您给我安排下的那个旧道；那条道走不通，不如这条道光明。您没见我们青年种的苗圃吗？收完麦子就往山上栽，支书说，还要开苹果园、葡萄园，还要使拖拉机、用电灯，……您单干，单干八辈子，也甭想搞出这些个来；我凭什么放着大道儿不奔，要往小道上拐呢？我的道儿还长着哪！我这回来家里跟您认错，错在我对您帮助不够，斗争也不够；我要搬回来，是要让您跟我走，我可不是来投降的！"

马翠清听了这番有劲儿的话，感到十分吃惊，忍不住地满脸放光，真想替韩道满鼓掌叫好。

焦振茂却觉着话语太重，怕把韩百安闹翻了，父子俩吵起来，闹得前功尽弃，赶忙接过话茬儿，尽量用亲切的口吻说："百安，看人看心，听话听音，我觉着，道满那心对你是热的，道满这话对你是烫的，我全赞成。咱哥俩是老交情了，谁全知道谁，晚上没事儿，我好好跟你摆摆心思，坦白坦白。过去，咱们到一块儿光打小算盘，今个我跟你打打大算盘。先拿咱们这个天下说吧，过去是坏人、洋人坐金銮殿，咱老百姓受那份罪，就不用细说细表了。如今呢，老百姓坐天下，过上了太平日子；往后呢，还要过社会主义日子——你别老是觉着那日子没影儿，不落实，其实，已经到了眼皮底下了。没有社会主义，能有今天这收成？没有社会主义，今天这场雨，麦子不就都淋了？这些你都亲眼看见了。咱们再接着说：闯这个天下，人家共产党是经过多少难关！听说，当年人家从南方打到北方抗鬼子兵，走了好几万里，对啦，两万五千里，吃皮带、啃草根子。打咱们北边的密云石匣的炮楼，那是多激烈！攻不上去，人家把羊毛毯子蘸上水，裹在身上，往炮楼跟前滚。共产党从一开始就净办好事儿，可是还有人反对。蒋介石就反对，地主、汉奸也反对，咱们有些中农户也反对过呀！我就反对过。打鬼子那会儿要军鞋，多摊一双，我就不高兴；要公粮，总想给点不济的。搞土改，按人口补给我一亩地,我说不贪无义之财,白要人家的地不讲良心,硬退了。后来共产党又搞起农业社,那就更不用说了,咱俩没少在一块儿嘀咕,还骂过呢。不怕道满、翠清笑话我,今天咱们就是要兜底儿嘛!人是越活越伶俐,不能越活越糊涂。我对新事儿,是一点一点儿明白的。打跑了鬼子,咱们不跑反了;搞了土改,咱们不挨地主欺负了;有了婚姻法,就没人投河觅井的了;办了农业社,穷人过了好日子,咱们这些不穷不富的人,也过上保了险的好日子。你就往后看吧,好事儿还多着哪! 有一件,可不能再像过去那样,老毛病不改,不能遇上一桩新事儿,开头就先反对一阵子了……"

这个老人滔滔不绝地说着,用意是在说服老朋友,实际上,也是总结着他一生中经历过的一段光明而又不平坦的历史。这是他真诚的坦白,是把一颗已经闪出光芒的心,赤裸裸地捧出来,给他老朋友看一看:以心比心,他希望面前这个可怜人,经过一段糊涂日子之后,跟自己一样地转过弯来,跟上潮流,跟上马老四这些老贫农。

他继续说:"我过去也纳闷,正像你眼下对我纳闷一样:我为什么不能像年轻人那样,也不能像马老四、喜老头那样,来了个新事儿就拥护;我总是先当对头,过后才赞成。毛病到底在哪儿? 这一段日子,我找到了。归根结底,是自私,光打小算盘,不打大算盘;缺一副穷人的骨头,穷人的心田。"说到这儿,他故意停顿了一下,冲着韩百安,加重语气说,"百安,你这会儿的病也是这个。自私,自私,你太自私了!"

韩百安抬起头来,看了焦振茂一眼,又低下了。

焦振茂并没在意,又往老朋友跟前凑了凑说:"百安,咱们一块儿活过来的,你为什么没我进步呢? 我看哪,道满、翠清把你的病根找到了。你也不用捂着、盖着不让扎针、拔罐子了。一句话,就是因为你不爱跟贫农学,偏爱跟坏人靠……"

韩百安的嘴唇动了半天，冒出一句话："什么，你也说我跟坏人靠？谁是坏人，我跟坏人干什么坏事情了？你们都冤枉我呀！"

焦振茂说："你别急，听我慢慢往下说。你靠着的那些人，你当他们都是好人呀？弯弯绕、马大炮，总想让农业社翻车、断轴；他们偷运粮食，违反政策条文，闹粮、闹土地分红，都是坏事，都是反对好人，反对社会主义呀！"

韩百安嘟嘟囔囔地说："我根本就信不住他们；对他们我早就留着后手。"

韩道满插言问："您信得住谁呢？就信得住马之悦！"

韩百安说："他是干部，是头嘛。"

马翠清也忍不住插了一句："他是什么干部，什么头？是个坏蛋！"

韩百安一愣，瞪起两只朝里边眍瞜着的眼："什么，马主任是什么？"

焦振茂用力说："原来你还在鼓里呀？实话对你说了吧，他是头号大坏蛋！"

韩百安听了这句话，惊慌失色地看看这个，又看看那个，结结巴巴地说："大哥，大哥，咱们不能不讲良心呀！"

焦振茂说："从前我也是瞎讲良心的。你不知道他的底子，知道了，更得把你吓一跳。"

马翠清说："他压根儿就不是好人，是披着人皮的狼！"

于是，焦振茂和马翠清两个人把马之悦如何耍阴谋手段要搞垮农业社，又如何陷害萧长春和焦淑红，又怎么要强奸孙桂英，又怎么跟奸商勾搭，等等，详详细细地说了一遍，同时又加上了他们的评论。

韩百安听呆了。

焦振茂说："这事儿眼下还保密，别乱说。这都是咱们见到的，不是人家哪个干部开会给咱讲的;我看你还对他挺迷信,不得不给你透透信儿。要不然,你还得跟着他们走,还得上他们的当。他们没死心,还得搞乱子;要是搞起来,不拉你才怪哪。百安,今天我说服你这些话,你想通没有呀?"

韩百安眨巴着眼,干张嘴,说不出话来。

马翠清说:"您讲个干脆的,我们大伙儿也就放心了!"

韩道满也满脸通红地说:"爸爸,您看看,我说您还不信,这回您该信了吧。跟这伙人走,能有什么好下场?"

韩百安心里边乱腾腾,脑袋像发面馒头似的往大胀着。他看看儿子,看看马翠清,又看看他的老朋友,终于说出一句话:"我,我谢谢你们的好心。让我再想想吧……"

焦振茂乐了:"哎,这回还不赖。想通了,把疙瘩解开了,心病去掉了,咱们哥们好跟大伙儿一起往社会主义奔哪,你瞧那日子才叫真正的好日子呀!"

马翠清也挺高兴。她活泼起来了:"好,好,太好了。往后呀,您就擦亮眼睛,跟他们划清界限,挺起胸脯子,跟贫下中农一道儿走。"

韩道满说:"对啦,您就一个劲儿进步,像振茂大伯这样。人活着不能光为自己,要为大伙,为社会主义大事业,这样的日子过着才有味儿。"

他们又热烈地谈论了一阵子才结束。父子俩送走了焦振茂和马翠清,时间已经不早了。韩道满要到羊栏搬行李去,搬回来就睡,明天好参加劳动。火热的劳动在召唤着人们。特别是收获劳动果实的劳动。雨一住,顶多过不上三五天,就要打完场、分麦子了。

韩道满冒着小雨,心满意足地往外走。跟爸爸闹"崩"了这些日子,他每天除了回来吃饭,从不着家;今晚上,他回家了,又要躺在爸爸的身边了。他想着自己这半年多的经历，从参加种麦子到开垦苗圃，到后来被卷进东山坞各种各样的斗争的漩涡里。这一段道路在这个年轻人说来是不短的，每一步都迈得十分吃力。当然，他没有爸爸那么多的疙瘩和心病，可是他同样的胆小，同样的不懂得每一天的生活、劳动的意义，他也不关心这一些，从早到晚他只想自己的事儿。眼下，他觉得自己终于从小圈子跳进了大圈子，不光是身子跑出了小圈子，心也跳出了小圈子。他懂得了许多事情，明白了好多道理，特别是找到了自己的学习榜样，选定了一条最好的人生道路……

小伙子想着想着，心满意足，真想唱几句。

韩百安今天晚上可苦了。他没等儿子，也没有脱衣服，甩掉了鞋子，抽下裤带就躺在炕上。他的心里边乱得像一团麻，没头没绪，扎扎挠挠。他想：马之悦是老干部、老党员、老功臣；马翠清这个孩子就罢了，焦振茂这个厚道、稳当的人，怎么也到这儿说他的坏话呢？这么多年，他跟马之悦两个人总是挺对劲儿的，焦振茂敬着马之悦，马之悦也敬着焦振茂；头几天焦振茂的闺女找婆家，马之悦还要当个媒人，焦振茂也是乐意的，怎么一下子倒说人家是阴谋了，是要把他的闺女铲走，是打击干部呢？马之悦那么一个大干部，会跟一个毛丫头耍手段吗？马之悦的神通广大，能怕一个毛丫头吗？马之悦跟萧长春两个人不合，这是大伙儿全知道的事儿，嘴上不敢说的人，心里也明白；耳朵里听不到的人，眼睛也看得到。两个干部不合槽，闹纠葛，这是常有的事儿，父子俩还吵架分家嘛。可人家都是共产党里边的人，马之悦怎么会拿出过去地主恶霸和国民党的手腕儿害萧长春呢？马之悦是这种人吗？反过来想，萧长春是积极得有点儿过火了，为这个，沟北边的人全都反对他；可是这个人还是个好人，干什么都为别人，从不往家里拿仨掖俩，对妇女更是规规矩矩，公公正正；这些，有眼睛的人全都看得见。马之悦真是那种有歹心的人要害萧长春？马翠清虽是孩子,人家是团干部,不会讲瞎话;焦振茂这个人长这么大,更没有跟谁说过一句假话……

韩百安的脑袋里画了一大堆问号,解也解不开。同时,又好像有许多人,围着他,说这说那;这里边有韩道满,有马翠清,有焦振茂,还有萧长春;他们说过的话,全在他耳朵里边嗡嗡着;羊棚的事情,场院的事情,那山一样的麦垛,海一般的麦田,也在他的脑袋里翻腾着……

好多问题,又像碾砣子似的在他心里边转,转来转去,又转到马之悦的身上了。忽然间,他又想起那一口袋小米子。小米子放在马之悦家快半个月了。那时候,弯弯绕他们那事情一露馅,马主任没把小米子弄出去,眼下也没必要再偷偷地卖了;一分了麦子,家家都肥了,谁还翻你的! 全是瞎诈唬,闹得人怪不安定。还是扛回来吧,放在自己手里最保险。那小米子是他一把一把攒的呀! 是他的宝贝疙瘩、心尖子呀!

金黄金黄的小米子,在他脑袋里晃荡起来。他把一切都忘了,恨不能一把将小米子口袋抓到手。他想,不管马之悦到底是个啥样人,都应当小心点。

他听听外边没动静,儿子还没回来。这孩子,到哪儿就得在哪玩住。于是,他又系上了裤带,挪着下了炕,穿上鞋,打开了大门……

阴雨,还在稀稀拉拉地下着。

韩百安踏着泥水,朝马之悦家里摸去。

第一○九章

这会儿,马之悦正在焦庆家的门楼子里边蹲着。他把一只耳朵贴在门缝上，听着外边的动静，两只眼睛死死地盯着北房窗户上的人影儿。

他很害怕，没有哆嗦，反而装得很镇静。他在估计下边会发生什么样的事情，发生以后又用什么办法对付。比方说，马翠清和韩道满两个人，也许没有看出什么破绽，干自己的事情去了，也许很重视刚才的动静，去报告萧长春。头一个可能当然是再好不过了，第二个可能，就非常危险。萧长春这家伙机灵透顶，这会儿也正在加倍地小心着；听到这个信儿，一定要追根寻底，说不定街上已经布置下民兵。那时候怎么办呢？还是挺出去，使个计策闯一闯呢，还是蹲在这儿，看情形再随机应变呢？是不惊动焦庆媳妇，还是奔到屋里去，跟她使个手腕儿，打打掩护呢？他心里边乱极啦，怎么走，都觉着不安全。

阴雨一会儿大一会儿小，狂风一会儿紧一会儿慢。雨水从门楼的瓦檐上流下来，滴在石板的小坑坑里，溅到人的身上。圈里的母猪受到雷电的震动，偶尔哼一声，窗户上的人影儿一摇一晃的——那是焦庆媳妇正在灯下边做针线活儿。

在马之悦的旁边，直竖竖地站着一个人，那就是刚才想要杀人行凶的马小辫。他浑身发抖，脑门儿倒呼呼地冒汗。这会儿，他心里边塞着的东西，全可以用一个"怕"字来概括；前思思，后想想，都是让人挺害怕的。刚才，要不是马之悦从马凤兰那儿得到信儿跑来追他，又把他拦住，杀错了人是小事儿，后边的马翠清准得发现他这个凶手，一喊一叫，人一出来，两头一截，往哪儿跑？就算是萧长春回来了，自己一刀刺不着，也不会是他的对手，还兴许送了小命！哪会想到，下雨天还有这么多的人出来进去的呢？……亏了马之悦把自己救了，也让马之悦的几句话把自己提醒。可是，老在这儿蹲着怎么算呢？外边要是闯进人来，完了，屋里要是出来人，也完了。走吧，也险。这会儿他才知道，不要说手里拿着尖刀子，就是空着手到这儿来,也是扎眼的;在街上不论碰上个什么人,也不会轻易地把他放过去,真叫怕人哪!

一阵急风骤雨过去,一切又静下来了;只听得雨丝儿"沙沙",从每个院子流出来的雨水,汇在街上,哗哗地流着。

时间过去的也不算短了,看样子,没了危险,眼前最要紧的事儿,是怎么离开这个院子快到家里去。

马之悦站起来,活动活动蹲麻了的腿脚。

马小辫也动了动,抹抹汗珠子。

马之悦深深地透了口气。

马小辫小声说:"我走呀……"

马之悦挡住他:"别!"

"总在这儿呆着险哪!"

"知道险,你还来干这种蠢事?"

"我着急呀!"

"着急就轻举妄动?"

"我想灭了他,你就好办事儿了……"

"可是你没想想,我正跟他对立着,这会儿已经公开了,出了人命,就是三岁的孩子,也得怀疑到我的头上。还有,谁不知道咱两家是亲戚,出了这种事儿,还有不找地主的呀?咱们的事儿,八字还没有一撇,先闯这个乱子,这不是存心要进大狱吗?"

"进大狱就进大狱,反正那日子快了。"

"日子快了,才不能玩命嘛。我们要的不是一条命,要光为这个,那不太容易了。这会儿,我们要的是时间,要的是麦子,最后要个彻底的转天换日。"

马小辫轻轻地叹口气:"不把他搬掉,那个好日子能保险吗?闹了半天,屁毛没得到手,再让他把我祖宗给挖走,儿子给拉走,我这不算是绝根了吗?不行,这块石头一定得搬,我宁可死在他后边,也不能死在他头边。"

马之悦说:"这块石头要搬,咱得用安全办法。你想杀他? 这小子后脑勺上都长着眼,保险你到不了跟前,先得让他收拾了。再说,你没见来来往往的到处都是他的人吗? 你一动手,准得让人家看见,这不是白送死吗?"

马小辫想起刚才的险境,在黑暗中点了点头,说:"行,行,只要坚决着点儿,把大事情做成功,怎么着全好。之悦,量小非君子,无毒不丈夫,要成大事,不能心太软哪!"

马之悦苦苦地想着。这会儿,他想的跟马小辫想的差不离儿。他不是心软手软的问题,许许多多事情堆在一起,已经把马之悦挤到绝路上了,他还有什么软不软的呢? 马小辫今天的行动,让他生气,让他担了惊,也受了点启发。他也应当想一个决断的计策,来个干干脆脆的;可是,他要求个安全,求个杀人不见血,而又达到目的……

西院北房突然传来孩子的哭声和一个老人的喊声。那是萧家的祖孙两个。

"不,不,给我捉鸟,给我捉鸟!"这是萧长春的儿子小石头在睡梦里的哭叫声。

"小石头,撒尿不? 下炕,下炕!"这是被哭声惊醒的萧老大,招呼着孙子。

"要鸟,要鸟!"

"你这孩子,疯啦,做梦也惦着鸟! 等着活儿不忙了,让你爸到北山里给你捉。快下炕撒尿!"

这会儿正好雨小了,雷住了,在这只隔着一堵墙的地方,那边的声音这边听得非常清楚。

马小辫听到这一老一少的声音,又想起萧长春要领头"灭"他的祖宗,"拉"他的后代,那股子杀人行凶的邪火,又翻上来了。他攥着手里的尖刀子,愤恨地咬着牙说:"妈的,我全杀了他,让他绝根儿!"

马之悦轻轻地哼了一声:"收了你的吧!"

马小辫说:"这孩子是姓萧的宝贝,我看就在他身上打打主意……"

马之悦说:"不许你再乱动,听见了没有?"

"你怎么啦?你没见这天时地利,全冲着咱们来的呀,这场雨是多好呀!不杀了他,也让他在炕上躺几天,躺两天,地里麦子就收不上来了,场上的就烂了……"

"别急嘛!咱们得想别的办法把他的手拴住。"

…………

这会儿,这边院子北房里的孩子也被隔壁哭声惊醒了,也哭了起来。

"妈妈,妈妈,吃,吃,吃……"

"别哭,别哭,妈在这儿。"

"妈妈,妈妈,啊啊……"

"等等,妈关了大门,就躺下给你吃奶啊。乖啦,听话啦,啊。"

窗户上的身影晃了一下不见了。

门洞的马小辫攥着尖刀子小声对马之悦说:"不行,焦庆媳妇关大门来了,我得跑……"

就在这个时候,街上又响起蹚水声和低语声:

"小心点呀,越是这样天气,越得小心。"

"放心吧,让他们回家暖一暖,他们都不去。"

…………

马之悦急中生智,拦住马小辫伏在他耳边说:"别慌,外边有人,马上出去危险。先等等。你一气别吭,全听我的。把刀子给我,快给我!"

马小辫一边把尖刀子递过去，一边怀疑地问："你，你要干什么？"

马之悦说："你带这玩意儿，路上碰到人怎么行？"

马小辫说："你带着？"

马之悦说："先藏起来，等一会儿再说。今晚上你就住在我家吧，路近一点儿。不让他们发现更好，发现了，也好对付。你就说病了，疼得受不了，找凤兰拔火罐子，路不好走，就没有回去。刚才我让凤兰到家找你，她说有人在那边走动。别急，咱们一块儿走。"

没等他把话说完，北房前门口已经传来脚步声。

马之悦赶紧跑到猪圈跟前，搬起猪食槽子，把尖刀子压在下边，又跑回门楼里边，摸摸门，关得很紧，就低声对马小辫说："跟我走！"随后，在院子里转了个小圈，镇静了一下，又对北房小声说："焦庆家吗？"

焦庆媳妇顶着一块锅盖正要去关大门睡觉，被这突然的声音吓了一跳："谁？"

马之悦带着笑声说："哈，你这耳朵真不管用啊，连我的声音都听不出来了。"

焦庆媳妇听出马之悦的声音，又见他冲冲地走过来，不知道要发生什么事儿，一边躲闪，一边疑疑惑惑地问："马主任，这么晚了，干什么呀？"

马之悦已经从她身边挤过去，进了屋。

焦庆媳妇见马之悦后边有个尾巴，问："后边那个人是立本吗？"

没回答，两个人全进屋了。

焦庆媳妇跟进屋一看，浑身打个冷战，就喊开了："哎哟，马主任，这是干什么，这是干什么？啊？"她吓坏了，也气坏了，简直不知道说什么好了。

马之悦笑着说："瞧你大惊小怪的,怎么啦?"

焦庆媳妇着急地拍着手说："哎呀,黑更半夜、大雨泡天的,您怎么把个臭地主领到我屋里来了?"

马之悦笑笑,坐在炕上了。

马小辫低着头,牙齿咬得直响。

焦庆媳妇撩开门帘子,横眉立目地喊："走,走,马小辫,你给我滚出去!"

马之悦不高兴地说："瞧你这个人,办事儿怎么这么没深没浅哪! 我不叫他来,他敢登你这门槛儿吗?"

焦庆媳妇说："老天爷,您好不当儿地把个臭地主叫到我这儿干什么呀?"

马之悦说："眼下是麦收,咱们得做保卫工作。我叫他来,教训教训他。"

焦庆媳妇跺着脚说："怎么叫到我这儿教训他呀?"

马之悦说："唉,你不知道我们沾点亲吗? 我是从来不登他那门的;叫到我家去,有凤兰,也不方便,你家是贫农,说话不背着你。"

焦庆媳妇看看马之悦,见他又严肃又认真;看看马小辫,仍旧是一副凩相,也不好再说什么了。

马之悦往炕上一坐,装模作样地冲着马小辫说："你知道我今天把你找来为什么吗?"

马小辫笔管条直地站在地下,说："马主任,我不知道;听说您叫我,我就赶忙来了。"

马之悦说："我跟你虽然沾点亲,可是我是共产党员,我是干部,我跟你界限分明,懂吗?"

马小辫点头哈腰："懂,懂。您从来都是界限分明的,这个我全知道。"

焦庆媳妇听了这两句话，又看看他们，那个提着的心也就放下了。暗想：别人还说马之悦跟地主富农穿一条裤子，真是没有的事儿。人家这不公是公，私是私吗！就在旁边帮了一句："界限不分明不行，跟你个臭地主哪能不分明呢？"

马之悦仍然冲着马小辫说："眼下国内形势，料你也知道了，到底怎么回事儿，还得看下回分解……"

马小辫说："是，是……"

焦庆媳妇说："不管怎么分解，也没你们臭地主的好处，这是真的。"

马之悦继续说："干部中间是有不团结的现象，谁好谁坏，自有群众说话。你不能想这种事儿，不许动嘴，不许动手，也不许动心。听见了没有？当然，你现在还没有什么表现，这一程子，还比较老实，可是我得先警告警告你。"

焦庆媳妇也很威风地说："干部不对劲儿，那是筷子碰碗，是我们家里的事儿，跟你这地主没关系。你想要趁着浑水摸泥鳅，那可办不到。我说话你听见没有？"

马小辫用眼角瞥了她一眼，又连连点头："是，是。"

马之悦又加一句："你要老老实实地听干部的话。"

马小辫又点头："是。"

"不要乱说乱动。"

"不敢。"

"只要是发现你有一点儿不规矩的地方，咱们把话说在头边，我可不能轻饶你！"

"是，是！"

焦庆媳妇说："没你说话的地方，什么时候也没有，不用再做梦啦。如今这个天下是我们穷人的了，你要是睁着两只眼睛敢胡闹，留神你的小命儿！"

马之悦又问马小辫:"我的话你记住没有?"

马小辫说:"记住了。"

"坐在那儿,好好想想。"

"哎,我想想。"

马小辫坐在炕沿上了。

外边的雨大了一阵儿,又渐渐地变小了,变成了牛毛细雨。

马之悦在屋里来回踱了几步,耳朵留神听着外边的动静。过一会儿,他又不慌不忙地走出来,开了大门,站在门楼里左右转着脑袋看。这会儿街上没有行人,也没有动静。他就又转回来,把门掩上了。

焦庆媳妇也跑出来了,对马之悦说:"马主任,再训他几句,快点儿让他滚蛋吧!"

马之悦说:"行。焦庆家,我今天教训马小辫的事儿,别对外人讲,因为是在你这儿教训的,不大方便;当然,我要让你证明的时候,你也可以直说。"

焦庆媳妇答应着,又小声地问:"马主任,咱们那事儿,不要紧了吧?"

马之悦故意沉吟了一下,说:"有事儿还是没事儿,这要看萧长春的劲头儿了。"

"县城那边要是把东西全抖搂出去了,三头对不上案,他有什么办法?"

"咱们得准备两手,好,或者坏。"

"马主任,可全靠您维持了。唉,我就是图着多卖几个钱,给孩子买点零嘴吃,谁想找了一身病呀!千万可别让那事儿传扬出去。真要挑个明,敞个开,把我也拉扯到里边,让我们孩子爸爸知道了,我可受不了哇!"

"我当然要生着法儿往好处给大伙儿办,咱们谁对谁呢?你呢，焦庆家，我再嘱咐你几句：这时候，说话、做事都要小心一点儿；不该说的，别说，不该做的，别做。"

焦庆媳妇说："对，对。"

马之悦回到屋里，对马小辫说："雨停止了，你快些回去歇着吧。"

马小辫低着头走出来，贴着墙根，出了街口朝北边移动一截儿，就又站下来等候。

马之悦对跟出来的焦庆媳妇说："你回去吧。"

焦庆媳妇说："等我关上门。"

马之悦有点慌了。他想，马上到猪食槽子底下把刀子取出来吧，这会儿实在不便，再磨蹭一会儿，又怕走在路上的马小辫碰上人，不好开脱，只好硬着头皮跟出来。他走在街中间，追上了马小辫，让马小辫在后边走，跟自己保持一点儿距离。他们全都贴着墙根往前摸，一直把马小辫护送到离自己家门口不远了，马之悦的心才算放下了。他想先把马小辫送到家，再回来取那把刀子。又一想，这会儿，焦庆媳妇准把门关上了。等到明天再说吧，大白天取把刀子更不容易。对了，把马小辫送到家之后，再找马立本去，这小子腿脚灵活，跳到墙里去就拿出来了。他走了几步，又想，不好，这几天村里巡逻守场的人挺多，万一被发现了，也危险。反正那刀子藏得挺严密，一时也不会被谁发现；过几天发现了，不出事还罢，出事更好，这是个无头案，可以吓唬吓唬人。刀子上又没有刻着字儿，谁知哪个放的？萧长春发现之后，准得猜疑到有人要暗杀他，一定能起点制造混乱的作用。想到这儿，他倒后悔那刀子藏得太严实了，藏的地方也不好，不如塞到萧家院子里去了。明天一发现，又是一场小风波，光有武器，又没成事实，只能增加恐慌，搅乱人心，没什么风险。已就这样了，只好这样了。

第一一〇章

马之悦领着马小辫,紧张又艰难地朝前试探着走。从焦庆家门口,到马之悦家并不远,只要拐出胡同,下了坡,过了沟,再一上坎子,就算到了;可是这会儿,这截道儿显得特别长。黏糊糊的泥浆好几次拔掉了马之悦的鞋,他在心里边骂着一切,恨着一切。从打去年秋后下涝雨,遇到的这么多事情,哪一件是顺心的呢?简直比这截道儿还难走!

这一天,他一直在一队场里,一边跟着大伙儿往一起堆麦捆,跟大伙儿装车,一边"反省"自己的问题。其实,他的两只眼睛不住地盯着通往大湾的道儿,眼巴巴地等着两个人。从马志新来信到现在,又过了好几天了,马志新要是真来,也该到了,却一直没个影子;从打找到李世丹,也好几个晚上了,李世丹亲口答应要来,也没有照个面儿。马之悦的心里是多么焦急呀!他比马小辫这些人看得清楚,萧长春他们正在跟自己争时间,抢收、抢运、抢打,很快就会抢着分,同时也在抢人。只要把麦子一分下去,那就完了。贫农更得铁了心,中农也不会再热心地跟着自己干了,马之悦想在东山坞开展一个变天的试点,跟城市配合起来,给自己闯出另一个天下,全都困难了。当然啦,从马志新信上的言词,从瘸老五亲眼看到的情况,从李世丹的态度,从王国忠迟迟不归,他都认为,眼前要来个大鸣大放,来个大变革,全是大势所趋,天是一定要变的了;不管东山坞迟动、早动,反正一定得动。问题就在于,马之悦想在这场变革里捞上一把本钱,就像抗日战争那会儿捞了一把本钱一样,成个政治上的暴发户。他把所有的办法都使尽了,可惜没有让东山坞的风暴刮起来,反而挨了一棒子。要是拖到分了麦子,王国忠再突然一来,他们把马之悦的事儿先在群众里边一抖落,那算臭了,一点翻身抬头的希望都没有了,十成有八成让他们一撸到底,说不定变成劳改犯。……他苦苦地想着:怎么才能把收麦子、分麦子的这条腿拖住呢?

走在后边的马小辫突然急走几步,扯了扯马之悦,声音发抖地小声说:"不好,你家门口有人把守。"

马之悦如梦初醒,忙问:"在哪儿?"

马小辫朝前边指指:"门口,在那儿蹲着。"

马之悦也瞧见自己家门口有一个黑堆堆,就推了马小辫一把说:"赶快躲起来,快!"

马小辫躲到一棵大树后边去,刚一碰树身,就哗下子,一阵雨水落了下来。

马之悦让自己镇静了一下,大模大样地走过来,冲着那黑堆堆说:"嗨,谁在这儿淋着哪,快屋里避避去。"

蹲在黑漆门外边的那个人,忽地站起了身,朝马之悦跟前跨了一步,上牙敲着下牙,好一会儿才说出话来:"马主任,我、我在这儿等你半天了……"

马之悦听出是韩百安的声音,一个心放下了,另一个心又提起来了,左右瞧瞧没有旁人,就疑惑地问:"怎么这天头找我呀?屋坐吧。"

韩百安抖着滴着雨水的裤脚,依旧是结结巴巴地说:"天不早啦,不进去麻烦啦。就在这儿,说句话,我就回去啦。马主任,真是……"这个时候,这个胆小自私的中农,忽然间感到,自己跟这个"好干部"并不是平等的,也从来没有平等过。自己的粮食存在这儿,完全可以自自然然地要回去,为什么倒好像登门求借那么为难,那么不敢张嘴呢?

马之悦心里边也打着转儿。开头他对这个胆小鬼突然而来,又蹲在门口等他,再加上那副可怜相,这到底是为了什么,真有点摸不透了。那几斗粮食,在韩百安的身上是拴着心、挂着命的大事一件,在马之悦来说,只不过是鸡毛蒜皮的芝麻粒小事儿;韩百安日日想,夜夜念,老是惦着他的小米子,马之悦在办完了这件事儿的几分钟,就扔到脖子后边去了。机灵鬼总是机灵鬼,一眨眼的工夫,马之悦就猜到了韩百安的来意,而且,还把这韩百安的行为,跟萧长春正"拉拢"人的事儿连到一块儿了。不知怎么,一股子怒火腾地顶了马之悦的脑门子,真想上去踢韩百安几脚,解解心头之恨。他知道这件事得纠缠一阵子,又怕这工夫胡同口那边忽然来了人碰上马小辫,说一声:"你等一下。"就跑进屋里,叫出马凤兰,这般如此一说:"快点,我背着脸跟他说话儿,你就快点把大伯领进屋。"说完就又转到大门外边。

后边跟出的马凤兰也没吭声,急忙绕过两个人,朝胡同口那棵树跟前奔去了。

马之悦把韩百安推到离门口远一点地方,故意问韩百安:"你有什么事儿,说吧。"

韩百安吞吞吐吐地说:"我那小米子……"

马之悦真猜对了。暗想:这家伙一定又听了那边人的宣传,要不,不会冒着雨跑到这儿要粮食;说不定后边还跟着个拉竿儿钓鱼的人呢。怎么办呢?韩百安那小米子除了送给马连福之外,全让自己吃了,上哪儿给他找去?就是有处找去,也不能放了东西,再找上病呀!对,得让他死了这份心,免得引起麻烦。他装出一副郑重的样子说:"大哥,我正要找你去哪。糟糕到家了!前天县里来人运你那小米子,刚过森林,就让人家给截住了……"

轰的一声响雷,一阵急雨,又是一道闪电。天劈了,地裂了,树倒了,墙坍了,人全要没命了!

这一切,不过是韩百安这一霎间心里的感觉。其实,雨并不那么大，雷也不那么响。

他忘了一切地喊起来了："马，马主任，你说什么？我的粮食，我的小米子……"

马之悦捂住他的嘴："小声点儿，小声点儿，你……"说着，左右瞧瞧，见马凤兰带着马小辫进了大门，就又在黑暗中假装着急地对韩百安说："你怎么用这大的嗓门儿呀。别怕，别怕。还好，前天我派人打听了，那两位掌柜的，根本没有咬你，要是咬出你来，可是更糟了。你知道私卖粮食什么罪不？要坐大狱的！"

韩百安站立不住，晃了几下，差一点儿摔倒。他用力挣扎，嘴唇抖动，压低了声音说："马主任，这可不行，我的小米子，就是我的命啊！"

马之悦摊开两只手，无可奈何地说："我是两只拳头和一把指甲管闲事的人，命也罢，魂也罢，又有什么办法呢？当时谁能知道出这种岔子呀？"

"岔子出了，你也得给我想点法子呀！这么一说，就算完了，不行呀！"

"事情到了这节儿上，还能想什么法子？你知道不知道，为这屁点小事儿，我担了多大风险！"

"那会儿你可说得好好的呀！要不，要了我的命，也不能让粮食出手哇！"

"当初我是为你好，又是你心甘情愿送到我这儿来的。谁想到会有这么一个下场。噢，管了闲事儿，没沾着光，白担了险，还得包偿你吗？"

韩百安苦苦地哀求着："马主任，你修修好，你的门道多，给我想个办法吧。我不能没有小米子呀！"

马之悦有几分不耐烦了，绷着脸说："百安，我实话对你讲了吧，这件事的罪过太大了，不光你的粮食事儿，要烂在肚子里，永远不能说出去,连这宗事儿都不能再提了。你想想,你牵扯了自己事小,牵扯了别人,人家不跟你结仇呀!大哥,我如今是受人家牵制的人,一时半时也难缓过来;我要再有一分之路,也不能让你为这份难。谁让咱们赶上这个年月,除了认倒霉,就得等机会,机会到了,还得豁出去干一下子。你得知道,是谁把你害的,是什么政策把你害的……"

这会儿,韩百安自己也不准能说清楚,为什么忽然间对这个一向信赖的老干部,觉着一点也不能信任了,甚至于,他敢肯定,卡粮食的事儿是没踪没影的鬼话。马之悦下了套子要坑害他,昧了良心,吞了他的小米子,贪了这无义之财。是别人对他揭了马之悦的底儿起了作用呢,还是自私人的本能起作用,或者自私者的关系本身就是互相不信任的? ……反正他不信马之悦这一套了,一句都不信!

那金黄金黄的小米子,是他一口一口地节省下来,装在口袋里,藏在炕洞里,出去惦着它,进来要摸摸它;为它,担了多少惊,受了多少怕;为它,父子不和,亲友不睦,害得他家不家,业不业,人不人,鬼不鬼;可是,到了这步田地,就凭着马之悦上嘴唇往下嘴唇一碰,一句话,没了,再也没影儿了,再也不属于韩百安了!粮食没了,没人说好,没人知情,连一句软和话都不给,这叫人办的事儿吗?

雨丝儿,像鞭子一般抽下来了,闷雷,像拳头一样打下来了,泥水寒风包围了一切……

韩百安浑身抖动。他再也顾不上什么"情面"了,上前来,一把扯住了马之悦那只滴着雨水的袖口;变了声音,改了调门地说:"反正,反正我的小米子,一颗是一颗,一粒是一粒,全交给你了,足足一百二十斤,亲手交给你的,你就这么一说没有了,不行,拼了命也不行!"

马之悦一甩袖子，压着声音说："你怎么能够把我这个中间人做到里边呢？这未免太不讲情义了吧？做梦我也没有想到你是这种人！"

韩百安说："对，对，对啦，我做梦也没有想到……"

"你想想当初我接你那粮食为什么来着……"

"为什么，为什么，你还不知道吗？"

"我为你好！"

"为我好？还好哪？"

"人不能像耗子那么眼光短。你想想今天，再想想过去，我马之悦为你们这样的人家，办了多少好事儿？我愿意把你的小米子弄没了吗？"

"我，我的小米子交给你了！反正没了不行，我也豁出去了！"

"你要是翻脸不认人，我可也不留情面了。你交给我了不假，谁让你交我的？我还要跟你要保管费、占地方钱哪！真自私！"

韩百安大瞪着两只眼睛，一只手捂着胸口："我，我，我要自己的小米子也算自私？你说我自私，我就自私了，我要小米子，你得给我！"

马之悦根本没把这个中农放眼里，也没放在心上，这个中农好似他手里的一团面，想圆就圆，想扁就扁，不管怎么着，他也是自己手里的面。于是，马之悦说了最后一句话："有法儿，你就瞧着变去吧！反正萧长春正犯了整人的瘾，我也没办法，谁让我那会儿用好心眼儿呢，谁知道好心变成了驴肝肺呢！你愿意坐大狱，我陪着，还不行吗！"说着，一步跨进门去，就把门关上了。

韩百安扑过来，趴在那湿漉漉的黑门板上，眼黑耳鸣，天旋地转……

第一一一章

阴雨下到后半夜还没有停止。马老四趁着雨小一点儿的空子,硬强着把萧长春从碾棚里拉回饲养场。

这一老一少,躺在一条炕上,各人想着各人的心事,好久都没有睡着。

萧长春脑袋里是满场的麦子垛。那些被社员们抢到场上的麦子,虽说都设法儿苫上了,雨这么大,又下这么久,会不会漏了雨呢?要是漏了,雨再不停,天再不晴,那就又会立刻发生一件非常危险的问题:麦子要在垛上发芽子,要霉,要烂……他心里叨念着:这雨快停了吧,快停了吧!

马老四脑袋里就是那头红骡子。红骡子吃了药,又遛了半夜,会不会见好呢?让它歇一歇,早起来再接着遛,那才好哪!最好是到野地里去遛,野地里空气新鲜,还可以让它啃一点嫩草吃……他心里也在叨念着:这天快晴了吧,快晴了吧!

风起雨落,水串儿滴滴答答敲打着窗下的石阶,伴随着两个人的心跳,一直响到鸡叫头遍。

鸡叫头遍,转了风向,吹散了满天的乌云。

萧长春不知道自己是什么时候睡着的。本来没有一点儿响声,他却好像被什么惊动,腾一下醒了,胸口接着又跳了起来。他一蹬腿坐起身,挪到窗前,扒着窗户洞朝外一看,那脸上立刻就抹上了一丝微笑。

这又是一个晴朗朗的早晨哪!

他回过身,刚想叫马老四,一看,那边早空了,被子枕头都收拾过了。地下的凳子上放着一个洗脸盆子,盆子上扣着一只旧草帽子,热气从草帽子破缝的地方冒出来;桌子上搁着一根顶着黄花、带着细刺儿的黄瓜,还有两个白花花的鸡蛋,放在一个蓝花的瓷盘子里。

他急忙蹬上裤子跳下炕,揭开草帽子,伸进手指头摸了摸,水还很烫手。他打参军那年起,没有用热水洗过脸,习惯到河边、井沿往脸上、脖子上撩儿把冷水，洗个痛快；可是这会儿，不论多急，多忙，又多么不习惯，都好像非常想洗个热水脸。于是，他把盆子端到地下，就"呼呼噜噜"地洗开了，而且是从来没有这般用心洗过；看看水还不脏，又往头顶上撩了几把水。

他擦着脸，又匆匆忙忙地走到门口；见大门掩着，又到槽前看看，那头红骡子不在棚里了，当然也不会有马老四的影子。他回到屋里，摸摸鸡蛋，也是温乎乎的，一个手心托着一个看看，把一个掖在衣兜里，把另一个又放回盘子里；接着，又把黄瓜一折两截儿，把头上那截儿放到桌子上，就攥着尾巴那截儿咬了一口；一边咬着，一边朝外走。

街上的一切都好像刚从水里捞出来的，房檐上滴着水，树叶上挂着水，石头上汪着水；寨子上的秫秸被水泡肿了，散发着湿漉漉的水腥味儿；昨天社员们背麦子落在道儿上的麦秸子，被人们踩扁了，又被雨砸进泥土里，好像是故意嵌上去的……

萧长春心里边非常紧张地想：麦子垛会不会漏了水呢？漏了的话，又该怎么办呢？见马翠清从胡同口出来，就喊了一声："嗨，场上怎么样啊？那麦子垛有漏的没有？"

马翠清提着一团绳子，胳肢窝夹着一把镰刀，听到喊声，转过身来，笑着说："嗨，大支书，怎么从这儿钻出来了？上午场上不能干活儿了，我有别的事儿。"

"你们昨晚上去没去呀？"

"去了，那个老头子开了缝儿。"

萧长春说："你跟他'投降'了，他还不开缝儿。"

马翠清瞪一眼："去！"一伸手把萧长春手里的黄瓜夺过来了，"从哪儿偷来的？"说着就咬。

萧长春说："嗨，翠清，别的事儿先放放，快跟我到场上看看去，说不定又有活儿忙了。"

马翠清说："场上还有啥事儿？不跟你去了，我还要上山打葛条去哪！"

"打葛条干什么呀？"

"用葛条打草苫子，就不用买麻绳了。"

"谁的主意呀？又是焦振茂？"

"没猜对，是那个老头子。"

"噢，你公爹呀！"

"吓！"

马翠清拖带着一串笑声跑了。

萧长春这个"官差"没有抓着，就回手把饲养场的排子门扣上。他要赶紧到场上看看，把每一个麦子垛都仔细地检查一遍，然后再找干部碰头，商量商量这一天的工作怎么安排。他直奔二队的打麦场。因为顶属这个队的麦子好，也属这个队的麦场大，这边最容易出事儿。

靠山村有个极好的特点，雨后地皮干。除了坑坑洼洼有一点点闪亮的积水以外，街上一点儿都不泥泞。一切都被这场暴雨大刷大洗过，一切都好似焕然一新，显得干净、清爽。

好多社员这一夜都是嘀嘀咕咕的，心里边惦着事儿，跟支部书记一个样。他们都没有洗脸，没有吃饭，就自动地奔场上走来了。人们谈论着这场雨的好处和坏处，谈论着谁家的房檐坍了，谁家的鸡窝倒了；谈论着地里怎么湿，不经一天好太阳就不能进去人……

萧长春在谈笑的社员后边走着，刚要赶过他们去，韩百仲在后追上来了。

萧长春听到喊，转身一看韩百仲脸上的气色，就猜到出了事儿，忙问："大舅，麦子垛漏了？"

韩百仲摊开两只大手说："还说不是哪！两个大垛都漏了。我到家找你，说你一夜没回家。"

萧长春一边紧往前走，一边压住自己的慌张说："别急。您看这天，晴的多好呀。反正今天起码上午是不能下地割麦子了，全到场上来晒，人多、手多，一折腾就干了。没有让麦子烂在地里，咱们也不能让它烂在场上。"

韩百仲说："你快看看去吧，都急啦！"

早一步来到打麦场上的人的确都在慌乱里。特别是焦淑红、焦二菊这一伙子妇女，吵吵闹闹，怨天怨地，闹得场头焦振茂灰溜溜的，好像这场雨是他下的一般。萧长春和韩百仲一到场边上，大伙儿就把他们给围上了。

"糟啦，一漏到底！"

"黏糊糊的，麦粒儿都胖胖的了！"

"这可怎么办，收到场上来了，还到不了囤里。"

萧长春看看大伙儿，说："不要紧，不要紧。"就绕着场边，奔向那两个漏了雨的麦垛。他登着梯子爬上垛顶；垛顶已经被人扒开一个小井似的窟窿，他把手伸下去摸摸，湿漉漉的，胸口猛烈地跳起来了。他从这个垛下来，又上了另一个垛，这边同样漏得很厉害。这里的情形超过了他的估计；他估计到可能漏雨，却没估计到漏得这样的厉害。

干部、社员跟在他的身边，全都在观察他的脸色；他是支部书记，他是大伙儿的定盘星、主心骨，不用说他说两句泄气的话，也不用说他唉一声叹一声，就是皱皱眉头，都会给这些焦灼不安的心再压上块石头，给这些人可能燃起来的热劲儿上泼了瓢子冷水，就会变成一片唉声叹气。这是解决问题的办法吗？

萧长春把这一切都估计到了，他极力地镇定自己，依旧是不慌不忙地从梯子上爬下来，又把所有的麦垛都检查了一遍。他站在麦垛旁边，撸上衣袖，使劲儿把胳膊往垛里边插，就像伸进蒸馒头的蒸笼里一样，热得发烫。他的胸口跳得更厉害了，好半晌忘了抽出胳膊。他想:这一垛麦子的情形告诉自己,不光是漏了雨的麦垛处在危险之中,就是没有漏的麦垛也处在危险之中;漏雨的麦子不晒干,就发霉;没漏雨的麦子这么捂下去,麦粒儿也要红了眼儿。

后边的几个人,都照他的样子,把胳膊插进垛里去摸了摸,更慌了:

"妈呀,烫手!"

"全糟了!"

"不用烧火就熟了。"

"还不如放在地里不往回运啦!"

…………

萧长春忽然微微一笑,说:"同志们别在场上踩了,一会儿我们还要打场哪,都到边上去,走哇!"

人们跟着他来到场边上,都像观察天空的阴雨风晴似的眼巴巴地望着他们的支书的脸色。

萧长春在暗暗警告自己:要冷静,要沉着。这一个新的战斗又加在东山坞社员的身上了。这一仗只能打胜,不能打败;胜与败,对村里正在发生和酝酿的斗争会起到立地生效的影响。他一只脚蹬在碌碡上,掏出纸来,慢慢地卷了一支烟,递给旁边的韩百仲,又卷了一支,自己点着,好像很惬意地抽起来了。白色的烟环在他脸前升起,在他头上消散。

人们见他这股子劲头,都有点莫名其妙了,年轻人反而更焦急,搓手跺脚皱眉头,嗑着牙花子。

焦二菊忍不住地说:"我说长春,快点儿说话呀,怎么跑到这儿抽烟来了?"

萧长春笑着问:"怎么啦?"

焦二菊说:"你还不知道怎么啦?别人哭都快哭不出声来了,你还抽烟哪!"

萧长春说："大好的时候,哭什么呀?"

焦二菊拍着手说："哎呀,长春,你想想,麦子烂了,饭碗全砸了,坏人该笑破肚子了。"

萧长春说："没那日子,一个麦粒儿也烂不了,他们就等着气破肚子吧!"他甩掉抽了半截儿的烟,又把每个人看了一眼,大声说:"同志们,这场雨,是给咱们带来一点困难和麻烦。要我说,除了多流几滴汗,不会带来别的损失。流点汗怕什么,我们有的是汗! 对不对?"

人们没有完全明白他的意思,只有韩百仲和焦淑红两个人,很生硬地点了点头。

焦二菊说："长春,你别总是说宽心话儿好不好? 真急死人,这可怎么办呀!"

萧长春提高声音说："舅妈,您放心,这点困难吓不倒我们。您想想,这会儿是晴天了,要是再接连下两天的话,您说怎么办?"

焦二菊又拍着手说："还下两天哪? 我的天,这出戏还不够唱的呀!"

萧长春接着说："就是再下两天,我们也不怕。同志们,咱们别把两只眼睛光盯着几个麦垛,得转转脸,看看人。同志们,咱们有人呀!"

韩百仲的脸色转过来了,接着萧长春的话音说："哎,这话倒是对。事在人为,咱们有人。"

焦二菊这会儿只想一条道,别的全听不进去了,很生气地冲着男人说："你也跟着说轻松话儿。有人就能把麦子里的水吹没了?"

萧长春说："不能吹没了麦子里的水,咱们能跟它斗争。你们想想,昨天要不是因为咱们有人,满地割倒的麦子能运到场上吗? 要不是因为有人,运到场上的麦子能垛起来又苫上吗? 不会,全得在地里和了泥,那就不是漏了两个垛的问题,起码有五个垛全都得泡在水里。雷停了,雨止了,办法更好想,就是不停不止,也不怕,也有办法把麦子保住,不让它受损失。咱们就是用锅爆,也要把它爆干! 舅妈,您不用不信,实际是这样。打比方说,一家起码有一口锅,一口锅爆二十捆麦子不算多吧,一家二十捆,一百家就是两千捆,二五一十,加在一起三千捆,这两个垛的湿麦子不就全用锅爆干了吗!"

支部书记这几句话是非常有威力的,真像吹跑了雷雨,吹跑了满天乌云;每个人心里全豁然一亮,全都打起精神,活跃起来了。

"对,对,要这么一说,真不怕了。"

"光说人是宝,到节骨眼儿,才能真知道。"

"对,分到各户用锅爆,坚决不能让它烂了一个粒儿。"

"支书是打比方哪,你当真爆哇。"

萧长春继续说:"我们有人,大家看看,我们有的是什么样的人呢? 是旧社会的人吗? 不是;是单干户的人吗? 也不是。我们的人是农业社的人,是冲过锋,陷过阵,过了五关、斩过六将的人,是爱集体、爱社会主义的人;只要咱们干部,咱们这些贫下中农不泄气,拿定主心骨,一声号召,搬个山来也不费难!"

韩百仲笑着对焦二菊说:"伙计,这不是轻松话儿吧?"

焦二菊瞪了男人一眼,也笑了:"那就快说吧,怎么办?"

萧长春说:"主意咱们出,办法得群众拿。我们干部,四面八方全得照看,最要紧的是发动大伙儿想办法。这不是嘛,在场的又有老农民,又有新农民,有文化的,有经验的,咱们来个八仙过海,各显神通。"

韩百仲说:"对啦,要什么人有什么人,还有我们这位——"指了指焦二菊,"猛李逵式儿的!"

焦二菊"啪"地打了韩百仲一巴掌,瞪着眼说:"你才是李逵哪……"

焦淑红几个年轻妇女忍不住地笑起来了。

一说一笑，紧张的空气和缓了。

萧长春又冲着焦振茂说："您是最有生产经验的庄稼人哪，有钢得使在刀刃上，这回该您使劲儿了。"

焦振茂一直是站在一边看这个，看那个，没吭声。别人着急的话儿，是他想说的；支书这番话，也像是他想要说的；听见支书点他的名，就说："你指示怎么办，我就怎么办。我是豁出去了。"

韩百仲说："长春让大伙儿出主意，你肚子有货就尽着往外掏吧，还扭捏什么呀！"

焦二菊说："这老家伙总是磨道的驴，听喝。"

萧长春说："光听喝可不行。比方说，我跟百仲大舅都去开会或者有事儿不在家，闹了这场雨，场里的事儿由谁领头拿主意？不论从年纪、从经验上说，都得您呀。见困难就上，有主意就出，遇责任就负，这才是真正爱集体的好社员。昨天要不是大伙儿敢出主意，又敢负责任，光等我，那不糟糕了？您怕担沉重，还是怕犯错？错怕什么，只要干工作，没有不出错的，只要是为集体，不为个人，错了咱们改，就行啦。"

焦振茂不好意思地笑笑："是这样。"

韩百仲说："你总想学习老贫农，在敢负责任这一条上，你得跟喜老头看齐。"

焦振茂郑重地说："我是随时随地都在学的，这不，刚才长春一片话，又把我抬高了一截儿。话说到这儿了，我就把我的主意拿出来，行，就行，不行，咱们再论……"

焦二菊着急地说："别卖关子了，快说快定，咱们好麻利着干呀！"

焦淑红说："亏了翠清这个猴丫头今天不在场，要是有她，你们娘俩掺在一块儿，就得光听你们吵啦。"

焦二菊说:"不怪你这个爸爸让人着急。"

焦振茂继续说:"我看,先别慌着做场、拆垛……"

焦二菊又想反驳:"不慌拆,你老人家还嫌烂得慢呀?"一见男人正瞪她,又吞住了。

焦振茂说:"让太阳晃晃,地上花拉皮的时候,先撒上麦鱼子、花秸,等一会儿再套上牲口轧一轧。垛呢,把席都揭开,也让太阳晃晃,让四外的潮气散散,让场板干干,再拆;要不然,场本来就是湿的,再拆了麦子垛,让湿麦子在上边一盖、一捂,底下往上蒸潮气,干麦子放在上边也得皮软了,湿的更不爱干了。晚拆,好像是晚了会儿,实际上干的更快;就好像等把锅烧烫了再烙饼一样……"

说他有经验,他就真往外掏起来了,这个那个,原理、关系、作用等等,摆了一大堆。说这么多话的目的,除了想说服别人接受自己的建议之外,也多少有一点儿卖弄本领的味道。这是他一贯的特性,是缺点,也是优点。

萧长春耐心地听着焦振茂的"讲演",心里边跟着解疙瘩,越听越有劲儿。他的脑袋里忽然闪过一个念头:作为一个农村党支部书记,往后不光要跟老同志、上级学习领导斗争的经验,也得跟这些老农民学习生产经验,这是不能少的本领;等焦振茂说完了,就问韩百仲:"大舅,您看这办法怎么样啊?"

韩百仲想了想,笑着说:"行,有道理。"

萧长春又问跟前的几个人:"你们看呢?"

大伙儿都说这办法好。

焦二菊说:"支书决定吧。"

萧长春提高声音说:"全部接受!"

焦振茂乐了——心里乐,脸上没怎么乐出来。他怕闺女又批评他"骄傲自满"。

萧长春说："这几天社员们都很辛苦，就手让大伙儿好好休息半天，养养神，蓄蓄劲儿；傍晌总动员，拆垛、晒麦子。做场用不了几个人，咱们几个干部干就行了。舅妈、淑红你们几个女同志也休息。"

焦二菊当然不会同意，又喊叫："张嘴就让我们妇女休息，真是轻视妇女思想。"

韩百仲冲她说："听指挥！"

焦二菊噘着嘴巴不吭声了。

焦振茂低着头想了想，又一抖精神，说："别散，别散，我还有个想法，索性就大着胆子提提。"

韩百仲取笑说："老家伙，你还掖着一半儿呀！怕杀脑袋怎么着？"

年轻人"轰"地笑了。

萧长春鼓动焦振茂说："说吧，有什么全掏出来，对不对的，大伙儿商量。"

焦振茂说："要我看哪，天气这么好，过晌还能接着轧麦子，要是场板全让麦个子给占了，那就轧不成场了。轧场可是最要紧的事儿，只有麦粒儿装到仓里，才算自己的麦子；轧一点儿，场上少占点地方，还能省下苫席……"

萧长春马上肯定说："这话有理。"

焦振茂说："我这个主意，可得让社受点损失呀！"

焦淑红看爸爸的脑袋又发热了，就插一句："受损失的主意您还出干什么。"

萧长春说："保证大收获，有点小损失也要干。"

焦振茂听了支书这句话，胆子更壮了："我看咱们这个场太小了，打不开把式。"又指着场南边说："把这个场板往南边再宽展一半儿。就是得把地里的谷子苗平了……"

韩百仲拍着大腿说:"好,好!把场扩大,一边场晒麦个儿,一边场轧,两不误。振茂,老家伙,有你的!"

焦振茂说:"麦子晒完,每一回就可以摊开两场麦子一块儿打,那可就快当多了;那边的地等着打完场,翻一翻,赶快种棒子,也能收成。总归说,也就是糟蹋一点儿谷种,白花一点工夫,还是上算的。"

萧长春听了,在心里掂了掂分量,又问韩百仲:"大舅,您看怎么上算呢?"

韩百仲说:"丢卒保车,我看按振茂的主意办上算!"

萧长春高兴地说:"好,就这么办吧,马上动手。"

焦二菊说:"哎,长春,这回得用我们女同志了吧?"

焦淑红也说:"我们一块儿干吧,快当点儿。"

韩百仲说:"长春,你就顺水推舟吧,免得又让她叽喳叽喳乱叫。你们干吧,回家拿锄、拿镐,快当点儿。"

社员们都高高兴兴地跑了。

萧长春又跟焦振茂问起昨晚上跟韩百安谈心的情形以及打草苦子的事儿。

焦振茂少不得又把昨晚上的事儿描述一遍,最后说:"他一听就答应了,还提个建议:快着点去打葛条;他还要自己去,选点好的。"

萧长春说:"刚才翠清跟我说了,没顾细问。好吧,趁雨后有闲人,一队派两个去吧。"

韩百仲说:"看样子,这个老家伙也要转弯儿了。"

萧长春又对焦振茂说:"回头您告诉韩百安,您就说社里接受他的建议了。事情办成了,还要表扬他。希望他再鼓劲儿。您也别松劲,接着帮助他。"

焦振茂也很高兴。高兴这个功劳算自己的,高兴自己的老朋友也跟上趟了。

萧长春和韩百仲一块儿离开二队场院，奔一队，想检查检查那边的麦垛，要是也漏了，也用这边的办法解决。他们一路走着，又对刚才安排的事情做了一番检查性的研究。他们感到，又一场新的战斗就要开始了；这场战斗对于东山坞农业社来说，又是一次最大的考验：是让麦子霉烂，还是颗粒归仓，不同的结果，会带来不同的政治形势。他们知道，敌人是怎么希望农业社的麦子烂掉；他们坚决不能让敌人如愿，要用胜利的结果，鼓舞自己，打击敌人！

走了一段，韩百仲说："韩小乐早起找我报告，马小辫家后门一夜没关，天刚亮，马长山又碰见马凤兰搀着马小辫从她家出来。马凤兰说马小辫病了，头疼，儿子、媳妇全不管他，找马凤兰给拔拔火罐；雨挺大，就没回去。……你看看，这些家伙们还往一块儿聚哪。"

萧长春说："不用幻想敌人会死心。越是到了紧要关口，他们越得拼命，什么手段都会使，什么空子都会钻。咱们得警惕着，又得准备迎接大的风暴！"

韩百仲说："风风雨雨的真多呀！"

萧长春一边卷着纸烟，一边说："咱们就挺起胸膛来，迎接一切考验吧！不管谁来煽风点火，不管他们怎么在一块儿出坏点子，不管还会有多大的风暴，我们都能胜利。这一程子，经过了这么多的事情，我的信心更足了，腰杆也觉得更硬了！"

韩百仲说："我也是。"

紧接着，东山坞又掀起了更火热的劳动。

第一一二章

爸爸不在家，爷爷也不在家，地里湿，不让进人，小石头不能拾麦穗去了,一个人玩没意思,正在往鸟笼子里边塞蛤蟆。

韩百仲的二儿子拴柱手里拿着一只长把儿的小网兜子跑来了,站在门口外边喊:"小石头,玩不玩呀?"

小石头跑出屋:"玩。干什么玩?"

拴柱说:"到河里捞鱼去。"

小石头摇摇头说:"不,我还等着爸爸给我捉鸟去哪,你也一块去吧。"

拴柱一边朝街上跑,一边说:"不去,不去,捞鱼好玩。"

过一会儿,韩百旺的小闺女兰兰挎着一个小竹篮子跑来了,站在门口喊:"小石头,玩不玩呀?"

小石头迎过来说:"玩。一会你跟我爸爸捉鸟去好不好?"

兰兰说:"树林子里边有蘑菇,咱们采蘑菇好吧?"

小石头又摇摇头。

兰兰说了好多话,见小石头不肯去,也走了。

两个小朋友一走,小石头又挺后悔,不如硬把他们拉住了。他想追他们去,又怕这会儿爸爸回家来。爸爸说过,哪天不干活儿,就给他捉鸟玩;今天地里进不去人,一定能上山了。他要等着爸爸。

这工夫,两个打麦场上都忙开了扩展场院的事儿,街上没有人,有人也是急急忙忙走过来,又走过去,没空儿到院子里看看,或者说句话儿。

小石头回到屋里,把爸爸从集上给他买来的那只鸟笼子挂在院子里的小香椿树上;还是个空笼子,里边没有鸟。这孩子多盼着有一只鸟啊!可是从打买来鸟笼子那天起,爸爸就白天黑夜地忙,饭都凉了才回家,吃饭都站着吃,搁下碗就走。小石头哭了几回,要爸爸给捉一只鸟,爸爸都没有答应。早晨起来,他在墙根下边看见一只又蹦又跳的大蛤蟆,就把它捉住顶小鸟了。

那蛤蟆在笼子里跳着、撞着,眨巴着溜溜圆的大眼睛,下巴颏一鼓一鼓的,像是噘嘴生气的样子。

小石头搬过一只小凳子坐在笼子跟前,拿一根小草棍捅着蛤蟆的嘴说:"喂,你怎么啦?"

蛤蟆朝一边躲着。

小石头又把小草棍从另一边伸进来,说:"噢,你生气了?爱生气是坏孩子,贫雇农家的孩子不能娇气!"

蛤蟆又朝一边躲着。

小石头扯了几片香椿树叶子,塞到笼子里边,说:"你别生气啦,快吃点饭吧,等爸爸给我捉来小鸟,我就把你放开,行不行呀?"

蛤蟆被捅的没处躲了,就眨巴着眼睛,望着小石头,下巴颏还是一鼓一鼓的。

小石头指点着蛤蟆说:"你一点儿也不乖!"

萧长春从二队场上,到一队场上,把要做的事情全安排停当了,就拐个弯,回家拿锄头和烟荷包。他要赶紧领着社员们拔庄稼、平地,把场做出来。他一边朝院子里走,一边偏着头看着儿子小石头,那带着疲劳神色的脸上,露出了笑容;接着又蹲在儿子跟前,逗他说:"嗨,它不听话,你就打它的屁股嘛!"

小石头歪着脑袋说:"不,不。姑姑说,不兴打人骂人;打人骂人是坏孩子。"

萧长春在孩子的脸蛋上捏了一把,站起身,朝屋里走着问:"你爷哪?"

小石头说:"上菜园子了。"

萧长春在屋里装了烟,又拿了一把锄头,就匆忙地朝外走。这会儿,他脑袋里边只装着一件事儿:趁这个大晴天,把湿了的麦子抢救过来,多打几场,再过一两天,就可以先上交和分配一部分了。

小石头扑过来,抱住了他的腿:"爸爸,你带我捉小鸟,蛤蟆不

219

会飞。"

萧长春哄着孩子说："爸爸这会儿忙,等有空儿,再带你去,好吗?"

小石头不高兴地摇晃着小脑袋："你先给我捉一只鸟,再忙去不行吗?"

萧长春说："别急,等麦子打完了,爸爸就带小石头上山捉鸟,一定捉一只来。"

小石头说："夜里不打麦子,你也不回家!"

萧长春说："夜里不打麦子,爸爸要看麦子呀。要不,坏人偷了咱们的麦子怎么办呢?"

小石头眨了眨眼："看地主吧?"

萧长春笑着点点头："对啦。小石头在家好好玩,要不就到菜园里找爷爷去吧。"

小石头说："打完麦子,你得给我捉两只小鸟,两只,行不?"他伸出两个小手指头,把"两只"说得非常响。

萧长春点点头："行。"就拍了拍儿子的脑袋,奔二队的场院去了。他喜欢自己的儿子,他也愿意多跟孩子一块儿玩玩,可是顾不上,东山坞有多少事情等他做呀,把白天黑夜全都加在一块儿也做不完哪!他走着想着,把手里提着的烟荷包塞进衣兜里,忽然碰到里边的那个鸡蛋;给儿子送回去吧,已经走出这么远,不能多耽误工夫了,过一会儿再说吧。

小石头又扯了几片树叶子,撕成碎末子,放在小凳子上,又对蛤蟆说："别生气了,我给你做点饭吃;等爸爸打完麦子,带我捉小鸟,捉了小鸟就放了你啊。你不用不信,真的,这回我爸爸要给我捉两只,一只大的,一只小的。"

太阳升起老高,有点儿热了。不知从什么地方飞来两只小鸟,落在香椿树的梢头上,又摇头,又晃脑,"啾啾啾",叫得好听极啦。

小石头仰着小脑袋,围着小树转圈子;只见那小鸟儿圆圆的眼睛,长长的尾巴,还用尖嘴叼自己翅膀上的羽毛,越看越眼馋,就喊:"爸爸,爷爷,快来捉小鸟呀! 落在树上了,我够不着它呀!"

爸爸、爷爷都没有在家。他想了个好办法,就从屋里搬出个大凳子,要登上去捉树上的那只小鸟;低一点儿,又把自己刚才坐着的那只小凳子搭在大凳子上,可是,还没有容他迈到凳子上去,那两只小鸟一抖落翅膀,"扑拉"一下子飞起来,落到墙头上。

小石头追到门口。

小鸟又朝村西边飞走了。不用说,它们准是到金泉河里边去喝水。

小石头撒腿就往河边上追。

小河流荡着清亮亮的水,满岸的野草青嫩嫩的,堰水苗开放了小喇叭似的粉嘟嘟的花,还顶着露珠儿。本来很光滑的小路上,出现了许多小沟沟,那是昨晚上让水冲的。

小石头顺着河湾,一直朝北追……

马小辫抱着脑袋,坐在自己家的后门口,不时地哎一声。他的脑门上被火罐子拔了三个红紫红紫的圆印儿,好像贴上的膏药。他这会儿完全脱离了昨晚上那个险境,也就把那个"险"字儿忘得一干二净了;充塞着心头的,是没有得到满足的欲望,没有消除的仇恨,以及错过那个良好时机的惋惜。他想,假如昨晚上把萧长春干掉了,这个早晨的东山坞又该是什么样的呢? 保管是炸了营,乱成了一锅粥。让他们追查吧,审讯吧。神不知,鬼也不觉,没有把柄,连脚印儿都让雨水冲没了,闹腾一阵子,也就算没事儿了。就算让他调查吧,上边的李世丹一到,儿子一来,那个"大鸣大放"也开始了,那会儿,一切都得一笔勾销。可是把机会错过去了……

马凤兰两手抱着肩头,愁眉不展地靠在门框上站着,也不住地叹气。这女人对马之悦昨晚上的做法,又赞成,又有点儿不赞成;

她赞成马之悦去给马小辫保驾,不赞成空着手把他大伯拉回来。
她觉着,就算不一下子要了萧长春的小命,也得砍他一刀解解气;
可倒好,连根毫毛没动人家的,白白挨了半夜雨淋,白白担了半夜
惊险……

马斋正在自留地里埋着一棵被风刮倒了的小树。他不知道昨
晚上发生的事儿,倒是正为新问题发愁。他左右瞧瞧,见雨后的野
地里空无一人,就凑过来,小声说:"你们听说了没有,两个队的麦
子垛全漏了。"

马小辫猛地抬起头:"真?好,好,全烂成泥吧!"

马斋叹了口气说:"好什么呀,姓萧的正领导一伙子积极分子
扩展场院哪。"

马小辫不明白地问:"怎么,扩展哪家子场院啊?"

马斋说:"那是想抢着晒,抢着轧呗。看样子也急了眼。"

马凤兰咬牙切齿地说:"这小子真卖命啊!"

马小辫听了这句话,更后悔了,心想:昨天晚上要是收拾了萧
长春,谁还顾得拆麦子垛呀?

"唉!"

"唉!"

马斋说:"真怪,我想昨天这场雨,怎么也得害他们一下子,没
想到,麦子一捆都没丢在地里。"

马小辫说:"就是呀!你瞧瞧这天。嘎巴一声,说晴就晴了;不
多下几天,云彩晚点儿散散也好。"

马斋问:"马主任一丁点办法也没有?就眼看着让他们这样子
美下去啦?"

马凤兰说:"志新不来,李乡长不到,他就是有法儿也使不
出去。"

马小辫揉揉鼻子,摸摸脖梗子说:"要是给姓萧的找点事儿,这

麦子垛晚拆半天，就烂了，就够他受的了。"

马斋说："我真想不明白，凭着马主任那一身本事，硬是在这么一个人身上施展不开！"

马小辫说："怎么施展不开？ 我看他是不卖劲儿，心软手软哪！"

马凤兰说："不是，不是，他真把全部家底儿都抖搂出来了，别人不清楚，我还不清楚吗？"

"唉！"

"唉！"

正在这个时候，小石头来到近处的河湾里，追赶着那两只一会儿飞起、一会儿落下来的小鸟儿。

马小辫用仇恨的眼光瞪了那孩子一下，问他侄女："小杂种干什么哪？"

马凤兰说："准是又捉鸟呢呗！"

马小辫立刻想到昨晚在焦庆院里，听到这孩子的梦话，又咬了咬牙。

马斋说："那是姓萧的心尖子。不知道花多少钱，买个鸟笼子。真是，越穷，儿孙越宝贝。"

马凤兰说："黄鼠狼养的孩子是香的，刺猬养的孩子是光的；一畦萝卜一畦菜，自己生的自己爱嘛。怎么不宝贝！"

马小辫说："他就不想想咱们，咱们自己的孩子就不是宝贝啦？这不，总想把咱们的儿女往坏整。整不过立本去，就撤职……"

马斋说："撤去呗，反正比让他们整坏了、拉过去强。亲生的儿女再跟咱们成了仇敌，那可就再没活路了。"

这句话就像尖刀子似的戳在马小辫的心上，他问马凤兰："咱家那两个还没回来？"

马凤兰说："回来？ 都积极啦！焦克礼一个劲说，用几个人上场就行了,别人在家歇半天,你看他俩,屎壳郎硬跟着屁嗡嗡,饭都不做着吃了。"

马斋对马小辫说:"您可得多加小心了。那天我怎么对您说的,根据我的经验,瞧见他们刚往邪门里迈腿就拦,容易拦回来,等到身子全进去了,拉也拉不出来啦。"

马小辫气得脸发青,站起来,拍拍屁股,回到院子里去了。

马斋苦笑了一下,又去扶他的树。

马凤兰还站在那儿,愁眉苦脸地想心思。

这工夫,小石头没有追到小鸟,非常扫兴。他想:兰兰说狮子院后墙根有蘑菇,她准是到那儿采蘑菇去了;捉不着鸟儿,就找兰兰一块儿玩吧。

马凤兰看着小石头走过来,心想:这会儿要来一只狼羔子把他叼走多好哇!

小石头一边跑着一边喊:"兰兰!"

马凤兰心里一动,朝小石头招手:"嗨,小石头,你一个人干什么哪?"

小石头朝这边走着说:"捉鸟,没有捉着。"

马凤兰说:"唉,山上有的是鸟,你爸爸怎么不给孩子捉一只玩呢?"

小石头说:"等打完场,我爸爸就给我捉去。"

马凤兰说:"等着打完了场,鸟儿就回老家去了。"

小石头愣了一下:"真的?"

马凤兰说:"那还有错呀!"

小石头着急了:"怎么办呀?"

马凤兰朝北山坡子一指:"你快到山上捉吧。"

小石头说:"我一个人不敢去。"

马凤兰说:"好多孩子都去了。"

"有兰兰吗?"

"有,有。"

"有拴柱吗?"

马凤兰说:"有,有。你快找他们去,到那儿就捉一只回来,往笼子里一圈,多好玩呀!"

小石头动了心:"我跟爷爷说去,让我去我就去。"

马凤兰说:"嗨,等你问回来,人家该走远了,你到哪儿找去呀?"

小石头说:"我爷爷说我呢?"

马凤兰说:"快去吧,不要紧的,一会儿就回来了。快追吧,看,人家都走没影儿了。"

小石头撒腿就朝北跑。

马小辫从屋里披上一件黑布的破夹袄走出来了,对马凤兰说:"我到场上找志德去,让他陪我到镇上看看病,路上我得好好地教训教训他。"

马凤兰说:"您在家等着,我去看看吧,免得又让人家说您一顿。"

马小辫问:"刚才你在这儿跟谁说话?"

马凤兰说:"小石头。"

马小辫眉头一皱:"你搭理他干什么!"

马凤兰抿嘴一笑:"使点小手腕儿。让他上山捉鸟去了,走远了,找不回家,先让姓萧的着点儿急。唉,我真不知道怎么出这口气好了。"

马小辫听了这句话,心里边猛地一动,一把将马凤兰拉进院子里。

…………

小石头撒开两条小腿朝前跑,一口气跑到了山脚下。他那圆

225

脸涨红了,不住掉汗珠子,一口接一口喘气。他心里边却是美滋滋的。一会儿就找到了兰兰,找到了拴柱,找到一群小伙伴,就能捉到小鸟了,带回家装在笼子里,多好呀!

他一边跑,一边喊:"兰兰,拴柱!"

他喊着,跑着,登上一道小山梁。他回头望望,东山坞就在眼下了。村南边的打麦场上,飞腾着黄色的烟雾。他想:对啦,爸爸就在那块场上打麦子哪。他拍着手喊起来:"爸爸,爸爸,我来捉鸟啦!"他又看见那亮亮的小河,河边一片菜地,还有一个小窝棚。对啦,爷爷就在那儿给菜拔草哪。他又跳着脚喊起来:"爷爷,爷爷,一会儿,我捉只鸟给你看看!"他也看到被雨水洗过的黄金般的麦子;麦地里没有收割的人,只有一个穿着黑衣裳的,走进了麦地里边的小路上……

在麦地中间小路上走着的是地主马小辫。他背着一个粪箕子,拾着路上的粪蛋儿。

拴柱和几个光着屁股的男孩子沿着河边,从正南跑过来,看见他了:

"快看,快看,那边来人了,让他帮咱们捞一条鱼吧!"

"他捞了我也不要,他坏着哪!"

"喂,不兴到地里踩呀! 马小辫,听见没有哇!"

"不许偷农业社的麦子呀!"

马小辫装着没听见他们的话,拐个弯,奔向树林子。

兰兰和几个小姑娘正在树林子里边找蘑菇,她们也看见了马小辫:

"瞧瞧,他干什么来了?"

"多怪呀,老头子还梳辫子!"

"呸,鬼样子!"

马小辫装着没有看见她们,进了林子,朝北走了。

…………

小石头正在山坡子上跑。他一边跑，一边找，一边喊。

他看见拴柱了。拴柱穿的是灰裤子，正蹲在那儿，像是挖什么。

"拴柱！拴柱！"

拴柱不答应，准是生气了，嗔着小石头没有跟他去捞鱼，捉鸟来都不找上小石头。

小石头一口气跑过来。闹了半天，不是拴柱，是一块尖尖的大石头。

小石头又在山坡子上跑。他一边跑，一边找，一边喊。

他看见兰兰了。兰兰穿的是花衣裳，正站在那儿，像是玩什么。

"兰兰！兰兰！"

兰兰不答应，准是生气了，嗔着自己没有跟她采蘑菇，捉鸟来都不找上小石头。

小石头一口气跑过来。闹了半天，不是兰兰，是一棵挂满花朵的小树棵子。

小石头擦了擦脑门上的汗，新奇地看着这个陌生的地方。一群山鸟从他头顶上掠过："小鸟，小鸟，真多呀！"他追几步。石缝里，草丛中，都有小鸟在跳。他追着赶着，一会儿攀上一块大石头上，一会儿又跳进一个盖着草的小沟里。

小石头高兴极啦，在山半腰喊："快来呀，小鸟可多啦！"

山谷里，回荡着一个清亮的童子音。

小石头还往远处飞跑。

就在这个时候，从一块大石头后边蹿出一个人，左右瞧瞧，就又气喘吁吁地追上来，一把抓住小石头的小胳膊。

小石头回头一看，喊道："马小辫，臭地主，臭地主！"

227

马小辫瞪着眼珠子:"妈的,老爷浑身全是香的!"

小石头朝山下喊:"拴柱哥,兰兰姐,快来,快来,不跟臭地主玩,不跟臭地主玩!"

马小辫朝小石头一耸鼻子一咧嘴,说:"傻瓜,你不跟地主玩跟谁玩? 我跟你们穷人三世的冤家对头! 冤家路窄,不见不行!"

小石头说:"你坏,你坏!"

马小辫说:"是我坏,还是你们坏? 你们清了我的家,分了我的产,把我整得人不人,鬼不鬼,如今还要挖我的祖坟,夺我的后代,还想着让穷人坐一万年江山,让我们永世不得翻身,你们不坏吗? 啊!"

马小辫的眼红了,红得像一对恶狼的眼;马小辫的脸青了,青得像破庙里的恶鬼。他面对着这个孩子,像是对着党支部书记,像是对着全东山坞的贫下中农,像是对着整个新时代,他又咆哮起来了:"不让我好活,我也不让你们好死,这个世界上有我没你,有你没我,我,我要把这个天都绞碎了才能解恨哪!"

小石头使劲儿掰着马小辫那只阴冷的毒手说:"放开我,放开我,我不跟你玩,你是坏人!"

马小辫龇牙咧嘴、凶残地笑着说:"我不坏,我带你到那边去,给你捉小鸟。"

小石头往后坠着说:"坏人不会捉小鸟,我不要你的! 放开我,不放我要骂你啦!"

马小辫一面拖着孩子,一面说:"我给你捉两个脑袋的小鸟。"

"你骗人!"

"走,跟我瞧瞧去。"

"不,不去。拴柱哥,兰兰姐!"

马小辫一手捂住孩子的嘴。

小石头咬住了地主的毒手。

马小辫疼得直叫唤："小杂种,小杂种!"又换一只手使劲把孩子的嘴捂住了。

小石头哭了,哭不出声,脸涨得通红,泪水从马小辫的手指头上流下来。

拉拉扯扯地走了一段路,马小辫放开手,说:"看,那不是两个脑袋的鸟吗?"

"没有。"

"下边看。"

下边是个深不见底儿的山涧。

小石头往后退:"不,深,怕。"

马小辫两只凶恶的眼睛一瞪:"怕什么,穷小子们绝根吧!"一句话没了,使劲儿在小石头背后推了一把。

这会儿,一个木柴棒子似的人,戳在对面山坡的石崖下边,心惊肉跳地朝山半腰看去,见一块石头似的东西,从那儿坠落下去了。他要喊,还没喊出声,就摔倒了。

…………

太阳转到山那边去了,阴影投过来,跟着,又刮起一股子凉爽的风。

这时候,石头下边的那个人苏醒了,眨巴眨巴眼,扶着地爬起来。他看看山顶,又看看山沟,一切都像死了一般的沉静。他哆哆嗦嗦地站了起来,迈了一步,又摔倒了……

第一一三章

萧家丢孩子的事儿,惊动了整个东山坞。

做活歇间的时候,萧老大才想起自己的孙子;找了几个地方没有找见，心里就有点不踏实了，赶忙跑到二队的打麦场上告诉儿子。

萧长春正领着干部、社员平谷子地做新场；苗子拔了，地刚平整好，急需趁着潮湿轧出来，一时不好离开，就对爸爸说："您不用着急到处找他，说不定又钻到什么地方玩儿，把回家忘了。"

萧老大说："我到处都找了，没有哇！"

萧长春说："等他一会儿玩饿了，就该找您去啦，等着吧。"

大人找孩子，孩子找大人，这是常见的事儿，场上做活儿的人谁也没往心里搁，还是照样儿忙着。

半晌午的时候，萧老大又跑到场上说：小石头一直没有回家；他又找了几个地方，还是没影儿。这一来，场上的人才开始慌了。这里的紧张气氛，从一个人传到另一个人，最后就传遍了全村。

谁也没有心思做饭、吃饭了，全都丢开了手里的活儿，到处寻找，到处喊叫；有的真急，有的假急，个别人心里有底儿，暗暗得意。

井里、坑里、野地、山根，到处都找遍了，到处都没有孩子的踪影。

萧长春一直还能沉住气。他想：大天白日，孩子是不会丢的。他怎么会想到，敌人是这样的无耻和凶残，竟对一个不懂事情的孩子下毒手呢？把场做完，他打发别人回家吃饭，还一再叮嘱，吃了饭就赶紧回来拆垛、摊场，赶这个好日头多轧一场麦子。他把场板上的麦鱼子、麦秸打扫干净，又用杈子沿着垛根清理着散碎的、被雨水冲泡过的麦穗，把它们归到一堆儿晒，又摊晒在场边上。后来，又有几个人跑到场上告诉他孩子还没有回家，他才有点不放心了；想回家看看，又找不到场头焦振茂。他不能离开这儿，只能一边找点活做，一边焦急不安地等候消息。

他不住地朝场边的路上张望，看着行人的踪影，耳朵也用劲儿地听着村子里的动静，心里边估计着孩子的去向，以及可能发生的意外。

贴近晌午的太阳,火辣辣地刺着年轻人那满是汗痕的脸。他的太阳窝上的青筋,都一根一根地鼓了起来,一鼓一鼓地跳动着;嘴唇上裂开了好几条小口子,朝外边渗着血珠儿;两耳发鸣,两眼冒着金星星……

大脚焦二菊气喘吁吁地跑到场上来了。她是最早一个溜出场院的,短短的时间里,她跑了两个村庄。这会儿,她的衣服的后背让汗水浸湿了,紧紧粘在身上。

萧长春看到她的时候,胸口一热,赶紧迎过来,两眼紧紧地盯着焦二菊的嘴巴;他希望从这张嘴巴里蹦出这么一句话:"孩子找到了。"可惜,当他走近焦二菊的时候,才发现这个直爽、粗犷的人,朝他投过一种怜悯、悲愁的目光。萧长春心口又一冷,两条腿立刻钉住了。

焦二菊从外村回来,一直奔到场上,还没有碰见一个人。她也在等着萧长春向她报告好消息。她从萧长春的神态里,同样得到了失望的回答,还是不由自主地问了一声:"嗨,长春,家里还没有找到哇?"

萧长春摇了摇头。

焦二菊摊开两只手说:"真怪。我先跑到孩子的姥姥家找,没有,又跑到孩子的姑家找,也没有;临回来又到小学校里看看,都没有。这是怎么回事儿呢?"

"是怪呀!"

"大天白日,不会有狼羔子吧?"

"也难说。"

"那么小的人,不会跑得太远吧?淑红到大湾供销社去找了一趟,她还担心这孩子跟焦振丛的大车走了,我想焦振丛不会一声不吭就把孩子带去玩吧?"

"谁知道呢!"

"难道说他钻天入地了?"

萧长春用很大的力气说:"就是钻天入地,也得把他找回来!"

焦二菊说:"对,我也是这么想。你快回家看看,想想办法去吧,我在这儿看一会儿。"

萧长春不能再在这儿等着了,他得回家去帮助爸爸找孩子,还得给爸爸宽宽心;这么热的天气,再把老人急出病来,更不得了。他嘱咐焦二菊说:"振茂来之前,您千万可别离开场。等人到了,马上拆垛。"

焦二菊点着头:"哎,你快去吧。"

萧长春掏纸卷着烟。他的两只手失去了往日的灵巧,好不容易才把一支烟卷好,一边抽着,一边朝村子里边走。他望望天空,天空高远,跑着几片花花点点的薄云彩;他望望大地,麦茬中间的幼嫩的小苗儿,亭亭而立,纹丝儿不动;望望村庄,村庄是一片闷人的沉静;没有了黄色的烟尘,没有了麦鱼子飞舞,没有了轧麦子的碌碡声,也没有人们的欢笑……

他用手背抹去浓眉上的汗水,痛苦地想:"孩子不会真丢吧?他会回来吧?"一只手插在衣兜里,又摸到了那个鸡蛋。他一直忙得没顾上把这个鸡蛋送给儿子,干活的时候,给压碎了。在这个时候,儿子的一切,都活活泼泼地闪现在他的眼前;一切都是可爱的,都是讨人高兴的。他想起,孩子刚刚学会说话的时候,第一句就是"爸爸"这两个字儿。那一天,在家门口,当着好多人的面,孩子在爷爷怀里张开两只小手,喊他爸爸,他臊红了脸,假装没有听见,却在心里边使劲儿答应了一声。有一次,孩子把他的钢笔尖戳折了,问还不承认,他生气了,举起巴掌要打孩子;可是,还没有容他把手落下来,孩子就扑到他的怀里,小嘴巴非常乖巧地说:"爸爸,别生气,等我长大了,进北京给你买一支新的来。"一句话,把他说乐了。

他还想起，那一次跟焦淑红在家里排列积极分子名单的时候，孩子说的那几句天真的话；也想起割麦子的时候，孩子跟着他的小队伍，在毒热的太阳下边，高高兴兴地拾着麦穗子……

孩子，孩子，在你短短的生命路途上，给你这个年轻爸爸的心里留下多少标记！每一个标记都像金子一样闪光，都是永远不会磨灭的……

萧长春不敢再翻这些记忆了。他得快些走，快些找到他的儿子，把儿子找回自己的身边；不论孩子到什么地方淘气去了，摔破了皮肉，或是撕坏了衣裳，他都不说孩子，都要紧紧地把孩子抱在怀里，嘱咐他以后不要再到处乱跑……

他刚走到沟坎上，就瞧见老饲养员马老四和托儿组的五婶站在沟里小声地交谈着。他立刻感到，更加不妙的消息在村里等着自己。

马老四和五婶见萧长春走过来，立刻就不再说话了。他们都紧紧地盯着这个年轻人，那两双昏花的老眼里，都闪动着一种复杂的神色，这神色里包含着千言万语。

马老四把萧长春上下看了一遍，用了很大的力气，声音才从牙缝里挤出来："长春，你可得挺住呀！"

五婶要说的话没出口，热泪就忍不住地流出来了。她赶紧撩着衣襟擦擦，叹了口气："唉，真是大晴天下雹子，怎么啥事儿都摊在你身上呢？你这道儿可真不容易走呀！"

萧长春默默地站在两个老人的跟前，好像有一块硬东西塞在嗓子眼儿，说不出话来。

马老四说："刚才我们俩议论了一会子。觉着这件事儿越琢磨越离奇呀！"

五婶说："怎么好端端的一个孩子，刚刚还在跟前，一转眼珠儿就丢了呢？"

马老四说:"为什么不丢张家的,不丢李家的,偏偏丢你支书的孩子呢?"

五婶说:"是呀,早不丢,晚不丢,怎么偏偏要在这个时候丢孩子呢?"

萧长春听到这里,心里忽地一沉。从打发现丢了孩子,他一直用各种各样的理由往最好的地方考虑,即使也往可怕的后果上想了,却没有跟眼前阶级斗争这个最根本性的问题联系到一块儿。两个老人的话,一下子把他提醒了,也把他震动了。几天来村子里发生的一切事态,全都在他的眼前翻腾起来:马之悦这些天频繁地跟坏人来往,家里,集上,连下雨天都不放过;马之悦把一切手段都使出来了,公开的,秘密的,还有最下流的美人计。……这一切都证明,这个坏蛋,为了把萧长春撂倒,什么都敢干了。萧长春想到这儿,两个可怕字儿,一下子跳到他的嗓子眼儿:"阴谋"! 这个孩子大概是被坏人弄走了,或者是杀害了。这件事情跟马之悦一连串的阴谋有关联,跟大鸣大放有关联,跟人们谣传地主的儿子马志新要回来有关联……这是阴谋,他们在搏斗和较量的绝境里使下了最后的毒辣手段!

年轻人想着、想着,感到一阵绞心的疼痛,眼前又一阵发黑,可是,他一咬牙,稳稳地站立住了。马老四说得对,得挺住。他在心里鼓励自己:你是共产党员,刀枪吓不倒,生死挡不住,决不能在敌人的阴谋面前表现一丝一毫的软弱! 你搞的是社会主义革命,革命总得牺牲流血,总得花本钱的,你得经住这个打击,你得受住这场考验!

悲哀像电光似的在他心头一闪而过,年轻的庄稼人身上升起一股子力量,这力量是任何人、任何打击都抵挡不住的硬骨头精神啊!

他对两位老人说:"你们说得对呀,你们的眼光是亮的呀! 孩子不没便罢，要是真没了，肯定是敌人搞的。敌人看见麦子漏了雨，想搅乱人心，想先把我撂倒，再把积极分子吓住，看着咱们乱了套，让咱们把麦子烂了，让咱们白白干一年，让农业社的优越性变成一堆灰土，他们好造谣破坏，趁火打劫，掀起更大的黑风！"

马老四痛苦地说："我也是这么想。狗急了要跳墙。这会儿，他们使绝了手腕儿，没动咱们农业社一根毫毛，就使出这个最毒的！"

五婶咬牙骂道："毒哇！要把坏蛋揪出来，把他千刀万剐，都不解气呀！"

马老四说："长春，话说回来，也别想绝，能找，还是得想办法找哇！"

五婶说："是呀，快着点儿，藏在哪儿，也藏不住。一定能够找到！"

萧长春说："二位老人不要为我担心，我能挺住。比这再大的打击，我也能挺住。我活着，我工作，我苦干，不是为自己，也不是为我一个人的儿子；我为的是大伙儿，为的是革命，为的是社会主义。只要能够保住咱们的社会主义不丢，丢了什么，我也不怕！"

马老四的眼里又闪起火热的光，他说："对，对，长春，你是好样的，这才是真正穷人的骨头。只要你能挺得住，我也就挺住了，大伙儿也就挺住了。"

五婶也激动地说："好，好，长春，你能这样，我也就放心了，也有劲儿活下去了。我把眼睛擦的亮亮地瞧着，看坏蛋们还有什么花招儿，看他们能得到什么下场！"

萧长春对马老四说："四爷，我们要把一切痛苦都埋在心里，不能让坏人看出来，不能让他们趁愿。您赶快回到饲养场去，好好地喂牲口；那是我们的阵地，要守住它。"

马老四点着头说："对！"

萧长春又对五婶说:"五婶,您更要打起精神,让坏蛋们看看我们是不好惹的。您快回托儿组去,那是我们的后代,把他们看的好好的。"

　　五婶也点着头说:"对!"

　　萧长春说:"我得马上找百仲大舅去。派人往上边报告,赶紧做我们应当做的事情。"

　　他说着,迈着稳健有力的脚步,朝前走去。

　　萧长春来到北边一队的场院。场上空空荡荡,场板上打扫得干干净净,麦垛垛得整整齐齐,没有拆垛的人,也没有领头的人,只有两个老太太,在场边上一边拣着麦粒儿,一边小声地嘀咕:

　　"大姐,你说这年头还有拍花①的吗?"

　　"啥准儿呀。坏人还没有绝根嘛!"

　　"真吓人! 我那孙子,总是想往外边跑,明儿我可不能出来干活儿了,得好好在家看着他。"

　　"能干几天还是干几天吧,往后,就怕这集体的活儿干不上了。"

　　"说是呢。先头刚入社那会儿,干大伙儿的活儿总干不习惯,这会儿倒入瘾了;再冷冷清清地蹲到自己地里去,真还有一点儿受不了哪。"

　　萧长春听出这些议论话里有话,知道有人给他们煽了风,也就更肯定了自己的估计。他这会儿顾不上追究这个,就装作没有听见,走过来问:"舅妈,打场的人呢?"

　　她们瞧见了萧长春,差不多同时问:"长春,长春,孩子找到了吗?"

　　萧长春摇摇头,有意地避开谈论那件事儿,又问:"场上就您呀,别人呢?"

_____

① 旧社会一种专门拐卖儿童的人贩子。

236

一个高个儿的老太太说："都找孩子去了。"

萧长春着急地说："哎呀，谁让他们都去干这个呀？ 这是谁的主意？"

另一个矮个儿的老太太说："喜老头回家吃饭的工夫，就有人到场上送信儿，说孩子找不到了。大伙儿都挺着急，克礼留下人拆垛，先急着走了；马主任就说，找孩子要紧，都找孩子去吧，回头再打麦子……"

那个高个儿的老太太又说："有的人做半截儿饭，就让人找去了；马主任也截走了好几个；大伙儿都心疼那孩子，都急着要帮你找呀。等喜老头回来，场上就光剩下我们两个了；他又去找克礼。"

萧长春拧着眉头，心里想：马之悦为什么对这件事儿这么热心？ 他想借由头讨我的好、献殷勤？ 不能这么看，这里边一定有鬼！ 他又对两个老太太说："真是胡闹！ 哪个事儿重要呢？ 是打麦子，还是找孩子？ 不赶紧拆垛晒，不就烂了吗？ 不赶紧把麦子收上来，再下雨可怎么办？"

两个老太太同时抬起头来，朝天空上看看。

一个说："可别变天了，听这话怪吓人的。"

一个说："才过几天太平日子，又瞎闹腾。"

萧长春听她们这样说就更多了一份儿心，就说："您放心吧，变不了天啦，永远变不了！ 常言说：乌云遮不住太阳；咱这集体日子就是太阳，什么也遮不住它！"

高个儿的老太太说："是呀，我们大伙儿全不错眼珠地看着你哪，你领着大伙儿不让它遮住，就遮不住。"

矮个的老太太说："还是像去年那样，你们干部得想法儿把这辆车拦住哇！"

萧长春听着两个老人说话，越发地感到自己肩上的担子加重了。丢了孩子，好像是自己家的事儿，实际上它绝不是自己家的事

儿;如果自己处理得好,对东山坞的整个工作就有好的影响,处理
得不好,对东山坞的整个工作就会有不好的影响。"我们大伙儿全
不错眼珠地看着你哪",这句话的分量多么重啊! 这就是东山坞八
百多口子人对自己的要求,这就是党对自己的要求;让党,让群众
看到一个什么样的共产党员呢? 那就要看自己的行动了。他又开
导了这两位老人几句,向她们表示了自己的决心,就离开这儿往回
返。他想,眼下头一件重要的事儿是打场,打起场来,要比用嘴去
劝别人有力量的多;等工作入序了,再派人到乡里报告,或者亲自
去一趟……

第一一四章

东山坞冷清起来啦,好几条街都空着,连一个小孩子都没有。
只是北坎子上聚着仨一群俩一伙的人,没边没沿地议论着,那气氛
显得格外紧张。

弯弯绕端着饭碗,蹲在他家门口的石头上,一边无心地吃着,
一边发愁想心思。他的脸色很难看。

瓦刀脸女人紧紧地抱着她家的小闺女,好像怕冷不防过来一
个人给她夺走似的。

马大炮的哥哥站在弯弯绕跟前,正跟一伙子人"抬杠":"我就
不信一个小孩子能丢了!"

瓦刀脸女人说:"你不信行吗,那么多的人,找翻了天都没有找
到哇!"

一个女人说:"刚才五婶讲,兴许有人捣鬼。"

另一个女人说:"唉,哪有这么狼心狗肺的人哪!"

听到"兴许有人捣鬼"这句话,好几个人的脸色都变了。

"真有这种狠心肠的人？有多大的仇，动人命呀！"

"找不着孩子，瞎胡猜哪！"

"杀了人，也总会留下个尸首什么的。"

"敢干这种事儿的人，不会是庄稼户，还能让你拿到赃证。"

马大炮的哥哥见弯弯绕一直不吭声，就对他说："同利大叔，您比我们的眼光亮，您看这事儿属着哪一码？"

弯弯绕往嘴里扒了一口饭，盯着饭碗里的米粒儿说："唉，我觉着也不会有这种事儿，哪能呢！咱东山坞的事儿，还没到动人命的地步吧？"

马大炮的哥哥说："我也是这么看。当然啦，支书实在是积极得过火，老虎掉山涧——伤人太重了……"

弯弯绕说："他也伤了我，我能跟他动刀子吗？慢说他没有把人逼到那份儿上，就是逼我没路走了，我也不干，我还想多活几天哪！"

马大炮的哥哥摇摇头："真是怪事儿。"

好几个人也跟着摇摇头。弯弯绕都看不透的事儿，他们当然更看不透了。

"唉！咱们东山坞啥事儿都有！"

"唉！没有个安定日子！"

瓦刀脸女人对小闺女说："听见没有，往后可不要乱跑，听见没有？"

弯弯绕站起来，对女人说："你吓唬她干什么呀？不用看见一点云彩毛毛就躲雨，很难说是怎么一回事儿呢。"他说着，端着空饭碗往院里走。

那一群公鸡、母鸡，当是主人来喂粮食，呼叫着、跳跃着把弯弯绕围上了。

弯弯绕"喔嘘喔嘘"地轰它们，心上立刻掠过前几天那场"鸡的风波"。事情过去了好几天，啥时候想起来，心里边都是疼的。他希望出来个腰杆子硬的人，给他出出这口窝囊气，好好整整萧长春，让这伙子人往后别这么"急进"，照顾照顾他这样的中农，给中农一点"自由"，让中农过一过发家致富的好日子——弯弯绕的要求仅仅是这个；他不敢想，也没有想，会有人跟萧长春闹开了人命。

弯弯绕想着，走进屋子里。

一只很瘦的老花猫，从那空了的荆条囤底下跳出来，朝他"嗷嗷"地叫唤。

弯弯绕跺了跺脚，把老花猫吓唬跑了，心上立刻又想起那满场的麦子垛。从打一开场，他心上就系了一个大疙瘩：这麦子的产量会怎么往上报呢？是虚报，还是实报，是卖得多，还是留得多？想到这些，他恨透了萧长春。萧长春是不会按着他的心思办事儿的，萧长春是想不到跟中农讨点好的。弯弯绕希望有个人出头露面，能够钳住萧长春，少报点产量，多分点麦子，不论怎么一个方法，锅里多了，碗里也就多了——弯弯绕的要求仅仅是这个；他没有预料到，也不会预料到，会有人跟萧长春干这种杀人犯法的事儿。

弯弯绕坐在炕上，心里边非常苦闷。别看他当着人说"不会有这种事儿"，其实，他早断定"会有这种事儿"。凶手是哪个，他猜不到，他肯定不会是马之悦，更不会是马大炮。马之悦"鬼"着哪，连替中农说几句公道话都是前怕狼后怕虎的，惟恐掉了乌纱帽，他肯自己把自己往大狱里头推？没那事儿。马大炮是糖炒栗子，外头一层薄薄的硬皮儿，里头是一兜儿面货；他恨萧长春是恨得挺厉害，没恨到这一步上，也不敢迈到这一步上。……对啦，马立本这小子倒是没准儿。这小子媳妇没摸着，会计也下台了，年纪轻，只顾一时火气，什么干不出来呢？说不定，马之悦还兴对他使了个"借刀杀人"的计策哪。

弯弯绕左想右想，真要是出人命，对他这样的户不光没好处，还有坏处。事情办得过了线,上边还不把绳儿再勒紧点儿呀? 说不定,连"大鸣大放"都不让搞了,自己更没好处可得。萧长春在这个节骨眼儿把个亲生儿子没了,哪还有心绪打麦子,麦子垛一捂一烂,得,甜头、苦头全完了,一年白闹腾,锅也砸了,碗也摔了,贫农、中农一块儿挨饿吧。他想着想着,忍不住地冲着窗户纸儿骂起来了:"没打着狐狸反倒惹一股臊,妈的,没一个办事儿的人哪!"

门口外边,因为来了个马子怀和马斋,又接着茬儿议论起来了。

马子怀是从大庙里来的,正到处打听消息。他见人人慌了神,饭不吃了,活儿也不干了,自己也就跟着慌了。瞧瞧,这不又是锣又是鼓地乱敲起来了吗!

他问:"不打场了?"

马大炮的哥哥说:"还打场哪,全都找孩子去了。"

马子怀发愁地说:"应当有找孩子的,有打场的,分开干。多好的太阳啊!"

马斋是从小河边上来,也是到处闻风的。他见干部松了劲儿,社员乱了心,暗暗地得意起来。活该,活该,这一回可看见好戏了。

他说:"这回麦子算烂定了,多可惜呀!"

瓦刀脸女人说:"谁说不是呢。好不容易收来了,成了泥,成了灰,全都白欢喜一场。"

马斋故意咧咧嘴:"这一回国家、社员全受了损失。大日子要是坍了架,碎砖烂瓦也是多的呀!"

紧接着,凑在这里的人们,就把别人的痛苦和不幸扔到山头那边去了,又谈论起分麦子的事儿。那一车一车拉到场里的麦个儿,那一口袋一口袋扛到仓里的麦粒儿,多让他们眼馋哪。

"唉,单干那阵儿,赶上这么好的年头儿,我家满炕上都堆了麦子,睡觉都没个地方放身子。"

"唉,谁说不是呢。要是按着土地分红,这会儿也大囤满小囤流了,安安稳稳地咬烙饼吧。"

"听说李乡长要来替庄稼人说话,怎么没影子呀?"

"许愿不还愿,白把神仙骗,往后我再不听这一套了。"

…………

六指马斋心满意足地走进自己家的小院子,回手掩上了门,扒着门缝朝外看看。他看见了萧长春在沟里朝西边走了,就缩了回来,忍不住地暗暗一笑。

东山坞的人都被卷到这场"丢孩子"的风波里去了。大伙儿东猜西想,猜不到门儿,想不出道儿。只有五个人心里有底儿,富农马斋是其中的一个。他也是猜到的,是一下子就猜到的。有人替他报了仇,解了恨,过了一条难过的河,鞋没脱,脚没湿,干得利落,哪找这种美事儿去。他怎么会不乐呀!

女人正在院子里给刚刚出门回来的儿子洗腿。好像杀了猪,盆子里的水全红了。

马立本今天上柳镇中学接妹妹回家过麦假,人没接来,闹了一肚子气;路上骑车子光顾躲水坑子,没留神撞到树上了,差点儿把大腿撅成两截儿。

马斋看看儿子,奇怪地问:"怎么啦?把腿碰破了?"

马立本一边往腿上撩着水,气扑扑地说:"怎么啦?你们算把人害苦啦!"

女人换了一盆干净水,放在儿子跟前,一边朝屋走,一边说:"毛毛躁躁地撞到树上了。"

马斋问:"怎么你一个人回来了?"

马立本说:"要是一头撞死在树上,一个人都回不来啦。"

马斋对儿子这副生气的样子不摸头脑,就小心地问:"到底又出了什么事儿?"

马立本说："您那闺女声明了，永远跟咱们断绝关系，再不登门儿了。"

马斋这才放下心，说："不用听她这一套嘴上挂着的话，等志新一到，一封信她就得颠回来。"

马立本说："他们俩也吵翻啦。"

马斋愣了一下，问："怎么回事儿，不会吧?"

马立本说："她说马志新是什么右派分子——她连屋都没让我进，就在大门口说的，我也没有弄明白。她把马志新给她写的信，交给马志新他们学校了。还把我给撸了一顿，满嘴里说的话，跟萧长春没分别，好像我是她的仇人。您看看，咱们家有一件顺心的事儿没有? 全完蛋了!"

马斋摇摇脑袋，脸上又放起了光;凑到儿子跟前，小声地说："这一回可是喜事临门——萧长春的孩子丢了。"

马立本没往心里去："孩子还丢的了?"

"这回可真丢了，永远也他妈的找不回来啦。"

"怎么呢?"

马斋扒着儿子的耳朵说："我估计……"于是，他把早上在马小辫家门口看到的情形跟儿子说了一遍:马小辫瞧见小石头在河边捉鸟怎么咬牙切齿呀，马凤兰又怎么拦住小石头说话儿呀，马小辫又怎么背着粪箕子往北走啦，等等，都成了他估计马小辫杀了人的根据。

马立本听罢，脸上"刷"一下子黄了："哎呀，闹开了人命。得赶快告诉马主任。"

马斋说："你想呢，马主任要是不吐口，他敢动这一手?"

马立本急了，"嘭"的一声踢翻了盆子："我们干的是光明正大的事儿，这是……"

马斋按住了儿子："小点声儿，小点声儿。你这孩子，怎么这样不深沉呀?"

马立本喊声更高了:"还深沉哪?整天价喊我们干的是正事儿,是大事儿;闹了半天没顶个屁用,倒让人家一个个给整得落花流水。这是哪一国正事儿?这会儿又动起野蛮的手段。谁都知道,我是他们一个圈里的人哪,出了人命,我得跟他们吃挂落儿,我的前途彻底完蛋了!真毒哇,他们做好圈套让我钻,把我当成二百五啦?为什么不先告诉我一声,跟我也使手腕子?"

马斋捂住儿子的嘴,拉着儿子从那被风雨淋打过的寨子上走进自己住的西厢屋。

那天晚上,萧长春宣布马立本被撤了会计的时候,马立本回到家,就抡着大镐把寨子刨倒了——从此,从里到外,从表面到内部全都没有"界限"啦。

马立本进了屋,还在暴跳:"你拉我干什么?"

马斋说:"你别急,咱们慢慢讲好不好?"

小个子女人跟了进来,惊慌地问:"你父子俩又是唱的哪一出戏呀?把我也闹糊涂啦。"

马斋说:"这儿没有你的事儿,快把外边的东西收拾收拾。"他见女人疑疑惑惑地退回去了,又对儿子说:"眼下的事儿,好比两国交兵,不动真的,就有他们没咱们了。不出人命,你就有前途了?这会儿韩小乐不正黑夜白天地在你身上找下刀的地方吗?别做梦想好事儿了。我看这么办挺好。干什么都得花本钱,不豁出个四两半斤的不行呀……"

马立本看了爸爸一眼,声音低沉地说:"这是什么本钱?这是人命,这太不人道了!"

马斋说:"什么人道狗道的,别耍你那点书呆子气儿啦。只要让我翻过身来,过上几年顺心的日子,杀他妈个百儿八十口,也干得。他们共产党就不杀人了?借个名词儿说,这是斗争;斗争就得流血。在战场上杀人越多，功劳越大；杀的办法儿高超，还当战斗英雄哪！"

一句话，把个马立本给说得翻白眼了。

马斋说："咱们眼下跟他们虽说没有真刀真枪地对着干，也是你死我活、有你没我的事儿。你心软了，他们可不会心软。你回头想想，咱们一步一步地做到这一步，要说险，也够险的了。既然已上刀山，就别怕扎脚心；走得过去算，走不过去，杀脖子，掉脑袋，咱们认了，总比过这份儿人间地狱的日子顺气儿。依我看，也只能这么办一下子了，要不闯一闯，大事不成，有咱们的好吗？"

马立本又低下了脑袋。爸爸这番"家教"，又把他推进云雾山中，上下左右都够不着底儿了。

马斋朝儿子跟前凑凑，小声说："这件事儿，我看这么办是最保险不过了。他马小辫要玩人命，也是把我当外人看了，根本没有跟我说透；我当时听也听出来了，看也看出来了，没有理他的茬儿，也装作没看见他，就是为的留一手；退一步，说句没出息的话吧，万一有什么不利的时候，这是最下策的退脚之地。"

马立本抬起脑袋，问："怎么叫退脚之地？"

马斋说："嘿，你想想啊。这一段，虽说我们跟他们走到一块儿，站在一起了，你顶多跟着跑跑龙套，主谋什么了？没有；又干什么了？也没有。账本子上就算有那么一丁点事儿，变了天，一笔抹，不变天，顶多挨一次斗争，还有啥了不起的？拿害孩子这件事儿说吧，主意是他想的，人是他杀的；咱们是干吃大鱼不费网，连一条绳子也搭不上。别人一问三不知，干干净净；你跟马主任也别提这件事儿，全当不知道。天塌下有大汉子撑着，咱借着大树躲阴凉。小子，别这么小肚鸡肠的了，拿出点大丈夫气魄来。赶快把腿上贴上块膏药，把车子给马主任推去，打听打听消息，跟找孩子的人凑凑热闹。"

马立本让爸爸这番话鼓了劲儿,好像一个大烟鬼抽足了大烟似的,立刻长了精神。可是,当他一切整备停当,伸手拉开大门,朝那光天化日下的东山坞看了一眼的时候,不知怎么,两条腿软得又抬不起来了。这不是腿上的伤口作怪,那伤口只有半个烟火棍儿那么长,刚刚破一层皮;而是心上的伤口作怪,伤势如何,这会儿他自己也说不清楚。这个一心跟着地富走的地富后代,今天可算是走到登峰造极的地步了。他心安理得地容忍了杀人的凶手,甘心情愿地承认跟凶手结了伙,他还把杀人看成正义行为;革命与反革命的最后一道界限的影子,在他的心里全都不复存在了。

冷眼一看,这似乎是奇怪的事情,仔细地一想,又不奇怪。马立本的道路,是他自己选择的也是他自己硬要走过来的,把他这条道路的每一步检查一下,他走到今天,不是必然的结果吗?

第一一五章

东山坞最紧张的地方,是金泉河的岸边上。

好多人都围到这儿来了,男的女的,老的少的,黑压压一大片。沟南边那些拥护、爱戴支部书记的人就不用说了,连沟北边那些跟支部书记有点意见的富足户,也来了不少,连马大炮、把门虎,也掺在人群里了。

人们议论着,喊叫着,折腾着。

焦振茂拼了老命,跟焦克礼、韩德大这一群小伙子们泡在河水里。他们都只穿着短裤,半个身子浸在水里,像摸鱼似的摸着。这里边还有一个女的,那是焦淑红。她从场上跑出来,就奔大湾了,供销社、乡政府全都找了个遍;回来路过这儿,见好多人在河水里摸孩子,她都没有顾上脱下鞋袜,就跳在水里来了,湿衣服贴在身上，连头发梢都是水淋淋的。

河水只没到腿根子，河面也不宽；按说，孩子就是掉在河里，也不至于淹死；而他们都像被这突然而来的祸事迷了心窍似的，相信了不知道从哪个人嘴里提出来的"建议"，而且对这里抱着很大的希望，甚至有人肯定孩子就在河里。

萧老大哭得死去活来。在这个老人的精神天地里，上靠儿子，下靠孙子，除了这两个人，他还有什么更为宝贵的私人财富呢？在平常的生活里，他比儿子更爱这孙子，甚至于爱孙子比爱儿子还要重一些，他怎么能失去这么一个好孙子呢？他就有这独根独苗的一个呀！从打孙子满月，他就抱着，走到哪儿，带到哪儿，活像个影子，寸步不离。可是今天早上，他偏偏把孙子一个人扔在家里了，偏偏就光顾忙着去整理那些被风雨弄倒了的青菜，把孙子给忘了。他觉着，孙子万一有个什么闪失，全是自己的罪过；自己对不起孙子，对不起儿子，也对不起自己。没有了孙子，他不知道自己还能不能活下去。

淑红妈和克礼妈一边一个搀扶着萧老大站在河边上，看着水里的人摸索，同时不住声地解劝着、安慰着萧老大，说尽了开心的话儿。

岸上围着的人，差不多都是从打麦场上来的。他们身上披着土，脸上淌着汗，一个个瞪大眼睛盯着河里边的人。小孩子们恐惧地躲在大人的身背后；女人们红着眼圈，焦急、叹息，小声地用这个事实教训着她们那些不听话的儿女们，往后不要离开家，不要淘气。

空气紧张又沉闷，让人透不过气来。

马之悦是最迟到这儿来的人，却是这里边最早知道消息的人。早上，马小辫一溜出后门口，马凤兰就回家一趟，给他来了个"先斩后奏"。他一听立刻就急了，开腿就往外跑，想把马小辫追回来。

247

他要真追的话,是能够追上的,因为离着北山顶多不过一里多地。可是他一出黑漆大门,朝沟南萧长春那三间土房脊瞥了一眼,心里打个转,又退回来了。他冲着马凤兰把马小辫骂了一顿。随后,他就跑到一队的打麦场上干活去了。他跟着社员们平地,跟着撒麦花秸,跟着揭席子。他干得既不显着挺卖劲儿,也不显着挺松懈;既没有得意忘形,更没有垂头丧气。他不紧不慢,不慌不忙,还跟平常一个做派。他只有一点,在人们不知不觉中跟过去不一样了:整个上午,他寸步没有离开场院,而且总在喜老头的眼前晃来晃去。一直到丢孩子的事儿在场上"轰"开了,他才有一点儿犯难:是积极地跟着找孩子呢,还是消极一点儿不闻不问呢? 积极了,人家会怀疑自己高兴,怀疑自己幸灾乐祸;消极了,人家也会怀疑,人家会怀疑自己故意稳当,实际上心中有数儿。他想来想去,还是两掺着好:不太积极,也别太消极。他把主意打定,当着干部面上旁敲侧击,劝别人丢下手里的重要活儿找孩子,背着干部面就强"拉夫",逼别人找孩子。等到人们全都动起来了,他才又用"两掺"着的神态,来到了河边上"督阵"。他到这儿一瞧没有萧长春,心里又嘀咕开了:这小子准慌了,不是上孩子的姥家去找,就是上孩子的姑家去找啦。别看平时喊叫什么"硬骨头"精神,没给你动真的,当然可以硬,一动真的,怎么样,软了吧? 原形全露出来了吧? 哪个人不是骨头掺肉长的,哪个人是铁打的? 小子,这回让你经受经受吧,让你小子从此以后抬不起头来,直不起腰来,看你还搞社会主义不搞啦! 他又想:好极啦,这会儿正是争分夺秒的时候,乱上一天,麦子就烂了,麦子一烂,群众的劲儿没了,李世丹一来,北京的马志新再一到,嘿,你瞧马之悦美不美!

哗啦、哗啦,人们在河里边翻腾着。

焦克礼是第一个跳到河里来的,开头摸得最冲,过一会儿,他对这种找孩子的办法发生怀疑了。他直起身,抹着脸上的水,对旁边的焦振茂说："大伯，我看没在河里，这么一条窄河沟，怎么能淹死人呢？"

焦振茂一边摸着一边说："那是孩子，不是大人，没腿腕子的水也能淹着。"他不忍心说淹死，这个时候明明是找死孩子，"死"字儿又得忌讳。

韩德大也说："摸了这么半天，就是一块砖头也该摸着了。我看，咱们快想别的办法吧。"

焦淑红很着急，带着变了音的腔调说："看你们两个，这是啥时候，还有心绪抬杠呀！"

焦克礼不吭声了。

马之悦想趁机会稍稍放一点儿"热气"，就给大伙儿鼓着劲儿说："摸，摸，越细越好；这儿摸不着，咱们往下游摸，十里长河全摸遍，不摸着，不能收兵！"

萧老大给大伙儿说好话："乡亲们辛苦，辛苦，看在长春的面上，你们也要帮到底儿呀！"

马之悦说："这个你就放心吧，谁也不能不帮忙。就算平时有点小摩擦，也不会拿别人的痛苦趁心愿，那就不叫人啦。摩擦是摩擦，那是为公事，跟私事没关系。"

好多人都听出这句话不是味儿，因为是在这样紧张的时候，就没有顶他。

马之悦又朝河里边的人大声喊叫："摸摸，河中间，都卖把子力气，都卖把子力气，早点摸上来，还能救活。德大，你怎么不往深处去呀，淹不死，哪像个小伙子呀！真胆小到家了……"

韩德大本来对马之悦站在高岸上指手画脚就不高兴，明知道他对支书丢孩子的事儿高兴得拍屁股乐，倒偏偏跑这儿虚情假意地充好人，恨不得上去踢他一脚解解气；听他指名点姓，再也忍不住了，噌地直起身，冲着马之悦说："你别在这儿喊叫好不好？"

马之悦把脸一绷:"嘿,你这小子,这是对谁说话呢? 没大没小啦?"

韩德大说:"就对你!"

马之悦急了:"你对我耍什么野蛮? 我为谁?"

韩德大说:"我看你是老虎戴念珠,假充善人!"

马之悦像是心口窝挨了一刀子。这小伙子一句话戳在他的心病上;这句话当着这么多人说,他觉着不光是面子实在过不去,要是白挨了,也容易引起别人的怀疑,就跺着脚骂:"狗日的,你上来,我揍扁你!"

韩德大说:"你才是狗日的! 上来怎么,你敢摸这老爷一下子试试看!"

"嗨,小子,真混蛋!"

"你是个大混蛋,头号的!"

马之悦在东山坞干这么多年,还是第一次当众挨骂,他哪里受得住呢? 他往前跨一步,要跳到河里揍韩德大。他想,这样一来,乱上加乱,鱼目混珠,不光可以给自己多保点险,还能够拖延找孩子的时间。拖到日头落山就好了,马小辫就能安全回来;那满场的麦子一点儿也不能打了……

韩德大也朝岸上闯过来了。

人们拉开了架。

"马主任,别跟孩子家一般见识!"

"德大,别耍小孩子脾气呀!"

马之悦说:"不冲着萧老大,我饶不了你!"

韩德大说:"不用在人前卖乖,你心里边这会儿想什么,你当别人不知哇?"

人们又说又劝,加上萧老大又哭起来了,两个人才停住叫骂。

河里的人们朝小桥子那边移过去,继续摸着。站在河岸上焦急观看的人,也跟过来。这里的空气越来越沉闷了。

就在这个时候,萧长春凛然地出现在小桥头。

河风吹动着他的衣襟和裤脚,偏西的太阳直射在他的脸上和身上。他那炯炯闪光的眼睛,在这边的人群里扫了一下,而后,举起一只大手,高声地喊道:"社员同志们,社员同志们,都去打场,都去打场呀!"

他这一喊不要紧,给河边上的人一个错觉,全当是他把孩子找到了;"呼啦"一下子,全都拥了过来。

萧老大立刻打起精神,也不用别人搀着了,晃晃悠悠地跟着大伙儿跑。他想,孙子找到了,没有丢,没有死,还会像过去那么天真活泼的样子,还会像过去那样跟在他的身边跑着、闹着玩,坐在他的身边吃着东西,躺在他的身边睡觉;还会像过去那样淘气,那样撒娇,还是他的宝贝儿,他的依靠,他过日子、奔前程的希望……

焦淑红、焦克礼、韩德大这伙子人是一个心思。他们的支部书记的孩子找到了,他们的支部书记没有遭到不幸,不会让好人难过,不会让坏人趁愿……

焦振茂、淑红妈、克礼妈这些年老的人,跟多数人也是一个心思,他们转惊为喜,脸上全都露出了笑容……

可是,马之悦心里边打开了鼓。这是怎么一回事儿呢? 是马小辫没有去,或者去了,没有找到孩子,还是找到了又不得下手呢?

不论是怀着什么心思的人,全都从萧长春的行动和他的神态、声调里断定,孩子是找到了;丢了孩子,又没有找到的希望,谁也不会这么有精神,也不会这么冷静;声音更不会这么高,眼光更不会这么亮。这是摘心摘肝的事儿呀!

庆幸、议论、询问,所有的人都张嘴说话,都说得挺急,谁都听不清谁在说什么,也没心听这些,他们都着急地听萧长春说话:

"可找着了?"

"谢天谢地！"

"我早就说，丢不了孩子。"

"他到底儿跑到哪儿去了？真危险哪！"

…………

萧长春看着这些激动的人们，听着这些急切的声音，心里又是一阵刀绞般的疼痛。他用出全身的力气镇定着自己，对大家说："谢谢各位同志这样关心我，帮助我……"

"谢什么，这是应当的嘛。"

"把孩子找回来了，比什么全强。"

萧长春说："我们不能把麦子放下不打！"

"那会儿全急了，还顾打麦子。"

"这回就踏实了，找到了孩子，咱们加把劲儿，多打一场，庆贺庆贺。"

萧长春说："孩子就算真没了，我们还得活着，还得建设社会主义，还得往前奔！"

像一阵狂风，把人们脸上的笑容刮走了，又都惊慌起来：

"孩子到底儿找到没有哇？"

"说了半天，是怎么一回事儿呀？"

萧长春说："同志们，赶快动手，两个场一齐打，扬不过来的话，把扇车抬到场上去，用扇车扇。明天一天，一定要把头场打完。保住了麦子，咱们再论别的！"

"你说孩子到底找到没有？"

"你说孩子呀！"

萧长春又看了大家一眼，说："孩子要找，可是眼下，最重要的是打麦子！"

刚刚被喜悦鼓动起来的人们，又都软了，叹息声此起彼落，接着又是一阵骚动。

马之悦紧紧地盯着萧长春，他先惊后喜，喜后又惊，脑袋嗡嗡地响，像是轧过一辆大卡车；两只眼睛一阵发黑，像是飞过一架撒药粉的飞机。他面对着萧长春这个打不倒的汉子，又害怕又糊涂，他面对着这个强硬的对手，又悲观又失望。他感到眼前这个人很高大，像一座山，推不动搬不倒，只能仰面叹息。难道说，这一回又算白闹了吗？他不死心，他还想把这个人推倒，推不倒也得推。他立刻又装出一副奇怪的样子，假惺惺地说："萧支书，要说，这会儿，我不宜多说话，可是，这是人命关天的大事……"

萧长春瞥了他一眼，打断他的话说："当然是大事，有多大，有多重，我掂得出来，我比任何人都明白！我也许比你看得更清楚一些吧？"

"你可不能当儿戏呀！"

"儿戏？哼，没那事儿！"

"多好的孩子，又乖又伶俐……"

"你倒说实话。"

"萧支书你豁出去，大家还舍不得哪！对吧？"

人们喊起来：

"对，不能豁出去！"

"一定得找回来！"

焦克礼一伙子年轻人喊起来："什么事情都不干啦，也得找孩子！"

马之悦小声附和："我也是这么看。什么事情不干，也得找孩子，得弄个水落石出！"

萧长春专盯着马之悦说："什么事情不干？甭想，不干别的，得干革命！"

马之悦做贼心虚，忽然发现萧长春对自己已经发生怀疑了。他心里想，你越怀疑，我越不能退，真真假假，假假真真，让你试探不出来,就说:"你这个看法,我不赞成,干革命也得要后代呀!对不?"

萧长春又冲着马之悦哼了一声,转身对大伙儿说:"马主任出的这个主意,大伙儿得好好想想呀!我们干革命,是为了后代,为了后代,我们就得好好地搞社会主义,有了社会主义,才能有后代,才能保住后代!"

马之悦苦笑着,摊开两只手说:"唉,我知道你对我有意见,我就是说门头沟的煤是黑的,你也不信。我不多嘴了,你也别说气话啦,大伙儿全都着急,该怎么办,还怎么办吧。"他说着,就退到后边,"唉声叹气"去了。

这会儿的萧长春,不说把马之悦全部看透,也看透了八九。可是他想,现在还不能花更多的时间跟他纠缠,得先把社员的情绪引到正确方面去,把打麦子的活儿安排定了,社员们的情绪也稳住了,再调查研究马之悦这半天的行踪。于是他又招呼大家说:"同志们,趁着这好太阳,赶快跟我打麦子去呀!这会儿,一时片刻比金子还贵重呀!"

人群又骚动起来。他们的情绪里,既有革命的正义,阶级的感情,又掺着劳动人民惯有的善良愿望和好心肠,这种情绪不是很容易扭转的。

"先别忙着打麦子,还是得找孩子。"

"找孩子,找孩子!你不找,我们找!"

焦淑红这会儿心里非常难过,也非常生气。她知道萧长春的心,萧长春不愿意惊动这么多的人来给自己找孩子,萧长春惦着工作,惦着那满场漏了雨的麦子。同时,焦淑红也知道,萧长春是怎样爱着他的儿子,丢了儿子,他会是怎么样的痛苦;他能挺住,再大的灾难也压不倒他。可是,眼下不是压倒压不倒的事儿,应该找孩子,掉河里也罢,迷了方向也罢,早找到,就有希望呀!萧长春却是这样的固执，这样的机械，你这样压抑着自己，未免太过火了……

姑娘想到这儿，刚要把这些话说出来，马上又吞住了。她的眼光落在萧长春的脸上，她从那双浓眉、那双深沉的眼睛里体会到一种深刻的意念。她想起半月前的那件事，那时候马连福带头骂农业社、骂萧长春，使萧长春受到损害的时候，她曾经不理解萧长春，她曾经鲁莽地跟萧长春顶撞起来，使得萧长春的行动和意图受到了阻碍，那件事儿过后，她想起来就后悔；在团支部会上，她还对这个问题作了检讨。……那么，这一回萧长春遇到了灾难，又采取了这样冷静的态度，是不是也包含着一层更深的意思呢？萧长春是不是又用阶级斗争的眼光看出问题了？会的，一定会的；要不然，萧长春决不能这样做，自己应当帮助他，不能再给他增加困难……

马之悦从许多人的议论、吵嚷和神态里，看到了他所希望的东西，也从焦淑红的神态里看出他所希望的东西。他希望人们脑袋热起来，热得晕头转向。于是，他又做出一副无可奈何的样子，在人群后边，小声地嘟囔起来："我的意见是抓紧时间找孩子，当然啦，这要看萧支书的意思了。"

萧长春仔细地观察着马之悦的每一个细小的动作，辨别他每一句话的词语和音调，他心里边暗暗地盘算：看样子，自己对他的怀疑是不错的，他心里有底儿。马之悦，你走到这一步了？那就试试吧，我决不能让你马之悦的阴谋得逞。可是社员们都让感情纠缠住了，要想让他们从这里脱出来，让他们脑袋冷一冷，就得揭发敌人，擦亮大家的眼睛。在没调查清楚、没有十足把握的时候，又不能随便把猜疑拿出来乱用，这样，不光对斗争不利，也容易对中间状态的社员起到不好的影响。萧长春想来想去，决定先剥一剥马之悦，剥到什么地步，算什么地步，适可而止。于是，他朝外边挤了挤，问马之悦："你具体点说，要是抓紧时间找孩子的话，应当怎么一个找法呢？"

马之悦看看萧长春,又看看大伙儿。他明白,萧长春并非跟自己讨教办法,而是作试探。他心里暗骂:小子,你想不费事儿就破案子,哼,做梦去吧!咱们就斗斗看吧。他装傻充愣,不紧不慢地说:"我看哪,咱们多派一些人出去,到周围十里二十里的村子全找找;萧支书你到北京去一趟,到报社登一个寻人启事……"

萧长春又问他:"你估计这个孩子是活着的可能性大呢,还是死了的可能性大呢?"

马之悦早就准备这一手了。他想:这个时候非常需要拿出"任凭风浪起,稳坐钓鱼台"的劲儿,不能露出一点儿马脚来。他装作根本没有听出话音的样子,说:"这就不好说了。只要是不掉到河里,不跌进井里,就不会死……"

萧长春一步不放地说:"比方说,会掉在河里、井里,你估计他是怎么掉进去的呢? 是不是会有人要破坏农业社,陷害干部,拖住拆垛、打场,故意把他推下去的呢?"

马之悦浑身一阵透骨阴凉,也一步不退地说:"我看不至于。虽说,咱们东山坞的干部之间,社员之间,干部和社员之间,有些意见不一致的地方,有些小摩擦,可是还不至于走到了你死我活的地步;我对东山坞摸底儿,绝没有人干这种伤天害理的事儿;就算有人安了这份心,要我看,哼,他还不敢哪! 先死的容易,后死的难哪,谁也不会用自己的性命换一个不懂事儿的小孩子,没有那号傻瓜!"

萧长春又转脸冲着大伙儿说:"同志们哪,你们听到没有,让社员们放下活儿找孩子,让我放下工作上北京,这个主意怎么样呢?咱们全体社员一年辛苦的果实全堆在场上,好多麦子都漏了雨,我们应当让它烂了不管,去找孩子吗? 同志们哪,我的意思,你们很快就会明白的,这事情不是那么简单呀! 我现在要下命令了:马上都去拆垛、摊场、打麦子,谁也不准干别的事情! 我呢,一时一刻也不能离开东山坞,任何人也弄不走我! 同志们,走,打场,咱们坚决打场去!"

马之悦黄着脸,摇晃着脑袋,叹口气:"唉,天底下竟有这般铁石心肠的人!"

萧长春说:"这回你看对了。从打我入党那一天起,我的心就铁了,从打一搞农业社,大多数社员的心也就铁了——全都要坚决走社会主义的大道,谁也甭想把我们拉回来! 这点打击怕什么? 乌云遮不住太阳,真金不怕火炼,东山坞永远会是太阳当空,永远是我们人民的天下!"

社员们被这句铿锵有力的话说得打起精神,脸上都放了光。

马之悦的脸色变得煞白,又变得像砖头一样灰。他这会儿的心理状态简直比丢了儿子的人还要难过。他不敢再正眼看看萧长春,假装恼怒地背过身去,正巧跟木呆呆站在旁边的萧老大闹个对脸,立刻又做出一种挑拨人的表情,用很小的声音说:"唉,真狠,真狠,天下少有!"

萧老大看见了马之悦的表情,也听见了马之悦的嘟囔,这些都像香头挨到了爆竹的火捻子上;可是,他不能说,也不能动,他像失去了知觉,只是呆呆地盯着儿子的脸。

萧长春又一次招呼大家:"同志们,打场去啦!"

萧老大再也忍不住了,他的两腿一软,"扑通"一声坐到地上,搓着脚,手拍着地,大声地哭嚎起来:"你好狠心哪,你好狠心哪! 连一条根子都绝了,你还顾得打场? 我这命不要了,我不活着了,呜呜……"

这绝望的哭声,十分的凄惨。

那些心肠软的老太太们,有的红了眼圈,有的眼里转着泪花儿,有的撩着衣裳襟儿擦着。那些还能挺住的人就都围上来,解劝着:

257

"大姑夫,别这样,别这样。大热的天气,小心身子呀!"

"这就够长春难受的了,您再闹,多不好哇!"

在这个时候,人的语言显得非常贫乏;贫乏的语言,又显得没有说服人的力量。

萧老大手按着地想站起来,可惜他没有一点儿力气。一个人在伤心的时候,最容易办出没有理智的事情,也容易说出绝情的话。萧老大这会儿就是这样。他一边挣扎着,一边哭喊:"小石头,小石头,你等等我,我跟你一块儿走;就剩下他一个人吧,好让他搞农业社去,呜呜……"他站不起来,就推开拉扯他的人,朝小河那边爬……

萧长春朝这边看了一眼,心里又是一阵剧烈的疼痛。他忍受着,强打精神地走了过来,走到他爸爸萧老大的跟前,蹲下身,两只发烫的手扶着老人那颤抖的肩头,声音又柔和又有力地说:"爸爸,爸爸,您不要哭,不要哭,听我说两句……"

萧老大哭得更厉害了:"呜呜,呜呜,你别管我,你谁也别管,你这狠心的人哪……"

萧长春说:"您说我狠心,我就狠心,因为我不能不狠心哪!这会儿,我来不及跟您详细地摆心思;您原谅我,您也得相信我,我这样做是完全对的。您是我爸爸,我是小石头的爸爸,您应当明白我的心……"

萧老大在儿子的脸上看了一眼;他看到一块铁,一块钢,一片火,一片光;看到一张他生的,他养的,他熟悉的脸,这会儿,又有点陌生的脸……他的心碎了。他哭着说:"你,你为什么不让找……呜呜……"他哭喊的劲头已经比刚才小多了。

萧长春说:"您问我为什么不让社员们找孩子吗? 一句话全有了:为社会主义! 您想想,孩子要是活着的话,用得着这么找吗? 要是真的没了,找又顶什么用呢? 您再想想,为什么在这样的时候发生了这样的怪事,为什么偏偏丢了支部书记家的孩子? 咱们得多想一想,得从阶级斗争这边想一想啊! 我敢肯定地说,孩子如果真丢了,这里边就一定有阴谋!"

所有的人,都被"阴谋"这两字儿吓愣了;不论是什么原因,反正都愣住了。

萧长春继续跟萧老大说:"为这件事儿您不活着了,我不活着了,全东山坞走社会主义道儿的人都不活着了,正好趁了坏人的心愿。不,我们偏偏要活着,要好好地活着,要硬朗朗地活着,要更团结、更一心地活着,坚决地把咱们的社会主义搞下去,谁也挡不了……"

萧老大说:"唉,我活着还有什么奔头呀……"

萧长春说:"怎么没有奔头? 天下是我们的,农业社是我们的,将来的好日子是我们的,我们的奔头远着哪,光明着哪。让坏蛋们在一边看着去吧!"

萧老大说:"再好的光景,连个后代根苗都断了,还有什么意思呀……"

萧长春说:"不,我们有后代,有根苗! 萧家就算绝了,还有韩家,还有马家,还有焦家,还有全中国张王李赵,好多好多的人家呀! 我们永远绝不了,走社会主义道儿的人永远绝不了。我们活着,我们拼命的干,不光是为自己,也不光是为自己的儿孙,我们是为全国人民,为子孙万代;为他们拼命,怎么没有意思? 有意思! 特别有意思!"

萧老大擤着鼻涕说:"长春哪,做梦我也没有想到有这一下子,我可真受不住啦……"

萧长春说:"您应当受得住,您会受得住。我再问您一件事儿。您就我这么一个儿子吧? 顽军进攻解放区的时候,那是个多么危险的日子? 好多人头天穿上军装,第二天就牺牲了。可是我跟您说,我要参军,您立刻就答应了。您挺高兴,还嘱咐我好好干,为老百姓报仇,不打垮蒋介石别回家,您亲自把我送到水棚,亲自把我送到前线。您那会儿想没想,我要是死在战场上,您还有没有奔头,您活着还有没有意思呢?"

萧老大低下头,抹着眼泪说:"那会儿,敌人逼到跟前了,不这样咬牙不行啊!"

萧长春提高声音说:"这会儿敌人也逼在我们跟前。不过是变了个样儿。眼下敌人使尽手腕,就是想让咱们软下来,想让咱们不革命。我们不能软,遇到什么样的波折也不能软,我们要把革命干到底。爸爸,革命总会有牺牲的,怕牺牲就不是真正的革命者。"他轻轻地摇着爸爸的肩头,声音变得更柔和了,"爸爸,我求求您,您帮帮我,帮帮咱们东山坞。您要真热爱党,热爱毛主席,您要是真疼您的儿子,您就站起来,把腰板挺起来,跟我去打场,跟我去干咱们应当干的事情。我求您跟您儿子一样,跟东山坞的社员一样坚强起来。金钱买不了,刀枪吓不倒,困难挡不住,刀搁脖子不变颜色,永远当革命的硬骨头,不干到底儿不罢休!"

年轻的支部书记,又在这个小桥头,向他的爸爸,他的同志,他的党——发出了庄严的誓言!

南风被感动,不吹了;树木被感动,不摇了;小鸟被感动,不飞了;金泉河也被感动,闪着金色的波纹,低声地唱着赞美之歌……

所有人的眼光,都凝聚在一个年轻人的身上。这个普通的共产党员,通身放射着耀眼的光芒。

只有那么一两个人,像老鼠怕见阳光一样,赶快地躲避开了。

人们都过来劝萧老大;这回用的是亮嗓门、高调子了;他们劝别人,也在表示着自己的决心。年轻人是最为热烈的:

"支书说得对呀,这里边一定有阴谋。咱们不能让他们得逞!"

"小石头要是真有个三长两短,肯定是敌人在这里边使了坏,想吓唬吓唬咱们。咱们不能让他们吓住！"

"刀搁脖子也不怕。咱们应当更硬、更使劲儿干！"

"让坏蛋们看着吧，搞社会主义的人是杀不绝的！"

…………

焦淑红也蹲在萧老大跟前，她那通红的脸上，闪动着坚毅的神采。眼前发生的这件事情，对这个满怀热情的姑娘来说，又是一次深刻的教育。她进一步认识到革命的意义，认识到作为一个革命者应当具有的胸怀和意志。她也进一步认识了萧长春。她没有恰当的词句把这个硬骨头的共产党员来赞颂，她只能这样说：萧长春是我们时代最美的人，最可爱的人，萧长春将是她终生学习的榜样。

她扶着萧老大的另一个肩头，低声地说："萧支书说得对，看得对，做得也对。我坚决拥护他的意见，我们大伙儿一起永远当硬骨头。您别难过，我们会胜利，会把一切想破坏我们的人全打倒！您……"

她的语言同样显得不够用了。

焦克礼说："干，干，坚决干到底儿，看他们还有什么阴谋，有胆子，明着出来干呀！"

焦振茂说："我也是这样，这回我更看准了什么是穷人的骨头，穷人的心田了。老大，咱们哥们一块儿挺起腰板来。冲着长春，冲着咱们农业社，看在我这个老乡亲面上，你一定得听听长春的话。"

所有的人全都挺起腰板，全都盯着萧老大了。这会儿，萧老大如果真像儿子要求的那样，坚强起来，将会对所有的人起到最大的鼓舞作用，会使萧长春的思想变成行动，会使东山坞在困境中一下子来个大拐弯儿。

金泉河边上，出现了少有的静穆……

萧老大停住了哭泣。他用青筋鼓鼓的手背儿抹去了腮边的泪珠；他看看天，看看地，看看河水，看看周围的人，又看看跟前的亲

261

生儿子。他脸上的神色在急剧地变化着,有悲哀,有仇恨,有爱情,有决心;两片厚厚的嘴唇颤抖了许久,才迸出几个字儿:"长春,爸爸听、听你的!"

他一手搭在儿子的肩头上,一手扶着焦淑红,一鼓劲儿站立起来了。

萧长春的心里边又猛地打起一股热浪头;他咬着牙,没有让激动的泪水流出来。

围着的人,差不多眼睛都潮湿了,脸上也透出了坚强的神色。

萧长春精神抖擞地对社员们说:"马上集合,各队归各队,拆垛、摊场、打麦子!"

随着支部书记的号召,人们一个个挺起胸膛,奔向他们的斗争岗位了。

马之悦慢慢地跟在后边。一只黑老鸹在他的秃头顶上飞过去,"呱呱呱"地几声惨叫。

第一一六章

整个上午,马凤兰唱的是另一出戏。

早上,马小辫把杀人的念头和行动的安排跟马凤兰一说,这个胖女人哆嗦了一阵子之后,立刻就全盘赞成了。她送走了马小辫,急急忙忙地给马之悦报了信儿,两口子争了几句,吵了几句,骂了几句,最后,又这般如此地一商量,她就慌慌张张地跑回马小辫的家里。

马志德和李秀敏两口子都到队里干活儿还没回来,这个灰暗的小院子里,除了老鼠,再没有一个会出气的东西。大门下了天插关①,厢屋门闭着,北屋门掩着,冷冷清清,像座断了香火的小庙。

---

① 插关在上门坎上,可以从外边伸进手来开关。

马凤兰开了大门，回手又关上了。先奔厢屋，见里边确实没有人，就又进了北屋，一步迈上炕，拉开行李卷儿，把一只大双人枕头横垫在另一只小枕头上，给枕头盖上了被窝；又把壶啦，碗啦，烟袋荷包啦，全都摆在枕头旁边；随后又从后院端来一个尿盆子，往里边倒了点茶叶水，放在炕沿边下。

她把一切全安排妥当了，前前后后巡逻一遍，这才透了口气。过了一阵儿，站在前门口，嘴巴冲着狮子院，就虚张声势地喊开了："嗨，志德，志德家，有你们这样的吗？老人病得这么厉害，你们全拍拍屁股走开了？都哪儿去了？大伯，您不用急，等我把他们找回来……志德，志德家！"

前门口喊了一阵子，又到后门口。

后院的石头桌子下边卧着一只大花猫，让她吓得一蹿，从水沟眼钻出去了。

马凤兰跐着脚，嘴巴冲着场院那边又假装疯魔地喊起来了："志德，志德家，嗨，你们到哪儿去了？大伯病这样，你们全走了？快回来吧，别见死不救哇！……志德、志德呀！"

她的喊叫声首先惊动了狮子院的福奶奶。福奶奶站在墙根下边，仔细地听了听，又走出来，站在马小辫家的门口外边听了会儿。

自从喜老头管上了一队的工作，紧接着又搬到场上住，狮子院监视马小辫的事儿，就暂时由她代管了。正是麦秋忙月，院子里的人不是忙在场里，就是忙在地里，顶着星星出工，又得顶着星星收工；福奶奶一个人照管这个大院子，招呼着孩子，又要忙三顿饭，真够她累的了。她担心自己完不成这个任务，曾经找过喜老头。喜老头说：如今最当紧的是场院，得把它保卫住。福奶奶也曾把院子里的人找到一块儿商量过，大伙儿也都忙得不得了。福奶奶只好兜起这一大堆工作。

这会儿，福奶奶回家拿铁锨，要帮场上的人展场，听完马凤兰的喊叫,便叫出她的小孙女:"小华,来,到门口玩;玩的时候,眼睛瞧着那个门口点,谁来了,谁走了,回头告诉我。"又嘱咐几句,就往队部走。她们小组的妇女上午帮队里选杂豆种,李秀敏也在那儿,得叫她回来看看马凤兰喊叫什么。

迎面走来了焦克礼。他扛着几把铁镐,问福奶奶:"您不是做场去吗,怎么往这边走呀?"

福奶奶小声说:"那个臭地主闹什么病啦?死呀活的,好像挺厉害。"

焦克礼气愤地说:"屁病也不准有,又想逃避干活儿。一会儿我揪他狗日的去!"

福奶奶说:"对啦。我先告诉李秀敏一声,让她回家看看,到场里,你让马志德也回趟家吧。"

焦克礼答应一声,就走了。

福奶奶来到队部的时候,见李秀敏和玉珍正一边挑着豆种,一边小声地说话儿,就走到李秀敏跟前说:"秀敏,你那公爹又闹什么病啦?"

李秀敏说:"管他什么病,早死早灭,好让别人早一天干净干净。"

福奶奶说:"快回去看看吧,你那大姑子姐正在叫喊你们两个哪。"

李秀敏说:"人家是一个心眼儿,她在那儿,什么事全办了,还叫我们干什么呀!"

玉珍说:"说不定又使什么手腕儿呢。我还是那句话,干脆跟他分家,一刀两断!"

李秀敏说:"我早就有这个打算,志德总是藕断丝连的,连累我跟他们受罪。"

福奶奶说:"倒不一定分开过日子,脑袋里分了家,比什么都要紧。你们两口子要是真能跟农业社一条心，跟他住在一块儿，倒也是一双眼睛。秀敏你看，咱们农业社可没把你们两口子划到地主那边去。百仲开地富会，多会儿找过你们？你们年纪小，没跟他一块儿剥削过人，也不会恨新社会，不能把你们一勺烩。怎么当人，怎么走路，全凭你们两口子自己拿主意啦。这些往后再说，快回去看看，有啥情况，告诉我一声。"

李秀敏皱着眉头，打着唉声，慢吞吞地走了。

…………

焦克礼来到场上，就跟马志德说："你爸爸到底是闹什么哪？真病还是假病呀？"

马志德说："谁知道他，总是病不离身。"

焦克礼说："快回去看看，是真是假，回来跟我说一声。"

马志德放下工具，急忙往家走。他刚离开场院，萧家丢孩子的事儿就传到了。

这两天，马志德跟喜老头、焦克礼这伙子贫农一块儿干活，听了好多有关他爸爸过去为非作歹、欺压穷人的事情。不论别人怎么说，他想恨自己的爸爸，又恨不起来；恨起来了，也恨不长久，一见爸爸那副老态龙钟的可怜样儿，心就软了。他在书本上、戏曲里和电影里看见过好多可恶的地主。他恨的那些地主，不是汉奸，就是跟特务勾搭，可是，他爸爸不那样；日本鬼子在这儿的时候，他没有办过公事，连炮楼都没进去过，只是地多一点，财产多一些，从来没有沾过官派。他恨的那些地主，不是流氓，就是恶霸，可是他爸爸从年轻时候起就烟酒不闻，更没有娶过三妻四妾。他恨的那些地主，都是杀人的刽子手，可是他爸爸信了一辈子佛，烧了一辈子香，连一只鸡都没有亲自杀过。……有一回，他到大湾看电影，看的是《白毛女》。他恨透了那个地主黄世仁。回来的路上，他跟马之悦走一道儿。他说："姐夫，地主真可恨。我要搬家自己过了。"

马之悦笑笑说:"小孩子家的见识。地主有各种各样的地主,就跟贫农有各种各样的贫农一样;地主不一定都坏,贫农不一定都好。"从一个老干部、老党员嘴里说出来的这句话,给这个年轻人留下多么深刻的印象啊!后来,加上在北京念大学、见识广的兄弟也不断这么讲,他就认定了他的爸爸是那一类并不太坏的地主。在以后的日子里,尽管他跟自己的爸爸有摩擦,有矛盾,他埋怨他爸爸不老实,却又不知不觉地带着一点同情心。那一天,他爸爸给他翻家谱,有意要圈拢他的心,他却在无意之间,看到了他祖宗的丑恶历史;加上在场上干活的人们不断地翻马小辫的老账,喜老头有意用道理指点他,他渐渐地开了窍。可是,他爸爸会不会有破坏活动?他却认定不会有,他说他爸爸只是嘴不老实,手还是老实的,别人偏偏不这样认识,这就使得他没有主心骨儿了。

他走回他那没有快乐、没有幸福的家。

马凤兰还在屋门口喊叫:"你们全都六亲不认了? 忠孝仁义,从古至今全都讲究,你们把它抹了!"

马志德走进院子,到水缸跟前,抓过瓢子,"咕咚咕咚"地喝了几口水,这才喘着气问:"怎么啦?"

马凤兰拍着肉囊囊的大腿,喊的声音更大了:"怎么啦,你还不知道哇? 老爷子病重了。"

马志德奇怪地说:"早起还好好的呀!"

马凤兰一翻白眼儿说:"放屁去吧! 他在我家炕上哼了一夜,我不比你知道呀!"

马志德说:"是嘛,我们早起出工,他还在后门口跟马斋聊天哪!"

马凤兰说:"他那病你不知道,不是说犯就犯吗?"

马志德说:"我问问他要不要请先生看看。"说着就要往北屋走。

马凤兰拦住他，小声说："你们把他气坏了，见了又要吵。你在外边等等，让我问他请先生不。"说着进了堂屋，扒着里屋的门帘儿，冲着空被窝小声地问："大伯，大伯，志德回来了，请个先生看看吧？"

马志德站在门口外边听着。

马凤兰在屋里说："唉，别心疼钱啦，治病要紧呀。瞧您，他俩手头紧，不是还有我们吗？"

听到这儿，马志德心里倒有点热乎乎的。

马凤兰在屋里又说："好，好……"

马志德一步进了屋。

马凤兰连忙把他推出来，小声说："别打搅他了。快找秀敏，给他做碗热汤喝。没面，我家有。"

马志德一边朝外退一边说："面有。"

马凤兰问："秀敏哪？"

马志德说："挑豆种去了。"

马凤兰说："瞧你们，我昨天怎么对你们说的，这几天不用干活去，怎么偏去。"

马志德说："大伙儿都在忙……"

马凤兰："让他们忙去吧。你呀，你也不小了，该长点心了。这日子不是咱们的……"

马志德说："你怎么也说这个呀！不是咱们的，又是谁的呢？"

马凤兰说："扯着人家的衣裳襟过，好受哇？哪个人背后不指你脖颈子：地主的儿子，地主的儿子！说咱们过去剥削了人家，人家这会儿剥削咱们哪！"

马志德说："地主是剥削过人……"

马凤兰："傻蛋！什么叫剥削，不就过去地亩多一点儿吗？这就有罪啦？咱家地亩多，一不是抢来的，二不是骗来的，全是咱们上辈人有本事、会过日子,一点一点攒的;按新章程,还得当模范、受表扬哪!他们穷,是他们命里注定,没本事,胡吃乱用,没挣来,又没攒下,这能怨谁呀!"

马志德说:"过去社会不合理,穷人劳动来的东西,全让地主给剥削走了,当然穷啦……"

马凤兰叫了一声:"哟,是谁剥削谁了?这笔账你都算不过来了?你小不记事儿,我可亲眼看见的。那会儿,咱家里养活着多少穷人!他们没法活了,就奔咱家,一天三顿饭伺候他们,稀是稀,干是干,到年底还得拿工钱。光跟他们算这个,谁也还不起,他们剥削咱们了!再说,那狮子院是谁花钱盖的,这会儿是谁连吹灰的力气都没有费,就白住上了?拿了咱的,抢了咱的,还不把咱当人看,这份气好受吗?"

马志德心里边很乱,这些歪门邪理他不赞成,又明知说不过马凤兰,只好避开,就说:"姐,往后你别光在老爷子面前说这些一头的糊涂账,他就是钻到这里边,算地主的账,搬旧理儿,总也想不通。你得多开说他点,得好好接受改造……"

马凤兰哼了一声:"改造,再改造就把人改造死了。你小小的人,看不远哪。看不远,你就跟着我们走,保管有你好处。"又假装愣了一下,冲着北屋说:"大伯,等等,就来。"又对马志德小声说:"快去找秀敏做饭吧。"

马志德刚到队部门口,见李秀敏慌慌张张地走过来,就问:"不挑豆种啦?"

李秀敏说:"还挑豆种哪,萧支书家的小石头丢了!"

马志德没往心里边去,随口说:"孩子还丢得了吗?"

李秀敏说:"我在半路上听马长山媳妇说,找遍了,也没有找到。"

马志德说:"大白天一个活人能到哪儿去呢?丢不了。"

李秀敏说："我也这样想。找到就好了。"

马志德忽然发现妻子的脸上那片长年累月聚拢着的阴云消散了，换上一种掩饰不住的希望的光彩。他倒有几分奇怪了。

两口子走进自己家的小院子。

马凤兰在北屋假装疯魔地说了几句鬼话，便又出来对李秀敏说："家里有病人，你们就扔下走了？"

李秀敏说："挑豆种嘛。"

"你可真积极！"

"当然要积极啦！"

"你积极，把我拴在这儿守了半天病人。"

"你是应当应分的嘛！"

"哟，我应当应分，你们哪？"

"我们有我们的事儿，你们有你们的事儿……"

马志德站在两个人中间，对妻子说："别瞎吵嘴了，快给爸爸做点汤喝。"

李秀敏说："我还忙着哪！"

马志德说："我帮你做。"

李秀敏说："你也别把场上的活儿扔下干这个。"

马凤兰气急败坏地拍着手说："瞧瞧，瞧瞧，你看看这还像个什么样子！还像个有心过日子的人吗？心里都惦着什么哪！"这句话带着很大的撩拨人的意思；立刻又来了个急转弯儿，冲着窗户说："大伯，就给您做饭吃啊！"

李秀敏胸脯子一挺，转身朝外走。

马志德追出来，着急地说："你这是怎么啦？爸爸闹了病，让你做点饭吃都不干？"

李秀敏说："他病什么？故意的。早起你没见他里里外外地跑。"

马志德说:"不管怎么样,他总是咱们老家儿呀。"

李秀敏说:"什么老家儿,地主!"

马志德说:"你知道,我也是恨地主的。可是这会儿,也斗了,也劳改了,他是两手空空的该死的人了,咱们不能不管他呀。支书也没让咱们这么对待他吧?"

李秀敏说:"没把他斗倒,他不会老实地活到死。支书还让咱们跟他划清界限哪,我看你越划越不清楚啦!"

马志德着急地说:"你是安心闹别扭呀?"

李秀敏也急了:"你爱怎么护着他,就怎么护着他,我不怕,反正这回分麦子单分,我要跟他分家了!"

马志德闹了个倒憋气:"你,你……"

李秀敏一甩胳膊走了。

马志德想追又不敢,跺了跺脚,回到院子里,想自己动手给爸爸做汤。

马凤兰心里边可不住地打鼓。据她估计,大伯早该回来了,怎么不见影子?半路上出了什么事儿?她忍住心跳,暗暗打主意。她本想把马志德两口子找回来,闹腾一下,遮遮外人的耳目,不想,李秀敏这会儿人心大变,几句话就说翻了。这可不得了,不能让她走,就马上把眉头一皱说:"喝,一个五尺五高的汉子,连个娘们都管不了啦?"

马志德没有吭声,到墙根去抱柴火。

马凤兰追过来说:"志德,我跟你说,秀敏这个娘们,这几天可是一个劲儿往狮子院的人和焦克礼的媳妇身上靠近。狮子院的人你还不知道吗,没一个有好下水的。焦克礼家你更知道。他爸爸过去是支书,坏着哪,这会儿,克礼那小子跟萧长春穿一条裤子。那个玉珍,她爸爸也是党员,她正要入团,正卖命讨好哪。让秀敏跟他们一块儿打连连,还能打出好来呀?"

马志德说："你可不要背后这样说人家。不论狮子院的人，还是克礼两口子，都是好人，都是进步人，多跟好人、进步人靠靠近，没有坏处。"

马凤兰叫起来："傻子，再靠近，她就跟你不一条心了。他们是专门会挑拨离间，调唆人家父子不睦、夫妻不和的。你看看秀敏刚才那个样子，有点女人的样子吗，她把你往眼里搁了吗？有一天，她不把你踩在脚底下才怪哪！"

马志德摇摇头说："不会，我们……"

马凤兰说："你怎么不打她几下子？"

马志德说："干吗打架呀？"

马凤兰说："怕什么？ 打完了，她顶多跟你离婚。不要紧，我再给你说个好的。"

门口外边有人答腔了："我看你就挺好，你嫁给他得了，反正你也是个头号大破鞋！"

两个人吓了一跳，回头一看，进来的正是李秀敏。

李秀敏一赌气走了之后，又想起福奶奶嘱咐自己的事儿没有做，就转回来了；刚到门口，正巧把马凤兰这一套挑拨她男人的话全听着了。对一个女人来说，特别像李秀敏这样的女人，没有再比听到别人挑拨自己丈夫更要生气的事儿了，何况他们是恩爱的、患难的夫妻，如今又在十分动荡的日子里。听了马凤兰这些话，把她气炸了肺，往门口一站，就满脸煞白地喊起来了。

马凤兰一听让兄弟媳妇骂了这么难听的话，哪里容得？ 她一股火窜上来，把什么全忘了，也开口叫骂："你个养汉老婆，你个破鞋，你敢骂我？ 我要撕烂了你！"骂着，扑了过来。

李秀敏也不示弱。平时，她让这个大姑子欺负苦了，十来年的怨气都堆积在肚子里，这一程子，正想找机会发泄一下，让马凤兰少到她家来几趟，少使点坏水儿，这回有了茬儿，还能放过？ 于是，她也喊着扑了过来。

两个人扭在一块儿了。

马志德可慌了神。他不能说媳妇，刚才马凤兰说的那些调唆人的话，马志德也不爱听，也有点生气。马志德也不敢说马凤兰，她是姐姐，又是马之悦的老婆。马志德只能在一边喊叫："你们全疯了？你们是逼我走死路呀！"

这时候，只见福奶奶、喜奶奶、志泉媳妇，一伙子人慌慌张张地闯进大门。

马凤兰一看进来这么多人，魂都丢了，忙松开手，几步跑到北屋门口，坐在台阶上，两手紧紧地扶着两边的门框，天啦地的大哭大叫，好像杀猪一般。

第一一七章

小石头一丢，兼管治保工作的韩百仲，立刻想到了那个地主分子马小辫：有一条非常可疑的线索，引起他的注意，也让他动开了心思；为了抓住这条线索往下追，他正在找人对证事实。

他先跑到办公室找韩小乐："小乐，你多会儿发现马小辫家的后门没有关着哇？"

韩小乐说："夜里我饿了，回家找点东西吃，绕个弯儿到他家后门看看，又推了一把，光掩着，没有插。"

韩百仲问："过后也没关吗？"

韩小乐说："我学喜爷爷那样子，在门轴里夹了一块小石头子儿，回来告诉我妈妈了，让她听着点儿，她说一夜没听见响，早起我又去看看，还没插，石头子儿还在那儿夹着。"

韩百仲又问："再没有听见旁的动静吗？"

韩小乐说："没有。大伙儿都说，这几天，马凤兰往马小辫家跑得特别勤；马小辫也往她家跑了好几趟，这里边一定有鬼！"

韩百仲跟韩小乐追问了一些细微的情况，心里边琢磨着，又跑到一队的打麦场上找马长山："长山，你再详细地说说，早起来是怎么看见马小辫的。"

马长山说："我心里边惦着麦子垛，早上爬起来，就奔场上，走到马小辫家前门口，碰见了马凤兰搀着马小辫正往院子里边走。"

韩百仲问："你没问他干什么去了吗？"

马长山说："没等我问，马凤兰就急着跟我说：她大伯病了，头疼，找她拔火罐，雨大回不来，就留下了。"

韩百仲又问："你看他那样子，像有什么病吗？"

马长山说："他的脑门上有几个紫印儿，真有病还是假有病，我就不知道了。不过，这个老家伙虽说参加干活儿了，总像魂不附体的样子，有时候又鬼鬼祟祟的，准是又想干坏事儿。"

韩百仲又跟马长山追问了一些细节，就离开了打麦场。他一边走着，一边把刚才跟韩小乐和马长山两个人对证过的情况又仔细地想了一遍，越想越觉着这件事情十分可疑。为什么马小辫大雨泡天的还往马之悦家里跑呢？脑袋疼，应当打发马志德或者李秀敏把马凤兰找到自己家里去才合乎情理呀！一个病人倒是自己去找"先生"，这不大对茬口吧？还有，为什么偏偏在支部书记丢了孩子的头一天晚上，他跑到马之悦家里住呢？自己能去，拔了火罐，"病"轻了，应当自己走回来了，怎么倒找个"保驾"的护送回来呢？还有，为什么不等马长山问，马凤兰就连忙不迭地说这些个呢？这里边全有题目呀！

韩百仲过去办什么事儿都是挺"粗"的；这一回，他不光按着王国忠信上的指示，也学着萧长春的样子，用"阶级斗争的眼光"看待这件意外的事儿了，还动了脑筋，细密周到地想过来，想过去，来回翻了好几遍。他觉着,自己这一回没有一点儿鲁莽和简单,自己的怀疑和推断是有根据的。他决定马上去找萧长春,跟他商量商量,赶快追查这个马小辫。

他下了坎子,瞧见沟里边走过两个背着草筐子的小孩子,心里又一动:小石头平时总爱跟自己的小儿子一块儿玩耍,今天他们又在一块儿玩了没有呢? 对,应当再把小石头的行踪调查清楚,这才算全面、深入。

于是,他又像一阵风似的甩着大步,顺着沟往东走,回到自己家里。

拴柱、兰兰,还有几个小孩子正在院子里玩着他们捉来的几条小鱼。小石头丢了的消息,孩子们都知道了,所以玩得不像往日那么起劲儿,没有跳,没有唱,也没有吵吵闹闹。他们围着那个小水罐子,有的蹲着,有的托着小下巴坐在小凳子上,默默地望着罐子里的几条小鱼儿游来游去;那小鱼儿好像要从水罐子里冲出来。

韩百仲没有大喊大叫,他怕吓着孩子,尽力压着慌乱和紧张,走到孩子们跟前,半弯下身子,平声静气地对他的小儿子说:"拴柱,爸爸问你一个事儿。"

小拴柱抬起头来,闪着两只大眼睛说:"什么事儿呀?"

韩百仲问:"今天上午你们找没找小石头玩呀?"

小拴柱生怕自己惹了什么祸,有点发慌地说:"找了,找了……"

"你找他到哪儿玩去啦?"

"找他跟我们一块儿去捉鱼……"

韩百仲心里忽地一沉,忍不住地提高了声音:"你带他到河边上去了? 啊?"

小拴柱连忙说:"他没去。我叫他好几声,他也不去。"

韩百仲严肃起来:"真的吗? 小石头真没去吗?"

274

小拴柱说:"真的,他说要跟他爸爸捉鸟去。"

兰兰怕小拴柱挨打,忙插嘴说:"大叔,是真的。我也找小石头了,让他跟我们去采蘑菇……"

韩百仲又着急地问兰兰:"你领他到树林子里去了?"

兰兰说:"他不去,也说要跟他爸爸去捉鸟。"

韩百仲又追问:"你跟小拴柱两个,谁先找的小石头呢?"

两个孩子被问住了,你看看我,我看看你,不知道怎么回答好了。

韩百仲也觉着自己问得太怪,就说:"拴柱,你是啥时候找的小石头?"

小拴柱说:"吃了饭,我就找他去了。"

韩百仲又问兰兰:"你呢?"

兰兰说:"吃完饭,帮妈妈收拾完家伙,我才找的他。"

韩百仲想了想,又问:"小石头没跟你们去,过后也没去找你们吗?"

两个孩子同时摇摇头。

韩百仲又问:"过后,你们再也没见着他吗?"

两个孩子互相看一眼,又摇了摇头。

拴柱怕爸爸不信,加一句:"就我们几个在河边上玩,他真没有找我们去;那会儿地里也没有人,就见着地主马小辫一个人……"

韩百仲心里又一动:"拴柱,你在哪看到的他呀?"

小拴柱说:"在河边麦子地里,背着粪箕子拾粪……"

韩百仲说:"他往哪边走啦?"

小拴柱说:"往北。"

兰兰又插嘴说:"我也看见他了,披着黑夹袄……"

韩百仲的胸口窝更猛烈地跳起来了:"兰兰,你在哪儿看见他的呀?"

275

兰兰说:"在树林子里。"

韩百仲想了想,拍着手说:"好,好!"

两个孩子让他说得一愣,又都咧着嘴傻笑了一下。

韩百仲一手扳着一个孩子的肩头说:"咱们一块儿找马小辫去。我要当面问他到地里去没去,到树林子里去没去;他要是不承认,说没去,你们敢作证吗? 就是当着他的面,把你们看见他的事儿说出来,敢吗?"

小拴柱一挺胸脯子说:"当然敢啦! 我就不怕臭地主!"

兰兰一晃脑袋说:"我也敢,我也不怕他!"

小拴柱说:"他敢说没去,我就拉他认脚印儿。"

兰兰说:"他从哪个树空走的,我还记着哪。"

韩百仲说:"好孩子,跟我走!"一手拉着小拴柱,一手拉着兰兰,急忙从家里出来。他要马上找到萧长春,大庙里没有的话,就奔二队的打麦场。

好几个社员正站在大庙门口,跟豆片坊的韩百旺议论着丢孩子的事儿。他们见韩百仲急急忙忙地走过来,就都朝前迎了几步,又七嘴八舌地说开了:

"我们看哪,这孩子不能光在坑里、河里找啦!"

"对,得在坏人里边找找线索呀!"

"得把丢孩子的事儿,跟眼下村里闹的事儿连在一块儿看!"

韩百仲被包围在人圈里,看看这个,瞧瞧那个,在这儿的都是韩百旺这样一些可靠的社员,心里想,遇到事儿,应当学习萧长春的样子,听听群众的意见,跟他们摆摆看法,再让他们帮着出出主意,就说:"你们对这件事儿怎么看,快说说,我听听。"

韩百旺说:"我们的看法,一句话全有了:这件事儿,马小辫最可疑!"

韩百仲心里一动,暗想:"他们跟我想到一条道上去了。"就紧问:"怎么见得呢?"

韩百旺指着一个老头子说:"长山爸爸前天在地里割麦子,见着马小辫在他家老坟地里跟瘸老五嘀咕什么,呆了好久,从坟地里出来的时候,眼圈还是红的。我们料定他又想起咱们土改斗争他的事儿,跟咱们算了一回仇恨账!"

韩百仲点点头,问:"就这个吗?"

韩百旺说:"还有哪,昨天夜里那雨是多大,小伙子出门都不容易,为啥马小辫偷偷地往外跑,还在别人家过夜;早起回来,口口声声喊叫害病了,这里边不是大有文章吗?"

韩百仲还在追问:"还有什么?"

一个社员说:"百仲你别忘了,马小辫跟萧家早就记着仇,从土改萧老大跟着挖财宝、支书领头放了他家的树,他就不断地造谣言。你不是为这个还整过他两次吗?"

另一个社员说:"也别忘了,他的靠山是他侄女婿。马之悦这个山眼看着摇摇晃晃地要倒了,马小辫心里能不怕呀? 能不恨呀?他不会使点毒手腕,干咱支书一家伙呀?"

韩百旺说:"还有一条最要紧,我刚才听说,不知道从哪儿传出一股子风来了,说是马小辫的儿子马志新要回村,要干什么一件了不起的事儿。这个,跟支书丢孩子的事儿一点牵连都没有吗? 百仲你想想,再跟这一程子咱们东山坞闹出来的种种乱子连在一块儿看看,马小辫十有八九是凶手!"

韩百仲越听,越发肯定了自己的怀疑,胸口更加激烈地跳了起来。他四周看看,没有外人,就小声说:"告诉你们吧,还有比这些更可疑的事儿哪!"

"什么更可疑的事儿?"

"你快说呀!"

韩百仲说:"今天早上,马小辫说他病了,走路还得用马凤兰搀着,可是我家拴柱和兰兰明明看见他早上背着粪箕子到过河边,到过树林子,又往北转了……"

没容他把话说完,这几个社员全都跳起脚来了:

"哎呀,这更没跑了,害人的保险是马小辫!"

"快点把他抓起来吧,别让他跑了!"

"走,咱们去抓他!"

韩百仲拦住他们说:"别急……"

"还不急哪,这是人命关天的事儿呀!"

"这就算破案了;早破了,孩子还能找回来呀!"

韩百仲说:"先跟长春商量一下……"

"唉,十有八九,他是个现行的反革命分子,你一个治保主任,完全有权利先把他抓起来呀!"

"他马小辫是个被管制分子,村里出了人命,就算没这么多的可疑的事情,也得先把他看管起来呀!"

韩百仲觉着群众的意见和要求都是对的,自己应当来个"当机立断"。他说:"这样吧,我马上找马小辫去,先问他今天早上到底儿出门没有;他要是真行凶了,准不承认,准得编瞎话,这就完全证实他干了害孩子的事儿。我一定要使行政权力,马上就审查他。"

大伙儿都赞成这么办,就跟着韩百仲一起奔马小辫家走来。

这会儿,马凤兰和李秀敏正在院子里哭闹得不可开交。

院子里已经聚了好多人,韩小乐、马长山也到这儿来了。全都是听着她们吵嚷,没人解劝。

韩百仲进了门,就问马志德:"你爸爸呢?"

马志德说:"在北屋躺着。"

韩百仲对两个孩子和韩百旺几个人说了声"在这儿等等我",就匆匆地往北屋闯。

马凤兰一见大事不好,挡住门口不让韩百仲进去,哭叫着:"韩主任，你得给我做主，我让人家欺负了……"

韩百仲哪顾理她，使劲儿一推，就闯进去了。

马凤兰就地一滚，抱住了韩百仲的腿不放手，又喊又叫："你得给我做主哇！别，别进去，我大伯正在发汗。"

屋里忽然有人答声了："谁呀？韩主任，请屋里坐吧。"

炕上躺着的，真是马小辫。他早就回来了，在村里的人还没有发现丢了孩子的时候，他就回来了。

韩百仲听见马小辫在屋子里答了腔，就对福奶奶、喜奶奶说："你们跟马志德和李秀敏先到狮子院去等着我，一会儿我有几句话要跟他们谈谈。"

福奶奶对李秀敏说："走吧，到大娘家坐坐去。"

喜奶奶对马志德说："志德，你到奶奶家去呆一会儿。"

两个人疑疑惑惑地跟着福奶奶和喜奶奶走出院子。

几个年轻人在韩百仲的率领下，一齐拥到北屋里。

韩百仲上前去，一把撩起门帘子，挂在钉子上，两手叉腰，虎视眈眈地冲着炕上躺着的马小辫吼了一声："起来，别在这儿给我装蒜！"

马小辫假装奇怪地看看他们，又龇牙咧嘴地往起爬；心里有病，装也装不像，上牙不住打着下牙地说："韩主任，您，您这是有什么事儿呀？"

人们喊着："让你起来，你就快起来！"

马凤兰跑进来，一边往枕头上按马小辫，一边对韩百仲说："哟，好端端的天气，这又是哪边云彩哪边雨呀？有什么事儿跟我说，别折腾病人……"

韩百仲说："走开，这儿没有你说话的地方！"

马凤兰叫起来了："怎么没有我说话的地方？什么事儿没有，你闯进人家家里又吹胡子又瞪眼的，这是怎么啦？没个王法啦？"

韩百仲说:"我是东山坞的治保主任,代表政府对地主专政,这就是王法!你给我走开不?"说着,把马凤兰推到一边,对马小辫说:"刚才你干的坏事儿,赶快坦白!"

马小辫装作莫名其妙地说:"主任,我病了一天一夜,从早上躺下还没起来,连屋还没出哪,干了什么坏事儿呀?这不,凤兰在这儿守了我一上午。"

马凤兰说:"是呀,扒开两只眼还没下炕,连屎尿都是我给端出去的……"

韩百仲说:"不用在这儿给我唱戏。马小辫,我告诉你,你这回不老老实实地交代问题,饶不了你!"

马小辫装模作样地说:"我的好韩主任咧,您可让我交代什么问题呀?这是从哪儿来的事儿呀?"

韩百仲说:"你真的一上午没有出门儿吗?"

马小辫说:"这还假的了吗?出门又不犯法,我撒谎干什么呀……"

韩百仲又质问他:"你到河边上去没有?"

马小辫一愣,马上又想,他这是瞎诈唬哪,就说:"我到河边上干什么去,还是昨天背麦子的时候去的哪。"

韩百仲又质问他:"你到树林子里去没有?"

马小辫又一愣,又摇摇头:"那树林子,我还是去年秋后搂树叶子去的哪……"

"这全是实话吗?"

"说了半个字儿假的,您就用枪崩了我!"

韩百仲转身出去了。

马小辫反而安定下来。他想:韩百仲根本没提"上山"去这个事儿,证明他们一点儿影子也没有摸着,自己算是过了险关;这股高兴劲儿刚往上一涌,那脸色刷下子就黄了。

韩百仲领进来两个小证人。

小拴柱进屋就冲着马小辫喊："臭地主，真会骗人！早上你背着粪箕子到河边上去了，从麦子地里走的，为什么说没去呢？"

马小辫喊叫起来："哎呀呀，小孩子怎么说鬼话呀！"

地主那两只凶恶的眼睛一瞪，小拴柱真害怕了。

韩百仲给儿子鼓劲儿："拴柱，别怕他，说，说下去！"

小拴柱看看爸爸，又看看门口站着的韩小乐、马长山一伙子人，就把小胸脯一挺说："你才说鬼话哪，臭地主，你不用吓唬人，不怕你！你在麦地里走，我们还骂你几句，你还瞪我们一眼……"

马小辫又喊叫起来："小孩子怎么也学会编瞎话呀！这半天我连炕都没下，难道说我的魂儿到河边去了？"

兰兰也晃着脑袋说："马小辫，我们在树林子里也看见你了……"

马小辫拍着炕："胡扯！"

韩百仲说："你老实一点！"又对兰兰说："大胆说下去，我在这儿，别怕！"

兰兰说："你才胡扯！你披着黑夹袄，往北去了……"

马小辫又要叫唤。

韩百仲一步跨过来："马小辫，不许你再胡搅！人证在这儿，你明明是出了门，上河边去了，也到树林子里去了，为什么说没去？"

马凤兰喊着："哎呀呀，你一个干部，怎么听孩子的呢？"

韩百仲说："不用你忙，我还要整你哪！"又对马小辫下命令："走，跟我到大庙去！"

马凤兰拍着手说："哪有这种事儿，杀人也不过头落地哪，人家病得死去活来的，还这么难为人家呀！"

韩百仲不理马凤兰，又冲着马小辫下命令："马上给我走，快点儿！"

马小辫哀求着:"我,我实在动不了哇!"

堵在门口的韩小乐、马长山也喊起来:"快点,快点!"

马凤兰说:"人家是病人嘛!"

韩百仲说:"这好办。马凤兰,你把他背到大庙去!"

马凤兰一炝蹦子,跳到北墙根,大喊大叫地说:"天哪,还有这么欺负人的?"

韩百仲说:"不错,对不老实的地主只能用这种办法。马小辫你听着:到了大庙里,你要老老实实地坦白交代,不然,立刻把你送到县公安局去!"

社员们挤过来,一面要动手,一面喊:

"滚起来!"

"快着!"

马小辫说:"我,我实在走不动啊。"

韩百仲说:"走不动给我爬!"

马小辫看着躲不了,只好起来,哼哼唧唧地磨蹭着。

韩百仲又带着几个人把这个小院所有的地方全都找了一遍,心里边翻翻腾腾的。他想,孩子是不会说这种谎话的;这个臭地主明明是出了门,为什么死不承认呢? 对他的怀疑不就完全证实了吗? 小石头不丢则罢,要是真丢了,跑不了是这几个坏蛋搞的;抓住这条线不松劲儿就好破案了。马之悦跟这个地主拧成了劲儿,手腕更阴险,我韩百仲可不能再简单、急躁办事儿,不能让他的戏法儿骗住。对,先把马小辫拘留起来,追追根子,再跟干部们商量怎么处置他。这样做,是有充分的事实根据的,是合法的,也是社员群众的意见和要求;再说,先让他呆在大庙里,跟马凤兰、马之悦这伙子隔离开,也不让他跟马志德见面,三下里追究,总可以攻破。

马凤兰唉声叹气,扶着马小辫往外走。

韩百仲说:"马凤兰,你回你的家!"

马凤兰说："让我们上哪儿去，就上哪儿去，我得扶着他，要不，跌坏了怎么办？"

韩百仲说："甭装蒜，他是屁病都没有。马凤兰你给我走开；不快走开，别怪我连你一块儿整。"

马小辫对马凤兰说："韩主任让你别管我，你就别管我。反正，我是老老实实的，心里没病，不怕冷年糕，怕什么呀！韩主任要教导教导我，也好嘛！你回家吧，这半天也把你累个不轻，歇歇去吧。"

马凤兰只好松开手。

众人押着马小辫下了沟，朝东走。等到不见了马凤兰，韩百仲又停住，扯了马小辫一把，严厉地问："马小辫，你把小石头弄到哪儿去了？"

马小辫故作惊讶地说："韩主任，您这是哪一头话？"

韩百仲说："你跟马之悦使的诡计，还想抵赖吗？"

马小辫说："哎呀，人家马主任是党员，别看亲戚，我连边不敢沾他的……"

韩百仲说："胡说！不敢沾他的边儿，昨晚上你住在他家？你们都策划什么了？把小石头弄到哪儿去了？告诉你，这回你的坏事干到头了，不主动交代，你就甭想混过去！"

马小辫见事不好，就要耍赖，吓吓人，提高了声音说："韩主任，你看我是干这种事儿的人吗？你就是借给我几副胆子，我也不敢呀！反正我也没好了，我不活着了！"喊着，就要往墙上撞。

韩小乐和马长山一人抓住他一只胳膊。

韩百仲冷笑一声，两手叉腰，对两个小伙子说："你们俩别拉着他，我倒要开开眼，看看这个不想活的什么样儿。"

马小辫瞥了韩百仲一眼，看出自己这一手使不出去，就又软了："韩主任，饶了我这条命吧，饶了我这条命吧……"

韩百仲说:"只要你坦白交代,可以从宽处理。"

马小辫揉了揉眼睛,装作哭了似的说:"您可不能听小孩子的话,屈赖我呀!"

韩百仲想:地主害了人,决不会这么一说就老老实实地承认,这样问,白耽误工夫,也白费唾沫,不如让他在大庙里等着,自己先找马志德两口子谈谈,从他们那儿凑凑情况,再马上派人到树林子和北山根搜一搜,几处一齐下手,事情就好弄明白了。他想到这儿,就对韩小乐和韩百旺说:"你们把他带到大庙等着我,要看住他。"又把马长山叫到一边,小声说:"你快去找克礼,到树林子、北山根找找;别光在明面上,越是旮旮旯旯的地方,越要找细一点儿。"等两个年轻人和一伙社员押着马小辫走了,韩百仲又急忙奔向狮子院。

第一一八章

这天下午,东山坞又掀起了一场火热的劳动。

男女老少,所有能动转的人,几乎都到两个打麦场上来了。他们都被一种特殊的力量鼓动着,恨不能把全身的劲儿都拿出来。拆垛的、摊场的,只见那人流滚滚,杈子舞动,一气地紧张奔忙。

太阳也给人们助威。从打收割小麦起,好像从来没有过这么好的太阳,它也拿出自己全部的光和热,来烘晒满场黄金般的小麦。那些受了潮气的,有些皮软的麦穗儿,在场板上一摊,立刻就变得干干脆脆。

有人套上牲口了,鞭子摇起来了,碌碡转起来了;天空上又出现了流云飞雨般的麦粒、糠皮;装麻包呀,装口袋呀,过磅呀;小伙子们耍了光膀,鼓起肚子,挺起胸膛,一袋一袋地扛进大庙的仓房里……

几盘铡刀，一齐动起来了；又一场麦穗子摊开了，骡呀，马呀，又套上了……

劳动的果实，斗争的胜利，是最能给人鼓劲儿的呀！

在那紧张时刻，萧长春几乎把个人的一切全忘光了。他跟人们拆垛，跟人们起场，跟着小伙子们扛麦子——他不扛口袋，专抢麻包。麻包的分量是重的，他要专找最重的活儿干；肩上越重，心上越轻。他的脸被晒得通红，汗水从浓黑的头发里流出来，跟脸上的汗，脖子上的汗汇在一块儿，顺着胸膛和后脊梁流下来，又被裤带截住，裤腰被汗水浸湿了一半儿。

多少人都用眼睛看着他呀！多少人在小声地议论着他呀！处处都是无声的佩服，有声的赞叹。

在二队打麦场上干活儿的人，多数是贫下中农社员和积极分子，他们最能体会萧长春的心意，也最能受到萧长春的感染和鼓动。焦淑红拼命地掀动着铡刀，焦振茂拼命地赶着牲口，支书的爸爸萧老大也到场上来了，他正拼命地挥舞着杈子。老人家到场上之后，一直没有敢看儿子一眼，耳朵却顶管用，人们的一些低微细小的声音，他都听见了，一字一句地落在他那要碎的心上。

"支书心膛真宽呀！"

"人家才是真正的党员哪！"

"他是个铁打的汉子！"

…………

铁打的汉子扛了五趟麦子，并没有感到一点儿累。他跟着大伙儿把刚刚打下来的一场麦粒子扛完了，抹了抹汗，又想起了另一个生产队的工作。

他来到沟北第一队的打麦场上。

老远就扑上来一股子热烈的气氛。这气氛不是任何声音组成的,这儿没有什么特别响的声音,一切都深藏在每一个人的心里;可是,一个劳动者,一个胜利的追求者,像电波的感应似的,他全都感受到了。

这边正在起第二场麦子。果然是一片火热的场景。

第一个迎着支部书记的人是队长焦克礼。他刚刚从树林子里转回来,正站在高高的麦秸垛上苫顶;跟在他身边忙着的是他的一家子人:他的妈妈和妻子玉珍,她们正给队长往垛上递席子。

支部书记绕过麦秸垛,碰上了马子怀。

马子怀是听到场上边的热闹的声音以后,跑到这儿来的,正跟着一伙子人翻场。他用一种吃惊的眼光盯着萧长春的脸,好像不认识似的上下看看,才说了句没用的废话:"支书,你又到这儿忙来了?"

萧长春朝他微微地一笑。

马子怀却从这微笑里得到了他想要得到的东西,身上来劲儿了,那杈子在他手上挥动得更快、更灵活。

支部书记走进场房里,跟弯弯绕走了个对面。

弯弯绕是刚刚被队长给喊来的,一时不知道干什么,想到场房里找一件顺手的家什。他看清是萧长春的时候,不由得倒退了一步,好像害怕什么似的左右看看,说了句没头没脑的话:"支书,赶黑还能再打两场吧?"

萧长春朝他点了点头。

弯弯绕从这点头里看到的东西,是他想看到的,还是不想看到的,他一时说不清;摸到一把木锨走出来,心里想:马之悦,你小子算他妈的完蛋了!

…………

萧长春在人群里、场房内外,到处寻找着那个半天没有见到面的人。

喜老头提着权子迎上来了："找谁哪？"

萧长春说："百仲大舅没到这个场来呀？"

喜老头说："各有分工，他干他的工作去了。你找他干什么呀？"

萧长春说："听说他把马小辫扣起来了，我想跟他商量一下，怎么处理。"

喜老头说："怎么处理？先扣着他去。百仲这一程子可真会用脑子了，他想得好，怀疑的有根有据，我看这个地主能搞出这种事儿来。有这个由头，你还不整整他，还等什么时候？"

萧长春说："光扣着，他也不会交代的……"

喜老头说："没人指望他低头认罪。看不透吗，就是等到他的骨头烂成碎末末，也是地主，也是恨咱们新社会！让他在庙里蹲一会儿，先说，老实一点儿，免得他在外边给咱们添麻烦。"

萧长春想了想说："也是。"

喜老头说："不是也是，是正是！先说，外边少了马之悦一个爪子，也镇一镇旁的爪子；破案子的事儿，咱们得另打主意，总得有个水落石出！"

萧长春说："大忙时节，还得用一个劳力看守他……"

喜老头说："嗨，用一百个也不多。长春呀，到这节上，你可别把这件事儿当成你一家的，这是咱东山坞全体社员的事儿。你挺起胸膛，不让它吓倒，抢集体的麦子，好；可是，那件案子不能不破。咱们得双管齐下——你管二队的场，我管一队的场，让百仲跟福奶奶他们破案子；不管啥事儿，咱俩对付，就行了，这个安排怎么样？"

萧长春说："很好，很好！"

喜老头说："不用看他们狗急跳墙，没什么新鲜样的。有胆子真敢试试，他们没有真理，不敢！你看看！"他抬着手指点着麦子垛和火热劳动的人群，"有社会主义的优越性，有坚决跟着党走社会主义道儿的人,你还怕什么呀!"

萧长春心里又一热,说:"对,您说得对!只要有这个,丢了什么我也不怕!"

喜老头说:"我跟你说说我想的事儿。"于是,他又讲起他对于抓紧打场和明天再突击收割小麦的想法;他还建议,不用等着都打完场再分配,差不离了,就先送公粮,先给社员们分一点儿。这个老头子的做派很特别:从打小石头丢了,再跟萧长春见着面的时候,他既不像马老四那样给萧长春说宽心话,给萧长春鼓劲儿,也不像五婶那样陪着流眼泪。因为他几十年所经历的生活磨炼,眼下所居的位子跟那两个老贫农不一样,所以他的脾气秉性跟那两个老贫农也就不一样;他给萧长春看的,是石头一样的脸色,跟萧长春说的,是石头一样的话,铁锤敲在石头上,硬碰硬——他跟萧长春所谈所论的全是工作,"小石头"这三个字儿,一句不提;有时候,非碰上不行,他就说"那个案子"。他不想触动萧长春的心事。他知道这个硬汉子这会儿是怎么咬着牙把自己的痛苦压在心里;他得用工作、用斗争,把萧长春的心思支配开、吸引住,让萧长春一直挺下去。他清楚,在眼前这种情况下,萧长春要是在精神上倒了架,或是急出病来,会给工作带来什么样的损失,会给斗争带来怎么大的影响,所以尽管老头子自己的心里边为这个忘我的年轻人非常地悲愤和痛苦,可是,在年轻人的面前,他得先做出挺得住的样子,拿出一种大无畏的精神!

他们谈得很投机,谈得很痛快。

这会儿,一场麦子扬出来了,人们围过去,装口袋、过磅。

萧长春急忙走过来,扛起一麻袋麦子,就挺着胸膛、迈着大步走了。

喜老头望着年轻人的背影,心里边忽地一热,鼻子也跟着一酸,立刻又一抖精神,朝社员们大声地喊:"扛的扛,摊的摊,赶太阳落山,再轧一场,干哪!"

萧长春扛着麻袋,大步地朝前走着,想着刚才喜老头的建议,在心里顺着工作的头绪。他估计,这场大雨之后,五六天里边都会是晴朗的,抓住时机,把麦子收进仓库,再把上交国家的赶快送出,分给社员的赶快分下去,麦收的任务才能算最后完成。他要把全身的精力用在工作上,迎接着可能发生的一切变化,迎接着斗争;正像喜老头说的,没什么可怕的,敌人在东山坞永远也捞不到什么好处,这是铁打的事实。当然,他需要多加小心。他想,还应当找积极分子碰碰头,敌人敢使暗杀的手段,说明他们野心很大,需要根据这个新的形势,再作一番更具体的安排;同时,除了打麦子,也得派人再进一步寻找小石头的下落……

他走着想着,进了大庙,又进了大殿。他把麻包里的麦子倒在金山般的麦子堆上,抹着汗水走出仓房。他想马上再到狮子院去找韩百仲。

豆片坊的韩百旺,两只眼睛一直跟着萧长春转,见萧长春走出大殿,赶忙捧出一碗凉茶水迎上来。他深情地望着这个年轻人,不知道对他说点什么好:"支书,喝口水,歇歇吧。"

萧长春把麻包搭在肩上,笑笑,接过那只花碗,两手捧着,"咕咚咕咚"喝了几口,又一仰脖子,全喝光了。

韩百旺一面接过空碗,一面问:"再来一碗吧?"

萧长春抹着嘴唇,说:"渴极啦,还有吗?"

韩百旺说:"有,水管够!"说着,回到磨房里,提出一把大茶壶。

萧长春接过第二碗茶水,又"咕咚咕咚"地喝起来了。

韩百旺说:"别急,慢点喝。"

西耳房的花格子窗户上有个没有糊纸的小洞,洞里有两只贼溜溜的眼睛,吃惊地、奇怪地盯着萧长春的后背。这儿站着的明明是萧长春,这个人左瞧右看,总觉着有点不像。他心里边琢磨着的那个萧长春,受了这么一场打击,不要说还扛那二百斤的麻袋,恐怕趴在炕上都起不来了;而且,从此就会变得失魂落魄、疯疯癫癫,再也不能打起精神。他擦了擦眼睛,使劲儿看着。他看见的,好像是一尊钢打铜铸的神像。年轻党员的那坚强意志,那一团正气,使得这个阶级敌人眼花缭乱、心碎胆裂;头一昏,腿一软,差一点儿瘫到地上。

韩德大拿着一根木棒子,一直不错眼珠地盯着他;这会儿见他一劲儿往窗户上靠,就吼着:"不许动!"上前来,一把把他揪起来了。

萧长春一愣:"谁在那儿?"

韩百旺说:"臭地主!"

"把他关在这间屋里了?"

"这儿比别处保险,有人倒换班儿看着。"

马小辫还想在萧长春身上试一试虚实,就又从窗洞伸出一只手,说:"给我点水喝吧!"

韩德大粗鲁地喊:"给你点尿喝!"

韩百旺在外边骂了声:"混蛋,渴一会儿吧。"

萧长春说:"可以给他舀一点喝。"

韩百旺哼了一声,慢慢腾腾地从缸里舀一碗水,又慢慢腾腾地走到西耳房跟前,把水碗从窗洞递给了韩德大。

韩德大歪着脖子、斜着眼,把水碗往马小辫跟前的窗台上一蹾,说:"喝!"

马小辫两手捧起水碗,嘴唇挨着碗边儿,没有喝;他并不真渴,是想找个机会让萧长春转过脸来,搭上句话儿,把萧长春看个真切。他那两只贼眼瞪得像鸡蛋似的,死死地盯着萧长春,试探这个人的内心秘密,辨别这个人是真硬,还是假硬。

萧长春立刻就把这个地主的用意看穿了,也用两只锐利的眼睛盯着马小辫,呆了片刻,蔑视地一笑说:"马小辫,怎么样,这会儿又想什么哪?这一步,你们又输了吧?你看看,我们比昨天更硬、更强了。你们想要看到的,想要得到的,没有看到,也没有得到吧?我把实底儿全兜给你吧:你们想要看到、得到的东西,永远都不会看到,永远也不会得到;别捞着一根稻草也当救命绳,那歪风邪气,顶多不过是一层浮云,一阵风就吹没啦。你们怕看到,怕得到的,偏偏要摆在你眼前,就跟这头顶上的太阳一样,谁能把它动一动呢!"

马小辫像挨了一闷棍,脑袋里"轰轰"响,好久不断声。

萧长春接着说:"不是你们花的心血少,也不是你们想得不周到,更不是你们的办法不阴险。是什么呀?是你们天生的愚蠢,是你们不接受教训,一句话,是你们不敢相信真理!你是信奉老天爷的,老天爷没有告诉你吗?真理已经注定我们要胜利,你们要失败;而且我们已经胜利,你们已经失败。可你还不死心!你们使点小阴谋,不过是像蚂蚁想摇倒大树,拉拉蛄想拆高楼,哈哈,这能行吗?你睁眼看看,还是晴朗朗的天呀!"

马小辫像挨了一刀子,刀尖一直插到心肝;他晃了一下子,"扑通"一声,坐在地上了。

萧长春把花瓷碗还给韩百旺,抹了抹嘴角,提起麻袋,昂首阔步地跨出庙门。

第一一九章

萧长春拐出胡同口的时候,就见韩百仲从狮子院走出来了。

韩百仲也离着老远就看见了萧长春。

从打发现丢了孩子到现在,他们还是第一次见面。两个人往一块儿走着:你看着我,我看着你,眼光对在一起了。

两个战友,立刻就明了彼此的心境,用不着耗费这宝贵的时光,再借助语言交谈;动荡在心头的话,都在这对视中交流了。

萧长春先开口,谈起他们急应当谈的话;他问:"抓住一点线索没有?"他像了解一件极为普通的工作。

韩百仲回答说:"看这样子,倒像有一点门儿。"他也像汇报一件平常的事情。

他们都把自己得到的情况摆了摆,也把自己的想法摆了摆。

萧长春说:"好哇。几条道儿一齐走,总可以找出眉目来。一会儿工作安排定了,您得快到乡里去报告,得靠领导帮着咱们破案。"

韩百仲说:"摸出点头脑再去;看这一回李乡长还说什么,总得动动心了吧? 走,到里边去,我再跟你详细说说。"

萧长春一边跟着他往狮子院里走,一边说:"我不能在这儿多呆,二队场上只有淑红爷俩领着干,马翠清上山打葛条还没有回来,我得照看一下。"

韩百仲说:"我刚去看了,人们全让你给鼓动起来了,干得满欢。回头,我再让你舅妈跟着干去。没问题。"

他们说着话儿,走进了韩小乐住的那间小耳房里。

狮子院摆下了两个战场:焦二菊和狮子院的几个贫农正在喜老头屋里跟马志德刨马小辫的根;福奶奶跟志泉媳妇和玉珍,正在屋里跟李秀敏问马小辫的底。喜老头屋里的声音很高,福奶奶屋里的声音很低……

萧长春蹲在炕沿上一边卷着纸烟,一边听着两个屋子里的动静,笑笑说:"听这声音,马志德不大好办吧?"

韩百仲说:"你的耳朵倒灵,一听就听出来了。"

萧长春说:"不光是听,根据过去的情形看,也会是这个样子。"

韩百仲拧上一锅子烟,朝萧长春跟前凑凑,说:"看样子,李秀敏是有点觉悟了,也敢说实话。她说,那天晚上吵架,是因为马志新给马小辫来了信⋯⋯"

萧长春很注意这个线索:"噢,来信了？ 这么说马志新早就跟马之悦搭上头了。"

韩百仲说:"她不识字儿,信上都写的什么,她只知道个大概;她说,当时马小辫喊叫要变天。小子,真能做梦呀！ 还想变天哪！"

萧长春追问:"还有什么？"

韩百仲说:"她昨天晌午回来做饭,马凤兰、马斋全到马小辫的屋里去了,嘀咕了好长时间;她就听见一句,马小辫说:'不能光等人,也不能光等天,咱们还得想办法干一家伙！' 下边就是小声喊喳了。"

萧长春在心里掂着这句话,像是自言自语地说:"今天这事儿,可能就是他们要干的那一家伙吧？ 还有呢？"

韩百仲说:"其余的就是说他们家里的摩擦了。她还一个劲儿要求福奶奶找找你,让你跟马志德好好说说,想要搬出来,跟马小辫分家单过⋯⋯"

萧长春问:"马志德暴露一点东西没有？"

韩百仲皱皱眉头说:"不太实在。按说,这家伙比李秀敏知道的事情多;马小辫他们总会把李秀敏当外人看,深一点的事儿,不一定全都让她知道。可惜马志德把口封得死死的,半个字儿都不透,除了承认他爸爸有点牢骚,别的全说没有,还给他爸爸抹脂粉;说他爸爸只动嘴,不动手,从来没看他干过破坏事儿。看那样子,还有点怕我们把他爸屈赖了;你说可笑不可笑唉！"

萧长春说:"马小辫也不一定会把自己的底子全让马志德知道。马志德跟马志新不一样,跟马立本也不一样;他们父子两个之间,也不是很严丝合缝的。再说,马志德的觉悟还很低,揭几句破

293

坏话儿,他能做,要揭害孩子这个大事儿,他就是知道一点眉目,也得掂一掂分量,才能开口。您说呢?"

韩百仲沉思了一下说:"倒也是。"

萧长春说:"所以我们对他们不要硬追问,先从他们身上摸摸线索就行了。"

韩百仲跳下炕说:"对,我把福奶奶叫出来,把你这几句话告诉她。"

萧长春拦住他说:"还有。咱们平时没有把他们当地主分子对待过,遇到了事情,更得这样。告诉福奶奶,不要光追情况,也得多给他们摆前途,给他们指出路。"

韩百仲拍着大腿说:"对,对,先挖渠后引水。"

萧长春说:"看这情形,我就暂时不找马志德了,谈不出什么结果,反而让他们多心。您看呢?"

韩百仲说:"也好。"

两个人正在谈着,大门口传来一片吵嚷声。

原来,马凤兰跑回家里,把刚才发生的事情跟马之悦汇报一遍,就又转回来了。她怕从马志德和李秀敏这两个人身上出娄子。她心里猜测着:自己整个上午演的戏,这两口子是当真了,还是没当真? 他们对这件大事儿到底儿看出什么苗头没有? 这两个人让别人挑唆坏了,跟老人家总是别别扭扭地不合台,特别是李秀敏,更是一心想跳槽子;刚才又无端地跟她吵了一顿,火顶着火,再让狮子院的人一哄弄,那嘴还关住门了的? 马凤兰越想越怕,也顾不上好多了,就要闯进狮子院听听风声,好马上回去报告马之悦,研究下一步对策。

志泉媳妇和喜奶奶一边一个站在大门口;嘴里没说话儿,那神态却像告诉这个胖女人:不许你进去!

马凤兰老远就跟她们打招呼:"吃啦?"

两个人没有理她。

马凤兰厚着脸皮儿上了台阶。

志泉媳妇说话了："你要干什么？"

马凤兰说："串个门儿。"

喜奶奶说："里边有事儿，闲人免进。"

马凤兰说："唉，不让别人进去，还不让我进去。"

志泉媳妇哼了一声："你怎么着呢？"

马凤兰说："咱们别大水冲倒龙王庙，一家人不认识一家人哪！"

喜奶奶撇着没牙的嘴："听听，还是一家哪！"

马凤兰假装生气地说："怎么又不是一家啦？"

志泉媳妇说："压根儿就没一家过。"

喜奶奶说："谁跟地主闺女一家呀！"

这一老一少在东山坞一向是老老实实不得罪人的，这回如此之厉害，马凤兰真没想到，刚要撒泼，见韩百仲从里边走出来了，鼻子使劲儿哼了两声，扭着肉滚滚的脚，朝家走了。

韩百仲是出来叫福奶奶的，没想到一举两得，把刚才萧长春的意见跟福奶奶传达了，还吓跑了马凤兰，不由得笑了笑，又回到小耳房里，对萧长春说："看样子，马之悦慌了，派了个间谍来探情报。"

萧长春说："不光是来探情报吧？是给马志德两口子加压力来了。"

两个人又谈起下一步工作安排。刚谈完，就听得院子里响起一串急促、慌乱的脚步声。

接着，有人大喊大叫："姐呀，姐呀！不得了啦！"

韩百仲拉开门，探头朝外一看，只见焦庆媳妇面黄如纸地站在院子里。她两只手紧紧地抓着衣裳大襟儿，里边像是兜着什么东西似的沉重地往下坠着。她的身后边还跟着两个流着鼻涕眼泪的孩子。

每个屋里的人听见怪声怪调儿,全都跑出来了。

萧长春也跟在韩百仲身后,挤到屋外边,揣测着又出了什么事儿。

焦庆媳妇找到了人群里的焦二菊,扑过来,带着哭腔说:"姐呀,姐呀,快,快救命啊!"

焦二菊被她闹的又急又懵,连忙躲闪着说:"你跑这儿叫唤什么呀!啊?"

焦庆媳妇浑身不住地打着哆嗦,抓住焦二菊不放手:"不得了啦,可不得了啦!"

焦二菊骂道:"瞧你这副尿相,不嫌丢人。怎么回事儿,你倒是说呀!"

焦庆媳妇定了定神说:"我,我正喂猪,孩子,要吃东西,我回去拿,回来一看,猪把槽子掀倒了,里边掉下,掉下……妈呀,吓死我了……"

焦二菊追问她:"掉下什么了?"

福奶奶也过来说:"别急,别慌,慢慢说。"

喜奶奶说:"到屋说吧。"

焦庆媳妇两只手一松,只听"丁当"一声响,一把尖刀子从衣襟里跌下来,摔在她的脚下。

人们一看全都愣住了。

焦庆媳妇两条腿一软,"扑通"一声坐在地下,天呀地呀哭起来:"哎哟,可不得了啦!……"

人们又呼啦一下子围了上来,只顾看刀,哪还顾上劝人呢?

那把刀像有电似的,一下子触到马志德的心上;接着,又触到李秀敏的心上,两口子同时一抬头,电流又把他们连接起来——都呆住了。

一个多么可怕的联想,冲到马志德的眼前:昨天早上,他的爸爸马小辫,在屋子里磨的那把刀子,是不是它呀? 它怎么会跑到焦庆家去了呢? 真像别人说的那样,自己的爸爸是个死不悔改的地主,不光嘴里说,手也动了,是个持刀行凶的刽子手? 他不敢想了。他怕,怕得厉害,好像他就是凶手。怎么办呢? 把这件事儿告诉大伙儿吗? 要不是这把刀子又该怎么办呢? 再说,丢了的孩子是萧家的,刀为什么在焦家呢? 不能说,得跟爸爸问清楚,真要是爸爸,那可就惨了。……他使劲儿抬起头来,用一种绝望的、哀求的目光望着他的媳妇。

李秀敏这会儿心里不怕,是乱。她没有认出地下的这把尖刀子是她家的,可是,她从男人的神态里,发生了怀疑,立刻想起昨天上午的事儿。那会儿,她正在厢屋烧火,听到北屋里传出磨什么的响声,就让男人过去看看,男人回来说,马小辫在磨刀子。她想:马小辫磨的是什么刀子呢? 是菜刀,还是这种刀子呢? ……

焦庆媳妇还在哭叫:"姐呀,救救我吧,要有人杀我呀,姐呀!"

焦二菊从地下拾起尖刀子,一边摆弄着看,一边说:"你想想,谁要杀你? 不是别人,正是你整天追在屁股后边的坏人呀! 活该,自作自受,该,我解气! 怎么这刀没有砍在你的脖上呢?"

焦庆媳妇爬到焦二菊跟前,抱住焦二菊的大腿:"他姑呀,全是我的错呀,不看金面看佛面,不看我,您还得看孩子呀,唔唔唔……"

焦二菊说:"这会儿你找我来了? 跟坏人一块儿骂支书、骂农业社那会儿,你怎么不找我? 跟坏人一块儿嘀咕坏事儿,你怎么没找我? 快去找你那群坏蛋去救命吧!"

福奶奶说:"要是提起焦庆家你办的那些事儿,恨人也真恨人哪。焦庆不在家这两三个月,你看你都干了一些什么好事儿? 坏人一句话,你当经念;我们苦口婆心劝你,你当耳旁风。你也不想想,跟他们扯连连,能有什么好?你不知你家是贫农?那些沾着富字的人真待见你?你没见马连福、孙桂英让他们做在酱缸里了?"

焦庆媳妇捂着脸说:"我后悔了,早就后悔死了;悔也晚了,水泼出去收不回来了……"

焦二菊瞪了焦庆媳妇一眼,又对福奶奶说:"别的往后再说吧,快去个人找支书。"

萧长春应声走出来说:"我在这儿!"

焦庆媳妇一下子从地上爬起来了——她自己过后对自己这会儿的心境也会奇怪的:过去,她好像没有跟这个支书怎么亲近过;换一句话说,这个支书在她的心里占的地盘不大,她没有把这个支书当过靠山;可是,这会儿,当她听到这个熟悉的声音的时候,就像小时候,一次不小心,掉在菜窖里,哭了半天,听到上边妈妈叫她一声那样,她的怕,她的慌,一下子全没了。刚才发生这件事儿,她想找支书,可是她怕支书,她想通过她的大姑子来找支书,现在支书到她跟前了,就是批评她,骂她,也好,她不怕了……

萧长春走过来,从焦二菊手里接过那把刀子,托在手上翻来覆去地看着,好多的想法,在他的脑海里飞快地闪过来又闪过去。

韩百仲也跟上来,走过焦庆媳妇身边的时候,狠狠地瞪了她一眼,也凑上来看那把刀子;他也想了好多题目,有的跟萧长春想到一块儿了。

萧长春心里边翻上翻下,想判定这把刀的来源、用意,可是他不显露出半点惊慌。过一会儿,他对焦庆媳妇说:"别在院子里呆着了,屋去吧。"又对福奶奶说:"大家该干什么,还干什么吧。这件事儿由我来办。"

福奶奶明白了支书的意思,就跟志泉媳妇嘀咕一句,又把李秀敏和马志德打发到屋里去了。

萧长春、韩百仲和焦二菊把焦庆媳妇领进小耳房，让她把事情的经过详细地说了一遍。

韩百仲听罢，判断着说："这跟那事儿有关联。"

萧长春仍然掂着刀子说："我看这把刀子，来历是不简单的，一般的人家，决不会有这种玩意儿。"

焦二菊问："怎么呢？"

萧长春说："您看呀，上上下下都是纯钢的，把儿上缠的都是丝线，一般人家，买不起，也不会这么打扮它。"

韩百仲皱着眉头，端详着这把刀子，思索着说："真怪，这刀子我越看越面熟，好像在哪儿看见过……"

焦二菊问："快想想，是在谁家的。"

韩百仲说："这会儿心里乱糟糟的，一时想不起来呢。"

萧长春说："只要是东山坞的东西，群众里边总会有人把它认出来。"

韩百仲说："对，咱们让群众认，跑不了它。"

焦庆媳妇站在一旁，看看这个，瞧瞧那个，又冲着萧长春挺可怜地说："支书哇，你过去说的话，全是好话，我这回全听了。快救救我吧，有人把这么一个怪模怪样的刀子放在我们家，准是要杀我吧？你说呢？"

萧长春故意点点头："可能。"

焦庆媳妇又叫起来了："妈呀，这可怎么好哇！你说，我除了自私一点儿，我得罪谁啦？"

焦二菊嘲弄地问一句："噢，你承认自私了？"

焦庆媳妇点着头："是，是自私。我把谁伤的这么重，要下这样的毒手哇。支书，救救我吧！"

萧长春放下刀子，卷了一支烟点着，说："我们当然要救你，也应当救你。你忘了本，跟农业社跟大伙儿不一心，是你的罪过；可

299

是,你家是贫农,我们跟焦庆是一条蔓上的瓜,一定得把你们拉回来,一块儿走社会主义的道路……"

焦庆媳妇连连点头:"是呀,是呀!我的罪,我的罪,我要知罪改罪,从今以后,跟农业社、跟大伙儿一心一意,要重新做人了。支书呀,快救救我吧!"

萧长春说:"我们可以救你。说实在的,最能救你的,还是你自己。"

"我?"

"对。你刚才说,把谁伤的这么重,这你还不知道吗? 就是刚才百仲舅妈说的,你伤的人,是坏人,要向你下毒手的,也是坏人;你把拥护农业社的人家,挨门挨户数一数,有怀着歹心,总想干坏事儿的人没有? 肯定没有。救你不难,我问你一个事儿,你得说老实话。"

"说,问什么我说什么。"

"你跟马之悦、马小辫这些人,背后都搞过什么见不得人的事情?"

"没,没,跟马小辫连边都没沾,他是地主,我能沾他呀? 真的,撒谎挨雷劈!"

"跟马之悦呢?"

"跟他……"

"比如说,他都让你跟着干过什么犯法的事儿? 你不说实话,我们还怎么帮助你想问题、找凶手呢?"

"我说实话,一定说实话。唉,今天就全兜底儿说吧。我跟马之悦卖了二斗小米子……"

焦二菊听了这句话,气得一跳老高:"呸,呸,你还有脸说哪!你不是要断顿了吗? 也要打着孩子满街哭去吗? 你好黑心呀!"

韩百仲说:"瞧你这个人,支书让她说,她说实话好嘛。说了,认识不对了,往后就不干啦。"

焦庆媳妇说:"就是这样,往后,就是刀搁在脖子上,我也不干这种事儿了。那天晚上,马之悦让弯弯绕到我家去,说买粮食的来了,大价儿,不卖白不卖;卖了,得几个钱,给孩子买糖吃也好呀……"

三个人又追问一回,焦庆媳妇老是这几句话来回推磨,再也说不出新问题。因为她当事者迷,一时还连不上许多事情;再加上她明知故犯的坏事也只是这一件了。

萧长春说:"你先回去吧,等我们研究一下,再找你详细地说。"

焦庆媳妇说:"不,不,我不敢。"

萧长春说:"不要紧的。我们到处有民兵放哨,保护着你,没事儿了。"

焦庆媳妇说:"黑更半夜的呢?"

韩百仲说:"真是怪事。平时你的胆子挺大嘛,这一回怎么变小了?"

站在一边的焦二菊心里打着算盘。她想起焦庆媳妇平时跟坏人拉拉扯扯的情形,觉着坏人在这里边一定有更坏的打算;在这个节骨眼要是不把她拉住,坏人还会利用她干坏事儿,应当把她夺过来;连孙桂英那号的人都拉过来了,焦庆媳妇总比她好办,就拉不过来了?焦二菊想到这儿,就说:"这样吧,从今天晚上起,我搬到你家,跟你做伴儿去……"

焦庆媳妇转忧为喜:"哟,他姑,您真是好人哪!"

焦二菊说:"好人多得很,你是捂着眼、昧着心,硬跟好人做对头,硬跟坏人扯帮帮。"

萧长春说:"舅妈,您这个办法好,一块住着,还能再聊聊,帮她想想事儿;她过去错了,只要从此认错,咱们原谅她,您也别太急。"

焦二菊说:"长春你就放心吧,这回,我要耐心帮她提高觉悟,不强迫命令,也不能再许给她二斗麦子了。"

大家都笑了。连焦庆媳妇也不好意思地笑笑。

焦二菊把焦庆媳妇带走后,韩百仲打个沉,眼睛一亮,朝萧长春跟前凑了凑问:"你估计这把刀子的来历怎么样?"

萧长春说:"出在马之悦的手里的可能性大一点。他家是个没落户,兴许有这种老家底;他又跑过腿,也许置买这样的东西。他做这种事儿,一个是想杀人灭口,吓吓焦庆家,不让她揭他们;一个是,这刀尖冲着我,因为焦庆家跟我家只隔一道墙,或是想下手,没下,存在那儿了,或是留着凶器,想得空子干。不管怎么着,有这把刀子,对我们破案子很有帮助。"

韩百仲想一下,说:"也可能。"

萧长春又说:"从小石头这一丢看,第二个可能性大点儿。原来是想对我下家伙,没下成,下到孩子身上了……"说到这儿,他的心里像被刀子剜了一下。

韩百仲也难过地揉了揉鼻子,又打起精神说:"我倒觉着,这刀子是马小辫的。"

"也许是。"

"十有八九是。"

"您认出来了?"

"说起来话长了。早年,马同峰我们俩一块儿给马小辫扛活,马同峰专管给马小辫赶小轿车子。马同峰跟我说,马小辫每逢出门的时候,腰里总是鼓囊囊的,我们两个都猜马小辫掖着手枪。有一回马同峰从镇上接马小辫回来,卸了车,卷车棚子里的褥子,发现一把刀子,我正挑水路过,接过看一眼,马小辫就急火火地跑来了,一把夺过刀子,气扑扑地走了。我看这把很像那一把。"

萧长春说:"要是马同峰也认出来,就能证实了。还有马志德,这也是一个门路。他自己家的东西,总会见过,也可以从他这边开开口子。"

韩百仲问："要不要先追问马小辫？"

萧长春想了想说："看样子，这件事里的弯子很多，不宜马上跟他露这个。"

"也不审查他吗？"

"不忙。先让他在那儿呆着，您马上带上刀子到乡里报告，咱们好按上级的指示处理。"

韩百仲非常赞成这样的办法。

他们又商量：不能光等上级来人破案，党支部也要发动群众，继续追查线索。韩百仲马上到乡里汇报；萧长春又找积极分子们部署战斗了。

第一二〇章

马翠清这个活跃分子，一天没有在东山坞露面。

她到山上打葛条去了，太阳大平西才回来。在小河边，她从遛骡子的马老四嘴里听到小石头丢失的消息。她马上就说："丢不了，准是上山捉鸟去，找不着道儿回不来了；您找个人把这葛条给弄回去，我找找他，保险找回来。"

她一口气跑到山坡下，钻过树林里，又爬上石岗子上；到处找，到处喊："嗨，小石头！"

山崖响起她的回声。

她从东山根绕到北山根；又从东山根绕回来，两条腿走酸了，嗓子也喊哑了。

这会儿，太阳从东山头上收走了最后一片光亮，西山边的火烧云也在变着颜色，先是朱红，后是橘红，过一会儿，又变成了杏黄、浅黄,最末了变成灰白,接着就黑了。

风吹起来,吹来了夜雾,那雾从稀薄,到浓厚,把平原和山坡都给涂抹得模糊不清了。

马翠清喘着气,爬上一个坡子朝回走,又喊了一声,山崖又响起回音。

她朝那个山崖啐了一口,就坐在一块石头上了。她望了望变化多端的天地,又撩着衣裳襟擦了擦脑门上的汗水;心里边挺着急,又挺纳闷儿。她想:一个五六岁的孩子,又没个伴儿,能够跑到哪儿去呢?狼叼去了,虎叼去了?真像马老四说的那样,让坏人把他带走了,害死了?要是真这样了,萧老大该怎么闹呀,萧长春该怎么受呀?她又想,也许是一阵子虚惊,孩子没有丢,说不定这会儿已经回到家里了。

她想到这儿,身上来了劲头,站起来,把大辫子朝背后一甩,就朝前走。走几步,又转回头朝北山坡看看。忽见坡子底下有一团灰不溜秋的东西正在那儿活动。仔细看看,不是石头,也不是小树,真是一个活东西,还在动;动一下,停一停,动一下,停一停……

她的心里一震:啊,是人,是小石头吧?就一边朝坡子下边跑,一边喊:"小石头,小石头!"

她跑着,喊着,越来离着越近了。果真是人。咦,小石头没有这么大的个儿呀?是狗熊?狗熊也没有这么小呀?她喊了一声:"喂,前边是谁呀?"

那边的人摇摇晃晃地走着,听到前边马翠清的喊声,"咕咚"一下子摔倒了。

马翠清被吓一跳。停住想:是人,一定是病了,或是受了伤;不管是谁,也得过去看看。

那个人趴在地上,呼呼地喘着气。

马翠清急忙蹲下,用了很大力气才把那个人扶起来,又把嘴伸到他的耳朵旁边喊："喂,喂,你怎么啦?"

那个人长长地出了口气："不得了啦!"

马翠清又是一惊:这声音多熟,就大声问:"喂,你是哪儿的,怎么啦?"

那个人像是清醒了一点儿,伸出手来,在半空中抓挠着："给,给,给我一点水,水,水……"

马翠清这才认出来:这个人不是别人,正是她的未来公爹韩百安。姑娘心里发懵:老天,他这是到哪儿去了,又怎么闹成这副怪样子呀?

韩百安还在闭着眼睛,小声地呼唤着："水,水……"

马翠清想:他准是渴坏了。这里离小河倒是不远,可是手里边没有家什,用什么给他弄点水喝呢? 讲不得了,救人要紧;就背过身,抓住韩百安的两只胳膊,往肩头上一搭,又一用劲儿,就给背起来了。马翠清觉着,韩百安全身都是软的,死沉死沉的;爬坡的时候,费劲极啦,没走几步,汗水就顺着脸蛋往下流。她哈着腰,稍微喘了一口气,把背上的韩百安朝上颠了颠,又往上爬。好不容易爬到坎子上,又跳过两道地阶子,才算到了小河边。身子往下一蹲,韩百安就像一摊泥似的躺到地上了。

马翠清又发了愁,没个碗啦勺的,怎么给他舀水呢? 有了。她把韩百安放平躺着,就跑到河边上,伏下身去捧了一捧水,跑过来,到韩百安跟前,手心里的水已经只剩下半捧了;赶紧往韩百安的嘴里倒。

水落到韩百安那干热的嘴唇上,他张开了嘴,把一口水咽了下去。

马翠清赶紧跑回河边上,又捧来一捧水。

三捧水喝下去之后,韩百安苏醒过来。他坐起身,茫然地看看黄昏后的野外："这,这,这是怎么回事儿?"

马翠清透了口气,甩着手上的水说:"还问我哪,我还要问你是怎么回事儿呢!"

韩百安一愣:"你,你,你是……"

马翠清抹了抹脑门子上的汗水说:"别管是谁了,快回家吧!你真把人吓得够呛。"

"翠,翠清?"

"对啦。来,我背你回去!"

"别,别,别价……"

"酸毛病又来了。刚才要不是我把你从坡子下边背上来,这会儿小命都没啦。来吧!"

韩百安看看马翠清调过来的后背,不知道怎么好。用了很大劲儿才说:"翠、翠清,你搀着我就行了。"

马翠清扶着他说:"试试看,不行的话,咱们还得背着;你别拖着我慢慢挪,我家里还有紧急事儿哪。"

韩百安依靠着马翠清,慢慢地朝前走了几步。

马翠清问:"行不行呀?"

韩百安说:"行,行啊。"

"咱们再快一点儿。"

"你,你怎么知道我,我,在这儿?"

"谁知道,我是找小石头,碰上你的。"

"小石头?"

"小石头丢了,急死人了!"

"丢,丢了?"

"哪都找了,没个影子!"

"丢,丢了?"

"我也离开家半天了,还不知道找着没有。"

"丢了? 丢了?"

"全村总动员，找翻了天。"

"丢了？丢了？丢……"

马翠清打断他那没有头没有尾的话，生气地说："一劲儿告诉你丢了、丢了，怎么问个没完了。"

韩百安丢魂落魄一般："我，我渴的……"

"唉，一个大活人，干吗让自己渴成这个样子呀？"

"渴啦，渴啦……"

"你干什么去啦？"

"我，我去打葛条了……"

"哟，你打的葛条哪？"

韩百安忽然停住，左右转着身子，两只手在身上这儿摸摸，那儿抓抓，说："哎呀，我的葛条，全，全丢了；还有，有，我的镰刀，我，我回去找。"说着，要往回转。

马翠清拉住他说："瞧这份财迷，命都不一定能保，还顾一把破镰刀哪。"

"那，那镰刀把儿我使二十年，二十年了……"

"算了，回头我给你一把新的，行吧？"

"这，这怎么行？"

"行。快回去请医生看看吧。"

韩百安只好依从。他走了几步，叹息一声，又说："翠清，要不是你，我今天真得在这儿绝难死了。你真修好了。"

马翠清说："该修好的时候，总得修好，我不修别的好，修的你往后能够进步，跟咱们农业社一条心，别再跟弯弯绕、马之悦这伙子人学，就够本儿了。我跟你说，这伙子没一个好人，做不出好事情来。你信不信吧？"

韩百安望着天上若隐若现的星星，深深地吸了口气："信了，信了……"

307

马翠清挺高兴,心想:韩道满硬说他爸爸死不承认马之悦是坏人,这不是几句话,就把他说的承认了吗?韩道满就是笨哪!她说:"往后,你得多跟贫下中农学,学萧支书那个样子。萧支书跟马之悦是天上一个,地下一个。你信不信吧?"

韩百安看了看身边的马翠清,又深深地叹口气:"他是好人,是好人……"

马翠清说:"对,萧支书是最好的人,往后你们得听他的话。他领的才是正道儿。"

韩百安脚步发软地走着,他又感到天旋地转。一下子把他转到晌午前,转到那山崖的半腰上。

那会儿,韩百安正在山半腰割葛条,他抓住一根,刚要下镰刀,忽听有人喊叫,转头一看,是地主马小辫,拉着小石头。他正纳闷儿,又看到马小辫把小石头从山崖上推了下去……

韩百安想到这儿,"扑通"一声,又坐到地上了。昨天晚上马之悦昧良心那件事儿,本来对他就是一个重大的打击,一夜没合眼,昏昏沉沉地硬着头皮上了山,又挨了这第二回重大打击,他可真有点挺不住了。

马翠清赶忙扶住他。又摸了摸脑门,烫得厉害,就说:"看样子,不光是渴的,你是病了;来吧,我还是背你走吧,快到家,好找医生看看。"

韩百安摆了摆手,稳了稳心,又挣扎着站了起来,扶着马翠清,朝前挪动着。腿脚比刚才更软了。

马翠清又急又怕:"你到底是哪儿不舒服呀?中暑啦,还是哪儿摔着了?"

韩百安摇摇头:"没,没……"

他摆脱不了那个从山崖上坠落下来的影子,这影子在他脑袋里,晃荡来,晃荡去,又在他的心里晃荡来,晃荡去,晃荡得他心惊肉跳。地主马小辫被大伙儿斗倒了，八九年不敢坏了，今儿怎么一下子又还了阳呢？他为什么要害小石头呢？一个不懂事儿的孩子可怎么他了呢？马小辫跟穷人是有仇有恨的，可是，害人家的孩子，对他有什么好处呢？马小辫跟马之悦明来暗往，大伙儿嘴上不说，心里都有数目字儿；他办这种事儿，跟马之悦有没有联络呢？韩百安忽然想起昨天夜里的事儿。他在马之悦的大门外边说话，瞧见马凤兰出来，又领进一个人，那人很像马小辫；头天晚上两个人在一块儿扯连连，今早上马小辫就干这种伤天害理的勾当，证明他们是商量好了的。对，马之悦一定知道，他们在一块儿勾结起来要害萧长春。马之悦真像焦振茂和马翠清说的那样，是个大坏蛋！马之悦谁都害，跟萧长春作了对头，到了你死我活的地步！怪呀，他们不怕伤天害理？也不怕杀人偿命？一块儿当干部，还干这种事情？马之悦是坏到底儿了，是个头号大坏蛋！

这个，那个，一大堆疙瘩，都系在这个胆小的中农心上了，系得死死的；他解不开，也摆脱不掉。

马翠清可真烦死了，没想到找孩子没找到，拖上这么一个累赘。家里的情况到底儿怎么样了呢？孩子找到没有？萧长春这会儿又怎么着了？回去是设法再找孩子呢，还是到萧家去安慰那爷俩呢？再没门路找了，她也没有勇气去到人家那儿说几句空话。这可怎么好呢？这个直筒筒一般爽快的闺女，这会儿真为难了。

韩百安这会儿也为难了：回去怎么办呢？见到杀人的凶手，也不吭气？这不太没人味儿了吗？可是，马小辫是马之悦的最近的亲戚，两个人是一个心眼儿的人，这事儿肯定连着马之悦，杀人害命的勾当，肯定是他们一块儿谋划的……这可怎么办呢？自己这个老实人，惹得起地主，可惹不起马之悦这么一个大坏蛋呀！这些家伙这么毒狠，要是跟自己记上死仇，也给自己那么一下子——我的天，韩百安就是韩道满这么一个独根独苗，这根苗一拔，这门户算是绝了。他又翻过来想：马小辫他们害个孩子就解气了吗？会不会再害萧长春呀？可不能让他们害了萧长春。这回韩百安真明白了，萧长春是最好最好的人，东山坞没他，又得是马之悦这个头号大坏蛋当家，那还得了！不行，得把这个头号大坏蛋铲除，得把萧长春保住，得揭发他马小辫、马之悦，他们搭伙杀人了……

他们挪挪擦擦，总算回到村子里了。

刚刚从场上回来的韩道满，正在一边做饭，一边着急地等爸爸，爸爸到家了，把他吓了一大跳，慌得连手里的饭瓢子都没放下，就跟进屋里，一迭声地问："这是怎么啦？爸爸！"

马翠清把韩百安扶上炕，冲着韩道满说："还愣着干什么，快去请个医生来看看吧。"

韩道满摇着韩百安说："爸爸，您上山摔着啦？"

马翠清说："没有，像是病啦。"

韩道满摸摸爸爸的脑门子："哪儿不合适呀？多大工夫了？"

马翠清说："差点儿回不来，我在山坡上瞧见的，正在地上趴着哪。"

韩道满更慌了："什么地方不合适呀？"

马翠清说："我问了一道都没有问出来。"

韩道满还要追问："是不是……"

马翠清打断他的话说："我看你不用追根刨底儿了，快去请医生吧。我给你做那半截儿饭。"

韩道满把瓢子交给了马翠清，就要走。

炕上的韩百安叫住他："道满，道满，等等……"

韩道满停住了："爸爸，您是受了热吧？"

韩百安望望儿子，又望望马翠清，说："别，别给我请医生，快给萧支书请医生吧，快吧，大热的天气，可别把他急坏呀。真的……"

韩道满说："给他请哪家子医生呀？"

韩百安说："快救他吧……"

韩道满明白了："嗨,人家好好的。别人要停下活儿帮他找孩子,他都不让,他让大伙儿打场,抢麦子……"

于是,小伙子用崇敬的心情、热情的语言,把萧家父子在河边上的情形说了一遍。

马翠清听着,脸上的愁模样褪下去了。

韩百安听呆了,手按着炕坐了起来："啊,他,他是,他真真是个铁打的硬汉子呀!"

马翠清说："我第一回听你说这么一句公道话。"

韩道满说："不是他硬顶住,今个又塌天了。"

韩百安想要下炕,两条腿刚顺到炕沿,又呆住了。

韩道满问："您要干什么呀?"

韩百安呆呆地看看儿子,又看看马翠清,心想,他们好起来了,就要成亲了,这是多么好的一对儿呀。马之悦要是给我来这么一下子……他又把腿收回去说："让我想想,让我想想;我是去看看他,跟他说句话儿好呢,还是不去好?"

马翠清说："我看还是不去好。去了说几句空话,顶什么用,倒让人家心烦。"

韩道满也说："您病这样,怎么能出去呀。躺下歇着吧。我快去请医生了。"

韩百安又拦住儿子说："别,别去。我没大病,就是晒的、渴的,歇一会儿就好了。"

马翠清对韩道满说："不让你去,就算了,你守着他吧,我得看看去啦。"

韩百安又拦住马翠清说："翠清,你见到萧支书,给我捎个话儿去吧。"

马翠清说："行。什么话?"

韩百安盯着那跳动的灯火,好半天才说:"你把他叫到一边,别同着人,小声说。"

"说什么呀?"

"你,你就说,我求他,求他暂时到外边亲戚家躲上几天,再回来……"

两个年轻人听了,先是一愣,接着又都笑了:

"您真会求人,这会儿他当支书的撑着天,怎么能离开东山坞呢?"

"您这是怎么想的,为什么要躲几天呢? 您当是到外边他就不想孩子了?"

韩百安两只手贴在胸口,低声又痛苦地说:"你们年纪轻,不知道沉重啊。这是我的真心话儿,我实心实意地求他,求他马上快离开这个是非地吧……"

马翠清明白了:"噢,你是怕坏人再给他一下子呀? 是不是? 哼,敢!"

韩道满也说:"害个不懂事儿的孩子办得到,害萧支书他们可办不到。"

韩百安满肚子的话说不出口,他真想跪在地下,给这两个人磕几个头:"孩子,孩子呀! 别的地方,我是没有你们强,看这个,我可比你们看得透呀! 不要说萧支书,就连翠清你,往后也得小心一点儿呀!"

马翠清说:"要是整天小心这个,就不用革命啦。革命就不怕死,怕死就不革命。我倒要看看,这些坏蛋们还有什么新鲜样的。"说着,把胸脯一挺,"把刀子磨快点,朝我来试试!"

韩道满说:"萧支书也是这样讲的。不让咱们怕,也不让咱们替他难过;他说,只要社会主义不受损失,什么打击他都受得住,什么他全都不怕。"

马翠清伸出大拇指："哎,这才叫真革命!"又对韩百安说,"昨天我怎么跟你讲的,萧支书是最好的人,他为大伙儿,为东山坞,把什么全交出来了,你要是再跟他三心二意,那可就太不像个人了。"

韩道满说："是呀,从今以后,你得从心里爱社会主义,从心里跟马之悦这伙子人分家呀!"

两个年轻人又借这个机会一对一句地开导着韩百安,韩百安也是一句一句地听着;最后,他说了一句真心话："你们说的那个社会主义,将来搞成还是搞不成;搞成了,倒是好还是不好,我心里边还没有全落实;可是,有一条儿,我懂啦——拥护这个主义的人,全都有好心、干好事儿;反这个主义的人,全是怀着坏心,干坏事儿,什么坏事儿,全干得出来,对谁全干得出来。对啦,我懂啦……"

马翠清说："对。你懂这个了,就应当跟好人一块儿拥护这个主义啦。"

韩道满也说："是呀,往后,您就跟萧支书一块儿一心一意地搞社会主义吧!"

韩百安望着两个年轻人,说："是呀,看样子,是得搞社会主义。可是,这个社会主义,我也许还不能像你们那样拥护它……"

两个年轻人急了:

"什么,闹了半天你还是不拥护呀?"

"真,唉,怎么这么顽固哟!"

韩百安哀求地说："你们别着急,别着急……"

马翠清跳着脚说："还不急哪! 这么说服你,那么教育你,屁事没管!"

韩道满也发了火："白费大伙儿一片心了。我怎么跟萧支书交代呀。"

韩百安诚恳地说："你们告诉萧支书,就说我说的:我往后,就算从心眼里边还不能像你们那样拥护这个主义,可我一定要跟着拥护这个主义的人走；只要你们还干下去，我一定跟着；再不跟反这个主义的人靠近了，不论他是个什么样的人，不管他说什么好听的，不看他装出什么样子，我都不跟他们蹚浑水了——唉，我算看透啦！"

第一二一章

夜色扑了下来，垛苫好了，场板扫光了，打下的麦子，都装到仓里去了；到乡里汇报的人，看管地主的人，守护场院的人，全都行动起来了。

东山坞的人，又结束了一天的火热的劳动和斗争。

焦振茂按着闺女的意思，从场边上追回萧老大，一边拉扯着一边说："淑红回家拿饭去了，你怎么倒走啦？"

萧老大说："我也该回去点火了。"

焦振茂说："一块儿吃一口得了，费事巴拉地还做哪家子呀。你不用惦着长春，饿不着他，一会儿淑红给咱们把饭送来，再找找他；愿意跟咱一块吃就一块吃，要不，就让他到家里吃去。"

萧老大说："一年到头，光让你们花费……"

焦振茂说："唉，你可把话说远了。这一年到头，长春为我们大伙儿，花费了多少东西？我花费的不过是几碗饭，几条线，可是他，把性命都交给大伙儿了。冲他这股子大公无私的精神，我就是养你白头到老，也心甘情愿。往后，就别说你们我们的了，咱是一家子。"

萧老大听到这样的话，心里是热乎乎的；也觉着再推辞就太不懂人情了，就顺当地跟焦振茂回到场房屋里。

焦振茂点上了保险灯，又对萧老大说："你干脆就到我这儿住

314

得了，咱俩好说个话儿，做个伴儿，免得自己孤孤单单的。你等着，我回家给你搬个皮褥子来。你听我的劝，该吃得吃，该睡得睡，事儿让它放着，心腔得想开点儿。"

萧老大望着那明亮的灯光，说："我这会儿已经想开了。不想开不行，也不能不往开里想啊！"

焦振茂说："这才好。今天闹的这场大事儿，要不是长春想得开，挺得住，全由着咱们心情办事儿，得，两个场上的几大垛麦子，全都烂成泥啦！这会儿，恐怕满街满巷都得是唉声叹气的人。"

萧老大回想着河边上的混乱情景，又回想着场院上的热闹情景，点着头说："是呀。那会真险哪！……"

六旬开外的一个老年人，经住了这样一场沉重的打击，不要说外人，恐怕连他自己过去都是不敢想的。他总算咬着牙挺住了，像儿子那样挺住了；儿子那种大无畏的气魄，社员们那种火一般的情感，都在冲击着他的心；处处洋溢着的丰收喜悦和斗争热情，也在鼓舞着他的精神；经过了这场灾祸的考验，好像当年跟着担架队闯了一趟战火纷飞的疆场回来，他倒觉着自己比过去硬朗一些了。儿子常说"斗争刚刚开始"，这会儿他才把这句话弄懂了；他想，往后的路子还长着哪，说不定还有什么样的事儿前边等着他，他还得跟着儿子，跟大伙儿硬朗下去。

他说："唉，过去，我想自己的事儿想得太多了，一心往好日子奔，没估计到半路上还有这么多的坎坷，祸事临到自己的头上，也就懵了。"

焦振茂说："你看人家长春，一点也不懵。他心里边就没有想着一点儿个人的事儿，什么苦，吃什么，什么难，干什么，浑身上下没保留，全都交公啦！老大，跟你说心里话吧，我活了大半辈子，见到成千上万的人，可是我最喜爱、最敬仰的是长春，直到死，我也佩服他。唉，我真不知道应该怎么帮帮他，表表我的心意。"

萧老大依然望着灯火出神地想这想那;又像是自言自语地说:"回想起来,也是一件怪事儿。先头,我不明白他,弄不懂他的心意,自己生养的儿子,自己眼看着长大的儿子也不清楚。光是为他的亲事,我就跟他吵过好几回;这会儿想起来,实在太不应当了……"

焦振茂接着萧老大的话茬儿说:"吵是不对的,事儿还是应当操持的。这一回,我们大伙儿都要想办法替他把这宗事儿办了,得让他把日子过得幸福一点儿,齐全一点儿,出来进去都舒心。你不用发愁,这件事儿最好办。哪个姑娘能够找到这么一个对象,说句老话,那真是命好。提到谁身上,都得满心愿意。……"老头子说到这儿,心里猛地一动,一个过去没有想过的念头,不由自主地从心坎里冲上来了。他呆了,又慌了,拿起这个,又放下那个,不知道说什么好,也不知道做什么好了;灵机一动,急忙从窗台上抓过一只空瓶子,又对萧老大挺神秘地说:"你等着,我去打点酒来啊!"

萧老大好像也发现了焦振茂的神情突然变化,拦着他说:"随便吃点饭算了,还打酒干什么呀!"

焦振茂说:"今晚上,咱俩得喝喝;有一件重要的事儿,我得跟你从容地商量商量。"

他朝外边走的时候,脚步有点儿乱了;酒还没喝,就醉了吗?

这会儿,街上的人又骚动起来了,女人们大声地、惊慌地互相传告着一件新发现的怪事儿:

"不得了啦,又丢个人!"

"哟,谁家的?"

"哑巴!"

"他那么大个子还丢的了哇?"

"是呢。焦克礼找遍了村子,都没有见着他的影子。"

"真的,一天没见他了。"

"不是上山放羊去了吗？"

"棚里光有羊，没有人。"

"得，这回咱们东山坞可热闹啦！"

…………

焦振茂听到这个消息，酒忘了打，突然而来的一股子喜气，也给吓个没影儿了。他心里想：这回可真够萧长春招架的，对支部书记来说，丢了哑巴，跟丢了儿子会一样的沉重，两宗事儿一加，这不是要他的命吗！

就在沟北边人们传送这个可怕消息的同时，车把式焦振丛赶着大车进了村。他慌忙地把车停在沟里，跑到碾子这边，朝人们喊道："嗨，你们快来几个人吧！"

碾子旁边的人呼啦一下子站起来了：

"怎么啦？"

"又出了什么事儿？"

焦振丛说："哑巴在河里泡着哪，我怎么拉他也拉不上来。"

焦振茂听了，这才放下心，老远地就大声说："唉，他准是知道小石头丢了，到河里摸去了。快去几个有劲儿的，把他拉回来。晚上水凉，别把他冷坏了哇！"

马长山、韩小乐几个年轻人刚到东山坡那边找孩子回来，路过这儿，听到这个信儿，就跟着焦振茂顺着道沟，朝金泉河边跑去。

在那漆黑的野地里，有一盏灯笼，晃晃悠悠、若隐若现地移动着。

"谁这会儿在地里打灯笼啊？"

"走路的人吧？"

打灯笼的人听到这边说话的声音，停在桥头上了。他把灯笼高高地举起，又放了下来，又举起，又放了下来。

焦振茂和这伙子年轻人急步地走到桥头，这才看清，打灯笼的是个干瘦干瘦的老头子,是他们的老饲养员马老四。

马老四背着一只草筐子,一手提着灯笼,一手牵着那匹病了好几天的骡子。晚风,吹动着他的衣襟,一掀一落,也吹动着灯火,一明一暗。他朝焦振茂他们看了一眼,一句话也没说,又朝北边拐去了;一边走着,又把灯笼高高地举起来。

韩小乐叫道:"四爷,遛骡子哪?"

马长山叫道:"四爷,那边路不平,从这边走吧!"

马老四没有回头,也没有回话儿,依旧朝前走。他要从这儿,一直走到树林子里,再走到山坡下边。这半天的光景里,他变得特别沉默。他没有再跟任何人议论过小石头的事儿,也没有再到萧家去安慰萧老大。他一直在村子周围转动,不论见到谁,他都是这个样子,连一句话也不说。他的嘴闭得紧紧的,脸上是平静的、庄严的,两只昏花的老眼,却是水汪汪的。

这些年轻人看着马老四这副样子,都有点儿奇怪地小声议论起来了。

只有经过许多社会风波的焦振茂,只有跟这个赤胆忠心的老贫农交流过心思的焦振茂,才能理解眼前马老四的心情,才能知道这会儿马老四从什么地方来,又要到什么地方去,他来去的目的又是什么;所以没有跟他打招呼,只是用无声的眼神交换了心意。

灯光被树丛遮住了,又闪出来了,又遮住了。

焦振茂的心也跟着那灯火一跳一动的。他又想起打酒,想起那突然闯到心坎上的一件重要的事儿。马老四的行为,把这件事儿的分量加重了,把他的决心加强了……

在小桥子的南边,在那闪着碎玻璃片子似的河水里,有一个赤身裸体的汉子,沿着岸边摸索着。这个东山坞的特殊社员,直到傍晚从山上回来,才从托儿组五婶那里知道了小石头失踪的消息。他把羊圈起来之后,就到这小河里来了,扒下衣服,跳到河水里。

别看他不会说话，却是个有心数的人。因为平时他常见到小石头跟爷爷到菜园子来玩；看见小石头在河边上捉过蝴蝶，采过野花；也许今天又到这儿玩了，也许一失脚掉在里边了。所以他就专在靠菜园子这一段河里摸。

焦振茂一边朝这边走，一边琢磨着用什么办法才能把哑巴从那凉水河里叫上来。他知道，跟这样一个人来硬的不行，哑巴不吃这个，说服动员也不容易；只能骗他一下，把他骗回去再说了。

韩小乐、马长山这几个年轻人站在岸上，喊着、比划着要拉哑巴上来。

哑巴朝岸上的人吼吼地叫，还比划着：不摸遍这个地方，谁也不用想把他叫上来。

焦振茂看着哑巴这股子坚决劲儿，心里又忍不住地翻滚着热浪。他想：东山坞所有的人都爱护萧长春，都敬佩萧长春，他是最值得爱护和值得敬佩的；对敬爱萧长春的每一个人，只能支持，不能泄气。于是，他改变了主意，对身边的这伙子年轻人说："咱们别硬拉他了。你们在这儿看着他，等差不离了，再把他叫上来。还有，回去可千万别对支书讲啊！"

支部书记萧长春已经从车把式焦振丛那儿听说这件事儿了，他没有到河边上来，因为他不忍心到那儿去拦挡哑巴找孩子。他离开一队的打麦场，朝家走。

他要回家搬行李，搬到大庙的仓房里去住；回头再到二队的场房里召开一个紧急会议，要对新的战斗，作一个全盘的安排。

这一天的奔波和焦躁，好像把他全身的精力都给消耗尽了。他感到头脑膨胀，周身酸疼，眼皮发涩，嗓子眼又干又苦。他强打着精神，卷了一支纸烟，慢慢地抽着，慢慢地走着，仔细地思考着要做的事情。

他走进小栅栏门。

院子里是昏暗的，又非常沉静；就连树枝轻轻地摩擦墙头的声音都能听到。

忽然间，他的耳边响起一个熟悉的声音："爸爸，爸爸！"紧接着，一个欢快的身影从屋里跳了出来；两只滚圆的小胖手抱住他的腿，又把热乎乎的小脸蛋贴在他低下来的脸上；他不由自主地露出微笑，张开两只手，弯下腰去……

风吹树叶响，风摇树枝动，哪里是孩子的声音，哪里有孩子的身影？

声音是从他心里响出来的，身影是从他脑袋里跳出来的……

他在那儿愣愣地站了片刻，顺手扔掉了烟根儿，又踩灭了，接着往里走。

小鸟笼子还在小香椿树上吊着，在微风里摇摇摆摆。笼子里的蛤蟆，经过一天的闷热，完全昏迷了，这会儿又因为风凉，缓过气来，发出低微的叫声。树下边还放着小凳子，凳子上还留着孩子玩剩下的树叶儿；树叶子干了，被风吹到地上，"嚓嚓"地响着，滑到门口那边去了。

就在十几个小时以前，他的儿子小石头还在这棵树下边，在这只小凳子上，这个鸟笼子旁边玩耍；一边玩着，小心眼里做着美妙的打算，盼着爸爸打完场，给他捉一只小鸟来。他的愿望就是一只鸟，顶多是两只，两只就能够让他满足；可是，这个做爸爸的，并没有满足他。为什么不抽个空，给他捉一只玩呢？这会儿后悔是来不及了，就是捉多少只来，也没有人再要了，也没有人玩它和喜欢它了。

萧长春赶忙打开鸟笼子的门，摇了几下，大蛤蟆掉在地上，跳到墙角去了。他又把小凳子搬到靠墙根的地方，这才透了口气，摸着门儿，走进屋子里。

屋子里空空荡荡，冷冷清清。

萧长春掏出火柴，点上了灯。

灯光闪耀着，活像孩子那双明亮的眼睛。孩子的眼睛里时时刻刻都充满着幻想，幻想着他的父辈为他们这一代人安排着什么样的未来；他们不知道革命道路是艰难的，是需忍受各种痛苦、作出各种牺牲的。孩子的眼睛里，有时候装满了欢笑，孩子的笑声是对父一辈人的鼓舞；有时候又洋溢着泪水，孩子的泪水是对父一辈人的鞭策呀……

萧长春觉着，经过这样一次祸事，他受到了启发，受到了教育，也受到了锻炼，他的思想又提高了一层。他认识到：搞和平建设，除了立场要站稳，意志要坚定，敢于跟坏人坏事斗争，永远一心无二地走社会主义道路之外，还得有牺牲自己的一切的精神准备，包括流血和牺牲。他甚至认识到：这里跟响着枪炮的战场没有什么两样；一个人，如果没有这个准备，牺牲的事儿突然而来，又不能经受住，照样会败下阵去。萧长春经受住了，可是，也许因为没有这么充分的准备，而受到过分的震动吧？

他在屋地下站了片刻。他觉得浑身的血液都在沸腾。他咬着牙，背过灯光，不再看什么东西，也不再想什么问题，他要赶快离开这里，到战斗的岗位上去！

他一条腿跪到炕上，伸手去拉被子，一拉，偏偏拉过来一只枕头，一只小小的枕头，一只用红市布做的，上边沾着油泥的小枕头。

这是孩子出生后的第一只枕头，也是他的最后一只枕头。这枕头是他妈妈给他做的；后来，孩子长大了，枕头太矮了，焦淑红又给他拆洗一遍，往里边加了一些荞麦皮，把它装得鼓鼓囊囊；孩子枕着这个枕头睡了六个春秋，枕着这个枕头做了多少天真的美梦呢？

萧长春收回腿，顺势坐在炕沿上，两手捧着枕头，放在眼前看着；他仿佛闻到一股子奶水的香味儿，闻到一股子幼稚的、像刚出土的嫩苗那种气息。

刚强的硬汉子,这会儿再也压不住他那激动、沉痛的感情了,就像闸门挡不住洪水那样,烫脸的热泪,从他的眼睛里涌了出来。

这当儿,从外边走进来一个人,一个胸膛里燃着火的人。她那一向灵活、秀气的身子,变得迟笨了,脚步也显得很沉重。她在屋门口停了一下,轻轻地打开门帘,又轻轻地走进屋,朝萧长春的脸上看了一眼,就站在那儿了。

在这半天里,姑娘发狠地干活儿。她照着萧长春的样子,让自己的腰板挺直、心肠硬朗。她做到了。她回到家里,亲自动手给萧家父子做了一顿可口的饭菜,当她往小篮子装筷子和饭碗的时候,才想到,那边家里少了一个人,得少拿一双筷子、一只碗;才想到,从今以后,再也见不着那个可爱的孩子了。她爱萧长春的孩子,甚至于是在爱萧长春之前,她就爱上了这个从小没有妈妈的孩子;等她爱上了萧长春,就越发爱这个孩子了。当她在心里编织着他们以后的幸福生活的时候,这孩子在上边占了一个很大的位置;如今,全都被想不到的事情拆乱了。

············

萧长春一看焦淑红进来了,赶忙把枕头丢在一边,抹去眼泪,又慌乱地从衣兜里掏出纸来,装作要卷烟的样子。可是,他的两手发抖,那张纸条儿断了好几截儿才撕下来。

焦淑红一进门就发现萧长春哭了。从打她认识萧长春那天起,她还是第一次在这个硬汉子的脸上看到泪痕,心里又疼痛地跳起来了。

萧长春转过脸去,背着灯光,想不让焦淑红看到自己的眼泪。他不能在别人面前表现出一点软弱,尤其不能在一个年轻的同志面前流泪。他从来不会对自己同志隐瞒什么,他能把自己的心端给同志看;可是,软弱和悲痛,不是他心里的主要东西,也就不愿意让同志们看到。他想说一句轻松的话,遮一遮身边这个人的耳目,缓一缓这低沉的空气,可惜,他的嗓子眼里就像堵着一块非常硬的东西,一个字儿也吐不出来。

焦淑红看透了萧长春的心意,心里更加难过。她挨着萧长春坐下了,立刻便感到,这个钢铁一般的汉子的身上正散发烤人的热气,同时在颤动,像一个烧开了的锅炉。她觉着,自己有满腹的话儿,却不知道从哪一句说起。对这样一个人,还有什么话说呢? 用得着安慰吗? 用得着解劝吗? 用得着鼓励吗? 不用,这些全是多余的。她想着,想着,泪水也不由得忽一下流出来,赶忙用手抹掉了。

萧长春转过脸来,看了焦淑红一眼,说:"你既然看见了,就不用瞒着了,刚才我掉了泪。掉泪是掉泪,可是我没有软弱。泪水只能把我的革命劲头鼓动起来,不会让它给浇灭!"

焦淑红带着哭腔说:"我知道你,你把痛苦全都藏在自己的心里了……"

萧长春说:"不是藏着,我要它化开。淑红,说实话,遇上了这种事儿,我是心疼。因为我喜欢我的儿子;可是我更喜欢我们的农业社和同志们。我也真难过。因为儿子是我的希望;可是我最大的希望还是建设成社会主义呀!"

"你的损失太重了……"

"不,这不叫损失,这是我对革命的贡献。想收获庄稼,就得先拿种子,想骑马,就得先支出草料,搞革命这样的大事业,就得投血本。这个血本里边,也包括我们的性命! 你要知道,敌人想要的,是旧社会复辟,是千千万万劳动人民再生活在屠刀下边,是千千万万家庭再死走逃亡、妻离子散;他们想先把我撂倒,因为我是按着党的指示办事儿的,因为我是跟大伙儿一个心眼儿的;他们把我看成了挡着道儿的石头。我一想到我为保卫群众不受大损失,自己遭了一点小损失,遭了一点小损失,就保卫了大利益的时候,我感到光荣啊!"

焦淑红抬起头来了。她觉着身边有这个人放了光,屋子放了光,她的心里也放了光。

萧长春说:"告诉你吧,永远做硬骨头这句话,不是空的,不是挂在嘴上的;说得到,做得到,眼下能做到,以后能做到,一直做到死!"

树叶儿在晚风里抖动着,小虫子在窗下鸣叫着,灯光在跳跃着,两颗心在燃烧着。

宇宙间的一切一切,都被这些微小的活动而汇起来的狂涛巨浪冲激着,变化着,前进着……

焦淑红忽然低声说:"我跟你商量个事儿。"

"你说吧。"

"你一定得答应。"

"答应。"

焦淑红看了萧长春一眼,说:"我刚才跟我爸爸我妈妈都商量好了。从明天起,你们爷俩就不要单独起火做饭了,到南院一块儿吃吧。"

萧长春几乎连想都没有想,就非常干脆地说:"行!"

第一二二章

韩百仲代表东山坞的党组织,到乡政府去汇报,日头平西走的,天黑才赶回村;去的时候一肚子火,回来的时候又装了一肚子气。

喜老头、克礼妈，还有狮子院的几个社员，正在南坎子上等着韩百仲打听消息。现在是紧要的关头，东山坞的人，既要上级撑腰杆，也急需上级给他们多出点主意呀！

韩百仲走过来，人们就把他围上了。

"百仲，汇报了？上边立刻就派人来吧？"

"上边是让把马小辫送县呢，还是先拘留着呀？"

韩百仲看了大伙儿一眼，抹了抹脑门子上的汗珠子，忍不住地跺了跺脚，又"唉"了一声。

喜老头立刻发觉事情里边又出了什么岔子，就对大伙儿说："这儿不是讲话的地方，都别急着打听了，该让你们知道的时候，自然要告诉你们。"

韩百仲这才说："马上就要告诉你们，我得先找支书报告一声儿。"说着，就往街里走。

这伙子社员在黑暗里互相望了一眼，也跟着韩百仲走。他们谁也不说话儿了，全都悬着心。街道上是一片慌乱的脚步声。

他们路过萧家门口，只见一片灯光摊在院子里。这会儿，屋里的两个人，挨肩地坐在炕上，把他们要说的话，能够说的话，全吐出来了，正在沉默着，也在心里边鼓着劲头儿。

韩百仲闯进屋，根本没有留神萧长春和焦淑红两个人的坐相、表情跟往日有什么不同，就冲着他们嚷开了："真没想到，折腾了半天，屁事儿没顶，还让我闹了一肚子气！"

萧长春看看韩百仲，没开口。

焦淑红忍不住地问："没找着领导？"

韩百仲说："找着了，还是个头儿哪。唉，这个李乡长，我看成了大问题。他拿人命关天的事儿当儿戏，说什么，不会有人害孩子，不要大惊小怪、小题大做、草木皆兵，不要……"

跟韩百仲一块儿来到屋里的几个人，听到这几句话，全都吃了

一惊,接着又都恼火起来了:

"这叫什么话,孩子没了,还是小题大做呀!"

"我看他这个乡长是当够了!"

韩百仲接着说:"还有气人的哪。他还跟我说,等马志新来了,不论他怎么活动,都不要随便跟他发生冲突,要等乡里的人来了再说。"

"瞧瞧,这叫什么玩意儿!"

"不能靠他了,得想别的主意!"

韩百仲说:"他还说,不应该拘留马小辫,让我回来,跟马之悦商量商量,最好赶快把马小辫放开。"

喜老头问:"你没把咱们抓到的把柄跟乡长说说吗?"

韩百仲说:"我连那把刀子都摆在他的鼻子底下了。"

克礼妈问:"乡长还说什么?"

韩百仲学着李世丹的腔调说:"一把刀子,说明不了问题;刀子跟孩子,没有必然的、内在的联系……还是把人放开好,要不然,将来咱们大家都被动……"

焦淑红再也忍不住了。她把头发往脑后一甩,跳起来说:"我去找他说理!这么多的证据都把在我们手里了,马小辫明明白白是凶手,他应当马上跟百仲大叔一块儿来处理。他连窝都不动,对事实不承认,还要把凶手放开,有这么主动的,这是给反革命分子找借口,开方便的大门哪!"

喜老头说:"淑红说得对。这件事情可不是个简单的事情,咱们得咬住真理不松口呀!"

克礼妈说:"淑红你快去吧,我让玉珍跟你做伴儿,省得一个人走黑路不方便。"

萧长春这才开口说:"不用急着找李乡长说理,有理也说不通,也不能完全依靠他个人支持;咱们先研究好了,咱们得依靠乡党委和县委，乡里说不通，就直接找县委。"又问韩百仲："您只跟李乡长一个人汇报了？"

韩百仲说："我看他那样子不保险，又托小张把武装部长找回来了；武装部长倒是很着急，也挺认真；他说，马上把党委们都找回来，研究一下，就给县委挂电话请示。"

"他对咱们村里的工作怎么指示的？"

"他说，这是大事儿，不能一个人说了算，得党委研究，得听从上级的指示；让我先回来，等他们的信儿。"

萧长春听罢，松了一口气，说："这就行了，咱们一边工作着，一边等乡里的信儿；县委的指示很快就会下来，怎么指示，咱们就怎么办吧。"

焦淑红也安定下来了。她又问韩百仲："咱们就光等着乡里来信儿了？"

喜老头说："长春不是说了吗，一边工作，一边等着。"

萧长春对韩百仲说："百仲同志，眼下，咱东山坞的党员，就咱俩，支委，也只有咱俩；人数虽少，可是咱们有上级，有贫下中农群众；咱俩得多动脑筋，得多依靠领导，多依靠群众，这样，我们的力量就大了。我的意见，咱们马上开一个积极分子会，把今天发生的事儿研究研究；还是那个方针：一手抓斗争，一手抓生产，麦子得收，案子得破。您看，这样行不行呢？"

韩百仲说："只能这么办了。"

萧长春又问喜老头："您看看，我们这么办怎么样？"

喜老头说："走着看吧。这个积极分子会，得开细一点儿，你们党支部的人，也想周到一点儿。反正，党里边怎么指，我们就跟着怎么做。"

萧长春又问焦淑红："你呢？"

焦淑红点了点头。

萧长春说:"好,马上行动。百仲大舅和淑红分头找人,在二队场屋开。我先到那儿看看。"

喜老头对身旁的人说:"你们没事儿,也跟着百仲、淑红他们找找人,好快当一点儿。"

萧长春见人们散去,吹灭了油灯,锁上了屋门,站在院子里,深深地吸了一口清凉的空气。乡长李世丹对这件事儿的态度,使得他那本来就很沉重的心情更加沉重了。李世丹为什么一点儿都不相信他的下级呢?为什么总是跟大伙儿的心思拧着劲儿呢?为什么任何问题一到他的脑袋里就变样呢?此时此地,年轻的支部书记是多么需要领导的支持和帮助啊!可是这个领导比冰还凉!

盼领导,领导到,先是一阵车链子响,接着,从门外边跳进一个大个子。

"老萧!"

"武装部长!"

两个人紧紧地握住手,好久才松开。

大个子武装部长一边喘着粗气,一边借着星光仔细地打量着萧长春的脸,呆了好长一阵儿才说:"老萧哇,百仲同志到乡里一汇报,小张就把我找回来了;我们几个党委委员碰了碰头,又马上给县委打了电话……"

萧长春的心里一亮,又使劲儿抓着武装部长的手说:"太好了,太好了。县委有什么指示?快告诉我。"

大个子武装部长说:"县委的第一个指示,就是让乡里立刻派人来看看你,看看你挺住劲儿没有。"

听到这句简单的话,萧长春心里却感到无比的温暖,笑笑说:"你看我挺住劲了没有呢?"

"好像是挺住了……"

"不是好像,真挺住了。"

"嗨，我们几个人都没有想到你还是这个样子。老萧，你可不是个简单人物。"

"有党、有群众嘛，我们全都不是简单人物呀！县委还有什么指示？"

"县委让我们通知你，要你用革命斗争的精神对待这件事儿，要你把入党时候的宣誓再一个字一个字地想一想。"

"还有呢？"

"就是这一句话；别的话，等县委晚上开一个碰头会，再派专人找你谈，再一块儿解决这个问题。对啦，我放下电话，王书记也来了电话，大概是县委那边告诉他的。他说得也挺简单，说他可能连夜赶回乡里，最迟明天上午一定回来；他让你把他前几天写来的那封信，再给党、团员和积极分子们逐条地讲一遍，再讨论讨论；还说，不要放松麦收，也不要放松破案。"

萧长春心里突突地跳，说："你回去再挂个电话，让县委放心，就说，我全部按着党的指示办。走吧，参加我们的会，你再把县委的指示跟大伙儿讲一讲。"

武装部长说："这个会我就不参加了。乡里也要开个紧急党委会，会上要研究你们村的事儿。咱们到屋里坐一会儿，你把详细的情况和你对这件事儿的看法，再跟我说一遍，等到党委会上好研究。这一回，一定要彻底解决东山坞的问题！"

两个人进了屋，萧长春把东山坞这一段出现的问题，具体地讲了一遍。最后他又提出对李世丹的意见。他说："作为一个党员，我应当把自己对他的意见说出来，对不对，我就不知道了。"

大个子武装部长说："你对他的这些意见，我们已经发觉了，马上开会也要谈这个。因为党委会还没研究，我也不便多说。只能说一句个人的看法：这个同志这一段表现得很右。你要注意他这一点……"

他们从屋里谈到院里,又谈到街上,最后在小桥头上分手了。

萧长春浑身又增加了无穷的力量。他一面往场上走,一面想着自己入党的誓言,想着王国忠上次信里的指示,想着这一段的斗争;他觉着,自己所作所为,是符合党要求的。

打麦场上静静的。场房里投出柔和的灯光,好像水银在那光净的场板上铺洒着。小蠓虫,在那里飞舞。场房里,还传出两个老人畅怀的谈论;那声音非常洪亮,老远就能听见。

"老大,只要你不嫌弃我,他们两个的事儿就算说妥了。"

"我就求你不嫌弃我了,我还嫌弃你?"

"好,一言为定!"

"对,一言为定!"

"我跟淑红说,你跟长春说……"

"振茂,你别急,等过几天再说不好吗?"

"就是隔着一层窗户纸的事儿,手指头一捅就透了,还等什么呀!"

"振茂哇,要说急,我比你急。可是,长春讲话,这会儿不能多想这种事呀!"

"要我看,这会儿正是想这种事儿的时候,让喜事冲冲愁事,能给他们鼓鼓劲儿!"

"振茂,这个你可得听我的,眼下正是斗争的时候,你看不出来吗?"

"是斗争的时候。我觉着,早办了,对他们搞斗争只有好处,没有坏处……"

萧长春已经听出一点眉目,胸口跳得更厉害了。他很高兴。高兴的原因很多,最重要的,还是他的爸爸也提高了"战斗力"。

韩百仲从后边过来,奇怪地问:"这两个人在屋里吵吵什么哪?"

萧长春在黑暗里摇摇头说："谁知道呢。他们有他们的事儿，咱们别管了。"又说："刚才武装部长来了，带来县委的指示。看来，乡里、县里都非常重视这件事情，一定要下大力量解决。马同峰在工地上，齐全的支委会开不成，就咱俩仔细地研究研究吧。"

两个战友——如今东山坞的领导核心人物，来到大麦垛下，肩挨肩地坐在松软的麦秸上，低声细语地交谈起来了。

…………

来参加会的人，一群一伙地拥到打麦场上，每个人的脚步都跟往日有些不同，比往日动作快，也特别有劲儿。有的进了场房屋，有的就站在场板上小声地谈论。

焦二菊看见好多人都往这儿奔，也追着影子、赶着声音跑到这儿来了。她挤到屋里看看这个，看看那个，又回到场上，在那一群一伙的人里边瞧瞧，最后转到麦子垛后边，就拍着手，冲着坐在那儿的萧长春和韩百仲喊开了："咱们这个会到底在哪儿开呀？让我在家里干等着，你们谁也不去，敢情都跑到这儿来了！"

韩百仲说："你瞎吵吵什么，我们在这儿商量工作哪。"

焦二菊说："哟，怎么跑到这个旮旯商量工作呀？"

韩百仲说："你别瞧不起这个地方，研究的事儿，关系着东山坞人的命运，也联系着全中国。"

焦二菊说："口气倒不小。"

韩百仲说："这是讲口气大小来啦？实情话儿。"

萧长春接过来说："对，说得好。"伸手从地下拾起一个麦穗头，用手掂掂，心里却想：这不是咱一个人的，这是东山坞的，也是全中国的呀！他低下头，又沉思地说："硬骨头，硬骨头。就是因为心里边装着全中国，装着几万万人，装着革命，才能硬起来呀。不装着这个，那就难说了。"

韩百仲看了萧长春一眼。他觉着，今天再听"硬骨头"这三个字儿,跟往日听起来分量沉多了。就说:"长春,就这么定了,开吧。"

萧长春站起来,一面拍打着沾在身上的麦芒儿,一面说:"把咱俩商量的,跟大伙儿说说,让大伙儿出主意吧。"

场房屋里的炕上地下,所有能坐人的地方全坐满了,显得热腾腾的,又有一股子严肃、紧张的气氛。

萧长春一步迈进门槛,忍不住地把大伙儿扫了一眼。他立刻感到,东山坞积极分子的阵势跟过去不同了,头一条,人数比过去增加了一半儿,增加了韩百旺、克礼妈这些老一辈人,增加了焦振丛这些中年人,也增加了韩德大、马长山这些年轻的一代;第二条,更重要,所有的人,在政治觉悟、工作能力上,都大大的提高了,大伙儿比过去团结得更紧密了……这一切,都是东山坞社会主义革命的道路上继续突飞猛进的保证啊!

年轻的支部书记精神抖擞地站在人群里,高声说:"淑红,再点上一盏灯,亮堂点儿。灯在哪儿呀?"

喝酒把眼睛都喝红了的焦振茂,连忙说:"灯在墙上挂着,让我来点吧。"他说着,朝萧长春看一眼,又朝焦淑红看一眼,心里热乎乎的。

会议开始,萧长春说:"同志们,咱们这场斗争的最后一仗,就要开台了。明天要接着收割麦子、打场,还要配合上级来人解决好多要紧的事儿。这个仗怎么打有利,怎么打失败小、胜利大,咱们得研究一下;再想一想,还会出什么漏子,赶紧把它堵起来。"

韩百仲乐呵呵地说:"哎,同志们,今天这个会不比平常,这是个群英会,各路英雄大集齐。养兵千日,用兵一时。这一回,该是咱们施展本领的时候啦。"

他们的声音比往时更加洪亮,每一个人被这声音振作起来,都感到一种不平凡的斗争就要开始。

萧长春给大家宣布了县委的指示，又把王国忠前几天写来的那封信，重念了一遍，接着说："这一个来月，咱们东山坞是黑风乱刮、乌云密布，什么样的坏事儿都闹腾起来了。可是，咱们东山坞的贫下中农和积极分子们都经受了考验，也经受了锻炼，我们全是硬骨头，全是硬骨头！"他重复着他经常说的，也是经常用来支配自己、指挥伙伴们行动的这句口号，"咱们顶住了各种歪风邪气，打退了敌人一回接着一回的进攻。眼下，再有三天，麦场就可以打完了。这三天可是个不得了的三天呀！坏人敢动刀子了，说明他们看到自己要完蛋了，想来个临死挣扎。好！现在已经到了瓜熟蒂落的地步了，我们的劲头憋足了，敌人也坏到顶了；这一回，咱们就来个大反攻！"

像暴风雨般的掌声响起来了。灯光在掌声中颤动起来。他的话，拨动着每一个人的心弦，点燃了每一个人的斗争热情，他们看到了即将到来的战斗风暴，也看到了跟在战斗后边的辉煌胜利。

萧长春把丢孩子前后发现的一些线索又跟大家说了一遍，诸如，马小辫昨晚上住在马之悦家里，马小辫的儿子来过反动家信，焦庆家发现了凶器，等等；又说到继续寻找孩子的下落和破案的计划。他又说："整个形势是这样。坏人正在暴露，越暴露越明白了，他们使尽了手段，耍尽了阴谋，正在急得没办法咱们，什么全都不顾了。这么一来，摆在咱们眼前的困难，比什么时候都复杂了。大伙儿都知道，往后的三天里边，是最重要的三天哪！怎么干，才能保证一头不丢，又把麦子打了，又把敌人连根儿拔出来呢？同志们发言吧，全都拿主意，想办法。"

他的话音一落，差不多所有的嘴都动起来了，话声乱成一团。

焦二菊大声喊着："长春，你就出主意吧，你说怎么办，咱们就怎么办。"

喜老头也高声说："对啦，人无头不走，鸟无头不飞，还是那句话,党支部怎么指挥,我们就怎么行动,你们指哪儿,我们社员就打到哪儿。"

"对,对,根本没有什么可怕的,拼了!"

"萧支书,你刚才在河边上怎么说的? 革命总是要花本钱的,我们跟你一样,全部都拿出来了!"

"农业社一定得保住!"

"麦收一定会胜利完成!"

"把狗日的们全都消灭个干干净净的!"

"就是有三百股子劲儿拧在一块儿,咱们也能把他们打回去!"

…………

韩百仲对萧长春说:"你把咱们的打算先给大伙儿说说,行了就通过,哪儿不行,咱们再修改。"

萧长春看看大伙儿是众人一心,热劲都很足,心里暗暗高兴;为了使这个会早开早散,早点行动起来,就开始宣布了:"第一条,明天总动员,把地里的麦子全收上来,三天里把头场全打完,行不行?"

众人一个声地回答:"行!"

喜老头说:"老四,你多给我们一头骡子,再套一个碌碡,保管没问题。"

马老四马上点点头说:"行,两头也行。"

萧长春说:"三天后接着打二场麦子,再过五天开始分麦子,该卖给国家的,先拨出来,一天突击,送到森林镇去;留在家的人,按着决算,一个队一个队的分下去,行不行啊?"

众人又是一个声地回答:"行!"

韩小乐说:"百仲大叔,得让道满再帮我弄一天账。"

韩道满在人群里说:"行,咱俩开夜车吧。"

马翠清挺高兴,说:"我也能帮帮你们,打算盘不行,画个字码儿、过秤什么的还对付。"

焦振丛在人群外边说："送公粮光靠大车不行呀，得动员人力。"

焦二菊说："这个还用你发愁，我们妇女帮你，不能挑的，我们就抬。"

焦淑红说："对，我们再开个青年会，发动发动人力，没问题。"

韩百仲插言说："刚才长春说的是头一件工作，我再说说第二件工作：麦子得打，案子也得破。怎么破呢？得在马小辫身上割口子。那把刀子，大伙儿都看见了，只要追出头来，案子就算破了。刀子交给乡里了，县公安局一定有办法侦察。可是咱们也别等着，先抽两个人，到村子周围仔细地找找，再到山坡子上找找，我看不会一个痕迹都没有；别的人，要一边干活儿，一边留神找线索。特别是马志德和李秀敏，得由专人做他们的工作，从他们那儿，也许能破案。道儿挺多，咱们别光走一条。"

萧长春接着说："对啦，我们还有一条最根本的道儿，就是走群众路线。咱们得加紧宣传党的政策，宣传农业社的优越性，还得做人的思想工作；打麦子也好，破案子也好，全都得依靠群众，有了群众，手多了，眼也多了。咱们这伙人呢，分兵把守，监视坏人，找线索，找漏洞。武装部长说了，这回，要彻底解决东山坞的问题。咱们揭发马之悦，先从投机倒动粮食和范占山那边的事儿入手，纠上弯弯绕这伙子人，要从他们那儿挖出敌人的老根子。大伙儿看行不行？"

"行！"

"行啊！"

"太棒啦！"

萧长春说："不过，这几天我们还要多加小心，特别要警惕坏人在仓库、场院给我们放火。"说着，他又开始调兵遣将了："克礼！"

焦克礼的媳妇玉珍说:"在大庙里跟韩德大看着地主呢。"

马翠清说:"对玉珍说吧,她回去传达。"

萧长春说:"喜老头跟马长山、玉珍专管第一队的打麦场,得想办法快打快轧,不能让麦子有一点儿损失。"

喜老头高声答应:"保证,大伙儿放心吧!"

马翠清拍着玉珍的肩头说:"你得把这个意思传达全呀,听见了吗?"

玉珍推她一把说:"你别劳心费力了,也不怕多长几根白头发!"

妇女们小声地笑了起来。

萧长春又喊:"焦振茂!"

焦振茂像个士兵似的应声:"到!"

又把人们逗笑了,可是笑得很严肃。

萧长春说:"您跟我爸爸专门管第二队这个打麦场,得想办法……"

焦振茂抢着接下去说:"想办法快打快轧,不能让麦子有一点儿损失!"

萧长春又对旁边的马老四说:"四爷,您还是管您的饲养场,小心有人下毒哇!"

马老四说:"那边的事儿,你就不用多嘱咐了,那一群牲口就是我的命,我的命就是那一群牲口。骡子的病已经好利索,能套车使使了。长春哪,四爷刚才心里边还系着一点小疙瘩,一见了你的面,我的疙瘩也没了。你就瞧着吧,四爷已经把命交出来了!"

每个人都是激动的,这会儿又都被老人的话说得更加激动了。

萧长春分配焦淑红的工作:"淑红,仓库是你的事儿,你跟老保管、韩小乐花插着负责那边;晚上多加民兵,这事儿由我管,反正我夜里住在那儿。"

焦淑红点了点头。

萧长春又给马翠清分配工作:"翠清,你得抓抓宣传工作了……"

马翠清说:"哟,这个太轻了,我干点重的吧!"

萧长春说:"你问大伙儿,这个工作轻不轻?"

人们七嘴八舌地说开了:

"还轻? 咱们斗争不是靠动刀子动枪,要紧的还是靠嘴巴说理,我看你的嘴长少了!"

"真的,除了你,大伙儿都得作这件事儿。"

萧长春说:"把广播台修修,用起来,把黑板报抹抹,办起来,搞的热热闹闹,给大伙儿看一看咱们的决心。"

马翠清又喊开了:"哎哟,我识那俩半字儿,还写黑板哇? 你这不是拿鸭子上架吗?"

玉珍借机会攻她一句:"讲价钱!"

马翠清说:"实事求是,怎么叫讲价钱呀? 我干不了,混充,不是耽误事儿吗?"

萧长春笑着说:"再给你找个帮手,道满,你帮帮翠清怎么样啊?"

玉珍说:"这还用问!"

韩小乐说:"我替他说吧。行,太行了。"

韩道满红着脸说:"行是行。就是我肚子里边的词儿不多,怕……"

萧长春说:"我再给你们找个人,五婶,您跟他俩一道搞,行吧?"

五婶说:"长春,你看我是个什么材料,你就支派好啦,老四讲话,命都交出来了。"

萧长春说:"这回宣传,要新旧对比,要让大伙儿想想旧社会的苦,想想地主的罪恶;也得让大伙儿看看今天的好,看看自己眼下的日子,想想以后的前途到底儿怎么样。五婶专供旧材料,翠清专供新材料,新旧全有,道满动手。"

人们拍起巴掌:

"哈,支书可真会支派呀!"

"妙极啦,妙极啦!"

…………

人人都有了差事,人人都有了任务,人人都是兴高采烈的;只有一个人急坏了,她还没有受到差遣——这就是大脚焦二菊。

开头焦二菊并没有慌。她知道,萧长春分配任务,就是丢下谁,也丢不下她焦二菊,外带着,还得给她一个顶重要顶重要的任务,比谁的任务都得重要。可是后来,这个有了事儿,那个也有了事儿,惟独不提她,可就有点慌了。她故意往前挤,在萧长春的眼皮底下走来走去,故意地接萧长春的话音,议论这个,又议论那个,声音也提得最高,好借此来提醒萧长春。

萧长春给民兵布置任务了:"再告诉克礼专管那几个地富分子……"

焦二菊从柜上端过一杯水来:"长春,润润嗓子。"

萧长春接过水杯,喝了一口,又接着说:"福奶奶、志泉嫂子你们娘俩的任务是帮助李秀敏,通过她,再搞马志德。那刀子要是他家的,李秀敏不认识,马志德总得认识。对啦,再让玉珍从旁边帮着你们;她跟李秀敏是一个村的娘家,好说话。"

焦二菊从吊竿上扯过一条手巾:"看你热的,一头汗,擦擦吧!"

萧长春接过手巾,擦了擦脑门上的汗珠子,又接着说:"还有马小辫这块料,乡里今晚上要研究,要是送县的话,也由韩德大几个人负责;没送走之前,百仲大舅和克礼加紧攻攻他……"

焦二菊急得手心直冒汗,不咳嗽,故意大声咳嗽几声,还不住

338

地拿眼瞟着她的男人韩百仲。

韩百仲也好像把他的老爱人忘了,瞧这个,看那个,根本不瞥焦二菊一眼;说这个,嘱咐那个,根本不理焦二菊一句。

萧长春说:"百仲大舅,您还有什么事儿?"

韩百仲说:"我就有一句话:麦子一收到场上,活儿就挤到一块儿了,还得灭茬、锄地、种晚棒子;这个那个,多啦,没别的,大伙儿都得带头拼一下子了。各位听到没有?"

"听到了。"

"没问题,少睡点觉,全有了!"

韩百仲说:"我没什么事儿了。散会吧。"

萧长春说:"行,大家就按计划行动吧。"

焦二菊再也忍不住了,跳起来喊:"别散,别散!"

萧长春问:"您还有什么事儿呀?"

焦二菊说:"我没事儿,你们呢?"

萧长春说:"我的话都讲完了。"

焦二菊说:"别丢了哇! 再想想。"

韩百仲说:"挺忙的,别耽误时间了,散吧。"

焦二菊连忙说:"别散,别散!"

韩百仲说:"你到底有什么事儿,快说呀!"

焦二菊实在有点不好意思自己张口要任务。真的,就凭焦二菊这么一个能人,人家不给任务,自己来要,而又当着这么多的人,里边还有她的干闺女、干女婿,多丢脸哪! 不说吧,更丢脸,人家别人嘴上不说,心里都明白:人人有任务,独独焦二菊没有,当然是没本领啦。要是在这个尾巴上补一下,也算圆了脸啦……

她有点像个害羞的小姑娘了,扭扭捏捏,吞吞吐吐。

马翠清说:"什么事儿,您倒是说呀!"

焦二菊这下子可找到茬儿了:"死丫头,我什么事儿,你还不知道?"

马翠清奇怪地说:"哟,我哪知道您要说什么呀!"

"你就不知道惦着干妈一点儿?"

"真糊涂死了!"

焦二菊拍着手说:"就是,都糊涂了!"猛地一转身,冲着萧长春喊道:"为什么都给任务了,不给我一个呀?你们瞧不起我是怎么着?"

五婶说:"真是的,别把二菊丢下呀!"

喜老头说:"这一回是有什么掏什么,二菊有二菊的本领,得让她往外拿拿。"

马老四说:"长春,百仲,这一回是咱们给社会主义立功的机会呀,每个人都应当有份儿呀。你们怎么能把赤胆忠心的二菊丢下呢?"

韩百仲"扑嗤"一声笑了。

萧长春说:"百仲大舅闹着玩哪。我们早给她安排了工作:继续做焦庆家的工作,再当两个场的联络员,有什么特殊情况,负责到乡里、县里报告,都是重要的差事!"

"好,好,这差事最合适!"

"这双大脚用上了!"

焦二菊冲着韩百仲说:"啥时候,还有心有肠地闹着玩?不看当着我干闺女、干女婿,我这一脚把你踢到当街去!"

人们笑了,这一回笑得最响。

第一二三章

乡长李世丹的日子也不好过。乡里的整风准备会一直没有开

340

成,他写的"翻案"材料也还没有定稿;乱七八糟的事情,一个接着一个地跟着来,在这晚饭前光电话就接了三个。

第一个电话是县委办公室打来的。那位办公室主任,开台就说:"你寄来的两份材料,县委全收到了,也研究过了;县委不能同意你对东山坞问题的估计和判断。你对那里的事情作过调查研究没有?县委马上要派工作组去,这之前,对一切问题不要擅自处理。"

第二个电话是公安局王科长打来的。这个本来是老熟人,也拿上了官腔:"请你把马之悦的材料准备一下:从你初步认识他写起,他这个劳动模范怎么发现的,支部书记又怎么选上的,还有你对他全面的看法。"

第三个电话是王国忠打来的,口气也相当硬。他说:"武装部长的意见,在我到家之前,你们先开个党委会,我看可以开。大伙儿先凑凑情况,交换交换看法,一切问题,等我回去再决定。从材料和听到的反映看,这一段,你在处理一些问题上是有错误的;我希望你能够早一点认识到这个,多听听同志们的意见,多研究研究上级的指示……"

最后电话又响了,李世丹慢慢腾腾地走过去摘下耳机子,"喂"了半天,没有了声音。

瞧他那个气呀:"啪"地把耳机子一摔,"嘭"的一声把门踢开,闯到院子,两只手插在裤子兜里,冲着北墙壁大发雷霆:"官僚主义!教条主义!不折不扣的,我没有权力处理,又怎么能够把事情稳住?既然信不住我,又何必让我参加会研究!不给我权力,光是出了事儿让我负责,我是犯错、挨处分的命是怎么着?马之悦不是今天生的,也不是昨天有的,十几年在那儿摆着,谁不了解他?让我准备他的材料,这是什么意思?我的看法?我的看法材料上写了,你们不信任我,又怎么办呢!我有错误,你们就没有错误了?

341

真是岂有此理……"

他把三个电话里说的事情，全都给驳斥了，心里愤愤的，真想找一个可以吵的人大吵一顿。

其实，刚才他听了韩百仲汇报之后，就有点坐不住了，晚饭也没有吃好。他不赞成别人"往泥里踩"马之悦，但也怕马之悦出问题。第一，他觉着自己对马之悦这样一个老部下还是十分了解的。当年，他一进东山坞，就听到好多老百姓谈论马之悦的功劳，说马之悦用脑袋保护了他们。马之悦对上级百依百顺，只要李世丹嘴唇一动，马之悦立刻就给他做到。这样听话的村干部是非常难得的。这以后，不论别人怎么说马之悦不好，老印象总是不能改变，还常常为马之悦不受重视惋惜。第二，马之悦当劳模是他扶起来的，马之悦当支书，也是他扶起来的；而办这两件事儿的时候又多少都带一点硬"抬轿"的味道；后来，每逢乡里讨论马之悦的问题，他都极力保护，成了大家的对立面。根据这两条原因，他心里很明白：马之悦要是从根上、梢上烂了，他都得负责任，这个责任还不小。他决不能听之任之。可是，东山坞为什么老是出问题呢？这问题到底又是怎么一回事儿呢？几年来，他没有把屁股坐下来在东山坞工作过，他也不习惯来个调查研究，完全凭着马之悦、萧长春和韩百仲几次跟他反映的问题，加上个人的经验、体会进行主观猜想和处理。他认定东山坞这个村子"乱七八糟"；又根据这个"乱七八糟"的印象加以逻辑推理，他认为这个村子在党群关系和干部关系上有着尖锐的矛盾，这些矛盾都反映在干部和群众对农业社、对统购统销政策的具体看法和态度上。归根结底，依然是老问题：是急躁冒进，还是稳步前进；一切问题都出在"急躁"还是"稳步"这两个词儿上。自己过去犯错误，就犯在"不急躁"和"太稳步"上了；眼下整风鸣放，很多人批评农村政策，领导犯了错误，就犯在"太急躁"和"不稳步"上了。东山坞的马之悦稳当，"不急躁"，而萧长春

"冒失"，"太急躁"，针锋相对，闹起矛盾；而群众觉悟跟不上，当权人硬是冒进，又是针锋相对。根子就在这儿。李世丹的逻辑是这样的。可是，东山坞的问题发展到这么严重的地步，他可没有想到。萧长春只是"急躁""冒进"就会引起这么大的民愤吗？群众真敢用杀害他的孩子对他进行报复吗？看样子，这会儿的东山坞真像马之悦说的那样，已经变成了一堆干柴火，在这个风头上，一点火就得着。开会也罢，来工作组也罢，这么复杂的问题可怎么澄清呢？自己是按着新形势新特点，坚持自己的看法呢，还是看着县委的意图，来一个委曲求全、顺风使舵呢？这真是左右为难的事儿……

他发了一顿火，犯了一阵子愁，就拖着鞋，从后院蹓到前院，"噌"地一转身子，又进了自己的屋里，差一点儿跟刚到家的大个子武装部长撞着脑袋。

大个子武装部长把他上下看了一眼，说："嗨，气头子不小哇！"

李世丹立刻把神态缓和了一些说："唉，生什么气呀，都快愁死人了。"

武装部长好像故意拿他开玩笑："什么事儿能把你愁成这个样子呢？"

李世丹往椅子上一坐说："你不知道东山坞闹了多大的乱子。这张擦屁股纸成了我的。你不知道这里边的问题多么复杂，各种各样的矛盾，干部和群众，群众和干部，干部又和干部，矛盾重重，错综复杂……"

武装部长打断他的话说："你先别诉苦，要我看，这一张擦屁股的纸，一定得是你的。"

李世丹找到了发泄的机会："什么，一定得是我的？大湾乡的工作全由我一个人当家吗？集体领导，不管出了什么事儿，得集体负责才符合原则，懂吗？"

武装部长说:"我怎么不懂。旁的事儿是集体领导,这类事儿,可都是你一个人包办的。"

"哎哎,还没怎么着,你就给我扣上帽子了?我在什么地方包办啦?"

"往县委写东山坞的材料,你通过党委会讨论了没有?"

"每个党员都应当主动地给上级党委反映情况,这是义务,也是权利,何谈包办二字呢?"

"材料的末尾,是写的你李世丹一个人的名字,还是写的乡党委会?说呀!"

"啊,这个我可记不清了……"

"记不清啦!明明写的是乡党委会,这算你个人反映情况?说一句不客气的话儿,这是盗窃集体名义!"

李世丹开始觉着有点儿不妙,声音低下来说:"当时就我一个人在机关里,事情又挺急,在手续上可能有一点儿疏忽大意的地方。"

武装部长说:"问题还不在这里。每个党员都有权利、有义务给上级党委反映情况,你要知道一条原则,应当反映正确的情况,起码得反映经过调查研究的情况。"

李世丹说:"这不过是手续上的事儿,反正我是对党对同志负责的,我问心无愧。"

"我看你就问心有愧。我再问你一件事儿:前天晚上你把同志们都找回来干什么了?同志们意见大了,连炊事员、电话员对你都有了意见。你要让同志们替你的处分翻案?"

"这不过是许许多多的矛盾里边的一个。他们能有什么意见?有矛盾不解决行吗?"

"大伙儿都要找王书记反映哪!"

"找谁怎么着?有沟填沟,有墙拆墙,这次整风,就是要解决问题的嘛！同志们不了解今天的新形势，我不计较，谁是谁非，都会马上大白于天下！"

"我是个老粗，不会跟你咬文嚼字儿。我就知道，错误犯下了，处分挨了，哎，咱们在哪儿跌下的，再从哪儿爬起来，新打锣鼓另开张，这才是一个党员对待错误、对待处分的正确态度。"

"唉，你不理解一个背着处分包袱的同志，精神上该是多么痛苦哇！当然啦，一个共产党员应当忍受暂时的委屈，眼下不是暂时，已经好几年，该是澄清的时候了。"

"我没有挨过处分，可见过犯了错误、挨了处分的人。他们没一个像你这样的，把处分当个仇疙瘩记在心里！你说你这样干，是要通过整风解决矛盾。我真不明白，你为什么偏要跟党矛盾呢？你不矛盾，也就省得解决了。王书记一走，全盘工作交给你了。你可好，不积极地抓工作，倒把心思全放在翻案上了。东山坞闹乱子，跟你这股子情绪没关系吗？县委下来一检查，我看你怎么交代！"

这当儿，几个接到通知赶回来开会的乡干部，进了院子。他们洗脸、吃饭、大声地说笑。当做饭的孔老头和电话员小张把东山坞发生的事儿告诉他们之后，全都惊住了：

"哎呀！这半年东山坞的工作挺好，怎么一下子糟到这个地步呀？"

"萧长春他们一直没给乡里反映过情况吗？谁在家蹲着了？这事儿得追查！"

"应当派个人马上到东山坞看看哪！"

"瞧瞧，王书记才离家几天，闹出这种事儿，我看得追追根子，这样下去还得了！"

…………

那边人们的议论，屋里的两个人全听见了。

李世丹一向瞧不起武装部长这个"大老粗"，他的话，和别人的议论，只是使他感到有点儿"不妙"。什么不妙呢？他从各方面的气氛看出来，自己很可能又要挨一次整。他故意洗碗、倒水、拿药瓶子吃药；随后又到厨房里冲了两个鸡子儿，蹲在屋檐下边喝起来，把武装部长给甩在屋子里了。

　　他心里更加"痛苦"。领导上不信任，同志们看不起；一块工作的人当面冷冷淡淡，背后讲自己的坏话，上级能压自己，同级能压自己，下边的村干部有人也学这种样子，不把自己放在眼里；出点事儿，不论有关无关，不论是对与不对，毛病全是自己的！我李世丹要是不挨那个处分，这会儿不是县长，也是某个局的局长了；请问，你们这一级的干部谁敢跟"李县长"或者"李局长"使用这种态度呀！这样的日子怎么能够再过下去呢？换一个党性再强、修养再好的人，就能长期地、无止境地忍受这种委屈吗？党既然要整风，就是要纠正偏差；这些偏差里边，农业社搞得太急、太"左"是其中之一；而我李世丹就是因为当时不太"左"，才挨的处分呀！如今要纠正"左"，组织上为什么就不主动提出纠正对自己的处分呢？这些同志，为什么一点也不同情自己呢？或许县委还不了解我李世丹此时此地的心境；那就再忍一忍，等县委派来工作组、乡里的整风鸣放开始了再说吧……

　　会议室点上了灯，人们的谈论声一阵一阵地从那儿传过来。

　　武装部长走出屋说："开会吧，我跟你说不通的事儿，让大伙儿说；反正，这一回咱们得把问题澄清。"

　　李世丹直起身，把碗筷往窗户台上一放，掏出手绢擦着嘴，又回到屋里，往行李卷上一靠，眼望着屋顶又发起呆来。

　　他先把县委在电话上的指示又反复地想了一遍，又把王国忠说的话琢磨一番；他忽然感到，这些指示和这些话里边好像没有什么不好的意思。"不要擅自处理"，就是说，县委很小心，怕处理错了。怕错在什么地方呢？对了，眼下正是整风的时候，怕我到那儿压制了民主，激起群众的更大不满，闹起"大民主"；整风鸣放，就是为了让群众有话说话，有意见提意见，不要闹乱子呀！王国忠到县里开会去，名义上是把全乡的工作交给我领导，不管实际是怎么一回事儿，反正我得包下了，要是在这个时候，乡里的某一个地方闹起事儿来，县委知道了，当然要找我这个看家的人。这是不足为怪的。至于县委提到"不能同意你对东山坞问题的估计和判断"，也是两可着的问题；县委还许说我把问题看"左"了，说我没有把它跟当前"党群之间"存在的大矛盾联系到一块儿。……王国忠急着给我打电话，又给武装部长打电话，又指示乡里马上派人到东山坞去看看，马上开党委会准备情况，等等，很可能是想推卸责任，想先过河到岸上去……

李世丹越想越觉着自己的看法有道理，也越觉着事态的发展，对自己非常不利，东山坞要是闹起大乱子，过后一总结一检查，罪过一定得落在自己的身上，那可就太不上算了。他想：自己应当采取主动。

第一二四章

乡党委会开到傍鸡叫，还争论得不可收场，不得不暂时停下来，让大家吃点东西，休息一下，再接着开。这会儿，乡干部们都睡着了。

李世丹没有跟大伙儿一起吃东西，也没有躺在床上睡觉，反反复复地想了一遍，决定采取主动的办法，要亲自到东山坞走一趟。他来到电话室门外，敲着门板说："小张，我到村里转一圈，一会儿你告诉他们。"

小张在屋里应声说:"上午不是还要接着开会吗?"

李世丹说:"正在收麦子,下边容易出问题,我得看看去。误不了开会。"

他这样走走过场,算是请假了,就匆忙地回到屋里,又轻手轻脚地推出自行车,既没有顾上捏捏轮胎里的气足不足,也没顾上找一把掸子掸掸车子上的尘土,就骑上去,出了院子,拐出村口,一溜烟似的朝东山坞奔去。

他决定马上到东山坞去,主要目的只有一个:"稳住东山坞的局势不要再恶化"。他想,东山坞的局势稳住,工作组和王国忠来到的前后一两天里,不再闹出乱子,自己才算过了关。这样一来,对自己来说,还能把三个不利条件变为三个有利条件。第一个,马之悦、萧长春跟自己汇报了情况之后,没有马上来解决,这是疏忽大意;现在发生了严重问题,觉都不睡赶来了,这就把县委和同志们加在自己头上的批评抵消了。第二个,到这儿摸摸实际情况,工作组和王国忠来到,自己就会更有把握地坚持自己的意见,更有力地为自己辩护,也就否定了县委对自己没有"调查研究"的指责。第三个,到这儿来,把可能发生的乱子平复下去,就算自己过去有些工作方法不太对头,并没有造成事实,没有引起恶劣的后果,顶多检查一下,认识认识,也就不会再挨一下子处分了。

他对自己这样一个"积极"的、"主动"的措施非常满意。可是他最为难的是用什么样的手段、什么样的办法,才能够在短短的时间里,达到这个目的。李世丹"精明能干",要说,这点小事儿并不难处理,只怪东山坞的事儿扎手,干部也扎手,特别是萧长春是个不大听话的干部,实在摆动不开,那么,不费一番心思,是不好办的。他想来想去,想到一个办法,就是"平衡"。马之悦和萧长春两个领导干部不团结,互不信任,勾心斗角,这是东山坞"乱"的根源之一;眼下是公说公有理、婆说婆有理的时候,一下子就断出个你清我白，又能让他们服气，那是不容易的。只能采取"平衡"的办法，教育他们拿出"党性"来，启发他们的原则精神，发扬一致的，保留不一致的，等整风鸣放开始，再弄个清白。还有，萧长春为了找孩子，就对群众进行"搜捕"，也是东山坞"乱"的根源之一；眼下，在萧长春来说，失去了自己的骨肉，当然是很痛心的事儿，很容易被感情缠住而不可自解；自己去了，硬压他也不合乎情理，得警告他，让他以大事为重，以革命为重，并且答应他，等事情过一过，一定请公安局把这件事情破案，给他解解恨。再有，东山坞的群众从打麦子一黄梢就提出了一些要求，而一件也没有得到满足，这也是"乱"的根源之一；现在，群众的意志是决定一切的，跟他们拧着劲儿，什么事情也好办不了；可是自己的处境，又不能"擅自处理"，也不便处理，那么，起码得给人家几句好听的话；他们的要求得不到解决，连一句好话也得不到，就会引起更大的反抗情绪，这是非常危险的事儿……

金黄的麦子在他眼前闪过，他没有留神；热闹的劳动人群在他身边出现，他也没有注意，甚至有人朝他指指点点地说了些什么，他也没有听到。他在全心全意地想着他追求的目的，想着怎么通过"平衡"而达到"稳定"的窍门儿。

他想着，走着，不知不觉地进了东山坞中间的道沟里。

东山坞并不像李世丹想像的那样：充满了恐怖和低沉的气氛。它一如既往，是一片蓬勃的繁忙景象。街上有拉麦子的大车来往奔忙；打麦场里的碌碡声响，老远就听得见；炊烟从每一家屋顶上升腾，跟艳艳的早霞融化在一起。只是街上的行人很少。

李世丹不由自主地来了个"各取所需"，立刻就抓住了这一点，心里想：瞧瞧，这是怎么搞的，气氛多紧张，连小孩子都不敢在街上玩耍了，河边上也没有洗衣裳的妇女了，树阴里也没有歇凉的老头了，这还了得。不设法儿缓和一下，说闹事儿就闹事儿呀！

他在马之悦黑漆大门前边闸住车子,正要叫门,惊动了看家的大黄狗。

　　大黄狗"噌"地一下扑了出来;先龇龇牙,又扑了几扑,随后才"汪汪"地大声怒吼。

　　可把李世丹吓坏啦。他提起车把,想用车子抵挡,左挡右挡,在那儿要开"把式"了。

　　那狗咬不着人,急红了眼,在轮胎上撕了一下子,又扑到李世丹的背后了。

　　马之悦从打麦场上出来,想到家里喝杯茶,借机会歇歇气。按着干部的分工,他管一队的打麦场。他心里明白:萧长春表面上让他领导打场,实际上是把他"困"在场上,好让喜老头这伙子人监视他,心里恨得长牙。他走在沟里一抬头瞧见了李世丹,就像见到天降的喜神,连忙跑过来,一边骂着狗:"瞎了眼的王八蛋!"一边朝狗脖上狠狠地踢了一脚。

　　那狗被踢疼了,斜着身子,"嗷嗷"叫着逃跑了。

　　马之悦朝李世丹做出一副非常抱歉的表情问:"李乡长,没咬着吧?"

　　李世丹带着惊慌之后的苦笑说:"咬倒是没咬着。把我吓个不轻。你这狗可真勇敢呀!"

　　马之悦说:"要知道您来,我早起就把它拴上了。"

　　李世丹说:"我想你家里总得有人呢。"

　　马之悦说:"还找人哪! 半夜就都给赶着下地了,连病在炕的老人,抱着吃奶孩子的妇女都不能请假;要不,哪能有这么多的人干活儿呀。来,我给您搬车子,屋里喝茶吧。"

　　李世丹说:"哪还有闲心喝茶呀,火都上房啦!"

　　马之悦没听明白:"什么火上房啦。"

　　李世丹说:"上边来了指示,让咱们把东山坞的问题缓和一下子,稳住,等上边来了人再处理。"

马之悦说:"上边来人好哇,快看看东山坞成了什么样子。群众的肚子都鼓鼓的,点火就着,不信您看看,出了乱子就小不了。谁有我了解东山坞!"

李世丹刚要说什么,忽见一个手里拿着镰刀的人,"噌噌"地朝这边跑过来,就把话收住了。

那个人来到胡同口一探头,猛地停住,又一转身子,慌忙地跑到沟下去了。

李世丹问马之悦:"又出什么事儿了? 这个社员怎么这样慌慌张张的?"

马之悦苦笑着说:"刚才我没跟您讲吗,这会儿东山坞紧张到再也不能紧张的地步了。社员们怕干部,见了干部就跑……"

李世丹吃一惊:"什么,群众怕干部怕到这种地步? 哎呀,这还了得!"

马之悦说:"这就了不得? 还有比这厉害的哪。您就往下看吧!"

李世丹说:"你快把那个人叫回来,我跟他解释解释。"

马之悦不动窝,说:"光说几句话,他们的顾虑解除不了;我看您不用费事儿啦,还是想别的办法,做出一点实在事儿再说吧。"

李世丹着急地朝胡同口的方向迈几步,大声喊:"喂,那位老大爷,老大爷!"

跑到坎子下边的那个人,露露头,又缩回去了。

李世丹又朝那边的人大声喊:"老大爷,过来聊聊,不要怕嘛!咱们是一家人,有话好说嘛!"喊着,又要往那边走。

马之悦心里打个转儿,拦住李世丹说:"还是我去叫他吧,您越追,他越怕。"

李世丹叹口气,只好停住:"搞得这么紧张,真不像样子!"

马之悦一边朝胡同口走,一边就把主意打好了。李世丹没看清坎子下边那个人是谁,马之悦早就看清他是六指马斋了;于是,他想来个"错中错"的巧计,一箭双雕,把这两头的人全抓住。他走到坎子下边,见马斋已经走出很远,就追上来说:"马斋,等等,我跟你说句话儿。"

马斋这才带着惊慌的神色站住了,等到马之悦到了跟前,就说:"我在地里割麦子,老远就见李乡长来了,我怕他进村先找萧长春,就假装说拉屎,蹲在麦子垅里,又顺着麦子垅爬到河沟,跑回村里给您送信儿。多危险,差点儿撞到李乡长。"

马之悦说:"这危险什么。你没听见他叫你老大爷,又说是一家人了吗?"

马斋一怔:"他看清是我了?"

马之悦说:"当然看清了。他还说,往后一切都要变,一切都要从头论……"

"真的?……"

"他要马上找你谈谈心,我看还是不谈为宜,这会儿时机不成熟。你别下地了,先到家里等着,一会儿兴许有个大差事让你干。快,快走!"

马斋听了这番话,心里"突突"地跳,一时不知什么滋味儿,就连忙转身,奔家跑了。

马之悦回到自己家的门口,脸上做出一副又痛苦、又为难的表情,对李世丹说:"我说不行,您偏让我叫他。"

李世丹奇怪地问:"他不来? 说什么了?"

马之悦说:"他说,得看看李乡长是为东山坞群众来的,还是为萧长春来的,再搭话儿;他还说,他给大伙儿送个信儿,好一齐站在岸上、擦亮眼睛看看李乡长的行动。"

"他是什么成分?"

"成分不太好——中农！"

"你怎么说中农成分不好？眼下大鸣大放解决农村的矛盾，你说解决跟谁的矛盾？就是解决跟中农的矛盾呀！他们是团结的对象，大多数，团结不好，就要闹事儿呀！"

马之悦哼了一声："闹就闹呗。反正我说话不吃香，办事儿不顶用；急也罢，怕也罢，顶个屁用！"

李世丹"开导"马之悦说："老马，那天晚上我怎么跟你说的，不要有抱怨情绪，要说情绪，我比你还大；要为情绪左右，我根本就不到东山坞端这个烫手的破盆子。不能这样。咱们得拿出党性来，不论在什么情况下，对党的事业负责任；对党负责，跟对群众负责是一致的。无论如何，我们得设法儿把空气缓和一下，不要让群众闹起事儿来……"下边还有一句，"就算不能从根上解决问题，一定要闹出事儿来，也得维持到王国忠回来再闹，也就没有我们的责任了。"他留个心眼儿，没有全说出来。

马之悦心里很乐，故意试探着说："闹事儿怕啥，一压不就压下去了。"

李世丹说："哎呀，老马，你怎么总说气话呀？如今是啥形势？正在整风，正在大鸣大放，硬压群众，保管事儿会越闹越大，不可收拾，影响也不好哇！我们应当设法作到只解决问题，不闹事儿。"

马之悦把李世丹突然到东山坞来的"底儿"全讨到手了，差点儿高兴得跳脚："是呀，是呀！最好别闹事儿，东山坞的群众可厉害啦。这一程子，让老萧他们压制得肚子鼓鼓的，全都急眼了；他们不闹是不闹，一闹就得闹大发，那可不好收拾。您是乡长，王书记不在家，您撑着摊子，闹出事儿来，您不好瞧，我也不好看，也是咱们失职。李乡长，您说，我们应该怎么办呢？"

李世丹一边准备往院里走，一边说："咱们一块儿拿拿主意吧。"

马之悦赶忙接过自行车,推到大门洞,靠在墙上,跟过来故意给李世丹戴高帽子:"还找谁拿主意? 您这一来,我们东山坞的人就算来了救星啦,您过去一个区都指挥的一盘棋似的,小小的一个村子的事儿,那不跟玩一样呀。您就只管往外掏办法吧!"

李世丹点上一支烟抽着,说:"办法当然有。看样子如今的事情越来越复杂啦。"

马之悦说:"复杂怎么着? 从行政那边说,您是乡长,有权;从党这边说,您是乡党委委员,有组织,谁敢不服从您? 萧长春要敢,我跟他坚决斗争!"

李世丹听着这些话从心里舒服,也觉着很有道理,又说:"我不了解情况,最摸底儿的还是你,这回得看你的了。"

马之悦故意为难地说:"我一讲,您又该批评我有抱怨情绪了。"

李世丹说:"从党的利益出发,从东山坞别闹出乱子出发,实事求是地反映情况,不想个人,还能算抱怨情绪吗?"

马之悦拿出一种好像被说服通了的样子说:"东山坞这会儿好像乱麻一团,让我从哪儿跟您说呢?"

李世丹说:"先谈谈昨天丢孩子以后的群众情况,从这里边检查我们的工作缺点,再找处理办法。"

马之悦安心要吓唬吓唬李世丹,就说:"您问群众的情况呀? 您刚才不是亲眼看见的吗? 那就是典型,全村人差不多全那样。唉,群众就像让大石头压弯下来的树,劲儿憋的足足的;就像旱天盼雨那样盼您来,您要是顺着他们扶,就能扶起来,什么事儿好说好办;要是再压,哼,轰一下子就得闹起来了!"

李世丹越发紧张,嘴里却说:"这个我心里有数儿。群众是讲理的,他们都是庄稼人,没有一个放着好日子不过,故意要闹事儿。只要我们把工作做到家,用不着压,大事儿可以化小,小事可以化了。"

马之悦心里更有底儿了，故意叹了口气，说："工作不好做呀。您说，顺着群众的心思办吧，老萧那伙子人不干；不顺着群众的心思办事儿吧，群众又不答应，我这夹板气儿不好受，就是有本事，也休想施展开呀。"

李世丹说："发扬民主，是我们党一贯的政策和原则，当然要顺着群众的心思办事儿了。你也不必顾虑多端，把手放开点儿，能解决的矛盾，咱们尽力解决，让大伙儿的心情舒畅舒畅。"

马之悦赶紧追问："要是一放手，放出错来，怎么办呢？"

李世丹说："有我在这儿，你还怕什么？我给你担着，还不行吗？"

马之悦的脸上露出一点笑容，说："好哇，就等您给群众撑腰了。"他立刻又把那一点笑容收回去了："唉，就是有您撑腰，事情也不是那么容易办的。您刚才一再问，群众为什么怕干部，怕到这步田地，这不明摆着吗！大庙里这会儿无缘无故地押着一个人，群众不会看成是咱们杀鸡给猴看吗？"

李世丹叫起来了："什么，他们还没有把他放开呀？嗨，我昨天一再跟韩百仲说，让他回来找你商量，最好先把押着的人放开。他这是怎么搞的！"

马之悦说："萧长春要给他的儿子报仇，宁错杀一百，不错放一个……"

"这像什么话！还有法律没有！韩百仲也跟着这么胡闹？"

"韩百仲脑袋简单，早让萧长春给整服了，纯粹是个应声虫！"

李世丹一跺脚："真是岂有此理！"

马之悦也跟着跺了跺脚："就是岂有此理！"看了李世丹一眼，神气一转，非常认真地说："实话对您说吧，您昨个那个指示，他们不光没有贯彻，连过场都没有走；不用说群众，连我都不知道。真成了大问题,怎么连乡领导的决定都不执行!"

李世丹说:"乡党委倒也没有最后决定立刻放,意见还没有一致……"

马之悦问:"没决定放,决定押了吗?"

李世丹摇摇头说:"也没有。"

"对嘛!没决定放,也没决定押,完全可以灵活处理,您的意见,虽说是个人的,可是这意见最好哇!应当无条件地接受嘛!萧长春一贯是阳奉阴违!"

"我也是这么想。我说,随便押人,容易使紧张的空气更紧张;放开他也跑不了,上级有指示,再抓也不迟呀。"

马之悦步步紧地进攻了:"萧长春把您这个最能缓和紧张的意见一扣不要紧,可把您的威信给破坏了。好多人背后都说:李乡长一向是清如水,明如镜,这一回,嘻嘻……"

李世丹注意地听着,见马之悦故意打住了,就催着说:"说下去,说下去呀!"

马之悦扭捏着说:"耳不听,心不烦,都是群众瞎猜疑、胡说八道,不要问了。"

李世丹说:"群众的反映,怎么能不听呢?特别是眼下,是群众说话算数的时候呀!"

马之悦苦笑了一下:"反正,咱们都不是外人,对自己的老上级应当有什么说什么,不然,也是阳奉阴违了;您了解我,从打参加革命那天起,还没干过一件这种品质恶劣的事儿。"

李世丹说:"这些还用你说,我还不了解你吗?快把群众的反映告诉我。"

马之悦说:"群众反映:过去,李乡长真好,眼下,也让萧长春这群坏干部给蒙住眼了,变成了丝毫没有群众观点、不关心群众疾苦、不按政策、不看形势办事儿的坏领导。"

李世丹的长脸一下子红了，忍了忍没有叫出声来；故作不在乎地说："往下说，往下说。"

马之悦早就钻到李世丹的心里去了，顺着这个人的心病下针："他们还说，李乡长要是再包庇坏干部欺压我们群众，我们就联名给县监委写检举信。让他这一回挨个大处分，乡长保不住，连党籍也不用想有了。"

李世丹的长脸又变黄了。他想起上次挨处分，恰恰是因为群众联名给监委会写信引起来的，对这个消息，怎么会不害怕呢！他不由自主地说："全是误会，全是误会！"

马之悦说："是呀。我一个劲儿跟他们解释。我说，李乡长一向都是民主作风很强的领导，现在更强了；他是没到东山坞来，来了，马上就会支开窗户、打开门，东山坞大换民主空气。"

李世丹又忍不住地追问："你给他们解释了，他们又怎么表示了？"

马之悦说："他们都是半信半疑的。有的说，耳听是虚，眼见为真，咱们就看他的行动吧。刚才那个老中农，在道沟里就是跟我这么说的。"说着，又加重了口气，"李乡长，您这回既然来到了东山坞，出马第一炮，就得打响，就得让群众震动一下，要不然，您就是开上八个群众大会，讲上十六个小时，也顶不了用。群众总是讲究实际的呀！"

李世丹沉默了。他心里好像塞了一团头发，扎扎挠挠，乱乱糟糟，裹不住，也捋不清。

马之悦紧追紧赶，一口气也不让他喘："李乡长，快说怎么办吧！你一进村，全都知道了，走是不行了，大伙儿都睁着眼看着您哪！"

李世丹退到门洞里，扔掉了烟头，又摸了摸衣兜，说："有烟没有？快给我拿一支抽。"

马之悦答应着,两只眼却盯着胡同口。

胡同口走过来一个女人,看样子,她刚从地里或是场上回来,身上披着麦糠和尘土。

李世丹问:"朝这儿走来那个人是谁?"

马之悦说:"正字号的贫农,焦庆家的。"

"好像奔这儿来的。"

"我看像找您的。"

焦庆媳妇老远就喊起来了:"李乡长,李乡长,您又来了!"

李世丹打起精神,用一种非常难看的笑脸迎着,心里边又不住地打乱鼓。他不知道这女人直接来找他,会给他再出一个什么样的难题儿。

马之悦心里有底儿,断定这个女人来,是为她卖那二斗小米子的事儿,就说:"焦庆家,你不是总盼着李乡长吗?这回来了,有什么话儿,你就说吧。"

焦庆媳妇从场上回家做饭,半路上遇见了六指马斋,才知道乡长来了,就绕个弯儿,想从乡长这儿讨个定心丸吃。她笑着说:"李乡长,请您到我家坐一会儿。"

李世丹看看马之悦,说:"有工夫去,这会儿,我们正研究工作。"

焦庆媳妇说:"我有一个重要事儿,要对您说说,就一小会儿,耽误不了您的工作。"

马之悦说:"这儿又没有外人,有什么话,你就撒开了讲吧!"

焦庆媳妇看着李世丹没有跟自己到家去的意思,就左右看看,想说,又不敢说,不说,又忍不住,只好吞吞吐吐地说半句话:"李乡长啊,您可得给我们社员做主呀!我们东山坞乱透了……"

马之悦一边帮腔:"就是乱透了。"

焦庆媳妇说:"男人没在家,睡觉都得找伴儿,我怕呀!……"

马之悦大加作料："不要说中农,连这样的贫农,都觉着人权没有保障。"

焦庆媳妇说："李乡长啊,您这会儿要是忙,过晌我再找您。我把实话全告诉您。您可一定去呀! 您要不去,我可对您提意见;您得关心我们群众。我家在萧支书家隔壁。嗳,您先别跟我那个大姑姐和韩百仲说我找过您呀。要不,他们又该批评我了。"说着,就急忙走了。

马之悦对发愣的李世丹说："您看看,人心惶恐到什么程度吧!"

李世丹茫然地说："她到底怕什么呀?"

马之悦说："您没听她一个劲儿嘱咐您别对韩百仲说嘛。韩百仲跟老萧是一个心眼儿,他知道了,老萧也就知道了。您看,独裁统治得多严,一个群众找乡长都不行。"

"我真不明白……"

"太容易明白了,她怕说错了一句话,给押到大庙里去呀!"

李世丹抖了抖精神说："不行,不能再这样下去了,赶快把押着的人给我放开!"

马之悦钉住问："您敢放?"

李世丹把眼一立："这还谈得上'敢'字吗? 在那儿押着人,这是制造紧张空气,这是火上浇油!"

马之悦又来一句："您能做主?"

李世丹把脖子一挺："喝,这点主我就做不了啦? 地主可以整,可不能随便整,也不能在这个时候整!"

马之悦像念佛似的叫了起来："李乡长,哎呀,您真是清如水、明如镜啊!"

李世丹心里想:从马之悦反映的情况和那个中农、贫农的行动看,如今东山坞的紧张空气跟扣押马小辫的问题联系在一块儿,这是关键所在,这一环一解,别的也就开了缝儿;放了他,飞不上天,钻不进地,随时可以再捉起来,不会有什么不好。他左右权衡着利害,觉着,以"放"为上策。他找到了脱身之计,轻松了一些,对马之悦说:"这是我们应当采取的果断措施。先放了他,缓和了空气,也打开了一个新局面;趁晌午,开个群众会,敞开谈谈大鸣大放、发扬民主的问题,形势就稳住了,别的一系列的矛盾的解决,也就有了基础。"

马之悦伸出大拇指:"高明,高明!您这个上级,我到死,也佩服。我保险,把押着的人一放,马上就拨开乌云见青天,您的威信,就会在东山坞几百口人的心里扎下根子,什么人也不用想把它拔掉。"

李世丹听着这些入耳的话,脸上不乐心里乐,又说:"事不宜迟,你快去放了他吧。"

马之悦假装可怜地摇摇头:"人家派着自己手下的人看着哪,我说话不顶事儿。"

李世丹说:"怪现象全出在你们东山坞了。走,我跟你一块儿去!"

马之悦心里乐开了花。他想:只要李世丹亲手把马小辫一放,就算把萧长春一撅到底儿,这伙子人一定会跟李世丹顶上牛,那些一肚子不满的中农们,腰杆就硬了;我马之悦再来个顺水推舟,来上一手厉害的,局势立刻就要大变化。他心里高兴,故意拿着劲儿说:"李乡长,这话可全是您说的,等萧长春跟您矛盾起来,千万别把我搞在里边呀!"

李世丹扯着马之悦的胳膊说:"干吗这样畏畏缩缩的。只要保证群众不闹起事儿来,他跟我矛盾,就让他矛盾去,过后他就会明白个好坏了。"

两个人离开了黑漆大门,一直奔大庙走。他们各人有各人的高兴和追求。

马之悦这回可找到最好的时机了,他得大干一场,反正砂锅捣蒜,就是一杵子买卖了。他想着,看了李世丹一眼,心里又说:"小子,你算戴上笼头了,看你往哪儿跑!"

第一二五章

韩德大接受了一件最重要、也是最开心的任务:看着地主马小辫。

小伙子非常认真地执行自己的职责。昨天一夜,他的身子没有放平过,脑袋没有沾枕头,两只眼睛瞪个溜圆,盯着马小辫,惟恐发生差错。

他押着马小辫到家里吃早饭回来,焦克礼已经在大庙里等他换班了。

焦克礼说:"德大,该我了,你快去吃饭、睡觉吧。"

韩德大见焦克礼光着膀子,胳肢窝夹着镰刀;还带着一脸汗水,猜到他刚从麦子地里回来,就说:"不用换班儿了,我一丁点儿都不困。"

焦克礼说:"瞎扯,一夜不合眼,能不困呀。就是不困,你也得喂喂肚子去啦。"

韩德大认真地说:"我不困也不饿。说起来真怪,过去总是睡不够,睁开眼就想奔饭盆子;这一程子,要是没有人提醒,总是忘了它们。你说这是不是因为脑力劳动的关系呀?"

焦克礼笑了:"你这算什么脑力劳动啊!"

韩德大不服气地说:"这几天想的事儿,比我活这十几年想的都多,这不是脑力劳动是什么呀? 你想事儿用脚后跟想吗?"

焦克礼说:"算你脑力劳动了,还不行吗? 快走吧。"

韩德大把手里那根棍子交给了焦克礼,磨磨蹭蹭地还不肯走;朝焦克礼的脸上看了一眼,忽然小声问:"克礼,你负的是什么责任呀?"

焦克礼说:"做梦哪? 我不是代理队长吗?"

韩德大说:"我问你在团里边。"

焦克礼说:"组织委员呗。"

"组织委员都管什么呀?"

"组织委员管组织工作,管收团费、过生活……管的事儿可多了。快去吃饭吧。"

韩德大的声音更低了:"管吸收青年入团的事儿不管呀?"

焦克礼发现韩德大的脸红了,对他的心意也就明白了几分,点着头说:"管,当然管。你问这个干什么呀?"

韩德大低着脑袋,扭扭捏捏地说:"我想入你们团,你瞧着我够格不够格呀?"

焦克礼故意说:"你一提这个,我倒想起一件事儿来了。去年秋后,团支部组织青年们种苗圃,我找你去,对你说,参加活动,准备条件,将来好入团。你对我说什么了?"

韩德大说:"我说入团也吃饭,不入团也吃饭,入团顶饿是怎么着……"

"是呀,现在你又怎么看呢?"

"我看入团真顶饿……"

"又胡扯了!"

"真的。入了团,心里就装上了大事儿,身上就长了本事,想得就多了,看得就远了,就不至于总是奔饭盆子,光想着吃饭、睡觉了——我还没入团,一跟你们靠近,就尝到甜头了,干工作,参加斗争,真有意思极啦。"

焦克礼被伙伴的这种淳朴的感情、实在的语言打动了，就伸出两只手，轻轻地搭在他的肩头上，很郑重地说："德大，入团，不是光为有意思……"

"我是这么说，谁光为有意思了？这几天跟着大伙一块儿工作，我觉着人活着更有劲儿了……"

"对，对！入团，就是宣布为共产主义奋斗，就是宣布把身子、把命都交出来了；一个人只要有了明确的斗争目标，又肯牺牲个人的东西，活着才有劲儿；年轻轻的，光为吃饭睡觉拼命，活着还有什么劲儿。"

"嗳，我就是这么想的。"

"这么想就对了。往后，你就好好地跟着大伙儿一块儿参加斗争，好好跟萧支书学习；入团的事儿，等开会的时候我们再研究研究……"

"行。反正你别光顾自己进步，把我给丢在脑勺后边就是啦。"

韩德大说罢，高高兴兴地往外走。真的，他一点儿也不困，一点儿也不饿，精神得不得了。东山坞这一程子的风云变幻，冲击着多少颗幼稚的心哪！吊儿郎当的小伙子，开始考虑人生的道路了。他敬佩萧长春。他也知道，自己一下子变成个萧长春还不太容易，可是，变成焦克礼、韩小乐那样的人，是非常好办到的。他对自己蛮有信心哪。

他走出庙门，忽见马之悦陪着李世丹朝这边走过来了，立刻就想起他大伯韩百旺常说的话："李乡长跟马之悦一个心眼儿"，不由得一惊，赶忙退了回来。

焦克礼刚把西耳房的门子关好，回头见了他，就问："你怎么又回来啦？"

韩德大把焦克礼拉到跟前，小声说："不好了，李乡长来了！"

焦克礼打个愣说："不怕。他来了，敢把谁咬半截儿去呀！"

韩德大着急地说:"嗨,像是马之悦把他找来的,一直奔这儿。我看着这块料,你快去对付。"

没容焦克礼再说什么,见马之悦和李世丹已经进了庙门,便急忙迎了过去。

马之悦先拉开一副"领导者"的架子,开口问:"克礼,你们押着的人在哪儿?"

焦克礼朝他翻着白眼,故意说:"你问的是臭地主马小辫对不对?"

"快说在哪?"

"快说干什么?"

"放开!"

"你没权力说这句话!"

李世丹朝前跨了一步说:"这小伙子口气好硬啊。他没权力,我总还有权力吧? 把他放开。"

焦克礼说:"李乡长,不能放开。"

李世丹说:"怎么不能放开呀?"

焦克礼说:"这个地主可坏到家了。他办的坏事儿,还没有弄明白呀!"

马之悦立刻又钻空子说:"着哇,事情还没有弄明白,为什么随便押人?"

焦克礼冲他说:"我还想把你也一块儿押起来哪。坏东西,又想钻空子捣乱呀!"

马之悦老羞成怒,叫唤起来了:"李乡长,你瞧,你瞧,这伙人野蛮不野蛮呀! 他妈的,你敢骂我!"

李世丹皱皱眉头,又拿出一副"大人不把小人怪"的样子,对焦克礼说:"小伙子,不要这么无理。咱们是讲法律的,要保证人权;在没有弄清问题真相的时候,不能随便押人,赶快放了吧。"

焦克礼见李世丹这样说,也把口气缓和一些说:"这是一件大事情,得请示我们治保主任;他不发话,谁说也不行。"

马之悦又叫起来了:"怎么,乡长都当不了韩百仲的家呀?真是的,赶快放开!"

李世丹对马之悦说:"小伙子是执行任务的,可以让他请示去。"又对焦克礼说:"快去吧,我们等你。"

焦克礼跑回耳房窗前,小声地跟刚钻进去的韩德大说:"德大,我找百仲叔去,你可注意点呀,没百仲叔的话,谁说也别放开马小辫!"

韩德大从外边进来的时候,就故意站在马小辫跟前"训话",声音挺大,想压住外边的声音;可是马小辫可精着哪,一听到马之悦的话音,就乐了;又听到李世丹的话音,马上又神气起来了,根本不听韩德大那一套,硬要出去。两个人正你闯我拦的时候,焦克礼说了这句话。

韩德大答应着,又对马小辫说:"妈的,老老实实地给我坐在那儿去!"

马小辫见焦克礼走了,就又大声说:"我尿憋得难受,得让我出去一下呀!"

韩德大说:"憋不住就往裤子里尿!"

马小辫叫唤起来了:"哎哟,哎哟,憋得我肚子疼呀!"

韩德大知道他耍手腕,偏不叫他出去。

马之悦在外边受不了啦,就隔着窗户说:"你让他尿一泡怎么啦?焦克礼找韩百仲去了,回来还不一定怎么着哪。再说,你后边跟着,他还跑得了哇?"

李世丹站在大柏树底下,朝这边说:"这是谁在屋看着哪?开开门,让他出来;一会儿,在院子里解决。"

韩德大想:反正我跟着不放,没有村里主要负责人在场说话,乡长也不会怎么样,就对马小辫说:"出去尿完,马上回来!"说着,把门打开了。

马小辫一出门,几步跑到李世丹跟前,通的一声跪在地下,又是哭又是嚎:"李乡长,开开大恩吧!我是老老实实接受改造哇!昨天一天,我病得啥似的,连屋都没有出哇!我没干坏事儿,共产党让我怎么着,我就怎么着了;乡长,您得高抬贵手,把我当个人看吧,乡长得给我一条活路走哇……"

后边这两个词儿,真的触动了李世丹。心想:是呀,地主也是人,不把他当人看,既不符党的政策,也不符人道精神;而且,也斗争倒了,也老病成这个样子了,手无寸铁,身无挣扎之力,还不给他一条活路,对他改造也不利;最重要的是,无缘无故地扣人,的确有点杀鸡给猴看的嫌疑,很容易引起群众的不安,更不利于解决问题。

马之悦没多说话儿,只是唉声叹气,顺着李世丹的心思作各种各样的表情。他心里明白:只要李世丹主张把马小辫一放开,自己这边的气势就抬了头,从地下抬到天上;萧长春那边的气势就算倒了个头,从天上跌到地下;围着萧长春的那伙子人的威风就削了一半儿,围着自己的那伙子人就能打起精神。萧长春一定要跟李世丹争论起来,李世丹是个非常爱面子、重领导架子的人,当着众人,下不来台,连个弯儿都不能拐,定要使强制手段;这样一来,萧长春的气势就算全倒了,那伙子人的威风就算灭了,自己这伙子人就要厉害起来了。自己再看空子找时机鼓动社员闹腾一下子。得,马上就得整风、鸣放,闹成一锅粥,自己的大功就算告成了。对,放开马小辫是一个决口,不能不抓住。他想到这儿,就小声对李世丹说:"先让他回家得了,不然外人看着不好瞧;群众一听您来了,找到跟前一问,也不好说话儿。您既然到了,马上就应当来个新局面。"

这句话也正符李世丹的心思,他点了点头。

马小辫爬起来就跑。

韩德大急了:"跑,跑! 臭地主,你给我回来!"

李世丹说:"我的命令,让他回去。"

韩德大说:"乡长,您的命令? 不是您让我看着的,治保主任来了一问,我不好交代呀!"

李世丹想:看看,这些群众是多么怕干部,怕成了这种样子;物极必反,群众一旦什么不顾了,不闹事儿才怪哪。幸亏自己赶到这儿来了。就说:"小伙子,不用怕,等干部来,不用你开口,全由我替你说,好吗?"

韩德大急得搓手:"不行,不行。放走了他,我实在担不起;一会儿您走了,我们怎么跟大伙儿交代呀!"

李世丹说:"放心吧,谁也不敢对群众打击报复……"

韩德大哪还顾得听这个呀,跳蹦子要往外闯。

马之悦张开胳膊把大门口给堵住了。

韩德大气得咬牙切齿,猛劲儿一推,把马之悦"咕咚"一声推了个"仰巴叉",就开腿跑了。

李世丹一边扶着马之悦一边说:"看看,群众胆子多小,都给这恐怖气氛吓坏了。摔着没有哇?"

马之悦咧着嘴,往起爬着,揉着屁股蛋子说:"不要紧,不要紧。"

几个提前从地里回家做饭的妇女从大庙前边路过,听到里边有人吵嚷,就都试试探探地凑到庙门口看热闹。这里边有把门虎,有马大炮的嫂子,马子怀的女人也远远地朝这边看着。把门虎跟马大炮嫂子小声地嘀嘀咕咕,又指手画脚:

"哟,出了什么事儿了?"

"瞧,那不是李乡长吗?"

"哎,把马小辫放了?"

"嗨,主事儿的人来啦!"

这工夫,焦克礼从地里找来韩百仲,半路上又碰上了韩德大,他们就一块儿跑回大庙里。

韩百仲一进庙门就急火火地问:"李乡长,你放了马小辫?"

李世丹说:"对,我已经把他放开了……"

韩百仲和焦克礼两个人听了这句话,全气得满脸通红,半晌说不出话来。

韩百仲两只眼睛看看马之悦,又看看李世丹:"李,李乡长,这是为什么?"

李世丹依旧很和气地说:"百仲同志,我们不能随便扣留人家,这不符合今天的整风运动的政策要求,这样做容易惹下乱子……"

韩百仲说:"惹下什么乱子? 你瞧瞧,把他捉起来,社员们全都更有劲儿了!"

焦克礼就像不相信这是真事儿似的,跑到西耳房看看,见里边真空了,又转了回来,喊着:"李乡长,您怎么说话不算话呀? 您说等百仲大叔回来再说,为什么把他放了?"

韩百仲大声地说:"克礼,去,把马小辫给我抓回来!"

李世丹伸出胳膊拦住门:"等等!"又对韩百仲说:"百仲同志,我想个别跟你谈谈心。"

韩百仲说:"你先把这件事儿弄明白,把马小辫抓回来,咱们再谈。"

李世丹说:"这是什么了不起的事儿呀。马小辫钻不了天,入不了地,需要抓的话,什么时候不能抓呀。"

韩百仲说:"马上就需要抓!"

李世丹说:"同志,别急躁,冷静一下好不好?"

韩百仲说:"你到东山坞不通知干部一声,不管三七二十一,把个干了坏事儿的地主放了,我能冷静吗?"

李世丹说:"怎么没通知干部?"指指马之悦说:"副主任不是在这儿吗?"

韩百仲瞪了马之悦一眼说:"乡长,他跟马小辫卖一样价呀!他是个反党、反社会主义的大坏包!……"

马之悦吼叫了起来:"李乡长,您听听;刚才您还批评我顾虑多端,这是不是冲着我来了!"

韩百仲朝马之悦跟前逼近一步说:"马之悦,你说点天地良心话,这一程子,你都干了什么勾当? 你勾结地富分子,煽动落后的中农闹土地分红、搞粮食投机,你又勾结城市的坏人,想变天;你是不是一个地道的坏蛋,啊? ……"

马之悦一跳三尺高:"你看着我活在东山坞碍你们的事,你就枪毙了我吧,枪毙了我吧!"

"不用急,我们会惩罚你这个坏蛋!"

"你说我是什么也好,先拿证据来!"

"你先交出马志新的变天信!"

"什么,什么?"

"咱们再找焦振丛对对倒动粮食的口供! 再让焦庆媳妇把那把尖刀子拿出来给你认认!"

"我,我简直不知道你在那儿说的是什么!"

"你全懂!"

马之悦把脸转向李世丹,收藏起惊慌,装出一副气愤加可怜的样子,说:"李乡长,这回您亲眼看见了吧? 他们就是这样搭伙陷害自己的同志呀! 您可也得小心,他们专会造谣言,说不定也会朝您下家伙的!"

李世丹说:"韩百仲同志,这未免太不像话了吧? 不要意气用事好不好?"

韩百仲说:"刀都放在咱们脖子上了,还意气用事呢! 我说乡长,您是来干什么的? 我看你……"心里一动,猛转身对焦克礼说:"快去报告萧支书,快!"

焦克礼应声就走。

李世丹拉住焦克礼,对韩百仲说:"别忙,咱们得先谈谈。百仲同志,我希望你有点独立思考的精神,不要跟别人乱冲乱撞。你知道萧长春的所作所为是犯了什么样的错误?"

韩百仲一挺胸膛说:"他把命都交给社会主义了! 他一步一个脚印儿,光明正大!"

李世丹说:"哼,他……"

韩百仲跳着脚喊起来:"我不能让别人污辱他,李乡长,你再要乱说,可别怪我不给你留面子!"

李世丹说:"好吧。你既然要跟他萧长春一条道跑到黑,只好由你去了。不过,我是上级派来的,得顾大局,也得对同志负责。到屋里去,咱们先心平气和地说说。"

韩百仲说:"有话你就快点儿说!"

李世丹看看马之悦,意思是给韩百仲一个转弯儿的机会,不想当着马之悦的面儿谈。

马之悦马上就领会了。他心里打转:要说听听有好处,可是又想借这个千金难得的机会,办点事儿,就小声说:"李乡长,我在这儿不方便,你们谈吧。"

李世丹说:"随你吧。老马,不管怎么着,要好好工作,拿出党性来。"

马之悦连连点头:"那是,那是。您自己也得小心点儿呀!"

李世丹又小声嘱咐一句:"千万劝群众别闹事儿。"

马之悦说:"我早把算盘打好了,放心吧。"

第一二六章

"萧长春犯错误了！"

"让李乡长给一撸到底，正在挨整哪！"

"他过去办的事儿全不对，还得按土地分红！"

"看样子，上边的政策变了，好多事儿都要变啦！"

…………

从打马小辫被李世丹放开、马之悦离开李世丹回到沟北边的街口上，这些有影没影的谣言，就在一些人的嘴里传开了。先是在村里交头接耳的小声议论，紧接着传到地里，就有人大喊大叫；霎时间，东山坞又被这歪风邪气刮得乌云滚滚了。

有人气愤不平，有人担惊害怕，也有一群人乐坏了——不论是心里边想，还是脸上露出来，反正各种各样的人有各种各样的想法，全被波动起来了。

"李乡长为什么跟地主一条心？"

"为什么给马之悦这个坏家伙撑腰，拆咱们的台？"

"这回又够咱支书招架的了！"

"谁给他们撑腰咱们也不怕，真理在咱们这边！"

"麦地也是阵地，咱们不能离开这儿！"

"干哪！使劲儿干，就是保卫咱农业社！"

…………

这个消息传到正在地里割麦子的马大炮的耳朵里了，乐得他一跳三尺高。他想：怪不得马之悦总像大旱天盼云彩、盼下雨那样盼着李世丹来，敢情李世丹真是马之悦手里的人，真跟马之悦一个心眼儿，真能按着马之悦的意思办事儿；李世丹对地主都能够这么宽大,对中农更得宽大了;李世丹能给地主行方便,也应当给马大炮这样的"受气"的中农行行方便呀!对,找他去,找他讨点好处,寻点便宜,让他把倒动粮食的事儿给抹了,让他把拴在中农身上的绳子松松,让他给中农出出气。……他想着,把手里割下来的一把麦子朝地下一扔,提着镰刀就要走。

小组长马长山拦住他说:"嗨,还不到收工的时候,你怎么走呀?"

马大炮神气地说:"得啦,哥们,别总在屁股后边盯着我,该松松劲儿,就松松劲儿。我看哪,干脆,咱们谁也不用管谁啦!"

马长山说:"咱们是农业社的社员,有组织的劳动,怎么能谁也不管谁呢? 这样,就该乱套了。"

马大炮笑着说:"放心吧,越是谁也不管谁,随便一点儿,大伙儿心里都舒畅,越乱不了套,还能少闹一些麻烦事儿;我看哪,有些事儿,非变变不行了。"

马长山听出马大炮的话里有话,就说:"你别听见风就来雨啦,还是走合作化的路对你有好处。"

马大炮说:"你要说这个,我又跟你想到两条道儿上去了。我看,单干也有好处。各家有地,各家有牲口,咱们来一个你家跟我家比赛,我家跟你家比赛,比着劲儿把地种得好好的,打了粮食,该交公粮交公粮,该支援国家支援国家,家也发了,国也建了,这不两全其美吗?"

马长山说:"别做美梦啦。我们不能再让你走那条黑道儿,没那日子,还是老老实实地干活儿吧。"

马大炮说:"先让我回家办点事儿,回来,咱们再老老实实地劳动。"

马长山说:"有事儿收工再办吧。队里对你们这几户已经够照顾的了,该做饭的时候,让你们家的妇女提前回去,你又来个想干就干,想走就走,这怎么行呢?"

马大炮翻白着眼说:"谁想干就干,想走就走啦? 李乡长到村调查工作,我得找他讨论一点重要事儿。"

马长山说:"等收了工再找还晚吗?"

马大炮说:"喝,你真厉害呀,连社员找乡长说句话儿,你们都不让?"

在旁边割麦子的社员都气得不得了。他们已经猜到,马大炮为什么一下变得这么神气,又为什么这样急着要回村找李世丹,就都站在马长山这边说:

"他要找李乡长去,就让他找去吧,找谁,我们也不怕!"

"快让他走,没鸡蛋还不做糕了。看李乡长再帮他办点什么好事儿!"

马大炮乐颠颠地往回走。他觉着自己腰板硬了,胆子壮了,不自在的日子就要过去了,好日子就要来了。他想:李乡长是一乡之长,是头头,他都说萧长春错了,当然是错了。萧长春错了,韩百仲也就错了,农业社里的好多事儿,也一定是错了;错了还不改,等什么? 找到李乡长,先跟他诉诉苦,再把对萧长春和农业社的意见全告诉他,求他给中农谋点福利……马大炮想到"福利"心里又没底儿了:是要求得大一点儿好呢,还是要求得小一点儿好呢? 怎么走,这个门口才走得进去呢? 对啦,得找弯弯绕去,得让他拿拿主意,看他是怎么想,又要怎么干。

弯弯绕也用"找李乡长讨论点事儿"这个借口,请了一会儿假,正由村外边朝回走。他耷拉着脑袋,倒背着两只手,慢腾腾地迈着四方步。

马大炮屁股后边追着他,当是他还不知道李乡长来到的这个好消息,老远就大喊大叫地说:"同利大叔,你还不知道呀? 李乡长来了,到村就把马主任表扬一顿,把萧长春撸了一顿,又把马小辫给放开了。这会儿正在整萧长春，说他过去办的事儿全错了。我这么想，他错了，就是咱们对了呀！"

弯弯绕扭过脑袋，看了马大炮一眼，不停脚地朝前走。

马大炮在旁边追着说："我看呀，咱们没他妈的什么可怕的啦。得找李乡长去，告萧长春一状，让他对咱们松松手，卖粮食的事儿，就算一笔勾销了。"

弯弯绕依旧没动声色，依旧朝前走着。

马大炮急了："同利大叔，您这是怎么啦？让他们整怕了？有上边人给咱们撑腰杆子，还不干，等什么时候呀？这份王八气还没有受够呀？连多使一会儿牲口都不行，粮食摊在碾坨子上轧半截儿，硬让人家给卸了。就说您吧，为那几只鸡，受多大气呀！满口答应把它们再重新圈住还不行，还在会上检讨、挨骂，差一点让他们罚一家伙。这种事儿要是一天两早上的还好忍，老是这么过下去，哎哟，我的老天，我可不能受了！"

弯弯绕已经走到了自己的家门口。

门口闸着木板子，那是他挨了批评之后又重闸起来的，专门拦着鸡。

一大群鸡正在一个破盆子里抢食吃。好像怕又有人抓它们似的，一见进来人，呼叫着，四处乱跑。

弯弯绕手扶着门框，高抬着大腿，迈进院子；回过身，把一块闸着的板子掀起来，扔在一边儿，又掀了一块，又扔在一边儿；随后到了院子里，张开两只胳膊，"呜呜"地叫着，转着圈儿赶鸡。那些鸡受到突然袭击，又飞又叫，闹得满院子灰尘滚滚。

瓦刀脸女人在大庙门口看了会儿热闹，回到家刚要点火做饭，被鸡叫声惊动了，赶忙从屋子里跑出来，拍着手喊叫："哟，你怎么把板子拿掉了？鸡要跑出去啦！"

弯弯绕没吭声，还是转着圈儿赶鸡。

瓦刀脸女人又喊叫着："你怎么往外赶呀？"

站在一边的马大炮让他们闹得发懵，不明白他这位大叔又在"绕"什么哪。

弯弯绕一直把鸡群赶出大门口，这才开口说："它们这一回也该自由了！"

瓦刀脸女人想起那一天麦地的风波，心里还是热辣辣的难受："唉，你还没有让人家整怕呀？"

弯弯绕"嘻嘻"一笑："谁还敢整我？放心吧，李乡长一句话，全完了。往后咱们要彻底自由，过富贵日子了！"

马大炮这才转过弯儿来，忍不住地一乐，又蹿上来扳住弯弯绕的肩头："大叔，嘿嘿嘿，闹了半天，您比我看得还透呀？快说说，您是怎么想的呀？"

弯弯绕又把嘴闭上了，摇晃着脑袋，慢吞吞地走进屋；看看炕上，瞧瞧地下，好像到了个生地方。

马大炮追进来，两只眼盯着弯弯绕的脸，着急地问："大叔，你快说说呀？"

瓦刀脸女人也跟在旁边，她完全装在罐里，比马大炮还糊涂；看看这个，又瞧瞧那个："哟，这到底又是怎么一回事儿呀？"

"大叔，您倒说呀！"

"真急死人！"

弯弯绕拍打着胯骨，急赤白脸地说："唉，你们别捣乱行不行？"

马大炮吃了一惊："您这是怎么啦？"

弯弯绕说："怎么啦，怎么啦！我得想想，我得盘算盘算。让我静一点儿行不行呀？"

马大炮说："您还想什么，这一回，马主任又抖起来了，萧长春塌架子了，没事儿了。"

弯弯绕问他："你知道我想的什么？"

马大炮眨巴着眼说:"您是不是想上一回卖那点粮食的事儿呀?"

弯弯绕藐视地一撇嘴:"卖粮食,那还算个屁事呀,我早就没往心里搁它了。"

马大炮奇怪地问:"那您还想什么呢?"

弯弯绕说:"我想想我家能分多少粮食;分了往哪儿放,怎么个保存法儿。"

马大炮说:"预分方案的榜单子上不是写清楚了吗?"

弯弯绕说:"你呀,你呀,李乡长这一来,那就成了一张废纸啦!我得想想,我家那几块地,按着麦子的成色,能产多少,又应当分多少……"

"噢,您还想土地分红呀?"

"当然啦,地主都能自由了,我们就没自由了?"

"您比我想的还大呀!"

"咱们得跟李乡长、马主任伸手,要大的!"

马大炮咧开嘴巴乐着,心想:对啦,应当伸手要大的,这会儿趁着热劲儿不来点真的,弄点实的,还等什么呀? 他想,得赶紧到家去找女人一块儿算算地块,比比成色,拢拢数字,看看能分多少;能分多少,就伸手跟他们要多少。

马大炮想到这儿,像是要抢肉包子似的往外跑,结结实实地撞在"肉门板儿"上了;定眼一看,原来是马之悦。

马之悦这会儿正在对着李世丹身上的缺口大举进攻。他算把李世丹这个人吃透了、摸准了。哪壶不开提哪壶,李世丹怕什么,偏要给他来点什么;李世丹怕闹起大事儿来,偏要给他闹个瞧。马之悦紧紧地抓住李世丹这把芭蕉扇,到处煽风点火。韩百仲在大庙里跟他提到了倒动粮食、马志新的信件,还提到"尖刀子",对他的震动太大了;这是一个"大暴露"的信号;说明萧长春他们那边的人，对马之悦越来越摸底儿了，就要摸到根上了。马之悦这会儿的处境好有一比：就像落在网子里的虾米，蹦吧，掉在干岸上，不蹦吧，掉在热锅里；还是蹦一蹦好，碰巧就许蹦到河沟里去。不过，他心里边想的，可比他的实际处境要好上几千倍；他不光要往河沟里蹦，还要往大海里蹦；他已经看到了那可以使他活命的、又可以使他任意胡作非为的海。所以，他这一回跟萧长春的斗争，就不仅仅是使一点儿小谋小策，耍一点小手小腕了，形势逼到这步田地，他得来个彻底的：一句话，到了最后的关头，他得拼一下子啦！

他走了几户人家，心里边又翻了翻个儿，暗想：自己一下子就把脸拉开干，还是不大合适的。李世丹跟我有一样的地方，也有不一样的地方，无论如何，他还没有到非跟共产党分手不可的地步；况且，他还口口声声地在喊什么"党性"，什么"大局"，说明李世丹跟我还不完全是一条路上的人。如今，我是打着李世丹的旗号办事儿，要往冰窟窿里搞李世丹，只能在后边推着，不能在前边拉着；让李世丹觉着有股子挡不住的劲儿，不能让他看着人影儿，这样，才会给自己留下一个万一不利的退脚之地。

这会儿，他到弯弯绕家来，就是来借隐身草和杀人的刀子。

弯弯绕一见马之悦，心里又"绕"开了：马之悦又来找我们冲锋，又想站在干岸上不湿鞋；不行，这一回一定得逼着他干点真的，拿点实的，再想图省事儿，不行了。

马大炮一见马之悦，好像见到了肉包子："马主任，嘿，真巧，我们正说你哪！"

马之悦走进屋里，看看弯弯绕两口子，微笑着问马大炮："正说我什么呀？"

"正说你这一回美啦！"

"是我美啦，还是你们美啦？"

"咱们全美。"

"不,你们比我美。就好比两个饿着肚子、光着屁股的穷光蛋一块儿走路,一个挎着篮,一个空着手;走着走着,碰上一树烂杏。挎篮子的,吃饱了肚子,还能拣一篮子杏核,带回来种上,从此以后,他就总有杏吃,总有核种,也总有利可得了;空着手的那个呢,只能装一肚子,拉出去,还是空肚子、光屁股,还是个穷光蛋……"

"嘿嘿,你真会说笑话。"

"不是笑话,真事儿。大炮,你说说,咱们俩,谁是那个挎篮子的,谁又是那个空着手的?"

马大炮光顾"嘿嘿"地笑。

瓦刀脸女人也陪着笑得直捂嘴。

马之悦用眼角溜着弯弯绕。

按着弯弯绕刚才那种提防和准备,这会儿,他不光不会笑,还要无动于衷,可是听了这个比喻,却适得其反。狡猾的语言,对狡猾人也会起到狡猾的作用、得到狡猾的效果;是不是俗话常说的"以毒攻毒"的那种特殊效力呢? 恐怕连弯弯绕自己也说不清。他毕竟是笑了,而且动了心。

马之悦看出了苗头,立刻又把目标转向了他:"同利,你说说,你是哪一个,我又是哪一个?"

弯弯绕变得非常热情地说:"马主任呀,你就不用说这个了,只要让我过上自由的日子,决不会让你当那个空着手的人。"

马之悦拍手说:"这句话全有了。我过去是那个房壳壳,现在还是那个房壳壳,时局变成什么样儿,我还是那个房壳壳。要人力,我比不了你们,要底子,差得更远,要论会过日子、会打算,我跟你们更是天上地下。从五三年到今天,已经五年了,回到五年前的样子,再过五年看,东山坞过富日子的人家是谁呢?"

弯弯绕的心窝上长了翅膀,又扇又抖。多少年苦心追求的东西,都好像排着大队在什么地方等着他,只待农业社一解散,由他那么一招手,土地呀,大瓦房呀,几套的马车呀,长工呀,儿媳妇呀,东仓麦子西仓谷呀……这个那个,就会一下子来到他的跟前。等到自己年老了,过一过老东家的日子,那该多么福气! ……他想着想着,迷了,馋了,嘴角上不知不觉地滴了一滴口水。

马大炮的心坎上也打开了窗户。他明白了,忍不住地呵呵笑着说:"马主任,我告诉你,只要我们美起来,你也能美起来;到那会儿,我们还是选你当村长,替我们在前边办事儿。真的,我们得靠你领头儿呀!"

马之悦说:"这倒也是实话。我是肩膀端着一个脑袋的人,我也得靠你们过日子。"

弯弯绕说:"还是你的腿粗呀,没有你,我们想什么也是白想……"

马之悦说:"这话也是实在的。同利,你过去总怨我前怕狼后怕虎,可是你不知道我的心气。办什么事儿,得看天时、地利、人和,不能光凭三分钟的热度,胡干傻干。那样,只能得个一时痛快,不会有长远的结果。一句话,办事儿得等时机。时机成熟了,我能不干吗? 这回你们看到了吧? 咱们把话都敞开说吧:我可是拼着命干了,把我应当干的事儿,能干到的事儿,我全干。路子,我给你们冲出来了,门儿,我给你们打开了,这会儿,万事俱备,只欠一点儿风。"

弯弯绕、马大炮同时问:"欠什么风?"

马之悦一字一板地说:"只欠你们走不走,进不进了。"

弯弯绕说:"走!"

马大炮说:"进!"

瓦刀脸女人倒聪明了:"我说,我说,这一回可别再像先头一样,打不着狐狸惹一股子臊哇!"

弯弯绕坚决又勇敢:"前思后想,真是到了走不走、进不进的紧要关口了。不管怎么着,是成还是败,先走上它一趟,干上它一回再说!"

第一二七章

东山坞出奇事儿,迷了马斋,也疯了马斋。

从打李世丹在马之悦家大门口朝他喊了那几句话以后,他就迷迷糊糊的了。他猫抓心似的想:这是怎么一回事儿呢? 李世丹左一声"老大爷",右一声"一家人"地朝他马斋喊,又喊得那么亲亲热热,实实在在;那副表情,就像小孩子办了错事儿怕挨打一般。……李世丹是乡长,是管着十几个村子,几千人的乡长,先头是一个管着几十个村子、几万人的区长,怎么一下子跟他这个富农拉开了关系、靠上了亲近呢? 这是一件非常奇怪的事儿呀!

他想起一九五一年镇压反革命运动。有一天,东山坞召开全村群众大会,李世丹登台讲话。他慷慨激昂地说:"地主富农是我们的敌人,你们要老老实实,不许乱说乱动;谁要想变天、反攻,我们就要专政!"听到这句话的时候,马斋浑身发抖;以后,只要一傍住李世丹的影子,他就不由自主地发抖。六七年过来了,他马斋一直在假装老实,不敢动一动;东山坞那伙子穷人呢,也是生着法儿对自己专政,逢年过节要让他们找去训话,出门走亲要找他们请假,丢一根井绳,病一头毛驴,都会有好多好多的眼睛往他身上盯。那些上边来的干部更厉害,谁都不沾自己的边儿。有一回,马连福派自己家做饭,那个下乡来的女干部一听是"富农家",没进门就走了,宁肯饿着肚子都不进来吃。可是现在呢,马斋变成了李乡长的"老大爷",又变成了"一家人",这能不让他着迷吗?

接着,李世丹在大庙里放了地主马小辫。马斋看见马小辫乐颠颠地走回家,他就疯疯狂狂的了。他弄明白了这是怎么一回事儿:要改天换地,要"轮流执政",人人都要换换位子;又像过去那样,不论城里、乡下,有钱的人比没钱的人享福,富人比穷人吃香,"有钱能买鬼推磨"的时代又来了。一个乡长,总会比村民能吃透上边的政策,也会比村干部看得清楚看得远。没错儿,他们害怕了,想要笼络人心,不光要喊团结中农,也要喊团结地主、富农;要不,李世丹不会叫自己"老大爷",也不会说自己跟他是"一家人",更不会把一个有杀人嫌疑的地主放开;实际上,这是李乡长替他的上级,替他的下级,向富人赔情道歉哪!

他想起马志新那封万金家书,想起瘸老五传来的好消息,想起这半年来,他们这一伙子人挖空心思地策划、行动、失败,以及那些有点儿希望的喜与乐,受人家整治的哀与怒。如今到了瓜熟蒂落、乾坤大转的时刻,十年的苦痛和冤仇,就要一笔勾销,这能不让马斋发疯吗?

他迷迷糊糊、疯疯狂狂地到处乱跑,在弯弯绕家门口碰上了马之悦。他好像见到了财神爷、寿星佬、超度他就地成佛的观音菩萨,真想跪在地下磕八个响头:"马主任,马主任,我佩服您,我佩服您,您是我的救命星,来生再世,给您当牛做马,也报不了您的大恩大德!"

马之悦用一种谦逊盖着得意的微笑朝马斋说:"你这是说到哪里去了。我马之悦生来就是光膀子的英雄,攥拳头的好汉,活着的乐趣就是给别人办好事儿,所作所为,全是应当的,谈不上什么恩,也论不上什么德。"

马斋说:"我现在才算真明白了:一个人处世为人,得拉长线,往远看,不能光瞧眼皮底下那一寸地方。不这样,倒退半个钟头,谁敢想有这会儿的景致呀!"

马之悦故意问:"你觉着这会儿的景致是个什么样儿呢?"

马斋说:"我看哪,一句话包了:他们费心巴力箍了十年的柏木筲,这会儿钉子糟了、绳子断了,要散班子了!"

马之悦伸出大拇指:"你看得准,看得准,真不愧是你呀!"

"马主任,您说咱们该怎么办吧。"

"我要问你呢。"

"我看萧长春他们这一伙子人决不会甘心散了这个筲,上边有的人,也不能甘心,正在生着法儿往一块儿捆;咱们呢,得生着法儿,不让他们捆上,再踢上几脚,让它再散散、碎碎,连木头片子都别给他们留下。"

"你想得妙,想得妙,真不愧是你呀!"

"您快拿主意吧。"

马之悦转着两只小眼珠说:"事情已经到了紧要关头……"

马斋连忙点头:"对!"

马之悦继续说:"是得干了。……"

"不错。"

"仰巴脚躺在炕上,不会从房顶上掉肉包子。"

"您是说,别光等着,得动手?"

"这是最要紧的一回!"

"对。马主任,我还劝您一句,别再顾前顾后了。"

马之悦一摆手:"唉,你看看,咱们都熬到了这样的时刻,我还顾什么前,又顾哪家子后呀!"

马斋听了起心乐:"您一说,就算办到了;您一干,就算成功了,我敢保险。"

马之悦左右看看,小声说:"咱们得马上造声势,越大越好,先找李乡长请愿,后分粮;把李乡长扶上去,把他扶得越高越好,让他上得去,下不来……"

马斋也压低了声音:"我明白您的意思,看样子,这位乡长,已经由着您的手指头转了。"

马之悦说："就是这么一回事儿。李乡长心里边拨拉的算盘珠儿，我全部都摸清楚啦。什么农业社，什么社会主义，在他心里边占的地方全不大；他最怕群众，或者说，最怕闹事儿，最怕自己担沉重，再挨一回处分；这会儿，群众说什么，他得干什么，那个胆子，都让我们给吓破了……"

马斋说："这一点，我也看出苗头了。"

马之悦说："越怕，咱们越要吓吓他，给他一点真的看看；干了真的，给他浇了油，也给他壮了胆子。"

马斋又点头，又呷嘴唇，表示非常赞成，又非常高兴，打个愣，压低声音说："马主任，上边您是全摸透了，下边呢？您摸透了没有呢？"

"什么下边？是哪个下边？"

"就是，您说要闹事儿，能闹得起来吗？"

"能！当然能！"

"这会儿，人心可是有点不抱堆儿呀。"

"要抱了堆儿，更闹不成了。咱们要的就是这个乱劲儿；人心越乱，越是咱们的好机会。"

"您再跟我透透底儿吧。"

马之悦把马斋拉到墙角，左右看看没行人，就伸出手，扳着手指头说："咱们粗粗地排排队看吧。先说坚决分子，也就是一定跟着咱们走的人。弯弯绕、马大炮、大炮的哥哥……"

他的一只手上的五个指头还没有扳完，就扳不下去了。几个人就能把"声势"造起来吗？就能闹事儿吗？马之悦如果不是鬼迷心窍，总该有点"知难而退"了。他当然不会这么办，也不会这么想。

马斋也不会这么想，在旁边帮着搜罗："不止这几个人，不止，多了。"

马之悦说:"当然多得很。还有老五。"一只手扳完了,又换了一只手,接着扳,"对,对,马子怀,这也是个重要人物。还有焦庆媳妇、韩百安。"

马斋连忙点头:"对,对!不算看不着,一算,人数可真不少哪!还有一个,孙桂英。"

马之悦扳着最后一根手指头,这才感到有点心虚了。他一向觉着自己在东山坞的势力很雄厚,跟着自己跑的人很多,怎么会一下子变成只这么几个人了呢?

马斋还在挖空心思地搜罗人,也扳着手指头说:"哎,马主任,还有哪。弯弯绕家里的人、马大炮家里的人、马子怀家里的人……"

马之悦打起精神:"对,还有立本、凤兰、我和你……"

马斋打个沉问:"您说,我能出头吗?"

马之悦说:"能。你有办法支配那伙子中农。"

"就怕李乡长……"

"他不是叫你老大爷了吗?不用怕。"

"您出头领着,我就试探着干干瞧。"

"我得在紧要的时候再出马;比如说,把粮食分了,乱子起来了,他们又不能收拾,把李乡长吓住了,我再看风使舵。我晚一点儿出马,有几个好处,对指挥李乡长方便,不让萧长春钻空子,能把事儿闹大一点儿。"

"没有个干部领着干,行吗?"

"让弯弯绕、马大炮两个人领着。"

"噢,这倒行。就怕他们不真干。"

"反正我也跟着。到时候,你就眼里出气,看我的手指头行动就可以了。"

马斋想了想，说："您最好再把弯弯绕砸结实一点儿，他比不上一个干部有力量，可比我有劲儿，中农们最爱看他的大腿迈步子。"

马之悦说："已经砸结实了。趁热干吧。多找人，越多越好。还有，你快找上立本，让他先把仓库守住。"

两个人在这儿商讨了方针大计，又作了细节安排，就匆匆忙忙地分了手。说实在的，他们这样把自己的"队伍"一排列，那种心虚的感觉，越发摆脱不掉了。可是，他们谁都不正视自己的心虚，也不肯找找原因，仍是一味地、凭空地往好地方想；实际上，他们也不能不这样想了。

马斋来到家里。看看这个冷落的院子，看看院中心的寨子沟儿；回想起以往的那种吃香的、喝辣的，想怎么着就怎么着的富日子，想起儿子、闺女的后路；也想起李世丹放了马小辫和叫他"老大爷"那些事儿，身上那股子劲头变得更大了。他的儿子马立本早上就让新会计韩小乐给找走，到这会儿还没有回来吃饭。他立刻吩咐女人赶快收拾一下，到街上凑凑热闹；还让女人带上他们的小儿子小臣，最后又嘱咐一句："你们去了，就裹在人群里充充数，不用多说话。"他见女人进屋喊小儿子去了，就又转出来，直奔办公室。

他走到胡同口，碰见了正在伸着耳朵四处打听消息的瘸老五，就满脸发光地说："老五，那件喜事儿，你知道了吧？"

瘸老五说："光瞄着一点影子。听说李乡长来了，把北院的老头子①放开啦，真的吗？"

马斋说："这还假的了。告诉你，变天就在今天，就在此时此刻了！"于是，他把他的估计、设想和马之悦的安排、打算，简要地跟瘸老五说了一遍。

瘸老五正憋着一身的坏劲儿，当然闻风而起了。他高兴得直攥拳头："马志新不来，咱们也干上了。真没有想到哇！"

---

① 指马小辫。

马斋说:"马主任把每一步都安排妥当了,只要把粮食一分,乱子闹开了,他要亲自进北京,不光要请来马志新,还要搬动马志新的老师,在大城市里登登报,那就成了大事儿啦。"

瘸老五想找一个立功求赏的机会,就问:"大哥,你看我干点什么呢?"

马斋说:"刚才马主任说,要让马凤兰在村口要道把守放哨,防备有人出村送信儿;我看哪,你这腿脚不利索,就去干这个,换下马凤兰,还能跑跑颠颠的。"

瘸老五连忙答应:"行,保证连一滴水也不让它流出去。"说罢,就一瘸一拐地朝西村口走了。他可"美"啦。一变天,他就能到柳镇开个粮行,有东山坞这么厚实的财东,加上他学了几十年的那种往粮食里"掺糠使水"和专会买贱卖缺的本领,运转几年,就能在大城市里开上一座商号,那就算抖起来了。

马斋往办公室走的这一路,又遇上了两个可以说进话的人,又是一通猛煽猛点,又把他们埋在胸膛的贪心邪火给鼓捣起来了。他还看见大脚焦二菊脸上气色非常难看地从大庙那边走过来,不由得暗暗一笑,用眼睛说了一句话:你们这回要完蛋了吧。

当他走进办公室大院的时候,听见里边正吵。

韩小乐苦战了几天几夜,总算把会计室这摊子工作理出一个头绪。他从账本子上查出许多漏洞,其中除了麦收前那笔抚恤金证实被马立本吞搂了之外,还有十几笔粮食和十几笔钱款,都是光有进来的账,没有出去的账。他把这些一条一项地开了个清单,就找来马立本做最后一次查对,以便向社委会报告。马立本只想熬时间,根本没有心思交代问题,就推三推四。两个又争吵起来了。

韩小乐说:"告诉你,这几笔没头的账,你不弄个水落石出,我要建议社委会,马上向人民法院起诉,咱们把账本子搬到法庭上算去。"

马立本脸色苍白地说："起诉我也不怕，搬到哪儿我也不怕，这全是马主任那会儿让我搞的呀。反正我们谁也没有往自己家拿一个小子儿，肉烂在锅里，只能这样过去了。"

韩小乐说："什么，这么过去？你得说清楚，这块肉烂在哪个锅里了，是烂在农业社集体的锅里了，还是烂在你马立本家里那个锅里了？你想一推六二五地混过关去，办不到！"

马立本说："我看哪，就等过了麦收再说。人家整天价下地割麦子，累得脑袋都糊涂了，哪还算得清账啊。"他想，过不了麦收，变天了，也就没事儿了。

韩小乐急了，就拉住他说："马上就得说，走，咱们一块到场上找萧支书去。"

马斋大模大样地进了办公室，说："怎么回事儿？韩小乐，别这儿闹腾了，快看看你们支书去吧，让李乡长给整的趴下起不来了！"

韩小乐喊道："马斋，你又造什么谣？"

马斋说："不信你看看去呀。李乡长把他带到什么地方去了，谁也不让跟着。……"

韩小乐一把揪住马斋，追问："谁跟你说的？你敢明目张胆地说破坏话儿，好大的胆子！你们两个跟我一块儿走！"

马斋一边掰他的手，一边说："你说我造谣，你去看看哪。别在这儿耽误时间了，快着点儿泡壶好茶水，招待招待李乡长，省得连你也一勺烩。"

韩小乐见自己一个人拉不动他们两个死皮赖肉，想马上出去找人，就说："都给我到院子里去，我要锁门了。你们不去，我找治保主任，回头再跟你算总账。"说着推出马斋父子、关了窗户、锁了门，就赶忙朝街上跑来。

街上有很多的人正在交头接耳。弯弯绕和马大炮每个人还提着布袋；他们旁边围着他们的家属，一个个就像要跟谁拼命去似的又是喊又是叫：

"嗨，分麦子了！"

"劳动力和土地一块儿分红啦！"

"我们不多要，也不少要，多少地就分多少！"

"要不动手，可就等分剩下才是你们的了！"

"干吧，李乡长都发话了，还怕什么！"

"不分白不分呀！"

…………

韩小乐有点懵了，回头看看，马斋父子俩正在办公室门口咬耳朵。

第一二八章

支部书记萧长春拼出了全身的力气，领着二队的社员们忙碌在打麦场上。

他站在高高的麦垛上，挥动着长柄的三股权，往下扬挑着麦穗头；麦穗头像片片雪团，从他挥动着的权子头上跌落在平整光洁的场板上。六月的早晨，那红艳艳的阳光披在他那结实的肩头；晶莹的汗珠儿，挂在他那刚毅的脸上。他这会儿，恨不得一口气就把满场的麦子打轧完毕，快装仓，快送公粮，快分配。那时候，紧张的收获时节过去了，就可以集中力量一心一意地处理东山坞一切坏人坏事，来一个彻底大扫除。随后，工地上的干部和社员们都回来了，跟家里的干部、社员们掺在一块儿，分成几个临时的小队，灭麦茬的灭麦茬，种晚棒子的种晚棒子；一个队的人专管大田庄稼，一个队的人专管挖水渠，另一队的人呢，封山、栽树……这个那个，要做的事情可太多了，这儿那儿，要出现的建设场面，一定是更火热、更有气势了。

男女社员们，围着麦垛转，绕着场板跑。他们把萧长春从垛上拆下来的麦穗头用权子挑起来，就像絮棉被似的，均匀地摊晒在场板上的每一个空白的角落。

新开辟的场板上，又垛起一个新的麦垛。运麦子的大车刚刚停下，人们就一齐涌上去，又是拉又是扯地帮着车把式卸着车；两盘铡刀又"咔嚓咔嚓"地响起来了；麦穗头又把新场板遮盖起来了。

一场金子连上一场金子。

一片笑声连上一片笑声。

忽然，所有的人都停住手了，所有的声音都没了；人们惊慌地挤在一块儿，又骚动起来了，先是小声地议论，随后就大声吵嚷：

"李乡长为什么把马小辫放开呀？"

"上边有什么新指示吗？"

"有指示总得先通知支书呀！"

"这下要糟啦！"

…………

萧长春站在垛上，被这意外的骚动闹得很奇怪。他瞧见焦二菊脸色非常难看地站在人们中间，猜到又出了什么不妙的事儿，就大声喊："嗨，又怎么啦？"

焦二菊推开围着她的人，"噔噔"地跑到麦垛跟前，晃着两只大手说："长春，可不得了啦！李乡长来啦……"

"他来干什么啦？"

"嗨，他进了村，不分青红皂白，就急急忙忙地把那个臭地主给放了！"

萧长春听了这句话，不由得浑身一震。

社员们忽忽拉拉地围了过来，全都仰起惊恐的脸，用等待的眼光望着垛上的支部书记。

"长春,赶快拿主意吧!"

"长春,咱们不顺着乡长不行吧?"

"唉,他这么做可不对呀! 你得劝劝他呀!"

"乡长怎么糊涂到这个地步!"

萧长春愣了片刻。他的许许多多设想和估计,好似急风骤雨般地从脑海里闪过,胸口被怒气和慌乱冲击着,忍不住突突地跳了起来。接着,他提起杈子头,使劲儿朝远处一甩,只听"嗡"的一声,木杈子就落在摊着麦穗头的场板上了;他又往垛上一坐,两条腿往下一垂,一用劲儿,就从那高高的垛上溜到地下的人群里。

站在垛跟前的焦二菊和焦淑红,急忙伸手扶住他;她们立刻感到,支部书记的身上像烧着了一样热得烫手。

萧长春站稳以后,问焦二菊:"他放马小辫,也没找百仲大舅?"

焦二菊说:"找了。把他跟焦克礼按在那儿谈哪,吵得非常凶。我听到信儿到那儿看看,就跑来告诉你。"

萧长春又问:"为什么放马小辫,他说没说?"

焦二菊说:"他的口气可硬啦,没有一点缝儿,一口咬定我们把马小辫抓错了。"

"马之悦出面了吗?"

"跟在李乡长的屁股后边,溜须拍马,可神气啦。要我看,全是这家伙在背后使的坏。"

社员们又嚷嚷起来了:

"哎呀,李乡长这不是帮倒忙吗!"

"简直是给咱们脸上抹屎呀!"

"我看哪,马上再把马小辫抓起来! 这气可不能受!"

萧长春琢磨着李世丹的口气和马之悦出面这件事儿,感到问题非常的严重。他努力地镇静自己,回想着县委、王国忠的几次指示,回想着昨天晚上乡里武装部长说的那几句话,寻找着最妥当、最有力的处理办法。他对这些惊慌而又愤怒的社员们说："同志们，依我看，问题倒不是给咱们抹了屎和让咱们受了气。他这样把人一放，说不定要给坏人助了威风，他们会趁火打劫！"

"说得对，说得对！他们正没缝儿下蛆哪！"

"点火还不着呀！"

萧长春说："同志们，不要慌，不要乱，有上级党撑腰，有大伙儿的团结一心，还有什么怕的呢？把咱们劲头儿拿出来，该打麦子打麦子，该割麦子割麦子，该建设还是建设；先让百仲大舅跟他们对付着，我把那个队的事儿关照关照；回头，我再去找他们。"

焦振茂很担心地看看大伙儿，又看看萧长春，插了一句说："长春哪，我看还是先去劝劝李乡长吧，他是你的顶头上级，比不了旁的人呀！"

焦淑红倒想得很简单，她说："上级怎么样？上级不办正确的事儿就行吗？"

焦振茂说："我是说，长春这里边有难处……"

萧长春面对着这件事儿，的确有难处。他当了九个月支部书记，他领着大伙儿跟天斗，跟地斗，跟投机分子斗，跟地主富农斗，也跟那些要走资本主义的富裕中农斗过；现在还给他拉开一个新的阵势，还要跟一个有错误的上级斗。他对这个领导又不是十分了解，只知道他过去受过处分，只知道他"有点右"，凭这一些，就可以跟李世丹来一个公开的斗争吗？他立刻就回答了自己：应当斗争。李世丹把马之悦当成知己，马之悦说什么，他信什么，现在又发展到，马之悦说什么，他就做什么；他不相信自己的同志，心里没有群众，现在又发展到给敌人加油，给群众泼冷水。这是原则问题，路线问题，李世丹损害了党的利益。在一个党员来说，没有比党的利益更高的利益了，应当豁出个人的东西，坚决保卫它。当然，对李世丹跟对马之悦不一样，需要掌握火候，需要用同志的态度,救人的心情……年轻人想到这里,有了主心骨,也有了力量。他对焦振茂说:"您放心,没有什么难处。这一程子,我们过了多少江,过了多少河,还有什么可怕的呢?"

焦振茂还是有几分担心地说:"长春哪,不管你怎么说不可怕,我还是得劝你几句儿……"

焦淑红说:"快办正经事儿吧,您别当和事佬了。"

焦二菊也说:"振茂,你这一套,在这上边可用不上。"

焦振茂说:"不,不,我这回可不是当和事佬,斗是要斗,我觉着,一样的话,几样说法,千万别把事儿弄僵了。"

萧长春明白了老人的意思,就说:"坚持原则是犯不下错误的。只要我们脚跟不歪不偏,脑袋里没有黑点儿,不掺沙子粒,一句话儿——保卫社会主义,就算保险了。"

焦振茂着急地说:"我怎么说清楚呢? 唉,这个李乡长跟王书记好像有点不一样呀!"

焦淑红又好气又好笑地说:"瞧您说的,要是一样,还斗争什么呀!"

焦二菊有点发火了,就说:"真是废话,王书记来了,能跟马之悦坐在一个凳子上,给地主服务呀! 长春,你快点儿发话怎么办吧,别耗时间了。"

萧长春高声地说:"要跟同志们说的话,我过去全说了,用不着再多讲。一句话,不管什么风,什么雨,什么云彩,什么火,我们永远要做保卫党、保卫农业社的硬骨头。"停顿一下,对焦振茂说,"您就跟大伙儿守住这个场,这儿就是阵地。"又对焦二菊说,"您快去通知民兵,监视坏人,特别是马小辫,不要让他跑掉。"又对焦淑红说,"淑红,你赶快到大庙去,帮老保管和小乐守仓库……"

支部书记的坚定脸色和这几句有劲儿的话,把惊慌的人给稳住了。他们从支部书记嘴里接受了战斗的任务,战斗的勇气,也接受了胜利的信心。

萧长春最后提高声音说："同志们，考验我们的时候到了。加油吧！这也是对咱们这些人的锻炼哪！什么样儿的斗争都得经受经受，有好处。"

焦二菊、焦淑红憋足了劲头，奔向各自的岗位去了。

萧长春又朝大伙儿喊："同志们，打麦子呀，显显咱们的威风吧！"

好几个小伙子，小老虎似的窜上了高高的麦垛上，几把三股杈一齐舞动起来；麦穗儿成团成块地摔落在场板上；鞭子又响起来，大车的轮子缓缓移动；碌碡也套上了，"吱咂咂"地满场滚……

萧长春擦了擦脸上的汗水，从树杈上扯下小白褂子，就迈着坚定的脚步，朝场外走去。他要到一队的场上，找找喜老头，把自己的想法跟老人家说道说道，让老人家帮自己出出主意，同时，把那儿的工作安排妥当，回来，好一扑纳心儿地投入一场特殊的战斗。

他从西边出了场，抄近道儿，顺着村子边，沿着小河旁，朝北走，再往东一拐，就到了另一个打麦场的跟前了。

杏子正熟，菜花正开，满寨子红红绿绿。

一棵大杏树下边，有两个青年妇女坐在一个大筐箩跟前，正在挑麦子里的小土块儿。

马长山媳妇脸朝西坐着，看见走来的人，就用脚尖儿捅了捅对面坐着的玉珍，小声说："嗨，来人了。"

玉珍回头一看，笑着对马长山媳妇说："一心真不能二用，来了人都没有瞧见。"

萧长春一边朝这边走，一边说："树下边一坐，凉快吧？你们倒会找轻活儿做呀！"

马长山媳妇笑笑。因为她过去不大出门儿，跟萧长春不大熟，说话还有点儿害臊。

玉珍说："喜爷爷给我们俩放了半个假。"

萧长春问："怎么放了你们的假呢?"

马长山媳妇说了半句话："她瞎说呢……"

玉珍这才笑着说："让我们俩一边挑土块儿,一边守着路儿,看着人。"

萧长春没有听明白："看什么人呀?"

马长山媳妇又是笑笑没开口。

玉珍说："场上正打麦子,怕烟火,怕偷窃,怕那不三不四的人来勾搭场上那些心眼儿活的人。今天立了一个暂时的规矩,闲人免进!"

萧长春笑笑,朝着场里走。

离着场院还老远的,他就看到了那边小山一样的麦子垛,云彩一样的烟尘,像集市一样众多的人群,像战场一样火热的劳动气氛。

真的,今天这里有一种特殊的气氛,那是战斗的气氛;不论是哪个人,一着边儿就能感觉到的气氛。

刚刚扩展的场院,显得更加宽敞、有气魄。一边正在扬场。妇女扬麦子不多见,那个扬场的是福奶奶;她老当益壮,好似小伙子一般有力气。那边正拆垛,年轻人吵吵闹闹,说说笑笑,在垛上垛下,折跟头打把式,好像唱戏的舞台。那边正翻场,几十个抢着把杈子的人,排成队,走成行,不慌不乱,只有在操练场上才能看见这么整齐的步伐。

一个小伙子要套碌碡。那骡子是闹病刚刚好的红骡子,很精神,也很倔,故意跟小伙子闹别扭,左掉屁股右蹬腿,就是不顺垅,不入套。气得小伙子粗脖子红脸直骂街："这个鬼东西,比弯弯绕还会跟我绕,真刁!"

志泉媳妇丢下杈子,跑过来帮着拽碌碡。

小乐的二嫂子从麦垛子那边赶过来,帮着抻套绳。

小伙子故意喊了一声:"瞎伸手,踢着!"

两个妇女扔下碌碡框,撇了套绳子,脸儿红红的,几步跑出老远。

小伙子哈哈大笑:"瞧,这胆子有多小!"

志泉媳妇骂道:"多可恶呀! 没事儿吓唬人!"

小乐二嫂子也骂一声:"人家好心好意地帮助你,还安心使坏!"

小伙子忍住笑说:"一吓唬你们就吓成这样儿呀?"

"怕踢着嘛!"

"你不怕踢?"

喜老头的脸上挂着汗珠子,肩膀好似涂了油那么亮;听到人们吵嚷,就走了过来,把开玩笑当成正经话儿说:"怕什么,有什么可怕的? 让那咬群儿的、跳槽子的、把心夹在胳肢窝的、把眼睛长在后脑勺子上的东西们闹腾去吧! 日头永远从东边出,月亮永远往西边落;碌碡还是在咱农业社的场上转,麦子还是得装进农业社的仓库里,咱们这农业社照着原来的样儿,顺着原来的辙眼,干到底儿,走到底儿了! 狗还能吃了日头吗?"

年轻的支部书记站在一旁听着,眉毛挂上了笑,眼睛里透出了乐——这些话他听明白了,碰到心坎上了。

喜老头说着,把小褂子的襟儿从胸脯子前边朝后一撩,又顺着胳膊往下撸,脱下来了;又一团,一甩,扔在远远的麦子垛上,就威风凛凛地朝红骡子跟前走过来,一把从小伙子手里扯过缰绳,搭在骡子的脖子上;接着,一手紧抓住笼头,一手提起套上的夹板。

那骡子又要耍脾气,眼睛瞪着,脖子挺着,尾巴撅着,蹄子刨着,要撒疯、尥蹶子。

小伙子喊:"喜爷爷,小心!"

喜老头一边不慌不忙地调动着牲口,一边说:"小心,不等于怕它,更不等于让它这虚张声势给吓住。遇着让你害怕的事情,你总得这么想:你不厉害,我比你厉害;你那厉害是假的,我这厉害才是真的。"

妇女们喊:"喜爷爷,您真不行!"

喜老头依旧不慌不忙地调动着牲口,一边说:"你们怎么知道我不行? 我行。因为我知道它的底,也就有对付它的办法儿! 对待什么事儿,都得这样。忘了那句古话了:'知己知彼,百战百胜',我又知彼,又知己,也就越有信心越来劲头。"

年轻的支部书记站在一旁听着,心口窝跳起来了,两只手攥起来了——这些话,他听懂了,从里边悟出了道理,也取得了力量。

喜老头把全部的劲儿集中在一只手上,紧紧地抓住了骡子的脑袋;那骡子想着撒泼也撒不起来了,只可摇着尾巴倒退,不能左右摇晃;喜老头顺势把另一只手上抓着的套绳一抡,搭在了骡子的身上,套夹板就给套住了。

小伙子赶忙送过一把长缨鞭。

喜老头把鞭子一甩——"劈啪"一声,那红骡子甩开了四只大蹄子,在那铺着麦穗的场板上飞跑起来;身后的碌碡"吱吱呀呀、吱吱呀呀",一片响。

从四面响起了赞美声:

"说一遭儿,还是老把式有办法!"

"经验比力气还重要,不能光使傻劲儿!"

"没想到喜老头还有这一手!"

喜老头一边摇着鞭子一边说:"你们别大惊小怪的行不行! 这算得了什么! 一个农业社的社员,连对付一头倔骡子的勇敢劲儿都没有,还怎么对付坏人闹出来的坏事儿呀! 这叫真本事,这个真本事每一个人都应当有;要不,你就会让它给吓唬住——驾,喔!"

老人家脸上挂着的汗水，像金珠子，银豆子，在六月的阳光下闪闪发亮。

年轻的支部书记站在一旁，着迷地看着老人。他忽然从老人的脸上发现一种异乎寻常的神情——铁块一样的硬，石头一样的冷。这神情绝不是因为对付一头倔骡子引起的，那里边包含着种种复杂的心思：愤怒、气恼、焦急、担忧；最重要的，还是一种斗争的勇气和胜利的信心。支部书记熟悉了这个老石匠，他们的心思常常是一个样儿的，所以最能了解他，也最容易从他身上吸取力量。

萧长春这会儿甚至想：用不着再跟老人家说什么了，要说的话，老人家已经知道了；想要听听的话，老人家已经告诉自己了；这会儿，自己完全可以转身走，到大庙去找李世丹，用自己应当有的勇敢和应当有的信心，参加那场特殊而又激烈的斗争。

他还是忍不住地叫了一声："喜爷爷！"他那声音有点儿发颤；随后又朝喜老头跟前走了过来。

其实，喜老头早就瞧见他来了，却像毫不注意地说："嗯，你来了。"他说话的时候，脸上一点儿笑模样都不带。

"我找您说几句话儿。"

"我觉着你又该沉不住住气，跑这儿来找我了。"

"事情大概要麻烦。"

"慌神了？"

"没。"

"哼，不一定吧？"

"真的。"

"我就不信。没慌，心里也没少折腾，对不对？"

这时候，如果旁边站着一个不知底细的外村人，会当成是一个硬心肠的爷爷，正在数叨一个不顺心的孙子；也许会以为，这个老社员对这个年轻干部非常的不满，非常的不信任，非常的……反正,他们不会猜到,这个老贫农是怎样的敬这个年轻的支书,爱这个年轻的支书,又是怎样从心眼里佩服这个年轻的支书,敬爱和钦佩的程度,是深厚的、牢固的,量不出来,也动摇不了。

知底的人也有议论,翻场的人就在笑嘻嘻地小声嘀咕:

"喜老头真厉害。"

"对谁全那样子。也不顾人家生气。"

"我真怕他。"

"你也喜欢他呀!"

"嘻——嘻……"

萧长春说着话儿,卷上了一支烟。

喜老头说:"往那边站站吧,别把麦子垛给我引着。"

他们一块儿走到场边上。

萧长春说:"真没有想到,又来这么一出。"

喜老头说:"你昨晚上不就说了吗,怎么说没想到呢?"

萧长春说:"没想到李乡长这样没有立场。"

喜老头说:"唉,你跟他打了这么多次交道,还闻不出味儿来呀!"

萧长春把自己的布置和打算说了一遍。

喜老头仔细地听着,不住点头。

那边拆麦子垛的人,光顾从底下掏,下边空了,上边成了大脑袋,"哗啦"一声坍下来,埋住了好几个妇女。

"哈哈,真是祸从天降!"

"快救人吧!"

"不用忙,里边比外边暖和。"

"这下可省着拆了。"

"快摊吧,多轧一场!"

喜老头朝那边看看,大声喊:"嘿,妇女同志们……"

他这个"称呼",逗起一片笑声。

喜老头依旧是用那副冷硬的脸孔接着说:"唱个歌儿吧,你们这会儿不抖神儿,还等什么时候抖神儿;这会儿不美,什么时候美!唱,唱,让他们听听。让他们知道知道,我们正在干什么,想什么。"

那几个高小毕业生和回家来度麦假的中学生就在人们的笑声里,扯开嗓子唱开了:

> 河里的水呀有源,
> 山上的树呀有根,
> 我们有了农业社,
> 好像那鱼儿和水不能分。

> 河水不能没有源,
> 树木不能没有根,
> 我们要走天堂路,
> 千年万载、万载千年不变心……

喜老头听着歌声,脸上露出一丝笑容;接着,又好像来了一阵风,立刻把这一点难得的笑纹给吹跑了。他对萧长春说:"我告诉你,不论是谁,就是皇上他二大爷来了,只要他干反对咱们农业社的事儿,也得跟他斗!你心软给他留点面子,他心硬可不会给你留面子,不给咱们东山坞的穷人留面子,得斗,狠狠地斗!"

萧长春说:"我也是这么想。这一程子,那群坏家伙正没有缝儿可钻,李乡长这么一闹,正是空子,他们能放过去呀?我看,可能要出一点乱子……"

喜老头打断他的话说:"要我看呀,不是可能要出乱子,是一定要出乱子;这个乱子,不会等到明天后天,马上就要出。刚才弯弯绕、马凤兰,还有马斋几个人,贼眉鼠眼、试试探探地在场边上转,看样子是来招兵买马的,一看见我朝他们瞪眼珠子,一看见这边大多数人都没给他们好颜色,就溜了。你看,这不是活动起来了吗?"

萧长春说:"让他们活动去吧,一切都布置好了。"

喜老头说:"好像还差一点儿。"

"您说还差一点什么?"

"得马上派人到上边报告。要不,光我们斗,不一定能降住李乡长;不论怎么说,他是乡长啊!"

"对。我原来想,等着跟李乡长讨个底儿再派人去呢。"

"等讨了底儿,再另派一个嘛,多走两趟有啥亏吃?"

"我马上找百仲舅妈去。"

"我派个人找二菊说一声就行了。你快忙你自己的事儿去吧。得工夫,照应照应二队的场,还有仓库。这些地方都守个好好的,那就撒开巴掌,让他们闹去吧;他们觉着怎么闹过瘾,咱们就怎么陪着。"

"百仲大舅和克礼都有事儿,这边场上的事儿,我们都不管了。"

喜老头看了萧长春一眼,没说什么,又招呼小青年们说:"嗨,大声点儿,大声点儿,唱吧,唱吧!"喊了几声,他也跟着唱起来了:

> 我们有了农业社,
> 好像那鱼儿和水不能分。
> ············

第一二九章

焦淑红从打麦场的西边出来,一拐进街口,就看见弯弯绕几个人正在沟里凑堆聚伙,又是喊,又是叫;就急忙从前门口进了家。她想拿上她那两颗手榴弹,好赶紧奔大庙。

妈妈正在后门口站着，听见脚步声，就转回来，一边察看着闺女的脸色，一边问："淑红，到底儿又出什么事儿了？"

焦淑红说："出了热闹事儿。"她进了自己的屋，打锁、开柜，从里边翻出手榴弹。

"李乡长为什么放了地主哇？"

"人家大概喜欢地主呗！"

"哟，还有这样的乡长啊！他怎么对你百仲大叔那么厉害呀？"

"怎么厉害啦？"

"刚才两个人到北院找支书来了，兴许没有找着，正在那儿吵哪。"

焦淑红留神听听，北院里的人果然正在一对一口地吵嚷着，李世丹的声音很高，韩百仲的声音比他还要高。她再也顾不上跟妈妈多说话儿了，又急忙从前门出来，往东走，又往北拐。

大殿里那金山似的麦子堆，出现在她的眼前了。这是他们东山坞农业社的社员们一年辛勤劳动的收获，是他们斗争的胜利果实；这里边有交给国家的公粮、统购粮，有社员们的口粮和秋后播种的种子，这是国家建设和社员们生活的命根子。现在，好人、坏人，眼睛都在盯着它，好人是想把它保卫住，不能让它损失一个粒儿；坏人是想破坏它，把它变成自己的……萧长春说得对：考验每个人的时候到了，自己一定要经受住这场考验！

像平常日子一样，庙门儿四敞大开着。焦淑红一迈进门槛子，就看见了被席子、木板封闭的仓库，闻到一股子沁人肺腑的新麦的清香。

她停在门口，心里边突突地跳；想朝里喊一声"谁在这儿"，又把声音吞住了，回手轻轻地关上了两扇大门，插上了插关，搭上了门栓，用手拽拽，很牢靠；朝里走两步，把两颗手榴弹连同袋子一起系在腰上，拉拉衣襟盖住，又在院子走了一圈，到处看了看。

往日里大庙是最热闹的地方。韩百旺高声地吆喝牲口,韩德大尖着嗓子唱歌,串门的人大声说笑,加上两盘石磨"呼呼隆隆"地响,再有木工组的斧凿乒乒乓乓,这儿就成了一台戏。可是现在这儿是宁静的,只有院子当中那棵古柏树,还在微风中摇晃着枝叶,低声地响着。

焦淑红出现在东耳房的门口,里边的人谁也没有发现她。她站在门槛子外边,首先发现老保管不在这儿了;随后又把屋里的每一个人扫视一下,用心里那个尺子衡量着他们。在这一段复杂而又尖锐的斗争日子里,这个农村姑娘深刻地认识到这样一条真理:一个人对社会主义是真心热爱,还是暗地里反对,不能光看他的笑脸,也不能光听他的漂亮话儿,而是要看他的行为;行为是一个人内心世界最可靠的证明。在这个严重的斗争时刻,每个人都不能不拿出自己的真实行为来给别人看,不是好,就是坏。

豆片磨不知道什么时候停止了,豆浆锅里也没有了往日的那种腾腾的热气。韩百旺蹲在石磨旁边,垂着头,叼着长杆旱烟袋,"呼噜呼噜"地抽着烟。这个老农民在焦淑红的印象里,是个心眼儿多、好打自己的小算盘、又圆圆滑滑的人;他对谁都能说到一块儿,谁也不得罪,遇到事儿,光往后退,不往前边靠。最近他虽然有了变化,可是大庙以外的事儿,除了打听打听,还是很少拿出自己的一点看法,也不大伸手;就像婆婆手底下的第三个媳妇,做现成的,也是吃现成的。

炕上有个人,大被蒙头地躺着,从地下那双钉着牛皮掌子的大鞋可以认出,那是韩德大。他像是在发烦,不住地长出气。这个小伙子在焦淑红的印象里,是个觉悟低、不会动脑筋、又莽莽撞撞的人,遇到事儿,只会大炮筒子似的叫喊几句,没有办法,有时候还把正经的事儿当成玩笑,调皮捣蛋的事儿离不了他。

焦淑红的眼光移到靠窗台那边的时候,不由得一愣。

靠窗前那张破桌子前边，坐着个马立本。他正手忙脚乱地翻着一个小纸本子。这个人不用说了，焦淑红早已经认识了他。他是马之悦的忠实走狗，心甘情愿要当富农分子的继承人；他的脑袋里不光装着很多见不得人的脏东西，还有贪污倒把的行为。打从撤了他的会计职务，好像有点老实了，可是，他心里装着什么，又为什么在这样的时候钻到大庙里来，又在那儿忙得那样认真呢？这里边一定有鬼！

焦淑红看着想着，胸口突突地跳起来了。她想：眼下最要紧的一件事儿，是把马立本赶出大庙，留他在这儿呆着是非常危险的。奇怪呀，为什么韩家爷俩允许他马立本呆在这儿，好像谁也碍不着谁的样子呢？这爷俩上了他们的套吗？要那样可就复杂了。复杂就复杂，党派自己到这儿来的，重担子就得挑起来了；自己不能急躁，也不能大意，得使智谋，得用萧长春经常帮助人的办法，说服这爷俩觉悟过来，跟自己拧成一股劲儿对付马立本，保卫这个仓库。……她想到这儿，又镇静了一下，轻轻地咳嗽一声。

韩百旺猛一抬头，想说什么没有说出来，也用眼睛观察着焦淑红。

马立本扭过身子，非常得意地一笑。这个笑里边，包含着许多话，许多道理。

焦淑红先问："老保管呢？"

马立本抢着说："刚才李乡长叫他到办公室谈话去了。有事儿，你到那儿找吧。"

焦淑红心想：李世丹明明在萧长春家，怎么会把老保管叫到办公室去呢？就又追问："是谁告诉他的？"

韩百旺这才开口说："刚才马立本捎来的信儿。"

焦淑红盯住马立本："谁让你捎的信儿？"

马立本把眼一翻："让你到这儿审案子来了！"

"你得说谁让你捎这个信儿的!"

"保密,不告诉你。"

"保密? 你们要耍什么阴谋?"

"嘿嘿,这你就不用问了。"

韩百旺又插一句:"保管走了以后,马立本还说,李乡长让他来管仓库……"

焦淑红更急了,质问马立本说:"到底是谁让你来的?"

马立本不以为然地说:"韩百旺不是说了吗,李、乡、长!"

焦淑红说:"谁让你来的也不行,你算干什么吃的?"

马立本傲慢地一晃脑袋:"干什么吃的吗,这会儿还很难说!"

焦淑红说:"你是跟坏蛋、跟地主富农穿一条裤子的贪污盗窃的罪犯!"

马立本脸又黄了:"这个呀,咱们得重新说,重新论了。哪个是罪犯,等一会儿揭开盖子再瞧。"

焦淑红说:"马立本,你不要死不低头。告诉你,农业社你是挤不垮的,你们的靠山是靠不住的。这儿是东山坞农业社社员的仓库,社员不说话,谁让你来也不行。"

韩百旺低声说了句:"这话倒是实在的……"

焦淑红对韩百旺说:"您怎么听马立本胡说,让他这儿呆着?"

韩百旺说:"唉,李乡长不是净办这种怪事儿吗! 连地主都给放了。"

焦淑红说:"他放了不算,我们还要把他抓起来。萧支书把看守仓库的任务可交给咱们了,咱们得看住它!"

韩百旺没听明白:"看住? 仓库怎么啦?"

焦淑红说:"刚才您怎么说了,李乡长光办怪事儿;他办怪事儿,村里就出坏事儿,有人嚷嚷着要抢咱们的麦子!"

韩百旺手里的烟袋,"啪哒"一声掉在地上,接着又倒吸了一口冷气，像钉子钉在那儿，张着大嘴巴，嘴唇干抖，再也说不出话来了。

韩德大把被子一抢，"噌"地坐了起来，脸红的像猪肝子，用拳头捶着炕席，喊道："敢！反啦？"

只有马立本脸上放出光，伸手摸着下巴颏，嘿嘿地笑了一声。

焦淑红问："你们说，要是真有人来抢咱们农业社的麦子，我们应该怎么办呀？"

韩百旺说："萧支书呢？赶快让他拿拿主意呀！这可不行，淑红！"

韩德大说："没那事儿！有我在这儿，看谁敢拿一个粒儿试试！"

马立本又笑笑说："找谁也不行啦，萧支书这会儿是泥菩萨过河，自身难保呀。德大你说敢不敢吗？唉，那可得两说着啦。这是新的局势，也是潮流……"

韩德大说："扯淡去吧，什么他妈的潮流！一个当乡长的，自己的同志孩子给坏人害了，他连一句话没有，连一点心都不动，还给地主下气，他是屁乡长呀！我看他就是来这儿煽风点火的，是个地地道道的大坏蛋！"

马立本哈哈大笑："德大，你这股鲁劲儿，如今可吃不开了。你还看不透吗，群众要自由，政府就得给自由；群众不喜欢农业社，政府就不得不解散农业社。这不是一个东山坞的事儿，全国全这样。你没听说北京都要来人了；你没见乡长都害怕了，他总比咱们这些黎民百姓看得透吧？找萧支书？嘿嘿，他还不一定找谁哭去哪。别抱这条粗腿了，谁的腿粗，这回就要揭开盖子看真情了。"说着，他瞥了焦淑红一眼，"硬抗？你们几个就能抗得住呀？这是大民主，得听群众的。群众说怎么着，那就得怎么着。"

韩德大打断他的话："你小子想怎么着？"

马立本说:"我是决心为人民服务的,我当然要看群众啦。你们呢,不如来个顺水推舟,也好立个功,好将功折罪,里外不伤,还落麦子吃。"又冲着韩百旺说:"你可是个老实巴交过庄稼日子的人,不能胡说蛮干,也得给你这个侄子想想,管着他点儿。与人方便,自己方便嘛……"

韩百旺那脸色从布一样的红,又变成窗户纸一样的黄。他猛地抽身站起,指着马立本的鼻子喊起来:"我还当你又是跑这儿溜须拍马的,所以没有理你。闹了半天,你是带着将军令,到这儿埋地雷的呀!马立本,共产党对你可不错呀。没有把你当富农看,让你走好道儿;就连你在银行捣鬼犯下罪都没有再追究——这事儿你当谁都不知道吗?嘿嘿,瞒了别人你可瞒不了我。喂熟的狗还看门哪,人可不能不讲良心……"

马立本愤愤地说:"得了吧,谁把我毁了,我全知道!"

韩百旺说:"毁了你的,就是你自己呀,这还不是明摆着的事儿吗。你把自己干的事儿都想一想看 。"

马立本理短词穷,也不愿意争论这个,就摆摆手说:"这会儿我没工夫跟你算这笔账,咱们就等着瞧吧。"

韩百旺说:"不管怎么算,反正再让我们穷人走回去,没那日子。德大说得对,事到临头了,咱们办事得对得起社员,对得起萧支书!"

马立本厚着脸皮说:"唉,你平时就糊涂,这会儿糊涂得更厉害了。你不识字儿,没见报纸登的什么;就要改朝换代了,一朝天子一朝臣,你想对得起谁呢?"

韩德大跳下炕,扯着马立本的胳膊说:"你别在这儿喷粪了,两个山字搁一块儿,你给我请出!"

马立本一甩胳膊:"什么,让我走?笑话,这儿是由我管啦,明白吗?"

焦淑红故意不插言，让他们争论，看看他们的态度，也试试他们的决心；听到这儿，她忍不住插了一句："马立本，你说老实话，是谁把老保管叫走的？"

马立本又一翻眼皮："嗨，这你就用不着问了。"

韩百旺说："是呀，淑红你还问什么呀，我这会儿都明白啦，那是调虎离山，他跑这儿为王来了。"

韩德大吼叫着："马立本，你给我滚！"

焦淑红也喊："滚，滚！"

韩百旺想了想说："要我看哪，还是别让他走吧。……"

焦淑红说："得把他赶出去，留在这儿没好处。"

韩德大也说："您怎么还想留他呀。"

韩百旺胸有成竹地说："把他放出去，更没好处。怎么说呢，他一出去，外边不又多了个坏人吗？"

焦淑红笑了："您想得好！"

韩德大说："我要上大门了。"

马立本跑到屋门口，脚跐着门槛子，手扶着门框，又喊又叫："谁让你上门？我是马……哦，我是李乡长派来的，你们得听我的了。你们都走，都出去！"

韩百旺对焦淑红说："上门，快去上门！淑红，你不用怕他，听我的吧！"

马立本暴跳地转向韩百旺："你算干什么吃的？"

韩百旺说："我是贫农，我是社员！"

马立本说："谁给你的权利？"

韩百旺拍着胸脯子说："这儿！"

气得马立本干瞪眼。

韩德大一把推开马立本，就朝大门口奔去。

马立本要追，韩百旺把他拉住了。

焦淑红也堵住了屋门口。

马立本威胁地喊："你们就是把门关上，等分麦子的人来了，我也得给他们开开；那时候，可别说我不给你们留情面，先声明一下！"说着，一使劲儿，把韩百旺抢开，又推过焦淑红，朝外追着，喊叫着："韩德大，韩德大，我看你敢动……"

焦淑红再也捺不住火了，就一个箭步蹿上去，拦腰抱住马立本，喊着："百旺大伯，先把这个坏蛋抓起来！"

韩百旺说："对，我留下他就是这个意思。"

马立本挣扎着，低下脑袋要咬焦淑红的手。

韩德大一把揪住马立本的分头。

焦淑红说："快找绳子！"

韩德大说："费那事干什么，西耳房空着，把他锁进去就行了。"

焦淑红说："也好。反正他不愿意改变立场，让他到马小辫呆过的地方呆呆，很有意义。"

韩德大笑着说："对啦，马小辫吓了一裤子尿，让这小子闻闻味儿，还留着哪。"

马立本挣扎着，呼喊着："你们反了？你们什么都不怕了？你们敢把我关起来，一会儿李乡长来了，得让你们跪着把我放开……"

三个人连推带搡，把个马立本像抓小鸡子似的，给关进小屋子锁起来了。

三个人又把关闭的大门检查了一遍，就都站在院心，透了口气。

焦淑红擦着脸上的汗水，不由得又把这一老一少打量一遍。她觉得，这韩家爷俩，都是这样的可爱，就好像第一次认识他们：韩百旺那蔫蔫呼呼的外貌里却包含着那么惊人的勇敢的斗志，就连韩德大那粗鲁性子，这会儿都变成优点了。

远处传来了呼喊，又杂乱，又刺耳朵。

"嗨，你想不想吃烙饼呀？"

"怕什么，李乡长都发了话儿！"

"跟着干吧！"

韩百旺打个寒战："亏得淑红来了。真险哪！"

韩德大问："咱们就在这儿守着呀？"

焦淑红说："对，守住麦子，就是守住了咱们的农业社，命在麦子在，全看咱们爷仨了！"

…………

第一三〇章

按着过去的一般惯例，东山坞发生了这么大的事情，马子怀两口子一定得被他们牵扯进来；正在煞费苦心搜罗人的马之悦，早打上他们的主意了，而且认定，一口气就能够把他们吹起来。

马子怀这会儿还在地里割麦子。他听说李世丹到村里放了马小辫，马之悦又神气起来，就有点慌神了，想找个借口，回村里看看到底儿是怎么一回事儿。他是生产小组的组长，是领着大伙儿割麦子的，不好意思，也不敢扔下活儿开小差。急得他从脑瓜门往下掉汗珠子。

焦振丛赶着大车来拉麦子了。他的鞭子还是抽得那么响，步子还是迈得那么大，好像很沉着的样子。

马子怀跑过来跟着装车，一边往车上抱麦个子，一边瞅焦振丛，察言观色，想讨个实底儿。过了一会儿，左右看看没旁人，就小声问："振丛大叔，这麦子还往场上拉呀？"

焦振丛倒觉着挺奇怪："麦子不往场上拉，往哪儿拉？快拉好快打呀!"

马子怀把麦子个儿放到车上,又问:"还打场哪?"

焦振丛这才明白马子怀问这些话的意思,笑着说:"噢,子怀,你是听见拉拉蛄叫不敢种地了,是不是呀?"

马子怀不好意思地笑着说:"唉,您瞧瞧,这不又是一阵锣一阵鼓啦?"

焦振丛说:"没那事儿,咱们是擂战鼓的,不乱敲锣。只要有支书在那儿顶着,我心里边就有底儿。你还信不住他呀?"

"这回来的可是乡长呀!"

"你看大伙儿吧,人家都安安定定的,你自己起哪家子矛盾呀!"

"唉,真让我焦心,这些人,怎么偏偏放着安定的日子不过呢?"

"子怀,不用怕,这一程子我是看出来了,不豁出去斗争,就没有个安定。前边有个好领头儿的,咱们就跟着干,保险没错儿。"

不论别人怎么讲,马子怀心里边还是不住地敲鼓。他跟着焦振丛装完了车,就让大车挡着身子,悄悄地离开了麦子地,奔村子里走来。

大车过了小石桥,"咕咚、咕咚"地一阵响,有几根麦子给颠下来,掉进河里去了,河水带着麦子流走了。

马子怀猛然想起昨天在这小河边上发生的事儿。那时候,支部书记的独生儿子丢了,好多人围在这儿着急地找孩子,也有不少的人在背后悄悄地议论过这场灾祸。那会儿,马子怀说的话不多,心里想的事儿可不少。他承认萧长春是个硬汉子,萧长春在好多地方显示出硬劲儿,都是马子怀亲眼看见的;他对这股子硬劲儿,又吃惊,又佩服。可是他觉着,人总是骨头掺肉长的,"硬"是有限度的;而再硬的人,也很难挺住这种亲骨肉生离死别的打击。当时,马子怀心里就想:这下子,萧长春算是趴炕了,不心疼死,也得大病一场；他一病，场上的麦子就算烂成泥了，东山坞又得重来一回去年秋天的样子。马子怀心里又急又怕，甚至连农业社坍了架，自己的日子应当怎么过，他都想了。后来，马子怀又亲眼看见萧长春出现在这个小桥头上，还是那么硬，其实，比过去更硬了。这股硬劲儿，感动得多少人掉了眼泪！马子怀也掉泪了。当然，以后的事态发展，也没有变成像马子怀估计的那个样子。支部书记和贫下中农又挺住了，又把风向给扭过来了，又一次把这个要塌的天给撑住了；打场、轧麦子的活儿，反而比没有闹这场事儿的时候更红火了。马子怀又听到人们的惊叹，又听到另一种议论。晚上回到家，躺在炕上，又翻来覆去地一想，他好似大梦初醒，发觉自己又把事情看偏了，又把支书看低了，又把贫下中农的劲头儿看小了。他跟女人说："咱们这种人家，就得找一棵大树乘凉儿呀。农业社这棵树是最大的呀！"

没有想到，一夜之间，又闹出了事儿，他又不知不觉地对这棵"大树"发生怀疑了。

马子怀走着，想着，问自己：这回又出了一件想不到的事儿，自己是不是又把问题看偏了，又把支书看低了，又把贫下中农的劲头儿看小了？

女人站在家门口，正神色惶恐地四处张望。刚才她从大庙门口过，亲眼看见李世丹放开了马小辫；后来，又亲眼看见李世丹把韩百仲找到大庙里，指着鼻子训；接着，又亲眼看见沟北边一些人又扬眉吐气地活动起来。她急着想把这件事儿告诉男人，又不敢贸然地跑到地里去。这会儿，她见男人没到收工的时候就回来了，更加重了慌张，一把将男人扯到门口里边，小声说："可不得了啦！我看哪，咱们日夜担心的那种事儿，这回算真到了。"

马子怀压住慌乱，宽慰女人说："不要怕，不要怕，也许虚闹一场，照样没事儿……"

女人拍着手说："这回可不是虚闹，全是实的。我亲眼看见，马主任跟李乡长肩并肩地站在大庙里，干干脆脆把马小辫放开了；还当着韩百仲的面，口口声声地说支书犯下了大错误……"

马子怀吃了一惊："支书犯了错误？"

"李乡长这么说的。"

"真说支书犯了错误？"

"那还假呀。我就在庙门口站着，听得可清楚啦。"

"哎呀！萧支书要是错了，这不就等于咱东山坞什么事儿全都错了吗？"

"有人说这回要把支书撸下台。"

"哎呀！萧支书要是错了，这不就等于王书记，还有上边的好多指示啦，政策啦，全都错了吗？"

"有人就是这么说的呀。说好多事儿都要从根子上变变。"

马子怀这一回才是"最彻底"地慌了。他的脸色焦黄，追问女人："还说什么了？"

女人一见男人的脸上变了颜色，也跟着害起怕来，声音发抖地说："马凤兰碰见我，问我：这一回，看你们跟谁走？"

马子怀又倒吸了一口冷气："跟谁走？"

女人点点头："是这么问的，问咱们跟谁走？"

马子怀转过身子，迈出了大门口。

女人追着问："你到哪儿去呀？"

马子怀说："我得赶快到大庙里看看风向。"

女人停在门口，望着男人的背影，叹了一口气。

马子怀下了坎子。他朝着正西的河边瞥了一眼。猛然间，他又想起了去年秋后的事儿。去年秋后，闹了天灾，生活没有指望了，他要跟马之悦走，要跟着沟北的人，丢开家，丢开农业社，逃到大城市去。就在村西河边小桥头，萧长春拦住了拉行李的大车，夺过了马连福手里的鞭子；他不让马子怀跟沟北边这些人走，把马子怀留在东山坞，留在农业社；让马子怀跟他们垒拦洪坝、挖泄水沟、拉犁种麦子……就这样，党支部的人领着东山坞的社员战胜了冬荒，熬过了年关，夺来了满地的黄金，夺来了生活的奔头。

马子怀转过身。他一抬眼，看见了办公室的大门，也看到了往北山去的那个道岔子。他想起了半个月前的那件事儿。麦子丰收了，麦子诱惑人哪，他要跟马之悦走，要跟沟北边的人要求土地分红，要多贪点儿，多分点儿。在农业社办公室，马子怀跟着帮帮，大闹过干部会，萧长春坐在那儿，稳如泰山，制服了硬吵的马连福，降住了软磨的弯弯绕。第二天，就在这道岔子，萧长春跟马子怀谈了好多话，那些话是热的，字字句句吃进心里；他不让马子怀跟沟北边这些人走，让马子怀参加贫下中农代表会，让马子怀看一看农业社的力量，瞧一瞧社会主义的远景。……就这样，党支部的人领着东山坞的社员制止了土地分红和闹粮的风波，投机倒把的事儿揭发了，预分方案公布了，热热闹闹的麦收开始了，好日子到了家门口。

马子怀站在道沟里，抬头看看天，低头看看地，多少刚刚发生的事儿，又在他的心头转开了；这些事儿，宗宗件件，都连着"跟谁走"这个重要题目。弯弯绕要拉马子怀倒卖粮食，是让马子怀跟他们走；马立本拉马子怀去"捉奸"，是拉马子怀跟他们走。马子怀接受了闹干部会对他的教训，接受了在道岔口萧长春对他的说服，也接受了贫下中农代表会上，那些坚决走社会主义道路的人给他的影响；所以，这一程子，不论大事小事，他都没有跟马之悦这伙人走。那么，这一回呢？这一回的问题是从根上来了，摊在头上了，谁是谁非，要自己去分辨了，马子怀你跟谁走呢？

…………

女人在院子里兜了个圈子，对男人在这时候出去，非常不放心,就又到门口外边张望。她瞧见男人转回来了,而且神态大变:脸色变红了,腰杆变直了,脚步变稳了——哟,这是怎么一回事儿呢? 他讨了底,有了数?

"你回来了?"

"嗯。"

"见着谁了?"

"谁也没有见着。"

"有底了吗?"

"有了。"

女人奇怪了:"谁也没见着,你怎么就有底了?"

马子怀平静地说:"支书,还有贫下中农给咱底儿了。"

女人更糊涂了:"你不是谁也没见着吗?"

马子怀说:"这会儿没见着,过去不是常见着呀!"

女人说:"我真不明白。"

马子怀说:"你就会明白——这个底,支书、贫下中农,不是早就给咱们了吗?"

女人似懂非懂地问:"噢,你是说……"

马子怀接着说:"我是说,任凭风浪起,咱得看着支书,看着贫下中农的眼色行事,看着他们的大腿迈步子。"

女人想了想说:"倒也是正理。"

马子怀听到沟里有人喊叫,就推着女人说:"走,咱俩快到屋里去,得从长计划计划。"

两口子刚刚走进院子,关了门,还没容走到屋,外边就有人敲门了。

马子怀赶忙转回来打开门,一看是马大炮,就堵住门口问:"你有什么事?"

马大炮说:"你想吃麦子不?"

马子怀说："谁不想吃麦子！"

马大炮说："那就快分去吧！我给你送个信儿，去不去在你呀！"

马子怀问："怎么个分法？"

马大炮说："按地亩分呗！"

马子怀两眼盯着马大炮的脸，质问："谁说的按地亩分？"

马大炮神气地一晃脑袋，说："嗨，咱们中农说的呗！"

"光中农说怎么办，就怎么办呀？"

"当然啦。这一回呀，乾坤大转，乡长从上边带来新的精神，咱们中农说话可算话了；咱们中农，想干什么，就干什么，一个皮球踢上天，没拦没挡了！"

马子怀呆了片刻，终于鼓着劲儿，说出一句他应当说的话："我可不能再跟你们瞎轰轰，快走吧！"

马大炮翻白着眼睛说："隔壁住着，我们有了好事儿，不得不告诉你一声，你可别不知好歹！"

马子怀说："唉，提起这种事儿，我就更得跟你们远远的了。隔壁子住着，你多会儿往我们身上使过一点好心眼儿？"

马大炮刚要骂大街，马斋从背后闪过来了。他带着一脸小人得志的奸笑，拍着马子怀的肩头说："爷们，那天在集上我怎么跟你说的？不光是北京有人给你们这些中农户说话，连乡长都给你们做主，再不干还等到什么时候呀。我真看着你们眼热，就你们吃香，就你们腰板硬。我要是站在你们这步田地上，这回，一定要来个顺水推舟，干个彻底的。"

马子怀很奇怪地盯着这个富农的脸。他从这张脸上看到了阴险、狡诈，就好像他过去在戏台上看到过的那些坏人一样。忍不住地问："马斋，你这么瞎闹哄，真不害怕挨整啦？"

马斋说："唉，我是抬轿、吹喇叭的，光是凑个热闹，娶媳妇抱儿子是你们的呀！常言说旁观者清，我看你就是太胆子小，胆小把你害了。子怀，过了这个村，可没有这个店了；不用犹犹豫豫，赶快抬腿跟着干，这是伸手就得利的事儿。"

马子怀这会儿倒是越发清醒了，哼了一声说："我是不贪无义之财，不做犯法之事，看着日头影起早、做饭，不能老是顶着黑云彩往外跑。你们胆大，干你们胆大的去，我们胆小，干我们胆小的去……"

马斋把脸一拉拉说："咱们是各人看着各人的灶火门，谁也碍不着谁；我这是一片诚心，为你好，麦子让人家都分了，你捞不着，可别后悔呀！"

马子怀说："天塌下来有大汉子撑着。往后这类敲锣打鼓的坏事儿，你们别再拉扯我，我跟你们不能站在一条线上了。马斋，我再告诉你一句：你要是硬在我这门口说破坏话儿，我可不给你留面子，我照样会检举你！"说着，"咣当"一声，把大门一关，差一点儿掩了马斋的鼻子。

女人站在他的背后，一边跟着往里走，一边说："我看你还是出去瞧瞧吧，要是真让人家把麦子都分了，咱们这一年辛辛苦苦的不就白干了吗？"

马子怀说："咱们可不能再听他们的，再踩着他们的脚印儿走啦。"

女人说："他们都说要变天，看这样子，好像是要真变了。"

马子怀说："你看不出来嘛，就跟唱蹦蹦戏的一样，蹦来蹦去，还是那几个人，他们能成大气候呀！你再看看人家贫农去，纹丝儿全不动呀！"

女人说："你出去不方便，我去看看吧。"

马子怀第一次跟女人瞪起眼珠子："敢去！上当只一遭，吃亏只一回，不能不长记性。咱女婿怎么跟咱们说的？咱得看人家贫农的眼色行事。就是这一年白干了，也不是咱一家，有人家，有咱们，白干了，这回我也认了。"

女人被马子怀说得安定下来，又见马子怀开门，忙问："你不让我去，你又去干什么呀？"

马子怀一边朝外走一边说："我得去割麦子，你也跟大伙儿干活去吧，快着点啊！"

第一三一章

马子怀跟闹坏事的人"决裂"了。这种决裂如此坚决、彻底，是这伙子人根本没有想到的。

这件事儿，首先震动了马之悦。马之悦跟马斋排完了他们的"队伍"，就突然产生了一点心虚之感；他极力不正视这种心虚，藏着、盖着，想努一把子劲儿，把空地方填满它；马子怀的行动，偏偏又给他来个大揭大晾，也就不能不正眼看一下了。

马之悦了解马子怀是个没有主心骨的人，也知道马子怀这一程子，经过萧长春用心"拉拢"，有一点儿动摇不定。马之悦曾经想：马子怀这种人，一向都是动摇不定的，只要弯弯绕这伙子人一行动，他就会乖乖地跟上来，所以就没有多往心里搁。马之悦只看到马子怀的外表如常，没看到里边起了变化，也就没想到，马子怀会一下子完全摆了过去。马之悦想：光是马子怀一个人"外表如常""里边变了"吗？别的人，会不会也是这个样子了呢？

东山坞变了，马之悦不承认也变了，变得跟半个月以前有极大的不同。那会儿，只要马之悦有一个令箭暗暗传下来，在沟北边一队里，起码得有多一半人无条件地响应，指到哪儿，干到哪儿；可是今天，真正跟着他手指头转的人，星星点点，扳着手指头就能数过来。光是这几个人,不能组成阵势,也不能造成气势,事儿闹不起来,也不会闹到不可收拾的地步了。马上收兵吗?马之悦不甘心失败,也不能够失败,而且,马斋、弯弯绕、马大炮这伙子人,已经喊叫起来,行动起来了,大势所迫,最后这一张牌,是非摊开不可了。怎么一个摊法呢?又怎么把这一开赌就可能要全盘输掉的败局,扭转过来呢?当然,头一条就是招兵买马,网罗人众;可惜这一条非常扎手、非常难办。马之悦原来盘算,不到紧要关头不出面,看样子,完全不出面不行了;光靠这几个废物挨门呼喊,说不定还会出来几个"马子怀式"的人,比如说,那个韩百安吧……

马之悦心里一亮。他真像一个输急了眼的赌徒,想去脱衣裳卖了凑个"注子",忽然,从那衣裳的兜里摸着一张小票子似的,又有了一线捞回老本的希望。他决定亲自出马,拉上韩百安,再拉上类似这些只能顶"小票子"用的人,充充数儿。

…………

韩百安这一夜是非常难熬的。他差不多一直没有合眼。他不敢合眼,一合眼就做噩梦;后来,他连窗户格子都不敢看了,一看那窗户也变成血糊糊的一片。

胆小人偏偏看见这种吓人的事儿,他怎么能够再安安定定地过日子呀!

早晨起来,他不想出门,也不敢出门;他不想见人,也不敢见人。他特别怕见着萧长春和马之悦。他让儿子给韩百仲捎了个话儿,就说他在家里劈葛条,下午就到场上打苫子。他想在家里呆半天,安定一下,好好地想一想,拿出一个最妥当又最完美的办法,把这件可怕的事情摆脱掉。

他坐在窗前的大杏树下边,慢慢地劈着葛条;先拿起一根儿,在尾巴上削齐,再从上边割开一个小口子,那刀子就一扳一动地往下劈;葛条被劈成两半儿,从他的手上分开着奓拉下来,在他的怀里、腿上摆动着。他劈着劈着出了神，那葛条变成了一条大长虫①，把他吓了一跳；一会儿，变成了一条捆人的绳索，又把他吓了一跳。他那两只手快一阵儿，慢一阵儿，又快了一阵儿，又慢了下来……

多少不敢想的事儿，一件一件，穿成了串儿，挂在了他那沉重的心坎上。这些事儿，都是非常非常怪的，有的，那会儿看来是顶好的事儿，这会儿一想，是顶坏的事儿；有的，那会儿看来是顶坏的事儿，这会儿一想，又是顶好的事儿。去年庄稼遭了大天灾，马之悦说，让年轻人到城里谋点事儿，比在乡村有出息；他就打发韩道满跟着马连福去逃荒，让萧长春给拦下了，他从心眼儿里不高兴。这会儿回头一想呢，儿子要是真走了，呆懒了，吃馋了，在家里安不下神来了，城里人不像城里人，农村人不像农村人，那不就把孩子糟蹋了？这是好事儿成坏事儿，坏事儿成了好事儿。麦子一黄梢，马大炮他们说土地分红比按劳分红好，他就跟着蹚浑水了，刚迈进一只脚，萧长春回来了，把他吓住了。他从心里惋惜。这会儿回头一想呢，要是真跟他们闹腾开了，越闹越大，儿子不答应，媳妇不答应，自己连个弯儿都拐不回来了。这也是好事儿变成了坏事儿，坏事儿又变成了好事儿。村里有人一闹粮食，弯弯绕拉他跟奸商勾搭，他怕萧长春才没有跟着干，结果倒得了个干净身子；焦二菊捉鸡起风波，马大炮拉他去凑热闹，他没去，结果就没湿袜子没脏鞋。……这全是坏事儿变好事儿。马之悦发了善心，替自己收藏粮食，当时是作为好事儿看的，结果马之悦起了不良之意，把小米子全部给吞搂了；韩百安面对着马之悦，吃在嘴里，苦在心里，敢怒不敢言，成了坏事儿。可是昨天，昨天这样的事儿，又从天上掉在自己的头上了，是什么样的事儿呢？当然是坏事儿了，还能变成好事儿吗？

他转动着手里的小刀子问自己：怎么办呢？见着杀人的凶手

---

① 蛇的俗称。

连个屁都不放,还算人吗? 还有人味儿吗? 把这件事儿压在舌头底下,能让它灭了、化了吗? 不行,这会变成一大块病,积在他的心里,早晚得把自己为难死。这会儿,他想起萧长春许许多多的事情,也都是非常非常怪的,那会儿觉着是凉的,这会儿想起来是热的。这个年轻人,为了大家伙儿有饱饭吃,自己的什么全都不顾了。萧长春对人和善对人亲,跟社员说话,从来没有瞪过眼,别人遇到为难的事儿,他尽着力气帮;他自己勒腰带,把粮食给别人吃;社员害眼病,他连药水都给买来,社里的一根柴火节儿都不往家里拿;独根儿子丧了命,他都不弯不倒,还是那么干……他是个英雄好汉。不保护这种人,又保护什么人呢? 这件事儿,要是不告诉他,不让他小心一点儿,说不定要有人朝他下刀子呀!

韩百安想到这儿,放下了刀子,扔下了葛条,站起来就朝外走……可惜,他刚迈出几步,腿就软了。他又想起一件往事,想起因为刀把地打的那场没头没脑的官司。那一天,他从大狱里出来,一进门,门板子上停着个半死的女人,一下子就家败人亡了。谁敢保险,这件事儿从自己嘴里说出去之后,坏人不会给自己来一下子呢?"中年丧妻、老年丧子"这是人生最大的灾难哪! 萧长春还年轻,他绝不了;自己呢,那就铁打一般是要断根绝后了……

怎么办呢? 怎么办呢? 这一夜难熬,恐怕往后的日子也难熬哇! 他很后悔,昨天不如拉上一个伴儿去割葛条了。要是有一个年轻人在那儿看见这种事,一进村就得报告,说不定当时就把凶手给抓住了。只要有一个伴儿,韩百安也敢跟萧长春说了。可惜,那会儿偏偏就让他一个人看到了。

韩百安浑身发软地回到原来的地方,又拿起刀子,又拿起葛条,又劈起来;他的手更迟钝了,心里也更乱糟了。他觉着,一个人这样活着,真不如死了干净。他恨自己,正像他恨那些应当恨的人一样,只能在心里恨,没有别的办法对付,连自己都没有办法对付自己的人,活着真没味儿!

这个时候,村里正乱。马小辫被李世丹放了,马立本又给大庙里的人关起来了;弯弯绕这一伙子人正疯子一般地到处串通,到处拉人,而场上、地里那些干活儿的社员,也越干越使劲儿了。

韩百安什么动静也没有听见。他比聋子还聋。他不会想到,这会儿正有人算计他。

小院里太安静了,连小蜜蜂抖动翅膀的声音都能够听见。突然间,平静被一个闯进来的人打破了,韩百安不知道的事儿和想不到的事儿,跟这个人一块儿来到了小院子里。

韩百安做梦也不会梦见:马之悦还会跑到他家来,还有脸找他说几句话儿。可是,马之悦已经站在他的面前了。那颗秃光的头顶,那张嬉笑的脸皮,那对眯着的眼睛,韩百安往时见了是亲切的,是敬佩的,这会儿是可憎的,可气的,就好像见了一只浑身是疙瘩的癞蛤蟆,让人十分地恶心和讨厌,又像见到一只张开大嘴的豺狼,让人特别地惊慌和害怕。

韩百安在发抖,手上的葛条,不住地抖抖颤颤,是气的呢,还是怕的呢? 他说不清。他想开口骂,把这个黑心的家伙骂出去,他不敢骂。他想抬腿走,躲开这个恶毒的人,又抹不开脸。他不知道怎么办好了。

马之悦在点出他到这儿来的目的之前,当然得先解释解释那天晚上的事儿。他蹲下身来,小声说:"百安大哥,不是我又说你,那天晚上你办的事儿可太不对啦!"

韩百安捺着心里的惊慌,瞥了马之悦一眼;暗想:黄鼠狼给鸡拜年,没安好心,说不定来找我耍什么鬼把戏,可不能理睬他这号人了。他想着,只顾劈葛条,没有吭声。

马之悦继续施展他的花言巧语:"那是啥时候,黑更半夜下着大雨,你跟我提那事儿,你让我怎么说? 你知道我为你担了多少大风大险呀!"

韩百安忍住悲伤,又瞥了马之悦一眼;暗想:比土匪还坏,吃了你的,吞了你的,末了还要讨个好名声走,这种人可不能再沾边儿了。他依旧做出一种无动于衷的样子,干着自己的活儿。

马之悦用一种最能打动糊涂人的口吻说:"我是为别人连脑袋都不顾的红脸汉子,真格的,能亏了别人,还能亏了你吗? 慢说是一口袋小米子,就算是一口袋金豆子,我也不能够白要你的呀。别心疼啦,朝我说,你想多会要,就到我那儿量去,行吧?"

韩百安刚想开口,又闭上了。心想:别听他许愿吧,他要是有这份好心,那天晚上就说了,何必等到这会儿;不能上他的当了,认倒霉吧。

马之悦表面镇定,心里比火烧的还要急;他怕自己在这儿磨蹭久了,那边的人的热劲儿消下去,李世丹那边发生意外变化,误了大事儿,就站起来,拉扯韩百安说:"别忙了,走吧,咱们找地方商量个事儿去。"

韩百安打着坠,掰他的手,连声说:"不,不,我不去,我得劈葛条,下午还得打草苦子……"

马之悦说:"先扛你那小米子去呀!"

"不,不,我不要啦,不要啦!"

"嗨,你不要怎么算呢?"

韩百安仔细地看看马之悦的脸色,见马之悦那种非常认真的样子,心里边又打了个转:这是怎么一回事儿呢? 他马之悦对我使了绝手腕儿,怕我揭发他,后悔了,想再跟我和解和解,再让我敬着他,听他的? 对,是这么一回事儿。小子,你做梦吧,还小米子,我韩百安要,你想再顺手捞一点什么好处,日头从西边出来,也不用想了。他又试探地问马之悦:"真的,还是假的呀,你跟我说一句实在话儿行不行呀?"

马之悦假装生气地说："唉，你这是什么意思？我多会儿跟你说过假话啦！你拍着心口窝问问，我马之悦苦害过你没有？你说呀！"

韩百安对这句话是非常容易回答的。他可以说：你呀，你没苦害过谁呀？你一点真话都没有！可是，他没有这样回答，只唉了一声，对马之悦说："你问这个呀，你知道，我知道就行了……"

马之悦提高声音说："我就怕你不知道。怕你忘到脖子后边去啦。你看看你这房子，看看你这院子吧，这是姓马的用脑袋保下来的！"

韩百安说："有当初，就应当有今天呀！"

"今天怎么着？就因为那一屁股眼小米子，就让河水倒流啦？"

"事情不在大小，能看出人心来呀……"

"人心怎么着？那粮食一斤一两不缺你的、不短你的，如数给你，还怎么着？你倒拿起糖来了。想让我跪在地下给你磕八个响头吗？"

韩百安摇了摇脑袋，说："我指的不光是我个人的事儿。"

马之悦讽刺地冷笑一声："噢，为大伙儿？你还有集体主义思想了？"

韩百安却认真地点了点头："对啦，我应当有点集体、有点社会主义了；总是吃亏，总是上当，总是闹得亲人不亲，近人不近，倒为下一伙子狼心狗肺的东西，不就是因为脑袋里边的集体和社会主义少了吗？"

韩百安的这几句话，好似一根棍子，猛地打在马之悦的头上；他懵住了，睁大了两只眼睛，上上下下地看韩百安。按道理说，这几句话，在今天的农村里，是极为平常的，连三岁的娃娃都会说，可是，它从韩百安这样一个人的嘴里出来，不是一根光骨头，而是裹着好多实在的血肉，能不让马之悦吃惊吗？他甚至于非常顽固地想:这不是真的,这是鹦鹉学舌,韩百安这种人,决不会这么容易被萧长春"同化"过去。萧长春没有这么大的力量,农业社也没有这么大的力量。他说:"百安,话是这么说呀,说,不等于干……"

韩百安说:"不,不,我会这么干的,我慢慢一定跟上趟。我决不再上当了。就拿你还我粮食这事儿来说,我都怕上了当……"

马之悦压了压恼怒和恐惧,说:"别这么鼠目寸光了,是给你当上,还是给你好处,你跟我走一趟,不就明白了吗?"

韩百安说:"你要是真还给我的话,我就要;一会儿,要不,我马上找道满去,让他扛去吧,行不行呀?"

马之悦说:"瞧你这个人。这样的事儿,怎么能让孩子去呢?当时是孩子交给我的吗?我从你手接的,还得交到你的手里边。"

韩百安想起他那一布袋金黄金黄的小米子,那是他一粒一粒攒的,几万颗米粒儿,颗颗粒粒都用手摸了无数遍呀!那天晚上,一句话就没影儿了,这会儿,又是一句话,又要回到他的手上,又属于他韩百安的了。……韩百安动了心。他暗想:不管他是小坏蛋,还是大坏蛋,把自己的小米子从他手里要回来,是合理合法的,没啥不好;再说,这米就是白送,也得送给好人,不能便宜了他这个坏家伙。于是,韩百安慢慢腾腾地站了起来,拍了拍屁股,跟马之悦说:"你把话说到这儿了,我就算全信了。咱们走吧。"

马之悦说:"这就对了。那粮食是你的心血,弄回来,得好好保存着。喂,带上一条口袋呀!"

韩百安说:"哎,我那小米子是带着口袋的呀!"

马之悦说:"分两下装,咱俩背回来,不显眼。"

韩百安从屋里找出一条空口袋,卷着夹在胳肢窝,心想:米一回到手,算是跟马之悦一刀两断,再没瓜葛了,一辈子都不沾你这大坏蛋的边儿了。

走出门口,马之悦心里想:自己亲自来找韩百安是做对了,要把他丢下,那可是个不小的损失呀！你小子,也想往高岸上爬？不行,一定得让你在泥坑里站着;只要你这回跟着干了,就算站定了;我要把萧长春他们给你灌到脑袋里边的东西,全洗掉,一点儿都不能剩下。他对韩百安说:"百安大哥,那小米子是真让人家给截走了……"

韩百安一听,打个愣:我觉着他就没有好心,果然不错。他想着,马上要往回转。

马之悦拉住他说:"瞧你这个人,别急呀,没了小米子,我给你麦子吧,行不行呀？"

韩百安想:不管什么,总比白扔了强,就点点头。

马之悦说:"你这回办事儿真干脆,走,跟我到大庙仓库去扛……"

韩百安问:"到大庙里扛,行吗？"

马之悦说:"不到大庙扛,我家里哪有哇？李乡长来了,答应先给我们分一点儿。我有劳动日,有我那份儿,把欠你的拨出来还你,我应分你应得,怎么不行呢？"

韩百安又想:是真提前给他们分,还是假的呢？马之悦是不是又要把我往冰窟窿领？跟他走一趟试试,真是这么一回事儿好说,你要是再拿我当个大傻瓜要呀,哼,小子,这回要让你认识认识我！

第一三二章

聚到官井沿上的那几个人,一边吵着要分麦子,一边纳闷儿地猜测着沟南边的焦庆媳妇。

"哎,她这一回怎么没有闻风上呀？"

"在场上干活儿,没听着信儿吧？"

"在家里哪，刚才烟囱还冒烟。"

"听说昨晚上焦二菊搬到她那儿住去了。"

"是吗？糟，准是又让他们给抓过去了！"

"没那事儿，一会儿就得沉不住气，就得凑过来。"

"谁找找她去吧。"

弯弯绕这会儿劲头儿正鼓得挺足，就自告奋勇说："我走一趟。"

马大炮的哥哥说："对啦，你去行，一绕就把她给绕出来了。"

把门虎说："一物降一物，卤水做豆腐，同利大叔最能治她！"

弯弯绕心里有底儿，笑笑说："说不上绕，也谈不上治，这是一件大好事儿，又不是让她吃亏，姜太公钓鱼，愿者上钩！"

焦庆媳妇从场上回家的半路上，遇见了李世丹，想说的话儿没有说出来，心里怪不安定。她要找李世丹说的，就是为那把尖刀子的事儿。她想，在村里有了党支书、韩百仲两口子当依靠，要是再抓住李世丹这个上边的依靠，就算"双保险"了，灾祸就兴许自消自灭。可惜，因为马之悦站在李世丹的跟前，她想起昨天在狮子院里萧长春和韩百仲两口子对她的警告，就没有敢把话说透。

她刚把火点着，就听见后沟里有人吵吵嚷嚷，不知道又出了什么事儿。她心里边不住地嘱咐自己：就是出了天塌地陷的事儿，让它塌去，让它陷去；自己快做饭，快吃饭，快快离开家到场上干活儿。

她往灶膛里填了一把柴火。

后沟有人喊一声："快走哇，都在井沿上集齐哪！"

她往锅里搅了一碗米。

后沟又有人喊一声："快着点儿，你怎么没有多带上几条口袋呀？"接着一片脚步响，又是一阵喊喊喳喳。

她不由自主地仄着耳朵听听动静。

后沟什么声音都没有了。

她心里边又嘀咕起来：这么乱糟糟的，准是又出了大的事儿；听那声音，都是沟北边的人，他们又鼓捣什么呢？乡长都来了，他们还敢闹哄事儿吗？她想：出去找个人打听打听吧，不行；到后沟去看看吧，更不行。她这么嘀咕着，不知不觉地走到后院的猪圈墙跟前了；这儿放着一块大石头，是她常用的"瞭望哨"。她登上石头，刚一露头，就瞧见北坎子上的弯弯绕了。

弯弯绕有弯弯绕的办法。他把几条布口袋卷在一块儿，往胳肢窝一夹，专在门口晃来晃去，跟凑拢过来的人嘀嘀咕咕，故意把声音放的很低，把脸色装得很神秘。

这办法果然生了效，焦庆媳妇扒着墙头，悄悄地朝这边看一阵儿，忍不住低声喊开了："嗨，同利大叔，要干什么呀？"

弯弯绕装作没听见，把几条口袋抖落开了，使劲儿抖着上边的糠土。

焦庆媳妇又把声音提高一点儿："同利大叔，怎么没下地割麦子呀？"

弯弯绕眼皮没抬，又把几条口袋小心地叠在一起，慢慢地卷着。

焦庆媳妇放开了嗓子："嗨，出什么事儿了！"

弯弯绕抬起脑袋，朝这边瞥了一眼，冷淡地回答了一句："没什么事儿。"

按着一般习惯，别人越说没事儿，焦庆媳妇越会认为是有事儿，把脑袋削尖了往里钻，惟恐有什么好事儿把她丢下。可是今天她却一反常态。她靠在墙上，胳膊肘挂在墙头上，手托着下巴；那样子，好似要在这儿长期待下去，决不越过这半坍的短墙一步。昨天那件事儿，对她的教训太大了，如今，这块病疙瘩还在她的心口窝塞着，她又怕又悔，又不能把这块病消除，她哪还有胆子再去揽别的事儿,她又哪还有心思揽别的事情呀?

她想:"算了吧,管他们干什么,快干活去吧,可不能再找一身活病了。"可是,心里想走,两只脚却不听话。她想:干脆跳过去,问个究竟,回去再干活儿,也踏实了。这会儿,她看见有两个人跟弯弯绕嘀咕什么,两个人都拿着口袋,立刻就想起她卖出去的那二斗小米子,也想起那一把好像从天上掉下来的尖刀子,她浑身打颤,立刻就又清醒了。这道矮墙,她是无论如何不能过去的。

弯弯绕见自己的办法失效了,也很纳闷儿,就走下沟来,对焦庆媳妇说:"家里有什么事儿呀,你都不敢出来一会儿? 往常总是埋怨我们有啥事儿不告诉你一声,这回有事儿要告诉你了,你又不过来。"

焦庆媳妇说:"你就这么跟我说一声还不行吗?"

弯弯绕说:"光说一声不行,还得赶快动手干哪。你就快点儿过来吧!"

焦庆媳妇说:"你先告诉我,这一回是办好事儿,还是办坏事儿呀?"

弯弯绕不高兴了,故意捭捭咧咧地一转身:"你不想干拉倒,我们还不想找你哪,真是的。为你好,又不是我求你讨仨借俩!"说着,假装往回走。

焦庆媳妇连忙喊:"同利大叔,别走,别走! 你就告诉我一句,还不行吗? 你们到底儿要干什么呀?"

弯弯绕扭头说:"李乡长来了,带来新政策,要马上分麦子,想怎么分,就怎么分。"

"真的? 是李乡长说的,还是你这么想啊?"

"你别刨根问底儿了,想多分麦子,快出来跟着我们干。"

"唉,我怕又跟你们走到泥坑里拔不出脚来呀。你……"

弯弯绕这下可真动气了,转身就走。他走了几步,没有听到焦

428

庆媳妇那种嬉皮笑脸的呼喊声，很奇怪地回头看看，墙头上没了人影儿，等一阵子，也没见过来，真有些糊涂了。

这会儿，马大炮的哥哥凑到跟前小声问："怎么回事儿，你没有把她绕出来？"

弯弯绕说："怪呢。这娘们今天好像长了心眼儿，光动嘴，不动身子，说什么也不肯过那道墙。"

"要是有一个顶事儿的干部去了，一说，她准得跟出来。"

"对。马主任呢？"

"找韩百安去了。"

"嗳，让马大炮轰轰她去吧。"

"他更不行。连马子怀都没给轰出来。"

弯弯绕打个愣："真的？"

马大炮的哥哥说："我听马斋说的。马斋帮着动员马子怀，这家伙不但不跟着干，还翻了脸……"

弯弯绕听罢，脸色也变了，心里又绕起来；过一会儿，又转身往井沿那边走。

马大炮的哥哥问："嗨，你不找焦庆媳妇了？"

弯弯绕说："留着让马主任找吧。"

"他一个人哪找的过来呀！"

"你们帮着找吧。"

"你呢？"

"我是磨道的驴，听喝！"

…………

这会儿，焦庆媳妇正从锅里往外舀粥。她不住地给自己开心，还是坐不稳，立不安，不知道应该怎么办好。院子外边的吵嚷声和奔跑的脚步声，像是有一根线似的牵扯着她；不愿听，也得听，不敢看，又想看。一会儿她心里想：要不就出去看一眼，看看这些人到底儿在干什么,问问这麦子到底儿是怎么一个分法,也就踏实了。一会儿,她又想起那二斗小米子给自己惹下的大祸,觉着弯弯绕这伙人实在沾不得;想起那把明晃晃的刀子,觉着歪门邪道儿走不得;想起萧长春在狮子院跟她说的那些话,觉着自己应当往支书这边靠;想起焦二菊跟自己睡在一个炕上做伴儿,觉着还是这些人亲。

她几次要出去,走到门口,两条腿就软绵绵地抬不起来了;回到屋里刚坐定,听见院子里的脚步声,你瞧她心口窝那个跳哇。要是马之悦跑来拉她,她应当怎么对付呢? 马之悦可不像弯弯绕,那个人是软硬全有,一个没有点真本事的女人家,可对付不了呀。她好像第一次知道,而且是不知不觉地知道了:自己是怕马之悦的。

焦二菊满脸通红、急急忙忙地进了屋,又一抬脚上了炕,一边在被垛上找褂子,一边问焦庆媳妇:"你怎么在屋里猫着,不到场上干活儿去呀?"

焦庆媳妇说:"早起没开伙,回来做饭,吃了我就走。"

这个大姑姐可算不赖。昨天下午就把行李搬过来了;晚上开会,怕丢下焦庆媳妇害怕,还亲自把淑红妈找到这儿跟焦庆媳妇呆着,一直等到散会,才把淑红妈换走。这一夜她们说了好多话儿,焦二菊没发火也没发烦,连一句硬邦邦的话都没有说。看起来,是远的近不了,是近的远不了,还是穷人跟穷人贴心呀!

焦二菊找到褂子,一卷,夹在胳肢窝,一边朝外走一边嘱咐焦庆媳妇说:"把门锁上,把孩子打发到五婶家去,快点干活儿去吧。坏人要闹乱子,咱们有多大劲儿,就拿出多大劲儿来干活儿;他们越胡闹,咱们越干的厉害,给他们瞧瞧。咱们是铁了心地走社会主义道儿,谁也挡不了!"

焦庆媳妇追在后边问:"他姑,乱哄哄的,到底儿又唱的哪一出戏呀?"

焦二菊说："李乡长来了,马之悦把他拉到手里,让他放了马小辫……"

焦庆媳妇吃一惊："哟,马主任怎么给个臭地主求情呀?"

"你说他是臭地主,马之悦说他是香得冒油;他们压根儿就穿着连裆裤子。"

"不会吧? 马主任对地主也是挺狠的……"

"狠个屁吧! 尽给他办好事儿!"

"真的,那天晚上下着大雨,马主任还把马小辫叫到这儿训一顿呢。"

"哪年?"

"就是前天……"

"真的?"

"坐了好大工夫才走哇!"

"老天,那是玩鬼把戏哪! 他都跟你说什么了?"

焦庆媳妇一见焦二菊脸色大变,更慌了,就把那天晚上的事儿,从头到尾地说了一遍。

焦二菊这会儿非常机灵。她把这件事儿立刻跟萧家丢孩子的事儿连在一块儿了。

焦庆媳妇说："你看,人家对地主不是挺狠的。"

焦二菊说："这里边一定有鬼! 他还说什么了?"

焦庆媳妇摇摇头："没啦。你说有什么鬼呢?"

焦二菊说："这会儿我有个紧急任务得马上执行,回头我跟长春说说,再告诉你吧……"

焦庆媳妇带着哭腔说："他姑,让你这么一说,我心里边更没底儿了。你快跟我说透了吧。"

焦二菊说："昨晚上我没告诉你吗? 不论别人闹什么,你也不要乱思乱想,更不要跟着乱动。你就看着长春的眼神办事儿,这个最保险。"

焦庆媳妇说:"不知道怎么回事儿,心里乱糟糟的,想不乱又不行。"

焦二菊白了她一眼,有火也压下了。从打昨晚上搬到焦庆家来住,她下了决心不再跟这个落后女人发火。她们躺在炕上,焦二菊用自己这一程子学来的说服动员方法,耐着性子说服焦庆媳妇,帮助焦庆媳妇回想这几天遇见的事儿,猜猜那把刀子的来历……她们倒是搞得挺亲热了。于是,她带着一点儿笑模样说:"你快去跟着大伙儿干活去吧,一干活,心里就不乱了。我告诉你,我走后,你千万别沾这群坏人的边儿,你要是沾了他们的边儿,我卷起行李就走;往后,别说他们放在你这儿一把刀子,就是把大炮架在你这儿,我也不管啦,听清没有哇?"

焦庆媳妇连忙说:"听清了,听清了! 你看,弯弯绕他们在沟里直喊我,我连茬儿都没有搭。我还敢沾他们的边儿,我不要命啦!"

焦二菊说:"这就对了。"忽然又严肃起来,"哎,你既然这么坚决了,我就把一个想法先告诉你吧:那把刀子,十有八九是马之悦这个家伙放在你这院子里的。"

焦庆媳妇说:"哪能够呢? 你不用吓唬我,反正我不能再沾他们的边儿,你放心吧。"

焦二菊说:"不是吓唬你,早上我在沟里,碰上了马凤兰,我顺嘴说了句:拾了一把尖刀子,那脸蛋子一下子白了。"

"真?"

"她一句话也说不上来。"

"马之悦这小子啥时候把刀子放到我家的呢?"

"我看,就是你刚说的那个时辰。"

"下雨那天晚上?"

"十成有八成。"

"他对我可有什么仇恨哪?"

"要说仇恨,那可多啦,前八百年,后八百月,加在一块儿解不开。这会儿,我没有工夫跟你闲磨牙了,回来再详细摆。快把门锁上下地干活儿。你看人家,哪有一个像你,一有点风吹草动,就成了这个样子,心也乱了,嘴也乱了,真是的。我走了,回来得跟我汇报你都干了什么事儿!"

"哟,你到哪儿去呀?"

"上县。"

"还过夜吗?"

"没准儿。"

"哎呀! 那我们呢? 谁跟我们做伴儿呀?"

"我告诉焦淑红了。她来。"

"说定了?"

焦二菊停住脚想了想,又忽然说:"喂,我给你个重要任务,我不能在家里多耽误工夫了,你快去找找萧支书,把那天晚上马之悦怎么把马小辫带到你这儿的,又都说了些什么话儿,原原本本地告诉他。快去吧!"

焦庆媳妇还有点不敢相信这件事似的说:"让我再想想,这是大事儿,别瞎猜瞎说再闯下祸呀! ……"

"别那么芝麻粒大的胆子,只要不怕掉脑袋,再没什么怕的了!"

焦二菊最后这句话,原来想给别人鼓劲、壮胆,没有想到,反而增加了焦庆媳妇的不安。

这个自私心很重,又"真尿假刁"的女人家,这一天是在愁苦中度过的;要不是焦二菊朝她伸过热情的手,说不定会吓成个什么样子呢。她站在院子里,听着街上吵吵嚷嚷的声音,这声音里好像还有马之悦。奇怪,马之悦为什么会变得这么坏呢? 过去自己倒觉着他挺能替别人想的,自己也很听他的话,他为什么谁都想害呢?焦二菊说那把刀子是马之悦放在自己家的,不会吧?他放这个干什么呢?自己又没有惹着他,他哪能无故地下毒手呢?忽然间她又想起萧家丢了的小石头。小石头是个孩子,也没有碍着谁呀,怎么也有人朝他个小孩子下毒手呢!头天晚上还挺好的,第二天起早就没有影儿了。她又把那个下雨的晚上,马之悦带着马小辫,突然间跑进自己的家里的事儿,前前后后想了一遍;为什么要下雨往外跑,为什么偏偏往自己家跑呢?这里边有什么鬼呢?

焦庆媳妇心惊肉跳地想着,几步跑到后院,又登上了石头、扳住了墙,一露头,就看见了那个秃头顶,看见了那张总是带着假笑的脸,那一对总是藏着许多话的小眼睛;还看见,韩百安夹着一卷子口袋,像犯人似的跟在他的屁股后边……马凤兰领着几个女人过来了,跟马之悦小声喊喳什么。焦庆媳妇心里边又一动,对呀,马凤兰是马小辫的侄女,马之悦是马小辫的侄女婿,他们是穿着连裆裤子的,是……

"哎呀,不好,那把尖刀子是马之悦放在这儿的!没错,是那天晚上带进来的!我的天呀!"

她喊叫着,朝外跑:"他姑,他姑哟!"

第一三三章

焦二菊走出胡同口,跑到小桥子上了。她那两条腿上像加了胶皮轱辘那么快;两只大脚板子,一扇一扇,把桥上的石板震得"咚咚"响。

一大队拉麦子的大车从她面前的大道上开过来了,烟尘滚着,鞭子响着。

她躲闪到路边,绕着跑过去了。

割麦子的人群在她身边的地里出现了。麦子滚着波浪,镰刀闪着银光。

她穿过麦子垅,继续朝前跑着。

她越过刀把地,又绕过小河湾,前边就是奔县城的大道了。她回头看看,东山坞已经甩到背后,那边的一切声音都听不见了;捋了捋被风吹散的头发,又把大草帽子戴上,系紧了帽带儿,刚刚穿过一个十字路口,猛然瞧见从麦地里蹿出一个人,把她吓一跳。

这个人五十来岁,小墩子个儿,肉鼻子,小眼睛,脸上淌着汗水,手里边还提着一根弯把子拐杖——不是别人,正是小铺掌柜的瘸老五。

焦二菊顾不上理他,还是照直走。

瘸老五一瘸一拐地跑到前边拦住她,皱着脸上的肉皮说:“嘻嘻,我知道你得从这儿过,真碰上了。”

焦二菊看他那副怪样子,猜出有点来势不善,就停住问他:“碰上干什么呀?”

瘸老五还是嬉皮笑脸地说:“碰上好呗。我问你,你要干什么去?”

焦二菊把两只眼睛一瞪说:“干我应当干的事儿去,你管着这大奶奶了的?”

瘸老五说:“马主任让我叫你回去……”

焦二菊说:“去他妈的蛋吧,他算老几!”

“李乡长让我这儿等你的,李乡长的话你得听吧?”

“你去让李乡长自己来叫我。”

“我走了,你好跑呀?”

“你不走,大奶奶就不能跑啦?”

“不行,你不能走!”

"我一脚把你踢到河沟里去!"

瘸老五举起拐杖子就要动手。

焦二菊手疾眼快,一伸手就把拐杖给攥住了。

"我不能让你走!"

"坏蛋! 我要你的命!"

两个就夺开了拐杖。就凭瘸老五这副骨头架子,无论如何也试不过身强力壮的焦二菊呀! 焦二菊没费多大力气,就把拐杖夺过来了,两手攥住两头,往膝盖上一垫,一用劲儿,那只磨得发光的拐杖就"嘎巴"一声给撅成了两截儿,一抬手,又给扔到麦地里去了。

瘸老五急了,伸手要抓焦二菊的头发。

焦二菊攥住他的手腕子,顺着劲儿一拧,就把胳膊给拧到背后去了。

瘸老五叫喊起来:"哎哟,哎哟!"

焦二菊一边拧着瘸老五的胳膊,一边挺开心地问:"疼吗? 不疼再使点劲儿。"

瘸老五"哎哟"着,偷偷地伸出另一只手,想要揪扯焦二菊的衣裳。

焦二菊又把这只手给他拧住,一齐用劲儿往背上端,骨节儿"咯吱咯吱"直响。

瘸老五疼得喊叫着弯下腰:"放开,放开! 你给我拧折了怎么办? 咱们慢慢说行不行?"

"有话你讲!"

"二菊,你这么对付我,纯粹是往身上找病哪! 你知道我是什么人?"

"你是狗!"

"我是马主任派来的呀,你真不怕他往死里整你呀!"

"他算什么？他是大狗，你们是狗崽子，一窝熬了你们才解恨！"

"要变天了，你知道不？"

"那是你们做梦，你们的死日子到了！"

瘸老五见硬的不行，就来软的："二菊，咱们一个庄住了这好几年，可没有什么过不去的，这回也用不着这一套，咱俩来一个井水不犯河水，各行方便，你看好不好？"

焦二菊问他："这话怎么讲？"

瘸老五说："你干你的去，我不拦了。"

焦二菊刚要松手，又想：马之悦把这个瘸小子派到这儿来，一定是早就谋划好了的，想封住门，不让上边知道信儿；这个瘸小子一定把这个差事看得很重要，决不会这么顺顺当当地让自己走；甩开他，自己一撒开腿，要了命他也追不上；可是，他回去了，坏人里边又多一个，干吗让他去充数呀？带上他吧，一瘸一拐的是个累赘，送回村去，李世丹准得把他放开；交给别人吧，离村又远了，这边麦子是外村的，地里空空，没有割麦的人⋯⋯

她左想右想，忽然想出一个最合适的办法，就说："行，咱们两便着吧。"说着，松开一只手。

瘸老五立刻就用被松开的那只手抓住焦二菊的衣襟。

焦二菊又揪住了瘸老五的一只耳朵："我看你敢动！小子，给奶奶使起手腕来了？告诉你，你的本事还小一点儿！把裤子解开！"

瘸老五叫着："嗨，你这是要干什么呀？不解，不解！哎哟，哎哟，我解，我解！"就用一只手把裤子解开了："解裤子让我干啥呀？"

焦二菊又命令："把脑袋伸到裤腰里去！"

瘸老五明白了焦二菊的用意，说什么也不干，脑袋摇，大腿刨，把吃奶的劲头儿都使出来，想挣脱焦二菊；可是，这一切都是白费劲儿的,连窝儿都动不了啦。

焦二菊松开一只手,就势提起瘸老五的裤腰边,又一用劲儿,就把瘸老五的脑袋给塞进裤裆里去了。瘸老五变成一个对头弯的大虾米似的。焦二菊又用瘸老五自己的裤带把瘸老五连腰带脑袋横拦着一捆一系,抻了抻,很结实,就顺手一推。瘸老五像一个碌碡似的滚了一下子,不要说动一动,就是话也说不出来了,只是一个劲儿"吭哧"。

"哈!哈!哈!真有意思呀!这回天变的不错吧?是阴了,还是晴了?"

焦二菊开怀地笑了一阵子,抹了抹脸上的汗水,又把瘸老五推了几下子,一直推到离道边远一点的麦地里,说:"好啦,在这儿看着瓜吧,别让狗叼走了哇!"随后便朝远远的东山坞看了一眼,一转身,甩开大步,奔县城的方向跑起来。

跑了一阵子,就到了热闹地方。这儿是玉龙庄的地界,大道上来往着拉麦子的车辆,大道两旁全是收割小麦的社员,处处是一片欢腾的景象。

焦二菊想:人家别的村、旁的社全是平平和和的,惟独东山坞,哪来的这么多麻烦事儿呀!她真有点怕碰上个熟人,问她去干什么。她觉着东山坞闹腾这种麻烦事儿,自己的脸上实在有点不光彩。

怕碰上熟人,就碰上熟人了,路边上有人大声地朝她喊:"嗨,焦二菊!"

焦二菊假装没有听见,还是甩着大步走。

那边又喊了一声:"嗨,百仲大嫂子!"

焦二菊听这声音怪耳熟的;当然熟了,不熟怎么会这么叫自己呢。

那边的人有点急了:"嗨,怎么聋啦!"

焦二菊不由自主地一回头；这一回头可不要紧，高兴得她一跳三尺："我的妈，王书记呀！"

不错，喊她的正是王国忠，正冲着她笑哪！

道边的树下边停着五辆自行车，除了王国忠、大个子武装部长，其余的三个人不认识。他们的旁边还站着一个一手拿着镰刀，一手抓着一把麦子的小伙子，那是马子怀的女婿王来泉。

焦二菊看看这个，瞧瞧那个，简直不知道先跟谁打招呼好了。

王国忠比离开东山坞那会儿显得清瘦一点儿了。他一只手抓着大草帽子扇风，一只手端着那没有喝完的半瓢水，问跑到跟前的焦二菊："这么慌慌张张的，干什么去呀？"

焦二菊拍着手说："就是找你去呀！"

王国忠从焦二菊的神情里立刻发现了问题："这么说，我们来晚了一点儿？"

焦二菊说："不晚，不晚，你真是能掐会算，盼你来，你就到了。"

大个子武装部长问："李乡长到你们村子里去啦？"

焦二菊说："他不去，哪能闹出这场乱子呀！"说到这儿，看看那三个不认识的人，又把话收住了。

王国忠笑笑说："几天不见面，二菊可提高了。"

焦二菊说："哟，我还没有开口，你怎么就知道我提高了呢？"

王国忠说："这点问题要是看不出来，我这乡党委书记还怎么当呀！"又郑重地说，"没有外人，有话你就说吧。这三位都是县委会和公安局的，这位是王科长。"

矮个子王科长插言问："这位就是大脚……"

焦二菊拍手说："哟，我的名儿怎么也在县里挂上号了？ 都是王书记给我宣扬的！"

王科长说："还用得着他宣扬。认识百仲同志的人，哪有不知你那大名的呢！"

　　焦二菊笑了笑,又说:"咱们一边走一边说吧,快着点儿回去,村子里边乱着哪!"

　　王国忠说:"乱一点儿不要紧。越乱,坏东西暴露得越明白,省着咱们多费力气往外挖他们了。"

　　焦二菊说:"瞧您,火都上房了,还不着急。"

　　王国忠:"火大点儿好:早熟,早揭锅,就不用总是捂着盖着了。上次我给你们写信说,坏事会变成好事,就是这个道理呀!"

　　焦二菊见乡党委书记这样沉着,心里也就安稳一些了。

　　王国忠又问旁边的王来泉:"你的意见说完了没有哇?"

　　王来泉说:"你们有急事儿,快走吧。我先领着社员割麦子,等晚上再开个会,把李乡长在我们村闹翻案的情况往一块儿凑凑,整个材料,送到乡里去。我的意见就一个:这位乡长得好好地批判批判啦,实在不像话呀!"

　　焦二菊说:"一点不假,把人气死了。"

　　他们往东山坞走。五辆自行车挤在一块儿,围着焦二菊,听她介绍东山坞这两天发生的事情,特别是李世丹到村以后引起的那场风波。

　　王国忠仔细地听着,在心里边估计着这一切发展的趋势和解决的办法。他昨晚上接到乡里的电话之后,就开始到处奔忙,忙到快天亮,才把要处理的事情处理完;又跟县委作了最后一次请示,早饭也没吃,就跟着县委会和公安局的三位同志出发了。半路上,他们碰见了正到玉龙庄寻找李世丹来的武装部长,又听到了一些新情况。他离开东山坞不到半个月,竟然发生了这么多的波折、这么大的变化,这使他有些紧张;而东山坞的同志们,特别是萧长春,经住了革命斗争的严重考验,这又使他感到很振奋。另外,他觉着作为一个乡党委书记,从处理和对待马之悦这个人的问题方面,有许多的经验、教训是应当好好地加以总结的……

武装部长气愤地说："昨天晚上开党委会，大伙儿对李世丹批判得那叫狠；他表面上接受了，敢情全当了耳旁风，真是可恨之至！"

王国忠说："这种人，不在事实面前碰个头破血流，是不会相信真理的。"

他们说着，走着，老远就看见了东山坞，就听到了那边传来的各腔各调儿音波。

第一三四章

"分麦子"的人们，在官井沿上凑成堆儿，咒骂着、喊叫着，给自己壮胆，也给别人打气儿：

"嗨，分麦子啦！"

"愿意吃白面的都算一份儿呀！"

"你还试探什么，分就是分！乡长的命令，谁敢拦哪！"

"咱们自己的麦子，应当分嘛！"

"对啦！多了不拿，少了也不行，该要多少要多少！"

"你不参加，闻不到味儿，可别后悔！"

马之悦和几个"骨干"分子，把吃奶的劲儿都使出来了，连蒙带骗、连哄带诈，拼拼凑凑地总算对付了十几户的"参加者"；为了壮声势，他们还让这些上了钩的人把老婆、孩子带上了，人数不多，站的地方可不小，稀稀拉拉一大片。他们每个人身上都带着装麦子的家伙，口袋、簸箕，还有抬麦子口袋用的扁担和绳子。

马之悦没有往人群里挤，像黄花鱼溜边儿，站在远远的坎子上边朝这边看着，用眼神和手势，跟这边的人保持联系。他的身后边，还挂着一个铃铛，那就是韩百安。

马之悦对韩百安说:"你看看,那边这么多的人了,你快点跟他们集齐去吧。"

韩百安说:"我是跟你讨粮食的,还了我,就干我的活儿去了,跟他们集哪家子齐呀!"这个心眼儿开了缝儿的中农,一来到这儿,就闻出味道不对;可是,让他放开胆子想,也不敢想这伙人在光天化日之下,敢干那种事儿呀! 所以他东猜西想,心跳不安,又忍不住要看个究竟,就紧紧地跟着马之悦不放。

马之悦顾不上跟他纠缠,就往人群里递眼色、打手势,传达紧急行动命令。

马斋明白了马之悦的眼神、手势的意思,急忙挤到弯弯绕跟前,悄悄地说:"同利,干吧。"

弯弯绕转着身子,看看这些老弱残兵,问:"这么几个人就能行动啦?"

马斋说:"一行动起来,人就多啦。干吧,宜早不宜迟,趁着热劲儿,快下家伙呀!"

弯弯绕有气无力地说:"干就干。"

马斋说:"好,好,快干吧! 嗨,你别光答应不动秤呀! 快点站到头边吆喝大伙儿!"

弯弯绕眨着眼问:"我在头边吆喝?"

马斋说:"人无头不走,鸟无头不飞,这里边顶属你威望高,又顶属你有办法,当然你领头儿了。"

弯弯绕这会儿心里又矛盾,又为难。事情一开始,他那一肚子劲儿,不亚于马斋,比其余的每一个人都大;可是,当他在焦庆媳妇这样一个女人面前碰了软钉子,又听说马大炮在马子怀那儿碰了硬钉子,热火劲儿就跑了不少;如果说,他刚才像个大煤火炉子,这会儿,像个小炭火盆了。他来到官井沿上,左等右等,人来的非常不踊跃,站在这儿的,又都是他们这几个"老伙计",热火劲儿又跑了不少；炭火盆变成了一堆烧乏的灰了。后来，他又看到马之悦光溜边，不上前；连那个韩百安都站得远远的，用一种奇怪的、多疑的眼光往这边看；他心里边的热火劲儿，顶多也就剩下点点滴滴的一些火星儿了。弯弯绕不甘心让剩下的这一点火星儿完全灭下去。他又想：这会儿还没有闹起来，李世丹还没有出头，萧长春还没有露面，马之悦到节骨眼上可能亲自出马；这边人虽少，要是真把麦子分了，也许能够把事儿闹大，也许会顺着这股劲儿，农业社真能解散，好日子真能来到；所以，只能悄悄地给自己留后手，不能露出来，更不能让别人泄了劲儿，"死马当成活马治"，看着道儿迈脚步。

弯弯绕主意打定，就对马斋说："干吧，咱们大伙儿都领头儿，我也领头儿。唉！"他说着，用一只手捏着脖子，"早起来，我说不吃那虾米皮子，丫头她妈，偏让我尝尝，里边有个小鱼刺儿，一下子卡到嗓子上了。啊、啊、啊，真疼，真疼！我说马斋，你找个嗓门大的人在前边吆喝吧。"

马斋冷着脸说："同利，事到这步，咱们谁也不能从开水锅底下撤柴火呀！"

弯弯绕强笑着说："你这是什么话，我还想撤柴火？我不是生着法儿打扫柴火往里边加吗？你没见我到处登门迈槛子地找人呀！"

马凤兰也凑过来对弯弯绕说："光想吃炒豆，不沾锅也不行。这句话，你过去可没少说，别光往别人身上用，自己也得用用。"

弯弯绕假装着急地说："我要像你说的那样，我就坐在炕上等现成的去了，何必一家子人连锅端都到这儿来呢？"

马斋说："你把别人找了，你自己也来了，怎么让你领个头儿，硬是不干呢？"

马凤兰说："领个头可有什么关系呀？我要是你这种人，不用费话，我挺起胸脯子就打头阵了！"

弯弯绕说:"我这嗓子疼,吆喝不出来呀!"

马大炮从后边蹿过来了,愣冲冲地问:"又争什么呢? 不就是喊几声吗? 这还不是好办的事儿呀! 我在头边喊!"说着,就喊起来了:"嗨,乡亲们,马上要分麦子去啦! 分哪! 上大庙里去分哪!"

聚到这儿的人,听到要分麦子,心口跳了,眼睛红了,也跟着喊起来了。

于是,马大炮挂了帅,跑到最前边,领着道儿;马凤兰和马斋如同两个狗头军师,夹在人群里;带队的人在前边喊叫,军师在一旁助威,弯弯绕没吭声,心里却念咒:老天爷保佑成功,把麦子分到手……

东山坞的天空飞起了几片云彩毛,地下卷起一股子小旋风,尘土扬,麦芒儿飞……

好像旧年间过来求雨的,那些没有下地干活的老人和小孩子都从家里出来看;老人懂得事儿,都站在自己家门口,用各种各样的眼光看他们,小声地埋怨、嘲笑,或者说着他们担心的话儿;小孩子们不知道深浅,把这种事儿当成了热闹,追在那个队伍后边,又喊又叫,非常开心。

小孩子的群里还有两个老太太,一个是队长焦克礼的妈,一个是托儿组的五婶。

克礼妈照例又是最晚听到这个坏消息的人。她得到信儿,做着半截儿饭,就跑出来了,还没有容她找到她要找的人,也没容她走到要去的地方,"分麦子"的人就喊着叫着地拥到了她的跟前。她就跟着一群小孩子后边追过来了。

五婶正给托儿组的孩子们讲故事,听到喊叫声,把孩子们全都交给了陈大寡妇照看,也跑出来了。她看见了克礼妈,赶忙过来打听。

五婶问:"大姐,这伙子人又闹什么哪?"

克礼妈说："我也不知道。我看他们要犯抢！"

"挨刀的们，疯了！"

"真疯了！"

五婶从小孩子群里退出来，扭过头，一边朝西走，一边对克礼妈说："你盯着他们点儿，我快去给支书送信儿，找咱们的人去。你可别离开这儿，瞧着他们。"

克礼妈答应着："行，行，你快着点儿吧。"说着，就又跟孩子们追赶那伙抢麦子的人去了。

五婶往西跑着，她把全身的劲儿都拿出来了，只恨两条腿太慢；到了露天碾子旁边，刚要上坎子，远远地看见西边杨树行子里白白花花的一群羊，心里一乐："哎，那不是哑巴吗？ 他可是一员最顶用的大将。"想着，就一直朝正西跑。

哑巴好像已经闻到什么风声了，正急急忙忙地往回赶羊；见五婶走来，几步跑到跟前，把羊铲子往五婶手里一塞，就要往东走。

五婶拦住他，比划着说："哎，哎，你别把羊交给我呀，我还得找支书去哪！"

哑巴"啊吗、啊吗"地比划着，一定要把羊留给五婶，说他有个非常重要的事儿要干。

五婶比划说："我的事儿比你还重要；就把羊先扔在这儿吧，你快到大庙那边先抵挡一阵儿，别让这群没人心的家伙进到咱的仓库里去！"

哑巴不肯丢下羊。五婶也不肯接手。两个人都急，都不让步，就在那儿纠缠起来了。

这会儿，"分麦子"的人群快到大庙跟前了。这些让自私心迷住的人，就好像闻到了烙饼的香味儿，看到了炕头上的大囤，摸到了兜里的人民币，想到转眼间把麦子扛回家，就完完全全属于自己了，想怎么着就怎么着了，怎么会不心馋眼红啊！

马大炮这几个"骨干"分子喊声更高了。有的人喊哑了嗓子,那声音好像敲破锣,要多难听有多难听。有几个一直跟着大流、不敢吭声的人,也低着头喊了几声。

弯弯绕也提了精神,嘴没喊动,浑身却在使劲儿。

马斋和马凤兰一见这伙子劲头大了,全都往前边冲,就按着马之悦用眼神和手势传过来的指示,朝后退了几步,用别人挡住身子,小声地催促:

"上,上,一直往头冲!"

"麦子就到手了,就到手了!"

焦克礼领着老保管、韩小乐已经先一步赶到这儿。他一看大庙门关着,心里犯了疑;刚要敲门,"分麦子"的人已经到了跟前。焦克礼不由得吃了一惊:按着他原来的估计,马之悦既然敢出头放开马小辫,要挑拨人抢麦子的话,他也敢在前领着;只要马之悦领头,就算好斗好揭了。没想到,马之悦根本没有在前边,领头的、闹事儿的,全是那伙子中农。这样,焦克礼准备好的那套办法就用不上了,只能说服、劝解,让他们先退回去,等萧长春他们来了,再最后处理。

韩小乐听说有人嚷嚷着要抢麦子,也有一点紧张。因为他是会计,仓库出了问题,除了保管员,就数他的责任重了。抢麦子的人来到跟前,韩小乐朝他们扫了一眼,见闹事儿的又是那几个人,倒忍不住地嘻嘻地笑了起来。

焦克礼用肩头撞了他一下说:"瞧你,啥时候,还顾得抹蜜似的笑呀!"

韩小乐说:"可笑嘛,你不让我笑还行。"

"你真成问题。"

"一点不成问题。你看哪,看看他们这个阵势。我还当他们能够来上一大队人哪,闹半天就这么几块活宝!"

"就算人少,闹出事儿也不好。"

"闹个屁吧! 他们没少跟咱们较量,全是手下败将!"

"你看他们都红眼了!"

"哼,绿了眼也不怕。你再仔细看看,这里边有几个顶事儿的;你再想想,那一次闹干部会,不比这一回人多呀! 多一半也不止,怎么样了呢? 没费事儿,就退了;这一回,咱们更不怕了。"

焦克礼让韩小乐这么一说,又朝奔上来的人看一眼,心里一动,暗想:真的,用这个阵势跟闹干部会的阵势比一比,这一回比那一回小多了;这一回不光人数少,里边没有又臭又硬的马连福,也没有总跟着马之悦跑的马子怀、焦庆媳妇;好多随风倒的中农户都没跟着来。

韩小乐说:"你看看,这说明一个什么问题呢?"

焦克礼说:"说明他们的力量小多了。这是他们完蛋的信号!"

韩小乐说:"也说明咱们的力量大多了!"

老保管插了一句:"他们要不小,咱们要不大,这一大段的工作不就白干了。"

韩小乐说:"别看他们闹得凶,外强中干。"

焦克礼也笑了:"对,对,他们是纸糊的、气吹的,一捅就透!"又说:"你们爷俩在庙门口守着,我一个人对付他们就行了。"

韩小乐说:"你也别太轻敌,不怕他们,也别不当回事儿,咱们还是多加小心为好。"

老保管说:"说得有理。小乐真行。"

焦克礼这会儿可平静多了。这是因为年轻人看到了自己的力量强大,也看透了对手的软弱和空虚。他拿出一种心实胆壮、强不可侵的姿态,不慌不忙地朝着那些正往这边挪动的人迎上去了。

那些拿着口袋、扛着扁担来"分麦子"的人,往这边走的时候,因为贪心挺大,劲头也显得很足;临近了仓库,一见庙门关着,门口又站着几个雄赳赳的干部，就有一半人变得胆怯了，特别是那些老娘们、小孩子，怕得不得了，你推我，我推你，谁也不肯打先锋。这支稀稀落落的小队伍，就变成了开水锅里的棒子糁儿，乱乱哄哄。

领队的马大炮见焦克礼那副不动声色的脸，那股子逼人的气势，也不禁一呆，一时不知道先说什么好了。

弯弯绕比他机灵，一看见焦克礼，他就想起了前几天那场鸡的风波，想起那个让他丢尽了人的社员代表会，心口窝忍不住地敲鼓；接着，他又看见庙门关着，断定萧长春早有安排，也断定想要分到麦子，是不容易的事儿了；这一回，十成有八成，又要闹一个猫咬尿泡虚欢喜。于是，他不光自己往后站，还给他的女人瓦刀脸递眼色，不让她上前露面。

马斋的两只眼睛盯着马大炮和弯弯绕，他们心里想的，不说全明白，也明白个差不多；就急忙捅了捅马凤兰，小声说："光靠他们不行，你得给维持维持阵势了。"

马凤兰说："别光让我一个人冲，你也得使把子劲儿呀。我去叫门吧。立本在里边一应和，事情就好办了。你给弯弯绕鼓鼓劲儿。"

马斋钻到弯弯绕跟前，小声说："别胡思乱想了，只要你摸摸筷子，就算入了席，吃，也扰了，不吃，也扰了；我看你还是领头快冲，快冲，一冲，麦子就算到手，别的事儿，咬着白面馒头再说。"

弯弯绕好像没有听见马斋的话，却转回身，冲着马大炮的哥哥说："你睁着两只眼走路，怎么往我鞋上踩呀？"说着，就蹲下提鞋——这只鞋很难提，蹲在那儿不起来了。

气得马斋真想踢他一脚。

马凤兰扯扯马大炮的衣裳襟儿，说："大炮，养兵千日，用兵一时，眼下到了节骨眼儿，就看你的胆子大小了。"

把门虎忙挤过来说："唉，你们别一个劲儿往高处推他呀。个儿高的,能耐大的人,不是多得很吗?"

马凤兰说:"别榛子黄、栗子黑地争这个了,大伙儿的事儿大伙儿办,办好了,大伙儿都得好嘛!"

把门虎说:"要知道这样,我就不让他出这个头,露这个面儿。你还是让别人领头吧,他不行;别看他有那个外号,其实,他比谁都胆子小……"

女人说这番话,是想给马大炮泄泄劲儿,没料到,马大炮把意思听错了,反而激起了他的邪火,脖子一挺说:"谁胆子小? 我马大炮怕过谁,怕过什么? 分麦子,分麦子,马上开大门,进去就分,我看谁敢拦咱们? 李乡长都发话了,萧长春面都不敢露了,咱们中农说话顶事儿了!"

他这一喊叫,果然又给人们打了气儿,又都吵吵嚷嚷地往前挤。

焦克礼一边张开两只胳膊拦住他们,心里一边想:自己这会儿不是一个普通社员了,是一个队长,一个领导干部,不光要坚决地把他们挡住,不让他们闹事儿,还要给他们讲政策,提高他们的觉悟。于是,他不急不怒,用好言好语劝说这些人:"社员们,你们要干什么? 有话跟我说,别乱闹;这样对咱们农业社,对你们自己都没有好处呀!"

马大炮一心想要显显威风给大伙儿看看,见焦克礼一开台火力就不足,以为焦克礼害怕了,他就更神气了,把胸脯子一挺,大喊大叫:"我们就是要好处来的。怎么没有好处呢? 赶快躲开,我们要分麦子!"

焦克礼依旧不急不火地对大伙儿说:"社员同志们,过几天才能分麦子哪,现在还没有把决算搞出来,还没有到时候。都快干活儿去吧。"

马大炮喊:"谁听你这一套呀! 老子今天就要分!"

焦克礼说："没有社委会的决定,谁也不能分。"

马大炮的哥哥也插了一句："农业社我们都不要了,谁还管社委会不社委会呀!分,分!"

马大炮撸胳膊、挽袖子地对焦克礼说："赶快躲开,别耽误我们的事儿。伙计们,开门,分哪!"

焦克礼再也忍不住火了,就大声说："马大炮,我告诉你,别给脸不要脸!怎么好话说着,偏要胡闹呢?"

马大炮喊："你不说好听的,又敢怎样?这是民主,从今以后,再也怕不着你,我们要自由了!"

马斋和马凤兰两个人在后边对光跟帮帮不说话、不上前的人鼓劲:

"都喊,都喊!"

"大点声,大点声!"

那些不敢吭声的人们,你看看我,我看看你,敢张嘴喊叫的没有几个。

"分麦子呀!"

"不让分不行呀!"

马斋看着老这样下去不行,就跟马凤兰挤了挤眼。

马凤兰明白了他的意思,点了点头。

这两个坏家伙暗暗地在人群背后推了一下子,人群就朝着焦克礼压过去了。

马大炮真动了手,一把扯住了焦克礼的胳膊,又大声地朝前边喊："同利叔,快去砸门,快,分哪!"

韩小乐看见蹲着的弯弯绕站起身,当是他要开门去,就朝他扑过来说："我看你们敢动!"

弯弯绕喊道："小乐,你怎么找我打架呀?"

老保管也逼到马大炮跟前,说："打怎么着?你们再往前走一步,就打!"

马大炮喊:"打,打,打!"

"打!"

"打呀!"

焦克礼被扯着胳膊不能动,真想把另一只手抡圆了朝马大炮的脸上来一下子;就在他手还没伸出来的时候,想起了萧长春,想起了半个月前的那次"吵架会",想起了王国忠写来的那封信,他忍住了。

人们还在大声地吵嚷:

"打呀!"

"不让分麦子就打!"

焦克礼看着韩小乐和老保管都急眼了,就喊:"小乐,别打! 别打! 咱们有理讲倒人,用不着打架!"他说着,猛一抬头,瞧见了两只眼睛,那是妈妈的眼睛;他觉得这眼睛里发出了声音,这声音重重地落在他的心上,他的浑身长了劲儿。

克礼妈朝这边挤着;因为小孩子们一见这边要打架,都害了怕,一个劲儿往后退,克礼妈怕碰着孩子们,不好硬挤,就用最大的劲儿喊:"克礼,克礼!"

焦克礼朝他妈回答:"您放心,有我们在这儿,一粒麦子他们也拿不走!"

克礼妈踮着脚,从许多人的脑袋上盯住儿子,又大声说:"克礼呀,你还好话说着哪,你还对他们说好话呢?"

焦克礼说:"他们都是社员,乱打不好哇! 您放心,他们会明白过来的,一定会明白过来! ……"

克礼妈说:"哎呀! 我不是让你乱打! 不跟他们打架,应当给他们揭盖子呀! 你看看,谁在他们里边搞鬼哪? 你快看看呀,快看看呀!"

焦克礼也踮起脚,眼睛跟着妈妈的手指头转;往东一看,那边有个马凤兰,马凤兰想往庙门那边绕;焦克礼的眼睛又跟着妈妈的手指头往西一看,那边有个马斋,马斋正在推几个女人往前挤……焦克礼被妈妈提醒了,胸膛里猛地一阵发热,立刻又用更高、更坚决的声音朝围着他、扯着他的人们喊:"社员同志们,你们上了敌人的当呀!你……"

弯弯绕本来就怕这一手,连忙说:"克礼,队长,别这么说话呀!谁是敌人?谁是敌人?你把我们全当成敌人了?你这小孩子家说话太没深没浅了。这可不是说着玩的!"

马大炮朝焦克礼瞪着眼珠子说:"你要给我们戴敌人的帽子,我们就是敌人了。分麦子呀,谁想拦也不行!"

焦克礼一边用劲儿挣脱马大炮的手,一边喊:"你们真的上了敌人的当呀!你们看看,富农分子、地主的闺女,在里边给你们使劲儿哪。你们上当了!……"

马斋脸黄黄地跟旁边的人小声说:"他吓唬你们哪。别听这一套。谁让你们来的?你们自己呀!"

马凤兰也黄着脸跟女人们说:"别的全是假的,分麦子是真的;反正也闹起来了,不分白不分了!"

人们又鼓着劲儿叫起来了:

"我们要分麦子,管它上什么当!"

"对,分了麦子,才是实在的!"

焦克礼喊:"你们这几个人为什么要分大伙儿的麦子呢?这麦子是你们几个人种出来的吗?你们是听了社委会通知来的吗?坏人胡造谣言,让你们搞害大伙儿的事儿,让你们搞犯法的事儿,你们又听又干,这不是上了敌人的当又是什么呀?你们把心思摆正一点儿,自己想想,这是什么行为?"

"我们对农业社有意见!"

"对啦,我们全都有一肚子意见!"

焦克礼说:"有意见可以提意见。这样明抢明夺,是解决问题的办法吗? 这是损害别人,也损害自己呀! 不要听马斋、马凤兰他们的话。他们才是咱们的敌人呀! 要闹事儿,得跟他们闹,不能自己人跟自己人闹呀!"

马斋再也顾不上装腔作势,就在人群里大喊大叫:"这是造谣,这是怕你们,用软办法哄你们退回去!"

马凤兰更顾不上好多了,也喊叫着:"别听他们胡说八道,别上他们的当呀!"

马斋喊:"好人坏人还不容易分别吗? 谁让老百姓过舒心日子,就是好人。"

马凤兰喊:"对啦,要过舒心日子,要分麦子,就得豁出四两半斤地跟他们干!"

克礼妈怕儿子说不过这几个坏蛋,就推开身边的孩子们,挤过来对大伙说:"我说,咱们都是老乡亲了,谁都知道谁。平常日子,我不大管别人家的事儿;这一回,让我看着实在着急。克礼年纪轻,不清楚咱们的老根老底儿,我总还知道一点儿。"她说着,扳着一个老头的肩膀子说:"大哥,你早先不是给马斋扛过活吗? 你起五更、爬半夜给他们卖命,他们连吃咸菜都限着你吃;那年秋后开工钱,他拿秕高粱、霉谷子对付你,你不是跟他吵过吗? 那会儿,焦田在村里搞农会,给你撑了腰,你才没吃亏。从那以后,你好多年都不理马斋;怎么,解放了,你日子过好了,也跟马斋好起来了?"

那个老头不好意思地说:"他婶子,不是这么一回事儿,不是! 马凤兰刚才找我去,说是李乡长下了命令,让社员分麦子,我就……唉,谁知没有这宗事儿呀!"他一边说着,一边朝后退。

克礼妈又扳着一个中年妇女的肩头说:"大妹子,你家虽是中农,斗争地主、挖财宝,咱是一条线上的人,还在一个小组里,专门对付马凤兰。你那会儿,指着挖出来的绸缎衣裳对我说:地主真可恶,穷人光着屁股,他们把好东西都埋在地里让它烂了,真该斗!最后分浮财,还分给你一件。你想想,马凤兰能不跟咱们记仇吗?你忘了,她可没忘呀!你怎么信她的话,跟自己的人作对儿呀?"

那个中年妇女红着脸说:"我正做饭,马斋跟大炮去找我;吓唬我,说麦子全分了,不跟他走,一个粒儿也摸不着,我……"她说着,也朝后退了。

马斋一见这情形更慌神了,可是他又不敢跟焦克礼母子脸对脸干,就挤到弯弯绕的跟前说:"同利,你看,萧长春、韩百仲他们连头都不敢露,光让一个孩子,一个老娘们来对付,证明他们怕了;他们怕了,咱们反而败下阵去,不光丢了人,最要紧的,又算白闹了。只要这回闹不成,明天他们就得套上大车,把麦子全送到国家仓库里去,连味儿咱们都闻不着了;到那时候,后悔可就来不及了。"

弯弯绕嘟嘟囔囔地说:"你有话对大伙儿说,为什么偏朝我一个人说呀?我也是跟着来的。"

马凤兰也在那边给马大炮浇油:"你看见了吧?什么团结团结,把你们都当死对头、活敌人看待了。凭你有名儿的马大炮,让一个小孩子,一个老娘们吓住,多丢人哪,你还有脸在东山坞活着呀!"

马大炮挺着脖子喊:"谁让他们吓住了?我这儿拉着焦克礼,你们赶快冲大门哪!"又冲着正朝后退的人喊:"他妈的,谁也不兴跑,都给我站住!快开门,分麦子呀!"

马斋和马凤兰的欺骗、吓唬的办法不灵了,马大炮的喊叫无效了,大庙前边的形势正在变化。有几个人听了焦克礼母子的这番话,动摇了,退到了看热闹的小孩子群里,那架势,好像一吹哨子,他们马上就开腿往家跑。接着,除了马凤兰,差不多所有的女人、孩子,都靠边上去了;弯弯绕也在往后退;光剩下马大炮这个光杆司令还在跟焦克礼揪扯，马斋、马凤兰这两个狗头军师完全孤零零地给摆出来了。

大庙前空场子的最南边有一棵大槐树，树下边有个土堆子，马之悦就站在那儿朝大庙这边观阵。他又是急，又是气，心里不住地骂："真是一群菜货，为什么还跟他们磨牙呀！不能容焦克礼他们有说话的空子，也不能让这伙子人有听话儿的机会，就一拥而上，进了大庙，抢了麦子，干净利索！这样磨蹭下去，这边凉了，人家那边可要热了！"马之悦这会儿真有点前怕坑子，后怕井了。他怕焦克礼用"敌人"这个词儿真把这几个闹事的人给镇住，也怕萧长春得到信儿赶到，他更怕李世丹来了，这边的事儿闹不起来，生米没有做成熟饭，几句空话，就又云消雾散。急得他，不住地咬牙攥拳头。

韩百安是被马之悦连欺带骗地拉到这儿来的。当他跟马之悦到了官井沿上，见到那儿好几个人都夹着口袋，而且多数是沟北边那些不拉人屎的家伙，他就猜到又要闹坏事了。他想：闹什么坏事儿呢？是要跟李乡长请愿？或者，干部们要开会，又要像上一次那样，又骂又吵地瞎胡闹一通？他猜不到，要往回走。马之悦不肯放他，他又想应当看看马之悦到底要干什么坏事儿，就跟到这儿来了。他看见大庙门口的人们乱乱哄哄，开始的时候，还以为大庙里边开干部会，不让这些人进去，这些人一定要进去，才这么大吵大闹；后来，听人们口口声声喊叫分麦子，更犯疑了，就问马之悦："喂，我说，到底是怎么一回事儿，你快跟我说实话！"

马之悦看他一眼，说："分麦子呀！"

韩百安说："社里没正式通知，我回去了。"

马之悦说："你说分麦子，怎么又回去呀？"

韩百安说："我是跟你讨小米子的，你没心还我，我认倒霉，也不能再上当了。"

马之悦说:"既然来了,就别空着手回去。快到人群里去帮一把吧。"说着,就往那边推韩百安。

韩百安一边朝后退,一边说:"你又让我跟他们瞎起哄去。告诉你,我这个人可是有毒的不吃、犯法的不做,我不跟你们干这号事儿!"

马之悦说:"你不干,还来干什么? 来了,就算干了。"

韩百安急了:"你这是什么意思?"

马之悦拍手跺脚地说:"快看,快看,有人打开门了!"

大庙前边的马凤兰趁着马大炮跟焦克礼纠缠,又推开克礼妈的拉扯,跑到庙门前,就死命地用拳头敲着门板,大喊:"立本,立本,快开门呀!"

焦克礼一听马立本在大庙里边,更着急了,一使劲儿抢开了马大炮,扑过来,堵住庙门说:"不管谁在里边,农业社的麦子,你们一个粒儿也拿不走!"

韩小乐推开了马凤兰,对焦克礼说:"不要紧,一会儿,把他们里外一锅烩!"

马大炮也跟上来,朝庙里边喊:"快点开门呀,死了?"

马斋着急地说:"把门关这么严干什么呀?"

大庙里仍然是一片沉默,只有墙壁发出刺耳的回音。大柏树上的几只老鸹,"呱呱"地叫了几声,抖动着翅膀,朝远处飞去了。

马之悦趁着韩百安打愣的时候,一使劲儿把他推出几步。马之悦自己则退到树后边,两只贼眼死盯着大庙的门板儿。这会儿,一线希望在他心里跳动着:只要庙门一打开,不论是敢上前的人,还是已经退后了的人,都会呼地一下子闯进去,麦子就算抢了,事儿就算闹了。他等了半晌,见里边没人应,心里想:是不是又发生意外了? 这可糟糕! 暗骂马立本没用。又想,用什么办法也得先分点儿,哪怕是一家分走一斗,也算生米做熟了饭,也算乱套了。

可是怎么办呢？他急得一个劲儿搓手。

韩百安又退回来，朝马之悦喊："嗨，这到底是怎么回事儿呀？你安的什么心，你想把我怎么样？快点告诉我实话！"

马之悦说："还问！到这儿来有什么事儿，分麦子呗！快往前凑凑吧！"

正巧，韩道满和马翠清两个人，一人提着一只盛白灰的小桶，一人提着一个盛黑灰的小桶跑过来。他们是按着昨天晚上的计划，想找五婶一块儿写标语、画壁画去，听说这边闹了事儿，就一块儿跑来了。他们刚走到大树跟前，立刻发现了韩百安站在马之悦的旁边，胳肢窝还夹着口袋。

韩道满心里一急，手里的铁桶差点儿掉到地上："不好，他怎么也来了？"

马翠清跺着脚说："瞧瞧，又跟干上了！真是个死不回头的东西呀！"

韩道满把铁桶塞给马翠清，几步跑到韩百安跟前，揪住韩百安的袖子说："你，你，唉，你又跟着他们干坏事儿呀！你还要脸不呀！"

韩百安奇怪地说："没有哇，道满，我怎么啦？我没跟他们干坏事儿……"

马翠清也跟过来说："还说没干坏事儿呢！没干坏事儿，跑这儿干什么来了？"

马之悦怕他们跟焦克礼来个里外夹攻，就拦住两个人说："别吵了，看不见闹起民主来了？这是没办法的事儿，谁敢抗拒民主哇！你俩也过去吧，在运动里，可别当群众的尾巴……"

马翠清"呸"地唾了他一口："不要脸的坏蛋！全是你煽动的，全是……"

马之悦瞪起眼珠子："妈的，小毛丫头，你敢再胡说，我要揍你!"

韩百安说:"哎,哎,这是怎么一回事儿? 道满,翠清,他要归还欠下我的米……"

韩道满说:"糊涂死你了! 他们是来抢麦子的!"

韩百安大惊失色:"什么,抢?"

马翠清说:"马之悦拉你跟他们扯伙抢农业社集体的麦子,你还当干好事呀!"

韩百安愤怒起来了。他的两只手攥起来,"咯巴"响;两只眼睛瞪着,像是喷着火,逼近马之悦,浑身颤着,嘴唇抖着。

马之悦吓了一跳,不由得倒退了一步。

韩百安还是那副架势,逼视马之悦,朝他跟前凑着。他的眼前,出现了多少可怕又可恨的情景:杀害孩子的凶手,夺人家小米子的强盗……他咬牙切齿地喊:"你,你,马之悦,你是……"

马之悦一边退着,一边小声地说:"哎,百安大哥,你怎么听孩子的。你不是要过好日子吗? 你不是嫌农业社不自由吗? 这回,大伙儿全都为这个闹起来了,要把农业社散了,要按土地分红! 全是由着你的意思来的,我叫上你是为你好呀!"

旁边的马凤兰一见这边又吵起来了,就跑到跟前,对韩百安说:"在这儿吵什么,快分麦子去呀! 这回可你们的心了! 你再不用整天价垂头丧气的了。"

马斋也过来加了一句:"要变天了,这一回,什么事儿全都要变了。别总胆小了,胆小人吃大亏呀!"

韩百安两只冒火的眼睛还是盯着马之悦不放。在一个老实半辈子的庄稼人来说,再没有比这样一种欺骗更不可忍了:他让马之悦拉着当了强盗,当了罪犯!

马之悦瞪起眼睛:"韩百安,你疯了?"

韩百安吼的一声:"我疯了,我让你们骗疯了,欺负疯了,我不活着了！"喊着，跺着脚，猛劲儿一扑，一头扎在马之悦的肚子上。

马之悦闹了个屁股蹲儿，一边爬起来，一边喊："快，快把这疯子抓起来！"

韩百安还要往马之悦身上撞，旁边的好几个人把他扯住了；他挣扎着，喊叫着："你让我干坏事儿，你让我倒卖粮食，还吞搂我的小米子；你又拉我跟你们造反！韩百安跟你一块儿造反啦！马之悦呀，我拼了，拼给你了！"

韩道满和马翠清这两个年轻人倒是乐得不得了。

韩道满说："跟他拼了，拼到底儿！"

马翠清说："百安叔，你这回革命啦！"

韩百安喊着："我拼了，我革命啦！马之悦，你是个头号大坏蛋呀！我，呜，呜，呜……"他哭着，一手拉住韩道满，一手拉住马翠清，"孩子，搀着我，搀着我，我找萧支书去，我有顶重要、顶重要的话儿跟他说呀！我这回，全给他揭开！呜，呜……"

焦克礼、老保管、韩小乐依旧站在庙门口，给这边助威：

"看清楚了吧，这件事也是马之悦在后边使的鬼呀！"

"连韩百安都把马之悦看透了，弯弯绕，你们还瞎着眼跟他干坏事呀。"

"乡亲们，走社会主义才是正道儿！"

"你们想想，麦子是大伙儿的劳动果实，你们跑来抢，犯法不犯法呀！"

"全都革命吧！"

…………

人群乱了。等到韩百安被韩道满和马翠清搀走之后，更乱了。

马之悦看看事情不妙，到了这步田地，不适当地出出头也不行了，就离开树下，来到庙门前，对光杆司令马大炮说："快，搬梯子去，跳到里边开开门，分呀！"

马凤兰可怜地喊叫着:"诸位可别散呀!我去搬梯子,进去打开门就分麦子呀!"

院子里的人听到要搬梯子跳墙,有点慌了。

韩百旺说:"快想法子吧,要是打进来,咱们可是寡不敌众呀!"

焦淑红说:"沉住气,他们不敢上来。有觉悟的群众越来越多了,马之悦这回没有拉到几个人;你们听,连弯弯绕都没敢喊一声,光马大炮一个人,不怕他。"

韩德大搬来了两捆山柴,说:"上墙,放火烧他们!"

焦淑红忽然想起自己的武器:"有办法了,不用放火,走,上去!"

焦淑红和韩德大爬上了墙头。

马之悦叫起苦来了:"不是立本在里边吗?怎么是他们呀?"

马斋皱着眉头说:"这小子是怎么搞的?"

焦克礼见里边全是自己人,更乐了,就在墙下边喊:"淑红,你们稳坐江山,我们在这儿保驾哪!"

韩小乐也说:"他们敢抢,我们就敢打!"

焦淑红朝下边的人群喊:"乡亲们,你们都上了坏人的当!天不会变的,永世万代也不会变!别听马之悦造谣言,他是个大坏蛋,一心想破坏社会主义!李世丹办的事儿,并不代表党,也不代表政府,就代表他一个人;上级不会答应他胡闹,萧支书和韩主任一定要跟他斗争呀!……"

马之悦也喊:"别听她的鬼话,李乡长是一乡之长,是代表政府来的;政府都说萧长春错了,还有什么怀疑的?反正农业社完了,不抢白不抢!"

马凤兰扛着梯子过来了:"大炮,大炮,快上墙啊!"

焦克礼和韩小乐两个人上去抢梯子。

马大炮让那股子邪火顶着,什么也不怕了,也跑过来抢梯子。

把门虎扑过来，拉扯着男人说："老爷子，你看看，所有的人都不干了，你光棍一根，还闹哄什么呀！快跟我回家吧！"

马大炮喊着："这口气我就不能白吃！今天就是分一粒麦子，也得分！"

马之悦朝他竖起手指头："嗨，这才是英雄好汉！"

马斋过来帮着马凤兰抢梯子："大炮，来，咱俩上，反正也豁出来了！"

韩德大气得不得了，从墙上揭下一块砖头就要朝马斋扔。

焦淑红从腰里抽出手榴弹，一手举着一个喊："你们要是再不退，我这手榴弹可不认人！"

韩德大也喊："克礼，你们几个退远一点儿，让他们几个在这儿等着吃硬的吧！"

把门虎扯着男人，没命地往远处跑。

就在这个时候，从人背后冲过一条大汉，手里提着一根碌棍，"呀呀"地喊叫着要动武。这是急了眼的哑巴。

马大炮正没处出气，想跟哑巴干一仗，就甩开把门虎，扑过来了。

哑巴举起碌棍，就要朝马大炮脑袋上下家伙。

焦克礼急忙把哑巴拦住，跟他比划：对马大炮他们这种人，要讲道理，不能动手打。

哑巴瞪了马大炮一眼，又推开焦克礼，转着圈儿抡耍着棍子，好像戏台上的武生，专门追赶马斋和马凤兰。这两个坏家伙抱着脑袋，又喊又叫，到处躲，到处钻。

看热闹的人们，都拍着手、放开嗓门笑起来了。

马之悦是最怕死的人，当焦淑红一露出手榴弹，他就又跑到远远的大树后边去了。他看着这场败局，暗暗叫苦；又想，一不做，二不休，不干是不行了；可惜，人越来越少了，特别是像马大炮这样敢

461

拼命的人更少,怎么办呢? 他冲着那又喊又笑、乱乱糟糟的人群,发开了愁。

第一三五章

萧长春从一队的打麦场上走出来的时候,就听人说,李世丹和韩百仲到家里去找他;他回到家里,一个人影都没见到。正在门口看风声的淑红妈告诉他:那两个人已经到场上找他去了。

他又急忙来到二队打麦场,远远地就听见了那边的吵嚷声。

垛上的、场板上的、大车上的社员们,全都停住了手里的活儿;有的站在原地,有的围着李世丹,一个个都是面红耳赤的,都在大声地吵嚷着:

"李乡长,你为什么不跟我们说一声,也不跟干部说一声,就把地主放开?"

"你知道他跟马之悦是什么关系;你知道马之悦是个什么东西,你为什么听他的话呀?"

"有你这样处理问题的吗?"

"这不是没边没界了吗?"

…………

刚才李世丹使尽了各种办法,都没有把韩百仲"说服",反而越说越僵,闹得他不能下台,就到处找萧长春。他刚刚走进这个场上的时候,就看到一张张红铁块似的脸;他以为这些社员不了解他这个乡长是讲"民主",还是不讲"民主"的,是包庇干部萧长春,还是不包庇干部萧长春的;于是,他就准备当着大伙儿发表一通讲话,取得群众的信任,先进一步把他们"害怕"的思想消除,把他们那要闹事儿的情绪稳住;回头,再给萧长春下一道命令,使一点组织手段；这样，这里的问题就保险了，他就可以脱身，赶快回乡参加那个半截儿党委会。可是，没容他开口，社员们就吵吵起来了。他听着听着觉出不对味儿，有点奇怪，又有点不知怎么对付好了。

围着他的人越来越多，都喊了一些什么，他几乎一句也听不清了。在这个时候，他发现萧长春不在，心想：噢，闹了半天，萧长春躲了，煽动几个拥护他的人来跟自己对抗呀！就喊："社员们，静一静！"

"我们静不下来，你快回答我们的问题！"

"不赶快回答，放跑了杀人的凶手，你可负责任！"

李世丹左右招架不开，就又大声喊："你们支书呢？萧长春躲到哪儿去了？你们说呀！"

萧长春从人群外边挤进来，说："我在这儿！"

李世丹一见萧长春，气头子更大了："你先把这些人给我制止住！"

萧长春朝愤怒的社员们说："同志们，不要急，不要喊，咱们有话说话，有理讲理；什么事儿处理得不妥当，由我们干部先跟李乡长交换交换意见，回头再跟你们说清楚，用不着吵哇！"

社员们这才渐渐地静下来。

李世丹一见社员这么听萧长春的话，更觉着他估计的对了，立刻拿出一种上级压服下级的姿态，冲着萧长春劈头就说："我主张把马小辫放开了。你不服可以提意见，用不着耍手段！"

萧长春本来想把群众安定住之后，先把李世丹拉到场房里，个别谈谈，看看他的态度再考虑怎么办；没想到，李世丹开台就来了这么一下子，他的打算被打乱了。

韩百仲看着萧长春有了为难的样子，一时没有完全摸清萧长春的心思，就说："长春，你还想留点面子？人家李乡长可不给咱们社员留面子呀！当着沟北的人，当着马之悦宣布咱们过去的工作全错了!"

李世丹冲着韩百仲说:"你这是什么意思? 共产党人干错了事情,就承认错误,还怕宣布吗?"

"你有什么根据说我们错了呢?"

"随便扣押人这一条就是大错误,懂吗?"

萧长春看出问题严重,不斗争,就是对党的损害,对群众的损害。他想到这儿,朝前跨了一步,坚决地说:"李乡长,不是我们错了,是您错了!"

李世丹说:"啊,我怎么错啦? 你们不能随便扣人呀!"

"我们没跟您报告吗?"

"报告了。我让你们放开,为什么不听领导的话?"

"我们怎么不听领导的话啦? 武装部长代表乡党委通知,让我们等着上级决定。您放开马小辫,是上级的决定,还是您个人的主意?"

"就算我个人的意见,你们就不能听听啦?"

"那你为什么不听听群众的意见呢?"

停在垛上、垛下和围在旁边的社员们一见萧长春和干部们的态度很硬,说话很猛,更长了精神。站在远处的也呼呼啦啦地围了过来了,七嘴八舌地质问李世丹:

"你说,为什么光听坏蛋的话?"

"你说,为什么打击群众?"

"李乡长,凭什么把地主放开?"

"他干的坏事儿太多了,你不处理,反倒当好人?"

"起码应当先跟干部说一声呀!"

李世丹听了人们的吵嚷这才看清了一点"民意"。他感到非常的意外,也感到有点不妙,就四面招架说:"乡亲们,社员们,请静一下好不好? 村干部随便拘留人是不对的!"

"他是被管制分子,怎么不能拘留!"

"他是现行犯哪!"

…………

李世丹说:"如果允许他们这样随便拘留人,你们还有民主生活没有?"

"哎呀呀,做了坏事儿不惩治,这叫民主哇!"

"您把我们的民主夺过去给了地主啦!"

李世丹大声地喊着:"社员同志们,我不是来这儿独断专行的,我是代表上级,来帮你们解决问题……"

"你就是这个解决法呀? 分明是搅浑水来了!"

"一点儿不错,你是帮倒忙来了!"

李世丹火了:"哎呀呀,这是怎么搞的? 全都疯了,没有王法了? 萧长春同志,这是谁指使这些人胡闹的!"

萧长春高声说:"这是因为您违犯了社会主义利益,他们不答应呀!"

李世丹倒憋了一口气:"萧长春,你,你,你这是跟上级说话吗?"

萧长春说:"李乡长,这不是随便说说闲话儿,这是一场斗争呀!"

李世丹暴跳起来了:"什么,什么,你煽动群众跟我斗争起来啦?"

萧长春说:"是我煽动的他们,还是您自己煽动的他们呢? 您不正确,怎么能不斗争呢? 我们要保卫社会主义,谁都没资格让我们放下这个权利!"

李世丹呆住了。他忽然想起前几天在乡政府跟萧长春那场舌战,想起这个人好大喜功,自以为是,同时又带着一点军人做派,是很不好说服的;而且,如今他的孩子丢了,正在火头上、气头上,已经豁出去了,来硬的更不能说服他;再说,那一回争吵是两个人在屋子里,这回当着这么多的人,弄僵了,对自己脸面不好瞧,对解决东山坞的问题也不利。于是,他又拿出一种宽大为怀的样子,苦笑了一下,说:"长春同志,我劝你不要失去理智。现在的问题太复杂,得看大局,识大体,想想自己的行为,是不是符合今天的政治形势;我们是一般党员,对党没有大的贡献,可是起码应当做到别给党捅大娄子;像你这样做,对党不好,对你自己也不见得有什么好处吧?"

萧长春听着李世丹这番话,心里想:不论他怎么"右",跟马之悦总还不是一种人,而且他是领导;既然他已经要转弯儿,也要设法儿帮着他转一转,好先把坏事儿控制住,旁的事儿过后再说再论。想到这里,他也缓了缓口气说:"我没有失去理智,怕是更清醒了。李乡长,我也要劝您几句,您要真把党的利益摆在头边,既然来到东山坞,就该把屁股坐下来,跟贫下中农讨教讨教,把这个事儿,那个事儿,加在一块儿比较比较,再用您刚才说的那个'大局'、'大体'称一称,量一量;这样的工作做到家了,您再下结论,再使办法;一句话,您得把东山坞的真实情况弄得一清如水,不能胡来……"

李世丹打断萧长春的话:"谁胡来了? 是你,还是我呀?"

萧长春说:"一件事实,比说上千句万句话还顶用。您刚才说,咱们起码得做到别给党捅娄子,我看您的做法,就是要给党捅娄子。李乡长,我以同志的资格劝您……"

李世丹说:"你的心理我明白……"

萧长春说:"从您一进东山坞就放了地主,连我们一句话都听不进去,您没有明白我们……"

李世丹说:"明白。你丢了孩子,心里边难受,我是能够理解的……"

韩百仲接过来说："可你拿这个当儿戏。昨晚上我跟你汇报，你那是什么态度！"

李世丹没理他，接着说："我们对地主有旧仇旧恨，也是可以谅解的……"

当李世丹一提起"丢了孩子"这句话，萧长春心里非常难过，刚想回答，李世丹又来了一句，就忍不住气愤地说："李乡长，怎么叫有旧仇旧恨？他们勾结起来破坏社会主义、破坏农业社、杀人，这不是新仇吗？"

韩百仲说："对呀！谅解这个词儿怎么讲呢？我们不能跟地主记下仇恨哪？"

一个小伙子喊着："别在这儿磨牙了，快点把马小辫抓起来比什么都强，我去抓！"

李世丹伸手拦住那个小伙子说："别动，听我把话讲完。"又看看萧长春说："同志，难受、仇恨都不能代替党的政策呀。随便扣人，这是侵犯人权的；同志，我们是中华人民共和国，我们有宪法！"

萧长春这才发现，李世丹根本没有转弯儿，也没有想转弯儿的意思，心里的怒火更高了，就质问他："宪法是保卫人民的，还是保卫地主的？您可是代表人民掌印把子的乡长啊！"

李世丹又喊叫了："嗬，你随便捕人，还有理啦？"

萧长春也把声音提高了："您为什么睁眼不看事实，硬说我们随便呢？"

李世丹猛地一晃脑袋："同志，你对自己的行为负责不负责？你自己的孩子丢了，是真丢了，还是没丢了，到底儿怎么丢的，没凭没据，没有人证，也没有物证；为了解解自己的怨恨，就乱捕乱扣，这不是随便是什么？你说说这是什么！"

这一句话，把在场的人全给惹火了。昨天丢了孩子以后，在人们心里激起多么大的痛苦和愤怒！可是，萧长春那坚强的行动影响了大家,人们把痛苦和愤怒压住了;为什么痛苦和愤怒,又为什么压下这种痛苦和愤怒,其中的道理,谁不清楚呢? 这一切都是高尚的、纯洁的,怎么会像乡长李世丹认识得这般庸俗和卑鄙呢?

萧长春的同志和战友们,全都忍受不了啦。一个个都不由自主地跳起来,逼近了李世丹。

正直的韩百仲抓下头上的草帽子,"啪"地往地下一摔,又"哗"下子扯开衣裳襟儿,两手叉腰地往李世丹跟前一站,吼吼地喊了起来:"李世丹,我告诉你,你要是说乡长的话,办乡长的事儿,我们拿你当乡长看,要不然,可别怪我们不给你留面子!"

李世丹真没想到韩百仲还有这一手,倒退了一步,也吃惊地喊着:"韩百仲,你要干什么? 还有点组织性纪律性没有? 你发疯了,啊? 你发疯了!"

韩百仲还是朝他跟前逼着:"你,你要把人逼疯了! 我问问你,我们跟地主斗争,跟马之悦斗争,为的是哪一家子的仇,为的是哪一个人的怨? 社会主义是为姓萧的一个人搞的是怎么着? 你得把话说清楚! 告诉你,李世丹,我不能让你胡言乱语来污辱我的同志!"

社员们愤怒地喊着:

"说清楚! 说清楚!"

"不能让你替坏人污辱支书!"

韩百仲已把李世丹逼到墙根下边了:"我算把你看清楚了,好人、坏人,同志、地富,在你心里边全都一锅熬了;社会主义、资本主义,在你脑袋里也掺在一块儿了! 你就没有跟我们穷人连着心,你没拿我们这号人当同志看,你眼睛里没有党,没有社会主义,嘴上的漂亮话儿,全是门面买卖,你没有领导的味儿了!"

李世丹喊叫着:"你这样污辱我就行吗? 我看你要反天呀!"

韩百仲说:"我一点儿都没有污辱你! 你拍着胸口问问,你的阶级感情跑到哪儿去了？你还有一点儿同情心没有？你不光拿同志的痛苦当儿戏,还拿它颠倒黑白,在同志的伤口上撒盐末、揉辣子面儿,你心里过得去吗?"他说到这儿,两只眼圈都红了。

很多社员的眼睛也都潮湿了。

李世丹发懵地说:"嗳,嗳,这是说到哪儿去了?"

韩百仲揉了揉眼睛,逼着李世丹说:"要是你自己的孩子被敌人杀害了,你也会这样不痛不痒吗? 你也要给敌人赔不是吗? 你也要奖励敌人吗?"

社员们喊着:

"要是马之悦的孩子让人家杀了,你怎么着?"

"你还让我们搞社会主义不?"

李世丹摊着两只手:"嗳,嗳,这是从何说起? 越说越没有边儿了! 老萧,你请大家冷静冷静好不好? ……"

萧长春站在他对面,皱着眉,瞪着眼,攥着拳头,巍巍不动。

一向乐于当"和事佬"的焦振茂,这会儿一反平时,惟恐萧长春又像麦收前马连福在干部会上骂大街那回那样,又像昨天的小河边上那样,再把大伙的怒火压下去,就凑到萧长春跟前,小声说:"长春,这一回可别让步,这一回跟那两回可不一样了;这一回到了紧要关头,地主、坏人都站出来,伸着脖子朝这儿看哪! 李乡长办的事儿,一点儿也不符合政策条文呀! ……"

萧长春依然是巍巍不动。

人们还在愤怒地呼喊着,越喊声音越高。

人圈外边一阵低声的长叹,把愤怒的人惊动了。

那是萧老大在委屈地、愤怒地叹气。淑红妈跟在他的旁边掉了泪。

萧老大这样一个老人,在这一夜之间变化是最大的:他沉默了,也硬朗了;一个老年人不幸的痛苦遭遇,硬让理智压服着,他只有沉默；一个本来强悍的人，碰上强大的撞击之后，他当然会更加硬朗。这是他对儿子、对阶级的回答，也是他对敌人的回答。

萧老大叹息着："唉，真想不到，唉，真想不到！"

淑红妈劝萧老大说："刚才你说，我告诉你不生气，怎么又生气了？"

韩百仲凑到萧老大的跟前说："你不要叹气，别跟他叹气，他是不代表党的。"

萧长春被惊动了，他走到爸爸跟前说："百仲同志这句话说的好哇。他不代表党，只能代表他一个人。"

韩百仲说："他代表马之悦这一伙！"

萧长春说："一点不错，他顶多代表那一伙反动派的心意。"他站在萧老大的跟前说："爸爸，您有什么窝囊委屈，对您的儿子说，对您的同志说，不要对他说。您是不会把一个忘了党，忘了人民群众，忘了社会主义的人说醒的，只有斗争！"又转身对大伙儿说："同志们，有理你们就说吧。不把是非弄个白是白，黑是黑，决不能罢休！"

萧老大推开要拉他的人，说："你们不用担心，我一句话也不对外人说。我是气的。我是奇怪的。怎么一个堂堂的大乡长，连我这么一个不在组织、不在党的老头子都不如呢？"

年轻人鼓起巴掌：

"说得好，说得好！"

"真是这么一回事儿！"

李世丹感到自己的处境十分尴尬，也十分危险。他怕了。汗珠子从脑门子上滴滴答答地往下掉。他对眼前这一切，是不能理解的，不能明白的；他也顾不上弄明白，也不想弄明白。他想得最多的，是怎么样立刻弄回自己的"面子"，抓住一点理由，保住自己的"正确"；不然，他已经看出来了，照这样下去，要处理的问题处理不了,还得把"送殡的埋在坟里",还得给自己找一身抖落不净的病;回到乡里没法儿说,上级来了人不好交代;等到群众的大鸣大放一起来,目标会从另一个方向转到自己身上;在运动的火头上犯错误,那可不得了。他想来想去,以"缓和群众的情绪"为上策。要缓和这种没有理智的情绪,就得先压服了萧长春;要压服萧长春,就得用更"政治"的手段。他说:"同志们,上边有上边的安排,有上边的计划,这些个你们都不知道,我也不好对你们说,这是组织纪律,这是党内秘密。我只希望大家千万不要误会,这对我们的运动是不会有利的。光是感情冲动,光是跟我李世丹发牢骚,能解决眼下的问题吗? 不能的。我劝大家都冷静下来。"又转向萧长春,"老萧,你这个支部书记总还得承认我是乡长吧? 起码你得承认我是上级派来的一个同志吧? 这好。你快把这些人安顿一下,咱们先个别谈,党内的事情,咱们党内解决,咱们一致不了,还有上级呀。你看这样好不好?"

萧长春马上点头说:"我开头就要跟您个别谈,可您偏偏不这样做;现在您愿意走这道手续了,我同意。"

李世丹这才轻松了一下。

萧长春接着说:"可有一件,咱们得马上把马小辫捉起来,这件事儿不能再等了。"

李世丹又紧张了:"这个问题,咱们一并讨论研究一下再说吧。"

韩百仲跟群众几乎一齐喊:"不行,不行,得马上把马小辫捉起来,随后再讨论!"

李世丹这下可为难啦。其实,他跟马小辫并不像马之悦那样存在着什么特别的利害关系;押与放,在他说来,也不是大了不起的事情;可是,自己一进村就按着马之悦的意思把他放了,这会儿要是一点头,他们立刻又把马小辫抓起来,同时也会整治马之悦;

这就是说,自己把自己安排在一个完全错误的地位上了,明明是承认自己今天又在东山坞犯了错误;再说,事情的结果,到底儿是萧长春对,还是马之悦对,还弄不明白;大鸣大放的整风运动来了,到底谁是鸣放和挨整的中心人物,也还不清楚,怎么能够这样草率的处理呢? 这一切,要是刚一进村的时候,他李世丹并不难处理;可是,在打麦场上受到这一回"群起而攻之"以后,他李世丹对东山坞到底儿是个什么样儿,心里已经越发没底儿了……

这会儿,群众的情绪也缓和了一些,全都帮着说:

"李乡长,快答应把马小辫捉起来吧!"

"这样做最妥当,不用犯难!"

萧长春说:"李乡长,事情走到这一步,不这样办是不行了。您在这个火头上把马小辫给放了,就是给反对社会主义的人撑了腰……您等我说完。您要知道,马之悦不是傻子,不是您认为的那种老实人,他会利用您,会打着乡长的旗号鼓动落后的富裕中农和坏蛋们捣乱。您等着吧,他们会把您包围住,会请愿、闹事儿,会向社会主义进攻。只要我们再把马小辫抓起来,立刻就能够把他们稳住,就出不了大事儿……"

李世丹使劲儿一摆手说:"别说那么厉害吧。"

萧长春说:"不是我把问题说得厉害,事实上,许多厉害的事情已经在东山坞发生了,可是你不听,不看,不过过心思。他们聚众大闹干部会,大喊土地分红,他们挑拨富裕中农闹缺粮,又勾结私商私运粮食,他们跟城市的坏人通了气,他们用刀子威吓贫农,把干部的孩子杀害,他们跟地富分子在夜里和在集市上三番五次地密谋策划……这一切都为什么,都在等什么? 万事俱备,只欠一股风,今天,您正给他们送来点火的风呀!"

"什么,什么,我给他们送来点火的风?"

"就是这么一回事儿呀! 您想想,这些日子,他们把心肝五脏都掏净了,都没有找到一个缺口,这一下子可有了,他们不当法宝似的抓着用吗?"

李世丹又跳起来了:"你们东山坞的问题,全得由我一人承担了?"

萧长春说:"您的路线错了,方向偏了,脚跟站错了位置,必然要打击革命群众的志气,助长敌人的威风。"

"你真厉害呀! 我助了哪个敌人的威风? 你说说,你当着群众说说!"

"事实是这么一回事儿,您没给马小辫助威吗? 您没给马之悦助威吗?"

"你把马之悦这样一个老党员当成敌人了,这还有边儿没有哇?"

"李乡长,您别捂着眼睛了。他不过是为了容易骗人,披着一张党员的皮子,里边早烂了。什么样的坏事儿他没有干出来呀?"

李世丹跳着脚,刚要说什么,可是没有容他说出来,背后的一个女人插进来说话了。

那是焦庆媳妇。她的脸色苍白,眼睛里转着泪花儿。她说:"李乡长,别跟萧支书顶牛儿了。唉,我过去也是让马之悦捂着眼,受了他的骗呀! 他可把我害苦了……"

萧长春接着说:"是呀! 李乡长你可以问问她,是不是马之悦勾搭她搞投机卖粮食。"

李世丹看了焦庆媳妇一眼,严厉地问:"说实话,真有这档子事儿吗?"

韩百仲说:"焦庆家,你大胆地说,不要怕!"

焦庆媳妇说:"唉,卖点粮食,那不是小事嘛! 李乡长,您说,我就是自私一点儿,别的什么事儿也没有,可怎么把马之悦得罪了? 下大雨那天他把地主马小辫领到我家去,把一把尖刀子放在我家那猪食槽子底下……天呀,可吓死人了……"

李世丹跳着脚:"什么刀子,什么刀子?"

韩百仲说:"什么刀子,昨天我没跟你汇报?"

萧长春哼了一声。

李世丹耳发鸣,眼发黑,无力地坐在一捆麦个上了。

第一三六章

五婶赶羊,羊慢五婶急;又是打,又是喊,好不容易才来到第二队的打麦场上。路不长,五婶倒累了个满头大汗。

这会儿,场上的斗争已经发生了很大的变化。

李世丹被萧长春、韩百仲和社员们给辩论得再也没话可讲;他面对着焦庆媳妇,面对着物证人证,只能挠脑瓜皮、眨巴眼儿。最后,他不得不同意马上把马之悦找来开干部会,当面对证事实,同时把地主先看管起来,随后利用中午歇晌时间,开一个社员大会,把这两天所发生的事情公开,让大伙儿讨论和揭发。

萧长春心里是有数的。他想:只要把马之悦按住,当面对词儿,许多事实他就无法抵赖,正好当着李世丹的面,让这位领导认识认识马之悦的肮脏嘴脸;只要把马小辫再重新管起来,邪气就受了打击,正气就受到了鼓舞;只要利用这个机会大揭马之悦的阴谋活动,再一开社员会,是非就大白了,一切坏事情就会止住了,东山坞的斗争形势就会打开新局面。他主张齐头并进,马上进行。

李世丹还有点儿犹犹豫豫地拿不稳主意。他想:不这样办,自己也实在没个台阶可下了,闹出事来,收拾不了,还会犯错误;只要让马之悦当面跟萧长春对证事实,谁也不敢瞎编排了,自己又能回到主持正义的领导位子上,比这么尴尬地争吵下去是主动和灵活得多了。可是，县委在电话里指示过他，对东山坞的问题不要擅自处理；自己动了手，出点什么岔子，把事儿闹大可怎么办呢？所以，他主张一步一步地来，先让干部碰头，他先看看火候，再慢慢进行。

萧长春说："您是不是想把问题弄清楚？要弄清问题，何必这么小手小脚的呢？"

李世丹说："还是稳当点儿好，免得闹出事儿来。"

萧长春说："您已经把事儿给挑起来了，还能免吗？"

李世丹说："你不要把别人都看成是坏蛋……"

五婶把羊群往场外一扔，急急忙忙地跑过来，挤进人群里说："不好了，不好了，坏蛋们抢仓库去了！"

萧长春和韩百仲根本没慌。

李世丹先是吓黄了脸："什么，什么，抢仓库了？多少人，多少人？"

五婶说："还是那伙子富裕中农……"

李世丹听了这句话，又有一丝莫名其妙的"趁愿"的情绪冒了上来，对萧长春说："瞧瞧！我没有估计错吧，你刚还说这是什么敌我斗争，这不，中农群众也闹开事儿了！这又怎么解释？"

萧长春说："这非常好解释，敌人利用您把落后的中农操纵起来了！"

五婶说："快点看看去吧！马之悦这个坏蛋在那儿指挥着哪，连富农马斋、地主的闺女马凤兰都敢在前边摇旗呐喊了！"

李世丹这回才真吃惊了："老太太，你看准了没有，马之悦不会跟着干吧，是在那儿说服群众吧？"

五婶说："他说服群众都跟着干，说您乡长给撑腰，不抢白不抢。"

李世丹似信非信："这哪里可能，这哪里可能……"

萧长春对韩百仲说："大舅，把场上的事儿安顿一下，马上到大庙去。大家不要怕,魔高一尺,道高一丈,我看他这一回是走到最后一步了!"又对李世丹说:"咱们先走吧。您亲眼看看那些'群众'到底是什么货色!"

李世丹慌张地说:"老萧,千万冷静,千万冷静,群众已经闹开事儿了,最怕火上加油,不能硬压呀! 咱们得讲策略,得让点步!"

韩百仲说:"收回你的吧,不是你让步,哪会闹事儿呀! 责任全得由你负!"

李世丹着急地说:"哎,哎,百仲,这是原则问题,可不能随便乱说。"

韩百仲说:"乱说乱来的事儿,全让你一个人包办了,哪有我们的份儿呀!"

场上的社员们一听说有人去抢农业社的仓库,全急了眼:

"快走,揍狗日的们去!"

"走,走,看哪边人多!"

萧长春先制止韩百仲和李世丹的争吵:"得了,先对付那边儿吧,一会儿开会,任着你们性子吵。"又安定社员们说,"大伙儿接着打场,我们看看情况,用你们的时候再通知。干吧,干吧,干个样子,给他们看看!"

他们刚走出场边,就见马翠清、韩道满搀着韩百安,匆匆忙忙地跑过来了。

韩百安这一阵儿,正应了"物极必反"那句话了。从打麦子黄了梢,两种势力在这个老中农身上展开了激烈的争夺战,农业社这一边的人说服教育,使他开了一点缝儿;反对农业社的那一边的人压迫欺骗,也使他开了缝儿;昨天的事情把他吓昏了,今天的事情又把他惊醒了,顺着已经裂开的那条缝儿,来了个彻底大决裂!他什么也不能怕了,什么也不想顾了;正像马翠清说的,他要"革命"了。他哭天叫地地扑到萧长春跟前:"支书哇,我,我对不起你呀……"

萧长春一时没有弄清出了什么事儿,就双手扶住他,亲切地说:"怎么啦,慢慢说。"

韩百安抹着鼻涕和泪水,刚要开口,一眼看见了李世丹,又"呜呜"地哭起来了。

李世丹急得不得了:"到底又出什么问题了?"

马翠清说:"出什么问题你乡长还不清楚吗?"

韩道满说:"马之悦又拉我爸跟他们去抢粮食!"

李世丹拍拍韩道满的肩膀说:"小伙子,真的,真是马之悦拉他去的?"

马翠清说:"这还假的了吗! 我们从大庙前边把他搀到这儿来的,马之悦正在那儿喊叫,说是您乡长让他们干的,让他们抢麦子!"

李世丹拍着手说:"这是从何说起,从何说起呀!"他那脸黄的像烧纸。

韩百安哭着:"支书哇,我,我该死呀……"

萧长春劝他说:"不要哭了,只要您认清了马之悦,知道自己上了当,就好了,我们全替您高兴啊!"

韩百仲说:"好哇,马之悦这个大坏蛋教训了多少人呀! 我看得给他立个功。乡长,快走吧,也让马之悦把你教训教训吧!"

韩百安又拦萧长春:"支书,支书,我……呜呜……"

大伙儿都当是韩百安悔恨自己参加抢粮难过,就都围过来,好言地解劝。

萧长春倒从韩百安的神态里发现了问题。他想:平时马之悦百般拉拢这个落后中农,其中一定有一些见不得人的瓜葛,应当趁机会动员他大胆地揭发出来,就说:"百安大舅,有什么话您就直说吧,不用怕。我们大伙儿给您做主,党给您做主。这个地方不方便,咱爷俩找个地方聊聊去。"

韩百安只是哭嚎,说不出话来。

正在这个时候,大脚焦二菊"噌噌"地跑来了。她老远就摇晃着胳膊喊:"嗨,嗨,报告好消息,报告好消息,王书记来了,王书记来了!"

这是多么好听的声音呀!整个场院上的人都欢跳起来。小青年们呼喊着迎到场边上。

王国忠真来了,他的后边还跟着四个同志。他老远就扔了车子,大步跨过来,伸出两只大手,直奔萧长春;到了跟前,愣了片刻,把萧长春紧紧地抱住了。

萧长春也把他抱住了。

在这种情况下,人类的语言显得实在太无能了;什么样的词汇,能把东山坞场院上的这些男的,女的,老的,少的,此时此地的心境描写出来呢?又有什么样的字句,能把这位上级和这位下级,这两个战友此时此地的情感记录下来呢?

两个同志拥抱着,紧紧地拥抱着,直到萧老大含着两眼泪水挤过来,用一只发颤的手拍打着王国忠的肩头,又叫了几声老王,他们才松开。

王国忠走到萧老大的跟前,扳着老人的肩头,使劲儿摇着,望着老人家的脸,望着那脸上显得更加深更加密的皱纹,好半晌才低声说:"大伯呀,我对您说句什么好呢?我……"

萧老大摇了摇头:"不,老王,什么也不用说啦。我能从昨个熬到这会儿,我能活着来见见你,这就是说,我是闯过来了,没有让他们压倒,也就用不着你再说什么了。咱们是心碰心的人哪!你最懂得长春,你懂得他,也就懂得我了;这会儿,我跟他一个样儿……"

王国忠替老人抹去从眼角滴下的眼泪,说:"我懂得他,也懂

478

得您……"

萧老大说："唉,昨天我就下决心了,一辈子再不掉泪;你看,一见了你,它怎么又出来了。真是的。"

王国忠说："您是个好父亲,我们感谢您。"

萧老大说："长春是你教育出来的干部……"

王国忠说："他是党教育出来的干部。"

萧老大说："我从昨天起,才真正完完全全地把他交给你了。对啦,我把他交给党了。连我一块儿。我们爷俩加在一块儿,差不离一百岁,二百多斤,这不太少了吗！共产党给我们的,可就太多了;往后,还得大大超过。我们能交出什么,就一定交出什么去。老王,你说,一个人要是把自己的什么都不要了,把死也扔到脖子后边,那还有什么可怕的呢?"

王国忠又抓住了老人的大手,说："大伯,您说的好哇!"

萧老大说："老王,我没有什么跟你张嘴伸手的,我什么也不要。只要一点点……"

王国忠说："您说吧。"

萧老大猛一转身,瞥了一眼李世丹,说："我求你在这位李乡长面前,给长春讨个清白!"

王国忠又摇了摇萧老大的肩头,脸上涨得更红了,激动得说不出话来;他转身对李世丹,两眼冒着火,像刀子似的朝李世丹的脸上戳去。

李世丹茫然地站在激动的人圈外边。他怎么能够理解这一切呢?

王国忠说："李世丹,你在这些同志和群众面前,不觉得羞耻吗?"

李世丹脸色蜡黄,低下头,喃喃地说："我,我大概没有把情况弄清……"

"你为什么没弄清呢?"

"我刚来,一来就,就赶上出了事儿。"

"这个乡你也是刚来吗? 马之悦你也是刚认识的吗? 这些要搞社会主义革命的群众,你也是刚见着吗?"

"我实在是出于好意,怕群众闹事儿……"

"你一边嚷着怕闹事儿,一边又煽动乡干部大鸣大放,鼓励坏人闹事儿;你一边嚷着保卫党,一边为你的反党错误四处奔波翻案。这一连串的矛盾,你能用什么解释呢?"

"我对上边的政策大概没有理解全面。"

王国忠说:"只是一个没有理解全面的问题吗? 你在玉龙庄跟王来泉他们都说了什么? 你跟电话员小张、炊事员老孔又说了什么? 你在乡党委会上又说了什么?"

李世丹的脸上一点儿血色也没有了。他抱着脑袋蹲在地下,哼哼着:"哎呀,我的头疼得厉害,不好,我的病又犯了,我……"

王国忠一摆手说:"不是你身上的病又犯了,是你思想上的病又犯了。这些,咱们回到乡里再清算;你对革命事业欠下的新账老账,全得彻底偿还!"又转过身来对萧老大说:"大伯,长春是清白的,这个用不着跟谁去讨;长春同志的一行一动,全都证明着他的清白;谁想往他脸上抹黑,那是枉费心机,永远也抹不了! 我现在代表乡党委来当着大伙宣布:长春是我们党的好干部,好党员! 是我们的好同志! 他为保卫社会主义牺牲一切的精神,是所有同志应当学习的,人民不会忘了他!"

掌声"哗哗",如同暴风急雨般地响彻整个打麦场。

萧老大还能说什么呢? 他得到了一个做父亲的应当得到的报酬;这报酬是天下最宝贵、最有价值的!

萧长春站在那儿看看领导,看看同志,他又能说什么呢? 只是感到自己做的事情还十分不够,决心更加把子劲干下去,一直干到死！

呆在一边的韩百安又猛地扑到萧长春的怀里，哭着说："支书，支书，我的好支书，快，快抓住马小辫吧，快呀！是他，是他害死了小石头，我在山上亲眼看见的……"

李世丹一屁股坐在地上，又挣扎着站了起来："王，王书记，我支持不了啦，我，我得回乡……"

王国忠说："既然病了，你就先回去吧。百仲，找个人送送。"

第一三七章

事情就是这么凑巧，马连福偏偏赶着这个时候回家看媳妇来啦！

工地上的人听说家里的麦子已经入了仓，几个干部商量一下，想派个人回来弄点白面，好给民工们改善生活，马连福就抢了这个任务。他想：麦子都打下来了，村子里的大风大浪没了，自己算是躲过去了，到家看看，再回到工地干几天，工程完竣，再回到东山坞，就可以"重打锣鼓另开张"了。工地上的生活、劳动都是很辛苦的，他干得也有劲儿，回家来想借机会休息一天，跟媳妇亲热亲热，没有想到，又给卷进漩涡里。

孙桂英一见男人的面，像是搬倒了五味坛子，苦辣酸甜，一齐涌到心口，眼泪差点儿流出来。

马连福立刻又紧张起来，惟恐这个心爱的人又跟他大吵大闹，小心地说："你怎么啦，别这样啊，你……"

孙桂英又强笑了一下。她把自己的一切委屈和苦楚，全都压在心底下，把话头岔开了说："你晒黑了，好像还胖了点儿。"

马连福这才放下心，说："你怎么也黑了？"

孙桂英很得意地说:"我也参加劳动了,我已经挣了五个劳动日啦!"

马连福高兴地问:"真的?"

孙桂英把两只带着血泡痕迹的手伸到马连福眼前:"你看看,这还假的了呀?"

马连福一看,怪心疼地说:"刚插手干活,别太猛了,得慢慢来。"

孙桂英说:"别人都看我一丈高,你倒把我看成半尺,我不干是不干,要干就得干个样子。再说,我又不是泥捏的,面做的,别人都把劲儿抖搂出来了,我能再掖着一点儿呀!"

马连福满意地说:"这还差不离儿。等回到工地上,我更得卖劲儿了。"

孙桂英说:"卖劲儿干吧。跟着大伙儿干点正经事儿,活着才有意思。"

说话之间,马连福感到自己这个心爱的人变了,变得跟过去有个天地之别;不光说的话变了,思想变了,连举止形态都变了。把他乐的不知道说什么好,就又问:"看样子,咱东山坞平静了?"

孙桂英皱皱眉头说:"闹腾得更厉害了。"

马连福打个愣说:"你又逗我。"

孙桂英说:"我逗你干什么呀!吃了饭,找萧支书见见面,回头就在家里呆着,哪儿也别去,明天起早快点回工地。我告诉你,可千万别乱串门儿呀!"

马连福有点紧张了:"闹了半天,还没安静呀?到底又出什么事了?"

孙桂英说:"事儿可多啦。你别急,等吃了饭,我再慢慢地跟你说。"

丈母娘抱着孩子回来了。马连福一边亲着孩子,一边跟老人家唠家常。孙桂英就抱柴火做饭。她要给男人做一顿可口的饭吃。

她一边走里走外地忙，心里边乱极啦。她又怕，又愧，又委屈；她不知道怎么把这几天的一切事情告诉给男人；明知道瞒不住，可是又不好开口，更不知道马连福知道了那些事儿之后，会怎么样。

"嘻嘻，嘻嘻……"

门口响起怪笑。她扭身一看，整个心腾下子就提起来了，手里的火棍子没有扔掉，就三步两步地跑到大门口，简直不知道说什么好了。

门口外边站着的是马凤兰。她刚从大庙那边来，"人手不够"，"声势不足"，还得拼一下子，要再来一个"招兵买马"，非把事儿闹起来不行。她明知道孙桂英这个门槛子不好迈，还得硬着头皮，提着腿走。她的脸上堆着和解的献媚的微笑，望着孙桂英那涨红了的脸孔，说："桂英，这么早就做饭啦？"

孙桂英压着声音，又用很大的劲儿说："你不用管我做饭不做饭，我家的事儿长了碍不着你，短了也碍不着你；早了晚了，更跟你没关系。你快走，快给我走开，别登我这门槛子。快走！"

马凤兰死皮赖脸，反而朝前迈了一步："哟，桂英，还生我的气哪？啊，真的呀？"

孙桂英这会儿只想到把这个坏女人赶走，别惊动她的马连福，别搅乱她的心："闲话少说，你就快走吧，走吧。我生气，气死了，你一辈子也别理我，咱们是云南的老虎，蒙古的骆驼，谁也不认识谁。"

马凤兰长长地叹了口气："唉，桂英，左边的河，右边的山，过了这节有那节，翻了这层有那层，你可得看长一点儿，望远一点儿。咱们娘们都是受苦受罪的人哪，命都不好；我不怨你，你也别怨我……"

孙桂英说："我谁也不怨,怨我自己!怨我有眼无珠,不识好歹人!"

马凤兰说："别这样,想想咱们娘们过去的情分吧。咱们本是一个谷穗儿上长的,如今米粒是米粒、糠皮是糠皮,分了家,掰了半儿。你说,咱们为什么闹的隔了心,还不是有坏人给咱们拢对儿呀!草怕严霜霜怕日,恶人自有恶人磨;这一回,有人整他了,他就要垮台了……"

孙桂英跺着脚说："栗子花生一盘端,一个长在树上,一个生在地里,咱们从来就没有连着根儿!恶人是你,挨磨的也是你,日头晒化了的还是你!别在这儿胡说八道,快走!"

马凤兰说："我知道你上了人家的当,听了别人的坏话儿,这会儿我的心意你不能一下子就弄明白。我也不用多说了,路遥知马力,日久见人心吧。你怎么怨我,恨我,我还是得惦着你。走吧,分麦子去吧,连福没在家,没有人想着你,没人挂着你,连个信儿也没有人给你送。走吧,多带上几条口袋。你是要不要麦子呀?"

"要什么麦子?"

"闹了半天,你还蒙在鼓里哪?都抢啦,你要是去晚了,就怕抢不着啦!"

马凤兰说着,就要拉孙桂英。

孙桂英后退一步,说："你,你给我滚蛋吧!奶奶没麦子不吃,全饿死,也碍不着你!"

马凤兰也急了,两手叉腰喊起来了："你属狗的,怎么翻脸不认人呀?"

孙桂英说："你别他娘的母狗戴念珠假装善心菩萨来啦。我让你这个臭养汉老婆害苦啦!我抽了你的筋,扒了你的皮也不解气!"

马凤兰也上了荤的:"你才是真正的养汉老婆,男人刚离窝儿,你就招野汉子！再听你骂我一句，我不打掉你的牙，撕烂你的嘴，马字儿倒过来！"

孙桂英眼睛都红了，不光骂不绝口，举起手里的火棍子还要打："你个臭娘们，滚不滚？不滚我让你知道知道奶奶的厉害！"

马凤兰没料到孙桂英会有这么大的胆子，自己这身肉，动作不便，动了手，准得吃亏，吓的不住后退："你敢动动我？碰倒我一根毫毛，奶奶让你立根旗杆！"

马连福和孙桂英的娘家妈在屋里听到吵声，急忙跑出来拉架。

马连福刚在门口一露头，就给朝这边走来的马之悦瞧见了。真是喜从天降呀！刚才有人说马连福回来了，他还半信半疑，哪会想到，老天爷这会儿给马之悦作美，真是时来运转、要成功的好兆头。这会儿他正缺少能顶用的强手，马连福虽说闹过一场事儿，在沟北还是有一定号召力的；要是他能出面挑个头儿，跟马大炮左右搭配起来，一喊一叫，保证马上就把事儿闹起来了。他又想：孙桂英会不会把那个事儿告诉这个醋缸呢？看马连福那神态，听马连福劝架的语调，倒像还不知道。对啦，孙桂英不敢跟自己男人说的，别人也不会随便乱说，怕给人家夫妻拆对儿。那么，马连福这一回能不能跟着干呢？马之悦心里一打转儿，主意就有了。他对付马连福的办法多得很，随要随有。

他装模作样地走过来，说马凤兰："唉，放着大事儿不干，你们娘俩又磨哪家嘴皮子，一会儿好的粘在一块儿，刀子都割不开，一会又扬沙子、斗嘴，简直像小孩子了。快走吧。"又对马连福抿嘴一笑："连福，啥时候回来的？"

马连福说："刚到家。她们娘俩这是怎么啦？"

马之悦说："烧火棍子碰灶火门儿，又得碰，又离不开，娘们的事儿呗！让她们逗她们的，咱们爷们得干正事儿。连福你回来的正是时候，咱俩先找个地方聊聊吧。"

没等马连福回答,孙桂英就一步跳过来,用身子把马连福一挡,横眉立目地冲着马之悦说:"你找他干什么,又要使什么坏心眼儿?"

马之悦笑着说:"瞧你这个人,怎么腰里掖着一副牌,谁到跟谁来呀?我们有我们的事儿。"

孙桂英说:"你有什么事儿,怕见天,还是怕见地?你就明里说,明里讲吧!"

马之悦脸一绷说:"我们干部里的重要事儿,你也能随便听吗?"又对马连福说:"来,来,咱们到办公室去坐坐,你把工地上的情况,给我介绍介绍,那边工程快完了吧?"

马连福也说孙桂英:"别这个样子,我们要说正事儿,快回家做饭吧。"

孙桂英说:"说什么事儿你就跟他在这儿说,不能跟他走,我怕你再上他的大当!"

马连福说:"行,行,我们就在这儿说几句,马上回屋,你去做饭吧,我还饿着哪。"

马之悦对马凤兰说:"你也回去吧,我们要谈事儿了。"

马凤兰瞪了孙桂英一眼,朝道沟那边走了。

孙桂英想:看情形,马之悦一定要缠住马连福不放,两个人跑到办公室去,或是到马之悦家去,那可危险;不如留他们在这儿说,自己也好插插嘴。于是,她气嚷嚷地回到院子里,躲在门后边听着。

马之悦正向马连福煽风点火:"你走了之后,大伙儿全都叨念你,李乡长进村就问你到哪儿去了。为让你上工地,把我跟萧长春批评一顿,说沟北边的工作,除了你,别人谁也抓不起来,因为大伙儿都信服你。这会儿村里边正搞着一件重要工作,没别的,你得插插手了。"

马连福马上推脱说："什么事儿也别找我啦。我算工地上的人,领了白面,明天就得赶快回去。"

马之悦说："用不了你多长时间,你跟着大伙儿走一趟,就全有了。"

马连福说："唉,什么事非得我走一趟呢?"

马之悦说："简单地告诉你,如今的局势变了。"

马连福没有听懂："什么局势?"

马之悦说："城里大鸣大放的事儿,你大概早就听人传说了吧?这会儿已经到了咱们东山坞。过去我怎么跟你说的,咱们当干部的,得给老百姓办好事儿;过去那一件事儿没有办成,你受了点委屈,群众对你也有一点意见,平常日子,花多大精神也不好往回找,这一回有了机会,正好补救补救。"

"怎么补救?"

"好办。群众要分麦子,焦淑红和韩德大几个人把大庙门关上了,不让进去;你走一趟,多叫上几个人,把庙门想法儿弄开,好分。"

"呀,那不等于抢麦子吗?"

"什么抢呀,李乡长亲自坐镇在东山坞,主张按着群众的意见办事儿;群众的要求,上级的指示,全应当遵命照办,这也正是你这英雄用武之地呀! 你马连福是个红脸汉子,过去没少给群众办好事儿,这一回也得显显你的本领啦!"

"萧支书呢?"

"他? 那是个死硬派,李乡长正在整他哪。"

"王书记呢?"

"他敢来? 来了群众也得鸣放他一顿!"

马连福越听越觉着怪,就说："等我跟萧支书碰个面,再说吧。"

马之悦拦住他说："哎,可别找他,他这会儿让人家整个胡秃子似的,正没缝下蛆哪!"

马连福说:"我不听听他的话儿,不光不能跟你干,多一句话我也不能说了。"

马之悦把脸一拉:"怎么,我的话,你一句也不听啦?"

马连福笑笑:"你的话呀,爷们,说透吧,我不能趁热抓,得晾晾再听。"

马之悦说:"好嘛!马立本的会计让萧长春撤了,你知道不?"

马连福眨巴着眼问:"真撤了?"

"不是真的,还是假的吗?你知道他为什么给撤了?"

"为什么?"

"为你!"

"为我?"

"对啦。为的是他把烈军属抚恤金给你花了!"

"为这呀?唉,我早就后悔啦!等分下麦子,别的不干,先把这笔款退回去。"

"退回?退多少?"

"三十块呗!"

"不行,三十块不能把马立本洗个清白身子。萧长春正让韩小乐查账,你欠的多啦。"

马连福急了,瞪着眼珠子说:"你别血口喷人,我就借这一回钱;那回我们两口子吵架,一时没办法才借的。"

马之悦哼了一声:"一回?"从衣兜里掏出个小本子,假装翻着找什么。

马连福已经觉出大事不好,两只眼睛冒火地盯着马之悦的手,心里"通通"地打鼓。

院子里的孙桂英又急又气又害怕。因为过去她背着马连福从马立本那里支过两三次钱,一个子儿都没还;想到这个,不要说出去，连插言都不能了。

马之悦念道："一九五四年二月三日，马连福盖房用农业社的木料、砖瓦、人工，共计合洋八十九元；一九五五年七月二十日，马连福结婚购买彩礼，从队里支洋三十元；一九五六年六月孙桂英借了十五元，一九五七年三月，孙桂英又借了十五元……"念到这儿，他故意把本子一合，眨巴着小眼珠问："连福，这些钱是你花的吧？"

马连福脸煞白地说："我用的都是东西，多少钱我也不知道……"

马之悦说："东西是你用的，这个你承认吧？好。你知道不知道，你盖房用的木料，是政府拨给我们农业社盖牲口棚用的，应当使七根檩，结果使五根；你挪用了这个，就是拆农业社的台，你知道不知道？孙桂英借那两回钱，都是社里的公积金，那是为了发展集体事业用的，你给花了，这也等于拆农业社的台，你知道不知道？烈军属抚恤金是人家用命换来的，更严重啦……"

"你，你那会儿为啥不明说？"

"现在说也不晚。你要知道，你的所作所为，都是人家共产党的新政策不能允许的！"

"我，我全还，全还，倾家荡产我也还……"

"就怕你还不起呀！你老婆孙桂英背着你从我那儿弄了多少粮食，那粮食又是从什么地方出的，你知道吗？连福，别充硬汉子了。我告诉你一个底儿吧，要想把这笔账抹掉，只有一个办法：政策变变。"

"别说啦。我一年还不清两年还，我没那本事把政策变变……"

马之悦神情一转，又变得亲切、热乎，小声说："连福，这个用不着你费心。就要变啦！李乡长就是来帮咱们改变政策的呀！你只要走动走动，找上几个人，领着他们把仓库的门弄开，分了麦子，政策就算变了!"

马连福只觉得天昏地暗。他现在才知道自己的背上还背着这么一大堆脏包袱;他明白这些包袱有多少分量,明白这些包袱一抖落开,自己是什么罪过。怎么办呢? 反正不能再上当,不能再当马之悦的枪使了。对,三十六计,走为上策:跑! 于是,他也把神情一转,装作挺驯服的样子说:"马主任,你把话说到这儿了,我也全懂了。就是说,我干也没好,不干也没好,反正得干了? 好吧,干就干吧,吃过饭,我就跟你们干,行吧?"

马之悦也和颜悦色地说:"吃饭啥打紧呀,先干,回头到我那儿喝酒去。"

马连福连着摇头说:"不啦,不啦,我从今以后要忌酒啦,再不喝它啦。"

马之悦可不能放开他:"不行,你看,大伙儿都在大庙前边等着哪,快点吧。"

马连福说:"总得让我跟家里说一声呀!"

马之悦说:"行,快着点儿。"

马连福刚进门,马大炮从沟里跑来,老远就急赤白脸地喊:"嗨,我说马主任,就这么不上不下的,把我们吊在旗杆半腰上,算没事儿了?"

马之悦笑脸相迎,用蛮有信心的口气说:"只能上,不能下,我们完全能够上去!"

马大炮说:"还上去哪! 都要各回各家散伙儿了!"

马之悦连忙说:"快拉着他们,别让他们走。谁走了也不行,全挂上号了。"

马大炮说:"马斋和凤兰正圈着他们,让我来问你,到底儿怎么办,快点儿想道道,要不然,我他妈的也不干了!"

马之悦说:"道道多得很。你看,马连福回来,他马上就跟我们一块儿去；他去了，我再一出面，事情不就成了吗？"

两个人正说着话儿，忽听一阵鞭子响，扭头朝西一看，焦振丛赶着大车，过了小石桥，奔西地拉麦子去了。

马大炮看着那车马咬了咬牙。

马之悦灵机一动，拉了马大炮一把，把嘴贴在马大炮的耳朵上说："有办法了。粮食抢不着，咱们干别的，只要农业社散了，粮食就算到手。怎么让农业社散呢？得从根上来，除了仓库是根子，还有，我看……"

马大炮听着，咧开大嘴呵呵地笑了。

马之悦又推了马大炮一把说："快去，快把这个办法告诉大伙儿。这件事儿比抢麦子好办得多，伸手就成功！"

马大炮乐颠颠地朝沟里跑去了。

马连福一进院子，孙桂英就捂着脸哭起来。这一次比任何一次哭的都伤心。

马连福劝她说："别哭啦，哭也没用；这一回，我算上了贼船，走到江心了！"

孙桂英跟在男人的后边，抽抽噎噎地说："你可别跟他走啦，他是个大坏蛋，你一走，他就欺负我……他……呜呜！"

马连福走到屋里，把那个从工地上带回来还没有打开的包裹，背在肩上，又往外走。

孩子见了爸，张开小手喊。

孩子姥姥惊慌地问："怎么到家就走哇？我还有好多话没跟你说哪！连福哇，这回你们两个都在，咱们得好好地摆摆啦，可别再走老道儿了，可得跟你们支书一个心眼儿往头奔了……"

马连福说："这些话，等消停消停，咱们再说吧，我得马上走啦……"

孙桂英死死地拉住他："孩子爸爸，你卖我吧，卖孩子吧，全是因为我们,你才上了他的当;你得闹个净身子,不能再干了。一时半时我讲不清,你走了之后,事出的可多啦。马之悦到处害人,什么坏事儿都做绝啦。刚才韩百仲还在地里说,坏人成不了气候,王书记就要来,萧支书不能让他们胡干。跟萧支书他们一条心的人,比过去更多啦。你可别再上他的套儿呀。你看在我们娘俩的面上,别再跟萧支书作对儿了。呜呜。"哭着,打着坠儿坐在地上了。

马连福把她拉起来说:"我是用假话支他哪,不跟他们真干去,你放心吧!"

孙桂英哭着说:"你不用骗我,你们说的话,我全听见了。我死了也不让你去!"

孩子姥姥也扯住马连福说:"你可千万别跟马之悦打连手了,他是专门欺负咱们穷人的恶霸王,人面兽心,什么坏事儿全办得出来呀!"

马连福急得直跺脚:"我是傻子,我还跟他们干呀?我马连福再缺少穷人的骨头穷人的心,让我反共产党,就是刀搁脖子我也不干哪!告诉你们,我先躲躲。不管往后怎么挨处置,我得先躲躲。"

孙桂英用哭腔问:"你跑到哪儿去呀?"

马连福说:"我上工地,那边保险。"

孩子姥姥说:"对,先躲一躲也好。"

孙桂英说:"那就快走吧。等等,我给拿点吃的。"说着,松开手,跑进屋里去了。

马连福穿过堂屋,跑到后院,一蹿,上了墙。

孙桂英捧着两个凉饽饽,喊:"带上,带上!"

马之悦从外边蹿进来,一见马连福要跑,就追着喊:"跑,你敢跑?"

孙桂英把手里的饽饽往锅台上一扔,一头扎在马之悦的胸膛上——这女人因为真急了,劲儿很大,一下子把马之悦给顶出一丈多远。

这是在一会儿的工夫，马之悦挨到的第二次"撞"，而撞他的又是两个"特殊人物"。真有点想不到啊！

马之悦从地上爬起来的时候，屋门"咣当"一声，关上了。只听孙桂英在里边骂道："狗养的，你还想赶尽杀绝呀？大坏蛋，早晚有人跟你算账！"

第一三八章

饲养员马老四从大脚焦二菊的嘴里得知村里闹事儿的消息：李世丹放了马小辫、马之悦正鼓动中农抢粮食。他又是气，又是急，又有点惊慌不安。他不能出去帮帮场上打麦子的人，也不能出去帮帮看仓库的人，他一时片刻也不能离开饲养场，这儿是他的阵地呀！他一边骂着这些黑心的人们，一边走进小土屋，又从小土屋走到院心，又站在大门口朝街上张望。

街上没有行人，远处传来嘈杂的喊叫声；起了风，尘土在空场子上卷过来，又卷过去了。接着，喊叫声变得小了，风也停住了，村子里又显得过分地安静了。

马老四在心里边宽慰着自己：不用慌，不用怕，没事儿；有萧长春、韩百仲他们在前边顶着，坏人再厉害也不用想闹出手去。他还给自己鼓劲儿：你就好好地喂牲口吧，把它们全喂得饱饱的，过两天就要用它们套车送公粮了，还要用它们套耢子灭麦茬、种晚棒子了……

他稍稍地安定下来，回到牲口棚前边，刚刚拌起一槽料，又被一串慌乱的脚步声惊了；扭头一看，进来一个人，呀，是他的儿子马连福！

马连福从他家的后院跳墙出来之后，想找个路口跑出村，直奔工地；偏偏赶上弯弯绕这伙子人从大庙那边卷过来，正在吵吵着到处找人、叫人。马连福怕碰上他们，怕再让马之悦给抓住，灵机一动，抽身往东跑，从东头出去，再往北拐，就方便多了。他跑着跑着，抬头一看，跑到饲养场了；心想：自己要是这样跑了，马之悦会不会在孙桂英他们娘俩身上使坏水？自己到了工地上，也不能放心，家里的人也得惦着；不如找爸爸去，这个地方没有人来，正好躲藏，能打听到消息，还能找一点东西吃。

他跑进饲养场，一眼就瞧见了自己的亲人，心里又热、又酸，上气不接下气地喘着，叫了一声："爸爸……"

马老四倒有点儿懵住了。他奇怪地打量着儿子："你怎么回来了？"

马连福朝里走着，强作镇静地说："啊，啊，回来了……"

马老四放下手里的家什，急跨两步迎过来；两只眼睛睁个溜圆，紧盯着儿子问："马之悦给你捎信去啦，让你回来的？"

马连福连忙地摇头摆手："不，不是。我，我是工地领导派回来弄面的。"

马老四一边听着，一边暗暗地警告自己：不能心软，不能轻信他的话；儿子一身毛病，离开家好几天，到底儿是变好了，还是变坏了？为什么这样巧，早不回来，晚不回来，村里一闹事儿，他就回来了？得多加一份小心。他想到这儿，就大声问："你这一套话是真是假？你给我说实的！"

马连福一边扭头往后看看有没有人追上来，一边朝里边迈着步子，小声回答："爸爸，是真的，全是真的。"

马老四见他神色异常，更加多心了，就几步跨到跟前拦住，不让他再往里走："别动！"

马连福哀求着："您先让我进屋里去，有话咱们爷俩再慢慢说还不行吗?"

马老四说:"不行,等把话说清楚了,你再进我的屋;不说清楚,半步你也别想再动!"

马连福急得直跺脚:"爸爸,全是实话,你还让我说什么呀? 我到您这儿呆一会儿都不行啦? 我离开家好多天,您就不想看看我啦?"

马老四哼了一声,非常坚决地说:"连福,我告诉你吧,我只认社会主义,不认儿子,你要是跟走社会主义的人一个心眼儿,咱们是父子;你要是跟那些坏人一条道儿,是他们派来干坏事儿的,咱们谁也不认识谁,你赶快给我走;不走,咱们就有个你死我活,有你没我!"

马连福又攥拳头又咬牙地起誓发愿说:"我要是撒一句谎,天打五雷轰!"

马老四硬着心肠,还是不放松地追问:"那你为什么往我这儿跑?"

马连福说:"看看您……"

"为什么这么慌慌张张的? 你的脸色不对,你不用骗我,说实话!"

"爸爸,您还不知道呀? 弯弯绕他们闹哄着要抢麦子,全在沟里,都拿着口袋。我刚到家,他们就要拉我去领头干。马之悦坏到家了,硬要拉我去……"

马老四听儿子这么说,就把口气缓和了一些问:"拉你去抢麦子,你为什么往我这儿跑?"

马连福一迭声地喊:"不,不,爸爸,我再不能跟他们干坏事儿了,我可不能再让他们当枪使了,这一辈子我也不能再沾马之悦这个大坏蛋了!"

马老四仔细地把儿子打量一遍,又追问了一遍,在心里翻了几个来回,这才有点相信儿子的话。他开始用亲切的语气对儿子说:"这就对了。咱们是穷人,活着跟党一条心,死后,钉糟木头烂,也不能变了颜色!"

马连福也松了一口气:"是呀,我就是这样想的。在工地上,好多同志都帮助我开脑筋;他们的话,跟老萧的话,跟您的话,全是一个样儿,全盼望我败家子回头。跟着这伙子人干活儿,干的又是给儿孙创业、造福的活儿,心气一下子就变啦。您没见那河哪,好多段是从山半腰开出来的,真不得了哇! 要不是组织起来呀,八百辈子也办不到。河水马上就要引过来了,好日子到门口儿了,我还能再干坏事呀? 那就连自己都对不起啦!"说着,就又朝大门口外边瞧着,直奔小土屋里走。

马老四紧走几步,跑到前边,又把儿子拦住了:"你别急着往里钻,咱们还没有把话说完哪!"

马连福看看爸爸那铁板一样的脸孔,差一点儿要哭了:"爸爸,您就一点信不住我啦? 我过去是干过错事儿,萧支书教育我,您教育我,王书记教育我,我全听了,我认错、认罪了;我往后一定黑夜白天加在一块儿干,还上这笔账;您还不信我,还让我把心扒出来给您看呀?"

马老四说:"你别怪我信不住你,眼下不是平常的时候;咱们对待的事儿也不是父子俩的事儿。每个人都有一张嘴,每个人都有一个舌头,好听的话儿谁不会说呢? 马之悦没有说过好听的话吗? 李世丹没有说过好听的话吗? 他们比咱们这些穷骨头说的好听得多,可是干的实际事儿是啥样呢? 吃人饭,拉狗屎,口是心非,做的跟他说的一个在天上,一个在地下,一个在阳间,一个在阴间,不是一回事儿! 我要问问,你说的这些好话是从五脏里说出来的,还是从胳肢窝掏出来的呢?"

马连福说:"五脏!"

"从五脏里都拥护社会主义吗？"

"对！"

"真假虚实好辨别，到了紧要的节骨眼上，一下子就清楚啦。连福，会说的，不如会听的；会听的，不如会看的。你这拥护社会主义的话是不是真从五脏出来的，不用扒心，也不用剖腹，连福，爸爸得看看你的行动！"

"行动？"

"对。行动才能露出一个人是真心还是假意。你小子要是真拥护社会主义，那就做做给我看吧！"

"怎么做？"

"坏人扯起伙来要闹事儿，他们要压服党支书，要搞垮农业社，要抢粮，要变天。这会儿，社员们正在场上、仓库，还有地里，跟他们斗哪。你就赶快跟长春他们站到一块儿去，跟坏人斗，斗啊！这就是你的行动！"

"我？"

"就是你！"

"爸爸，您瞧着，我往后要是再沾沾坏人的边儿，您就割掉我的脑袋。"

"哎呀，连福，不当坏人就行啦？一般的社员要是做到这样，行了；可是，咱们是贫农。在这个紧要关口上，不当敌人的枪使，对咱们这号人说，这是最起码最起码的尺子，根本提不到话上。你得顺过枪去打敌人。你得当战士，保卫咱们的社会主义，这才是咱们应当干的。连福，快去吧，到时候了，你得立功赎罪了。听我的话，去帮帮长春他们，快去斗争！"

这是一个父亲的召唤，一个阶级的召唤，是战斗的召唤，革命的召唤！

马连福哇马连福，你快快挺起胸膛，抖起精神，参加到斗争的行列里去吧；去跟大多数人一起，保卫我们的社会主义吧！这是你赎罪的机会，是你立功的机会，是你重新做一个阶级战士的机会呀！你为什么沉默？你又为什么后退？你想躲避？一个人生活在这个充满了阶级斗争的时代，谁也躲避不了它。你躲到工地上，你又躲到饲养场，那只是肉体的逃避；你的灵魂，你的精神，已经被敌人俘虏了，被敌人抓着；你应当把你的灵魂和精神夺回来，让它自由起来，让它属于你；要想做到这一步，最好的也是唯一的办法，就是斗争啊！

马连福畏畏缩缩，不知道应该怎么办好，也不知道该对自己的父亲说什么好。他已经明白了他父亲的心意，这个心意是正当的、高尚的，是充满着热情和期待的；每一个做儿女的都应当满足父亲这样的要求，而不应当辜负他。可是马连福有难言之隐，不能这样做。

马老四见儿子这副尿包样子，万分痛心。他有这样一个窝囊废的儿子，感到一种说不出来的羞耻，有这么一个软骨头的儿子，不如没有好；他甚至感到，自己真像没有这么一个儿子，这儿子是不属于自己的……

街上传来一片杂乱的喊叫声：

"焦振丛赶那大车是我的，得归我！"

"那辕上的骡子是我的，也该还了！"

"走哇！自己的牲口自己牵回去！"

"这一回，谁也不兴退后，快着点儿！"

抢麦子的事儿垮了，马连福跑了，被马斋圈在沟里的人，有的蔫了，有的溜了，只剩下七八个人，这对马之悦的打击真不轻。他又拼命地给这些还没有完全"凉"下来的人打了一阵子强心剂。他说，只要把各家入社的牲口拉走，农业社就算倒了台，麦子也就保险到了手里；还一再表示，这回抢牲口，马之悦自己要领头冲锋，不让大伙儿得到好处,命也不要了。……这样,散了的班子,总算又对对付付地聚到一块儿。

他们心里又着了火,身上又来了劲儿,又吵吵闹闹地奔饲养场扑过来。比起抢仓库的时候,人数更少得可怜,气势倒显得更猛了。这是因为,马之悦死到临头豁出来了;马斋、马凤兰觉着反正已经露了馅,只好再挣扎一下,也真干起来了。有这三个人喊叫,比刚才马大炮一个人喊叫,那气势当然大得多了。

马大炮对饲养场的"仇"最大,往这边走的时候,火气也更冲;连那个在大庙前边就开始打退堂鼓、就要拉男人回家的把门虎,一想起前几天使碾子的事儿,想起她家那头壮牲口在饲养场拴了好几年,也把劲儿鼓了起来。

最没劲儿的,要算弯弯绕。他的脚往饲养场走,心却往家里走;因为被股贪心支配着,他还抱着一线希望,想退出阵地,又不敢退,也不甘心退,只好跟在后边。

"快走!"

"谁不上前也不行!"

马连福听到叫喊声越来越近,更慌了神儿,因为这里边有马之悦,有那个抓着他罪证的马之悦。他跟老饲养员哀求着:"爸爸,爸爸,快救救我,他们来抓我! 来抓我呀!"

马老四蔑视地瞥了儿子一眼,说:"你早就被人家抓走啦,站在这儿的,只是一个空空的壳子,你的魂儿在人家那边呀,你这个败类!"

马之悦、马斋带领弯弯绕、马大炮一伙子人,吱哇呐喊地扑到了饲养场的门口。

马老四丢下儿子,攥着两只大拳头迎了上去。

马连福早就抱着脑瓜子,钻进屋子里去了。

抢牲口的人要往里拥:

"牵哪!"

"我的马在哪儿?"

"嗨,那驴是我的!"

马老四张开两只臂膀,堵住大门口,把这些红了眼、发了疯的人拦住了,冲他们喊:"不许往里走,站住,你们要干什么?"

捣乱的人一齐叫嚷:"拉牲口!"

马老四伸出大手:"拿条子来!"

"什么条子?"

"队长的,使牲口的条子!"

"屁,农业社散了,还队长、还条子哪!"

"我们是拉自己的牲口!"

马老四质问他们:"哪一头牲口是你们自己的? 折价入社了,全是大伙儿的,全是集体的;你们已经得了钱,牲口怎么还能算你们的呢?"

人们哪肯听这个,还是一边喊,一边往里挤。

马之悦急着想从饲养场这边杀出一条活路。他使劲儿朝前挤了挤说:"大伙儿别嚷嚷,老四是个讲理的人,也是个最服从领导的人,等我跟他说。"他要人们都静下来之后,又对马老四说:"老四,村子里闹了事儿,你是知道了;这也不是一个东山坞的问题,更不是你我一两个人自己的问题,全县全国全都这样了……"

马老四质问他:"马之悦你说清楚一点儿,'全都这样了'这句话里包含着啥意思?"

马之悦说:"这意思也不是我一个人发明出来的,是李乡长从上边带来的,是群众从下边发动起来的;他们的意思就是合作化搞糟啦,一切事情都得从头来,就是说,农业社得解散了!"

马老四冷冷一笑:"马之悦,你不用拣好听的说。这套鬼话,不是上边来的,也不是下边发动的,全是从你那烂了的心肝五脏里冒出来的臭气！农业社的优越性,就跟天上的太阳一样有光,跟地下的树木一样有根;有眼的人全能看见,眼瞎心不瞎的人也都清楚;你造谣,你骂它,就能把这光遮住了? 就能把这根子拔下来了? 你是大白天做梦吧? 你问问那些有良心的人,谁说合作化糟了? 你的坏事儿还没干够哇? 乡亲们哪,别再上他的当了,马之悦是个卖国的大奸臣呀!"

马之悦已经走到"狗急跳墙"的地步,什么坏水都能往外冒了。他被这老头子迎头一顿骂,脸上发烧,肚子升火,咬牙切齿地回骂着:"老东西,穷骨头,给你脸不要脸,敢污辱我?"说着,又是撸胳膊又是挽袖子,想把马老四吓唬住。

马老四才不怕这一套哪,坚决地回击说:"污辱你? 你敢把你干的肮脏勾当,把你心里想的鬼算盘,全都抖搂出来见见天日吗?"

马凤兰和马斋又扯开嗓子喊起来:

"别理他,牵咱们的牲口!"

"动手,各人牵各人的!"

马老四说:"我看你们谁敢动一根牲口毛!"

马大炮恨不能一口把马老四吃了:"马老四,今天不是那天了。我们使半截儿碾子,你就让我们卸了。我们让你欺负够了,你别想那日子了!"

马老四说:"马大炮呀,我看你是不到黄河不死心呀,非得等马之悦把你们领到没脖子深的地方,灌一肚子浑水,眼看没命了,你们才会醒过梦来。告诉你们,只要有我马老四一口气在,这牲口你们就动不了。这群牲口就是我的命,我的命就是这群牲口,你们敢动它,我就拼了!"

马斋和马凤兰一边往前推马大炮和女人们,一边喊着:

"把他弄一边去!"

"牵牲口!"

马老四已经看出，光跟这伙人说理不行了，得动真的，就高声地说："告诉你们，这牲口是党交给我的，你们要是胡来，我可要尽职责，可别说我翻脸不认人！"说着，他从地下拾一根又粗又长的顶梢门的木杠子，两手横着端起，两腿一叉，威风凛凛地一站，瞪着眼睛喊道："我看你们谁敢动一动！"

这几个红了眼的中农们，谁也没想到这个老饲养员还有这么一手；过去，谁把他放在眼里呀！他们每个人心里都燃烧起一股子古怪的贪心和欲望，要是一点儿不能得到满足，就好像活不成了；就算马上进刑场，也想捞到一点好处攥在手里。他们原来估计，抢粮食不易，拉牲口是手到擒来的事儿，不料想，到这里又碰上了硬的。这几个迷了心窍的人，看着马老四那副气势和手里端着的杠子，不知道应该怎么办。

马之悦这会儿急得不得了。他想：如果这一手不来个真的，又给撞回去，这几个人的一股子热劲儿都得凉下去，事情闹不起来，成不了群众性的，往好处争取不了；万一剩下的这几个中农再一散开，自己没有了跳墙梯子，也没有了躲藏的洞儿，这出戏一定得唱起来呀！

马斋跟马之悦这会儿是"同心同德"、同样的处境；他更清楚这件事情成功和失败对他的利害关系。他希望事情越闹大越好，他好浑水摸鱼，不光解解心头之恨，也给自己打开新天下了；要不然，面目已经大暴露，再装什么样子也装不成了，那可不得了哇！

马大炮毕竟是马大炮，他想得直，也做得直。刚才马之悦在弯弯绕家说的那番话，打的那比方，还牢牢地搁在马大炮的心坎上；由此激起来的狂热，也还分毫不差地保留着。他没有因为碰了钉子撞了墙，稍稍地收敛一点儿，反倒越来火气越大，越是什么也不顾了。牲口拉不走，门都进不去，急得他直跺脚。

这个弯弯绕正在想什么呢？他是个最能"绕"的人，自然会有

"独特"的看法和想法。闹事一开头,他就机灵地看到,马之悦这边没有"天时",没有"地利",更没有"人和";他就给自己留了两手,做了两种打算。等到抢仓库碰了大钉子,他那把本来就不快的刀,立刻就卷刃了。接着到了饲养场,他忍不住地想到两个严重问题:第一,哪一边有理,哪一边有力量;第二,这样干,是不是出了界线?大庙里、外的焦淑红、焦克礼、韩小乐理直气壮,又胸有成竹;马老四又勇敢、又坚决;场上照样打轧,地里照样收割,焦振丛这伙人,照样把大车赶得那么欢,这不是"理",这不是"力量"吗!可是马之悦这边呢,找人不来,硬拉的,有的蔫退了,有的硬跑了,有的跳墙逃了,李世丹迟迟不露面,说不定也溜了;如今,这儿只剩下一个富农,一个地主的闺女,一个怪干部,还有马大炮、弯弯绕自己和他们的老婆孩子了,这是没有"理",没有"力量"呀!弯弯绕考虑到这些之后,就一直躲在远处不上前;见到马老四端起顶门杠子一闹,他的心又猛地一动:马之悦这回要真拼了,可是出边了、过界了,跟他走,好处得不着,一定还得惹一身祸,不如马上跑,不回家,到地里去干活儿……

马之悦早就留神着弯弯绕。他想:如果弯弯绕一溜,连个"替死鬼"也抓不着了;就是死,你弯弯绕也得给我"陪绑",就喊:"别听马老四这一套,那是骗你哪!你们既然到这儿来了,咱们就算上了一只船;要想不翻船,就得齐心努力干到底儿;干也得干,不干也得干,谁也不用想躲个干净身子!有人想自己往下跳,那是做梦!跳下去,也得淹死你,不如跟着干,有好处,有希望!"

马斋明白马之悦的意思,也跟着喊:"反正也闹起来了,不闹也不行啦,干吧!"

马凤兰说:"连李乡长都给咱们撑腰,一个老头子怕他什么!"

沉默片刻的人们,在马大炮的带头之下,又猛劲儿朝里边挤。

马老四横端着木杠子拦着门,眼睛里都冒火了。他拼出自己全部力量,鼓足了全身的劲儿拦挡着。可是,他毕竟年老体弱,又寡不敌众,让这些迷了心窍的人推着,不住地往后退。他是多么着急呀!万一这些人闯了进来,拉走了牲口,这个农业社不就算散了一半儿吗?这是马老四的耻辱,东山坞的耻辱,也是社会主义的耻辱!他决不能让他们把牲口牵走,牵走一会儿也不行!他觉着,这一回,真到了拼出自己这一条老命的时候。他忽然又想起了屋里的儿子,就大声喊:"连福,连福,快来帮我一把呀,快来呀!"

马连福正趴在窗户里朝外看。他急怕交加,那满头的汗水,好像掉雨点儿一般,两只手把窗台上的泥皮都抓坏了一片。他看到这种气人的情景,听到爸爸的喊声,再不能忍了,一步跳下炕,要往外边跑。

马之悦精神来了,大声喊:"马连福,你跑到这儿来了?躲了和尚,你还躲得了寺吗?躲着也有你的份儿了;快出来吧,什么也不让你干,就从后边把你爸爸拉开,就算你将功折罪了!"

马连福浑身没了劲儿,整个身子钉在那儿不能动一动,只觉得天昏地暗。

人群外边有人喊了一声:"不好了,沟南边来了人!"

马斋回头一看,马长山和玉珍几个人奔这儿来了,就着慌地说:"真的来了,怎么办呀!"

马凤兰喊:"老马,快想办法!"

马之悦见势不妙,蹿上去要把马老四抱住。

马老四举起杠子:"你,你个坏蛋敢挨我一下!"

马之悦手疾眼快,冷不防地抬起了他的右脚,一使劲儿,踢在了马老四的胸口窝。

马老四应声倒下,只觉得胸部一阵刀剜似的剧痛,一股子火辣辣的热流从心口窝涌到嗓子眼儿,嘴一张,大口的鲜血涌了出来……

鲜血喷了马之悦一身,也喷在前边的马斋和马凤兰的身上。

站在旁边的女人又跑又叫:

"哎呀,不好!"

"出人命啦!"

马大炮一时也吓得傻了眼,惊慌地朝后退。

马老四不能倒下,他得守住这个大门,保住他的牲口。他用尽平生的力气挣扎着,"噌"地一下子又站了起来;两只手紧紧地抓着木杠子,逼着后退的人。他的眼睛瞪得像两颗烧红了的铁球,嘴角往外滴着鲜血;殷红的血液,流过他的胸前,又滴到东山坞的土地上。

连槽里的牲口都被惊呆了,一个个竖起耳朵,伸出脖子,"咴、咴"地叫着。

马之悦、马凤兰和六指马斋推拥着那些朝后边退的人,声嘶力竭地喊叫:

"不要怕,拉牲口呀!"

"快呀,一不做二不休呀!"

"不拉也不行了!"

"李乡长说的话,你们还怕他什么呀!"

钉在屋门口的马连福像是大梦初醒。从爸爸胸膛里喷出的鲜血,先是把他吓得一颤,随后,就好像跌进火炉子里一样,浑身都烧起来了。他忘了一切,也不顾一切了,喊道:"马之悦,我日你奶奶了!"又猛地转回身满院子找家什;可是找不到,忽见门口有一只小板凳,弯腰抄起,朝这边冲着,照着马之悦的脑袋就砸了过来。

马之悦用胳膊一架,没砸着。

小凳子从马凤兰的头上飞过,跳到已经躲到南墙根的弯弯绕脚跟前,吓得他靠在墙上,脸灰的像一块砖头。

马之悦破口大骂:"马连福,妈的,你……"

可是没容他全骂出口,马连福已经蹿上来了,伸手揪住了马之悦的衣裳领子。

马之悦也揪住马连福的衣裳领子。

马连福举起一只手,抡了个半圈儿,重重地打在马之悦的脸上了。

马之悦的腮帮子上先是一白,接着变成五个红色的手指头印儿,立刻又肿得像半个发面馒头;想还手没有打着,就用整个身子压过去。

马连福朝后踉跄一下。

两个人扭打在一块儿了。马之悦一下子把马连福压在底下,马连福又一下子把马之悦压在底下。

人们都退一下、拥一下地看热闹,呼喊着。

马凤兰和马斋扑过去要帮一捶,一齐拉扯马连福。

赶到这儿的马长山猛地蹿上来,拧住了马斋。

玉珍也蹿上来,揪住了马凤兰。

马大炮也要过来帮一手,把门虎扯住他,死拉硬抻地把他弄到弯弯绕跟前。

马大炮喊叫着:"反正是拼了!"

弯弯绕看着吐了血的马老四,猛然想起了支书的儿子小石头;不由得看看正在地下打滚的马之悦,心里一颤,惊慌地对马大炮说:"傻蛋,你还想往马之悦身上靠哪?"

马大炮还不服气:"怎么呀?"

弯弯绕说:"马之悦干出界啦!"

"退呀?"

"看看。"

"这不白闹了吗?"

"你还想进法院哪!"

第一三九章

萧长春把王国忠和县公安局的王科长一伙人领到大庙的时候，抢粮食的人刚刚散去不久。大庙外边的焦克礼和韩小乐跟墙头上的焦淑红、韩德大正在商量，如果这些人去搬动李世丹，要再卷回来，应该用什么办法对付。

焦淑红因为站在高处，头一个看见王国忠来了，连梯子都没顾登，就从墙上"通"地往下一跳；打开了大门，像一只小鸟似的飞了过来。

他们握手、欢跳，满肚子的话都不知先说哪一句好了。

大个子武装部长说："淑红，得谢谢我了，不是我给了你手榴弹，这仓库能保住吗？"

焦淑红说："你那会儿要听我的话，给我们几支枪，这种事儿都不会有了。"

王国忠听焦克礼说抢麦子的人被他们挡回去了，就对王科长说："得赶快抓住马之悦，这家伙明知道到了完蛋的关头，不再干一下子不会死心。"

萧长春说："你们到里边歇歇，喝点水，等着，我跟王科长一块儿去。"

大个子武装部长说："我跟你去吧。"

焦淑红、焦克礼这几个年轻人哪肯放过这个解恨的机会，都要跟着去。

萧长春让他们留下跟王国忠汇报情况，只带上了焦克礼。

四个人想先到马之悦家去，忽听饲养场那边有喊声，就朝这边跑来了。

这会儿,正是马长山他们三对人滚在一块儿不可开交的时候。

"嗨,萧支书来了!"

"那个小个子是谁?"

"不认识,没见过呀。"

马之悦听见人们的喊声发了急,趁着马连福打愣的空子一用劲儿,又把马连福压在底下了,猛抬头一看,呆了。他认识王科长,也料到事情不妙;扔下马连福一跃而起,吼的一声:"我要上告,我要上告!"喊着,撒腿就跑。

这下子可乱套了,有追的,有逃的,也有溜的,饲养场门前炸了营。

"抓坏蛋呀!"

"前边截着!"

"捉马之悦!"

萧长春没有慌乱,冷笑一声说:"跑不了他!"又吩咐焦克礼,"快去到北街看看百仲大舅,他带着人去抓马小辫了。"

焦克礼应声朝北边跑去了。

…………

万恶的地主马小辫被李世丹放回来以后,就让儿子、媳妇给围困在屋子里。

这两口子从打昨天从狮子院回来,连烟火都没有动。他们互相抱怨着、争论着,对着脸儿叹气。他们既不敢到大庙里问问马小辫,当然也不敢出门去对别人讲。

李秀敏说:"那一把刀子,肯定是咱家的!"

马志德说:"奇怪,它长腿了?怎么会跑到那儿去呢?"

李秀敏说:"你爸爸放的呗!"

马志德说:"他敢拿着一把刀子往前街走?咱们也没见着他出去呀!"

李秀敏说："杀人的就有杀人的胆子，什么事儿不敢。他办事儿还能跟你报告一声吗？"

"唉，真怪！"

"一点也不怪。你不信，把你看见他磨的那把刀子给我找出来。"

"倒是像那把。"

"小石头一定是让他给杀了。"

"哎呀，真会有这种事儿？"

"我看你赶快找支书报告！"

"别急，别急。这可不是小事儿，得弄清楚才能声张……"

大祸临身了。他们日夜害怕的事情，落在头上了。一个上午村子里都发生了什么事儿，他们不了解；这些事儿又起了什么样的变化，他们更不清楚；连马小辫为什么被放回来，什么人把他放回来的，也不知道。他们顾不上想这些了，一心要问出那把尖刀的底细。

两口子把马小辫堵在北屋里。

马志德说："这几天你都干了什么事儿？背着我们干的事儿，快对我们说说吧！"

马小辫说："你问这个干什么呀？"

马志德说："有什么事儿，你还背着我呀。告诉我，我就放心了。"

马小辫说："别急，到了应该告诉你的时候，自然就告诉你了。"

李秀敏见丈夫还是下不了狠心，急得不得了，也顾不得好多了，就说："别的事儿，你爱说不说；那天你在屋里偷偷磨的那把尖刀子放在哪儿？这个非说不行！"

马小辫故意反问："我多会儿磨刀子啦？"

李秀敏说："志德亲眼看见你磨的，还想要赖？快说，放在什么地方了？"

"你问它干什么？"

"我要用。"

"没有啦！"

"没有不行！"

"滚！"

"你这回不说个头道来，拼了命也不行！"

马志德说："你倒是放在什么地方了，快拿出来，让我们看看嘛。"

马小辫说："志德，你不用害怕，放在什么地方也没事儿了。你看看，我这不是自由了吗？转眼之间，我就更自由了，从此彻底自由啦。"

马志德着急地说："都到了这步田地，你还说这样的梦话呀！"

马小辫说："不是说梦话。好多好多的实际事儿都摆出来了，证明要变天啦！"

"你别想这些了，我看什么时候也变不了……"

"变的了。看着吧，我的出头之日到了！"

"爸爸，你听我的，别胡思乱想了，还是好好改造吧；你不为自己，也得为我们想想啊！"

马小辫看了儿子一眼，叹口气说："志德呀，说句心里话吧，天不变，我的心也不能变，永远也不能变，再世三生，我也解不开跟共产党的大冤大仇哪！为了变天，我什么全得干啦！……"

李秀敏指点着男人说："你听听吧！你还说他老实，能改造；还说他光是心里想，干不出坏事儿来。这是他说的，他不能老实，不能不干坏事儿，这辈子不死心，连下辈子也没有指望了。"

马志德带着哭腔说："爸爸，我真不明白，你怎么这么顽固呢？"

马小辫说："你们年纪轻，不能明白我们这些人的心意呀。有一天,你们会明白的……"

李秀敏说:"今天我就明白了。别的废话不用说,你就快点儿把刀子拿出来吧!"

马小辫瞪她一眼说:"你没完没了啦?"

李秀敏也瞪起眼睛说:"你拿那刀子杀谁去啦?"

马小辫一愣:"杀谁? 胡说!"

李秀敏说:"你才胡说。你把刀子放在焦庆家的猪石槽子底下,你……"

马小辫跳起来了:"你要干什么?"

李秀敏说:"我要活! 我可受够你的了,我受了你八九年的罪,你临死还要拉上我们! 我可不能受啦!"

马小辫喊叫着:"志德,快捂住她的嘴,快呀!"

李秀敏喊起来了:"捂吧,把我的心扒出来吧,反正我也活不成啦!"

马志德跺着脚说:"嗨,嗨,有话咱们都慢慢说行不行呀? 你们想让我给你们磕头呀?"

李秀敏说:"大声小声还不一样吗? 刀子到人家手里啦,人家能查不出是谁家的吗? 马志德,你们是父子,你昧着心,护着他,舍不得跟他绝断,那你就跟他一块死去吧,死后一块儿并骨去吧;我要活呀,我得为那个没出世的孩子活下去,我得跟着大伙儿过几天人的日子……"她哭着、喊着,就要朝外跑。

马小辫跳下炕,吼叫着:"我看你敢动!"

李秀敏说:"我从来没有怕过你,这会儿更怕不着啦!"一边喊着,一边夺门而出。

马小辫追出来了,从锅台旁边抓起一把劈斧,凶狠狠地追着喊:"跑,我要你命!"

李秀敏光顾跑,被前边的一块木墩子绊了一跤。

马小辫举起劈斧,扑过来了。

马志德见势不妙,一步蹿上,抱住了他爸爸的腰,朝李秀敏喊:"快,快跑!"

李秀敏爬起来想跑,回头一看,又怕丈夫一个人受害,有点犹豫不定。

马志德一边紧紧地抱住马小辫,一边喊:"别管我,快跑,到狮子院,叫人呀!"

马小辫没想到他这个儿子会跟他来这么一手,就一边挣着,一边喊:"志德,志德,你是六亲不认了? 你要毁你爸爸,你不讲一点孝道了?"

马志德说:"别怪我,这回我算把你认清了。你就是那种最毒、最坏的地主! 你不光心里想,嘴上说,你真干了坏事儿! 你要毁大伙儿,毁我们两个,还要毁我们没出世的孩子,我们这辈子再不能背你的黑锅了……"

李秀敏被丈夫的几句有力量的话鼓起勇气,说了声:"使劲抱住他,千万别放手,我马上就叫人来!"就打开门,冲了出去;门外边有人站着,她都没有看到,一直奔向狮子院,边跑边喊:"嗨,快救人哪! 马小辫行凶了!"

马小辫给气疯了,吓坏了,用出不顾命的劲儿,把儿子甩了个大趔趄,冲出了门口。

当这个死不悔改的地主刚迈出一只脚的时候,一支手枪对住了他的胸口:"不许动!"

韩百仲带来的那位公安人员,在门外已经站了好久。

接着,又有两个老人蹿了上来,一个人抓住马小辫的一个胳膊。

这两个人一个是萧老大,一个是喜老头。

仇人见面,分外眼红,萧老大恨不得一石头把这个地主拍成肉

酱;他张开一只大手,左右开弓打了马小辫两个大嘴巴子,随后又
要咬。

马小辫吓得"妈呀"直叫,不知往哪儿躲。

韩百仲解劝说:"老大,算了吧,打几下子,先解解气就行了,我
们政府会处置他的。"

萧老大还要追着打。

喜老头拉着萧老大说:"老大,行了。你咬他的臭肉,不怕脏了
你的嘴呀!"

那个公安人员也在一旁劝说。

萧老大这才停住。

狮子院的人先从李秀敏那儿知道了马小辫行凶的事儿,全跑
来了。接着,这个消息到处传开,社员们从每个门口,从每个岗位
上涌到街头。大伙儿都非常愤怒地看这个落了网的反动地主和杀
人犯;同时追赶着,呼喊着:

"先打他一顿,解解气!"

"打,打!"

韩百仲一边拦着大伙儿,一边对公安人员说:"快把他送到大
庙里去!"

地里割麦子的社员和打场的社员,都聚到大庙前边的空场子
上了。坏蛋马之悦也跟他的后台马小辫一样,给活活地捉住了;焦
克礼、韩德大一人抓着他一只胳膊,正往庙门口走。

东山坞真的沸腾起来了,像是烧开的一锅水。场里的、地里
的、家里的,不用找,不用叫,所有能动的人全都来了,连吃奶的小
孩子都被妈妈抱来了。

人们愤怒地喊着:

"王书记,可不能再宽大马之悦了!"

"他干的坏事儿太多了!"

乡党委书记王国忠站在人群里大声地宣布说:"大家的要求是对的!马之悦是一个混进党内的投机分子,现行反革命!在抗日时期,他勾结汉奸,给日本鬼子干过许多坏事儿;解放后,他不悔改前非,不向人民低头认罪,反而包庇反革命分子范占山,结伙投机倒把,危害社会主义建设,破坏社会治安。特别是从去年起……"

人群的喊声,又像雷鸣般地轰起来了:

"惩办汉奸马之悦!"

"惩办反革命分子马之悦!"

…………

王国忠继续宣布:"我代表乡党委会宣布,立即开除马之悦党籍……"

掌声把他的话打断了。

县公安局的王科长接着宣布:"我代表县人民委员会宣布:立即逮捕现行反革命分子马之悦、马小辫……"

人群又爆发起喊声:

"马斋也得逮捕!"

"还有马凤兰那个娘们!"

…………

韩百仲满脸通红地在一边插上一句:"社员们,同志们,都放心吧,所有做下坏事的人,一个也逃不脱,都要得到他们应得的惩罚!"

人们又喊起来了:

"弯弯绕也得受惩罚!"

"还有马大炮一伙子哪!怎么处置?"

王国忠说:"这些人的罪过当然是不小的。他们不肯走社会主义道路,处处跟农业社作对;更可恶的是跟马之悦、马小辫这伙子人勾结在一起!可是,他们要是能够从这件事上得到教训,好好地检讨、认错，痛改前非，我们还要给他们留下一条路走……"

人们交头接耳地议论起来了：

"弯弯绕可坏了，这回便宜了他。"

"这样处置也对。他们光是闹事，没有参加杀人的事儿，不能一样对待。"

"对啦，比马之悦他们这几个人，罪过小一点儿。"

"我们对中农还是要团结的，就看他们往后跟着谁走啦，不走社会主义的道儿，就得斗争。"

人们又提出李世丹：

"李世丹是马之悦的根子，得连根拔！"

"今天这场火，全是他给点起来的！"

王国忠说："他的问题不只是在东山坞这一码儿，我们要让他彻底检查，他也会得到应得的处分！"

掌声又雷鸣般地响起。

王国忠这才发现萧长春还没有回来，就说："老萧呢？快找找他，就手开个社员大会吧！"

韩百仲说："我找他去！"说罢，就奔西头跑了。

第一四〇章

沸腾的人群在饲养场门前消失的时候，"胜利"这两个字儿猛然涌到马老四的心头。

对啦，这场斗争胜利了，饲养场保住了，农业社保住了，社会主义保住了！

他仰起脸，望着那当空的太阳，"哈哈哈"地大笑了几声；手一松，木杠子倒落下来，他的身子也像一堵墙似的摔倒了，又一股鲜血从嘴里喷了出来。

马连福扑在他的身上,放声大哭:"爸爸,爸爸!"

这当儿,萧长春正巧赶到。当社员们把马之悦捉住以后,他就从人群里退出来。他的心被马老四挂着,就又转回饲养场。他扶着马老四坐起来,摸着老人的胸口,低声呼唤:"四爷,四爷……"

马老四已经昏昏沉沉了。

马连福还是一个劲儿哭。

萧长春皱着眉头推了马连福一把说:"别哭了,快跟我把他抬到屋里去。"

马连福这才停住哭声,跟萧长春一起搀起马老四。

两个人把马老四架到小土屋的炕上。萧长春抱着老人的脑袋,对马连福说:"别愣着,快给垫个枕头。"随后用自己的衣袖替老人擦去嘴边的血,又喊马连福:"端碗水来。"

马连福慌的手脚不听话,一碗水从桌子上端到炕上,洒了一半儿。

马老四的嘴紧闭着,两个人怎么也掰不开。

马连福又哭了:"老萧,怎么办哪?"

萧长春说:"别慌,你守着,我去找人,扎一副担架,马上送县医院抢救!"

马连福说:"快,快修修好吧!"

萧长春生气地说:"你这是说的哪家子话!我们谁不比你心疼他呀。"说罢,扯过一条被单子替老人盖上,就飞快地朝外边跑去。

整个东山坞都在震荡着……

饲养场这会儿倒是安静了,安静得出奇。

马连福一个人守在马老四身边流着泪,哭叫着:"爸爸,爸爸,您觉着怎么样啊?哪儿疼?哪儿难受?"

马老四紧皱着眉头,紧闭着眼睛,既没有说句话儿,也没有动一下。

马连福这一回可真动心了。他又悔又怕。他先从眼前的事儿后悔起来。他后悔刚才自己的软弱，简直不像人。马之悦他们都造反了，自己都没有出去跟他们干一场。要是早一点儿出去了，爸爸就不会挨上这一脚了。……不光没有早一点儿出去，连个屁都没敢放，这是为什么？怕马之悦？为什么怕马之悦？自己上了他的当，在他手里有短处。为什么有了短处？因为自己过去自私自利，远近不分，好坏不明，糊糊涂涂地当了坏人的俘虏；后来，又没有真心实意地听同志的劝告，硬夹着尾巴不肯割，结果害了大伙儿，害了自己，也害了自己的亲人。……马连福回想起来，真后悔死了，爸爸要是真有个好歹，自己还怎么见人，还怎么活下去呀？爸爸要是好了，自己心里的痛苦可以减轻一点儿，罪过也可以减轻一点儿呀！马之悦呀马之悦，你算把人害苦了，这一回，我跟你拼个死吧！

他想来想去，觉着自己不能在这儿傻呆着了，得赶快去看看，坏人闹起来的乱子平息了没有。

他又把爸爸身上盖着的单子抻了抻，就连忙跑出饲养场，朝着有喊声的方向追去了。

…………

马老四一阵昏迷之后，渐渐地醒过来。他睁开眼睛看看，窗户上撒满了阳光。就好像平时困了，打了个盹儿醒过来一样，似乎什么事儿也没有发生过；又觉着有点什么事儿刚闹过去。是因为谁打了牲口，跟他抬几句杠？或者，哪个牲口病了，刚刚灌完药？去打草啦，垫圈啦？这个那个，想了好久，他才想起来了，想起刚才那一场激烈的斗争。在斗争里，他是按着平时准备的那个样子做了，自己做得对呀。他觉着，这样的行为对得起党，对得起社会主义，对得起萧长春，对得起自己，也对得起后辈儿孙。马之悦给了自己这个致命的打击,也并不是多么意外的。看情形,自己这回是不行了,不能再给农业社喂牲口了,不能再跟大伙儿一起斗争了,要跟自己的农业社、跟那一群贴心的伙伴们分别了……

老人家想到这儿,没有半点儿悲哀和痛苦,倒有点像调动工作的感觉。或者说,他一切都是坦然的,只是有些事情不太放心。什么事儿呢?这一回马之悦露了底儿,除了这个大祸害,东山坞再不会像以往那样子了。以后东山坞社会主义革命的方针大计,他是放心的;有萧长春、韩百仲他们这一伙干部,有喜老头、焦振茂这一伙子老年人,有马翠清、焦克礼、焦淑红这一伙子年轻一代,什么计划不能实现呢?这一切都不必自己牵挂了。唉,只是这一群牲口。这是农业社的半个天下呀。自己真要是不行了,把它们交给谁呢?他把东山坞的年轻人一个一个都想了一遍,这个,那个,一时还拿不定主意。

棚里的牲口用嘴头子撞着木槽子,用蹄子刨着地,发出各种各样的叫声。

马老四想在炕上坐起来,看看那群牲口去。他是多么想它们呀,就像好多日子没有跟它们见着面了一样。可是他用了很大的劲儿,胳膊抬不动,腿也抬不动。他咬着牙,滚到炕边上了,一手扳着炕沿,两条腿挪下来,沾了地;另一只手又一按炕,就站起来了。

马老四又站起来了!他觉着天旋地转,两眼冒着金星星,胸口窝刀戳的一般疼痛,疼得他手脚都凉了。他扶着炕沿,喘息了一阵儿,使劲儿憋住一口气,两只手移动着摸到门框了,又摸到外间屋的锅台了,又摸到门口了,扶着墙,一分一寸地挪着,挪着……

所有的牲口都从棚子里边伸出脖子,摇头的,晃脑的,摆动着耳朵的,一齐朝他发出亲切的叫唤声;高声的,低声的,尖嗓子的,沙哑和粗调门儿的,这是多么熟悉的声音,又是多么动听的声音呀!小骡驹和小牛犊子欢欢跳跳地奔过来了,好像投过一个红火炭儿，好像滚过一团丝绒球儿，围着马老四高兴地转一圈，蹦几蹦，在马老四的腿上、腰上蹭着，伸出舌头舔着老人家的大手。

马老四听着这一切，看着这一切，他那久经风霜的脸上露出了微笑。他笑得多好看哪，像五月的石榴花，八月的向日葵。饲养场的兴旺景象，给马老四加了劲儿。他已经摸到槽边了，已经抓到那只拌草的棍子了；像战士投身在战场上，握住了机关枪一样，他的全身立刻升起一股子坚强的力量。

他不用扶着什么东西了，他站得稳稳当当。他那两只带着厚茧、挂着裂纹的手，两只万能的、秀巧的手，也灵活起来了。他拌上了第一槽草料。他拌得很细心，草里的一片鸡毛，他发现了，拣了出去；料豆子里有一个小土块儿，他也瞧见了，又拣了出去。他搅着，拌着，把草料弄得均均匀匀，木槽里立刻发出了一股扑鼻子的香味儿……

牲口们都把嘴巴伸进槽里，香甜地吃了起来。

那匹黄马准是又在棚里打滚来，看它沾的那一身粪末子，多脏呀。

马老四从柱子上摘下铁挠子，挪到棚里，一只手扶着黄马的脊梁，一只手攥着挠子，轻轻地挠着。他好像是个手艺高明的雕塑家，或者是一个神笔画匠；他的手指头上好像有刻刀，有画笔，有各种颜料，黄马在他手下变着颜色，变着样子，那曲卷起来的毛儿，在他的手下舒展开了；牲口的两肋上，先是变成波波痕痕的，立刻又变得像缎子一般光，像油一般亮。

那匹刚刚病好的骡子，胃口准是还不开，看它那种细嚼慢咽的样子。

马老四从吊斗里抓了一把碎盐，掰开骡子的嘴，把盐撒在它的舌头上，轻轻地搓着。那骡子很舒服地闭着眼，随后"吧嗒吧嗒"嘴，就大口大口地吃起草料。

在好听的嚼草声里，马老四又挪到第二个棚里边，挨近了第二个砖灰的牲口槽，又是那么细心、认真地拌上了第二槽草料。

饲养场里，又像往日一样，弥漫起一片香料味儿，响起一片嚼草声……

韩百仲在街口上碰见了刚从饲养场跑出来的马连福。

"你啥时候回来的呀?"

"刚才回来。马之悦那小子……"

"送到大庙去了，你也到那儿开会吧。我找长春去。"

"他弄担架去了。"

"什么，弄担架干什么呀?"

"我爸爸让马之悦那小子给踢伤了……"

韩百仲大吃一惊。他哪还顾得找萧长春呀，把这件事儿托给了马连福，就急忙朝饲养场跑。

他扑进饲养场的小土屋里。

屋子里没有人，被窝团在一边。他伸手摸摸单子、褥子和枕头，全是凉凉的，说明这儿的人早就离开了。他又慌张地从屋里跑出来，喊着，找着。他发现槽里边是新拌的草料，牲口的身上也是干干净净的;有经验的人一下子就可以看出，这一切都是刚刚做的。他揉了揉眼睛，心里笑着:"老家伙，真是一把铁骨头，什么也不能伤害他，又熬过来了!"他把牲口掀到槽下的一把草拣起来，挑去上边的土渣子，放在槽里，搓着手一转身，不由得大惊失色:"哎呀，在，在这儿呀!"

马老四倒在最边上那一个牛槽底下了。他的脸上没有一点血色，一只手抓着拌草棍子，一只手扳着槽边的木头柱子。一只瓢子摔在一边，料豆撒了一地，老母鸡在旁边拣着豆粒儿吃。……他想挣扎着站起来，前身刚抬起来，又摔倒了。他小声地呻吟着，从整个胸部发出一种"吭哧、吭哧"的声音。

韩百仲扑过来，抱住他，一迭声地喊："老四呀，老四，你哪儿不好受，你哪儿不好受哇？"

马老四看了韩百仲一眼，想笑一下，可是没有笑出来，只是皱着眉毛，摇了摇头。

韩百仲埋怨说："你呀，你呀，受了这么重的伤，怎么还干活儿？"

马老四靠在韩百仲的怀里，喘嘘了一阵儿，又用那双无光的眼睛，看了看他的老伙计，使很大的力气说："百仲，百仲，扶扶我、扶扶我，让我把这槽料拌完，拌……"

韩百仲说："哎呀呀，都这样了，你还拌什么料哇，这是玩的吗？快回屋，快吧。"

·马老四使劲儿摇摇头恳求地说："不，不，扶扶我吧！我求求你，把我扶过去……"

韩百仲说："我替你拌还不行吗？"

马老四又摇摇头说："你还能给咱们社会主义干好多好多的事儿，我，我不行啦。这是我最后一次，最后一次，再不能伺候它们了……"

热泪忽一下子从韩百仲的眼里涌了出来。他抱起这个失去热力的身躯；许许多多过去了的事情，都带着不同的光彩，跳到这个硬汉子的眼前了。可是，最有光彩的往事，不是他们当年一块儿住在马小辫的场房里，熬受灾难的日子；不是土地改革的时候，他们一块儿冲进狮子院，跟恶霸地主清算的日子；也不是搞初级社的时候，他们一块儿发扬穷棒子精神，苦战苦干的日子；倒是半个月前，在小河边上，他们脸对脸地站着谈心的那一会儿。在韩百仲想来，那一次谈话是最难忘的；无意的谈笑，竟然变成了今天的事实，无光的，也有光了。

韩百仲想着，朝那整齐干净的牲口棚看了一眼，又朝那群肥壮的牲口看了一眼;他再也硬不起心肠来拒绝这个老伙计的要求了。

马老四被韩百仲架着,拌完了这最后一槽草料,又昏过去了。

⋯⋯⋯⋯⋯⋯

马老四英勇坚强地保卫农业社的牲口,马之悦下毒手伤害了这个老饲养员。听到信儿的人,全都又感动,又愤恨,同时又替老人的身体万分担忧。

送饭的淑红妈,把这消息传到打麦场上,传到了那个被留下看场的焦振茂的耳朵里,他的脸色刷一下白了:"不好,准是受了内伤!"

淑红妈说:"萧支书正派人绑担架,要往县城医院送哪。"

焦振茂说:"我得马上看看他去!"

淑红妈说:"场上不能离开人呀!"

焦振茂说:"你替我看一会儿吧。"他扔下手里的活儿,就飞跑地出了场院。

谁也不能准确的知道,马老四这副穷人的骨头,在这个老中农的胸怀里占据了多大的地位;更不会全明白,是什么力量,把两种不同性质的金属熔为一体了⋯⋯

一伙一伙的人跑进饲养场。他们一个个伏在炕沿边,呼唤着马老四:"四爷,四爷,您醒醒!"

老人家闭着眼睛,胸脯子一起一伏,困难地呼吸着,喉咙"咕噜噜"地响着。

马连福在大庙门口跟王国忠照了个面,想起他的爸爸,赶紧回家告诉媳妇孙桂英一声,又往饲养场跑。

孙桂英也抱着孩子跑来了。

这两口子伏在炕沿边,摇着老人,一齐喊:"爸爸,爸爸,您睁睁眼,跟我们说句话呀!"

老人不睁眼,也没有说话。

马连福哭嚎起来："爸爸呀！……"

孙桂英也哭了。

旁边的人帮着喊："四爷，看看，你的儿子、孙子全来了，看看他们吧！"

老人家没有动一动。

焦振茂在门口愣了好大工夫，猛地扑过来，抱住了马老四："老四，老四……"他几乎比任何人哭的都伤心。

又有一伙一伙的人拥到饲养场。屋里屋外全站满了。这么多的人一个声地呼唤，都不能叫醒老人。

喜老头也从打麦场上赶来了。他站在马老四的身边看一眼，脸上仍然像一块石头那么严峻。

他们是一对老伙计，他们一起渡过吃人的旧时代，一起迎来了新天下。特别是这五六年里，他们是在互相尊敬而又互相信任里，送走了艰辛难忘的岁月；今天早上，喜老头来这儿牵牲口套碌碡轧麦子的时候，两个人见了面，因为都忙，互相只说了两句非常短的话："拉个牲口套碌碡。""您自己挑吧。""晚上到场上聊聊。""嗳。"可是，仅仅半天，他们就不能对着脸互相看一眼了。

韩百仲还在一迭连声地呼唤着病人："老四，老四呀！你说农业社啥时候牲口都变成了拖拉机、大机器，你才离开我们呀，你怎么这么早就走哇！老四，你……"

马老四没有听到任何声音，他也没有力量睁开眼睛，他的嘴唇抖动着："萧……萧……"

韩百仲明白了老人的心意，忙对旁边的焦淑红说："快，快叫长春去！"

焦淑红应声往外跑。

喜老头拦住焦淑红，小声说："见着长春，让他先想想救人的办法。"见焦淑红点头跑了，也跟出屋子。

乡党委书记王国忠也听到信儿,赶到这儿来了。他冲着迎面出来的喜老头问:"喜老头,四爷怎么样?"

喜老头非常有信心地说:"我看他能够好起来。"

"真的?"

"多少关口他都闯过来了,这一关能把他拦住吗?"

"对,我们一定想办法,把他抢救过来!"

萧长春把抬担架的人找好了,在返回饲养场的路上遇上了焦淑红,听说马老四病情严重,撒腿就跑;连站在院子里说话的王国忠和喜老头,他都没有看见,就冲进了小土屋里。

这会儿,马老四的呼吸越来越短促。

萧长春迈进里屋门槛子,忍不住一阵揪心的疼痛。他含着热泪,望着老人那张亲切、熟悉的脸。在这张皱纹纵横的脸上,他看到成群的骡马在跳跃;在这张黄如草纸的脸上,他看到成千上万捍卫着社会主义事业的人们在斗争;短促的呼吸,在他的感觉中是强而有力的,是要求摆脱贫困、争取美好未来的战斗呐喊!他不能没有这个老伙伴,农业社不能没有这个老饲养员,社会主义事业更不能没有这个硬骨头的老贫农……

他的声音发颤地在老人跟前呼唤:"四爷,四爷,我来了,我在您跟前呀!"

马老四在昏迷中。好像在黑夜里,徒步在茫茫的野外,悠悠荡荡,不知所向;忽然,听到一种声音,看到一片火光,他的心一亮,两只眼睛睁开了;眼光凝在萧长春的脸上。他在这年轻人的脸上,看到高楼大厦在东山坞平地而起,看到拖拉机在东山坞的田野上奔驰,看到满山遍野被果林覆盖;他在这张刚毅的脸上,看到东山坞的风风雨雨里的红旗招展,听到战斗的锣鼓敲打起来,人们都朝着胜利的方向奔跑……

他的脸上放了光,他的眼里放了光,他的一只枯柴似的手,缓缓地抬起来了。

萧长春把老人的手，握在自己的两只火热的大手中间，轻轻地抚摸着。

马老四的嘴唇动了半天，声音微弱地说："长春，四爷不能帮你们了……"

萧长春声音发哑地说："四爷，我们马上送您到县医院，您一定会好起来的！"

马老四使了很大的劲儿又说："长春，你的路走得对，你可一定领着大伙儿走到底呀……"

萧长春用力地点着头："一定，一定……"

马老四又闭上眼睛了。

满屋子的人同时唤喊起来："四爷，四爷！"

马连福抱住老人放声大哭："爸爸，您再看我一眼吧，爸爸呀！"

萧长春忍住绞心的疼痛，高声说："四爷，您有什么话，就嘱咐连福几句吧！"

过了一会儿，马老四才睁开了眼，望着儿子。

马连福停住哭声，摇着马老四的肩头说："您有什么话，跟我说说吧，跟我说说吧！"

马老四看了儿子一眼，嘴唇抖了几下，终于开口了："连福，你，你对不起我……"一句话说完，他又闭上了眼睛，呼吸也越来越显得微弱。

…………

王国忠从外屋挤进来，高声地说："同志们，不要难过了，我们一定要设法把马老四抢救过来！先进县人民医院；县里不行，就上北京！"

跟在后边的喜老头说："这才是正理儿呀！"

第一四一章

东山坞的社员们又经过了两天奋战,全部小麦收割完毕。老天为美,一连五天好日头,场上的麦子也打轧完毕,只剩下落穰①了。同时,他们还利用这几天的晚上时间,召开了一系列会议。会上,商讨了整个方针大计;为迎接修河工程完竣和雨季来临,成立了两个临时的专业队,一个是挖渠队,一个是绿化队。会上,还处理了几名犯了罪的人:除了把马之悦、马小辫逮捕之外,上级还批准他们把马斋和马凤兰两个人管制起来;马凤兰作为徒刑犯,缓期执行。社员大会上,表扬了许多立场坚定、斗争坚决的积极分子;对那些走了一段弯路,在斗争中认清了方向,有了转变的人,作了鼓励;还批评、斗争了弯弯绕、马大炮、马立本和瘸老五。这四个人,一边检讨,一边痛哭流涕,一再起誓发愿要痛改前非,社委会对他们作了宽大处理。

东山坞的这场斗争,算是告一段落了。

昨天晚上开了社员代表会议,决定动员全部车辆,今天起大早往森林镇国家仓库运送公粮,同时,社员们也要分配新麦子。

豆片坊的韩百旺和老保管起了个五更,把两盏大汽灯全点起来了,大殿里挂上一盏,院子里的古柏树上挂了一盏,油足气饱,罩子擦得又净又亮,里里外外一片光明。

大车队的新队长焦振丛,头天晚上就领着车把式们把大车卸到大庙前的空场子上了;这会儿,又都一辆一辆地排列好,把车尾巴掉过去直冲大庙门口,又把套绳、鞍屉通通地整理一遍。乍一看,那整齐的车辆,好像要上阵的炮队。

---

① 为了精收细打,把打轧过的麦穗子再打轧一遍,称落穰。

狮子院的福奶奶和队长焦克礼的妈，领着一伙子小媳妇连夜加班，把借来的大堆麻袋、口袋，都挨着个儿检查、整理了一遍，该缝的缝，该补的补，免得半路上漏了麦子；为了不至于把各家的东西弄错，还用黑线在每条袋子的边儿上做了记号。这会儿，两个老太太和小乐的嫂子、马长山的媳妇，一人抱着一抱叠得平平整整的麻袋和口袋，来到大庙里，一叠一叠放在大殿前边的台阶上了，留着给装麦子的人用。

送公粮的事儿本来都安排了专人，可是好多社员都自动地凑到这儿帮忙。等到会计韩小乐把仓门打开的时候，马长山、韩道满、哑巴，这一群年轻力壮的人就拥了进去，灌的灌，扛的扛，过秤的过秤，装车的装车，从庙门外，到院子里，又到大殿，出来进去的全是人。晚来一步的王国忠和萧长春不要说伸手找点活儿做，连插脚的地方都没有了。

站在车上专管接口袋的韩百仲对他们两个人说："我看你们赶快回去睡个回笼觉吧，这儿用不上你们了。"

萧长春笑着说："都高兴成这样子，谁还困哪。要不，老王你回去睡吧。"

王国忠故意把脸一绷："嗨，光你们高兴呀？"

韩百仲说："高兴就睡不着了？人家说，人逢喜事精神爽，我不；我是越高兴睡得越香。不是我们那一口子叫醒我，恐怕这会儿还在梦里哪！"

王国忠看见大个子武装部长站在高凳子上指手画脚地喊叫扛口袋的人们小心、慢放，就说："你们瞧，他倒会找活儿干，又省劲儿，又显眼，咱就没有这套本事。"

萧长春说："对不起，咱们各人顾各人吧，反正我是找着活儿了。"说着就从场子上来往的人群里往外挤。

王国忠朝里边挤一阵儿，瞧见会计韩小乐又顾记账，又顾看磅秤,觉着这下有了活儿,就凑过去了。

萧长春想到一件重要事儿:车装完了要套牲口,不知道牲口喂上了没有,到那儿帮帮忙,保管能插进手去了。

街道上是一片潮乎乎的露水气味;树影子渐渐的淡了,星斗渐渐的少了,天空渐渐的高了;寨子上的喇叭花顶着露珠儿开,豆荚子在微风里摇摆,菜饭的香味儿开始飘荡。本来,从每一个院子传出的拉风箱的声音很响亮,这会儿倒变得很低。这是因为大庙那边各种声音增多的缘故。

支部书记迈着轻快、有力的步伐,穿过生气勃勃的街道,来到饲养场的门前。他见大排子门闭着,差点喊一声"四爷,开门哪!"没容喊出来,就暗自笑了笑,改口喊:"德大,开门哪!"

棚里的牲口听到动声,有的打起响鼻,有的"咳咳"地叫了起来,还有的用蹄子刨着地。

萧长春叫了几声,里边没有人应,只好伸进手去,掏开里边的锦儿,又摇了几下,摇倒了顶门杠子,这才推开一道小缝,就挤了进来。

槽头上挂着的风灯闪动着黄棒子粒儿似的光点儿。棚里一团黑,棚外也是一团黑;一股子草料的气味,一进大门口就能闻到。

萧长春走到槽前,伸手摸了摸,槽里的草节儿湿漉漉的。他又摘下了风灯,高高地提起来,沿着槽边,把每一头牲口都照了照;只见每一头牲口都吃得肚子滚圆,这才放了心;刚想到牛棚那边看看,一脚踩在人身上了;用灯照着低头一看,新饲养员韩德大躺在草堆上睡得正香。他笑着想:真是年轻人哪,说不定一夜没有睡觉;又想起,昨天下午韩德大到县人民医院看望老饲养员马老四,一直到很晚还没回来,或许是半夜了才赶到家的吧?不知道老人家的病体怎么样,什么时候可以出院;还想,等到那一天,他要让焦振丛套上大车,亲自到县城里迎接马老四。他真想立刻把韩德大叫醒，问个底儿；可是，小伙子睡得这么香甜，又有点儿不忍心惊动他了。

萧长春提着灯往屋里走，想找一件单子、毯子什么的，拿出来给韩德大盖在身上。

小土屋里，一切还像过去的样子，只是多了一副耳机子和一把土造的胡琴。这个地方，对支部书记说来，是多么熟悉，又多么有感情啊！这里的一根钉子、一条绳子、一只饭碗，都能使他想起许多有意义的往事，都能使他激动起来呀！

萧长春把灯放在桌子上，看看这儿，又瞧瞧那儿，忽见北墙上挂着一个小小的白纸包儿，上边写着几个大字儿："带交东山坞，萧支书收"。萧长春看着那字儿写得非常整齐、秀丽，不知道是哪个人寄来的，就赶紧把纸包摘下来打开，从里边抖落出一团红火似的东西，原来是马缨子；里边还夹着一张小纸条儿，展开一看，上边写着几行大字：

> 长春：这里要什么就有什么，你别再给我往这儿捎钱了。捎来我也用不着。我拿这钱买了几把儿马缨子，你交给车把式们吧。先头，光想节约，没答应他们买这玩意儿；这回为了红火红火，满足他们吧。等送公粮的时候，给骡马戴上。……
> 马老四口述、护士代笔×月×日

萧长春看着看着，觉着纸包热起来了，热得烫手了。他的眼前，立刻出现了这位老贫农的和善、刚强的脸孔；耳边响起这位老同志的亲切、有力的声音。……一切一切都撞着他的心。这会儿他才像头一次感到：这几天别人议论马老四，全要请假去看望，他总是沉着气地忙工作；实际上，他比任何人都想马老四，想得厉害；如果眼下马老四在这个小土屋子里坐着，这一老一少，又该脸对着脸、心碰着心地谈起来了；这回要是谈起来，又该谈什么呢？当然不会是"你得小心马之悦呀！"或者"你得挺住呀！"……是谈什么呢？一定是谈未来的、新的战斗！

年轻的支部书记，活像个小孩子接到了过年的礼物，一手托着纸包，一手提着风灯，跑出来了；他忘了照顾别人的打算，竟大喊大叫："德大，德大！"

韩德大被惊醒了，"噌"地一下子爬了起来，抓起身边的料瓢儿和拌草的棍子，愣了好半天。

萧长春笑着走到他跟前说："嗨，醒醒吧！"

韩德大这才转过向来，揉着眼说："支书哇！"

"怎么躺在这儿睡了，多凉呀！"

"我想坐在这儿看着它们吃，不知怎么睡着了。"

"德大，四爷怎么样啦？"

"好了，越来越好了。"

"真的？ 啥时能回来呀？"

"依着他的性儿，昨天就要跟我一块儿回来；院长不答应，说县委有指示，不经县领导点头，不能放他。"

"把老人家急坏了吧？"

"倒不急。他说：反正来了，索性就手捞捞本儿，养得胖胖的再回家看牲口吧。"

"嘻嘻！真没想到他好得这么快呀！"

"院长说，他过去吃的药少，一吃就见效。四爷说：县委讲话，坏事儿变好事儿，这回来个彻底治根儿，多活几十年吧。"

"嘻嘻！还说什么了？"

"捎来一包东西。"

"我见着了。"

"还说，让你给大伙儿下个命令，不要再去人看他了，免得耽误活儿，千万千万！"

"你没对他说，他们都不听从我的命令吗？"

"我说了,他不信呀!"

"嘻嘻!"

支部书记不住地"嘻嘻"笑,这是非常少见的。

焦振丛、马子怀几个车把式来到饲养场牵牲口套车。

韩德大连忙迎着他们说:"等等,饮饮再牵。"

焦振丛说:"还得等一会儿走哪,把牲口拉到大庙饮吧,那边的井水比你这边的水甜。"

萧长春打开纸包,捏起一缕红缨子举起来,抖动着对焦振丛和马子怀说:"你们看看,这是什么呀?"

"马缨子?"

"对啦,这是老饲养员从县里给你们捎来的。"

"嗨,他还惦着我们哪!"

于是,车把式们全伸过手,一个人抢了一缕,又奔向牲口棚;待那高头骒马从棚里出来的时候,每一匹牲口的脑门儿上都飘着火红的缨子。

这会儿,天已经大亮了。

大庙更加红火,晚起来的妇女和孩子们全都跑到这儿看热闹,惹得男人们大喊大叫,让他们靠后,别在那儿碍手碍脚的。谁听他们的呀!该怎么闹还是怎么闹,该怎么挤还是怎么挤,要不是喜老头站在仓库门口跟王国忠说话儿,恐怕连大殿里也挤严了。在这种场合下,干部都没有老石匠能够"镇"人。

一辆辆大车都装成尖上尖。

"小心压折了车轴!"

"那是胶皮,气足着哪!"

马翠清、玉珍和李秀敏一伙子年轻妇女们,把她们临时糊起来的小彩旗分头插在车厢上了。

识字的人指指点点地念起那墨迹没干的字儿:

"东山坞农业社爱国公粮!"

"支援国家社会主义建设!"

"一粒粮,一颗心,送到北京献给毛主席!"

…………

队长焦克礼代表社委会跟车押送。小伙子第一次干这种大事儿,总有点紧张,加上他妈在旁边一个劲儿嘱咐,要他仔细一点儿,别弄出错儿来,媳妇玉珍又不住地朝他递眼色,他就更紧张了。

喜老头说:"长春,我看再去个干部,帮克礼一块儿办这件事儿吧。"

萧长春说:"大伙儿都有事儿呀,我看他行。"

喜老头说:"多去个人更热闹一点儿,小心不为多余。让连福去吧,往年都是他跟车,有经验。"

孙桂英赶忙从马连福怀里抱过孩子,还悄悄地朝前推了推他说:"快去呀,人家给你派任务哪!"

焦克礼说:"连福,来吧,咱俩一块儿去,我就有底了。"

萧长春冲着马连福笑着点了点头。

马连福心里挺乐,对焦克礼说:"别忘了带着笔,人家有账,咱也得记着点儿。"说着,就笑呵呵地奔最前边那大车去了。

运粮的大车浩浩荡荡地出了村。人欢马叫,一路鞭子响,一路尘土飞扬……

这会儿,焦淑红爬上古柏树上新搭起来的广播台上,把广播筒的口儿往嘴上一套,就用最大的劲儿喊起来了:"社员同志们,请注意啦,吃完了饭,到大庙分麦子呀!"

这声音非常洪亮地在东山坞的上空滚动、扩散,传到每一个院子里,传到每一个社员的心坎上。

从打办农业社,每一年都要有两次分配粮食,可是这一次,对每一个人来说,都有一种不平凡的感觉。

它是捷报,是警钟,是战斗的号角!

这会儿,萧老大和焦振茂两个人正在小菜园里割韭菜,听到广播声,他们对脸儿一笑。

萧老大说:"一会儿再割吧,我得到大庙去一趟。"

焦振茂说:"吃了饭再去也不晚,分麦子咱靠后一点儿。"

萧老大说:"分麦子早晚是小事儿,得让淑红就手广播广播,让社员分韭菜。"

焦振茂说:"对啦,今天都得改善生活,咱也包饺子吃,请请王书记。"

两个老人来到大庙门口的时候,正遇上淑红妈跟萧长春和焦淑红在那儿说话儿。

淑红妈说:"你们就是不吃饭,也得到家看看哪!"

萧长春说:"这儿挺忙的,哪有工夫回家呢?"

淑红妈说:"没工夫也得抽个工夫,帮我把里外打扫打扫,把屋子刷一刷。"

萧长春挺奇怪,就问:"不过年又不过节,刷屋子干什么呀?"

焦淑红明白了,急忙转身,燕子钻天似的跑进了庙门里。

淑红妈怕萧长春也跑掉,拉住他小声说:"我知道你的心意,你是支书,是领头儿的,不论办大事儿还是小事儿,都得起带头;我们一定听你的,不铺张,也不浪费。话说回来,家里有现成的灰,往墙上刷几下子,让它新鲜一点儿,亮堂一点儿,不能算什么铺张浪费吧?"

萧长春说:"行。改一天,一个晌午不睡觉,我就给您刷了……"

"唉,改一天就来不及了!"

"到底是怎么一回事儿呀?"

淑红妈急得不得了,瞧见萧老大和焦振茂走过来了,就对萧长春说:"怎么回事儿你还不知道哇?不知道你问问他们!"

萧长春一下子红了脸,使劲儿挣脱了老人的手,转回身,大步地跨进了庙门,高声喊着:"小乐,开秤分配吧!"

…………

马大炮一听见广播分麦子,就拿了口袋朝外跑。

把门虎拦住他说:"瞎闯什么呀,等等!"

"你没听见是焦淑红广播的吗!这回是……"

"是什么,咱们也别忙;一听分麦子又往头跑,跑出错来怎么办?你挨整还没有挨够哇?"

"我看看同利叔去。"

"算了吧,还看他哪。看他又顶什么用?还是看看马子怀保险;他怎么动,咱们就怎么动吧。"

弯弯绕这会儿正扒着门缝儿朝外边看。他的眼睛盯着对面南坎上的那个矮墙头。

瓦刀脸女人催他说:"快走呀!"

弯弯绕说:"忙什么,还缺了你那份儿呀!"

"早分到家,早放心。"

"多会儿分也放心,该多少,一点也短不了。"

"送公粮的大车都出村了,一大串,半天才断头。"

"真不少。"

"卖过头没有呢?"

弯弯绕瞪了女人一眼说:"昨天你没听支书宣布,多收了,国家也不多征,还是按着定购的数儿呀!"

瓦刀脸笑笑说:"支书也让大伙儿讨论多卖一点儿呀!"

"一百个人里边,有九十九个人都想着多卖一点儿,你想少卖一点儿行吗?"

韩百安和焦庆媳妇两个人在沟里碰到一块儿。

韩百安问："你拿这么多口袋干什么呀？"

焦庆媳妇说："这我还怕盛不下哪，您也拿不少。"

"我家两个劳动力嘛！"

"我家也两个呀！孩子爸爸，我！"

…………

瓦刀脸女人小声地问："喂，咱家到底儿算几个劳动力呀？"

弯弯绕叹了口气："唉，恐怕一个也顶不住。"

"哟，怎么呢？我不算了？"

"你到社里干几天活儿？"

"唉，早知道闹一遭儿还是按着老办法办事儿，咱家不如连孩子带大人都去抢工分，要那样，准比韩百安、焦庆他们两家分的麦子多。"

"后悔药就别再吃了。看这形势，永远都得这么办了。咱们就奔下年吧。"

刚刚送走了运公粮的大车，东山坞平静了一阵儿，这时候又被分麦子的人满街走动、呼喊，给吵起来了。节日里也比不上这会儿这么热闹。

满街人，满街的喜眉喜眼，满街的欢笑声，一直汇到大庙里了。

大庙里里外外全是人了。拿着空口袋进去，扛着鼓口袋出来，笑着进去，乐着出来。

志泉媳妇动员了全家人——她和一群孩子，可是麦子太多，发愁搬不了。

马志德跑过来说："大嫂子，我替你扛一趟。"

志泉媳妇说："你不是也要往回扛吗？"

马志德说："我不忙，先给你扛。"

喜老头在一边笑着说："哎，这倒像一家人了。小伙子们，都动动手，替烈军属往回运运吧！"

这当儿,挤在大庙外边的人,又乱腾起来了:

"嗨,回来了!"

"嗨,回来了!"

原来,一部分修河的民工们在马同峰、韩春几个党员干部带领下回村来了。

前边的两个小伙子每人打着一面鲜红的旗帜,威威武武的队伍,拥了过来,跟这边的队伍汇在一起。

"完工了吗?"

"就剩下扫尾了!"

"多会儿通水?"

"三天之内!"

"啊! 我们胜利了!"

胜利的喜悦,在每个人的心里激荡。

焦淑红、马翠清、玉珍、李秀敏、韩道满、马长山和韩德大这一伙子年轻人,又舞又跳,放开喉咙唱开了:

> 艳阳天,
>
> 风光好;
>
> 云已散,
>
> 雾也消。
>
> 你看,
>
> 胜利的红旗迎风飘;
>
> 你看,
>
> 火红的太阳当空照。
>
> 时代的车轮啊,
>
> 谁也挡不了!
>
>
> 骨头硬,

意志牢；

千万人，

心一条。

我们，

社会主义的擎天柱；

我们，

阶级斗争的最前哨。

真正的金子啊，

哪怕火来烧！

把步子迈大，

把胸膛挺高；

为了社会主义的胜利，

敢闯难关千重万道。

我们永远跟着党走，

我们永远大步飞跃！

大步飞跃，

大步飞跃！

…………

嘹亮的歌声响彻云霄，震撼着天地。

在歌声和欢呼声里，站在仓库门口的王国忠拉着萧长春的手，一边朝人群那边挤，一边说："老萧，这回可是胜利会师了！"

萧长春听到这句话，心里不由得一热。从他当上东山坞的党支部书记，到现在，只不过是几个月的时间，在他的感觉里，却好像经历了几十年。革命的斗争时代，无数次地对他和东山坞的贫下中农们提出严重的问题和要求，他们用自己的行动，一个一个地回答了。东山坞人的这一段经历，将永远闪光发亮，对他们和年轻的党支部书记以后的生活道路会发生重大的影响。他跟着王国忠，挤到大庙门口，看着那沸腾的人群，笑了笑，说："胜利了，会师了，马上又是新的战斗哇！你看，麦子分完了，晚庄稼也种上了，应当趁着这股子热劲儿，把工地上回来的人插到那两个临时的专业队里去，马上动手搞基本建设：百仲同志和马同峰领着挖渠，我和淑红、克礼领着搞封山、栽树……"

王国忠问："大田庄稼谁搞呀？"

萧长春指指正在那边大喊大笑的焦二菊说："交给妇女，让她们搞，韩春和喜老头领着，加上焦振茂、韩百安这一伙子老庄稼把式当参谋，没问题。"停顿一下，又说："对啦，还有文化呀，教育呀，好多好多的事情，都得一宗一宗地抓起来。比如说，办个俱乐部、图书室，还要搞一个高产试验小组……这个那个，多啦。党指示我们做的事情，我们做得太少了！"

王国忠说："我倒从你这个安排里想起一个重要问题。"

萧长春问："什么重要问题？"

王国忠拍着萧长春的肩头说："我知道，你对东山坞的建设，有一个大抱负，有好多好多的具体打算。你能不能把自己心里想的全掏出来，交给群众，让大家充分讨论，提意见，再按着《全国农业发展纲要》，给咱们东山坞订出一个五年，或者十年的远景规划呢？"

萧长春听着听着，脸上又放出红光，马上回答说："好，太好了！一个人的抱负再大，打算再好，不把它变成群众心里边的东西，不把它变成群众的实际行动，那就是空想。老王啊，等咱们把规划订出来之后，东山坞又得有一场新斗争啦！"

王国忠说："对，正像你常说的，我们的斗争仅仅是个开始，一场社会主义大辩论就要深入展开，一个社会主义建设的新高潮就要到来。我还要提醒你：不会因为挖出个马之悦，捉住个马小辫，或者因为打退了资本主义自发势力的一场进攻，东山坞的阶级斗争就没有了。不，还会有！只要没到彻底消灭阶级的那一天，就会有阶级斗争！这一点，你可得看个清清楚楚，永远记在心里！"他说着，从挎包里掏出三本厚书。

萧长春一眼就认出来了，两只眼睛一亮，脱口喊道："《毛泽东选集》！"

王国忠点了点头："对。我把这书送给你，你要好好地学习；往后，再遇到什么问题，不要光靠上级指点，必须学会直接跟毛主席讨教办法！"

萧长春把书接过来，紧紧地贴在自己那激动的胸膛上，大声说："毛主席，从打我入党那天起，您就教导我：生活就是斗争，为了革命的最终胜利，要把自己的一切都交给党。我一定要斗争一辈子！我们东山坞的人，一定永远听您的话，跟着全中国的人民一道，为咱们的社会主义战斗到底！"

> 此卷1965年4月12日第三次重写稿完成
> 12月22日第四次改毕于北京朝内

"新中国70年70部长篇小说典藏"书目